JERRY COTTON

Wie alles begann

**8 Krimi-Abenteuer
des weltberühmten
G-man.**

BASTEI
LÜBBE

BASTEI-LÜBBE-TASCHENBUCH
Band 31 901

Erste Auflage:
September 1994

ISBN 3-404-31901-X

Der Preis dieses Bandes
versteht sich einschließlich der
gesetzlichen Mehrwertsteuer.

Inhalt

Mein erster Fall beim FBI

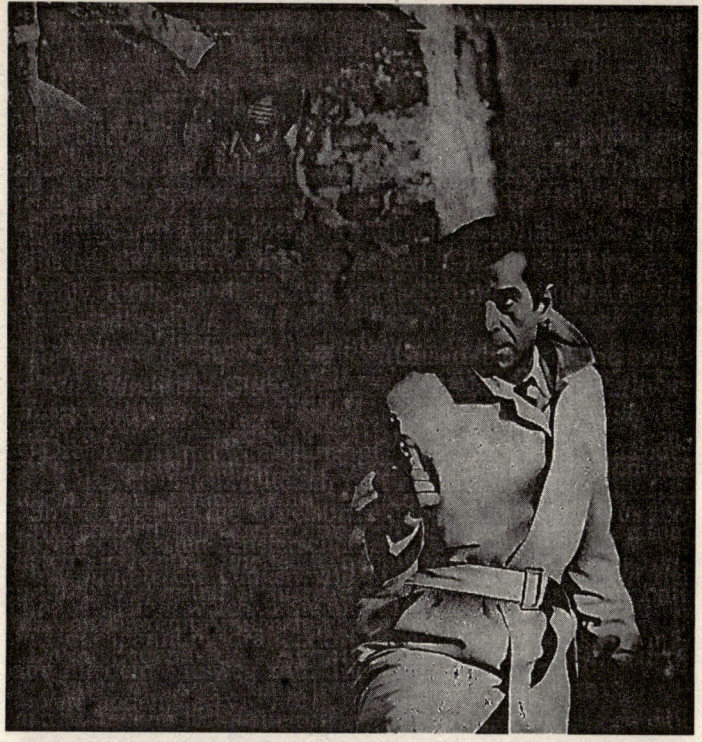

Erster Roman mit Jerry Cotton. Erschien mit dem Titel ›Ich suchte den Gangsterchef‹ als Band 68 im Jahre 1954, dann als Band 1 der 3. Auflage (1970) unter dem Titel ›Mein erster Fall beim FBI‹ und als Band 1 der 4. Auflage (1978) unter dem Titel ›Ich suchte den Gangster-Boß‹

Heute nennen Sie und alle meine Freunde mich Jerry, und nur Phil nennt mich, wenn er mich aufziehen will, Jeremias. Damals riefen alle Einwohner von Harpers Village im Staate Connecticut mich bei meinem vollen Namen. Schon als ich noch in die Dorfschule ging, zogen mich meine Kameraden mit diesem Namen auf. Sie wissen ja, daß ich Cotton heiße, und das bedeutet ›Baumwolle‹. Jeremias Baumwolle – ziemlich scheußlich und sehr lächerlich, nicht wahr?

Ich haßte meine Patentante Henny. Sie war es, die mir diesen scheußlichen Namen verpaßte, weil sie irgendeiner Sekte angehörte, deren Haupt- und Lieblingsprophet Jeremias war.

Noch schwerer begann dieser verdammte Name auf mir zu lasten, als ich mich für Mädchen zu interessieren begann. Zum Teufel, die Boys von Harpers Village hatten es einfach, mich auszustechen, es genügte, ein Girl als Jeremias' Braut zu bezeichnen, um ihm jeden Spaß an mir zu verleiden. Ich erinnere mich an einen Tanzabend im Farmer House, an dem ein Dutzend Boys so lange im Chor ›Jeremias!‹ rief, bis ich allein auf der Tanzfläche stand. Ich ging auf das Dutzend zu. Seitdem galt ich in Harpers Village als gefährlicher Raufbold.

Auf diese Weise verleideten sie mir den Spaß an Harpers Village. Ich saß damals viel bei dem alten John Callahan vor seiner Werkstatt. John war ein gelernter Schmied. Im Grunde genommen wartete er darauf, daß noch einmal ein Pferd vorbeikäme, daß er beschlagen könnte, obwohl er über das Tor seiner Werkstatt ein Schild mit der Aufschrift ›Traktoren-Schnelldienst‹ gehängt hatte. Da die Farmer wußten, daß Callahan von Pferden alles und von Traktoren nichts verstand, hatte der alte Jo immer viel Zeit, sich mit mir zu unterhalten und sich die Klagen über meine Schwierigkeiten anzuhören.

»Die Leute hier sind Durchschnitt«, sagte er dann. »Gute Leute, alle sehr ehrenwert, aber Durchschnitt. Aus diesem

Grunde mögen sie dich nicht, Jeremias. Sie wittern, daß mit dir mehr los ist.«

Ich lachte ihn aus. »Mit mir ist nicht mehr los als mit jedem anderen in Harpers Village. Auch ich bin Durchschnitt, Jo!«

Er schüttelte den Kopf und kratzte sich die weißen Bartstoppeln. »In diesem Nest kommen deine Fähigkeiten einfach nicht zur Geltung, mein Junge. Du bist zu schade, um in Harpers Village zu versauern. Du hast ausgezeichnete Muskeln und keinen dummen Kopf. Du hast nur noch nicht genug gesehen und erfahren. Warum gehst du nicht nach New York?«

Ich schüttelte den Kopf. »Meine Familie sitzt seit hundert Jahren in Harpers Village. Was soll ich in New York?«

Er knurrte: »Überdurchschnittlich werden.« Ich lachte, aber eines Tages hatte er mich soweit. Ich kratzte zusammen, was ich besaß, und fuhr nach New York.

Der Zug lief im Grand-Central-Bahnhof ein. Der Strom der Fahrgäste schwemmte mich in die riesige Halle hinaus auf den Vorplatz, und nun stand ich, ohne einen Menschen zu kennen, im riesigen New York.

Ich stand da und wußte nicht, was ich unternehmen sollte. Fasziniert und entsetzt starrte ich in das Verkehrsgewühl der 42. Straße und hatte das Gefühl, ich könnte es niemals schaffen, die Straße lebendig zu überqueren.

Ich fiel dem Cop auf, der die Ampel bediente. Er empfand mich als Verkehrsstörung, die den Strom der Passanten behinderte. Er schaltete seine Ampel auf Automatik und kam auf mich zu. Er musterte mich von Kopf bis Fuß. »Neu hier?« fragte er freundlich.

»Ja«, antwortete ich bereitwillig. »Frisch aus Connecticut importiert.«

Sein Blick drückt ein gewisses Maß von Mitleid aus. »Also New-York-Anfänger«, stellte er fest. »Wo wollen Sie hin?«

Das war eine Frage, auf die ich keine Antwort wußte. Ich zuckte mit den Achseln.

Der Polizist legte väterlich einen Arm um meine Schultern. »Hör zu, mein Junge«, sagte er. »Wenn du diese Straße, die 42., ein wenig weitergehst, stößt du auf die 5. Avenue. Wende dich nach rechts und marschiere die 5. Avenue immer geradeaus. Auf diese Weise gerätst du in den Central Park. Ein idyllisches Plätzchen, sage ich dir. Wird dich geradezu an Connecticuts Wälder erinnern. Dort findest du bestimmt eine freie Bank. Laß dich darauf nieder und denke in Ruhe darüber nach, was du als nächstes machen willst. Auf diese Art ist dir geholfen, und mir hältst du hier den Verkehr nicht auf.«

Ich bedankte mich. Er quittierte meinen Dank mit einem scheunentorbreiten Grinsen. Ich machte mich auf die Strümpfe. Die Pracht der Geschäfte auf der 5. Avenue verschlug mir den Atem. Von der verwirrenden Vielfalt der Eindrücke begann sich in meinem Kopf ein Mühlrad zu drehen.

Ich rettete mich schließlich fast laufend in den Central Park. Bäume, Wiesen, spielende Kinder, Menschen, die es nicht eilig hatten, das waren Dinge, die ich kannte. Erleichtert ließ ich mich auf eine Bank fallen.

Ich rauchte eine Beruhigungszigarette und machte Kasse. Ich besaß siebenundfünfzig Dollar und vierzig Cent. Ich brauchte eine billige Unterkunft und einen Job, bei dem ich schnell einige Dollar verdienen konnte.

Während ich noch zählte, steuerte ein Mann meine Bank an. Er nahm ein Geldstück aus der Tasche, warf es in die Luft, fing es mit der Hand wieder auf, betrachtete es und schüttelte den Kopf.

»Neu hier?« fragte er, während er das Geldstück wieder hochwarf, auffing, betrachtete und wieder hochwarf.

»Vor dreißig Minuten aus Connecticut eingetroffen.«

Der halbe Dollar blitzte in der Sonne, wenn der Bursche ihn hochwarf. »Verwandtenbesuch?« erkundigte er sich.

»Nein. Jo Callahan meinte, ich solle versuchen, in New York mein Glück zu machen.« Ich lachte. »Für den Augenblick würde ich es schon als Glück bezeichnen, wenn mir jemand zu einer billigen Unterkunft verhelfen würde.«

Der Halbdollar blitzte. »Schon geschehen. Wieviel Dollar wollen Sie ausgeben?«

»Nicht mehr als vier.«

»Ich verschaffe Ihnen eine Unterkunft bei meiner Schwägerin in Brooklyn. Ein Zimmer wurde frei, weil einer ihrer Mieter von der Firma versetzt wurde. Sie nimmt zwei Dollar für das Bett, Kaffee inbegriffen.«

»Sie meinen, Ihre Schwägerin würde mir das Zimmer vermieten?«

»Warum nicht, wenn ich Sie empfehle?«

»Oh, ich bin Ihnen sehr dankbar. Würden Sie Ihre Schwägerin anrufen, oder . . .«

»Unsinn! Wir fahren zusammen hin. Ich wollte Cathleen ohnedies besuchen.« Er blickte auf seine Armbanduhr. »Aber wir erreichen sie nicht vor sechs Uhr.«

Er ließ das Geldstück fliegen, fing es auf, betrachtete es und schüttelte ärgerlich den Kopf.

»Was treiben Sie mit dem Dollar?« fragte ich.

Er lachte und hielt mir die Münze unter die Nase. »Ein alter Trick von mir. Ich werfe den Halbdollar hoch und rate in Gedanken, ob Adler oder Zahl fällt, aber ich rate verdammt oft falsch.«

Er warf die Münze hoch, fing sie auf und ballte die Hand zur Faust. »Jetzt zum Beispiel rate ich Zahl«, sagte er und öffnete die Hand. Die Rückseite mit dem Adler lag oben. »Natürlich falsch«, sagte er lachend, schnippte den halben Dollar hoch und fing ihn.

»Halt!« rief ich. »Lassen Sie mich raten − Adler!« Als er die Hand öffnete, lag der Adler oben. Er hielt mir den halben Dollar hin.

»Was soll das?« fragte ich.

»Sie haben gewonnen«, erklärte er gleichmütig.

»Wir haben nicht um Geld gespielt«, wehrte ich ab, aber er bestand darauf, daß ich die Münze annahm. Ich hätte sie ehrlich gewonnen. Schließlich gab ich nach. Ich wollte den Mann, der mir ein Zweidollarzimmer beschaffen konnte, nicht verärgern.

»Jetzt müssen Sie mir Revanche geben«, sagte er, als ich den halben Dollar eingesteckt hatte. Das sah ich ein.

»Spielen wir um einen ganzen Dollar«, schlug er vor. Ich seufzte, dachte an das Zimmer seiner Schwägerin und die gleichen Chancen für beide und stimmte zu. Ich gewann wieder. Er gab mir den Dollar.

Danach gewann ich noch einmal und dann er. Dann aber wieder ich, noch einmal ich, dann wieder er − er noch einmal, er wieder, und von nun an gewann nur noch er.

Nach einer halben Stunde mußte ich den letzten Zehndollarschein zum Wechseln aus der Brieftasche nehmen. Während ich den Schein hervorzupfte, erwischte ich ein ganz impertinentes Lächeln des Burschen, und mir ging ein tausendkerziger Scheinwerfer auf. Ich steckte die Brieftasche wieder weg, faßte seinen Jackenärmel und sagte: »Du spielst nicht fair, mein Junge. Du beherrschst das Spiel zu gut. Ich wette meine letzten zehn Dollar, daß du tausendmal hintereinander Adler oder Zahl werfen kannst, wenn du willst. Raus mit meinen Dollars!«

Er tat, als habe er nicht verstanden. »Unsinn! Sie haben eine Pechsträhne. Sie müssen nur durchhalten. Das nächste Spiel kann alles wenden.«

»Los!« sagte ich. »Eins, zwei . . .«

Er riß sich los, sprang auf und zischte wie eine Rakete davon. Er kannte sich aus. Wie ein Wiesel sauste er durch die Büsche. Mit hundert Yard Vorsprung erreichte er die 5. Avenue, erwischte das letzte Grünlichtflackern eines Fußgängerüberganges und verschwand auf der anderen Straßenseite im Menschengewühl. Ungeachtet der inzwischen auf Rot umgesprungenen Ampel stürzte ich ihm nach. In derselben Sekunde setzte sich die Automeute in Bewegung. Ich rannte einem Schlitten vor den Kühler, dessen Fahrer hart in die Bremse steigen mußte. Im Handumdrehen hatte ich eine erstklassige Verkehrsstockung produziert. Die Waren stauten sich. Hupen brüllten von allen Seiten auf mich ein. Einige Leute machten sich die Mühe, die Fensterscheiben herunterzukurbeln, um mir zu sagen, was sie von mir hielten.

Schließlich tauchte ein Cop auf und fischte mich von der Fahrbahn. Mit ein paar Handbewegungen und einigem Pfeifengetriller brachte er den Autostrom wieder in Fluß.

»Tut mir leid, Sergeant, daß ich beim falschen Licht über die Straße sauste«, erzählte ich, während er in einem Notizbuch zu schreiben begann. »Ein häßlicher magerer Bursche nahm mir siebenundvierzig Dollar mit einem Zahl-Adler-Schwindel ab. Er mußte unmittelbar an Ihnen vorbeigerannt sein, Sergeant. Er trug einen karierten Anzug und eine gelbe Krawatte. Hören Sie, Sergeant, vielleicht sollten Sie etwas unternehmen, um ihn zu fassen. Er kann noch nicht weit sein.«

Während ich sprach, nickte der Cop von Zeit zu Zeit. Dann riß er das ausgefüllte Formular aus seinem Buch, hielt es mir hin und sagte: »Fünf Dollar.«

»Warum?« fragte ich entsetzt.

»Weil Sie bei Rotlicht die Fahrbahn überquert haben. Sie können sich weigern und eine Vorladung beim Schnellgericht beantragen. Das Schnellgericht verurteilt als Mindeststrafe zu zwanzig Dollar.«

Ich muß ein unendlich dämliches Gesicht gemacht haben. Der Cop lachte, die Passanten lachten, und ein untersetzter breiter Mann mit einem leichten Strohhut auf dem Kopf und daumendicken Perlen an der Krawatte lachte ebenfalls.

Er tippte dem Polizisten auf die Schulter. »Ich zahle!« Ein Fünfdollarschein tauchte zwischen seinen kurzen dicken Fingern auf.

»Nett von Ihnen, daß Sie mit dem Anfänger Mitleid haben, Mister«, meinte der Cop und tauschte Geldschein gegen Quittung.

Der Strohhutträger faßte meinen Ärmel und zog mich mit sich.

»Neu hier?« erkundigte er sich.

»Aus Harpers Village im Staate Connecticut.«

Er musterte mich von der Seite. Sein Gesicht war viereckig mit einem massiven Kinn, einer wuchtigen Nase und kleinen dunklen Augen, die er gewohnheitsmäßig ein wenig zusammenkniff. Wenn er lachte, zeigte er kräftige gelbe Zähne.

»Ich hab 'ne Schwäche für Anfänger. Brauchst du einen Job?«

»Nötiger denn je. Ich besitze noch zehn Dollar.«

»Ich heiße Brerrik, Frederic Brerrik. Ich besitze ein Nachtlokal und brauche einen stämmigen Portier. Siebzig Dollar die Woche, ungerechnet die Trinkgelder. Wohnung und Verpflegung im Haus. Einverstanden?«

Ich hielt dieses Angebot für einen glatten Glücksfall. Ich stammelte meinen Dank und bat, nur noch meinen Koffer aus dem Park holen zu dürfen.

»Unsinn!« Mr. Brerrik lachte. »Der hat längst einen Liebhaber gefunden. Außerdem würdest du in deinen Connecticut-Klamotten doch nicht mehr lange herumlaufen wollen. Komm! Mein Wagen steht dort drüben auf dem Parkplatz.«

Der Wagen meines Chefs entpuppte sich als schwerer Cadillac. Hinter dem Steuer saß ein pockennarbiger Bursche, zwischen dessen Lippen eine Zigarette verqualmte. »Das ist ist Dane Brush«, sagte Brerrik. »Dane ist meine rechte Hand.«

Der Pockennarbige warf mir einen Blick aus seinen nachtschwarzen Augen zu, der so liebenswürdig war wie der Augenaufschlag eines hungrigen Panthers. »Was willst du mit dem Provinzler, Brew?« fragte er.

»Unser neuer Portier! Sieh dir seine Schulterbreite an.«

Brush spuckte mir die Zigarette vor die Füße. »Wie heißt du?«

»Jeremias Cotton.«

Das finstere Gesicht erhellte sich zu einem hingerissenen Grinsen. »Ein hübscher Name.«

Brerrik trompetete Gelächter. »Steig ein, Jeremias!«

Brerriks Nachtlokal lag in der alten Bowery, in der Pearl Street am Rand von Chinatown. Das Haus war schmalbrüstig und hatte zwei Eingänge, von denen der eine in das Lokal, der andere zu dem Treppenhaus und damit zu den Zimmern in den oberen Stockwerken führte. Über dem Eingang zum Lokal hing ein altes Schild: ›Brerriks alkoholfreie Getränkestube.‹ Mein Chef bemerkte meinen überraschten Blick.

»Das stammt noch aus der Prohibition«, erklärte er. »Wir halten auf Tradition.« Er wies mit dem Daumen auf den Eingang. »Hör zu, mein Junge. Was da drinnen vorgeht, interessiert dich nicht. Du stehst hier draußen und läßt niemanden herein, der nicht das Stichwort kennt. Wir sind ein exklusiver Klub. Wir suchen uns unsere Gäste aus. Dane, zeig ihm sein Zimmer.«

Der pockennarbige Brush führte mich durch den zweiten Eingang und ein schmales Treppenhaus zu einem Zimmer in der dritten und letzten Etage. Es enthielt einen Schrank, einen Radioapparat, ein Bett und ein Waschbecken. Licht erhielt es durch ein Fenster, von dem aus man einen Teil des Daches überblicken konnte. Brush öffnete den Schrank. Drei Anzüge und eine rote, goldbetreßte Portiersuniform hingen darin.

»Ich nehme an, daß dir die Uniform paßt. Ray hatte ungefähr deine Figur.«

»Wer ist Ray?«

»Dein Vorgänger. Die Anzüge gehören ihm auch. Du kannst sie benutzen wie die Uniform.«

»Warum hat dieser Ray seine Klamotten nicht mitgenommen?«

Brush klemmte sich eine Zigarette zwischen die Zähne. »Du fragst viel, Anfänger. Nun ja, es gab Unregelmäßigkeiten, und Brerrik jagte ihn mit Fußtritten davon. Wer vom Boß mit Fußtritten vor die Tür gesetzt wird, findet keine Zeit mehr, die Koffer zu packen. Denk daran! Und jetzt probier die Uniform an!«

16

Ich streifte die Jacke ab und schlüpfte in den Tressenrock. Dane Brush grinste. »Gar nicht schlecht. Um zehn Uhr stehst du unten. Vorher will ich dich nicht sehen. Tagsüber kannst du tun und lassen, was du willst.«

»Und das Stichwort?«

»Drei Apfelsaft mit Schokolade.«

Ich traute meinen Ohren nicht. »Wie war das?«

»Drei Apfelsaft mit Schokolade, du hast richtig gehört. Brew wählt immer Stichworte, die irgendwie mit seiner Prohibitionsvergangenheit zusammenhängen. Wir wechseln das Stichwort in gewissen Abständen. Für jeden, der das gültige Stichwort nicht kennt, ist der Laden geschlossen. Klar?«

»In Ordnung! Drei Apfelsaft mit Schokolade, oder er rennt sich den Kopf an mir ein.«

»Links neben deinem Platz vor der Tür befindet sich eine Klingel in einer Mauernische. Wenn du Schwierigkeiten hast, mit denen du allein nicht fertig wirst, drückst du den Knopf.«

Er drehte sich auf dem Absatz um und verließ grußlos meine Bude. Ich blickte an mir herunter und spielte mit den Goldtressen. Nun ja, 'ne Menge Leute waren schlechter gestartet als mit 'nem Portiersjob für einen Nightclub.

Pünktlich um zehn Uhr baute ich mich vor dem Eingang zu dem Klub auf. Dane Brush kam heraus und zeigte mir den Klingelknopf. Er trug einen Smoking, aber die übliche Zigarette klebte an seiner Lippe. Er schlenderte den langen Gang zurück, der in den Garderobenraum führte. Eine Pendeltür trennte Gang und Garderobe voneinander. Wenn die Pendeltür aufschlug, sah ich ein wenig roten Samt und hörte verwehte Musik einer Band.

Eine Stunde vor Mitternacht fuhr ein Wagen vor, eine schwarze geschlossene Limousine. Zwei Männer stiegen aus, schwere, breitschultrige Burschen. Sie blieben auf dem Bürgersteig stehen und sahen sich gründlich um. Einer von ihnen ging ein Dutzend Schritte die Straße hinauf, der andere wechselte auf die andere Straßenseite hinüber und sah sich dort ebenfalls langsam und gründlich um.

Sie kamen zurück, und einer von ihnen hob die Hand. Daraufhin wurde die Fondtür des Autos geöffnet. Ein großer schlanker Mann im Smoking sprang aus dem Wagen. Seine Bewegungen waren weich, geschmeidig und ein wenig schleichend. Er wartete, bis eine Frau ebenfalls den Wagen verlassen hatte.

Die Lady sah atemberaubend aus. Sie trug einen Pelzmantel, den sie nicht geschlossen hatte. Ihr Cocktailkleid begann ziemlich spät, aber was oben an Stoff fehlte, hatte sie durch Schmuck und Schminke ersetzt. Das Haar fiel ihr in einer einzigen tizianroten Welle bis auf die Schultern.

Sie nahm den Arm des Mannes. Auf dem schwarzen Stoff des Smokings leuchteten ihre Fingernägel wie rote Opale. Die Boxergesellen schlossen sich an.

Ich holte tief Luft. Die Leibwächter des Mannes und der Mann selbst sahen so aus, als ließen sie sich auch nicht durch eine Kompanie goldbetreßter Portiers davon abhalten, dorthin zu gehen, wohin sie zu gehen wünschten.

Der Mann nickte knapp und sagte: »Drei Apfelsaft mit Schokolade — Brews Stichworte werden immer blödsinniger.« Er lächelte seine Begleiterin an. Ich sah, daß er ein schlechtes, lückenhaftes Gebiß hatte.

Die Lady rauschte an mir vorbei. Für wenige Sekunden hüllte mich die Wolke ihres Parfüms ein. Ich vergaß meine Portiersrolle und starrte ihr nach. Einer der Leibgardisten verpaßte mir einen Rippenstoß mit dem Ellbogen. »Mach Platz!« knurrte er. Er hatte das zerhämmerte Profil eines Berufsboxers. Den anderen entstellte eine Narbe, die sich vom Auge bis in den linken Mundwinkel zog.

Es gab in dieser meiner ersten Portiersnacht keine Schwierigkeiten.

Ungefähr gegen vier Uhr verließen die ersten Gäste den Klub. Manche lachten, einige fluchten oder zeigten finstere Gesichter. Trinkgelder tropften in meine Hand. Ich dankte, öffnete Wagentüren, schloß sie, legte die Hand an meine Portiersmütze, verbeugte mich.

Ich wartete darauf, daß die rothaarige Frau wieder erschien, aber um sechs Uhr, als das graue Licht des beginnenden Tages längst die Straße erhellte, waren weder sie noch ihre Begleiter aufgetaucht. Statt dessen erschien Dane Brush. Sein Kinn schimmerte schwärzlich von Bartstoppeln. Die Zigarette klebte an seiner Unterlippe.

»Du kannst 'raufgehen!« befahl er. »Schluß für heute.«

Es dauerte nicht lange, bis ich mich bei meinem Job und in New York wohl fühlte. Ich stand jede Nacht rund acht Stunden vor ›Brerriks alkoholfreier Getränkestube‹. Es gab wenig Ärger mit Leuten, die das Stichwort nicht kannten und trotzdem den Klub betreten wollten. Die schlichte Aufmachung des Ladens lockte kaum jemanden an, der nicht wußte, was sich hinter der Tür verbarg.

Ich fand Mr. Brerriks Geheimnis sehr schnell heraus, obwohl ich während der ersten vier Wochen nicht einmal das Innere des Klubs zu sehen bekam, aber ich lernte die Kellner, die Animiermädchen und die Barkeeper kennen. Aus ihren Andeutungen reimte ich mir zusammen, welche Attraktionen Brerrik seinen Gästen bot. Die Bestätigung erhielt ich von einem Mädchen, das an der Bar arbeitete, Kitty hieß, blonde Haare besaß und sich bereit erklärte, mir tagsüber New York zu zeigen.

Die traditionsreiche, alkoholfreie Getränkestube bestand wie zur Zeit des Alkoholverbotes, aus zwei Abteilungen. In den vorderen Räumen wurden zu damaliger Zeit Milch und Fruchtsäfte ausgeschenkt, in den Hinterzimmern hingegen Whisky, Brandy und Gin. Heute hatte Brerrik die Vorderräume in einen erstklassigen Nightclub verwandelt. In den Hinterzimmern wurde gespielt. Mr. Brerriks alkoholfreie Getränkestube war nichts anderes als eine Spielhölle.

Vielleicht hätte ich moralische Bedenken haben sollen, aber, offen gestanden, ich hatte sie nicht. Wenn die Leute zuviel Geld besaßen, so mochten sie es meinetwegen in Mr.

Brerriks Rachen werfen. Der Boß zahlte mir pünktlich meine siebzig Dollar, und die Gäste knauserten nicht mit Trinkgeldern. Kitty wurde immer freundlicher zu mir. Kurz und gut, ich war auf dem besten Wege, New York großartig zu finden. Dann geschah es.

Es war eine Nacht wie alle anderen. Ich stand seit vier Stunden auf meinem Posten. Zwar zählte ich die Gäste nicht, aber ich hatte den Eindruck, daß im Klub in dieser Nacht weniger los war als gewöhnlich.

Kurz vor zwei Uhr morgens fuhr die schwere schwarze Limousine vor, die in der ersten Stunde meines Dienstes den schlanken Mann mit den schlechten Zähnen, die rothaarige Frau und die beiden Leibwächter gebracht hatte. Seitdem hatte ich keinen von ihnen wiedergesehen. Ich überquerte den Bürgersteig und riß den Schlag auf. Offen gestanden, ich war ziemlich neugierig darauf, die Frau wiederzusehen und ihr Parfüm zu riechen.

Der Gorilla mit dem zerschlagenen Boxergesicht stieg als erster aus. »Schon gut, Admiral!« knurrte er mich an und schob mich zur Seite. Sein Kumpan mit der Narbe tauchte auf. Wie beim ersten Besuch inspizierten sie die Umgebung. Dann ging der Boxer zum Wagen und sagte: »Okay, Jim!«

Der Chef saß hinter dem Steuer. Er öffnete den Wagenschlag, und jetzt erst stellte er den Motor ab. Er trug einen Trenchcoat über dem Smoking. Eine dunkle Brille verdeckte seine Augen. Die Rothaarige war nicht im Wagen. Ich bedauerte es so sehr, daß ich fast vergaß, die Besucher nach dem Stichwort zu fragen.

Der Boxer blaffte: »Geh zum Henker!« Er schob mich mit seinen Händen von Kohlenschaufelformat zur Seite.

Ich wich zwei Schritte zurück, baute mich vor dem schmalen Eingang auf und sagte: »Ich kann Sie nicht 'reinlassen, wenn Sie das Stichwort nicht kennen.« Mir paßte die Art nicht, in der der Mann mich behandelte. Mir paßten die Gesichter aller drei nicht. Ich war durchaus bereit, ihnen zu zeigen, daß sie auf mir nicht ungestraft herumtreten konnten.

Der Chef legte dem Boxer die Hand auf den Arm. »Halt den Mund, Rod!« Zu mir gewandt, sagte er: »Vierfruchtcocktail. Stimmt's?«

Er wartete meine Antwort nicht ab, sondern ging an mir vorbei. Ich hatte keinen Grund, ihn aufzuhalten. Seit sechs Tagen lautete das Stichwort so. Die Leibgardisten folgten dem Boß. Der Boxer spuckte mir im Vorbeigehen verächtlich vor die Füße.

Ich lehnte mich, als die drei Männer hinter der Pendeltür am Ende des Ganges verschwunden waren, mit dem Rücken gegen die Hausmauer. Irgend etwas mit meinen Schuhen war nicht in Ordnung. Ich hatte sie neu gekauft. Nun brannten meine Füße vom Stehen. Ich überlegte, ob ich es riskieren könnte, hinaufzugehen, um die Schuhe zu wechseln. Ich hatte den Eindruck, daß in dieser Nacht nicht mehr viel Gäste kommen würden.

Wahrscheinlich hatte ich für einige Minuten meine Gedanken nicht voll zusammen, denn ich bemerkte den Mann erst, als er unmittelbar vor mir stand. Er lächelte, tippte an seinen Hut, sagte: »Hallo!« und schickte sich an, lässig an mir vorbeizuschlendern. In letzter Sekunde sperrte ich den Eingang mit ausgestrecktem Arm.

»Heute geschlossen!« sagte ich.

Er war etwas kleiner als ich, und er hatte ein helles, gutgeschnittenes Gesicht. Obwohl der Hut seine Haare verdeckte, nahm ich an, daß sie blond waren. Er kniff die Augen leicht zusammen, schüttelte den Kopf und meinte: »Als Lügner sind Sie ein glatter Anfänger.«

Er griff in die Brusttasche und zog einen handtellergroßen Ausweis heraus, den er mir unter die Nase hielt. »FBI!« sagte er. »Sie haben keine Möglichkeit, mich am Betreten eines öffentlichen Lokals zu hindern.« Er tippte mit dem Zeigefinger auf meinen Arm. »Besser, Sie nehmen diese Schranke weg.«

Ich schwitzte. Immerhin wußte man auch in Harpers Village, daß es eine Organisation wie den FBI gab, aber ich hatte nie damit gerechnet, einem Agenten dieser Organisation gegenüberzustehen — noch dazu als Gegner. Für mich galt Brerriks Befehl, niemanden ohne Stichwort in den Laden zu lassen.

Ich nahm den Arm nicht zurück. Mit der freien Hand tastete ich nach dem Klingelknopf in der Nische.

»Lassen Sie die Hand sinken!« befahl der FBI-Agent ruhig, aber zwei Tonlagen schärfer. »Sie bringen sich in Teufels Küche, wenn Sie Ihren Chef zu warnen versuchen.« Ein Lächeln erschien auf seinen Lippen. »Berühren Sie nicht den Klingelknopf. Es kann Sie einige Jahre kosten.«

Ich gehorchte nicht, sondern versuchte, den Zeigefinger auf den Klingelknopf zu bringen. Der blonde FBI-Mann schlug aus der Schulter heraus zu. Seine Faust krachte mit der Wucht eines Fallhammers auf mein Kinn. In meinem Gehirn erlosch das Licht wie ausgeknipst.

Als mir der eigene Name wieder einfiel, fand ich mich, mit dem Rücken gegen die Wand gelehnt, auf dem Pflaster sitzen. Ich schüttelte den Kopf, um die Watte loszuwerden, die mein Gehirn einhüllte. Als ich aufstand, hörte ich schrilles Frauengeschrei aus dem Innern des Nightclubs. Gleichzeitig zerklirrte Glas.

Ich rannte den Gang entlang, warf mich durch die Pendeltür, zischte durch den Garderobenraum und sprang die drei Stufen hinunter, die in den Klubraum führten.

Ich sagte Ihnen schon, daß ich das Innere dieser merkwürdigen Getränkestube nie betreten hatte. In dieser Minute sah ich zum erstenmal, wieviel Samt, Brokat und Chrom sich hinter dem schäbigen Eingang verbargen. Im übrigen aber war in Mr. Brerriks Unternehmen der Teufel los. Ein Teil der Gäste rannte wie ein Schwarm aufgescheuchter Hühner durcheinander. Andere waren in Deckung gegangen oder saßen wie erstarrt an den Tischen. Drei, vier Frauen kreischten, als stünden sie mitten in einer Mäuseinvasion.

Auf der Tanzfläche stand der G-man. Der Henker mochte wissen, was während meiner Traumminuten mit ihm geschehen war. Sein linker Arm hing schlapp herab. In der rechten Faust schwang er einen Stuhl und versuchte, sich damit den Boxer und den Mann mit der Narbe vom Leib zu halten. Beide umkreisten ihn. Am Rand der Tanzfläche stand der Boß. Er hatte den Kopf zwischen die Schultern gezogen. Sprungbereit lauerte er darauf, daß seine Gorillas ihm den G-man zutrieben.

Die entscheidenden Minuten des Lebens erkennen die meisten Menschen erst viel später. Mir ging es nicht anders. Ich sah, daß die Schläger und ihr Chef im Begriff waren, den FBI-Agenten fertigzumachen. Ich sah, daß drei intakte Männer gegen einen verwundeten kämpften. Das gab den Ausschlag.

Ich rannte einen Tisch, zwei Sessel und eine kreischende Lady auf meinem Weg zur Tanzfläche um. Ich packte den Boxer am Arm und riß ihn herum.

»Aufhören!« schrie ich. »Der Mann ist FBI-Beamter!« Verdammt, ja, ich war ein Bursche aus einem Dorf in Connecticut, ein Anfänger im Umgang mit Gangstern, und ich glaubte noch an gutes Zureden.

Der Boxer schlug zu. Zum zweitenmal handelte ich mir einen Haken ein, aber dieser Hieb erwischte mich nur an der Schulter. Ich stürzte mich auf den Burschen und erwischte ihn mit einem glücklichen Griff. Obwohl er schwer war wie ein Kleiderschrank, riß ich ihn, bevor er mich abschießen konnte, vom Boden hoch und warf ihn seinem Kumpel auf die Figur. Das Tanzparkett dröhnte, als die ochsenschweren Kerle gleichzeitig zu Boden stürzten.

»'raus!« schrie ich den G-man an. »Laufen Sie, Mann!« Ich wußte, daß ich die Gangster nicht unten halten konnte. Ihr Boß am Rand der Tanzfläche hob die rechte Hand. Ich sah das Blitzen einer Messerklinge.

Mit einem Ruck riß ich dem FBI-Mann den Stuhl aus den Fingern, schwang ihn über dem Kopf und ließ ihn fliegen. Der Boß konnte nicht mehr ausweichen.

Ich raste los, der G-man rannte einen halben Schritt hinter mir. Auf der obersten der drei Stufen zum Garderobenraum stand Dane Brush. Ich kapierte, daß auch mit ihm jedes Verhandeln sinnlos war. Ich zog den Kopf ein, schob die Schultern vor und rannte ihn über den Haufen.

Der G-man und ich erreichten gleichzeitig die Straße. »Und jetzt?«

»Weiter!« drängte er. »Wenn sie uns jetzt noch erwischen, knallt es.«

In langen Sätzen überquerte er die Fahrbahn. Ich hielt mich dicht hinter ihm. Wir erreichten die Ecke der nächsten Querstraße und erwischten ein Taxi.

Während das Taxi durch bogenlampenhelle Straßen fuhr, sah mich der Fremde einigemal von der Seite an. Dann nahm er mit der gesunden Hand sein Etui aus der Tasche und bot mir eine Camel an. Ich bediente mich. »Übrigens vielen Dank«, sagte er. »Sie kamen in der richtigen Minute. Noch etwas länger, und sie hätten mich erledigt.«

Ich gab ihm Feuer. »Nicht der Rede wert«, winkte ich nicht ohne Bitterkeit ab.

»War riesig nett von Ihnen. Und einen anderen Job für Sie habe ich vielleicht. Übrigens, mein Name ist Phil Decker.«

Na also, wieder einmal. Ich murmelte mein ›Jeremias Cotton‹ möglichst undeutlich, und ihm tat wohl auch sein Arm zu weh, um irgend etwas komisch zu finden.

Das Taxi hielt vor einem großen Mietblock. Phil bezahlte, schloß auf, und wir fuhren mit dem Lift in den sechsten Stock, wo er ein kleines Apartment hatte.

Natürlich war ich sehr stolz, bei einem G-man zu Gast zu sein. Jeder Junge in den Staaten, selbst, wenn er aus Harpers Village stammte, kannte die Geschichte des FBI, der Bundeskriminalpolizei, und begeisterte sich an den Taten ihrer Beamten, die nur G-men genannt wurden, was ursprünglich Goverment-men — Regierungsmänner — bedeutet hatte, aber vielfach auch mit Gun-men — Revolvermänner — übersetzt wurde. »Los, erzähle mehr!« forderte ich ihn auf.

Es stellte sich heraus, daß sein Vater Arzt in Detroit war. Phil hatte in Harward Medizin studiert und sollte die Praxis seines alten Herrn übernehmen, als er bei einem Urlaub in Chicago sah, wie Gangster auf der Straße einen Mann zusammenschossen. Da hängte er sein Studium an den Nagel und meldete sich beim FBI.

»Solche Erlebnisse haben wir fast alle gehabt«, sagte er nachdenklich. Er erzählte vom Chef des Distrikts New York. Ursprünglich war er Rechtsanwalt gewesen, ein feiner stiller Mann, der wie ein Gelehrter aussah, John D. High mit Namen. Eines Tages verübten Gangster einen Überfall auf eine kleine Bank in der Bainbridge Avenue. Sie schossen wie die Wilden um sich, und Highs Frau und sein Töchterchen wurden tödlich getroffen. Seitdem war John D. High der erbittertste Gegner des Verbrechertums, und viele Erfolge der G-men waren in erster Linie sein Verdienst, seit er die Leitung hatte.

»Mensch, Phil!« rief ich und schlug ihm aufs Knie. »Kannst du nicht mal mit Mr. High sprechen, ob er einen Posten für mich hat, wenn es auch nur als Portier wäre?«

Vor Aufregung tat ich die ganze Nacht kaum ein Auge zu. Gegen acht Uhr fuhren Phil und ich in die 69. Straße. An dem Haus Nr. 201 hing ein unauffälliges Schild ›Federal Bureau of Investigation, Bezirk New York‹. Das war das Hauptquartier der G-men.

In der ersten Etage saß in einem Büroraum mit vier Telefonapparaten, einem Hausmikrofon und einer großen Karte von New York, auf der Dutzende von Fähnchen steckten, an der Wand ein großer schlanker Mann, dessen schwarze Haare an den Schläfen stark ergraut waren. Seine grauen Augen musterten mich scharf.

»Nun?« fragte er Phil.

Phil machte keine großen Geschichten, sondern berichtete schlicht. »Ich benahm mich recht ungeschickt, Chef. Ich wäre erledigt gewesen, wenn dieser Mann hier mich nicht 'rausgehauen hätte.«

Mr. High musterte mich, und ich wurde rot.

»Was taten Sie dort?« fragte er.

»Ich war der Portier in Brerriks Getränkestube.«

Ein kleines Erstaunen zeigte sich in seinem Gesicht.

»Und trotzdem halfen Sie unserem Mann?«

Ich drehte verlegen den Hut, den Phil mir gepumpt hatte, in den Händen. »Kann nun einmal nicht sehen, wenn viele auf einen losdreschen.«

Phil grinste seinen Chef an. »Ich glaube, er ist richtig.«

»Wie heißen Sie?« fragte Mr. High.

Da war es. Ich mußte es sagen, sogar laut und deutlich: »Jeremias Cotton.«

Phil brüllte vor Lachen. Mr. High lächelte. »Komischer Name«, sagte er. »An dem Cotton kann man nichts ändern, aber Jeremias? Warum lassen Sie sich nicht Jerry rufen?«

Ich hätte ihn umarmen können. Er war so freundlich zu mir. Von dieser Stunde an liebte ich ihn, nicht nur, weil er mir einen neuen und besseren Namen gegeben hatte, sondern weil er von Kopf bis Fuß ein feiner Kerl war.

»Wollen Sie ein G-man werden?«

Ich nickte. Er begann, mich furchtbar auszufragen, nach Dad, Mamy, Harpers Village, Brerriks Bude. Selbst nach Tante Henny fragte er. Als das erledigt war, schien er zufrieden.

»Jerry«, sagte er, »machen Sie sich keine falschen Vorstellungen von unserem Beruf. Sie können keinen Ruhm und keine Reichtümer bei uns ernten, aber sehr leicht Kugeln und Messerstiche. Sie haben keine Tag- und Nachtruhe mehr. Sie müssen unendlich viele Dinge lernen, von denen jedes einzelne in einem normalen Bezug zu Wohlstand verhelfen könnte, bei uns aber nur zum Fang von Verbrechern dient. Und, Jerry, Sie müssen ein starkes Herz und einen festen Charakter haben. Man wird Ihnen Unsummen anbieten, Summen, mit denen Sie Ihr Leben in Frieden beschließen könnten, aber nichts darf Ihnen soviel wert sein wie die Gerechtigkeit, nicht einmal Ihr eigenes Leben. Wollen Sie immer noch bei uns eintreten?«

26

Das war eine verdammt lange Rede, voller rosiger Zukunftsaussichten, aber wenn ich an die Galgengesichter in Brerriks Bude und an Mr. Highs Frau und sein Töchterchen dachte, dann fiel es mir trotzdem nicht schwer, ja zu sagen.

Mein neuer Chef drückte mir die Hand.

»Ich muß noch einige Auskünfte über Sie einholen, Jerry«, sagte er. »Morgen wird Phil Sie nach Quantico bringen. Das ist unsere ABC-Schule.« Zu Phil gewandt, meinte er: »Sagen Sie Neville, er soll sich Jerry vorknöpfen.«

Drei Monate nahm mich Neville in die Mache, schlug mich dreimal täglich k. o., ließ mich jeden Tag rund fünfzig Schuß verschießen, legte mich immer wieder im Jiu-Jitsu aufs Parkett und brachte mich manchmal fast zum Weinen, wenn ich keinen Schlag landen konnte.

Doch nicht nur Neville quälte mich. Andere G-men-Lehrer paukten mir die Namen und das Aussehen Hunderter von Gangstern ein. Dreihundertvierundsiebzig Schußwaffenmodelle mußte ich auf Anhieb zerlegen und zusammensetzen können. New Yorks Stadtplan ohne Straßenangaben wurde mir vorgelegt, und jede Straße, auf die der Finger meines Lehrers tippte, mußte ich nennen können. Man brachte mir Morsen und Autofahren bei. Man quälte mich mit Gesetzeskunde und Habeas-Corpus-Recht.

Das tollste war der Schauspielunterricht. Ich lernte, das Benehmen eines Gangster, eines Gentleman, eines Friseurs, eines Professors und so weiter. Hätte Mr. High nicht von Zeit zu Zeit zu mir gesagt: »Es geht gut, Jerry«, ich hätte, weiß Gott, doch noch aufgegeben.

An einem Montagmorgen ließ mich der Chef rufen.

»Jerry«, sagte er in seiner ruhigen Art. »Sie sind weit genug. Heute abend will ich mir einmal ansehen, was Sie gelernt haben. Wenn ich zufrieden bin, schicke ich Sie morgen mit Phil.«

Mir schwoll die Brust vor Stolz. Ich trainierte den ganzen Tag über eifrig. Am Abend gegen sechs Uhr kam Mr. High und brachte Phil Decker mit.

»Damit es mehr Spaß macht, bringe ich Ihnen Phil als Gegner«, lächelte er.

Wir kletterten in den Ring. Ja, nun konnte ich endlich Revanche für den Schlag aus meiner Portierszeit nehmen. Phil war einiges leichter als ich, aber sehr schnell. Es dauerte ein paar Minuten, bis ich ihn richtig vor die Flinte bekam, aber dann war er in drei Sekunden groggy und in einer halben Minute auf dem Boden.

Im Schießen war Phil mir noch über. Er schaffte acht Treffer auf neun, ich nur fünf, dafür machte ich ihn im Jiu-Jitsu wieder restlos fertig.

Er rieb sich ächzend das Kreuz und sagte zu Mr. High: »Das war immer schon seine Spezialität. Mit der Leibgarde von Pickford hat er es in Brerriks Bude genauso gemacht.«

Jetzt nahm mich Mr. High persönlich vor. An die siebzig Fragen mußte ich ihm beantworten, teilweise mußte ich sie in Morsezeichen klopfen. Ich geriet sehr schnell in Schweiß, und zum Schluß verlangte er, ich soll mit ihm reden, wie ein Friseur mit seinem Kunden im Barbierladen spricht.

»Okay«, sagte mein Chef nur zum Schluß. Neville grinste mich an, und Phil hieb mir einen gewaltigen Schlag auf die Schulter und rief: »Prima, Boy, ab morgen sind wir Partner.«

Mr. High saß wie immer hinter seinem Schreibtisch, als wir am anderen Morgen bei ihm eintraten.

»Setzt euch!« forderte er uns mit einer Handbewegung auf. »Hört zu. Wir haben Pickford in Brerriks Lokal nicht erwischt. Seitdem ist er wie von der Bildfläche verschwunden, aber ich bin sicher, daß er noch in New York ist. Wir wissen, daß er eine gefährliche Bande um sich geschart hat.«

Er blätterte in einem Aktenstück. Ich mußte dabei immer auf seine Hände sehen. Sie waren schmal und schlank wie die Hände eines Gelehrten oder eines Künstlers.

»Pickfords Gangsterlaufbahn begann vor fünfzehn Jahren«, fuhr er fort. »Damals machte er Handlangerdienste für

Automaten-Casco, der die Geschäfte im Harlem-Bezirk kontrollierte. Ich wißt, wie ein solches Geschäft aussieht. Cascos Leute, unter ihnen auch Pickford, gingen in die Läden von Harlem, angefangen vom kleinsten Milchgeschäft bis zu den Kaufhäusern, von den kleinen Kneipen bis zu den großen Speiserestaurants. Sie lümmelten sich an die Theken und erklärten den erstaunten Besitzern, daß sie unbedingt Schutz nötig hätten vor willkürlichen Störungen des Betriebes. Gegen Zahlung einer recht hohen Gebühr, die aber immer dem Einkommen des Mannes oder der Firma angepaßt war, wären sie bereit, diesen Schutz zu übernehmen. Stimmten die Leute zu, dann war alles in Ordnung. Weigerte sich aber ein Geschäftsmann, dann wurde ihm die Hölle heiß gemacht. Es fing damit an, daß ihm nachts die Schaufensterscheibe eingeworfen wurde. Blieb er weiter hartnäckig, wiederholte sich der Spaß, und als zusätzliches Druckmittel schnitt man ihm vielleicht die Reifen seines Lastwagens durch. Nutzte auch das noch nichts, bezog er bei passender Gelegenheit eine furchtbare Tracht Prügel, die ihn für Monate arbeitsunfähig machte, und danach war er meistens reif.«

Mr. High machte eine kleine Pause. Seine Stirn furchte sich. »Es gab Fälle«, sagte er leiser, »in denen die Geschäftsleute standhaft blieben. Sie riefen, wenn der Gangster am anderen Morgen grinsend über die Scherben der zertrümmerten Fensterscheibe stieg, um zu fragen, ob sie jetzt zahlen wollten, die Polizei. Pickford selbst wurde auf diese Weise zweimal gefaßt. Sein Chef Casco stellte ihm einen Rechtsanwalt. Trotzdem wurde er wegen räuberischer Erpressung in beiden Fällen zu Gefängnisstrafen verurteilt. Seine Hintermänner hat er nie preisgegeben. Die Geschäftsleute aber, die für seine Verhaftung gesorgt hatten, brave, biedere Bürger, wurden beide im Laufe der nächsten drei Monate ermordet.«

»Und man hat die Täter nie erwischt?« fragte ich.

Mr. High sah mich ernst an. »Nein. Was sich innerhalb der Bande abgespielt hat, wissen wir nicht. Jedenfalls war

Jim Pickford eines Tages Boß der Casco-Gang. Cascos Leiche wurde im Hafen gefunden, schrecklich entstellt. Seitdem kontrolliert Pickford die Geschäfte von Harlem und hat außerdem dort ein Nachtlokal, Starlight Bar. Vor zwei Monaten verhafteten wir einen Mann aus seiner Bande, der uns den Namen eines Mittäters verriet. Beide schworen, Zeugen von zwei Morden gewesen zu sein, die Pickford persönlich begangen hatte. Daraufhin stellte der Richter einen Haftbefehl gegen Pickford aus. Ihr könnt ihn also sofort festnehmen, wenn ihr ihn findet.«

Mr. High machte eine Pause. Dann fuhr er fort: »Ich komme jetzt zur Beschreibung Pickfords. Er ist ein etwas mehr als mittelgroßer schlanker Mann, hat ein schmales bleiches Gesicht, trägt gewöhnlich einen kleinen ausrasierten Schnurrbart. Seine Haare sind schwarz. Auf der linken Schulter hat er ein kreuzförmiges Muttermal. Im Gebiß oben links hat er zwei Goldzähne. Ist alles klar?«

Phil und ich nickten. Mr. High stand auf und drückte jedem von uns die Hand.

»Hals- und Beinbruch«, wünschte er.

Am Abend fuhren wir zum Hudson hinaus und spülten uns New Yorks Staub in einer anständigen Schwimmtour vom Körper. Nachher lagen wir am Strand in der letzten Sonne und besprachen die Einzelheiten unseres Vorgehens, bis wir uns über alles im klaren waren.

Ich sollte wohl nicht verschweigen, daß wir häufig abgelenkt wurden. Besonders die beiden Blondinen, die höchstens fünf Yards neben uns lagen und ihre verdammt braunen Körper bis auf zwei winzige Streifen zeigten, ließen uns das Wasser im Mund zusammenlaufen.

Ein Abendessen im Strandklub machte uns fit für neue Taten, und dann fuhren wir in unsere Wohnungen und warfen uns in Abendtoilette. Wir trugen beide schwer elegante Smokings, ein wenig zu elegant sogar, wie es sich für gut verdienende Gangster gehört. Allerdings hatte das Innenfutter einen kleinen Stempel: Eigentum der Bundesregierung der USA. Unsere Revolver, die den gleichen kleinen Stempel trugen, hatten wir in der Schulterhalfter unter der linken Achsel stecken.

Als Phil mich abholte, fiel mir zuerst die rote Nelke im Knopfloch des Smokings auf.

»Come on«, sagte er breit und langsam und ließ seinen Kaugummi aus dem Mund hängen. Er war schon mitten in seiner Rolle.

Die Starlight Bar lag an einer Ecke der 48. Straße in einer ziemlich feinen Gegend. Eine Unmenge Wagen parkten vor dem Eingang. Phil strich vorsichtig an einem der Autos vorbei und klopfte dagegen.

»Gepanzert«, flüsterte er mir zu.

Über dem Eingang hatte der Laden eine riesige Neonreklame mit Leuchtschrift, funkelnden Sternchen und allen Schikanen.

Wir benahmen uns unbeeindruckt. Phil tippte mit dem Finger an die Stirn, als mein Exkollege, der Portier, uns die Pendeltür aufriß, warf dem Garderobenmädchen, dessen eigene Garderobe aus einem Witz von Pagenkostüm bestand, den Hut zu, und dann steuerten wir, ohne die Hände aus dem Taschen zu nehmen, ins Lokal.

Donnerwetter, gegen diesen Laden war Mr. Brerriks Bude nur eine schäbige Vorortkneipe. Mit Mühe bewahrte ich meine lässige Haltung.

Chrom, Teppiche, Sessel, Glitzern und Flimmern, wohin man blickte. Eine 30-Mann-Kapelle produzierte wilde Jazz-Rhythmen, und über die rot ausgeschlagene Bühne strampelte gerade ein Dutzend Girls, die, hm, hauptsächlich Federn auf dem Kopf und Steppschuhe an den Füßen trugen, dazwischen nur ein bißchen Gold. Ich dachte an Tante Henny und zwang mich, nicht hinzusehen. Oder nur gelegentlich.

Ein Ober sauste diensteifrig herbei und führte uns an einen Ecktisch. »Die Herren wünschen?«

»Sekt!« bestellt Phil schnell, ohne mit der Wimper zu zucken.

Wir sahen uns ein wenig um. Die Frauen, eine schöner als die andere, trugen Kleider nach dem Motto: Zieh dir mit möglichst viel Stoff möglichst wenig an. Die Männer hatten durchweg einen erstaunlich kompakten Körper und trugen Smokings, die unseren ähnlich sahen. Sie waren alle zu elegant. Jedenfalls stand fest, daß wir hier keine Fremdkörper waren.

Als der Ober mit dem Sekt kam, sagte Phil und legte die Beine bequem auf dem Tisch zurecht: »Schick uns mal den Boß! Wir haben was Dringendes mit ihm zu besprechen.«

»Der Boß ist verreist«, erwiderte der Kellner.

»Wer schmeißt denn in der Zwischenzeit den Laden?«

»Mr. Grannock!«

»Gut, wir sind auch mit Mr. Grannock zufrieden.«

Der Kellner ging zu einem jüngeren blonden Mann, der an der Bar lehnte, sprach mit ihm und wies mit dem Kopf zu uns herüber. Der Blonde kam an unseren Tisch.

Er war ziemlich fett, nur sein Gesicht war im Verhältnis zu seiner Korpulenz erstaunlich schmal. Einiges an ihm gefiel mir nicht, aber er war sehr höflich.

»Womit kann ich Ihnen dienen, Gentlemen?« fragte er.

»Möchte ein kleines Geschäft mit Ihnen tätigen. Wir haben einiges an Ware, das wir zu Geld machen wollen. Haben Sie Interesse?«

»Was für Ware?«

»Pelze und Juwelen, nicht viel, aber gute Sachen.«

Der blonde Mr. Grannock lachte freundlich.

»Wir sind ein Nachtlokal, Gentlemen. Was sollen wir mit Pelzen und Juwelen? Sie haben sich in der Adresse geirrt. Ein Altwarenhändler wohnt zwei Straßen weiter.«

»Der Altwarenhändler zahlt uns zu schlechte Preise«, sagte Phil. »Fragen Sie Ihren Boß?«

Grannock trat einen Schritt näher. »Ach so, heiße Ware.« Mit einer schnellen Bewegung seiner Hand schob er Phils Füße vom Tisch. »Mr. Pickford ist verreist, aber außerdem kauft er nie heiße Ware. Ich habe alle Vollmachten und lehne nicht nur Ihr Angebot ab, sondern ersuche Sie auch, sich anständig zu benehmen.«

»Mach keinen Engel aus deinem Boß«, sagte Phil wütend. »Ich habe vor zehn Jahren schon mit ihm in Sing-Sing Gute-Nacht-Lieder gesungen.«

»Sie müssen ein besonders schwerer Junge sein, wenn Sie schon als Baby eingesperrt worden sind«, antwortete Pickfords Geschäftsführer, »denn viel mehr waren Sie vor zehn Jahren doch noch nicht!«

Sprach's, machte eine unverschämte kleine Verbeugung und verschwand.

Phil sah ihm mit vorgeschobener Unterlippe nach. Auch ich verfolgte Mr. Grannock mit den Augen, und dabei geriet eine andere Gestalt in mein Blickfeld.

»Mann«, sagte ich zu Phil, »wenn wir nicht schleunigst verschwinden, ist unsere Rolle als Verkäufer heißer Ware ausgespielt. An der zweiten Säule rechts steht mein ehemaliger Boß, Mr. Brerrik, und ich schätze, daß er weder auf seinen Nachtportier noch auf dich gut zu sprechen ist.«

»Wo?« fragte Phil, aber es war schon zu spät. Mr. Brerrick hatte uns gesehen, erkannt und steuerte spornstreichs auf uns zu.

»Hallo!« rief er schon von weitem. »Der Stockfisch aus Connecticut!«

Ohne große Umstände nahm er sich einen Stuhl und setzte sich an unseren Tisch.

»Na, Mr. G-man«, wandte er sich an Phil, »sind Sie wieder okay? Freue mich, wenn Sie mir auch meinen Laden ruiniert haben.« Dann wandte er sich an mich. »Was treibst du jetzt?«

Während Mr. Brerrik so daherredete, war mir eine großartige Idee aufgegangen. So sagte ich denn jetzt auf seine Frage: »Ich? Nun, ich bin auch G-man.« Dabei kniff ich schnell ein Auge zu und sah ihm starr in die Pupille.

Er wandte den Blick ab und pfiff leise durch die Zähne. »So, auch G-man. Bißchen gefährlich, der Job, was?«

»Ja«, gab ich zu, »unter Umständen, aber ertragreich.«

Mr. Brerrick warf mir einen mißtrauischen Blick zu. »Was kannst du groß verdienen?«

Er faßte mich unter und wir segelten zur Bar. Phil blieb ziemlich überrascht sitzen.

An der Theke bestellte Mr. Brerrik einen doppelten Gin für sich und mich.

»Achtzig Dollar die Woche«, gab ich zurück, schüttelte dabei aber leise den Kopf in Phils Richtung. Mein ehemaliger Boß verstand mich sofort.

Er wandte sich an Phil und rief ihm zu: »Hoffe, Sie haben nichts dagegen, wenn ich mit meinem ehemaligen Angestellten einen Erinnerungsschluck nehme, ohne Sie einzuladen. Haben mir das Geschäft zu sehr verdorben.« Er drehte mir wieder den fetten Kopf zu.

»Achtzig Dollar also die Woche. Nicht sehr viel«, sagte er vor sich hin.

»Bei Ihnen bekam ich nur siebzig«, antwortete ich und lachte.

»Ich kann dir einen Job für zweihundert in der Woche besorgen«, sagte Mr. Brerrik.

Ich wiegte zweiflerisch den Kopf. »Zweihundert sind ein Sündengeld. Was müßte ich dafür tun?«

Er sah mich schräg von unten an. »G-man bleiben, weiter nichts.«

Ich nahm mein Glas und sah ihm in die Augen. »Auf vergangene Zusammenarbeit«, sagte ich lächelnd, »und auf künftige.« Damit kippte ich das Zeug hinunter und sandte ein Stoßgebet zum heiligen Jeremias, daß Mr. Brerrik auf meinen Sermon hereinfallen möge.

Und wie er hereinfiel. Er haute mir auf die Schulter, daß mir der Gin wieder hochkam und ich ihn noch einmal schlucken mußte.

»Ich sagte immer, du bist richtig, mein Junge!« brüllte er.

»Pst, nicht so laut!« sagte ich entsetzt. »Wenn der drüben etwas merkt, kann ich die zweihundert Dollar in den Mond schreiben und die achtzig dazu.«

Ich schüttelte ihm die Hand wie zu einem Abschied fürs Leben und ging an Phils Tisch zurück.

»Come on!« forderte ich ihn auf. »Hier blüht für uns kein Weizen mehr.« Phil war ein kluger Junge und verstand sofort.

Draußen erzählte ich ihm wörtlich meine Unterredung mit Mr. Brerrik und teilte ihm meinen Plan mit. Er wiegte bedenklich den Kopf.

»Jerry, du bist neu bei uns. Du hast noch nicht bewiesen, daß dir achtzig Dollar und Gefahr lieber sind als zweihundert und gutes Leben. Wenn du dich Brerrik als Spitzel zur Verfügung stellen willst, riskierst du nicht nur dein Leben, sondern auch deinen Ruf bei den G-men.«

Ich packte ihn am Rockkragen.

»Phil«, beschwor ich ihn, »das ist unsere einzige Chance, in den Gangsterkreis um Pickford hineinzukommen, um etwas über seinen Aufenthaltsort zu erfahren.«

Phil fuhr schnell zu meiner Wohnung. Ich wollte den Chef anrufen, um ihn zu informieren. Ich setzte ihm meinen Plan auseinander.

»Ich habe volles Vertrauen zu Ihnen, Jerry«, gab er mir zur Antwort. »Machen Sie Ihre Sache gut und passen Sie auf!«

»Jetzt ist alles klar, Phil«, sagte ich triumphierend. »Und weißt du, wohin ich jetzt gehe?«

»Nein.«

»In die Starlight Bar.«

Phil wollte noch etwas sagen, da war ich aber schon weg.

Mr. Brerrik ging wartend in der Halle auf und ab. Kaum daß er mich gesehen hatte, stürzte er sich auf mich, schleppte mich einige Treppen hinauf, durch einige Gänge hindurch und setzte mich schließlich in einem üppigen Büro ab.

Der Raum war mit letzter Eleganz eingerichtet. Ich zweifelte keine Sekunde daran, daß es das Büro von Pickford war.

Brerrik nahm den Telefonhörer ab und sagte nur: »Er ist da.«

Mir wurde etwas heiß, und als sich plötzlich eine Wandtür, die ich bisher nicht entdeckt hatte, öffnete, zuckten mir die Finger nach der Kanone. Ich hatte ein Gefühl, als passe mir die eigene Haut nicht mehr richtig.

Immerhin, ich bezwang mich und war etwas enttäuscht, als nicht Pickford, den ich halb und halb erwartet hatte, sondern nur der blonde Mr. Grannock eintrat. Hinter ihm drängten sich einige Gestalten durch die Tür, von denen ich die eine oder andere zu kennen glaubte.

Grannock setzte sich hinter den Schreibtisch, als ob er dort hingehöre. Seine Begleiter verteilten sich zwanglos im Raum. Unter anderem standen zwei auch in meinem Rücken, was ich nicht besonders schön fand.

Grannock sah mich an, sprach aber in einem wesentlich anderen Ton zu mir als in seiner Geschäftsführerrolle.

»Brerrik sagt mir, Sie wollen für uns arbeiten?«

»Wenn Sie anständig zahlen.«

Er machte eine wegwerfende Handbewegung. »Das ist selbstverständlich. Wichtiger ist, ob Sie es ehrlich meinen.«

Ich grinste. »Soll ich einen Eid leisten?«

»Quatsch«, sagte er. »Wir werden einen Versuch mit Ihnen machen.«

Ich zuckte mit den Schultern, als ob mir auch das gleichgültig sei.

»Wen sucht ihr augenblicklich?«

»Jim Pickford.«

Er lächelte hämisch, als wolle er ausdrücken, daß wir den nie bekämen.

»Habt ihr genügend Beweise?« setzte er das Verhör fort.

Jetzt war das Lächeln an mir. »Übergenug. Zwei einwandfrei bewiesene Morde. Der Haftbefehl liegt vor.«

Hallo, ich sah, daß Grannock etwas blaß wurde. In diesem Augenblick öffnete sich die Wandtür noch einmal, und ein weiterer Gangster trat ein. Er beugte sich zu Grannock und flüsterte ihm etwas zu.

Der Blonde wandte sich wieder an mich. »Der G-man Phil Decker hat Sie nach Hause gebracht. Was sagten Sie ihm, als Sie fortgingen?«

Daß diese Frage kommen würde, das wußte ich schon lange, und ich hatte eine feine Antwort darauf.

»Ich sagte, daß ich zu einem Mädchen gehen würde.«

»Warum rief er Ihnen ›Viel Erfolg!‹ nach, als Sie gingen?« fragte Grannock scharf.

Donnerwetter, der Bursche hatte mich beobachten lassen. Die Organisation schien tatsächlich reibungslos zu arbeiten.

Möglichst gleichgültig antwortete ich: »Ist doch selbstverständlich, daß einem viel Erfolg gewünscht wird, wenn man zu einem Mädchen geht.«

Grannock sah mich immer noch nicht liebenswürdiger an. Ich beschloß, dem Spiel ein Ende zu machen.

»Hören Sie«, sagte ich. »Entweder zahlen Sie mir zweihundert Dollar die Woche und bekommen von mir alle Informationen, die Sie brauchen, oder ich gehe jetzt, und wir haben nie miteinander gesprochen. Diese Ausfragerei habe ich satt.«

»Setz dich!« antwortete er ungerührt. »Dein Angeben imponiert nicht. Zu unseren Leuten müssen wir Vertrauen haben, sonst können wir nicht arbeiten. Paß mal auf, mein Freund. Ich habe von irgendwoher gehört, daß am nächsten Samstag ein kleiner Überfall auf die Filiale der Hicks Bank in der 67. Straße vorgenommen werden soll. Ist das 'ne feine Meldung?« Er sah mich forschend an.

»Na und? Was geht mich das an?« frage ich so kühl wie möglich.

»Das weißt du nun, und jetzt kannst du hingehen und tratschen. Tust du es, sind wir fertig miteinander. Tust du es nicht, können wir zusammenarbeiten, denn als G-man bist du mehr noch als jeder andere Bürger unseres schönen Landes verpflichtet, deinem Chef ein geplantes Verbrechen von dem du Kenntnis hast, zu melden. Schweigst du also, machst du dich mitschuldig. Dann steht einem Zusammengehen nichts mehr im Wege. Pfeifst du, so kann es sein, daß der Überfall schiefgeht, aber das Risiko werden meine Freunde auf sich nehmen.«

Ein raffinierter Bursche, dieser gelockte Mr. Grannock. Da hatte er mich in eine schauderhafte Zwickmühle gelotst.

»Grannock«, sagte ich ruhig, »ich bitte Sie höflich, mich nicht durch lange Reden zu belästigen. Kommen Sie endlich zur Sache! Was soll ich tun?«

Meine Frechheit überraschte ihn ziemlich. »Heute nichts«, sagte er langsam und finster. »Hier ist dein erster Wochenlohn.«

Bei diesen Worten griff er in die Brusttasche seines Smokings und warf mir eine Anzahl Scheine herüber.

»Thanks«, dankte ich gemütlich und begann, den Mammon nachzuzählen.

»Tut mir leid, Mister«, sagte ich dann, »aber es fehlen zehn Dollar.«

Da lachte endlich auch der blonde Grannock laut los.

»Du scheinst ein verdammt geldgieriger Bursche zu sein. Mit dir versuch' ich es.« Eine Handbewegung zur Tür, und ich war entlassen.

Ich bummelte langsam zur Wohnung zurück und überlegte.

Dieser Grannock handelte sehr selbstherrlich. Klar, daß er mit seinem Chef Pickford in engem Kontakt stehen mußte.

Phil war noch in meiner Wohnung. Ich erzählte ihm alles. Erst war er begeistert, aber als er von der Bankgeschichte hörte, schüttelte er sich wie nach einer plötzlichen Dusche kalten Wassers.

»Brr, Jerry, das ist die sauberste Falle der Welt. Siehst du einen Ausweg?«

Ich schüttelte den Kopf. »Aber ich werde mal nachdenken.«

Die ganze Nacht dachte ich nach, aber etwas Gescheites fiel mir nicht ein.

Mr. High ließ sich am anderen Morgen ausführlich berichten. Ich mußte mich an jede kleine Einzelheit erinnern und ihm alle Leute genau beschreiben. Stundenlang wälzten wir die Alben mit den Bildern New Yorker Verbrecher. Bis auf zwei fand ich sie alle wieder.

»Es sind alles alte Pickford-Leute. Die zwei uns unbekannten sind offenbar Ersatz für Tommy Knifting und Harry McCoal, die vor vier Monaten in einem Feuergefecht zwischen der Pickford- und der Logass-Gang fielen. Sie haben eine feine Verbindung hergestellt, Jerry, aber was tun wir, um sie auch zu halten?«

Er ging mit langen Schritten in seinem Büro auf und ab.

»Es kann natürlich sein«, dozierte er, »daß die ganze Geschichte von dem geplanten Überfall ein Bluff ist, aber auf diese Hoffnung dürfen wir uns nicht verlassen.«

»Können wir nicht einfach alle Vorbereitungen treffen, in aller Heimlichkeit natürlich? Wenn es wirklich nur ein Bluff ist, kann Jerry nichts geschehen«, fragte Phil.

»Zu gefährlich. Ob die Bank wirklich überfallen werden soll oder nicht — sicherlich lassen sie sie beobachten. Wenn sie nur einen G-man dort stehen sehen, ist Jerry geliefert. Nein, Phil, so geht es nicht.« Mr. High nagte an seiner Unterlippe. »Wir müssen etwas finden, was den Überall für die Bande sinnlos macht.«

»Wollen Sie die Bank schließen, Chef?« fragte Phil mit Ironie in der Stimme.

»Genau das«, antwortete Mr. High. »Der Direktor muß die Filiale für eine Woche schließen. Wie findet ihr den Vorschlag?«

Ehrlich gestanden, gefiel er mir, wenn ich an den mißtrauischen Mr. Grannock dachte, überhaupt nicht, aber ich wußte keinen besseren zu präsentieren.

Ich machte mich auf einige unangenehme Minuten gefaßt, als ich um Mitternacht die Bar betrat.

Ich suchte mir einen Tisch. Statt eines Kellners tauchte Mr. Brerrik auf.

Ohne Gruß fauchte er mich an: »Komm mit!«

»Kann ich nicht erst etwas trinken?« fragte ich frech.

»Mitkommen!« bellte er wie ein wütender Hund.

Na schön, ich ging mit. Er führte mich über die gleichen Gänge und Treppen wie bei meinem ersten Besuch. Ich prägte sie mir gut ein.

In dem üppigen Büro war dieselbe Gesellschaft in derselben Verteilung versammelt.

Unfreundliches Schweigen empfing mich. Ich nahm keinen Anstoß daran, sondern wünschte allerseits einen guten Abend.

»Setz dich«, antwortete Grannock statt eines Grußes. Er reichte mir eine Zeitung herüber.

»Steckst du dahinter?« fragte er.

Ich stellte mich dumm. »Wohinter?«

»Spiele nicht den Idioten!« schrie er los. »Du kannst uns nicht an der Nase herumführen!«

»Ich bin kein Hellseher!« schrie ich zurück. »Wenn Sie was von mir wollen, müssen Sir mir wenigstens sagen, um was es geht.«

Er schluckte. Für einen Augenblick glaubte ich, jetzt würde der Tanz losgehen, so wütend starrte er mich an, aber dann sagte er ganz friedlich, vielleicht sogar ein bißchen zu friedlich: »Lies die Anzeige auf der vorletzten Seite!«

Ich faltete das Blatt auseinander und fand folgende Anzeige, die kaum zu übersehen war:

Wir teilen unserer verehrten Kundschaft mit, daß wir unsere Filiale in der 67. Straße ab übermorgen wegen baulicher Veränderung für die Dauer einer Woche schließen müssen. Unsere Kunden werden höflich gebeten, während dieser Zeit die dringenden Geschäfte entweder telefonisch oder bei einer der anderen Filialen unseres Konzerns zu tätigen. Der Vorstand der Hicks Banken Inc.

Ich faltete umständlich die Zeitung zusammen. »Pech«, sagte ich langsam, »aber das ist nicht meine Sache. Sucht euch eine andere Bank aus. Es gibt genug in New York.«

Grannocks grünliche Augen flackerten. »G-man«, stieß er hervor, »ich warne dich. Wenn du uns betrügst, halte ich eine Menge hübscher Todesarten für dich bereit.«

»Sie überschätzen meine Beziehungen zu den Banken. Mein Vater hat bei dem großen Bankkrach seine ganzen Ersparnisse in Höhe von vierhundertzweiunddreißig Dollar und fünfundfünfzig Cent verloren. Seitdem bin ich auf Banken gar nicht mehr gut zu sprechen. Alle sind Betrüger. Die Direktoren mästen sich von unseren Spargroschen.«

Er war sprachlos, als er mich so daherreden hörte. Ich schimpfte weiter, um ihn von meiner Aversion gegen Banken zu überzeugen. Es dauerte eine ganze Weile, bis er sich so weit gefaßt hatte, daß er mich unterbrach.

»Schluß mit dem Quatsch!« schrie er mich an.

Er stand auf und ging langsam, den Kopf gesenkt, im Raum auf und ab. Es wurde totenstill in dem Büro. Von den Gedanken, die dem Mann dort durch den Kopf gingen, hing es ab, ob ich lebend hier herauskam oder nicht. Ich stellte die Beine breit und lockerte mit einer Drehung der linken Schulter die Kanone in der Halfter.

Man kann ja nie wissen.

Grannock blieb vor mir stehen.

»G-man«, sagte er leise, »ich traue dir nicht über den Weg, aber ich will auch nicht darauf verzichten, eine Verbindung zum FBI zu halten. Vielleicht täte ich besser daran, dich hinauszuwerfen, aber ich versuche es noch einmal.«

Er rief über die Schulter: »Rocky!«

Der ›Panzer‹ löste sich von der Wand. »Boß?«

»Du gehst mit dem G-man einen Wagen organisieren. Wenn ihr ihn habt, bringt ihn auf den Hof.«

Er sah mir in die Augen. »Du begleitest Rocky.«

»Mir gefallen Ihre Methoden nicht«, sagte ich. »Ich will für euch arbeiten, aber ich lasse mir die Bedingungen nicht von Ihnen diktieren, Grannock. Ich wünsche, mit Pickford selbst zu verhandeln.«

Er trat so nahe an mich heran, daß ich den Duft seines Rasierwassers riechen konnte.

»Ich habe alle Vollmachten«, sagte er. »Wenn du noch einmal nach Pickford fragst, mache ich kurzen Prozeß mit dir.«

Der Bursche war hart. Ich kam nicht weiter und zog vor, den Geschlagenen zu spielen.

»Schon gut, schon gut«, knurrte ich, »was soll ich tun?«

»Zunächst mit Rocky zusammen eine Karre besorgen. raus!«

Shapman schob sich zur Tür hinaus, ich hinterher. Ich hörte noch, wie Grannock zu Brerrik sagte: »Wenn er falschspielt, lasse ich ihm die Zunge ausreißen«, und ich fand, das war alles andere als ein freundliches Abschiedswort.

»Wir fahren zum Grand Central«, sagte Rocky draußen. »Dort ist es am leichtesten.«

Er winkte einem Taxi und gab das Ziel an. Während der Fahrt blieb er stumm wie ein Felsen.

An einem Autodiebstahl kam ich also nicht mehr vorbei. Verdammt, ich glaubte, ich hatte mir doch zuviel zugetraut. Grannock war kein Anfänger, er wußte, wie er mich in die Klemme bringen konnte. Mir fiel mein Freund Phil ein, der mich vor dem Risiko gewarnt hatte, meinem Ruf als G-man zu verlieren. Und was hatten die Gangster dann vor?

Ich wußte genügend von den Gewohnheiten der Gangster. Sie stahlen die Autos nicht, um darin spazierenzufahren. Sie hatten genug Geld, um sich schwere, korrekt angemeldete und versteuerte Cadillacs zu halten. Wenn sie Karren organisierten, so immer, um damit irgendein Ding zu drehen.

Am Grand Central stiegen wir aus. Rocky ging einfach los. Ich mußte das Taxi bezahlen.

Der Gangster steuerte auf einen dunklen Pontiac zu, der in der langen Reihe der parkenden Autos stand. Er schlenderte unauffällig daran vorbei und fummelte am Türschloß herum. Nach einer Minute war die Tür auf.

»Steig ein«, knurrte er mich an. Ich kletterte auf den Beifahrersitz.

Auch das Zündschloß war für Rocky kein Problem. Es dauerte zwanzig Sekunden, dann flammte das Zündlicht auf.

In aller Ruhe rangierte er den Pontiac vom Parkstreifen auf die Straße. Er schien nicht eine Sekunde lang auf die Idee zu kommen, er könne gestört werden. In langsamem Tempo fuhren wir den Weg nach Harlem zurück, aber nicht zur Starlight Bar, sondern zu einem Haus in derselben Straße, einer Art Lagerschuppen. Ich mußte die Tore öffnen. Rocky setzte den Wagen rückwärts ein.

Wir gingen zur Bar zurück. Der ›Panzer‹ sprach kein Wort in dieser Zeit. Mit mir im Kielwasser ging er in die Bar.

Grannock machte die Honneurs bei einer juwelenglitzernden Dame. Als er uns sah, kam er auf uns zu, nicht ohne vorher um Entschuldigung gebeten zu haben.

»Alles erledigt«, sagte Rocky leise.

Eine Kopfbewegung, und er durfte verschwinden.

»Morgen abend kommst du schon um zehn Uhr, G-man.« Damit war auch ich entlassen.

Auf vielen Umwegen schlich ich mich ins FBI-Gebäude in der 69. Straße. Phil saß in unserem Office. Er hatte schon auf mich gewartet. Der Aschenbecher war bis an den Rand voller Kippen.

»Gott sei Dank!« sagte er. »Jerry, ich hatte ununterbrochen eine schauderhafte Angst. Was Neues?«

»Ja, ich glaube, aber nichts Gutes. Ich muß morgen um zehn Uhr abends bei meinem Brötchengeber antanzen, und ich fürchte, er wird mich zusammen mit den anderen in irgendeine Schweinerei schicken. Heute mußte ich schon ein Auto für ihn stehlen.«

»Einen geschlossenen Wagen?«

»Ja, einen Pontiac.«

»Kennzeichen?« fragte Phil. Natürlich hatte ich mir die Nummer gemerkt. »Okay, wir verständigen den Besitzer. Mr. High wird den Rest erledigen. Willst du morgen abend hin?«

»Ja, aber vielleicht ist es besser, du bist in der Nähe. Traust du dir zu, so hinter dem Wagen herzufahren, daß niemand es merkt?«

»Ich hoffe.«

»Paß auf! Du fährst morgen abend, sobald ich gegangen bin, mit einem Auto in die Straße der Starlight Bar. Zwei Häuser weiter ist ein alter Lagerschuppen, in dem der gestohlene Wagen steht, ein dunkler neuer Pontiac. Sobald das Auto aus dem Stall geholt wird, fährst du hinterher. Du wirst rasch merken, was sie vorhaben. Läßt es sich nicht verhindern, greifst du ein, gleichgültig, ob ich in dem Wagen bin oder nicht.«

Phil war gar nicht begeistert. Wir diskutierten noch eine Weile, und schließlich sagte er seufzend: »Also gut, wenn du unbedingt willst!«

Als ich am anderen Abend pünktlich um zehn Uhr die Bar betrat, schickte mich einer der Gangster, der in der Garderobenhalle stand, sofort nach oben.

Im Büro warteten Grannock, Brerrik und Rocky.

»Wenigstens pünktlich bist du«, sagte der Geschäftsführer. Er lehnte sich bequem in seinem Sessel zurück.

»Wir haben uns eine hübsche Aufgabe für dich ausgedacht«, fuhr er fort und grinste. Übrigens hatte er ein Gebiß wie auf einer Zahnpastareklame. »Dabei wirst du nicht auf die Idee kommen, eine Bank zu baulichen Veränderungen zu veranlassen. Wir haben einen alten Freund. Luis Brail.«

Ich spitzte die Ohren. Brail war ein Freund Cascos gewesen, des ehemaligen Bosses von Pickford. Ich ahnte, was jetzt kommen würde.

»Brail war lange Zeit ein guter Junge«, sagte Grannock

immer noch mit dieser verfluchten Sanftheit in der Stimme. »Als er noch Cascos rechte Hand war, konnte man sich auf ihn verlassen, aber als der gute Casco starb, glaubte Brail, er könne selbst Boß werden. Erst gab es ein wenig Krach mit ihm, aber dann kam er zur Einsicht und arbeitete unter Pickford weiter, leider nicht ehrlich. Er versuchte, in Pickfords Gebiet Geschäfte auf eigene Rechnung zu machen. Wir boteten ihn aus, aber Brail ist ein erfahrener Junge. Es ist nicht leicht, ihn auszubooten, wenigstens nicht für ... immer. Was wir auch unternahmen, er kam immer davon.«

Er lächelte behaglich. »Weißt du, was man mit Leuten tut, die man nicht erwischen kann, G-man?«

Ich zuckte mit den Achseln.

»Man läßt sie in Ruhe«, erklärte Grannock. »Man läßt sie so lange in Ruhe, bis ... ihre Wachsamkeit nachläßt, und dann begleicht man die alte Rechnung.«

Er stand auf.

»Wir haben Brail zwei Jahre lang in Ruhe gelassen. Er glaubt, wir hätten ihn vergessen. Er wohnt in einem Miets-haus in der 83. Straße. Jeden Abend geht er in eine Kneipe, die zwei Häuser weiter liegt, trinkt sich eins und spielt eine Partie Poker. Gewöhnlich zwischen Mitternacht und zwei Uhr verläßt er das Lokal und geht nach Hause. — Die 83. Straße ist um diese Zeit ziemlich ausgestorben. Ihr parkt den Wagen ein Stück vor Brails Wohnung. Wenn ihr ihn direkt vor sein Haus stellt, schöpft er Verdacht. Sobald er die Kneipe verläßt, fahrt ihr mit Vollgas auf ihn zu und legt ihn im Vorbeifahren mit einer Salve um. Eine Kleinig-keit.«

»Soll ich dabei eine Aufgabe übernehmen?« fragte ich.

»Richtig, G-man. Oder willst du etwa nicht?« erkundigte er sich lauernd.

»Warum sollte ich nicht wollen? Gangster zu erledigen, ist schließlich mein Beruf, für den ich achtzig Dollar kassiere, und euch zu helfen, einen Rivalen abzuknallen, dafür bekomme ich zweihundert Dollar. Sie sehen, Grannock, meine beiden Berufe widersprechen sich in diesem Fall nicht einmal.«

Meine Frechheit irritierte ihn. Er wußte nichts damit anzufangen.

Er sah mich an, als wollte er mich zum Abendbrot verspeisen. Ich lächelte freundlich und unschuldig. Dabei war mir der Mund trocken vor Erregung.

Grannock senkte den Kopf.

»Wenn es vorbei ist«, sagte er rasch und hart, »fahrt ihr bis zum Stresshire-Kanalufer. Dort steht Robby mit unserem Mercury. Ihr laßt den Pontiac stehen und fahrt mit ihm weiter. Wenn ihr euch nicht wie Säuglinge anstellt, kann nichts passieren.«

Er wandte sich an den ›Panzer‹, der unbewegten Gesichts in einem Sessel saß und an seiner Zigarre kaute.

»Du hast das Kommando, Rocky. Der G-man fährt, und du übernimmst die Arbeit. Selbst den Finger an den Abzug zu legen, wollen wir seinen zarten Nerven für den Anfang nicht zumuten. Aber wenn er Dummheiten macht, legst du ihn gleich mit um.«

Schweigend ging ich neben dem ›Panzer‹ zu dem Lagerschuppen. Hundert Yard weiter sah ich die Silhouette eines Autos. Das mußte Phil sein. Ich setzte mich ans Steuer des Pontiac und fuhr ihn auf die Straße. Rocky hatte neben mir Platz genommen, nachdem er im Innern des Schuppens verschwunden und mit einer Maschinenpistole zurückgekehrt war.

Während ich langsam zur 83. Straße fuhr, fingerte Rocky an dem Ding herum. Ich fand es gut, daß der ›Panzer‹ eisern schwieg, so konnte ich mir in aller Ruhe einen Schlachtplan ausdenken. Ich hoffte, Phil würde gesehen haben, daß ich mit im Wagen saß, und sich nicht zu übereiltem Handeln hinreißen lassen. Natürlich konnte ich nicht dulden, daß Shapman Luis Brail erschoß, aber ich wollte meine Rolle so lange spielen, wie es ging.

Die 83. Straße war wirklich ein dunkles Loch. Zwei einsame Straßenlaternen erhellten in einem Abstand von zweihundert Metern die Fahrbahn. Aus einigen Fenstern der hohen düsteren Häuser fiel trübes gelbes Licht.

Shapman tat zum erstenmal den Mund auf. »Stop!« befahl er.

Ich steuerte den Wagen an den Straßenrand.

»Das Licht dort hinten ist die Kneipe, in der Brail gewöhnlich sitzt«, brummte mein Kollege. »Wenn er herauskommt, startest du sofort und bringst den Wagen auf Touren. Licht aus!«

Ein Auto fuhr in langsamem Tempo an uns vorbei. Rocky sah mißtrauisch hin, aber der Wagen fuhr weiter. Phil! Er mußte erkannt haben, daß es unmöglich war, in dieser unbelebten Straße unbemerkt hinter uns zu parken. So fuhr er weiter und würde vermutlich hinter der nächsten Ecke halten. Richtig, die Schlußlichter zeigten mir, daß der Wagen in die erste Querstraße einbog.

Es war inzwischen eine Stunde vor Mitternacht. Der ›Panzer‹ zündete sich eine neue Zigarre an und rauchte sie in seiner üblichen Weise, die die gute Havanna zu einem ausgefressenen Rasierpinsel machte. Die Maschinenpistole hielt er zwischen den Knien.

Die Zeit tröpfelte dahin. Es wurde Mitternacht. Zweimal machte Rocky einen langen Hals, als Leute aus der Kneipe kamen, aber es war offenbar nicht der Gesuchte. Die gelben Lichter in den Häusern erloschen eins nach dem anderen. Die Straße wurde immer dunkler, immer unheimlicher. Nur aus der offenen Tür der Kneipe fiel Licht, und eine schwache Musik drang bis zu uns.

Eine Viertelstunde nach ein Uhr sagte Rocky plötzlich: »Da ist er! Fahr los!«

Er kurbelte das Seitenfenster herunter und schob langsam den Lauf der Maschinenpistole durch die Öffnung. Ich hörte die Sicherung beim Zurücklegen klicken.

Ich startete, schaltete den ersten Gang ein, ging sofort in den zweiten. Der Pontiac schoß in einem Satz vorwärts. Die

Gestalt des Mannes auf der Straße kam rasch näher. Jetzt hatte er uns gesehen, witterte Gefahr, duckte sich, sein Kopf fuhr nach rechts und links, er suchte Deckung, einen Fluchtweg.

Das alles sah ich in den fünf oder zehn Sekunden unserer Fahrt. Ich stemmte den linken Fuß gegen das Fußbrett, die Arme gegen das Steuer und trat mit Wucht auf die Bremse.

Die Reifen kreischten wie ein ganzer Käfig wütender Affen. Rocky flog mit dem Kopf gegen die Scheibe. Sein Finger berührte den Abzug, vier, fünf Schüsse ballerten durch die Nacht.

Bevor er kapiert hatte, was geschehen war, hatte ich den Colt aus der Halfter genommen und preßte ihm den Lauf in die Rippen.

»Laß das Ding fallen, Freund!« befahl ich ihm.

Er saß immer noch in der gleichen Haltung auf dem Beifahrersitz, nach rechts gewandt, die Maschinenpistole aus dem Fenster haltend. Nur seinen Kopf hatte er mir zugedreht. Aus einer Platzwunde auf seiner Stirn sickerte Blut.

Erst sah er mich dämlich, dann überrascht und schließlich wütend an.

»Laß die Waffe fallen!« forderte ich ihn noch einmal auf.

Seine Mundwinkel zuckten. Ich sah es noch eben, dann stieß er mit dem Kolben nach mir. Der Raum im Führerhaus des Pontiac war zu eng. Ich konnte nur ein kleines Stück zurückweichen. Der Kolben traf mich vor die Brust.

Er drehte sich zu mir herüber und wollte die schwere Maschinenpistole in meine Richtung bugsieren.

In diesem Augenblick knallte es. Einen Moment lang dachte ich, es hätte mich erwischt, weil ich doch das Mündungsfeuer gesehen hatte, aber dann merkte ich, daß Rocky die Augen weit aufriß. Dann sackte er schwer zusammen und fiel vornüber. In der nächsten Sekunde wurde die Tür an meiner Seite aufgerissen. Phil stand da mit der Kanone in der Hand.

»Brail hat geschossen«, erklärte er schnell.

»Alles okay«, sagte ich hastig. »Ich fahre weiter. Der Wagen hier steht am Stresshire-Kanalufer. Hole Hilfe und komme dann sofort in die Nähe der Starlight Bar. Ich weiß nicht, wie Grannock sich zu diesem Fall stellt. Parke deinen Wagen in der Nähe. Es kann sein, daß ich mit höchster Geschwindigkeit abhauen muß. In dem Haus wohnt Luis Brail. Laß die Cops nachsehen, ob sie ihn noch erwischen. Cheerio, Phil!«

Der ›Panzer‹ lag mit der linken Schulter am Steuerrad. Ich drückte ihn zurück und startete den Wagen neu, schaltete die Scheinwerfer ein und brauste mit hoher Geschwindigkeit ab.

Erstaunlich, wie sich die dunkle 83. Straße inzwischen belebt hatte. In allen Fenstern war Licht und Klumpen von Menschen drängten sich neugierig und ängstlich in den Haustüren.

»Da fährt der Mörder! Haltet den Mörder fest!« hörte ich sie schreien.

Ich gab Gas und kutschierte den Pontiac in Schlangenlinien über die Straße und riß ihn um die nächste Ecke, daß er unter mir ausbrechen wollte, aber ich zwang ihn mit jaulenden Reifen in die Bahn.

Der Rest war ein Vergnügen. Die zwei Meilen bis zum Stresshire-Kanal fuhr ich langsam, um Zeit zum Überlegen zu gewinnen, aber es gab nicht viel nachzudenken. Nur mit der größten Kaltschnäuzigkeit konnte ich es schaffen.

Kurz vor dem Kanal erhöhte ich die Geschwindigkeit auf achtzig Meilen. Ich jagte den Wagen über das holprige Uferpflaster, daß er sprang. Gleichzeitig schaltete ich, wie vereinbart, den Scheinwerfer ein und aus. Fünfhundert Meter weiter vorn antwortete ein an- und ausgehendes rotes Rücklicht.

Meine Scheinwerfer erfaßten den Mercury. Ich bremste scharf und sprang heraus. Die Maschinenpistole Rockys nahm ich mit.

Ich ließ meine Zunge aus dem Hals hängen, hechelte wie ein abgejagter Köter, stürzte zu dem Mercury und schrie: »Hau ab! Hau bloß schnell ab!«

Am Steuer saß Robby Traint, einer von Pickfords Bande. Die Zigarette fiel ihm aus dem Mund. »Was schiefgegangen?« fragte er.

Ich schwang mich auf den Beifahrersitz. »Abhauen sollst du!« keuchte ich.

Endlich kapierte er und fuhr los. Ich ließ meinen Brustkorb noch etwas Wellen schlagen, als beruhige sich mein aufgeregtes Herz nur langsam.

Traint lenkte den Wagen geschickt in eine belebte Gegend und setzte die Geschwindigkeit herab.

»Wo ist Rocky?« fragte er.

»Tot!« antwortete ich. »Brail war schneller als er und schoß ihn durch den Kopf.«

Er sah mich von der Seite an. »Hoffentlich glaubt dir der Boß diese Geschichte.«

»Warum sollte er mir nicht glauben? Ich habe mich genau nach Rockys Anweisungen gerichtet, aber Brail sprang in einen Hauseingang, feuerte und traf. Er hatte Glück.«

»Ich glaube dir kein Wort«, brummte er.

Wenn Traint mir schon nicht glaubte, konnte die Auseinandersetzung mit Grannock heiter werden. Auf Umwegen fuhren wir zur Starlight Bar zurück. Ich nahm die Maschinenpistole mit.

»Bist du verrückt geworden?« schnauzte mich Traint an. »Laß das Ding im Wagen!«

»Ich denke nicht daran«, antwortete ich freundlich. »Geh vor!« In sein Gesicht kam plötzlich ein Ausdruck der Angst.

»Was soll das heißen?« stotterte er.

»Nichts. Wir wollen zu Mr. Grannock gehen. Komm!«

Der Portier warf einen unruhigen Blick auf die Waffe. Robby Traint ging so brav vor mir her, als wäre er bereits verhaftet. Er wagte nicht einmal, sich umzuschauen. Bevor wir ins Foyer kamen, steckte ich die MP unter meine Jacke. Das deformierte zwar meine Figur, und der Lauf schaute unten hervor, aber für die wenigen Schritte langte es.

Im Büro schien eine Hauptversammlung im Gang zu sein,

in die wir hineinplatzten. Die ganze Gesellschaft war unter der Leitung von Mr. Grannock versammelt.

»Na . . .?« fragte Grannock.

Traint ging weiter, aber ich blieb an der Tür stehen. Grannocks Gesicht verfinsterte sich mit einem Schlag, als wenn man das Licht ausgeknipst hätte.

»Wo ist Rocky?« fragte er langsam.

Ich öffnete die Jacke und nahm die Maschinenpistole heraus. Beileibe richtete ich sie nicht auf den Herrn Geschäftsführer oder einen anderen. O nein, ich hielt sie nur in der Hand, wie man wohl aus Verlegenheit mit einer Streichholzschachtel oder einem Schlüsselbund spielt.

»Ich hab es Traint schon erklärt«, sagte ich im Ton eines schuldbewußten Schuljungen, der seine Schuldlosigkeit an einer haarigen Sache beweisen will. »Ich habe mich ganz genau an Rockys Anweisungen gehalten, aber Brail war schneller. Rocky ist tot.«

Grannock biß die Zähne zusammen und wollte aufstehen, aber ich hob wie unabsichtlich ein wenig die Pistole an und er sank auf seinen Sitz zurück.

»Erzähle!« knurrte er.

»Brail kam aus der Wirtschaft. Rocky befahl mir, zu fahren. Ich fuhr. Er beugte sich aus dem Fenster, aber bevor er schießen konnte, schoß der andere, und der gute Rocky war erledigt. Das ist alles.«

»Du Hund!« schrie Grannock außer sich vor Wut. »Das hast du gemacht. Ich werde dich . . .«

»Mr. Grannock«, unterbrach ich höflich, »überlegen Sie sich, was Sie sagen. Was soll ich gemacht haben?«

»Rocky hast du der Polizei übergeben!«

»Ich sage Ihnen doch, er ist tot.«

»Du Märchenerzähler!« wütete er. »Ich werde es dir heimzahlen, daß du versuchst, mich an der Nase herumzuführen. Robby, Sid, Andy, macht ihn fertig. Beschäftigt euch so lange mit ihm, bis er mit der Wahrheit herausrückt.«

Traint tat einen Schritt auf mich zu. Zwei andere standen von ihren Stühlen auf.

Ich legte den Sicherungsflügel der Maschinenpistole herum. Es knackte. Traint ging den einen Schritt wieder zurück. Die beiden anderen sanken auf ihre Plätze.

Grannocks Gesicht verfärbte sich. Mein ehemaliger Boß, Mr. Brerrik, stand hinter ihm und klappte vor Staunen den breiten Mund auf.

Eine Minute lang hing drohendes Schweigen im Raum.

Grannock stieß die angehaltene Luft aus und lehnte sich zurück. »Okay«, sagte er friedlich. »Rocky ist also ausgefallen. Schade um ihn. War ein tüchtiger Junge. Wenn du so zuverlässig wirst wie er, G-man, werde ich mit Pickford über eine Erhöhung deiner Gage sprechen. Du hast Glück gehabt. Ist das Rockys MP? Gut, daß du sie mitgebracht hast. Wenn die Polizei sie gefunden hätte, hätte sie so lange daran geschnüffelt, bis sie etwas entdeckt hätte.«

Er streckte mit der selbstverständlichsten Gebärde die Hand aus und erwartete, daß ich ihm die Waffe gab. Es war wirklich lustig.

»Mr. Grannock«, sagte ich ernsthaft und feierlich, »bitte, lassen Sie mir die MP als Erinnerung an meinen Freund Rocky. Mr. Brerrik, würden Sie bitte nicht versuchen, die Hand in die Brusttasche zu schieben. Ich zweifele sehr daran, daß Sie es zu dem Zweck tun, mir mein rückständiges Portiersgehalt zu zahlen.«

Mein Exboß ließ die Hand sinken, die er, halb durch Grannock gedeckt, an die Waffe hatte bringen wollen.

»He, bist du etwa mißtrauisch?« fragte Grannock honigsüß.

Ich grinste ihn an. »Nicht die Spur, Sir, wirklich, nicht die Spur.« Bevor er etwas sagen konnte, fuhr ich lächelnd fort: »Ich mache Ihnen einen Vorschlag, Grannock. Wir gehen jetzt alle brav ins Bett und schlafen uns aus. Morgen, wenn sich die Erregung dieser aufregenden Stunden gelegt hat, treffen wir uns wieder. Inzwischen können Sie sich mit Mr.

Pickford über die Art, in der ich weiter behandelt werden soll, unterhalten. Sind Sie einverstanden?«

Er starrte mich an. »Hau ab, G-man!« stieß er zwischen den Zähnen hervor. »Aber eines Tages läufst du uns noch einmal über den Weg.«

»Morgen werde ich kommen«, gab ich ungerührt zurück. »Ist Ihnen die übliche Zeit angenehm?«

Er antwortete nicht, und ich verabschiedete mich.

»Morgen also wie üblich. Wünsche eine gute Nachtruhe allerseits.«

Ich ging zur Tür hinaus, aber rückwärts, und hielt die Ganoven gut im Auge, damit nicht einer im letzten Augenblick auf dumme Gedanken kam.

Ich vermutete richtig, daß Phil seinen Wagen an derselben Stelle geparkt hatte, an der er am Abend gewartet hatte, als der Pontiac aus dem Schuppen gefahren wurde. Er atmete hörbar auf, als er mich sah, aber er fragte nicht groß, sondern fuhr los, sobald ich eingestiegen war. Natürlich hatte ich ein paar Haken geschlagen, um mögliche Beschatter abzuschütteln.

Phil fuhr zum Distriktgebäude in die 69. Straße. Mr. High wartete noch auf uns. Als wir ins ein Büro traten, huschte ein erleichtertes Lächeln über sein Gesicht.

»Ich machte mir großem Sorgen um Sie, Jerry«, begann er. »Phil hat mich sofort informiert. Grannock hat Ihnen also eine Falle gestellt. Sie sollten den Handlanger bei einem Mord spielen, um damit Ihre Eignung als Gangstergehilfe unter Beweis zu stellen. — Inzwischen ist die Meldung eingegangen, daß der Pontiac am Kanalufer gefunden wurde. Ich habe ein paar Kollegen hingeschickt, die sich darum kümmern sollen. Der Besitzer des Pontiac und die City Police sind unterrichtet.« Er lächelte. »Sie wirbeln bei Ihrem ersten Fall schon eine Menge Staub auf, Jerry.«

»Was ist mit Luis Brail?« fragte ich.

»Luis Brail fingen wir auch. Wir fanden ihn völlig verstört in seiner Wohnung. Der Schreck muß ihm so in die Glieder gefahren sein, daß er überhaupt nicht auf den Gedanken kam, zu fliehen. Wie steht es bei Ihnen, Jerry?«

»Ich versuchte, Grannock und Brerrik zu erklären, daß Shapman von Brail abgeschossen wurde, aber sie glaubten mir nicht. Ich kam nur lebend aus dem Büro, weil ich eine Maschinenpistole mitgebracht hatte.«

Mr. High lächelte leicht. »Die Verbindung ist also zerstört. Dann ist es wohl am besten, wenn wir die Starlight Bar ausheben. Das müssen wir schon zu Ihrem Schutz tun, Jerry.«

Ich trank mein Glas aus. »Aber damit bekommen wir Pickford nicht«, sagte ich und stellte es auf den Tisch zurück. »Wenn wir Grannock, Brerrik und ihre Freunde auch fassen, so haben wir nur die Glieder, aber nicht den Kopf.«

»Wenn wir sie durch die Mangel drehen, verraten sie, wo Pickford sich aufhält. Einer fällt bestimmt um«, warf Phil ein.

»Vielleicht, aber glaubst du, Pickford wird in Ruhe abwarten, bis wir an seinem Versteck vorfahren? Sobald er Wind davon bekommt, daß wir seine Bande festgesetzt haben, und er bekommt Wind davon, verlaß dich darauf, verschwindet er.«

»Sicherlich«, sagte Mr. High, »aber wissen Sie einen besseren Vorschlag, Jerry?«

Ich zündete mir eine Camel an. »Ich würde noch einmal zu Grannock in die Starlight Bar gehen«, sagte ich, »wenn . . .«

»Das ist viel zu gefährlich«, unterbrach der Chef energisch.

»Einen Augenblick, Mr. High. Wenn ich noch einmal zu Grannock gehe, muß ich ihm irgendeine Nachricht liefern können, die für ihn von Vorteil ist und die außerdem jeder Probe standhält. Bis jetzt hat er mich nicht überführen können, daß ich ein doppeltes Spiel mit ihm veranstalte, aber er glaubt es. Ich muß ihm beweisen können, daß ich für ihn wertvolle Arbeit leiste. Dann muß er sein Mißtrauen fahren lassen.«

»Wie stellst du dir das vor?« rief Phil. »Wir können ihm doch nicht einen Tip für einen Bankeinbruch geben, der sich als richtig herausstellt.«

Mr. High stand auf und ging langsam im Zimmer auf und ab.

»Nein, das können wir natürlich nicht«, sagte er mehr zu sich als zu uns, »aber wir können vielleicht etwas anderes tun.«

Er blieb am Tisch stehen. »Ihr kennt Tony Craigh?«

Wir nickten bestätigend.

»Craigh und Pickford sind alte Freunde. Sie haben zusammen bei Casco angefangen. Craigh hat Pickford unterstützt, als er seinen ehemaligen Boß stürzte, und bekam aus Dankbarkeit einen Teil des Bezirkes für eigene Rechnung abgetreten. Craigh hatte nie das Format Pickfords. Er ließ sich das Geschäft von anderen aus den Händen reißen und setzte sich gewissermaßen in einer Villa am Beston Park zur Ruhe. — Wir haben an Craigh kein Interesse, und wir können ihm auch nichts nachweisen, aber Tony Craigh hat keine starken Nerven. Wenn er Wind davon bekommt, daß wir ihn ausheben wollen, wird er bestimmt flüchten, um allen Schwierigkeiten aus dem Weg zu gehen. Wir können also folgendes tun: Jerry überbringt Grannock die Nachricht, daß der FBI in der folgenden Nacht Tony Craigh verhaften will. Grannock wird ohne Zweifel seinen Boß Pickford oder Craigh selbst benachrichtigen. Wir fahren tatsächlich in der Nacht vor Craighs Villa vor und sind sehr enttäuscht, daß der Vogel ausgeflogen ist. Damit ist Jerrys Warnung stichhaltig erwiesen. Die Bande kann ihm nicht länger mißtrauen.«

Ich war begeistert. »Großartig. So ist es genau richtig. Wir liefern ihnen eine korrekte, aber wertlose Nachricht, auf die sie hereinfallen. Ich bekomme den Ruf des dreckigsten Spitzels des Jahrhunderts bei ihnen und werde endlich ihr Vertrauen gewinnen.«

»Machen Sie sich nicht zuviel Hoffnung, Jerry«, dämpfte Mr. High. »Die Gangster vertrauen niemandem, und dieser

Grannock scheint eine besonders mißtrauische Ausgabe zu sein. Können Sie nichts über ihn erfahren? Ich habe das ganze Archiv durchsuchen lassen. Wir haben nichts über ihn. Er ist für uns ein unbeschriebenes Blatt. Das ist verwunderlich, denn ein Mann wie Pickford wird bestimmt keinen Anfänger zu seinem Stellvertreter machen.«

»Gerne, Mr. High«, lachte ich. »Ich werde versuchen, mit dem hübschen Grannock Freundschaft zu schließen, aber ich glaube, ich bin nicht sein Typ.«

Der Chef wandte sich an Phil. »Sie bleiben von jetzt an immer in Jerrys Nähe. Passen Sie auf, daß Sie nicht entdeckt werden. Sobald Sie glauben, daß Jerry in Gefahr ist, greifen Sie ein, ohne Rücksicht, ob Jerrys Versteckspiel dann beendet ist.«

Damit war alles gesagt. Mr. High bestimmte noch den Zeitpunkt der Aktion gegen Tony Craigh, und wir waren entlassen.

»Phil«, sagte ich, als wir nach Hause fuhren, »du kannst dich irgendwo in der Nähe der Starlight Bar herumtreiben, wenn ich drinnen bin, aber unterstehe dich, hereinzuplatzen, nur weil du dir Sorgen um mich machst. Ich werde Pickford fangen, und wenn ich mir den Hals dabei brechen sollte.«

Um zehn Uhr morgens fuhr Phil mich zur Bar. Wir hielten zwei Straßen vorher. Ich ging zu Fuß weiter. Phil sollte nachkommen und den Wagen so parken, daß er aus einer sicheren Entfernung den Eingang beobachten konnte. Alles andere hatte ich mir verbeten.

Im grauen Tageslicht sah die Bar ziemlich trübe aus. Das Gitter vor dem Eingang war halb hochgezogen. In der Halle wirkten zwei Putzfrauen, sonst war niemand zu sehen.

Ich stiefelte in die zweite Etage hinauf, wo das Büro lag. Die Tür war verschlossen. Wer oder was sich hinter den anderen Türen des Ganges aufhielt, wußte ich nicht.

Aufs Geratewohl klopfte ich höflich und wohlerzogen an die nächste Tür.

»Wer ist da?« fragte jemand. Wenn ich nicht irrte, war es die Stimme von Robby Traint.

»Der G-man«, antwortete ich. »Los, mach auf!«

Der Schreck schien ihm die Sprache verschlagen zu haben. Ich klopfte noch einmal, dann drückte ich die Klinke hinunter und ging hinein. Erst verblüffte mich der Anblick, der sich mir bot, dann aber brach ich in lautes Lachen aus. Ich hatte Robby Traint bei der Morgentoilette gestört. Offenbar hatte er geglaubt, ich wäre mit einer ganzen Kompanie gekommen. Er stand in der äußersten Ecke des Zimmers, nur mit der Hose und einem Netzhemd bekleidet. In der Hand hielt er einen Revolver.

»Was ist los, Robby?« fragte ich, als ich mich vom Lachen erholt hatte. »Rasierst du dich mit dem Revolver?«

»Bist . . . du . . . allein?« stotterte er.

»Natürlich!« Ich zögerte. »Was hast du denn gedacht?«

Er wischte sich mit drei heftigen Bewegungen den Schaum aus dem Gesicht.

»Du wagst es noch herzukommen!« schrie er. »Grannock frikassiert dich. Nimm die Hände hoch.«

Ich steckte sie in die Taschen. »Ja, mit Grannock kann ich es überhaupt nicht gut. Wir verstehen uns nicht. Am besten führst du mich gleich zu Pickford. Ich hoffe, er ist ein vernünftigerer Mann als sein Geschäftsführer.«

Er fiel auf meinen plumpen Versuch nicht herein.

»Elender Schnüffler«, zischte er, »geh zur Hölle! Wie oft müssen wir dir noch sagen, daß Pickford nicht da ist! Das wäre ein Fressen für dich, wenn er dir in die Hände fiele.«

»Schone deine Galle, mein Schöner«, erwiderte ich friedlich. »Ist es nicht Pickford, so genügt mir auch Grannock. Weck ihn.«

Er schnitt ein Gesicht wie ein Bullbeißer kurz vor dem Angriff. »Dreh dich um!« befahl er. Ich gehorchte. Er kam heran und drückte mit den Lauf des Revolvers ins Kreuz.

Kein sehr angenehmes Gefühl. »Vorwärts!« knurrte er. Ich schlenderte auf den Gang hinaus. Traint kam hinterher. Er klopfte an die Tür neben dem Eingang zum Büro.

»Was ist los?« hörte ich Grannocks verschlafene Stimme.

»Der G-man ist hier«, antwortete Robby. »Er will dich sprechen.« Die Nachricht schien für Mr. Grannock nicht weniger überraschend zu sein als für seinen Knecht.

»Kommt herein, wenn ihr etwas von mir wollt!« schrie Grannock wütend zurück.

Ich lachte schallend.

»Er ist allein da!« brüllte Traint durch die geschlossene Tür. »Keiner ist bei ihm. Ich halte ihn mit der Kanone in Schach.«

»Allein?« fragte Grannock ungläubig. »Ist er verrückt geworden?« Dann schien er sich gefaßt zu haben. »Bring ihn ins Büro. Ich komme.«

Grannock ließ mich lange warten. Als ich in die Seitentasche griff, um eine Zeitung herauszunehmen, fuhr Robby hoch. Ich sah ihn vorwurfsvoll an, schüttelte den Kopf und produzierte die Zeitung ans Licht. Langsam setzte er sich wieder.

Es dauerte fast eine Stunde, bis Grannock durch die Wandtür den Raum betrat. Ich fand, daß er sehr befremdend angezogen war, denn er trug, obwohl es doch heller Vormittag war, denselben Smoking, in dem ich ihn bisher immer gesehen hatte. Gut geschlafen zu haben schien er auch nicht, denn er machte ein sehr finsteres Gesicht. Es schmeichelte mir, die Ursache seiner unruhigen Nacht gewesen zu sein. Er stellte die gleiche Frage wie durch die Tür. »Bist du verrückt, G-man?«

»Nein, ich halte nur meine Verabredungen ein.«

»Es könnte deine letzte gewesen sein«, sagte er, aber ich merkte ihm an, daß ihn allein schon die Tatsache, daß ich dreist und fröhlich und ohne Maschinenpistole unter dem Arm zu ihm kam, unsicher machte. »Ich liefere erste Arbeit für die zweihundert Dollar«, antwortete ich voller Gemütsruhe. »Heute nacht um ein Uhr nehmen die G-men Tony Craigh hoch. Wenn ich nicht irre, sind Craigh und Ihr Boß Pickford miteinander befreundet.«

»Woher weißt du das?«

»Der FBI ist über die Verwandtschaftsverhältnisse seiner Freunde bestens informiert«, grinste ich.

»Hoffentlich sagst du die Wahrheit«, entgegnete er knapp, ging zum Telefon, nahm den Hörer ab und wählte eine Nummer.

»Tony«, sagte er, als der Teilnehmer sich meldete. »Morning. Ich erhalte eben die Nachricht, daß du heute nacht ausgehoben werden sollst. Besser, du quartierst dich um. Von wem ich das weiß? Von einem G-man selbst. Ja, da staunst du. Ich habe einen, der für uns arbeitet, aber ich weiß nur nicht genau, ob er es ehrlich meint.« Er warf den Hörer auf die Gabel.

Zwei Minuten lang starrte er mich an. Sein Blick war nicht leicht zu ertragen. Vielleicht erst in diesem Augenblick ging mir auf, wie gefährlich Grannock war, sicherlich nicht viel weniger gefährlich als Pickford selbst.

»Wie war das mit Rocky?« fragte er leise.

»Genau so, wie ich es erzählte«, antwortete ich ruhig.

»Du kannst gehen«, sagte Grannock. »Komm morgen wieder.«

Ich erwischte noch einmal einen Blick, von ihm, und in diesem Blick lag etwas, das mir überhaupt nicht gefiel.

Den ganzen Tag über wollte mir nicht aus dem Kopf, warum Grannock am Vormittag in demselben Smoking wie in der Nacht herumlief. Gangster waren für gewöhnlich in bezug auf ihre Kleidung sehr eitel. Fast jeder von ihnen hatte sein Dutzend Anzüge im Schrank hängen. Aber ich kam auf keine Lösung, und so schlug ich es mir endlich aus dem Sinn.

Nicht anders ging es mir mit dem letzten Blick, den ich aufgefangen hatte. Das war wie ein unsichtbarer Funke gewesen, der von einem zum anderen überspringt. Ich wußte bei diesem Blick, Grannock hatte in derselben Sekunde einen Einfall, und ich hätte drei Jahresgehälter dafür gegeben, diese Idee zu erfahren. Ich drückte mich im Gebäude des FBI herum und war ziemlich mißmutig, obwohl ich doch allen Grund hatte, mich meines Erfolges zu freuen.

Mr. High organisierte den Einsatz gegen Tony Craigh, als handele es sich tatsächlich um ein ernsthaftes Unternehmen und nicht nur um einen Bluff, der dazu diente, der Pickford-Gang meine Zuverlässigkeit zu demonstrieren.

Er bestellte für Mitternacht ein Dutzend G-men, dazu einen Wagen voll Cops in voller Uniform. Phil und ich waren natürlich auch mit von der Partie, und außer uns beiden wußte nur Mr. High, daß es sich um gut inszeniertes Theater handelte.

Pünktlich um Mitternacht sausten wir in vier Wagen, die als Taxis getarnt waren, los. Das Überfallauto der Uniformierten folgte in einer Meile Abstand. Craighs Villa lag in der Nähe des Beston Parks, umgeben von einem großen Garten. Wir ließen die Wagen eine gute Viertelstunde vor dem Haus stehen und verteilten uns im Gelände, um den Bau zu umstellen.

Mr. High, Phil und ich marschierten geradewegs auf die Gartenpforte zu, öffneten sie und schlenderten wie die Spaziergänger den Kiesweg entlang zum Haus, das von oben bis unten dunkel war, alle Fensterläden geschlossen, die Tür verrammelt. Mr. High schellte, und wir donnerten pro forma mit den Fäusten gegen die Tür.

»Klar, daß niemand zu Hause ist«, flüsterte ich meinem Chef zu. »Aber warum treten Sie nicht einfach die Tür ein und stellen den Fuchsbau ein wenig auf den Kopf? Dann war der Aufwand wenigstens nicht ganz umsonst.«

»Darf ich nicht«, flüsterte er zurück. Auch seine Stimme hatte einen Unterton von Heiterkeit. »Ich habe weder einen Haft- noch einen Durchsuchungsbefehl. Ich kann gar nicht mit Gewalt eindringen.«

Er faßte meinen Arm. »Sehen Sie mal, Jerry«, sagte er leise, »da ist doch jemand zu Hause.«

Phil und ich tasteten unwillkürlich nach den Revolvern, die wir bis jetzt unbesorgt in den Futteralen gelassen hatten. Man hörte deutlich ein Schlurfen hinter der Tür. Dann sagte eine weinerliche Frauenstimme: »O Gott, was sein? Wer sein da?«

Sie hätten unsere erleichterten Mienen sehen sollen!

Mr. High sagte streng dienstlich: »Öffnen Sie! Hier ist der FBI.«

Das Wesen hinter der Tür hob ein wildes Geschrei an. »O Gott, ich nichts gemacht, nichts. Ich mal getrunken von Herrn seine Flasche ein Gläschen, sonst nichts. Mir nicht verhaften, Sir . . .«

»Wer sind Sie?« rief Phil.

»Ich Köchin von diese Haus, sonst nichts . . .«

Unter ständigem Lamentieren hörten wir, wie sie den Schlüssel drehte, und dann stand sie vor uns, entzückend anzusehen, eine zehn Zentner schwere schwarze Mami mit ängstlichen Kulleraugen und in einem langen blütenweißen Nachthemd.

»Wir möchten gern Mr. Craigh sprechen«, eröffnete ihr unser Chef.

Sie rief ein Dutzend Heilige an und beteuerte, der Herr sei nicht anwesend. Wir glaubten es ihr, hielten es aber doch für nötig, die eifrigen Polizisten zu spielen, damit uns unsere Lässigkeit nicht verriet, wenn Craigh später seine Köchin ausfragte. Also betraten wir das Haus.

Wir hatten kaum den Fuß über die Schwelle gesetzt, als auf der Straße ein mörderisches Geknalle losging. Vier oder fünf Maschinenpistolen spuckten ihre Streifen aus, sechs oder sieben Revolver peitschten die Trommeln leer. Jemand schrie wild und anhaltend, noch zwei, drei vereinzelte Schüsse, dann heulten Automotoren auf.

Aus. Stille. Der Spuk war so schnell vorbei, daß wir keinen Finger hatten rühren können. Jetzt erst warfen wir uns herum und rannten auf die Straße. Aus allen Ecken kamen die G-men und Cops zusammen. Wir standen ziemlich ratlos und konnten uns kaum einigen, wo das Schießen überhaupt gewesen war, aber dann wurde uns doch klar, daß es bei den Autos gewesen sein mußte.

Wir rannten hin, Phil, ich und Mr. High an der Spitze. Auf dem halben Weg kam uns jemand entgegengewankt. Es war Anthony Libbert, einer von unseren Fahrern, die alle bei ihren Wagen geblieben waren. Er hielt die Kanone noch in der Hand, über sein Gesicht sickerte Blut, sein linker Arm hing schlaff herunter. Atemlos schleppte er sich zu Mr. High.

»Sie haben die Wagen überfallen«, keuchte er. »Die ganze Sache muß verpfiffen worden sein.«

Ich sah, wie der Chef zusammenzuckte. Mir lief ein eiskalter Schauer über den Rücken. Das also war die Idee, die in Grannocks Gehirn aufgezuckt war, als ich ihn geheimnisvoll grinsen sah.

Mr. High zernagte sich fast die Unterlippe. Ihm, der sonst nie fluchte, entfuhr ein leises: »Verdammt, daß ich daran nicht gedacht habe.«

Wir rannten zu unserem Wagen. Glücklicherweise hatte es keine Toten gegeben. Aber vier Autos wiesen Einschußlöcher auf. Nur der Geistesgegenwart der Fahrer war es zu verdanken, daß der tückische Überfall ohne ernste Folgen blieb.

Der Chef sagte lange nichts. Ich konnte es schließlich nicht mehr aushalten und sprach ihn an: »Hören Sie, Mr. High, ich könnte mich ohrfeigen, daß ich auf diese Rindviehidee gekommen bin, mich Pickford als Spitzel anzubieten.«

Mr. High winkte ab. »Lassen Sie, Jerry. Ihre Idee war schon gut, nur ich hätte daran denken müssen, daß Pickford und seine Leute diese Gelegenheit benutzen würden, um uns eins auszuwischen. Und niemand kann leugnen, daß sie das hervorragend geschafft haben.«

Wir kamen an einer Laterne vorbei. Ich konnte sein Gesicht sehen. Es war hart und scharf.

Er schlug einmal mit der Hand durch die Luft. »Morgen

mache ich Schluß mit ihnen. Wir heben die ganze Bande in der Starlight Bar aus.«

»Warten Sie noch einen Tag, Chef«, bat ich. »Auf diese Weise bekommen wir Pickford nicht. Ich werde hingehen, gleich morgen werde ich hingehen und werde das Haus nicht eher verlassen, bis ich weiß, wo Pickford steckt.«

Mr. High blieb stehen und sah mich lange an.

»Ich kann es kaum noch verantworten«, sagte er, »aber ich weiß, daß Sie recht haben. Also morgen noch.« Er legte mir die Hand auf die Schulter. »Und Phil wird Sie keinen Augenblick aus den Augen lassen.«

»Ist Pickfords Bande so groß? Nach Libberts Aussage muß es wenigstens ein Dutzend gewesen sein«, sagte Phil.

»Ich kenne nur sieben«, antwortete ich. »Grannock und Brerrik eingeschlossen.«

»Die sieben in der Starlight Bar gehören zu Pickfords Leibwache«, sagte Mr. High. »Außerdem verfügt er aber wenigstens noch über zwölf oder fünfzehn Männer. Er wird sie zu dem Überfall auf uns zusammengetrommelt haben. Zwanzig Leute ist seine Gang sicherlich stark.« Es war nicht mehr viel zu besprechen. Außerdem waren wir jetzt schon bald im Distriktgebäude.

Ich legte mir einen Schlachtplan zurecht.

»Ich gehe morgen früh zu Grannock«, sagte ich, »ungefähr um zehn Uhr. Du wirst mit dem Wagen folgen und parkst näher an dem Haus als gestern. Ich werde Grannock auf die Straße bringen. Wir packen ihn in das Auto und bringen ihn an einen Ort, an dem wir ungestört sind. Dort wird er uns erzählen, wo sich Pickford aufhält.«

»Und wenn er schweigt?«

»Er wird reden, verlaß dich drauf.«

Phil sah mich beunruhigt an. »Was hast du mit ihm vor?«

»Ihm so lange die Hölle heiß zu machen, bis er zu singen anfängt, gleichgültig, wie hart ich ihn anfassen muß.«

»Einverstanden«, sagte Phil grimmig, »aber wirst du ihn herausbekommen?«

»Ich werde es anders versuchen, sozusagen auf friedlichem Wege. Ich werde ihm ein verlockendes Angebot machen, aber ich werde darauf bestehen, mein Wissen nur Pickford persönlich anzuvertrauen. Geht er darauf ein, und nach den Ereignissen von heute nacht besteht kein Grund, warum er nicht darauf eingehen sollte, lasse ich mich von ihm zu Pickford bringen. Weigert er sich dennoch, wende ich Gewalt an.«

Am anderen Morgen konnte ich mich kaum bezähmen, bis endlich die Zeit gekommen war, Grannock aufzusuchen. Phil riet mir, bis elf Uhr zu warten und es mir nicht anmerken zu lassen, wie wütend ich war.

Alles war genau wie vierundzwanzig Stunden vorher. Das Gitter war halb hochgezogen, das ganze Haus sah grau und trübe aus, nur hatte ich eine Stinkwut im Leib, als ich die Eingangstür aufstieß, die Treppen hinaufhetzte und geradewegs auf die Tür von Grannocks Büro zusteuerte.

Ohne anzuklopfen, drehte ich den Knopf, die Tür öffnete sich, und siehe da, Mr. Grannock saß bereits hinter seinem Schreibtisch.

Ich hatte eher damit gerechnet, ihn im Schlafanzug zu finden, aber er trug doch tatsächlich wieder denselben Smoking. Der Kerl mußte eine enorme Vorliebe für dieses Kleidungsstück haben.

Er schien ausgezeichneter Laune zu sein, ein Zustand, den ich bisher noch nicht an ihm beobachtet hatte. Freundlich winkte er mir mit der Hand und rief: »Hallo, G-man, ich warte schon auf dich, wie du siehst, denn ich dachte mir, daß du heute kommen würdest. Setz dich, mein Freund.« Er deutete auf den Sessel gegenüber dem Schreibtisch.

So gut ich konnte, brachte ich meine Gesichtszüge in ihre normale Stellung, damit Grannock nicht zu schnell meine Stimmung erkannte, sonst würde es mit seiner Freundlichkeit zu Ende sein.

Er verspürte offenbar Lust zu einem Plauderstündchen.

»Feines Ding, das wir euch gestern gedreht haben«, er grinste mich an. »Deine Informationen waren tipptopp. War 'ne Idee von mir, euch ein warmes Willkommen zu bereiten, und es war eine prima Idee, das mußt du doch zugeben.«

Ich erstickte fast vor Wut und würgte mit Mühe ein »Ausgezeichnet!« heraus.

»Das Ding war so gut, daß du dir 'ne Extrabelohnung verdient hast«, sagte Grannock.

Mir schoß das Blut in den Kopf, aber ich beherrschte mich. Ich mußte seine gute Laune ausnutzen.

»Hören Sie, Grannock«, sagte ich daher, »ich habe Informationen über eine ganz große Sache, eine Sache, die eine runde Million wert ist. Sind Sie interessiert?«

In seinem Gesicht erschien ein Ausdruck höchster Spannung. »Klar, schieß los. Sag schon, worum es sich handelt«, fuhr er mich an und warf mir dreihundert Dollar über den Tisch. Das war meine Prämie.

»Es wird an einem bestimmten Tag ein Transport von einem Ort zu einem anderen durchgeführt. Die Überwachung haben wir G-men.«

»Was wird transportiert?«

»Barrengold im Wert von einer Million.«

Er stieß einen Pfiff aus. »Keine schlechte Sache. Die Einzelheiten?«

Ich schüttelte langsam den Kopf. »Diese Informationen«, erklärte ich ruhig, »gebe ich nur Pickford persönlich und keinem seiner Unterführer. Dazu ist die Sache zu groß.«

Seine grünen Augen, die so schlecht zu seinem blonden Haar paßten, funkelten mich an. »Los, Mensch, gib dein Wissen von dir. Wenn du es mir sagst, ist das genausogut, als ob du es Pickford persönlich gesagt hättest.«

Ich ließ ihn nicht aus den Augen und schüttelte noch einmal den Kopf. »Nur Pickford selbst.«

Einen Augenblick schien es mir, als schwanke Grannock, dann aber sagte er: »Fünftausend Dollar sofort, wenn die

Information etwas taugt, und zwanzig Prozent vom Ertrag der Sache.«

Er legte seine dickgeschwollene Brieftasche auf den Tisch, hielt die Hand darauf und sah mich lauernd an.

»Nur Pickford persönlich«, erklärte ich ruhig.

Da verzerrte sich Grannocks Gesicht zu einer Haß sprühenden Maske. Im Nu hatte er eine Pistole in der Hand und schrie mich an: »Du Hund von einem G-man, du willst mich nur hochnehmen. Bei zehn Dollar reklamierst du, aber bei fünftausend willst du immer noch Pickford sprechen!«

Als Grannock die Kanone aus dem Schreibtisch riß, wußte ich, daß mein Spiel aus war und daß ich wahrscheinlich nur noch drei Sekunden zu leben hatte, aber ich sah sofort, daß die Pistole des Verbrechers einen Schalldämpfer trug, und das war meine Chance, denn wenn ich den ersten Schuß überlebte, würden die anderen Gangster, die wahrscheinlich von der Siegesfeier noch einen schweren Schädel hatten, vielleicht nichts hören.

Noch während Grannock schrie, brachte ich die Beine in die richtige Stellung. Im nächsten Augenblick warf ich mich, wie ich es gelernt hatte, mitsamt meinem Sessel hintenüber. Grannocks Kugel fuhr über mich weg in die Wand, der Schalldämpfter machte aus dem Knall ein schwaches ›Plopp‹, und ehe der Mann zum zweitenmal schießen konnte, hatte ich ihm meinen Sessel ins Gesicht geworfen. Er wurde hintenüber gerissen, verlor die Pistole, und dann war ich über ihm. Als ich über ihm lag, hatte ich einen Augenblick lang das Gefühl, es läge nicht ein Mensch, sondern ein Stoffballen unter mir. Das verwirrte mich für den Bruchteil einer Sekunde, und Grannock konnte sich befreien.

So fett er schien, er war sehr gewandt und stark. Er stürzte sich auf seine Pistole. Ich war schneller und schleuderte das Ding mit dem Fuß weg. Er schlug mir einen Brocken ins Gesicht, daß mir schwarz vor Augen wurde, aber dann erwischte ich ihn am Ohr. Er ging zu Boden, schnellte wie eine Gummipuppe hoch und schlug auf mich ein. Es war eine wilde Keilerei. Grannock boxte gut und verdaute jeden Schlag. Immer wieder versuchte er, mich tief zu treffen. Jedesmal, wenn ich seinen Körper traf, hatte ich das Gefühl, in Watte zu schlagen.

Als er sich einen krachenden Kinnhaken einfing, gegen die Wand taumelte und ihm die Unterlippe aufplatzte, veränderte sich der Ausdruck seines Gesichtes von Wut, Haß und Kampfentschlossenheit zu Angst. Wie ein belästigtes Mädchen schrie er: »Hilfe!«

Ich schlug ihm mitten auf sein schreiendes Maul. Er stürzte über einen Stuhl, rappelte sich hoch, hob den Stuhl und warf ihn nach mir. Noch während der Stuhl durch die Luft flog, versuchte er die Tür zu erreichen. Ich wich aus, war mit einem Satz hinter ihm, erwischte sein Hemd. Mit einer wilden Bewegung riß er sich los. Hemd und Smoking zerrissen. Watte quoll daraus hervor, und auf seiner jetzt nackten Schulter sah ich . . . das kreuzförmige Muttermal.

Grannock selbst war Pickford!

Ich riß den Revolver aus der Schulterhalfter, und noch ehe er die Türklinke herunterdrücken konnte, hatte ich ihm den Griff auf den Schädel geschlagen. Lautlos sackte er zusammen. Ich fing ihn auf und ließ ihn zu Boden gleiten.

Aufatmend lehnte ich mich an den Schreibtisch. Ich jubelte innerlich. Ich hatte Jim Pickford. Das ganze Kunststück war nur noch, wie ich ihn aus dem Haus brachte. Vorsichtig öffnete ich die Tür und lugte auf den Flur. Kein Mensch war zu sehen.

Ich überlegte, ob ich Phil holen sollte, aber mir schien es zu riskant, Pickford-Grannock allein zu lassen. Kurz entschlossen lud ich mir den Bewußtlosen auf die Schultern, nahm meinen Revolver in die Rechte und machte mich auf den Weg nach unten.

Im Foyer scheuerte eine Putzfrau. Der Schrubber fiel ihr aus der Hand, als sie mich ankommen sah. Erst stand sie erstarrt wie eine Salzsäule, dann stieß sie schrille Schreie aus und rannte weg.

Kaum hatte ich mit meine Last die Straße betreten, da war Phil mit dem Wagen schon neben mir, krebsrot vor Aufregung, und ehe die erstaunten Passanten auch nur Zeit fanden, ihren Mund wieder zuzubekommen, hatten wir meine Beute schon verfrachtet und zischten ab wie die Feuerwehr.

»Wohin?« fragte Phil.

»Ins Distriktgebäude«, antwortete ich und zündete mir voller Genuß eine Zigarette an.

»He?« fragte er. »Ich denke, du willst ihn in die Mangel nehmen, bis er Pickfords Versteck nennt. Glaubst du, das könntest du in Mr. Highs Büro machen? Er läßt so etwas nicht zu.«

Ich drehte mich um und betrachtete liebevoll den schwammigen Mr. Grannock, der so sanft im Fond des Wagens schlummerte. Jetzt war er gar nicht mehr hübsch, mit den geschwollenen Lippen, dem Blut am Kinn und dem aufgeplatzten Ohrläppchen.

»Nicht mehr nötig«, informierte ich Phil. »Grannock ist Pickford. Ich zerriß ihm bei der Prügelei Jacke und Hemd. Dabei kam das kreuzförmige Muttermal ans Licht.«

Um ein Haar hätte uns Phil vor einen Lastwagen kutschiert. Er war etwas fassungslos. Dann aber trat er den Gashebel noch weiter durch. Mit quietschenden Bremsen hielten wir schließlich vor unserem Haus, schnappten uns Pickford, der die ersten Zeichen von der Rückkehr seines Verstandes von sich gab, an Armen und Beinen, schleppten ihn geradewegs in das Zimmer unseres Chefs und servierten ihn sozusagen fertig zubereitet zum Frühstück.

Selbst der gelassene Mr. High stand von seinem Stuhl auf, als wir mit unserer Last durch die Tür stolperten.

»Wen bringen Sie da, Jerry?« fragte er, erkannte ihn dann selbst nach meinen Beschreibungen. »Ach, es ist Grannock, aber warum bringen Sie ihn?«

Ich konnte nicht verhindern, daß eine gewaltige Portion Stolz in meiner Stimme lag, als ich antwortete: »Das ist nicht Grannock, Mr. High. Das ist Jim Pickford.«

Wir fesselten ihn an einen Stuhl. Ich berichtete unterdessen in knappen Worten, was sich zugetragen hatte.

In Pickfords Wangen kehrte langsam die Farbe zurück. Er hob den Kopf und sah uns alle mit starrem Blick an. Endlich schien er sich zu besinnen. Furchtbarer Haß glühte in seinen Augen auf. Er keuchte und zerrte an seinen Fesseln.

Mr. High nahm ein Blatt aus seinem Schreibtisch und trat auf ihn zu.

»Jim Pickford«, sagte er fast feierlich, »dies ist ein Haftbefehl des Distriktgerichtes gegen Sie wegen Mordes. Kraft dieses Befehles erkläre ich Sie für verhaftet.« Pickford stöhnte laut.

Ohne sich weiter um den Gangster zu kümmern, forderte Mr. High mich auf, ihm zu sagen, wie ich hinter das Geheimnis gekommen war.

»Ich bin überhaupt nicht dahintergekommen. Ich habe mir nur dauernd überlegt, warum Grannock zu jeder Tageszeit einen Abendanzug, einen Smoking trug. Der Anzug war sorgfältig gepolstert, so daß Grannock viel dicker erschien, als Pickford jemals gewesen war, aber erst als ich ihm beim Kampf Jacke und Hemd zerriß und das Muttermal auf der Schulter sah, wußte ich, wo der schwarzhaarige schlanke Pickford hingeraten war: in den fetten blonden Grannock nämlich. Wie er allerdings die Veränderung seines Gesichtes bewirkt hat, ist mir rätselhaft.«

Neville trat ein. »Gratuliere zum großen Fang, Hühnchen. Sah dich vom Dach aus kommen. Ist es Pickford?«

Mr. High nickte. Neville ging auf Pickford zu und riß ihm kurzerhand ein Haar aus. Er nahm eine Lupe und betrachtete es genau.

»Natürlich«, brummte er, »ganz primitiv mit Wasserstoff gebleicht und mit der Brennschere gekräuselt. Hier an der Wurzel kann man schon eine Spur des nachgewachsenen schwarzen Haares sehen.«

Er stellte sich breitbeinig vor Pickford hin. »Sage mir,

Söhnchen, hast du dir dein Gesicht beim kosmetischen Arzt operieren lassen? Gefiel dir die alte Visage nicht mehr?«

Pickford schien sich verloren gegeben zu haben. »Deinem Gesicht täte eine Veränderung auch gut«, knurrte er. Das war ein Eingeständnis.

Neville lachte. »Und deine Goldzähnchen?« fragte er weiter.

Wortlos öffnete der Verbrecher den Mund. Neville nahm eine Pinzette aus der Tasche. »Beiß nicht zu«, warnte er und zog eine dünne Zelluloidkapsel von zwei Zähnen, unter der die Pickfordschen Goldzähne wieder auftauchten.

»Damit ist alles klar«, stellte Mr. High abschließend fest. »In den acht Wochen, in denen Pickford verschwunden war, ließ er sich durch einen operativen Eingriff das Gesicht verändern, versteckte seine Goldzähne unter einer Zelluloidkapsel, färbte und ondulierte sich die Haare, verschaffte sich einen gepolsterten Anzug, der seine Figur veränderte, und tauchte als Grannock, als sein eigener Geschäftsführer, wieder auf. Wenn er daran gedacht hätte, auch das Muttermal von der Schulter entfernen zu lassen, wer weiß, ob wir ihn je gefunden hätten.«

Er wandte sich an den Gangsterboß. »Sie wissen, daß Ihnen der elektrische Stuhl sicher ist?«

Pickford knirschte mit den Zähnen. »Gebt mir 'ne Zigarette«, sagte er.

Phil entzündete eine und steckte sie ihm zwischen die Lippen. Mit der Zigarette im Mund sprach Pickford weiter: »Daß ich auf den Stuhl komme, ist noch nicht sicher, aber daß dieser Bursche nicht mehr lange lebt, das steht fest.« Dabei wies er mit dem Kopf auf mich.

»Stenographieren Sie mit, Phil«, sagte Mr. High. »Pickford, wollen Sie Ihre Mittäter nennen?«

Er überlegte einen Augenblick lang. »Wenn ich nichts mehr zu erwarten habe, brauchen die anderen auch nichts«, sagte er dann langsam, »aber vorher erfahrt ihr von mir kein Wort.«

»Können wir nicht die ganze Starlight Bar hochnehmen?«
fragte Neville. »Wir haben sie dann alle hübsch zusammen
und setzen ihnen so zu, daß sie sich gegenseitig belasten.«

»Ich habe Haftbefehl gegen alle erwirkt«, erklärte Mr.
High. »Also gut, zur Starlight Bar!«

Neville wollte gerade gehen, um die Vorbereitungen einzu-
leiten, als das Telefon anschlug.

Mr. High nahm den Hörer ab. Er meldete sich, lauschte
einen Augenblick, dann sagte er: »Für Sie, Jerry.«

Wer konnte mich anrufen? Außerdienstlich kannte ich
keine Seele in New York. Ich meldete mich.

»G-man«, sagte eine rauhe Stimme, »du hast Grannock
mitgenommen.«

Ach, das war Mr. Brerrik.

»Ja, das tat ich, aber es war nicht Grannock, sondern
Pickford.«

Zehn Sekunden lang war es still in der Leitung. Ich dachte
schon, er hätte eingehängt, und rief: »Hallo«, aber er war
noch am Apparat.

»So, habt ihr das schon herausbekommen. Du wirst es
bereuen. Wir fangen dich, G-man. Und ich schwöre dir, daß
ich dir alle Knochen einzeln breche, bevor ich mein Magazin
leerpumpe.« Dann hatte er eingehängt.

Ich legte den Hörer auf. »Erspar dir die Alarmierung«,
wandte ich mich an Neville. »Das war Brerrik. Sie haben
Pickfords Verschwinden bemerkt. War ja zu erwarten. Du
findest kein Haar mehr von ihnen in ihrem Bau.«

»Fahrt ihr beide hin!« befahl Mr. High Phil und mir. Wir
nahmen denselben Wagen, mit dem wir gekommen waren.

Vor der Starlight Bar war noch ein kleiner Menschenauf-
lauf zu verzeichnen. Wir zwängten uns durch.

Ein halbes Dutzend Cops stand im Foyer, in ihrer Mitte die
Putzfrau, die ich so erschreckt hatte. Als sie mich erblickte,
brach sie in Geschrei aus, zeigte mit dem Finger auf mich und
schrillte: »Das ist er! Das ist er!« Die Hände der Cops zuckten nach den Waffen.

Unsere FBI-Ausweise brachten die Sache in Ordnung. Wir ließen das Gitter schließen und machten uns an die Untersuchung des Hauses. Den Einsatz der Cops leitete ein Lieutenant, er schloß sich uns an.

»Wir wurden von Passanten alarmiert«, erklärte er. »Aber außer drei Putzfrauen scheint niemand im Haus zu sein.«

Ja, es war niemand da. Wir fanden rasch die Erklärung für das lautlose Verschwinden der Gangster. Von einem der Zimmer aus führte eine Feuerleiter an der Rückfront des Hauses entlang in einen Hof. Von dort war es nicht schwierig, unauffällig in eine Nebenstraße zu gelangen.

In Grannock-Pickfords Büro sah es wüst aus, aber die Brieftasche war vom Schreibtisch verschwunden. Irgendeiner hatte noch Zeit gefunden, sie einzustecken.

In Traints Zimmer betrachtete ich lange den Rasierpinsel. Phil stieß mich fragend in die Seite.

»Ich wette, er ist auch heute nicht dazu gekommen, sich zu rasieren«, sagte ich kopfschüttelnd.

Es war nicht unsere Sache, aus den gefundenen Papieren und Unterlagen Beweise zu konstruieren. Das mochte der Staatsanwalt übernehmen. Wir baten den Lieutenant, zwei seiner Leute in dem Haus zur Bewachung zu lassen, und fuhren zum Hauptquartier zurück.

Als wir ankamen, wurde Jim Pickford gerade unter schwerer Bewachung zu einem Gefängniswagen geführt, um zum Untersuchungsgefängnis gebracht zu werden. Er erblickte mich und spuckte voller Wut aus.

»Harter Bursche«, sagte Mr. High zu uns, als wir sein Büro betraten. »Er will nicht reden. Seine Verurteilung steht fest, aber wenn wir ihn zum Sprechen bringen, können wir seine ganze Bande in Bausch und Bogen verurteilen, vorausgesetzt, wir fassen sie.«

Ich verzichtete darauf, meiner ehemaligen Arbeitsstätte einen Besuch abzustatten. Brerrik war doch längst über alle Berge.

»Wo suchen wir?« fragte Phil. Wir standen vor dem

Distriktgebäude. Ich zündete mir hinter der hohlen Hand eine Zigarette an; das Streichholz wollte nicht brennen.

»Diese Seite unseres Berufes kennst du noch nicht«, sagte Phil. »Wir werden uns jetzt Nacht für Nacht in Harlem in allen Kneipen herumtreiben, die Bilder der Gesuchten in den Taschen, werden diese Bilder den Wirten und den Gästen vorlegen, werden versuchen, Informationen und Hinweise zu bekommen, und müssen auf unser Glück vertrauen, daß eines Nachts einer der Brüder uns über den Weg läuft.«

Endlich brannte die Zigarette. »In Ordnung«, entgegnete ich. »Nachtarbeit bin ich inzwischen gewohnt.«

»Und noch was, Jerry. In Connecticut mag es wohl zutreffen, daß man Respekt und Achtung vor Polizei und FBI hat. In der Gegend, in die wir jetzt kommen, spuckt man aus, wenn du dich vorstellst. Der Mann auf der Straße steht dort auf der Seite des Verbrechers, in dem er den Gejagten sieht, und die meisten tun nichts, um dir zu helfen.«

Wir gingen zu der Stelle, wo Phil sein Auto geparkt hatte.

»Peng!« Es knallte wie eine Fehlzündung. Irgend etwas sirrte wie eine Mücke an mir vorbei, klatschte gegen die Mauer und wimmerte als Querschläger durch die Luft. Noch vor dem zweiten Knall lag ich schon auf dem Bauch und hatte Phil mit heruntergerissen.

Es blieb bei den beiden Schüssen. Leute, die auf der Straße gingen, sahen uns beide verwundert an. Ich stand auf und klopfte mir den Anzug ab. An der Hausmauer hinter uns war an zwei Stellen der Verputz angeschrammt.

»Der Umgang mit mir wird gefährlich, Phil«, sagte ich.

Er sah auf die vorbeiflutenden Autos. »Aus irgendeinem Wagen hat er geschossen, im Vorbeifahren. Was kann man da unternehmen? Einfach nichts. Du siehst eben, die anderen Leute auf der Straße haben es nicht einmal gemerkt, daß geschossen wurde.«

Ich schob den Hut ins Genick. »Ich fürchte, Ähnliches wird sich noch öfter wiederholen«, sagte ich.

Die nächsten acht Tage lebten wir fast nur noch nachts. Abends um acht Uhr ging ich zu Phil, und dann trieben wir uns bis zum Morgengrauen in Harlem und den anderen verrufenen Bezirken New Yorks herum. Wir erlebten muntere Sachen dabei. Einmal versuchte ein betrunkener Chinese, mir ein Messer in den Bauch zu rammen. Ich schlug ihm mit einer Bierflasche über den Schädel. Zwei junge Burschen von achtzehn Jahren hielten uns für erlebnishungrige Lebemänner mit viel Geld in der Tasche und wollten es uns abnehmen. Wir rückten ihnen die Köpfe zurecht, allerdings wurden ihre Gesichter durch unsere Erziehungsmethoden etwas schief und geschwollen.

In der vierten Nacht hatte ich ein besonders hübsches Erlebnis. Wir betraten eine Kneipe in der Nähe des Hudson. An einem Tisch saß meine erste Bekanntschaft, die ich in New York gemacht hatte, und pokerte mit einem Seemann, der so betrunken war, daß er kaum die Karten halten konnte und nicht merkte, daß sein Partner ihn nach Strich und Faden betrog.

Ich schlug meinem Kopf-Adler-Schwindler, der die gesamte Heuer des Matrosen vor sich liegen hatte, auf die Schulter.

»New York ist doch ein Dorf!« rief ich erfreut.

Er sah mich unsicher an, aber er erkannte mich nicht.

»Kennen wir uns, Mister? Ich weiß wirklich nicht . . .«

»Du schuldest mit noch zweiundvierzig Dollar und vierzig Cent, mein Bester. Kann ich die jetzt haben?«

Ihm ging ein Licht auf. Wie damals im Park wollte er sich auf seine Schnelligkeit verlassen. Ruhig strich er sein Geld ein, aber diesmal hatte ich damit gerechnet.

In der richtigen Sekunde schob ich ihm einen Stuhl in die Quere, er stolperte darüber und überschlug sich. Ich stellte ihn an der Krawatte auf die Beine. Gern hätte ich ihm eins versetzt, aber er schlotterte so erbärmlich, daß ich es nicht übers Herz brachte.

Phil und ich räumten ihm die Taschen leer, zerrissen seine

gezinkten Karten und zwangen ihn, dem betrunkenen Seemann das Geld wiederzugeben.

Das war mir Rache genug.

Alles das war ja recht nett und amüsant, aber mit unserer
eigentlichen Aufgabe kamen wir nicht weiter. Nach acht
Nächten suchten wir am neunten Tag Mr. High auf und klagten ihm unseren Mißerfolg. »Sie sehen, es ist nicht immer
damit getan, daß man das Haupt der Bande faßt. Wir kommen mit Pickford auch nicht weiter.«

Er sah auf die Armbanduhr. »In einer Stunde wird er
gebracht. Wir fahren mit ihm zum Beston Park zu Craighs
Haus. Es soll eine Ortsbesichtigung vorgenommen werden.
Wenn ihr nicht zu müde seid, könnt ihr mitkommen.«

Wir waren nicht zu müde, aber wir wollten erst noch in
einen Drugstore, um ein Frühstück zu nehmen.

Ich weiß nicht, warum mir der Wagen, der auf der anderen Seite und zehn Meter weiter die Straße hinauf parkte,
auffiel. Der Mann hinter dem Steuer hatte den Hut tief ins
Gesicht geschoben und schien zu schlafen. Es war ein
schwarzer weicher Velourhut, und es gab sicher Zehntau-
sende von dieser Sorte in New York, trotzdem erkannte ich
diesen einen Hut.

Zuletzt hatte ich ihn auf Robby Traints Kopf gesehen.

Ich muß wohl eine ungewollte Bewegung auf den Wagen
zu gemacht haben. Jedenfalls schöpfte der Fahrer Verdacht,
und es stellte sich heraus, daß er durchaus nicht geschlafen
hatte. Er schob den Hut aus dem Gesicht und startete in
höchster Eile.

Ich spurtete über die Fahrbahn, im Laufen den Revolver
ziehend, aber ich kam doch zu spät. Das Auto preschte los,
bevor ich heran war. Für eine Sekunde sah ich Traints
Gesicht, eine Mischung aus Angst und Haß. Schön, ich
konnte die Nummer notieren, aber was nutzte das? Sie besaßen bestimmt zwei Dutzend auswechselbarer Nummern-
schilder.

»Hast du ihn erkannt?« fragte Phil.

»Ja, es war Traint. Er beobachtete ohne Zweifel das Gebäude.«

Wir frühstückten ausführlich in dem Drugstore, tranken einen Morgenschluck hinterher und waren pünktlich um elf Uhr wieder im Gebäude. Von einer sechsköpfigen Motorradeskorte begleitet, fuhr ein geschlossener Gefangenenwagen vor. Wir sahen ihn vom Fenster aus und schickten uns an, hinunterzugehen, als ich im Strom der vorbeischießenden Wagen denselben schwarzen Ford entdeckte, an dessen Steuer ich vor einer Stunde Robby Traint gesehen hatte. Vielleicht wäre er mir nicht aufgefallen, aber dieser Wagen fuhr außergewöhnlich langsam.

Ich packte Mr. Highs Arm. »Da ist Traint schon wieder. Dort in dem schwarzen Ford.« Wir sahen dem Wagen nach. Er fuhr langsam um die nächste Ecke. »Warten Sie noch ein paar Minuten«, bat ich Mr. High. »Ich möchte sehen, ob er wieder auftaucht.«

Es dauerte genau fünf Minuten, dann kam der Ford aus einer Querstraße oberhalb des FBI-Gebäudes und schob sich wieder langsam an unserem Haus vorbei.

»Sehen Sie«, sagte ich. »Er umkreist uns wie ein Haifisch ein Floß voll Schiffbrüchiger.«

»Wir werden uns gegen den Haifisch wehren.« Er nahm den Telefonhöhrer ab und gab Anweisungen. Kurz darauf trat ein G-man zu dem Führer des Eskortenkommandos und sagte ihm etwas. Der Polizist nickte. Die Motorradfahrer und der Gefängniswagen fuhren durch das große Tor in den Innenraum.

Inzwischen war der schwarze Ford wieder um die Ecke gerollt. Wir hatten aus Mr. Highs Anordnung begriffen, was er beabsichtigte. Er hielt den Telefonhörer noch am Ohr.

»Fertig?« fragte er. »Gut. Sagt mir Bescheid, sobald er wieder aufkreuzt!« rief er uns zu.

Phil und ich standen am Fenster und starrten auf die Kreuzung. Die Minuten vergingen.

Phil und ich standen am Fenster und starrten auf die Kreuzung. Die Minuten vergingen.

Dann tauchte der Wagen auf. »Er kommt!« schrien wir beide wie aus einem Mund.

»Los!« sagte Mr. High ins Telefon.

In der nächsten Sekunde rannte ein Dutzend G-men aus der Toreinfahrt quer über die Straße, stoppte den Verkehr. Zwei Wagen von uns schossen unter Sirenengeheul hervor und stellten sich quer über den Fahrdamm. Im Nu war die Straße blockiert.

Ich sah, daß der Schlag des schwarzen Ford aufgerissen wurde. Robby sprang heraus. Er hielt die Kanone in der Hand und sah sich um wie ein gehetztes Wild. Irgendwer schoß.

Wie ein Panther jagte er zwischen den Autos durch, deren Fahrer noch nicht kapiert hatten, was los war, und wie wild auf die Hupen drückten.

Mr. High war zu uns getreten. »Sehen Sie«, sagte er erregt. »Die Burschen sind unglaublich gerissen.«

Traint hatte sich an einen grauen Buick herangeschlängelt, der jenseits der Sperre in die Gegenrichtung fuhr. Während der Fahrt sprang er auf, öffnete den Schlag und stieg ein. Der Buick erhöhte sofort die Geschwindigkeit, bog in die nächste Querstraße ein und war verschwunden.

Mr. High kommentierte: »Sie haben uns an der Nase herumgeführt. Sie ließen zwei Wagen in entgegensetzter Richtung so um den Block kreisen, daß sie sich ungefähr vor unserem Haus trafen. Der Buick war schon über die Sperre hinaus.«

Er ging ans Telefon und pfiff die Aktion ab. Unsere Wagen wurden zurückgezogen. Ein G-man fuhr den schwarzen Ford in den Hof. Zwei Minuten später kam er und legte wortlos eine Maschinenpistole, die er in dem Auto gefunden hatte, auf den Schreibtisch.

Mr. High wog sie in der Hand. »Ich glaube, die Kugeln darin waren Ihnen zugedacht, Jerry.«

Ich rieb mir das Kinn. »Kann sein, Chef, aber ich glaube nicht recht daran. Etwas viel Aufwand für eine Rache an einem G-man. Ob die Bande vielleicht nicht die Absicht hatte, Pickford zu befreien?«

»Das wäre neu. Ein geschnappter Gangster ist für die anderen erledigt. Handelt es sich um einen kleinen Mann, so stellt ihm sein Boß einen Anwalt, damit er billig davonkommt und nicht zuviel redet. Aber wird einer von den Großen gefangen, so beginnt unter den anderen der Krieg um die Nachfolge. Für den ehemaligen Boß interessiert sich kein Mensch mehr.«

Was er sagte, stimmte. Ich gab mich zufrieden, aber ich hatte das gleiche unruhige Gefühl wie damals, als wir den Bluff mit der Verhaftung Tony Craighs starteten.

»Wir wollen vorsichtig sein«, entschloß sich der Chef. »Wir nehmen noch einen Wagen mit G-men mit.«

Zehn Minuten später fuhren wir los in Richtung Beston Park, vorneweg Mr. High, Phil und ich, dann der Gefängniswagen mit seiner Motoradeskorte und zum Schluß ein Dienstwagen mit fünf G-men.

Die Fahrt dauerte eine Stunde. Wir hielten nicht vor Craighs Haus, sondern an der Stelle, an der in der Nacht die Polizeifahrzeuge geparkt hatten. Die Cops sperrten die Straße ab, die G-men nahmen die Maschinenpistolen unter den Arm, dann erst wurde die Hintertür des Gefangenentransporters aufgeschlossen.

»Komm heraus!« befahl der Gefängniswärter.

Seit zehn Tagen sah ich Jim Pickford zum erstenmal wieder. Seine Hände waren mit Handschellen gefesselt. Das Gesicht schien magerer geworden zu sein. Sein linkes Auge schillerte immer noch gelblich. Restlos waren die Spuren unseres Kampfes noch nicht aus seinem Gesicht verschwunden.

Als er mich sah, zog er die Mundwinkel herab.

»Lebst du immer noch, G-man?« zischte er.

»Machen Sie sich keine Illusionen, Jim«, antwortete ich.

»Sie kennen doch das Sprichwort: Freunde in der Not gehen ein Dutzend auf ein Lot. Brerrik und Genossen werden sich hüten, sich Ihnen zuliebe die Finger zu verbrennen, indem sie versuchen, mich umzulegen.«

»Es gibt ein gutes Mittel, Freunde bei der Stange zu halten.« Er grinste bei diesen Worten. Zum Teufel, ich hatte das Gefühl, daß wir noch lange nicht mit Jim Pickford am Ende aller Überraschungen waren.

Mr. High winkte den Gangsterboß zu sich. Der Gefängniswärter faßte ihn am Arm und führte ihn hin.

»Wir sind hier an dem Ort, an dem Ihre Leute uns überfallen haben. Es waren doch Ihre Leute, nicht wahr?«

Pickford zuckte mit den Achseln. Ich zog es vor, mich etwas für die weitere Umgebung zu interessieren. Phil ging auf mein aufforderndes Kopfnicken mit mir.

»Mir gefällt das alles nicht«, machte ich meinen Sorgen Luft. »Ich verstehe nicht, warum Pickford so hartnäckig schweigt. Der Chef hat ihn nicht im unklaren darüber gelassen, daß er der einzige ist, den wir geschnappt haben. So, wie ich ihn einschätze, müßte er vor Wut schäumen. Erinnerst du dich, daß er unmittelbar nach seiner Gefangennahme geäußert hat, wenn er erledigt wäre, sollten die anderen auch daran glauben müssen? Aber er tut nichts, um uns die Suche zu erleichtern.«

»Vielleicht handelt er fair?«

»Quatsch. Pickford weiß überhaupt nicht, was Fairneß ist. Hinter seinem Schweigen steckt etwas anderes. Ich glaube, er hofft auf Befreiung.«

»Darauf hat dir der Chef heute schon eine Antwort gegeben. Ein erledigter Gangsterboß ist für seine Bande ein toter Mann. Sie kümmert sich nicht mehr um ihn.«

Ich warf wütend die Zigarette fort. »Ja, bisher vielleicht, aber kann es in diesem Fall nicht anders sein? Denk nur an Traint, den sie zur Beobachtung abgestellt haben.«

»Traint sollte dich treffen. Pickford zu befreien, ist unmöglich. Kennst du das Untersuchungsgefängnis? Du brauchst schwere Geschütze, um jemanden mit Gewalt da herauszuholen.«

»Vielleicht versuchen sie es während des Transportes.«

»Bei der Bewachung können sie sich nur blutige Köpfe holen. Laß es dir gesagt sein, Pickford ist ein erledigter Mann. Wenn er wirklich auf Brerrik und seine Bande hofft, so macht er sich Illusionen. Ich an seiner Stelle täte es vielleicht auch. Andere Aussichten hat er ohnedies nicht mehr.«

Wir hatten uns inzwischen ein ziemliches Stück von der Untersuchungsstelle entfernt. Die Straße beschrieb einen Bogen. Wir verloren die absperrenden Cops aus dem Blickfeld. Die Gegend war fast ausgestorben. Höchstens ein halbes Dutzend Passanten schlenderte daher. Vor der letzten Villa stand ein Cadillac.

Ein kleiner, stutzerhaft angezogener Mann mit einem schmalen Bärtchen auf der Oberlippe kam uns entgegen. Er ging nahe an uns vorbei und schwenkte sein Spazierstöckchen.

Ich weiß nicht, was mich veranlaßte, mich nach ihm umzudrehen, aber es mußte wohl ein warnender Instinkt gewesen sein. Er war eben im Begriff, den Spazierstock mit einer Pistole zu vertauschen.

Ich stieß einen warnenden Laut aus, boxte Phil so heftig in die Seite, daß er sich überschlug und auf die Straße flog. Ich selbst warf mich nach rechts. Es war ein Glück, daß ich unmittelbar vor dem Gartentor der ersten Villa stand. Die ganze Holztür krachte mit mir zusammen. Die niedrige Steinmauer, die den Garten einfaßte, bot mir genügend Schutz, aber Phil lag offen auf der Straße.

Das Ganze spielte sich in dem Bruchteil einer Sekunde ab. Unser heimtückischer Spaziergänger kam nicht mehr dazu, die Zielrichtung zu ändern. Seine Pistole knallte zweimal, aber gleichzeitig ratterte aus dem Cadillac ein kurzer Maschinenpistolenstoß. Der Spaziergänger schrie auf.

Ich ließ alle Vorsicht fahren. Phil hatte keine Deckung. Ich sprang auf. Aus dem Seitenfenster des Cadillac hing Robby

Traint und richtete die Waffe auf Phil, der eben aufsprang, um sich im Gebüsch des Beston Parks unsichtbar zu machen.

Du mußt treffen, dachte ich und schoß. Traint brüllte und faßte sich mit beiden Händen ins Gesicht. Die Waffe klirrte auf die Straße.

Die Fondtüren des Cadillac flogen auf. Zwei Burschen sprangen heraus. Ihre Maschinenpistolen orgelten los. Ich tauchte hinter das Mäuerchen. Über mir pfiffen die Kugeln. Von der anderen Straßenseite bellte Phils Revolver. Er mußte Deckung erreicht haben.

Der Motor des Cadillac heulte. Wahrscheinlich wendeten sie den Wagen auf der Straße, aber ich konnte es nicht wagen, die Nase zu heben.

Noch zwei Garben klatschten gegen meine Schutzwand. Es klang wie ein Abschiedsgruß. Ich hörte, wie die Türen schlugen und der Wagen sich entfernte.

Ich erhob mich vorsichtig. Richtig, der Cadillac war schon weit fort. Auf der anderen Seite hinter einem Gebüsch tauchte Phil auf und wischte sich den Schweiß von der Stirn.

Wir trafen uns bei dem stutzerhaften Spaziergänger, der mit ausgebreiteten Armen auf dem Gesicht lag. Ich drehte ihn um. Die auf uns gezielte Garbe war ihm quer durch die Brust gegangen. Wir zählten fünf Einschüsse.

»Kennst du ihn?« fragte ich.

Phil verneinte. »Es muß einer von den kleinen Gehilfen der Bande sein. Sie haben ihn ausgesprochen in den Tod geschickt, denn selbst wenn er uns traf, mußten ihn die gleichzeitig aus dem Auto abgefeuerten Schüsse töten. Er stand ja unmittelbar hinter uns. Übrigens, vielen Dank, Jerry. Hast du Traint erwischt?«

»Wenigstens sah es so aus.«

Wir stecken uns Zigaretten an. Das war immer das erste, was man tat, wenn eine Sache vorüber war, und es war gut für den Hochmut und die große Klappe, wenn man dabei feststellen mußte, daß die Finger zitterten.

»Und wozu das ganze Theater?« fragte ich.

Phil sah mich groß an. »Du bist unglaublich bescheiden«, sagte er kopfschüttelnd. »In mancher Beziehung ist es eine Anerkennung deiner Fähigkeiten, wenn sie sich soviel Mühe machen, dir dein Lebenslicht auszupusten.«

Um uns herum hatte sich inzwischen eine Menschenmenge angesammelt. Erstaunlich, woher in dieser stillen Straße die vielen Menschen kamen. Einige erzählten wichtigtuerisch, wie sie sich bei der Knallerei auf den Bauch gelegt hatten. Alle starrten sie neugierig und entsetzt auf die Leiche des Verbrechers, um die sich rasch das Blut in einer großen Lache ausbreitete.

Die Schüsse waren an der Untersuchungsstelle gehört worden. Zwei von den G-men und zwei Motorradcops kamen in einem Höllentempo herübergefahren. Wir überließen ihnen die Erledigung dieser Angelegenheit und gingen zum Chef zurück. Während Phil berichtete, trat ich zu Pickford.

»Es hat nicht geklappt, Jim«, sagte ich. »Sie sollten es aufgeben.« Er warf mir einen Fluch an den Kopf, der nicht zu wiederholen ist.

Mr. High trat hinzu. »Ihre Freunde bemühen sich sehr, unseren Jerry umzulegen, aber es gelingt ihnen nicht. Wollen Sie nicht endlich reden, Pickford?« Er starrte ihn nur an. Der Chef stieß einen leichten Seufzer aus. »Wir machen Schluß«, entschied er. »Das hier hat doch keinen Zweck.«

Zwei Stunden nach Mittag waren wir wieder zu Hause. Pickford wurde in Mr. Highs Büro gebracht und auf einen Stuhl gesetzt.

Der Chef setzte sich hinter den Schreibtisch. »So«, sagte er entschlossen. »Sie kommen nicht eher hier heraus, bis sie alles gesagt haben, was wir wissen möchten.«

»Versucht es«, antwortete der Gangster grimmig, aber ich glaubte einen Unterton von Angst in seiner Stimme zu hören.

Wir suchten uns bequeme Stühle, denn wir wußten, was jetzt kommen würde, konnte Stunden dauern.

»Fangen wir von hinten an«, begann Mr. High. »Wer von

Ihren Leuten war an dem Überfall vor Craighs Villa beteiligt?«

Pickford schwieg.

»Brerrik?«

Keine Antwort.

»Robby Traint?«

Schweigen.

»Traint können Sie ruhig belasten, Pickford. Es stört ihn nicht mehr. Er ist tot. Jerry Cotton hat ihn erschossen.«

»Das ist nicht wahr«, fuhr er auf.

»Doch, es stimmt«, antwortete ich.

»War Traint an dem Überfall beteiligt?«

Pickford schwieg.

»Andy Webster? Sid Calligan?«

Schweigen.

»Reden wir von etwas anderem. War Luis Brail daran beteiligt, als sie Ihren ehemaligen Boß ›Automaten-Casco‹ töteten, um sich selbst zum Anführer seiner Gang zu machen?«

»Ja«, sagte Pickford. Daß er das zugab, war nicht verwunderlich. Wir wußten, daß er Brail haßte wie die Pest.

»Wer von den anderen machte noch mit?«

Keine Antwort.

Mr. High lehnte sich zurück. »Wieviel verdienten Sie eigentlich im Jahr, Pickford? Hunderttausend Dollar? Oder zweihunderttausend?«

Wieder öffnete der Gangster nicht den Mund.

»In gewisser Weise sind Sie zu bedauern«, fuhr unser Chef fort. »Sie haben sich ein ausgezeichnetes Geschäft aufgebaut, dessen Basis zwar das Verbrechen war, aber das sich großartig rentierte. Immerhin, es war eine Leistung. Jetzt kommen Sie auf den elektrischen Stuhl, und die anderen, Brerrik wahrscheinlich an der Spitze, gehen hin und ernten die Früchte Ihrer Arbeit. Und Sie ermöglichen es Ihnen noch, indem Sie schweigen. Glauben Sie, Brerrik wird eine Träne weinen, wenn er die Schlagzeilen der Zeitungen liest: Jim

Pickford heute hingerichtet? Ins Fäustchen wird er sich lachen und seine Leute in die Geschäfte schicken, die Sie kontrollierten, um die Gebühr zu erheben. Gönnen Sie ihm das?«

In Pickfords Gesicht arbeitete es. Man konnte erkennen, wie die Aussichten, die Mr. High ihm vor Augen stellte, in ihm eine Wut hervorriefen, die ihn schier erstickte. Aber noch schwieg er.

»Dies ist das letzte Verhör, das ich mit Ihnen anstelle«, warnte ihn der Chef. »Morgen werden Sie der Staatsanwaltschaft überstellt. Ich bin zu ehrlich, Pickford, um Ihnen zu sagen, daß ein offenes Geständnis Ihnen noch etwas nutzen könnte. Der beste Anwalt der Welt wird Sie nicht herausholen können. Alles, was Sie noch verhindern können, ist, daß andere die Früchte Ihrer Arbeit genießen.«

Stunde um Stunde zog sich das Verhör hin. Immer wieder fragte Mr. High nach Einzelheiten, nach Namen, nach lange Vergangenem und nach kürzlich geschehenen Dingen. Manchmal antwortete der Gangster, meistens schwieg er. Nie belastete er seine Bande.

Er verlangte nach Zigaretten. Sie wurden ihm verweigert. Er schlief auf seinem Stuhl ein. Wir rüttelten ihn wach.

Als es dunkel im Zimmer wurde, schaltete Neville die Tischlampe ein. Ihr Schein traf nur Pickford. Wir blieben im Dunkel.

Neville löste Mr. High ab. Seine Fragen waren derber und direkter. Erfolgreich war er nicht. Pickford schwieg.

Um acht Uhr rief der Führer der Polizeipatrouille, die den Bandenboß aus dem Untersuchungsgefängnis gebracht hatte, an und fragte, wie lange das Verhör noch dauern würde.

»Fahren Sie mit Ihren Leuten nach Hause«, ordnete Mr. High an. »Wenn wir mit ihm hier fertig sind, fordere ich einen Wagen und ein Begleitkommando an. Gute Nacht, Lieutenant.«

Er nahm seinen alten Platz wieder ein und fragte weiter.

»Worauf hoffen Sie, Pickford?« fragte er um Mitternacht. Es war still geworden im Haus und auf der Straße. Die meisten unserer Leute waren nach Hause gegangen. Nur wir und der Bereitschaftsdienst waren noch anwesend. »Worauf hoffen Sie?« wiederholte unser Chef. »Sie werden gleich ins Gefängnis zurückgebracht. Glauben Sie, Sie könnten dann noch befreit werden?«

»Vielleicht werde ich dann ein Geständnis ablegen«, antwortete Pickford rauh, »wenn ich keine Chance mehr sehe.«

»Du hast keine Chance«, warf Neville ein.

»Aber wenn Sie länger schweigen, wird Brerriks Chance immer besser«, sagte Mr. High. »Er gewinnt Zeit, um zu organisieren, unterzutauchen, neue Verbindungsmänner einzusetzen. Reden Sie jetzt, Pickford, dann können wir noch vieles verhindern.«

In derselben Sekunde, kaum war das letzte Wort gesprochen, knirschten vor unserem Haus die Bremsen mehrerer Autos. Eine Maschinenpistolengarbe knatterte, die Fensterscheiben klirrten ins Zimmer. Wir alle sprangen auf.

Mr. High begriff zuerst. »Die Bande versucht, Pickford zu befreien!« schrie er. »'rauf auf das Dach!«

Neville stürzte sich auf Pickford, nahm ihn wie ein Kind in seine Bärenarme. Der Mann strampelte, aber Neville preßte ihn an seine Brust, daß Pickford der Atem ausging, und rannte mit ihm hinaus. Ich setzte hinterher und erreichte hinter ihm die Treppe, als die Bande schon am Ende des Ganges erschien und vorstürmte. Mr. High und Phil kamen nicht mehr aus der Tür. Eine Maschinenpistolensalve versperrte ihnen den Weg.

Ich riß meinen .38er heraus und feuerte. Ein Schrei bewies, daß ich getroffen hatte, aber dann trieben sie mich mit ihren Maschinenpistolen weiter die Treppe hinauf.

Neville warf Pickford in die Ecke des Treppenpodestes und kam mir zu Hilfe. Die Schüsse aus unseren Waffen hinderten die Verbrecher daran, uns weiter zu folgen. Immerhin hatten sie uns zwei Treppen hinaufgetrieben, und wir konnten die Tür zu Mr. Highs Büro nicht mehr sehen.

»Verdammt!« schrie Neville mir zu. »Sie legen den Chef und Phil um.«

Wir hörten Schläge gegen eine Tür krachen. Ein Pistolen-lauf schob sich um die Treppenwendung. Eine Sekunde lang zeigte sich dahinter ein Gesicht. Nevilles Hand zuckte hoch, sein Schuß krachte. Mit einem Aufschrei rutschte der Mann die Treppe hinunter.

»Los, Boy!« schrie Neville. »Wir müssen hinunter, um dem Chef zu helfen.« Wir versuchten es, aber als wir kaum die Nase um die Wendung steckten, ratterten zwei Maschinen-pistolen los. Wir mußten zurück.

Ich sah, daß Neville Tränen der Wut die Wangen entlang-rollten.

Immer noch krachten an verschiedenen Stellen des Hauses einzelne Schüsse und kurze Salven. Dann wurde es still.

Wir hörten, wie sich die Gangster im Hausflur berieten.

»Zu spät«, hörte ich jemanden sagen und glaubte, die Stimme Brerriks zu erkennen. »Wir können die Treppe nicht hinauf, und jeden Augenblick sind die Bullen da.« Er stieß eine lange Serie bildschöner Flüche aus.

Aus der Ferne heulten die Sirenen der Überfallwagen, die von irgendwem alarmiert worden waren. An dem eiligen Fußgetrappel erkannten wir, daß die Bande sich zurückzog.

»Geh auf das Dach!« schrie Neville. »Gib ihnen noch ein-mal Zunder.«

Ich lief hinauf und schob mich auf dem Bauch bis an den Dachrand vor. Die Straße war wie ausgestorben. Wer immer von den Zivilisten noch unterwegs gewesen sein mochte, hatte sich schleunigst aus dem Staub gemacht.

Im Licht der Bogenlampen sah ich, wie die Verbrecher sich an ihren Autos zu schaffen machten. Offenbar trugen sie ihre Verwundeten hinein. Mit einer sorgfältig gezielten Kugel traf ich einen am Arm, aber sie bestrichen mit ihren Maschinen-pistolen einfach die ganze Hausfront und zwangen mich, den Kopf wegzunehmen. Außerdem zerblies einer die Bogenlam-pen, so daß es in der Straße ganz dunkel wurde.

Die Motoren heulten auf. Noch einmal sandten sie eine Garbe an der Häuserfront hoch. Dann verschwanden sie um die nächste Straßenecke, und der Spuk war zu Ende. Alles in allem mochte er drei oder vier Minuten gedauert haben. Mir war es wie ebenso viele Tage vorgekommen. Dreißig Sekunden später brausten vier Überfallwagen mit uniformierten Polizisten heran.

Ich richtete mich auf und stieg zu Neville hinunter. Ich fühlte mich wie zerschlagen, und ihm erging es anscheinend nicht besser. Beide wagten wir nicht, die Treppe hinunterzugehen und Mr. Highs Büro zu betreten.

Pickford lag noch in seiner Ecke. Sein Gesicht war verzerrt und wie erloschen. Seine Rettung war mißglückt, seine letzte Hoffnung zerschlagen.

»Jetzt könnt ihr von mir wissen, was ihr wollt«, sagte er heiser.

»Ach, halt dein Maul«, knurrte Neville.

»Was hilft es, Neville«, sagte ich. »Es ist nichts mehr zu ändern.« Da rafften wir uns auf und gingen hinunter.

Die Cops überschwemmten jetzt das ganze Haus und kamen uns auf der Treppe entgegen. Überall lagen Waffen herum. Wände und Boden zeigten Kugelspuren. Der Mann, den Neville erwischt hatte, als er zu uns heraufkommen wollte, lag auf halber Treppenhöhe, der den ich gleich zu Anfang erwischt hatte, am Ende des Ganges.

Durch die aufgebrochene und von Kugeln zersplitterte Tür betraten wir Mr. Highs Büro. Vorn lag ein dritter Verbrecher mit einem glatten Kopfschuß.

Hinter dem umgestürzten Schreibtisch fanden wir Phil mit einer schweren Brustwunde, aber als ich bei ihm niederkniete, regte er sich ein wenig. Er lebte noch.

Ich flößte ihm einen Schluck Kognak ein, der für solche Zwecke immer in dem Erstehilfeschrank bereitstand. Er öffnet schwach die Augen.

»Wo ist Mr. High?« flüsterte er.

Ja, wo war unser Chef? Ich hatte keine Hoffnung.

»Nicht da, Phil«, sagte ich traurig.

Er schüttelte kaum merklich den Kopf. »Schleppten ihn mit.« Dann sackte er wieder zusammen und wurde ohnmächtig.

Neville saß auf einem Stuhl und hielt den Kopf in die Hände gestützt. »So ein Pech«, stöhnte er ein über das andere Mal, »so ein verfluchtes Pech.«

Ich rüttelte ihn an der Schulter. »He, Neville, sie haben Mr. High mitgeschleppt.«

»Na und?« schnauzte er.

»Wenn sie ihn mitgenommen haben, dann lebt er noch.«

Endlich begriff er. Wir jagten aus dem Büro in die Fernsprechzentrale, die mit dem Raum des Bereitschaftsdienstes verbunden war. Lesling, der Führer der Bereitschaftstrupps, stellte sich uns in den Weg. »Neville, wir konnten nichts machen...«, begann er, aber Neville schob ihn zur Seite. Er schaltete die Rundspruchanlage ein.

»FBI-Präsident! FBI-Präsident!« gab er das Stichwort. »An alle Polizeistationen. An alle Polizeistationen. Überfall auf das Gebäude des FBI, durchgeführt von Gangstern in...« Er sah mich fragend an. Ich zeigte ihm eine Sechs mit den Fingern. »...sechs Wagen. Sperrt alle Ausfallstraßen New Yorks. Kontrolliert alle Fahrzeuge. Vorsicht! Bande ist schwer bewaffnet! Entführt wurde der Chef des FBI, John D. High.« Er gab eine Personalbeschreibung durch. »Schnellste Mitteilungen an FBI-Hauptquartier«, schloß er.

Er stellte das Mikrofon zurück.

»Vielleicht hilft es«, sagte er leise und inbrünstig.

Langsam bekamen wir ein Bild, wie sich der Überfall abgespielt hatte. Lesling berichtete, daß er und seine Leute beim ersten Geräusch aus der Tür hätten stürmen wollen, aber Garben aus Maschinenpistolen hätten sie zurückgetrieben. Sie saßen in ihrem Raum wie die Maus in der Falle. Als sie aus den Fenstern wollten, waren sie von der Straße her unter Feuer genommen worden. Die zersplitterten Fensterscheiben bewiesen es.

»Es müssen wenigstens zwanzig Mann gewesen sein«, sagte er.

In Mr. Highs Büro bemühte sich ein Arzt, der mit den Cops eingetroffen war, um Phil. Er untersuchte und verband ihn.

»Er wird durchkommen«, sagte er, und das war uns ein großer Trost.

Ein Krankenwagen war inzwischen herbeigerufen worden. Vorsichtig wurde Phil auf eine Trage gelegt und hinuntergetragen. Ich begleitete ihn bis zum Auto.

Jim Pickford wurde bewacht wie ein sowjetischer Ministerpräsident, als man ihn ins Untersuchungsgefängnis zurückbrachte. Wir achteten sorgfältig darauf, daß er nichts von Mr. Highs Entführung erfuhr. Das hätte seine Bereitwilligkeit zu einem Geständnis sicherlich wieder umgestoßen.

Neville und ich verlegten unseren Aufenthalt in die Zentrale beziehungsweise in den Bereitschaftsraum.

Lesling hatte inzwischen die dienstfreien G-men alarmiert. Einer nach dem anderen kamen sie an. Die Zunge hing ihnen aus dem Hals.

»Zum Teufel mit euch!« schrie Neville. »Jetzt, wo der ganze Zauber vorbei ist, kommt ihr. Wenn es knallt, seid ihr nicht da.« Vor lauter Sorge um seinen Chef war der gute Neville ungerecht.

Ich dachte über die ganze Sache nach. Mein Gefühl hatte mich also nicht betrogen. Die sorgsamen Beobachtungen unseres Hauptquartiers galten nicht mir, sondern der Ausspähung einer Gelegenheit, Pickford zu befreien. Wahrscheinlich hatten sie schon die Absicht gehabt, bei dem Lokaltermin über uns herzufallen. Durch Phils und meinen Spaziergang waren sie gestört worden. Dann hatten sie sicherlich gelauert, um den Gefängniswagen zu stoppen, wenn er von uns zum Untersuchungsgefängnis zurückfuhr.

Als der Gefängniswagen leer abfuhr, warteten sie auf eine neue Gelegenheit. Sie sahen, daß immer mehr G-men das

Hauptquartier verließen, und entschlossen sich zu einem direkten Angriff auf uns.

Wahrscheinlich hatten sie schon früher diese Möglichkeit in Erwägung gezogen und sich Informationen über die Lage der Räume verschafft. Das war nicht sehr schwierig, denn es war ja niemandem verboten, das Gebäude des FBI zu betreten. Ich spielte mit meiner Zigarettenschachtel. Sehr schöne Überlegungen stellte ich da an, aber sie nutzten nichts mehr.

Sie hatten Mr. High gekidnappt, wir wußten nicht, was wir unternehmen sollten.

Auf einmal stand ein kleiner Junge in der Tür. Halb verschämt, halb verlegen drehte er seine schäbige Mütze in den Händen. Dieser Anblick mitten in der Nacht war ziemlich verblüffend.

»Was willst du, Bengel?« schnauzte ihn Neville an.

Der Junge wich erschrocken zurück. »Hab 'nen Brief für den G-man-Spitzel«, sagte er schüchtern. Dabei brachte er ein weißes zerknülltes Kuvert aus der Hosentasche zum Vorschein.

Ich sprang auf und riß ihm das Schreiben aus der Hand. Neville und die anderen stellten sich um mich und lasen mit:

An den G-man Cotton! Du hast unseren Boß hochgenommen. Dafür wirst du eines Tages bitter zahlen müssen. Zunächst aber haben wir euren Chef. Bis auf einige Kugellöcher ist er gesund. Wir schlagen euch einen Austausch vor. Laßt Pickford frei, dann lassen wir ihn laufen, ohne ihm weiter ein Haar zu krümmen. Wir rufen dich morgen an, aber wir raten euch, auf unsere Bedingungen einzugehen. Tut ihr es nicht, schicken wir euch euren Chef als Postpaket.

Unterschrieben war der Brief nicht, aber ich hegte keinen Zweifel, daß er von Brerrik stammte. Ich ließ das Blatt sinken und nahm mir den Jungen vor.

»Sage mir, Boy, wie sah der Mann aus, der dir den Brief gab?«

Er beschrieb mir Brerrik genau. Anscheinend hatte er nach Pickfords Ausfall die Führung der Bande übernommen. Ich hatte das schon nach dem Telefongespräch vermutet.

»Wo haben sie dir den Brief gegeben?« forschte ich weiter.

»Am Thrill Place. Sie kamen mit einer ganzen Autokolonne an. Der erste Wagen stoppte einen Augenblick. Der Mann, den ich Ihnen beschrieb, stieg aus, winkte mir, gab mir den Brief und sagte mir, ich soll ihn Ihnen bringen. Sie würden mir sicherlich 'nen Dollar geben. Es wäre eine wichtige Sache.«

»In Ordnung, den Dollar bekommst du. Weißt du, was für Wagen es waren?«

»Der, der hielt, war ein Cadillac. Bei den anderen waren zwei Fords und, glaube ich, ein Mercury.«

Neville gab sofort einen neuen Rundspruch durch und nannte die Automarken, die die Gangster fuhren.

Ich gab dem Jungen eine Fünfdollarnote. Er stieß einen Freudenschrei aus. »Oh, tausend Dank, Mister!« Dann verschwand er.

Neville und die anderen sahen mich erwartungsvoll an.

»Mr. High lebt also noch«, stellte ich fest. »Sie wollen ihn gegen Pickford austauschen. Folglich werden sie sich hüten, ihm vorläufig ein Haar zu krümmen.«

»Was willst du tun, Jerry?« fragte Neville. »Ich für meine Person könnte mich ohrfeigen, daß wir Pickford schon den Cops und dem Untersuchungsgefängnis übergeben haben. Keine Chance mehr für uns, den Chef aus dieser scheußlichen Patsche zu holen. Wenn sie morgen anrufen, und wir müssen den Tausch ablehnen, ist er zehn Minuten später tot. Ich werde verrückt, wenn ich daran denke!« brüllte er los.

»Beruhige dich, Neville«, tröstete ich ihn, »noch ist nicht alles verloren. Wir könnten zum Beispiel unter dem Vorwand, er müsse noch einmal verhört werden, Pickford aus dem Gefängnis holen und den Austausch akzeptieren...«

»Verdammt, dann tu das doch!« schrie Neville dazwischen.

Ich legte ihm die Hand auf die Schulter. »Neville«, sagte ich ruhig, »du kennst Mr. High viel länger als ich. Glaubst du, es wäre in seinem Sinn, wenn wir einen Verbrecher wieder laufenlassen, damit er freikommt? Ich habe nicht vergessen, daß er bei meinem Eintritt in diesen Verein zu mir sagte, wir dürften nichts, nicht einmal unser Leben, so hoch schätzen wie die Gerechtigkeit. Glaubst du, er möchte für seine Person von seiner eigenen Meinung eine Ausnahme gemacht wissen? Oder glaubst du vielleicht, er fände es der Gerechtigkeit entsprechend, wenn wir ihn herausholen und einen mehrfachen Mörder dafür laufenlassen?«

Neville schwieg und senkte den Kopf.

»Ich schlage folgende Maßnahmen vor«, fuhr ich fort. »Wir warten den morgigen Anruf der Bande ab und einigen uns über den Auslieferungszeitpunkt und Ort. Wenn wir eine dunkle Stelle verabreden, kann vielleicht einer von uns sich als Pickford zu ihnen auf den Weg machen, während sie Mr. High laufenlassen. Wenn wir ihnen die Bedingungen aufzwingen können, daß, sagen wir, in einer Entfernung von zweihundert Yard der Chef und der angebliche Pickford gleichzeitig losgelassen werden, haben wir eine Chance, ihn zu retten, bevor sie den Schwindel merken.«

Neville starrte mich an. »Und der, der als Pickford zu ihnen hinübergeht? Er kommt niemals lebend zurück.«

»Ach, das ist noch nicht raus«, wehrte ich ab. »Ich werde das schon schaukeln. Pickford ist zwar etwas kleiner als ich, aber in der Dunkelheit wird es nicht so früh auffallen.«

»Du willst gehen?« fragte Neville, und vielleicht hätte er sich jetzt selbst angeboten, obwohl ihn allein schon seine Figur zu der Rolle untauglich machte, wenn Lesling, der die Zentrale überwachte, nicht »Rundspruch!« gerufen hätte.

Er schaltete die Lautsprecheranlage ein.

»Polizeistation 43 an FBI-Hauptquartier und alle! Mehrere Fahrzeuge, vermutlich sechs, durchbrachen um zwei Uhr und achtundvierzig Minuten Absperrung der Ausfallstraße nach Beveridge Hill unter Anwendung von Feuerwaffen.

Versuchte Verfolgung mußte wegen Dunkelheit und Stärke des Gegners abgebrochen werden. — Ich wiederhole.«

»Schalte aus!« befahl ich Lesling. »Rufe Station 43 an und laß dir einen Einzelbericht geben.«

Ich trat mit Neville an die große Stadtkarte.

»Die Straße nach Beveridge Hill ist hier«, zeigte ich. »Sie kreuzt hier den Highway. Wenn sie wollen, können sie auf diesem Weg verschwinden, aber sie müssen doch in der Nähe bleiben. Andererseits kann ich mir kaum vorstellen, daß sie nach Beveridge Hill fahren. Das ist doch kaum mehr als ein Dorf.«

»Beveridge Hill«, knurrte Neville. »Ich war schon einmal dort, und ich war dienstlich dort, das weiß ich. Wenn ich nur wüßte, um was es sich gehandelt hat . . .«

Lesling hatte inzwischen mit Station 43 gesprochen. Er berichtete. »Sie hatten die Straße mit einigen spanischen Reitern gesperrt, aber der Cadillac brauste wie ein Panzer darauf zu und spuckte Feuer nach allen Seiten. Mit zwei Motorrädern nahmen sie die Verfolgung auf, aber sie wurden beschossen, sobald sie sich zu nahe herantrauten. In sicherer Entfernung aber konnten sie die Verbindung nicht halten.«

»Rufe Beveridge Hill an und sage ihnen, daß sie wahrscheinlich heute nacht noch Besuch bekommen. Sie sollen sich auf nichts einlassen, sondern nur feststellen, wohin die Bande sich zurückzieht.«

Ich wartete ab, bis er das Telefongespräch erledigt hatte. Dann wandte ich mich an die anderen G-men.

»Geht nach Hause, Boys«, sagte ich. »Schlaft euch aus und kommt morgen früh wieder. Laßt die Sache, die ihr verfolgt, für morgen laufen. Wahrscheinlich brauchen wir jeden Mann, um den Chef herauszuholen.«

Sie trollten sich. Ich haute mich auf eines der Bereitschaftsbetten, aber obwohl ich müde war wie ein Hund, fand ich keinen Schlaf. Immer wieder spitzte ich die Ohren und lauschte nach dem Lautsprecher. Es kam keine Meldung mehr. Erst am Morgen schlief ich ein.

Neville weckte mich. Er stand mit einer Tasse Kaffee vor meiner Pritsche. Es war acht Uhr morgens.

Wir riefen Beveridge Hill an, dreiundzwanzig Meilen außerhalb der Stadtgrenze von New York. Sie hatten nicht die Spur eines Wagens gesehen. Waren die Gangster doch auf dem Highway geflohen?

Wir saßen herum, blickten immer wieder auf die Uhren und warteten auf den Anruf, von dem in dem Brief die Rede war. Neville hatte sich selbst an die Zentrale gesetzt, jedesmal, wenn das Anruflicht aufflackerte, sahen wir hoch, aber es waren immer wieder Nachrichten, die uns nicht betrafen.

Kurz vor zehn Uhr sah ich, wie Neville die Lippen zusammenpreßte.

»Jawohl«, sagte er heiser und merkwürdig höflich in die Sprechmuschel, »ich verbinde mit Jerry Cotton.«

Er legte die Verbindung auf den Nebenapparat um. »Da sind sie!« rief er.

»Rufe das Amt an«, befahl ich, bevor ich den Hörer von der Gabel nahm. »Versuche festzustellen, woher die Verbindung kommt.«

Ich holte tief Luft und nahm den Hörer ans Ohr.

»Hier ist Cotton«, meldete ich mich.

Am andern Ende ertönte die unverkennbare Nilpferdlache von Mr. Brerrik, aber es klang, als lache er mit zusammengebissenen Zähnen.

»Lauerst wohl schon auf meinen Anruf, was?« fragte er. »Hast also mein Briefchen bekommen.«

Ich hörte Neville am anderen Apparat mit dem Amt flüstern.

»Stellen Sie fest, woher der Anruf auf unserer Leitung kommt. Schnell!«

Ich sprach besonders laut, damit Brerrik nichts davon mitbekam.

»Hören Sie, Brerrik, was habt ihr mit Mr. High gemacht?«

»Das geht dich einen Dreck an, G-man. Hauptsache, er lebt. Ein paar Wochen Krankenhaus machen ihn wieder fit.

Also, wie ist es? Wollt ihr ihn gegen Pickford austauschen?«

Ich mußte Zeit gewinnen. »Warum wollen Sie eigentlich unbedingt mit aller Gewalt Ihren Häuptling zurückhaben, Brerrik? Seine Verhaftung ist eine einmalige Gelegenheit für Sie, sich zum Boß der Bande zu machen. Warum nutzen Sie das nicht aus?«

Man konnte ihn förmlich durch das Telefon grinsen hören.

»Das will ich dir sagen. Jim ist zwar ein feiner Junge, aber ich würde nicht den Hals für ihn riskieren, wenn er nicht in doppelter Form dafür gesorgt hätte, daß ich es tun muß. Der kluge Pickford hat uns zwar einen anständigen Wochenlohn gezahlt, aber unsere anderen Ansprüche hat er in einer gemeinsamen Kasse verwahrt. In dieser Kasse dürften schätzungsweise eine halbe Million Dollar sein, von denen wir keinen Cent zu sehen bekommen, wenn es euch gelingt, ihn auf den elektrischen Stuhl zu setzen. Außerdem liegt bei dem Geld eine detaillierte Aufstellung von allen Dingen, die jeder einzelne von uns jemals unternommen hat, mit allen Beweisen und Unterlagen zusammengeheftet. Wenn Jim euch das Versteck verrät, kommt keiner von uns unter zehn Jahren weg, und einige, darunter auch ich, müßten ihm auf den elektrischen Stuhl folgen. Darum, mein Lieber, gebe ich mir solche Mühe, meinen Freund aus euren Klauen loszueisen.«

»Sehr klug«, lobte ich. »Hier eine halbe Million, da der elektrische Stuhl. Die Wahl dürfte niemandem schwerfallen.«

»Hier euer Chef High, da unser Boß Pickford«, ahmte er nach. »Fällt euch diese Wahl schwer?«

»Uns nicht, aber es ist nicht einfach, auch für uns nicht, einen überführten Mörder freizubekommen. Wir haben uns mit dem Gouverneur in Verbindung gesetzt, aber die Entscheidung steht noch aus. Sie müssen etwas Geduld haben, Brerrik.«

»Wie lange?«

»Rufen Sie uns heute abend noch einmal an.«

»Was steckt dahinter?« fragte er mißtrauisch.

»Nichts«, schnauzte ich ihn an. »Mr. High ist Beamter. Er wird dafür bezahlt, daß er sein Leben riskiert. Dem Gouverneur ist bis jetzt euer Pickford noch wichtiger als sein High. Weiß der Teufel, ob es uns gelingt, seine Meinung zu ändern.«

Einen Augenblick lang schwieg er. »Gut«, entschloß er sich dann. »Ich rufe um acht Uhr heute abend noch einmal an, aber wenn du wieder versuchst, uns hereinzulegen, G-man, dann wird dein Konto bei uns noch fetter.«

»Darauf kommt es mir absolut nicht mehr an, mein Freund.« Ich sah Neville fragend an. Er nickte. »Bis heute abend also«, sagte ich und hängte ein.

»Der Anschluß kam aus Beveridge Hill von dem Anschluß 5390«, berichtete Neville.

Ich rieb mir die Hände. »Es läßt sich den Umständen entsprechend gut an. Heute abend schlagen wir ihm den Austausch für die Nacht vor. Ich gehe als Pickford zu ihnen hinüber, und sie schicken uns den Chef.«

Neville machte ein wenig befriedigtes Gesicht. »Mir gefällt das gar nicht«, brummte er. »Du hast keine . . .«

»Versuche lieber festzustellen, wer der Inhaber des Anschlusses Beveridge Hill 5390 ist«, unterbrach ich ihn. Ich hatte keine Lust, mir Predigten anzuhören.«

Er gehorchte und telefonierte mit der Postzentrale. Die Auskunft erhielt er nach zwei Minuten, und sie schien überraschend zu sein, denn er kehrte mir ein fassungsloses Gesicht zu.

»Der Anschluß ist auf den Namen Joel Casco eingetragen«, sagte er.

»Casco? Pickfords ehemaliger Boß! Der ist doch seit zehn Jahren tot.«

Neville sprang auf und schlug sich vor die Stirn, daß es klatschte: »Ich Idiot!« rief er. »Jetzt weiß ich, warum mir Beveridge Hill sofort so bekannt vorkam. Als wir Cascos Leiche damals im Hafenbecken fanden, forschten wir natürlich an den Orten nach, an denen er sich zu Lebzeiten aufgehalten hatte. Er besaß ein Landhaus in Beveridge Hill, genauer gesagt, ungefähr zwei Meilen vor dem Städtchen. Es liegt auf einem sanften Hügel. Ich war damals zu einer Hausdurchsuchung dort. Klar, daß es in den Besitz Pickfords übergegangen ist. Weil es außerhalb liegt, haben die Posten auch nicht die Ankunft der Wagen bemerkt.«

»Ich glaube, du hast recht«, gab ich zu, »aber das ändert nichts an unserem Plan.«

»Das ändert 'ne Menge, du Greenhorn«, antwortete er und war wieder ganz der alte, der sich durch nichts erschüttern ließ. »Dein Plan fällt nämlich jetzt ins Wasser. Wir werden mit allen Leuten das Landhaus angreifen und Mr. High heraushauen.«

»Das ist zu gefährlich. Sie finden Zeit genug, den Chef zu töten.«

»Hör mal«, sagte er und legte mir die Pranke auf die Schulter. »Als ich in der vergangenen Nacht meinen Verstand nicht ganz beieinander hatte, hast du mir 'nen langen Vortrag gehalten über Mr. Highs Meinung von einem Austausch gegen Pickford. Glaubst du, der Chef dächte anders über einen Austausch deiner Person gegen ihn?«

Ich wehrte ab. »Das ist etwas anderes . . .« Er brachte mich mit einer Handbewegung zum Schweigen.

»Nichts ist anders. Du hast nicht den Hauch einer Chance, bei dem Manöver am Leben zu bleiben, und Mr. High würde mich ohrfeigen, wenn ich es zuließe, daß du für ihn ins Gras beißt. Wir greifen in der Nacht das Landhaus an. Wenn wir ein wenig Glück haben, kommen wir so schnell über sie, daß sie keine Zeit mehr finden, dem Chef ein Haar zu krümmen. Dabei bleibt es, und wenn du nicht mitmachst, lasse ich dich für die nächsten vierundzwanzig Stunden einsperren.«

Er reichte mir seine Pranke. »In Ordnung, Jerry?« Nach kurzem Zögern schlug ich ein.

Wir alarmierten die G-men, unterrichteten sie und fragten sie, ob sie einverstanden seien. Sie bejahten alle, und ich konnte ihren Gesichtern ansehen, daß Brerrik und seine Leute nichts zu lachen haben würden.

Telefonisch bestellte ich eine halbe Hundertschaft Cops für acht Uhr abends. Dann blieb nichts anderes mehr zu tun, als auszuruhen und auf die Dunkelheit zu warten.

Ich legte mich im Bereitschaftsraum auf eine Couch. Neville kam zu mir und setzte sich auf den Rand. »Oh, Jerry«, sagte er, »wenn mir nur die Hand nicht zittert.«

Um acht Uhr inspizierten Neville und ich noch einmal die angetretenen G-men. Neville ließ sich jede einzelne Waffe zeigen, prüfte den Mechanismus, untersuchte Korn und Visier. Insgesamt waren wir fünfundzwanzig G-men, alle mit Maschinenpistolen ausgerüstet. Die Männer zeigten entschlossene Gesichter. Jeder wußte, daß es heute keine Gnade gab.

Punkt acht Uhr heulten vor unserem Haus die Polizeisirenen. Kurz darauf meldete sich der Lieutenant der Cops bei uns. Wir informierten ihn, worum es ging. Er war ein netter frischer Junge.

»Verlassen Sie sich auf uns«, sagte er schlicht. »Wir werden tun, was wir können.«

Um Viertel nach acht Uhr rief Brerrik an.

»Alles in Ordnung, Brerrik«, sagte ich. »Der Gouverneur hat den Austausch gestattet. Ihr könnt Pickford morgen früh haben.«

Er nannte die Bedingungen. Wir sollten ihn um sieben Uhr morgens auf die Landstraße nach Beveridge Hill zum Meilenstein 43 bringen. Sie würden zweihundert Yard weiter mit ihren Wagen halten und gleichzeitig unseren Chef laufenlassen. Ich ging auf alles ein.

»Macht keine Dummheiten«, warnte er zum Schluß. »Euer Chef müßte sie bezahlen.« Bei diesen Worten war mir gar nicht wohl. Ich hängte ein.

Neville hatte wieder die Verbindung überprüfen lassen.

Das Gespräch war von demselben Anschluß aus geführt worden. Er stand auf und zog sich den Gürtel stramm.

»Gehen wir«, sagte er finster und entschlossen.

Auf dem Hof versammelte er die G-men und Uniformierten um sich und erteilte letzte Instruktionen. Jede Gruppe sollte sich einzeln und an verschiedenen Seiten an das Haus heranarbeiten. Hundert Yard davor sollten alle Gruppen in guter Deckung liegenblieben, bis sie von der Führungsgruppe, die aus Neville, drei G-men und mir bestand, Aktionsbefehl bekamen.

»Ist alles klar?« fragte Neville noch einmal. Sie nickten. Wir bestiegen unsere Fahrzeuge, die Motore heulten auf, wir fuhren los.

Neville und ich saßen in dem vordersten Wagen, in dem sich außer dem Fahrer und uns noch zwei G-men befanden, die beide Maschinenpistolen trugen.

Die Fahrt nach Beveridge Hill dauerte über eine Stunde, da wir das letzte Stück ohne Licht zurücklegen mußten. Kein Wort wurde gesprochen. Alle Gedanken flogen den Fahrzeugen voraus, und jeder dachte nur daran, wie er seinen Teil zum Gelingen der Befreiung des Chefs beitragen könnte.

Auf ein verabredetes Zeichen von Neville stoppte unsere Kolonne rund eine Meile vor dem Hügel, auf dem das Landhaus lag.

»Okay«, sagte Neville grimmig, und unsere Gruppe machte sich als erste auf den Weg. Fünf Minuten später, so war es beschlossen, würde sich die nächste Gruppe ins Gelände schlängeln, dann die übernächste und so weiter.

Schweigend und vorsichtig schlichen wir uns vorwärts. Neville, der vorausging, erwies sich als erstaunlich guter Kenner der Gegend, in der er doch seit Jahren nicht mehr gewesen war, denn nach einer guten halben Stunde standen wir am Fuß des flachen, kaum siebenhundert Fuß hohen Hügels, auf dessen höchster Stelle ein verschwommener weißer Fleck, das Landhaus Pickfords, schimmerte.

Wir krochen jetzt auf dem Bauch, jedes Gebüsch sorgfältig ausnutzend, die Erhebung hinauf. Leider gab es verteufelt wenig Deckung. Als wir auf hundert Yard an den Bau heran waren, stoppten wir. Neville flüsterte mir zu: »Siehst du das Licht? Sie sind da.« Tatsächlich waren mehrere Fenster erleuchtet.

Wir krochen noch zwanzig oder dreißig Yard weiter, da geschah etwas, das unseren ganzen Überraschungsplan über den Haufen warf. »Verdammt«, hörte ich Neville hervorstoßen.

Im nächsten Augenblick zuckten auf dem flachen Dach des Hauses zwei Scheinwerfer auf, fuhren uns mitten in die Gesichter, blendeten uns. Maschinenpistolen knatterten auf, die Kugeln pfiffen uns um die Ohren.

Der G-men hinter mir gab einen schwachen Laut von sich, drehte sich langsam auf die Seite und kollerte den Hügel hinunter. Wir anderen rollten uns in die nächste Deckung und gerieten zusammen hinter ein niedriges Gebüsch.

Immer noch tasteten die Scheinwerfer das Gelände ab, aber das Schießen hatte aufgehört.

Nevilles Atem ging keuchend. »Oh, ich Idiot!« hörte ich ihn stöhnen.

»Wie kam das?« fragte ich ihn flüsternd.

»Jerry, bist du es? Oh, jetzt ist alles verloren. Vielleicht ist es in diesem Augenblick schon um den Chef geschehen. Ich berührte beim Vorwärtskriechen so einen heimtückischen Draht. Das muß ein Signal im Haus ausgelöst haben, denn in derselben Sekunde schalteten sie die Scheinwerfer ein.«

Wieder bellten vom Haus her Maschinenpistolen. Wir preßten die Gesichter in das Gras, aber die Serien galten offenbar einer anderen Gruppe unserer Leute, denn die Scheinwerfer hielten ihren Strahl beharrlich für einige Minuten links von uns. Dann begannen sie wieder zu wandern. Jedesmal, wenn ihr Strahl über uns hinwegglitt, duckten wir uns tiefer in das Gebüsch und glaubten, das Geknatter der Maschinenpistolen würde unsere letzte Stunde einläuten.

»Neville«, flüsterte ich, »so geht das nicht. Wir müssen

etwas unternehmen. Vielleicht ist Mr. High noch nicht tot. Vielleicht haben wir noch eine Chance. Zuerst aber müssen die Scheinwerfer weg. Ich versuche jetzt, die anderen Gruppen zu benachrichtigen. Dann putzen wir die Scheinwerfer weg und dann . . . Feuer frei.«

Eben wieder huschte der Lichtkegel über uns weg. Ich sprang auf und lief. Der Scheinwerfer fuhr sofort zurück, aber ich lag schon wieder hinter einem Gebüsch, und die mir zugedachte Kugelserie zirpte ins Leere.

Suchend tastete der Lichtstrahl auf und ab. Die Stelle, an der ich lag, war günstig. Das Gesträuch bildete hier für mehrere Meter eine durchlaufende Hecke, in deren Schutz ich weiterkriechen konnte. Dann mußte ich wieder ein Stück springen. Der Scheinwerfer zuckte nicht nach mir, aber vom Haus blitzten mehrere Revolverschüsse. Sicherlich lagen die Gangster mit allen Leuten hinter den Fenstern und auf dem Dach. Noch ein Stück kroch ich auf dem Bauch, und als ich gerade wieder aufspringen wollte, stolperte ich über jemanden. Es war Tom Fonders, der Führer der Gruppe drei. »Tritt mir nicht aufs Kreuz, du Kamel«, fluchte er leise.

Ich informierte ihn hastig. »Hör zu, Tom. Neville und ich blasen jetzt die Scheinwerfer aus. Sobald das geschehen ist, eröffnen alle Gruppen das Feuer und arbeiten sich näher an den Bau heran. Übernimm du mit deinen Männern die Weitergabe dieses Befehls an die anderen Abteilungen.«

Fonders brummte zustimmend und verschwand im Dunkel. Ich wartete den Scheinwerfer ab. Dann lief ich. Dreimal noch schossen die Brüder nach mir, aber ich gelangte unbeschädigt wieder in das Gebüsch an Nevilles Seite.

Auch in andere Richtungen knallten jetzt Revolverschüsse und Maschinenpistolensalven. Tom und seine Leute waren offenbar unterwegs, und die Gangster schossen auf alles, was sich nur regte. Die Lichtkegel zuckten nervös hierhin und dorthin, aber bis jetzt war kein Schuß von einem Schrei beantwortet worden, und so durften wir hoffen, daß niemand unserer Leute verletzt worden war.

Nach zehn Minuten wurde es still. Im Haus waren längst alle Lichter erloschen. Bis zu diesem Augenblick war von unserer Seite noch kein Schuß gefallen. Neville stieß mich in die Rippen.

»Ich denke, es ist an der Zeit«, brummte er. »Nimm du den linken, ich den rechten.« Wir entsicherten unsere Maschinenpistolen. »Sofort nach dem Feuern rechts und links auseinander«, warnte Neville noch einmal.

Wir warteten, bis die Scheinwerfer über uns hinweggegangen waren, richteten uns ein wenig auf, und als sie jetzt zurückwanderten, schossen wir gleichzeitig eine Serie.

Glas klirrte. Wir rollten uns nach links und rechts. Vom Haus brach ein wütendes Schießen in Richtung des Mündungsfeuers unserer Waffen los. Die Kugeln pfiffen uns unangenehm um die Ohren, aber jetzt waren auch die anderen G-men und die Cops auf dem Plan. Rund um das Haus krachte und blitzte es. Zweimal ertönten vom Haus her Schreie, und dann entwickelte sich ein regelrechtes Feuergefecht. Beide Gegner richteten sich nach dem Aufblitzen der Waffen. Dabei waren die Gangster sehr im Vorteil. Sie fanden hinter Fenster und Türen einen besseren Schutz als unsere Leute, die nach jedem Schuß blitzartig die Stellung wechseln mußten, damit die Verbrecher sich nicht auf ihren Standort einschossen.

Neville und ich fanden uns wieder zusammen. Er wollte sich an der Schießerei beteiligen, aber ich fiel ihm in den Arm. »Laß es«, sagte ich. »Ich fürchte, das führt doch nicht zum Erfolg.«

Wir beobachteten das Gefecht. Die Gangster versuchten, sich mit Taschenlampen zu helfen, aber das erwies sich nicht als zweckmäßig. Unsere Leute löschten nacheinander fünf von den Dingern aus, und zwei Schreie bewiesen, daß sie mehr getroffen hatten als nur die Lampen.

Trotzdem kamen wir nicht vorwärts. Der Hügel war im oberen Teil fast völlig ohne Gebüsch und Deckung. Nach der ersten Verwirrung fanden Brerriks Leute die Ruhe wieder. In ihrer guten Deckung warteten sie ab, bis sie ein Ziel ausgemacht hatten. Und sie trafen auch. Wir erlitten Verluste.

Der junge Lieutenant der Cops tauchte bei uns auf.

»Ich verliere zuviel Leute«, keuchte er. »So bekommen wir das Haus nie. Wenn wir stürmen, legen sie uns reihenweise um.«

Langsam flaute das Schießen ab, und nur noch vereinzelt klang ein Kugelwechsel auf. Es mußte etwas anderes geschehen, wenn wir einen Erfolg erzielen wollten. Ich entschloß mich zu einem halsbrecherischen Unternehmen.

»Neville, zieh drei oder vier Gruppen halblinks von hier zusammen. Sie sollen eine gewaltige Schießerei anfangen, damit die Brüder glauben, wir wollten von dort einen Angriff starten.«

»Was hast du vor?« fragte er.

Ich gab ihm lieber keine Erklärung, sonst bekam er wieder Bedenken oder wollte es selbst machen. »Hau schon ab!« knurrte ich.

Neville verschwand, mit ihm der Lieutenant. Ich war allein, und das war mir am liebsten.

Es dauerte eine Viertelstunde, bis er die Leute an der gewünschten Stelle konzentriert hatte. Das Schießen hörte während dieser Zeit fast ganz auf. Auch die Gangsterkanonen verstummten.

Urplötzlich brach auf unserer Seite, halblinks von mir, das Feuer wieder auf, und zwar so wild, wie noch nie vorher. Panikartig antworteten die Gangster, und ich war der Überzeugung, daß in diesem Augenblick alle Augen und alle Läufe auf die eine Stelle gerichtet waren. Das war die Sekunde meiner Chance. Meine Schuhe hatte ich schon vorher ausgezogen. Ich sprang auf und rannte, so schnell ich nur konnte, dem Haus zu.

Es mochten knappe siebzig oder achtzig Yard bis zur Hauswand sein. Ich lief höchstens zehn oder zwölf Sekunden, mir aber kam diese winzige Spanne wie ein Dutzend Jahre vor. Ich war noch jung und wollte nicht gern sterben.

Wenn jetzt nur einer der Bande in meine Richtung sah, jetzt, in diesem Augenblick vielleicht, grinsend die Knarre hochnahm, zielte und abdrückte, dann ... Gott sei Dank, da war die Hauswand.

Ich ließ mich lautlos zu Boden gleiten und bemühte mich, meinen pfeifenden Atem zu bändigen. Das Herz schlug wie ein Hammer gegen meine Brust.

Ich blieb liegen, bis sich Herz und Atem beruhigt hatten, dann schob ich mich ohne Geräusch auf Händen und Knien weiter am Haus entlang. Von unten gegen den helleren Nachthimmel blickend, konnte ich einiges erkennen.

Jetzt kam ein Fenster, dessen unterer Rand ungefähr zwei oder drei Fuß vom Boden lag. Der Lauf einer Maschinenpistole ragte über die Fensterbank hinaus und spuckte wie ein Wasserspeier bei einem Wolkenbruch die Serien weniger als einen Fuß über meinem Kopf.

Es mußte etwas geschehen. Ich konnte nicht so lange hier herumkriechen, bis ich einen Eingang fand, eine Tür oder ein Fenster, hinter dem niemand lauerte.

Jeden Augenblick konnte ich entdeckt werden, jeden Augenblick aber auch konnte mich eine Kugel erwischen. Ich sandte ein kurzes Stoßgebet zum Himmel, daß der Gangster allein im Raum sein möge, packte den Lauf der Maschinenpistole und riß ihn mit aller Gewalt nach unten. Ich verbrannte mir an der heißen Waffe scheußlich die Hände, aber ich ließ nicht los.

Der Gangster erhielt von dem Kolben einen furchtbaren Schlag gegen das Kinn, kippte nach hinten und hatte sich noch nicht von seiner Überraschung erholt, als ich mich über das Fensterbrett schwang. Ich schlug ihm die eigene Maschinenpistole über die Ohren. Er röchelte ein wenig und streckte sich.

Der geringe Lärm, der in diesen Sekunden entstand, ging in dem allgemeinen Krach des Gefechtes unter, und — mein Schutzengel war mit mir gewesen — der Verbrecher hatte allein in diesem Raum gelegen.

Ich hatte jetzt nur noch einen Gedanken. Wo war Mr. High? Irgendein untrügliches Gefühl sagte mir, daß er noch am Leben war. Natürlich kannte ich Pickfords Fuchsbau nicht, aber ich dachte mir, daß sie ihren Gefangenen bestimmt im Keller festhielten.

Ich tastete mich durch das dunkle Haus. Das Zimmer, in das ich eingedrungen war, hatte eine Tür zum Nebenraum. Zwei Pickford-Männer lagen hinter dem Fenster und ballerten nach draußen. Wenn ich es hier versucht hätte, wäre ich schon tot, dachte ich. Ich versuchte, mich lautlos an ihnen vorbeizuschleichen, stieß aber gegen einen Stuhl. Er polterte um.

»Bist du es, Jack?« fragte einer über die Schulter.

Ich richtete meinen .38er auf ihn, den ich aus der Halfter genommen hatte.

»Neue Munition holen«, brummte ich möglichst undeutlich zurück. Er rührte sich nicht. Ich schlich weiter.

Ich fand eine Tür und gelangte in den Hausflur. Von hier mußte es doch irgendwo in den Keller gehen, verdammt.

Durch einen Spalt sah ich Licht schimmern, tastete mich hin, meine Hand berührte eine Klinke, ich öffnete vorsichtig. Aha, der Kellereingang. Er war noch beleuchtet. Unendlich behutsam stieg ich Stufe für Stufe die Treppe hinunter. Auch in den Gängen brannten die Glühbirnen.

Der Gang mündete in einen größeren Raum. Ich hielt den Atem an, als ich Stimmen hörte.

An der Rückwand des Raumes entdeckte ich einen halbgeschlossenen Vorhang. Hinter ihm drangen die Stimmen hervor.

Auf den Zehenspitzen schlich ich mich nahe heran und blickte durch den Spalt. Mein Herz wollte mir vor Freude und Aufregung zerspringen.

Unter einer kahlen Glühbirne saß Mr. High gefesselt auf einem Stuhl. Er sah furchtbar aus. Sein Anzug war zerfetzt, auf seiner Stirn lag geronnenes Blut, aber er hielt den Kopf aufrecht.

Vor ihm stand breitbeinig Brerrik, und hinter dem Stuhl stand die üble Gangstertype, die ich in Pickfords Büro als Sid Calligan kennengelernt hatte.

Brerriks Gesicht war weiß wie Buttermilch. Er hielt einen schweren Revolver in der Hand und bedrohte Mr. High.

»Wenn du G-man-Schwein nicht in fünf Sekunden tust, was ich dir gesagt habe, bist du ein toter Mann. Also, was ist?«

Mr. High schwieg und sah den Verbrecher nur ruhig an. Um seine Lippen spielte sogar die Spur eines Lächelns.

Brerriks Gesicht verzerrte sich zu einer Fratze der Wut und des Hasses. »Zum letztenmal. Du gehst jetzt mit mir auf das Dach und rufst deinen Polizeihunden zu, daß sie sofort das Feuer einstellen sollen und sich bis Beveridge Hill zurückziehen sollen. Dann packen wir dich in unseren Wagen, und zehn Meilen nach der Autobahnauffahrt lassen wir dich laufen, auch ohne Pickford zu bekommen.«

Mr. High schwieg.

»Du willst nicht?« fragte Brerrik gefährlich leise., »Gut, aber wenn du vor dem Sterben keine Angst hast, so gibt es auch noch bessere Mittel, um einen Burschen wie dich gefügig zu machen. Los, Sid, nimm ihn dir vor!«

Meine Augen weiteten sich vor Entsetzen, als ich sah, daß Sid Calligan einen schweren Ochsenziemer von der Wand nahm. Dann zerschnitt er Mr. High die Fesseln und zerrte ihn am Hemdkragen hoch.

Mein Chef schwankte hin und her und knickte mit dem linken Bein ein. Offenbar hatte er einen Oberschenkelschuß. Auch seine Arme hingen schlaff und unfähig zu jeder Gegenwehr herab.

Mit einer brutalen Bewegung zerrte der Gangster Mr. High auf einen Tisch und hob die Peitsche zu einem Schlag.

Da trat ich vor.

»Drei Apfelsaft mit Schokolade, Mr. Brerrik«, sagte ich finster. »Gilt das Stichwort auch hier?«

Brerrik fuhr herum. Er stierte mich an wie eine Geistererscheinung, den Mund halb geöffnet. Dann zuckte seine Hand mit der Pistole hoch.

Ohne zu zögern schoß ich. Ich hatte auf den Arm gezielt, aber er drehte sich zur Seite, und der Schuß ging in die Brust.

Sid Calligan ließ den Ochsenziemer fallen und hob die Hände hoch. Ich ging auf ihn zu, hob die Peitsche auf und schlug ihm den Knauf gegen die Schläfe, daß er sich auf dem Fußboden zu einer längeren Ruhe bettete.

Mr. High lag immer noch auf dem Tisch. Seine Verwundungen erlaubten es ihm nicht, sich zu rühren. Ich drehte ihn vorsichtig auf den Rücken.

Er lächelte mich schwach an. »Jerry«, hauchte er, »prima, prima.« Dann verlor sein Gesicht den letzten Rest von Farbe, und er sackte in eine tiefe Ohnmacht.

Ich bettete ihn vorsichtig auf den Fußboden, mehr konnte ich im Augenblick nicht für ihn tun. Calligan band ich Hände und Füße zusammen. Um Brerrik brauchte ich mich nicht mehr zu kümmern.

Dann ging ich wieder nach oben. Ich war noch nicht fertig mit meinem Erlebnis. Als ich sah, wie Calligan Mr. High auf den Tisch zerrte, war das für mich das gleiche Erlebnis gewesen wie für ihn der Tod seiner Frau und seines Töchterchens unter den Gangsterkugeln und für Phil das Ende des Mannes, das er in Chicago sah. In mir kochte es. Ich mußte etwas tun, um diese Pest in die Schranken zu weisen, und es war mir in diesen Minuten völlig gleichgültig, was mit mir geschah.

Vom nächsten Stuhl, an den ich stieß, brach ich ein anständiges eichenes Bein ab und ging geradewegs in das Zimmer, in dem die beiden Verbrecher lagen, die mich mit Jack angesprochen hatten.

Sie lagen immer noch hinter dem Fenster und feuerten. Ich ging hin und trat dem einen gewaltig ins Kreuz. Er fuhr herum, und ich schlug ihm das Stuhlbein über den Schädel. Der andere folgte im Bruchteil einer Sekunde.

Immer noch voller Wut bis an den Kragen, suchte ich den Aufgang zum Dach. Ich fand ihn schnell. Eine steile Leiter, die an einer Falltür endete.

Ich drückte die Tür auf. An den beiden zerschossenen Scheinwerfern vorbei schlich ich mich vorwärts. Das Dach hatte eine kleine Brüstung, hinter der viele dunkle Gestalten im Anschlag lagen. Ich kroch zu dem nächsten hin. Auch er mochte mich für einen Kollegen halten, denn er knurrte mir zu: »Schöne Tinte, in der wir sitzen. Kommt Brerrik mit dem Bullen-Chef nicht zu Rande?«

Mit grimmiger Befriedigung faßte ich ihn am Rock und am Hosenboden und warf ihn kurzerhand über die Brüstung das Dach hinunter. Er schrie, während er stürzte.

Sein Nebenmann blickte erstaunt hoch, aber er kam nicht mehr dazu, zu dem Fall Stellung zu nehmen. Ich schlug ihm das Stuhlbein an den Kopf und beförderte ihn ebenfalls abwärts. Dem dritten trat ich die Kanone aus der Hand, die er schon auf mich gerichtet hatte, und warf ihn in bewährter Weise seinem Kameraden auf den Pelz. Sie gingen zu Boden, und ich wütete mit dem Stuhlbein zwischen ihnen, bis sie sich nicht mehr regten. Meine furchtbare Wut und die Überraschung verhalfen mir zu einem schnellen Sieg.

Von unten ertönte freudiges Geheul. Durch mein Eingreifen war die Feuerkraft der Gangster erheblich geschwächt worden. G-men und Cops stürmten vor das Haus. Nur noch vereinzelte Schüsse krachten, dann gaben sich auch die restlichen Verbrecher verloren und krochen mit erhobenen Armen aus ihren Verstecken.

»Jerry! Jerry!« hörte ich Neville brüllen.

Ich schrie ein kräftiges »Hier!« zurück, und er stürmte in Riesensätzen die Treppe herauf.

»Der Chef?« keucht er. »Wo ist Mr. High?«

»Im Keller«, gab ich zur Antwort und packte ihn am Arm, um ihn hinabzuführen.

Überall im Haus flammten, soweit die Glühbirnen nicht zerschossen waren, die Lichter auf. Neville stieg mit mir in den Keller. Ich schlug den Vorhang zurück. Da lag Mr. High immer noch in Ohnmacht auf dem Steinfußboden.

»Lebt er?« flüsterte Neville mit ängstlichem Gesicht.

Ich lächelte ihn an und nickte. Sein Gesicht entspannte sich, und da geschah es, daß der brummige Neville mich umarmte. Ich spürte etwas Feuchtes im Gesicht. Neville liefen die Tränen über die Wangen.

Vier Wochen später ließ mich Mr. High in seine Wohnung bitten. Zu meiner Überraschung fand ich auch Neville und Phil Decker vor, der eigentlich ins Krankenhaus gehörte.

»Da staunst du, was?« Er grinste mich an. »Habe mir extra für diesen feierlichen Akt Sonderurlaub geben lassen.«

Mr. High sah noch sehr blaß aus, aber er lächelte, als er mir die Hand drückte.

»Ich wollte es mir nicht nehmen lassen, Jerry«, sagte er, »ihnen die Belobigung des Präsidenten der Vereinigten Staaten persönlich zu überreichen. Verzeihen Sie, wenn es vom Bett aus geschehen muß.« Ich wurde rot vor Freude und Überraschung, und Mr. High drehte die Rolle, die er in den Händen hielt, verlegen hin und her. »Wissen Sie, Jerry, es ist noch etwas mit dabei«, sagte er zögernd. »Die Belobigung lautet nämlich auf Ihren vollen Namen. Ich konnte das nicht verhindern.«

Er überreichte mir das Dokument, und ich las:

Der Präsident und das Volk der Vereinigten Staaten von Nordamerika sprechen ihren Dank und ihre Anerkennung dem Beamten des Federal Bureau of Investigation, Jeremias Cotton, aus.

»Oh, Tante Henny«, stöhnte ich, aber Phil und Neville und sogar Mr. High lachten.

Ich jagte den Diamanten-Hai

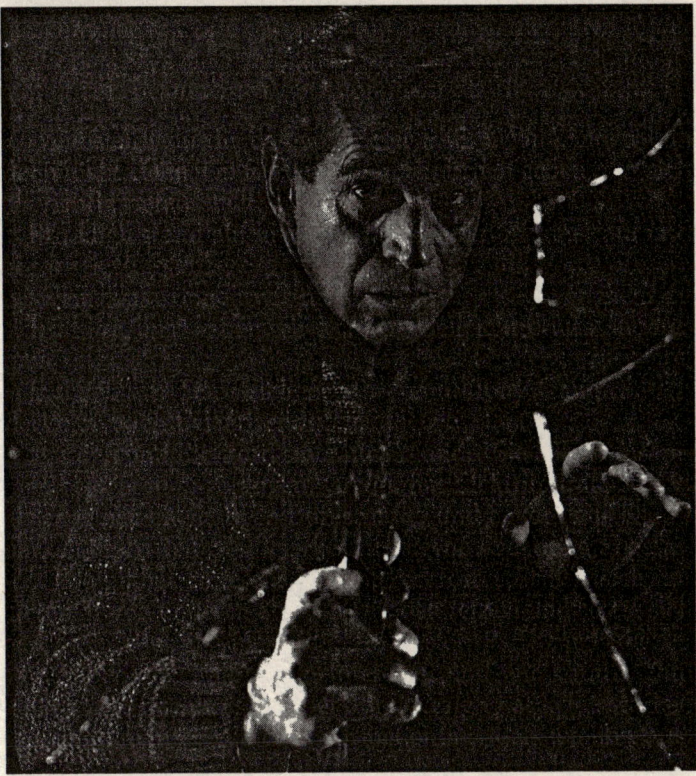

Band 1 der eigenständigen Serie G-MAN JERRY COTTON
(1956), erschien dann nur noch in der 2. Auflage als Band 1
unter demselben Titel (1959).

Das Wasser war klar wie ein Bergquell, aber an manchen Stellen so tief, daß die Schwärze unter mir lag wie ein grundloser Krater. Diese Stellen hatten etwas Unheimliches. Man wurde nie ganz das Gefühl los, daß jeden Augenblick aus der Schwärze ein langer, glitschiger Arm hochschießen und einen hinabziehen könnte.

Nun, ich brauchte nicht unbedingt dort herumzuschwimmen. Unmittelbar an der Küste war die See flacher. Milliarden von Wogen hatten die Felsen zu feinem Sand zermahlen, auf dem ganze Wiesen seltsamer Lebewesen wuchsen, Mittelinger zwischen Pflanzen und Tieren. Dazwischen schossen Fische aller Größen und in allen Farben des Regenbogens herum. Dunkle Spalten in den Felsen versprachen Überraschungen jeder Art.

Mir ging es so gut wie vielleicht noch nie in meinem Leben. Ich hatte einen neuen Sport für mich entdeckt, und übte ihn mit Leidenschaft aus. Ich war von der Gangsterjagd zur Unterwasserjagd übergegangen, trug keinen Revolver mehr unter dem Jackett (ja, ich trug nicht einmal mehr ein Jackett), sondern eine Preßluftharpune und ein breites Fischmesser aus rostfreiem Stahl; aber das nur zur Angabe. Auf die Nase hatte ich mir eine Taucherbrille gestülpt. Im Mund steckte mir das Mundstück des Atemgeräts, und anstelle der Schuhe trug ich hübsche grüne Flossen. Mich interessierten nicht mehr die Haifische der New Yorker Unterwelt, sondern nur noch dicke Zackenbarsche und schlangenköpfige Muränen.

Es war der prächtigste Urlaub meines Lebens, und Phil war durchaus meiner Meinung. Wir waren fast so braun wie das knappe Hundert Insulaner, das die Insel bewohnte.

Wenn Sie glauben, ich triebe mich irgendwo vor Amerikas Küste herum, so sind Sie im Irrtum. Mit Amerika hatte die Gegend, in der wir uns befanden, nichts mehr zu tun. Ich schätze, der letzte Amerikaner ist so um 1945 hier gewesen, als es galt, die Japaner zur Vernunft zu bringen.

Unser Glück verdankten wir einem Stuhlwärmer in der

Zentrale des FBI in Washington. Der Mann war auf den Gedanken gekommen, daß wir G-men bei unserem aufregenden Beruf alle zwei Jahre einen achtwöchigen Urlaub haben müßten, wenn's bisher auch nicht in der Tarifordnung stand. Da dieser Mann zufällig noch ein hohes Tier in unserer Verwaltung war, konnte er seine menschenfreundliche Idee gleich in die Tat umsetzen. Jeder G-man erhielt alle zwei Jahre seine acht Wochen Urlaub, und jetzt waren Phil und ich an der Reihe.

No, wir fuhren nicht nach Mexiko, um unser Geld in Spielhöllen durchzubringen, nahmen auch keine Karte für einen Trip ins alte Europa, um Häuser anzuschauen, die schon gebaut worden waren, als Amerika gewissermaßen noch ›in den Windeln‹ lag. Wir setzten uns auch nicht in den Havana-Expreß und gondelten nach Cuba, wo man so viele Amerikaner trifft, daß man sich in Boston glaubt. Nein, wir knobelten uns ein besonderes Ding aus!

Wir hatten da unter unserer Kundschaft einen alten Seebären, der vor Jahren mal in Ostasien geschippert war. Der erzählte, wenn er betrunken war, mit tränenden Augen und whisky-schwangerem Tremolo in der Stimme von den Talaut-Inseln, diesem letzten Paradies auf Erden, in das er für sein Leben gern fahren würde, wenn er nur das Geld besäße und nicht fürchten müßte, daß es ihm dort an Sprit mangeln könnte.

Wir glaubten nicht recht an ein Paradies, weil solche längst von Reisebüros entdeckt und dann keine mehr sind. Aber eines Abends, zwei Tage nachdem wie den Bescheid hatten, an der Reihe zu sein, hatte unser Schiffer eine Seekarte bei sich und legte seinen Finger auf einen Punkt zwischen Mindanao und Celebes.

»Hier«, lallte er, »Talaut-Inseln, allerbestes Ostasien, das Paradies.« Dann begann er zu singen: »Dorthin möcht' ich mit dir, du Geliebte, ziehen«, oder so ähnlich.

Was während der Nacht in meinem Gehirn vorgegangen war, kann ich nicht sagen; jedenfalls wachte ich am anderen

Morgen mit dem festen Vorsatz auf, nach den Talaut-Inseln zu fahren.

Phil fragte, ob ich verrückt sei; dann ging er mit zum Reisebüro, und weil dort niemand wußte, wo die Talaut-Inseln lagen, buchten wir eine Flugreise nach Manila.

Drei Tage später hatten wir den Boden der Philippinen unter unseren Füßen. In Manila nahmen wir eine schrottreife Höllenkiste nach Suri auf Mindanao, und hier trafen wir Leute, die sogar wußten, wo die Talaut-Inseln lagen und wie hinzukommen sei. Nach der Hauptinsel, Labian, ging einmal wöchentlich ein Postschiff. Es fuhr am anderen Tag, und wir schafften es. Labian gefiel uns nicht, weil es dort vierundzwanzig Autos und drei Kinos gab, womit uns die Insel zu amerikanisiert schien, denn uns hatte gewaltige eremitische Sehnsucht gepackt. Die kleinste der Talauten war Panafarut, das einmal monatlich von einem gebrechlichen Postdampfer bedient wurde, der gerade abging, als wir ankamen. Wir vertrauten unsere Seelen dem Himmel, unsere Leiber dem Wrack an und dampften los. Es war genau der richtige Tip.

Die Talaut-Inseln gehören zu Indonesien. Sie bestehen — ach, Unsinn, lesen Sie doch das im Lexikon nach! Panafarut hatte einen Hafen, in den Hunderttonnenschiffe gerade noch paßten, eine wildzerklüftete Steilküste, hundert braune Ureinwohner, die in einem Dorf im Inneren wohnten, obwohl sie sich von Fischfang ernährten, eine Telegrafenstation, die in einer Holzbaracke untergebracht war, und als Attraktion eine Art Hotel, das von einem fetten Mischling bewirtet wurde, der sich Panhacker nannte. Als die Amerikaner sich in der Gegend herumtrieben, war dieser Mister auf die wahnsinnige Idee verfallen, Panafarut zu einem amerikanischen Ferienparadies machen und dabei massig Dollar verdienen zu können. Sie wissen: Amerikaner schätzen Natur und Einsamkeit, wenn sie dabei nicht auf eisgekühlte Drinks und andere Zerstreuungen verzichten müssen. Panhacker hatte daher rings um sein wackliges Hotel zwischen

Palmen und bunt blühendem Gebüsch eine Reihe kleiner, nicht einmal schlecht eingerichteter Holzhäuser errichtet, die für ein oder zwei Personen gedacht waren und Einsamkeit mit Komfort versprachen. Aber die Amerikaner gewannen den Krieg gegen Japan und verschwanden aus der Gegend. Panhackers Weekend-Häuser standen plötzlich leer und drohten zu verfallen.

Phil und ich waren eine Sensation für Panafarut. Panhacker überpurzelte sich vor Eifer, als er den ersten Dollarschein sah, und tat alles, um zwei seiner Häuser so bequem wie möglich für uns einzurichten. Er sprach nicht schlecht englisch, und fast alle Mischlinge, die sich außer ihm auf der Insel herumtrieben, konnten genügend davon, um sich mit uns zu verständigen.

In drei Tagen waren wir heimisch wie in New York oder Connecticut, nur daß das Leben hier bedeutend angenehmer war. Wir durchstreiften die dreißig Quadratmeilen große Insel, besuchten das Eingeborenendorf, palaverten mit dem Ältesten und kauften einige seltsame Geräte; aber hauptsächlich tummelten wir uns mit Atemgerät und Flossen in den klaren Gewässern der Küste. Wir hatten einen hübschen, vielleicht zwölfjährigen braunen Eingeborenenjungen engagiert, der auf den Namen Rago hörte. Er sollte uns die besten Fischgründe zeigen und das Ruderboot hüten, während wir uns unter Wasser herumtrieben. Aber manchmal ging sein Temperament mit ihm durch, und er tauchte auch ohne Atemgerät, denn er schwamm wie ein Aal und war olympiareif.

An den lauen Abenden saßen wir an Panhackers Hotelbar und tranken Eisgekühltes. Mit uns hockte Abend für Abend die gute Gesellschaft und die hohe Verwaltungsbehörde der Insel in dem Laden. Durch die Bank handelte es sich um Mischlinge, obwohl nie klar zu erkennen war, was sich da eigentlich gemischt hatte. Der reiche Wang-Cho zum Beispiel, der den Eingeborenen die getrockneten Fische abkaufte, hatte hauptsächlich chinesisches Blut, während an

116

Single-Pag, dem Polizeichef und gleichzeitig einzigen Polizisten der Insel, ohne Zweifel ein Afrikaner beteiligt gewesen war. Wir vertrugen uns mit ihnen prächtig, tranken hin und wieder eine Runde und an einem solchen Abend erfuhren wir die Geschichte von der ›Patronia‹, dem einzigen Kriegsereignis, das in Panafarut stattgefunden hatte.

Dieses niederländische Schiff war ein Kahn von einhundertfünfzig Tonnen gewesen, den die Amerikaner übernommen hatten, als die Deutschen Holland besetzten, und er war nach Manila gedampft, um Flüchtlingsgut zu bergen, als die Japaner die Philippinen zu besetzen drohten. Unter anderem hatte das Schiff den gesamten Bestand einer englischen Diamantschleiferei an Bord genommen: Roh- und Fertigdiamanten im Werte von ungefähr einer Million Pfund. Entlang der Küsten hatte die ›Patronia‹ versucht, sich in Sicherheit zu bringen; gerade vor Panafarut hatten japanische Bomber sie erwischt und ihr ein mittelschweres Ding versetzt. Sie war in zwei Hälften zerbrochen und wie ein Stein gesunken. Knapp zehn Prozent der Mannschaft nur hatten sich retten können.

»Sie liegt eine Meile vor der Ostküste«, erzählte Panhacker und goß uns neuen Whisky ein, »in einer Tiefe von hundert Fuß.«

»Ist nie versucht worden, sie zu bergen? Diamanten im Werte von einer Million Pfund sind schließlich kein Pappenstiel. Die läßt man nicht ohne weiteres auf dem Meeresgrund liegen.«

»Es gab schon endlose Streitereien um das Besitzrecht«, erklärte der Wirt. »Engländer, Niederländer und Amerikaner stritten sich, wem die Ladung gehöre und wer das Risiko der Bergung zu tragen habe. Es waren auch einige Male Kommissionen hier. Ich glaube, die amerikanische Regierung hat den Engländern den Schaden ersetzt, und die ›Patronia‹, so wie sie auf dem Meeresgrund liegt, zum Verkauf ausgeschrieben; aber das weiß ich nicht mit Sicherheit.«

»Yes«, meldete sich Single-Pag, der Polizeipräsident von Panafarut, »ich haben strenges Befehl, niemand tauchen zu lassen nach Wrack ohne Genehmigung der Regierung.« Er musterte uns aus seinen dunklen Malayenaugen mit angestrengtem Mißtrauen.

»Keine Sorge, Chef«, lachte ich. »Hundert Fuß sind leider zu tief für unsere Sportgeräte, sonst würden wir es wohl versuchen.«

Wir tranken aus, spazierten etwas an der Küste entlang, genossen ein wenig die herrliche Kühle der Nachtluft und strebten dann unseren Weekend-Pavillons zu.

»Was meinst du«, sagte Phil bei der Verabschiedung, »sollen wir morgen nicht einmal sehen, ob wir vielleicht nicht einen Zipfel von der ›Patronia‹ erwischen können?«

»Hundert Fuß«, antwortete ich, »das ist hoffnungslos. Außerdem habe ich gestern den Schwanz einer Muräne gesehen, die gerade in eine Spalte wischte. Das Vieh möchte ich morgen fangen.«

Am Morgen tauchten wir vom Boot aus vor den Außenklippen des Hafens. Ich hatte die Spalte gefunden, in der ich meine Muräne vermutete, band einen toten Fisch an einen Stock und pflanzte ihn in den Sand; dann legte ich mich auf die Lauer.

Eine Muräne sieht aus wie ein Aal, nur daß sie groß werden kann wie ein ausgewachsener Mann und so dick wie ein Schenkel eines Ringkämpfers. Außerdem haben sie das Maul voller Zähne, und ihr Biß ist giftig. Alles andere als ungefährlich, sie unter Wasser zu jagen.

Ich brauchte kaum drei Minuten zu warten, als meine Muräne sich aus der Spalte schlängelte, den Fisch erblickte, das Maul aufriß und ihn verschlang. Sie fuhr so gierig zu, daß ein Stück des Stockes mit in ihren Schlund geriet.

Ich zielte sorgfältig mit meinem Preßluftgewehr. Die Harpune zischte in weißer Blasenbahn durch das Wasser und bohrte sich hinter dem Kopf des Fisches quer durch die Nackenmuskulatur. Die Muräne spie den verschlungenen

Fisch wieder aus, tobte in einem Knäuel herum und wollte in ihren Spalt zurückschwimmen; aber die links und rechts herausragende Harpune hinderte sie daran. Der dünne Stahl des Schaftes verbog sich, als der Fisch wuchtig gegen den Felsen prallte. Ich hatte unterdessen neu geladen und schwamm langsam auf die Muräne zu. Jetzt erblickte sie mich, riß ihren scheußlichen Rachen auf und nahm mich an. Ich stieß das Preßluftgewehr vor. Sie schnappte prompt danach. Der Lauf mit der vorstehenden Harpunenspitze verschwand in ihrem Maul, und ich berührte den Drücker. Die Wucht des Stoßes warf den Fisch zurück. Die Harpune fuhr in sein Inneres und drang von innen kurz vor seinem Schwanzende nach draußen. Die Muräne streckte sich. Dunkel sprudelte ihr Blut. Sie sank auf den Sandboden. Ich stieß mich ab und tauchte auf. Rago hing halb über Bord, hatte den Kampf durch den Schaukasten verfolgt; er patschte seine Pfote auf meine Schulter und lachte anerkennend. Ich nahm das Mundstück des Atemgerätes zwischen den Zähnen weg und schob die Tauchbrille in die Stirn.

»Schnall mir das Gerät ab!« bat ich und hielt mich am Boot fest. Er löste die Gurte und gab mir den Widerhaken mit dem Seil daran. Ich schob die Brille wieder zurecht, holte tief Luft, drehte mich und tauchte.

Die Muräne lag an derselben Stelle, aber schon knabberte an ihr eine Menge kleiner Fische. Sie stoben davon, als ich zwischen sie fuhr. Ich befestigte den Widerhaken im Maul des Fisches und tauchte auf, während ich das Seil ablaufen ließ. Rago half mir ins Boot. Wir zogen mit vereinten Kräften.

»Hallo, Mr. Amerika!« wurde ich von der Klippe herab angerufen. Oben stand einer der Mischlinge in weißer Leinenhose und -jacke und schwang einen Zettel. »Telegramm für Sie.«

»Verrückt!« brüllte ich zurück und zeigte unmißverständlich auf meine Stirn, aber er schwenkte weiter den Zettel.

»Wer soll uns hierher telegraphieren?« brummte ich.

Natürlich hatten wir in Manila hinterlassen, wohin wir gehen würden. Dasselbe hatten wir in Labian getan. Es gab also durchaus einige, die wußten, wo wir zu erreichen waren.

»Wo ist Phil?« fragte ich Rago.

Er zeigte zu den gegenüberliegenden Klippen. »Perlen«, sagte er grinsend. »Nix Perlen!« Er schüttelte den Kopf, daß die Wassertropfen aus seinen nassen Haaren stoben. Ich sprang über Bord, schwamm hinüber und tauchte. Phil kroch auf dem Boden herum. Er hatte sich ein Netz um den Bauch gebunden, in das er alles sammelte, was ihm perlenverdächtig aussah. Ich klopfte ihm auf die Schulter und bedeutete ihm, mit nach oben zu kommen. Wir tauchten auf. Er nahm das Mundstück des Luftschlauches aus den Zähnen.

»Was ist denn los?« fragte er.

»Der Idiot drüben auf der Klippe behauptet, wir hätten ein Telegramm bekommen.«

»Zuviel Sonne oder zuviel Whisky«, antwortete Phil nur, schwamm aber mit zum Boot.

Rago hatte inzwischen mit aller Kraft die Muräne so weit hochgezogen, daß ihr scheußlicher Kopf an der Oberfläche schwamm. Er nahm die Riemen und steuerte zwischen den Außenklippen in den Hafen. Der Telegrammschwenker hüpfte wie eine Gemse die Klippen hinunter.

Wir legten an dem Holzsteg an, an dem auch der Postdampfer festzumachen pflegte. Wie immer lungerten die Mischlinge, einschließlich Polizist und Wirt, herum und sahen uns zu. Der Telegrafenbote stand grinsend in Erwartung eines Trinkgeldes und reichte mir mit tiefer Verbeugung den Wisch. Er war mit Worten einer Sprache beschrieben, die eine entfernte Ähnlichkeit mit Englisch hatte.

»FBI-Hauptquartier an Cotton, Panafarut. Hebung Patronia geplant. Berechtigung erteilt — Achtet — Vorsicht — Nehmt Verbindung — Benachrichtet — Flybert — Meldung — High.«

Ich las den Text einige Male. Auch die einzelnen Worte, die ich hier klar hingeschrieben habe, waren mehr oder weniger verstümmelt.

Phil studierte angestrengt, zuckte mit den Achseln und sagte: »Offenbar will der Chef uns mitteilen, daß unser Ferienidyll gestört wird. Wir bekommen Besuch.«

»Dafür schickt er doch kein Telegramm.«

»Vielleicht fürchtet er, daß dein kriminalistischer Instinkt wach wird, wenn die Leute sich hier um die ›Patronia‹-Diamanten kümmern.«

»Woher weiß Mr. High überhaupt, daß hier ein Schiff mit Diamanten auf dem Meeresgrund liegt? Das ist nicht sein Ressort.«

»Weiß ich auch nicht«, brummte Phil. »Mich interessieren diese Diamanten überhaupt nicht, sondern ich will wissen, ob in diesen Muscheln Perlen sind.«

Ich knöpfte mir den Telegrafisten vor. »Dieses Telegramm ist verstümmelt. Konnten Sie es nicht genauer aufnehmen?«

Er lachte: »Viele Störungen. Ich habe geschrieben, wie es ankam.«

»Möchte eine Depesche aufgeben«, sagte ich. »Kommen Sie mit.« Ich begleitete ihn zu seiner Holzbude, in der sich die vorsintflutliche Telegrafenstation und gleichzeitig die gesamte Postverwaltung befanden. In großen Druckbuchstaben schrieb ich ihm den Text auf einen Zettel:

»An FBI-Distrikt New York, Mr. High, Vereinigte Staaten — stop — Telegramm unleserlich erhalten — stop — drahtet neue Nachrichten — stop — Was ist mit Patronia — stop — Cotton.«

Ich wartete, bis er es durchgemorst hatte. Ich konnte selbst telegrafieren; aber der Junge machte es korrekt und fehlerlos. Ich wartete noch die Bestätigung der Empfangsstation ab.

»Wann kann ich Antwort haben?« fragte ich.

»Vier Tage.« Er feixte. »Telegramm geht von hier nach Labian, von da nach Celebes, dann über Manila nach New York.«

Ich schüttelte den Kopf. »Vier Tage? Und das im zwanzigsten Jahrhundert! Hier ist wirklich das Paradies.«

Er verstand nicht, was ich meinte, lachte aber und nickte.

Ich ging zum Hafen zurück und beschäftigte mich mit meiner Muräne. Wir fotografierten sie, dann schnitten wir ihr den Kopf ab. Die Eingeborenen verstehen es prächtig, Fischköpfe zu präparieren, damit sie haltbar sind, und ich machte mich mit Rago auf den Weg ins Dorf, um dem Präparator meine Wünsche auseinanderzusetzen. Phil, der inzwischen seine Muscheln geöffnet hatte, ohne eine Perle zu finden, schloß sich uns an.

Wir blieben im Dorf, aßen Fisch und beschlossen, abends mit den Eingeborenen auf Fischfang zu fahren.

Es war einer der schönsten Abende, die ich auf Panafarut erlebte. Ich kann es Ihnen nicht richtig beschreiben, denn mir fehlt die poetische Ader. Alles, was ich bestenfalls berichten kann, sind nackte Tatsachen. Wir waren schon auf dem Heimweg, als Ragos Vater, in dessen Boot wir saßen, mich leicht am Arm berührte.

»Schiff«, sagte er und zeigte in die Nacht. In einiger Entfernung glitten ein paar Lichter durch die Nacht.

»Der Postdampfer?« fragte ich.

»No, kommt erst in so vielen Tagen.« Er zeigte mit den Fingern die Zahl fünfzehn.

Phil und ich sahen uns bedeutungsvoll an.

»Also der von Mr. High angekündigte Besuch«, brummte ich.

»Vielleicht fährt der Kahn vorbei«, sagte Phil.

Er fuhr nicht vorbei. Von den Bambustüren unserer Hütten aus sahen wir, wie die Lichter des Schiffes vor der Hafeneinfahrt zum Stillstand kamen. Wir glaubten verwehte Kommandorufe zu hören, das Rasseln der Ankerkette, das schwere Klatschen, mit dem der Anker in die Wellen schlug.

»Schade um unseren Urlaub«, seufzte Phil. »Hoffentlich sind es keine Amerikaner.«

»Hoffentlich keine alten Kunden aus New York«, antwortete ich. »Ich bin hier, um Fische zu jagen, und habe keine Lust, anderes zu tun.«

Es war die erste Nacht auf Panafarut, in der ich nicht gut schlief. Beim ersten Morgenlicht war ich auf den Beinen. Phil mußte es nicht anders ergangen sein, denn wir trafen uns vor unseren Hütten. Wie immer trugen wir nur Badehose und Bademantel. Die Atemgeräte lagen im Boot und wurden von Rago betreut. Durch den verwilderten Park und an den leerstehenden Wochenendhäusern vorbei gingen wir zu Panhackers Hotel, um das Frühstück einzunehmen.

»Haben Sie gesehen, Gents«, überfiel uns der Mischling glückstrahlend. »Ein großes Schiff ist angekommen, ein ganzes Schiff voll Amerikaner. Eben läuft es in den Hafen ein. Ich werde meine Weekend-Wohnungen vermieten und viele Dollars verdienen.«

Wir teilten seine Begeisterung nicht, vertilgten unser Obstfrühstück und liefen zum Hafen.

Der verdammte Kahn war eben dabei, sich durch die enge Einfahrt zu tasten. Es war eine schlanke Motoryacht mit niedrigen Aufbauten, eins dieser Schiffe, die in Filmstreifen vorzukommen und blendendweiß zu sein pflegen. Auch dieses Schiff mochte einmal weiß gewesen sein; heute war es schmierig und verdreckt.

»Flyer«, las ich den Namen des Schiffes am Bug.

»Landsleute«, bemerkte Phil. Er hatte recht. Vom Heck wehte die amerikanische Flagge.

Die ›Flyer‹ drehte sich jetzt langsam, um anzulegen. Wir konnten die hinteren Aufbauten erkennen.

»Sieht aus, als hätten sie in letzter Zeit einiges verändert und keine Zeit mehr gefunden, diese Reparaturen anzustreichen. Man kann am Heck eingeschweißte Platten feststellen, die flüchtig mit Mennige gestrichen sind.«

»Seltsamer Aufbau, den sie achtern haben«, wunderte sich

Phil. »Wenn mich nicht alles täuscht, ein Gegengewichtskran, wie Bergungsschiffe ihn führen.«

Wir sahen uns an. »Also die ›Patronia‹-Diamanten.«

Phil hob die Schultern. »Was geht's uns an? Aber Mr. Highs Telegramm . . .«

»War leider nicht zu kapieren. Ich habe um deutliche Nachrichten ersucht, aber es dauert drei Tage. Wir müssen warten. Die Burschen werden die Diamanten nicht in acht Stunden aus der ›Patronia‹ holen.«

Die Yacht legte an. Natürlich hatte sich inzwischen alles am Hafen versammelt, was in der näheren Umgebung wohnte. Der sogenannte Hafenkommandant, Mr. Horben, ein Mischling, dirigierte mit schallender Stimme sechs Eingeborene, die die ›Flyer‹ am Steg festzurrten.

Ich sah mir die Leute an, die auf dem Schiff herumwimmelten. Es mochten an die zwei Dutzend Mann sein; aber sie schienen sämtliche Rassen zu vertreten, die es auf der Erde gibt. Nur fünf Weiße waren darunter, schlampig angezogen, teils mit freiem Oberkörper. Einer, der besonders laut brüllte und eine ehemals weiße Schiffermütze auf dem Schädel trug, schien den Kapitän zu mimen. Dann tauchten zwei weitere Weiße auf. Ein großer, schlanker Mann mit einem Panama auf dem Kopf, und ein zweiter, nur eine Spur kleiner. Er trug Badehose und an den Füßen Sandalen. Sein Körper war muskulös und knochig zugleich, sein Gesicht mager und wie ausgelaugt. Das blonde Haar trug er zu einer kurzen Bürste geschnitten.

Der Mann in weißem Leinen und mit dem Panama setzte in einer Flanke über die Reling auf den Steg. Der Badehosenträger sprang ohne Anlauf hinterher.

Horben, der Hafenkommandant, salutierte. Single-Pag, der Polizist, vertrieb mit drohenden Armgebärden die Neugierigen. Panhacker dienerte und pries in höchsten Tönen sein Hotel. Von diesen drei geleitet, kamen die beiden Männer den Steg entlang. Der Mann mit dem Panama erblickte uns und stutzte. Seine Augen zogen sich zusammen. Aber nur für einen Sekundenbruchteil; dann lachte er und kam auf uns zu.

»Hallo«, sagte er, »hätte meinen Kopf verwettet, daß auf Panafarut niemand mit rein weißer Haut existiert. Sind Sie hier gewachsen?«

»No, importiert wie Sie.«

»Mein Name ist Flybert, John Flybert. Das ist Ted Creoly, mein Taucher und Partner. Darf ich fragen, was Sie auf diesem vergessenen Fleck Erde treiben?«

»Tauchen«, antwortete ich.

Sein Lächeln verschwand wie weggepustet.

»Haben Sie etwas dagegen?« fragte ich freundlich.

»Unter Umständen«, entgegnete er knapp. »Habe die ›Patronia‹ von der US-Regierung gekauft. Nur ich habe das Recht, sie zu bergen.«

»Wir tauchen nur nach Fischen«, sagte ich.

Sofort erschien wieder ein Lächeln.

»Na, also«, atmete er auf. »Fische interessieren mich nicht. Darf ich Sie zu einem Anstandsdrink einladen? Wo gibt's Eisgekühltes?«

»Bitte, Sir«, drängte sich Panhacker vor. »In meinem Hause finden Sie alle Getränke, die Sie haben möchten.«

Wir gingen mit, und in Panhackers Stube versammelte sich ganz Panafarut mit Ausnahme der Eingeborenen. Flybert spendierte eine Lokalrunde.

Wir hatten inzwischen unsere Namen genannt. Er forderte uns auf, auf das Gelingen seiner Aktion zu trinken, und hieb seinem Begleiter auf die nackte Schulter.

»Creoly ist der beste Taucher im Pazifik. Er wird die ›Patronia‹ herausfischen wie die Hafenjungs von Singapur die Pennies der Touristen.«

»Was haben Sie für die Heberechte zahlen müssen?«

»Eine runde Million Dollar.«

»Lohnt das Geschäft dann überhaupt noch?«

»Sie vergessen, daß die ›Patronia‹ für eine Million Pfund Edelsteine an Bord hat. Das sind rund drei Millionen Dollar.

Abzüglich aller Unkosten also ein Hundertprozent-Geschäft.«

»Und wenn Sie die Steine nicht finden?«

»Keine Sorgen, Freund, wir finden sie. Wir haben sämtliche Unterlagen gesehen. Die Regierung hat freundlicherweise genaue Feststellungen treffen lassen, bevor sie die ›Patronia‹ zum Verkauf ausbot. Die Schwierigkeit ist allein die Tiefe von hundert Fuß. Wir werden sie in seichteres Gewässer schleppen.« Er brach plötzlich ab, betrachtete sein Glas und drehte es zwischen den Händen.

Ich trank aus. »Vielen Dank für den Whisky«, sagte ich und wollte gehen.

Er hob den Kopf. »Einen Augenblick noch. Sie sind Sporttaucher. Verstehen Sie mich jetzt nicht falsch: wir schleppen die ›Patronia‹ in eine Tiefe, in der sie auch für Sie erreichbar ist. Ich kann ein Schiff unter Wasser nicht bewachen lassen.«

»Nein«, antwortete ich.

»Ich meine, Sie könnten sich eine andere Insel für Ihren Sport suchen.«

»Wir waren hier, bevor wir wußten, daß Sie kamen.«

Er fuhr hoch. »Wußten Sie, daß ich kam?« fragte er scharf.

Ich merkte, daß ich einen Fehler gemacht hatte, und versuchte, ihn auszubügeln. »Yes«, sagte ich gleichmütig. »Wir waren gestern nacht mit den Eingeborenen zum Fischfang unterwegs und sahen die Lichter Ihres Schiffes.«

Ihm schien die Erklärung zu genügen. »Wollen Sie nicht abreisen?« fragte er sanft und fast ein wenig traurig.

»Selbst, wenn wir wollten, könnten wir nicht. Der Postdampfer kommt erst in vierzehn Tagen.«

»Richtig«, sagte er, »daran dachte ich nicht. Aber Sie könnten sich vielleicht entschließen, mir die Tauchgeräte auszuliefern. Selbstverständlich gegen eine Entschädigung und selbstverständlich erst, wenn wie die ›Patronia‹ im flachen Wasser haben.«

»Ich fürchte, Ihnen nicht dienen zu können«, bedauerte

ich. »Noch einmal Dank für den Whisky. Komm, Phil.« Wir ließen uns von den Barhockern gleiten. Gleichzeitig sprang der Taucher von seinem Sitz.

»Sie werden sich Mr. Flyberts Angebot gründlich überlegen. Wir lassen uns nicht von hergelaufenen Halunken die Steine klauen.«

»Sie können sich freuen, daß ich den Inselleuten hier keine Prügelszene zwischen Weißen bieten will«, sagte ich leise, »aber möglicherweise treffen wir uns mal an einsamer Stelle. Gehen Sie aus dem Weg!«

Er trat zögernd zurück. Phil und ich verließen das Lokal. Hinter uns hörten wir Flyberts Stimme.

»Wirt, noch eine Runde für alle!«

Rago wartete wie immer bei unseren Geräten im Boot. Wir ließen uns aus dem Hafen rudern, verspürten aber keine Lust, auf Unterwasserjagd zu gehen. Uns gefiel alles nicht: Flybert und sein Taucher Creoly, das Schiff, die Absicht, die ›Patronia‹ zu heben, und schon gar nicht dieses verdammte, verstümmelte Telegramm unseres Chefs. Wir besprachen die Lage. Natürlich hatten wir keinen Ansatzpunkt, um Flybert und seine Leute zu verdächtigen. Außerdem befanden wir uns nicht auf amerikanischem Boden, wenn es auch um amerikanisches Eigentum ging. Wir gelangten zu dem Ergebnis, daß wir zur Untätigkeit verdammt waren, bis wir klare Nachricht aus New York hatten.

»Daß er uns nicht gern unter Wasser herumkrebsen läßt, wenn die ›Patronia‹-Diamanten in Reichweite liegen, kannst du ihm nicht verargen«, sagte Phil.

»Einerlei! Wir werden dafür sorgen, daß er nicht an unsere Geräte kann. Rago, weißt du ein gutes Versteck für unser Boot?«

Er nickte eifrig.

»Okay, zeig uns, wo es ist!«

Er legte sich eifrig in die Riemen. Der Platz, den er uns dann zeigte, war ideal. Das Meer hatte dort eine Spalte zwischen zwei Klippen genagt. Dahinter zeigte sich eine winzige

Bucht, in der man das Boot kaum drehen konnte. Eine Steilklippe schützte den Platz gegen Einblick von der Landseite.

»Von Land erst schwimmen, über Klippe klettern, dann hier«, erläuterte uns Rago. »Ich zeigen nachher Weg.«

Als wir am Nachmittag wieder in den Hafen ruderten, trafen wir Single-Pag, den Polizisten. Wir winkten ihm zu, aber er grüßte nur steif und zeremoniell zurück. Ich ging zu ihm.

»Hören Sie, Single-Pag«, sagte ich. »Sie wissen, ich bin Amerikaner. Sie wissen, daß Mr. Flybert gekommen ist, um die ›Patronia‹ zu heben. Sie ist Eigentum der Vereinigten Staaten. Als Amerikaner verlange ich, daß Sie die Berechtigung Flyberts zur Hebung des Schiffes prüfen.«

»Oh, er hat wunderschönes Papier. Alles okay«, antwortete Single-Pag. Eine wunderschöne Whiskywolke schwang in seiner Antwort mit.

Ich faßte seinen Arm. »Ich weiß genau, daß Sie nichts geprüft haben«, fauchte ich, »darum wünsche ich, daß Sie sich alle Unterlagen zeigen lassen, oder ich werde mich bei Ihrem Chef in Celebes beschweren.«

Er wurde böse. »Ist alles geschehen«, schnauzte er. »Alles in Ordnung. Sie ganz ruhig, sonst ich Ihnen verbieten zu tauchen.« Mit einem leichten Ruck drehte er sich um und ging, leicht schwankend, von dannen.

Ich sah ihm nach und pfiff durch die Zähne. Flybert schien gar nicht so ungeschickt zu sein. Ich ging zum Boot zurück. »Fahr ins Versteck, Rago!« befahl ich. »Komm morgen zu Fuß und zeige uns den Landweg!«

»Na?« fragte Phil.

»Dieser Flybert hat den Leuten hier bereits die Augen mit Dollarscheinen zugepflastert«, fluchte ich. »Wenn Mr. High uns tatsächlich informiert, daß wir gegen ihn vorgehen sollen, werden wir es schwer haben, Hilfe zu finden.«

Wie schwer wir es im schlimmsten Falle haben würden, merkten wir, als wir zum Abendessen in Panhackers Bretterhotel gingen. So voll hatten wir die Bude noch nicht gesehen. Flybert und Creoly waren da und die Hälfte von der Mannschaft der ›Flyer‹. Außerdem wimmelten sämtliche Hafen-mischlinge herum. Es war offensichtlich, daß der Besitzer der Yacht ihnen freies Saufen gewährte.

Bis vor zwölf Stunden noch die erlauchten Gäste der Insel, wurden wir behandelt wie Dreck. Es dauerte eine Weile, bis Panhacker sich überhaupt herbeiließ, nach unseren Wün-schen zu fragen; dann knallte er uns den Teller mit Bambus-spitzen, Bataven und geröstetem Ferkelfleisch auf den Tisch, als seien wir schmierige Vagabunden.

Phil knirschte mit den Zähnen. »Ich hätte nicht wenig Lust, auszuprobieren, ob die Leute von der ›Flyer‹ so gut boxen wie sie verleumden«, knurrte er.

»Schlag vorläufig die eigenen Zähne ins das Spanferkel«, besänftigte ich ihn. »Du wirst, fürchte ich, noch Gelegenheit genug haben, dich mit anderen Leuten herumzuschlagen.«

Es sah so aus, als sollte dieser Spaß beginnen, kaum daß wir mit dem Essen fertig waren. Denn Flybert, Creoly, der Taucher und der Mann mit der ehemals weißen Mütze, den ich für den Kapitän hielt, standen auf und latschten auf uns zu.

Ich schob den Teller weg und probierte durch leichtes Ankippen die Schwere des Tisches. Wenn es losging, mußten wir uns schnell einen Weg ins Freie bahnen, weil wir im Hotel keine Freunde finden würden. Und auf jeden von uns kamen mehr als ein Dutzend Gegner.

»Gestatten?« sagte Flybert und zeigte auf einen Stuhl. Wir nickten. Er zeigte auf den Weißmützigen, dem schiefe Augen im feisten Gesicht standen. »Wilms Bread, Kapitän der ›Fly-er‹.«

Kopfnicken auf beiden Seiten.

»Trinken wir etwas«, fuhr der Yachtbesitzer fröhlich fort.

»Danke«, sagte ich, »wir möchten Ihnen keine Unkosten bereiten. Sie haben, glaube ich, heute schon eine Menge Drinks zu zahlen.«

»Oh, ich tat das gern«, antwortete er und sah mir in die Augen. »Ein Drink zur rechten Stunde fördert mein Geschäft

— mein Geschäft.« Er wiederholte es mit deutlicher Drohung. Gleich darauf lächelte er wieder.

»Es ist ein toller Zufall, daß sich hier, auf einer der verlassensten Inseln Ostasiens, zwei Gruppen von Amerikanern treffen. Der Wirt erzählte mir, in den neun Jahren seit Kriegsende seien keine mehr hiergewesen. Und jetzt gleich so viele zur selben Zeit. Sie sind New Yorker, Mr. Cotton?«

Er versuchte, uns in ein Gespräch über Herkunft, Tätigkeit und Bekannte zu verstricken, doch wir logen ihm die Hucke voll. Phil bezeichnete sich als Sohn eines Mannes, der sein Geld mit Petroleumaktien verdient hatte und dessen einzige Aufgabe es nun war, die Dividende auf den Kopf zu hauen. Ich dichtete mir ein Maklerbüro an; aber es war fraglich, ob Flybert uns das glaubte.

Immerhin, der Abend ging in erstaunlicher Harmonie zu Ende. Von den Tauchgeräten und der Befürchtung, wir könnten uns an den ›Patronia‹-Diamanten vergreifen, war nicht mehr die Rede. Wir schieden in einiger Herzlichkeit, wobei sich herausstellte, daß Flybert, Creoly und drei andere Matrosen der Mannschaft fünf Weekend-Häuser von Panhacker gemietet hatten, so daß wir eine wenig angenehme Nachbarschaft hatten.

Am anderen Tag, als wir später als gewöhnlich zum Hafen kamen, war die ›Flyer‹ schon ausgelaufen. Rago erwartete uns am Steg, begrüßte uns und lief voraus, um uns den Weg zum Versteck des Bootes zu zeigen. Er ging einen schmalen Pfad, der hinter den wenigen Häusern des Hafens begann und mitten durch das tropisch wuchernde Gebüsch anscheinend ins Landesinnere lief. Nach einer halben Stunde blieb Rago stehen, zeigte auf eine große Fächerpalme und sagte: »Dieses Baum merken.« Dann schlug er sich seitwärts in die Büsche.

Zehn Minuten lang folgten wir ihm. Leise, dann immer lauter, hörten wir die Brandung des Meeres, durchbrachen eine letzte Buschreihe und standen am Rand einer Klippe. Vorgelagerte Felsen, in denen sich die Brandungswellen zu

Gischtbergen brachen, bildeten hier eine natürliche Barriere. An die zwanzig Fuß fiel die Klippe steil ins Meer, das an dieser Stelle wie in einem Kessel kochte.

Wortlos sprang Rago ab und verschwand in elegantem Bogen in den zischenden Wassermassen. Phil und ich warfen uns einen Blick zu. Ich rieb mir den Schädel. Verlockend war es wahrhaftig nicht, da hineinzuspringen.

Unten tauchte Ragos dunkler Kopf auf, immer wieder überspült von weißen Schaumfetzen. Er winkte uns.

»Wir können uns von einem Eingeborenen doch nicht beschämen lassen, Phil«, ermunterte ich den Freund und sprang. Gischt schlug über mir zusammen. Ich japste und arbeitete mich nach oben. Neuer Schaum klatschte mir ins Gesicht. Ich versuchte mich zu orientieren. Vorn, an einem der vorgelagerten Felsen, erblickte ich Rago. Er ließ sich von einer Welle gegen die Klippe tragen, krallte sich fest, kletterte wie eine Katze zwei, drei Yard weiter und war damit aus dem Bereich der nächsten Welle. Er sah sich nach uns um. Ich winkte ihm. Er zeigte lachend seine Zähne.

Als ich mich bis zu der Klippe hingearbeitet hatte, hing sie wie eine unerklimmbare Wand über mir. Jede Welle warf mich gegen den Felsen. Ich mußte Arme und Beine vorstrecken und mich immer wieder abstoßen. Neben mir tanzte Phils Kopf wie ein Korken auf dem Wasser.

»Schweinerei!« brüllte er mir zu, bekam eine Welle in den Mund, hustete und fluchte.

Rago schrie uns Anweisungen zu, die wir nicht verstanden. Ich ließ mich hochtragen, griff zu und versuchte, mich festzuhalten. Nur die Hände fanden eine Vertiefung, die Füße nicht. Das Wasser wich zurück, und ich baumelte über einem Abgrund. Die nächste Welle wusch mich wieder vom Felsen. Viermal versuchte ich es, bis ich endlich Halt fand und vor der nächsten Woge so weit hochklettern konnte, daß ich nicht wieder heruntergezerrt wurde. Phil schaffte es beim sechsten Versuch.

Oberhalb der Wasserlinie, wo die Felsen nicht vom ständigen Wogenprall glattgeschliffen waren, wurde die Kletterei leicht. Wir erreichten eine flache Felsenkuppe. Rago hatte sich hingehockt, und erwartete uns. Ich wischte mir das Salzwasser aus den Augen.

»Verteufelte Schinderei!« stöhnte ich. »Konntest du kein Versteck finden, das einfacher zu erreichen ist?«

»Nur Übung, Sir.« Er grinste. »Üben, dann leicht.«

Die Klippenkuppe war nur vier Schritte breit. Auf der anderen Seite, sechs Fuß unter uns, lag unser Boot in einer völlig ruhigen, winzigen Bucht. Wir kletterten ein Stück abwärts und ließen uns ins Wasser plumpsen. Ein Klimmzug, und wir waren im Boot. »Wohin?« fragte Rago.

»Ostküste«, antwortete ich. »Wollen sehen, was sie an der ›Patronia‹ treiben.«

Wir mußten ein beachtliches Stück rudern, fast um die halbe Insel, und brauchten über drei Stunden, obwohl wir uns ablösten.

»Da!« sagte Rago. Seine Augen erkannten die Umrisse des Schiffes früher als wir. Wir ruderten noch ein Stück näher, stoppten aber in gehöriger Entfernung, denn ich wollte nicht, daß Flybert unser Interesse bemerkte. Wir hatten ein Fernglas im Boot, aber dieser Operngucker gab nicht viel her. Ich bat Phil, bei Rago zu bleiben, sprang, das Glas in der Hand, über Bord und schwamm ans Ufer. Möglichst in Deckung bleibend, lief ich, bis ich den der ›Flyer‹ nächsten Punkt erreicht hatte, legte mich auf den Bauch, stützte die Ellbogen auf und beobachtete, was man auf der ›Flyer‹ trieb. Auf diese Entfernung von einer knappen Meile half sogar der Operngucker. Ich erkannte Kapitän Bread und Flybert, die sich über die Reling beugten, zwei Matrosen an einer Kolbenpumpe und die Blasenbahn im Wasser. Creoly tauchte offenbar bereits nach der ›Patronia‹.

Ich blieb dreißig Minuten; dann sah ich, wie sie Stricke und den Luftschlauch Hand über Hand aufholten. Kurz darauf tauchte der Messinghelm des Tauchers an der Oberfläche auf. Er hatte seinen Anzug mit Preßluft aufgeblasen und ließ sich an das Schiff ziehen. Damit hatte ich genug gesehen. Sie waren bei der Arbeit, aber bevor ich keine neuen Nachrichten von Mr. High hatte, konnte ich sie ja nicht hindern, ja, nicht einmal versuchen, sie zu hindern. Ich schwamm zum Boot zurück.

»Sie tauchen nach der ›Patronia‹«, berichtete ich Phil. »In hundert Fuß Tiefe ist's auch für einen erfahrenen Taucher wie Creoly beschwerlich. Flybert äußerte selbst die Absicht, die ›Patronia‹ in seichtes Gewässer zu schleppen. Zu diesem Zweck werden sie mit Preßluft aus einigen Kammern des Schiffes das Wasser herausdrücken, Trossen befestigen, den Kahn mit dem Kran anheben und ihn in Flachwasser bis zehn Fuß schleppen. Bestenfalls in drei Tagen können sie damit fertig sein. Dann beginnt das Suchen im Wrack nach den Tresoren, und schließlich müssen sie die Safes aufschweißen. Zehn Tage brauchen sie auf jeden Fall, bis sie die Diamanten haben. Bis dahin wissen wir Bescheid und können nötigenfalls per Telegramm die Polizei auf Celebes alarmieren.«

»Und bis dahin?«

»Werden wir wie bisher nach Fischen tauchen.«

Am Hafen bei der Einfahrt trafen wir den Telegrafisten.

»He, noch kein Telegramm für uns?« rief ich.

»No, Sir«, antwortete er grinsend.

Wir lungerten noch am Steg, als die Barkasse der ›Flyer‹ in den Hafen einlief. Flybert stand am Steuer und legte geschickt an. Die Mischlinge zeigten bei seinem Anblick ein einfältiges, glückliches Grinsen. Bei ihm waren alle, die bei Panhacker schliefen. Er sprang an Land und begrüßte uns.

»Beute gemacht?«

»Leider nicht Besonderes«, antwortete ich.

Er triumphierte. »Wir haben die ›Patronia‹ schon. Creoly ist 'ne Wucht von 'nem Taucher. Hat schon zwei Kammern vorn leergepreßt. Morgen kommen die zwei hinten an die Reihe; danach die Trossen. Übermorgen, denke ich, können wir abschleppen.«

»Viel Glück«, wünschte ich mürrisch. In diesem Augenblick trat der Mischling, der das Telegrafenamt bediente, auf uns zu und sagte: »Habe in Labian angefragt. Noch kein Telegramm für Sie, Mr. Amerika, aus New York.«

»Danke«, antwortete ich. Es gefiel mir nicht, daß er in Flyberts Gegenwart über Telegramme sprach, aber ich konnte es nicht mehr verhindern. Ich verbrachte eine schlechte Nacht. Nicht, daß irgend etwas passiert wäre; aber die Unruhe steckte in mir und hinderte mich am Einschlafen. Ich wälzte immer die gleichen Gedanken! War Flybert berechtigt, die ›Patronia‹ zu heben? Was wollte Mr. High mit seinem verstümmelten Telegramm ausdrücken? Wer war dieser Ted Creoly, der aussah, als mache ihm das Morden Spaß? Wenn Flybert ein Ganove war, was tat ich da, wenn ich nicht einmal mit der Unterstützung des einzigen Polizisten rechnen konnte?

Ich fuhr hoch im Bett. War das ein Schrei? Ich lauschte. Alles blieb still. Ärgerlich warf ich mich auf die andere Seite und versuchte, einzuschlafen. Es nutzte nichts. Nach einer Stunde endlich duselte ich ein. Aber es wurde nur ein Halbschlaf daraus. Als ich Schritte hörte, war ich sofort hellwach, sprang aus dem Bett, tat die wenigen Schritte durch den kleinen Raum und stieß die Bambustür auf.

Die Nächte in Panafarut sind nie ganz dunkel. Die Sterne scheinen tief zu stehen und geben so viel Licht, daß selbst ohne Mond noch eine gewisse Helligkeit herrscht. Vor mir standen drei Männer. Ich erkannte Flyberts Sombrero, Creolys immer nackten, fleischlosen Oberkörper, das verschwommene Gesicht eines der weißen Mannschaftsmitglieder. Einen Augenblick hing überraschtes Schweigen zwischen uns, dann sagte Flybert gleichmütig: »Können Sie auch nicht schlafen, Mr. Cotton? Die Nacht ist schwül. Wir machen einen kleinen Spaziergang?«

»Ja, sehr schwül!«, sagte ich und zog die Tür ins Schloß.

Den anderen Tag trieben wir uns vor den Klippen herum und gingen auf Unterwasserjagd, wie wir es vor der Ankunft der ›Flyer‹ getan hatten; aber es machte uns nicht mehr den richtigen Spaß, die großen, gefährlichen Fische zu jagen. Trotzdem blieben wir bis Sonnenuntergang draußen.

Als wir in den Hafen zurückruderten, lag die Barkasse der ›Flyer‹ schon am Steg. Creoly und sein Chef lümmelten an der Reling und rauchten.

Flybert winkte uns zu, rührte sich aber nicht vom Fleck. Ich war kaum an Land gesprungen, als ein Mischling auf mich zukam. Er trug, wie alle, weiße Leinenhosen und eine verknitterte Leinenjacke.

»Telegramm, Sir«, sagte er und reichte mir das Formular.

»Vielen Dank, aber du bist nicht der gleiche Mann, mit dem ich sonst zu tun hatte.«

»Pordy heute dienstfrei«, antwortete er. »Einen Tag Pordy Dienst, einen Tag ich.«

Phil war aus dem Boot gestiegen und stellte sich neben mich. Wir lasen gemeinsam, was Mr. High telegrafierte.

An Cotton, Panafarut. Flybert zu Hebung ›Patronia‹ berechtigt. Haben Kenntnis, daß andere Gruppe, die Hebungsrecht nicht erhielt, Unternehmen stören will. Achtet auf fremde Landungen. Nehmt nötigenfalls Verbindung mit Flybert auf und gebt Meldung über Warnung an ihn weiter. High.

»Na also«, sagte Phil. »Kein Grund zur Sorge.«

»In der Tat«, antwortete ich nachdenklich. Flybert schlenderte herbei. »Schlechte Nachrichten, Mr. Cotton? Sie machen so ein Gesicht.«

»Telegramme vom Chef sind im Urlaub immer unerfreulich.«

»Tut mir leid«, sagte er. Ich hatte das verdammte Gefühl, als grinse er dabei teuflisch.

Einerlei, zunächst war dieses Telegramm eine Tatsache; solange nicht ein weiteres Schiff auftauchte, brauchte ich mir keine Sorgen zu machen. Ich warf die trüben Gedanken ab und erinnerte mich, daß ein dicker Fisch an den Klippen westwärts der Hafeneinfahrt seinen Platz hatte, ein Bursche, so groß wie Phil und ich zusammen.

Wir jagten ihn am anderen Morgen. Das Riesenvieh hatte eine Haut, die einem Nilpferd Ehre gemacht hätte. Wir verpaßten ihm fünf Preßluftpfeile. Er schüttelte sich nicht einmal, sondern schwamm träge davon. Wir schwammen ihm nach, warfen um die Pfeilschäfte Nylonseile, zogen sie fest, ließen abrollen und tauchten auf. Der Fisch mußte inzwischen wieder zum Stillstand gekommen sein, denn die Seile hingen schlaff herab.

Phil kletterte ins Boot und setzte sich ans Ruder, während ich erneut tauchte, um den Fisch in seiner Ruhe aufzustören. Ich schwamm ihn von vorn an. Er glotzte aus dummen Augen. Ich wußte, daß er die Angewohnheit hatte, von Zeit zu Zeit mit offenem Maul Wasser zu schlucken. Auf diese Gelegenheit wartete ich. Als er seine Schnauze bis zur Öffnung von Kanaldeckelgröße aufriß, schoß ich ihm eine Preßluftladung hinein. Im nächsten Augenblick traf mich etwas gegen die Hüfte, daß ich zwei Mannlängen weit durch das Wasser geschleudert wurde. Der Fisch hatte sich herumgeworfen, und mir einen schweren Schlag mit dem Schwanz versetzt; danach war er verschwunden.

Ich tauchte auf, hörte Geschrei, riß Tauchbrille und Atemgerät ab und — mußte lachen: Wie von Geisterhand gezogen, sauste unser plumpes Ruderboot wie eine Yacht über die See dem offenen Meer entgegen. Phil und Rago standen wie schwankende Masten, schrien und stolperten übereinander. Phil wollte an die Riemen, Rago zum Bug an die Seile. So hinderten sie sich gegenseitig. Eines der straff gespannten Seile, die Verbindung zwischen Fisch und Boot, riß, zischte wie eine Seeschlange aus dem Wasser an die Luft, beschrieb wilde Schlangenlinien und traf Phil an den Kopf. Er fiel um. Rago hatte den Weg frei und kappte das andere Seil. Die Fahrt des Bootes wurde langsamer. Es kam zum Stehen und schaukelte bald nur noch gemächlich.

136

Ich sah, wie Phil sich hochrappelte und sich den Hinterkopf rieb, wo das Seil ihn getroffen hatte. Auch ich spürte jetzt den Schmerz in der Hüfte. Langsam schwamm ich auf das Boot zu, das Rago mir entgegenruderte. Ich zog mich an Bord. Meine linke Seite von der Achselhöhle bis zum Oberschenkel war feuerrot und brannte. Der Schlag des Fischschwanzes war knallhart gewesen wie ein rechter Haken. Unser Bedarf an Unterwasserabenteuern war für heute gedeckt. Es ging auch bereits auf den Abend zu. Wir ruderten zum Hafen zurück. Immerhin waren wir früher dort als sonst.

»Sir«, sagte Rago, »mir erlauben, damit zu tauchen.« Er zeigte auf die Atemgeräte.

»Wenn du magst, bitte; aber nicht im Hafenbecken. Das Wasser ist so schmutzig, daß du nichts siehst.«

»Oh, Rago braucht nicht Brille. Rago vor vier Wochen hier Messer verloren. Nicht gefunden. Mit Gerät finden, weil länger unter Wasser bleiben.«

Für die Eingeborenen ist ein Messer eine Kostbarkeit. Außerdem war Rago schon lange darauf aus, unsere Geräte auszuprobieren, denn er konnte nicht begreifen, wie es uns möglich war, mit Hilfe der Preßluftflasche wie ein Fisch unter Wasser zu atmen. Wir taten ihm den Gefallen und schnallten ihm ein Gerät auf den Rücken. Wir zwängten ihm das Mundstück zwischen die Zähne und banden ihm zur Vorsicht einen Strick um den Leib; denn der Ungeübte kann mit einem Tauchgerät unangenehme Überraschungen erleben.

Er grinste, sprang über Bord und war verschwunden. An dem Gebrodel der Luftblasen und den Bewegungen des Strickes in meiner Hand spürte ich, daß es ihm gut ging. Phil beobachtete durch den Guckkasten; aber das Wasser war derart trübe, daß nichts zu erkennen war.

Während ich den Strick mit einer Hand hielt, fischte ich mir eine Zigarette aus der Tasche des Bademantels, der im Boot lag, und begann zu rauchen. Die üblichen Neugierigen hatten sich am Kai gesammelt und sahen uns zu. Rago schien es unten gut zu gefallen. Er war schon eine Viertelstunde unterwegs. Ich warf den Zigarettenrest fort und wollte ihm eben mit der Leine ein Zeichen geben, daß er heraufkommen solle, als die Leine plötzlich in meiner Hand hin und her zuckte. Die Luftblasen brodelten auf, und gleich darauf schoß Rago hoch. Er kam so rasch, daß sein Körper halb aus dem Wasser fuhr, zappelte mit Armen und Beinen und schrie etwas Unverständliches, da er den Atemschlauch immer noch zwischen den Zähnen hielt.

Ich warf mich flach über Bord und war mit wenigen Kraulstößen bei ihm. Er gurgelte immer noch unverständliche Laute. Ich tastete seinen Körper ab, da ich dachte, er sei vielleicht verletzt, aber er war völlig intakt. Ich riß ihm den Schlauch aus den Zähnen, und jetzt schrie er: »Mann steht unten! Faßt nach mir!«

Ich drückte ihm einfach den Schädel unter Wasser. Er schlug um sich und gurgelte. Ich ließ ihn Luft schnappen.

»Hör zu«, zischte ich ihm ins Ohr, »wenn du noch ein Wort schreist, tauche ich dich so lange, bis du ohnmächtig wirst.« Zur Bekräftigung drückte ich ihm den Kopf noch einmal herunter.

Er gurgelte, schrie aber nicht mehr. Im Wasser schnallte ich ihm das Gerät ab. »Schwimm zum Boot!«

Er gehorchte und schwamm mit kleinen, hilflosen Stößen. Er mußte sich furchtbar erschreckt haben, und es mußte ihm tatsächlich etwas Außergewöhnliches zugestoßen sein, wenn es ihn in eine solche Panik versetzt hatte. Merkwürdig, denn er war im Wasser zu Hause wie auf dem Land, kannte alles und hatte vor nichts Furcht. Er wußte, wie man sich zu verhalten hatte, wenn Haie in der Nähe waren, und kannte Tricks, wie man sich selbst den tödlichen Schlangenarmen der Riesenpolypen entwinden konnte.

Phil hatte ihn ins Boot gezogen und ihn lang auf den Boden gestreckt. Er schluchzte; allmählich beruhigte sich die Brust. Ich rauchte noch eine Zigarette und beobachtete die

Neugierigen. Sie hatten natürlich gemerkt, daß irgend etwas los war, hatten die Hälse gereckt, aber als nichts weiter geschah, verloren sie das Interesse. Rago erschien mir weit genug, um erzählen zu können. »Was erschreckte dich so?« fragte ich.

Offenbar hatte er sich inzwischen eine Erklärung aus der Welt seiner Götter zurechtgemacht, denn er berichtete: »Ich dem großen Geist des Wassers begegnet. Sieht aus wie Mann, nur größer. Habe ihn berührt, griff in sein Haar, als ich nach Messer suchte. Er griff nach mir, ich flüchten, denn er mich hätte in Fisch verzaubert, wenn ich nicht wäre geflohen!«

»Wo war es?«

»Da, wo aufgetaucht, Sir. Aber Sie nicht gehen hinunter. Er jetzt aufgewacht und Sie greifen.«

»Okay, Rago«, sagte ich und warf mir die Riemen des Atemgerätes über die Schulter. »Wollen sehen, ob er eine Einladung zum Tee annimmt.«

Das Wasser im Hafen war eine so dunkle Brühe, daß man kaum die Hand vor Augen sah. Es gefiel mir verdammt wenig, darin herumzupaddeln, besonders, als ich auf den Grund stieß, der von einer widerwärtig schlammigen Beschaffenheit war. Ich ertastete eine Menge von Gegenständen. Meine Augen nutzten mir so gut wie nichts. Ich schwamm in einer Art bräunlicher Dunkelheit. Ich war an ungefähr der Stelle getaucht, an der Rago hochgekommen war und suchte in aller Ruhe, die Arme weit vorgestreckt. Ich schwamm jeweils zehn Flossenschläge, einen Schlag quer und wieder zehn zurück. Wie gesagt, ich berührte eine Menge Gegenstände, und manchmal verhielt ich, um sie näher zu betasten.

Zehn Minuten mochte ich unten sein, da fuhren meine Finger durch etwas, das sich wie Tang anfaßte und sich leise im Wasser bewegte. Es bot keinen Widerstand, und ich glitt darüber hinweg. Ich stoppte, drehte eine Rolle nach oben und tauchte senkrecht auf die Stelle zu. Meine gespreizten Finger fühlten, tasteten weiter, erkannten, was es war, und in einem Krampf des Entsetzens zuckte ich zurück.

Glauben Sie mir, ich bin einiges gewöhnt und habe manche Situation überstanden, die alles andere als angenehm war; aber auch die Nerven eines harten Mannes können durchgehen, wenn er in einem Hafenbecken in die Haare eines Menschen faßt und dann noch dessen offene Augen fühlt. Ich hatte keine Zeit, in Ohnmacht zu fallen, sondern tauchte auf und rief Phil zu, mir ein Seil zuzuwerfen.

»Was ist los?«

»Wirst es gleich sehen«, antwortete ich, nahm das Seil und tauchte wieder. Da ich wußte, was mich erwartete, verlor die Sache an Schrecken.

Der Mann war mit dem üblichen Leinenzeug der Mischlinge bekleidet und lag flach auf dem Hafengrund. An seine Füße und um den Hals waren irgendwelche Gegenstände aus Eisen gebunden. Ich schnitt sie ab und band dem Toten das Seil unter die Arme. Sobald ich ihn von den Gewichten gelöst hatte, begann er zu steigen, und als ich Phil durch Rucken an dem Seil das Zeichen zum Ziehen gab, verschwand er wie mit einem Fahrstuhl nach oben.

Die Gewichte, die ihn unten gehalten hatten, waren schwer. Ich mußte mich trotz der Auftriebskraft des Wassers anstrengen, sie nach oben zu bringen.

Als ich die Oberfläche erreichte, hatte sich das Bild verändert. Die Mischlinge, unter ihnen Panhacker und Single-Pag, der Polizist, drängten sich auf dem Steg zusammen. Phil hatte den Toten nahe ans Boot herangezogen. Ich schwang mit Anstrengung die Eisenteile ins Boot. Es waren Schubscharniere, wie sie auf größeren Schiffen benutzt werden, um bei Sturm die Luken zu sichern.

»Wer ist es?« fragte ich noch keuchend.

»Der Telegrafenmann, der uns Mr. Highs erste Depesche brachte.«

»Starb er an einer Kugel?«

»Nein, er scheint über den Schädel geschlagen worden zu sein; dann ist er wohl ertrunken.«

Drüben am Ufer hatte sich Single-Pag offenbar aus seine Wichtigkeit besonnen. Er legte die Hände als Schalltrichter an den Mund und forderte uns auf, zu ihm zu kommen.

Ich zog mich ins Boot. »Tun wir ihm den Gefallen.«

Den Toten im Schlepp, ruderten wir zum Steg. Zahlreiche Hände zogen ihn an Land. Es herrschte betroffenes Schweigen. Ich sah mich um. Im äußersten Kreis erblickte ich den Mischling, der mir das Telegramm gebracht hatte. Er fühlte meinen Blick und wollte sich verdrücken. Ich warf drei, vier der Gaffer zur Seite und faßte ihn am Kragen, bevor er fünf Schritte getan hatte.

»Du sagtest, du seiest die Ablösung für Pordy. Aber der lag tot im Wasser. Welche Schweinerei hast du mitgemacht?«

Er wand sich unter meinem Griff. Ich ließ den Kragen seiner Jacke los, packte ihn im Genick wie ein Terrier die Ratte, und schüttelte ihn.

»Rede«, herrschte ich ihn an, »oder ich schmeiße dich von der Klippe!«

»Ich weiß von nichts«, jammerte er in einwandfreiem Englisch. »Ich habe nur getan, was Mr. Flybert befohlen, nämlich die Telegrafenstation zu übernehmen.«

»Du bist gar nicht von der Insel?«

»No, Sir, ich gehöre zur Besatzung der ›Flyer‹.«

Ich schleifte ihn vor Single-Pag, der ratlos war und nicht die geringste Ahnung hatte, was er tun solle. »Hören Sie, Polizeipräsident«, sagte ich. »Der Mann dort ist Pordy, und dieser Bursche, der die Telegrafenstation übernommen hat, um gefälschte Telegramme zu verteilen, gehört zur Besatzung der ›Flyer‹. Wenn Sie zudem berücksichtigen, daß Pordy an Lukeneisen gebunden war, die nur von der ›Flyer‹ stammen können, dann sind Sie verpflichtet, Flybert und seine Leute zu verhaften, sobald sie an Land kommen.«

Er gab keine Antwort und wagte nicht, mir in die Augen zu sehen.

Neben mir sagte jemand: »Die Barkasse.«

Flybert nebst Anhang fuhr eben in den Hafen ein. Sie stoppten am Steg. Flybert, der am Steuer stand, stutzte, als er die Leiche gewahrte, beugte sich zu Creoly, der neben ihm saß, und flüsterte ihm etwas zu. Jetzt, wußte ich, würde es Ärger geben.

»Fordern Sie die Leute auf, Sie zu unterstützen«, sagte ich scharf zu Single-Pag, der immer noch unschlüssig auf den Toten starrte.

Die Barkasse hatte festgemacht. Flybert sprang an Land. Mit ihm Creoly und Kapitän Bread, während zwei Leute an Bord blieben.

»Hat es etwas gegeben?« fragte Flybert gleichmütig mit einem Blick auf den Toten.

Ich sah erwartungsvoll auf den Polizisten, doch der rührte sich nicht. Gut, wenn er es nicht wagte, mußte ich den Krach vom Zaun brechen.

»Wir fanden den Mann im Hafenbecken«, antwortete ich und trat auf Flybert zu. »Man hatte ihm um die Füße Lukenscharniere gebunden, die von der ›Flyer‹ stammten. Also habe ich einigen Grund, anzunehmen, daß Ihnen der Mann im Wege war.«

»Seltsam, daß Sie ihn gefunden haben«, antwortete er ruhig. »Das Hafenwasser ist trübe; wenn Sie darin tauchen, dann sicherlich nicht ohne Grund. Die Chance, einen Toten darin zu finden, ist tausend zu eins, es sei denn, man weiß, wo er liegt.«

»Reden Sie keinen Blödsinn, Flybert. Ich spreche jetzt gutes Amerikanisch mit Ihnen: Sie versuchen, amerikanisches Eigentum zu bergen. Als amerikanischer Bürger habe ich die Pflicht, mich dafür zu interessieren, ob Sie dazu berechtigt sind. Ich verlange, daß Sie mir die entsprechenden Papiere zeigen.«

»Bitte sehr.« Er grinste frech und griff nach seiner Gesäßtasche. Er brachte den kurzläufigen Revolver nur halb heraus, denn schon knallte ich ihm meine Rechte unter das

142

Kinn, die ihn fünf Schritte rückwärts warf. Sein Panama flog weg, und ich sah zum erstenmal, daß er graue Haare hatte, die einen merkwürdigen Gegensatz zu seinem jungen Gesicht bildeten.

Creoly und der Kapitän stürzten sich auf mich. Phil warf sich dem Taucher zwischen die Füße, so daß er hinschlug. Dem dicken Kapitän, der wie ein Panzer heranschnaubte, ging ich einfach aus dem Wege und stellte schnell ein Bein quer. Er stolperte, verlor das Gleichgewicht, schoß über den Steg und klatschte ins Wasser.

Die beiden Matrosen, die noch in der Barkasse waren, hielten Gewehre in den Händen, aber sie konnten sich wohl nicht entschließen, anzulegen. Phil kullerte sich mit Creoly am Boden herum.

Flybert, der sich eben aufraffte, brüllte den Mischlingen hinter mir zu: »Nehmt sie gefangen! Sie haben Pordy getötet. Sie sind Verbrecher!«

Ich fühlte, wie die Menge in meinem Rücken gegen mich anrückte, riß mein Fischmesser aus der Scheide und fuhr herum. Die Mauer der Mischlinge wich zurück.

»Single-Pag!« rief ich. »Tun Sie endlich Ihre verdammte Pflicht.« Er hielt seinen Polizeirevolver in der Hand. »Werfen Sie weg Ihr Messer«, befahl er.

»Sagen Sie lieber Flybert und seinen Leuten, sie sollen ihre Revolver und Gewehre fortwerfen!« fluchte ich.

Plötzlich schien Single-Pag Herr der Situation zu sein. Er richtete sich auf und befahl Flybert: »Geben Sie Revolver aus der Hand. Auch Leute sollen Gewehr fortwerfen.«

Flybert zögerte nicht eine Sekunde. Er ließ seine Waffe fallen und rief den Matrosen in der Barkasse zu: »Die Gewehre nieder!«

Ich feuerte mein Messer auf die Erde, daß es in den Planken des Steges steckenblieb.

»Gibt es jetzt eine Art Gerichtsverhandlung?« fragte ich.

Single-Pag grinste. »Sie verhaftet wegen Mordverdacht, und weil Sie überhaupt ein räuberisches Subjekt sind.«

Er wandte sich seinen Mitbürgern zu. »Nehmt Kerl fest. Marsch!«

Bevor ich mich von meiner Überraschung erholt hatte, schlugen die Mischlinge wie eine Welle über mir zusammen. Vier oder fünf warf ich in den Hafen, zwei schlug ich knock-out; dann hingen sie wie Kletten an mir, rissen mich nieder, drückten mich aufs Gesicht und schnürten mir die Hände auf dem Rücken zusammen.

In Ordnung, das Ding war schiefgelaufen. Ich hätte daran denken sollen, daß Single-Pag es mit dem hielt, der besser zahlte. Nun, da wir dastanden, blutig und mit zusammenge-schnürten Händen, war es zu spät für die Auswertung solcher Erkenntnisse. Phil stand, verpackt wie ich, neben mir. Sie hatten ihn von Creoly heruntergerissen, mit dem er sich bis zum Schluß gekatzbalgt hatte.

Gegenüber stand die Flybert-Gruppe, vollzählig und un-gefesselt. Flybert hatte seinen Panama wieder aufgesetzt, und der dicke Kapitän war aus dem Wasser gekrabbelt.

»Vielen Dank, Mr. Single-Pag«, sagte der Diamanten-sucher. »Ich erhebe Mordanklage gegen diese Männer. Schon am Tage meiner Ankunft vermißte ich Lukeneisen. Sie wurden heute an den Füßen und um den Hals des armen Pordy gefunden. Ich behaupte, daß diese Männer ihn getötet und in das Hafenbecken versenkt haben. Dann fischten sie ihn wieder heraus, um mir den Mord anzuhängen. Sie sind auf die Diamanten der ›Patronia‹ aus. Ich erhielt schon vor meiner Abreise einen Wink, daß man versuchen werde, mein Unternehmen zu sabotieren.«

Single-Pag reckte die Brust, als bekäme er einen Orden verliehen. Flybert fuhr fort: »Die zwei sind Amerikaner. Ich schlage Ihnen vor, Sie übergeben sie mir. Ich werde dafür sorgen, daß sie vor ein amerikanisches Gericht gestellt wer-den.«

Ich biß die Zähne aufeinander. Wenn Flybert uns in seine Hand kriegte, gaben wir Geiseln ab, und wenn er uns nicht mehr brauchte, warf er uns über Bord. Es bestand kein Zwei-

144

fel, daß der Mischlings-Polizist diesem Wunsche entsprechen würde. Zu meinem Erstaunen hörte ich Single-Pag sagen: »Leider ich kann nicht zustimmen dieser Anregung, Sir. Männer in Gefängnis müssen. Ich anfragen in Celebes, was mit ihnen tun.«

Ich blickte ihn an und verstand, was er bezweckte: Er wollte ein Kopfgeld. Flybert sollte uns ihm abkaufen.

Ich sah, wie es in Flyberts Gesicht zuckte. Seine Leute waren weitaus besser bewaffnet als die Bewohner von Panafarut. Gegen die Gewehre der Matrosen kam Single-Pags Revolver nicht an. Wenn er sich trotzdem zur Gewalt entschloß, hatten wir vielleicht noch Sekunden zu leben.

»Wie Sie wünschen«, sagte Flybert. »Ich hoffe, wir sehen uns heute abend bei Panhacker.« Er ging mit seinen Leuten an uns vorbei, ohne uns eines Blickes zu würdigen. Auf seinem Gesicht lag ein zufriedenes Lächeln.

Während wir im Triumph abgeführt wurden, sagte Phil leise und ohne den Kopf zu drehen: »Rago ist mit dem Boot getürmt, als sie uns hopsnahmen. Hoffentlich erwischen sie ihn nicht.«

Ich war gespannt darauf, wohin sie uns brachten. Sie führten uns zu dem einzigen gemauerten Haus von Panafarut. Es stellte sich als Polizeigefängnis dar. Eine viereckige Bude mit einem zwei Hände breiten Loch in Mannshöhe und einer schweren, von außen zu verriegelnden Bohlentür. Sie stießen uns hinein, schlugen die Tür zu, verriegelten sie sorgfältig und gingen laut schwatzend davon.

Es stank bestialisch in dieser fast völlig dunklen Höhle. Das handbreite Loch ließ nur einen schmalen Lichtstreifen eindringen. Ich hörte, wie Phil durch die Zähne pfiff. Es war ein dämlicher Schlager, der wahrhaftig nicht zur Situation paßte.

»He, wo bist du?« rief ich leise.

»Hier«, sagte er. Wir tasteten zueinander, stellten uns Rücken an Rücken, und versuchten, mit dem geringen Spiel, das unsere Finger noch hatten, uns gegenseitig die Fesseln zu lösen. Wir wußten, daß das Stunden dauern konnte, und gingen darum in aller Gemächlichkeit vor. Dabei unterhielten wir uns.

»Ich finde es zwar komisch, daß unsere Ferien in diesem Loch enden«, sagte ich, »glaube aber, daß unsere Lage gar nicht lustig ist. Flybert und Single-Pag werden jetzt in Panhackers Hotel die Auslieferungsverhandlungen führen. Und wenn dieser Diamantenräuber genug geboten hat, drückt der Polizeipräsident die Augen zu und läßt uns von den ›Flyer‹-Leuten herausholen; dann sind wir geliefert, Phil. Irgendwann verarbeiten sie uns zu Haifischfutter. Den Zeitpunkt bestimmen sie. Das kann in Stunden sein, oder sie schleppen uns tagelang mit.«

»Warum wurde der Telegrafist getötet, Jerry?«

»Weil Flybert mitbekam, wie ich mich über das erwartete Telegramm unterhielt. Er schaltete schnell, zumal er uns ohnehin in Verdacht hatte. Also kauften sie sich den armen Pordy und quetschten ihn aus. Pordy mochte einiges von dem Text behalten haben, so daß Flybert über unseren Beruf im klaren war. Er ließ ihn verschwinden, setzte einen seiner Leute in die Station und fabrizierte für Mr. High ein Beruhigungstelegramm. Ein netter Streich. Wir hätten bestimmt stillgehalten und zugesehen, wie er mit den geborgenen Juwelen abgedampft wäre, wenn Rago nicht die Leiche gefunden hätte. Natürlich war es töricht von mir, auf Single-Pag zu rechnen. Flybert hat diese Leute mit Dollarscheinen gespickt. Schlimmstenfalls hat er Gewehre genug, um sich zum Herrn von Panafarut aufzuschwingen.«

»Wir müssen hier 'raus«, sagte Phil nach einer Pause des Nachdenkens, »und irgendwie in die Telegrafenstation. Wenn es uns gelingt, einen Morsespruch durchzugeben, in dem die Ereignisse kurz skizziert werden, haben wir in vier, fünf Tagen die indonesische Polizei hier. Damit hätte Flybert ausgespielt.«

»Richtig, aber dazu müssen wir erst frei sein.«

»Ich glaube, das dauert nicht lange. Ich habe den Knoten

an deinen Gelenken schon ziemlich locker. Halt mal 'nen Augenblick still.«

Nach einer halben Stunde konnte ich die Hände aus den Schlingen ziehen. Fünf Minuten später war Phil frei.

Draußen war inzwischen die Nacht hereingebrochen. Wir tasteten unser Gefängnis ab und probierten unsere Kräfte an der Tür, aber die war ihnen gewachsen. Ich stellte mich auf Phils Schultern und versuchte, Steine aus der handbreiten Lichtöffnung zu brechen. Hoffnungslos! Das Brecheisen fehlte.

»Bleibt also nur, den Burschen, die uns holen, eins über den Schädel zu geben.«

Ich rieb mir das Kinn. »Schwierig, fürchte ich. Sie werden in Massen erscheinen. Außerdem werden bewaffnete Leute von Flybert dabei sein, möglicherweise er selbst.«

Phil grinste. Ich konnte es in der Dunkelheit zwar nicht sehen, ahnte es aber.

»Bißchen riskant, sicherlich, aber doch nicht das erste Mal.«

Wir wickelten uns gegenseitig die Stricke wieder um, so daß es scheinen mußte, unsere Fesselung sei intakt. Blieb uns nur noch zu warten übrig. Plötzlich drang durch das Luftloch eine flüsternde Stimme: »Sir, hören Sie mich?«

»Rago?« fragte ich zurück.

»Yes, Sir. Boot liegt am alten Platz. Können Sie fliehen?«

»Erst müßtest du die Tür öffnen.«

»No, schweres Schloß auf Riegel. Vater läßt bestellen, wenn fliehen, in Dorf kommen. Er Ihnen Essen geben.«

»Danke, Rago«, sagte ich ein wenig bitter. »Lieber wäre mir ein Brecheisen oder etwas Ähnliches.«

»Ich besorge«, flüsterte er und huschte weg. Gleich darauf war er wieder da.

»Zu spät, Sir, sie kommen.«

Wir hörten es selber. Der Lärm von zwanzig oder mehr Stimmen näherte sich unserem Gefängnis. Flybert schien Whisky in Strömen spendiert zu haben, denn die Mischlinge gurgelten alle durcheinander oder sangen. Ich hörte, wie an dem Schloß hantiert wurde. Der Riegel wurde zurückgezogen. Die Bohlentür flog auf.

»Herauskommen!« kommandierte Single-Pag, einen Rülpser anhängend. Gleichzeitig biß uns der Schein von mindestens vier Taschenlampen in die Augen.

Die Hände auf dem Rücken, die Brust gewölbt wie Filmhelden, die erschossen werden sollten, traten wir ins Freie. Wir konnten nicht viel sehen, weil die grellen Lampen uns blendeten. Wir ahnten die Umrisse von mehr als einem Dutzend Gestalten. Ich wußte nicht, ob Gewehr- oder Revolverläufe auf uns gerichtet waren, hoffte aber, daß wir einen gefesselten Eindruck machten, um die Aufmerksamkeit einzuschläfern.

Single-Pag, dessen Stimme man anhörte, wie betrunken er war, schien eine lange Rede halten zu wollen.

»Da Sie haben gestört den Frieden unserer Insel«, führte er aus, »und außerdem den Gentleman Flybert bestehlen wollten, wir Sie ausliefern an diese Mister, der Sie bringen wird mit seinem Schiff vor amerikanisches Gericht.«

Ich stieß Phil unmerklich am Ellbogen. Er beantwortete das Zeichen. Es schien auch ihm richtig, jetzt loszubrechen.

Ich senkte ein wenig den Kopf, brachte die Beine in die richtige Stellung, holte Luft, ließ das Ende der Fesselleine los und brach aus. Dabei nahm ich einfach die nächstbeste Taschenlampe an, rannte gegen deren Träger und rammte ihm den Kopf unter das Kinn. Unterdessen hatte ich die Arme frei, griff zu, faßte irgendeinen Körper, benutzte ihn als Rammbock, riß vier oder fünf Leute um, bevor ich selbst zu Fall kam und auf einem zappelnden Haufen von Leibern, Armen und Beinen lag.

Das Ganze ging so schnell, daß Singel-Pag kaum seine Rede gestoppt hatte, daß noch kein Schrei gefallen war und kaum jemand begriffen hatte, was überhaupt geschah.

Ich war schon wieder auf den Beinen und hieb wie ein Berserker um mich. Ich traf etwas Weiches, das ein Stöhnen ausstieß und wie Schaum zusammenfiel.

Jetzt brandeten Schreie auf. Die ersten Schüsse knallten. Jemand schrie. Von den vier Taschenlampen brannte nur noch eine, deren Schein wild durch die Luft schwankte.

Single-Pag brüllte immer wieder: »Fangt sie! Fangt sie!«

Ich warf mich weiter nach vorn. Eine Gestalt wuchs vor mir hoch, ein Arm warf sich in die Nacht, an die meine Augen sich inzwischen gewöhnt hatten, es blitzte. Ich schlug einfach zu. Der Mischling überschlug sich rückwärts.

Das war der letzte Mann. Ich erkannte die Umrisse des Weges und fiel in Trab. Der Weg senkte sich, und ich dachte mir, daß er zum Hafen führen mußte.

Ich lachte. Es konnten nur noch wenige Leute in den Häusern am Hafen sein. Vielleicht fand ich irgendwo eine Waffe, wenn es auch nur ein Messer war. Auf jeden Fall fand ich von Panhackers Hotel aus am besten den Weg zum Versteck unseres Bootes.

Da war schon das Hotel des untreuen Mr. Panhacker. In der Schankstube brannte Licht. Mich ritt der Teufel. Ich stieß die Tür auf und trat ein.

Die Bude war so gut wie leer. Zwei Betrunkene lagen unter dem Tisch. Panhacker zählte seine Kasse.

Er wurde fahl, als hätte er die Bleichsucht, als er mich sah.

»Hallo«, sagte ich, »wir rechnen bei passender Gelegenheit ab. Jetzt brauche ich eine Waffe. Geben Sie mir einen Revolver!«

»Ich besitze keinen«, stammelte er.

Ich ergriff kurzerhand die Stahlkassette, die ihm als Kasse diente, und feuerte sie samt dem ansehnlichen Inhalt durch das nächste Fenster in die Nacht hinaus. Die Dollarscheine flatterten wie die Schmetterlinge durch den Raum, und die Münzen sprangen wie Flöhe hinterdrein.

Mit dem nächsten Griff hatte ich Mr. Panhacker am Hemd.

»Bin ziemlich geladen, Freund«, knurrte ich. »Wo haben Sie eine Kanone?«

Von draußen drang Johlen heran. Die Bande mochte sich

gesammelt haben. Keine Zeit mehr für längere Verhandlungen mit Panhacker. Ich schmiß ihn gegen sein Flaschenregal, daß die Hälfte seines Schnapsvorrates herunterprasselte; dann rannte ich durch die Hintertür ins Freie.

Ich hatte ein wenig Pech, denn die Verfolger waren nah genug.

Ich hörte, wie sie brüllten: »Da ist er!«

Ich fand den Weg, den Rago uns geführt hatte, aber die Mischlinge kannten ihre Insel besser als ich und hielten mühelos meine Fährte. Ich wußte nicht, ob Flybert oder seine Leute noch bei ihnen waren. Innerhalb des Gebüsches war es trotz der hellen Tropennacht verwünscht dunkel, und ich zerstieß mir einiges; aber ich fand auch den Baum, an dem ich ins Gebüsch abzweigen mußte.

Ich rannte weiter, hörte das Rauschen der Brandung und gelangte an die Felsklippe. Ich wußte nicht genau, ob ich an der Stelle angekommen war, an die Rago uns geführt hatte, und — ich gestehe es ehrlich — zögerte, in die tobende Gischt hineinzuspringen, die ich phosphoreszierend unter mir ahnte. Aber dann hörte ich ein Brechen im Gebüsch. Sie hatten meine Spur gehalten! Auf der kahlen Klippe konnten sie mich wie einen Hasen abschießen. Ich hatte keine Wahl. Ich mußte springen.

Also sprang ich in das Brüllen unter mir, kam gut an und ließ die Wellen eine Zeitlang mit mir Fangball spielen. Ich konnte nicht hören, ob meine Gegner sich noch auf der Klippe herumtrieben. Aber es bestand keine Gefahr, daß sie mir folgten. Ganz im Gegensatz zu den Eingeborenen leisteten die Mischlinge nicht viel im Schwimmen. Wahrscheinlich kamen sie nicht einmal auf die Idee, daß jemand verrückt genug war, hier ins Meer zu springen.

Ich wartete eine halbe Stunde; dann versuchte ich, die Klippe zu entern. Das war in der Dunkelheit noch schwieriger als am Tage. Außerdem war ich ein wenig angeschlagen, aber schließlich schaffte ich es. Ich kletterte auf der anderen Seite hinunter und fand unser Boot mit allem. Rago hatte es prächtig in Sicherheit gebracht.

Auf irgendeine Weise mußte ich Phil kriegen. Ich hoffte, daß er der Meute so gut entkommen war wie ich. Ich bugsierte das Boot aus der Bucht und ruderte die Küste entlang. Ich ließ mir viel Zeit. Von der Ostküste aus war der Weg ins Eingeborenendorf am nächsten, und ich brauchte nicht zu fürchten, daß Flyberts Leute uns noch heute nacht dort suchen würden.

Nach zwei Stunden harter Ruderarbeit erreichte ich die einzige flache Stelle des Ostrandes und erkannte die Auslegerboote der Eingeborenen, die dort hinaufgetragen werden konnten. Ich lenkte meinen Kahn in diese Richtung, bis der Sand unter dem Kiel knirschte, sprang heraus und drückte ihn so weit hoch, daß er nicht fortschwimmen konnte.

Ich nahm eines unserer Preßluftgewehre für die Unterwasserjagd. Wenn das auch keine überragende Waffe war, so genügte es doch unter Umständen, um sich einen Mann vom Leibe zu halten. Lautlos schlich ich zum Dorf, erreichte die primitiven Hütten und fand die Behausung von Ragos Vater. Das Dorf schien in tiefem Schlaf begriffen. Ich rüttelte an den Bambusstäben. Wie aus dem Boden gewachsen stand plötzlich Rago vor mir. Ich sah seine weißen Zähne blitzen.

»Sir, Phil-Mister schon hier«, flüsterte er. »Kommen Sie!« Ich bückte mich und folgte ihm in die Hütte.

Er hantierte an einer Kerze aus Fischfett und machte Licht. Ragos Vater und zwei seiner Brüder saßen aufrecht und begrüßten mich mit feierlichem Händeschütteln. Phil lag in der Ecke auf einer Bastmatte und schlief fest. Er mußte erst geschüttelt werden.

»Okay«, sagte er und rieb sich die Augen. »Ich wußte, daß du durchkommen würdest. Was machen wir jetzt?«

»Die Telegraphenstation«, antwortete ich. »Wenn wir es gleich jetzt versuchen, haben wir die besten Aussichten. Sie werden nicht damit rechnen. Morgen durchstreifen sie die Insel, und es ist nur eine Frage von Tagen, bis sie uns finden. Dreißig Quadratmeilen sind ein Kinderspiel. Wir haben nur

Chancen, wenn es uns gelingt, Celebes oder Labian zu informieren.«

Phil reckte sich und stand auf. »In Ordnung. Gehen wir.« Plötzlich lachte er. »Du bist ein G-man aus New York, Jerry, wenn ich mich nicht irre. Ich habe den gleichen Beruf. Wir haben manchen Gangster gejagt, und wenn es zum Schlimmsten ging, dann haben wir uns an einen Telefonapparat geklemmt, das Hauptquartier angerufen und vielleicht noch die uniformierte Polizei. Die kamen dann angebraust bis zu Kompaniestärke. Mit Autos, Maschinenpistolen, Tränengas, wenn es not tat, sogar mit Handgranaten. Was immer wir unternahmen, wir durften das sichere Gefühl haben, daß unsere Jungs wenigstens unsere Leichen für eine ehrliche Bestattung bergen würden. Heute ist das anders. Wir zwei ringen gegen eine Bande von zwanzig Leuten und zwei Dutzend bestochener Mischlinge. Wenn sie uns erwischen, erfährt der Chef in New York niemals, wo sich unser Grab befindet, damit er die entsprechende Rede von ›Pflicht und Treue bis in den Tod‹ halten kann.«

»Ich werde dir eins sagen, Phil«, antwortete ich. »Ich habe Gangster immer gehaßt, und jage sie, weil es mir ein *Bedürfnis* ist, für Gerechtigkeit zu sorgen, denn für das Gehalt, das das Innenministerium zahlt, würde es sich nicht lohnen. John Flybert wird sich eines Tages wundern, wenn er auf dem elektrischen Stuhl sitzt und zum Tode verurteilt wird, weil er auf einer lächerlichen Insel in Ostasien einen freundlichen braunen Mann umgebracht hat, dessen Tod ihm so wenig bedeutet wie eine erschlagene Katze. Wir werden ihm einheizen!«

Rago wollte mit, aber ich duldete es nicht.

Auf einem anderen Weg durchquerten wir die Insel in Richtung auf den Hafen. Wir liefen eine gute Stunde, bis wir die einzelnen Lichter vor uns schimmern sahen.

»Sie sind noch auf«, flüsterte mir Phil zu. »Wahrscheinlich besprechen sie das Ereignis.«

»Das Licht dort drüben ist die Telegrafenbude«, flüsterte

ich zurück. »Flybert ist nicht dumm. Er hat eine Wache darin. Wir müssen mit ihnen fertig werden, lautlos.«

»Okay, Chingachgook«, sagte Phil grinsend. Er hatte nicht unrecht. Wir benahmen uns wirklich wie Indianer auf dem Kriegspfad und sahen auch so aus mit unseren nackten Oberkörpern und den weichen Schwimmschuhen an den Füßen.

Vorsichtig arbeiteten wir uns an die Häuser des Hafens heran. Panafaruts Postamt stand in der Mitte, also nicht sehr günstig für uns.

Immerhin, wir schlichen uns an vier Hütten vorbei; dann waren wir da. Aus Panhackers Hotel drangen laute, lärmende Stimmen. Wir konnten in den Hafen sehen. Flyberts Barkasse lag nicht mehr am Steg. Er mußte zur ›Flyer‹ zurückgefahren sein.

Phil und ich standen, die Rücken eng an die Bambuswand gepreßt, links und rechts der fensterlosen Öffnung, wie sie bei allen Hütten auf Panafarut als Licht- und Luftöffnung dienten. Vorsichtig schoben wir die Nasen vor. An einem Tisch vor dem vorsintflutlichen Funkgerät hockten drei Mann der Besatzung der ›Flyer‹, einer davon ein Weißer. Sie hatten eine Flasche auf dem Tisch, die sie reihum von Mund zu Mund wandern ließen, und schoben sich gegenseitig speckige Karten zu.

Ich gab Phil ein Zeichen. Wir gingen in die Knie und steckten unterhalb der Fensteröffnung die Köpfe zusammen.

»Die Tür ist von innen mit einem Sperrbalken verschlossen. Du klopfst und verlangst, daß sie öffnen. Wenn sie fragen, sag, du seist Creoly oder sonst wer. Das Fenster ist groß genug, um mich durchzulassen. Wenn sie sich mit der Tür beschäftigen, komme ich über sie.«

Er nickte und huschte in die Dunkelheit. Ich blieb in der Hocke und steckte nur den Kopf in Augenhöhe über die Brüstung.

Phils Klopfen dröhnte gegen die Bambustür. Die drei Burschen erstarrten in ihren Bewegungen. Der Weiße setzte langsam die Flasche ab, aus der er gerade getrunken hatte. Sie drehten die Köpfe zur Tür.

»Wer ist das?« fragte der Weiße.

»Creoly!« hörte ich Phil antworten. »Macht auf!«

Der Matrose erhob sich. Ich sah, daß er einen Revolvergurt trug und seine Waffe in die Hand nahm. Flybert schien Vorsichtsmaßnahmen angeordnet zu haben.

Der Mann ging auf die Tür zu und griff mit einer Hand nach dem Sperrbalken. Seine farbigen Kumpane blieben auf ihren Plätzen.

Ich reckte mich, griff mit beiden Händen in den Rahmen der Öffnung und setzte ins Zimmer. Ich traf die Männer am Tisch mit zwei Faustschlägen in den Nacken, bevor sie nur eine Bewegung machen konnten. Sie polterten ohne einen Laut von den Stühlen.

Der Matrose an der Tür fuhr herum und riß den Revolver hoch. Im selben Augenblick stieß Phil die Tür auf. Sie schlug gegen den Mann und schleuderte ihn zur Seite. Der zog krampfhaft durch. Seine Kugeln pfiffen kreuz und quer durch den Raum. Irgend etwas klirrte. Phil sprang ihn an. Er versuchte abzudrücken, hatte Ladehemmung oder sich schon verschossen, jedenfalls löste sich der Schuß nicht. Er begriff und wollte Phil die Waffe auf den Schädel schmettern. Phil fing den Schlag mit der Unterarmkante ab.

Der Matrose hielt den Revolver nicht fest genug. Ich sah das Schießeisen im Bogen durch die offene Tür in die Nacht fliegen. Im nächsten Augenblick hatte Phil dem Jungen einen kunstgerechten Haken genau auf den Punkt gesetzt, so daß er lautlos schlafen ging.

Wir stürzten zu der Funkapparatur. Phil warf den Einschalthebel herum. Das Kontrollicht flackerte auf, erlosch aber sofort. Mit fliegenden Händen versuchten wir das Ding in Gang zu bringen.

»Hoffnungslos«, sagte Phil. »Da, sieh!«

Zwei Kugeln des Matrosen hatten den Akku getroffen. Die Reste der Flüssigkeit liefen tröpfelnd aus.

Ich fluchte herunter, was mir gerade einfiel.

»Wir müssen verschwinden«, mahnte Phil. »Die Schüsse haben das Nest alarmiert. Sie werden jeden Augenblick hier sein!«

Pech! Die Sache hatte sich erst so gut angelassen. Jetzt war unsere letzte Chance, irgendwen zu Hilfe zu rufen, zum Teufel. Wir verdrückten uns, hörten das aufgeregte Geschrei der Stimmen um Panhackers Hotel, erreichten aber unangefochten das Dickicht und das Dorf von Ragos Leuten.

Die Sonne stand hoch im Mittag. Wir lagen in unserem Boot, das sanft in der Bucht unseres Versteckes schaukelte, und dösten vor uns hin.

Wir hatten zwei Stunden bei Ragos Vater geschlafen, waren dann vor Tagesanbruch um die Insel gerudert zu der Bucht, die uns der einzig sichere Platz schien. Von der Landseite her konnten wir nicht entdeckt werden, es sei denn, jemand wagte den Sprung in den schäumenden Gischtkessel. Und von der Seeseite her mußte man schon genau suchen, um die enge Einfahrt zu finden.

Auf unsere Bademäntel gestreckt, hatten wir erst einmal gründlich geschlafen. Jetzt lagen wir da, rauchten eine der wenigen Zigaretten, die uns geblieben waren, und überdachten unsere Situation.

Es war selbstverständlich, daß unser Besitz in den Panhackerschen Wochenendhäusern längst ausgeraubt war. Bis auf unseren Zigarettenvorrat befand sich darunter nichts, was wir hätten entbehren können. Unsere guten .38er hatten wir ohnehin in New York gelassen.

Im Boot hatten wir Bademäntel, zwei Preßluftgewehre mit noch neun Nachfüllungen, zwei Tauchgeräte mit Reserveflaschen für fünf Stunden Tauchzeit, Flossen, Brillen, sonst nichts. Unsere Kleidung bestand aus Badehose und Turnschuhen; aber die Nächte waren selbst dafür warm genug. Solange uns Rago mit Essen versorgte, brauchten wir nichts zu befürchten, und wahrscheinlich würden wir in unserem Versteck auch nicht entdeckt werden, sofern wir uns ruhig verhielten.

Wir dachten nicht daran, ruhig zu bleiben. Wenn es eine Chance gab, Flybert zu stellen, so würden wir sie wahrnehmen.

»Wenn sie von Labian oder Celebes irgend etwas in Panafarut anfragen und die Sendestation antwortet nicht, glaubst du, daß sie dann kommen, um den Fall zu untersuchen?« fragte Phil.

»Sie werden es nicht merken. Flybert wird einfach die Sendeanlage seines Schiffes auf die Welle von Panafarut einstellen und so antworten, als sei alles in schönster Ordnung. Ich wette, er hat bereits einige wunderschöne Lügen an Mr. High telegrafiert. Und der denkt, hier habe sich weit und breit kein Ganovenschiff blicken lassen, und wir hätten nichts anderes zu tun, als Fische zu jagen.«

»Haben wir keine Möglichkeit, die Außenwelt zu benachrichtigen?«

»Bis zur nächsten Insel sind es hundertdreiundvierzig Seemeilen. Mit unserem Boot oder denen der Eingeborenen nicht zu schaffen, selbst wenn das Wetter einwandfrei bleibt. Mit der Barkasse der ›Flyer‹ würde ich es riskieren; aber dazu müßten wir sie erst haben.«

»Entern wir sie doch«, schlug Phil vor.

»Zu riskant«, lehnte ich ab. »Selbst wenn es klappt, wissen wir nicht, ob sie genügend Sprit für die Entfernung an Bord hat. Hat sie zu wenig — und ich möchte es annehmen, weil der Kahn ja nur für die Strecke zwischen Schiff und Land gedacht ist — dann schwimmen wir irgendwo auf dem Ozean, verdursten oder bekommen den Sonnenstich, während Flybert voller Gemütsruhe die Steine aus der ›Patronia‹ holt und abdampft.«

»In zehn Tagen kommt der Postdampfer«, sagte Phil.

»Auf den rechne ich auch«, bestätigte ich. »Ich weiß noch nicht, wie wir es anfangen, aber mit dem Postdampfer müssen wir entweder Hilfe herbeiholen, oder die Mannschaft des Schiffes muß uns helfen, Flybert dingfest zu machen.«

»Und wenn Flybert die Diamanten vorher findet und türmt?«

»Er darf sie eben nicht vorher finden. Wir werden seine Arbeiten an dem Wrack stören, daß ihm graue Haare wachsen, hätte er sie nicht schon. Wenn er die ›Patronia‹, wie er es vorhat, in seichtes Wasser schleppt, ist sie auch für uns erreichbar. Vielleicht haben wir Glück und bekommen die Steine in die Hand; dann hat er das Nachsehen.«

Phil lachte. »Wir machen also genau das, was er von Anfang an befürchtet hat.«

Ich schnippte meinen Zigarettenrest ins Wasser.

»Genau. Ich hoffe, Rago wird uns sagen können, wie weit sie mit den Arbeiten an dem Schiff sind.«

Rago kam kurz vor Sonnenuntergang. Seine bronzebraune, tiefbraune Gestalt tauchte auf dem Gipfel der Innenklippe auf. Er rutschte abwärts und plumpste neben unserem Boot ins Wasser. Wir zogen ihn hinein. Er trug einen wasserdicht vernähten Beutel aus Ziegenleder um den Hals. Darin war etwas Eßbares für uns.

Mit weiten Bewegungen seiner Arme und unter Augenrollen informierte er uns über die Situation.

»Weißer Mister von Schiff nicht gekommen, zu suchen Sie in Dorf. Nur Single-Pag war da, aber niemand etwas gesagt. Rago gegangen, zu hören, was mit Wrack ist von ›Patronia‹. Heute morgen sie gezogen in flacher Wasser. Arbeit lange gedauert. Jetzt Wrack liegt an Ostkap, nicht weit von Küste. ›Flyer‹ ist vor Anker gegangen. Morgen sie wollen beginnen, zu suchen nach Funkelsteinen.«

»Flyberts Matrosen haben nicht nach uns gesucht?« vergewisserte ich mich.

Er schüttelte den Kopf.

»Einleuchtend«, erklärte Phil, »der weiß, daß wir ihm im Augenblick nicht schaden können. Wenn er die Diamanten hat, flieht er, und der Fall ist für ihn erledigt. Was soll er seine Zeit damit vergeuden, nach uns zu suchen.«

Ich überlegte. Neun Tage lang mußten wir verhindern, daß der Gangster an den Schatz der ›Patronia‹ herankam. Ich setzte Phil meinen Plan auseinander. Er war einverstanden. Wir packten, was wir von unseren Sachen brauchten: Tauchgeräte, Reserveflaschen Preßluft, Gewehre mit den Pfeilen, Brillen und Flossen. Rago ruderte uns an eine Stelle, von der aus das Ufer leichter zu ersteigen war. Dann kam er selbst, nachdem er das Boot ins Versteck zurückgebracht hatte, ohne Gepäck über einen schwierigeren Weg zu uns. Unter seiner Führung begaben wir uns ins Eingeborenendorf. Es war inzwischen dunkel geworden, und wir brauchten nicht zu fürchten, daß uns einer der Gegner in die Quere lief.

Wir erreichten das Dorf, wollten uns aber nicht aufhalten. Rago besorgte uns zwei Hängematten, wie sie die Eingeborenen aus Bast flechten. Er führte uns weiter durch den Busch zum Ostkap. Wir kamen auf die Klippen.

Unmittelbar unter uns schimmerten die Lichter der ›Flyer‹. Ein Matrose sang. Wir hörten seine Stimme bis zu uns herauf.

»Danke, Rago«, sagte ich zu dem Jungen. »Geh ins Dorf zurück und schweige!«

Wir suchten uns passende Bäume im Schutz des Busches für unsere Hängematten und schliefen den Ereignissen des nächsten Tages entgegen.

Im ersten, noch grauen Morgenlicht untersuchten wir die Gegend. Flybert hätte sich für unsere Zwecke keinen günstigeren Platz aussuchen können. Die Klippen waren ungewöhnlich zerklüftet. Zahlreiche Abbrüche stießen bis weit ins Meer vor. Man konnte gut ins Wasser gelangen, ohne vom Schiff aus gesehen zu werden. Gleichzeitig hatten wir die Möglichkeit, von oben alles Treiben auf der ›Flyer‹ zu beobachten und konnten uns danach richten. Vom äußeren Klippenrand bis zum Schiff waren es etwa zehn Schwimmminuten.

Natürlich bestand eine gewisse Gefahr, daß man uns in dem klaren Wasser entdeckte, wenn wir uns unter der Oberfläche dem Schiff näherten. Aber wir wußten, daß die strahlende Sonne stark reflektiert wurde und wir nur gesehen werden konnten, wenn sie mit Hilfe eines Guckkastens den Meeresboden absuchten.

Noch schlief alles. Ich wollte die Gelegenheit nutzen, um mich über die Lage des Wracks zu informieren.

Im Schutz der Klippenabbrüche schlich ich mich zum Meer, das Atemgerät auf dem Rücken, Flossen und Brille in der Hand. Als einzige Waffe hatte ich ein Messer bei mir, das Rago mir geliehen hatte. Unsere neun Schuß aus den Preßluftgewehren würden wir vielleicht noch brauchen.

Ich watete so weit ins Wasser, daß ich noch stehen konnte, zog die Flossen an und setzte die Brille auf. Dann schwamm ich in Richtung auf die ›Flyer‹, hielt mich aber im Schutz der Klippen. Schließlich gab es keine Deckung mehr. Ich mußte tauchen. Ich nahm das Mundstück zwischen die Zähne und ließ mich hinabgleiten.

Ich zwang mich, nur in Abständen ein- und auszuatmen; denn die Blasen, die dabei entstanden, bildeten die größte Gefahr für eine Entdeckung.

Ich schwamm stetig, drehte mich von Zeit zu Zeit auf den Rücken und blickte nach oben. Die Grenze des Wassers war mein Horizont, der hell schimmerte; dann schob sich eine dunkle Wolke in das Bild. Ich befand mich unter dem Kiel der ›Flyer‹.

Ich schwamm etwas aufwärts, vermutete, daß eine Verbindung zwischen der ›Flyer‹ und dem Wrack bestand, schob mich unter dem Kiel des Schiffes entlang bis zu den Schrauben, schwamm ein Stück und stieß auf ein Drahtseil, das schräg in die Tiefe führte. Ich folgte seinem Lauf dreißig

Yard, dann sah ich unter mir, immer noch in einer Tiefe von rund zwanzig Fuß, das Wrack der ›Patronia‹.

Der Kasten lag schräg auf der Seite. Er war über und über mit Muscheln bewachsen. Schwarz gähnte das Loch, das die japanische Bombe vor mehr als einem Jahrzehnt in seine Flanke gerissen hatte, und das ihn wie einen Stein hatte absaufen lassen. Ich schwamm näher. Die Aufbauten des Schiffes wuchsen rings um mich hoch wie ein seltsames, unwirtliches Gebirge.

Ich fand den Eingang zu den Kajüten, wenn er auch unter dem Muschelbewuchs kaum noch erkenntlich war. Probeweise rüttelte ich daran. Die Muscheln hatten alles wie mit einem Panzer verkleidet. Kein Gedanke daran, ohne tagelanges Arbeiten mit Hammer und Meißel hier einzudringen.

Ich stieß mich ab, schwamm zum Bombenloch in der Schiffsflanke und tauchte vorsichtig hinein. Es war dunkel und nicht viel zu erkennen; aber wenn ich mich nicht täuschte, gelangte man durch dieses Loch direkt in den Laderaum. Ich betastete Säcke und Kisten und freute mich. Wenn Flyberts Leute auf diesem Wege ins Schiffsinnere dringen wollten, mußten sie mindestens die Hälfte der Ladung der ›Patronia‹ ausräumen. Jedenfalls konnte ihre Arbeit noch Tage dauern, genau die Zeit, die wir bis zur Ankunft des Postdampfers brauchten.

Ich schwamm zurück. Diese Mal nicht unter dem Rumpf der ›Flyer‹, sondern direkt auf die Küste zu; dann an dieser entlang, bis ich zwischen den Klippenabbrüchen war. Ich mochte eine halbe Stunde unterwegs gewesen sein. Die nächsten Expeditionen mußten wir uns genau einteilen. Fünf Stunden Reserveluft waren nicht viel.

Phil atmete auf, als ich wieder auf der Klippe anlangte.

»Sie sind aufgestanden«, sagte er und zeigte auf das Deck der ›Flyer‹. »Sie treffen Vorbereitungen zum Tauchen. Ich fürchtete schon, sie würden dich überraschen.«

Ich erzählte ihm von den Schwierigkeiten, die Flyberts

Leute erwarteten. Wir lagen auf den Bäuchen im Schutz von Sträuchern und sahen uns das Treiben auf der Yacht an. Ich erkannte Creolys sehnige Gestalt. Er gab einigen Leuten an der Luftpumpe Anweisungen, dann tauchte Flyberts Panama auf.

Sie verfügten über zwei einfache Tauchhelme: Plexiglashelme, die über den Kopf gestülpt werden und in die man Luft pumpt. Das hat den Vorteil, daß man so lange unten bleiben kann, wie man will, und nicht von dem Inhalt der Preßluftflasche abhängig ist. Andererseits ist man an den langen Schlauch gebunden und muß darauf achten, daß man nicht damit hängen bleibt.

Creoly stülpte sich solchen Helm über den Kopf. Den zweiten erhielt einer der Matrosen. Über eine Bordleiter stiegen sie am Heck ins Wasser, und ich vermutete, daß sie sich an dem Verbindungsseil zum Wrack hangeln würden.

»Wenn sie sprengen, können sie unter Umständen schnell in die ›Patronia‹ eindringen«, gab Phil zu bedenken.

»Ich glaube nicht, daß sie das tun«, sagte ich. »Es ist immer gefährlich, unter Wasser an einem alten Wrack herumzusprengen und durchaus möglich, daß der Kahn ineinanderfällt und Trümmerberge den Weg zum Tresor versperren. Ich glaube, Flybert wird sich das bei aller Ungeduld verkneifen.«

Es verging eine halbe Stunde. Plötzlich erschien eine Kiste an der Oberfläche, kurz darauf eine zweite.

»Siehst du, sie versuchen es durch den Laderaum und räumen die Ladung aus dem Weg. Dabei wollen wir sie morgen stören.«

Wir rührten uns den ganzen Tag nicht vom Fleck. Creoly und der zweite Taucher kamen zur Mittagspause herauf, und später gingen zwei andere hinunter. Creoly blieb an Bord, und wenn ich richtig sah, soff er im Schatten der Kommandobrücke. Bei Einbruch der Dunkelheit stellten sie das Tauchen ein. Sie hatten höchstens ein Dutzend Kisten an die Oberfläche befördert; aber es konnte sein, daß sie manches andere auf den Meeresgrund geräumt hatten. Davon würde ich mich noch überzeugen.

Am anderen Morgen rechnete ich damit, daß sie zur gleichen Zeit zu tauchen beginnen würden, und richtete meinen Besuch beim Wrack so ein, daß ich kurz vor ihnen da war, um nicht zuviel Luft zu verlieren.

Als der graue Rumpf der ›Patronia‹ vor mir auftauchte, ging ich tiefer und schwamm das Bombenloch an.

Ich hatte richtig vermutet. Eine Anzahl Säcke und Kisten lag auf dem Meeresgrund. Sie mußten schon einen beachtlichen Teil der Ladung ausgeräumt haben.

Ich schwamm zum Heck, kroch unter die Schraube und verhielt mich ruhig. Es bestand wenig Gefahr, daß ich gesehen wurde. Man sieht selbst im klaren Wasser nicht weiter als ein paar Yard. Vor allen Dingen kann man schlecht Gegenstände voneinander unterscheiden.

Ich wartete zehn Minuten und haushaltete streng mit meinem Luftvorrat. Schließlich sah ich zwei Gestalten, die sich in weiten Sprüngen dem Wrack näherten.

Sie trugen die Plexiglashauben. Auf diese Entfernung konnte ich ihre Gesichter nicht erkennen, aber ich sah an den Fingern, daß Creoly nicht darunter war. Das war nach meiner Meinung der einzige Mann, der auch unter Wasser gefährlich werden konnte.

Die Taucher zogen sorgfältig ihre Schläuche hinter sich her. Sie waren von diesen Stückchen roten Gummis abhängig. Und wenn man aus einer Tiefe von zwanzig Fuß auch ohne Gefahr auftauchen kann, sofern die Luftzufuhr ausfällt, so schienen sie doch Angst um ihren Sauerstoff zu haben.

Ich sah in aller Ruhe zu, wie sie im Schiffsbauch rumorten. Nach zehn Minuten erschienen sie wieder, hielten Stricke in den Händen und zogen eine große Kiste ins Freie.

Im Wasser sind viele Dinge möglich, die man an der Luft

nicht bewerkstelligen kann. Durch die Auftriebskraft vermag ein Mann die dreifache Last dessen zu regieren, was er auf dem Erdboden schaffen würde. Das haben Sie sicherlich schon ausprobiert, wenn Sie Steine vom Grund eines Flusses oder eines Sees gehoben haben. Es macht keine Mühe, sie bis an die Oberfläche zu tragen; aber es wird schwierig, wenn Sie sie aus dem Wasser herausheben wollen.

Die beiden ließen die hochgezogene Kiste auf den Meeresboden fallen, nachdem sie sie aufgebrochen und sich überzeugt hatten, daß nichts Wertvolles darin war. Dann verschwanden sie wieder in dem Loch.

Meine Zeit war gekommen. Ich wand mich aus meinem Versteck heraus und schwamm zu der Öffnung in dem Schiffleib. Einer hielt die Lampe, während der andere an einem Sackstapel zerrte.

Vorsichtig deponierte ich mein Preßluftgewehr auf der Bordwand und schwang mich durch das Loch. Es war nicht schwer, lautlos zu sein. Ich riß dem, der die Akkulampe hatte, die Beine nach hinten und trat ihm gleichzeitig ins Kreuz. Seine Haube rutschte ihm nach vorn, und die Luft blubberte aus.

Fast mit dem gleichen Griff hatte ich die Lampe erfaßt und ausgeschaltet. Es war dunkel im Laderaum. Ich wand mich, die Lampe in der Hand, auf die Bordwand, griff mein Preßluftschießeisen und verdrückte mich, dicht über dem Boden schwimmend.

Aus dem Innern des Wracks schoß eine Gestalt senkrecht nach oben. Es war der Bursche, den ich umgerissen hatte. Für ihn wurde es höchste Zeit! Wahrscheinlich war er ohnedies vor Schreck halb gelähmt. Ihm folgte der zweite. Er hatte den Helm zwar auf dem Schädel, aber er strampelte sich ab und zuckte an allen Gliedern. Ich lachte lautlos und konnte mir vorstellen, daß sie Räuberpistolen erzählen würden über das, was ihnen unter Wasser zugestoßen sei. Seeleute sind abergläubisch, und ich rechnete damit, daß meine Opfer an das Eingreifen der toten Männer der ›Patronia‹ glauben würden, die den Schatz hüteten.

Ich schwamm, bis ich den Rumpf der ›Flyer‹ über mir hatte, stieg hoch, drehte mich auf den Rücken, bewegte mich bis zum Heck und steckte unmittelbar unter dem Heck den Kopf aus dem Wasser. Das war ein fast hundertprozentig sicheres Versteck, denn da die Schiffswand in einem Winkel von über dreißig Grad über mir hing, konnte ich von Bord aus nicht gesehen werden.

Mein Körper freilich hing zwischen den Schrauben, und wenn sie oben an Bord auf die Idee kamen, die Maschine anzuwerfen, war ich verloren. Ich nahm den Preßluftschlauch aus dem Mund und schob die Brille hoch. Der Mann ohne Tauchhaube schwamm gar nicht weit von mir auf dem Wasser, regungslos. Der andere hatte sich ebenfalls den Helm abgerissen und kraulte laut schreiend dem Schiff zu.

Über mir patschte es. Ich sah zwei, drei Gestalten ins Wasser schießen. Creoly war darunter, und ich zog es vor, wieder unter die Oberfläche zu verschwinden. Offenbar bargen sie den Ohnmächtigen. Es herrschte einige Bewegung im Meer; dann wurde es ruhig, und ich konnte auftauchen, um Luft zu sparen.

Über mir auf dem Schiff herrschte Bewegung. Creoly brüllte wie ein Stier. Ich grinste und wartete.

Es dauerte zwei Stunden, dann hangelten sich an dem Seil, das über meinen Kopf dahinlief, zwei Gestalten ins Wasser. Es waren beide Weiße. Der eine war Creoly. Sie waren wie ihre Vorgänger ausgerüstet. Ich ließ ihnen eine halbe Stunde, um unten heimisch zu werden, dann folgte ich.

Ich hatte noch für fünfundzwanzig Minuten Luft in meinen Flaschen und mußte mich beeilen. Creoly war der einzige der Besatzung, der unter Wasser etwas taugte. Ich durfte ihn nicht billig davonkommen lassen.

Ich gestehe offen: ich kam mir vor wie ein heimtückisches Unterwasservieh, ein Krake oder so. Aber die Bande war in hoffnungsloser Überzahl, so daß wir es auf einen fairen Kampf nicht ankommen lassen durften.

Der graue Schatten des Wracks tauchte vor mir auf. Ich wand mich zwischen den Aufbauten durch, stieg etwas und spähte über die Bordwand.

Creoly stand aufrecht neben dem Loch. Er hielt ein Messer in der Hand. Sein Kopf unter der Haube drehte sich ständig, und seinen Luftschlauch hatte er so gelegt, daß er ihn sehen konnte. Der zweite Schlauch führte ins Bombenloch. Offenbar arbeitete dort der zweite, während Creoly Wache hielt.

Es war nicht einfach, an ihn heranzukommen. Ich mußte um das Wrack herum, schob mich wie ein Aal in den schmalen Spalt zwischen dem Boden und dem Kiel des Schiffes entlang. Ich erreichte eine Stelle, an der Creolys Luftschlauch nur zwei Mannslängen von mir entfernt war. Wenn ich den Arm mit dem Preßluftgewehr ausstreckte, blieben höchstens zwei Yard. Ich tat es und rührte am Abzug.

Der Pfeil zischte in einer Blasenbahn durchs Wasser, traf den Schlauch und zerriß ihn. Sofort blubberte die Luft hoch, die Creoly notwendig zum Atmen brauchte.

Ich schoß aus meinem Versteck. Creoly war ein erfahrener Taucher. Als er merkte, daß ihm die Luft wegblieb, hatte er sich sofort den Helm abgerissen und war auf dem Wege nach oben. Ich schoß ihm nach, schlug mit den Flossen und erwischte ihn an den Füßen noch vor der Oberfläche. Er stieß wild um sich.

Ich zog ihn abwärts. Sehr plötzlich wurde er bewegungslos. Ich wußte, wenn ich ihn jetzt länger als drei Minuten hielt, wachte er nicht mehr aus. Deshalb ließ ich ihn los. Er trieb langsam zur Oberfläche.

Ich schwamm zum Wrack zurück. Der zweite Mann hatte nichts von den Vorgängen gemerkt. Er befand sich noch im Schiffsinneren. Ich schwamm einfach hinein, nahm ihm den Helm ab, faßte ihn am Haar und riß ihn nach oben. Strampelnd und zappelnd entschwebte er. Ich zerstörte beide Tauchhelme, indem ich sie mit dem zurückgelassenen Werkzeug ineinanderhieb.

Jetzt wurde es für mich Zeit, ins Freie zu kommen. Zwar

zischte die Luft noch regelmäßig aus der Flasche, aber der Vorrat konnte nur noch für Minuten reichen. Ich schwamm Richtung auf die Küste und hatte die Klippenabbrüche noch nicht erreicht, als das Zischen aufhörte. Ich mußte hoch. Den Rest der Strecke schaffte ich, indem ich immer wieder auftauchte, Luft schnappte, und dann weiterschwamm.

Phil lag auf der Klippe, als ich mich erschöpft neben ihn warf.

»Das war ein voller Erfolg.« Er lachte. »Sie sind zum zweitenmal so aufgeregt wie ein Ameisenhaufen, in den ein Spazierstock fährt. Hast du Creoly getötet?«

»Natürlich nicht! Ich wollte ihn nur unschädlich machen.«

»Es sieht so aus, als habe es ihn erwischt. Sie kneten immer noch an ihm herum.«

»Ich mußte ihn ausschalten, denn solange er ausfällt, wird Flybert seine Leute nicht unter Wasser treiben können.«

Wir beobachteten unterdessen das Deck der ›Flyer‹ weiter. Schließlich schienen die Wiederbelebungsversuche bei Creoly Erfolg zu haben. Wir sahen, wie sie ihn aufhoben und in die Kabine trugen.

Neue Tauchversuche wurden nicht mehr unternommen. Flybert erschien später und rannte stundenlang auf und ab. Man konnte sein Zähneknirschen fast bis zu uns hinauf hören.

Am nächsten Morgen gab es eine große Szene auf der ›Flyer‹. Die Mannschaft war angetreten, und Flybert brüllte mit ihr herum. Bread, der dicke Kapitän, schüttelte die Fäuste und ohrfeigte einen Mann. Der Seewind trug verwehte Fetzen des Geschreis zu uns, und wenn auch nichts zu verstehen war, so blieb doch deutlich, daß die Mannschaft sich weigerte, weiter nach Diamanten zu tauchen.

Phil zappelte mit den Beinen und kniff mich in den Arm.

»Oh, Mensch«, freute er sich, »fehlt nur noch, daß sie meutern.«

Dazu kam es freilich nicht. Aber aus dem Tauchen wurde an diesem Tage nichts. Die Leute weigerten sich und waren durch nichts zu bewegen. Wir konnten uns auf unserem Beobachtungsposten in der Sonne aalen. Das Deck der ›Flyer‹ lag wie ausgestorben, nachdem Flybert sich ohne Erfolg zurückgezogen hatte. Jetzt waren es nur noch sieben Tage bis zur Ankunft des Postdampfers.

So erfolgreich dieser Tag für uns war, so bitter war der nächste. Am Morgen erschien Creoly wieder an Deck. Er ließ die Leute antreten, sprach zu ihnen, und wir sahen, wie drei Männer vortraten. Da er selbst mit hinunterging, fand er Freiwillige. Vorher wurden zwei Ruderboote zu Wasser gelassen, jedes mit zwei Männern, von denen der eine ruderte, während der andere durch einen Guckkasten den Meeresgrund beobachtete. Dieser Mann hatte ein Gewehr neben sich. Die beiden Boote patrouillierten zwischen der ›Flyer‹ und der Küste.

Phil und ich blickten uns an. Wir wußten, was wir dachten, jetzt war es gefährlich, wenn nicht gar unmöglich, an das Wrack zu kommen, um die Arbeit zu stören.

»Ich denke, wir lassen sie bis zur Mittagspause in Ruhe«, sagte ich. »Dann wird ihre Wachsamkeit eingeschlafen sein, und ich kann es wieder versuchen. Ich werde einen Bogen schlagen müssen und muß mich von der Seeseite her dem Wrack nähern. Ich nehme zwei Preßluftflaschen mit.«

Wir beobachteten den Fortgang der Arbeiten. Kurz nach Mittag kamen die beiden Taucher herauf, und auch die Boote legten neben der ›Flyer‹ an. Um drei Uhr stießen sie wieder vom Schiff ab. Die Tauchhelme wurden zwei anderen Leuten über die Köpfe gestülpt. Creoly ging nicht mit hinunter.

Ich wartete, bis die Arbeiten in vollem Gange waren; dann kletterte ich die Klippen abwärts, stieg ins Wasser und schwamm ins offene Meer.

Die Orientierung im Wasser war schwierig. Man neigt dazu, im Kreis zu schwimmen, wenn man keinen Anhaltspunkt hat. Zunächst wußte ich, daß ich auf dem richtigen Wege war, als der Boden immer tiefer nach unten wich; aber als schließlich nur noch Schwärze unter mir lag, mußte ich von Zeit zu Zeit nach oben, um die Richtung beizubehalten.

Die ›Flyer‹ lag schräg hinter mir, und nun konnte ich es endlich wagen, von der Seeseite auf sie zuzuschwimmen.

Es erhöhte die Schwierigkeit, daß ich seltener auftauchen durfte, je näher ich dem Schiff kam. Und prompt verfehlte ich das Wrack. Ich mußte auftauchen und stellte fest, daß ich parallel über die ›Patronia‹ hinausgeschwommen war. Gleichzeitig ging die erste Luftflasche zu Ende. Ich nahm noch einen Atemzug voll, löste sie und schloß den Schlauch an die Reserve an; dann kehrte ich um.

Dieses Mal klappte es. Die ›Patronia‹ tauchte unter mir auf. Im selben Augenblick sah ich die Luftperlenschlange, die aus ihrem Innern stieg.

Ich mußte mit meiner Luft sparen, also machte ich kurzen Prozeß. Die Luftschläuche lagen passend vor mir. Zwei schnelle Hiebe mit dem Fischmesser. Zischend sprudelte die Luft aus den Schnittstellen.

Irgendwie schienen die Taucher mit solch einem Ereignis gerechnet zu haben, denn sie schossen so prompt aus dem Inneren des Schiffes, als hätten sie ›Rettung im Notfall‹ geübt. Während sie nach oben zappelten, konnte ich erkennen, daß sie die Helme abgeworfen hatten. Ich tauchte. Vielleicht waren es die letzten Tauchhauben, die sie auf der ›Flyer‹ besaßen, und wenn ich sie zerstörte, war vielleicht mit der Taucherei Schluß.

Die Schatzsucher hatten eine brennende Akkulampe zurückgelassen. Ich fand die Helme und zerschlug sie; dann machte ich mich auf den Heimweg, schräg von dem Wrack fort, direkt der Küste zu.

Meinen Fehler erkannte ich, als ein dunkler Schatten über mich hinwegglitt: das Boot. Flybert oder Creoly mußten sofort, als ihre Männer wieder angegriffen wurden, eines der Patrouillenboote über das Wrack beordert haben.

Schon hoffte ich, sie hätten mich nicht bemerkt; da verhielt der Schatten und drehte sich im Kreis. Ich warf mich auf den Rücken, erkannte den Kielumriß und neben dem Bug das Viereck des Guckkastens. Ich schwamm nach rechts. Eine dröhnende Detonation zerschlug mir fast das Trommelfell. Irgend etwas zischte drei Fuß an mir vorbei und ließ eine Sandwolke auf dem Meeresgrund entstehen.

Ich warf mich herum, ging auf den Grund und strebte mit allen Kräften dem Ufer zu.

Die zweite Detonation dröhnte. Wieder fuhr die Kugel ziemlich weit an mir vorbei. Es ist schwierig, im Wasser richtig zu zielen; denn die Lichtstrahlbrechung ist anders als in der Luft.

Ich schwamm weiter, aber für das Boot war es mühelos, mir zu folgen. Die dritte Kugel ging ziemlich nahe an meiner Nase vorbei. Gleichzeitig tauchte ein weiterer Schatten über mir auf. Das zweite Boot hatte mich gefunden!

Die Lage war scheußlich. Wenn sie weiter schossen, würden sie wohl mit einer Kugel Glück haben. Und selbst wenn ich die Küste erreichte, war ich ja kein Fisch, der sich in einer Spalte verkriechen konnte. Nun, da sie mich auf einmal gesichtet hatten, würden sie an den Blasen erkennen, wo ich mich befand, und konnten abwarten, bis mir die Luft ausging und ich auftauchen mußte. Es half mir nichts, ich mußte sie angreifen!

Ich besaß noch das Preßluftgewehr, stoppte, drehte mich auf den Rücken und hockte mich auf den Grund. Ich wartete auf den nächsten Schuß. Als er kam, riß ich das Preßluftgewehr hoch und drückte ab. Der Pfeil zischte in weißer Bahn schräg nach oben aus dem Wasser und nahe am Boot vorbei in die Luft.

Ich hatte kaum damit gerechnet, etwas zu treffen, sondern wollte, daß der Beobachter in unwillkürlicher Schreckbewegung zurückfuhr. Sofort ließ ich das Gewehr fallen, stieß mich vom Boden ab und jagte aufwärts. Ich durchbrach die Wasseroberfläche, packte den Bootsrand, warf den Oberkörper hoch, so daß ich einen Halt hatte und griff zu. Ich erwischte die Jacke des Beobachters, krallte mich fest und warf mich zurück.

Der Mann, der keinen festen Stand gehabt haben mochte, schrie wie am Spieß und stürzte kopfüber mit mir ins Wasser. Ich schlug unter Wasser zu. Das Gewehr entglitt seinen Händen. Ich ließ ihn los. Er zappelte nach oben, und Boot Nummer eins war damit für mich ungefährlich geworden.

Das hatte keine dreißig Sekunden gedauert. Ich war stolz auf mich. Vielleicht haben Sie den einen oder anderen Film mit dem sagenhaften Ungeheuer aus der schwarzen Lagune gesehen, das die Menschen selbst von Luxusdampfern ins Wasser zieht, besonders hübsche, blonde Mädchen, obwohl es eigentlich ein Wesen mit Fischblut ist, dessen Interesse für Blondinen nicht so ohne weiteres erklärt werden kann. Nun, für die achtunddreißigste Fortsetzung dieses Filmstreifens wollte ich mich melden.

Jedenfalls war ich ein Boot los. Aber ich konnte den Trick nicht wiederholen. Ich wußte nicht, ob vom zweiten Boot aus auf mich geschossen worden war, während ich die Kumpane unschädlich machte; jedenfalls feuerten sie jetzt auf mich. Boot eins schwamm immer noch über mir.

Ich tauchte hoch und ging darunter in Deckung, aber sie mußten von Boot zwei gesehen haben, wohin ich geschwommen war. Wahrscheinlich schrien sie dem Ruderer zu, denn er begann mit einem Riemen nach mir zu stochern. Ich ließ ihn gewähren, packte in einem günstigen Augenblick zu und riß ihm den Riemen aus der Hand. Das Boot über mir schaukelte gewaltig, und der Mann darin gab Ruhe. Wahrscheinlich lag er auf dem Gesicht und weinte.

Gut, solange ich in Deckung blieb, war ich für Schüsse unerreichbar, aber ich konnte unmöglich das schwere Boot zur Küste dirigieren. Außerdem hatte ich noch für höchstens zehn Minuten Luft. Ich stieß ab und schwamm wieder. Zwei Sekunden später dröhnte die erste Detonation. Sie feuerten wieder auf mich. Ich schwamm weiter, immer den Bootsschatten schräg über mir. Es konnte nur Minuten dauern, dann mußten sie mich erwischen.

Reichlich verzweifelt warf ich mich auf den Rücken. Ein neuer Schuß krachte und rollte wie eine Unterwasserexplosion. Gleich darauf aber begann das Boot wild zu schaukeln. Ein Mann klatschte ins Wasser, blieb an der Oberfläche, zappelte an Armen und Beinen. Ein Gewehr trudelte an mir vorbei zum Grund, kurz darauf purzelte ein zweiter Mann in das nasse Element, und Sekunden später schlug das ganze Boot um.

Etwas schwamm auf mich zu. Ich erkannte den blonden Haarschopf über der Tauchbrille: Phil. Er hatte gesehen, wie sie mich jagten, und war zu Hilfe gekommen. Er verzog sein Gesicht zu einem Lachen, winkte mit der Hand in Richtung der Küste. Ich nickte. Er schwamm voraus.

Ich kam nicht mehr ganz mit dem Tempo mit, das er vorlegte. Ich war jetzt fast zwei Stunden unter Wasser und ziemlich erledigt. Der schnelle Schlag der Flossen verstrudelte vor mir und geriet mir aus dem Blickfeld. Immerhin, ich schwamm und hoffte, es gleich geschafft zu haben.

Vielleicht, weil ich mit keiner Gefahr mehr rechnete, wurde ich von dem neuen Angriff so überrascht. Ich spürte ihn erst, als mir die Tauchbrille heruntergerissen wurde. Das Salzwasser schoß mir beißend und schmerzend in die Augen und machte mich blind. Das nächste war ein Brennen am linken Arm, als führe jemand mit einer glühenden Zigarette daran entlang. Ich riß das Fischmesser heraus und schlug damit, blind, wie ich für den Augenblick war, um mich. Der Mann, der mich angegriffen hatte, war geschickt. Er war sofort wieder zurückgewichen. Ich traf ihn nicht.

Ich riß das Mundstück des Atemgeräts heraus, öffnete den Karabinerhaken, schüttelte das Gerät ab. Ohne Brille war ich mit oder ohne Atemgerät in einem Unterwasserkampf hoffnungslos unterlegen. Ich mußte hinauf.

Mein Kopf durchstieß die Oberfläche. Ich riß die schmerzenden Augen auf. Durch den Tränenschleier sah ich die

Küste ziemlich nah vor mir. Ich streckte mich und kraulte aus allen Kräften. Die Tränen trieben das Salzwasser aus den Augen, und ich konnte besser sehen.

Die Quittung erhielt ich prompt. Es krachte von der ›Flyer‹ her, und vor meiner Nase stiegen kleine Wasserfontänen hoch. Ich holte Luft, schloß die Augen, tauchte und schwamm unter Wasser weiter, solange ich es aushielt. Dann kam ich wieder hoch, aber mit mir, zwei Armlängen von mir entfernt, tauchte ein zweiter Mann auf. Creoly! Er trug eine Tauchbrille, aber kein Atemgerät. Er mußte, als wir uns mit den Booten herumschlugen, einfach über Bord gesprungen sein. Er hatte meine Brille abgerissen und mir die Schramme am Oberarm versetzt.

Jetzt warf er die Arme hoch, schnellte aus dem Wasser und schleuderte sich nach vorn. Ich sah das große Haimesser in seiner Faust.

Ich rollte mich auf den Rücken und riß die Beine aus dem Wasser. Ich traf ihn ins Gesicht, aber es tat ihm nicht sonderlich weh. Wie ein Blitzstrahl fuhr mir das Haimesser in den Oberschenkel.

Ich vollendete die Rückwärtsbewegung in einer Rolle nach unten, kam in seinem Rücken wieder hoch, drehte mich in der Hüfte und warf mich mit einer wilden Anstrengung über ihn, die Arme weit vorgeschleudert.

Er war bereits dabei, nach unten wegzutauchen. Ich streifte nur noch seine Unterschenkel, packte mit der einen Hand zu und hielt fest. Er drehte sich, um zustechen zu können, aber ich drehte mich mit.

Zwei heftige Stöße mit den Beinen brachten mich höher. Er drehte sich wieder, aber ich blieb ihm im Nacken wie ein Polyp, der sich festgesaugt hat.

Er mußte hoch, um Luft zu schnappen. Wir tauchten gleichzeitig auf, aber ich schoß mit erhobener Linken aus dem Wasser. Meine Faust zertrümmerte ihm die Brille. Er schrie auf.

Ich schlang meinen Unterarm um seinen Hals, und dann,

die eigenen Lungen wieder voll Luft, zog ich ihn hinab. Ich ließ mein Messer fallen, packte seinen Arm und drehte ihn langsam nach hinten. Er stieß den Rest Luft, den er noch in den Lungen hatte, in einem langen Ächzen aus, schlug im Atemkrampf wild um sich und wurde plötzlich schlaff und bewegungslos.

Ich faßte ihn unter den Armen und trug ihn mit nach oben, ich mochte ihn nicht mehr loslassen, denn wahrscheinlich ertrank er, bevor seine Leute bei ihm waren. Außerdem schoß mir der Gedanke durch den Kopf, daß Flybert ohne ihn wahrscheinlich ziemlich hilflos war.

Als ich an der Oberfläche war, hielt ich seinen Kopf hoch und schwamm nur mit den Beinen. Ich konnte die ›Flyer‹ sehen. Die Mannschaft stand an der Reling. Sie hatten ein weiteres Boot zu Wasser gelassen, in dem Flybert aufrecht stand, das Gewehr an der Wange; aber jetzt konnte er nicht mehr schießen. Kein Kunstschütze hätte bei der immer etwas bewegten See mit Sicherheit voraussagen können, ob er meinen oder Creolys Kopf treffen würde.

Phil hatte gemerkt, daß etwas los war. Er tauchte auf und half mir; dann waren wir auch schon zwischen den Klippenbrüchen und damit der Sicht der Leute von der ›Flyer‹ entzogen.

Gemeinsam schleiften wir Creoly ins Trockene.

»Ist ihm etwas passiert?« fragte Phil.

»Ich hoffe nicht. Hilf mir, ihn nach oben zu tragen!«

Phil bemerkte die Wunde an meinen Oberschenkel, die heftig blutete, lud sich den Taucher selber auf die Schulter und stapfte die Klippen hinauf. Ich drückte probeweise ein wenig an meinem Bein. Es tat zwar weh, aber ich konnte es bewegen. Ernsthaftes schien ich nicht abbekommen zu haben. Die Wunde am Arm war ohnedies nur eine Schramme.

Ich folgte Phil nach oben. Er hatte den Taucher ausgestreckt und pumpte an ihm herum. Ich untersuchte Creolys Augen. Sie waren okay. Er hatte nur ein paar Splitter von der

Brille in den Lidern, die ich ihm sorgfältig herauspflückte.

Phil beugte und streckte die Arme des Mannes, um ihn wieder zum Atmen zu veranlassen. Er warf einen Blick auf mein Bein und fragte: »Wie geht's dir?«

»Alles in Ordnung. Nur Schrammen und eine Fleischwunde. Wenn Rago kommt, kann er mir Verbandszeug besorgen.«

Creoly rührte sich, tat mehrere seufzende Atemzüge, erbrach eine Menge Seewasser und wurde wieder ohnmächtig.

Phil pumpte seelenruhig weiter.

»War 'ne ziemlich verlustreiche Schlacht für uns«, meinte er dabei. »Deine Luftflaschen dürften leer sein, und die, die ich benutzt habe, ist auch hinüber. Bleibt nur noch eine, die intakt ist, und ein Anbruch.«

»Ich glaube, es hat sich dennoch gelohnt«, antwortete ich. »Wir haben Creoly. Er ist der einzige von der Bande, der etwas von der Unterwasserarbeit versteht. Flybert wird auf ihn nicht verzichten können. Er muß ihn holen.«

»Findest du, daß das ein Vorteil ist? Sie haben alle Waffen, die sie brauchen, und wir haben nur ein Messer und ein Preßluftgewehr.«

Ich kramte in der Zigarettenschachtel, in der ich noch eine halbe Zigarette fand.

»Ich nehme nicht an, daß Flybert auf mich zu schießen wagt, wenn ich Creoly in den Händen habe«, sagte ich und sog den Rauch des ersten Zuges tief ein. »Wenn er mit uns verhandeln will, dann können wir es so lange hinziehen, bis der Postdampfer kommt. Wir haben nur noch fünf Tage.«

Es raschelte im Gebüsch. Phil sprang auf, während ich mich zu Creoly hinüberrollte.

Es war Rago. Er war, wie er uns atemlos berichtete, mit seinem Vater an der Westküste zum Fischen gewesen. Sie hatten die Schüsse gehört, und er hatte darauf gedrungen, daß er an Land schwimmen durfte. Der Dauerlauf durchs Innere der Insel hatte ihn reichlich ausgelaugt.

Mit kundigen Fingern untersuchte er meine Wunde, verschwand im Busch, kehrte mit einem Büschel Kräuter zurück, die er zu einem Kissen preßte und auflegte. Es brannte ein wenig, als wäre Jod hineingeträufelt worden. Ich wußte, daß die Eingeborenen einiges von der Wundbehandlung verstanden, und ließ ihn gewähren, obwohl mir ein ordentlicher Arzt lieber gewesen wäre.

Unterdessen war Creoly zu sich gekommen. Er brauchte eine Viertelstunde, bis er kapierte, was mit ihm geschehen war. Dann war er so erschüttert, daß er nicht einmal fluchte, sondern sich nur stumm aufs Gesicht drehte. Wir fanden noch Reste vom Nylonseil bei unseren Sachen, schnürten ihm Hände und Füße zusammen und legten ihn in den Schatten. Er sprach kein Wort. Wahrscheinlich war ihm von dem geschluckten Seewasser noch schlecht.

Rago lief ins Dorf zurück, um Essen für uns zu besorgen. Wir bezogen wieder unseren Beobachtungsposten und sahen uns die Ereignisse auf der ›Flyer‹ an. Wir rechneten damit, daß sie versuchen würden, uns in den Klippen aufzustöbern. Aber sie schienen zunächst völlig geschlagen zu sein. Ein Boot ruderte vor der Küste herum und sammelte die beiden Boote ein, die die Patrouillenfahrten ausgeführt hatten.

Flybert selbst konnten wir in tiefem Brüten unter einem Sonnensegel sitzen sehen, und der Kapitän Bread ließ seine schlechte Laune an seinen Leuten aus.

An diesem Bild änderte sich nichts bis zum Sonnenuntergang. Inzwischen war Rago zurückgekehrt, leistete uns Gesellschaft, während wir uns stärkten, und erzählte, daß die Geschichte von der Unter- und Überwasserschlacht bereits auf der Insel bekannt sei und selbst Single-Pag sich ernsthaft Gedanken mache, ob er nicht doch aufs falsche Pferd gesetzt habe.

Als es dunkel wurde, haute ich mich in die Hängematte. Wir hatten beschlossen, daß einer von uns Wache halten sollte, solange er konnte; dann sollte er sich von dem anderen ablösen lassen.

Ich mochte vielleicht vier Stunden geschlafen haben, als Phil mich weckte.

»Irgend etwas tut sich. Ich glaube, sie bemannen die Barkasse«, berichtete er.

Wir gingen zum Klippenrand. Die sternhelle Nacht zeigte uns zur Genüge, daß Bewegung auf der ›Flyer‹ war. Schließlich brummte ein Motor auf. Wir sahen, wie der schmale Schatten der Barkasse sich von der Flanke der ›Flyer‹ löste. Die weiße Bugwelle des Bootes beschrieb einen weiten Bogen auf dem dunklen Meer.

»Jetzt kommen sie.« Phil flüsterte unwillkürlich. Aber die Barkasse drehte ab, um das Kap in Richtung auf den Hafen zu, und verschwand hinter der vorspringenden Klippenzunge.

»Keine Gefahr«, sagte ich und stand auf. »Flybert fährt zum Hafen oder zu Panhacker, um seinen Kummer zu ersäufen. Vielleicht auch zu Single-Pag, um sich mit ihm zu beraten, wo er uns finden kann.«

Phil behauptete, noch nicht müde zu sein, und so legte ich mich wieder in die Hängematte, nachdem ich vorher nach unserem Gefangenen gesehen hatte. Creoly hatte noch kein Wort geäußert, und ich spürte auch nicht viel Lust, freundliche Worte mit einem Mann zu wechseln, der mit einem Messer auf mich losgegangen war.

Der Freund weckte mich erst lange nach Mitternacht. Ich bezog den Ausguckposten auf der Klippenspitze und träumte unter anderem davon, wie es wohl sein werde, wenn ich wieder im Besitze eines vollen Päckchens Zigaretten sei.

Einmal glaubte ich ganz entfernt Lärm in meinem Rücken, also im Inneren der Insel, zu hören; aber der Wind wehte wie fast immer von der See her, und die Geräusche waren so verweht und gering, daß es auch eine Sinnestäuschung sein konnte.

Kurz vor Morgengrauen kam die Barkasse zurück. Ich wartete, ob sie etwas unternehmen würden, bevor ich Phil weckte; aber das Motorboot legte sich an die Flanke der ›Flyer‹. Ich hörte noch Fußgetrappel auf den Decksplanken, Rufen und halblautes Fluchen. Dann wurde es auch an Deck der ›Flyer‹ still.

Die Sonne fand mich eingeschlafen, lang auf die Klippen gestreckt, ein Vergehen, das bei den Soldaten nicht unter drei Tagen verschärften Arrests und bei den Wildwest-Leuten zur Zeit von Amerikas Besiedelung nicht selten mit einer von Indianern durchschnittenen Kehle bestraft wurde. Na, ich war noch lebendig!

Ich weckte Phil. Creoly hatte die Augen auf. Er wünschte uns zwar keinen guten Morgen, bat aber um Wasser. Ich tränkte ihn aus dem Ziegenlederbeutel, den Rago uns gebracht hatte.

Auf der ›Flyer‹ wurde es lebendig. Bread erschien, räkelte sich und rieb sich den Stoppelbart. Dann kam Flybert mit seinem Panamahut. Er gab ein paar Befehle, wie es schien, denn vier Matrosen mit Gewehren sprangen in die Barkasse. Kurz darauf erschienen zwei weitere Matrosen an Deck, die ein kleines, braunes, zusammengeschnürtes Bündel trugen.

Ich bemühte mich, schärfer zu sehen. Dann brüllte ich: »Phil!« Er war mit zwei Sprüngen bei mir.

»Da, sieh!« sagte ich und strengte mich an, meine Stimme in der Gewalt zu behalten. »Sie haben sich Rago geholt!«

Er schwieg zunächst. »Was soll das?« fragte er. Aber ich hörte schon an dem Tonfall, daß er schon eine Ahnung hatte, was nun folgen würde. Phil und ich sind alte Gangsterjäger, und doch erleben wir es immer wieder, daß wir fassungslos vor der Brutalität eines Verbrechers stehen, die wir einfach nicht für möglich gehalten hätten. Auch Flybert war ein Verbrecher, trotz seiner Yacht und dem Gehabe eines Gentleman. Und wie ein echter Gangster scheute er vor nichts zurück, um sein Ziel zu erreichen, nicht einmal vor dem Leben eines Kindes.

Sie gingen grob mit dem Eingeborenenjungen um. Zusammengeschnürt wie er war, warfen sie ihn in die Barkasse. Flybert und Bread sprangen hinterher; dann legte das Boot ab und steuerte die Küste an. Wir sahen sie näher kommen, und schließlich glitt die Barkasse unmittelbar unter uns vorbei.

Sie stoppten die Maschine. Flybert richtete sich auf. Er hatte ein Sprachrohr bei sich, setzte es an den Mund und rief: »Hallo, G-men! Wir wissen, daß ihr dort steckt. Wir haben für euch Besuch mitgebracht!«

Es hatte keinen Zweck, nicht auf seine Forderungen einzugehen. Ich richtete mich auf, trat an den Rand der Klippe, legte die Hände an den Mund und brüllte hinunter: »Hallo, du Schwein, ich sehe, du bist noch viel dreckiger, als ich angenommen hatte!«

Sie waren nahe genug, daß ich sehen konnte, wie er krebsrot im Gesicht wurde. Aber er bezwang sich, so gut er es vermochte.

»Mit dir rechne ich bei passender Gelegenheit ab!« schrie er hinauf. »Jetzt habe ich ein anderes Geschäft mit dir vor. Gib Creoly heraus!«

Ich antwortete nicht.

»Du siehst, wir haben deinen kleinen braunen Freund kassiert!« rief er weiter. »Ich garantiere, wir machen Fischfutter aus ihm, wenn du Creoly nicht herausrückst!«

»Ich glaube, damit hast du dir trotz deiner Dollarscheine die Sympathien der Insel-Bewohner verscherzt, Flybert!« rief ich hinunter. »Das war leichtsinnig.«

»Ich spucke darauf!« brüllte er. »Dem idiotischen Single-Pag habe ich seinen Revolver abgenommen. Ich bin der Herr der Insel.« Er lachte häßlich. »John der Erste, König von Panafarut, und ich werde diesen kleinen Verräter zum Tode verurteilen, wenn du nicht parierst, G-man.«

Ich antwortete nicht gleich. Flybert setzte das Sprachrohr ab und gab einen Befehl, den ich nicht verstand. Einer der Matrosen zerrte den gefesselten Rago hoch. Der Kerl hatte eine neunschwänzige Katze in der Hand und schlug, ehe ich rufen konnte, auf den Jungen ein.

Mir schoß das Blut in die Stirn. Ich platzte schier vor Zorn über meine Ohnmacht.

»Stopp!« brüllte ich hinunter. »In Ordnung, du kannst deinen Creoly haben. Aber wenn du den Jungen noch einmal schlagen läßt, werfe ich deinen Gangster über den Klippenrand und komme selbst nach, um dir den Hals umzudrehen!«

Ihn schien schon die Vorstellung zu erschrecken. Er riß dem Matrosen die Peitsche aus der Hand.

»Warte!« rief ich. »Ich komme.«

Ich ging zu Creoly, schnitt ihm die Fußfessel durch, packte ihn unter den Armen und half ihm hoch. Er mußte vor mir her abwärts zu den Klippenabbrüchen klettern. Es war nicht leicht für ihn mit den Händen auf dem Rücken, aber ich empfand kein besonderes Mitleid.

Wir wateten ins Wasser. Dann mußten wir zwischen den Abbrüchen hindurchschwimmen. Ich hatte die einzige Waffe mitgenommen, die wir außer den Messern besaßen: das Preßluftgewehr, im Vergleich zu Flyberts Gewehren ein Kinderspielzeug.

Wir schwammen um eine weitere Klippe, dann lag die Barkasse in einer Entfernung von weniger als hundert Yard vor uns. Sie hatten uns noch nicht bemerkt, sondern starrten weiter zur Klippenkuppe hinauf. Als ich sie anrief, fuhr die ganze Bande zusammen. Einen Augenblick lang glaubte ich, sie würden in ihrer Panik anfangen zu schießen.

»Los, schickt den Jungen her!« rief ich.

»Wo ist Creoly?« schrie Flybert zurück.

Der Taucher, der mir mit seinen gebundenen Händen nicht so schnell hatte folgen können, erschien eben neben mir auf der Bildfläche.

»Okay«, knurrte Flybert zufrieden. »Laß ihn schwimmen.«

»Erst den Jungen!«

Ich sah Flybert häßlich grinsen. »Fifty-fifty!« rief er.

Ich erklärte mich einverstanden. Während ich mir Creoly

vorknöpfte, ihm die Fessel durchschnitt und ihm sagte, er möge sich zum Teufel scheren, hatten sie drüben auf der Barkasse auch Rago von seiner Fesselung befreit und ihn kurzerhand über Bord geworfen. Er schwamm eifrig auf mich zu. Creoly und er begegneten sich auf halber Strecke in einem Abstand von ein paar Yard. In diesem Augenblick ließ Flybert das Sprachrohr fallen, nahm einem der Matrosen das Gewehr aus der Hand und legte auf den Jungen an.

»Kopf runter!« schrie ich. Rago verstand instinktsicher und tauchte weg wie ein Delphin. Flybert korrigierte wütend seine Zielrichtung, drückte ab, und seine Kugel schrammte einen hellen Streifen auf den schwarzen Klippenfels. Ich mußte ebenfalls unter die Oberfläche, schwamm drei, vier Stöße, tauchte aber sofort wieder auf, um diesen Gangster von Rago abzulenken. Er antwortete mit zwei Kugeln, und ich hatte einiges Glück, daß ich sie mir nicht einfing.

Ich sah Ragos Kopf kurz vor den Abbrüchen aufzucken und sofort wieder verschwinden und wußte, daß er in wenigen Sekunden in Sicherheit sein würde. Bei Flyberts viertem Schuß schwamm ich bereits unter Wasser auf die Klippe zu und tauchte erst im Schutze ihrer Deckung, ziemlich gleichzeitig mit Rago, wieder auf. Der Boy zitterte an allen Gliedern, und sein sonst so unerschütterliches, fröhliches Grinsen war wie ausgelöscht.

Ich klatschte ihm die Hand auf die nackte, nasse Schulter, schwamm neben ihm. Wir hatten keine Eile. In die Abbrüche konnte uns die Barkasse ja nicht folgen.

Das letzte Stück mußte ich Rago tragen. Der Junge war völlig erschöpft. Phil kam uns auf halbem Wege entgegen.

Eigentlich hatte ich damit gerechnet, daß Flybert jetzt landen würde, um uns zu finden und zu erledigen; aber von der Klippenkuppe aus sahen wir, daß die Barkasse zur ›Flyer‹ zurückgekehrt war. Eine halbe Stunde später ließen sich am Verbindungsseil zwei Männer in Tauchhauben ins Wasser. An Bord stand Creoly und beaufsichtige die Arbeiten.

Phil und ich hockten auf der Klippe und sahen zu. Rago

lag hinter uns, war eingeschlafen und atmete tief und regelmäßig.

Phil stieß mit dem Fuß nach dem Atemgerät. »Wir können nichts mehr verhindern«, sagte er traurig. »Alles in allem haben wir vielleicht noch für eine Stunde Luft. Das reicht nicht, um die Arbeiten noch einmal zu stören.«

»In ein paar Tagen kommt der Postdampfer«, antwortete ich. »Ich glaube nicht, daß sie die Diamanten früher gefischt haben werden. Flybert hat seinen Raub noch nicht in Sicherheit.«

Bei Beginn der Dämmerung brachten wir Rago ins Dorf. Stumm und scheu scharten sich die Eingeboren um uns. In der Hütte lag Ragos Vater mit einer schweren Schädelverletzung. Einer von Flyberts Leuten hatte ihn mit dem Gewehrkolben niedergeschlagen, als er sich der Entführung des Jungen widersetzte.

Wir erfuhren, was sich in der vergangenen Nacht zugetragen hatte: Flybert war unten am Hafen gewesen und hatte Single-Pag beauftragt, Rago zu holen. Der Polizist, der sich zwar gegen uns Landfremde hatte bestechen lassen, wich aus. Er wußte, wenn er gegen die Eingeborenen vorging, würden sie sich eines Tages, vielleicht Jahre später, an ihm rächen.

Flybert persönlich schlug ihn schließlich, als er sich immer noch weigerte, kurzerhand nieder, nahm ihm den Revolver ab. Er entwaffnete auch Horben, den Hafenkommandanten, und bedrohte jeden, der sich ihm entgegenstellen wollte, mit der Waffe. Er machte sich einfach zum Herrn von Panafarut. Dann brach er mit seinen Leuten in das Eingeborenendorf ein und holte Rago. Den Rest der Ereignisse kannten wir aus eigener Anschauung.

Wir unternahmen einen schwachen Versuch, die Eingeborenen zu aktiver Mitarbeit zu bewegen, gaben es aber rasch wieder auf, als wir sahen, daß sie sich vor den Gewehren der Flybert-Bande fürchteten. Schließlich, was hätten wir auch von einem offenen Angriff gegen die ›Flyer‹ zu erwarten gehabt. Es stand außer Zweifel, daß Flybert sich nicht eine Sekunde lang gescheut hätte, rücksichtslos das Feuer zu eröffnen.

Wir kehrten noch in derselben Nacht auf unseren Beobachtungsposten zurück und blieben zwei weitere Tage auf der Klippe. Bittere Tage, an denen wir tatenlos zusehen mußten, wie die Gangster eifrig an dem Wrack der ›Patronia‹ arbeiteten.

Am Ende des zweiten Tages entstand Bewegung auf dem Schiffsdeck, und Jubel brandete auf. Der Taucher, diesmal war es Creoly selbst, kam nach oben. Alle Leute lachten. Flybert ließ eine Flasche Sekt bringen, öffnete sie, stieß mit Creoly und dem Kapitän Bread an.

»Tja«, sagte Phil neben mir, »es sieht so aus, als hätten sie den Schatz gefunden.«

»Ich hoffe, sie haben nur den ersten Teil der Arbeit beendet«, antwortete ich. »Wahrscheinlich sind sie bis zu dem Raum vorgedrungen, in dem die Tresore stehen. Mit ihrer großen Winde wäre es ihnen ein leichtes, die Tresore an Bord zu nehmen; aber sie können das Risiko nicht auf sich nehmen, ohne sie zu öffnen, denn es gibt keine Sicherheit dafür, daß sich die Diamanten tatsächlich in den Tresoren befinden.«

Wie blieben bis zur Dunkelheit an unserem Platz, und warteten geradezu ängstlich darauf, ob man auf der ›Flyer‹ Vorbereitungen zum Auslaufen treffen würde. Nichts geschah, außer, daß Flybert offenbar Rum hatte verteilen lassen; denn wir hörten bis lange nach Mitternacht das immer betrunkenere Grölen der Matrosen.

Am frühen Morgen lagen wir wieder auf unserem Beobachtungsposten. Wieder wurde getaucht, und dann schwenkte auch die große Winde am Heck ihren Arm aus, und ihre Ketten rasselten ins Wasser.

»Es ist so, wie ich vermutete«, sagte ich zu Phil. »Sie sind in den Tresorraum eingedrungen, brechen die Safes aus, holen sie herauf und werden sie an Bord öffnen.«

Den ersten Safe hatten sie bis Mittag oben, und diesmal

gab es keine Pause. Das angerostete Stahlgehäuse wurde mit der Winde in ein Ruderboot dirigiert. Die Barkasse nahm das Boot, das unter der Last tief im Wasser lag, in Schlepp. Einige fünfzig Yard von der ›Flyer‹ entfernt hantierte Creoly an dem Safe herum, sprang dann in die Barkasse hinüber, die sich sofort ein Stück entfernte.

Sekunden später rollte die Explosion übers Wasser. Im Boot zuckte die Stichflamme hoch und die Stahlstücke fetzten durch die Luft. Sie hatten die Tresortür gesprengt.

Die Barkasse kehrte sofort um und ging neben dem Boot längsseits. Creoly sprang hinüber, bückte sich, zerrte an der verbogenen Stahltür, hantierte mit einem Brecheisen. Dann richtete er sich plötzlich auf. Er hielt einen Beutel in der Hand, schwenkte ihn triumphierend, und wir sahen, wie er breit grinste. Auf der Barkasse und auf der ›Flyer‹ brach ein Jubel sondergleichen aus, ein allgemeines Hurra-Gebrüll und Cheers auf Flybert, der es geschafft hatte.

Phil knabberte vor Zorn an seinen Fingerknöcheln, und ich hätte Chreoly liebend gern den Beutel aus der Hand geschossen, wenn ich nur über ein Gewehr verfügt hätte. Dann aber sah ich, schon gar nicht mehr weit, die Silhouette eines kleinen Dampfers, der Panafarut ansteuerte.

Ich faßte Phils Arm. »Der Postdampfer!« stieß ich zwischen den Zähnen hervor.

Wir brachen sofort auf, um quer über die Insel zum Hafen zu gelangen. Wir überlegten uns, daß es das beste sei, den Kapitän zu bewegen, sofort wieder auszulaufen. Wir durften mit Sicherheit annehmen, daß er Waffen an Bord hatte, und wenn er uns nur einen Revolver herausrückte, würde Flybert das unangenehm zu spüren bekommen.

Der Weg quer über die Insel zum Hafen dauerte fast zwei Stunden. Als wir aus dem Busch traten und die ersten Hütten vor uns sahen, konnten wir auch in die Hafenbucht blicken. Von dem Postdampfer war noch nichts zu sehen; aber Flyberts Barkasse schaukelte höhnisch am Steg, und fünf seiner Matrosen lungerten davor.

Phil und ich sahen uns nur an. Wir blieben am Rand des Busches, um die Ereignisse abzuwarten.

Eine halbe Stunde später erschien der Bug des Postdampfers in der Einfahrt. Die Barkasse löste sich vom Steg und machte dem größeren Schiff Platz, das in einem sicheren Bogen anlegte. Wieder stand die Mauer der Neugierigen, vorn Flybert und vier Leute. Wir konnten nicht erkennen, ob sie Waffen bei sich führten; aber das war eigentlich selbstverständlich.

Ich blickte sehnsüchtig nach der Antenne am Funkmast des Dampfers. Wenn der Kapitän sich warnen ließ, und nur einen Funkspruch durchgab, bevor Flybert den Fuß an Bord des Schiffes setzen konnte, dann war alles gelaufen. Aber woher sollte der Kapitän vermuten, daß die Weißen dort in feindlicher Absicht standen? Wahrscheinlich freute er sich schon auf das Gespräch mit ihnen und einen guten Drink.

Wir kannten den Kapitän von unserer Hinfahrt. Er war ein alter holländischer Schipper, der seit vierzig Jahren in Ostasien herumkrebste und sich nicht mehr von der Gegend trennen konnte, in der er in einer Sturmnacht Frau und Kind verloren hatte.

Der Dampfer — er trug übrigens den Namen ›Wilhelmina‹ — hatte angelegt. Wir sahen, wie eine breite Gestalt behäbig von Bord wackelte: Kapitän Hockmanner persönlich. Flybert ging auf ihn zu. Der Kapitän streckte die Hand aus, aber Flybert nahm sie nicht. Wir konnten natürlich nicht hören, was er sagte, konnten auch nicht das Spiel der Mienen erkennen, sahen nur, wie Hockmanner langsam die Arme in die Höhe nahm.

Im Handumdrehen war die ›Wilhelmina‹ von Flybert und seinen Leuten besetzt. Die Mannschaft, acht Leute, wurde in eine Ecke getrieben. Ein Matrose erschien mit einem Beil und hieb den Funkmast um. Zwei andere brachten einige Gewehre und trugen sie zur Barkasse.

Flybert stand immer noch bei dem Kapitän und sprach auf ihn ein. Hockmanner antwortete offenbar nicht.

Der Überfall dauerte keine Stunde; dann rasselte der Anker der ›Wilhelmina‹ herunter, und Flybert bestieg die Barkasse, deren Motor aufbrummte. Sie verschwand durch die Einfahrt. Wenn wir richtig beobachtet hatten, waren zwei Mann als Wache zurückgeblieben.

Phil und ich zogen uns ein Stück in den Busch zurück.

»Ich fürchte, wir haben Flybert immer noch unterschätzt«, sagte ich. »Seitdem er sich mit Single-Pag und den anderen Chefs der Insel überworfen hat, mußte er natürlich damit rechnen, daß sie dem Kapitän des Postdampfers reinen Wein einschenkten. Du siehst, er macht in solchen Fällen kurzen Prozeß. Die Sendeanlage hat er zerstört. Fragt sich, ob der Dampfer noch auslaufen kann. Wir müssen Kapitän Hockmanner sprechen.«

»Nicht einfach, an ihn heranzukommen.«

»Unsinn, die Mischlinge brauchen wir nicht mehr zu fürchten. Sie stehen nicht mehr auf Flyberts Seite. Außerdem besitzt selbst der Polizist nicht mehr eine Waffe. Aufpassen müssen wir nur, daß Flyberts Wachen auf der ›Wilhemina‹ nichts von uns merken.«

Wir machten uns wieder auf den Weg zum Hafen, entschlossen, uns nötigenfalls durch die Häuser zu schleichen. Aber wir hatten Glück und sahen, wie Hockmanner sich zu Panhackers Hotel begab. Offenbar spürte er das Verlangen, seine Wut herunterzuspülen. Flyberts Leute konnten wir an der Reling der ›Wilhemina‹ herumlungern sehen.

Wir liefen am Buschrand entlang, bis Panhackers Haus unter uns lag, erreichten die Rückseite, schlichen um den Bau und drückten dreist und gottesfürchtig die Tür zum Hauptraum auf.

Es waren nicht viele Leute dort versammelt, aber die Honoratioren der Insel waren ziemlich vollständig vertreten. Es fehlte weder Single-Pag, der Polizist, noch Horben, der Hafenchef, noch Wang Cho, der Fischhändler.

Unser Eintritt hatte ungefähr die Wirkung eines Blitzschlages. Die Herren sausten von ihren Stühlen hoch, mit

Ausnahme von Mr. Panhacker, der seinerseits hinter seiner Theke verschwand. Einzig Hockmanner drehte langsam seinen schweren Kopf zu uns; dann allerdings schoben sich auch seine buschigen Brauen erstaunt hoch.

Kein Wunder, denn wir boten einen Anblick, als habe uns ein Hollywooder Maskenbildner für eine Schiffbruchszene hergerichtet. Die weißen Strandschuhe hatten inzwischen jede Farbe angenommen. Unsere Körper waren nicht nur braun, sondern von der ständigen Sonneneinwirkung stellenweise verbrannt. Phils blonde Haare waren fast weiß gebleicht von Sonne und Salzwasser. Außerdem stoppelten sich uns beiden wunderschöne Zehntagebärte ums Kinn. Einen Haarschneider hätten wir auch dringend nötig gehabt.

Hockmanner erkannte uns nicht auf den ersten Blick. Erst als wir näher traten, sagte er: »Ach, die beiden Amerikaner.«

»Hallo, Käptn«, grüßte ich, »nett, Sie wiederzusehen. Wir haben einiges zu besprechen, aber zuvor muß ich den Gentlemen dort ins Gewissen reden.«

Phil blieb in der Nähe der Tür, um eventuelle Ausbruchsversuche zu verhindern, während ich zu Single-Pag und den anderen trat.

»Ich denke, Sie haben eingesehen, daß Sie aufs falsche Pferd setzten«, sagte ich. »Wahrscheinlich wären Sie jetzt zur Arbeit mit uns bereit, aber wir pfeifen darauf. Leute, die von einem Dollarschein geblendet werden, taugen nichts. Setzen Sie sich zusammen an einen Tisch und verhalten Sie sich ruhig. Wenn Sie versuchen, etwas zu unternehmen, holt Sie der Teufel!«

Sie sanken auf die Stühle wie gescholtene Schulknaben. Hockmanner stand plötzlich neben mir und schrie: »Ich werde euch in Ketten legen lassen! Ihr scheint eine Menge auf dem Kerbholz zu haben, und wir werden eines Tages abrechnen.« Er fügte einiges Holländisches hinzu, das ich nicht verstand, was sich aber nach Seemannsflüchen anhörte.

Ich ging zur Theke und beugte mich darüber. Panhacker kauerte am Boden und klapperte mit den Zähnen.

»Kommen Sie hoch, Mr. Hotelier«, forderte ich ihn auf. »Bringen Sie uns einige Gläser und eine gute Flasche Whisky, dann trollen Sie sich zu Ihren Kumpanen und rühren sich nicht mehr vom Fleck.«

Er gehorchte zitternd, brachte Flasche und Gläser an Hockmanners Tisch und schlurfte zu seinen Genossen. Der alte Kapitän goß ein, trank aus, setzte das Glas krachend nieder und sagte: »Jetzt erzählen Sie mal, was hier wirklich los ist. Die Halunken dort haben mich ja doch nur von vorn bis hinten belogen.«

Wir berichteten in wenigen Sätzen den Ablauf der Ereignisse auf Panafarut seit Flyberts Erscheinen und knüpften gleich die Folgerung daran, daß die Behörden auf Labian benachrichtigt werden müßten, bevor die Bande die ›Patronia‹-Diamanten restlos geborgen hatte und die ›Flyer‹ auslief.

Hockmanner nickte.

»Jetzt verstehe ich erst richtig, was mir passiert ist, als ich mit der ›Wilhelmina‹ einlief. Der Bursche hat sofort meine Funkanlage unbrauchbar gemacht und mir verboten, ohne seine Genehmigung auszulaufen. Außerdem hat er mich entwaffnet.

»Haben sie nur ihren Funkmast umgelegt, Käptn?« fragte ich mit schwacher Hoffnung.

»Nein, sie haben die ganze Anlage mit dem Gewehrkolben in einen Haufen Draht und Blech verwandelt.«

»Schade, dann müssen wir eben versuchen, mit Gewalt auszubrechen. Ihre Maschinenanlage ist noch in Ordnung?«

»Ja, nicht einmal die Feuer unter den Kesseln brauchte ich zu löschen. Flybert hat mir versprochen, daß ich morgen oder übermorgen auslaufen dürfe.«

»Das war ein Trick, um Sie nicht zu heftigerem Widerstand zu reizen. Er wird sich die Möglichkeit, einen entscheidenden Vorsprung zu gewinnen, nicht entgehen lassen. Ich garantiere, bevor er selbst in See sticht, erscheint er noch einmal und legt Ihnen eine Dynamitpatrone in die Maschinenanlage der ›Wilhelmina‹!«

Hockmanner fiel in seine Muttersprache zurück. Es war das gleiche, was er vorhin geäußert hatte, nur ausführlicher.

Ich schenkte ihm neuen Whisky zur Beruhigung ein.

»Also Ausbruch«, nahm ich das Gespräch wieder auf. »Auf schnellstem Wege Labian angedampft und die indonesische Polizei benachrichtigt.«

»Er hat mir zwei Wachen an Bord gestellt, die mich über den Haufen schießen, wenn ich den Anker heben lasse.«

»Die besorgen wir«, antworteten Phil und ich wie aus einem Mund.

Hockmanner schüttelte immer noch den Kopf.

»Halten Sie mich nicht für feige«, antwortete er, »aber es geht nicht. Die ›Wilhelmina‹ bringt es mit Ach und Krach und nur, wenn ich die Kessel bis über den roten Strich heizen lasse, auf acht Meilen. Die Yacht von Flybert läuft nach meiner Schätzung mehr als das Doppelte, vielleicht sogar das Dreifache. Selbst wenn uns der unbemerkte Ausbruch gelingt, glauben Sie nicht, daß einer von den Burschen dort...«, er zeigte mit dem Daumen auf den Tisch der Mischlinge, »...schleunigst zu dem Gangster rennt, in der Hoffnung, daß ihm seine Nachricht in Dollar aufgewogen wird? Selbst wenn ich drei Stunden Vorsprung habe, die ›Flyer‹ holt mich im Handumdrehen ein. Und Flybert wird keinen Augenblick zögern, das Schiff zu sprengen oder uns alle über Bord zu werfen. Ich trage die Verantwortung für meine Leute und darf sie nicht gefährden. Ich bin schließlich kein Polizist.«

Er hatte recht. Wir schwiegen eine Weile.

Plötzlich schlug der Kapitän die Faust auf den Tisch.

»Natürlich möchte ich dem Verbrecher die Suppe versalzen«, meinte er, »und täte es, wenn ich nur eine kleine Garantie hätte, daß die ›Wilhelmina‹ durchkäme.«

Ich überlegte einen Augenblick, dann sagte ich langsam: »Ich glaube, ich kann Ihnen diese Garantie bieten, Käptn.«

Er sah mich fragend an.

»Ich werde versuchen, zu verhindern, daß die ›Flyer‹

Ihnen folgen kann. Wie legt man ein Schiff vom Typ der ›Flyer‹ am besten und einfachsten lahm?«

»Sie wollen an Bord gehen, um die Maschinenanlage zu zerstören?« vergewisserte er sich. »Wenn man Sie dabei erwischt, sind Sie in zehn Sekunden ein toter Mann.«

»Wenn Flybert uns irgendwo erwischt, leben wir auch nicht mehr lange. Allerdings, an Bord seines Schiffes wird er uns am wenigsten vermuten.«

Der Kapitän lehnte sich zurück und brüllte: »Panhacker, Papier und Bleistift!«

Der Wirt latschte hinter die Theke, suchte das Gewünschte und legte es demütig auf den Tisch.

Hockmanner zeichnete mit groben Strichen das Prinzip einer Dieselanlage für Motorschiffe.

»Wenn es Ihnen gelingt, dieses Rohr zu zerstören, haben Sie den Kahn für mindestens sechs Stunden lahmgelegt. Es ist die Kraftstoffzuleitung, die erst ausgebaut werden muß, um geschweißt zu werden. Wahrscheinlich hat die Yacht eine automatische Lecksicherung eingebaut, sonst könnten Sie bei Zerstörung der Leitung auch den Treibstofftank leerlaufen lassen. Können Sie außerdem noch dieses Ventil zerstören, so haben Sie die Verbindung zwischen Kraftmaschine und elektrischer Anlage zerstört, und es brennen nur noch einige klägliche Notlampen. Alles in allem sind vielleicht zehn Stunden Vorsprung für uns herauszuholen. Dann dürfte es Flybert nicht mehr ratsam erscheinen, eine Jagd aufzunehmen, denn er muß damit rechnen, daß wir mit einem völlig anderen Kurs als dem direkten auf Labian zulaufen.«

»Okay«, sagte ich und nahm den Zettel mit der Zeichnung an mich. »Wir sind uns also einig. Bleiben die Einzelheiten zu besprechen.«

Er warf mir einen lebhaften Blick aus seinen blauen Augen zu, die sehr jung unter den weißen Brauen hervorstachen.

»Ich mache mit«, knurrte er, »aber denken Sie daran, daß ich Ihnen damit das Leben meiner Leute anvertraue. Wenn

Sie nicht für einen ausreichenden Vorsprung der ›Wilhelmina‹ sorgen, müssen wir alle daran glauben.«

Wir gingen ins Detail, und es war rasch beschlossene Tatsache, daß die Aktion noch heute nacht stattfinden sollte. Phil sollte mit der ›Wilhelmina‹ die Insel verlassen. Ich hielt es für unbedingt notwendig, daß er selber den Einsatz der indonesischen Polizei organisierte; denn Flybert würde spätestens morgen abend mit der Bergung der restlichen Tresors fertig werden, und wenn er feststellte, daß ihm die ›Wilhelmina‹ durch die Lappen gegangen war, würde er wahrscheinlich sofort die Anker lichten. Es kam auch bei der Alarmierung der Behörden auf die Minute an, und sosehr Phil sich wehrte, mich allein zu lassen, so sah er es doch schließlich ein.

Für die Überrumplung der Wache dachten wir uns einen besonderen Plan aus, aufgrund dessen Panhacker uns zunächst einmal seinen Rasierapparat leihen mußte. Wir schabten uns die Bärte aus dem Gesicht und stöberten dann in seinem Kleiderschrank. Wir fanden nicht viel anderes als die landesüblichen Leinenhosen und -jacken und suchten uns die passenden Stücke aus. Außerdem liehen wir uns ohne seine Zustimmung zwei große Basthüte. Phil paßten die Kleider des Wirtes wenigstens einigermaßen, während ich darin wie in dem Anzug meines jüngeren Bruders wirkte.

Panhacker, Wang-Cho, Single-Pag, Horben und die übrigen Hausbewohner sperrten wir in den Keller und verrammelten die Tür so gut, daß sie mindestens einige Stunden brauchen würden, um sich zu befreien.

Es war inzwischen längst dunkel geworden, und nachdem Phil und ich uns ausstaffiert hatten, zögerten wir nicht mehr mit der Ausführung unserer Absichten.

Frei und offen, den Kapitän in der Mitte, gingen wir zum Hafen hinunter, und als wir in Sichtweite der ›Wilhelmina‹ kamen, hakten wir uns ein, begannen zu schaukeln und ein lautes und fröhliches Lied zu singen. So, in der Haltung von zwei Seebären, die des Guten schon zuviel getan haben, wackelten wir auf das Schiff zu.

Wir ließen uns Zeit, alle Zeit, die wir gar nicht hatten. Am Steg angelangt, begannen wir eine lange und betrunkene Debatte, wer vorgehen und wer den anderen festhalten solle, damit niemand von uns ins Wasser falle.

Es war dunkel genug, daß wir nicht zu befürchten brauchten, erkannt zu werden; aber nicht so dunkel, daß ich nicht die Gestalt der Flybertschen Wache an der Reling sah.

Der Mann fand unser Schwanken komisch und begann zu lachen. Ganz offensichtlich hielt er uns für zwei Matrosen der ›Wilhelmina‹, die mit ihrem Kapitän gewaltig einen gehoben hatten. Er rief uns einige Bemerkungen zu, und Hockmanner quittierte sie mit schwerer Zunge.

Schließlich einigten wir uns über die Reihenfolge, in der wir den Steg benutzen wollten. Phil ging voran, dann der Kapitän, danach ich. So schwankten wir auf das Schiff.

Als ich an dem Posten vorbeitorkelte, sagte er: »Dir scheint es vorzüglich geschmeckt zu haben, Freund. Hättest mir wahrhaftig einen Schluck mitbringen können.«

»Habe ich doch«, brummte ich, drehte mich aus der Hüfte und knallte ihm aus dem Schwung heraus beide Fäuste ins Gesicht. Er kippte nach hinten über die Reling und wäre ins Wasser gefallen, wenn ich ihn nicht blitzschnell an den Beinen gefaßt hätte. Phil war sofort bei mir, half mir, ihn wieder hochzuziehen, und entwaffnete ihn in Sekundenschnelle.

Ich sage Ihnen, es war vielleicht ein Gefühl, endlich wieder eine Waffe in der Hand zu haben! Ich kam mir vor wie ein Mann, der nackt herumgelaufen ist und endlich einen Anzug findet.

Unser Freund war noch reichlich groggy. Er schüttelte immer wieder den Kopf, um klarzukommen. Phil zischte ihm einige Prophezeiungen zu, was alles geschähe, wenn er nicht mäuschenstill sei.

Wir waren noch mit ihm beschäftigt, als wir Schritte hörten. Es war der zweite Mann, der von der Backbordseite her heranschlenderte. Er sah uns drei, stutzte und fragte mit seiner rauhen Seemannsstimme: »Was ist los?«

Wir huschten auseinander wie die Sperlinge. Selbst der alte Hockmanner machte das sehr schön, und Phil fand noch Zeit, den überwältigten Matrosen am Kragen mitzuschleifen.

»He!« rief der zweite Mann und trat in den Schatten der Aufbauten zurück. Ich hatte mir eine Deckung hinter einem der Rettungsboote gesucht.

Der Wächter rief nach seinem Kameraden: »Tommy, wo bist du? Ist etwas passiert?«

Ich hörte schon die Angst in der Stimme. Flyberts Leute mochten verkommene Burschen sein, aber sie waren doch in erster Linie Seeleute, und ich traute ihnen nicht zu, daß sie solche Virtuosen mit ihren Kanonen waren, wie das New Yorker Gangster zu sein pflegen. Ich beschloß, ihn moralisch fertigzumachen, obwohl er wahrscheinlich sein Schießeisen schon entsichert in der Hand hielt.

»Hör zu, du Gangster!« rief ich ihn an. »Deinen lieben Tommy haben wir kassiert, und wenn du willst, können wir beide jetzt ein kleines Feuerwerk veranstalten, denn die Pistole des lieben Tommy habe ich mir auszuleihen erlaubt. Ich weiß nicht, wie viele Preise du schon beim Schießen auf dem Rummelplatz gewonnen hast, aber vielleicht hast du inzwischen von deinem Boß Flybert vernommen, daß ich zu den New Yorker G-men gehöre. Ich kann dir versichern, die Aufnahmebedingungen sind in New York so schwer wie nirgendwo anders. Wenn man nicht auf fünfzig Schritt einem Mann den Manschettenknopf vom Ärmel schießen kann, braucht man es gar nicht erst zu versuchen. Und in der Ausbildung wird diese schöne Kunst so verfeinert, daß man einem Mann den Schnurrbart unter der Nase wegputzt, ohne ihm die Haut zu ritzen. Du trägst keinen Bart, soviel ich weiß. Also werde ich gleich mit deiner Nasenspitze anfangen. Leider ist es dunkel, und da bin ich natürlich auch nicht so sicher. Wenn es also danebengeht, vielleicht so um eine Handbreit, nimm es mir nicht übel. Fangen wir an!«

Ich ließ den Hahn knacken. Man hörte es gut in der Stille,

und ich tat zwei leise Schritte aus der Deckung hervor. Da schrie er schon: »Halt! Ich ergebe mich, wenn ihr mich versprecht, mich zu schonen!«

»Komm heraus, du Wurm«, befahl ich, und er trat mit erhobenen Armen aus dem Schatten der Aufbauten. Er war ein ziemlich mickriger Typ. Seine Unterlippe zitterte. Phil und Hockmanner tauchten auf, und der Kapitän dröhnte vor Lachen über die Art, in der ich den Burschen eingeseift hatte.

Dann trillerte er auf seiner Pfeife. Seine Leute stürzten aus ihren Kajüten.

»Den Anker hoch!« grollte er seine Befehle. »Heizt den Kessel ein bis über den Strich! Und diese beiden Burschen sperrt in die Kettenkammer!« Er stieß ihnen die Gefangenen mit derben Stößen in den Rücken zu.

»Prima, daß wir die haben«, sagte er. »Zwei Mann weniger für Flybert, die ihm unter Umständen sehr fehlen können.«

Phil und ich begutachteten unterdessen die erbeuteten Waffen. Es waren zwei Magazingewehre und zwei Pistolen vom Kaliber .7,65. Für jede Pistole gab es ein Reservemagazin. Ich bat mir vom Kapitän Wachstuch und Pergamentpapier aus und machte mir für eine Pistole und ein Magazin eine Hülle, von der ich hoffte, daß sie wasserdicht sei.

»Wie lange brauchen Sie bis Labian, Kapitän?« fragte ich.

»Rund zwei Tage.«

»In Ordnung. Dann brauche ich auch beide Gewehre. Phil, du mußt dich mit der einen Pistole begnügen.«

Wir verabschiedeten uns. Phil und ich haben uns schon lange abgewöhnt, Theater zu machen, wenn wir getrennt marschieren müssen. Ein ›Hals- und Beinbruchwunsch‹ genügt uns vollauf. Es wurde vereinbart, daß die ›Wilhelmina‹ in genau einhundertfünfzig Minuten auslaufen würde, zu einem Zeitpunkt also, zu dem damit gerechnet werden konnte, daß ich mit der Lahmlegung der ›Flyer‹ zu Rande gekommen war. Hockhammer verehrte mir noch einen langen Meißel, den er für sehr geeignet zur Zerstörung der Rohrleitung hielt.

Ich machte mich auf den Weg quer über die Insel. Ich schleppte verdammt schwer an den beiden Gewehren, den zwanzig Schuß Reservemunition, der Pistole mit den Magazinen und dem Meißel. Ich hätte gern ein oder zwei Mann von Ragos Leuten dagehabt, die mir tragen geholfen hätten. Große Pausen konnte ich mir auch nicht leisten, denn ich mußte mich an den vereinbarten Zeitplan halten.

Schwitzend und mit leichtem Kniezittern traf ich auf unserem alten Platz am Ostkap ein. Die ›Flyer‹ lag, nur wenig beleuchtet, unter mir. Alles war ruhig, Mitternacht längst vorbei.

Ich zog Panhackers Leinenanzug aus, band mir die verpackte Pistole um die Hüfte und befestigte den Meißel am Gürtel; dann kletterte ich hinunter zum Strand und ließ mich in das Wasser gleiten.

Sehr vorsichtig, mit langen, ruhigen Bewegungen, schwamm ich auf den Schattenriß der ›Flyer‹ zu. Ich hielt meinen Kopf so, daß gerade die Nase zum Luftholen herausguckte. Selbst wenn eine Wache an Bord sein sollte, war es unwahrscheinlich, daß der Mann den dunklen Fleck meines Schädels im dunklen Wasser sehen konnte.

Höher und höher wuchs der Schatten des Schiffes vor mir. Dann berührte ich den kalten Stahlleib, der wie eine Wand über mir hing. Ich umschwamm den Kahn langsam und suchte nach einer guten Entermöglichkeit. Ich fand sie, aber ich ließ mir noch Zeit, denn inzwischen war mir die Barkasse eingefallen. Das Fischmesser hatte ich immer am Gürtel. Mit zwei schnellen Schnitten hatte ich die Vertäuung durchtrennt. Gern hätte ich ein Loch in den Holzboden gerammt, aber ich fürchtete den Lärm. Ich gab dem Kahn noch einen Stoß. Langsam löste er sich von der ›Flyer‹.

Der Aufstieg war einfach. Sie hatten die Strickleiter, die sie zum Einsteigen in die Boote und in die Barkasse benutzten, nicht eingezogen.

Mit ganz langsamen und völlig lautlosen Bewegungen zog ich mich daran hoch. Ich war so vorsichtig, daß ich auf der untersten Sprosse sogar wartete, bis das Wasser von mir abgetropft war, um mich nicht durch das Klatschen der Tropfen zu verraten.

Es mochten etwa zwölf Sprossen sein. Ich erreichte die Reling, schob vorsichtig den Kopf darüber bis zur Augenhöhe und sah mich um. Ich konnte kein Lebewesen an Bord entdecken, aber ich ließ mir dennoch Zeit. Ich packte die Pistole aus. Das Wachstuch war dicht geblieben. Es bestand Hoffnung, daß das Ding funktionieren würde. Ich war entschlossen, mir den Weg in den Maschinenraum nötigenfalls frei zu schießen.

Beide Hände an der Reling, schwang ich mich an Bord, ging sofort in die Hocke und wartete. Nichts rührte sich.

Gebückt und sehr leise schlich ich mich in den Schatten der Aufbauten. Bei fast allen Schiffen befindet sich die Luke zu den Maschinenräumen unter der Kommandobrücke. Ich bewegte mich auf leisen Sohlen darauf zu und fand sie auch.

Es wäre bitter gewesen, wenn ich die Luke verschlossen gefunden hätte, aber sie war auf, und ich wollte eben hineinhuschen, als ich Schritte und ein fröhliches Pfeifen hörte. Ich legte mich platt auf den Bauch und hielt den Atem an.

Es war der Koch, der an die Reling ging, wahrscheinlich um Abfall auszuschütten. Er kam nahe an mir vorbei, bemerkte mich aber nicht und ging arglos in seine Kombüse zurück. Zehn Sekunden später hatte ich die Luke geöffnet, war hineingehuscht und hatte sie hinter mir zugezogen.

Licht hatte ich nicht. Ich mußte mich die Wände entlangtasten. Dann kamen einige schwach glühende Lampen, irgendwelche Birnen, die aus Sicherheitsgründen ständig brennen müssen. Ich passierte das Logis des Maschinenpersonals. Die Tür hatte eine runde Öffnung. Ich sah, daß im Logis Licht brannte.

Ich überlegte, ob es richtiger sei, die Leute einzusperren,

zu fesseln oder sonst etwas mit ihnen zu machen; aber das hätte, selbst wenn es gelungen wäre, zuviel Zeit in Anspruch genommen. Ich schlich an der Tür vorbei, war mir allerdings darüber im klaren, daß mein Rückweg infolge der Anwesenheit der Leute erschwert würde.

Ich gelangte an die Eisentreppen, die abwärts zum Maschinenraum führten, drei Stück insgesamt. Zwischen der zweiten und dritten war ein Schott. Ich schlängelte mich durch und war im Maschinenraum. Das Schott schloß ich, tastete mich die letzte Treppe hinunter. Ich nahm den Geruch von Öl und Stahl wahr, stolperte und suchte nach der Lichtschaltung. Ich fand sie neben dem Treppenende. Ein paar trübe Birnen flammten auf.

Vor mir lag die große Dieselmaschine, das Herz der ›Flyer‹. Hockmanners Zeichnung hatte ich genau im Kopf, aber ich konnte nicht viel damit anfangen. So eine Schiffsmaschine sieht anders aus als eine primitive Prinzipskizze. Ich verstand eine Menge von Automotoren, war aber kein Schiffsingenieur. Es gab so viele Leitungen von und zu der Maschine, daß ich wahrhaftig nicht wußte, welche die richtige war.

Ich hatte Glück, eine Werkzeugkiste zu entdecken, die auch einen schweren Hammer enthielt. Ich nahm mir eine Leitung vor, die vertrauensvoll aussah, setzte den Meißel an und hieb mit dem Hammer zu. Ich brauchte fünf Schläge, bis das Rohr brach. Zischend und pfeifend brach heißer Dampf hervor. Es war die falsche Leitung. Der ausströmende Dampf machte einen Heidenlärm. Ich war sicher, daß er bis in den letzten Winkel des Schiffes zu hören war. Hastig zerschlug ich die nächste Leitung, und jetzt traf ich die richtige. Hockmanner hatte mir gesagt, es würde etwas Dieselöl auslaufen. Ich freute mich mordsmäßig, als es mir über die Arme lief.

Der ausfauchende Dampf begann sich im Raum auszubreiten. Das Ventil zu finden, hatte ich keine Zeit mehr, wenn ich mir die geringste Chance lassen wollte, wieder herauszukommen. Ich nahm den schweren Hammer und zerschlug an der Maschine, was mir in den Weg kam. Die Manometer krachten; dann mußte ich doch das besagte Stück getroffen haben, denn schlagartig wurde es dunkel. Sekunden später glühten Notlampen auf. Es wurde Zeit. Ich feuerte den Hammer irgendwohin ins Gestänge, nahm die Pistole in die rechte Hand und machte mich auf den Rückweg. Ich rannte die Treppe hoch, stieß das Schott auf und wand mich durch. Ich erschrak ein wenig, denn als ich auf den Beinen stand, sah ich einen Mann unmittelbar vor mir. Er hätte die schönste Gelegenheit gehabt, mir irgend etwas auf den Schädel zu schlagen, während ich mich vor seinen Füßen erhob. Er aber hatte sich wohl mehr erschreckt als ich, denn er starrte mich mit halboffenem Mund an, als sei ich der Teufel, der genau vor seinen Füßen aus der Hölle hochgefahren war.

Ich schlug ihm die linke Faust unters Kinn. Er klappte seinen Mund zu und fiel geradezu dankbar um, denn der Knockout erlöste ihn von seinen Visionen.

Zweite Treppe, dritte Treppe, dann der Gang. Und wie nicht anders zu erwarten, wälzten sich mir hier die Maschinisten aus dem Logis entgegen. Die Notlampen gaben klägliches Licht, aber die Leute sahen mich und stutzten.

Ich hob die Pistole. Wenn sie versagte, stand es nicht gut um mich. Ich zog durch.

Der Schuß krachte. In dem engen Gang dröhnte es, als hätte ich eine Handgranate geworfen. Ich hatte den Lauf gegen die Decke gerichtet. Die Kugel drang in das Stahlblech nicht ein, ratschte einen Streifen aus der Lackierung und wimmerte als Querschläger durch den Gang.

Die Maschinisten antworteten mit einem geradezu einstimmigen Aufschrei. Die Vorderen drängten nach hinten. die anderen nach vorn. Ich gab einen zweiten Schuß ab, über die Köpfe des Knäuels hinweg. Jetzt flohen sie. Einer stürzte, raffte sich auf, rannte weiter.

In leichtem Trab setzte ich hinterher, hielt den Anschluß, holte den letzten kurz vor der Luke ein, schlug mit dem

Pistolenknauf zu. Er stürzte. Ich setzte über ihn hinweg aus der Luke.

Auf dem Deck der ›Flyer‹ quirlten sie durcheinander. Ich stand im Schatten der Brücke. Im Augenblick kümmerte sich kein Mensch um mich.

Es hatte geklappt, so über Erwarten gut geklappt, daß ich überhaupt keine Lust hatte, vom Schiff zu gehen. Durch mein Gehirn zuckten ein paar verführerische Gedanken. Wenn es mir gelang, in diesem Wirrwarr Flybert zu finden, ihn unschädlich zu machen, dann platzte vielleicht das Ganze. Sicherlich war der Gedanke ein wenig verrückt. Ich bin schließlich kein Errol Flynn oder Allan Ladd, und es war nicht zu erwarten, daß meine Gegner sich verhielten, wie das Drehbuch es vorschrieb. Immerhin, ich konnte es versuchen.

Ich verließ den Platz im Schatten der Brücke, huschte über das Deck.

Die friedliche Stille war dem Lärm vieler Stimmen gewichen, die alle durcheinanderbrüllten. Ich versuchte, Flyberts Stimme zu erkennen. War sie das nicht? Dort, an Backbord? Ich spurtete auf die andere Seite des Schiffes, sah eine Gestalt mit Panamahut. Mit drei Sprüngen war ich hinter dem Mann, bohrte ihm den Pistolenlauf ins Kreuz.

»Hände hoch, Flybert!« zischte ich. Er fuhr herum. Ich blickte in ein Asiatengesicht mit angstvoll aufgerissenen, geschlitzten Augen. Ich hatte mich getäuscht. Ich verpaßte dem Mann einen Haken, daß er über das Deck schlitterte. Ich lief weiter. In diesem Augenblick krachte der erste Schuß nach meinen Schüssen im Maschinengang. Ich hörte die Kugel pfeifen und wußte, daß sie mich entdeckt hatten. Ich huschte nach rechts zwischen die Kombüse und einen Ventilator. Es peitschten noch zwei Schüsse.

Jemand, wahrscheinlich Creoly, rief: »Hierher! Hierher! Ich habe ihn!«

Es kam Ordnung in das Durcheinander. Flyberts Stimme übertönte den Lärm. Ich hörte, wie er befahl: »Zwei Mann hinter die Steuerbordboote. Angelo! Pitt! Hinter die Kapitänskajüte! Brennt ihm eins auf, wenn er nur die Nasenspitze zeigt!«

Sie versuchten mich einzukreisen. Ich schob mich ein wenig vor. Dort lief jemand. Ich zielte auf seine Schulter. Er schrie auf und drehte sich wie ein Kreisel, bevor er fiel. Aber ich erhielt einen Antwort, die sich gewaschen hatte. Sie eröffneten geradezu ein Trommelfeuer auf mich. Es knallte von allen Ecken und Enden.

Ich sah's ein, daß ich keine Chance hatte, Flybert zu fassen. Im Gegenteil, ich mußte zusehen, daß sie mich nicht erwischten.

Zwischen meinem Platz und der Steuerbordreling mochten es zehn bis fünfzehn Schritte sein. Bei der nötigen Fahrt konnte ich über Bord sein, und sie mußten schon sehr viel Glück haben, wenn sie mich auf der kurzen Strecke erwischten. Sie hatten aufgehört zu schießen. Flybert gab noch einige Befehle, dann rief er mich an: »Gib auf, G-man! Wir haben dich umstellt!«

»Nett von euch! Was macht ihr mit mir, wenn ich mich ergebe?«

»Wir behalten dich als Geisel, bis wir in Sicherheit sind. Dann kannst du meinetwegen das nächste Flugzeug nach Amerika nehmen.«

»Danke, oder du besorgst mir einen Freifahrtschein in die Ewigkeit! Vielen Dank, Flybert, ich will lieber versuchen, ob ich nicht unter euch noch einige Reisegefährten finde!«

Während dieses kurzen Wortwechsels hatte ich die Pistole wieder am Gürtel befestigt, war in regelrechte Sprinterstartstellung gegangen, und gleichzeitig mit dem letzten Wort brach ich aus.

Es waren vielleicht ein Dutzend Yard, die ich zu laufen hatte; aber Sie glauben nicht, wie lang zehn Yard sein können!

Nun, es ging gut. Im Lauf setzte ich im Hechtsprung über die Reling, und hörte das Krachen der Schüsse erst, als ich schon in der Luft schwebte. Gleich darauf schlug das Wasser über mir zusammen.

Ich hütete mich, in gerader Richtung weiterzuschwimmen oder gar gleich aufzutauchen. Ich war noch nah genug beim Schiff, daß ich auch in der Dunkelheit ein brauchbares Ziel abgab. Ich hatte genug Luft in den Lungen, um unter Wasser ein paar Yard parallel zur ›Flyer‹ zu schwimmen. Als ich hinauf mußte, schnappte ich nur kurz nach Luft und verschwand sofort wieder.

Beim nächsten Auftauchen holte ich gründlicher Luft und änderte die Richtung auf die Küste zu. Ich schwamm, solange ich es aushielt, und als ich an die Oberfläche kam, dachte ich, daß es jetzt wohl knallen würde. Einen Augenblick lang hörte ich Stimmengewirr vom Schiff her, bevor mir das Wasser wieder in die Ohren stieg. Aber es erfolgte kein Schuß. Ich schwamm noch eine Strecke unter Wasser, dann behielt ich den Kopf oben.

Sie hielten sicherlich noch immer nach mir Ausschau, aber sie konnten mich nicht mehr entdecken. Jedenfalls schossen sie nicht, und bestimmt verzichteten sie darauf nicht aus Mildherzigkeit. Ein paar Minuten später war ich zwischen den Klippenabbrüchen und in Sicherheit. Ich fühlte Grund unter den Füßen, hielt inne und blickte mich noch einmal nach der ›Flyer‹ um. Das Stimmengewirr drang bis zu mir. Ich hatte Lust, laut zu lachen. Dann sah ich im Wasser, gar nicht weit von mir, vor den Abbrüchen etwas dahingleiten. Ich versuchte schärfer zu sehen. Es war groß und dreieckig und schnitt durch das Meer wie ein Pflug.

Ich verstand nicht viel von Meereszoologie, aber ich wollte verdammt sein, wenn das, was da durch das Wasser schnitt, nicht die Rückenflosse eines Haies war.

Glauben Sie nicht, daß ich nun schnurstracks in Ohnmacht fallen oder laut schreiend aus dem Wasser geflüchtet wäre.

Ich befand mich bereits an viel zu seichter Stelle, und daß

der Hai mich unterwegs hätte schnappen können, darüber machte ich mir jetzt keinen Gedanken. Er hatte ja nicht. Außerdem hatte ich heute noch Wichtiges vor.

Ich watete ans Ufer und kletterte die Klippe hinauf, von deren Kuppe wir die ganzen Tage die ›Flyer‹ beobachtet hatten.

Ich nahm mir eines von den eroberten Gewehren, legte mich gemächlich auf den Bauch, zog den Kolben an die Wange und schickte die erste Kugel zur ›Flyer‹. Ich hatte mir ein Kajütenfenster vorgenommen, das schwach im Sternenlicht schimmerte, um erst einmal zu probieren, wie genau die Gewehre eingeschossen waren.

Der Schießprügel war in Ordnung. Das Fenster zerklirrte prächtig. Der immer noch herrschende Lärm, den der Seewind schwach herüberwehte, verstummte, setzte aber gleich darauf eine Nuance lauter ein.

Ich nahm mir ein zweites Fenster vor. Mit einem Knall zersplitterte es auch. Und jetzt wurde es auf dem Schiff plötzlich still. Die Stille dauerte fünf Minuten. Dann begann sie mich zu beschießen.

Ich lachte lauthals. Sie vermuteten zwar ganz richtig, daß ich auf der Kuppe lag, aber es war unmöglich, mich zu treffen, wenn ich mich nur eine Körperlänge vom Rand zurückzog. Genau das tat ich, legte mich auf den Rücken und ließ sie sich erst austoben. Sie hielten es fast eine volle Viertelstunde durch. Ich freute mich, daß sie ihre Munition so sinnlos verpraßten.

Wenig später — sie hatten kaum das Feuer eingestellt — tauchte Rago auf, alarmiert von dem Schießen.

Ich klopfte ihm auf die Schulter. »Fein, daß du kommst«, sagte ich. »Ich lege mich jetzt schlafen. Du paßt auf und weckst mich sofort, wenn irgend etwas Ungewöhnliches eintritt.«

Er nickte. Ich wußte, ich konnte mich auf ihn verlassen. Ich legte mich in die Hängematte aus Bast, das Gewehr griffbereit neben mir, und nachdem ich Rago gebeten hatte, mich bei Sonnenaufgang zu wecken, schlief ich sofort ein, tief und zufrieden wie nie, seit Flybert auf Panafarut aufgetaucht war.

Ich erwachte davon, daß Rago mich an der Schulter rüttelte. Die Sonne war längst aus dem Meer gestiegen.

Ich gähnte, machte ein paar Kniebeugen und bat den Boy, Frischwasser aus dem Dorf zu holen. Er verschwand im Busch.

Ich kroch an den Klippenrand und interessierte mich für die ›Flyer‹. Ich hörte ferne Hammerschläge, die anscheinend aus dem Inneren kamen. Wahrscheinlich war man dabei, die Leitungen zu reparieren.

Es dauerte noch eine halbe Stunde, dann wurde es lebendig auf dem Deck. Sie schwenkten den Kran aus und schienen sich bereitzumachen, nach dem Wrack zu tauchen. Ich rechnete, daß sie noch einen oder zwei Tresore heraufgeholt hatten und heute wahrscheinlich den Rest zu bergen gedachten. Gleichzeitig wurde ein Boot fertiggemacht, um die Barkasse, die in einer beachtlichen Entfernung schwamm, zurückzuholen.

Bedachtsam, geradezu mit Genuß, griff ich mir eines der erbeuteten Gewehre, zielte sorgfältig auf die Beine eines Mannes, der an dem Boot hantierte, und drückte ab. Es ist wahrhaftig nicht meine Art, aus dem Hinterhalt Leute abzuschießen, aber wenigstens mit einem Schuß mußte ich Ernst machen, wenn ich Erfolg haben wollte.

Der Matrose bekam die Kugel in den Oberschenkel. Er fiel um; dann erst schrie er.

Die Arbeit auf dem Deck hörte auf. Sie standen alle für Sekunden wie erstarrt. Dann rannten sie zu dem Schreienden hin. Ich zielte und schoß ein zweitesmal, aber so, daß die Kugel vor den Leuten ins Deck schlug.

Sie stoben auseinander wie ein Hühnervolk, in das der Fuchs fährt. Bezeichnend für ihre Charaktere, daß sie den

Verwundeten seinem Schicksal überließen. Ich sah ihn mühsam über das Deck hinter die Kombüse kriechen.

Zwischen zwei Ventilatoren tauchte Flyberts Panama auf. Ich überlegte nicht lange. Meine Kugel ratschte an dem Blech vorbei, und der Panama fuhr blitzschnell in die Versenkung.

Ich konnte förmlich spüren, wie eine Welle der Ratlosigkeit über die ›Flyer‹ schlug. Wahrhaftig, sie saßen in der Falle wie eine Ratte, und alles, was sie noch tun konnten, war, ihr Schiff so schnell wie möglich zu reparieren und abzudampfen. Aber ich war sicher, daß Flybert den Platz nicht verlassen würde, solange noch ein einziger Edelstein im Bauch der ›Patronia‹ war.

Eine Stunde lang ereignete sich nichts. Wahrscheinlich hielten sie einen Kriegsrat ab.

Dann, Rago war eben zurückgekommen und hatte Wasser gebracht, eröffneten sie schlagartig ein Schnellfeuer auf mich, oder richtiger auf die Stelle, an der sie mich vermuteten.

Wie in der Nacht zog ich mich einige Fuß vom Klippenrand zurück und ließ sie ihre Ehrensalven verschießen. Rago tätschelte die Gewehre, zeigte die Zähne und sagte immer wieder: »Sir, du sie alle tot — tot — bumm — bumm!«

»Mach's halblang!« brummte ich.

Als auf dem Schiff das Feuer eingestellt wurde, kroch ich wieder auf den Klippenrand zu. Ein paar Büschel Seegras, die dort standen, gaben Deckung genug.

Man arbeitete wieder an Deck. Mit gekrümmten Rücken, scheue Blicke zur Klippe werfend, bemühten sich fünf Matrosen, ein Boot flottzumachen.

Ich knöpfte mir einen vor. Die Gewehre waren sehr gut eingeschossen, und ich konnte es mir leisten, ihm die Kugel durch die Schulter zu jagen.

Aus einem halben Dutzend Gewehren erhielt ich eine rasende Antwort. Sechs bis acht Mann mußten, die Kolben an den Schultern, in Deckung bereitstehen. Aber es nutzte nichts mehr. Wieder hatten sie eine Arbeitskraft verloren, und ich rechnete damit, daß es Flybert schwerfallen würde, seine Leute noch aus den Deckungen hinauszutreiben.

Sie hörten mit dem Schießen auf. Ich kroch an meinen Beobachtungsposten zurück. Dann bellte unten ein einzelner Schuß auf, nicht aus einem Gewehr, sondern aus einem Revolver. Wenige Augenblicke später flog ein Körper in Leinenjacke und -hose über Bord. Ich erkannte, daß es einer der Mischlingsmatrosen war. Sie mochten sich geweigert haben, wieder an Deck zu gehen, und Flybert hatte die Revolte brutal mit einem Revolverschuß unterdrückt.

Aber ich sah noch etwas anderes. Große, spitze Dreiecke tauchten plötzlich aus dem Wasser auf, bewegten sich, die Wellen wie Pflüge durchschneidend, auf die Stelle zu, wo der Mann im Wasser versunken war, quirlten dort das Wasser zu Schaum. Ich sah riesige, schmutzig-weiße Leiber aufblitzen, einen großen Schwanz durch die Luft schlagen. Rago lag neben mir.

»Haie!« sagte er mit seiner tiefen Eingeborenenstimme. »Sie kommen nur einmal im Jahr an die Küste von Panafarut, mal früher, mal später. Dieses Jahr sind sie früh.«

Über dem ganzen Küstenstrich hing lähmend das Entsetzen. Ich wußte, auch die auf dem Schiff starrten jetzt auf das Schauspiel im Wasser.

Es dauerte nicht lange. Das wilde Gequirle ebbte ab, nur eine schwache Rötung blieb, die langsam verlief; aber auch die Flossen, die spitzen dreieckigen Segel, blieben an der Oberfläche, zogen in engen Kreisen um das Schiff.

Es wurde Mittag, ohne daß etwas geschah. Vielleicht gab Flybert es jetzt doch auf, beeilte sich, die Reparatur zu beenden und abzudampfen.

Gegen drei Uhr aber kam wieder Leben in die Besatzung der ›Flyer‹. Ich merkte es zuerst daran, daß ein großer Schrank aus der Kapitänskajüte herausgeschoben wurde. Die, die ihn schoben, achteten darauf, hinter ihm zu bleiben. Sie bugsierten ihn zum Achterdeck. Der Schrank blieb nicht das einzige Teil, das sie dorthin trugen. Ich begriff, sie bauten eine Art Schutzwall, hinter dem sie vor meinen Kugeln sicher waren, und sie sicherten das Achterdeck ab, um die Taucherarbeiten wiederaufnehmen zu können.

Ich vergnügte mich damit, die Arbeiten ein wenig zu stören. Ich feuerte dazwischen, und sie beantworteten jeden Schuß von mir mit zwei Dutzend aus ihren Gewehren. Sie waren sehr vorsichtig. Ich traf niemanden. Dabei fragte ich mich, wie sie beim Tauchen mit den Haien fertig werden wollten.

Unter dem Geschieße ging der Nachmittag hin, aber ich konnte nicht verhindern, daß sie auf dem Achterdeck eine Wand aus allen nur denkbaren Gegenständen aufbauten, die mir die Einsicht nahm. Außerdem wurde es Zeit, daß ich mit meinen Kugeln zu sparen begann. Ich hatte nur noch sieben Schuß.

Unablässig kreisten die ganze Zeit über die Dreiecke um die ›Flyer‹. Und jetzt, nachdem sie ihr Hinterdeck gesichert hatten, bot Flybert mir ein Schauspiel, das großartig war und mir einige Achtung abnötigte. Er ließ Dynamitpatronen ins Wasser werfen, um die Haie zu verscheuchen.

Bald links, bald rechts, stieg unter donnerndem Krachen eine Wasserfontäne an den Flanken der Yacht hoch. Die Kreise, die die Dreiecke um das Schiff zogen, wurden weiter und weiter. Schließlich verschwanden die unheimlichen Flossen ganz.

Einer, dem eine Detonation die Schwimmblase zerrissen hatte, schwamm, den Bauch nach oben, inmitten einer Unzahl kleinerer getöteter Fische. Er war ein beachtlicher Bursche von vielleicht vierzehn Fuß Länge. Sein tief gespaltenes Maul stand zwei Handbreit offen und ließ die häßlichen Zahnreihen sehen.

Es wurde dunkel, und dennoch schienen sie hinter ihrer Barrikade das Tauchen durchzuführen. Ich sah manchmal ein Licht durch die Nacht blitzen, hörte Platschen im Wasser, und schließlich knarrten die Drahtseile des großen Hebekranes.

Ich zog mich nicht in die Hängematte zurück. Gespannt lauschte ich auf jedes Poltern, das vom Schiff her zu mir drang.

Ich hatte Flybert auf jeden Fall rund zwanzig Stunden aufgehalten, und das war eine ganze Menge. Nach Mitternacht hörte ich das charakteristische Krächzen der Lager, als sie den Kran in seine alte Lage zurückdrehten. Gleich darauf gellte ein helles Singen durch die Luft wie von einer gespannten und gerissenen Saite. Ich wußte, sie hatten das Verbindungsseil zwischen der ›Flyer‹ und der ›Patronia‹ gekappt. Sie waren mit den Taucharbeiten fertig.

Schade, dachte ich, wenn sie schon in der Nacht ausliefen. Ihr Vorsprung war dann immer noch beträchtlich. Man müßte noch einmal etwas an ihrer Maschine zerstören. Es hatte so gut geklappt.

Ich traute es mir auch ein zweites Mal zu.

Noch spielte ich unschlüssig mit dem Gedanken, als ich hörte, wie unten am Schiff ein leises Stampfen begann. Sie hatten die Maschine angeworfen.

Ich überlegte nicht lange. Die Pistole hatte ich schon tagsüber getrocknet, ausprobiert und wieder in das Wachstuch eingewickelt. Ich band sie an den Gürtel.

Die Haie? Unsinn, ich schwamm keine zehn Minuten zum Schiff. Außerdem schien Flyberts Dynamit sie gründlich vertrieben zu haben. Übrigens lagen unsere Tauchgeräte noch dort. In einer Flasche war noch für eine halbe Stunde Luft. Ich wußte, unter Wasser war man vor dem Angriff großer Raubfische sicherer, als wenn man an der Oberfläche dahinzappelte.

Rago war, als es dunkel wurde, in sein Dorf zurückgekehrt. Ich brauchte also von niemandem Abschied zu nehmen. Messer und Pistole im Gürtel, das Atemgerät auf dem Rücken, zu aller Vorsicht auch noch das Preßluftgewehr in der Hand, kletterte ich zum Strand hinunter. Ich streifte mir die Flossen über die Füße, setzte die Brille, Phils Brille, auf. Ein tiefer Atemzug; den Luftschlauch zwischen den Zähnen, stürzte ich ins Wasser.

Ich tauchte bis auf den Grund, schwamm hart über dem Boden und drehte mich von Zeit zu Zeit auf den Rücken. Zu sehen war zwar nicht mehr viel, obwohl das Sternenlicht sich durch die Wellenbrechung erstaunlich vervielfältigte.

Richtung und Entfernung bis zur ›Flyer‹ kannte ich schon so gut, daß ich mich ganz auf mein Gefühl verlassen konnte. Als ich schließlich auftauchte, lag die Yacht nur ein Dutzend Yard vor mir. Hier in der Nähe war das Stampfen der Maschine noch deutlicher zu hören, und jetzt durchlärmte noch ein anderes Geräusch die Nacht. Das Klirren einer schweren Kette. Sie zogen den Anker auf.

Eng an Bord gepreßt, umschwamm ich die ›Flyer‹. Wenn es nicht anders ging, mußte ich mich mit der Ankerkette hochziehen lassen, aber ich hatte Glück. Die Strickleiter, die ich schon einmal benutzt hatte, hing noch an derselben Stelle.

Ich enterte auf, nachdem ich die Flossen, das Preßluftgewehr, die Tauchbrille und das Atemgerät hatte sacht ins Wasser gleiten lasen.

Ich kam bis nahe an die Reling, hatte vielleicht noch vier, fünf Stufen der Leiter zu ersteigen, als sich plötzlich ein Mann genau über meinem Kopf über die Reling beugte. Er sah mich, ich sah ihn, und wir waren wohl beide für einen Augenblick sprach- und bewegungslos vor Schreck. Aber ich hatte meine fünf Sinne schneller wieder beisammen als er. Ich schnellte die paar Stufen hinauf, klammerte eine Hand an die Reling, schlug den anderen Arm um seinen Nacken.

Ich dachte, er würde festhalten und wollte mich an ihm hochschwingen. Er aber war so weich in den Knien, daß er dem Zug meines Armes sofort nachgab und kopfüber über die Reling sauste. Ich fiel selbst mit, hing nur mit der einen Hand an der Reling und strampelte mit den Beinen, die Leiter zu finden. Unterdessen klatschte er unter mir ins Wasser, und jetzt erst begann er zu schreien.

Ich hatte wieder Halt gefunden, huschte weg von der

Reling in den Schatten der Kombüse. Der Koch, wie die anderen alarmiert durch das Schreien, schlug die Tür auf. Ich preßte mich zwischen Tür und Kombüsenwand.

Auf dem Deck lief alles zusammen. Ich spähte hinter der Tür hervor und packte vorsichtig meine Pistole aus. Es war hell genug auf dem Deck der ›Flyer‹, um alles sehen zu können. Gar nicht weit von mir sah ich Flybert, Creoly und Kapitän Bread zwischen ihren Leuten stehen.

Man warf dem Mann, der immer noch unten im Wasser schrie, einen Rettungsring am Seil zu, zog ihn an Bord. Keine fünf Minuten später stand er triefend in der Gruppe. Von allen Seiten wurde auf ihn eingeredet, bis Flybert schließlich ›Ruhe‹ brüllte.

Es wurde still. »Erzähle!« herrschte er den Mann an.

Dem zitterten nicht nur die Knie. Stotternd brachte er hervor: »Ich wollte eben die Jakobsleiter einziehen, blickte vorher über Bord, da hing er direkt unter mir. Er packte mich, bevor ich eine Gegenbewegung machen konnte und zog mich mit 'runter.«

»Er stürzte also mit dir ins Wasser?« vergewisserte sich Flybert.

Der Mann zögerte einen Augenblick, dann antwortete er: »Ja, natürlich, er riß mich mit!«

Ich grinste in meinem Versteck. Der Bursche glaubte, ich sei mit ihm über Bord gegangen. Das war gut.

Flybert schrie die Umstehenden an: »An eure Plätze! Habt ihr den Anker noch nicht oben? Bread, geben Sie Befehl an den Maschinenraum! Wir hauen sofort ab!«

Ich hörte die Nervosität in seiner Stimme flackern.

Die Männer trollten sich. Flybert und Creoly gingen mit dem Kapitän auf die Kommandobrücke. Der Koch war einer der letzten, der zu seiner Kombüse trottete. Er war ein feister Mischling mit chinesischem Einschlag. Als er die Klinke faßte und die Tür hinter sich zuziehen wollte, sprang ich hinter ihn, stieß in seinen Rücken, daß er quer durch die Kombüse gegen sein Topfregal sauste. Die Töpfe prasselten auf ihn hinunter. Bevor er sich von seinem Schreck erholt hatte, stand ich in der Kombüse und zog die Tür hinter mir zu.

Die Kochkombüse ist auf den Schiffen für die Mannschaft ›verbotenes Gebiet‹. Man will damit verhindern, daß sie den Koch um Rum anbettelt oder bestiehlt. Ich war hier in ziemlicher Sicherheit, wenn natürlich auch der Kapitän, Flybert oder Creoly jederzeit hier auftauchen konnten. Ich zog die Vorhänge vor die Bullaugen zum Deck hin zu und beschäftigte mich dann mit dem Koch.

Er raffte sich eben aus seinen Töpfen hoch. Ich stand nur und sah ihn an. Er bekam Kniezittern und war keines Wortes fähig.

»Na«, sagte ich, »was gibt es heute zum Abendbrot?«

Er schluckte, dann winselte er: »Bohnen und Speck.«

»Schön«, sagte ich, »darauf hätte ich auch einmal Appetit, aber leider habe ich keine Zeit. Zieh dich aus!«

Er starrte mich verständnislos aus seinen geschlitzten Augen an.

»Runter mit deinen Klamotten!« wiederholte ich. »Du sollst aus deinen Kleidern steigen!«

Er knöpfte mit bebenden Fingern seine Leinenjacke auf, streifte sie ab, stieg aus den Hosen und stand in leicht schwärzlichem Unterzeug da.

»Okay«, sagte ich. »Gib es her!«

Er warf mir die Kleidungsstücke zu, und ich zog sie mit einiger Überwindung an.

In diesem Augenblick ging ein Zittern durch das Schiff. Das Stampfen der Maschine, das überall zu spüren war, veränderte seinen Rhythmus. Die ›Flyer‹ fuhr.

Ich rieb mir den Schädel. Wenn sie zu weit vom Ufer fort war, bevor ich die Maschine zum Stillstand brachte, konnte es bitter für mich werden. Wenn ich mir auch eine Schwimmtour von vier oder fünf Stunden zutraute, der Henker mochte wissen, wie die Meeresströmungen vor der Insel liefen. Wenn es der Teufel wollte, wurde ich trotz aller Bewegungen und Anstrengungen statt zur Insel hin immer weiter von ihr fortgetragen.

Ich stieg eilig in die Hosen des Koches. Dann ging ich auf ihn zu. Er kroch vor mir geradezu in sein Regal hinein.

Ich fesselte und knebelte ihn und ließ ihn zu Boden gleiten. Dann löschte ich das Licht, schloß die Kombüsentür von außen ab und warf den Schlüssel über Bord.

Die ›Flyer‹ machte bereits beachtliche Fahrt. Ich hörte das Rauschen der Bugwelle. An Steuerbord glitten einige Lichter vorüber. Vielleicht waren es die Eingeborenen auf Fischfang, vielleicht auch die Lichter des Hafens von Panafarut.

Das Deck der Yacht war für meinen Geschmack reichlich beleuchtet, wenn auch die Aufbauten schwere Schlagschatten warfen.

Oben, hinter dem Glas der Kommandobrücke, sah ich das bärtige Gesicht Kapitän Breads und daneben die hagere Maske Flyberts, beschattet von dem ewigen Panamahut.

Ich stieß an eine Werkzeugkiste, hob sie auf und stellte sie mir auf den Kopf, wie viele Eingeborene und oft auch die Mischlinge ihre Lasten tragen.

Den Weg zur Maschinenraumluke kannte ich. Ich steuerte sie geradewegs an und brachte es fertig, nicht zu stutzen, als ich einen Mann mit einem Gewehr davorstehen sah. Flybert ließ also den Eingang bewachen. Er schien wirklich am Ende seiner Nervenkraft zu sein.

Ich hielt die Kiste mit beiden Händen auf dem Kopf. Die Pistole hatte ich in die Tasche der Leinenjacke gesteckt. Zum Glück war es in der Umgebung der Luke ziemlich dunkel.

Der Mann vertrat mir den Weg.

»Du weißt doch, daß niemand herein darf!« schnauzte er.

»Käptn gesagt, ich Kiste ’runterbringen«, antwortete ich und versuchte den singenden Tonfall der Mischlinge nachzuahmen; aber es mußte mir wohl nicht gelungen sein, denn der Mann stutzte und nahm sein Gewehr hoch.

Ich schmiß ihm die Kiste auf die Füße. Das Werkzeug

klirrte reichlich laut auf das Deck. Ich packte den Burschen bei der Kehle. Er gab vorübergehend seinen Geist auf.

Ich öffnete die Luke, drückte mich durch und zog sie hinter mir ins Schloß.

Es kam der lange, schwach beleuchtete Gang, dann die Tür des Mannschaftslogis; aber heute war es dunkel in dem Raum.

Ich sauste die beiden Treppen hinunter, öffnete das Schott und stand auf dem Treppenabsatz zum Maschinenraum.

Vier Leute arbeiteten unter mir. Das Stampfen der Maschine dröhnte laut und ohrenbetäubend; aber ich brachte es fertig, noch lauter zu brüllen.

»Hände hoch!«

Wie Marionetten, die an der Leine gezogen werden, drehten sie ihre Köpfe zu mir her. Dann gingen langsam die Arme in die Höhe.

Ich ging die letzte Treppe hinunter.

»Los, rückt enger zusammen!« befahl ich und winkte nachdrücklich mit der Pistole. Sie gehorchten.

Ich sah mich nach einem Hammer oder ähnlichem um, fand einige Gerätschaften und suchte mir einen schweren Vorschlaghammer aus.

Den Hammer in der einen, die Pistole in der anderen Hand trat ich auf die vier Männer zu. Nur einer von ihnen war ein Weißer, ein breitschultriger Bursche mit einem zerdrückten Gesicht und trüben Tieraugen.

Ich drückte ihm den Hammer in die Hand.

»Ihr habt die Leitung so schön repariert«, sagte ich und lächelte. »Jetzt zerstören wir sie wieder, damit ihr nicht arbeitslos werdet!«

Er glotzte blöde. Ich drückte ihm sanft den Pistolenlauf gegen den Bauch. Da trollte er sich.

Diesmal brauchte ich nicht nach der richtigen Leitung zu suchen. Das geflickte Stück war nicht lackiert und leicht zu erkennen.

»Schlag zu!« forderte ich den Maschinisten auf.

Er tat es, aber so zögernd, daß die Leitung standhielt.

»Fester!« befahl ich und half der Aufforderung durch den Pistolenlauf nach. Er schlug heftiger zu. Die Leitung bog sich durch.

In diesem Augenblick flog das Schott am Ende der Treppe auf.

»Halt! Halt!« schrie eine Stimme, die geradezu verzweifelt klang. Gleichzeitig krachten Schüsse, die blindlings in den Raum gefeuert zu sein schienen.

Der Maschinist erfaßte die Situation, schwang sich herum und wollte mit seinem Hammer zuschlagen. Ich duckte mich unter dem Hieb weg, schlug ihn gegen den Oberarm. Der Hammer sauste über meinen Kopf hinweg in komischen Spiralen durch den Raum, klirrte irgendwo gegen Eisen und fiel zu Boden.

Ich rammte dem Mann den Ellbogen gegen den Leib, daß er sich stöhnend krümmte.

Noch hatte ich keinen Blick zum Treppenabsatz werfen können. Noch wußte ich nicht, wer dort stand; aber sie, die zuerst nur blindlings in den Raum geschossen hatten, hatten mich jetzt entdeckt.

»Da ist er!« brüllten sie, und jetzt schossen sie in die richtige Richtung. Der Maschinist, beide Hände stöhnend gegen den Magen gepreßt, zuckte hoch. Er schrie gellend, riß die Augen auf, schlenkerte mit den Armen und brach zusammen. Er hatte ein paar von den Kugeln abbekommen, die mir zugedacht waren.

Ich hob die Pistole. Wer stand auf der Treppe? Creoly? Flybert? Bread? Es waren mindestens fünf Mann. Ich feuerte zweimal schnell hintereinander. Jemand schrie auf. Ein Körper fiel über die Treppenbrüstung in den Maschinenraum, blieb reglos liegen.

Ich gestehe, ich hatte Gefühle, die denen eines Fuchses in der Falle nicht unähnlich waren.

Ich warf den Kopf nach rechts und links auf der Suche nach einer Deckung. Hinter mir war ein kaum mannsbreiter

Spalt zwischen zwei Teilen der Maschine, wahrscheinlich eine Art Kontrollgang. Über ihm in Reichweite brannte eine starke Glühbirne.

Ich schlug mit dem Lauf zu. Sie zersplitterte. Vielleicht gab es, wenn ich hier die Leitung zerstörte, einen Kurzschluß. Wo war der Hammer? Er lag nur wenige Schritte weiter. Ich bückte mich. Eine Kugel prallte neben mir gegen Eisen, schlug Funken. Ich schoß noch einmal zwischen all dem Eisengestänge hindurch in Richtung der Plattform. Es war nur noch einer dort oben, und der lag platt auf dem Bauch.

Ich raffte den Hammer hoch, schlug mitten in die Birnenfassung. Porzellan und Bakelit zersplitterten. Ich schlug noch einmal, zweimal. Vielleicht traf mich gleich ein elektrischer Schlag, der mich umwarf; aber der Hammerstiel war aus Holz.

Ich schlug noch einmal zu. Plötzlich sprühten Funken aus dem Hammerkopf. Es zischte häßlich und roch nach verschmorten Gummi. Gleich darauf erloschen sämtliche Lichter im Maschinenraum, und die kläglichen Notlampen flackerten auf.

Ich drückte mich in den Spalt, hielt inne und holte erst einmal Atem. Für den Augenblick war ich in leidlicher Sicherheit. Über mir, neben mir dröhnte die Maschine. Jedes Heben und Senken der Kolben, jede Umdrehung der Welle trug uns weiter von Panafarut weg, machte es mir immer unmöglicher, an Land zurückzukommen, selbst wenn mir der Ausbruch gelingen sollte. Vor allen Dingen ärgerte ich mich, daß ich mein Ziel nicht erreicht hatte, daß die Maschine immer noch lief.

Ich wußte nicht, was im Maschinenraum geschah. Die Notbeleuchtung drang nicht bis in die Dunkelheit des Ganges, und das Dröhnen machte meine Ohren taub für jedes andere Geräusch.

Ich tastete mich weiter in den Gang hinein. Links und rechts von mir, meiner Haut sehr nahe, waren heiße Eisen, warmer Stahl und der Geruch von Öl. Meine Hände und Arme waren längst verschmiert.

Der Gang endete an der Schiffswand. Links ging eine kleine Steigleiter hoch auf die Maschine. Ich kletterte hinauf.

Jetzt sah ich etwas mehr von dem notdürftig beleuchteten Maschinenraum. Eine Gestalt huschte durch das Halbdunkel. Ich hütete mich, zu schießen.

Geduckt schlich ich auf der Maschine vorwärts, wich den stampfenden Kolben aus, vermied ein großes Schwungrad, verbrannte mir die Hände an einer heißen Leitung.

Ich mußte die Maschine zum Stillstand bringen. Das war das erste; aber ich wußte nicht, wie ich es anfangen sollte.

Vielleicht ging es, wenn ich den Hammer zwischen zwei auf- und abstampfende Kolben steckte. Ich probierte es mit dem Stiel. Er zersplitterte, ohne daß die Maschine auch nur ihren Rhythmus geändert hätte.

Ich wog den schweren Hammerkopf in der Hand, dann, während der Kolben sich hob, schob ich ihn dazwischen und sprang zurück.

Einen Augenblick lang schien es, als halte das Maschinenungeheuer den Atem an. Es gab ein scheußlich grelles Geräusch von zerberstendem Gußstahl. Ein Stück Eisen wimmerte durch die Luft; dann war alles vorbei. Die Maschine lief weiter, aber ich hörte, daß sie anders lief. Einer der Kolben war ausgefallen. Sie drehte nicht mehr die volle Tourenzahl.

Wenn ich noch mehr Hämmer zur Hand gehabt hätte, dann hätte ich das noch einmal versuchen können, so lange, bis das Ding stand.

Ich quälte mich weiter durch all das Gestänge vorwärts, erreichte den Rand und legte mich auf den Bauch.

Sie hatten wohl inzwischen herausgefunden, wohin ich geflüchtet war. Unmittelbar unter mir knieten zwei Leute rechts und links von dem schmalen Gang, steckten vorsichtig die Köpfe vor und machten sich bereit, auf gut Glück hineinzuschießen.

Ich sprang dem ersten ins Genick, kaum daß er den Schuß abgefeuert hatte. Er brach zusammen. Den zweiten, der sich aus einer Stellung aufrichtete, erreichte ich, als er eben auf den Knien lag. Er flog weit nach hinten.

Es war soweit. Ich wollte ausbrechen. Es war meine letzte Chance, so glaubte ich. Hätte ich nachgedacht, so hätte ich mir leicht ausrechnen können, daß diese letzte Chance gar nicht mehr bestand. Es mochte eine Stunde her sein, daß die ›Flyer‹ Fahrt aufgenommen hatte. Sie lief wenigstens zehn Seemeilen die Stunde. Diese Strecke hatte sie sich also schon von Panafarut entfernt, eine Strecke, die ich mit Aussicht auf Erfolg kaum zurückschwimmen konnte.

Ich bekam Feuer von irgendwoher, und schoß irgendwohin zurück. Die Kugeln pfiffen durch den Maschinenraum, prallten ab, jaulten als Querschläger, selbst den Lärm der Maschine übertönend, gefährlich durch die Gegend. Die Luft wurde verdammt eisenhaltig.

Ich rannte nach rechts, duckte mich hinter eine Kiste, sprang auf, rannte weiter. Plötzlich war ich wieder an der Stelle, an der der Zauber losgegangen war. Vor mir der Maschinist. Undeutlich schimmerte das neue, unlackierte Stück der Rohrleitung, durchgebogen von den zwei Hammerhieben.

Vielleicht aus Sehnsucht sah ich so genau hin. Schimmerte die Leitung nicht feucht? In zwei Sätzen war ich da. Ja, das Rohr war aufgerissen, tropfenweise floß der Kraftstoff aus.

Ich steckte die Pistole in die Tasche, hängte mich mit beiden Händen an die Leitung, zerrte mit zusammengebissenen Zähnen daran. Ich fühlte, wie sie nachgab, riß mit allen Kräften, keuchte.

Plötzlich brach sie. Ich fühlte den Dieselkraftstoff über meine Hände und Arme laufen. Gleich darauf versiegte der Strom. Das Stampfen der Maschine wurde schwächer. Die Kolben bewegten sich nur noch durch den eigenen Schwung. Dann standen sie. Die Schwungräder, die Exzenterscheiben drehten sich nicht mehr. Ganz still wurde es im Maschinenraum. Im selben Augenblick traf mich die erste Kugel.

Ich spürte den stechenden Schmerz in der Schulter, ließ die Leitung los, warf mich auf den Boden. Ich fühlte die warme, klebrige Feuchtigkeit, die mir den Rücken entlangfloß, und hatte keine Ahnung, wie schwer es mich erwischt hatte.

Es war einer dieser Augenblicke, in denen man bereit ist, sich aufzugeben. Aber wenn sie uns beim FBI außer Schießen und Jiu-Jitsu eines beigebracht haben, dann ist es dieses: nie aufzugeben!

Vielleicht war es jetzt soweit, und dieser dreckige Maschinenraum auf der Yacht eines Gangsters war mir als Sterbezimmer bestimmt. Mir schoß der Gedanke flüchtig durch den Kopf. Ich hatte die Pistole noch in der Rechten und schoß.

Sie antworteten mit einem wilden, sogar wütenden Feuer. Es war ungezielt, aber die Richtung stimmte. Kein Gedanke daran, über die Treppe zu entkommen. Vom ersten Absatz würden sie mich wie einen tollen Hund runterknallen.

Ich schlängelte mich auf dem Boden rückwärts hin zu dem Gang, in dem ich schon einmal gewesen war. Die beiden Männer, die ich dort erledigt hatte, waren weg. Wahrscheinlich hatten sie den Verstand wiedergefunden und waren fortgekrochen.

Ich hatte die Kiste mitgeschleift, hinter der ich Deckung gefunden hatte. Ich schob sie jetzt vor den schmalen Gang zurecht und hockte mich dahinter. Sie mußten sich schon sehr anstrengen, wenn sie mich, tot oder lebendig, hier herausholen wollten. Ich zählte die Kugeln, die ich noch besaß. Bevor ich die Expedition begann, hatte ich das volle Magazin in den Lauf gestoßen. Davon hatte ich sechs Kugeln verschossen; blieben noch zwei, und vier in dem Reservemagazin, sechs Schuß insgesamt.

Es war jetzt atemlos still im Maschinenraum. Die Gegner rührten sich nicht. Ich lud die vier Schuß des Reservemagazins zu. Ich hatte keine Ahnung, wie viele hinter den Deckungen auf mich lauerten. Flybert, Creoly und Bread sicherlich, die Leute, die im Maschinenraum gewesen waren, und bestimmt noch eine paar von der Mannschaft. Eine ganze Meute Hunde, die da auf des Hasen Tod lauerten.

Dann begann im Raum ein Wispern, ein Hin- und Herhuschen. Zweimal sah ich Leute, die sich bewegten; aber ich schoß nicht. Ich brauchte meine Kugeln, wenn sie Ernst machten.

Der Ernst begann ungefähr eine halbe Stunde später, nachdem ich den Platz im Gang wieder bezogen hatte. Urplötzlich brach das Feuer los, und es lag richtig. Die Kugeln knallten nur so gegen die Kiste. Sie war aus starken Brettern, innen mit Blech beschlagen und hielt es aus. Ich zog den Kopf ein.

Wahrscheinlich stürmten sie jetzt von rechts und links. Es war ganz einfach, dieser Idee zu begegnen. Ich schob die Kiste weiter vor, legte mich flach auf den Bauch und hatte so nach rechts und links Schußfeld.

Da huschte schon der erste Mann von links heran, preßte sich gegen die Maschine, ein zweiter folgte ihm.

Ich feuerte. Er fiel prompt um. Der zweite schoß blindlings in meine Richtung und floh dann rückwärts.

Ich warf mich auf die andere Seite. Hier waren es drei, die sich heranschlichen. Ich erwischte einen am Fuß, als er eben die Deckung wechselte, verfehlte den zweiten, der trotzdem türmte. Der dritte schien nur einen Streifschuß abbekommen zu haben, denn er schrie zwar wie am Spieß, türmte aber im Schweinsgalopp, so daß seine Verwundung nicht ernstlich sein konnte. Die anderen, die ihren Kameraden hatten Feuerschutz geben wollen und unterdessen auf meine Kiste geballert hatten, daß die Späne flogen, stellten ihr Schießen ein.

Ich zog mich wieder ganz in den Gang zurück. Jetzt hatte ich noch zwei Kugeln; ein bißchen wenig, um sich gegen die Meute zu verteidigen. Außerdem begann ich so etwas wie lähmende Müdigkeit zu fühlen, wahrscheinlich eine Folge des Blutverlustes. Ich hockte mich hin und wartete. Ich dachte daran, daß es draußen jetzt langsam Morgen werden würde, und ich zweifelte sehr, daß ich die Helle eines Tages noch einmal sehen würde.

Es verging eine Stunde, ohne daß etwas geschah. Dann versuchte es noch einmal ein Mann. Er mußte die Maschine erklettert haben, denn er kam von oben. Ich bemerkte ihn rechtzeitig und schoß, bevor er schießen konnte. Er purzelte von oben in den Gang. Ich untersuchte ihn in der Hoffnung, eine Waffe bei ihm zu finden, aber er trug nur ein Messer. Es war ein Malaie. Wahrscheinlich hatte ihn Flybert durch eine hohe Belohnung gereizt, es zu versuchen, und er hatte dabei lieber zur vertrauten Waffe gegriffen.

Eine Kugel war mir geblieben. Es mußten eigentlich eine Menge Waffen herumliegen, und wenn ich schon nicht ausbrechen konnte, so wollte ich wenigstens versuchen, ein anderes geladenes Schießeisen in meinen Besitz zu bringen.

Ich raffte mich auf und wollte meine Kiste vorschieben, als plötzlich eine Stimme schrie:

»Flugzeuge, Kapitän! Sie umkreisen das Schiff! Sie geben Stoppsignal! Polizeiflugzeuge!«

Das Schott war aufgerissen worden. Ein Mann tanzte auf der Plattform der Eisentreppe und schrie immer wieder: »Flugzeuge!«

Im Maschinenraum brach es los. Es war, als hätten sie meine Anwesenheit vergessen. Aus allen Ecken tauchten sie auf, rannten zur Eisentreppe, drängten, hinderten sich gegenseitig. Ich erkannte Creoly, der wütend einen Mann am Kragen zurückriß, Flyberts Panama, Breads breite Gestalt. Ich hätte sie der Reihe nach ausschalten können, wenn ich genügend Kugeln gehabt und wenn ich überhaupt gewollt hätte. Dieses Ereignis, das sie vom ersten Augenblick an gefürchtet haben mochten, raubte ihnen nun, da es eintrat, jegliche Überlegung.

Ich blieb allein im Maschinenraum, allein mit den unsinnigen Opfern, die dieser Kampf gekostet hatte.

Ich stand auf und merkte, daß ich taumelte. Es wurde mir schwer, die Füße vom Boden zu heben, aber ich ging bis zum nächsten Verwundeten und nahm ihm die Pistole aus der Hand. Ich zog das Magazin heraus und sah, daß nur zwei Schüsse fehlten. In beiden Händen eine Waffe, schleppte ich mich die Treppe hoch. Das Schott war offengeblieben. Dann kam der Gang. Ich torkelte ihn entlang. Kein Mensch begegnete mir. Ich erreichte die Luke, drückte sie auf.

Es ist sinnlos, Ihnen beschreiben zu wollen, was ich fühlte, als ich das Licht des Tages sah, die frische Seeluft spürte. Wissen Sie, es war ganz einfach so, daß ich wußte, ich würde leben und noch lange so köstliche Dinge genießen können wie Luft und Licht. Ich fühlte mich plötzlich wieder stark, kräftig und unternehmungslustig, nahm meine beiden Waffen fester in die Hand und trat aufs Deck hinaus.

Da standen sie, die ganze Bande, die Chefs und ihre Handlanger, und sie alle drehten die Köpfe in die Luft, wo donnernd drei Wasserflugzeuge kreisten, das indonesische Hoheitszeichen an den Flügeln. Eine vierte Maschine setzte eben zur Landung an.

Ich blieb in der halben Deckung der Luke und rief sie an: »Gebt es auf! Runter mit den Waffen!«

Sie drehte sich nach mir um. Langsam zuerst, dann schneller flogen Gewehre und Revolver nach allen Seiten. Die Mannschaft beeilte sich, dem Befehl zu folgen. Bread und Creoly zögerten, aber dann gehorchten sie. Auf einmal, wie auf Verabredung, wichen alle nach rechts und links zur Seite, bildeten eine Gasse, und in dem freien Raum stand Flybert, den Panama auf dem Kopf, die Pistole in der Hand. Sein Gesicht hatte nichts Menschenähnliches mehr, sein Mund stand offen, und seine Augen hatten einen Blick, der nichts mehr zu sehen schien.

»Weg mit der Pistole, Flybert«, sagte ich.

Ich hörte sein Keuchen: »Dir besorg' ich es noch!«

Langsam löste ich mich aus meiner Deckung, ging auf ihn zu.

»Weg mit der Pistole!« befahl ich noch einmal.

Er wich vor mir zurück, bis sein Rücken gegen die Reling stieß.

»Ich besorge es dir«, keuchte er.

»Die Pistole runter!« sagte ich und trat näher.

Ich sah das verräterische Zucken seiner Augenbrauen, bevor er den Finger krümmte. Ich drückte vor ihm ab. Die letzte Kugel aus meiner Pistole fuhr ihm in die rechte Schulter. Der Schlag riß seinen Arm hoch, so daß seine Schüsse weit über meinen Kopf pfiffen. Gleichzeitig wurde er nach hinten geworfen. Die Reling war niedrig. Er bekam das Übergewicht, seine Hände fuhren nach Halt suchend in der Luft herum. Er stürzte über Bord.

»Los!« herrschte ich die Bande an. »Werft ihm eine Leine zu!«

Sie liefen davon.

Ich trat an die Reling. Creoly stand ganz dicht neben mir. Ich beachtete ihn nicht. Ich wußte, keiner von ihnen war mehr gefährlich.

Unten, nahe der Schiffswand, zappelte Flybert, rief um Hilfe. Dann tauchten, wie hergehext, plötzlich dreieckige Flossen aus der Tiefe des Meeres hoch, durchstießen die Wasserfläche, schnitten wie Pflüge durch das Meer, alle mit einem Ziel, mit einer Richtung.

Ich stampfte mit dem Fuß auf, brüllte: »Die Leine! Rasch!«

Vier Matrosen brachten die Leine, schleuderten sie im weiten Bogen. Sie fiel gut. Flybert griff mit dem gesunden Arm danach. Da war die erste Dreiecksflosse heran, verschwand, tauchte wieder auf, eine zweite, eine dritte quirlte um den Mann.

»Zieht!« brüllte ich, ergriff einen Revolver. Zwei Schüsse, dann klackte der Hahn leer.

Die Männer zogen, spürten das Gewicht John Flyberts, legten sich zurück. Plötzlich fielen sie übereinander. Das Gegengewicht war fort, abgefallen. John Flyberts Schrei

220

gellte über das Meer, dann waren nur noch Schaum und Gequirle an der Stelle.

Das Polizeiflugzeug hatte inzwischen gewassert und ein Schlauchboot ausgesetzt, in dem sich drei Mann befanden. Einer von ihnen war Phil. Er war der erste, der die Jakobsleiter hochenterte und dessen Kopf über der Reling auftauchte.

Um ein Haar wäre er wieder zurückgefallen.

»Du, Jerry?« stöhnte er. »Ich dachte, du säßest auf Panafarut!«

Bleibt nur noch, den Anfang nachzutragen. Ihn erfuhren wir, als wir drei Wochen später — ich mit gut verbundener Schulter — unserem Chef, Mr. High, im Büro gegenübersaßen. John Flybert, den man seiner Haarfarbe wegen auch den ›Grauen‹ nannte, war so etwas wie ein moderner Pirat gewesen. Er hatte jahrelang in den chinesischen und ostasiatischen Gewässern dunkle Geschäfte jeder Art gemacht, angefangen vom Waffenschmuggel bis zur Entführung mit anschließender Erpressung. Als dann das Hebungsrecht für die ›Patronia‹ öffentlich verkauft worden war, hatte er Gelegenheit bekommen, die Lagepläne einzusehen und zu kopieren.

Durch einen abgeheuerten Mann seiner Mannschaft hatten die Behörden davon erfahren, und Mr. High hatte telefonisch bei uns angefragt. Die indonesischen Behörden, die etwas später dahinterkamen, hatten ebenfalls bei Single-Pag angefragt. Aber zu diesem Zeitpunkt war Panafarut schon ganz im Besitz Flyberts, und er hatte an beide Stellen einfach die beruhigende Meldung durchgegeben, daß er nicht in Panafarut sei. Damit war jeder Einsatz von Polizei unterblieben und erfolgte erst, als Phil und Kapitän Hockmanner die Behörden alarmierten.

»Tja«, schloß er, »damit ist es dann doch gut abgelaufen, aber zwei Streitfragen sind noch ungeklärt. Erstens: Wem gehören die Diamanten, die an Bord der ›Flyer‹ gefunden wurden? Die Frage braucht uns nicht zu interessieren, denn uns gehören sie bestimmt nicht. Zweitens: War euer Urlaub nun ein Urlaub oder ein Einsatz, und habt ihr somit Anspruch auf neuen Urlaub?«

Ich zuckte mit den Schultern. »Was meinen Sie, Chef?«

Er lächelte. »Das ist eine bürokratische Frage, die ich nicht zu entscheiden wage. Ich werde in Washington nachfragen.«

Ich entlarvte das Hollywood-Gespenst

Erschien erstmals als BASTEI-KRIMINAL-ROMAN Band 156 (1956), dann als Band 4 der 3. Auflage (1970) und als Band 4 der 4. Auflage (1978).

Manchmal liest man in den Zeitungen, daß Hollywood am Ende sei und nur ein Abklatsch seiner früheren Existenz. Das Fernsehen soll daran schuld sein oder der italienische Film, oder was weiß ich. Jedenfalls, als ich nach Hollywood kam, merkte ich nichts von dem sooft prophezeiten Ende der Filmstadt. Immer noch wimmelte es von entdeckungswütigen jungen Mädchen, von angeblichen Regisseuren, von Filmarbeitern, von Autos, von Luxus und vor allen Dingen von Klatsch und Tratsch.

So, und jetzt werden Sie sich darauf vorbereitet haben, zu erfahren, zur Lösung welchen Verbrechens der G-man Jerry Cotton quer durch die Vereinigten Staaten von New York zu der Pazifikküste reiste. Ich muß Sie enttäuschen. Ich wollte keine Hollywood-Gang auffliegen lassen.

Aha, denken Sie, Urlaub. Auch das nicht. Ich war durchaus dienstlich unterwegs, und Phil war bei mir.

Sie erraten doch nicht, was ich dort zu tun hatte. Setzen Sie sich auf einen Stuhl. Ich war in Hollywood, um einen Film zu drehen.

Ich weiß genau, was Sie jetzt denken. Schade um den — hoffentlich — netten Cotton. Der Film hat ihn geholt, und damit ist er für den Umgang mit anständigen Menschen verdorben. Fare well, Jerry. Na, wir werden dir die alte Anhänglichkeit bewahren und mal ins Kino gehen, wenn du auf der Leinwand erscheinst. Bis jetzt warst du ein anständiger G-man, mit einem Wochenlohn in der Tasche, der nicht größer war als das, was wir in der Lohntüte nach Hause tragen. Jetzt bekommst du 'ne Bombengage, wirst hochmütig, und mit dem herzlichen Ton von Mensch zu Mensch ist es aus. Good-bye also.

Tut mir leid, liebe Freunde. Den Film werden Sie nie auf der Leinwand sehen. Der Film wurde nie zu Ende gedreht, das heißt, gedreht wurde schon, aber ich flog vorzeitig aus der Handlung heraus. Abgesehen davon, war er nie für die üblichen Kinos bestimmt.

Wie fast in jeder Arbeit, so hatte mich Mr. High auch in

diese hineingeschickt. Er ist schuld daran, daß ich wenigstens vorübergehend die ganze Innung blamierte. Er erzählte uns, Phil und mir, in seinem Büro im New Yorker Hauptquartier eines Tages ungefähr folgendes: »Ich habe eine Aufgabe eigener Art für euch beide. Die oberste FBI-Leitung in Washington hat beschlossen, eine Art Lehrfilm für die FBI-Schulen zu drehen. Das Drehbuch ist von den Professoren in Washington ausgekocht worden. Die Außenaufnahmen und die Bilder von technischen Einrichtungen sind schon gedreht worden, aber es sollen noch eindringlichere Sachen gezeigt werden. Verhalten des G-man bei der Gangsterjagd, die Anwendung bestimmter Tricks, Jiu-Griffe und was weiß ich. Damit die Sache nicht so trocken wird, soll eine kleine Handlung in den Film eingebaut werden. Ich weiß nicht, wie die Filmburschen sich das vorstellen, aber jedenfalls haben sie wegen der Echtheit zwei G-men angefordert, mit denen sie den Zauber drehen wollen. Okay, ich dachte mir, daß der Job gleichzeitig eine nette Erholung ist, und ich finde, ihr habt in der letzten Zeit brav gearbeitet.«

Wir dankten, nahmen an der Kasse unseren Spesenvorschuß in Empfang, suchten uns einen hübschen gemütlichen Zug aus und fuhren voller Erwartung nach Hollywood. Wir rissen eine Menge Witze über unsere bevorstehenden Filmauftritte. Phil war der festen Überzeugung, daß die Regisseure von uns begeistert sein würden und daß wir uns nach diesem Debüt vor Filmaufträgen nicht mehr würden retten können.

Ich stopfte ihm das Maul und behauptete, er sei nicht einmal fotogen. Worauf er mir erklärte, mir fehle die Eleganz, die zu einem Filmstar nun mal notwendig sei, die er aber besitze. Zum Beweis stolzierte er durch unseren Waggon mit einem Hüftbeben, das Marilyn Monroe alle Ehre gemacht hätte und das Erstaunen der übrigen Fahrgäste hervorrief.

Kurz und gut, wir waren bester Laune, und in bester Laune kamen wir auch in Hollywood an.

Wir nahmen zwei Zimmer im Sunrise Hotel, wuschen uns, banden uns — warum eigentlich? — unsere besten Krawatten um und stiefelten zur Cultural Pictures Company, die vom Innenministerium den Auftrag für den FBI-Lehrfilm erhalten hatte.

Die CPC-Filmgesellschaft war ein Unternehmen, das sich ausschließlich mit der Herstellung von Kultur- und Lehrfilmen beschäftigte. Es war ein relativ großer Laden, wenn er natürlich auch keinen Vergleich mit der Metro oder Warner Bros. aushielt.

Wir gingen getrost hin, denn wir waren der Meinung, Männer, die Kulturfilme machten, müßten relativ vernünftige Leute sein. Wir wurden eines Besseren belehrt.

Empfangen wurden wir von einer Sekretärin, die nicht so sehr nach Kultur als vielmehr nach dem Verbrauch zivilisatorischer Erzeugnisse aussah, als da sind: Lippenstift, Puder, Nagellack und Wangenrot. Tizianfarbe für das Haar nicht zu vergessen. Besagte Dame brachte uns zum Produktionsleiter und Mitinhaber der CPC, einem Mr. Springs. Mr. Springs saß in einem hallengroßen teppichbeladenen Büro, das eher wie ein hochfürstliches Arbeitszimmer eines adligen Diplomaten aussah.

Als wir eintraten, benahm sich Mr. Springs durchaus nicht adlig, sondern tobte am Telefon herum und gebrauchte böse Wörter: »Sie sind völlig verrückt, alter Freund!« schrie er in den Apparat. »Glauben Sie, ich könnte dreitausend Fuß in vier Tagen herunterkurbeln? Nein, nichts zu machen. Wo bleibt denn da die Qualität? Wo bleibt das künstlerische Gewissen? Nein, Springs liefert Qualität oder überhaupt nicht. Glauben Sie, ich ließe mir von Ihnen meinen guten Namen verderben? Fünf? Ausgeschlossen. Sechs Tage ist das wenigste, was wir brauchen. Einverstanden. Sie schneiden den Streifen selber, dann können Sie ihn in fünf Tagen haben. Ich rufe Sie an.«

Er hieb den Hörer in die Gabel, aber er nahm noch keine Notiz von uns, vielmehr schrie er nun in eine Lautsprecheranlage hinein und beschimpfte einen Mann, den er Robby nannte.

Mr. Springs war ein kleiner, sehr beleibter Mann mit einer Glatze, die von einem Kranz fettiger schwarzer Locken im Nacken begrenzt wurde. Seine Hautfarbe hatten einen Stich ins Gelbliche, und ich war bereit zu wetten, daß er in seiner Jugend eine andere Sprache gesprochen hatte als Englisch. Ich tippte auf einen Dialekt der Levante.

Jetzt geruhte er, uns zu bemerken.

»Was ist los?« fuhr er die Sekretärin an, die uns hereingelassen hatte.

»Die G-men aus New York, für den FBI-Film«, sagte die Dame.

»Warum schleppen Sie sie hier herein?« brüllte Springs wütend. »Zu Addams damit, Studio drei.«

Er wedelte heftig mit der Hand, als verscheuche er Fliegen.

Phil und ich sahen uns an. Wir waren Mr. Springs offenbar nicht einmal eine Begrüßung wert.

Im Kielwasser der Sekretärin segelten wir über einen kleinen Hof, dessen Rückfront von drei flachen, fensterlosen Gebäuden in schimmerndem Weiß gebildet wurde. Sie wirkten wie Bunker für den Schutz gegen Fliegerbomben. Auch die Eingangstüren waren erstaunlich klein. Über der Tür, durch die wir unseren Bunker betraten, stand die Nummer drei.

Wir mußten durch einen langen Gang, der an einer Unmenge von Türen vorbeiführte, gelangten am Kopfende an eine große Flügeltür und betraten durch diese eine riesige, sehr hohe Halle. Schön, ich bin ein moderner Mensch und lese Zeitungen, und ich weiß schließlich von Bildern, wie ein Filmstudio von innen aussieht. Trotzdem: Bild und Wirklichkeit unterscheiden sich. Es wimmelte von Zeitungen, Pappe, Gerüsten, Geräten und auch von Leuten. Und vor allen Dingen: Es herrschte ein unwahrscheinlicher Krach. In allen Ecken und Kanten wurde gehämmert, gesägt und gerufen, gesungen und auch kräftig gebrüllt.

Die Sekretärin führte uns zielstrebig zu einem Mann, der mitten in der Halle und mitten in dem Krach in einem Segeltuchstuhl saß, eine blaue Brille trug und in einem dicken Buch las.

»Mr. Addams«, sagte sie.

Der Mann sauste aus seinem Stuhl hoch, als sei er nicht angesprochen, sondern angestochen worden.

»Stören Sie mich nicht!« schrie er. »Warum stören Sie mich? Sehen Sie nicht, daß ich nachdenke? Daß ich arbeite?«

Er sah aus, als wollte er die Sekretärin in der Luft zerreißen, und ich schob die Schultern vor und machte mich bereit, notfalls einzugreifen, aber die Sekretärin schien das Geschrei überhaupt nicht zu hören.

»Die G-man aus New York stehen hier«, sagte sie ungerührt mitten in Mr. Addams' Toben hinein, drehte sich auf dem Absatz um und wippte von dannen.

Mr. Addams riß sich die blaue Brille aus dem Gesicht. Er war ein mittelgroßer, magerer Mann, und er sah aus, als litte er unter Magengeschwüren.

»So«, sagte er, »so, die G-men, aus New York.« Er starrte uns in die Pupillen, hielt den Kopf schräg und begann, langsam um uns herumzugehen. Ich wollte mich mitdrehen, aber er sagte streng: »Stehenbleiben!«

Wirklich, ich wagte kaum noch, mich zu rühren, und Phil ging es nicht anders. Mr. Addams umschlich uns, als wären wir eine Ware, die zum Verkauf stünde. Ich hörte ihn hinter uns brummen.

»Hm, hm, geht so. In einem anderen Anzug kommt die Figur vielleicht ganz gut heraus.«

Er tauchte im äußersten Blickwinkel meiner Augen wieder auf und musterte mein Profil.

»Nicht edel genug«, knurrte er. »Viel zu alltäglich.«

Und plötzlich fuhr er Phil an.

»Sind Sie auch G-man?«

»Natürlich«, antwortete Phil. »Was dachten Sie denn?«

»Sehen eher aus wie ein Verkäufer von Damenwäsche«, erklärte Addams im Ton absoluter Autorität.

Mir riß der Geduldsfaden.

»Ich weiß nicht, was Sie hier in dem Zirkus sind«, sagte ich, »aber Sie benehmen sich wie ein Sklavenhändler, und gleichzeitig habe ich den Eindruck, Sie wären ein Clown.«

Ihm blieb der Mund offen, so daß ich seine Goldplomben sehen konnte. Dann faßte er sich und bellte: »Ich bin der Regisseur von eurem Film, verstanden? Und hier wird das gemacht, was ich sage, verstanden?«

Er wandte sich ab und brüllte in das Studio.

»Henry, in einer halben Stunde Probeaufnahmen.« Dann befahl er: »Mitkommen!« Er führte uns aus der Halle in eines der Zimmer auf dem Gang.

Phil flüsterte mir zu: »Auf den FBI-Schulen herrscht ein geradezu freundlicher Ton im Vergleich zu diesem Herrn.« Aber wir konnten im Augenblick nichts machen. Wir waren ganz in Mr. Addams' Hand gegeben und hielten still.

Das Zimmer, in das er uns brachte, sah auf den ersten Blick aus wie ein Friseursalon. Es stellte sich jedoch heraus, daß es sich um eine moderne Folterkammer besonderer Bauart handelte. Die Folterknechte darin waren ein weißbekittelter Mann und zwei weißbekittelte Mädchen.

»Macht die Jungs fertig für eine Probeaufnahme!« befahl der Regisseur. Er sagte das in dem gleichen Tonfall, in dem Gangsterbosse ihren Leuten befehlen, einen gefangenen Polizisten fertigzumachen.

Die drei stürzten sich auf uns. Ich wurde in einen Sessel gestoßen. Der Mann drehte einen Hebel, der Sessel kippte mit mir in die Waagerechte, und dann fuchtelten sie mir mit Bürsten, Salben und Stiften im Gesicht herum, zogen an meiner Unterlippe, kneteten meine Nase, beklopften meine Wange und ruckten an meiner Kinnlade.

Mr. Addams überwachte die Prozedur mit Argusaugen, und von Zeit zu Zeit befahl er: »Mehr Rouge rechts!« Oder: »Schatten unter dem linken Auge stärker!«

Ich empfand das genauso, als hätte er gesagt: Haut ihm links noch eine rein! Setzt ihm einen Haken auf das Kinn!

So an die zwanzig Minuten wurden wir maskiert, dann sagte der Weißbekittelte: »Fertig!«

Er kippte mich in Normallage zurück. Ich konnte einen flüchtigen Blick in einen Spiegel werfen und hätte beinahe einen Schreckensschrei ausgestoßen. Ich halte mich nicht für schöner als tausend andere, aber zum Teufel, auch nicht für häßlicher. Jetzt sah ich aus wie ein Clown, der beim Schminken gestört worden ist.

Mr. Addams ließ mir keine Zeit, meiner Empörung Luft zu machen. Er trieb uns wieder vor sich her, und mir war es ein Trost, festzustellen, daß Phils Gesicht ebensowenig nach Phil aussah wie das meine nach Jerry Cotton.

Wir mußten in einen anderen Raum, in dem bereits vier Männer und einige Mordinstrumente versammelt waren. Einer stand hinter einem Ding, das wahrscheinlich eine Kamera war, einer hatte einen Kopfhörer um und hantierte an einem Tongerät, und die beiden letzten standen an Scheinwerfern.

»Auf die Stühle!« kommandierte der Regisseur.

Wir schlichen zu zwei einfachen Holzstühlen, die am Ende des Raumes vor einer grauen Leinwand standen, setzten uns und legten wie Schüler die Hände auf die Knie.

»Licht!« befahl Addams. Zwei grelle Scheinwerfer leuchteten auf, und die Helle biß uns in die Augen. Ich blinzelte. Es war genau wie im Kittchen, wenn die Frischeingelieferten für das Album fotografiert werden.

»Ton!« sagte unser Henker. »Ton läuft!« antwortete der Kopfhörermann.

»Kamera!« schrie Addams, und dann würdigte er uns wieder eines Wortes. »Lachen!« befahl er.

Wir grinsten gequält. Mr. Addams ließ einen abgrundtiefen Seufzer hören.

»Laut lachen! Ihr seid lustig. Ihr habt Grund zur Heiterkeit.«

Ich war gar nicht lustig, aber ich war nur ein G-man, und Addams war ein Filmregisseur. Er mußte von dem Job wohl mehr verstehen als ich, und so lachte ich und schlug mir auf die Schenkel.

»Unterhaltet euch!« kam das nächste Kommando.

»Worüber?« fragte ich dämlich.

Addams vollbrachte eine kleine Explosion. Dieser Mann war wie ein Knallfrosch, bei dem fünf oder sechs Explosionen hintereinander stattfinden, und dann kommt noch eine, wenn man meint, das Ding hätte sich längst ausgeknallt.

Ich drehte also meinen Kopf Phil zu und sagte: »Kannst du mir sagen, warum wir dieses Affentheater mitmachen?«

»Weil es uns befohlen wurde«, antwortete Phil traurig.

»Schön«, sagte ich. »Also, machen wir es weiter mit, aber wenn es vorbei ist und wir bis dahin von diesem Menschenschinder nicht besser behandelt worden sind, dann werden wir ihn uns im Dunkeln kaufen, wenn er nach Hause geht, und sein Geschrei wird dann anders klingen.«

»Schluß!« brüllte Addams wütend. »Aufstehen! Locker! Viel lockerer. Schüttelt euch die Hand!«

Wir taten alles, was er sagte.

»Licht aus! Kamera aus! Ton Schluß!«

Die Scheinwerfer erloschen. Der Mann hinter der Kamera tauchte auf. Der Mann am Tongerät nahm den Kopfhörer ab. Mr. Addams kam auf uns zu.

»Trollen Sie sich nach Hause!« grollte er. »Heute abend um acht Uhr sind Sie pünktlich wieder hier. Sie sollen sehen, wie kläglich Sie trotz Ihres großspurigen Benehmens auf der Leinwand wirken.«

Wir verkrümelten uns in gedrückter Stimmung. Während wir noch in dem langen Gang nach der richtigen Tür suchten, sprach uns ein Mann an. Es war einer von den Beleuchtern, ein netter schlanker Junge von höchstens fünfundzwanzig Jahren.

»Laßt euch von Addams nicht ins Bockshorn jagen, Boys«, sagte er freundlich. »Er schreit immer so. Ist einer von den ganz Aufgeregten. Aber wenn er mit Springs reden muß, kriecht er wie eine Schnecke.«

»Danke für den Trost«, antwortete ich. »Mein Name ist Cotton, und das ist Phil Decker. Wir wären Ihnen dankbar, wenn Sie uns ein wenig über den Rummel hier aufklären würden. Kommen uns vor wie frischgeborene Kälber. Haben Sie Zeit für einen Drink?«

»Ich bin Tommy Farr.« Er lachte. »Beleuchter bin ich nur aushilfsweise, um etwas Geld zu verdienen. An sich suche ich 'ne Chance als Regieassistent, aber man muß nehmen, was geboten wird. Für einen Drink habe ich jetzt keine Zeit, aber vielleicht heute abend, wenn Sie sich die Probestreifen angesehen haben. Ich bleibe im Atelier und warte auf Sie.«

Glauben Sie mir, ich war glücklich, eine Seele gefunden zu haben, die es gut mit uns meinte.

Für die Ereignisse des Abends stärkten wir uns mit einigen Drinks. Dann bummelten wir durch die Stadt und hofften, Marilyn Monroe würde uns begegnen, aber sie schien gerade verreist. Pünktlich um acht Uhr fanden wir uns wieder im Atelier ein. Der Nachtportier brachte uns in einen kleinen Vorführraum, und es begab sich, daß wir dort bis neun Uhr warten durften, ohne daß sich ein Mensch um uns kümmerte. Schließlich erschien Mr. Addams, warf sich in einen Sessel, nahm einen Telefonhörer ab und sprach: »Die Probeaufnahmen von den G-men!«

Es wurde dunkel. Auf der Leinwand flimmerte es, und dann erschienen Phils und mein Gesicht im Format acht mal zehn Fuß. Ich muß sagen, so dämlich wir unter unserer Schminkschicht in natura ausgesehen hatten, so schön und Errol Flynn gleich wirkten wir hier. Aber was nutzt die schönste Maskenkunst, wenn der Inhaber des Gesichts grinst wie ein Dorftrottel? So dämlich grinste ich von der Leinwand herab, und Phil machte es nicht besser. Dann lachten unsere Schatten an der Wand und schlugen sich auf die Knie. Es wirkte so unwahrscheinlich albern, so unecht und so gekünstelt, daß ich mich schämte. Jetzt unterhielten wir uns. Das war entschieden die beste Szene. Die Dinge, die ich Mr. Addams androhte, klangen durchaus echt. Und zum Schluß standen wir auf. Das war wieder sehr schlimm. Marionettenpuppen hätte es besser gemacht. Wir bewegten uns, als seien unsere Gelenke aus Blechscharnieren.

Es wurde Licht. Wir wagten Mr. Addams nicht ins Auge zu sehen. Er aber sprach im Tonfall eines Märtyrers: »Ich werde eine furchtbare Arbeit mit Ihnen haben. Sie kosten mich zwei Jahre meines Lebens. Gehen Sie jetzt. Morgen früh bitte pünktlich um sechs Uhr zu den Aufnahmen.«

Dieser resignierte Satz des Regisseurs wirkte fast noch deprimierender als sein Getobe.

Wir stiefelten davon wie geprügelte Hunde.

»Ich weiß nicht«, seufzte Phil. »Du erinnerst dich sicherlich an unsere Ausbildungszeit. Weißt du noch, als wir uns benehmen mußten wie ein Friseur? Ich habe schon Staubsauger verkauft, und keiner hat gemerkt, daß ich ein G-man war. Aber hier . . .«

»Ich bin schon Bandenmitglied gewesen«, sagte ich ebenso traurig, »und sie haben erst gemerkt, daß ich ein G-man war, als sie hinter Gitter saßen. Ich bin ein prima Schauspieler, wenn es darauf ankommt, aber hier unter den Scheinwerfern und mit dem Bewußtsein, daß es gar nicht ernst ist, daß Addams zwar schreit, aber nicht schießt, wenn ich etwas falsch mache, hier also gelingt mir auch nichts.«

Wir hatten den Ausgang erreicht.

»War es sehr schlimm?« fragte eine Stimme.

Der nette Tommy Farr lehnte an der Tür und wartete auf uns.

»Scheußlich«, antwortete ich.

Er lachte. »Ich dachte es mir, aber es wird besser werden. Wie ist das mit dem Drink?«

»Einverstanden, sehr einverstanden. Übernehmen Sie die Führung. Sie kennen das hier.«

»Was wollen Sie? Einfach? Prächtig? Luxus? Statistenkneipe?«

»Mittelmäßig. Wir wollen schließlich was sehen vom berühmten Hollywooder Nachtleben.«

»Okay, gehen wir in die Fox Bar. Ist hübsch, aber nicht teuer. Eingerichtet für Wochengagen bis tausend Dollar.«

Farr hatte einen eigenen Wagen, äußerlich ein etwas überholungsbedürftiges Vehikel, aber der Motor brummte vertrauenerweckend. Die Fox Bar entpuppte sich als durchaus respektables Unternehmen, in dem gemeinhin ein Smoking getragen wurde, aber der Geschäftsfürher duldete auch einen normalen Sakko.

Wir suchten uns einen ruhigen Tisch, möglichst weit weg von der Kapelle, aber in Sichtweite der Bar.

Der Kellner brachte uns eine scharfe Runde, dann noch eine, und wir forderten von Farr, uns aufzuklären.

Er entwickelte uns ein relativ freundliches Bild von Hollywood und gab uns Anleitungen, wie wir uns vor der Kamera kalten Blutes benehmen müßten.

»Hier versucht sich jeder in Szene zu setzen. Wenn Addams schreit, so will er damit nur seine Unentbehrlichkeit dokumentieren«, sagte er. »Mensch, Cotton, Sie werden doch vor einer Kamera keine Angst haben, wenn Sie vor einer Maschinenpistole nicht zurückschrecken.«

Ich lachte. »Wer sagt Ihnen, daß ich vor einer MPi nicht zurückschrecke? Sie glauben nicht, wie sehr ich mich davor fürchte. Das ganze Geheimnis ist nur: Auf den Mann mit der MPi kann ich schießen. Kann ich vielleicht auf Mr. Addams schießen?«

Er mußte die Frage verneinen, und darauf bestellte ich noch eine Runde.

Ich muß sagen, in dieser gemütlichen Bar zeigte sich die Filmstadt zum erstenmal von einer erfreulichen Seite. Wir tranken, und ich war nahe daran, meine scheußlichen Niederlagen des heutigen Tages zu vergessen.

Ich sagte Ihnen schon, daß wir die Bartheke im Blickfeld hatten, und so merkte ich es, als dort ein Krach losging, obwohl die Musik nicht für einen Augenblick abbrach und die Paare auf der Tanzfläche höchstens den Kopf ein wenig drehten. Nun gibt es in einer Bar ebensogut mal Krach wie in jeder Bergmannskneipe, und ich bin der letzte, der sich in einen fremden Streit einmischt. Mir fiel nur eine Kleinigkeit an diesem Streit auf, und diese Kleinigkeit machte mich neugierig.

Bei einem normalen Krach in einem leidlich anständigen Unternehmen tauchen im Handumdrehen der Geschäftsführer, drei Kellner und meistens noch der Portier auf, stürzen sich zwischen die Kampfhähne, reden beruhigend auf sie ein, und wenn alles nichts hilft, komplimentieren sie sie mehr oder weniger sanft hinaus. Hier geschah nichts dergleichen. Zwei Männer im Smoking zerrten an einem dritten Mann, ebenfalls im Smoking. Der dritte Mann schimpfte laut vor sich hin und schlug mit den Armen um sich, zappelte und hielt sich gewissermaßen mit Klauen und Zähnen an der Bar fest.

»Entschuldigen Sie einen Augenblick«, sagte ich in Farrs Erzählungsfluß hinein, stand auf, schob mich durch die Tanzenden und stand eine halbe Minute später an der Bar.

»Geben Sie mir einen Whisky-Soda«, sagte ich zu der Bardame, die ziemlich blaß auf das Handgemenge zu ihren Füßen blickte. Sie hielt die Hände an die Wangen gepreßt und hörte mich nicht. »Hallo, Sie!« rief ich lauter. »Ich möchte, daß Sie mir etwas zu trinken geben.«

Sie reagierte nicht.

Inzwischen aber hatte ich einiges von dem verstanden, was die drei miteinander auszumachen hatten.

Der Mann, den die beiden anderen hinauszuschleppen bestrebt waren, rief ungefähr: »Laßt mich los, verdammt! Ich will mit ihm nichts mehr zu tun haben. Ich denke nicht daran, auch nur noch einen Penny zu zahlen. Ich bin ein freier Bürger des Landes. Ich werde es ihm zeigen. Ich habe keine Angst vor ihm. Laßt los, ihr Hunde!«

Die beiden anderen zerrten an ihm, fast lautlos. Nur hin und wieder zischte der eine: »Halt den Mund, du Idiot!«

Es gelang ihnen, den Mann von den Beinen zu bringen. Der eine faßte ihn unter den Achseln, der andere bändigte seine strampelnden Beine, und sie machten sich daran, ihn hinauszutragen. Der Mann hatte zu fluchen aufgehört und rief jetzt: »Hilfe! Helft mir doch!«

Wissen Sie, ich habe es immer schlecht vertragen können, wenn zwei gegen einen antraten. Ich finde, auch eine Prügelei, die sich nicht vermeiden läßt, muß gerecht vor sich gehen, Mann gegen Mann. Ich schätze es auch nicht sehr, wenn ein Mensch zu etwas gezwungen wird, was er offensichtlich nicht gern tut, und genau das schien mir hier der Fall zu sein. Mit drei großen Schritten vertrat ich dem Transport den Weg.

»Ich finde es nicht nett«, sagte ich zu dem Mann, der das Opfer an den Beinen trug, »daß ihr den Gentleman aus dieser gemütlichen Bar gegen seinen Willen hinaustragen wollt.«

»Geh zur Hölle!« zischte der Beinträger.

»Kümmere dich um deine Angelegenheiten!« rief der andere vom Kopfende.

»Ich möchte mit dem Mann noch einen Whisky trinken«, fuhr ich gemächlich fort. »Laßt ihn hier!«

Der Mann, der die Beine trug, ließ los.

»Idiot!« schrie er und schlug nach mir. Er tat es blitzschnell, aber ich reagierte früh genug. Ich blockte den Schlag ab und ließ selber einen rechten Haken los, den er voll gegen das Kinn bekam. Er taumelte gegen die Bar, riß einen Hocker um, stolperte rückwärts darüber, fiel darauf und zerbrach ihn mit seinem Körpergewicht unter lautem Krachen.

Jetzt war es soweit. Ein leiser Aufschrei ging durch die Bar. Die Musik brach ab, die Tanzenden blieben stehen.

Der zweite Mann ließ das Opfer los. Der Smokingherr fiel platt auf den Rücken und schrie etwas. Sein Gegner stürzte sich auf mich und hatte die Absicht, ziemlich brutal mit mir umzugehen.

Ich kannte einen hübschen Trick. Er schlug zu seinem eigenen Erstaunen jeden Hieb in die Luft, den er mir zudachte, und plötzlich stand ich hinter ihm, faßte sein Jackett mit beiden Händen und riß es halb herunter. Seine Hosenträger kamen zum Vorschein, aber das war nicht die unangenehmste Folge. Vielmehr empfand er es schmerzlich, daß er seine Arme nicht mehr bewegen konnte.

»Siehst du, Freund«, flötete ich ihm ins Ohr, »so macht man das mit ungezogenen Jungen.« Ich stieß ihn vor mich her.

Der Geschäftsführer schoß herbei.

Bevor er den Mund öffnen konnte, fragte ich trocken: »Wo ist der Ausgang?«

Er war verblüfft und antwortete artig: »Dort entlang, Sir.«

Ich schleifte meinen Freund zur Tür, drückte sie mit der Schulter auf, schob den Burschen hinaus und sagte ihm zum Abschied: »Du mußt entschuldigen, aber ich kann Leute nicht leiden, die unfair sind.« Damit gab ich ihm einen Stoß ins Kreuz. Er stolperte über die Straße, fing sich aber und fiel nicht.

Ich ging zur Bar zurück. Der Junge, der mich zuerst angegriffen hatte, war inzwischen aufgestanden und klopfte an seinem Anzug herum.

»Wollen wir noch ein wenig?« fragte ich ihn lächelnd.

Er warf mir einen Blick zu, in dem alles stand, ging an mir vorbei und zischte: »Das wirst du teuer bezahlen.«

Ich ließ ihn noch einen Schritt tun, drehte mich um und trat ihm gewaltig ins verlängerte Kreuz. Seine Gangart bekam die richtige Geschwindigkeit, aber er tat so, als habe er die Sache gar nicht bemerkt, und beeilte sich, nach draußen zu verschwinden.

Das Opfer der beiden lag immer noch auf der Erde. Ich streckte ihm die Hand hin und forderte ihn auf: »Los, stehen Sie auf!« Er nahm die Hand und ließ sich hochziehen. Ich sah zum erstenmal richtig sein Gesicht. Es war so eine hübsche Filmvisage mit Schnurrbärtchen und sorgfältig gepuderten Wangen und brillantineglänzendem schwarzem Haar, das nach dem Friseur schrie, obwohl es sorgfältig gekämmt war.

Als ich ihn hochgezogen hatte, merkte ich, daß er ganz schön getrunken haben mußte. Er roch gewaltig nach Alkohol, und der Blick seiner Augen war verschwommen.

Immer noch standen eine Menge Leute um uns herum, aber keiner sprach ein Wort. Ich hatte den Eindruck, als wären sie irgendwie stumm vor Entsetzen. Sie nahmen diesen kleinen Zwischenfall so tragisch, als hätte es Tote dabei gegeben.

Phil tauchte neben mir auf. »Nanu«, sagte er lachend.

Ich hörte, wie die Bardame zu dem Geretteten sagte: »Wie konntest du das tun, Berry? Er wird es dich bezahlen lassen.«

Berry hieß also der Schnurrbartjunge, und wenn ich mich nicht täuschte, so schien Berry unter dem Eindruck dieser Worte zusehends nüchtern zu werden. Sein Blick wurde klarer.

»Oh«, stöhnte er, »oh, ich muß total betrunken gewesen sein. Wie konnte ich nur? Was soll ich machen, Jane? Sag mir doch, was ich tun soll?«

»Geh ihnen nach«, flüsterte die Bardame, »aber schnell. Dadurch, daß der Mann dort sie hinauswarf, ist alles nur schlimmer geworden. Bring es in Ordnung, so schnell du kannst, sonst ist es zu spät.«

»Ja, ich werde gehen. Gib mir noch ein Glas.«

»Besser, du gehst sofort.«

Er nickte, griff mit fahrigen Fingern nach seiner verrutschten Smokingfliege und stiefelte dem Ausgang zu. Als er an mir vorüberkam, sagte er böse: »Das nächstemal kümmern Sie sich nicht um anderer Leute Angelegenheiten.«

Ich sah ihm sprachlos nach. Phil lachte: »Da hast du deinen Dank.«

Ich sah den Geschäftsführer in meiner Nähe und winkte ihn heran. Er kam zögernd.

»Können Sie mir das erklären?« fragte ich.

»Bedaure, nein, Sir«, antwortete er und ging.

Ich wandte mich an die Bardame. Sie sah es, drehte sich

ostentativ um und beschäftigte sich mit ihren Flaschen. Die Musik begann wieder zu spielen. Die Paare gingen zur Tanzfläche zurück, und es sah ein wenig aus, als wichen sie von uns fort, als wären wir aussätzig.

»Gehen wir an unseren Tisch«, forderte ich Phil auf. Wir taten es, und hier wartete die größte Überraschung auf uns. Der nette Tommy Farr war verschwunden. Keine Nachricht, keine Erklärung. Als wir den Kellner fragten, erfuhren wir nur, daß er seine Drinks bezahlt hätte.

»Verstehst du das?« fragte ich Phil.

»Nein«, sagte er, »wenigstens nicht die Zusammenhänge. Es sieht so aus, als hättest du mit deinem Eingreifen in ein Fettnäpfchen getreten. Welches Fett allerdings in dem Näpfchen ist, das weiß ich freilich auch nicht.«

Ich seufzte: »Gib zu, daß dieses Hollywood kein Pflaster für unsereiner ist. Ich bin keine vierundzwanzig Stunden hier und begehe einen Fehltritt nach dem anderen. Ich brauche noch einen Whisky auf den Schreck.«

Wir bestellten noch einiges. Dann, in einer Tanzpause, sah ich den geretteten Berry. Er stand in der Nähe der Bar und sah gar merkwürdig aus. Seine Unterlippe war geschwollen und geplatzt, und seine Nase schimmerte rot, als habe er das Blut eben erst gestillt und noch keine Zeit gehabt, sich zu waschen. Ich war ganz sicher, daß er diese Merkmale einer harten Auseinandersetzung noch nicht nach dem Geraufe an der Bar gezeigt hatte. Er mußte draußen noch etwas abgekriegt haben. Neben ihm standen zwei Männer in Hut und leichtem Sommermantel. Berry hob einen Arm und zeigte auf uns. Die beiden Männer schoben sich über die Tanzfläche und traten auf unseren Tisch zu. Ich flüsterte Phil zu: »Das sind die Freunde von meinen Freunden. Ich glaube, es setzt noch etwas.« Phil lächelte erfreut.

Die beiden standen vor uns und musterten uns böse. Sie waren große, breitschultrige Kerle mit Gesichtern, die keineswegs nach Film aussahen. Ich hatte oft mit solchen Gesichtern zu tun gehabt.

»'n Abend«, sagte er eine, der offenbar der Anführer war. »Hätte euch gern mal gesprochen.«

»Zwei Stühle sind frei an diesem Tisch«, antwortete ich.

»Draußen«, sagte er.

»No«, antwortete ich, »aber vielleicht später gern, wenn ihr uns gesagt habt, was ihr wollt.«

Er schob seinen Hut ins Genick, knöpfte seinen Mantel auf und setzte sich.

»Warum hast du dich in die Prügelei zwischen Berry und meinen Freunden gemischt?« fragte er.

»Weil deine Freunde zu zweit waren und Berry allein.«

»Berry schwört Stein und Bein, daß er euch nicht kennt. Stimmt das?«

Statt einer Antwort hätte ich ihm natürlich auch den Rest meines Whiskys ins Gesicht schütten können, aber einmal wäre es schade darum gewesen, und zum anderen wollte ich wissen, von welcher Sorte er war, und so antwortete ich brav weiter.

»Es stimmt. Nicht einmal im Kino habe ich den guten Berry bisher gesehen, obwohl ich sicher annehme, daß er irgendwie damit zu tun hat.«

»Warum also hast du dich dann eingemischt?«

»Ich sagte es dir vorhin schon«, entgegnete ich geduldig. »Weil sie zwei gegen einen antraten. Ich kann das nicht leiden.«

»Erzähle es deiner Großmutter«, knurrte er.

»Hör zu«, sagte ich wütend. »Ich habe deine Fragen beantwortet, obwohl du nicht einmal deinen Namen gesagt hast, aber jetzt habe ich genug. Gehen wir also nach draußen. Wir sind zwei gegen zwei, und es kann eine ehrliche Sache geben.«

Ich stand auf, und auch Phil knöpfte sich die Jacke zu. Unser Besucher musterte uns, schien sich aber den Fall zu überlegen. »Unnötig«, sagte er und zog seinen Hut nach vorn. »Ich wollte euch nur warnen. Kümmert euch nächstens nicht darum, wenn jemand verhauen wird. Ihr seht, nicht einmal Berry ist es recht, wenn ihr ihn vor Prügel bewahrt. Er kommt, um sie sich nachträglich zu holen.«

Er stemmte sich hoch und stiefelte gemeinsam mit seinem Begleiter hinaus.

»Ich weiß nicht, Jerry«, sagte Phil, »aber ich habe das Gefühl, als wären wir in irgendeine Gang hineingeplatzt.«

Ich sah den beiden nach, die mit Berry die Bar verließen.

»Kann sein«, antwortete ich, »aber ich habe keine Lust, mir Gedanken darüber zu machen. Ich bin nicht hier, um den Kollegen von Los Angeles ins Handwerk zu pfuschen. Ich bin hier, um in einem Film mitzuwirken, und das ist schlimmer für mich, als müßte ich eine Bande dynamitgeladener Superbanditen hochjagen. Gehen wir nach Hause. Morgen früh um sechs Uhr erwartet uns Mr. Addams, um uns durch seine Tretmühle zu jagen. Gehen wir schlafen, damit wir die Tortur aushalten.«

Pünktlich um sechs Uhr saßen wir im Atelier der CPC. Vorher hatten uns schon die Maskenmänner und -mädchen in den Fingern gehabt, und unsere Alltagsgesichter waren wieder unter fingerdicken Schminkschichten verschwunden.

Wir warteten bis sieben. Dann erschien Addams, aber er kümmerte sich nicht um uns. Er schrie mit anderen Leuten herum, ließ Scheinwerfer anschalten, die Kamera hin und her fahren und schien ausgesucht schlecht geschlafen zu haben.

Einmal erspähte ich Tommy Farr und rief ihn an, aber er winkte nur verlegen und verschwand irgendwohin.

Es wurde acht Uhr, und noch immer fanden wir nicht die Aufmerksamkeit des Regisseurs. Ich steckte mir eine Zigarette an, worauf ein Mann in Uniform angesaust kam und mir das Rauchen verbot.

Dann kurz, vor neun Uhr, hörten wir Mr. Addams' Stimme. »Wo sind diese G-men, verdammt? Wie lange sollen wir auf die Burschen warten. Pünktlichkeit ist das wenigste, das ich verlangen kann, wenn sie schon kein Talent haben.«

Wir stellten uns ihm. Er saß in seinem Feldstuhl neben der Kamera und wippte mit den Beinen.

»Aha«, sagte er und tat, als hätte er uns jetzt erst erblickt. Neben ihm hockte ein Girl mit einem dicken Buch. »Lesen Sie die Szene vor.«

»Der G-man betritt die Bar und entdeckte ein Mitglied der Bande am Bartisch auf einem Hocker. Er setzt sich daneben und bestellt etwas. Das Bandenmitglied bemerkt den G-man und zieht einen Revolver. Der G-man, der nicht mehr rechtzeitig zu seiner Waffe greifen kann, benutzt einen günstigen Augenblick, schüttet dem Bandenmitglied sein Getränk ins Gesicht und überwältigt den Mann.«

»Haben Sie verstanden?« fragte mich Addams.

Ich nickte.

»Dann machen Sie es uns vor. Coole, los an die Bar. Coole ist das Bandenmitglied. Probelicht!« brüllte er zur Beleuchterbühne hinauf.

Ein halbes Dutzend Scheinwerfer richteten sich auf ein Bauwerk aus Holz, Pappe und Glasattrappen. Es stellte offensichtlich eine Bartheke vor, aber diese Bartheke hörte da auf, wo andere erst richtig anfangen. Außerdem war der ganze Laden nach oben offen, und die Scheinwerfer guckten mit ihren Glotzaugen von oben herein.

Vor diesem Ding standen drei echte Barhocker, und auf einem saß ein Mann, offensichtlich Mr. Coole, der den Gangster spielen mußte. Vor den Flaschenattrappen stand ein Statist in weißer Barmixerjacke.

Ich stiefelte hin und schwang mich auf den Hocker neben Coole und wartete darauf, daß etwas geschehen möge.

»Mann, verlangen Sie einen Drink!« brüllte Addams von hinten.

»Einen Whisky, bitte«, sagte ich zu dem Barmixerstatisten. Ich kriegte es kaum heraus. Ich war heiser vor Aufregung.

Der Barmixer schob mir ein Glas hin und goß eine farblose Flüssigkeit hinein. Ich nippte daran. Pfui Teufel, es war Wasser. Der Gangster Coole fuhr plötzlich zu mir herum, riß einen Colt heraus und drückte ihn mir vor den Bauch. Ich stand da wie eine Kuh, wenn es donnert.

»Schütten Sie ihm den Whisky ins Gesicht!« tobte Addams.

Ich tat es. Der Regisseur heulte auf wie ein auf den Schwanz getretener Hund. Offenbar machte ich alles falsch.

Addams kam zu uns.

»Ich mache es Ihnen jetzt vor, Cotton«, sagte er sanft und müde. »Passen Sie auf. Passen Sie genau auf, sonst mag Sie der Teufel holen.«

Mr. Addams spielte also einen G-man, der in eine Bar kommt. Er war in Hemdsärmeln, trug seine dunkle Brille und sah nicht wie ein G-man aus. Er kam in die Bar mit den Schritten eines anschleichenden Tigers, erkannte den Gangster, stutzte, hüpfte auf den Barhocker, bestellte den Drink, Coole zog die Kanone, Addams schüttete das Wasser.

»Sehen Sie, Cotton«, strahlte er. »So wird es gemacht. Wie Sie den Gangster dann fertigmachen, das ist Ihre Sache. Das sollen Sie ja Ihren Kollegen zeigen. Los, noch eine Probe.«

Ich tat es ihm nach, alles von vorne. Hereinkommen, bestellen, Cooles Revolverziehen, mein Whiskyverschütten, und dann hatte ich mir überlegt, daß man in solchen Fällen am besten kurz und trocken zuschlägt, bevor der Gegner Zeit hat, den Hahn zu berühren. Ich schlug also kurz und trocken zu. Coole gurgelte und landete irgendwo in den Kulissen, riß eine bemalte Leinwand herunter und mußte sein Kinn kühlen, obwohl er doch nun schon das dritte Glas Wasser ins Gesicht bekommen hatte. Addams beschimpfte mich, daß ich richtig zugeschlagen hätte, und bemühte sich, mir den Unterschied zwischen Film und Wirklichkeit klarzumachen.

Ich werde Sie mit dem Rest der Erzählung dieser Schinderei verschonen. Wir probten diese Szene fünfzehnmal, und als wir sie endlich drehten, hatte Coole ein unförmiges Kinn, war mein geschworener Feind und hätte mir liebend gern eine Kugel in den Bauch gejagt, wenn sein Colt nur geladen gewesen wäre.

Als sie die Sache endlich in ihrem Kamerakasten hatten, dachte ich, ich hätte es für heute überstanden, aber der Regisseur beurlaubte uns nur für eine Stunde zum Mittagessen. Danach wollte er eine Sprechszene drehen, in der gezeigt werden sollte, wie ein G-man einen Gangster überredet, die Sache als hoffnungslos aufzugeben. Den Text dazu hatten sie in der Washingtoner Zentrale ausgeschwitzt.

Wir gingen in die Studiokantine. Ich stocherte lustlos in meinem Essen herum, als ich Tommy Farr eintreten sah. Als er uns erblickte, wollte er türmen, aber ich rief ihn an, und er mußte notgedrungen an unseren Tisch kommen.

»Hallo, Farr«, sagte ich. »Ich wollte Sie schon die ganze Zeit fragen, warum Sie sich gestern so schnell empfohlen haben.«

Er tat harmlos. »Ich hatte keinen besonderen Grund. Es war spät.«

Ich sah ihn aufmerksam an. »Sie sollten zwei harmlose Fremdlinge in dieser Stadt nicht belügen.«

»Ich lüge nicht«, antwortete er, »aber ich hatte vergessen, etwas Dringendes zu erledigen. Entschuldigen Sie mich übrigens, ich muß noch eine Reparatur an meinem Scheinwerfer durchführen.«

Er ging, und Phil und ich sahen uns kopfschüttelnd an. Es war offensichtlich, daß wir hier gemieden wurden wie die Pest.

Eine Stunde später ging es wieder los mit der verfluchten Filmerei. Addams wühlte so in seinen Haarresten herum, daß ich den Eindruck hatte, er müßte kahl wie eine Billardkugel aus dieser Aufnahmeschlacht hervorgehen. Ich war heilfroh, als die Sekretärin erschien, die uns am ersten Tag in das Atelier gebracht hatte, die Probe kurzerhand unterbrach und mich bat, zu Mr. Springs zu kommen.

Mr. Springs zappelte in seinem Büro hinter dem Schreibtisch hervor.

»Sie hatten gestern eine Schlägerei in einer Bar«, ratterte er los. »Ich will Ihnen etwas sagen, Mr. G-man: Wenn Sie glauben, Sie könnten hier unter der Tarnung bei meiner Firma gewisse Aufgaben erledigen, so sind Sie geschnitten. Ich gebe den Auftrag zurück, haben Sie verstanden? Ich will keinen Ärger, gar keinen Ärger. Ich werde Washington anrufen und mich erkundigen, aber Sie können mir ein Telefongespräch sparen, wenn Sie gleich reden und zugeben, daß die ganze Filmerei nur Tarnung ist. Geben Sie es zu?«

»Haben Sie Bahnhof gesagt?« fragte ich.

»Dachte mir, daß Sie nichts zugeben. Gut, werde mit Washington telefonieren.«

Er stürzte ans Telefon, und ich durfte mich als entlassen betrachten.

Kopfschüttelnd und tief in Gedanken verließ ich das Büro. Die Sache wurde immer geheimnisvoller. Es sprach sich wie ein Lauffeuer herum, daß ich eine kleine, unbedeutende Prügelei gehabt hatte, und alle Leute machten aus den paar Boxhieben eine Staatsaffäre, als hätte ich den Präsidenten der Staaten persönlich verhauen.

Im Atelier ging das Theater weiter, und ich glaube nicht, daß ich schauspielerische Fortschritte machte. Und endlich ließ Addams den Ton abschalten, so daß ich erzählen konnte, was ich wollte. Er würde den Text später durch einen Schauspieler synchronisieren lassen.

Wir wurden aus der Nervenmühle erst gehen zehn Uhr abends entlassen. Im Hotel lag eine Notiz vor, daß mein Chef, Mr. High, um meinen Anruf bat. Ich meldete New York an.

»Hallo!« meldete sich Mr. High mit fröhlicher Stimme, als die Verbindung zustande gekommen war. »Was machen Sie in Hollywood? Ich erhielt einen Anruf von der Zentrale Washington. Der Produktionschef der Filmgesellschaft hat sich beschwert und verlangt, daß der Auftrag zurückgenommen wird, weil Sie seine Filmerei als Tarnung für Ihre polizeilichen Aufgaben benutzen. Unternehmen Sie irgend etwas auf eigene Faust, Jerry? Ich nämlich kann mich nicht erinnern, Ihnen einen Auftrag gegeben zu haben.«

Ich verschwendete eine halbe Minute Telefongebühren mit einer Fluchserie.

»Ich habe zwei Burschen in einer Bar Anstand beigebracht, weil sie auf einen Mann einschlugen«, berichtete ich. »Sie gingen fort, und der Mann, dem ich geholfen hatte, lief jammernd hinterher und entschuldigte sich bei ihnen für meine Hilfe. Dann kehrte er mit zwei anderen zurück, und diese beiden bedeuteten uns, wir möchten unsere Nase zurückziehen, wenn wir sie nicht eingeschlagen bekommen wollten. Alle Leute meiden uns seitdem wie Aussätzige, und Mr. Springs beschuldigte mich heute, daß ich polizeiliche Untersuchungen gewissermaßen unter dem Deckmantel seiner Firma durchführe.«

Der Chef schwieg einen Augenblick lang nachdenklich.

»Hören Sie noch, Jerry?« fragte er dann. »Ich glaube, Sie werden die Filmerei aufgeben müssen. Washington ist der Ansicht, daß Sie unnötigen Ärger gemacht haben, und will natürlich nicht die Kosten für den halbfertigen Film zahlen. Springs soll ihn zu Ende drehen. Wir werden zwei andere Leute schicken.«

Ich stieß einen Seufzer der Erleichterung aus. Mr. High faßte es falsch auf. »Tut es Ihnen leid, Jerry?«

»Im Gegenteil, Chef, ganz im Gegenteil. Ich fürchte, ich habe zum Filmen die gleiche Anlage wie ein Ochse zum Seilspringen.«

Der Chef lachte. »Fein, es war mir unangenehm, Sie immerhin in Schimpf und Schande zurückrufen zu müssen. Bleiben Sie noch zwei oder drei Tage in Hollywood, Jerry, und schauen Sie sich ein wenig um, ob Sie nicht herausbekommen können, aus welchen Gründen die Barszene solche Wellen geschlagen hat.«

»In Ordnung, Chef, ich rufe Sie an, wenn ich etwas erfahre.« Ich hängte ein. Phil hatte am zweiten Hörer mitgehört und war informiert.

»Ade, Flimmerkarriere«, lachte er. »Du hast mir meine große Chance verpatzt, Jerry.«

»Tut mir leid, Phil, aber du hast gehört, was Mr. High sagte. Wollen wir uns bemühen?«

»Wer weiß, ob überhaupt etwas dahinter ist. Vielleicht ist es nur unfein, sich in Hollywood zu prügeln. Wenn du dir die Filme ansiehst, die hier gedreht werden, kannst du dir vorstellen, daß sie ihren Schlägereibedarf auf der Leinwand decken.«

»Das Gerede von Springs hörte sich anders an. Irgend etwas steckt dahinter. Ich werde es herausbekommen.«

Phil gähnte. »Heute abend nicht mehr. Ich bin von der Warterei hundemüde. Essen wir eine Kleinigkeit, und gehen wir schlafen.«

Ich war einverstanden. Mr. High hatte mir drei Tage gegeben, und ich wußte gut, daß man nichts übers Knie brechen konnte.

Ich wurde davon wach, daß das Telefon auf meinem Nachttisch hartnäckig läutete. Verschlafen meldete ich mich. Die Zentrale des Hotels war an der Strippe.

»Entschuldigen Sie, Mr. Cotton«, sagte der Portier, »aber Sie werden dringend von auswärts verlangt. Der Mann läßt sich nicht abweisen. Soll ich durchschalten?«

»Natürlich«, antwortete ich, knipste die Nachttischlampe an und sah nach der Armbanduhr. Es war kurz vor drei Uhr.

Es knackte in der Leitung, und eine Männerstimme sagte leise: »Hallo!«

Ich nannte meinen Namen.

»Hier ist Tommy Farr«, sagte der Mann am anderen Ende der Leitung. »Ich möchte Sie sprechen, Mr. Cotton.«

»Jetzt, mitten in der Nacht?«

»Es ist besser so.«

»Hören sie, Farr«, sagte ich vorsichtig, »das hört sich nach einer Falle an, wie sie in euren blödsinnigen Filmen vorkommen. Ich habe wenig Lust.«

»Bitte, kommen Sie.«

Ich überlegte. Riskieren muß man in unserem Beruf schon mal etwas.

»Einverstanden«, sagte ich. »Wohin?«

»Ich stehe mit meinem Wagen in der zweiten Querstraße links von Ihrem Hotel vor einer Telefonzelle. Ich würde zu Ihnen kommen, Cotton, aber ich wage es nicht.«

»Gut, ich bin in zehn Minuten da. Warten Sie!«

Ich jumpte aus dem Bett und ging in Phils Zimmer.

»Farr hat angerufen«, erzählte ich, als ich ihn wach hatte. »Er will mir unbedingt sofort etwas erzählen. Ich glaube, es ist eine Falle. Mach dich fertig.«

Knappe zehn Minuten später verließen wir das Hotel. Phil ging gut hundert Schritte hinter mir, und wir hatten beide die Smith and Wesson in der Halfter. Das ist eine einfache, aber bewährte Methode. Wenn man mit mir eine Schweinerei versuchte, war Phil da, um ihnen in den Rücken zu fallen.

Die Straßen waren leer, aber gut beleuchtet. Auch die Querstraße, die Farr mir bezeichnet hatte. Ich sah sein altes Auto schon von weitem unter einer Laterne stehen. Ich ging hin. Er saß hinter dem Steuer und öffnete mir wortlos die Tür. Ich blickte vorsichtig in den Fond, aber niemand kauerte auf dem Boden.

Ich setzte mich auf den Beifahrersitz und fragte: »Warum so geheimnisvoll, Tommy? Was ist los?«

Statt einer Antwort schaltete er die Innenbeleuchtung ein und drehte mir sein Gesicht zu. Er hatte eine häßliche Schramme auf der Wange, und seine linke Augenbraue schien geplatzt.

Ich stieß einen leichten Pfiff aus.

»Sind Sie unter die Räuber gefallen?«

»Man kann es so nennen«, antwortete er. »Entschuldigen Sie, daß ich Sie aus dem Bett holte, aber ich wollte Ihnen gleich sagen, was ich weiß.« Er zögerte und fuhr leise fort: »Ich bin nicht sicher, ob ich morgen noch den Mut dazu gehabt hätte.«

»In Ordnung«, sagte ich. »Warten Sie einen Augenblick.«
Ich öffnete die Wagentür und stieß einen Pfiff aus. Phil kam
herbei.

»Es geht klar«, unterrichtete ich ihn. »Steig ein.«

Er kletterte hinten in den Wagen und bot eine Runde
Camel an. Ich ließ Farr rauchen, ohne ihn zu drängen. Ich
merkte ihm an, wie erregt er war. Schließlich sagte er: »Wir
haben ein Racket hier.«

Ich pfiff durch die Zähne.

»Und die beiden Leute, die Sie aus der Bar gefeuert haben,
gehören zu diesem Racket.«

»Das erklärt manches«, sagte ich.

»Das Racket in Hollywood existierte schon, als ich nach
Hollywood kam«, fuhr er fort. »Jeder weiß das, aber kaum
einer spricht darüber, obwohl ich mich nicht erinnern kann,
daß jemals ein Mord passiert ist. Die Leute hier arbeiten viel
lautloser, als Sie es vielleicht von anderen Orten gewöhnt
sind. Filmleute haben durchweg schlechtere Nerven und sind
schneller ins Bockshorn zu jagen als vielleicht Gemüsehänd-
ler. Außerdem wird ständig gemunkelt, daß der Boß des
Rackets beste Beziehungen zu den Studios und den großen
Regisseuren und Filmproduzenten unterhält, so daß er in der
Lage ist, die Karriere eines Mannes oder einer Frau zu fördern oder auch zu zerstören, und Sie wissen ja, für einen
Filmstar ist die Karriere wichtiger als alles andere. Kurz und
gut, Cotton, ich weiß nicht viel über das Racket. Ich weiß
nicht, wer an sie zahlen muß und wer nicht. Ich glaube nur,
daß sie die ganzen großen Stars, deren Namen Sie täglich in
den Zeitungen lesen, in Ruhe lassen, denn es würde zuviel
Aufregung geben, wenn sie wagten, einen von ihnen zu verhauen oder gar zu töten. Sie beschäftigen sich auch kaum
mit ganz kleinen Leuten. Es ist zuwenig bei denen zu holen.
Ihre Opfer sind die Mittelklasse. Leute um die tausend Dollar die Woche herum, wie Berry zum Beispiel. Sie werden
auch einen gewissen Einfluß auf verschiedene Filmgesellschaften haben. Jedenfalls fürchten sich viele vor ihnen. Sie

wissen ja, wenn einer nicht pariert, bringen sie es fertig, an den ganzen Laden Feuer zu legen. Keiner wagt es, gegen sie vorzugehen. Jeder hat Angst. Auch ich hatte Angst, und darum machte ich mich aus dem Staub, als Sie mit den beiden anbanden.«

»Sie wußten, daß es Racketleute waren?«

»Jeder hier kennt die vier Leute, die das Racket vertreten. Die beiden an der Bar heißen Jonny Casturio und Freddy Mator. Dann gibt es noch Lew Purson, der so etwas wie ein Anführer ist, und Laurie Kanzeck, aber Purson ist nicht der Boß.«

»Wer ist der Boß?«

»Ich weiß es nicht. Ich glaube nicht, daß es überhaupt jemand weiß. Man munkelt und hat ihm einen Namen gegeben. Sie nennen ihn das ›Gespenst‹, eine alberne Bezeichnung, die sie aus den Filmen haben.«

»In der Tat sehr albern«, bestätigte ich, »aber Berry hatte offenbar den Mut, sich mit ihnen anzulegen, wenigstens zunächst.«

»Berry war betrunken, als Casturio und Mator ihn an der Bar stellten. Wahrscheinlich war er mit seinem Beitrag im Rückstand, und sie mahnten ihn. Weil er blau war, schlug er Krach, aber Sie sahen ja, wie er sich benahm, als er zu Verstand gekommen war.«

»Schön«, sagte ich, »jetzt bin ich informiert. Aber warum erzählen Sie mir das jetzt alles, nachdem Sie sich gestern schleunigst verdrückt haben, als wir mit den Burschen ins Gedränge gerieten?«

»Deswegen«, antwortete er und zeigte auf sein Gesicht. »Sie fingen mich ab, als ich heute aus dem Studio kam. Sie wußten, daß ich gestern mit Ihnen zusammen war. Sie haben überall ihre Verbindungen. Es gibt genug Leute in Hollywood, die glauben, es würde ihre Karriere fördern, wenn sie Zuträgerdienste für das ›Gespenst‹ leisten. Sie befragten mich auf die übliche Weise. Sie sehen die Spuren davon in meinem Gesicht. Sie wollten mir zunächst nicht glauben, daß Sie G-men seien. Sie waren wohl der Meinung, Sie kämen von einer Konkurrenzgang, und davor scheinen Sie mehr Angst zu haben als vor der Polizei. Konkurrenzgangster schießen, die Polizei kann nur verhaften, wenn sie Zeugen hat, und Zeugen gegen das ›Gespenst‹ werden Sie nicht finden.«

»Auch Sie würden nicht gegen sie aussagen, Tommy?«

Er lachte. »Ich habe nie einen Penny an sie bezahlt. Ich bin mit meinen achtzig Dollar die Woche nicht interessant, und für die paar Schrammen in meinem Gesicht bekommt Purson vielleicht sechs Wochen wegen grober Körperverletzung. Wollen Sie, daß ich dafür meine Haut zu Markte trage?«

»Sie glauben tatsächlich, man würde Ihnen für diese Aussage eine Kugel auf den Pelz brennen?«

Phil antwortete an seiner Stelle. »Ich glaube es auch. Ein Racket, das die Auflehnung der Erpreßten nicht im Keim erstickt, ist im Handumdrehen erledigt. Farr wäre eine Kugel sicherer als eine Gehaltserhöhung.«

Ich klopfte Farr auf die Schulter.

»Meinetwegen brauchen Sie nicht gegen die Brüder auszusagen. Wir werden sie vielleicht auf andere Weise für die Schrammen in Ihrem Gesicht bezahlen lassen. Danke Ihnen, daß Sie uns aufgeklärt haben. Kann ich noch etwas für Sie tun?«

»Fassen Sie Purson und das ›Gespenst‹.«

»Oh, das kann ich Ihnen nicht versprechen, Tommy. Ich habe keinen Auftrag, mich in Hollywood als Gangsterjäger zu betätigen. Ich kam her, um zu filmen, und damit ist es aufgrund meiner eminenten Begabung nun auch zu Ende. Ich werde mit meinem Chef telefonieren müssen, ob er mich an den Fall heranläßt.«

Wir schüttelten uns die Hände. Phil und ich stiegen aus, sahen dem davonfahrenden Wagen nach und gingen die wenigen Schritte zu unserem Hotel zurück.

Ich dachte über das nach, was Farr uns erzählt hatte.

Phil ging neben mir und schüttelte den Kopf. »Eine Bande, die Filmschauspieler, Regisseure und was so dazu gehört, erpreßt«, sagte er leise.

»Mal etwas anderes«, lachte ich. »Ich hoffe, Mr. High läßt uns den Spaß.«

Ich telefonierte morgens um acht Uhr mit Mr. High und unterrichtete ihn über die Gründe, die uns so unbeliebt gemacht hatten.

Er schwieg eine Weile, dann sagte er: »Ich will sehen, Jerry, ob Los Angeles einverstanden ist, wenn Sie und Phil den Fall übernehmen. Bleiben Sie im Hotel. Ich rufe Sie wieder an.«

Es wurde elf Uhr, bis sich New York wieder meldete.

»Sie können diesem Hollywood-Racket nachgehen. Ich habe die Erlaubnis für Sie erwirkt. Die Filmpensionierung konnte ich allerdings nicht mehr rückgängig machen, aber Sie arbeiten weiter an dem Streifen mit, und zwar als technischer Berater. Sehen Sie zu, daß Sie nicht auffallen, sonst schlägt der Filmproduzent Krach. Das ist zwar kein Beinbruch, aber ärgerlich. Haben Sie eine Idee, wie Sie es anfangen wollen?«

»Nur verschwommen, Chef. Ich glaube nicht, daß ich daran vorbeikomme, die Brüder herauszufordern. Sie wissen, wie das bei Rackets ist. Man findet nie einen Zeugen gegen sie.«

»In Ordnung. Ich überlasse das ganz Ihnen, Jerry. Hals- und Beinbruch.«

Ich dankte, und wir hängten ein.

»So«, sagte ich zu Phil, »jetzt werden wir mal ehrliche Arbeit tun. Bis unsere Filmablösung eintrifft, vergehen zwei Tage. In diesen Tagen müssen wir einen Ansatzpunkt gefunden haben. Jetzt fahren wir erst einmal zu Mr. Springs und sagen ihm, daß er mit uns als Schauspieler nicht mehr rechnen kann, daß wir ihm aber dennoch auf der Pelle bleiben.«

Wir fuhren in einem Taxi zur CPC. Es war gar nicht so einfach, bis zu Springs vorzudringen, aber wir überrannten die Sekretärinnen, die sich uns in den Weg warfen.

Die Unterredung war kurz.

»Washington erklärt Ihnen noch schriftlich, daß ich kein echtes Polizeitheater unter dem Deckmantel Ihres Polizeifilms aufführe, Mr. Springs«, sagte ich knapp. »Die Schauspielerei hängen wir an den Nagel, worüber sich Addams ohne Zweifel am meisten freuen wird, aber wir bleiben als technische Berater. Alles in Ordnung?«

»In Ordnung«, antwortete er, »ich will nur keinen Ärger.«

Von seinen Büro aus stiefelten wir ins Atelier und stöberten den Regisseur auf.

»Sie sind uns los, Mr. Addams«, eröffnete ich ihm grinsend. »Sie bekommen zwei andere arme Hunde von G-men, die Sie schikanieren können.«

Er dankte allen Heiligen.

»Sie freuen sich zu früh«, fuhr ich fort. »Wir bleiben als technische Berater, und jetzt sind wir an der Reihe, mit Ihnen herumzuschreien, wenn Sie etwas falsch machen, denn wie es bei einer echten FBI-Sache zugeht, das wissen wir nun wieder besser. Guten Morgen, Mr. Addams. Sie sehen uns in zwei Tagen wieder.«

Ich hatte Tommy Farr an seinem Scheinwerfer stehen sehen und gab ihm beim Hinausgehen ein Zeichen mit dem Kopf, uns zu folgen. Wir warteten auf dem Gang. Er kam nach fünf Minuten.

»Wieviel sind Sie bereit zu riskieren, Farr?« fragte ich ihn.

»In der Sache?« fragte er zurück und zeigte auf sein Gesicht, in dem die Schrammen noch gut zu sehen waren.

Ich nickte.

»'ne ganze Mange«, antwortete er. »Ich habe heute nacht noch darüber nachgedacht. Man kann nicht immer stillhalten.«

»Fein«, sagte ich. »Wir planen einen hübschen Feldzug gegen dieses alberne ›Gespenst‹ und seine Leute, und ich denke, Sie werden eine Rolle darin übernehmen können. Ich habe zwei Möglichkeiten: Entweder bekomme ich die Leute, die bereit sind, gegen sie auszusagen, oder aber ich bringe die Brüder dazu, irgend etwas zu unternehmen, und stelle sie auf frischer Tat.«

»Das erste dürfte schwierig sein«, gab er zu bedenken.

»Leuchtet mir ein. Trotzdem brauche ich die Namen von Leuten, die mit Sicherheit an das Racket zahlen. Kennen Sie solche Leute?«

Er überlegte. »Berry wird bestimmt von ihnen ausgenommen. Dann habe ich mal gehört, daß ein Mann namens Reginald Noune Theater mit ihnen hatte. Noune ist ein kleiner Produzent von Werbefilmen, eigentlich mehr ein Agent. Er läßt im Auftrag herstellen, und er arbeitet auch mit Springs zusammen. Und dann wäre da noch Sid Stapford. Auch von ihm wird behauptet, er zahle an das ›Gespenst‹.«

Ich habe übrigens hier zum erstenmal in meinen Berichten einen Namen geändert. Sid Stapford heißt in Wirklichkeit anders, und Sie können seinen richtigen Namen immer noch hin und wieder auf der Leinwand lesen, aber ich mußte ihn ändern, damit ich keine Verleumdungsklage an den Hals bekomme. Warum, das werden Sie noch sehen.

»Danke, Tommy«, sagte ich, »das genügt für den Anfang. Können Sie mir sagen, wo ich Berry erwische?«

»Er steht bei MGM unter Vertrag. Fragen Sie dort nach.«

»Okay, Sie hören wieder von uns. Wiedersehen, Tommy.«

Wir telefonierten mit dem Sekretariat der MGM. Wir machten das sehr niedlich, indem wir mit hohen Mädchenstimmen schwärmerisch ins Telefon lispelten und uns, ach, doch so wünschten, Mr. Berry einmal wenigstens von weitem zu sehen. Das Sekretariatsfräulein ließ sich erweichen und teilte uns mit, daß Mr. Berry bis Mittag Aufnahmen habe. Gegen ein Uhr würden wir ihn wahrscheinlich sehen können, wenn er aus dem Haupttor der MGM käme.

Ich setzte Phil auseinander, was ich zu tun beabsichtigte. Wir mieteten uns einen Leihwagen, stellten ihn vor dem Tor auf und warteten. Wir hatten Glück. Die Auskunft war richtig gewesen, und es klappte. Ziemlich genau gegen eins sahen wir Berry durch das Tor tänzeln. Er trug ein weißes Jackett und einen gelben Schal, und seine Haare waren immer noch nicht geschnitten. Phil blieb stilecht am Steuer, während ich auf ihn zuging. Er bemerkte mich erst, als ich unmittelbar vor ihm stand.

»Mr. Berry«, sagte ich leise.

Er lächelte mich freundlich an. »Bitte?« fragte er. Dann erkannte er mich wieder, und sein Gesicht wurde sehr lang. »Ich will mit Ihnen nichts zu tun haben«, haspelte er hervor, drehte sich zur Seite und wollte fort. Ich vertrat ihm den Weg.

»Kommen Sie mit zu meinem Wagen!« befahl ich mit dem richtigen Unterton in der Stimme.

»Aber . . . warum?« stotterte er.

»Los!« antwortete ich nur und schob eine Hand in die Rocktasche, in der sich nur meine Zigaretten befanden, aber Berry hatte in zu vielen Filmen mitgewirkt, und so verstand er die Geste so, wie ich es erwartet hatte. Seine Unterlippe begann zu zittern.

Ich faßte ihn am Arm und zog ihn zu unserem Wagen. Er ließ mich widerstandslos gewähren und taumelte vor mir in den Fond. Ich warf mich auf den Sitz neben ihm, knallte die Tür zu, Phil fuhr sofort an, kurz und gut, es sah so aus, wie man solche Entführungen in Filmen zu sehen gewohnt ist.

Während Phil die Mietkarre in aller Gemütlichkeit durch Hollywoods Straßen steuerte, zündete ich mir eine Camel an, musterte den bleichen Berry mit einem entsprechenden Blick und fragte düster: »Was glaubst du, warum ich Casturio und Freddy Mator hinausfeuerte, als sie dich an der Bar schnappten?«

Er schluckte zweimal, bevor er leise antwortete: »Weil Sie mir helfen wollten. Sie sagten das doch selbst.«

Ich lachte ein hartes Gangsterlachen.

»Du ahnungsloses Hühnchen, ich wollte dir und auch dem

›Gespenst‹ und seinen Leuten zeigen, wer jetzt das Kommando hier hat. Wieviel zahlst du an Purson? Ich nehme an, er ist der Kassierer.«

»Ich verstehe nicht«, versuchte er zu lügen. Ich faßte seinen Arm und zeigte alle meine Zähne.

»Freundchen«, drohte ich, »ich lädiere deine Fassade, daß dir die Schrammen von Purson dagegen als Geburtstagsgeschenk erscheinen, wenn du nicht schleunigst die Wahrheit sagst. Wieviel also?«

Er sah mich mit weitaufgerissenen Augen an. »Zweihundert die Woche«, flüsterte er.

»Fein«, sagte ich, »diese zweihundert wirst du ab sofort nicht mehr an Purson, sondern an mich bezahlen. Dafür werden wir dich beschützen und dafür sorgen, daß du in deinem Beruf schön vorwärtskommst.«

»Zweihundertundfünfzig«, bemerkte Phil vom Steuer her.

»Nein«, sagte ich im strengen Ton des absoluten Chefs, »zweihundert ist genug fürs erste. Er soll nicht verhungern.«

»Aber ich muß doch schon an Purson zahlen«, jammerte Berry los. »Ich kann doch nicht vierhundert Dollar wöchentlich abgeben. Da bleibt kaum noch etwas für mich.«

»Wer spricht von vierhundert? Ich will nur zweihundert.«

»Aber das ›Gespenst‹ läßt mich durch Purson und seine Leute umbringen, wenn ich nicht pünktlich zahle.«

»Ich weiß nicht, was sie mit dir machen«, antwortete ich, »aber wenn du mir nächsten Montag nicht zweihundert Dollar in die Fox Bar bringst, dann setzen wir uns wieder in dieses Auto, aber dann fahren wir nicht in der Stadt herum, sondern schnurgerade an eine einsame Stelle, und am anderen Tag wird Hollywood einen seiner hoffnungsvollsten Nachwuchsschauspieler zu betrauern haben.«

Er sah aus, als würde er gleich weinen. Ich befahl Phil, zu stoppen, öffnete den Schlag, stieß ihn in die Rippen.

»'raus«, sagte ich.

Berry stolperte auf die Straße. Phil fuhr an, kaum daß er

draußen war, steuerte den Wagen um zwei Ecken und hielt dann.

»So«, sagte er, »und jetzt?«

»Armer Berry«, antwortete ich, und ich meinte es nicht einmal im Scherz, »welche Angstkrämpfe er bis Montag ausstehen muß. Aber ich kann sie ihm nicht ersparen. Ich rechne, er wird sich entschließen, wird zu Purson gehen und wird ihm alles erzählen, was wir ihm angedroht haben. Und dann wird Purson wohl auf uns zusteuern, um die lästige Konkurrenz aus dem Weg zu räumen. Dann haben wir ihn da, wo wir ihn haben wollen. Und wenn wir es Purson und seinen Leuten anständig besorgen, dann, so hoffe ich, wird sich dieses sagenhafte ›Gespenst‹ auch aus seinen Winkeln locken lassen.«

»Schön«, Phil lachte, »aber was ist, wenn der arme Berry am nächsten Montag tatsächlich ankommt und uns verlegen zweihundert Dollar anbietet? Wenn er sich also für uns und gegen die Gang entscheidet?«

Ich rieb mir die Stirn. »He, Phil, das ist kein Grund zum Lachen. Dann nämlich ist Berry der Mann in Hollywood, dessen Leben am wenigstens wert ist.«

»Glaubst du nicht, daß sie darüber stolpern werden, daß Farr ihnen gesagt hat, wir seien G-men, während nun Berry ankommt und behauptet, wir wären Konkurrenzgangster?«

»Ich glaube, daß sie das Schlimmere annehmen werden, und das ist für das ›Gespenst‹ und seine Leute eine Konkurrenzgang.«

»Okay«, sagte Phil, »bis Montag sind es drei Tage. Wir werden sehen.«

Bis Montag sahen wir nichts. Am Samstag und Sonntag wurde im Atelier der CPC nicht gearbeitet, und am Montagmorgen hatten wir dann die Ehre, in Feldstühlen den Probeaufnahmen unserer neu eingetroffenen Kollegen zuzusehen, die unsere Filmrollen übernehmen sollten. Ich weiß nicht, ob sie ihre Sache wirklich besser machten als Phil und ich. Addams jedenfalls zeigte sich von seinen neuen Stars hochzufrieden, aber ich nehme an, er tat das nur, um uns zu ärgern. Wenn sie auch Filmstars werden sollten, so waren die beiden Kollegen aus Washington patente Burschen. Sie hießen Asmund Cruis und Robert Wygand. Erst dachten sie, sie hätten uns einen Job weggeschnappt, und waren ein wenig verlegen, aber wir brachten das in der Kantine in Ordnung.

Ich muß gestehen, im Grunde interessierte mich die Filmerei nicht mehr besonders. Ich war mit allen Gedanken bei dem echten Theater, das ich aufzuführen begonnen hatte, und viel mehr als die Tatsache, ob Robert Wygand dem Filmgangster Coole sachgerecht eine reinhaute, beschäftigte es mich, was sich heute abend in der Fox Bar zutragen würde.

Auch der längste Aufnahmetag geht einmal vorbei. Es hätte nahegelegen, die Kollegen Cruis und Wygand über die bevorstehenden Ereignisse zu informieren, aber ich rechnete nicht damit, daß es gleich am ersten Abend eine Schießerei geben würde. Wahrscheinlich würde Purson mit seiner Meute erscheinen, um uns nachdrücklich zu warnen.

Wir gingen trotz unserer Spannung nicht zu früh in die Fox Bar. Wir kamen erst gegen elf Uhr, und wir betraten das Lokal in der Haltung von Leuten, die sich ihrer Sache ganz sicher sind. Schon von der Tür aus sah ich mich um. Ich entdeckte sofort Berry an der Bar, aber ich konnte keine Nasenspitze von Purson, Casturio, Mator oder Kanzeck finden.

Wir schlenderten also zur Bar und nahmen je einen Hocker links und rechts von Berry, so daß wir ihn in der Mitte hatten.

»'n Abend«, sagte ich freundlich.

Ich sah, wie sein Schnurrbärtchen zuckte. Er zwinkerte nervös mit den Augenbrauen. Er tat mir leid. Sicherlich ruinierte ich seine Nerven.

»Guten Abend«, flüsterte er dünn.

Bei der Bardame bestellte ich mir einen Whisky, und erst

als ich mir die Hälfte davon einverleibt hatte, fragte ich:
»Na?«

Ich hatte mich schon gewundert, daß Berry überhaupt anwesend war, und ich rechnete jetzt mit irgendeiner faulen Ausrede, aber ich fiel fast vom Hocker, als er mir über den Bartisch hinweg ein Kuvert zuschob. Ich brachte mühsam die Haltung auf, den Umschlag anzunehmen und lässig in die Tasche zu stecken, als wäre es mir meine liebe Gewohnheit, anderer Leute sauer verdientes Geld zu kassieren.

Drüben beugte sich Phil weit vor und rollte mit den Augen. Auch er war sprachlos.

Ich hatte mich da in eine höchst unangenehme Situation hineinmanövriert. Dadurch, daß Berry gezahlt hatte, hatte ich praktisch den Tatbestand einer vollendeten Erpressung geschaffen. Ganz beachtlich für einen FBI-Beamten der Vereinigten Staaten, aber noch lange nicht das Schlimmste. Denn jetzt war ich gezwungen, höllisch aufzupassen, daß dem armen Berry von seinen ehemaligen Kassierern nichts Böses geschah. Ich tastete mich vor, inwieweit sie über seinen Wechsel informiert waren.

»Hast du dich doch entschlossen, an beide Parteien zu zahlen?« fragte ich.

Er sah krampfhaft geradeaus und schüttelte nur den Kopf.

»Du zahlst also an Purson beziehungsweise an das ›Gespenst‹ nicht mehr?«

»Nein«, antwortete er leise.

»Ich hoffe, du hast ihm das gesagt. Ich bin für ehrlichen Handel. Ich möchte, daß er weiß, wer meine Kunden sind, damit er sie nicht mehr belästigt.«

Berry drehte mir mit einem Ruck seinen Kopf zu. Sein Gesicht war schneeweiß.

»Ich denke nicht daran, es ihm zu sagen. Glauben Sie, ich will sterben? Sagen Sie es ihm doch! Sie haben sich doch stark gemacht, mit dem ›Gespenst‹ Schlitten zu fahren. Tun Sie es doch!«

Er schrie bei den letzten Sätzen fast. Ich mußte ihn stoppen.

»Fang nicht einen Tanz an wie neulich«, fuhr ich ihm brutal ins Wort. »Er könnte dir noch schlechter bekommen. Mit Purson werde ich schon fertig. Das laß meine Sorge sein.«

Ich überlegte einen Augenblick.

»Wann erwartet Purson die nächste Rate von dir?«

»Am Mittwoch.«

»Okay. Mittwoch werden wir dich von deinem Filmstudio abholen. Du stehst dann unter Bewachung, damit dir das ›Gespenst‹ nicht eines von deinen langen Haare krümmt. Wiedersehen, mein Freund.«

Wir tranken aus, zahlten und gingen hinaus, aber draußen steckten Phil und ich sofort die Köpfe zusammen.

»Das ist schiefgelaufen«, sagte Phil.

»Verdammt schief«, bestätigte ich. »Ich hätte nie erwartet, daß dieser Idiot tatsächlich an uns zahlt. Was mache ich jetzt mit seinen Dollars?«

»Sieh nach, ob es überhaupt Dollars sind.«

Ich sah nach. Es waren wirklich feine zweihundert Dollar, ich hätte mich gefreut, wenn es Zeitungspapier gewesen wäre. Ein wirklich seltener Fall, daß ein Mann lieber Zeitungspapier als Dollars in der Tasche haben wollte.

»Wir müssen mehr tun«, sagte ich zu Phil. »Ich kann es nicht riskieren, daß das ›Gespenst‹ den Auftrag gibt, Berry umzulegen, weil er nicht mehr zahlt. Farr hat uns noch zwei Leute genannt, von denen er glaubt, daß sie Gebühren an das Racket entrichten. Wir müssen jetzt auf dem Weg weitermachen, den wir einmal angefangen haben. Ich rufe diese Leute sofort an.«

Es war nicht schwer, die Telefonnummern von Reginald Noune und Sid Stapford zu finden. Unter Nounes Nummer meldete sich niemand, aber den Schauspieler Stapford bekamen wir an die Strippe.

Ich versuchte, den richtigen Ton zu finden.

»Hallo, Sid!« sagte ich. »Wir sind frisch aus New York eingetroffen, und wir beabsichtigen, hier eine Vereinigung aufzuziehen, die dem Schutz aller beim Film Beschäftigten dienen soll. Ich dachte mir, daß Sie an einer solchen Vereinigung sehr interessiert wären. Was halten Sie davon?«

»Mit wem rede ich überhaupt?« fragte er vorsichtig, aber er hatte eine kleine Pause vor dieser Frage eingeschaltet, und daran merkte ich, daß er genau wußte, was ich meinte.

»Stellen Sie sich nicht dumm, Sid«, fuhr ich fort. »Wir wissen genau, daß Sie augenblicklich an Purson — oder soll ich sagen, an das ›Gespenst‹ — zahlen, aber ich bin dafür, daß Sie jetzt an uns berappen.«

Er versuchte es noch einmal mit Frechheit.

»Ich weiß nicht, wovon Sie reden. Hören Sie gefälligst auf, mich zu belästigen. Ich werde mich an die Polizei wenden.«

»Stop, Sid«, sagte ich. »Wagen Sie es ja nicht, einfach einzuhängen. Wir würden Sie zu finden wissen, und ich glaube nicht, daß sich nach einer solchen Unterhaltung Ihr Gesicht noch zum Filmen eignet. Überlegen Sie sich gut, was Sie jetzt antworten. Ich rufe Sie kein zweites Mal an.«

Es entstand eine fast minutenlange Pause. Dann kam seine Stimme, sehr leise und fast heiser. »Wie hoch ist der Beitrag?«

»Genauso hoch wie bei der Konkurrenz.«

»Aber das ist unmöglich«, stotterte er. »Ich kann unmöglich... an zwei Stellen... solche Summen...«

»Entscheiden Sie sich«, antwortete ich knapp. »Für oder gegen uns. Wir rufen morgen um die gleiche Zeit an.«

Peng, ich hatte aufgehängt und wandte mich mit einem Stoßseufzer an Phil.

»Hoffentlich reagiert er wenigstens anders als Berry.«

»Wenn er zahlt, so ist es auch nicht schlimm, Jerry«, antwortete Phil gemächlich. »Dann kündigen wir einfach beim FBI und ziehen hier tatsächlich ein Schauspieler-Racket auf. Man scheint gut davon leben zu können.«

Ich boxte ihn in die Rippen. »Denkst du, ich lasse meine Pensionsberechtigung schießen?«

Bis Mittwoch saß ich auf mehr oder weniger glühenden Kohlen. Ich hockte in dem Atelier herum und sah zu, wie sich Addams und ein ganzer Stab von Mitarbeitern darum bemühten, lebensechte Aufnahmen aus der Tätigkeit der G-men zu fabrizieren. Sie verknallten eine Menge Platzpatronen, wirklich keine Sache, um sich darüber aufzuregen, aber ich zuckte bei jedem Atelierschuß zusammen, denn er erinnerte mich daran, daß ich schuld daran war, wenn in aller Kürze in diesem gesegneten Hollywood auf harmlose Leute wie Berry und Stapford wirklich geschossen wurde.

Mit Stapford hatte ich am nächsten Abend noch einmal telefoniert. Er hatte mich mit unterwürfiger Stimme um drei Tage Bedenkzeit gebeten, und ich hatte sie ihm nur zu gern gewährt, denn ich hoffte, er würde in diesen drei Tagen zu Purson rennen, um ihn von der Konkurrenz zu informieren. Zweimal hatte ich auch versucht, Noune zu erreichen, aber er schien verreist, und außerdem hatte Tommy Farr den Auftrag, möglichst noch andere Namen von Leuten in Erfahrung zu bringen, die an das ›Gespenst‹ zahlen mußten. Das war gar nicht so einfach, denn obwohl jedermann von der Sache wußte, so war doch von niemandem mit Sicherheit bekannt, ob das Racket von ihm Gelder zog.

Am Mittwoch pfiff ich auf die ganze Filmerei und alle guten Ratschläge und bemühte mich nur, herauszufinden, wann Berry das Atelier verließ. Ich erhielt die Auskunft, daß erst gegen zehn Uhr abends mit ihm zu rechnen sei, aber Phil und ich standen ab acht Uhr vor dem Tor.

Er kam erst gegen elf Uhr. Ich hatte mit Phil abgesprochen, daß wir ihn möglichst rasch in unseren Mietwagen verfrachten, ihn nach Hause und ins Bett bringen wollten. Von morgen an müßte er sich die ständige Gesellschaft eines von uns beiden gefallen lassen.

Phil blieb wie üblich am Steuer. Ich ging die hundert Yard die Privatstraße hinauf, die zu dem Tor führte und der Filmgesellschaft gehörte. Ein Schild am Anfang verbot die Benutzung für firmenfremde Fahrzeuge. Wir hatten unseren Wagen am Bordstein der öffentlichen Straße gestoppt.

Ich hatte Berry fast erreicht, als der merkwürdigerweise stehenblieb und mir nicht weiter entgegenkam, aber es erschien mit nicht besonders auffällig. Gehen Sie vielleicht dem Finanzbeamten freudestrahlend entgegen? Und so etwas Ähnliches war ich schließlich für den Schauspieler.

Kurz und gut, ich hatte ihn fast erreicht, als ich hinter mir das Reifenquietschen eines in der scharfen Kurve schleudernden Wagens hörte.

Es gibt eine gute Sache, und die heißt Instinkt. Das geht meistens schneller als denken, überlegen und dann handeln. Instinkt ist, wenn man erst handelt und dann überlegt.

Ich wußte instinktiv, dieser Wagen hatte etwas mit mir und Berry zu tun.

Ich war mit einem Satz bei dem Schauspieler, stieß ihn vor die Brust und sah mich nach einer Stelle um, die Schutz bieten konnte, falls es böse wurde. Eigentlich war da nur das Pförtnerhaus. Es bestand zwar zum größten Teil aus Glas, aber es hatte einen niedrigen Steinsockel, der genügen mußte.

Berry war schon einen Schritt zurückgeprallt. Ich packte sein Handgelenk und riß ihn mit mir. Ich stieß die Glastür auf. Sie schwang weit zurück.

Der Pförtner wurde blaß, als er uns sah, aber ich hatte keine Zeit, mich bei ihm zu entschuldigen. Ich wollte nicht, daß harmlose Leute etwas abbekamen.

»Kopf runter!« schrie ich ihn an. Er verschwand hinter seinem Tisch. Berry zwang ich zu Boden, indem ich ihm einfach in die Kniekehlen stieß, und dann erst hatte ich Zeit, mich nach dem Wagen umzusehen, dessen Reifenkreischen und Bremsenquietschen ich gehört hatte.

Der Wagen hatte in eben diesem Augenblick vor dem Tor gestoppt. Es war ein großer schwarzer Ford.

Am Steuer saß Purson selbst, neben ihm erkannte ich im Licht der üppigen Straßenbeleuchtung das Haifischgesicht von Kanzeck, also die gleiche Kombination wie in der Bar. Der Fond des Ford schien leer zu sein, aber ich war nicht ganz sicher. Die beiden anderen der Bande konnten auf dem Boden knien.

Ich hielt den Revolver in der Hand. Der Griff in die Halfter gehörte zu allem, was ich instinktiv getan hatte.

Es geschah zunächst nichts. Ich ließ meine Blicke unverwandt am Ford entlanggleiten. Wenn ich irgendwo auch nur den bläulichen Schimmer eines Pistolen- oder MPi-Laufes gesehen hätte, hätte ich geschossen.

Phil hatte natürlich längst gemerkt, daß etwas faul war. Er hatte unseren Wagen zurückgesetzt, quer gestellt und sperrte so die Auffahrt für den Ford. Ich konnte ihn nicht sehen, aber ich war sicher, er hatte den Revolver in der Hand.

Es war einer von den Augenblicken, in denen beide Parteien nicht genau wissen ob sie schießen oder verhandeln sollen. Die Gegenseite entschloß sich zum Verhandeln.

Purson öffnete den Schlag, kam heraus und ging auf das Pförtnerhäuschen zu. Er trug wieder den hellen Mantel und hatte beide Hände in den Taschen. Ich zog es darum vor, den Revolver noch nicht einzustecken.

»'n Abend«, sagte er finster.

»Komm her«, antwortete ich statt eines Grußes. »Stell dich genau hierhin!« Ich dirigierte ihn so, daß er mich mit seinem Körper vor dem Ford deckte. Ich hatte keine Lust, von dort eine Kugel zu kassieren, während ich meine Aufmerksamkeit auf ihn richtete.

»Wozu dieses Theater?« knurrte er.

»Weil ich nicht weiß, mit welchem Auftrag dein Boß dich geschickt hat.«

Er versuchte ein hartes Lachen. Es klang falsch.

»Erstens habe ich keinen Boß. Und zweitens wollte ich nichts anderes als meinen Freund Berry abholen. Sie aber führen hier eine Komödie auf, die besser ins Innere des Hauses paßt.«

Ich antwortete nicht.

Er erblickte Berry am Boden und sagte: »'n Abend, Berry. Laß den Unsinn und steh auf.«

»Liegenbleiben!« befahl ich. Jetzt stand Purson vor mir, und ich konnte direkt an den Mann bringen, was ich bisher auf Umwegen über Berry und Stapford ihn hatte wissen lassen wollen.

»Berry gehört nicht mehr zu eurer Gemeinde«, erklärte ich. »Wir haben einen eigenen Verein aufgemacht, und dem ist er beigetreten.«

Purson grinste höhnisch. »Ich dachte, ihr seid G-men?« Er gab damit indirekt zu, daß er Tommy Farr befragt hatte, aber das wußte ich ja schon.

»Auskünfte sind manchmal falsch, auch wenn sie durch Faustschläge eingeholt werden«, antwortete ich. Während ich das sagte, fiel mir ein, daß ich damit den netten Farr in nicht unerhebliche Gefahr brachte, und ich setzte hinzu: »Es gibt sogar Tricks, mit deren Hilfe man es erreichen kann, für G-men gehalten zu werden, aber gib dir keine Mühe, sie zu lernen. Dein Gehirn langt dazu nicht.«

Er zog wütend die Mundwinkel herunter, aber im nächsten Augenblick lachte er wieder.

»Ihr wollt uns also Konkurrenz machen?«

»Richtig geraten, Söhnchen. Konkurrenz belebt das Geschäft, und ich hoffe, dein Boß hat nichts dagegen.«

Er warf einen Blick auf den Portier.

»Ich denke, das ist hier nicht der richtige Ort, darüber zu sprechen. Unterhalten können wir uns immerhin. Wo wollen wir uns treffen?«

Ich war über seine Bereitwilligkeit nicht erstaunt. Seine Situation war nicht gut. Wenn es in diesem Augenblick eine Schießerei gab, zog er den kürzeren. Andererseits aber war ich überzeugt, daß er von dem Augenblick an, da er hier heraus war, eine andere Gelegenheit suchen würde, uns auszuschalten.

»Am besten noch heute in der Fox Bar«, schlug ich vor. »Du kennst das Lokal doch?« Ich grinste.

»Okay«, antwortete er. »Sagen wir: um Mitternacht. Was übrigens die Fox Bar angeht, so hat schon mancher Boxer im gleichen Ring Sieg und Niederlagen erlebt.«

Mit diesen Worten drehte er ab und ging zur Tür. Ich muß gestehen, für einen Gangster war das ein geradezu philosophischer Satz.

Purson setzte sich ans Steuer. Ich gab Phil ein Zeichen, die Ausfahrt freizugeben. Der Ford setzte zurück, während Phil vorfuhr. Eine Minute später war der schwarze Wagen verschwunden, und ich konnte mit Berry zu unserem Auto gehen. Dem Pförtner warf ich eine Zehndollarnote auf den Tisch. Ich wußte, daß er nicht zur Polizei rennen würde. Niemand mischt sich unaufgefordert in einen Streit zwischen zwei Banden, und soviel mußte er dem Wortwechsel zwischen Purson und mir entnommen haben. Diesmal setzte ich Berry in den Fond, nahm den Beifahrersitz und zog die Trennscheibe zu, so daß der Schauspieler nicht hören konnte, was wir miteinander sprachen.

»Wollten sie wirklich nur Berry abholen?« fragte ich Phil.

»Es sah nicht so aus. Ich glaube, sie wollten dich erledigen. Du warst nur zu schnell, und sie wagten dann nicht, es auf eine Schießerei ankommen zu lassen.«

»Sie waren nur zu zweit. Wenn sie ernsthafte Absichten gehabt hätten, so wären sie alle vier aufmarschiert.«

Er zuckte zur Antwort mit den Achseln.

»Es bleibt sich gleich«, stimmte ich zu. »Jedenfalls weiß Purson jetzt, was wir hier wollen — angeblich wollen. Er wird es dem ›Gespenst‹ berichten, und dann wird der Tanz hoffentlich beginnen. Die Gefahr ist nur, daß sie den Krieg auf anderer Leute Rücken austragen, daß sie also nicht direkt versuchen, uns zu erledigen, sondern sich an die Leute halten, von denen sie glauben, daß sie zu unserem Racket gehören. Das wäre im Augenblick Berry, aber wenn noch Stapford und Noune dazukommen, dann weiß ich nicht, wie wir sie vor dem ›Gespenst‹ und seiner Mannschaft schützen sollen.«

Phil gab keine Antwort. Er wußte es auch nicht.

»Ich habe mit Purson eine Verabredung in der Fox Bar. Ich glaube nicht, daß er kommt. Ich halte es für wahrscheinlicher, daß er auf eine Gelegenheit lauert, mir auf dem Weg dorthin eins zu verpassen, aber gehen werde ich trotzdem.«

»Wir werden gehen, meinst du«, warf Phil ein.

»Eben nicht, alter Freund. Einer muß bei Berry bleiben. Sie könnten den scheußlichen Trick versuchen, den Schauspieler zu erledigen, während wir in der Bar auf sie warten. Ich muß allein gehen. Du bleibst bei Berry.«

Phil fügte sich. Er sieht Notwendigkeiten ein, wenn sie ihm auch nicht immer gefallen.

Wir klärten Berry nicht groß über unsere Pläne auf. Phil lud sich einfach bei ihm zu einem Drink ein und ging mit ihm hinauf. Ich übernahm das Steuer und wollte ihn nach dem Gespräch in der Fox Bar wieder abholen, einerlei, wie das Gespräch ausfiel oder ob es überhaupt stattfand.

Ich ließ meinen Wagen eine Häuserecke vor dem Lokal stehen und ging zu Fuß, und zwar auf der anderen Straßenseite, hin. Es sind dies die einfachsten Vorsichtsmaßnahmen, und wer sie nicht beachtet, kann böse Überraschungen erleben.

Ich wartete fünf Minuten, bevor ich die Straße überquerte, und ich suchte während dieser Zeit mit meinen Blicken sehr sorgfältig die Umgebung ab.

Es standen nur wenige Wagen vor der Bar. Ein schwarzer Ford war nicht darunter, und nachdem ich die Überzeugung gewonnen hatte, daß hier niemand mit einer Kanone im Anschlag auf mich wartete, ging ich hinüber.

Der Portier lüftete die Mütze, riß die Flügeltür auf, ich trat ein und war damit für den Augenblick vor Überraschungen sicher.

Ich suchte mir einen Hocker an der Bar. Die Dame hinter der Theke erkannte mich wieder. Offenbar mochte sie mich nicht, denn sie gab mir zwar den Drink, den ich verlangte, aber sie sprach nicht mit mir. Sie wandte sich sofort wieder einem Mann zu, der zwei Hocker weiter saß. Ich musterte den Mann flüchtig. Er sah gut aus, blondes, leicht angegrautes Haar, mageres Gesicht, breite Schultern.

Ich nippte an meinem Whisky herum und überlegte allen Ernstes, ob ich die ganze Sache auch richtig angelegt hatte. Es ist schon ein höchst unangenehmes Gefühl, wenn man sich selbst in Gefahr gebracht hat, aber noch unangenehmer ist es, andere Leute zu gefährden, und ich konnte mir nicht verhehlen, daß ich das getan hatte. Doch ich fand so schnell kein Patentrezept, um das ›Gespenst‹ aufzustöbern und gleichzeitig Berry und die anderen aus der Schußlinie zu halten.

Ich glaubte, im Grunde hier unnütz zu sitzen. Es konnte zwar sein, daß Purson und seine Leute draußen auf mich warteten, aber ich rechnete nicht damit, daß sie hereinkommen würden. Ich irrte mich. Glockenschlag zwölf erschienen sie, und zwar Purson und der offenbar von ihm unzertrennliche Kanzeck.

Ich kippte den Rest meines Whiskys hinunter, während sie auf mich zumarschierten. Dann stand ich auf. Ich hielt es nicht für wahrscheinlich, daß sie hier in der Bar Ernst machen würden, aber es war besser, mit allem zu rechnen.

»Pünktlich wie die Maurer«, lobte ich.

Purson nickte mir nur zu, erblickte den Mann auf dem Hocker und grüßte: »Hallo!«

»Hallo!« antwortete der Mann. Ich warf ihm einen raschen Blick über die Schulter zu, aber er sprach schon wieder mit der Bardame. Ich wußte nicht, ob er nur ein harmloser Bekannter von Purson war, aber ich mußte ihn einkalkulieren, wenn es zu Tätlichkeiten kommen sollte.

»Nehmen wir diesen Tisch«, schlug ich vor und bezeichnete einen kleinen Rundtisch in der Nähe der Bar. Ich wählte meinen Stuhl so, daß ich den Unbekannten an der Theke im Auge behalten konnte.

Purson und Kanzeck ließen sich auf die Stühle fallen.

Ich bestellte eine Runde und sagte höhnisch: »Ihr erlaubt, daß ich euch einlade, denn meine Geschäfte werden in

Zukunft immer besser gehen, während eure schlechter werden.«

»Das ist noch nicht raus«, antwortete Purson, aber er nahm die Einladung an.

»Bevor wir reden«, fuhr ich fort, als die Gläser vor uns standen, »möchte ich wissen, ob du von deinem Boß Vollmachten hast. Ich habe keine Lust, meine Zeit mit dir zu vertrödeln, wenn du nichts anderes von dir zu geben hast, als allgemeines Gequatsche, von dem dein Boß nichts weiß.«

»Warum willst du nicht glauben, daß ich der Boß bin?« fragte er.

Ich tat den Satz mit einer Handbewegung ab. »Weil du nicht das Zeug dazu hast.«

Seine Augen funkelten. »Ich will dir was sagen«, zischte er und beugte sich weit über den Tisch, »ob es einen Boß gibt oder nicht, das mag gleichgültig sein, aber ich sage dir das eine: Nimm das nächste Flugzeug, nimm einen Düsenjäger und geh dahin, wo du hergekommen bist.«

»Ist das deine Meinung oder die vom Boß?« fragte ich und lehnte mich bequem zurück.

»Das eine so gut wie das andere«, entgegnete er rätselvoll.

»Und was passiert, wenn ich bleibe?«

»Du wirst es sehen — oder richtiger, du wirst es spüren, aber dann ist es zu spät.«

Ich lachte. Dieser Purson liebte es, in Andeutungen zu sprechen.

»Schade«, sagte ich, »ich hatte mir einem vernünftigen Vorschlag gerechnet wie zum Beispiel: Ihr übergebt mir dreißig Prozent eurer Kunden, damit ich einen Grundstock habe, und dann stecken wir unsere Arbeitsfelder ab. Ich hätte mich meinetwegen nur mit den Schauspielern beschäftigt, während ich euch die Regisseure, die Firmen und alles andere überlassen hätte. Jetzt werden wir eben um den Markt kämpfen. Das ist auch in der Wirtschaft so.«

Purson drückte seine Zigarette aus.

»Wir verhandeln nicht. Du verschwindest spätestens morgen mittag aus Hollywood, und wir werden dir einen kleinen Vorgeschmack davon geben, was dir geschieht, wenn du diesem Befehl nicht folgst.«

Er schüttelte mir seinen Whiskyrest so schnell ins Gesicht, daß ich nicht mehr zurückweichen konnte. Eigentlich war es zum Lachen. Da hatte ich unter Mr. Addams' Anleitung das Whiskyschütten zwanzigmal geübt, und jetzt bekam ich selbst eine Ladung, nur daß ich Coole Wasser ins Gesicht geschüttet hatte, während es sich hier um echten Whisky handelte, der verteufelt in den Augen brannte.

Ich konnte nichts sehen, und so mußte ich Pursons Faust voll nehmen. Ich hatte das Gefühl, als bekäme mein Stuhl unter mir Flügel. Ich segelte durch die ganze Bar. Meine Reise nahm an einem Pfeiler ein Ende. Ich fiel hart auf den Boden. Es war genauso, wie wenn man träumt, man fiele vom Mond, und findet sich neben dem Bett wieder.

Leider war das hier kein Traum. Und wenn ich nicht sang- und klanglos zusammengeschlagen werden wollte, mußte ich etwas tun. Ich riß meine schmerzenden Augen auf. Die Tränen quollen in einem dicken Strom hervor. Durch ihren Schleier sah ich undeutlich und verschwommen etwas Schwarzes, Schattenhaftes auf mich zukommen. Ich konnte nicht aufspringen, aber ich fühlte neben mir den Stuhl, faßte ihn, riß ihn hoch und hielt ihn meinem Angreifer entgegen. Ich hörte einen Schmerzensschrei und fühlte eine Erschütterung. Der mir zugedachte Fausthieb mußte das Holz getroffen haben, aber ich konnte nichts sehen. Ich mußte die Augen wieder schließen. Sie brannten wie reines Feuer. Ich versuchte aufzustehen.

Irgendwer riß an meinem Stuhl, aber ich hielt krampfhaft fest. Ich kassierte einen neuen Brocken in der Gegend der Kinnlade und ging wieder zu Boden, aber meinen Stuhl ließ ich nicht los. Ich riß wieder meine Augen auf. Sie schmerzten noch, aber nicht mehr so unerträglich.

Die Tränen mochten den größten Teil des Whiskys hinausgeschwemmt haben, wenn ich auch immer noch nicht gut sehen konnte. Ich rammte meinen Stuhl gegen etwas Undeutliches, das gegen mich anrannte, und hörte das charakteristische Jappen, wenn ein Mann einen Stoß gegen den Magen kassiert.

Ich kam auf die Beine und säbelte mit dem Stuhl, der inzwischen einige seiner Bestandteile verloren hatte, um mich.

Es nutzte mir nicht viel. Einer von beiden, ich wußte nicht, ob es Purson oder Kanzeck war, kam von hinten und umklammerte meinen Hals.

Ich ließ meine einzige Waffe sausen, griff über meine Schulter hinweg den Rockkragen meines Gegners, riß ihn nach vorn, so daß der Bursche einen Purzelbaum schlug, und stürzte mich auf ihn. Ich schlug immer noch blind, während wir uns auf dem Boden wälzten, und so bekam er nicht die Hälfte der Sachen zu spüren, die ich ihm zudachte, aber ich wurde doch langsam fertig mit ihm.

Während ich ihn vollpumpte, so gut es ging, dachte ich ununterbrochen daran, daß der zweite Mann mir jeden Augenblick irgend etwas über den Schädel schlagen würde, und dann wäre ich erledigt. Ich wartete geradezu auf diesen Schlag und hatte nicht die geringste Hoffnung, daß ich daran vorbeikommen würde. Ich konnte jetzt immer besser sehen. Dann hatte ich Glück und erwischte den Mann unter mir mit einer Hand am Kinn. Er streckte sich und rührte sich nicht mehr.

Ich stand auf und wischte mir die Tränen aus den Augen. Mir ging es wieder ganz gut, und wenn jetzt der zweite Mann angriff, so war er willkommen.

Ich konnte sogar wieder, wenn auch noch verschwommen, Gesichter erkennen. Der Bursche, den ich erledigt hatte, und der da so friedlich hingestreckt auf dem Boden ruhte, war Kanzeck. Ich mußte also doch mit Purson rechnen. Wo steckte er? Purson war wahrhaftig nicht von der Sorte, die vorzeitig türmt. Ich blickte mich um, und dann entdeckte ich Purson vor dem Bartisch, und es ging ihm gar nicht gut, denn ein Mann, der Mann, der ihm vorhin ›Hallo!‹ zugerufen hatte, war damit beschäftigt, Purson in das Land der Träume zu schicken. Er deckte ihn mit schweren Schwingern zu. Ich hätte es nicht besser machen können, und Purson war kaum noch in der Lage, auch nur ein Drittel zurückzuschlagen. Es konnte nur noch Sekunden dauern. Der nächste Schlag gab Purson den Rest.

Der Mann strich sich die Haare aus dem Gesicht, lachte mit einer Reihe prächtiger Zähne und trat auf mich zu. »Hallo!« sagte er. »Ich sehe, Sie haben es überstanden.«

»Danke«, antwortete ich. »Bis auf die Augen bin ich okay.«

»Gib mir mal die Sodaflasche«, verlangte er von der Bardame. Er spritzte mir die Augen aus. Meinen Anzug bekam das nicht gut, aber es kühlte meine Sehorgane wunderbar. »So«, sagte er, »nehmen Sie diese Serviette.«

Ich trocknete mir das Gesicht ab.

»Wissen Sie«, fuhr er fort, »man prügelt sich in Hollywood nicht gern mit Purson und Genossen. Auch ich wollte Sie die Schlacht erst allein ausbaden lassen, aber als Sie sich mit Kanzeck auf dem Boden herumwälzten, nahm Purson die Flasche und wollte sie Ihnen über den Schädel schlagen. Das ging mir gegen den Strich, und ich beschäftigte mich mit ihm. Es ist ihm nicht gut bekommen.«

Kanzeck war inzwischen aufgewacht und taumelnd aufgestanden. Auch Purson gab Lebenszeichen von sich. Natürlich stand die gesamte Barbelegschaft in großem Halbkreis um uns herum. Der Mann winkte ein paar Kellner heran.

»Schafft sie hinaus, solange sie noch nicht ganz da sind, sonst geht es von neuem los.« Er wandte sich an mich. »Wollen wir was trinken auf die Waffenbrüderschaft?«

»Einverstanden.«

Wir bezogen einen Tisch in einer ruhigen Ecke. Der Geschäftsführer und seine Leute bugsierten unsere Gegner, die noch nicht ganz bei Verstand waren, hinaus und bemühten sich, wieder Stimmung in die Gäste zu bringen. Sicherlich wünschten sie mich, der ich ihnen zum zweitenmal in wenigen Tagen Krach in die Bude gebracht hatte, zum Teufel, aber sie wagten nicht, es laut zu sagen. Im Gegenteil, sie bedienten uns ausgesucht höflich.

»Also«, sagte der Mann, »ich heiße Reginald Noune.«

Ich setzte das schon erhobene Glas wieder ab. »Sie sind Noune, der Filmagent?«

»Ja. Filmagent, Schauspielermanager, Reklamefachmann, alles, was gefragt wird. Sie kennen mich?«

»Ich habe in den letzten Tagen einige Male versucht, Sie zu erreichen.«

»Ich war ein paar Tage verreist. Welchem Grund verdanke ich Ihr Interesse?«

Ich ließ die Frage unbeantwortet.

»Haben Sie eine alte Rechnung mit Purson? Ich hörte mal so etwas.«

»Ich habe mich schon mal mit ihm angelegt, aber damals zog ich den kürzeren. Sie waren drei Mann stark.«

Ich ging geradewegs auf das Ziel los.

»Sie zahlen an Pursons Racket — oder richtiger, an das Racket des ›Gespenstes‹?«

»Ja«, antwortete er einfach, »aber ich habe es satt. Es war eine wunderbare Gelegenheit, als Sie heute mit ihnen Streit bekamen. Ich dachte mir gleich, daß Sie ein Leidensgefährte von mir seien, und ich dachte mir auch, es sei an der Zeit, mit dieser Pest aufzuräumen. Wenn wir noch ein paar mutige Männer zusammenbekommen, können wir uns vielleicht mit der Polizei in Verbindung setzen und ihnen endgültig das Handwerk legen lassen.«

Ich lachte leise. »Sie irren, Noune, ich bin kein Leidensgefährte von Ihnen. Ich habe die Absicht, einen Konkurrenzverein in Hollywood aufzumachen, und das war der Grund, aus dem Purson mir eine Lehre erteilen wollte. Er hat mir schreckliche Sachen angedroht, wenn ich mich nicht bis morgen mittag aus Hollywood verkrümele.«

Er starrte mich einen Augenblick an, dann stieß er zwischen den Zähnen hervor: »Ich wünschte, ich hätte Purson in Ruhe gelassen, als er Ihnen den Schädel einschlagen wollte.«

Er stieß seinen Stuhl zurück und stand brüsk auf.

Der Mann war wertvoll. Er war der erste der Erpreßten, der Mut zeigte. Vielleicht konnte ich ihn zu einer Aussage bewegen. Ich hatte ohnedies nicht mehr viel Lust, weiter den Gangster zu spielen. Es war zu gefährlich für die Leute, die ich mit meiner angeblichen Geldgier behelligte. Vielleicht war es gut, vor Noune die Karten offen auf den Tisch zu legen.

Ich griff über den Tisch nach seinem Arm. »Bleiben Sie«, forderte ich ihn auf. Er wollte meine Hand abschütteln, aber ich hielt fest. »Es lohnt sich«, setzte ich hinzu.

Er folgte dieser Aufforderung zögernd.

»Um es kurz zu machen«, begann ich die Aufklärung, »ich bin ein G-man aus New York und heiße Jerry Cotton.«

Er blieb mißtrauisch. »Ein Trick?«

Ich legte ihm den Ausweis auf den Tisch. Er studierte ihn sehr genau.

»Und?« fragte er und schob mir das Dokument wieder zu.

»Ich bin dieser Racketsache durch einen Zufall auf die Spur gekommen. Ich holte mir also den Auftrag, den Fall zu klären. Ich erhielt die Namen von drei Leuten, die mit Sicherheit an das Racket zahlten: die Schauspieler Berry, Stapford und Sie. Ich wußte, daß ich die Leute nicht zu Aussagen bewegen konnte. Also wollte ich das ›Gespenst‹ dazu verleiten, Aktionen gegen mich zu unternehmen. Das sicherste Mittel, eine Bande zu häßlichen Taten zu verleiten, ist, ihr Konkurrenz zu machen. Also hatte ich die Absicht, die Leute, die an das ›Gespenst‹ zahlen, für meinen angeblichen Verein zu keilen. Ich hoffte, daß sie eiligst zu Purson rennen würden, um ihm von der Konkurrenz zu erzählen. Ich versuchte es zuerst mit Berry, aber Berry kniff, und statt mich bei Purson zu verpetzen, zahlte er. Stapford forderte ich telefonisch auf. Er bat um eine Bedenkzeit, und ich weiß nicht, ob er sich an Purson gewandt hat. Inzwischen hat sich das auch erübrigt, denn ich hatte Gelegenheit, den Unterführer selbst von meinen angeblichen Absichten in Kenntnis zu setzen. Das Resultat war die Schlägerei des heutigen Abends, und ich hoffte, es wird weiter rundgehen. Ich habe nur eine Sorge.«

»Welche?«

Ich überlegte einen Augenblick, ob ich ihm alles sagen sollte, aber wenn ich haben wollte, daß er vor den Behörden aussagte, mußte ich wohl die Karten auf den Tisch legen.

»Ich fürchte, daß das ›Gespenst‹ seinen Leuten Order gibt, sich nicht an mich, sondern an die Abtrünnigen, also zum Beispiel an Berry, zu halten. Was das für mich als G-man bedeutet, wenn einem harmlosen Mann, einem Zivilisten gewissermaßen, wegen mir eine Kugel verpaßt wird, können Sie sich denken. Sie kommen mir daher gerade wie gerufen, Mr. Noune. Ich habe den Eindruck, als wären Sie von einem anderen Schlag als Berry und Stapford.«

Er lachte wieder. »Danke für das Kompliment, Mr. Cotton. Was also wollen Sie tun?«

»Ich brauche Zeugen gegen das ›Gespenst‹ und seine Leute. Wenn sich die Leute, die erpreßt werden, dazu aufschwingen können, vor Gericht gegen sie auszusagen, dann kann ich mir meine Arbeit und Mühe sparen. Hätten Sie den Mut dazu?«

Er senkte den Kopf und spielte mit seinem Glas. Eine Minute des Schweigens entstand.

»Sie sind ein Polizist, Mr. Cotton«, sagte er dann. »Sie sind gewohnt, daß Sie bei Ihrem Beruf ein gewissen Risiko eingehen. Berry und Stapford sind friedliche Schauspieler, die höchstens in ihren Rollen so tun, als könnten sie Löwen in der Luft zerreißen. Ich bin ein Kaufmann, der in dieser Stadt bescheidene Geschäfte macht. Nehmen wir an, ich stellte mich für eine Aussage zur Verfügung. Nehmen wir weiter an, auch Berry und Stapford würden sich dazu entschließen, und Sie gingen hin und verhafteten Purson und Kanzeck und Casturio und Mator. Haben Sie dann die ganze Bande?«

»Wenn es das ›Gespenst‹ tatsächlich gibt, habe ich sie natürlich nicht, aber die Anschrift dieses sauberen Herrn holen wir aus seinen Gefolgsleuten schon heraus.«

»Vielleicht«, gab er zu, »aber Sie wissen nicht einmal, ob die vier Genannten tatsächlich alle Gefolgsleute sind. Es kann noch mehr geben, die weder Sie noch ich kennen. Fest steht jedenfalls, sobald sie irgendwen verhaften, werden die Zeugen sofort weggeputzt. Sagen Sie nicht, wir könnten verreisen, oder Sie würden uns schützen. Natürlich würden Sie das tun, aber Sie können nicht dafür garantieren, daß es Ihnen gelingen wird. Verstehen Sie, daß es einem normalen Menschen unangenehm ist, als Zielscheibe herumzulaufen?«

»Natürlich verstehe ich das«, antwortete ich unzufrieden, »aber Sie sind auch dann Zielscheibe, wenn ich die Version von der Konkurrenzgang, die ich gründen will, aufrechterhalte. Außerdem haben Sie sich kräftig mit Purson geschlagen, haben Partei für mich ergriffen. Sie sind ohnedies schwer belastet.«

Er hob die Schultern und ließ sie wieder fallen.

»Wenn ich zu Purson gehe und nachgebe, zahlen sie mir die Prügel, die ich ihm versetzt habe, schlimmstenfalls doppelt zurück. Ich bin schließlich eine Milchkuh für sie, und Milchkühe schlachtet man nicht. Verbünde ich mich aber mit der Polizei, gibt es nur noch die Kugel. Sie verlangen zuviel, Mr. Cotton.«

Heimlich gab ich mir selbst zu, daß er nicht unrecht hatte. Es gibt nicht viele Leute, die der Gerechtigkeit zuliebe die Haut zu Markte tragen. Ich hatte das Risiko zu tragen. Ich war FBI-Mann, und ich hatte genug gewußt, was ich zu erwarten hatte, als ich diesem Klub hoffnungsloser Idealisten beitrat.

Reginald Noune hatte völlig recht, wenn er nicht vor den Untersuchungsrichter treten wollte, um zu sagen: Euer Ehren, ich bitte zur Kenntnis zu nehmen, daß ich von einer Bande erpreßt wurde, deren Mitglieder . . . Und so weiter. Aber die Tatsache, daß er recht hatte, machte mir das Leben nicht leichter.

Wie schwiegen einige Minuten. Schließlich nahm Noune wieder das Wort.

»Ich weiß, daß es bürgerliche Pflichten gibt, Mr. Cotton. In unserem freien Land kann ich zwar nicht gezwungen werden, diese Pflichten zu erfüllen, aber gut, ich bin bereit, gegen das Racket auszusagen, wenn Sid Stapford und Berry sich ebenfalls dazu bereit erklären.« Er grinste flüchtig. »Das verteilt das Risiko auf drei, und Sie haben eine Chance, wenigstens einen Ihrer Zeugen lebend bis zur Gerichtsverhandlung durchzubekommen.«

»Danke«, antwortete ich, nicht sehr hoffnungsfroh, »ich werde morgen versuchen, Stapford und Berry zu bekehren.«

»Ach, Unsinn«, winkte er ab, »so etwas duldet keinen Aufschub. Lassen Sie uns gleich zu Stapford gehen.«

Ich warf einen Blick auf die Uhr. »Mitten in der Nacht?«
Er gab bereits dem Kellner ein Zeichen.

»Stapford ist sicher noch auf, und wenn er schläft, so wecken wir ihn eben«, sagte er, während er zahlte.

Noune hatte einen eigenen Wagen, einen schönen Mercury. Ich holte unser Mietauto von der Straßenecke. Er fuhr voraus und zeigte mir den Weg.

Sid Stapford hatte es bereits bis zu einer kleinen Villa gebracht. Dabei ist es aber durchaus nicht immer sicher, daß das Haus dem Star gehört. Oft bauen es auch Filmgesellschaften, wenn sie einiges mit dem Mann beabsichtigen, der das Haus bezieht. Es gehört dann zu dem Reklamerummel, und in der Presse erscheinen Bilder mit der Unterschrift:

Der Star XYZ an seinem geschmackvoll eingerichteten Fünfzigtausenddollarkamin bei dem Rollenstudium für unseren Zweimillionenfilm ›Liebe unter dem Sternenzelt‹.

In Stapfords Bungalow war noch Licht, und wir hörten Tanzmusik. Auf unser Klingeln öffnete ein Butler, denn der Schauspieler gab vor, aus England zu stammen, obwohl er in einem Dorf in Texas geboren war. Wir verlangten ihn zu sprechen. Der Butler führte uns mit altenglischer Würde in ein überladenes Rauchzimmer. Minuten später erschien Sid Stapford.

Ich kann Ihnen Sid Stapford nicht beschreiben. Sie wissen sonst, von wem ich spreche, und ich bekomme den Verleumdungsprozeß an den Hals, den ich aufgrund meines bescheidenen Einkommens unbedingt vermeiden muß. Er trug einen verrückten Hausanzug aus bestickter Seide, und für meine Begriffe hatte er ein Gesicht, das direkt zum Reinschlagen einlud. Im Film stellt er meistens sehr edle Männer dar, die auf die Frau ihres Herzens verzichten und für ihre Freunde sterben. In den letzten Zügen hauchen sie dann die Hochzeitsglückwünsche.

Schön, das also war Sid Stapford. Ich machte es kurz.

»Ich bin der Mann, der Sie angerufen hat«, eröffnete ich ihm.

Sein Gesicht wurde noch käsiger, als es ohnehin schon war.

»Aber sie wollten mir doch Bedenkzeit lassen«, stammelte er.

Ich winkte ab. »Die Lage hat sich geändert. Ich habe keine Veranlassung die Version vom Gangster aufrechtzuerhalten. Ich bin ein G-man und heiße Jerry Cotton. Hier, Mr. Noune befindet sich in der gleichen Lage wie Sie, und er ist bereit, gegen das Racket des ›Gespenstes‹ auszusagen. Wir wollen Sie einladen, mitzumachen.«

Als er hörte, daß er nur einen lumpigen FBI-Beamten vor sich hatte, ging mit ihm eine Wandlung vor. Er richtete sich auf, und alle Demut verschwand aus seinem Gesicht.

»So«, sagte er mit hochgezogenen Brauen, »Sie sind ein G-man. Da muß ich mich doch sehr wundern, daß Sie sich solcher Mittel wie Drohung und versuchter Erpressung bedienen. Ich möchte bezweifeln, daß das gesetzlich ist.«

»Ich will wissen, ob auch Sie bereit sind, vor dem Untersuchungsrichter Ihren Mann zu stehen«, gab ich zurück.

Er wurde unsicher, fing sich aber wieder. »Auch das muß ich mir überlegen.«

Noune kam mir zur Hilfe. »Ich wüßte nicht, warum Sie feiger sein sollten als ich, Stapford«, sagte er eindringlich. »Es muß doch einmal aufgeräumt werden. Das ›Gespenst‹ frißt einen hohen Anteil unseres Einkommens weg. Soll das in alle Ewigkeit so weitergehen?«

»Ich habe nicht zugegeben, daß ich an irgendwen zahle«, antwortete er schnell.

»Komplizieren Sie die Sache nicht«, fuhr ich ungeduldig dazwischen. »Wir wissen, daß Sie zahlen, und Sie sollen nichts weiter tun, als das auch dem Untersuchungsrichter zu bestätigen.«

»Hören Sie«, entgegnete er böse, »ich zahle lieber, als daß ich sterbe.«

Ich werde Sie mit dem weiteren Hin und Her verschonen. Ich warb um ihn schlimmer als ein junger Mann um ein widerspenstiges Mädchen, aber alles, was ich erreichen konnte, war, daß er versprach, sich die Sache zu überlegen. Nicht einmal auf eine Bedenkzeit konnte ich ihn festlegen.

»Ich hatte es nicht anders erwartet«, sagte Noune, als wir nach der parfümgeschwängerten Luft mit tiefen Zügen die Frische der Nacht einatmeten.

Ich verzichtete für heute darauf, auch an Berry noch einen Bekehrungsversuch zu starten. Noune und ich, wir trennten uns, und ich fuhr, um Phil abzuholen.

Der Schauspieler lag auf der Couch und schlief, während Phil sich mit einer Flasche Gin die Zeit vertrieben hatte.

»Nun?« fragte er.

Ich erzählte kurz die Ereignisse des Abends.

»Willst du ihn auch aufklären?« fragte mein Freund und deutete mit dem Daumen auf den Schlafenden.

»Es hat keinen Zweck«, antwortete ich ärgerlich. »Wenn er erfährt, daß wir G-men sind, wird er so renitent wie Stapford. Lassen wir ihn noch in dem Glauben. Außerdem: Ob wir ihm die Wahrheit sagen oder nicht, bewachen müssen wir ihn weiterhin, denn noch hält die Bande uns für Konkurrenz, und das gefährdet sein Leben.«

Wir weckten Berry und eröffneten ihm, daß Phil als ständige Einquartierung bei ihm bleiben werde. Er fluchte nicht schlecht, und verwünschte uns in alle vier Winde, aber es half ihm nichts. Phil fuhr gar nicht erst mit ins Hotel. Ich ließ ihm seine Sachen durch einen Boy schicken.

Die nächsten vier Tage waren zum Haareausraufen, und zwar deswegen, weil einfach nichts geschah. Ich machte weiter den Berater bei dem FBI-Film und zerbrach mir den Kopf, was ich tun könnte, um in der ›Gespenster‹-Geschichte voranzukommen. Ich telefonierte mit Mr. High und berichtete, und ich erklärte auch offen, daß ich augenblicklich in einer Sackgasse steckte.

»Wir wollen trotzdem nicht aufgeben, Jerry«, sagte Mr. High, aber einen sachlichen Rat hatte er auch nicht zur Hand.

Am dritten Tag rief mich Noune im Atelier der CPC an.

»Ich hatte Besuch, Cotton«, sagte er, »und ich wurde gefragt, auf wessen Seite ich stehe. Ich muß gestehen, ich habe Sie verraten.«

Ich wußte sofort, von welchem Besuch er sprach.

»Haben Sie ihnen gesagt, daß ich vom FBI bin?«

»Nein, das nicht. Sie werden nach wie vor für Konkurrenz gehalten, aber ich entschuldigte mich mit völliger Trunkenheit, weil ich Ihnen geholfen habe, und ich zahlte, was sie von mir verlangten.«

»Danke für die Information, Mr. Noune. Zahlen Sie bitte vorläufig weiter. Damit sind Sie wenigstens Ihres Lebens sicher.«

Gleich nach dem Einhängen versuchte ich, Stapford zu erreichen, aber er ließ sich verleugnen. Ich glaubte nicht mehr, daß ich von ihm Hilfe zu erwarten hatte. Es war zum Heulen.

Am Abend des fünften Tages kam ich sehr spät aus dem Atelier. Ich hatte das Abendbrot mit meinen beiden Kollegen in der Kantine eingenommen, und wir waren ins Erzählen geraten. Die Uhr ging auf elf, als wir auf die Straße traten. Wir schüttelten uns die Hände. Cruis und Wygand gingen nach links, während ich die wenigen Schritte nach rechts zu meinem Wagen tat.

Ich war gerade vom Bürgersteig heruntergetreten, als ein schwarzer Ford mit heulendem Motor heranschoß. Ich prallte zurück und warf mich nach rechts, so daß ich zur Hälfte in den Schutz meines Wagens kam. Der Motor des Fords heulte so laut, daß man die zwei Schüsse kaum hörte, aber ich vernahm doch deutlich, wie die Kugeln gegen die Mauer des Hauses hinter mir klatschten. Der Ford war um die nächste Ecke verschwunden, bevor ich mich aufgerichtet hatte. Es war sinnlos, ihm nachzufahren. Ich kannte Hollywood nicht gut genug.

Cruis und Wygand hatten gemerkt, daß etwas los war, und kehrten im Laufschritt zurück.

»Hat man auf Sie geschossen, Cotton?« fragte Wygand. Ich nickte.

»Sie müssen es an der Mauer sehen können.«

»Ja, hier!« rief Cruis, der inzwischen an das Haus getreten war. »Miserabel gezielt. Selbst wenn Sie stehengeblieben wären, wären die Dinger drei Fuß über Ihren Schädel gegangen.«

Mir zuckte ein Gedanke durch das Gehirn, der vielleicht nicht schlecht war. Ich spurtete in das Gebäude der CPC zurück, rannte in die Telefonzentrale und nahm dem Fräulein vom Nachtdienst den Hörer aus der Hand.

Ich wählte Nounes Nummer, und es schien mir endlose Minuten, bis er sich meldete.

»Noune, wissen Sie die Adresse von Purson?«

»Moment«, sagte er, »was wollen Sie von ihm?«

»Wissen Sie die Adresse?«

»Ja«, sagte er gedehnt, »er wohnt . . . Warten Sie . . . Ja, ich glaube, Brester Street 26, aber was wollen Sie denn dort?«

»Vielen Dank«, sagte ich, hängte ein und rannte wieder auf die Straße.

»Tun Sie mir einen Gefallen«, bat ich die Kollegen Cruis und Wygand. »Suchen Sie nach den Kugeln. Wenn Sie nur eine finden, so genügt das schon.«

Ich sah mich nach einem Führer um und erblickte einen Jungen, der seine Zeitungen ausschrie. Ich rief ihn an. Er kam angerannt.

»Kennst du Hollywood?«

»Natürlich, Sir.«

»Die Brester Street?«

»In der Nähe der Frizer Avenue.«

Ich gab ihm zehn Dollar. »Schmeiß deine Zeitungen auf den Mist und steig ein.«

Er fragte nicht lange, versenkte die zehn Dollar in seine Hosentasche, hielt aber seine Blätter fest. Ich postierte ihn auf den Beifahrerplatz, nahm das Steuer und gab Gas.

»Geradeaus zunächst«, sagte der Boy.

Ich fuhr ein hübsches Rennen quer durch Hollywood. Später stellte sich heraus, daß mein Wagen von sechs Polizisten aufgeschrieben worden war, und ein Dutzend andere hatten notgedrungen darauf verzichten müssen, weil sie meine Nummer nicht erkannt hatten.

Nach knappen sieben Minuten Fahrt erklärte der Boy: »Die nächste Straße rechts ist die Brester Street.«

Ich stoppte an der Ecke, gab ihm noch fünf Dollar und schlug ihm auf den Rücken. »Hier, das ist das Rückfahrgeld.«

»Danke, Sir«, sagte er und huschte die Straße hinunter.

Die Brester Street war eine freundliche Straße mit kleinen Einfamilienhäusern aus Holz, die inmitten von Gärten standen. Soweit ich sehen konnte, lagen beide Häuserreihen mit den Rückseiten am Rand eines kleinen Stechpalmenbusches. Die Straße war wie eine Schneise in diesen Busch hineingebaut.

Ich suchte mir einen dunklen Platz in der Nähe von Nummer 26 und wartete. Es konnte alles ganz falsch sein, was ich hier unternahm, aber wenn es wirklich Purson und seine

Leute waren, die auf mich geschossen hatten, so hatte ich eine Chance, vorausgesetzt, sie kamen innerhalb einer Stunde, und vor allen Dingen, Cruis und Wygand fanden mindestens eine der beiden Kugeln.

Ich mochte vielleicht eine knappe Stunde gewartet haben, da hörte ich Motorengebrumm. Zwei Scheinwerfer tauchten auf, erloschen. Der Wagen hielt ganz in meiner Nähe vor Nummer 26, und vom Führersitz kletterte ein Mann, dessen Gestalt nicht zu verkennen war: Purson. Der Wagen spuckte noch drei Leute aus: Casturio, Kanzeck und Mator. Ich hatte sie also hübsch beisammen.

Die Straßenbeleuchtung gab genug Licht, wenn es auch nicht in den Schatten des aus dem Garten überhängenden Fliedergebüsches drang, das ich mir als Deckung ausgesucht hatte.

Als sie versammelt waren und eben auf das Gartentor zustrebten, nahm ich den Revolver aus dem Halfter und sagte nicht laut: »Hände hoch!«

Sie erstarrten zu Salzsäulen.

»Bitte, hoch mit euren Samtpfötchen!« forderte ich noch einmal.

Langsam schoben sie ihre Arme in die Höhe, während sie den Kopf nach rechts und links wandten und ihnen die Augen fast aus den Höhlen traten vor Anstrengung, den Feind im Dunkeln zu erspähen.

Als sie alle die richtige Haltung hatten, trat ich vor.

»Guten Abend«, wünschte ich freundlich.

»Ach du«, knurrte Purson und wollte die Arme herunternehmen. Aber ich pfiff ihn an: »Laß die Hände oben!« Er gehorchte mit einem zerknirschten Fluch zwischen den Zähnen.

Am nächsten stand mir Casturio. Ich griff in seine Brustgegend, nahm ihm die Kanone aus dem Halfter und roch daran.

Wenn eine Waffe erst vor kurzer Zeit benutzt worden ist, kann man das riechen. Bis zu zwei Stunden halten sich Spuren von Pulverrauch in dem Lauf, und das ergibt einen charakteristischen Geruch. Casturios Waffe roch nur nach Öl. Ich schleuderte sie in den Garten.

Mator trug keine Schulterhalfter. Ich tastete ihn ab und fand seine Pistole in der Gesäßtasche. Auch sie war sauber, und ich warf sie fort.

»Was soll das?« fragte Purson.

»Vor einer halben Stunde ist auf mich geschossen worden, und ich wollte nur wissen, ob ihr vielleicht zu so unfreundlichen Geschäftsmethoden gegriffen habt«, gab ich ihm freundlich Auskunft.

Er war in der Reihe der nächste, und ich behandelte ihn nicht anders als seine Untergebenen, aber auch seine Kanone roch nicht nach Pulver.

Kanzeck wich zurück, als ich auf ihn zuging. Ich erwischte ihn mit der linken Hand beim Schlips und zog ihn heran.

»Bleib schön ruhig, Freund«, sagte ich sanft. Ich fischte seine Pistole aus dem Halfter, und als ich daran roch, wußte ich, daß ich die richtige Waffe hatte. Sie roch stark nach verbranntem Pulver. Ich steckte sie in die Tasche. »Vielen Dank, Gentlemen«, sagte ich und trat zwei Schritte zurück. »Falls Sie das Armehochhalten als unangenehm empfinden, so habe ich nichts dagegen, wenn Sie sie jetzt herunternehmen.«

Purson tat es und machte zwei wütende Schritte auf mich zu. Ich wich zur Seite, falls er mich tatsächlich angreifen wollte, und ich öffnete den Mund, um ihn zu warnen, aber ich brachte diese Warnung nicht mehr hinaus.

Ein Schuß peitschte durch die Nacht, und es bestand kein Zweifel, daß er mir gegolten hatte, aber meine Bewegung, die durch Pursons Schritte ausgelöst worden war, hatte mich aus der Schußlinie gebracht.

Mator nahm das Ding. Er griff sich an die Schulter und stieß einen Schrei aus.

Ich hatte wahrhaftig keine Zeit, ihn zu bemitleiden. Ich tauchte wie ein flüchtender Hase in das Fliedergebüsch. Es bellte noch zweimal. Eine der Kugeln zersplitterte eine Stange des Zaunes ganz in meiner Nähe.

Ich machte mich auf die Socken und huschte an dem Zaun entlang. Ich konnte zwar niemanden sehen, aber ich rannte in Richtung der Schüsse. In einzelnen Häusern wurde bereits Licht gemacht. Die Schüsse hatten die Bewohner aus dem Schlaf geweckt.

Um Purson und seine Leute brauchte ich mich im Augenblick nicht zu kümmern. Bis sie ihre Waffen im Garten gefunden hatten, und das konnte noch eine gute Weile dauern, waren sie ohne Bedeutung.

Ich blieb stehen, um zu lauschen. In dem Gebüsch eines Gartens schräg gegenüber raschelte es. Ich startete quer über die Straße. Im selben Augenblick ging in dem Haus, auf das ich zulief, Licht an, und ich sah die Gestalt eines Mannes, der sich eben über den Zaun schwang. Ich feuerte im Laufen. Der Mann verschwand auf der anderen Seite.

Von irgendwo wurde gerufen: »Polizei! Polizei!«

Ich hatte den Zaun erreicht, faßte die Stange und schwang mich hinüber. Ich war gut im Licht, als ich über die Latten setzte, und es knallte prompt. Wie eine wütende Hornisse zwitscherte die Kugel an meinem Kopf vorbei.

Ich landete in einem Strauch, dessen Zweige mein Gesicht peitschten und sich mit meinem Anzug verfilzten. Ich schlug mich hindurch, hielt inne und versuchte, etwas zu hören.

Am anderen Ende des Gartens raschelte es. Ich hörte das dumpfe Geräusch eines Sprunges und nahm an, daß mein Mann den Garten wieder verlassen hatte. Auch ich setzte nach hinten hinaus über den Zaun. Nach drei Schritten befand ich mich in dem Stechpalmenbusch, und hier war die Dunkelheit vollkommen. Die dornigen Zweige hatten eine ekelhafte Art, durch das Gesicht zu streifen. Ich lauschte angestrengt, aber ich hörte nur das Rauschen des Windes in den Bäumen.

Ohne Zweifel: Der hinterhältige Schütze war mir durch die Lappen gegangen. Ich gab es auf, steckte die Smith and

Wesson in die Halfter und tastete mich an der Rückfront der Häuser entlang zu der Querstraße, in der mein Wagen stand. In der Brester Street herrschte einige Aufregung, und ich verspürte keine Lust, dort noch einmal aufzutreten.

Ich fand meinen Wagen, startete und fuhr, so gut ich mich zurechtfand, zum Gebäude der CPC zurück. Ich sah Cruis und Wygand brav mit dem Kopf nach unten gesenkt immer noch die Straße absuchen.

»Hallo, Cotton!« sagte Wygand, als er mich erblickte. »Eines von den Dingern haben wir.« Er schwenkte sein zusammengebundenes Taschentuch.

»Beide!« rief in diesem Augenblick Cruis und hielt einen plattgedrückten Metallklumpen in die Höhe.

»Fein«, freute ich mich. »Das hilft mir weiter. Wenn die Dinger zu der Kanone passen, die ich mir inzwischen beschafft habe, bin ich ein gutes Stück vorangekommen. Ich kann dann vier Leute wegen Mordversuchs verhaften, und wenn diese Leute hinter Schloß und Riegel sitzen, dann werden sich hoffentlich die Männer, die bisher von ihnen erpreßt wurden, auch bereit erklären, gegen sie auszusagen.«

»Sie scheinen dienstlich hier zu sein«, sagte Wygand. »Wenn Sie Hilfe brauchen, stehen wir zur Verfügung, aber jetzt möchte ich eigentlich gehen. Mr. Addams war anstrengend genug.«

Cruis lachte. »Er hatte die Chance versäumt, eine wirklich echte Szene für seinen Film zu drehen.«

»Sicherlich wäre sie ihm nicht eindrucksvoll genug gewesen«, beschloß ich das Gespräch. »Gute Nacht also. Ich werde morgen früh zum Kriminaltechnischen Institut nach Los Angeles fahren, um die Kugeln und die Pistole untersuchen zu lassen.«

Ich fuhr ins Sunrise Hotel und haute mich in mein Bett. Im Handumdrehen war ich in einem friedlichen Reich der Träume.

Um sechs Uhr, nach kaum vier Stunden Schlaf, weckte mich das Telefon.

»Mr. Cotton«, sagte der Portier, »ich glaube, Mr. Decker ist am Apparat, aber ich weiß es nicht genau.«

»Schalten Sie durch«, fauchte ich. »Hallo! Hallo!« rief ich in die Leitung. Dann meldete sich Phil. Seine Stimme klang ganz merkwürdig. So, als spräche er durch ein dickes Tuch und als bekäme er die Zähne nicht auseinander.

»Komm! Berrys Wohnung — Schweinerei . . .!«

Ich stand schon, und so schnell bin ich noch nie in meine Kleider gekommen. Im Grunde hätte ich auch auf die Hose verzichten können. Wichtig war hier nur ein Kleidungsstück: der Smith and Wesson.

Mit der Geschwindigkeit eines Tornados sauste ich die Treppen hinunter. Der Mietwagen stand zum Glück vor dem Hotel. Zum zweitenmal in wenigen Stunden gab ich eine Autorennvorstellung quer durch Hollywood, aber noch waren die Straßen leer, und niemand störte sich an einem verrückt gewordenen Wagen. Mit kreischenden Bremsen hielt ich vor Berrys Wohnung, und ich war aus dem Wagen, bevor er richtig stand.

Die Haustür war verschlossen. Ich drückte auf den ersten besten Klingelknopf. Es dauerte eine Weile, bis der Bewohner der entsprechenden Etage den Selbstöffner bediente, aber ich raste an seiner Korridortür vorbei, ohne mir Zeit für eine Erklärung zu nehmen. Berrys Korridortür war nicht verschlossen. Ich betrat die Wohnung ohne besondere Vorsichtsmaßregeln. Ich wußte, daß es niemandem gelingen würde, Phil zu zwingen, mich in eine Falle zu locken.

Ich fand meinen Freund im Wohnzimmer auf der Erde. Er war so säuberlich zu einem Bündel verpackt, daß man ihn ohne weiteres mit der Post hätte verschicken können. Das Telefon lag neben ihm.

Ich ging in die Küche, fand ein Messer und befreite Phil von seiner Verschnürung. Ich löste ihm den Knebel und steckte ihm statt dessen eine Zigarette zwischen die Zähne.

Er rauchte einige Züge und rieb seine schmerzenden Handgelenke. »Alles, was ich weiß, daß ich ein Geräusch hörte, wach wurde, mich aufrichtete«, sagte er. »Ich sah vier Männer, aber nur für einen Augenblick. Dann bekam ich schon einen Hieb über den Schädel und war weg. Als ich aufwachte, lag ich auf der Couch. Die vier Männer standen da, hatten den geknickten Berry zwischen sich. Sie trugen Strumpfmasken, aber ich glaube sicher, daß es unsere vier Freunde waren. Mich hatten sie zu einem Bündel verschnürt. Sie zogen wortlos ab. Ich wälzte mich von der Couch, kugelte mich zum Schreibtisch, riß das Telefon herunter, ruckelte solange hin und her, bis ich an die Nummernscheibe konnte, und rief dich an. Das dauerte allein fast zwei Stunden, denn sie hatten mich wirklich sorgfältig verpackt.«

»Vier, sagst du?« vergewisserte ich mich. »Dann war das ›Gespenst‹ persönlich dabei, denn Mator wurde vor wenigen Stunden angeschossen und fällt für solche Unternehmen aus.«

»Jedenfalls haben sie Berry.«

Ich schüttelte den Kopf. »Mir kommt das alles ziemlich geheimnisvoll vor.«

Er sah mich fragend an.

»Vier Männer machen schließlich einigen Lärm, wenn sie in eine fremde Wohnung gewaltsam eindringen«, erklärte ich auf seine unausgesprochene Frage. »Merkwürdig, daß ihr, du und Berry, nichts davon gehört habt. Hatten sie einen Schlüssel?«

Phil zuckte mit den Achseln. Ich ging zur Tür und untersuchte das Schloß. Es war unbeschädigt.

Mir gingen eine Menge Gedanken durch das Gehirn. Sie wissen vielleicht, wie das ist, wenn man das Gefühl hat, daß sich alles ganz anders verhält, als man bisher angenommen hat, aber noch nicht weiß, was man an die Stelle der bisherigen Annahmen setzen soll.

Ich forderte Phil auf, mit ins Hotel zu kommen. Ich fuhr langsam den Weg zurück. Wir stellen den Wagen auf der Straße ab und wollten zu meinem Zimmer, als der Portier uns anrief: »Ein Herr wartet auf Sie, Mr. Cotton.«

Es war noch früh am Morgen. Die Putzfrauen wirkten noch in der Hotelhalle. Die Teppiche waren umgeschlagen und die Stühle noch zum Teil aufeinandergestellt.

Ich sah mich um. Da saß, die Beine lässig übereinandergeschlagen, mein Freund Purson und rauchte gemächlich eine Zigarette.

Er stand nicht auf, als ich auf ihn zuging.

»Habt ihr Berry geholt?« fragte ich.

»Guten Morgen«, sagte er. »Ich habe dir eine Einladung zu bringen. Man möchte dich sprechen.«

»Wer ist man?«

Er antwortete indirekt. »Du hast dir doch immer Verhandlungen auf höchster Ebene gewünscht. Du wirst zu einer solchen Verhandlung eingeladen.«

»Wo?«

»Das wirst du sehen.«

Ich lachte. »Glaubst du, ich gehe freiwillig zu meinem Begräbnis?«

Er drückte seine Zigarette aus. »Du hast keine Wahl. Wenn du nicht mitgehst, gibt es einen Toten, der auf dein Konto kommt.«

»Ihr habt also Berry?«

Er stand auf. »Gehst du mit oder nicht? Ich habe nicht viel Zeit.«

Ich sah ihm gerade in die Augen. »Einverstanden«, sagte ich.

Phil stieß einen warnenden Pfiff durch die Zähne.

»Ich rate deinem Freund ab, uns nachzufahren«, sagte Purson. »Wir machen kurzen Prozeß.«

»Er bleibt hier«, willigte ich ein. Phil schüttelte wütend den Kopf.

In Pursons Begleitung ging ich auf die Straße. Der schwarze Ford stand eine Ecke weiter. Am Steuer saß Casturio, und im Fond hockte Kanzeck. Ich wollte auf den Beifahrersitz klettern. »In den Fond«, befahl Purson.

Ich gehorchte, und Kanzeck empfing mich sofort damit,

daß er mir einen Pistolenlauf gegen die Rippen preßte und mir meinen Revolver aus der Halfter nahm.

»Zieh ihm den Hut über die Augen«, sagte der Anführer.«

Kanzeck riß mir brutal den Hut bis fast über die Nase, so daß ich nichts mehr sah.

»Ab!« befahl Purson. Der Wagen tat einen Satz. Ich fiel in die Polster zurück, und wir brausten mit hoher Geschwindigkeit los.

Ich wußte genau, daß ich zuviel riskiert hatte, aber wenn es eine Chance gab, Berry zu retten, so mußte ich sie wahrnehmen, gleichgültig, wieviel ich dabei riskieren mußte.

Wir fuhren fast eine halbe Stunde lang und mußten Hollywood längst hinter uns gelassen haben. Kanzeck hatte mir den Hut so tief gezogen, daß ich nicht die Spur sehen konnte. Ich versuchte, mir die Rechts- und Linkskurven zu merken, aber das war schwierig und versprach auch nicht viel. Alles, was ich mit Sicherheit feststellen konnte, war, daß wir schließlich die Hauptstraße verließen und über einen schlechten Weg, sicherlich einen Feldweg, holperten. Dann stoppte der Wagen mit einem Ruck.

»Nimm die Hände hoch, und wage nicht, den Hut zu verschieben«, drohte Purson. »Raus mit dir!«

Ich kletterte aus dem Wagen. Einer, wahrscheinlich Kanzeck, drückte mir seine Pistole in den Rücken, faßte mit der anderen Hand meinen Kragen und dirigierte mich so vorwärts. Ich stolperte über eine Treppenstufe, was Casturio zu einem wiehernden Gelächter veranlaßte, und eckte an einer Tür an. Dann wurde mir ein Stuhl in die Knie geschoben, und ich plumpste darauf nieder.

»Nimm ihm den Hut ab«, sagte eine Stimme, die sehr dumpf klang. Man riß mir den Hut herunter, und ich konnte wieder sehen. Ich befand mich mitten in einem fast kahlen Raum. Die ganze Einrichtung bestand aus einem Tisch und drei Stühlen. Auf einem dieser Stühle saß ich, in meinem Rücken Kanzeck, vor mir Purson und an der Seite Casturio.

Mator war auch da. Er lehnte an einer Ecke und trug den Arm in der Binde.

Die Wände des Zimmers waren einfach weiß getüncht. Ich hatte sofort das Gefühl, als sei das Haus aus Holz und nur innen verputzt. Das einzig Merkwürdige in dem Raum war ein großer roter Plüschvorhang, der von einer Wand zur anderen ging und von der Decke bis zum Fußboden reichte. Und hinter diesem Vorhang drang die dumpfe Stimme hervor — oder richtiger, sie wurde durch den dicken Plüsch gedämpft.

Ich mußte laut herauslachen. Wirklich, ich lachte. Man bringt das oft in den unangenehmsten Situationen fertig. Der rote Vorhang wirkte wie aus einem Gruselfilm. Hinter solchen Fetzen pflegt das heimliche Gericht zu tagen, oder der große Boß verbirgt sich dahinter oder einfach ein Gespenst. Ja, und das mit dem Gespenst stimmte ja nun auch in diesem Fall.

»Freue mich, daß du guter Laune bist«, sagte die Stimme hinter dem Vorhang. »Ich denke, du wirst es nötig haben.«

»Ich nehme an, du bist das Subjekt, das die Leute hierzulande das ›Gespenst‹ nennen«, antwortete ich fröhlich. »Guten Morgen ›Gespenst‹. Offen gestanden, ich würde mich eines so albernen Beinamens schämen und mein Gesicht offen zeigen.«

»Ich halte es anders herum für nützlicher«, klang es hinter dem Vorhang, »aber ich habe dich nicht herkommen lassen, um mich darüber mit dir zu unterhalten. Berry hat an dich gezahlt, und wir haben ihn darum kassiert. Ich habe nur eine Bedingung: Du verschwindest aus diesem Land, oder Berry muß dran glauben.«

»Wie unlogisch«, antwortete ich. »Warum laßt ihr Berry nicht ungeschoren und pustet mich dafür aus?«

»Sehr einfach, weil du noch einen Freund hast und vielleicht noch einige Leute hinter dir. Wenn wir dich erledigen, geht der Tanz erst richtig los. Wir wollen in Ruhe unsere Geschäfte abwickeln, und du störst uns dabei.«

»Und ihr glaubt, ich gebe auf, wenn ihr Berry killt? Was geht mich Berry an?«

Der Schauspieler ging mich zwar eine ganze Menge an, aber ich versuchte es auf die kaltschnäuzige Tour.

»Mehr als du denkst«, antwortete das ›Gespenst‹. »Wir haben deinen Revolver, und wir würden Berry damit ein Loch in den Kopf schießen. Es ist deine Sache, wie du dann den Bullen klarmachen willst, wieso es zwar deine Waffe, aber nicht du warst, der Berry umgelegt hat.«

Ich überlegte eine Minute lang. Sie killten Berry, wenn ich nicht nachgab. Soviel stand fest. Und es kam mir nicht darauf an, ein Versprechen abzugeben und dann doch im Land zu bleiben.

»Schön«, sagte ich nachlässig, »einverstanden. Ich kann es nicht verantworten, wenn ein Schauspieler in der Blüte seiner Jahre und am Anfang seiner Karriere sterben muß. Ich verschwinde, und ihr laßt Berry ungeschoren. Kann ich ihn gleich mitnehmen?«

»Moment«, sagte der Mann hinter dem Vorhang. »Da ist noch eine Kleinigkeit. Es wurde gestern auf dich geschossen.«

»Zweimal, mein Lieber«, erwiderte ich grinsend.

»Ich meine das erstemal vor dem Gebäude der CPC-Filmgesellschaft. Du hast dir daraufhin die Pistole beschafft, mit der diese Schüsse abgegeben worden sind. Leider fandest du sie in Kanzecks Tasche. Wir möchten diese Pistole zurückhaben.«

»Warum?« fragte ich.

»Waffen sind teuer«, erklärte das ›Gespenst‹.

Ich fluchte innerlich eine Serie herunter. Wenn ich ihnen die Pistole aushändigte, nutzten mir die Kugeln, die Cruis und Wygand mit soviel Mühe gefunden hatten, nichts mehr. Sie würden die Waffe in den ersten besten Bach schmeißen, und mein Traum, sie wegen Mordverdachts zu verhaften, war ausgeträumt. Du hast dafür meinen Revolver«, schlug ich vor. »Der Tausch ist reell.«

»Du erhältst deine Waffe zurück. Wir sind ehrliche Leute. Wir vergreifen uns nicht an fremdem Eigentum.« Das war blanker Hohn, aber er saß am längeren Hebel, und ich mußte nachgeben.

»Einverstanden!« willigte ich ein.

»Purson und du, ihr fahrt in das Hotel zurück. Du übergibst ihm die Pistole. Sobald sie in unserem Besitz ist, lassen wir Berry laufen. Wir bringen ihn sogar persönlich in seine Wohnung. Du kannst dich darauf verlassen.«

Ich wußte, daß dieser Bursche hinter dem Vorhang nicht von der Sorte war, die einen unnötigen Mord begeht. Wenn ich ihre Bedingungen erfüllte, ließen sie Berry mit Sicherheit ungeschoren.

»In Ordnung also«, bestätigte ich. »Gehen wir!«

»Moment noch«, meldete sich Purson und trat ganz nahe vor mich hin. »Ich habe noch etwas Persönliches mit ihm!«

Bautz! Ich hatte einen Schwinger am Schädel, kippte mit meinem Stuhl um und war fast groggy.

»Laß den Unsinn«, sagte die Stimme hinter dem Vorhang scharf.

Sie klang ganz anders, und obwohl der unerwartete Schlag meine Sinne ein wenig durcheinandergebracht hatte, so hörte ich es doch. Diese Stimme klang bekannt. Wenn ich auch nicht wußte, woher ich sie kannte.

Ich stand auf, klopfte mir den Staub von den Kleidern, renkte ein wenig an meinem Kinn herum und grinste Purson an.

»Du schlägst nicht schlecht, alter Junge«, sagte ich gleichgültig. »Besonders dann, wenn der andere nicht zurückschlagen kann. Warten wir es ab. Vielleicht gibt es noch einmal eine passende Gelegenheit für eine ehrliche Runde!«

Sie stülpten mir wieder den Hut über die Augen und brachten mich im Dreimanngeleit zum Wagen. Sie fuhren alle drei wieder mit.

Phil saß in der Hotelhalle. Er sprang erleichtert hoch, als er mich unbeschädigt sah. Purson kam mit auf mein Zimmer. Ich gab ihm Kanzecks Pistole, und er rückte dafür meinen Revolver heraus. Ich verstaute ihn in der Halfter.

Er stand noch an der Tür.

»Hau ab!« schrie ich ihn wütend an. »Sonst vergesse ich, daß ihr Berry haltet, und mache dich so fertig, bis du es aus allen Knopflöchern pfeifst, wer der Boß ist, du Hasenfuß.«

Purson schien zu merken, daß es mir Ernst war. Er verduftete.

Ich erzählte Phil von meinem Erlebnis und von der Abmachung mit dem ›Gespenst‹.

Während ich berichtete und das Frühstück, das er bestellt hatte, vertilgte, schlug ich mit der flachen Hand vor die Stirn.

»Wir sind die größten Rindviecher, die in diesem gesegneten Land herumlaufen, Phil«, sagte ich dann. »Ich hatte die hirnverbrannte Idee, wir könnten hier die Racketgangster spielen, nachdem es uns noch nicht einmal gelungen war, die G-men glaubhaft darzustellen, und das ist doch schließlich unser Beruf.«

»Langsam«, sagte er mit einer beschwichtigenden Handbewegung. »Ganz langsam, lieber Freund, oder wir müssen zum Onkel Doktor gehen.«

Ich war in der richtigen Rage. Mir waren ganze Haifischschuppen von den Augen gefallen, falls so ein Vieh Schuppen hat. Fragen Sie einen Zoologen!

»Hör zu, Phil«, bat ich. »Das ›Gespenst‹ und Purson und alle anderen wußten, daß wir G-men sind. Sie wußten es immer.«

»Nun ja, Tommy Farr hat es ihnen ja gesagt, als sie ihn so nachdrücklich befragten.«

»Ich weiß, aber ich hoffte doch, sie würden uns dennoch den Konkurrenztrick glauben. Sie glaubten es nicht eine Sekunde lang. Sie taten nur so, als ob . . . Und dann spielte das ›Gespenst‹ Katz und Maus mit uns.«

Er war noch nicht überzeugt. »Es sah aber einigemal so aus, als meinten sie es durchaus ernst.«

»Klar, Mensch, sie ließen uns in dem Glauben, wir könnten sie täuschen, und sie benahmen sich so, wie sich eben Gangster benahmen, wenn sie mit Konkurrenz rechnen, aber sie benahmen sich nur fast so. Und weißt du, warum sie das taten? Solange wir die Konkurrenzgangster mimten, waren wir als G-men für sie ungefährlich. Schön, mochten Leute wie Berry ruhig vorübergehend an uns zahlen. Es brachte uns nicht weiter. Natürlich mußten sie sich darüber ergrimmt zeigen, und sie lieferten uns preiswert und gut die Szenen vor dem Filmstudio und die Schlägerei mit Purson und Kanzeck in der Fox Bar, in die Noune eingriff. Aber das war alles nur Theater.«

»Sie schossen auf dich«, warf er ein.

»Theater«, behauptete ich. »Es gehörte zum Programm, um mich weiter auf dem falschen Weg zu halten. Hast du die Einschläge gesehen? Einen Yard über meinem Kopf. Sie wollten mich überhaupt nicht treffen. Hast du jemals gehört, daß man auf den Kopf eines Mannes zielt, wenn man ihn von einem Auto aus erschießen will? Die Chancen sind viel zu gering, aber sie gaben zur Sicherheit noch einen Yard dazu. Freilich, einen Fehler machten sie mit dieser Schußszene dennoch, denn sie hatten nicht einkalkuliert, daß ich sie stellen, Kanzeck die Pistole abnehmen und die Kugeln finden könnte. Dann nämlich hätte ich sie wegen Mordversuchs verhaften können.«

Ich hielt einen Augenblick inne und überlegte.

»Alle Achtung vor dem ›Gespenst‹, sagte ich dann. »Es muß meine Absicht sofort gewittert haben, denn als ich mit den vier Jungs in der Brester Street stand, da waren die Schüsse, die aus dem Hinterhalt auf mich abgegeben wurden, nicht mehr scherzhaft gemeint. Ich glaube, in diesem Augenblick verlor unser unbekannte Freund zum erstenmal die Nerven und machte Ernst. Als das fehlschlug, überlegte er sich rasch genug einen anderen Ausweg, schlug dich nieder und entführte Berry. Merkst du noch nicht, daß sie genau wußten, daß wir G-men sind? Sie schlagen dir eins über den Schädel, betten dich auf die Couch und schnüren dich zusammen, aber sie töten dich nicht. Welcher Gangster hätte eine so gute Gelegenheit bei echter Konkurrenz wohl ausgelassen? Sie aber taten es nicht, weil sie genau wußten, wenn sie einen von uns töten, dann haben sie keine ruhige Minute mehr. Dann wird der gesamte FBI der Vereinigten Staaten mobilisiert, und es gibt keine Rast, bis der Täter auf dem Stuhl sitzt.«

Phil grinste. »Ich verdanke also meinem Beruf mein Leben. Bisher dachte ich immer, er bringt mich in Gefahr.«

»Und doch ist es so! Aus genau dem gleichen Grund kam ich auch ungeschoren aus ihrer Räuberhöhle, wo mir das ›Gespenst‹ die schöne Szene des Geheimnisvollen hinter dem roten Vorhang vorspielte. Der Mann machte das sehr geschickt. Er bot mir Berrys Leben gegen meinen Verzicht auf das Racketgeschäft in Hollywood, und erst ganz zum Schluß und so nebenbei wollte er auch Kanzecks Pistole haben. Umgekehrt war die Sache richtig. Von ihm aus hätten wir hier noch jahrelang die Racketgangster spielen können, aber die Pistole mußte er haben, damit ich aus der Zusammengehörigkeit zwischen Waffe und Kugeln keinen Haftbefehl gegen seine Gang schmieden konnte. Phil, hätte er mich wirklich für einen Gangster gehalten, er hätte mir ein Ornament in den Körper geschossen und mich in den Pazifik geschmissen. Das aber riskierte er aus dem gleichen Grund nicht, aus dem er auch dich am Leben ließ.«

Ich holte tief Luft. Ich hatte mich richtig verausgabt.

Phil dachte noch etwas nach. »Gut«, sagte er dann, »ich gebe zu, es hört sich logisch an. Sie haben also auf Tommy Farrs Auskunft mehr gegeben als auf das, was wir ihnen selber gesagt haben, und auf die Tatsache, daß wir von Berry tatsächlich Geld kassierten.«

»Nein«, entgegnete ich, »ich glaube, daß sie von Anfang an ganz sicher waren, in uns G-men vor sich zu haben. Ich bin der Überzeugung, sie haben es sich noch einmal bestätigen lassen.«

»Von wem?«

»Wir wollen nachrechnen, wer mit Sicherheit weiß, daß wir G-men sind. Cruis und Wygand natürlich, aber sie kommen nicht in Frage. Von Tommy Farr nehme ich an, daß er uns über eine zweite Unterredung mit Purson unterrichtet hätte, obwohl es nicht ganz sicher ist. Bleiben Springs, Addams, Stapford, selbstverständlich auch Noune, und außerdem jeder, der hier im Gelände der CPC herumläuft.«

»Fangen wir der Reihe nach an«, schlug Phil vor. »Beginnen wir mit Mr. Springs, sozusagen von oben.«

Ich stoppte ihn. Mir war noch etwas eingefallen. Ich glaube, ich hatte nach langer, nach verdammt langer Zeit heute einen guten Tag.

»Erinnere dich genau, Phil«, sagte ich. »Wie viele Männer sahst du in dem Augenblick, bevor du eins über den Schädel bekamst?«

Er überlegte. »Sagte ich nicht vier?«

»Waren es bestimmt vier?«

»Warum sollte ich es sonst gesagt haben? Ich bin sicher, daß es vier Männer waren.«

»Du lagst auf der Couch, während Berry im Schlafzimmer war. Mator hatte kurz vorher einen kleinen Betriebsunfall gehabt und konnte nicht mit von der Partie sein. Blieben also Purson, Kanzeck, Casturio und das ›Gespenst‹ persönlich. Darum trugen sie Masken. Und obwohl es nur vier Männer waren, standen also diese vier um dein Lager herum, und keiner kam auf die Idee, sich mit Berry zu beschäftigten, der doch hätte schreien, lärmen, sich wehren können.«

Phil stieß einen langgezogenen Pfiff aus. »Du meinst, Berry war mit von der Partie? Er wurde gar nicht entführt, sondern ließ sich entführen?«

»Denk nach, Phil«, bat ich, »gibt es irgendeine Möglichkeit, daß Berry in der Nacht eine Nachricht bekam?«

»Er wurde sehr spät angerufen. Ich nahm alle Telefongespräche an. Es war ein Girl, das ihn zu sprechen verlangte, und ich gab ihm den Hörer. Ich erinnere mich genau. Es war ein sehr einsilbiges Telefongespräch. Er sagte nur zwei- oder dreimal ja und okay und hängte schnell ein.«

»Ich wette, es war kein Girl. Es war einer von der Bande, und sie gaben ihm den Befehl, die Tür zu öffnen, sobald du eingeschlafen warst. Darum kein Lärm, und darum das unbeschädigte Türschloß.«

»Berry hat also falschgespielt.«

»Jawohl, das hat er. Die Sache ist so gelaufen, wie ich es ursprünglich haben wollte. Als wir uns Berry gegenüber als die neuen Hollywooder Racketgangster aufspielten, tat er genau das, was wir wünschten. Er rannte zu Purson und berichtete, und Purson berichtete an das ›Gespenst‹. Aber dieser Mann hinter dem roten Vorhang ist viel klüger, als wir dachten. Er gab Berry in aller Ruhe die Anweisung, zu zahlen, und holte seine Erkundigungen ein. Er spielte das Spiel mit, nur daß er nicht, wie wir gehofft hatten, gleich mit Mord und Brand gegen uns loszog, sondern uns in eine Sackgasse manövrierte, die es ihm ermöglichte, durch den freiwillig mitgegangenen Berry die für ihn wirklich gefährliche Pistole wieder an sich zu bringen. Phil, es ist nicht zu leugnen. Wir sind von dem ›Gespenst‹ glatt ausgespielt worden.«

»In der ersten Runde«, brummte er, »nur in der ersten Runde.«

»Richtig«, stimmte ich zu, »und jetzt beginnen wir die zweite Runde, und dann wird es vielleicht auch noch eine dritte geben, aber in dieser dritten Runde werden wir ihn ausknocken. Komm!«

Wissen Sie, wenn man eine Zeitlang mit geheimnisvollem Hin und Her den Gangster gespielt, finstere Gesichter geschnitten und dunkle Drohungen ausgestoßen hat, dann ist es direkt eine Wohltat, das zu sein, was man ist: ein ehrlicher, kärglich bezahlter G-man. Das waren wir jetzt. Das und nichts anderes. Wir fuhren zum Filmstudio der MGM, und ich knallte dem Pförtner meinen FBI-Ausweis auf den Tisch.

»Ich möchte Mr. Berry sprechen«, verlangte ich.

Es war übrigens derselbe Türhüter, der den Zauber zwischen Purson und mir unter seinem Tisch liegend miterlebt hatte, und er sah mich aus sehr großen Augen an.

»Einen Augenblick . . .«, lispelte er schüchtern. »Ich werde telefonieren.« Er glaubte mir offenbar den G-man nicht. Niemand in diesem verteufelten Hollywood schien mir das zu glauben, wofür ich mich ausgab.

Ich legte meine Hand auf den Hörer, nach dem er griff.

»Unnötig«, blitzte ich ihn an. »In welchem Atelier filmt er?«

»Studio sechzehn.«

»Zeigen Sie uns den Weg«, forderte ich ihn auf und setzte mit einem freundlichen Lächeln hinzu: »Das wird Sie hindern, zu telefonieren, sobald wir aus dem Raum sind.«

Er trottete gehorsam vor uns her und führte uns über das Riesengelände zum Studio sechzehn. Gegen die MGM war die CPC, bei der ich war, ein Zwerg, und das Studio sechzehn war wahrscheinlich so groß wie alle drei Studios der Kulturfilmgesellschaft miteinander.

Im Innern sah der Laden so ähnlich aus wie unser, nur alles entsprechend überdimensioniert. Über den Türen brannte rotes Licht, ein Zeichen dafür, daß sie bei der Aufnahme waren, und eigentlich durfte ich nicht eintreten, aber ich störte mich einen feuchten Kehricht daran. Der Pförtner entfloh schreckensbleich, als wir auch dieses heilige Grundgesetz Hollywoods, bei einer Aufnahme niemals zu stören, mit Füßen traten.

Sie drehten offenbar gerade einen ihrer historischen Super-Monster-Schinken. In der Studiomitte wimmelte es von Herren und Damen in prachtvollen Kostümen, die sich in sehr kunstvollem Reigen umeinander drehten.

Ich hielt Ausschau nach Berry. Es dauerte eine ganze Weile, aber dann erblickte ich ihn. Er hatte ziemlich viel Leder am Körper, riesige Stulpenstiefel und -handschuhe und ein Degengehänge aus Leder. Den zugehörigen Degen hielt er bereits in der Hand. Er schien den Anführer einer

Rotte Kerle zu spielen, die alle ähnlich gekleidet waren. Sie befanden sich offenbar noch außerhalb der Szene, denn sie standen hinter einer großen Flügeltür, die den Saal mit den Tanzenden abschloß. Ich sah, wie Berry ein Zeichen gegeben wurde. Er hob den Degen, seine Kumpane taten es ihm nach, scharten sich dicht um ihn, schoben alle die linke Schulter vor, als wollten sie die Tür einrennen. Dann stimmten sie ein gewaltiges Gebrüll an, und während die Tür durch einen elektrischen Mechanismus aufgerissen wurde, stürmten sie in den Ballsaal, als hätten sie die Tür aufgebrochen.

Wenn ich richtig verstand, so riefen sie: »Tod dem Verräter! Nieder mit dem Verräter!« In Berrys Mund klang das wie ein hübscher Witz.

Die Damen im Ballsaal kreischten und flohen mit gerafften Röcken. Die Herren zogen ihrerseits die Degen, und es begann das allgemeine großen Degenfechten, das in Hollywoods historischen Schauspielen der Höhepunkt und das Zeichen dafür zu sein pflegt, daß man gleich endlich an die frische Luft gehen darf.

Mit drei Kameras gleichzeitig filmten sie das Degengetümmel, und da tat ich etwas, was eigentlich Unsinn war, aber ich tat es, weil es mir Spaß machte. Vielleicht auch war es ein Protest gegen das ganze verteufelte Hollywood, ein Protest, daß sie den Unsinn, den sie fabrizieren, so ernst nehmen. Kurz und gut, ich schmiß die Szene, und ich bin überzeugt, es war mein einziger Auftritt vor einer Kamera, der etwas taugte, und gerade ihn haben sie herausgeschnitten.

Ich trat also in meinen Anzug aus dem zwanzigsten Jahrhundert mitten in das Geraufe, das ein paar Jahrhunderte früher lag. Eine Seeschlange hätte keinen besseren Effekt erzielen können. Sie waren alle, Damen wie Herren, vor Entsetzen einfach gelähmt. Die Degen sanken herab, die Münder standen offen, das Verrätergeschrei erstarb.

Ich aber schob mit leichter Hand zwei, drei wilde Gesellen, die mir im Weg standen, zur Seite und trat auf Berry zu. Ich legte ihm die Hand auf die Schulter und sprach gemäßigt feierlich: »In meiner Eigenschaft als Beamter des Bundeskriminalamtes verhafte ich Sie wegen des dringenden Verdachts auf Unterstützung verbrecherischer Taten. Aufgrund des Gesetzes bin ich zu dieser vorläufigen Verhaftung auch ohne Haftbefehl berechtigt.«

Er stand da und starrte mich an, und da ritt mich der Satan.

Ich sagte wie weiland die Offiziere, wenn der Gegner sich ergeben hatte: »Überreichen Sie mir Ihren Degen!«

Ich weiß nicht, ob er noch so in seiner Rolle war. Jedenfalls tat er es.

Bis zu diesem Augenblick hatte sich alles in dem gelähmten Schweigen abgespielt, aber jetzt brach der Sturm los, und die Wellen schlugen über mir zusammen. Ich kann Ihnen nicht sagen, wer alles auf mich einschrie, aber es müssen so an die zwei Dutzend Menschen gewesen sein, und jeder einzelne hatte die Fähigkeit zum Feldwebel in der Armee. Ich ließ sie toben und hielt nur meinen Berry fest, und als sie sich einigermaßen ausgeschrien hatten, sagte ich sehr ruhig: »Ich habe diesen Mann hier verhaftet, weil ich es für nötig halte. Alles andere interessiert mich nicht. Beschweren Sie sich in Washington. — Los, kommen Sie, Berry!«

Die Filmheinis gaben uns zögernd den Weg frei. Phil und ich geleiteten den stummen Schauspieler in seine Garderobe. Wir nahmen uns zwei Stühle und sahen eisern schweigend zu, wie er sich abschminkte. Keiner von uns, weder Phil noch ich, sprach ein Wort. Wir wußten, ihm würden die Nerven durchgehen, und darauf warteten wir.

Es passierte, als er schon in seine Zivilhose gestiegen war. Er hatte sich noch einmal durch sein langes Haar gekämmt. Ich konnte sein Gesicht im Spiegel sehen. Es war wie versteinert, aber plötzlich, ganz ohne Übergang, brach dieses versteinerte Gesicht auseinander. Er warf sich zu uns herum und schrie: »Warum verhaftet ihr mich? Ich habe nichts getan.«

Wir reagierten nicht. Das machte ihn völlig verrückt.

»Ich lasse mir das nicht gefallen!« brüllte er. »Ich verlange einen Anwalt. Sie können mich nicht unberechtigt verhaften. Sie haben nicht das geringste gegen mich vorzubringen.«

»Ich habe zum Beispiel eine schöne dicke Beule am Hinterkopf gegen Sie vorzubringen«, sagte Phil.

»Die ihm dadurch beigebracht wurde, daß Sie Gangstern die Tür öffneten«, ergänzte ich.

»Es hätte leicht auch schlimmer ausgehen können«, fuhr Phil fort. »Die Gerichte geben durchweg fünf Jahre für Beihilfe zu einem Mordversuch.«

»Ich hielt euch doch für Gangster«, versuchte er sich zu retten.

Ich stand auf und ging auf ihn zu. »Du wußtest ganz genau, daß wir keine Gangster sind, Freund«, sagte ich böse. »Du hast es Purson sofort berichtet, als wir dich zu erpressen versuchten, und du hast dann alles getan und alle Rollen gespielt, die das ›Gespenst‹ dir durch Purson überschrieb. Gibst du das zu?«

Er schwieg.

»Ich kenne deine Rolle in diesem Film genau«, fuhr ich fort. »Du magst gestehen oder nicht. Das ›Gespenst‹ und seine Leute sind erledigt. Für dich bleibt nur die Frage offen, wie du dich am besten selbst aus der Affäre ziehst.«

Ich gab Phil einen Wink. Er nahm einen Füllfederhalter aus der Tasche, griff sich ein herumliegendes Stück Papier und schrieb mit, alle Fragen und Antworten.

»Du hast Geld an das Racket bezahlt?«

»Ja.«

»Wieviel und wie lange schon?«

»Zweihundert Dollar wöchentlich seit ungefähr einem Jahr.«

»Als wir auch Geld von dir wollten, gingst du zu Purson und erzähltest es ihm. Was antwortete er?«

»Er telefonierte. Dann gab er mir den Auftrag, zu zahlen. Er sagte, vermutlich wärt ihr keine Gangster, sondern G-men, aber das würden sie noch erfahren.«

»Sagte er dir irgendwann, daß er es jetzt mit Sicherheit wüßte?«

»Ich wurde von ihm einen Tag nach der Begegnung vor dem Studiotor im Atelier angerufen. Bei diesem Anruf teilte er mir mit, daß er es jetzt genau wüßte, aber ich sollte es mir nicht anmerken lassen.«

»Dann riefen sie dich noch einmal an, als Phil meinte, ein Girl sei am Apparat. Sie befahlen dir, ihnen die Wohnungstür zu öffnen, da sie dich aus bestimmten Gründen mitnehmen wollten. Stimmt das so?«

»Ja!«

»Wohin brachten Sie dich?«

»In Pursons Wohnung. Ich mußte dort warten, bis sie mir Bescheid gaben, daß ich wieder nach Hause gehen konnte.«

»Ich nehme nicht an, daß du das ›Gespenst‹ persönlich kennst?«

Er schüttelte den Kopf.

»Gut«, schloß ich das kurze Verhör. »Unterschreibe!«

Ich sagte das ganz lässig und so, als sei es eine Selbstverständlichkeit. Wenn er sich jetzt weigerte, war meine Arbeit für die Katz.

Berry nahm den Federhalter, den Phil ihm reichte. Er setzte ihn an, wollte unterschreiben, hob aber die Hand wieder und drehte sich um.

Ich dachte schon, daß es jetzt mit der Weigerung losging, aber er sagte nur: »Ich bin zu alldem nur gezwungen worden.«

»Das wissen wir«, beruhigte ich ihn, und da unterschrieb er.

Ich nahm das Papier an mich.

»Danke«, sagte ich. »Mein Freund Phil wird jetzt versuchen, einen Platz im Hollywooder Gefängnis für dich zu bekommen. Das ist der einzige Ort, an dem du einigermaßen sicher bist. Wir fahren dich hin.«

Er ließ alles mit sich geschehen. Er war broken down, wie

das bei uns heißt, völlig fertig. Die letzte Woche hatte seine Nerven ruiniert.

Phil setzte sich auf den Beifahrersitz. Er zog die Trennscheibe zu und fragte: »Was willst du mit dem Geständnis? Es nutzt nichts. Das ›Gespenst‹ stellt ihm einen Anwalt. Der möbelt ihn auf, und er erklärt den ganzen Schrieb für erpreßt. Außerdem kannst du ihn ohne Haftbefehl nur vierundzwanzig Stunden festhalten.«

»Ich weiß«, lachte ich. »Ich werde mich auch hüten, mit dem Wisch zu dem ›Gespenst‹ oder auch nur zu Purson zu gehen. Sie würden mich einfach auslachen, aber Mator, Casturio oder Kanzeck wird ein großer Schreck in die Beine fahren, wenn ich ihnen den Wisch vorhalte, und wenn ich ihnen dann noch sage, was für eine Chance sie hätten, wenn sie ein ehrliches Geständnis ablegten, dann habe ich einen zweiten Wisch, und dieser Wisch ist dann kein Spaß mehr für das ›Gespenst‹ und nicht für das Racket. Ich weiß, daß ich einen von den dreien bluffen kann. Mehr brauche ich nicht. Es kommt nur darauf an, daß ich sie allein erwische, ohne Purson, denn Purson ist nicht so leicht zu überfahren.«

Wir waren vor dem Jail angelangt. Ich setzte Phil und den Verhafteten ab und fuhr los. Ich suchte zuerst einen Fotoladen auf, der auch Fotokopien herstellte. Ich wartete, bis sie zwei Kopien gemacht hatten, bat mir zwei Umschläge aus und adressierte den einen an meine New Yorker Privatwohnung, den anderen an Mr. High. So hatten wir wenigstens den beweiskräftigen Wortlaut, denn ich war nicht sicher, ob das Original bei dem, was ich vorhatte, intakt bleiben würde.

Als nächstes brauchte ich Mators, Casturios oder Kanzecks Privatadresse. Kanzeck erschien mir für den Anfang ungeeignet. Er arbeitete am engsten mit Purson zusammen, und außerdem hatte er auf mich geschossen. Blieben Mator und Casturio.

In den Vereinigten Staaten gibt es kein Meldeamt. Jeder kann ziehen, wohin er will. Zwei Stellen nur führen eine Art

Personenstandsregister, die Post und die Finanzämter. Da ich nicht annahm, daß die Burschen ehrliche Steuerzahler waren, ging ich zum Postamt.

Ich ließ mich beim Chef melden, zeigte ihm meinen Ausweis, und dann ging alles im Handumdrehen. Sie hatten mustergültige Ordnung in ihrem Laden. Zehn Minuten später konnte ich das Postgebäude verlassen, alle drei Adressen in der Tasche.

Genauer gesagt war es nur eine einzige Adresse. Es stellte sich heraus, daß die Garde des ›Gespenstes‹ in einem einzigen Apartmenthaus wohnte. Allerdings hatten sie jeder eine kleine Wohnung für sich. Sicherlich hatte der Boß das so eingerichtet, um sie schnell genug alarmieren zu können, wenn er sie brauchte.

Mator wohnte in der ersten Etage. Ich fing also von unten an. Ein Hausmeister öffnete mir. Ich verzichtete auf den Fahrstuhl und ging die zwei Treppen hinauf, nachdem er mir Mators Apartementnummern gesagt hatte.

Ich klingelte an der Tür. Sie hatte einen Spion, aber ich trat zur Seite, so daß mich nicht sehen konnte, und klingelte noch einmal. Es dauerte eine ganze Weile. Dann aber öffnete sich die Tür weit.

»Du wolltest doch schon früher kommen«, sagte Mator, erblickte mich, erkannte mich und erstarrte. Er trug einen Schlafrock unter dem Arm in der Binde. Offenbar rechnete er mit einem seiner Kollegen.

»Hallo!« grüßte ich. »Darf ich eintreten?«

Statt dessen versuchte er, die Tür zuzuschlagen, aber ich war mit dem Fuß schneller dazwischen und drückte sie wieder auf. Er war indessen zur Garderobe gerannt und wollte in die Tasche seines dort hängenden Mantels greifen.

»Na, na, na«, sagte ich friedlich und warf die Tür hinter mir ins Schloß. »Du wirst mich doch nicht zwingen wollen, mit einem verletzten Mann hart umzugehen.«

Er hatte die Hand schon in der Tasche des Mantels, hielt aber in der Bewegung inne und sah mich an.

Ich hätte nach meinem Revolver greifen können, und ich hätte ihn immer noch schneller in der Hand gehabt als er, obwohl er sicherlich schon den Griff seiner Waffe berührte, aber ich wollte nicht hier im Haus herumknallen müssen. Ich kam sozusagen in einer sanften Mission nach dem Motto: Die Polizei, dein Freund und Helfer, selbst wenn du ein langjähriger Ganove bist. Langsam, ganz langsam zog Mator die Hand aus der Manteltasche. Ich stellte zur Vorsicht die Beine breit, aber als die Hand schließlich erschien, war sie leer.

Ich stieß einen unhörbaren Erleichterungsseufzer aus, ging auf ihn zu, legte meinen Arm um seine Schultern und führte ihn ins Wohnzimmer.

Ich bugsierte ihn in einen Sessel, drückte ihn hinein und nahm ihm gegenüber Platz.

»Verdienst du eigentlich gut?« fragte ich.

Er antwortete nicht sofort, sondern starrte mich nur an. Es ist immer das gleiche bei Bandenmitgliedern. Sie können nur nach Befehlen handeln. Wenn sie sich allein einer ungewohnten Situation gegenüberfinden, sind sie hilflos wie ein Farmer im Großstadtverkehr.

»Du brauchst es nicht zu sagen«, fuhr ich in meinem großväterlichen Ton fort, »wenn ich dich auch nie der Steuer angezeigt hätte. Hoffentlich hat dir das ›Gespenst‹ ein Schmerzensgeld für die Kugel gezahlt, die du für mich kassiertest. Ich finde, euer Boß zielt schlecht.«

Jetzt endlich machte er den Mund auf.

»Was wollen Sie?« stieß er feindselig hervor.

Ich machte es mir in dem Sessel bequem. »Ich wollte dir nur mitteilen, daß euer Racket erledigt ist.«

»Sie verhaften mich?« fuhr er auf.

»Noch nicht«, ich lächelte, »aber gleich.«

»Der Boß hat gesagt, Sie könnten uns nichts beweisen«, fauchte er mißtrauisch.

»Ich konnte nicht«, gab ich zu. »Ich konnte tatsächlich nicht bis vor fünf Minuten, aber jetzt kann ich. Berry hat gestanden. — Bitte. Ich hoffe, du kannst lesen.«

Ich gab ihm gleichgültig das von Phil mitgeschriebene Geständnis des Schauspielers. Er nahm es, aber er las es nicht, sondern sah mich nur an, als fürchte er, ich würde ihm eine Kugel verpassen, während er las.

Ich ließ ihm alle Zeit, die er haben wollte. Gleichzeitig zündete ich mir eine Zigarette an und sah den Rauchwolken nach.

»Zahlt Berry wirklich zweihundert?« fragte er skeptisch.

»Meinst du, er gibt mehr an, als er zahlt?«

Mator überlegte. Wahrscheinlich rechnete er, wieviel sein Boß verdiente.

»Und uns speist er mit einer Handvoll Dollar ab«, sagte er wütend.

»Leider wird dich das Gericht nicht nur mit einer Handvoll Monaten davonkommen lassen, Mator«, sagte ich ernst. »Ich denke, wir gehen jetzt.«

Er kratzte sich mit seiner gesunden Hand hinter den Ohren. »Sie verhaften mich tatsächlich?«

»Glaubst du, ich mache Spaß? Mit diesem Geständnis von Berry seid ihr geliefert, denn sobald die Opfer des Rackets hören, daß ihr euch hinter Gittern befindet und daß einer den Mut hatte, gegen euch aufzustehen, bekommen wir die Zeugenaussagen dutzendweise. Für den Anfang genügt diese eine.«

Er saß mit gesenktem Kopf und starrte auf den Boden.

»Können Sie mich nicht draußen lassen?« murmelte er.

»No«, antwortete ich knapp. »Ich kann nur versuchen, daß du billig davonkommst, aber auch das liegt zum größten Teil bei dir.«

»Ich soll singen?« fragte er.

»Genau das«, entgegnete ich, »aber du kannst nur noch Einzelheiten von dir geben. Alles andere wissen wir längst. Zieh dich jetzt an.«

Er gehorchte, und ich war vorsichtig genug, mit ihm ins Badezimmer zu gehen. Ich half ihm sogar, denn seine Wunde hinderte ihn stark. Dann gingen wir die Treppe hinunter. Ich betete inständig, daß uns keiner von den anderen begegnen möge, und wir kamen auch glücklich bis ins Auto.

Ich fuhr einfach zum nächsten Polizeirevier. Der Wachhabende staunte, als ich ihm meinen Ausweis auf den Tisch legte und ihn bat, an seiner Schreibmaschine Platz zu machen. Er gehorchte, und ich begann eine lange Unterhaltung mit Mator.

Er beantwortete brav alle Fragen, die ich stellte. Eine knappe Stunde später konnte der Polizist den Bogen aus der Maschine ziehen. Mator unterschrieb, und jetzt wußte ich alles, was er über die Organisation des Rackets wußte, und ich hatte es sogar schriftlich.

Das ›Gespenst‹ war geliefert. Ich mußte es nur noch finden, denn wer über Purson stand, das wußte auch Mator nicht. Er hatte nie seinen obersten Boß ohne Maske gesehen. Er kannte nur Purson. Dieses Geständnis war nicht mehr so leicht umzustoßen wie das von Berry, und beide zusammen hatten Gewicht genug, daß mir jeder Richter jeden Haftbefehl ausstellte, den ich nur wünschte.

Ich faltete den Bogen mit seiner Unterschrift zusammen und steckte ihn in die Brusttasche.

»Sind Sie so freundlich, den Mann in ein solides Gefängnis zu bringen?« bat ich den Polizisten. »Es ist nicht etwa ein besonders schwerer Junge, aber ich habe einige Sorge um seine Gesundheit.«

»Ich werde sofort eine Wagen bestellen, Sir«, sagte er.

Ich gab Mator die Hand. »Vielen Dank«, sagte ich. »Freue mich, daß du vernünftig warst, und ich hoffe, das Gericht wird es dir anrechnen. Aber ich finde, du warst erstaunlich leichtsinnig. Bist du eigentlich nicht auf die Idee gekommen, Berrys Unterschrift könnte gefälscht worden sein?«

Er starrte mich einen Augenblick an, sprang auf und wollte mir an den Kragen.

Ich stoppte ihn mit einer Hand. »Keine unnötige Aufregung, Freund«, beruhigte ich ihn. »Sie war echt. Aber ich an deiner Stelle hätte mich wenigstens vergewissert.«

Ich verließ den Gangster, dem sich der Polizei bereits mit Handschellen näherte, schwang mich, fröhlich pfeifend, in mein Auto und fuhr zunächst einmal zu dem Fotokopiergeschäft, in dem ich auch Berrys Schrieb hatte vervielfältigen lassen.

»Ich hoffe, ich erhalte Rabatt«, sagte ich zu dem Fräulein. »Vielleicht komme ich noch heute mit drei Aufträgen.«

Ich verschickte wieder die Kopien und fuhr zu dem Apartmenthaus zurück, aus dem ich schon Mator gefischt hatte. Jetzt würde ich mir Kanzeck oder Casturio angeln.

Ich wählte Casturios Wohnung, klingelte an der Dielentür und wartete.

Ich brauchte nicht lange zu warten. Casturio riß die Tür so hastig auf, als habe er mich schon erwartet.

»Hallo!« sagte ich. »So eilig, wenn die Polizei vor der Tür steht?«

Er versuchte zu schauspielern.

»Was wollen Sie?« fragte er barsch. Aber ich spürte sofort, daß das Theater war. Es konnte sein, daß er von Hausbewohnern erfahren hatte, daß Mator mit einem Fremden fortgefahren war, und er mochte nach der Beschreibung mich erkannt haben. Jedenfalls beschloß ich, etwas mehr auf der Hut zu sein.

»Gehen wir hinein«, sagte ich. Er gab bereitwillig die Tür frei. Ich ging hinter ihm her, und ich sah mich sehr sorgfältig um.

Sein Wohnzimmer war so ähnlich wie das von Mator.

»Setzen wir uns!« forderte ich ihn auf, aber er blieb stehen. Ich ließ mich in einem Sessel nieder, aber ich wählte meinen Platz so, daß ich die Tür im Auge behielt. »Du weißt wahrscheinlich, daß ich Mator geholt habe«, begann ich die Unterhaltung.

»Woher soll ich das wissen?« begehrte er auf.

Aber ich unterbrach ihn: »Ach, das merke ich dir an.«

Ich hatte die Wohnzimmertür offengelassen und sah, wie sich der Türgriff der Dielentür langsam nach unten bewegte, und ich wußte, daß ich gleich zusätzlichen Besuch bekommen würde.

»Paß auf, Casturio«, fuhr ich dennoch in aller Ruhe fort. »Ich will dir die Lage erklären. Berry hat gestanden, daß ihr ihn erpreßt habt. Mator hat gestanden, daß das stimmt und daß Purson, Kanzeck, du und er zu einem Racket gehören und daß dieses Racket von einem ihm unbekannten Boß geleitet wird. Berry Geständnis reichte aus, um Mator zu verhaften. Mators Geständnis genügt völlig, um euch alle zu verhaften und euch auch vor den Richter zu bringen. Am besten tust du daran, friedlich und ohne jeden Ärger mitzugehen. Bis jetzt hat keiner von euch einen Mord auf dem Gewissen, und die paar Kugeln, die ihr mir zugedacht habt, will ich euch gern verzeihen.« — Die Klinke der Wohnungstür war unten angelangt. Ich griff nach der Halfter, zog den Smith and Wesson und sagte im selben Atemzug mit meiner Rede: »Und jetzt sage deinen Freunden draußen vor der Tür, sie möchten sich nicht genieren und ruhig eintreten.«

Ich sagte das so laut, daß man es auf dem Flur hören mußte. Eine Minute lang rührte sich nichts. Dann ging die Tür langsam auf, und es erschienen Purson und Kanzeck, beide eine Pistole in der Hand.

»Erfreut, euch zu sehen«, begrüßte ich sie. »Der Verein ist zusammen, fehlt nur noch der Präsident. Willst du ihn nicht zu dieser so wichtigen Sitzung einladen, Purson?«

Er blickte mich finster an. »Was ist mit Mator, G-man?« fragte er.

Ich sah auf seine Hand. »Vor allen Dingen möchte ich dir raten, den Finger hübsch vom Drücker zu lassen«, sagte ich. »Ich habe schließlich auch so ein Ding in der Hand, und wenn wir alle drei gleichzeitig damit herumspielen, gibt es einen Lärm, der die Nachbarn stören könnte.«

Er blickte auf seine Waffe hinunter, und jetzt tat ich etwas, was alle drei erstaunen mußte. Ich steckte meine Kanone ruhig in die Halfter zurück.

Gangster fangen hat eine ganze Menge mit Menschenkenntnis zu tun. Ich konnte meine Sicherheit nicht besser zeigen als dadurch, daß ich ihre Schießbereitschaft einfach ignorierte. Kanzeck wurde ganz unruhig und trat von einem Bein auf das andere, und Casturio sah mich groß an.

Nur Purson behielt unverändert sein finsteres Gesicht.

»Wohin hast du Mator gebracht?« wiederholte er seine Frage.

»Ins Gefängnis«, entgegnete ich ihm freundlich, »und ich denke, ich werde euch drei auch dorthin bringen.«

Der Unterführer stieß ein kurzes, hartes Lachen aus.

»Es macht uns wenig, zwei Wochen zu sitzen. Aber wenn du uns länger einbuchten willst, mußt du erst einmal etwas beweisen können.«

»Er sagt, er hat Geständnisse von Berry und Mator«, antwortete Casturio an meiner Stelle.

»Genau das«, ergänzte ich. »Bitte, lest sie!« Ich stand auf, beachtete die drohend angehobene Pistolenmündung in Pursons Hand nicht und gab je ein Blatt an Casturio und Kanzeck.

Beide lasen. Ihre Gesichter wurden länger, und sie sahen sich an.

»Es stimmt«, sagte Kanzeck in seinem harten Englisch. Purson riß ihm das Blatt aus der Hand, überflog den Test. Er knirschte wütend mit den Zähnen.

»Ein Bluff!« schrie er.

»Mators Unterschrift stimmt«, mischte sich Casturio ein. »Ich kenne sie.«

Er entriß auch ihm das Blatt, zerfetzte beide und feuerte sie auf den Boden. »So«, brüllte er, »und wo sind deine Geständnisse jetzt?«

Ich lachte lauthals.

»Oh, Purson, hältst du mich für so dämlich, daß ich keine Fotokopien machen lasse, bevor ich dir die Originale gebe? Das solltest du nicht tun. Das habe ich nicht verdient.«

Er stierte mich an wir ein Bulle, der jeden Augenblick losbrechen will.

»Machen wir es kurz«, sagte ich. »Die Zeugenaussagen gegen euch sind da, und es werden noch viel mehr werden. Ihr solltet keine unnötigen Schwierigkeiten machen. Gebt eure Kanonen her und kommt mit.«

»Einen Dreck!« brüllte Purson auf. »Ich werde dir deine verdammte Schnüffelei heimzahlen, du G-man-Hund.« Er legte den Finger an den Drücker.

Ich bereute es ein wenig, meinen Revolver so leichtsinnig weggesteckt zu haben, aber es war zu spät, ihn wieder hervorzuholen. Ich hielt den Blick nur auf seine Hand gerichtet und ging ganz langsam ein wenig in die Knie, um sprungbereit zu sein.

»Laß es lieber sein«, warnte ich. »sonst gibt es nur noch den elektrischen Stuhl für dich.«

Ich erhielt Unterstützung von einer Seite, von der ich sie eigentlich nicht erwartet hätte. Kanzeck machte eine halbe Drehung und richtete den Lauf seiner Pistole auf Purson.

»Er hat recht«, sagte er hart. »Bis jetzt haben wir keine Toten im Geschäft. Wir kriegen Zuchthaus, drei Jahre, fünf Jahre, vielleicht zehn. Wenn du schießt, kommen wir nie wieder heraus.«

»Kümmere dich um dich«, wütete Purson.

»Eben«, antwortete Kanzeck. »Es ist meine Angelegenheit, denn ich stehe dabei, wenn du den G-man erschießt, und kein Richter glaubt mir, daß ich nicht mit einverstanden gewesen wäre.«

»Halt dein Maul!« brüllte Purson.

»Gut«, knurrte Kanzeck, »dann halte ich das Maul, aber ich schieße, wenn du schießt, aber nicht auf den G-man, sondern auf dich.«

Purson sah seinen Kumpanen an, als wolle er ihn fressen. Kanzeck behielt die Ruhe. Er mußte irgendwo aus dem Osten in die Staaten eingewandert sein. Es war etwas von slawischer Gleichgültigkeit an ihm.

»Ich gebe auf«, erklärte er. »Sie haben Beweise. Gut, ich kann türmen, aber Sie finden mich doch. Lasse ich mich jetzt fassen und verurteilen, desto früher ist die Gefängniszeit um.« Er grinste. Es war eine merkwürdige Logik, aber er schien sie für überzeugend zu halten.

»Ich lasse mich nicht fassen!« schrie Purson.

»Gut, dann verschwinde, aber schieß den G-man nicht tot, wenn ich dabei bin.«

»Kommt nicht in Frage«, mischte ich mich ein. »Du, Purson, bist verhaftet wie alle anderen.«

Jetzt grinste Kanzeck mich an. »Sicher, er ist verhaftet, aber er hat die Pistole in der Hand, du hast den Revolver in der Halfter. Etwas schwer, so eine Verhaftung durchzuführen. Laß ihn laufen. Nimm Casturio und mich. Ist für den Anfang auch ganz schön.«

Ich mußte über diesen Gangster besonderer Art laut lachen.

Kanzeck lachte mit, aber dann sah er Purson an und fragte: »Willst du gehen, oder willst du bleiben?«

Purson zischte noch einen Fluch, drehte sich brüsk um und ging zur Tür, riß sie auf und schlug sie krachend hinter sich ins Schloß.

»So«, sagte Kanzeck, »jetzt, Mr. G-man, wollen wir noch zehn Minuten warten. Aus alter Freundschaft.«

»In Ordnung«, sagte ich. »Wir erwischen ihn doch.«

Er zuckte nur mit den Achseln und grinste. Dann bot er mir eine Zigarette an, gab mir Feuer, und wir rauchten in aller Gemütlichkeit. Als die Zigaretten aufgeraucht waren, gab mir Kanzeck seine Pistole. »Bitte, G-man«, sagte er. »Jetzt können Sie uns verhaften.«

Okay, wir hatten die Mitglieder des Rackets: Mator, Casturio, Kanzeck. Wir hatten nicht den Kopf, Purson — und schon gar nicht das Gehirn — das ›Gespenst‹. Wir erhielten bildschöne Geständnisse und erfuhren auch die Adressen von fast achtzig Leuten, die an das Racket gezahlt hatten, aber keiner von den dreien hatte auch nur eine Ahnung, wer

314

das ›Gespenst‹ war. Sie hatten den obersten Boß bis zu meinem Auftauchen überhaupt noch nie gesehen, und als wir anfingen, ihnen das Leben etwas schwerer zu machen, hatten sie ihn nur zweimal gesehen, und jedesmal trug er eine Strumpfmaske, die nur seine Augen freiließ.

Wie überließen die gesamte Routinearbeit den örtlichen Polizeibehörden. Alles, was wir brauchten, war eine Durchschrift des Haftbefehls für Purson.

Theoretisch konnten wir natürlich nach Hause fahren und die Fahndung unseren Kollegen aus Los Angeles überlassen, aber da war in dieser Sache immer noch ein ungelöster Rest, denn noch wußten wir nicht: Wer war das ›Gespenst‹?

»Nein«, sagte ich zu Phil, »ich rufe Mr. High nicht an, um ihm zu sagen, wir wären hier fertig. Ich bin neugierig. Ich will das Gesicht des Mannes sehen, der uns so geschickt ausgespielt hat.«

Wir vertreiben uns den Rest des Tages und einen guten Teil des Abends damit, zuzusehen und zuzuhören, wie Hollywoods Stadtkriminalpolizei einen Mann nach dem anderen vernahm, die alle an das Racket gezahlt hatten. Die Verhöre führte ein Detective Lieutenant Scott. Unter den Vorgeladenen, die im rollenden Einsatz von drei Streifenwagen herangefahren wurden, befanden sich auch zwei alte Bekannte, Sid Stapford und Reginald Noune.

Wie alle anderen, so gestand auch Stapford jetzt bereitwillig, an die Bande gezahlt zu haben.

Noune kam nach der Unterschrift seines Protokolls selbst zu uns.

»Gratuliere Ihnen, Mr. Cotton«, sagte er. »Sie haben es also doch geschafft, und dabei auf so einfache Weise. Alles, was Sie vorher angestellt haben, war eigentlich nur ein Umweg!«

»Sie hätten ihn mir ersparen können, Mr. Noune«, antwortete ich. »Eine unterschriebene Zeugenaussage von Ihnen, und alles wäre viel einfacher gewesen.«

»Dazu gehört eben Mut«, gestand er freimütig, »und den hatte ich nicht. Wiedersehen, Mr. Cotton.«

Erst spätabends verließen wir das Polizeipräsidium.

»Und jetzt?« fragte Phil.

»Ausschlafen«, gab ich zur Antwort. »Alles andere findet sich morgen.«

Wir gingen ins Sunrise Hotel, aßen eine Kleinigkeit zum Abendbrot und verzogen uns schnellstens in unsere Zimmer.

Ich glaube, ich war eben eingeschlafen, als ich von einem Anruf geweckt wurde. Es war wie verhext. In diesem Hollywood wurde ich immer belästigt, wenn ich im Bett lag.

Wie gewöhnlich war es der Portier, der mich störte.

»Mr. Cotton«, meldete ich. »Hier unten ist ein Polizist. Er kommt von Lieutenant Scott, und er bittet Sie im Auftrag des Lieutenants, sofort zum Präsidium zu kommen. Sie hätten einen Mann gefunden, der wahrscheinlich eine wichtige Person sei.«

»In Ordnung, ich komme«, knurrte ich, wälzte mich aus den Federn und stieg in die Hose.

Als ich mich angezogen hatte, ging ich zu Phils Zimmer und klopfte an die Tür. Es dauerte eine ganze Weile, bis er verschlafen brummte: »Was ist los?«

»Scott will mich sprechen. Es scheint sie haben einen Mann, der als ›Gespenst‹ in Frage kommt. Rätselhaft, wo sie den mitten in der Nacht aufgetrieben haben. Kommst du mit?«

»Ach was!« rief Phil durch die geschlossene Tür. »Das ist doch nur wieder eine von den blödsinnigen Übereifrigkeiten dieser Stadtpolizisten. Du bist verrückt, hinzugehen. Sage ihm, er soll den Mann bis morgen früh konservieren.« Ich konnte hören, wie er sich auf die andere Seite warf, daß das Bett krachte. Eigentlich hatte Phil recht. Wen immer sie gefaßt haben mochten, der Bursche lief uns bis morgen nicht weg. Daß ich so prompt aus dem Bett gekrochen war, lag nur daran, daß ich so scharf darauf war, das ›Gespenst‹ endlich von Angesicht zu Angesicht zu sehen. Gut, ich war angezogen, und so konnte ich Lieutenant Scott den Gefallen tun, seine Beute gleich in Augenschein zu nehmen.

Ich ging in die Halle hinunter. Weit und breit war keine Uniform zu sehen. Ich fragte den Portier.

»Der Polizist ist zu seinem Wagen gegangen. Er bittet Sie, nach draußen zu kommen.«

Ich ging vor das Hotel. Es war kein Polizist zu sehen und auch kein Streifenwagen. Vielleicht war mein Gehirn noch ein wenig schlaftrunken, sonst hätte ich eigentlich merken müssen, daß hier etwas faul war. Aber ich drehte mich um und wollte ins Hotel zurück, um den Portier noch einmal zu befragen.

Ich hatte noch keinen Schritt getan, als mir jemand einen harten Gegenstand ins Kreuz drückte, dessen Kälte mir bis auf die Haut drang.

»Keine Bewegung«, zischte es hinter mir.

Ich verdrehte vorsichtig den Kopf. Der Mann, der mir die Pistole in den Rücken drückte, trug tatsächlich eine schöne blaue Uniform mit allem, was dazu gehört, um wie ein Polizist auszusehen, aber unter dem Mützenschirm starrte mir Pursons erbittertes und zu allem entschlossenes Gesicht entgegen.

»Geh vorwärts«, knurrte er. »Der Wagen steht in der nächsten Querstraße.«

Mir blieb für den Augenblick nichts anderes übrig.

»Ich frage mich nur«, sagte ich, während ich vor ihm herging und er, immer einen Schritt hinter mir, die Pistole auf meinen Rücken gerichtet hielt, »wie du an diese hübsche blaue Uniform kommst und woher du den Namen von Lieutenant Scott weißt.«

Er stieß so etwas wie ein Kichern aus.

»Sich eine Polizeiuniform zu besorgen ist in Hollywood nicht schwer«, erklärte er. »Jeder Kostümverleih pumpt sie dir für fünf Dollar den Tag.«

»Vielen Dank für den Tip«, antwortete ich. »Ich werde mir dort einen Zylinder leihen für deine Beerdigung.«

Wütend stieß er mir die Pistole in den Rücken. »Vorwärts.«

Wir hatten die Ecke erreicht und bogen in die Nebenstraße. Man sollte annehmen, die Lage sei hoffnungslos, wenn ein Bursche hinter einem herläuft und einem eine Kanone abschußbereit ins Kreuz hält. Ich gebe zu, solche Situation ist nicht gerade rosig, aber wenn man gut im Training ist, stehen die Chancen doch fünfzig zu fünfzig.

Im Training war ich, denn wir mußten eine ähnliche Szene für den FBI-Film drehen, und ich hatte es an die zwanzigmal vorgemacht. Der Filmgangster hatte dabei mit Platzpatronen geschossen, und es war ihm von den zwanzigmal nur viermal gelungen, rechtzeitig abzudrücken. Es ist eine Frage der Reaktionsgeschwindigkeit, und irgendein Professor hat einmal ausgerechnet, daß die Reaktionszeit des Mannes, der den Revolver im Rücken hat, viermal kürzer sein muß als die des Mannes, der den Revolver trägt, weil das Umdrehen viermal länger dauert als das Abdrücken.

Nun, ich rechnete nicht so kompliziert. Ich rechnete einfach, daß beim Wagen ein zweiter Mann sei, wahrscheinlich das ›Gespenst‹ persönlich, und gegen zwei bewaffnete Männer nutzt selbst die größte Reaktionsschnelligkeit nur in außergewöhnlich günstig gelagerten Fällen etwas. Ich mußte also mit Purson und seinem Schießeisen fertig werden, bevor wir am Wagen waren. Ich verlangsamte meinen Schritt, so daß ich die Pistole im Rücken fühlte. Dann trat ich einen großen Schritt vorwärts, so daß die Kanone in diesem Augenblick eine halbe Armlänge von meinem Kreuz entfernt sein mußte. Das ist notwendig, damit beim Herumdrehen der Arm des Gegners mit Sicherheit getroffen und zur Seite geschleudert wird.

Ich drehte mich also um. Ich weiß nicht, wie ich Ihnen das anders beschreiben soll. Vielleicht haben Sie schon einmal einen Panther im Zoo gesehen, der gegen das Gitter schnellt, sich mitten im Sprung um seine Achse dreht und genau in die entgegengesetzte Ecke saust. Ungefähr den Stil eines solchen Panthers versuchte ich zu kopieren. Ob es mir eindrucksvoll gelang, kann ich nicht sagen. Jedenfalls traf ich

Pursons Arm, drückte ihn zur Seite weg, und der Schuß knallte ins Pflaster schräg an meinem linken Fuß vorbei.

Wenn man den ersten Schuß überlebt, ist gewissermaßen alles gelaufen, vorausgesetzt, der Kerl, mit dem man es zu tun hat, ist nicht gerade ein Baum. Purson war zwar kräftig, aber kein Baum. Er hatte meine Faust im Gesicht, bevor er zum zweitenmal durchziehen oder gar die Zielrichtung korrigieren konnte. Ich muß gestehen, es machte mir ziemlichen Spaß, mit aller Kraft zuzuschlagen.

Er ging davon nicht zu Boden, denn ich konnte in der Eile nicht genau genug zielen, und für einen zweiten Schlag hatte ich im Augenblick keine Zeit. Ich griff mit beiden Fäusten nach seinem Handgelenk, knackte es über Eck, drängte ihn ganz gegen die nächste Hauswand, drückte meinen Ellbogen gegen sein Kinn und schlug dann seine Pfote gegen die Steine.

Es tat ihm sehr weh. Er schrie nicht, er stöhnte nur und ließ die Pistole fallen. Ich drehte seine Hand nach unten. Er mußte sich mitdrehen, wollte er sich nicht das Schultergelenk auskugeln lassen, und jetzt hatte ich ihn richtig, den rechten Arm auf den Rücken gedreht, meine Knie gegen seine Kniekehlen und seinen Nacken so nah vor mir, daß ich ihm nötigenfalls einen Schlag mit der Handkante hätte versetzen können, der ihn völlig außer Gefecht gesetzt hätte.

»Na, Purson«, sagte ich nah an seinem Ohr, »wenn du schon eine Polizeiuniform anziehst, so solltest du wenigstens die einfachsten Polizeitricks kennen. Und jetzt wollen wir zu deinem Auto gehen und schauen, was dein Boß macht, wenn ich mit seinem treuen Freund als Schutzschild erscheine.«

Ich hielt sein Handgelenk nur noch mit der rechten und fischte mit der linken Hand meinen Revolver aus dem Halfter.

»Laß mein Handgelenk los«, stöhnte er. »Du hast es gebrochen. Es tut höllisch weh!«

»Tut mir leid«, antwortete ich, »aber im Augenblick kann ich keine Rücksicht darauf nehmen. Vorwärts, zum Wagen.«

»Es ist niemand beim Wagen«, keuchte er. »Ich bin allein.«

»Davon wollen wir uns lieber überzeugen«, sagte ich und stieß ihn vorwärts.

Er hatte die Wahrheit gesagt. Es befand sich in der Tat weder jemand im Fahrzeug noch in der Nähe. Ich ließ ihn los.

Er hielt seinen Arm und pustete darauf wie ein kleines Kind, wenn es sich weh getan hat. Er mußte ziemliche Schmerzen haben.

»Was sollte die Komödie?« fragte ich

»Gib mir 'ne Zigarette«, flehte er mit schmerzverzogenem Mund.

Ich tat ihm den Gefallen. Er mußte mich zu der Stelle begleiten, an der ich ihn überrumpelt hatte. Ich hob seine Pistole auf.

»Nun?« fragte ich.

»Ich sollte dich zum Boß bringen«, stöhnte er. »Er will dir irgendwelche Vorschläge machen, von denen er sich verspricht, daß wir herauskommen.«

»Woher weißt du den Namen von Detective Lieutenant Scott?«

»Von ihm«, antwortete Purson. »Ich weiß alles von ihm. Auch die Uniform hat er beschafft.«

»Wo ist er?«

»In dem Haus, in dem Sie schon einmal waren.«

Ich überlegte zwei Sekunden lang.

»Okay«, sagte ich dann langsam. »Dein Boß will mich sprechen. So wollen wir ihn nicht warten lassen. Wir werden genauso bei ihm erscheinen, wie er sich das gewünscht hat. Ich nehme an, daß ich fahren sollte, während du mir die Kanone vor den Bauch hältst?«

Purson nickte.

Ich nahm sein Schießeisen aus der Tasche, ließ das Magazin aus dem Griff springen, holte die Kugeln einzeln heraus, vergewisserte mich auch, daß keine mehr im Lauf war, drückte dann das Magazin wieder ein und gab ihm die Waffe zurück.

»Paß auf«, sagte ich. »Du spielst jetzt mit, oder ich werde dir noch beide Beine brechen. Du bringst mich zum Boß, die Kanone in der Hand, aber du hältst zwei Schritte Abstand, damit du nicht auf den Gedanken kommst, mir den Lauf über den Schädel zu ziehen. Du stehst ständig da und bedrohst mich, aber ich sage dir, wenn du versuchst, mich durch die kleinste Geste zu verraten, jage ich dir eine Kugel in den Schädel. Hast du kapiert?«

Er nickte.

Ich schob ihn in den Wagen, setzte mich selbst hinter das Steuer, gab Gas und fuhr los. Purson saß neben mir und gab mir einsilbig Richtungsanweisungen. Wie verließen allmählich Hollywoods Weichbild, gelangten auf eine Landstraße.

»Fahren Sie langsamer«, stieß Purson zwischen den Zähnen hervor. »Es kommt gleich ein Feldweg, der rechts abgeht. Den müssen Sie fahren.«

Er war ganz friedlich und willfährig. Man braucht sich darüber nicht zu wundern. Jeder Mensch kann an den Punkt kommen, an dem er das Gefühl hat, endgültig auch die letzte Partie verloren zu haben. Purson war an diesem Punkt angelangt, und jeder Auflehnungswille war in ihm erloschen.

»Da ist der Feldweg«, sagte er. Ich stoppte den Wagen kurz.

»Du weißt genau, was du zu tun hast«, schärfte ich ihm noch einmal ein. »Ich werde die Arme hochnehmen, wenn ich aussteige, und du wirst die Pistole auf mich gerichtet halten. Ich wiederhole: Du bist der erste, dem es an den Kragen geht, wenn etwas schieflaufen sollte, denn du hast nur ein leeres Schießeisen als Waffe.«

Ich fuhr wieder an und ließ den Wagen langsam über den schlechten Feldweg holpern. Der Weg mündete in ein kleines Waldstück aus diesen Stechpalmen, mit denen ich schon einmal unangenehme Bekanntschaft gemacht hatte. Dann weitete er sich zu einem kleinen Platz. Im Licht der Scheinwerfer sah ich eine bescheidene Blockhütte. Ich stoppte und stieg aus. Purson hielt sich vorschriftsmäßig in dem entsprechenden Abstand. Ich nahm die Arme hoch. In einem Fenster des Blockhauses wurde Licht. Die Tür öffnete sich. Ein Mann in Mantel und Hut stand in der Öffnung.

»Alles in Ordnung, Purson?« fragte er.

Purson zögerte den Bruchteil einer Sekunde, bevor er »Ja« sagte, aber dem Mann schien es nicht aufzufallen.

»Bring ihn her!« befahl er und ging in die Hütte zurück.

Purson dirigierte mich in denselben Raum, in dem ich mich schon einmal befunden hatte. Auch der rote Vorhang war noch da, aber diesmal hatte der Unbekannte nicht seinen Platz hinter dem Vorhang gewählt, sondern er stand davor. Er trug eine Trenchcoat und einen Hut, und er hatte eine Strumpfmaske über seinen Kopf gezogen. Außerdem brannte in dem Raum nur eine kleine Lampe in einer Art Nachttischbeleuchtung. Sie gab so wenig Licht, daß ich nicht einmal die Farbe seiner Augen hinter den Schlitzen der Maske erkennen konnte.

Als er sprach, erkannte ich seine Stimme. Nein, das ist zuviel gesagt. Ich erkannte die Stimme nicht, ich wußte nur, daß ich sie gehört hatte, hier in Hollywood gehört hatte, und nicht mal selten. Und trotzdem wußte ich nicht, wem sie gehörte.

»Wir sehen uns zum zweitenmal, Cotton«, sagte er.

»Ich bin überzeugt, daß wir uns schon öfter gesehen haben«, antwortete ich kaltblütig.

Ich merkte, wie er etwas zusammenzuckte.

»Sie irren«, entgegnete er knapp. »Sie waren nur einmal in diesem Raum, und ich war hinter dem Vorhang. Damals sind Sie mit dem Leben davongekommen, weil Sie eine Pistole herausrückten. Heute geht es nicht so billig.«

»Ich muß berichtigen«, antwortete ich. »Damals habe ich nicht die Pistole herausgegeben, um mein Leben zu retten, sondern um Berry zu schonen, den Sie erledigen wollten.«

Er machte eine wegwerfende Handbewegung. »Einerlei. Sie haben sich jedenfalls meinem Willen gebeugt, und ich hoffe in Ihrem Interesse, daß sie es auch heute tun.«

»Lassen Sie hören, was Sie verlangen.«

»Sie haben erreicht, was Sie wollten, Cotton. Das Racket ist erledigt. Sie haben die Geständnisse von Mator, Casturio und Kanzeck und die Zeugenaussagen von fünfzig Leuten oder mehr. Ich will nur, daß Sie dafür sorgen, daß die Nachforschungen nach Purson eingestellt werden. Purson ist der einzige Mann, der mich kennt. Natürlich hat er mir versprochen zu schweigen, wenn er gefaßt wird, aber das Risiko ist zu groß.«

»Wissen Sie, liebes ›Gespenst‹«, sagte ich freundlich, »selbst wenn ich wollte, so könnte ich nicht mehr. Die Fahndung läuft. In Dutzenden von Akten kommt Pursons Name vor. Ich kann ihn nicht einfach streichen lassen.«

»Erzählen Sie mir nichts. Sie können die Fahndungsanordnung in Ihre Hand bringen und dann sang- und klanglos einschlafen lassen. Ich weiß das genau.«

»Möglich, daß es so etwas mal in grauer Vorzeit gegeben hat. Heute riskiert keiner mehr seinen Job wegen eines so windigen Geschäfts. Es tut mir leid, Mr. ›Gespenst‹, wir können kein Geschäft miteinander machen.«

»Sie werden nicht in den Genuß Ihrer Pension kommen, wenn Sie nicht auf meinen Vorschlag eingehen. Ihr letztes Wort?«

»Werden Sie nicht theatralisch«, erwiderte ich, aber ich spannte meine Muskeln, denn jetzt konnte es nicht mehr lange dauern.

»Knall ihn ab«, sagte der Mann in der Strumpfmaske. Er sagte es ganz anders, als er die bisherige Unterhaltung geführt hatte. Er stieß es zwischen zusammengebissenen Zähnen hervor. Und er richtete diesen Befehl an Purson.

»Selbst wenn Sie es noch könnten, Purson«, sagte ich, »so sollten Sie es sich überlegen. Sie erschießen mich, und Ihr Boß, Purson, erschießt Sie, denn Sie sind der einzige Mann, der ihn wirklich belasten kann. Dann drückt er beiden Leichen je eine Waffe in die Hand, und die Polizei glaubt, wir hätten uns beide gegenseitig erschossen. Das Gerede vom

›Gespenst‹ schläft mit der Zeit ein, und er genießt alle Früchte des schönen Geschäfts.«

Der Mann mit der Strumpfmaske schoß, kaum daß ich das letzte Worte ausgesprochen hatte. Er schoß nicht etwa nach mir, sondern er schoß durch die Tasche seines Mantels hindurch auf Purson. Es war fast bewunderungswürdig, wie schnell er verstand und wie wenig er zu bluffen war.

Ich hatte damit gerechnet, daß er feuern würde, und ich wußte auch, daß Purson mindestens so gefährdet war wie ich. Noch sprechend, war ich auf ihn zugesprungen und hatte ihn zur Seite gestoßen. Er taumelte gegen die kleine Nachttischlampe und riß sie um. Noch während die Schüsse wie Peitschenhiebe durch den Raum knallten, wurde es dunkel.

Da wir in Hollywood sind, lassen Sie mich noch einmal vom Film sprechen. Ich habe mal einen Streifen gesehen, in dem zwei Gentlemen — natürlich wegen einer Dame — ein sogenanntes Kuckucksduell ausführten. Sie gingen mit Pistolen bewaffnet in einen dunklen Raum, schossen dabei aufeinander. Da sie Gentlemen waren, ging die Sache sehr fair vor sich, wirklich immer abwechselnd.

Ich nahm nicht an, daß das ›Gespenst‹ ein Gentleman war, und so konnte ich ihm einen entsprechenden Vorschlag nicht machen, aber im übrigen ähnelte der Fall diesem Duell ziemlich. Es war absolut dunkel, und wer wen zuerst traf, mußte als reine Glückssache betrachtet werden.

Ich streifte mir sehr vorsichtig die Schuhe von den Füßen. Ich hatte keine Angst, mich mit dem Burschen herumzuschießen, aber ich konnte ihn tödlich treffen, und ich hätte ihn gern lebendig gehabt. Wo Purson lag, durfte ich mit ziemlicher Sicherheit annehmen, denn er würde sich nicht rühren. Ich schlich auf Socken und mit vorgestreckter linker Hand durch die ägyptische Finsternis. Trotzdem stieß ich gegen einen Stuhl und erhielt prompt die Quittung.

Die Kugel pfiff unangenehm nah an mir vorbei, zerschlug irgendwo in meinem Rücken ein Gefäß, das klirrend zersprang.

Ich merkte mir die Schußrichtig genau, richtiger gesagt, ich verließ mich auf mein Gefühl, hob den Stuhl, den ich angestoßen hatte, lautlos hoch, schwang ihn über den Kopf und schleuderte ihn dann.

»Verdammt«, hörte ich einen Fluch in das Poltern des Stuhls hinein, und in panischer Folge knallten zwei, drei Schüsse. Ich hechtete in das Geknalle, aber ich hatte kein Glück. Ich sprang ins Leere, fiel flach auf den Boden, rollte mich zur Seite, so schnell ich nur konnte, und ich tat gut daran, denn er reagierte mit einer neuen Kugel, die knapp vor mir in den Fußboden hackte.

Der Trick mit dem Stuhl war schiefgegangen, und er würde ein zweites Mal nicht darauf hereinfallen. Ich hatte seine Schüsse nicht mitgezählt. Viele konnte er nicht mehr im Magazin haben, aber wahrscheinlich trug er einen Ersatzstreifen in der Tasche, und es war nicht wahrscheinlich, daß ich es hören konnte, wenn er wechselte.

Ich stand gebückt und lauschte, aber es ist verhext in solchen Situationen. Man hört kaum etwas anderes als das eigene Herzklopfen. Das aber so laut, als gingen in der Brust Schmiedehämmer.

Da vernahm ich doch, wie ein Dielenbrett knackte, und wenn ich mich nicht sehr irrte, war es in der Richtung, wo ungefähr Purson lag. Ich durfte es nicht riskieren, daß er auf Purson stieß und ihm eine Kugel verpaßte.

Ich feuerte, um seine Aufmerksamkeit wieder auf mich zu lenken. Ich zielte sehr hoch, so daß ihm nichts passieren konnte, selbst wenn er zufällig in der Schußrichtung stand. Er beantwortete meinen Schuß nicht, und jetzt wußte ich: Er suchte Purson. Es war ja ganz logisch und einfach. Wenn Purson nicht mehr reden konnte und er hier herauskam, dann war er gerettet, denn niemand außer Purson kannte ihn.

Ich schoß noch zweimal, und als er wieder nicht zurückschoß, wurde ich ganz frech.

Ich ging einfach quer durch den Raum. Ich ging lautlos

auf meinen Strümpfen, aber ich ging schnell. Dann hörte ich einen erschreckten Laut. Es war ohne Zweifel Pursons Stimme. Purson mußte berührt worden sein. Das ›Gespenst‹ war auf den ehemaligen Kumpan gestoßen, und jetzt würde es gleich knallen.

Es knallte nicht. Es knackte nur. Er war leergeschossen, oder er hatte Ladehemmung.

Ich jedenfalls warf meine letzten Hemmungen über Bord. Ich rannte einfach in die Dunkelheit hinein, und da hatte ich ihn. Ich fühlte die Gestalt eines Mannes und packte wild und primitiv zu.

Als Kämpfer war das ›Gespenst‹ nicht von schlechten Eltern. Er schlug mit der Pistole nach mir und zerschlug mir beinahe das linke Schlüsselbein. Mein linker Arm wurde fast steif. Auch ich hatte den Revolver in der Hand und hieb damit nach ihm. Er mußte den rechten Arm angewinkelt haben, denn ich fühlte, wie mein Arm auf seinen Unterarm prallte. Der Revolverschlag erreichte ihn nicht. Aber von der Wucht des Anpralls wich er rückwärts, stolperte über irgend etwas und polterte zur Erde.

Ich stürzte mich sofort hinterher. Es ist ein merkwürdiges Gefühl, in absolute Schwärze hineinzuspringen. Er hatte sich schon zur Seite gedreht, aber ich bekam noch einen Zipfel seines Mantels zu fassen. Er wollte aufspringen. Ich hielt ihn fest. Der Mantel zerratschte mit einem häßlichen Geräusch. Einen Zipfel behielt ich in der Hand, und nun zeigte er erst, was in ihm steckte.

Das ›Gespenst‹ warf nämlich die Pistole, die ihm nichts mehr nutzen konnte, mit aller Wucht nach mir. Sie streifte meine Wange. Der Schmerz zuckte mir wie tausend Nadeln ins Gehirn. Ich fühlte, wie die Haut in meinem Gesicht aufplatzte.

Unmittelbar nach der Pistole kam er selbst. Er lief nicht mehr vor mir fort. Er griff mich an. Und er griff an mit jener Kraft, die nur die Verzweiflung verleiht.

Ehe ich mich halb von dem Pistolenwurf erholte, hatte ich

schon das erste halbe Dutzend schwerer Brocken sitzen, und sie waren nicht einmal schlecht gezielt. Sie gingen in die Magengrube und ins Gesicht. Ich taumelte rückwärts und war gar nicht so weit vom K. o. weg.

Er setzte sofort nach, und ich mußte noch einiges kassieren. Ich hätte nur durchzudrücken brauchen, und er hätte wohl aufgehört, auf mich einzuschlagen.

Ich dachte nicht daran, ihn über den Haufen zu schießen. Ich winkelte beide Arme an, zog den Kopf ein und ballte die Hände. Was er jetzt schlug, ging zu neunzig Prozent auf meine Ober- und Unterarme und tat nicht viel Schaden. Ich ließ ihn sich noch zehn Sekunden an mir abarbeiten, dann, mit einer raschen Bewegung, richtete ich mich hoch auf, hob den Arm mit dem Smith and Wesson und schlug zu.

Ich traf nicht schlecht. Ich merkte es daran, daß in seinen Hagel von Boxhieben für den Bruchteil einer Sekunde eine Pause eintrat, und in diesem Bruchteil hieb ich den Revolverlauf ein zweites Mal in die Dunkelheit vor mir hinein.

Ich spürte den Widerstand, und ich hörte ein stöhnendes »Oooh«. Ich holte zum dritten Schlag aus. Er pfiff durch die Luft, aber er ging ins Leere. Etwas stieß gegen meine Beine. Dann polterte es — und dann war Stille.

Ich bückte mich und tastete in die Dunkelheit. Ich fühlte einen hingestreckten Körper, und als ich in sein Gesicht griff, fühlte ich die Strumpfmaske.

Ich richtete mich auf und atmete tief ein. Das war also erledigt.

»Purson«, rief ich. »Wo bist du?«

»Hier!« kam es irgendwo aus der Dunkelheit.

»Kann man irgendwie Licht in diesem Laden machen?«

»Es ist ein Schalter für die Deckenbeleuchtung an der Tür.«

Ich tastete mich an den Wänden entlang. Ich fand die Tür, und mit Hilfe meines Fahrzeugs fand ich auch den Schalter. Eine trübe Birne flammte auf, und ich konnte das Schlachtfeld übersehen.

Purson lag immer noch in derselben Ecke. Gar nicht weit von ihm lag das ›Gespenst‹ auf dem Rücken, beide Arme ausgestreckt. Der Mantel war zerrissen, und den Hut hatte es verloren.

Ich grinste Purson an.

»Bedanke dich bei der Polizei, daß du noch lebst.«

»Ja«, antwortete er, »ich wußte nicht, daß er es auf mich abgesehen hatte. Warum hat er mich dann nicht früher erledigt?«

Ich zuckte mit den Schultern. »Er war immer übervorsichtig. Sicherlich hatte er sich ausgerechnet, daß er uns gegenseitig unseren Tod in die Schuhe schieben konnte.«

»Ich hätte nie gedacht, daß . . .«

»Stop«, unterbrach ich ihn. »Nenne keine Namen. Du hast dich so lange geweigert, ihn zu nennen, daß du es auch jetzt nicht mehr zu tun brauchst. Jetzt kann ich selber nachsehen, wer das ›Gespenst‹ ist. Und die Freude möchte ich mir von dir nicht trüben lassen.«

Ich ging zu dem hingestreckten Mann und kniete neben ihm nieder.

Die Strumpfmaske war an einer Seite von Blut verklebt. Mein Revolverlauf hatte ihn hart am Kopf getroffen. Das Ding reichte bis über sein Kinn. Ich hob mit der linken Hand seinen Kopf an und streifte ihm die Maske ab.

Offen gestanden, es war ein ziemlich bitterer Anblick für mich, als ich sein Gesicht sah.

Dieser Mann hatte mich überspielt, daß ich lange Zeit danach noch an mir zweifelte. Wie sehr mich der Mann überspielt hatte, erkannte ich im ganzen Ausmaß erst, als ich sein Gesicht sah.

Vor mir lag Reginald Noune, den ich selbst für ein Opfer des ›Gespenstes‹ gehalten, der sich zu meinen Gunsten mit Purson herumgeprügelt hatte und der bei Lieutenant Scott gegen sich selbst als Zeuge aufgetreten war.

Filmleute, wenn ihr das nächstemal einen Oscar verteilt, überreicht ihn Reginald Noune!

Er hat besser gespielt als alles, was die Stars auf die Beine bringen. Ihr erreicht ihn im Staatsgefängnis vom Los Angeles. Er brummt dort dreißig Jahre ab.

Ich erholte mich von meiner Überraschung mit einer Camel, und dann wurde es Zeit, den Schauplatz zu räumen. Purson mußte mir helfen, den immer noch ohnmächtigen Noune zum Wagen zu bringen. Ich fuhr ihn zum Polizeipräsidium und lieferte die ganze Ladung ab.

Die Nachtwache wollte Großalarm geben, als ich ihnen sagte, ich brächte ihnen das ›Gespenst‹, aber ich bat sie, sie möchten die beiden schlicht und einfach einsperren und das Routineverfahren anlaufen lassen.

Ich wusch mit das Blut aus meinem Gesicht, aber das nutzte nicht viel, denn mein edles Profil begann gewaltig anzuschwellen und drohte bunt und blau zu werden.

Ich fuhr in mein Hotel, ging in Phils Zimmer und weckte ihn.

Er drehte sich verschlafen um und knurrte: »Na, war etwas an Lieutenant Scotts Fang?«

»No«, sagte ich, »aber es lief anders, und ich faßte das ›Gespenst‹, während du hier schliefst.«

Er riß die Augen auf, sah mein Gesicht und fuhr senkrecht in seinem Bett in die Höhe.

»Du Wahnsinniger!« stammelte er.

Ich griff nach dem Telefon und bat den Portier, irgend etwas Trinkbares, aber keine Milch, zu besorgen. Und als der Whisky vor uns stand, erzählte ich.

Phil hörte aufmerksam zu wie ein Enkel, dem die Großmutter Märchen erzählt.

»Verstehst du«, sagte ich zum Schluß, »daß Noune alle unsere Pläne durchkreuzen konnte. Er wußte aus meinem eigenen Mund, daß wir G-men sind. Er führte uns an der Nase herum, daß es eine Art war.«

»Stimmt«, gab Phil zu, »wenn ich es mir jetzt überlege, kann ich überhaupt nicht verstehen, daß wir so vertrauensselig waren.«

»Er war eben geschickt«, gab ich zur Antwort. »So geschickt, daß wir uns lange genug gründlich blamiert haben.«

Phil trank sein Glas leer.

»Weißt du, Jerry«, sagte er langsam. »Eigentlich brauchst du diese Geschichte nicht zu schreiben. Ein Lorbeerblatt fällt dabei für uns nicht ab.«

»No«, antwortete ich, »sie ist passiert, also wird sie erzählt, und zwar so, wie sie passiert ist: Ohne Rücksicht auf Gewürzblätter.«

Ich stellte die große Falle

Erschien erstmals als G-MAN JERRY COTTON Band 2 (1956), dann als Band 2 der 2. Auflage (1959) und als Band 11 der 3. (1970) und 4. Auflage (1978).

Die Stadtpolizisten glaubten zuerst an einen Raubmord, weil der tote Al keinen Cent bei sich trug, aber dann erfuhren sie rasch, als sie sich in der Gegend, in der er wohnte, erkundigten, daß Yersey eigentlich nie Geld besaß. Er hatte die tragische Laufbahn vieler mittelmäßiger Boxer hinter sich. Erst hatte er ein paar Leute geschlagen und sich Hoffnungen auf einen Kampf um die Weltmeisterschaft gemacht. Er wurde einmal, zwei-, dreimal geschlagen, und schließlich diente er nur noch als Kanonenfutter für Anfänger, denn er war ein sicherer Verlierer geworden, dem spätestens in der dritten Runde die Luft ausging und der dann ziemlich einfach umzusäbeln war. Whisky und lange Nächte und vielleicht auch die Verzweiflung über seine begrenzten Fähigkeiten hatten ihn soweit gebracht. Die paar Dollar, die er damit verdiente, daß er für junge ehrgeizige Männer die unterste Stufe der Leiter zum Erfolg abgab, jagte er durch die Gurgel.

Obwohl also erwiesen war, daß ein Raubmörder an Yersey nur seine Zeit verschwendet hätte, hielt die Polizei an ihrer Version vom Raubmord fest, und sie hatte sogar einen Grund dafür. ›Panther‹ Al Yersey hatte sich vor Jahren von einer seiner ersten größeren Gagen fünfzehn Anzüge und die dazu passenden Hemden und Krawatten auf einen Hieb gekauft. Diese Anzüge sahen noch heute sehr ordentlich aus, und so wirkte Al immer noch ein wenig wohlhabend. Die Polizei nahm also an, der Raubmörder habe sich täuschen lassen und vom Äußeren auf eine dicke Brieftasche geschlossen. Bei dieser Annahme blieb es, denn sie faßte den Mörder des ›Panthers‹ nicht und konnte ihn daher nicht über die Richtigkeit befragen.

Zwei Monate später fanden Arbeiter des Tiefbauamtes in einem Abwasserkanal unter der Balarie Street die Leiche eines Mannes, die, wie der Polizeiarzt feststellte, schon über eine Woche im Wasser gelegen hatte. Die Identifizierung wurde dadurch erschwert, daß auch dieser Tote Kopfverletzungen aufwies, die sein Gesicht nicht erkennen ließen.

Außerdem trug er keine Jacke, sondern nur einen weißen Kittel über Hemd und Hose, so einen Arbeitskittel, wie ihn Wäschereibesitzer zu tragen pflegen, damit ihre Kunden gleich einen Eindruck von der Sauberkeit bekommen, die ihr Unternehmen garantiert. Übrigens stellte sich heraus, daß der Tote tatsächlich der Besitzer einer kleinen Wäscherei war. Sein Frau hatte ihn vor einer Woche der Polizei als vermißt gemeldet. Er hieß Goody Ghose, aber als er noch boxte, wurde er allgemein ›Goody, die Gans‹ genannt, weil er Plattfüße hatte und so komisch watschelte, wenn er den Ring betrat.

Jawohl, auch Goody Ghose war Boxer gewesen, erst ein Mittelgewichtler, war schnell fett geworden und mußte in der schweren Klasse antreten. Dazu brachte er nicht genügend Dampf in den Fäusten mit, und als er viermal umgehauen worden war, fand Goody den Beruf zu schmerzhaft und hängte die Handschuhe an den Nagel. In gewisser Weise ähnelte die Laufbahn der ›Gans‹ der des ›Panthers‹ Al Yersey, aber Goody war ein viel soliderer Mensch als Al. Er hatte seine Börsen auf die Bank getragen, und als er mit dem Boxen Schluß machte, heiratete er und kaufte sich eine kleine Wäscherei und Färberei in der Bowery, einem ziemlich elenden Viertel von New York. Goody Ghose machte dennoch gute Geschäfte, denn die Mode befal jedes Frühjahr eine neue Farbe, und die armen Italiener- und Puertoricaner-Mädchen, die dort wohnten, besaßen nicht genügend Geld, um jedes Jahr ihre Kleider fortzuwerfen. So ließen sie sie bei Goody einfärben. Er machte das sehr schön, denn er hatte diesen Beruf erlernt, bevor er seine Gastrolle im Boxring gab. Er verdiente nicht übermäßig, aber da er von Natur aus ein zufriedener Mann war, wurde sein gutmütiges Gesicht immer runder.

Goody Ghose hatte das böse Ende, das er so wenig verdient zu haben schien, in seinem Unternehmen ereilt. Die Gewerkschaft der Arbeiter in chemischen Betrieben führte damals einen Streik durch. Goody, stolz darauf, als Unternehmer zu gelten, hatte sich dem Aufruf der Arbeitgeber angeschlossen, keine Lohnerhöhung zu zahlen. Seine vier Arbeiter stellten darauf die Rührhölzer in die Ecke und gingen. Der ehemalige Boxer stellte sich selber an die Färberbecken. Natürlich schaffte er die Arbeit nicht allein, so blieb er oft bis in die Nacht hinein in seinem kleinen Betrieb.

Die Mordkommission konnte kaum einen Zweifel daran haben, daß Ghose in seiner Färberei getötet worden war, denn von hier führte der einfachste Weg in den Abwasserkanal.

Wie der oder die Mörder in die Färberei eingedrungen waren, konnte nicht restlos geklärt werden. Ghose' Frau gab an, daß ihr Mann nicht sehr ängstlich war und oft, während er arbeitete, das kleine Tor, das auf den Hof führte, nicht abschloß. Außerdem bot die bescheidene Umfassungsmauer, die den Betrieb von der Straße trennte, kein ernsthaftes Hindernis.

Weil sich durchaus kein anderer Grund finden ließ, kam die Mordkommission zu dem Ergebnis, daß Goody Ghose das Opfer eines Raubmordes geworden sei. Daß der oder die Mörder nichts geraubt hatten, lag nur daran, daß Mrs. Ghose die Kasse am Abend mit in ihre Privatwohnung zu nehmen pflegte, die vier Straßen weiter lag.

Freilich, schon vierzehn Tag später brach die Raubmordtheorie zusammen, als die Frühstreife in der Nähe von Podberry Lanes einen grauen Lincoln fand, der falsch parkte. Dem Mann am Steuer konnte aber ein Strafmandat nicht mehr ausgestellt werden, denn er war tot, und er sah nicht anders aus als ›Panther‹ Al Yersey und ›Goody, die Gans‹.

Die Identifizierung war diesmal nicht schwierig. Der Führerschein steckte in der Brieftasche und lautete auf den Namen Laraby Pat, und Laraby war zwar keine Berühmtheit am Sporthimmel, aber ein guter Halbschwergewichtler, der immer noch für einen ehrlichen und temperamentvollen Kampf in seiner Klasse gut war.

Es bestand kein Zweifel, daß Laraby von demselben Mann

umgebracht worden war, der Al Yersey und Goody Ghose getötet hatte. Schweren Herzens mußte die zuständige Mordkommission ihre Raubmordtheorie fahrenlassen, denn außer dem Führerschein befanden sich in der Brieftasche neben einem Vertrag für den nächsten Kampf achthundertfünfundvierzig Dollar, und der Kassierer der Bank, bei der Laraby Pat sein Konto hatte, bestätigte, daß der Boxer am Morgen vor der Tat neunhundert Dollar abgehoben hatte. In diesem Fall war kein Polizist so kühn, zu behaupten, der Raubmörder habe sich mit fünfundvierzig Dollar zufriedengegeben.

Laraby Pats Tage und Wege vor seinem Tod wurden genau unter die Lupe genommen. Man verhörte jeden Mann, der in den letzten vierzehn Tagen mit ihm zusammengekommen war, und man legte geradezu jeden Schritt fest, den er am Tag vor der Tat gegangen war. Nichts, aber auch gar nichts Ungewöhnliches ließ sich feststellen. Laraby Pat war am Tage vor seinem Tod wie immer um zehn Uhr in die Trainingshalle von Stenton Shine gekommen, der gleichzeitig sein Manager war. Er hatte mit Shine zu Mittag gegessen. Anschließend hatte eine Besprechung mit dem Manager Lesby Firestone stattgefunden über den geplanten nächsten Kampf, und man hatte den Vertrag unterschrieben, von dem eine Kopie in der Brieftasche des toten Pat gefunden wurde. Die Besprechung zog sich bis gegen fünf Uhr nachmittags hin. Die Polizei erfuhr von Stanton Shine und Lesby Firestone, daß man sich dabei auch über die Morde an den beiden Boxern unterhalten hatte, wobei Laraby Pats Behauptung, seiner Meinung nach handele es sich um Racheakte eines im Ring geschlagenen Kollegen, allgemeines Gelächter erntete.

Um fünf Uhr hatte sich Pat von Shine und Firestone getrennt und war in ein Kino gegangen, dessen Vorstellung bis ungefähr sieben Uhr dauerte. Anschließend hatte er bis ungefähr acht Uhr dreißig gegessen. Um neun Uhr begann das Varietéprogramm im ›Punching Ball‹, einem Lokal, das von einem ehemaligen Weltmeister geführt wurde. Laraby Pat, der schon den ganzen Tag über seinen Wagen bei sich hatte, fuhr vor neun auf dem Parkplatz vor. Er sah sich das Programm an, hockte in der Bar und tanzte von Zeit zu Zeit. Fünfzehn Minuten vor Mitternacht verließ er das Lokal. Der Parkwächter erinnerte sich genau, daß er erstens völlig nüchtern und zweitens absolut allein war. Er wußte noch, daß Laraby gegähnt und gesagt hatte, er sei müde und fahre jetzt sofort nach Hause. Das nächste war dann, daß ihn die Frühstreife um vier Uhr dreißig tot in der Nähe von Podberry Lanes fand, einer Gegend, in der der Boxer weder Bekannte noch sonst Gründe gehabt haben konnte, zwischen zwölf Uhr fünfzehn und drei Uhr, der vermutlichen Tatzeit, nach Podberry Lanes hinauszufahren.

Die Morde an ›Panther‹ Al Yersey und Goody Ghose waren nicht Gegenstand irgendwelcher Sensationen gewesen. Schließlich waren beide nur mittelmäßige und längst abgetakelte Boxer gewesen. Der Mord an Laraby Pat, der ein bekannter und höchst aktiver Mann war, brachte die Presse auf den Plan, und natürlich gruben sie bei dieser Gelegenheit auch die beiden früheren Verbrechen aus und machten einen Aufwasch davon.

Na, es war nicht sehr freundlich, was die Polizei an Seitenhieben abbekam. Die Zeitungen verstiegen sich zu den verquertesten Behauptungen und Vermutungen. Sie stellten Theorien auf, die einfach zum Brüllen waren. ›Evening Star‹, ein bekanntes Revolverblatt, verdächtigte allen Ernstes eine Gruppe von Senatoren, die sich verschiedentlich für ein Boxverbot an den Schulen ausgesprochen hatte, sie habe den Mörder gedungen, um diesen Sport in unserem Lande abzuwürgen.

›Ring frei‹, eine Sportzeitung, die einen großen Teil ihrer Seiten dem Boxen widmete, wurde sogar pathetisch und schrieb:

*Die Polizei läßt zu, daß ein Mann oder mehrere Männer,
jedenfalls irgendwer, der das Boxen haßt, die sportliche
Blüte der Nation vernichtet.*

Nun waren zwar Yersey und Ghose zeitweise ganz gute
Boxer gewesen, aber den heruntergekommenen ›Panther‹ Al
und den dick gewordenen Färbereibesitzer Goody als ›sportliche Blüte der Nation‹ zu bezeichnen, war ein Witz.

Es gab auch Zeitungen, die vernünftig schrieben und
andeuteten, man solle die Ursache dieser Morde beim Boxen
selbst und bei den Geschäften, die von den Drahtziehern mit
dem Boxen und den Bossen gemacht werden, suchen. Leider
wußten auch sie nichts Genaues oder drückten sich aus
Angst nicht genauer aus.

Vor wenigen Tagen aber ging ihnen allen, der Polizei, der
Presse und allen Leuten, die je in einem Ring gestanden hatten, der Hut hoch, denn es geschah der vierte Mord, und
wieder war das Opfer ein Boxer: Harlow Putty, Mittelgewicht, ein verschlossener sehniger Bursche, der das Boxen
aufgeben mußte, als vor einem Jahr die Ärzte seine Finger-
knöchel, die er sich gebrochen hatte, nicht wieder richtig
zusammenflicken konnten. Seitdem war er Bankangestellter,
und mit der gleichen verbissenen Verschlossenheit, mit der
er im Ring seine Gegner zermürbt hatte, kniete er sich in seinen neuen Job, und es sah ganz so aus, als würde er es auch
darin zu etwas bringen.

Harlow Putty wurde in seiner Wohnung gefunden. Er lag
in seinem Bett, und sein Gesicht war sehr entstellt. Putty
wohnte in einem Apartmenthaus, verfügte über zwei Zimmer mit Kochnische und Bad und pflegte bei offenem Fenster
zu schlafen. Durch das offene Fenster war der Mörder
gekommen. Es gibt eine polizeiliche Anordnung in New
York, nach der alle Zimmer eines Hauses einen Notweg zur
Feuerleiter an der Rückfront haben müssen. Diese Anordnung hat den Kollegen vom Einbruch- und Morddezernat
schon viele Sorgen bereitet, denn bei über fünfundzwanzig

Prozent aller Verbrechen, die innerhalb einer Wohnung geschehen, sind der oder die Täter über die Feuerleiter eingedrungen. Über diesen bequemen Weg kam auch der Mörder Harlow Puttys, und auf die gleiche Weise verließ er den Tatort. Die Rückfront des Apartmenthauses blickte auf ein noch unbebautes Gelände, so daß er von hier Entdeckung kaum zu fürchten hatte.

Obwohl sich die Morde alle in New York oder in der nächsten Umgebung abgespielt hatten, ging nach der Tat an Harlow eine Welle von Erregung durch ganz Amerika. Der City Police wurde die ganze Sache zu haarig, und sie fragte höflich an, ob diese Verbrechen, mit deren Ausdehnung auf die Staaten man ja rechnen mußte, nicht eine Sache für den FBI, die Bundespolizei, sei.

Washington informierte den Chef des New Yorker Hauptquartiers, Mr. High, meinen Chef, daß er die Aufklärung der Boxer-Morde zu übernehmen habe. Die Mordkommission der Stadtpolizei lieferte Akten und Beweisstücke bei uns ab, Mr. High führte eine freundliche Unterredung mit Phil Decker und mir, und damit hatten wir die Boxer-Morde in den Händen oder, genauer gesagt, am Hals. Natürlich war uns die ganze Sache nicht gerade neu.

Phil und ich zogen uns mit den Aktenstößen in meine Wohnung zurück. Mr. High hatte uns den ganzen Nachmittag gegeben, und wir machten uns einen gemütlichen Abend damit.

Wir lasen jede Zeile und jedes Wort genau. Wir studierten die Fotos und bemühten uns, jede Einzelheit dem Gedächtnis einzuprägen. Dann tauschten wir die Unterlagen aus und lasen weitere zwei Stunden, nur ab und zu einen Schluck Whisky nehmend oder eine Zigarette rauchend.

Phil ließ als erster die Akte sinken.

»Fertig?« fragte er.

»'ne halbe Seite noch.«

Er steckte sich eine neue Zigarette an und wartete, bis auch ich die Akte zuklappte.

»Na?« sagte er fragend und stieß den Rauch aus.

Ich hatte eine prima Antwort. Ich zog ein wenig die Schultern hoch und sagte: »Tja!« Und dann trank ich.

Wir FBI-Männer neigen manchmal ein wenig dazu, auf einfache Polizisten herabzusehen, aber die brave Mordkommission hatte sich wirklich keines Versehens schuldig gemacht. Sie hatten alles getan, was in ihrer Macht stand, und es war nicht ihre Schuld, daß sie nichts gefunden hatten.

»Vier Morde, die ganz offensichtlich von dem- oder denselben Männern begangen wurden«, sagte ich nachdenklich, »müssen ein Motiv haben, nur ist noch keiner bisher darauf gekommen.«

Ich geriet ein wenig ins Dozieren.

»Wenn du deine Erbtante allein beerben willst, Phil, dann mußt du alle Leute umbringen, die sonst eventuell als Erben in Frage kämen. Alle deine Opfer weisen also ein Gemeinsames auf, sie wären alle mit deiner Tante verwandt. Die vier Opfer des Mörders weisen auch etwas Gemeinsames auf. Sie waren Berufsboxer. Also muß das Motiv der Tat in irgendeinem Zusammenhang mit ihrem Beruf stehen. Sie wurden getötet, weil sie Boxer waren.«

»Um Konkurrenten aus dem Wege zu räumen. Gut, das verstehe ich. Aber ›Panther‹ Al Yersey war eine Null, die jeder Anfänger umhauen konnte, ›Goody, die Gans‹ boxte seit Jahren nicht mehr, bei Laraby Pat stimmt deine Theorie, aber bei Harlow Putty stimmt sie wieder nicht, denn er war schon lange Bankangestellter, als er ermordet wurde.«

»Ich habe nicht behauptet, daß die Männer aus Konkurrenzgründen ermordet wurden. Ich habe nur gesagt, daß sie getötet wurden, weil sie Boxer waren oder gewesen sind. Es braucht sich nicht um eine so auf der Hand liegende Sache wie Konkurrenzneid zu handeln, es kann viel komplizierter und versteckter sein.«

»Was?« beharrte er.

Ja, was? Ich wußte keine Antwort auf diese Frage. Welche

Gründe konnte es geben, drei abgetakelte und einen aktiven Boxer zu erledigen?

Ich mußte Farbe bekennen.

»In Ordnung, Phil, ich weiß es auch nicht, aber diese Berichte«, ich legte die Hand auf die Aktenstöße, »haben sich eingehend damit befaßt, was die Ermordeten vierzehn Tage vor ihrem Tod betrieben haben, aber es steht kein Wort darüber darin, was vorher in ihrem Leben los war. Wir, Phil, werden uns zunächst einmal dafür interessieren, welches Leben die Männer vorher geführt haben. Morgen fangen wir damit an.«

Das Leben eines Boxers besteht im wesentlichen aus den Schlachten, die er im Ring ausgefochten hat. Ich weiß nicht, ob Sie sich für Boxen interessieren, aber vielleicht haben Sie schon einmal von dem ›Record‹ eines Boxers gehört. Das ist eine Liste, die er führt und in der alle seine Siege und Niederlagen verzeichnet stehen.

Wir gingen am frühen Morgen los, um uns die ›Records‹ der vier Männer zu beschaffen. Es war ganz einfach. Wir gingen zur Redaktion der Sportzeitung ›Ring frei‹. Nach einigem Palaver mit Portiers und Sekretärinnen wurden wir an den Archivar verwiesen, einen kleinen spitznasigen Mann mit von Büroluft gebleichter Haut, die eher in die Dachstube eines Dichters als in die Redaktion einer Sportzeitung gepaßt hätte. Er half uns sofort. Mit den Listen gingen wir ins Office.

Sie waren unfreundlich lang.

›Panther‹ Al Yersey lag an der Spitze. Er hatte einhundertvierunddreißig Kämpfe ausgefochten, davon hatte er die letzten fünfundzwanzig samt und sonders durch Knockout verloren.

Ihm folgte Laraby Pat mit einundneunzig Kämpfen. Sieg, Niederlage, Unentschieden hielten sich bei ihm die Waage.

Harlow Putty hatte vierundfünfzigmal im Ring gestanden, bevor er sich die Knöchel brach.

Letzter war Goody Ghose mit dreiundvierzig Kämpfen, davon die letzten vier im Schwergewicht.

Alle Boxer hatten im Mittelgewicht angefangen. Yersey, dem es zum Schluß nicht mehr darauf ankam, wer ihn schlug, hatte schließlich in allen Klassen aufwärts gekämpft.

Bei Laraby Pat teilte sich die Anzahl der Kämpfe ungefähr in Mittel- und Halbweltergewicht. Ghose hatte die Mittelgewichtsklasse früh verlassen, rund zwanzig Kämpfe im Halbschwergewicht ausgefochten, dann die vier Kämpfe in der höchsten Klasse. Einzig Harlow war immer Mittelgewichtler geblieben.

Und jetzt versuchten wir festzustellen, wer gegen wen gekämpft hatte, wer wen geschlagen hatte. Wir versuchten, aus den längst vergangenen Ringschlachten Beziehungen herauszufinden, durch die die einzelnen Opfer miteinander verknüpft waren. Natürlich hatten sie auch untereinander gekämpft. Ghose und Yersey hatten ein Unentschieden miteinander. Putty hatte den ›Panther‹ zum Anfang seiner Laufbahn k. o. geschlagen. Auch die Namen fremder Boxer tauchten in den vier Rekordlisten auf. Wenn man es sich bildlich vorstellte, so war es ein Knäuel von Fäden, das die vier Namen untereinander und mit einer Unzahl anderer Namen verband. Wir versuchten, dieses Knäuel aufzudröseln und aus den vielen Fäden den einen herauszufinden, an dem die vier Toten irgendwie hingen und der dann vielleicht der rote Faden dieser Morde werden konnte.

Glauben Sie nicht, daß das eine einfache Arbeit war. Wir legten lange Listen an. Wir versuchten uns sogar an einer grafischen Zeichnung, und wir beschäftigten uns an die zwanzig Stunden damit. Es wurde schon wieder Morgen, als wir den Namen fanden, den Namen des Mannes, der in allen vier Kampflisten vorkam: Cross Crower.

Unsere Müdigkeit, die bei der eintönigen Arbeit langsam von uns Besitz ergriffen hatte, verflog.

Cross Crower! Al Yersey hatte ihn vor rund drei Jahren in der vierten Runde ausgeknockt. Er befand sich damals schon auf dem absteigenden Ast, aber er gewann von Zeit zu Zeit noch einen Kampf. Von Goody Ghose war Crower etwas später in der ersten Runde umgepustet worden. Laraby Pat hatte ihn in zehn Runden zu einem Bündel verarbeitet, und Harlow Putty hatte ihn kalt und berechnend ausgeboxt. Wir gaben uns damit noch nicht zufrieden. Wir suchten weiter, aber dann stand das Ergebnis fest. Cross Crower war der einzige Mann in den Listen, der nicht nur gegen alle vier geboxt, sondern auch von allen vier geschlagen worden war.

Wir schoben den Papierwulst, den wir inzwischen fabriziert hatten, zur Seite. Phil schnippte seinen Zigarettenrest in den überquellenden Aschenbecher. Er stand auf, um das Fenster zu öffnen. Das Grau des New Yorker Morgens quoll ins Zimmer. Ich löschte die Tischlampe.

»Cross Crower«, wiederholte Phil den Namen für sich und kam vom Fenster zurück. »Kennst du den Namen?«

»Nie gehört. Scheint keine große Leuchte in seinem Fach gewesen zu sein.«

»Sein letzter Kampf liegt mehr als zweieinhalb Jahre zurück.«

»Er kann gegen andere Leute im Ring gestanden haben«, warf ich ein.

»Hältst du es für möglich, daß diese Morde aus Rache begangen worden sind? Weil Cross Crower sportliche Wettkämpfe verlor?«

»Ich weiß nicht. Es ist ein Name, der vielleicht eine Beziehung, eine Spur bedeutet«, antwortete ich.

Um was über Cross Crower zu erfahren gingen wir zum Chefredakteur von ›Ring frei‹. Er wollte natürlich wissen, was wir vorhätten, aber wir sagten kein Wort. Das machte ihn wütend. Schweigend blätterte er in seinen Unterlagen.

Dann blickte er auf, überrascht und höhnisch zugleich.

»Ich sehe«, sagte er, »Cross hat zu Lebzeiten gegen die vier gekämpft und verloren. Sie vermuten, er sei der Täter. Aus Rache, nicht wahr?«

»Können wir die Unterlagen haben?« fragte ich.

Er klappte den Ordner zusammen, schob ihn uns über den Schreibtisch zu. Jetzt grinste er.

»Wahrscheinlich werden Sie ihn jetzt vernehmen wollen, nicht wahr? Viel Erfolg, meine Herren. Viel Erfolg.«

Wir standen auf und gingen zur Tür.

Er sprach immer noch. »Wundern Sie sich nicht, daß ich Sie nicht bitte, bei der Vernehmung dabeizusein? Wäre doch ein gefundenes Fressen für einen Reporter. Nun, ich verzichte darauf. – Warten Sie, ich gebe Ihnen seine augenblickliche Adresse an. – Gehen Sie zum Michigan-Friedhof. Dort finden Sie ihn, aber ich fürchte, er wird auf Ihre Fragen nicht antworten.«

Bums, wir standen an der Tür wie angenagelt.

»Cross Crower kam vor etwas mehr als zwei Jahren bei einem Autounfall ums Leben«, beendete der Redakteur seinen höhnischen Speech.

Ich behielt meine Ruhe. Ich ging nur auf den Schreibtisch zu und sagte freundlich: »Danke für die Auskunft. Und bitte, lassen Sie es sich nicht einfallen, jetzt einen großen Artikel zu starten, vielleicht mit der Überschrift: Polizei verdächtigt toten Boxer der ›Boxer‹-Morde! Ha, ha, ha! Ich könnte sonst mal Boxer mit Ihnen spielen. Auf Wiedersehen.«

Wir setzten uns an die Bar des nächsten Drugstore und blätterten in der Archivakte. Es war eine ganze Sammlung aller Artikel, die je über Cross Crower geschrieben wurden, dazu sein Lebenslauf und eine Anzahl von Bildern. Er schien ein netter blonder Junge gewesen zu sein, dem es nicht leichtfiel, für die Bilder das übliche bärbeißige Boxergesicht zu schneiden.

Seine Lebensgeschichte und die Story seiner Laufbahn waren so das übliche. In New York geboren und zur Schule gegangen, fiel er schon in der Schulriege als Boxbegabung auf, und er erkämpfte sich schöne Erfolge als Amateur, wurde Profi und begann eine Karriere, die sich so anließ, daß ihm die Weltmeisterkrone im Mittelgewicht in Reichweite schien. Dann gab es die erste Niederlage, einen Sieg, ein Unentschieden, Niederlage, Niederlage, Niederlage, und er rutschte ab in das große Heer der Boxer mittlerer Qualität. Als er schon ganz unten war und sich ein rundes Dutzend Niederlagen eingehandelt hatte, passierte der Auto-unfall. Ein knapper Nachruf, und niemand sprach mehr von Cross Crower, bis wir ihn ausgruben.

Phil hatte, während ich las, an seinem Drink genuckelt.

»Na?« fragte er, als ich die Akte schloß.

»Tot ist er«, antwortete ich.

»Bestimmt? Ich kenne eine Menge Verkehrsunfälle, die gestellt waren und bei denen ein Mann umkam, der alles andere, nur nicht der Besitzer des Wagens war, obwohl er alle Papiere bei sich trug.«

»Scheint bei Crower nicht zuzutreffen. War kein Unfall mit Sturz in den Abgrund und verbranntem Wagen ein-schließlich Insassen, sondern ein Zusammenstoß mitten in New York, noch dazu mit einem Omnibus der Stadt. Nein, tot scheint Cross Crower wirklich zu sein.«

»Also ein Irrtum«, sagte Phil und warf den zerkauten Strohhalm fort.

»Vielleicht ist es doch der richtige Tip. Ich lese dir einen Zeitungsartikel vor, der nach seinem vierten Kampf geschrieben wurde.« Ich schlug den Ordner wieder auf, suchte die Stelle und las vor: »Die Art, in der Crower seinen Gegner zu Boden schmetterte, war überzeugend. Dieser Junge verfügt über eine Mordfaust, gegen die es keine Ret-tung gibt. Ich fragte mich, ob seine Partner im Ring nicht ris-kieren, von ihm totgeschlagen zu werden, und ich garan-tiere, daß wir von ihm und seiner mörderischen Faust in der nächsten Zeit noch eine Menge hören werden.«

Ich sah Phil an.

»Das wurde vor vier Jahren geschrieben. Der Journalist war ein Prophet. Er hat sich nur in der Zeit ein wenig vertan. Der Ausdruck Mordfaust kommt im Zusammenhang mit Cross Crower noch ein paarmal vor. Einige Zeit scheint man ihn sozusagen den ›Mann mit der Mordfaust‹ genannt zu haben, wie Al Yersey der ›Panther‹ genannt wurde oder Joe Louis ›der braune Bomber‹ oder Paolino ›der baskische Holzfäller‹.«

»Ich verstehe«, antwortete Phil. »Die Mordfaust. Darum waren die Opfer so zugerichtet, aber die nackte Faust eines Mannes kann einen Menschen nicht so zurichten, wie Yersey und die anderen aussahen.«

Ich zuckte mit den Schultern. »Die Ärzte haben festgestellt, daß sie durch Verletzungen des Gesichtes und des Kopfes, herbeigeführt von einem oder mehreren Schlaginstrumenten, gestorben sind.«

Phil wurde ganz aufgeregt.

»Hör zu, Jerry«, sagte er. »Ich habe eine verrückte Idee. Wenn ich deine Vermutungen richtig verstanden habe, dann heißt das: Irgendwer in New York hält sich für Cross Crower, der längst tot ist, glaubt sich mit einer Mordfaust begabt und zieht aus, um alle die Boxer zu besiegen, die gegen Cross gewonnen haben. Die Psychologen nennen das Ersatzhandlungen, und die Irrenärzte sagen Schizophrenie dazu.«

Ich lachte. »Phil, ich stamme aus Connecticut, und wir hatten weder ein College noch 'ne Irrenanstalt in unserem Dorf, und wenn wir in der Schule etwas verbrachen, dann wurden wir nicht mit Psychologie behandelt, sondern durchgehauen. Aber eines liegt auf der Hand. Solange der Mann nicht gefaßt ist, der die vier Boxer tötete, solange sind alle Männer bedroht, die Cross Crower jemals schlugen.«

»Und?«

»Einen Mörder zu fassen ist die eine Seite unserer Aufgabe. Sein vermutlich nächstes Opfer zu schützen die andere und im Augenblick die dringendere.«

Da wir Crowers ›Record‹ besaßen, war es ein leichtes, festzustellen, gegen wen er verloren hatte. Insgesamt waren es zwölf Kämpfe. Der Vorsicht halber berücksichtigte ich auch die beiden Boxer, gegen die es nur zu einem Unentschieden gekommen war. Unsere Liste umfaßte dreizehn Namen, davon waren vier Männer tot. Zwei weitere waren eines natürlichen Todes gestorben, und einer befand sich in Südamerika. Blieben sechs Namen, von deren Trägern nur noch fünf aktiv boxten. Noch am Abend desselben Tages machten sich sechs FBI-Beamte auf den Weg, um diese sechs Männer für den nächsten Morgen zu einer Zusammenkunft in das Hauptquartier des FBI zu bitten.

Als wir, Mr. High, Phil und ich, um zehn Uhr den Raum betraten, in den man die sechs Boxer gebeten hatte, mußten wir alle drei unwillkürlich lächeln. Eine solche Versammlung von breitschultrigen Männern sah man sonst eigentlich nur auf den Tagungen der Schwerathletikvereine. Ein Schwarzer war unter den sechsen und ein Mann, der bereits einmal um die Weltmeisterschaft gekämpft hatte.

Ich stellte mich auf das etwas erhöhte Podium, wartete, bis Ruhe eingetreten war, und sagte: »Ich danke Ihnen, daß Sie alle erschienen sind. Es ist eine ziemlich ernste Angelegenheit, wegen der ich Sie bitten ließ. Sie alle wissen, daß im Laufe eines halben Jahres vier Ihrer Kollegen ermordet wurden. Es besteht Grund zu der Annahme, daß sie getötet wurden, weil sie den Boxer Cross Crower im Ring besiegt hatten.«

Durch die Versammlung lief eine Bewegung. Der Schwarze rollte seine Augen und schien nachzudenken.

»Ich sehe, daß Sie sich an alle Ihre Kämpfe zu erinnern versuchen, um zu wissen, ob ein Kampf gegen Crower dabei war. Ich kann es Ihnen sagen. Sie alle haben Cross Crower einmal im Ring besiegt.«

Jetzt lief eine noch stärkere Bewegung durch die sechs. Der ehemalige Weltmeisterkandidat, jetzt Besitzer eines prachtvollen Nachtlokals, rief: »Und warum verhaftet ihr den Burschen nicht?«

»Cross Crower ist seit mehr als zwei Jahren tot.«

Der Schwarze lachte glucksend, verstummte aber sofort wieder, als sei er über sein eigenes Lachen erschrocken.

»Ich sagte Ihnen schon, es bestehe Grund zur Vermutung, daß ein Sieg über Crower heute, nach mehreren Jahren, gefährlich zu werden beginnt«, fuhr ich fort. »Die Gründe, die uns zu dieser Annahme veranlassen, brauchen Sie nicht zu interessieren. Ich wollte Ihnen nur mitteilen, daß Sie ab sofort unter Bewachung des FBI stehen. Diese Bewachung wird so durchgeführt, daß Sie nicht behindert werden. Wir bitten Sie aber auch, den Beamten ihre Arbeit nicht dadurch zu erschweren, daß Sie sie abzuschütteln versuchen. Ich stelle Ihnen jetzt die G-men vor, die für den einzelnen eingeteilt sind. Für jeden von Ihnen sind zwei Mann vorgesehen, die sich ablösen werden. Sagen Sie unseren Leuten bitte Bescheid, wenn Sie mit dem Auto irgendwo hinfahren, oder benutzen Sie, wenn Sie in ein Warenhaus gehen, bitte denselben Ausgang, durch den Sie hineingegangen sind und so weiter.«

Ich machte die Boxer mit ihren Beschützern bekannt.

Der Schwarze kam zu mir und fragte: »Hören Sie, ich habe einen Landsitz an der Küste. Glauben Sie, ich wäre dort auch gefährdet? Ich hätte Lust, hinzufahren, bis ihr den Mörder geschnappt habt.«

»Tut mir leid«, antwortete ich. »Ich weiß nicht, ob Sie an einem Platz außerhalb New Yorks in Sicherheit sind. Wir sind wirklich über das Stadium der Vermutungen noch nicht hinausgekommen und wissen nichts über die Absichten des Mörders, geschweige denn über sein Aussehen oder gar sein Bedürfnis nach Luftveränderung.« Ich wandte mich wieder an alle: »Wir haben noch eine Bitte an Sie. Geben Sie keine Informationen an die Presse. Sie würden unsere Arbeit dadurch nur erschweren. Dies ist eine dringende Bitte, und ich wäre Ihnen wirklich dankbar, wenn Sie sie erfüllen würden.«

Es war wieder der ehemalige Weltmeister, der eine Antwort gab. »Ich verstehe!« rief er in ziemlich gehässigem Ton. »Sie fürchten, wenn die Zeitungen über die Bewachung schreiben, könnte auch der Mörder es lesen. Das würde ihn natürlich davon abhalten, sich an uns heranzumachen. Sie aber hoffen, daß wir den Lockvogel für den Burschen abgeben, damit Sie ihn fangen.«

»Das ist absoluter Unsinn«, entgegnete ich ruhig. »Ich weiß nicht mal, ob der Mörder lesen kann. Ich bat Sie einfach deshalb, weil es die Überwachung erschwert, wenn Dutzende von Journalisten um jeden einzelnen von Ihnen herumwimmeln. Ich danke Ihnen, Gentlemen.«

Alles andere als gut gelaunt, schoben sich die Boxer aus dem Zimmer, mit ihnen die Beamten, die zu ihrer Bewachung vorgesehen waren. Ich wischte mir den Schweiß von der Stirn.

»Ich glaube, ich habe kein besonderes Talent zum Volksredner«, sagte ich.

»Es war alles in Ordnung, was Sie ihnen sagten, Jerry«, lächelte Mr. High. »Ich fürchte nur, Ihrer Bitte in bezug auf die Presse werden sie nicht nachkommen.«

Leider behielt er recht. Schon die Spätausgaben brachten die ersten Berichte unter Schlagzeilen wie:

FBI läßt bedrohte Boxer beschatten!

Oder:

Gefahr für jeden, der gegen Cross Crower kämpfte!

Die Telefonzentrale erlebte einen Ansturm von Anrufen, die Sensationswogen gingen hoch.

Natürlich hatte der ehemalige Weltmeister gar nicht so falsch geraten, als er uns verdächtigte, wir würden ihn und die anderen als Lockvögel gebrauchen. Es stimmte zwar nicht im Motiv, aber in der Sache. Wir hielten diese Leute für gefährdet und schützten sie. Wenn sie dennoch angegriffen wurden, so bestand natürlich Aussicht, daß wir den Angreifer fingen. Unsere Leuten hatten die Anweisung, die Beschattung möglichst unauffällig zu gestalten, und wir hatten im Hauptquartier einen Alarmdienst eingerichtet, bei dem sich entweder Phil oder ich ständig in Reichweite des Telefons aufhielt.

Wir erlebten außerdem in den nächsten vier Tagen und Nächten insgesamt neun Alarmierungen, die erfolgten, weil unseren Bewachern in der Nähe unserer Schützlinge irgendwelche Leute als verdächtig erschienen waren. Fünf davon nahmen wir vorübergehend in Haft, aber alle stellten sich als völlig harmlos heraus.

In der fünften Nacht nach dem Beginn der Überwachungsaktion hatte ich Dienst. Ich hatte auf der Couch in meinem Dienstzimmer geschlafen, war um sieben Uhr aufgestanden, war hinuntergegangen in die Duschräume und hatte mir aus der Kantine ein Frühstück mitgebracht.

Ich kaute auf meinem Brötchen herum, als das Telefon klingelte. Am anderen Ende der Strippe war das 15. Revier, das ein Viertel in der Bowery betreut. Der Mann, der mich anrief, schien ein reichlich umständlicher Bursche zu sein, denn er vergewisserte sich erst, ob ich der Bearbeiter der Boxer-Morde sei.

»Wir hatten einen Mord heute nacht im Bereich unseres Reviers, Sir«, meldete er dann.

Ich schluckte den Brötchenbissen, den ich im Mund hatte, unzerkaut hinunter.

»Los, berichten Sie!« fauchte ich.

»Es steht mir ja kein Urteil zu, Sir«, stotterte der Polizist, »Aber ich finde, es sieht eigentlich sehr nach einer Tat des Boxer-Mörders aus. Sein Kopf ... ist nämlich ... furchtbar verletzt.«

Ich griff mit der linken Hand schon nach meiner Jacke.

»Die Adresse?« rief ich.

»143. Straße, Haus Nummer 17.«

Ich feuerte den Hörer auf die Gabel und hetzte los. In der Tür stieß ich mit Phil zusammen, packte ihn am Ärmel und zog ihn mit.

»Wenn dieser Revierhäuptling nicht Kohl erzählt hat«, unterrichtete ich ihn, »dann hat unser Killer erneut zugeschlagen.«

Wir rasten die Treppen hinunter.

Für einen armen G-man leiste ich mir einen ziemlichen Luxus. Ich besitze einen roten Jaguar-Sportwagen, der so ziemlich alles an Autos schlagen kann, was in New York auf vier Gummirädern herumsaust.

Der Pförtner öffnete das Haupttor, während wir noch über den Hof liefen. Ein Druck auf den Knopf, der Motor brummte auf, Gang rein, Fuß aufs Gaspedal, Sirenenschaltung eingelegt, und wie eine befreite Wildkatze federte der Wagen aus der Garage. Mit quietschenden Reifen radierten wir über das Hofpflaster in die Linkskurve zum Tor hinaus und sofort in die Rechtskurve auf die Straße.

Ich kenne New York wie meine Westentasche. Verbinden Sie mir die Augen, fahren Sie mich kreuz und quer durch die Stadt und stellen Sie mich nachts auf irgendeiner Straße ab, ich sage Ihnen, wo wir uns befinden.

Obwohl ich den Jaguar scheuchte, so gut es ging, brauchten wir doch fünfzehn Minuten bis in die Bowery. Die 143. Straße war eine der wenigen erfreulichen Straßen dieses Viertels. Sie lag ganz draußen und war erst neuerdings angelegt worden. Links und rechts war sie mit diesen komischen Holzhäusern bepflastert, die man bei uns in den Staaten beim Versandgeschäft bestellen kann. Zehn Tage nach Absendung der Bestellung kommt ein großer Laster, bringt sechs Burschen und eine Masse vorgefertigtes Zeug mit, und wenn die Burschen sich am Abend trollen, steht das Haus da.

Genauso ein Haus war Nummer 17. Holz, weißer Gartenzaun, Rasen im Vorgarten, drei Steinstufen zum Eingang.

Zu der Sirene drückte ich auf die Hupe, damit diese Menge von Neugierigen endlich auf die Seite ging. Es gab eine ganze Anzahl von Polizisten, auch mehrere Wagen der Mordkommission der City Police of New York. Reporter hatten sich auch eingefunden, und einer von ihnen blitzte uns.

»Laßt den Unsinn, Jungs«, knurrte ich und schob ihn zur Seite. Ich las den Namen am Briefkasten, als ich durch die kleine Zauntür den Vorgarten betrat:

Lewis Neston.

Der Tote lag im Vorgarten, nahe den drei Stufen, die zum Haus hinaufführten. Eine Anzahl Leute von der Mordkommission standen herum, darunter Lieutenant Brack, der der stellvertretende Leiter war.

»Hallo, Cotton!« begrüßte mich Brack. »Wir haben noch nicht viel unternommen. Wenn es ein ›Boxer‹-Mord ist, steht Ihnen die Leitung zu, und wir wollen Ihnen nicht ins Handwerk pfuschen.«

»Ist es einer?«

Der Lieutenant zuckte mit den Schultern. »Ich denke, ja, aber sehen Sie sich ihn selber an, und entscheiden Sie dann.«

Sie hatten den Toten zugedeckt. Jetzt bückte sich einer der Beamten und schlug die Decke zurück. Ich hatte die Fotografien der anderen Opfer gesehen. Es war ein ›Boxer‹-Mord, wie Brack es genannt hatte.

»In Ordnung, Brack«, sagte ich. »Ich fürchte, es schlägt in unser Ressort.«

Wir bekamen sehr rasch ein Bild davon, wie die Tat geschehen sein mußte. Zwei Schritt vor den Stufen zum Haus stand ein großer Wacholderbusch. Dahinter hatte sich der Täter verborgen. Der niedrige Gartenzaun bot kein ernsthafte Hindernis. Er hatte gelauert, bis dieser Mann, Lewis Neston, nach Hause kam, hatte ihn angefallen, wahrscheinlich von hinten, denn keiner der Nachbarn hatte einen Schrei gehört. Der erste Schlag schon mußte den armen Burschen ohnmächtig gemacht haben, und es blieb die grausige Gewißheit, daß der Killer seinen bestialischen Mord an einem Wehrlosen begangen hatte.

Wir fanden eine Spur, zum erstenmal eine gewissermaßen persönliche Spur des unheimlichen Mörders. Hinter dem Wacholderbusch fanden sich Eindrücke zweier Füße in dem weichen Gartenboden, nur diese zwei Eindrücke, als habe der Mann vom Kiesweg aus einen Schritt hinter den Strauch

getan und sich dann nicht wieder gerührt. Bracks Spuren-
experte fertigte zwei saubere Gipsabdrücke an.

Wir aber, nachdem wir sicher sein durften, daß nichts in
der Nähe der Tatstelle unserer Aufmerksamkeit entgangen
war, machten uns daran, uns ein Bild von dem Leben und
der Art des Lewis Neston zu verschaffen. Wir verhörten
dazu die Nachbarn. Es dauerte bis in den Abend hinein, und
das Interessanteste, das wir dabei erfuhren, war im Grunde
genommen, daß es im Leben des Mannes nichts Interessantes
gab.

Er war Angestellter einer Speditionsgesellschaft gewesen,
zweiunddreißig Jahre alt, unverheiratet, sehr fleißig, sehr
sparsam, sehr zurückgezogen lebend. Das Haus hatte er vor
einem halben Jahr bezogen. Dreimal in der Woche pflegte er
spät nach Hause zu kommen, denn an zwei Abenden führte
er kleinen Geschäftsleuten die Bücher, am dritten kegelte er
in einem Gesellschaftsklub. Er sammelte außerdem Brief-
marken und war ein sehr guter Gärtner, aber eins war er mit
Sicherheit nicht gewesen: ein Boxer. Seit er von der Schule
abgegangen war, seit seinem achtzehnten Lebensjahr also,
arbeitete er im Speditionsfach und hatte nie in einem Ring
gestanden.

Im allgemeinen hat man die Vorstellung, daß die Polizei
nach einem Verbrechen eine fieberhafte Tätigkeit entfaltet.
Ich hätte mich ja gern fieberhaft entfaltet, wenn ich nur
ungefähr gewußt hätte, in welche Richtung.

Wir fuhren langsam in meinem Jaguar zurück.

Um uns brodelte New Yorks Abendverkehr. Hunderttausende von Leuten, die nach der Arbeit ihren Wohnungen
zustrebten, um sich auszuruhen, oder irgendwelchen Lokalen, um sich zu vergnügen. Ich hatte die Vorstellung, daß
unter diesen Hunderttausenden, ja Millionen ein Mann herumlief, der eine Serie von Verbrechen auf dem Kerbholz
hatte, der vielleicht schon das nächste vorbereitete. Die Vorstellung wurde fast zur Zwangsvorstellung. Ich blickte die
Menschen auf den Bürgersteigen an, als könnte ich ihn unter

ihnen herausfinden, bis ich mich selbst dabei erwischte und wieder wütend auf die Fahrbahn sah.

Phil saß neben mir und rauchte. Er sprach nichts und feuerte nur einen Zigarettenstummel nach dem anderen hinaus.

Wir brachten den Wagen in den Hof des Distriktgebäudes und bummelten zu Fuß nach Hause.

Ich machte meinem Herzen Luft.

»Ich habe ungefähr so ein Gefühl«, sagte ich, »wie ein Mann, dem ein Mädchen alle Hoffnungen gemacht hat. Am anderen Tag dann sieht er sie im Arm eines anderen. Der Mann, den wir suchen, tötete vier Boxer. Wir fanden, daß es Berufssportler waren, die alle einen bestimmten Berufsboxer geschlagen hatten. Damit glaubten wir, das Motiv der Taten zu haben, und jetzt fällt ihm ein fünfter Mann zum Opfer, der wahrscheinlich nicht einmal wußte, daß ein Ring viereckig ist.«

»Ich denke, wir sollten die Theorie aufgeben, daß der Killer nur Boxer tötet«, sagte Phil unzufrieden. »Warum nehmen wir nicht an, daß es sich um eine dieser krankhaften Naturen handelt, die töten um des Tötens willen? Es wäre schließlich nicht der erste Fall in der Kriminalgeschichte. Daß ihm zunächst Boxer zum Opfer fielen, war ein Zufall.«

Wir hatten meine Wohnung erreicht, ich schüttelte den Kopf.

»No, Phil, ich halte es für umgekehrt richtig. Daß ihm ein Mann zum Opfer fiel, der kein Boxer war, das ist ein Zufall. Irgendwie hat unser Geheimnisvoller Beziehungen und Verbindungen zu den Leuten, die sich damit ihr Geld verdienen, daß sie andere Leute verprügeln. Wir werden in dieser Richtung weitersuchen.«

Ich gab ihm die Hand, wünschte ihm eine gute Nacht, und wir trennten uns.

Ich kam am anderen Morgen früh in mein Büro, aber Phil war schon da. Er saß am Schreibtisch und drehte einen weißen Gegenstand in den Händen.

»Hallo, Jerry«, grüßte er. »Wenn diese Spuren tatsächlich von dem Mann stammen, der Neston und alle anderen tötete, dann kann der Killer nicht ein so riesenhaftes Ungeheuer sein, wie die New Yorker es sich vorstellen.«

Ich warf den Hut an den Haken, nahm den zweiten Gipsabdruck der Fußspuren aus dem kleinen Garten in der 143. Straße.

»Das technische Labor hat bereits einen Bericht dazu geliefert«, fuhr Phil fort. »Hier ist er. Der Bursche hatte Schuhgröße einundvierzig. Die Schuhe waren in schlechtem Zustand, die Absätze stark schief, die Sohlen an zwei Stellen durchlöchert. Ich frage mich, wie die Burschen vom Labor das herausbekommen haben. Ich kann an dem Abdruck nichts erkennen.«

»Einundvierzig«, murmelte ich nachdenklich. »Eine kleine Nummer für einen Mann, dennoch ist er fähig zu Mordhieben.«

»Immer noch bei Cross Crower?« fragte Phil und zog die Augenbrauen hoch.

Bevor ich antworten konnte, läutete das Telefon. Ich nahm ab. Mr. High war am Apparat.

»Guten Morgen, Jerry«, sagte er. »Ich habe Besuch hier, der sich über Sie beklagt. Ein Mr. Taylor.«

»Tut mir leid, Chef. Kenne ich nicht.«

»Er ist Chefredakteur der Sportzeitung ›Ring frei‹. Sie hätten ihn bedroht, behauptet er.«

Ach so, es handelte sich um den Journalisten, der uns mit Material über Crower und die anderen versorgt hatte und dem wir so schnöde die Gegenleistung versagt hatten.

»Vielen Dank, Mr. High. Ich komme gleich rüber.«

Ich ging ins Chefzimmer im ersten Stock. Der kleine spitznasige Mann saß vor Mr. Highs Schreibtisch und musterte mich ziemlich feindlich, als ich eintrat.

»Sie kennen sich ja«, sagte Mr. High. »Also, Jerry, Mr. Taylor behauptet, Sie hätten ihn arglistig hintergangen und sogar bedroht.«

»Okay, Chef«, antwortete ich. »In gewisser Hinsicht stimmt es, wenn man zimperlich ist. Falls es Mr. Taylor befriedigt, entschuldige ich mich bei ihm. Entschuldigen Sie also, Mr. Taylor.«

Der Redakteur fuhr aus seinem Sessel hoch.

»Vielen Dank«, fauchte er. »Natürlich ist die Sache für Sie damit erledigt. Eine Entschuldigung kostet ja nichts, aber wissen sie, was es mein Blatt gekostet hat, daß ich mich von Ihnen habe einschüchtern lassen? Ich habe die Cross-Crower-Geschichte nicht veröffentlicht, weil Sie es wollten, obwohl ich sie früher in der Hand hatte als alle anderen Zeitungen. Ich war fair, aber Sie waren nicht fair, denn Sie haben die Veröffentlichungen anderer Zeitungen nicht verhindert. Alle Zeitungen haben über Crower geschrieben, nur ›Ring frei‹ nicht. Als wir endlich damit herauskamen, waren wir längst überrundet.«

Ich hatte mir den Journalisten, während er tobte, sehr genau angesehen. Gut, der Bursche war einer dieser elenden Zeitungsschreiber, aber einiges in seinem Gesicht gefiel mir. Er machte irgendwie den Eindruck, als könne man sich auf ihn verlassen. Ich ließ ihn sich austoben, zog mir in Ruhe einen Sessel heran, und als er sich endlich wieder setzte, hielt ich ihm eine längere Rede.

»Hören Sie, Taylor, ich brauche einen Mann, der im Boxgeschäft ganz genau Bescheid weiß, und zwar nicht nur, wie es zur Zeit läuft, sondern alles kennt, was in den letzten fünf Jahren darin passiert ist. Der Mann muß jede Beziehung der einzelnen Leute untereinander kennen. Er muß genau wissen, welche Manager die Fäden in der Hand haben und wer der Mächtigste unter ihnen ist. Sind Sie der Mann, Taylor?«

Er hielt den Blick auf den Boden gerichtet.

»Ich soll Ihnen helfen?« fragte er.

»Genau, aber Sie brauchen es nicht umsonst zu tun. Wenn wir den Mörder gestellt haben, dann erhielt Ihre Zeitung eine Exklusivreportage, die den Crower-Verlust wettmacht.«

Sein Kopf fuhr hoch. Er lächelte, aber sofort wurde sein Gesicht wieder ernst.

»Nett von Ihnen, Cotton«, sagte er, »aber das ist kein Job für mich. Ich habe eine Frau und zwei Kinder.«

»Ist die Beratung der Polizei in Sportfragen so gefährlich?«

»In diesem Sport, ja! Denn dieser Sport ist außerdem ein Wespennest.«

»Wieso?« Diese Zwischenfrage stellte Mr. High.

Taylor wollte offensichtlich nicht mehr antworten. Nervös trommelte er mit den Fingern auf der Sessellehne.

»Mag sein, daß es höchste Zeit wird, in dieses Wespennest zu stechen«, sagte er, »aber ich bin nicht der Mann dazu, es zu tun. Trotzdem will ich Ihnen helfen. Ich habe einen jungen Burschen in der Redaktion der Zeitung, Robert Trown. Er macht die kleinen Berichte über Amateurkämpfe und so weiter, aber der Junge hat Ehrgeiz und die Nase tief in Dinge gesteckt, die ihn nichts angehen. Vor ein paar Monaten kam er mit einer fertigen Reportage über die Drahtzieher im Boxgeschäft zu mir. Ich habe ihn hinausgeworfen, obwohl bestimmt neunzig Prozent der Dinge, die er berichtete, Tatsachen waren. Ich konnte es nicht riskieren, daß die Redaktion des ›Ring frei‹ Feuer fängt, daß unsere Zeitungsboten zerhauen werden und daß der verantwortliche Redakteur, nämlich ich, an Bleivergiftung stirbt. Trown ist jung. Vielleicht riskiert er es, mit Ihnen zusammen gegen die Manager zu ziehen. Vom Boxen und von den Hintergründen weiß er sicherlich mehr als ich. Aber ich sage es Ihnen gleich. Seine Aussichten, mit heiler Haut davonzukommen, sind schlecht. Selbst Ihre sind nicht gut, aber Sie können wenigstens zurückschießen. Er jedenfalls ist mit Sicherheit geliefert, wenn bekannt wird, daß er der Lieferant des Materials ist.«

»Okay, ich denke, er wird nicht gleich umgebracht werden, wenn ich mich ein wenig mit ihm unterhalte. Kann ich ihn sehen?«

Taylor stand auf. »Gegenüber unserer Redaktion ist ein

kleiner Drugstore. Wenn Sie mitkommen wollen, können Sie dort auf ihn warten. Ich schicke ihn.«

Ich sah Mr. High an. Der Chef nickte. Er war einverstanden. Wir verabschiedeten uns.

Eine halbe Stunde später saß ich in dem Drugstore und wartete auf Robert Trown. Ein großer, hellblonder Mann von ganz schöner Schulterbreite trat an meinen Tisch. Er mochte siebenundzwanzig oder achtundzwanzig Jahre alt sein.

»Mr. Cotton?« fragte er. »Ich bin Robert Trown.«

»Hat Ihnen Mr. Taylor gesagt, worum es sich handelt?«

Er setzte sich und nickte.

»Hat er Ihnen auch gesagt, daß Sie sich dabei die Nase verbrennen können?«

Trown lachte. »Das sagte er schon vor Monaten, als ich mit meinem Artikel bei ihm anrückte.«

»In Ordnung, Trown. Um es kurz zu machen: Ich will Hintergründe kennenlernen.«

Ich bot ihm eine Zigarette an. Er dankte und lehnte sich zurück.

»Es gibt drei Männer in der Bowery. Sie machen das Geschäft. Ihre Namen: Stenton Shine, Lesby Firestone, John Goodman. Sie betreiben in der Bowery sogenannte Sportschulen. Sie gehen durch die Straßen und sehen den Schuljungen bei den Raufereien zu. Sie stehen am Rande, wenn junge Männer Kisten verladen. Sie bummeln über die Hafenkais, die Zigarre im Mund, und beobachten die Hafenarbeiter. Und manchmal nehmen sie die Zigarre aus dem Mund, klopfen so einem Burschen auf die breite Schulter und knurren: ›Hallo, Boy, denke, du bist zu schade für diesen Job. Komm zu mir, ich mache einen erstklassigen Fighter aus dir.‹ Der arme Bursche vom Hafen oder von der Straße sieht seine Chance. Was schert ihn der Fetzen Papier, auf dem er unterschreibt, daß sein Gönner das Recht auf sein gesamtes Management hat. Er arbeitet tagsüber und trainiert abends, eisern, fleißig, verbissen. Sie kennen das Wort von dem gefährlichen ›hungrigen‹ Boxer. Diese Jungen sind alle hungrig.«

Trown machte eine kurze Pause.

»Der Sportschulenbesitzer steht dabei und sieht zu. Manchmal geht er zu einem hin, der sich gerade am Sandsack abarbeitet und brummt: ›Hau ab, Joe. Aus dir wird nichts.‹ Manchmal sagt er: ›Hallo, Jonnie, Montag arrangiere ich deinen ersten Kampf.‹ Das ist der Augenblick, in dem der Vertrag wirksam wird. Der Jung muß in den Ring. Er muß boxen, wie es ihm befohlen wird. Von dieser Stunde an ist er nicht mehr Herr seiner Laufbahn, kaum Herr seines eigenen Ichs. Oft gewinnt er ganze Serien von Kämpfen, dann wird er geschlagen, muß sich schlagen lassen, weil seinem Boß ein anderer Boxer förderungswürdiger erscheint. Ist ihr Mann groß genug, dann wird er verkauft. Genauer gesagt wird natürlich nur der Vertrag verkauft, an einen Manager, der im großen Boxgeschäft zu Hause ist, aber eigentlich unterscheidet sich diese Art des Handels nicht sehr vom Sklavenhandel alter Zeiten. Es werden oft hunderttausend Dollar für einen guten Mann gezahlt. Von diesem Augenblick an ist der Boxer in etwa frei. Sein neuer Manager wird zwar an seinen Börsen kräftig partizipieren, aber er wird ein ehrliches Interesse haben, seinen Mann wirklich groß zu machen. Er wird ihm nicht mehr befehlen, zu verlieren, sondern er wird alles tun, um seinen Schützling zur Weltmeisterschaft zu bringen. Der alte Boß aber, der Sportschulenbesitzer, legt ihm die Hand auf die Schulter und sagt zum Abschied: ›Alles Gute, mein Junge, und . . .‹ Der Boxer weiß, dieses ›und‹ bedeutet Schweigen. Es bedeutet den Tod, wenn er den Mund nur zu einem Wort über seine wahre Laufbahn öffnet.«

Er schwieg. »Danke, Trown«, sagte ich. »Sie meinen also, Shine, Firestone und Goodman, das wären die richtigen Leute?«

»Ja.«

Ich telefonierte vom nächsten Telefon aus mit Phil, informierte ihn und nannte ihm die Adresse, zu der ich mich jetzt begeben würde. Er konnte hinkommen und ein wenig aufpassen. Dann pfiff ich einem Taxi.

Die 115. Straße war eine Mietskasernenstraße, aber das Haus Nummer 13 war nur dreistöckig, äußerlich nicht schöner als die anderen, der typische, hastig hochgejagte Backsteinbau. Am Eingang befand sich ein Schild:

Stenton Shines Sportschule
Ausbildung in allen Sportarten

Ich brauchte nicht zu klingeln. Die Tür stand offen.

Offenbar war das Haus umgebaut worden, denn von dem schmalen Korridor führte nur eine Treppe nach oben, und links war nur eine Tür. Ich hörte kurze scharfe Kommandos hinter dieser Tür, Keuchen und klatschende Schläge.

Ich drückte sie einen Spalt auf und steckte den Kopf in den Raum. Das ganze Erdgeschoß war zu einer Art Sporthalle ausgebaut worden. Es standen eine Menge Geräte herum, Punchingbälle und Sandsäcke hingen von der Decke. In der Mitte war ein Ring aufgebaut, in dem zwei Jungen im Trainingsdreß mit Kopfschutz umeinander tanzten und nach den Anweisungen eines grauhaarigen Mannes im Pullover, der sich über die Seile beugte, Schläge zu landen versuchten. Am Sandsack arbeitete sich ein schwitzender Schwarzer ab. Sonst war die Schule während dieser frühen Morgenstunden noch leer.

Ich schloß die Tür wieder und stieg die Treppen hoch. Eine Korridortür versperrte mir den Weg. Ich las über der Tür:

Stenton Shine − Privat

Ich läutete. Es verging eine Zeit, dann hörte ich Schritte. Die Tür wurde geöffnet.

Es sind immer die gleichen Gesichter, die man im Gefolge von Gangsterbossen sieht. Grobe, dumme, mißtrauische Visagen von Burschen, die höchstens zwei Dinge können: Schießen und Schlagen. Sie haben eine einzige Charaktereigenschaft, die sie auszeichnet: die Skrupellosigkeit.

Genauso ein Mann öffnete mir die Tür. Er trug keine Jacke.

»Morning«, sagte ich.

Er sah mich nur an.

»Kann ich Mr. Shine sprechen?« fragte ich.

»Was wollen Sie?«

»Dachte, ich könnte in seine Schule aufgenommen werden. Ich verstehe einiges vom Boxen.«

Er gab wortlos den Eingang frei.

Donnerwetter, soviel Eleganz hätte ich dem schäbigen Haus mitten in der Bowery gar nicht zugetraut. Die Diele schon war hochelegant eingerichtet. Ein dicker Teppich dämpfte den Schritt. Fünf Türen führten zu den anderen Räumen.

Der Bulle, der mich eingelassen hatte, öffnete eine davon, und ich sah mich Stenton Shine gegenüber.

Mr. Shine saß in einem Sessel und war damit beschäftigt, guten französischen Cognak über eine Schale mit Mandeln zu gießen. Er trug noch einen Schlafrock aus Seide, wenn ich es richtig beurteilte. Auf einem mageren Hals saß ein ausgemergelter Kopf mit einer schmalen und gekrümmten Nase. Seine knochige Stirn war kahl, die spärlichen Haare waren eng angebürstet. Der ganze Kerl sah aus wie ein Raubvogel, und wie Raubvogelklauen wirkten seine dürren gelblichen Hände, mit denen er an der Cognakflasche hantierte.

Shine blickte nicht auf, als wir eintraten.

»Hier ist ein Mann, der bei uns boxen will«, sagte der Leibwächter.

Shine nahm ein silbernes Feuerzeug aus der Tasche seines Morgenrocks und zündete den Cognak über den Mandeln an. Als die blaue Flamme aufsprang, sog er den Duft mit seiner Habichtsnase ein, schnappte das Feuerzeug wieder zu und geruhte aufzublicken.

Er hatte Augen, die fast gelb waren.

Er sagte nicht ›Guten Morgen!‹ und nicht ›Hallo!‹. Er ließ nur seinen müden Blick langsam über mich laufen, dann wandte er sich ab und sagte, ohne seine Kerbe von Mund sichtbar zu öffnen: ›Zu alt!‹.

Ich stand und wartete, daß er mich eines weiteren Wortes würdigen würde. Er aber schien die Unterredung als beendet zu betrachten, und schon faßte mich der Junge, der mich eingelassen hatte, am Arm und zog mich zur Tür.

»Hau ab!« brummte er.

»Laß lieber los!« sagte ich noch sehr freundlich.

Er starrte mich einen Augenblick an, dann griff er erst recht richtig zu.

Er hatte mit beiden Fäusten meinen rechten Arm gefaßt. Er ließ los, als ich ihn mit der linken Hand ziemlich genau traf. Ich holte in aller Ruhe mit der freien rechten Hand aus und knallte sie ihm unter das Kinn. Er kam noch nicht in Fahrt, sondern wackelte nur. Ich ging ein wenig näher heran, und nun begab er sich auf die Rückwärtsreise durch das Zimmer, nahm einen Ziertisch mit, purzelte über eine Couch und legte sich auf den schönen dicken Perserteppich.

Auch Mr. Shine hatte dieses schmähliche Ende seiner Leibwache vom Interesse für seine Cognakflasche aufgescheucht. Er sah mich an, und seine Mundkerbe stand ein wenig offen.

»Na«, sagte ich, »glauben Sie immer noch, ich wäre zu alt für einen guten Kampf?«

Er stand auf, ging zu seinem Schreibtisch, zog eine Schublade auf, nahm eine 6,35-Pistole heraus, richtete den Lauf auf mich und sagte: »Raus! Wenn du nicht in zwei Sekunden verschwunden bist, knalle ich dich ab. Der Polizei erzähle ich, ich hätte in Notwehr gehandelt, weil du dich hier wie ein Tobsüchtiger aufgeführt hättest.«

Hallo, dieser Raubvogel schien von der ganz scharfen Sorte zu sein. Es war ihm zuzutrauen, daß er seine Drohung wahr machte. Ich drehte mich um, um zu gehen. Für den Augenblick gab es keine andere Möglichkeit.

Ich war schon an der Tür, als Stenton rief: »Augenblick mal!«

Ich wandte mich ihm zu. Sein Gesicht hatte einen nachdenklichen Ausdruck angenommen.

»Ich kenne dich irgendwoher«, knurrte er. Dann fiel es ihm ein. Er grinste. Es sah toll aus. Vielleicht können Sie sich vorstellen, wie es aussieht, wenn ein Geier grinst. Er legte die Pistole in die Lade zurück, griff nach einer Zeitung und faltete sie auseinander. Jetzt lachte er, ein seltsam meckerndes Lachen.

»Warum wollen Sie bei mir boxen lernen, G-man? Ich denke, der FBI hat eigene Schulen?«

Ich ging in den Raum zurück zum Schreibtisch. Er schob mir das Zeitungsblatt zu. Es war ein großes Bild von Phil und mir, wie wir eben aus dem Jaguar kletterten. Überschrift:

FBI schaltet sich in Neston-Mord ein

Der Sportschulenbesitzer und Sklavenhändler ging zu seinem Sessel zurück. Mit einer Handbewegung bot er mir einen Platz gegenüber an.

Die Flamme in der Porzellanschale mit den Mandeln war ausgegangen.

»Mögen Sie?« fragte er. »Mit Cognak geflammte Mandeln. Schmeckt vorzüglich.«

Er stopfte sich den Mund voll, die Schalen spuckte er auf den Teppich.

Hinter der Couch tauchte das dumme Gesicht des Bullen auf. Er schüttelte seinen plumpen Schädel und kam auf die Beine.

»Raus, Joe!« befahl Shine.

Der Mann trottete nun zur Tür, nicht ohne ein Feuerwerk von bösen Blicken auf mich abzuschießen.

»Also, G-man, was führt Sie zu mir?«

»Ich brauche Ihnen über die ›Boxer‹-Morde nichts zu erzählen, Shine«, begann ich. »Der Mörder hat irgend etwas mit der Boxerei zu tun, und niemand hat die Hände so weit im Boxgeschäft wie Sie. Ich brauche Auskünfte, vielleicht Ihre Unterstützung.«

»Ich will Ihnen etwas sagen, G-man«, antwortete er und spuckte seinen Teppich weiter voll Mandelschalen. »Ich sehe euch Burschen lieber von hinten als von vorn. Ich denke nicht daran, Ihnen auch nur so viel zu helfen.« Er schnippte mit den Fingern.

»Sie werden sich das überlegen, Shine. Ich habe 'ne Menge Interessantes darüber gehört, nach welchen Prinzipien Sie Ihre Schule führen. Ich werde meine Nase da hineinstecken, wenn Sie mir Ihre Unterstützung versagen.«

Er zuckte nur mit den Schultern. »Schade um Ihre Nase, G-man.«

Ich gab es noch nicht auf. »Sie, Shine, waren der Manager von Cross Crower, und Sie hatten Laraby Pat unter Vertrag. Sie sind dicker drin als irgend jemand anderes.«

Er geriet etwas aus seiner Ruhe.

»Unsinn«, knurrte er. »›Panther‹ Al Yersey kämpfte für John Goodman und Goody Ghose für Lesby Firestone. Warum gehen Sie nicht zu denen?«

»Weil Cross Crower von Ihnen gemanagt wurde, oder, um es richtiger zu sagen, ausgenommen wurde wie eine Weihnachtsgans.«

Er wollte aus seinem Sessel hochfahren, bezwang sich aber.

»Hauen Sie ab, G-man. Wenn Sie keinen Haussuchungsbefehl haben, werde ich mich nicht scheuen, Sie hinauswerfen zu lassen wie einen Hausierer.«

Ich stand auf. »Schade, Shine«, sagte ich. »Sie werden sich gefallen lassen müssen, daß ich in Zukunft öfters Ihren Weg kreuze.«

Er sah mich von unten an und lächelte dünn. Das Lächeln

war eine glatte Drohung, und ich wußte, es war eine dieser Drohungen, die man nicht ohne weiteres in den Wind schlagen konnte.

Ich verließ die Wohnung und ging die Treppen hinunter. An der Tür traf ich mit dem Schwarzen zusammen, der vorhin am Sandsack trainiert hatte.

»Hallo!« grüßte ich.

Er lachte mit der ganzen Gutmütigkeit seiner Rasse zurück. Er trug jetzt einen vielfach gestopften Rollkragenpullover und ehemals weiße Turnschuhe.

Es traf sich so, daß wir gemeinsam auf die Straße traten.

»Wie geht es in der Sportschule?« fragte ich.

»Sehr gut«, antwortete er und zeigte sein Raubtiergebiß. »Ich hatte schon zwei Kämpfe. In vier Tagen bekomme ich einen bekannten Gegner vorgesetzt, und wenn ich ihn fresse, hat Mr. Shine mir einen Kampf gegen Sad Trooper versprochen.«

»Was verdienst du bei einem Kampf?« fragte ich weiter.

Wir waren schon mitten auf der Straße, der Schwarze wollte eben antworten, als Stenton Shines scharfe Stimme über uns erschallte. »Scher dich nach Hause, Tom, und quatsche nicht mit dem Kerl!«

Der junge Schwarze sah hoch, sah mich an, machte auf dem Absatz kehrt und lief die Straße hinunter. Ich richtete den Blick hoch. Stenton Shine stand an einem Fenster der ersten Etage, die Hände in den Taschen seines Morgenrockes, und blickte mich kalt aus seinen gelben Augen an.

Ich schlenderte die Straße hinunter. Auf der anderen Seite ging Phil. Er hatte dort vor einem Fenster gestanden, als ich mit dem Schwarzen herauskam, hatte Shines Eingreifen erlebt und sich gehütet, irgendein Zeichen unserer Bekanntschaft zu geben. Erst hinter der nächsten Ecke kam er auf mich zu.

»Hör zu, Phil«, sagte ich. »Trown hat mir eine Menge interessante Dinge vom Boxgeschäft erzählt. Shine ist eine Adresse, die auf jeden Fall richtig ist. Zumindest haben wir bis jetzt keine bessere. Aber der Bursche will nicht mit uns arbeiten. Ich muß in seiner Nähe bleiben. Ich ziehe hier in die Bowery.«

»Glaubst du, das hat Sinn?«

Ich steckte mir eine Camel ins Gesicht. »Laß dir von Trown erzählen, aus welcher Küche die Männer kommen, die das Geld beim Boxen machen. Die Küche steht hier in der Bowery. Hier brodelt der Sumpf von Gewalt und Versklavung und Zwang, in dem achtundneunzig Prozent der Leute untergehen, die glauben, mit den Fäusten ihr Leben verdienen zu können. Und irgendwo in diesem Sumpf hockt auch der Killer, kriecht von Zeit zu Zeit aus seiner Höhle und schlägt zu. Natürlich kann ich dir keinen sachlichen Grund für meine Meinung sagen, wenigstens keinen überzeugenden, aber, zum Teufel, es kommt bei unserem Job nicht immer auf die Tatsachen an. Manchmal tut die Nase die gleichen Dienste. Ich ziehe in die Bowery, auch wenn das Mr. Shine und seinen Kollegen wenig gefallen sollte.«

Wir verständigten uns mit wenigen Worten über den Verbindungsdienst, der einzurichten war. Phil stiefelte in Richtung Hauptquartier davon, und ich betrat den nächsten halbdunklen Gemüseladen, um mich nach der Möglichkeit zu erkundigen, ein möbliertes Zimmer in der Nähe zu mieten.

Ich hatte Glück. Man gab mir die Adresse eines Jonathan Arruzzo, der in Nummer 17, zwei Häuser neben Shine, wohnte und zwei Zimmer seiner Wohnung vermieten wollte.

Die Familie Arruzzo waren italienische Einwanderer. Das Hofzimmer war frei, bedeutete mir die Hausfrau im vierten Stock der gräßlichen Kaserne. Es ging zu dem engen Hof hinaus und war äußerst spartanisch, aber erstaunlich sauber eingerichtet. Wir einigten uns über den Mietpreis, und ich zahlte für einen Monat im voraus. Für meinen Beruf oder meine Absichten in der Bowery interessierte sich Mrs. Arruzzo nicht. Sie gab mir einen Hausschlüssel. Ich war zufrieden. Das Zimmer hatte einen separaten Eingang vom Flur aus, was unter Umständen günstig war.

Ich ging nach Hause, packte einen Koffer mit einigen Sachen, telefonierte mit dem Hauptquartier, gab meine neue Adresse an und verabredete mich dann mit Trown.

Der junge Journalist und ich verbrachten einen ganzen Nachmittag in meiner Wohnung. Trown packte aus, was immer er wußte. Er zeigte die ganzen Querverbindungen auf. Er sprach von der bitteren Feindschaft, die im Grunde zwischen Shine, Firestone und Goodman herrschte. Es hatte schon Schießereien zwischen ihren Banden gegeben, aber immer wieder fanden sie sich zu Geschäften zusammen.

Sie arrangierten Kämpfe ihrer Boxer untereinander. Firestone zahlte, wenn er es für richtig hielt, daß sein Mann einen Boxer von Goodman oder Shine schlug, und ebenso machten es diese beiden. Die Preise wurden ausgehandelt, je nachdem, wie wichtig dem einen oder dem anderen der Sieg seines Mannes schien, und wenn sie sich nicht einigen konnten, gerieten sie in Versuchung, mit anderen Mitteln ihre Wünsche durchzusetzen, angefangen von der Ringrichterbestechung bis zum Kampfunfähigmachen des Gegners, wenn er abends nach Hause ging.

Es war dunkel, als Trown und ich uns trennten. Ich fuhr mit der U-Bahn in die Bowery. Dann schlenderte ich zu Fuß, mein Köfferchen in der Hand, meiner neuen Behausung zu.

Es ist ein Unterschied, ob Sie die Bowery am Tage oder bei Nacht besuchen. Tagsüber sehen Sie nur ein schmutziges Großstadtviertel, in dessen Gossen sich die Kinder balgen. Ungepflegte Frauen schleppen Einkaufstaschen, stehen tratschend in den Haustüren, beschimpfen sich von Fenster zu Fenster mit keifenden Stimmen, oft in fremden Sprachen. Wenn aber die Dunkelheit angebrochen ist und die Geschäfte geschlossen haben, dann gewinnen die Straßen der Bowery ein eigenes Leben.

Nur wenige Lichter brennen in den dunklen Schluchten, die die großen Mietshäuser wie Felswände einengen. Die Passanten verlieren sich. Andere Gestalten erscheinen, finden sich zu Gruppen unter den Laternen, an den Hauswänden. Viele junge Burschen sind darunter. So lungern sie herum, die Hånden in den Taschen, die Zigaretten im Mundwinkel. Langsam folgt ihr Blick dem Fremden, der vorbeigeht, aufmerksam und wach, wägend, ob man es riskieren kann, ihn auszurauben, oder ob er ein Provinzler ist, den man leimen kann.

Sechzig Prozent der kleineren Verbrechen, die in New York geschehen, werden in der Bowery ausgebrütet. Hier, an den Hauswänden, unter den Laternen, werden die Diebstähle, die Einbrüche und mancher Raubüberfall verabredet. Die Burschen bilden Klubs untereinander. Sie befehden sich mit dem Klub des nächsten Häuserblocks, oder sie verbünden sich mit ihm. Sie haben ihre Stammquartiere in den kleinen, trüben Wirtschaften, die erst am Abend ihre Pforten öffnen, und die großen Gangster holen sich ihren Nachwuchs aus den Reihen dieser Straßenklubs. Wahrhaftig, die Bowery ist ein Sumpf, und ein Junge, der in der Bowery geboren wird, muß schon sehr gute Anlagen mitbringen, wenn er auf der geraden Straße bleiben soll.

Ich schlenderte die 115. Straße entlang. Ich kam an einer Reihe von Gruppen vorbei. Einmal stießen sie einen Pfiff aus, und einmal rief einer mir nach: »He, Fremder!« Ich reagierte nicht.

Im übrigen erreichte ich Nummer 17, ohne daß einer versuchte, festzustellen, ob ich stillhalten würde, wenn sie mir an die Wäsche gingen.

Ich richtete mich in meinem kleinen Zimmer ein. Zum Schlafen war es zu früh. Ich ging wieder hinunter. Schräg gegenüber war eine kleine Kneipe. Vielleicht ließ sich dort Freundschaft schließen.

Als ich die verräucherte Bude betrat, sah ich sofort ein bekanntes Gesicht: den jungen Schwarzen, den Shines scharfer Befehl von meiner Seite gescheucht hatte. Ich wählte meinen Platz so, daß ich ihm den Rücken zukehrte, bestellte einen Drink und nahm eine Abendzeitung aus der Tasche.

Ich las, und zwischendurch ließ ich meine Augen fleißig

in die Runde gehen. Da war noch ein Mann, den ich kannte, den grauhaarigen Trainer aus der Sportschule. Er blickte mich aus zusammengekniffenen Augen an, stand langsam vom Tisch auf, ging zur Theke und flüsterte den Männern, die dort standen, etwas zu. Die Männer brachen ihr Gespräch ab, drehten sich und starrten mich an. Der Grauhaarige wanderte weiter zum nächsten Tisch, flüsterte, ging zum übernächsten, flüsterte. Überall verstummten die Gespräche, von überall richteten sich die Augen auf mich.

Ich sog die Luft durch die Zähne. Es wurde stiller und stiller in dem Laden. Schließlich lösten sich zwei Mann von der Theke und schoben auf meinen Tisch zu. Ich tat, als läse ich weiter meine Zeitung, aber ich stellte die Beine breit. Einer von den beiden kam ganz nahe an mir vorbei, streifte absichtlich mein Glas. Der Inhalt ergoß ich über meine Hose.

Wahrscheinlich hatten sie damit gerechnet, daß ich aufspringen würde, denn der zweite Mann stand in Reichweite hinter meinem Stuhl.

Ich sprang nicht auf. Ich ließ den Whisky laufen, wie er wollte, senkte nur das Zeitungsblatt und sagte: »Sie könnten sich wenigstens entschuldigen.«

»Bulle!« antwortete er. Bulle ist das Slang- und Schimpfwort für einen Polizisten.

Ich ließ die Zeitung los, legte beide Hände unter dem Tisch an die Kante meines Stuhles, hob mich leicht an und feuerte den Stuhl nach hinten.

Der Bursche hinter mir bekam ihn gegen die Schienbeine und rief wie ein kleiner Junge: »Au!«

Er war überrascht genug, um mir Zeit zu lassen und mich umzudrehen. Er stand noch griffbereit, und ich nutzte den Drehschwung aus und traf ihn. Ich ließ mir nicht einmal Zeit, festzustellen, ob er umfiel, sondern warf mich herum und sprang seinen Kameraden an. Der Kerl war ebenfalls im Kommen, und wir krachten gewissermaßen auf halbem Weg aufeinander. Sekundenbruchteile vor dem Aufprall riß ich einen rechten Haken hoch, und das erledigte die Sache. Er hatte noch genügend Fahrt, um gegen mich zu fliegen. Dann rutschte er hübsch langsam an mir herunter und bettete sich zu meinem Füßen. Auch sein Freund war unterdessen umgefallen und hatte den Stuhl unter sich zerdrückt. Der ganze Vorgang hatte keine fünf Sekunden gedauert.

Die anderen in der Kneipe waren noch zwei Sekunden lang starr. Dann sprangen sie wie ein Mann von den Stühlen und griffen mich an.

Ich holte den .38er aus der Halfter. Das brachte sie zum Stehen. Sie klappten ihr Mäuler zu.

»Na, also«, sagte ich. »Wenn Ihr Lust habt, es mit mir zu versuchen, bitte, aber einzeln und nicht eine ganze Horde auf einmal. Freiwillige vor!«

Ich wartete. Keiner meldete sich.

Ich lachte. »Ihr Helden!« Dann steckte ich den .38er ein, drehte mich um und ging zur Tür.

Trotzdem, glauben Sie nicht, daß ich mit dem Erfolg meines Auftretens zufrieden gewesen wäre, nur weil ich zwei Burschen schlafen schickte und zwei Dutzend andere zur Räson brachte. Mir wäre es lieber gewesen, ich wäre nicht als G-man bekannt geworden. Ich wußte, es würde sich wie ein Lauffeuer in der gesamten Bowery herumsprechen, und ich brauchte auf Unterstützung der Einwohner nicht mehr zu rechnen. Ich wußte — verdammt — im Augenblick nicht, was ich anfangen sollte. Zunächst also verfügte ich mich erst mal in mein Zimmer bei Arruzzo und legte mich ins Bett.

Ich habe im allgemeinen einen festen Schlaf, aber instinktiv mußte ich Mr. Shine wohl richtig eingeschätzt haben, denn ich wurde davon wach, daß etwas im Schlüsselloch meiner Tür stocherte.

Die Kanone hatte ich auf den Nachttisch gelegt. Durch das Fenster schimmerte es grau herein. Es mußte früher Morgen sein, vielleicht so fünf Uhr.

Ich rollte mich aus dem Bett und stellte mich, den .38er in der Hand, hinter die Seitenwand des Kleiderschrankes.

Im Schlüsselloch wurde immer noch gestochert. Dann sagte eine Stimme, Shines Stimme: »Quatsch! Brich den Laden auf. Wollen ihm zeigen, wer hier zu sagen hat!«

Im nächsten Augenblick warfen sich zwei schwere Männerkörper gegen die Tür. Diesem Ansturm war sie nicht gewachsen. Sie sprang aus den Angeln und dem Schloß und polterte flach in den Raum.

Was sich im Rahmen zeigte, waren Stenton Shine, sein Leibwächter, den er Joe nannte, und zwei Jungs, die sicherlich berufliche Kollegen von Joe waren.

»Ausgeflogen!« sagte einer von ihnen.

»O nein«, sagte ich und steckte Nase und Revolverlauf hinter dem Schrank hervor. »Immer herein in die gute Stube, aber keine falsche Bewegung, bitte.«

Sie standen wie die Ölgötzen, nur Stenton Shine lachte sein hartes Lachen und trat näher.

»Keine Angst, G-man«, antwortete er. »Noch geht es dir nicht ans Leben. Ich komme nur, um dich noch einmal nachdrücklich zu warnen.«

»Danke«, entgegnete ich, »aber hättest du dir dazu nicht eine passendere Besuchszeit aussuchen können?«

Er lachte nicht mehr. »Ich komme, wann ich will, und ich gehe, wann ich will. Ich wollte dir zeigen, wer hier der Boß ist, G-man. Du hast gesehen, was die Leute hier über dich denken. Sie haben es dir in der Kneipe gezeigt.«

Ich grinste. »Wenn man es richtig bedenkt, habe ich ihnen eigentlich gezeigt, was 'ne Harke ist.«

Er ging nicht darauf ein.

»Hau ab, so schnell du kannst, G-man«, setzte er seinen Sermon fort. »Ich will dich nicht in meiner Nähe, und du nützt dir selbst nicht, wenn du hier bleibst. Du findest keine Freunde in der Bowery.«

Ich spielte mit dem .38er. »Eines verstehe ich nicht, Shine«, sagte ich nachdenklich. »Wenn du deiner Sache so

371

sicher bist, wenn du so genau weißt, daß ich dir nicht gefährlich werden kann, daß ich keine Zeugen gegen dich finde, warum willst du mich dann unbedingt aus der Bowery entfernen?«

Meine Frage verblüffte ihn für einen Augenblick. Dann antwortete er knapp: »Ich kann dich hier nicht brauchen. Verschwinde, oder wir machen dich fertig.«

Mir riß der Geduldsfaden. Ich trat hinter dem Schrank hervor und baute mich nahe vor Shine auf.

»Ich werde dir etwas sagen, großer Mann«, sagte ich. »Ich habe für dieses Zimmer fünfzehn Dollar bezahlt, und nach den Gesetzen des Staates habe ich damit das Hausrecht erworben. Ich kann jeden hinauswerfen, den ich hinauszuwerfen wünsche. Und dich werfe ich jetzt hinaus. Raus!«

Ich stieß ihn vor den Schlips, daß er gegen seine Leibwache torkelte.

»Raus!« befahl ich noch einmal und half mit einer Bewegung meiner Hand nach, in der ich den Revolver hielt.

Sie traten den Rückzug an. Keiner sagte etwas, aber Stenton Shine sah mich mit einem Blick an, der eindeutig war. Ich wartete, bis unten die Haustür hinter ihnen zuschlug, dann zog ich mich an und klingelte an der Nebentür bei Mr. Arruzzo. Es dauerte eine ganze Weile, bis er sich bequemte zu öffnen und seinen Kopf durch einen Türspalt steckte. Er war noch im Nachthemd.

»Ich glaube, Ihnen könnte man das Haus über dem Kopf abreißen, bevor Sie aus Ihrem gesunden Schlummer erwachen«, knurrte ich.

»Ich habe nichts gehört, Sir«, versicherte er in seinem schlechten Englisch. Das war natürlich Quatsch. Er hatte genau mitbekommen, was gespielt wurde, aber er hütete sich, sich einzumischen.

»Bestellen Sie einen Schreiner, der die Tür in Ordnung bringt«, sagte ich. »Ich bezahle es.«

Ich ging zur nächsten Telefonzelle und rief Robert Trown an. Seine verschlafene Stimme meldete sich.

»Hier ist Cotton, Trown. Wieviel Mumm haben Sie in den Knochen?«

»Wenn ich frisch aus dem Bett komme, noch nicht viel, aber sonst 'ne ganze Menge.« Der Junge war in Ordnung.

»Hören Sie, Trown, ich muß wissen, warum Stenton Shine so unruhig wird, wenn er einen G-man in seiner Nähe weiß. Können Sie das herausfinden?«

»Ich kann's versuchen, aber was erwarten Sie denn auch? Ein Mann, der so dunkle Geschäfte betreibt, lebt eben nicht gern auf Tuchfühlung mit einem Polizisten.«

»Nein, Trown, er muß einen besonderen Grund haben. Er weiß genau, daß ich seine üblichen Geschäfte nicht stören kann. Ein G-man in seiner Nachbarschaft, den er kennt, ist besser für ihn als einer, der als Milchmann auftritt. Ich bin sicher, normalerweise würde er meine Anwesenheit kaum zur Kenntnis nehmen, aber jetzt störe ich ihn. Er muß irgend etwas vorhaben, bei dem er mich nicht brauchen kann.«

»Okay, ich werde mich auf die Socken machen. Rufen Sie mich heute abend an, aber spät. Vor Mitternacht werde ich sicherlich nichts in Erfahrung bringen können.«

Ich legte auf. Im Augenblick hatte ich nichts Besseres zu tun, als durch die Straßen zu bummeln. New York ist eine Stadt mit acht Millionen Einwohnern, aber ein Stadtteil, das ist nicht mehr als ein Dorf. Jeder Fremde fällt auf, und ich spürte es an den Blicken, die die Frauen mir zuwarfen, die in den Haustüren standen. Es gab in der 115. Straße keinen Menschen mehr, der nicht wußte, daß ich ein G-man war, und sie behandelten mich entsprechend: nämlich wie den letzten Dreck.

Als ich es leid war, mich mit Blicken anspucken zu lassen, fiel mir ein, ich könnte versuchen, ob ich bei den beiden anderen Großen des Boxgeschäftes, bei Lesby Firestone und John Goodman, mehr Glück hatte. Die Adressen hatte mir Trown gegeben. Beide wohnten ebenfalls im Bowery-Bezirk. Ich fuhr hin, zuerst zu Firestone und dann zu Goodman.

Nun, ich werde Sie mit der Schilderung leerer Gespräche

zwischen einem Beamten des FBI und zwei Gangstern verschonen. Goodman sah aus wie ein Gummiball, und Firestone war ein erstaunlich jung wirkender Mann, obwohl er nahe der Fünfzig war. Er mußte einen ganzen Kosmetiksalon für sich allein beschäftigen.

Wie immer sie aussahen, für mich war bitter, daß beide sich kein Theater vormachen ließen. Goodman war ölig vor Freundlichkeit, aber er versicherte mir dauernd, er sei ein braver, ein geradezu außergewöhnlich guter Bürger, und für einen G-man sei in seiner Umgebung wahrhaftig nichts zu holen. Ich solle meine Zeit nicht verschwenden und den wirklichen Verbrechern nachjagen.

Ungefähr das gleiche sagte Firestone. Er bediente sich nur einer gepflegten Sprache und polierte mit dem kleinen Finger seinen Schnurrbart, aber sonst gab es keinen Unterschied zwischen ihm und den beiden anderen. Auch die breitschultrigen Burschen mit den stupiden Gesichtern fehlten nicht an seiner Seite.

Wenn eines positiv war, dann nur, daß sie mich genauso gern loswerden wollten wie Stenton Shine.

Ich fuhr ins Hauptquartier, wo ich Phil taf. Offen gestanden, ich war ein wenig niedergeschlagen.

»Ich fürchte, ich komme in der Bowery nicht weiter«, sagte ich zu Phil. »Vielleicht ist alles, was ich mir über die ›Boxer‹-Morde zusammengereimt habe, falsch. Ich werde die Fährte noch weiterverfolgen, aber wir sollten einen Mann auf die Spur von Lewis Neston setzen, den einzigen Mann, der getötet wurde, ohne Cross Crower geschlagen zu haben. Wir müssen sein Leben bis in den letzten Winkel erforschen. Wen sollen wir damit beauftragen?«

Phil nannte den Namen eines Kollegen, der dafür bekannt war, daß er mit peinlicher Genauigkeit zu arbeiten pflegte. Wir nannten ihn Sherlock, weil er auf Kleinigkeiten versessen war und aus ihnen Verbrechen aufzuklären versuchte wie der große Mister aus England.

Es war dunkel, als ich in die Bowery zurückkehrte. Als ich

Nummer 17 betrat, sprach mich ein kleiner Junge an, einer der Söhne von Mr. Arruzzo.

»Tom will Sie heute abend um elf Uhr sprechen, Sir«, sagte er.

Ich war nicht gleich im Bilde.

»Wer ist Tom?« fragte ich.

»Der schwarze Tom. Der Neger, der bei Mr. Shine Boxer werden will.«

Ich kaute an meiner Unterlippe. Eine Falle? Vielleicht, aber immer noch besser, als wenn nichts passierte. Andererseits hielt ich den netten Schwarzen für einen freundlichen und harmlosen Burschen. Es konnte gut sein, daß er einiges von den finsteren Plänen mitbekommen hatte, die Shine wahrscheinlich gegen mich spann, und daß er jetzt das Lager wechselte.

Vielleicht wäre ich sonst vorsichtiger gewesen, obwohl Vorsicht nicht immer meine stärkste Seite war, aber ich hatte jetzt diesen Fall schon eine ganze Zeit in den Händen und sah immer noch kein Licht. Ich war versessen darauf, irgendwie weiterzukommen, und so nahm ich mehr Risiko in Kauf, als unbedingt nötig war.

»Wo?« fragte ich den Arruzzo-Sproß.

»Im Hinterzimmer von Beggars Inn, in der 119. Straße.«

Ich gab ihm einen Nickel und ging auf mein Zimmer.

Es waren nur noch zwei Stunden bis elf Uhr. Ich legt mich angezogen auf mein Bett, rauchte und dachte nach. Viel kam dabei nicht heraus.

Um halb elf stand ich auf, sah den Revolver nach und ging auf die Straße. Die 119. war die vierte Parallelstraße, und wahrscheinlich war sie noch mieser als die 115. Straße, aber in der Dunkelheit war ein großer Unterschied nicht festzustellen. Ich suchte eine ganze Weile, bis ich ein kläglich beleuchtetes Schild fand:

Beggars Inn

Es war die übliche Kneipe dieser Gegend, nur daß sie völlig leer war. Der Wirt stand an der Theke und gähnte.

»Ich werde im Hinterzimmer erwartet«, sagte ich. »Wo ist es?«

Er zeigte mit dem Daumen auf eine Tür an der Rückwand.

Ich bezwang mich und ließ den .38er in dem Halfter. Man muß nicht gleich wie ein wilder Mann auftreten. Ich drückte die Klinke nieder und stieß die Tür auf.

Der Raum war nicht groß. Es stand ein einziger Tisch mit einer Anzahl Stühle darin. An diesem Tisch saß der schwarze Tom vor einem Glas Bier und trommelte nervös mit den Fingern auf der Platte.

»Hallo!« grüßte ich.

»Hallo!« antwortete er. Es klang etwas heiser.

Ich setzte mich zu ihm, so daß ich das Gesicht zur Tür hatte.

»Du hat mich bestellt, Tom. Was gibt es zu erzählen?«

Er war so grau im Gesicht, wie seine Hautfarbe es zuließ.

»Sie halten Mr. Shine für einen Gangster?« fragte er und brachte es nicht fertig, mich anzusehen.

Bevor ich antworten konnte, ging die Tür auf. Meine Hand zuckte in einer Reflexbewegung zur Brusthöhe, aber es war nur der Wirt. Er blieb im Rahmen stehen und fragte: »'n Bier?«

Normalerweise trinke ich Whisky, aber ich war so gespannt darauf, zu hören, was Tom zu sagen hatte, daß ich nur nickte. Der Wirt verschwand, und ich wandte mich dem jungen Schwarzen zu.

»Daß Shine ein Ganove ist, steht so fest wie das Empire State Building. Und daß er dich auspressen wird, sobald du etwas im Ring geworden bist, steht fest wie die Freiheitsstatue. Besser, du rückst raus mit dem, was du über ihn weißt, und versuchst dann, auf saubere Art deinen Weg zu machen.«

Er druckste noch herum. Schon wieder ging die Tür auf, und der Wirt kam mit dem Bier herein.

Später habe ich mir überlegt, daß es mir hätte auffallen müssen, daß er nicht nach der Art solcher Kneipenwirte das Glas von der Kante aus einfach über den Tisch schob. Er aber kam um den ganzen Tisch herum und trat hinter mich.

»Also«, ermunterte ich Tom.

In derselben Sekunde schlug mir der verdammte Bierverkäufer das Glas auf den Schädel.

Ich hatte den Hut nicht abgesetzt. Das war wohl der Grund, warum ich nicht sofort sang- und klanglos umfiel. Ich blieb auf meinem Stuhl hocken, unfähig zu einer Bewegung, aber merkwürdigerweise sah und hörte ich alles, was in den nächsten drei Sekunden passierte. Fragen Sie einen Spezialisten, welche Teile meines Gehirns den Hauptteil abbekommen hatten.

Ich hörte den Wirt Tom anbrüllen: »Warum haust du ihm keine rein?«

Ich sah das runde, gutmütige Gesicht des jungen Schwarzen und obwohl ich paralysiert auf meinem Stuhl saß, erkannte ich in diesem Augenblick, daß Shine den armen Jungen zu dem Spiel gezwungen hatte.

Ich erhielt einen zweiten Schlag auf den Schädel, offenbar wieder von dem Wirt und offenbar diesmal mit der blanken Faust. Er machte mir nicht viel aus. Im Gegenteil, ich konnte plötzlich wieder meine Glieder gebrauchen. Ich stemmte die Hände auf den Tisch, wollte aufspringen. In dieser Sekunde tauchten vier, fünf Gestalten vor mir auf. Ich weiß nicht, wem die Faust gehörte, die zwischen meinen Augen landete. Ich war wohl doch noch nicht wieder ganz fit gewesen. Jedenfalls, diesen Schlag verdaute ich nicht mehr. Ich fühlte noch, daß ich fiel. Dann Schluß, aus, Dunkelheit.

Sehr lange konnte ich nicht ohne Verstand gewesen sein. Ich fand mich wieder an der Wand des Zimmers auf dem Gesicht liegend. Ich stemmte mich hoch und fühlte, daß mein Gesicht von einer klebrigen Flüssigkeit naß war, es war wohl eine Mischung aus Blut und Bier, aber sonst ging es mir relativ gut. Meinen Hut hatte ich nicht mehr auf dem Schädel.

Ich schüttelte ein paarmal den Kopf und hob den Blick. Ich sah die Hosenbeine von fünf oder sechs Männern, und als ich den Kopf noch höher drehte, blickte ich in Stenton Shines höhnische Fratze. Hinter ihm waren nicht nur seine beiden Leibgardisten versammelt, sondern noch vier Jungs, die ich zunächst nicht erkannte. Dann erkannte ich zwei davon doch. Es waren die beiden, die an dem Morgen trainiert hatten, als ich Shine meinen ersten Besuch abstattete. Er hatte also seine gesamte Garde mitgebracht.

Ich fühlte mich schon wieder ganz wohl. Das ist manchmal so, wenn man eins abbekommen hat. Zunächst erholt man sich schnell, und die Kopfschmerzen folgen erst am nächsten Morgen.

Vorsichtig tastete ich zur linken Brustseite. Die Bewegung hätte ich mir sparen können. Mein .38er war natürlich weg.

Shine hatte die Bewegung gesehen. »Ich habe ihn, G-man«, sagte er, und jetzt erst sah ich, daß er meine Waffe in der Hand wog.

Ich stand ganz auf. Sie ließen mich ruhig hochkommen. Ich holte mein Taschentuch heraus und wischte mir das Gröbste aus dem Gesicht.

»Okay, Shine«, sagte ich und brachte es fertig, ihn anzugrinsen, »da wären wir also, und wenn du durchziehen willst, so steht dem nichts mehr im Wege.«

Er betrachtete meinen .38er in seiner Hand, liebevoll, wie es mir schien.

»Ich täte es gern, G-man«, antwortete er.

»Na, los«, sagte ich, »aber mich interessiert noch eine Frage, bevor ich von dir die Fahrkarte bekomme. Hast du die Boxer-Morde begangen?«

Er grinste immer noch. Wenn ich nur noch eine Stunde zu leben gehabt hätte, ich hätte dreißig Minuten davon gegeben, um ihm dieses Grinsen abzugewöhnen.

»Ich war es nicht, und ich weiß auch nicht, wer es tat, G-man, und was die Fahrkarte angeht, wirklich, ich zahlte sie dir gern, aber ich kann es mir aus bestimmten Gründen nicht leisten. Aber einen Denkzettel sollst du bekommen, der dich hoffentlich davon abhalten wird, deine Nase in meine Sachen zu stecken. Du kannst deinen Leuten ruhig erzählen, wir hätten dich verprügelt. Du bist allein, und wir sind ein Dutzend Leute, die beschwören, wir hätten friedlich miteinander gepokert, und wenn es not tut, beschwören es noch zwei Dutzend.« Er wandte sich zu dem Wirt. »Beggar, setz das Orchestrion in Betrieb, für den Fall, daß er schreit.«

Der Wirt schlurfte hinaus. Zehn Sekunden lang standen wir uns in tiefem Schweigen gegenüber, hier ich und dort Shine und seine Bande. Dann begann das Orchestrion zu hämmern. Ich erkannte sogar die Melodie. Es war ein alter Schmachtfetzen: You are my lucky star.

»Auf ihn, Jungs«, sagte Shine und trat in den Hintergrund. Sie rückten an. Voran Joe, der in Shines Wohnung mal Keile von mir bezogen hatte. Neben ihm sein Kompagnon und in der zweiten Linie die Burschen, die bei Shine das Boxen als Beruf betrieben. Schlechtere Aussichten habe ich eigentlich nie gehabt, und es war ganz klar, daß sie mich schaffen würden, aber ich wollte es ihnen so schwer wie möglich machen.

Angriff ist die beste Verteidigung. Ich hatte den rachedurstigen Joe an der Krawatte, bevor er wußte, wie ihm geschah. Ich stieß ihn mit aller Gewalt rückwärts. Er behinderte die zweite Linie, und ich fischte mir den anderen Leibgardisten von links. Er kassierte eine stramme Gerade und schnappte nach Luft. Zur selben Zeit fing ich mir den ersten Hieb auf das Ohr ein. Einer von den Boxern hatte zugeschlagen. Es tat sehr weh.

Ich tauchte unter dem Jungen weg, kümmerte mich nicht um ihn. Joe stand noch, und ich benutzte ihn ein zweitesmal als Rammbock, jetzt mit besserem Erfolg. Er riß zwei Mann mit sich, und ich hatte plötzlich freie Bahn zum Tisch und den Stühlen.

Im Handumdrehen hatte ich einen von ihnen in den Fingern. Joe rappelte sich eben wieder hoch. Ich nahm den Stuhl wie eine mittelalterliche Sense.

Aber mir blieb nicht viel Freude an diesem Sieg. Mit zwei Mann waren sie da. Von links und rechts prasselte es auf mich ein, und ich konnte nicht einen Bruchteil abdecken. Ich kassierte den überwiegenden Teil. Es war ziemlich schlimm.

Dann schrie plötzlich jemand. »Weg, jetzt komm' ich. Laßt mich dem verdammten Kerl den Rest geben!« Etwas Schwarzes tauchte vor meinen verschwollenen Augen auf — Tom.

Er holte gewaltig aus, und er schlug auch gewaltig zu, aber er bremste den Schlag kurz vor meinem Kinn. Natürlich spürte ich ihn noch, und natürlich tat er auch weh, aber es war ein Zuckerlecken gegen das, was die anderen mir verpaßten.

Ich begriff. Mein immer langsamer funktionierender Denkapparat kapierte, daß es ihm leid tat und daß er mich auf die anständigste Art aus der Affäre herausholen wollte, die überhaupt noch drin war.

Bei seinem nächsten Schlag spielte ich mit. Ich ließ meinen Kopf zurückfallen und stöhnte auf. Beim dritten dann ließ ich den Kopf baumeln und ging in die Knie. Meine Bändiger ließen los, und ich fiel nach vorn und rührte mich nicht mehr.

Erwarten Sie jetzt bitte nicht, daß ich nun bei nächster Gelegenheit die Bande furchtbar überlisten werde. Zunächst einmal wurde ich tatsächlich ohnmächtig. Toms Trick hatte mich eigentlich nur auf die Idee gebracht, endlich aufzugeben. Genug hatte ich schon lange.

Ich weiß nicht, ob sie sich noch die Schuhe an mir abputzten. Ich spürte nichts mehr davon. Ich war hinüber. Ich kam noch einmal zu Verstand, als ich frische Luft fühlte. Ich schwebte, aber ich fand nicht heraus, daß sie mich an Armen und Beinen trugen. Dann warfen sie mich in den Fond eines Wagens, und nun wußte ich wieder nichts mehr von mir und meiner Umgebung.

Während der Fahrt fand ich ganz langsam meine fünf Sinne wieder. Es ging in Etappen vor sich, und selbst als ich schon feststellen konnte, daß ich in einem Auto fuhr, hatte ich nicht mehr die Spur einer Erinnerung daran, was sich vorher abgespielt hatte. Immerhin, ich wurde klarer, und als Shine vom Führerhaus her sagte: »Werft ihn hinaus!«, da wußte ich, daß mir gleich wieder einige Bösartigkeiten zugedacht waren.

Der Mann rechts von mir kletterte über mich hinweg, der an meiner linken Seite packte mich am Kragen. Sie öffneten die Seitentüren und feuerten mich auf die Straße. Der Wagen machte nicht gerade viel Fahrt, aber ich rollte wie eine Kugel, schlug mit dem Kopf irgendwo an und war wieder aus dieser Welt. Ein paar entsetzte Aufschreie waren alles, was ich noch hörte.

Dieser Stenton Shine erlaubte sich mit mir und dem ganzen FBI einen netten Witz. Er kegelte mich unmittelbar vor unserem Hauptquartier aus dem Wagen, so daß ich ziemlich genau vor dem Eingang landete.

Das Kreischen, das ich als letztes vernommen hatte, stammte von einigen späten Passanten. Sobald sie mich hinausgefeuert hatten, traten sie den Gashebel durch und waren um die Ecke, bevor der erste FBI-Mann seinen Kopf aus der Tür streckte, um nachzusehen, aus welchem Grund die Leute so sehr schrien.

Der Grund also war ich, ein Kollege. Sie schleppten mich ins Haus, riefen einen Arzt herbei, telefonierten nach Phil und taten alles, um mich wieder zum Bewußtsein zu bringen.

Es dauerte nicht einmal so sehr lange. Allerdings war Phil längst da, saß an meinem Bett und kühlte mir die geschwollenen Augen. Er hätte ebensogut die Nase oder den Mund kühlen können. Es war alles so ähnlich mitgenommen.

Als ich Zeichen von Leben von mir gab, war nicht das erste, daß er sich nach meinem Befinden erkundigte, sondern er knirschte: »Wer war das, Jerry?«

Ich winkte ab.

Er aber bestand: »Los, sag es. Ich sause hin, und ich richte sie so zu, daß man sie von dir nicht mehr unterscheiden kann, wenn ihr nebeneinander liegt.«

Der Arzt faßte ihn bei der Schulter und zog ihn von der Bettkante weg.

»Lassen Sie mich den Burschen erst einmal zusammenflicken. Dann reden Sie weiter.«

Er arbeitete so an die drei Stunden an mir herum. Er brachte es fertig, daß in dieser Zeit die Schwellungen über meinen Augen so weit zurückgingen, daß ich sehen konnte. Er nähte mir einen Riß über dem Kinn, und das tat so weh, daß ich völlig zu Verstand kam. Auf die Prellung an der Hüfte klatschte er mir ein Senfpflaster.

Als er dann noch sämtliche Gelenke gedreht hatte, brummte er befriedigt: »Sonst alles in Ordnung. Er hat wenig abbekommen, nicht einmal etwas gebrochen. Bei einem Vierzig-Meilen-Verkehrsunfall wäre es teurer geworden.«

Er hatte das Gemüt eines Nilpferdes, unser Doktor, aber er wußte, daß G-men nicht zimperlich zu sein pflegen.

Den Rest der Wiederherstellung übernahm Phil mit Whisky. Ich lag lang auf dem Sofa im Rettungsraum, das Gesicht verpflastert, rauchte und trank ab und zu einen Schluck. Phil hatte inzwischen aus mir herausgequetscht, daß es Shine und seine Leute gewesen waren, die mich durch die Mangel gedreht hatten. Er wütete: »Wir werden sie uns kaufen. Ich nehme eine Handvoll von unseren Jungens, und wir verhaften sie wegen irgend etwas. Wenn sie sich wehren, dann ist es Widerstand gegen Beamte in Ausübung ihres Berufes, und wir können sie uns vornehmen.«

»Ach, laß doch«, winkte ich ab. »Ihr Anwalt wird schleunigst den nächsten Richter aus dem Bett klingeln, wird auf die einstimmigen Aussagen von zwölf Leuten hinweisen, die alle zu schwören bereit sind, daß die Burschen zu jenem Zeitpunkt im Bett lagen, pokerten oder im Mondschein spazierengingen, kurz, alles Harmlose von der Welt taten, außer mich zu verprügeln. Der Richter wird nicht umhin können, die sofortige Haftentlassung anzuordnen. Und weil sie das wissen, werden sie es nicht auf ein Gefecht mit dir und deinen Leuten ankommen lassen, sondern friedlich wie Lämmer mit dir gehen. Nein, mich interessiert etwas ganz anderes. Welchen Grund hat Stenton Shine, mich unbedingt für vierundzwanzig Stunden aus dem Wege zu räumen? Wenn ich das wüßte, verdammt, ich wäre ein ganzes Stück weiter.«

Wissen Sie, ich dachte über diesen Punkt noch zwei Stunden nach. Zwischendurch allerdings schlief ich ein, und Phil war viel zu zartfühlend, um mich zu wecken.

Es war Robert Trown, der mich gegen sechs Uhr morgens — es wurde schon hell — aus dem Schlummer holte. Er brach wie ein Tornado in den Raum ein, riß sich den Hut vom Kopf, nahm die Whiskyflasche und ein Glas vom Tisch und warf sich in einen Sessel.

»Na, endlich, Cotton!« rief er. »Ich konnte Ihren Anruf um Mitternacht nicht erwarten. Ich wurde bis drei Uhr aufgehalten, weil die Geschichten zu interessant waren, die man mir erzählte. Von da an habe ich Sie gesucht. Ich rief in Ihrer Wohnung an. Ich war sogar in der 115. Straße bei Mr. Arruzzo, aber ich konnte Sie nicht finden.« Er trank sein Glas leer, holte tief Luft und begutachtete flüchtig mein Gesicht. »Ungefähr so hat Carnera ausgesehen, als Max Baer ihn 1937 schlug. Der Italiener machte den Fehler, immer wieder aufzustehen, obwohl er längst völlig erledigt war.«

»Haben Sie etwas herausgefunden, Trown?« fragte ich und richtete mich hoch. Ah, verdammt, alle meine Knochen knackten.

Der Zeitungsmann streckte die Beine. »Cotton, ich bin sehr stolz auf mich, fast so stolz, wie ich müde bin. Cotton, ich weiß, aus welchem Grunde Stenton Shine Sie unbedingt für die nächsten Stunden aus dem Wege haben will.«

»Warum?« fragte ich und vergaß alle meine Schmerzen.

»Kennen Sie Lush Baker?«

»Quatsch, woher soll ich ihn kennen? Was ist mit ihm?«

»Lush Baker heißt der Mann, dem Stenton Shine wahrscheinlich schon in den nächsten Stunden an den Kragen geht, und zwar, weil er ihm Konkurrenz machen will. Baker hat den Mut, sich ins Boxgeschäft zu drängen. Er hat vor zwei Monaten eine Sportschule aufgemacht, und zwar in Shines Revier, in der Bowery, 123. Straße. Erst hat er sich ziemlich ruhig verhalten, aber seit einem Monat arbeitet er nach den bekannten Methoden. Die drei Größen kochen natürlich über die Konkurrenz, und sie haben sich sogar ausnahmsweise geeinigt, den unangenehmen Mann gemeinsam zu erledigen. Baker hat noch keine Gang. Ich weiß nicht, ob er sich auf die eigene Schießkunst verläßt oder aus welchem Grund er es sonst wagt, die Warnungen der anderen nicht zu beachten. Jedenfalls haben alle Drohungen nichts genutzt, und jetzt ist er fällig.«

Ich vergaß meine Schmerzen und setzte mich aufrecht.

»Mensch, Trown«, rief ich, »wie haben Sie das herausgebracht? Wir werden Ihnen einen Job in unserem Verein besorgen.«

Er lachte. »Es war gar nicht so schwer. Wer über das Boxen berichten will, muß sich in der Bowery herumtreiben, und ein Journalist ist dort nicht so verschrien wie ein G-man. Ich weiß nicht, woher das kommt, aber die meisten Leute halten uns Reporter für Verrückte von der harmlosen Sorte, und harmlosen Verrückten erzählt man gern, was man weiß, besonders wenn sie einem das Bier zahlen. Der eine erzählt hier ein wenig, der andere dort, und wenn man alles zusammenflickt, dann hat man ein ganz gutes und meistens sogar treffendes Bild.«

Ich stellte mich auf die Füße. Es ging ganz gut. Vielleicht wackelte ich noch ein wenig, aber das würde sich geben.

»Shine muß sich sagen, daß ich höchstens für vierundzwanzig Stunden ausfalle. Baker wird also seine Absichten in diesem Zeitraum zu spüren kriegen. Zwölf von diesen Stunden sind schon herum. Vorwärts, Jungs, wir müssen in die 123., bevor es losgeht.«

»Du mußt ins Bett!« schrie mich Phil an.

Ich grinste ihn an. »Alter Junge«, sagte ich, »du hättest Säuglingsschwester werden sollen.«

Ich fischte mir eine Maschinenpistole aus dem Bereitschaftsschrank, telefonierte nach einem Wagen und bat zwei von unseren Leuten, mitzukommen.

»Na, los, Trown«, sagte ich zu dem Journalisten, »die Mitwirkung von Zivilpersonen bei solchen Unternehmungen ist zwar verboten, aber Ihre Information ist eine Verbotsmißachtung wert.« Ich hatte einen neutralen schwarzen Wagen bestellt. Wir bewegten uns in der grauen Morgenfrühe in Richtung Bowery.

Die 123. war eine Straße, die eigentlich noch keine Straße war – Ödland, erst angeknabbert von dem Riesen New York. In großen Abständen standen einzelne mehr oder weniger primitive Häuser herum. Dann erblickten wir ein mittelgroßes Holzhaus, an das nach hinten hinaus eine Art Schuppen angebaut war. Trown gab das Stoppzeichen. Die 123. war hier nicht einmal mehr asphaltiert.

»Hier wohnt Baker«, erklärte Trown. »Die Bude hat früher einem kleinen Fabrikanten gehört. Baker hat sie gekauft, als der Mann pleite ging. Er warf die paar Maschinen hinaus und richtete klammheimlich eine Übungshalle ein. Als er damit fertig war, pfuschte er Shine ins Geschäft.«

»In Ordnung«, sagte ich. »Sehen wir uns an, wie er eingerichtet ist.«

Das gesamte Grundstück war eingezäunt, und zwar nicht mit den üblichen niedrigen Staketenzäunen, sondern mit solidem, mannshohem Stacheldraht. Auch das Tor trug einen Stacheldrahtaufsatz. Ich trat heran. Aus einer Hütte bei dem Haus schoß ein Mordsbiest von Dogge, riß den Rachen auf und bellte mich wütend an. Es zeigte ein Paar beachtlicher Eckzähne.

Ich suchte nach einer Klingel, als Phil mich am Arm packte und zurückriß. Im nächsten Augenblick knallte es trocken, und ich hörte die Kugel pfeifen.

Wie weggeblasen verschwanden wir allesamt hinter unserem Wagen in Deckung.

»Ist das 'ne Begrüßung?« brummte mein Freund neben mir und nahm den .38er aus dem Halfter.

Ich steckte die Nase über die Kühlerhaube.

»Hallo, Kunstschütze!« rief ich. »Sind Sie verrückt geworden? Wir sind doch keine Indianer, und Sie sind sicherlich kein einsamer Trapper.«

Ich konnte den Lauf eines Gewehres sehen, der aus dem Spalt eines halbgeschlossenen Fensterladens hervorsah.

»Haut ab!« hallte eine Stimme vom Haus her. »Und bestellt Stenton Shine und seinen Freunden einen schönen Gruß. Er kann mit mir nicht Schlitten fahren. Ich gebe euch eine Minute. Dann rufe ich die Polizei an, und wenn sich die Cops auch nicht gern in die Bowery-Geschichten einmischen, auf einen Anruf wegen bewaffneten Überfalls werden sie immer reagieren.«

»Den Anruf können Sie sich sparen. Die Polizei ist schon da. Wir sind Männer vom FBI.«

Der Mann im Haus lachte nur.

Ich wandte mich an unseren Fahrer.

»Sieh zu, daß du an die Funksprechanlage herankommst, und sage ihnen, sie sollen vom nächsten Revier einen Wagen mit Blauen schicken. Aber laß den Cops ausrichten, sie möchten nicht mit Sirenengeheul antanzen, sondern schön still und bescheiden.«

Der Fahrer öffnete aus der Kniebeuge heraus die Wagentür, kroch ins Innere und sprach mit der Zentrale.

Ich zündete mir einen Glimmstengel an, und ich hatte ihn noch nicht ausgeraucht, als der Wagen mit den Polizisten auftauchte. Er hielt neben uns, und die Beamten stiegen aus.

Der Streifenführer salutierte. Ich zeigte ihm meinen FBI-Ausweis.

»Der Mann in dem Haus hat nur zu Uniformen Vertrauen. Weisen Sie uns ihm gegenüber als FBI-Leute aus.«

Er nickte und ging zu dem Stacheldrahttor. Die Dogge

bellte ihn so gewaltig an, daß er sich kaum verständlich machen konnte.

»Öffnen Sie!« rief er. »Hier sind G-men, die Sie sprechen wollen.«

Der Lauf verschwand, der Fensterladen wurde ganz aufgestoßen, und das Gesicht des Mannes erschien. Die Entfernung war zu groß, als daß ich Einzelheiten des Gesichts hätte erkennen können. Ich sah nur, daß er schwarze Haare hatte, aber ich hörte, daß er erbärmlich fluchte.

»Was wollen die Burschen, zum Teufel?« brüllte er. »Ich habe sie nicht gerufen. Dieses ist mein Haus, und ich denke nicht daran, jedem hergelaufenen Hanswurst das Betreten zu erlauben.«

Ich war neben den Cop getreten.

»Hören Sie, Baker!« rief ich. »Ich gebe Ihnen drei Minuten. Wenn Sie bis dahin nicht das Tor geöffnet haben, werden sie mich kennenlernen. Haben Sie verstanden?«

Er antwortete nicht. Er schlug nur das Fenster zu. Zwei Minuten lang geschah nichts, und ich dachte schon, er würde es darauf ankommen lassen. Dann ging doch die Haustür auf, und Lush Baker ging durch den ungepflegten Vorgarten auf uns zu.

Er war ein mittelgroßer, kräftiger Mann mit einem mageren, aber kantigen Gesicht. Seine Wangenknochen standen vor, und seine Augen waren klein und sehr blau. Er hatte einen großen, nicht einmal schlecht geschnittenen Mund und kleine, enganliegende spitze Ohren. Trotz der frühen Stunde war er vollständig bekleidet.

»Was wollen Sie?« fragte er.

Ich zeigte ihm meinen Ausweis, wandte mich dann an den Cop. »Vielen Dank, Sergeant, aber am besten fahren Sie jetzt wieder. Machen Sie einen Umweg. Es ist nicht notwendig, daß man in der Bowery merkt, daß die Polizei unterwegs ist.« Zu Baker sagte ich: »Lassen sie uns herein. Wir haben eine ernste Sache mit Ihnen zu besprechen.«

Er ließ einen mißtrauischen Blick von einem zum anderen

laufen, schloß die Tür auf und faßte seinen Hand am Halsband.

Ich gab dem Fahrer die Anweisung, sich mit dem Wagen zu verkrümeln.

Lush Baker stiefelte uns wortlos voran auf sein Haus zu, führte uns in ein bescheiden eingerichtetes Wohnzimmer, drehte sich uns zu und sagte knapp: »Also, schießen Sie los, aber machen Sie schnell.«

Ich tat ihm den Gefallen nicht. Der Mann fing an, mich zu interessieren. Ich wußte nicht, ob er je ein Verbrechen begangen hatte, aber ich zweifelte nicht daran, daß er das Zeug dazu hatte. Schließlich waren Shine, Goodman und Firestone skrupellose Gangsterbosse, und doch waren sie bisher nie eines Verbrechens überführt worden.

Ich setzte mich auf einen schäbigen Plüschstuhl.

»Stenton Shine wohnt entschieden eleganter als Sie, Lush«, sagte ich. »Schwer, in der Branche groß zu werden, was?«

Er zog einen Winkel seines Mundes zu der Andeutung eines Lächelns hoch. »Nicht schwerer als in jedem anderen Geschäft, in dem die Konkurrenz groß ist«, antwortete er.

»Aber dort wird nicht immer so scharf vorgegangen. Kein Lebensmittelhändler schießt dem anderen ein Loch in den Anzug.«

Er kapierte rasch. »Will Stenton Shine mich umlegen?« fragte er.

»Ich konnte Ihrer Reaktion auf unser Auftauchen entnehmen, daß Sie das bereits wußten«, antwortete ich.

»Natürlich«, sagte er, »will er versuchen, mich heute umzulegen.«

»Ich nehme es an. Wahrscheinlich in den nächsten sechs oder sieben Stunden.«

Sein Gesicht war steinern.

»Danke für die Warnung«, sagte er. »Damit ist Ihre Aufgabe wohl erfüllt, und Sie können gehen.«

»Irrtum, Lush. Wir können nicht in Ruhe zusehen, wenn

ein Bürger des Staates getötet wird, was immer wir über ihn denken mögen.«

»Ich kann für mich selber sorgen.«

»Unterschätzen Sie Shine nicht. Sie werden die Polizei nicht mehr rechtzeitig benachrichtigen können. Daß er als erstes für die Unterbrechung der Telefonleitung sorgt, ist für ihn selbstverständlich wie das Einmaleins.«

Er verlor ein wenig die Fassung. »Wenn ich um meine Haut keine Sorge habe, brauchen Sie es auch nicht«, fauchte er heftig.

»Soll ich Sie mal nach Ihrem Waffenschein fragen, Lush?« sagte ich.

»Können Sie haben«, knurrte er, holte seine Brieftasche hervor und fischte einen Waffenschein heraus.

Ich las ihn aufmerksam, faltete ihn zusammen und gab ihn ihm wieder.

»Der Wisch lautet auf ein Jagdgewehr. Wenn mich mein Ohr nicht getäuscht hat, war es ein Karabinerknall, der die Kugel begleitete, die Sie mir vorhin zugedacht hatten.«

»Es war ein Jagdgewehr«, schnauzte er, »und jetzt scheren Sie sich raus!«

Ich stand auf. »Schluß!« pfiff ich ihn an. »Glauben Sie, wir lassen euch hier wild in der Gegend herumknallen, wie es euch Spaß macht? Wir bleiben hier, bis Shines Leute kommen. Damit werden Sie sich abfinden müssen.«

Er wollte noch etwas sagen, klappte den Mund aber wieder zu. Er sah ein, daß es zwecklos war. Wütend pflanzte er sich auf einen Stuhl und sah zum Fenster hinaus.

Ich winkte Phil, Trown und dem Kollegen zu, es sich ebenfalls bequem zu machen.

In tiefem Schweigen warteten wir etwas weniger als zwei Stunden. Zwanzig Minuten nach acht Uhr ging das Telefon. Baker stand auf und ging an den Apparat, der im Zimmer stand. Er meldete sich mit einem ›Hallo!«, wiederholte es und hängte dann ein.

»Was war?« fragte ich.

»Nichts«, antwortete er. »Der Anrufer hat sich nicht gemeldet.«

Ich ging zum Telefon und nahm den Hörer ab. Die Leitung war tot. Es war kein Freizeichen des Amtes darin.

Vorsichtig legte ich den Hörer wieder auf die Gabel.

»In spätestens zehn Minuten sind Shines Leute hier«, sagte ich. »Sie haben die Telefonleitung zerschnitten. Vorher haben sie sich noch vergewissert, ob Sie auch zu Hause sind, Baker. Darum der Anruf.«

Ich trat zu ihm ans Fenster. Die 123. lag still und leer da.

»Es ist eine Freileitung«, erklärte er. »Ich glaube, ich habe das einzige Telefon in der 123. Sie können die Leitung weit von hier durchgeschnitten haben.«

Wir verteilten uns auf die drei Fenster des Raumes, blieben aber in Deckung. Ich entsicherte die Maschinenpistole.

Plötzlich waren drei Wagen da, ein Ford, ein schwerer Chrysler und ein Cadillac. Der Cadillac stoppte, und ich sah drei Leute herausspringen und hinter ihm in Deckung gehen. Der Ford stoppte kurz, richtete seine Kühlerhaube auf das Tor. Der Chrysler fuhr weiter, drehte eine Kurve und brummte mit voller Fahrt in den Stacheldraht.

Wir hörten den Draht kreischend lange Streifen über den Lack ziehen. Gleichzeitig heulte der Motor des Ford auf. Der Wagen drückte den Kühler gegen die Gartentür, seine Räder mahlten, das Holz splitterte, und dann flog die Tür plötzlich aus den Angeln und gleich ein halbes Dutzend Schritte in den Garten hinein. Wenige Augenblicke später zerknallten die Stacheldrähte, die sich der Chrysler vorgenommen hatte.

Ich fühlte, wie Baker meinen Arm packte.

»Hören Sie, G-man«, hastete er hervor. »Wenn die Burschen geschossen haben, wenn sie nur ein einziges Mal geschossen haben, dann können Sie sie doch wegen Mordversuchs verhaften, nicht wahr?«

»Natürlich«, sagte ich, ohne die Wagen aus dem Auge zu lassen. Ehe ich es verhindern konnte, hatte Lush Baker plötzlich das Fenster aufgestoßen und stand schon auf der Fensterbank.

»Sind Sie verrückt geworden?« brüllte ich und griff nach seinem Rock, um ihn zurückzuziehen, aber ich erwischte ihn nicht mehr. Er sprang hinunter in den Garten.

Beide Wagen waren vielleicht noch fünfundzwanzig Yard vom Haus entfernt. Bakers Erscheinen hatte die Wirkung, daß die Fahrer auf die Bremsen traten, daß die Wagen auf der Stelle bockten.

In der nächsten Sekunde flogen sämtliche Türen an den Fahrzeugen auf. Es geschah so gleichzeitig, als wäre es einstudiert. Aus jedem Wagen sprangen vier Mann heraus, zwei jeweils nach links, zwei nach rechts.

Ich beugte mich weit aus dem Fenster, die Maschinenpistole im Anschlag. Es ging alles rasend schnell, aber dennoch erkannte ich bei dem Ford Lesby Firestone, beim Chrysler John Goodman. Sie hatten alle Schießwerkzeuge in den Händen, und sie zögerten nicht, auf den Abzug zu drücken.

Lush Baker war zu diesem Zeitpunkt schon an drei Vierteln der Hausfront entlanggehuscht. Ich verstand seinen Plan. Er wollte ums Haus herum, bevor sie ihn trafen. Wir würden schon dafür sorgen, daß sie ihm nicht folgen konnten.

Ich bewegte die Maschinenpistole im Viertelkreis und zog durch.

Ich setzte ihnen so eine Serie vor die Füße, daß die Gartenerde hochstob und sie im ersten Schreck die Finger von den Hähnen ließen. Baker gewann die Hausecke, warf sich herum und war in Sicherheit.

Die Barrikadenbrecher mit dem Ford und Chrysler rannten in die Deckung ihrer Wagen zurück, aber jetzt herrschte unter ihnen nicht mehr die schöne Einigkeit wie beim ersten Auftritt. Goodman und einer seiner Leute warfen sich neben dem Chrysler in Deckung, zwei andere enterten das Fahrzeug, stritten sich sekundenlang um das Steuer, einigten sich, ließen den Motor heulen, warfen den Rückwärtsgang hinein und rollten ab. Goodman und sein Mann lagen nackt da, unverfehlbare Zielscheibe für jeden Anfänger im Handwerk.

Ich zerknallte dem zurückrollenden Chrysler die Vorderreifen. Phil erwischte ihn vom Nebenfenster etwas seitlich und zerpustete fast gleichzeitig einen Hinterreifen. Der Wagen drehte sich langsam im Kreis, bohrte die luftlosen Räder tief in den weichen Gartenboden und stand trotz des laut heulenden Motors.

Firestone und seine Leute waren etwas umsichtiger gewesen. Sie waren zusammen in ihrem Ford gestürzt, waren ebenfalls im Rückwärtsgang abgebraust, aber der Fahrer traf in der Aufregung nicht das Loch, das er bei der Einfahrt gerissen hatte, und im Rückwärtsgang langte die Kraft des Wagens nicht auf Anhieb. Sie ließen die Maschine arbeiten. Dann sahen sie ein, daß es nicht zu machen war, sprangen heraus und versuchten, zu Fuß aus Bakers Garten zu entwischen, der sich so unversehens für sie in eine Rattenfalle verwandelt hatte.

Ich hatte einen großen Augenblick. Ich zersägte mit der Maschinenpistole etwas die Luft, während sie wie die Hasen herumsprangen, und brüllte ihnen dann ein donnerndes »Halt!« zu. Sie erstarrten wie Roboter, denen der elektrische Strom ausgegangen ist.

Ich setzte ein »Hände hoch!« hinterher. Sie ließen alles fallen, was sie bei sich trugen, und reckten die Arme. Goodman und seine Leute taten gleich mit, obwohl sie eigentlich nicht angesprochen worden waren.

Ich jumpte aus dem Fenster. Okay, wir hatten sie, nur einer war uns sang- und klanglos durch die Lappen gegangen: Stenton Shine. Während Firestone und Goodman ihre Geländeübungen im Garten machten, war der Cadillac draußen vor dem Tor eilig und gewissermaßen lautlos abgehauen. Wenn ich es richtig gesehen hatte, so hatten sie sich nicht einmal an der Schießerei auf Lush Baker beteiligt. Vielleicht schaltete Shine schneller als seine Genossen und hatte den Braten gerochen, als er Baker so plötzlich um die Ecke preschen sah.

Was wir an Handschellen bei uns hatten, langte nicht ganz. Phil trieb sie mit dem .38er zusammen, während unser Kollege sammelte, was sie an Schießeisen verloren hatten. Dann ging er, um ein Transportmittel für die acht Mann zu holen.

Ich ließ es mir nicht nehmen, sie in gesetzten Worten wegen gemeinschaftlichen Mordversuchs und Bandenverbrechens in Haft zu erklären.

Währenddessen stand Lush Baker hinter mir und lächelte dünn. Es war kein schlechter Schlag, den wir da gelandet hatten. Eigentlich hätte ich diesem Baker dankbar dafür sein müssen, daß er uns so einwandfreie Beweise lieferte, aber glauben Sie nicht, daß mir sein Gesicht dadurch auch nur für einen roten Heller sympathischer geworden wäre.

Ich bat Phil, den Abtransport zu übernehmen. Dann wandte ich mich Baker zu.

»Ich glaube, mit Ihnen habe ich noch einiges zu besprechen. Gehen wir ins Haus.«

Er ging voran. Trown kam mit. Baker wollte uns wieder ins Wohnzimmer führen, aber ich kümmerte mich nicht darum, sondern ging auf die Tür am Ende des Ganges zu. Er protestierte nicht, obwohl er es hätte tun können, denn ich besaß keinen Haussuchungsbefehl. Die Tür ging in eine nicht besonders eingerichtete Küche. An der Rückfront führten vier Stufen hinab zu einer weiteren Tür, und als ich diese aufstieß, befand ich mich in dem langgestreckten Anbau, der — das sah man auf den ersten Blick — als Sporthalle diente.

Erst dachte ich, der Laden sei leer, dann erblickte ich einen alten Mann, der uns aufmerksam entgegensah.

»Hallo«, sagte ich.

»Hallo«, antwortete der Alte. Er hatte eine baßtiefe Stimme, aber seine Gestalt war eher zierlich und ein wenig krumm vom Alter.

»Wer ist das?« fragte ich.

»Onkel von mir, Webb Stumpton«, antwortete Baker. »Komm her, Webb.«

Der Alte kam und sah uns neugierig an.

»Hat Sie das Schießen nicht gestört?« fragte ich.

Er grinste.

»Tut mir leid«, antwortete Baker. »Er ist stocktaub.«

»Er hat doch vorhin geantwortet, als ich grüßte.«

»Wenn man langsam spricht, kann er die Worte an den Lippenbewegungen ablesen.«

Na schön, so sehr interessierte mich Bakers Verwandtschaft wieder nicht. Er schien den Alten als eine Art Faktotum zu verwenden. Ich machte eine grüßende Armbewegung zu ihm hin.

Wir gingen ins Haus zurück. Ich inspizierte noch die obere Etage, aber außer zwei völlig harmlosen Schlafzimmern gab es hier nichts zu sehen.

Eigentlich war nichts mehr zu tun. Ein Polizeiwagen war inzwischen eingetroffen, und auch unser Fahrzeug war zurückgekommen. Sie verluden eben die Burschen.

Wissen Sie, es wurmte mich gewaltig, daß wir diesem Baker seine Geschäfte besorgt hatten. Natürlich ist es immer gut, wenn Gangster dahin gebracht werden, wo sie am besten schon geboren werden sollten: ins Kittchen nämlich. Wenn man sie dahin bringen kann, nimmt man in Teufels Namen auch die Hilfe eines anderen Gangsters gern in Anspruch. Aber daß Baker, der doch in eine Reihe mit Shine, Firestone und Goodman gehörte, mit dem einen Unterschied, daß er ein Anfänger in dem Geschäft war, daß also dieser Baker nun so rein da stand wie die Jungfrau von Orleans, das ärgerte mich. Außerdem hatte er jetzt freie Bahn.

»Also, Wiedersehen, Baker«, verabschiedete ich mich von ihm. »Glauben Sie nicht, daß wir Ihnen jetzt die Bahn freigeräumt haben. Ich werde Ihnen gewaltig auf die Finger sehen, und wenn es not tut, werde ich Ihnen daraufklopfen.«

Er verzog keine Miene seines Gesichtes. Nicht mal in seinen Augen war zu lesen, ob er mich haßte, fürchtete oder nur über meine Worte lachte.

Wir fuhren ab, nahmen im Hauptquartier ein verspätetes Frühstück ein und knöpften uns gleich anschließend unseren ganzen Fang der Reihe nach vor.

Was in Goodmans und Firestones Begleitung gewesen war, fanden wir in unseren Karteien wieder. Sie wußten alle, wie ein Gefängnis von innen aussieht, und ihre Register reichten vom kleinen Diebstahl bis zum bewaffneten Überfall. Lediglich Goodman und Firestone selbst waren noch nicht vorbestraft.

Schön, wir hatten eine handfeste Anklage wegen Mordversuches gegen sie, mit Augenzeugen und Schußwaffen, in denen die Kugeln fehlten, die wir aus Bakers Garten geklaubt hatten. Zwar fanden die beiden Bosse ihre Sprache wieder und verlangten Anwälte, die wir ihnen nicht verweigern durften, aber auch die Anwälte konnten nichts ausrichten.

Als wir am späten Abend dem Richter die Akten und die Gutachten der Laboratorien und unsere Aussagen als Zeugen vorlegten, schickte er uns den gesamten Kram eine halbe Stunde später mit säuberlich unterzeichneten Haftbefehlen zurück, so daß aus der vorübergehenden Polizeihaft eine unbeschränkte Untersuchungshaft wurde. Da es für eine Anklage auf Mordversuch keine Möglichkeit der Kautionsstellung gab, saßen die beiden Boxgangster und ihr Anhang vorläufig fest.

Eines war erstaunlich. Bei allen Verhören konnten wir die Brüder nicht dazu bewegen, irgend etwas Belastendes gegen Stenton Shine auszusagen. Natürlich hätten Firestone und Goodman nach ihrem Gemüt der lieben Konkurrenz gern etwas ans Bein gebunden, und wenn sie wollten, so konnten sie uns so gute Aussagen gegen Shine liefern, daß wir ihn kassieren konnten. Aber sie waren zu klug dazu. Ihre Rechnung sah so aus: Shine weiß, daß wir ihn mit in die Tinte reißen können, in der wir sitzen. Er wird also alles unternehmen, um uns herauszuholen. Tut er es nicht, so haben wir immer noch Zeit, ihn zu belasten, oder wir sparen es uns gar auf, bis wir Zeit und Gelegenheit finden, eine hübsche kleine Erpressung an ihm auszuprobieren. Vorläufig wollen wir ihn schonen.

Stenton Shine selbst schien nicht so völlig von dieser Art Fairneß seiner Kumpane überzeugt zu sein. Ich hatte zwei Kollegen in die 115. Straße geschickt mit dem Auftrag, ihn zu einer Zeugenvernehmung herzuschaffen, aber Nummer 13 lag tot und verlassen. Unsere Beamten warteten den ganzen Tag, aber Shine ließ sich nicht blicken.

Sie alle kennen sicher das schöne Gefühl, das man nach getaner Arbeit hat. Wir hatten es, als wir am späten Abend den letzten der Bande sein Protokoll hatten unterschreiben lassen und ihn mit gesenktem Kopf durch die Tür abschieben sahen. Handgelenk an Handgelenk mit einem Cop durch ein zartes Kettchen verbunden.

»Puuh«, sagte ich und stieß die Luft aus. »Gehen wir etwas trinken?«

Trown hatte einen großen Tag gehabt. Er war die ganze Zeit anwesend gewesen, während wir die Gangster vernahmen, und er hatte fast mehr stenografiert als unser Vernehmungsstenograf.

»Cotton«, sagte er, »ich glaube, Sie haben eine Menge für die Sauberkeit des amerikanischen Boxsports getan.«

Ich lachte.

»Danke, Trown. Werden Sie ein Diplom für mich beantragen oder wenigstens die Ehrenmitgliedschaft in der National Boxing Corporation? Vergessen Sie nur eines nicht. Es war durchaus nicht meine Aufgabe, den Boxsport zu säubern. Ich soll einen Mörder finden, und trotz aller Säuberung, ich habe nicht das Gefühl, dem Boxer-Killer näher gekommen zu sein.«

Tja, da saßen sie alle, und ihre Gesichter wurden länger. In der ersten Freude hatten wir wohl alle nicht daran gedacht, daß wir Goodman und Firestone sozusagen nebenbei gefischt hatten und daß zumindest keine offensichtliche

Bindung zwischen ihnen und unserem eigentlichen Geschäft bestand. Es ist, als wenn man einen zwanzigpfündigen Lachs fischen will und hat plötzlich ein halbes Dutzend Stichlinge am Haken. Das ist für ein Anglerherz auch keine rechte Entschädigung.

Ich drehte meinen Kopf Trown zu, der in seinen Notizen kramte.

»Hören Sie, Robby«, sagte ich, »ich habe ziemliches Vertrauen zu Ihrem Riecher. Wollen Sie für uns herausbekommen, was es mit Lush Baker auf sich hat? Vielleicht war nicht Shine die richtige Adresse, vielleicht ist es Baker.«

Er machte nicht gerade das erfreuteste Gesicht.

»Schade, Cotton, ich habe hier die beste Story«, er schlug auf seine vollgekritzelten Blätter, »die in den letzten zehn Jahren über das Boxen veröffentlicht worden ist. Wenn mein Chef nur eine Handvoll Grips in seinem Gehirn und zwei Fingerspitzen voll Mut in seinem Herzen hat, dann bringt er jetzt im ›Ring frei‹ meine Serie über die Hintergründe des Boxgeschäftes und anschließend oder gleichzeitig die Geschichte der Aufdeckung. Ich bin dann ein gemachter Mann.«

»Lassen Sie es einen anderen schreiben«, empfahl ich.

Er grinste. »Glauben Sie, wir Journalisten hätten kein Berufsethos? Das ist genauso, als wenn ich Ihnen raten würde, Sie sollten einen anderen FBI-Mann den Killer fangen lassen.«

»Wenn Sie dabei sind, wenn wir den Killer stellen, bekommen Sie eine tollere Story als die, die Sie jetzt haben.«

»Mag sein«, antwortete er, »aber ob diese Geschichte noch etwas mit dem Boxen zu tun hat?«

Bevor ich ihm antworten konnte, ging die Tür auf, und Sherlock kam herein. Sie erinnern sich, jener Kollege, den ich mit den Nachforschungen nach Lewis Neston beauftragt hatte und den wir Sherlock nannten, weil er ein Faible für Kleinigkeiten hatte.

»Hallo, Cotton«, grüßte er. »Ich glaube, ich bin fertig mit

der Aufgabe, in Lewis Nestons kurzem Leben herumzuschnüffeln. Ganz interessant, was dabei herauskam.«

Er nahm einen engbeschriebenen Bogen aus der Brusttasche, setzte sich und machte Anstalten, seinen Bericht vorzulesen.

»Fein, Sherlock«, sagte ich, »leg es mir auf den Schreibtisch. Ich lese es nachher. Ich bin gerade dabei, diesen jungen Mann«, ich zeigte auf Trown, »für uns zu keilen, und ich habe ihn noch nicht weich.«

Sherlock lächelte mich von unten an. Sie müssen wissen, wir sind ein wenig Rivalen. Er mag meine Methoden nicht besonders, und eigentlich hat er recht. Ich bin manchmal ein wenig rauhbeinig, und vielleicht gebe ich oft nicht genug auf Kleinigkeiten.

»O nein, Cotton«, sagte er, »ich lasse es mir nicht nehmen, dir vorzulesen, was ich zusammengetragen habe.«

Und er fing an. Es war eine schöne lange Sache. Er hatte nichts vergessen und nichts ausgelassen. Mit einer ein wenig leiernden Stimme las er alles vor über Lewis Nestons Eltern, über seine Geburt und über die Verhältnisse, in denen er aufgewachsen war. Ich fragte mich, ob wir auch noch einiges über die Hebamme erfahren würden, die ihm in die Welt geholfen hatte. Sherlock las und las. Wahrhaftig, es war so uninteressant wie nur möglich. Dieser arme Neston hatte das durchschnittlichste Leben geführt, das man sich nur vorstellen kann.

Sherlock erreichte den Todestag, und ich dachte, nun würde es gleich überstanden sein, aber dann folgten noch ein paar Sätze, und die ließen mich aufhorchen.

Mein Kollege las: »Es wurde im Abschnitt zwei festgestellt, daß Lewis Neston die Lincoln-Fortbildungsschule besuchte, und zwar bis zu seinem sechzehnten Lebensjahr. Die Lincoln-Fortbildungsschule beteiligt sich an den jährlichen Sportfesten der Stadt New York, bei denen die Schulen untereinander sportliche Wettbewerbe aller Art um den Wanderpreis des Präsidenten austragen. Lewis Neston gehörte in seinem Abgangsjahr der Boxmannschaft der Lincoln-Schule an. Bei den Kämpfen fand u. a. ein Treffen mit der Riege der Lebberthone-Schule statt. Lincoln besiegte Lebberthone klar. In der Lebberthone-Riege stand damals während jener Wettkämpfe ein Schüler namens Cross Crower. Lewis Neston schlug Cross Crower laut dem Spruch des Kampfrichters eindeutig nach Punkten.«

Es war eine Sensation, eine glatte Sensation, die Sherlock uns mit seiner trockenen Stimme verkündete. Wir alle rissen die Münder auf und starrten unseren Kollegen an. Er aber sagte mit einem Lächeln: »Diese letzte Feststellung ging über meinen eigentlichen Auftrag hinaus.«

Ich wurde wach, ich wurde sogar sehr wach.

»Meinen Dank, Sherlock«, sagte ich.

Ich wandte mich an alle. »Wir haben eine Linie, eine ganz klare Linie. ›Panther‹ Al Yersey, Goody Ghose, Laraby Pat, Harlow Putty und nun Lewis Neston, alles Männer, die Cross Crower schlugen. Und nun kommt Cross Crower und schlägt sie, nicht nur k. o., nicht nur nach Punkten, sondern er schlägt sie tot.«

»Aber Cross Crower ist ebenfalls tot!« rief Phil. »Willst du sagen, die Toten kämen zurück?«

»Okay«, antwortete ich, »vielleicht ist er wirklich tot. Wir werden es noch einmal nachprüfen. Sherlock, das ist eine Aufgabe für dich. Stell fest: War es wirklich Cross Crower, der dem Verkehrsunfall zum Opfer fiel?«

Sherlock nickte nur und notierte sich den Fall. Ich aber fuhr fort: »Nehmen wir an, Crower ist tot, begraben, ehrlich gestorben. Wer dann kann es für seine Aufgabe halten, seine Niederlagen in Siege zu verwandeln? Nur einer, der ihm nahestand. Irgendeiner, der mit ihm zu tun hatte — wer?«

»Stenton Shine«, sagte Trown, »managte Cross Crower.«

»Er verkaufte ihn. Er betrog ihn. Er zwang ihn, sich schlagen zu lassen. Ich glaube nicht, daß Stenton Shine der Killer ist. Weiter, wer kommt noch in Frage? Wer stand in Crowers Ecke, wenn der Gong ertönte? Wer knüpfte Hoffnungen an seine Laufbahn? Wer war interessiert an seiner Karriere? Wer wollte ihn als großen, erfolgreichen Kämpfer im Ring sehen, als gewissermaßen Unbesiegbaren?«

Ich sah Trown fragend an. Er zögerte mit der Antwort.

»Cross Crower war nie eine Größe«, sagte er schließlich langsam. »Sie werden schnell vergessen, und noch weniger beachtet man die Leute, die um sie sind, die ihnen die Körper trocknen, ihnen den Bademantel reichen. Gut, ich lasse meine Berichte schießen. Ich werde versuchen, herauszubekommen, wer in Cross Crowers Ringecke stand.«

»Das ist doch alles Irrsinn!« rief Phil dazwischen. »Zum Henker, Jerry, welcher Mann kommt auf die Idee, die Niederlagen eines Boxers, eines toten Boxers außerhalb des Ringes in Siege verwandeln zu wollen? In Siege, die gleichzeitig den Tode des Gegners bedeuten. Der Mann müßte wahnsinnig sein!«

»Der Mann ist wahnsinnig«, sagte ich langsam. »Ich zweifle nicht daran, daß der Boxer-Killer wahnsinnig ist.«

Okay, jetzt hatte ich gesagt, was wir vielleicht alle schon lange gedacht hatten, und trotzdem glaube ich, war keiner unter uns, nicht einmal der trockene Sherlock, dem es nicht kalt über den Rücken rieselte.

Schön, es gibt eine Menge Psychologen und sonstige Wissenschaftler, die behaupten, kein Verbrecher sei ganz normal. Wahrscheinlich haben sie recht damit, und ich habe es selbst einigemal erlebt, daß die ausgekochtesten Gangster anfingen, verrückt zu spielen, wenn sie sich in der Klemme sahen. Doch meistens kann man damit rechnen, daß ein Mann die Arme hochhebt, wenn man ihm einen Pistolenlauf unter die Nase hält. War der Boxer-Killer wahnsinnig, dann konnten wir nicht damit rechnen. Dann würde es, wenn wir ihn faßten, blutig und scheußlich werden. Wenn wir ihn faßten, dann — ja, aber wir hatten ihn noch nicht. Wir wußten ja nicht einmal, wo wir ihn suchen sollten.

Es war Phil, der diese Frage stellte, im selben Augenblick, in dem ich sie dachte: »Wer ist er?«

»Verlang keinen Namen, jedenfalls aber ein Mann, der enge Beziehungen zu Crower hatte.« Mir kam eine Idee. »Wahrscheinlich ein Mensch, der alle seine Hoffnungen auf Crowers Karriere gesetzt hatte. — Sherlock, notieren Sie sich auch das. Suchen Sie alle Verwandten und Freunde von Cross Crower, und stellen Sie fest, wieweit sie an seiner Laufbahn beteiligt waren.«

»Ist Lush Baker unter diesen Umständen noch für Sie interessant?« fragte Trown.

»Immer.«

Der Journalist stand auf.

»Ich werde trotzdem versuchen, etwas über die Leute zu erfahren, die in Cross Crowers Ecke standen«, sagte er an der Tür. »Jetzt bin ich erst einmal fürs Schlafen.«

»Einverstanden«, stimmte ich zu. »Ich denke, dafür sind wir alle, aber morgen geht es groß los. Eine Woche noch für den Fang des Killers und keinen Mord mehr.«

Jawohl, wir gingen schlafen, das heißt, ich legte mich ins Bett, aber ich kam nicht zum Schlafen. Zwar machte ich das Licht aus und drehte mich auf die Seite, aber dann knipste ich die Nachttischlampe wieder an, verschränkte die Arme unter dem Kopf und dachte nach.

Ich überlegte, wie der Mörder zu fassen sei, und je länger ich darüber nachdachte, desto merkwürdiger erschien mir eine kleine Sache, die mir bisher nicht aufgefallen war.

Sie erinnern sich, daß wir alle noch lebenden Boxer, die sich je mit Crower im Ring herumgeprügelt hatten, unter Bewachung stellten. Am Anfang trudelten ja eine Menge Meldungen von unseren Leuten ein, die irgendwelche verdächtigen Gestalten um ihre Schützlinge herum gesehen haben wollten, aber dann wurde es still, und ich hatte das Gefühl, als hätten unsere Leute bei dem Job das Gähnen bekommen.

Mir schien es auf einmal so, als sei das nicht in Ordnung. Natürlich, jeder vernünftige Mensch wird sich hüten, einen Mann zu überfallen, wenn die Luft nicht ganz rein ist oder er sie wenigstens nicht für rein hält. Aber der Boxer-Killer war kein vernünftiger.

Wenn dieser Mörder wirklich ein Verrückter war, ein Mensch, der unter dem Zwang stand, alle töten zu müssen, die jemals Cross Crower besiegten, dann mußte er nach diesem Zwang handeln. Dann mußte er versuchen, an die noch lebenden Männer heranzukommen. Es hätte sich also etwas ereignen müssen im Bereich der sechs Ringkanonen, die wir bewachen ließen, etwas mehr als nur ständig blinder Alarm.

Ich bin kein Sachverständiger für Geisteskrankheiten, aber so viel weiß auch ich davon, daß ein Wahnsinniger seinen Zwangsvorstellungen folgen muß, er kann einfach nicht anders. Der Killer hätte also auf der Spur von einem der sechs sein müssen, und wir hätten eigentlich dabei auf den Unheimlichen stoßen müssen.

Jetzt stand ich sogar auf, schaltete die Deckenbeleuchtung ein und holte mir die Whiskyflasche. Mit Whisky und Zigaretten ließ ich mich im Wohnzimmer in einem Sessel nieder.

Weiter also. Es geschah aber nichts um die sechs Boxer. Bedeutete das also nicht, daß der Mörder nach landläufigen Begriffen doch ein planvoll handelnder Mensch war? Daß er die Finger von einem Eisen ließ, das ihm im Augenblick zu heiß erschien? Daß diese Morde also nicht planlos, aus einer Wahnidee heraus, geschehen waren, sondern ein Sinn dahintersteckte?

Gut, wenn aber ein Sinn dahintersteckte, dann mußte man den Mörder auch zu einer Tat provozieren können, indem man ihm vorspielte, er könne einen neuen Mord ohne Gefahr für sich selbst ausführen, indem man ihm gewissermaßen sein Motiv lieferte. Fragte sich nur, was war das Motiv?

Das war der Punkt, über den ich in dieser Nacht nachdachte, und als ich mich endlich ins Bett legte, da wußte ich es durchaus noch nicht. Ich hatte nur eine vage Vermutung, aber ich war entschlossen, es mit dieser Vermutung zu versuchen.

Als ich damals den Speech vor den versammelten Boxern hielt, war mir ein junger Bursche aufgefallen, der Jonny MacModen hieß, ein Ire von Geburt. Er hatte den letzten Kampf mit Crower vor dessen Unfall ausgefochten, und er hatte ihn ausgeknockt. Durch einen Anruf im ›Ring frei‹ besorgte ich mir am anderen Morgen seine Adresse und ging hin.

Er bewohnte mit seinem Bruder zusammen eine kleine Wohnung in der Nähe eines Parks, und als ich klingelte, öffnete mir der Bruder. Jonny selbst war im Park unterwegs, um sein tägliches Dauerlaufpensum zu absolvieren, und ich erfuhr, daß unser Überwachungsbeamter sich ein Fahrrad besorgt hatte, um Schritt halten zu können. Der Bruder beschrieb mir den Weg, den der junge Sportsfreund zu nehmen pflegte. Ich machte mich auf die Socken.

Wir begegneten uns auf dem Kastanienweg des zu dieser frühen Stunde noch leeren Parkes. Er war im Trainingsanzug und erkannte mich sofort wieder.

»Hallo, Jonny!« grüßte ich.

»Hallo, G-man«, antwortete er und blies sich seine roten Haare aus der Stirn.

»Geraten Sie aus der Form, wenn sie Ihr Training für zehn Minuten unterbrechen und sich mit mir auf diese Bank setzen?«

»Denke, ich werde es vertragen können«, lachte er.

Wir beschlagnahmten die nächste Bank. Unser Mann, der in Sichtweite hinter MacModen herradelte, fuhr weiter, stieg ab und beschäftigte sich mit der Natur.

»Neues von den Boxer-Morden?« fragte der Ire. »Nichts gegen Ihre Leute, aber ich habe ein Mädchen und würde mich gern mit ihr zu einem Spaziergang treffen. Mit so einer

Bewachung im Rücken macht es nicht den richtigen Spaß.«

»Eigentlich nichts Neues, Jonny«, antwortete ich, »außer einem Plan. Weiß nicht, ob er etwas taugt, aber ich möchte es versuchen. Ich brauche Ihre Hilfe dazu.«

»Lassen Sie hören, Mr. G-man.«

Ich setzte ihm auseinander, was ich zu tun beabsichtigte. Mir war selber nicht ganz wohl dabei, und auch ihm gefielen meine Vorschläge nicht sehr. Er hatte keine Angst, aber er fürchtete, die Bedingungen könnten seiner Laufbahn schaden. Erst als ich ihm erklärte, wieviel die Sache seiner Laufbahn nutzen würde, wenn sie gut ausging, wurde er warm. Wir trennten uns nach einer Viertelstunde. Er hatte mir Vollmacht gegeben, in seinem Namen zu handeln.

Ich fuhr in die Bowery, und ich ließ das Taxi in der 115. Straße vor Stenton Shines Haus stoppen. Der Laden war geschlossen und verrammelt. Es regte sich keine Seele darin.

Ich ging zu Fuß weiter in die 119. Straße zu Beggar. Sie wissen, jene Kneipe, in der Shine mich zu seiner Glanzzeit mit seinen Leuten so hübsch fertiggemacht hatte. Kaum zu glauben, daß das erst achtundvierzig Stunden her sein sollte.

Auch das Haus war verschlossen, aber hier gab ich nicht so schnell auf. Ich hämmerte an der Tür herum, bis endlich in der ersten Etage ein Fenster geöffnet wurde und der schmuddelige Kopf des Wirtes herausschaute, der seinen Gästen das Bierglas auf den Schädel zu schlagen pflegt, anstatt es säuberlich mit einer ordentlichen Blume zu servieren.

Der Bursche erschrak so, daß er sofort wieder zurückzuckte.

»He!« brüllt ich hinauf. »Mach deinen Laden auf. Ich habe mit dir zu reden.«

Er bequemte sich, wieder aus dem Fenster zu schauen und zu antworten: »Wüßte nicht, was ich mit Ihnen zu reden hätte.«

Ich sprach nicht sehr laut, aber ich mußte wohl den richtigen Tonfall in der Stimme haben, denn nachdem ich ihm angedroht hatte, ich würde auf jeden Fall zu ihm hinaufkommen, bequemte er sich, seine Hose anzuziehen. Ich hörte ihn die Treppe herunterkommen. Sekunden später wurde ein Schlüssel gedreht, und die Tür quietschte auf.

Er hatte solche Angst, daß er ein harmloses Gesicht zog. Ich ging grußlos an ihm vorbei in den Schankraum, in dem es rauchig und nach abgestandenem Fusel roch, setzte mich an einen Tisch und musterte ihn von Kopf bis Fuß, bevor ich fragte: »Wo ist Stenton Shine?«

Er versuchte, mir treuherzig in die Augen zu schauen, aber das schaffte er nicht. Er senkte den Blick zum Boden und brummte: »Denke, in seiner Wohnung. Wo soll er sonst sein?«

Im nächsten Augenblick schrie er erschreckt auf, denn ich war wie ein Hurrikan hochgetobt und griff ihn bei seinem schmutzigen Hemd. Er dachte, ich würde ihn schlagen, und er zog den Kopf ein.

»Hör zu, du Seelenverkäufer«, sagte ich leise, »ich habe 'ne Menge Sinn für Humor, und daß du mir ein Glas auf dem Kopf zerschmettert hast, das sei verziehen und vergessen. Du wirst mir zwar nicht glauben, aber ich habe sogar Verständnis dafür, daß du mir Shines Aufenthalt nicht angeben willst, denn du denkst, daß er es erfährt und entsprechend mit dir umgeht. Aber Shine ist erledigt. Er hatte gestern Pech, als er einem Konkurrenten an den Hals wollte. Wir schnappten seine Freunde Goodman und Firestone, und wir haben erstklassige Zeugenaussagen gegen ihn. Erzähle mir nicht, du wüßtest nichts davon. Ich wette jede Summe, daß ihr hier in der Bowery genauer über den Krach in der 123. Straße Bescheid wißt, als die Leute, die den Polizeibericht verfassen. Warum als fürchtest du Shine noch? Und jetzt, mein Freund, will ich dir eines sagen. Im Grunde interessieren mich weder Shine noch Goodman noch Firestone. Mich interessiert der Boxer-Killer. Ich gebe zu, ich habe was dagegen, daß ihr hier in der Bowery ein paar Gangsterhäuptlinge unterstützt, die mit dem Ehrgeiz armer Teufel Geschäfte machen, aber gut, jeder hat seine Schwächen. Nur, mein Junge, ich habe nicht die Spur Verständnis dafür, wenn ihr mir in die Quere kommen wollt, wenn ich einen fünffachen Mörder suche. Ich bin der Meinung, der Weg zu diesem Mörder führt über Shine, und jetzt wirst du mir sofort sagen, wo Stenton sich aufhält, oder ich verliere meinen Humor.«

Er ging richtig ein bißchen in die Knie vor Angst.

»Ich weiß es wirklich nicht, G-man«, wimmerte er. »Gehen Sie zu Tudor. Das ist der Trainer, der Shines Leute betreut. Vielleicht kann der es Ihnen sagen.«

Ich merkte, daß er nicht log. Manchmal weiß man genau, ob einer lügt oder nicht.

»Die Adresse?«

Er nannte sie. Es war gar nicht weit. Die ganze Bande schien wie die Bienen auf einem Klumpen zu wohnen.

Tudor wohnte in einem großen Mietshaus in der zweiten Etage. Er hatte sogar ein Schild an der Tür, auf dem er sich stolz als Sportlehrer bezeichnete. Ein Klingelknopf war nicht vorhanden, und so bumste ich kräftig gegen die Füllung.

Es dauerte eine Weile, bis die Tür aufging, und ich fand mich dem grauhaarigen Pulloverburschen gegenüber, der bei meinem ersten Besuch den Jungs im Ring Anweisungen zugeschrien hatte. Er war nicht allein. Hinter ihm sah ich eine breitschultrige Gestalt mit einem vertrauten Gesicht: einer von Shines Schützlingen, die mich in ›Beggars Inn‹ als Sandsack mißbraucht hatten.

Tudors Gesicht wurde so grau wie seine Haare, als er mich sah, und der junge Sportsfreund im Hintergrund zog ein Gesicht, als suche er ein Mauseloch.

Ich machte eine kleine Handbewegung, und sie wichen zurück. Ich betrat den Korridor und schloß die Tür.

»Im großen und ganzen gesehen«, sagte ich, »ist alles schiefgegangen, was Shine unternommen hat. Es ist Schluß mit der Boxschule und Schluß mit dem großen Verdienst. Ich prophezeie Kittchen zwischen fünfundzwanzig und dreißig Jahren. Doch das kommt später. Wo ist Shine?«

Natürlich rechnete ich auch hier mit einem Berg von Lügen, aber Tudor machte nicht einmal den Mund auf. Er starrte mich nur an.

Ich habe etwas gegen Erpressungen, aber hier ging es um eine große Sache. Ich nahm den .38er aus dem Halfter.

»Ich brauche Shine«, sagte ich sehr ruhig. »Ich habe keine Zeit, lange mit euch herumzureden. Ihr habt mich überfallen und reichlich fertiggemacht. Wundert euch nicht, wenn meine Nerven nichts taugen und der Zeigefinger zittert. Kein Chef verlangt von einem G-man, daß er sich zweimal zusammenschlagen läßt. Er hätte gewiß Verständnis für mich, wenn mir der Zeigefinger ausrutscht.«

Wissen Sie, es kommt immer darauf an, daß man das, was man sagt, richtig herausbringt. Selbstverständlich konnten sie vor meinem .38er uralt werden, bevor ich durchzog, aber ich brachte es eben richtig raus. In Hollywood haben sie mir mal bescheinigt, daß ich weniger zum Schauspieler tauge als ein Wolf zum Lämmerhüten, aber manchmal kann ich doch Theater spielen. Heute und hier zum Beispiel konnte ich es.

Der junge Boxer im Hintergrund fing sofort an zu wimmern. »Ich weiß nicht, wo Mr. Shine sich befindet. Wirklich, ich habe keine Ahnung. Glauben Sie mir, G-man.«

Tudor hatte eine Kleinigkeit bessere Nerven. Er blieb fünf Sekunden länger standhaft, aber als ich den Sicherungshebel mit dem Daumen zurückschob, sagte er schnell: »Weiß nicht, wo Shine steckt. Kann Ihnen nur einen Tip geben. Stenton hat ein Landhaus in Appletown.«

Appletown kannte ich. Das war fast so etwas wie ein Vorort von New York, nur noch nicht eingemeindet.

Ich steckte die Kanone weg.

»Komm mit!« befahl ich dem Pullover-Tudor. »Du zeigst mir den Weg und garantierst dafür, daß der Hinweis nicht falsch ist.«

Ich drehte mich um und ging zur Tür. In diesem Augenblick kam der Sportsfreund hinter des Trainers Rücken auf die miserable Idee, er könne die Situation noch retten. Er stürzte vor, aber er tat es einen Sekundenbruchteil zu früh, so daß ich die Bewegung spürte und mich noch umdrehen konnte.

Wissen Sie, ich war an diesem Morgen ziemlich in Fahrt. Ich blockte zwei Hiebe von ihm ab, und dann verpaßte ich ihm einiges, und weil er so sehr darauf versessen war, mich umzuhauen, vernachlässigte er seine Deckung, kassierte ein halbes Dutzend trockener Sachen auf die Körperstellen, die k.o.-verdächtig waren, und legte sich nach noch nicht fünf Sekunden auf die Erde.

Ich grinste Tudor an. »Du bis ein schlechter Trainer«, sagte ich. »Du hast dem Jungen nichts Vernünftiges beigebracht.«

Der Graue versuchte nicht, die Scharte seines Schützlings auszuwetzen. Er stieg über den Jungen hinweg und kam wortlos mit.

Ein Taxi läßt sich auch in der Bowery finden.

»Appletown«, sagte ich dem Fahrer, »aber stoppen Sie an der nächsten Telefonzelle.«

Ich rief das Hauptquartier an.

»Ich bin auf dem Wege nach Appletown«, meldete ich. »Schickt einen Wagen mit ein paar Leuten hin. Vielleicht gibt es etwas abzuholen.«

Wir fuhren aus New York hinaus. Ich gab dem Fahrer die Erlaubnis, die Geschwindigkeitsvorschriften zu ignorieren, und er drückte auf den Gashebel.

Fast allen New Yorker Taxichaffeuren bereitet es Spaß, einmal so schnell fahren zu dürfen, wie ihre Wagen es können.

Wir erreichten Appletown nach fünfundvierzig Minuten. Eigentlich ist das eine Art Villenstädtchen, das nur noch nicht so recht in Mode gekommen ist.

Ich sah an der Stadtgrenze Tudor an, der den ganzen Weg über kein Wort gesprochen und sich kaum bewegt hatte. Er erwiderte den Blick nicht, aber er gehorchte der ungesprochenen Aufforderung, indem er von jetzt an die Führung übernahm. Er sagte, wenn wir links oder rechts einbiegen mußten, und schließlich befahl er: »Stopp! Das ist es«, setzte er hinzu und zeigte auf ein relativ großes, einsam liegendes Gebäude, dessen Garten so groß war, daß man ihn fast als Park bezeichnen konnte.

Tudor hatte den Wagen ein gutes Stück vorher zum Halten gebracht.

»Nur keine Hemmungen«, sagte ich. »Fahren wir hin!«

»Ich möchte aussteigen«, sagte der Trainer leise.

Auch der Taxifahrer drehte sich um.

»Nichts gegen ihren Beruf, G-man«, brummte er und kratzte sich hinter dem Ohr, »aber mein Auto ist fast neu. Kratzer und Kugeln im Lack machen sich nicht gut, und außerdem weiß ich nicht, ob die Berufsgenossenschaft es als Unfall anerkennen würde, wenn ich mir hierbei eine Kugel zuzöge.«

»In Ordnung«, antwortete ich und stieg aus, »aber passen Sie ein wenig auf diesen Herrn auf. Ich bin dagegen, daß er sich entfernt.«

Ich ging auf das Haus zu. Die Gartentür war nicht verschlossen. Ich stieß sie auf und ging durch den Garten. Der Weg war breit genug, um einen Wagen passieren zu lassen, und ich sah in der roten Asche zwei Reifenspuren. Tudors Tip schien zu stimmen.

Glauben Sie mir, ich ging ziemlich sorglos auf Shines Villa zu. Natürlich war es möglich, daß er und seine beiden Leibgardisten hinter den Fenstern hockten. Es war sogar wahrscheinlich. Trotzdem hatte ich keine Angst, daß sie mich hier im Garten erledigen würden. Ich weiß ziemlich genau, was ein Gangster tut und was nicht. Hat er gemordet und weiß er, daß man ihm einen Mord beweisen kann, so wird er um sich schießen, wenn er gestellt wird. Hat er aber noch eine Chance, an Lebenslänglich vorbeizukommen, dann wird er es sich sehr überlegen, ob er auf einen G-man schießt, der fröhlich pfeifend auf sein Versteck losspaziert.

Es konnte sein, daß Shine und seine Leibgardisten jetzt die Kanonen in der Hand hatten und wild entschlossene Gesichter schnitten, aber am Abzug würden sie nicht rühren. Sie mußten außerdem annehmen, daß ich nicht allein kam, sondern eine ganze Hundertschaft Cops im Rücken hatte.

Ich erreichte unangefochten das Haus. Wohlerzogen klingelte ich und wartete artig. Ich klingelte noch einmal. Als sich immer noch nichts regte, nahm ich meinen .38er aus dem Halfter, trat zwei Schritte zurück und zerschoß das Schloß. Die Splitter flogen. Ich trat gegen die Tür, und sie krachte auf.

Beim Anblick, den mir die Halle bot, mußte ich mir fast das Lachen verkneifen. Meine drei Helden standen im Hintergrund, jeder ein Ding, mit dem man schießen konnte, in der Hand, aber man brauchte nur ihre Gesichter zu sehen, um zu wissen, daß sich die einst gefürchteten Gangster in ratlose Hilfsschüler verwandelt hatten.

»Hallo!« sagte ich.

Joe und der andere Leibgardist taten als Antwort das, was sie wahrscheinlich von Anfang an am liebsten getan hätten. Sie ließen ihre Schießeisen fallen und hoben die Arme hoch. Nur Stenton Shine hielt seine Kanone hartnäckig fest und starrte mich wütend an.

Tja, in vierundzwanzig Stunden hatte sich auch Stenton Shine gewaltig verändert. Es bringt einen Mann ziemlich aus der Fassung, wenn er sich innerhalb eines Tages aus dem ungekrönten und gefürchteten König der Bowery in einen wegen Mordversuchs verfolgten Ganoven verwandelt. Klar, daß Shine annahm, Goodman und Firestone hätten ihn spornstreichs verpfiffen, als sie selbst in der Patsche saßen, und ich hatte nicht die Absicht, ihn vorläufig darüber aufzuklären.

»Na, Stenton«, sagte ich, »willst du dir an deiner Leibwache kein Beispiel nehmen? Oder möchtest du einen zweiten Mordversuch unternehmen? Die Strafe für zwei solcher Verbrechen ist nicht viel höher als für eines. Nur weiß ich nicht, ob dann noch eine Verhandlung gegen dich stattfindet. Kein Richter verurteilt einen Toten zu Zuchthaus.«

Er stierte noch zwei Sekunden lang, dann stieß er einen

410

unverständlichen Fluch aus und feuerte seine Pistole in eine Ecke.

»Siehst du, jetzt können wir miteinander reden«, lobte ich ihn. »Deine Diener brauchen wir nicht. Schick sie in die Küche, aber sie sollen nicht fortlaufen. Auch Polizisten sind manchmal nervös. Sie könnten schießen, wenn jemand durch den Park läuft.«

Sie trollten sich aus dem Raum. Sie nahmen an, das Haus sei umstellt. Ich mußte bei dem Gedanken lachen, daß meine ganz wehrfähige Begleitung aus einem Taxichauffeur bestand, der die Kleinlichkeit seiner Berufsgenossenschaft fürchtete.

In der Halle von Shines Villa gab es einen Kamin, und bei dem Kamin standen zwei Sessel. Ich beschlagnahmte einen von ihnen und lud Stenton mit einer Handbewegung ein, sich den anderen zu nehmen. Er tat es. Als er zu dem Sessel storchte, sah ich, daß er schwankte. Wahrscheinlich hatte er vierundzwanzig Stunden nicht geschlafen.

Ich nahm mir eine Zigarette und warf ihm das Päckchen hinüber. Er schüttelte den Kopf und legte es auf den kleinen Tisch zwischen uns.

»Wir sind dabei, eine schöne Anklage wegen Mordversuchs und wegen Anstiftung zum Mordversuch gegen dich zusammenzuzimmern«, eröffnete ich das Gespräch. »Deine Laufbahn ist zu Ende, Shine.«

»Haben Goodman und Firestone mich belastet?« fragte er heiser.

»Was hättest du an ihrer Stelle getan?« fragte ich zurück, um nicht direkt lügen zu müssen. Offenbar hatte er eine schlechte Meinung von sich selber. Seine Haltung drückte Hoffnungslosigkeit aus. In dieser Verfassung war er mir gerade recht. »Du hast dich mit ihnen zusammengetan, um den neuen Konkurrenten, Lush Baker, zu erledigen. Ihr habt darüber sogar die alte Feindschaft begraben. Schlau, wie du bist, hast du es verstanden, die Hauptarbeit den beiden und ihren Leuten zuzuschustern, aber das schließt nicht aus, daß du dabei warst. Du hast Geld, und du wirst dir einen guten Anwalt nehmen, und wahrscheinlich wirst du sogar relativ billig davonkommen, obwohl ich nicht glaube, daß die Richter dich unter zehn Jahren laufenlassen.«

Er antwortete nicht. Die Aussichten schienen ihm nicht gerade tröstlich.

Ich lachte.

»Das Lustige dabei ist«, fuhr ich fort, »daß ihr mit eurem albernen Versuch Lush Baker völlig freie Bahn geschaffen habt, das Boxgeschäft an sich zu reißen. Gutes Geschäft für den Burschen. Er riskierte fünfzehn Sekunden lang, sich ein Loch im Anzug zu holen, und tauschte dafür zehn Jahre ungestörtes Arbeiten ein. Wenn du aus dem Gefängnis kommst, Stenton, dann ist Lush Baker der absolute König der Bowery, und ich möchte wohl erleben, ob du es dann noch fertigbringst, ihn aus seiner Stellung zu verdrängen.«

Können Sie sich vorstellen, daß ein alter, hartgesottener Gangster nahe am Weinen sein kann? Glauben Sie mir, Stenton Shine war nahe daran. Denken Sie aber nicht, daß es Reue war, nicht einmal Angst vor der Strafe, die ihn erwartete. Es war Wut über den glücklichen Konkurrenten. Ich musterte ihn genau, und ich dachte, daß ich ihn weit genug hatte.

»Ich gebe dir eine Chance, Stenton«, sagte ich.

Er blickte hoch, und vielleicht überlegte er, ob er jetzt zum Scheckbuch greifen sollte, aber ich zerstörte ihm seine Illusionen.

»Glaube nicht, daß ich dich laufenlasse. Deine Jahre wirst du absitzen, und ich hoffe sogar, daß die Richter dir keine mildernden Umstände geben, aber ich gebe dir die Chance, vielleicht auch Lush Baker das Geschäft zu verderben. Ist das interessant für dich?«

Er antwortete, ohne zu überlegen. »Ja!«

»Gut«, sagte ich, »jetzt spitz mal deine Ohren! Ich bin in eure finsteren Machenschaften nur hineingeraten, weil ich den Boxer-Killer suche. Ich habe euch dabei reif für die schwedischen Gardinen gemacht, aber ich habe den Mann nicht gefunden, der die Morde begangen hat. Hältst du es für möglich, daß Baker damit zu tun hat?«

Er war klug genug, jetzt den glücklichen Feind nicht blindlings zu beschuldigen, sondern dachte nach.

»Wenn Baker hinter den Morden steckt, dann hätten sie nur den Sinn gehabt, unsere Geschäfte zu stören. Al Yersey stand bei Goodman unter Vertrag, aber er brachte kaum noch etwas ein. Laraby Pat war ein tüchtiger Junge und arbeitete für mich. Sein Tod war ein echter Verlust. Aber Goody Ghose und Harlow Putty boxten nicht mehr, von diesem Lewis Neston ganz zu schweigen.«

Verdammt, er hatte recht, und ich selbst wußte es ja, was er dort aufzählte.

»Gut, vielleicht ist alles Quatsch, was ich denke«, sagte ich. »Aber wir müssen etwas tun, um dahinterzukommen. Kennst du Jonny MacModen?«

»Natürlich, ein guter Mittelgewichtler, kommt aus Irland und ist unabhängig.«

»Du bist ab heute sein Manager. Er wird den Vertrag unterzeichnen.«

»Vom Gefängnis aus?«

Ich lächelte. »Du wirst eine Zeitlang frei bleiben, Stenton. Du wirst deinen Geschäften nachgehen wie immer. Wir werden dafür sorgen, daß bekannt wird, du seist nicht belastet. Wir werden dich der Form halber ein paarmal vernehmen, aber im übrigen wirst du ganz so tun, als seiest du in keiner Gefahr. Baker wird das sehr ärgern, und noch mehr wird er sich ärgern, wenn er erfährt, daß du den aussichtsreichen Jonny MacModen unter Vertrag genommen hast. Wenn — ich sage ausdrücklich wenn — Lush Baker an den Boxer-Morden beteiligt ist, dann wird sich irgend etwas ereignen. MacModen hat Cross Crower geboxt und geschlagen. Du hast Crower gemanagt und hast ihn ausgenommen. Für den Mörder gibt es also einen Grund, sich mit euch zu befassen, und sollte dieser Grund nur ein Vorwand sein, so gibt es die echte Notwendigkeit, wenn Lush Baker sein Geschäft ungestört aufziehen will. Du hast nur eine Aufgabe. Du mußt deinen Laden in alter Form weiterführen, und du mußt alle Angebote, die Baker dir vielleicht machen wird, stur ablehnen. Selbstverständlich mußt du uns auch über alles unterrichten, was passiert.«

Er hatte aufmerksam zugehört, den Kopf gesenkt. Jetzt sah er mich an.

»Ich soll den Lockvogel für den Killer abgeben?« fragte er.

»Genau«, bejahte ich kalt, »du und Jonny MacModen, wobei mir lieber wäre, der Killer suchte sich dich als nächstes Opfer aus.«

Er versuche einen kleinen Handel.

»Die Anklage gegen mich wird niedergeschlagen?«

Ich lachte laut. »Nicht die Spur, Stenton, ich sagte es doch schon. Vierzehn Tage bleibst du noch in Freiheit. Die einzige Chance, die ich dir gebe, ist, daß du Lush Baker deine Nachfolge verderben kannst, vorausgesetzt, er ist an den Morden beteiligt. Passiert in vierzehn Tagen nichts, sperren wir dich ein und versuchen auf andere Weise, diese Verbrechen zu klären.«

Er knirschte ein wenig mit den Zähnen und kaute auf seinen Fingerknöcheln. Dann sagte er: »Einverstanden.«

Draußen heulte eine Sirene. Ich stand auf.

»Meine Kollegen rücken an. Wir werden euch jetzt kassieren, werden euch vernehmen und euch wegen Mangels an Beweisen vorläufig auf freien Fuß setzen. Hole deine Leute und sage ihnen, sie sollten nur nicht auf den Gedanken verfallen, den Untersuchungsbeamten die Beteiligung an dem Überfall in der 123. Straße zu gestehen.«

Ich gestehe, es war eine reichlich merkwürdige Kumpanei, in die ich mich da begeben hatte, aber es ging um einen Mörder, und so blieb mir keine große Wahl.

Schon am nächsten Tag kehrte Stenton Shine in sein Haus

in der Bowery zurück, versammelte seine Boxer um sich und tat, als sei er ein großer Mann und werde es immer bleiben. Noch einmal einen Tag später fand sich Jonny MacModen bei ihm ein und begann in seiner Schule zu trainieren, und wieder vierundzwanzig Stunden später brachte ›Ring frei‹ eine Meldung, daß Verhandlungen um einen Weltmeisterschaftskampf für MacModen eingeleitet seien, die wahrscheinlich zum Erfolg führen würden. Jeder Mann, der vom Geschäft mit dem Boxen etwas verstand, mußte angesichts der Erfolge und der Aussichten für Shine vor Neid platzen, ganz besonders aber ein Mann, der schon geglaubt hatte, er hätte jetzt die Hand am Drücker.

Für uns begann die unerfreuliche Aufgabe, die Überwachung in der Bowery zu organisieren, und zwar so zu organisieren, daß kein Verdacht entstand. Das ist nicht einfach in einem Viertel, in dem jeder jeden kennt. Es dauerte vier Tage, bis wir es richtig hingekriegt hatten, und es war schwierig genug. Einer unserer G-men italienischer Herkunft mußte sich eine Karre holen und täglich Apfelsinen in der Bowery verkaufen, und als die ortsansässigen Obsthändler über ihn herfielen und den Konkurrenten verdroschen, durfte er leider nicht zeigen, was er in unseren Schulen gelernt hatte, sondern mußte die Prügel mit viel Geschrei, aber wenigem Zurückschlagen kassieren. Einem Friseur, der seinen Laden schräg gegenüber von Shines Wohnung hatte, kauften wir unter sanftem Zwang für vierzehn Tage sein Unternehmen ab und setzten einen Kollegen hinein, der angeblich etwas vom Haarschneiden verstand. Er produzierte die schönsten Haarschnitte, die man sich vorstellen kann, und wie die Leute aussahen, die er rasierte, will ich lieber verschweigen. Sie konnten froh sein, daß sie mit dem Leben davonkamen, und auch er kassierte schweigend eine Tracht Prügel, als einem seiner Kunden die Behandlung zu dumm wurde.

Wir hatten außerdem einen Taxichauffeur, der in unseren Gehaltslisten geführt wurde, und zum guten Schluß organisierten wir einen regelrechten Straßenverkehr mit immer wechselnden Fahrern, die alle Staatseigentum beziehungsweise Geldempfänger des Innenministeriums waren. So konnten wir damit rechnen, daß auf einen Pfiff mindestens sechs Leute in Sekunden zur Stelle waren.

Schwieriger war es, die unmittelbare Leibwache für Mac-Moden und Stenton anzubringen. Shine hatte ja zwar seine beiden Gardisten, aber einmal hielt ich nicht viel von ihnen, und zum anderen hatten wir ihnen die Pistolen abgenommen. Wir mußten zunächst darauf verzichten, sie direkt zu schützen, wir konnten es nur so einrichten, daß mindestens einer von unseren Leuten in der Nähe war, wenn sie das Haus verließen. So schien alles in Ordnung zu sein. Die Falle war gestellt, und nun konnten wir nur darauf warten, ob der Killer hineintappte.

Ich hatte mich drei Tage lang mit dem Organisationsplan der Überwachung beschäftigt und war gerade so weit damit fertig, daß ich daran denken konnte, mich selber in die Geschehnisse wieder einzuschalten, als ich Besuch erhielt.

Es war gegen fünf Uhr nachmittags, als Lush Baker sich bei mir melden ließ. Ich ließ ihn sofort in mein Büro bitten.

Er saß mir gegenüber mit seinem Steingesicht und fiel gleich mit der Tür ins Haus.

»Ich höre, daß Stenton Shine gefaßt, aber nach ein paar Stunden wieder freigelassen wurde.«

»Leider«, antwortete ich, »er gestand nichts, und wir konnten ihm nichts beweisen.«

»Wollen Sie sagen, Goodman und Firestone und ihre Leute hätten dichtgehalten?«

»Genau das, Sie rechnen damit, daß Shine sie heraushaut, und es sieht so aus, als hätte er die Absicht. Die von ihm bezahlten Anwälte rennen den Richtern die Bude ein. Ich fürchte, sie kriegen es noch fertig, daß die Kerle gegen Kaution freigelassen werden.«

Sein schmaler Mund wurde zu einem Strich.

»Sie und Ihre Leute haben doch selber gesehen, daß Shine

dabei war und auf mich geschossen hat. Sie können doch gegen ihn aussagen.«

»Irrtum, Baker. Es steht mit ziemlicher Sicherheit fest, daß vom roten Cadillac aus nicht auf Sie geschossen wurde, und keiner von uns hat die Leute erkannt, die blitzschnell aus dem Wagen sprangen und sich dahinter verkrochen. Selbstverständlich bin ich der Meinung, daß das Shine und seine beiden Trabanten waren, aber ich weiß es nicht so genau, daß ich es beschwören könnte.«

»Es war Shines Wagen«, sagte er, und eine Spur von Ungeduld erschien in seinem sonst so unbeweglichen Gesicht.

»In Ordnung, bringen Sie mir Leute, die bezeugen, daß Shine einen solchen Wagen besitzt, und ich werde ihn wieder verhaften lassen«, sagte ich kaltblütig.

Er zögerte einen Augenblick, dann antwortete er: »Ich kann es bezeugen.«

Ich lächelte mitleidig. »Sie? Und Shine läßt zwei Dutzend Leute antanzen, die beschwören, nie einen roten Cadillac in seinem Besitz gesehen zu haben, und er verleumdet Sie beim Gericht. Sie wollten ihn nur aus Konkurrenzgründen ans Messer liefern. Das ist sinnlos.«

»Sie wissen genau, daß es keinen Zeugen gegen Stenton Shine in der Bowery gibt, seitdem er wieder unangetastet an der Macht zu sitzen scheint.«

Ich zuckte mit den Schultern. »Leider haben Sie recht.«

»Sie werden nichts dagegen tun?« fragte er.

»Wo denken Sie hin, Baker? Natürlich bemühen wir uns, Shine an der Krawatte zu packen. Wir tun alles, um Goodman und Firestone endlich das Geständnis seiner Mittäterschaft zu entreißen, aber es sieht so aus, als wären ihre Lippen verklebt. Außerdem funken uns diese elenden, von Shine bezahlten Rechtsanwälte dauernd dazwischen. Immer steht solch ein Kerl im Hintergrund und erhebt Einspruch gegen die gestellten Fragen.«

Ich flunkerte ihm einiges vor. Ich hatte heute morgen eine Mitteilung des Untersuchungsrichters erhalten, daß Shines

Konkurrenten der Geduldsfaden gerissen war, als sie nichts von seinem Eingreifen spürten. Sie hatten ihn beschuldigt. Ich konnte jetzt Shine in jedem Augenblick verhaften, in dem ich es wünschte.

Lush Baker stand auf. »Ich werde mich bemühen, Zeugen zu finden«, sagte er und verabschiedete sich knapp.

Ich stützte das Gesicht in die Hand und starrte lange die Tür an, durch die er hinausgegangen war. Entweder hatte dieser Bursche ein relativ reines Gewissen, oder er hatte eben einen großen Fehler gemacht.

Ich dachte noch darüber nach, als das Telefon schrillte. Ich nahm ab und meldete mich. Trown war am Apparat. Ich hatte den Journalisten die ganze Zeit über nicht gesehen.

»Sind Sie es, Cotton?« fragte er. Ich hörte seiner Stimme an, daß er eine große Neuigkeit auf dem Kasten hatte. »Cotton, soll ich Ihnen den Namen des Killers nennen? Wollen Sie wissen, wer Ihre Boxer umgebracht hat? Soll ich es Ihnen sagen, oder wollen Sie es lieber morgen in der Zeitung lesen?«

»Wenn Sie irgend etwas in Ihrer Zeitung schreiben, bringe ich Sie um«, verhieß ich ihm. »Und jetzt überlegen Sie mal genau, bevor Sie Ihre Rede fortsetzen. Wissen Sie wirklich, wer der Killer ist?«

Er war so verblüfft, daß eine halbe Minute lang Schweigen in der Leitung herrschte. Dann sagte er: »Nun ja, ich denke, ich weiß es. Es hat mit der Laufbahn von Lush Baker zu tun. Wissen Sie, als was er angefangen hat? Er war Gehilfe in der Ringecke, wenn Kämpfe stattfanden. Sie wissen, so ein Mann, der mit dem Handtuch wedelt, die Boxer abreibt. Kein Trainer und auch kein Manager, beileibe nicht. Nur so ein Handlanger, und er spielte diese Handlangerrolle bei siebzehn Kämpfen in der Ecke von Cross Crower.«

»Kommen Sie her. Ich denke, Sie haben noch andere interessante Einzelheiten«, sagte ich und legte den Hörer auf.

Trowns Nachricht war mir ins Blut gefahren. Ich stand auf und ging im Zimmer auf und ab. Ich hatte das Gefühl eines Mannes, der einen Tiger fangen will und seine Falle einfach mitten in den Urwald gestellt hat. Und nun hört er urplötzlich, daß genau an der Stelle, an der er seine Falle auf gut Glück aufgebaut hat, die Tatzenabdrücke eines großen Tigers gesehen worden sind.

Trown betrat eine Viertelstunde nach seinem Anruf mein Büro. Er schwenkte einige Papierblätter in der Hand.

»Ich habe alles herausbekommen«, sagte er. »Ich wollte so genau sein wie Ihr Kollege Sherlock, aber ich fürchte, meine journalistische Feder ist mit mir durchgegangen.«

Tatsächlich, sie war es. Ich merkte das, als ich die Blätter zu lesen begann. Trown berichtete über die einfachsten Tatsachen, als käme ihnen die größte Bedeutung zu.

Nach Trowns Bericht war, wenn man die schmückenden Zutaten fortließ, Lush Baker kein gerade überragender Mann gewesen.

Er stammte aus kleinsten Verhältnissen, hatte selbst versucht, im Ring Geld zu verdienen, es aber sehr rasch wieder aufgegeben. Dann hatte er eine Menge Gelegenheitsarbeit getan, Arbeiten, die kaum mit fünfzig Cent die Stunde bezahlt wurden. Und nun plötzlich wagte er es, den Großen im Boxgeschäft Paroli zu bieten. Es war etwas dran an diesem Lush Baker, daß er sich so im Handumdrehen mauserte.

Trown sah mich erwartungsvoll an, als ich seinen Bericht zu Ende gelesen hatte.

»Interessant, Robby«, sagte ich, »aber es beweist noch nichts. Ich habe Ihnen versprochen, Sie würden die Verhaftung des Killers miterleben. Es tut mir leid, aber ich werde mein Versprechen wahrscheinlich nicht halten können.«

In der Nacht nach diesem Tag begab sich ein Mann in die 115. Straße. Die Bowery schien zu dieser späten Stunde ausgestorben. Der Mann betrat das Haus Nummer 13, dessen

Tür nicht einmal verschlossen war. Sicherlich sahen viele Augen, wie der Mann die Tür öffnete, aber kein Polizist pfiff Alarm, kein G-man kam aus seinem Versteck hervor. Kein Wunder, denn dieser Mann war ich.

Ich ging in die erste Etage hinauf und betrat Stenton Shines Wohnung. Er war noch auf den Beinen, und in seiner Art, mich zu begrüßen, lag so etwas wie Erleichterung.

»Ich habe die Couch im Wohnzimmer für Sie richten lassen«, sagte er.

»Tut mir leid, Shine«, antwortete ich. »Ich werde Ihr Schlafzimmer benutzen. Sie werden auf eine der Dachkammern ziehen. Sicherlich etwas spartanischer als Ihre bisherige Schlafgelegenheit, aber Sie gewöhnen sich auf diese Weise an die Gefängniszelle.«

Er schnitt ein saures Gesicht, aber er hatte es sich abgewöhnt, zu widersprechen.

Ich instruierte ihn noch einmal genau, was er zu tun hatte. Er mußte sich am Tag ein- oder zweimal auf der Straße sehen lassen, ansonsten sollte er sich möglichst wenig aus seiner Mansarde rühren.

»Und dann hoffe ich«, schloß ich meine Ausführungen, »wird der Killer sich eines Tages entschließen, Sie in Ihrer Wohnung aufzusuchen und wird mich finden.«

Tja, von dieser Nacht an ging mit dem G-man Jerry Cotton eine merkwürdige Verwandlung vor. Er wurde zu einem der Großen im Boxgeschäft, und er arbeitete genau mit den Methoden, die Stenton Shine oder John Goodman in ihrer bisherigen Praxis angewandt hatten.

Lush Baker hatte sich drei junge Leute geangelt, die in seiner Sportschule trainierten. Eines Abends zogen Stenton Shines Leute aus, die jetzt von mir kommandiert wurden, und verwalkten die drei Sportsfreunde beträchtlich. Lush Baker hatte den zerstörten Zaun um sein Gelände neu errichtet. In einer Nacht wurde er mit Drahtscheren völlig zerfetzt.

Lush Baker versuchte, die herrenlosen Boxer aus Goodmans und Firestones Schulen für sich zu keilen, aber sie hat-

420

ten längst günstige Verträge bei Stenton Shine unterschrieben.

Das alles geschah auf meine Veranlassung, aber im Namen von Stenton Shine, und Baker mußte den Eindruck haben, daß Shine, da es nun mit Gewalt nicht mehr zu machen war, ihm auf die kalte Weise das Wasser abgrub. Wenn dieser Lush Baker die Morde begangen hatte, dann mußte er erneut zu diesem Mittel greifen, um seinen letzten und größten Konkurrenten aus dem Wege zu räumen.

Ich hockte in Stenton Shines Wohnung herum und dachte darüber nach, was ich Lush Baker noch antun könnte, und hatte ich etwas gefunden, dann ließ ich Shine aus seiner Dachkammer kommen, und er mußte meine Ideen in die Tat umsetzen, sofern ich es nicht vorzog, den FBI direkt mit Bakers Ärger zu beauftragen. Es dauerte keine Woche, da hatten wir ihn klein. Sein Laden war tot. Stenton Shines Stern strahlte allgewaltig über der Bowery, und es gab nur noch ein Mittel, ihn zum Erlöschen zu bringen: die Gewalt.

Der Mann, dessen Name in der Bowery ehrfurchtsvoll geflüstert wurde, hockte unter dem Dach seines eigenen Hauses und wartete darauf, daß er vor den Richter zitiert wurde.

Ein FBI-Mann — ich — saß in seinem Arbeitsraum, spielte tagsüber mit seinen ehemaligen Leibgardisten Poker und legte sich abends in sein Bett.

Grundsätzlich lief alles so, wie ich es geplant hatte, und trotzdem verging Tag um Tag, ohne daß das eintrat, was ich mir wünschte: der Angriff des Killers auf Stenton Shine.

Ich tat alles, um dem Killer den Weg zu mir zu ebnen. Shines ehemalige Leibgardisten wurden jeden Abend nach Hause geschickt. Die Haustür zu öffnen war ein Kinderspiel. Ich schloß grundsätzlich kein Fenster, und das Gewirr der Hinterhöfe, in das die rückwärtigen Fenster von Shines Wohnung blickten, bot eine Unmasse von Gelegenheiten, an das Haus heranzukommen. Die Feuerleitern waren darüber hinaus ein bequemer Weg in die Wohnung selbst.

Acht Tage lang schlief ich auf Shines Bett, ohne den Anzug auszuziehen und ohne den .38er aus der Halfter zu nehmen.

Ich schlief manchmal ein, wurde wieder wach, schlief ein. Nichts. Ich glaubte viermal jede Nacht, ein Geräusch gehört zu haben und mußte viermal einsehen, mich getäuscht zu haben. Der Zustand ging mehr an die Nerven als eine handfeste Schlägerei.

Ich telefonierte mit Phil, und er war dafür, es aufzugeben. Ich hängte noch eine Frist von fünf Tagen an. Von diesen fünf Tagen gingen drei vorüber, ohne daß etwas geschah.

In der vierten Nacht lag ich lange wach, schlief aber um zwei Uhr morgens ungefähr ein. Eine Stunde später war ich wieder wach.

Ich habe mich später oft selbst gefragt, wieso ich eigentlich rechtzeitig wach wurde. Es war doch eigentlich ein höllischer Leichtsinn, sich in ein Bett zu legen und zehn Nächte lang auf einen Mörder zu warten, dem ich noch selbst Tür und Tor geöffnet hatte. Wer garantierte mir dafür, daß ich rechtzeitig aufwachte, bevor er mich in den endgültigen Schlummer befördert hatte?

Glauben Sie mir, es war gar nicht so leichtsinnig, wie es auf den ersten Blick ausgesehen haben mag. Ich schlafe im allgemeinen wie eine Ratte, aber das nur, wenn ich weiß, daß mit Sicherheit nichts passiert. Ein Mann, der das Jagen von Verbrechern zu seiner Lebensaufgabe gemacht hat, kann sich doch ein wenig auf seine Sinne verlassen. Das ist, als wäre ein Hebel umgelegt, und der ganze Organismus stünde auf ›Alarm!‹. Kurz und gut, hören Sie, wenn ich hinter irgend etwas her bin, dann kann ich ruhig einschlafen, ich würde von dem Husten einer Fliege wach werden.

Ein Fliegenhusten war es nicht, das mich weckte. Es war ein Geräusch, vielleicht ein Knarren der Diele, vielleicht ein Schaben an der Wand, vielleicht ein stärkeres Rauschen der vorgezogenen Portieren vor den offenen Fenstern.

Das ist das erste, wenn man glaubt, jemand wäre im Zimmer: weiteratmen, genauso weiteratmen wie bisher. Die Sinne des Gegners sind mindestens so scharf wie die eigenen. Die kleinste Veränderung im Atemrhythmus kann ihn stutzig machen.

Völlig unbeweglich lag ich unter der leichten Steppdecke und atmete, aber ich lauschte so angestrengt, daß ich fast behaupten möchte, meine Ohren standen aufrecht wie die eines Hundes. Natürlich konnte es sein, daß ich mich wieder, wie schon sooft, geirrt hatte und eine Katze auf den Dächern für einen vielfachen Mörder hielt, aber ich ließ mich von den vorhergehenden Mißerfolgen nicht entmutigen und war so wach wie beim erstenmal.

Ich hörte das Ticken meiner Armbanduhr. Von ganz fern schlug eine Uhr. Irgendwo brummte ein Automotor auf und erstarb, und zwischendurch herrschte eine absolute Stille. Das alles war nichts, und schon streckte ich mich und dachte, daß ich mich zum zigstenmal geirrt hatte, als ich, deutlich jetzt, hörte, wie sich die schweren Samtvorhänge vor dem Fenster bewegten.

Shine hatte vor seinen Fenstern Vorhänge anbringen lassen, die bis zur Erde reichten. Die Fenster gingen nach außen auf, so daß man diese Vorhänge ganz zuziehen konnte. Obwohl ich sonst für viel frische Luft bin, zog ich diese Vorhänge jeden Abend zu, weil Shine es ebenfalls tat. Manchmal bewegten sie sich im Luftzug des Fensters, und ihr Saum schleifte über den Boden. Ich war schon öfter durch dieses Geräusch genarrt worden. Heute war dieses schwache Schleifen anders. Beileibe nicht lauter, auch nicht länger, aber anders.

Millimeterweise hob ich meine rechte Hand zur Brust hoch, um an den Revolver zu gelangen. Immer noch atmete ich dabei regelmäßig wie ein Schlafender. Ich dachte daran, daß mein eigener Atem mich vielleicht das nächste, entscheidende Geräusch überhören lassen würde. Außerdem dröhnte mir das Klopfen des eigenen Herzens in den Ohren.

Ich bekam den Griff des .38ers zu fassen. So langsam, wie

ich die Hand hochgebracht hatte, so langsam und vorsichtig zog ich die Waffe aus der Halfter. Mir kam es vor, als ob es Stunden dauerte.

Ich hatte den Revolver vielleicht zur Hälfte herausgezogen, als ich deutlich hörte, wie sich der Vorhang zur Seite bewegte. Ich vernahm das Schlagen des Stoffes und das leise Zischen einiger Ringe, die sich auf der Tragestange verschoben. Ich dachte noch: Erst die Nachttischlampe anknipsen oder erst die Kanone ganz in die Hand?, als mir plötzlich ein greller Schein ins Gesicht und in die offenen Augen schoß: der Strahl einer Taschenlampe.

Ich hörte einen Ausruf der Überraschung, einen Laut, der zwischen Erschrecken und Zorn schwankte.

Es ist eigentlich sinnlos, Ihnen die nächsten zwei Sekunden als Zeitablauf zu schildern. Es geschah alles gleichzeitig. Der Strahl der Taschenlampe schoß mir ins Gesicht, ich wälzte mich nach rechts aus dem Bett hinaus, der Laut des Eingedrungenen ertönte, dann warf sich ein Körper auf die Stelle, an der ich eben noch gelegen hatte, und etwas schlug dumpf und doch wuchtig in das Kopfkissen, und ich denke, dieser eine Schlag traf ziemlich genau den Punkt, auf dem mein Kopf geruht hatte.

Weich in der Schulter, rollte ich mich in der gleichen Bewegung, die mich aus dem Bett gerettet hatte, auf die Füße, und jetzt hielt ich den .38er in der Hand. Das schwere Atmen eines Menschen stand im Raum. Ich schlich zum Lichtschalter, fand ihn, drehte. Licht flutete in den Raum. Neben dem Bett stand ein Mann, dessen Brust flog und der mich aus wilden, flackernden Augen anstarrte. Kein Zweifel, ich stand dem Boxer-Killer Auge in Auge gegenüber.

Kein Zweifel? Glauben Sie mir, es war der Bruchteil einer Sekunde, in dem ich doch zweifelte. Denn der Mann dort neben dem Bett war dieser komische alte Mann, den ich flüchtig in Lush Bakers Sporthalle gesehen hatte. Ich kam nicht einmal sofort auf den Namen, und beinahe hätte ich ausgerufen: Was machen Sie denn hier?

Dann aber fiel mein Blick auf seine Hände, und nun gab es wirklich keinen Zweifel mehr daran, daß ich dem Killer gegenüberstand. In der linken Hand hielt er noch die brennende Taschenlampe, aber die rechte steckte in einem Ding, das eine entfernte Ähnlichkeit mit einem Boxhandschuh hatte. Es war aus Leder, es bedeckte die ganze Faust, es war auch gepolstert, aber die Rückseite war ganz mit Metallplatten beschlagen, und über den Knöcheln befanden sich drei fingerlange, gelblich schimmernde Metalldornen.

Wohl eine Sekunde lang starrte ich auf dieses merkwürdige Ding an der Hand des Mannes. Blitzartig tauchte vor meinem Geist wieder der Text jenes Artikels in einer längst nicht mehr aktuellen Zeitung auf, in dem der Schreiber von der Mordfaust des Cross Crower gesprochen hatte. Die Mordfaust, hier war sie, an der Hand eines alten Mannes, und jetzt fiel mir auch der Name ein, wenigstens der Name, den Lush Baker uns genannt hatte: Webb Stumpton.

Ich hob den .38er ein wenig an und sagte: »Nehmen Sie die Hände hoch, Stumpton.«

Er duckte sich und kam näher, er krümmte den Rücken dabei wie ein anschleichendes Tier. Ich blickte noch einmal in seine Augen. Sie glitzerten, waren wild und böse, und trotzdem waren sie völlig ohne Blick. Der Mann war wahnsinnig, restlos verrückt. Es hatte keinen Zweck, auf ihn einzureden.

Ich zielte auf seine Schulter und zog durch. Er war ein alter Mann und kein ernsthafter Gegner, aber wenn ich mir nur einen schwachen Hieb mit dem Ding an seiner Rechten einfing, konnte es übel ausgehen. Mir hing die ganze Geschichte zum Hals heraus, und ich wollte jetzt endlich damit fertig werden.

Der Hahn meines .38ers klackte, aber das war alles, was passierte. Kein Schuß löste sich. Im allgemeinen sind die Waffen des FBI das Zuverlässigste, was es gibt, und es passiert unter hunderttausend Fällen einmal, daß eine von unseren Kanonen versagt. Heute, in diesem Augenblick, passierte es.

Der Alte rückte näher, war fast schon in Reichweite. Ich zog am Abzug. Nichts. Wütend warf ich den .38er in die Ecke. Ich mußte die Hände frei haben, mußte seinen Hieb abfangen. Es kam alles darauf an, seinen Schlägen auszuweichen. Ich konnte es mir nicht leisten, abzublocken. Selbst ein Treffer auf den Oberarm hätte mir wahrscheinlich den Schulterknochen gebrochen.

Er holte zum ersten Schlag aus. Es wirkte ungeschickt und fast ein wenig lächerlich. Ich sprang einen Schritt zurück. Der Hieb pfiff ins Leere. Er schlug sofort nach, aber ich tanzte vor ihm weg, und er traf mich nicht. Ich lauerte auf die Gelegenheit, ihn zu unterlaufen. Noch zweimal schlug er, dann preschte ich vor, erwischte sein rechtes Handgelenk und riß ihm den Arm nach hinten.

Es war erstaunlich viel Kraft in ihm. Er setzte meinem Angriff allen Widerstand entgegen, zu dem er fähig war, aber ich hielt sein Handgelenk fest und drehte es langsam weiter und weiter. Ich hörte ihn keuchen und sah seine irrsinnigen Augen ganz dicht vor mir. Seine noch erhobene Hand drehte sich nach unten, die geballten Finger öffneten sich, und jetzt glitt das Ding, die Mordfaust, von seiner Hand herunter und fiel mit einem klirrenden Geräusch zu Boden.

Es war, als rinne Stumpton in diesem Augenblick alle Kraft aus. Der Mann fiel zusammen wie Schaum. Er sackte ganz plötzlich in die Knie, stürzte nach vorn. Ich ließ seine Hand los, und er streckte sich auf dem Boden.

Mit einem Fußtritt feuerte ich das Ding, das er an seiner Hand getragen hatte, dieses verrückteste Mordinstrument, in die nächste Ecke. Ich ging zu meinem .38er und hob ihn auf, zog das Magazin heraus und öffnete das Schloß. Die Kugel im Lauf lag schief. Ich brachte das in Ordnung. Ich bückte mich auch nach der Taschenlampe, und dann kümmerte ich mich wieder um Webb Stumpton.

In mir war eine ganze Menge Wut. Ich fühlte nicht die Freude, die ich sonst nach getaner Arbeit kenne. Ich war ausgezogen, um einen wilden Mörder zu fangen, einen bösartigen Killer, und nun entpuppte sich dieser Mörder als ein alter Mann, der in mir so etwas wie Mitleid erweckte und doch ein abscheulicher Verbrecher war.

»Steh auf, Stumpton!« befahl ich.

Er lag immer noch wie ausgelöscht auf dem Boden, aber jetzt gehorchte er, richtete sich hoch, erst auf die Knie, dann in den Stand. Er sah mich mit einem Blick an, in dem alles Wilde erloschen war.

»Geh dort hinein!« sagte ich und wies auf die Tür zum Wohnzimmer.

Er drehte sich auch um, aber dann plötzlich rannte er los, auf das Fenster zu.

»Stehenbleiben!« schrie ich und setzte ihm nach.

Es waren nur wenige Schritte bis zum Fenster. Ich griff nach ihm, als er den Vorhang erreicht hatte, aber dann schlug der Vorhang zurück und geriet mir zwischen die Finger.

Ich schleuderte ihn zur Seite, stürzte vor. Webb Stumpton stand auf der Fensterbank, setzte den Fuß auf die oberste Sprosse der Feuerleiter. Ich warf mich nach vorn und griff nach ihm, aber noch bevor meine Finger ihn berührten, fiel er nach rückwärts.

Er fiel so schnell und ganz lautlos, als habe die Dunkelheit des Hinterhofes ihn aufgesaugt. Er schrie nicht, und nur ein einziges dumpfes, schmetterndes Geräusch beendete diesen Sturz. Ich riß die Taschenlampe aus der Hosentasche, in die ich sie gesteckt hatte, drückte den Knopf und richtete den Strahl nach unten in den dunklen Hof.

Das Lichtbündel riß die reglose Gestalt des Gestürzten aus der Nacht. Daneben stand ein Mann, der sein Gesicht nach oben drehte, als das Licht ihn traf, und dieser Mann war Lush Baker.

Er griff in die Tasche, riß eine Waffe heraus und schoß nach mir. Der Knall des Schusses peitschte gellend durch die nächtliche Stille. Er zielte nicht einmal schlecht. Die Kugel riß ein Stück des Verputzes vom Fensterrand.

Er feuerte noch drei Schüsse hinterher, und ich mußte in Deckung gehen, denn mein Licht verriet ihm zu genau, wo ich stand.

Ich sprang zur Seite, hob die Hand mit dem .38er und zog durch. Diesmal knallte es, aber er lief schon, und ich verfehlte ihn. Ich sah, wie er in einen Kellergang zwischen zwei Mülltonnen rutschte.

Schon Bakers erster Schuß hatte einiges ausgelöst, aber jetzt erst drangen diese Geräusche in mein Bewußtsein. Polizeipfeifen schrillten, Füße trappten, die ersten Sirenen heulten. Schon jagte ein Mann die Treppe herauf, öffnete mit seinem Schlüssel die Wohnungstür, stand heftig atmend neben mir. Es war der Kollege, der den Friseurladen übernommen hatte.

»Was ist los, Cotton?« fragte er keuchend.

»Da liegt er«, antwortete ich und ließ den Strahl der Taschenlampe über das reglose Bündel Kleider auf dem Steinpflaster des Hofes gleiten. »Der andere steckt dort!« Ich schwenkte den Schein ab zu dem Kellereingang zwischen den Mülltonnen.

»Dort kommt er nicht heraus!« sagte der Kollege. »Der Weg führt nur zur 117. Straße, und dort sind Freders und Banc auf dem Posten.«

Als hätte sein Satz ein Stichwort enthalten, so peitschten zwei Schüsse von der anderen Seite, und wir hörten eine Stimme rufen: »Kommen Sie heraus!«

»Gefangen«, sagte der Beamte an meiner Seite. »Gefangen wie eine Ratte in der Falle!«

Ich sah eine Bewegung zwischen den Mülltonnen und tat ein wenig den Kopf zur Seite.

»Ich glaube, da ist er«, sagte ich. Im nächsten Augenblick tauchte Lush Baker zwischen den Tonnen auf und raste über den Hof.

Mein Kollege riß seine Waffe heraus, aber ich legte ihm die Hand auf den Arm.

»Laß«, sagte ich. »Es ist zu Ende. Er hat keine Chance.«

Baker verschwand im Eingang eines Flures. Kurz darauf knallte es. Er war auf unsere Leute gestoßen.

Es wurde jetzt lebendig, sehr lebendig in den Häusern, die den Hinterhof umgaben. In allen Fenstern wurde Licht gemacht. Köpfe, bereit, jeden Augenblick zurückzuzucken, erschienen hinter den Gardinen. Irgendwer mußte das Hauptquartier alarmiert haben, denn immer neue Sirenen heulten heran. In Stenton Shines Wohnung wimmelte es bald von uniformierten Beamten und FBI-Männern. Auch Phil tauchte auf, und ich berichtete ihm mit wenigen Worten, was vorgefallen war.

Noch einmal rannte Lush Baker über den Hof und versuchte, einen Ausweg zu finden. Und wieder waren es Schüsse, die ihn zurücktrieben.

Eine Dreiviertelstunde mochte vergangen sein, seitdem Webb Stumpton sich ins Schlafzimmer geschlichen hatte. Der Ring von Polizisten um den Gebäudekomplex hatte sich verstärkt. Ich gab einen Befehl. Sie holten Akkuscheinwerfer und stellten sie an die Fenster.

Es war ruhig geworden. Im Augenblick wußte niemand, wo sich Lush Baker befand. Er mochte unten irgendwo zwischen dem Gerümpel stecken, das in Massen auf dem Hof stand.

Es war an der Zeit, die Sache zu beenden. Ich richtete mich auf und rief: »Macht das Licht an!«

Aus vier Fenstern schossen Lichtbündel der starken Scheinwerfer, tauchten den schmutzigen und engen Hof in weißes Licht.

Ich wartete eine Minute lang. Dann rief ich: »Gib es auf, Lush. Wir haben dich umstellt. Drei Minuten für dich. Dann räuchern wir dich aus.«

Nichts rührte sich. Ich sah auf die Armbanduhr und wartete genau drei Minuten.

»Tränengas!« rief ich.

Aus allen Häusern fielen die Bomben, platzten mit leisem Zischen. Weiße Schwaden wallten hoch, hüllten den Hof in einen dichten Nebel.

Minuten später hörten wir Husten, erst leises, dann krächzendes, verzweifeltes Husten.

Und dann, immer gestoßen von dem verzweifelten Husten, war da Lush Bakers Stimme. »Ich ergebe mich. Holt mich heraus! Schießt nicht!«

»Wirf deine Waffe weg!« rief ich.

Wir hörten das Scheppern von Metall auf dem schlechten Steinpflaster des Hofes.

Ich gab ein Zeichen. Schemenhaft drangen aus den Häusern die Schatten von Polizisten mit Gasmasken. Sie tauchten unter in dem Nebel, verschwanden in dem weißen Dunst, tauchten wieder auf, zwischen sich einen von Husten gekrümmten Mann. Lush Baker, der die Morde des Boxer-Killers organisierte.

Ich wandte mich Phil zu. Er stand im Hintergrund des Zimmers und drehte einen Gegenstand in seinen Händen, einen Lederhandschuh, der mit Metallspitzen beschlagen war, die wie die Eckzähne eines Tigers aussahen.

Tja, mir bleibt nur noch, das Ende nachzutragen, oder richtiger, den Anfang. Es war nicht schwer, aus Lush Baker herauszubekommen, wie sich alles abgespielt hatte. Er war völlig gebrochen und beantwortete jede Frage, wenn wir ihm nur eine Zigarette gaben.

Es gab noch eine kleine Sensation, und sie drehte sich um Webb Stumpton, jenen alten Mann, der die Morde begangen hatte.

Amerikas Ärzte stürzten sich auf den Fall, und es erschienen in allen Zeitungen eine Menge von Fachwörtern, die seinen speziellen Zustand von Verrücktheit bezeichnen sollten, aber Webb Stumpton war das ganz gleich. Er hatte sich zu Tode gestürzt. Und jetzt auf einmal erinnerten sich sämtliche Sportzeitungen, daß Webb Stumpton vor dreißig Jahren ein Mann gewesen war, der Beachtliches im Boxen geleistet hatte. Ganz bis zur Spitze war er nie gedrungen, und so hatte man ihn vergessen, als es mit ihm zu Ende ging.

Eines Tages traf er in der Bowery Cross Crower. Er betreute den Jungen. Er zeigte ihm alles, was er vom Boxen verstand. Webb fristete sein Leben mit Gelegenheitsarbeit, aber er hängte sein ganzes Herz an Cross Crower. Wahrscheinlich überschätzte er die Fähigkeiten des Jungen gewaltig. Er hielt ihn für den größten Boxer aller Zeiten. Er saß mit bebenden Knien auf einem schlechten Platz, wenn Cross im Ring stand. Er jubelte über jeden Sieg, und er gab Ringrichtern und Gegnern die Schuld, wenn Crower verlor. Wahrscheinlich war er damals schon nicht mehr ganz richtig im Kopf.

Dann fiel Crower dem Verkehrsunfall zum Opfer, und Webb Stumpton mußte alle seine Hoffnungen mit ihm begraben.

Keiner vermochte mehr zu sagen, was dann eines Tages in seinem Gehirn passierte. Aus einem dreckigen Loch in der Bowery, in dem er hauste, zog er aus, um Crowers Niederlagen zu rächen. Er kannte jeden Gegner, dem der Junge, sein Idol, je gegenübergestanden hatte, und er wußte sie zu finden.

Selbst Baker konnte nicht sagen, wie er sich an Al Yersey und all die anderen herangemacht hatte. Vielleicht hatten sie Mitleid mit ihm. Bestimmt hatte ihn Laraby Pat aus diesem Grunde in seinem Wagen mitgenommen. Yersey mochte betrunken gewesen sein, und Ghose und Putty überraschte er in ihren Wohnungen.

Die Tat an ›Panther‹ Al Yersey verübte Stumpton noch nicht unter dem Einfluß von Baker. Auch Goody Ghose brachte er aus seinem seltsamen Rachebedürfnis heraus um.

Aber zwischen diesem und dem Mord an Laraby Pat war Lush Bakers große Stunde.

Baker hatte natürlich von den beiden Morden erfahren, und er verfiel auf den Gedanken, daß Webb Stumpton der Täter sein könnte. Er kannte den verrückten Alten aus jener

Zeit, da er Gehilfe in Cross Crowers Ecke gewesen war, und er machte sich auf den Weg, ihn zu finden. Vielleicht wollte er ihn anfangs nur der Polizei übergeben, aber als er Stumpton fand, als er sah, daß er eigentlich keinen verrückten Eindruck machte, da ließ er es darauf ankommen und probierte es aus, ob Stumpton als ein williges Werkzeug zu gebrauchen sei. Er flüsterte ihm ein, daß er unbedingt als nächstes Opfer Laraby Pat töten müßte. In Webbs krankem Gehirn fand diese Einflüsterung Platz. Er fand Pat, und er tötete ihn.

Lush Baker wagte es. Er drängte sich ins Boxgeschäft. Er ließ es darauf ankommen, denn er hatte eine bessere Waffe, als Shines und Goodmans und Firestones Leibgarden es waren. Er hatte einen Mann, der bedenkenlos jeden töten würde, wenn Baker ihm nur einredete, der Mann sei am Untergang Cross Crowers schuld.

Natürlich fragten wir, warum er den Wahnsinnigen nicht sofort gegen Shine und die anderen gehetzt hatte. Die drei Boxzaren wären längst tot gewesen, wenn Stumpton nicht eines Tages aus Bakers Wohnung verschwunden wäre. Aus irgendeinem Grunde riß er Baker aus, tauchte in der Bowery unter, und bevor Baker ihn wiederfand, hatte er die beiden Morde an Harlow Putty und dem armen Lewis Neston begangen. Baker konnte es nur recht sein. Um so weniger Verdacht würde auf ihn fallen.

Dann passierte all das, was ich Ihnen berichtet habe. Baker sah sich am Ziel seiner Wünsche, als er uns den Grund geliefert hatte, seine Konkurrenten hinter die Gitter zu bringen, und er war grimmig enttäuscht, als Stenton Shine mit einem blauen Auge davonzukommen schien. Er fühlte, wie seine Position zu wackeln begann, die er eben noch so gefestigt glaubte. Wer weiß, wie viele Stunden er neben dem Wahnsinnigen saß und ihm immer wieder den einen Namen vorflüsterte: Stenton Shine. Stenton Shine ist schuld, daß Cross Crower nichts wurde. Du mußt Cross an ihm rächen.

Baker selbst kundschaftete die Möglichkeiten aus. Ihm war nicht sehr wohl. Er wußte, wir, der FBI, waren ihm auf der Spur. Dieser Mord, der letzte Mord des Boxer-Killers, durfte nicht schiefgehen. Baker selbst gestand uns, daß es der letzte Mord gewesen wäre. Er hatte die Absicht, Stumpton zu beseitigen, wenn die Tat gelungen war.

Er führte den Wahnsinnigen in den Hinterhof, zeigte ihm die Leiter, schickte ihn hinauf. Den Kopf in den Nacken gelegt, wartete er darauf, daß Webb Stumpton zurückkommen würde mit jenem irren, aber befriedigten Lächeln um den dürren Mund, wenn er wieder eine von Cross Crowers Niederlagen ausgebügelt zu haben glaubte.

Baker stand noch unten, als ich längst mit dem Alten kämpfte. Die dichten Vorhänge verhinderten, daß er sah, wie oben Licht gemacht wurde, und schließlich kehrte Stumpton zurück zu dem Mann, der ihn ausgeschickt hatte, aber er kam zurück als ein Toter.

Es gibt ein Gesetz in unserem Land, ein Gesetz, das ich für richtig und gut halte. Es hört sich an wie eine algebraische Formel. Anstiftung zum Mord ist gleich Mord. Es war ein trüber, regnerischer Tag, als Lush Baker zu lebenslänglich verurteilt wurde.

Und die anderen? Sie bekamen von den Richtern einige saftige Sachen verpaßt. Goodman, Firestone und Shine schickten sie auf dreißig Jahre ins Zuchthaus, und ihre Helfershelfer kamen auch nicht gerade billig davon. Ich glaube, sie alle zusammen waren die größte Fuhre Unrat, die je aus der Bowery hinausgefahren worden ist.

Ich erhielt eines Tages Besuch von Robert Trown. In seiner Begleitung befand sich ein Mann, der mit einer Menge Apparaturen behängt war. Sie drangen einfach in meine Wohnung, und bevor ich mich noch aus meinem Sessel erhoben hatte, hatten sie mich schon ein paarmal geblitzt, und zwar so, wie ich dasaß, Zigarette im Mund, Whiskyglas in der Hand, Beine auf dem Tisch.

Trown drang sofort auf mich ein. Er schwenkte ein Bündel Blätter in der Hand und rief: »Lesen Sie es, Cotton. Morgen wird es gedruckt. Ich habe eine gute Schlagzeile gefunden:

Ich las mir den Schrieb durch. Junge, Junge, was wurde uns darin die Sahne um den Bart gestrichen. Ich las es bis zu Ende, obwohl es mir schwerfiel.

Dann stand ich auf, fragte höflich: »Sie gestatten?« und riß den ganzen Quatsch in Fetzen.

»He!« sagte Trown ziemlich fassungslos.

»Nichts gegen Ihre Art zu schreiben«, antwortete ich, »aber vielleicht muß ich morgen das amerikanische Finanzwesen vom Falschgeld säubern oder die amerikanische Atomforschung von Spionen oder das amerikanische Geschäftsleben vom Rauschgifthandel, und leider ist es so, Trown, daß mir meine Lorbeeren für die Säuberung des Sports die Erringung weiterer Lorbeeren erschweren könnten, wenn Sie es in Ihrer Zeitung breittreten.« Ich wandte mich an den Fotografen. »Den Film, bitte«, sagte ich.

Er rückte ihn mit traurigem Gesicht heraus.

»Sie sollten sich gegen eine Belohnung, die Sie verdient haben, nicht sträuben«, maulte der Journalist.

Ich zuckte mit den Schultern. »Das Innenministerium hat mein Gehalt um zwanzig Dollar die Woche erhöht«, sagte ich.

Ich zerschlug die Bande der Fünf

Erschien erstmals als G-MAN JERRY COTTON Band 3 (1956), dann als Band 3 der 2. Auflage (1959) und als Band 12 der 3. (1970) und 4. Auflage 1978.

Nat Shakow war ein Gauner, ein Betrüger und Falschspieler, gewissermaßen von Geburt. Bis zu seinem dreißigsten Lebensjahr hatte er nichts anderes getan, ohne dabei besonders reich zu werden, und er begann, sich Sorgen über seine Zukunft zu machen. Ihm schwebte ein großer Fischzug vor, und schließlich entdeckte er in Glendive das Schaufenster eines Juweliergeschäftes, das ihm ungenügend gesichert schien. Er besorgte sich ein Auto, einen Ziegelstein und einen Revolver, fuhr in einer stillen Mittagsstunde vor, schlug die Scheibe ein, fuhrwerkte mit der einen Hand, in der er seine Waffe trug, umher und sammelte mit der anderen die Ringe, Uhren und Ketten ein. Es klappte reibungslos, und Nat Shakow setzte sich nach fünf Minuten mit schweren Taschen an das Steuer seines Wagens und fuhr los. Aber wenn er auch die wenigen Straßenpassanten und den Ladeninhaber mit seinem Revolver in Schach halten konnte, so hatte er nicht verhindern können, daß ein Mann in einem Haus gegenüber, der Nats Treiben vom Fenster aus sah, telefonierte. Shakow sah die Polizei auf seinen Fersen, bevor sein Wagen eine Meile gerollt war. Er ließ sich verleiten, auf sie zu schießen, und sie schossen zurück und trafen ihn in die Schulter.

Er kam ins Gefängnishospital und, als er wieder okay war, vor den Richter. Es war ein schwerer Raubüberfall, den er sich eingebrockt hatte, noch dazu mit bewaffnetem Widerstand. Sie verknackten ihn zu dreißig Jahren. Er kam in das Zuchthaus von Glendive.

Ein Betrüger wie Nat Shakow war auch Ragio Gonzales. Er stammte aus dem Süden der Staaten und war fast ein Mexikaner, wenn er auch die amerikanische Staatsbürgerschaft besaß. Gonzales' Spezialität war Heiratsschwindel, und er kam nach Glendive, weil er der Meinung war, sein südländisches Aussehen würde im Norden einen besseren Eindruck machen als unten, wo alle Männer ein schwarzes Schnurrbärtchen tragen. Anfangs sah es so aus, als sollte er Erfolg haben. Er fand eine ältliche Witwe, deren Mann ihr fünf Tankstellen hinterlassen hatte, und diese Dame schien wirklich von Ragios Schnurrbärtchen und seinen feurigen Augen beeindruckt. Allerdings war sie nicht so beeindruckt, daß Gonzales' Pumpversuche den geringsten Erfolg gehabt hätten. Sie lachte ihn einfach aus und sagte, er möge an seine Bank in Mexiko telegrafieren, von der er immer fasele. Gonzales wurde nachgerade ungeduldig, als das Geschäft sich nicht weiterentwickelte. Die Witwe ließ sich seine Verehrung gefallen, aber sie war nicht bereit, sie bar zu bezahlen.

Als Ragio entdeckte, daß die Witwe jeden Abend die Tankstellen abfuhr und die Einnahmen kassierte, sie aber nur einmal wöchentlich, am Sonnabend, auf die Bank trug, rechnete er sich die Summe aus, die sich am Freitag in der Wohnung befand, und ließ sich für einen Freitag zu einem Cocktail einladen. Er vertilgte bei dieser Gelegenheit eine Flasche Whisky und eine halbe Flasche Gin, worauf er total betrunken zusammenstürzte. (Der Zimmerpalme hinter dem Stuhl, auf dem Gonzales gesessen hatte, bekam der Abend nicht gut, denn er hatte es verstanden, siebzig Prozent des Whiskys und fast den ganzen Gin in den Topf zu gießen, in dem sie lebte.) Die Witwe verfügte nicht über die Kraft, Gonzales vor die Tür zu schleifen. Andererseits wünschte sie aus begreiflichen Gründen nicht, daß die Nachbarn seine Anwesenheit bemerkten. Sie beschloß also, ihn dort liegen zu lassen, wo er schnarchte, und begab sich in ihr Schlafzimmer.

Um Mitternacht brach Gonzales seinen Rausch ab und machte sich auf die Suche nach der Tankstelleneinnahme. Er brach einen kleinen Wandschrank auf und sah sich einer geschwollenen Aktenmappe gegenüber. Als er sie in den Händen hielt und sich umdrehte, sah er die Dame im Türrahmen mit einem Revolver in der Hand.

Sie war noch viel mißtrauischer, als er gedacht hatte, und traute nicht einmal dem Rausch eines Mannes mit anderthalb Flaschen Hochprozentigem im Leib. Als sie, den Revolver auf Gonzales gerichtet, zum Telefon ging, verlor er die Überlegung und stürzte sich auf sie. Sie schoß schlecht. Es kam zu einem Handgemenge, und der Mexikaner griff sich irgendeinen Gegenstand und schlug die Frau nieder.

»Raub in Tateinheit mit schwerer Körperverletzung«, sagten die Richter. »Dreißig Jahre!«

Die Tore des Zuchthauses von Glendive öffneten sich für Ragio Gonzales.

Ivry Jordan war ein schmalhüftiges Bürschchen mit den Bewegungen eines berufsmäßigen Tangotänzers. Er trug die neueste Mode, dicke Kreppschuhe, weite Jacken, grelle Schlipse. Er war so geschmeidig und leise wie eine Katze. Obwohl er sehr gut schoß, bevorzugte er das lautlose Messer. Er schleuderte es aus dem Handgelenk. Auf kurze Entfernungen traf er damit so sicher wie mit der Kugel.

Er hatte in New York für den Boß einer Racketbande gearbeitet, und es war ihm jahrelang gutgegangen. Er tat, was sein Boß ihm befahl, und er war sehr gefürchtet. Dann flog die Bande auf, und Ivry Jordan war arbeitslos. Außerdem mußte er befürchten, daß sich Zeugen gegen ihn finden würden. Er türmte. Er kam in ziemlich abgerissenem Zustand nach Glendive und sah sich der Notwendigkeit gegenüber, auf eigene Faust ein Ding zu drehen. Der Einfachheit halber verlegte er sich gleich auf den Straßenraub. Seine beiden ersten Überfälle brachten ihm insgesamt vierunddreißig Dollar. Beim dritten Versuch platzte ein Cop dazwischen. Sie schossen gleichzeitig. Der Cop wurde tödlich getroffen, während Jordan zwei Kugeln abbekam, die ihn schwer verletzten. Zäh wie eine Katze schleppte er sich damit noch ein paar hundert Yard, aber dann klappte er zusammen, und das Streifenkommando konnte ihn von der Straße auflesen. Sie flickten ihn im Gefängnishospital zusammen. Dann sprachen die Richter ihren Spruch: »Zum Tode verurteilt!«

Daß Ivry Jordan dennoch eine lange Zeit hinter den

Zuchthausmauern von Glendive lebte, verdankte er einer Eigentümlichkeit der amerikanischen Justiz. Die Gerichtsbarkeit untersteht den einzelnen Staaten. Zwischen Glendive und New York begann ein bürokratisches Tauziehen um Jordan. Die New Yorker wollten ihn haben, um ihn wegen Verbrechen im Staate New York abzuurteilen, und die Glendiver wollten ihn nicht herausgeben. Unterdessen war Jordans ehemaliger Boß wegen Mangels an Beweisen gegen Kaution freigelassen worden. Er schickte einen Anwalt nach Glendive, der die Wiederaufnahme beantragte. Ivry wurde vorläufig aus der Todeszelle geführt, bis die Wiederaufnahme stattfände, aber er war sich darüber im klaren, daß er wenig Aussicht hatte, das Zuchthaus von Glendive jemals wieder lebend zu verlassen.

Thomas Wed war nichts anderes als ein primitiver Gewaltverbrecher. Er trug auf seinen breiten Schultern einen dicken rothaarigen Schädel und hatte Hände wie Kohlenschaufeln. Es war so etwas wie ein Zufall, daß er bei den zahlreichen Verbrechen, die er beging, nie einen Menschen getötet hatte, denn er war von einer bedenkenlosen Brutalität, die dazu neigte, jeden Widerstand nicht mit List zu überwinden, sondern mit Gewalt zu brechen. Seine letzte Tat war ein Bandeneinbruch in ein Lebensmittellager, bei dem er einen Nachtwächter fast zum Krüppel schlug. Den Richtern riß angesichts seiner Vorstrafenliste die Geduld. Sie verdonnerten ihn zu fünfundzwanzig Jahren. Wed war einundvierzig Jahre, als sie ihn ins Zuchthaus von Glendive brachten, und seine Aussichten, lebend aus Glendive zu kommen, waren somit schlecht.

Es war ein winziger Fehler, der Slug Callighan nach Glendive brachte. Er stammte aus einer guten Familie, und er besaß ein Importunternehmen, gemeinsam mit einem anderen

Mann, den er im Laufe der Jahre sicher um das Seinige brachte. Er wurde ein geachteter Mann in Glendive, der in einem schönen großen Wagen durch die Stadt fuhr und den die jungen Mädchen gern geheiratet hätten.

Die ehrliche Importiererei von verzollten Waren schien ihm ein Geschäft, das zu langsam und zu spärlich Geld brachte, obwohl er bereits ein Einkommen von fünfzehntausend Dollar jährlich versteuerte, und er versuchte es mit dem Einschmuggeln unverzollter Güter aus Kanada. Das klappte so gut, daß er sich auf eine Ware verlegte, die fünfhundertfachen Gewinn versprach. Er schmuggelte Opium und anderes Rauschgift, und bald hatte er es geschafft, daß er ein großes Gebiet des nördlichen Teils der Staaten mit Rauschgift versorgte. Er tarnte sich so geschickt, daß nie irgendein Verdacht auf ihn fiel, auch wenn einer seiner Kleinhändler gefaßt wurde.

Eines Tages erhielt er ein Angebot in Kokain, eine ungewöhnlich große Menge, die nur geschlossen übernommen werden konnte. Callighan witterte das Geschäft seines Lebens. Er kratzte sein gesamtes Bargeld zusammen und stieg ein. Er kaufte Kokain im Wert von rund einer Million Dollar. Der Transport wurde gefaßt, und obwohl Callighan sich so ausgezeichnet getarnt hatte, daß er nicht in persönliche Gefahr geriet, so stand er doch am Rande des Ruins. Da er kein Geld mehr besaß, um neuen Stoff zu besorgen, drohte ihm der Verlust seiner ganzen Organisation, dieses mühsam aufgezogene Netz von Groß-, Zwischen-, Kleinhändlern und Verteilern.

In dieser Situation erinnerte sich Slug Callighan eines alten und angesehenen Onkels, der kinderlos in Glendive saß und der sein beträchtliches Vermögen testamentarisch seinem einzigen Neffen vermacht hatte. Der Onkel war eben fünfundsechzig und erfreute sich einer Bärennatur.

Solange Callighan selbst im Gelde schwamm, rührte ihn die Gesundheit seines Onkels wenig. Jetzt lag die Sache anders. Er beschloß, seinen Onkel umzubringen.

Mit äußerster Sorgfalt kochte er sich ein Alibi zurecht. Er organisierte mit Freunden eine Jagdpartie, eine richtige Männersache. Die Beute war gut, und am Abend begannen sie in einer Jagdhütte mitten im Wald, die Callighan gemietet hatte, ein handfestes Gelage. Callighan setzte ihnen Rum vor, in den ein Schlafmittel gemischt war. Sie zechten kräftig, und Slug war der erste, der unter den Tisch taumelte. Als seine Kumpane schliefen, stand er wieder auf, denn er hatte sich natürlich eine Flasche ausgesucht, die kein Schlafmittel enthielt. Er spülte alle Gläser gründlich, schaffte die Flaschen fast eine halbe Meile in den Wald hinein in ein Versteck, das er vorbereitet hatte, und stellte dann reine Alkoholitäten auf den Tisch und richtete die ganze Angelegenheit so zu, wie sie vorher ausgesehen hatte. Er warf sich in seinen Wagen und brauste nach Glendive. Auf halbem Wege hatte er einen alt gekauften Ford stehen. Er wechselte die Fahrzeuge, fuhr in die Stadt und begab sich in das einsame Haus seines Onkels. Er tötete den alten Herrn mit dem Schlag eines schweren Marmorschreibzeuges von dessen Schreibtisch, schleppte ihn aus dem Bett und richtete das Zimmer so her, daß es aussah, als habe ein Kampf stattgefunden. Er drückte dem Toten ein Jagdgewehr in die Hand und erbrach auch eine kleine Kassette und stahl etwas Geld. Dann fuhr er zurück. Er kannte ein sehr tiefes, ausgebaggertes Kiesloch in der Nähe und ließ den Ford hineinrollen. Bei dreißig Fuß Wasser über dem Verdeck durfte er hoffen, daß der Wagen nie gefunden wurde. Mit seinem eigenen Fahrzeug brauste er zur Jagdhütte zurück, fand seine Kumpane in tiefem Schlaf und trank sich jetzt einen echten und rechten Rausch an.

Der Tod von Callighans Onkel war eine große Sensation in Glendive. Die Zeitungen brachten alles in großer Aufmachung, und natürlich vernahm die Polizei den Neffen, aber sein Alibi war hieb- und stichfest, und der Polizeiarzt bestätigte aufgrund einer Blutprobe, daß Slug zum Zeitpunkt der Tat viel zu betrunken gewesen sein mußte, um auch nur einen Schritt gehen zu können, viel weniger ein

Auto zu steuern. Seine Mitbürger sprachen ihm ihr Bedauern und gleichzeitig die Gratulation aus. Dann, achtundvierzig Stunden nach der Tat, erschien bei der Polizei ein Individuum, ein Landstreicher, und seine Aussage ließ Callighans Traum vom Geld, das ihn wieder flottmachen sollte, platzen. Der Landstreicher hatte die Nacht im selben Wald geschlafen, in dem Callinghan und seine Leute gejagt hatten. Er war erwacht, als spät in der Nacht ein Mann durch den Wald ging, und war ihm gefolgt. Der Mann hatte etwas versteckt. Der Landstreicher hatte nach dem Fortgehen des Mannes das Versteck untersucht und Whiskyflaschen gefunden, die leer waren bis auf eine, in der sich noch ein Rest befand. Der Landstreicher hatte den Rest schleunigst verschluckt und war daraufhin sanft entschlummert. Zunächst war ihm diese Tatsache nicht weiter aufgefallen, aber dann dachte er, es könne etwas daran sein, und er ging zur Polizei. Man fand das Flaschenlager, und obwohl nur noch Tropfen in den Flaschen waren, knobelten die Kriminallaboratorien das Schlafmittel aus den Tropfen heraus. Callighan wurde verhaftet, als er sich mit dem Notar darüber unterhielt, wann er wohl über die Erbschaft verfügen könnte.

Er gestand seine Tat nicht ein, aber nun, da sie ihn fest hatten, kamen sie ihm auf alle seine anderen Schliche. Sie stellten ihn vor Gericht und klagten ihn wegen Schmuggels, Rauschgifthandels und Mordes an. Callighan gestand nichts, und die Geschworenen sprachen ihn zwar des Schmuggels und des Rauschgifthandels schuldig, aber sie ersuchten das Gericht, das Verfahren wegen Mordes abzutrennen und neu aufzurollen, da ihnen die Indizienbeweise nicht ausreichend zu sein schienen. Callighan bekam wegen seiner Verbrechen zwanzig Jahre aufgebrummt. Die Untersuchung wegen des Mordes lief weiter, und er wußte, eines Tages würde ein anderes Gericht ihn auch des Mordes schuldig sprechen, und dieser Spruch würde seinen Hals kosten. Er wußte genau, daß er hier im Zuchthaus von Glendive nur bis auf Widerruf lebte.

Das Zuchthaus von Glendive lag außerhalb der Stadt auf einem sanften Hügel. Es war vor rund fünfzig Jahren erbaut worden und hatte etwa den Charakter einer Burg. Es war nicht nach den modernen Gesichtspunkten errichtet, wie es neuere Strafanstalten sind.

Insgesamt beherbergte Glendive dreihundertvierundachtzig Gefangene, die sich die Zellen zu dreien teilten. Zum Gang hatten die Zellen feste Türen.

Callighan kam in eine Zelle, in der sich bereits Thomas Wed befand und in der die dritte Pritsche frei war. Er begann sofort, mit Wed über einen Ausbruch zu sprechen.

Wed saß zu diesem Zeitpunkt bereits zwei Jahre, und er hatte die Nase voll, aber er war ein alter Zuchthaushase, und er wußte, wie schwierig ein Ausbruch war.

»Zu zweien ist es unmöglich«, knurrte er.

»Zu vielen ist es noch schwieriger«, sagte Callighan.

Wed hielt eine Menge von Ivry Jordan, der die linke Nebenzelle mit Ragio Gonzales und Nat Shakow teilte. Er schlug vor, diese drei hinzuzuziehen.

Sie verständigten sich in der Freistunde durch Klopfzeichen und durch zugeschmuggelte Zettel. Jordan, Gonzales und Shakow wollten mitmachen.

Callighan ließ sich drei Monate Zeit, um die Möglichkeiten zu studieren. Dann wurde er eines Tages neu vernommen, und man teilte ihm mit, daß das Verfahren wegen des Mordes an seinem Onkel in Kürze eröffnet würde. Er mußte handeln, und er tat es unverzüglich.

Um acht Uhr war im Zuchthaus die Einschlußkontrolle. Als der kontrollierende Beamte vorbeikam und durch den Spion sah, lag Callighan stöhnend auf seiner Pritsche. Wed bumste gegen die Tür und schrie: »Ich glaube, er kratzt ab. Er sagt, er hätte irrsinnige Schmerzen im Leib.«

Der Gefängniswärter ging fort, um einen zweiten Beamten zu holen, wie es Vorschrift war, wenn die Tür einer Zelle geöffnet wurde. Sie kamen zurück und schlossen auf. Der eine Beamte beugte sich über Callighan, während der andere an der Tür stehenblieb. Callighan hielt sich den Leib und stöhnte.

»Ich denke, wir müssen ihn ins Hospital bringen. Es scheint eine Blinddarmentzündung zu sein. — Faß an«, sagte er zu Wed. »Wir wollen ihn aufrichten.«

Sie taten es, und Callighan hing stöhnend in ihren Armen. Sie bewegten sich auf die Zellentür zu. In dem Augenblick, in dem sie an dem Beamten, der dort Posten hielt, vorbeikamen, ließ Wed Callighan los und legte seine Schaufelhände dem Mann um den Hals. Callighan riß gleichzeitig ein Küchenmesser aus seiner Jacke und rammte es dem zweiten Gefängniswärter in die Brust. Er ließ sofort los und preßte seine Hände auf den Mund des Zusammensinkenden. Der andere, den Wed an der Kehle hatte, wurde ohnmächtig.

Das Ganze war lautlos vor sich gegangen. Sie zogen dem größeren von beiden die Uniform aus, und Callighan schlüpfte hinein.

Auf dem Flur war die schwache Nachtbeleuchtung schon eingeschaltet. Callighan schlenderte auf die Tür zu, die diese Abteilung des Zuchthauses von den anderen trennte, und drückte auf den Summer.

Der Beamte, der die Tür bewachte, sah die Uniform eines Kollegen und öffnete. Er sah sich einer gezogenen Pistole gegenüber und hob die Hände. Er bekam den Pistolenknauf über den Kopf und fiel zusammen.

Der ehemalige Rauschgiftschmuggler lief zurück und schloß die Zelle der drei anderen auf. Sie zogen auch den beiden anderen Beamten die Uniform aus, wobei Jordan ohne Zögern den blutgetränkten Rock des Erstochenen anzog. Sie liefen zur Mitteltür und brüllten von dort aus: »Wir brechen aus! Wir brechen aus! Wiedersehen, Jungs!«

In jedem Zuchthäusler sitzt eine Art Hysterie, und sie pflanzt sich von Zelle zu Zelle fort wie ein Massenwahnsinn, wenn sie erst einmal ausgebrochen ist.

In allen Zellen tobten die Männer. Sie brüllten. Sie wollten mitgenommen werden. Sie juchten, und sie schrien nach den

Wärtern, damit die ausgebrochenen Kumpane über den Haufen geknallt würden. Im Handumdrehen hatte sich das Zuchthaus von Glendive in einen Hexenkessel verwandelt. Schauerlich begann die Alarmsirene zu heulen. Von allen Ecken liefen die Gefängniswärter herbei. Der Alarm paßte genau in Callighans Plan. Sie waren längst im unteren Flur, als Alarm gegeben wurde. Sie erreichten das Haupttor und schickten sich an, den Hof zu überqueren.

Hier stießen sie zum erstenmal auf herbeilaufende Beamte. Die Ausbrecher hatten auch das einkalkuliert. Die drei von ihnen, die Uniform trugen, begannen einen verzweifelten Ringkampf mit Wed und Gonzales, die noch in der Anstaltskleidung steckten. Wärter, die herbeistürzten, um ihnen zu helfen, schickte Callighan mit dem Satz weiter: »In Abteilung fünf ist der Teufel los. Schert euch dorthin. Wir werden schon fertig mit diesen hier.« Und er schlug dabei Wed höchst realistisch die Faust ins Gesicht.

Schließlich wurden Wed und Gonzales überwältigt. Jordan und Shakow in den Uniformen hielten sie in Schach, während Callighan auf den Beamten zuging, der das Tor überwachte und der auch bei Alarm nicht seinen Posten verlassen durfte. Er stand in einem kleinen Haus, dessen Gittertür abgeschlossen war.

»Los, mach auf«, sagte Callighan. »Die Schweine haben die Telefonleitung durchschnitten. Ich muß nach Glendive, um Hilfe zu holen. Wir schaffen es nicht allein.

Die elektrische Anlage zur Öffnung des Tores konnte nur vom Innern des Hauses bedient werden.

Der Beamte witterte zwar keine Falle, aber er hielt sich an die Dienstvorschrift.

»Nur der Chef persönlich kann das Öffnen des Tores befehlen, wenn ein Aufruhr ausbricht«, sagte er, »und ich will verdammt sein, wenn das kein Aufruhr ist. Du hörst es ja.«

Immer noch gellte das Heulen und Brüllen der entfesselten Zuchthäusler.

446

Callighan schoß den Beamten durch das Gittertor hindurch in die Schulter. Der Mann stürzte und schrie, aber er wurde nicht ohnmächtig.

»Mach auf«, sagte Callighan wild, »oder ich erschieße dich!« Der Gefängniswärter versuchte, seine Waffe zu ziehen, aber Callighan schoß ihm noch einmal in die Schulter. Er hätte ihm die Kugel in den Kopf gejagt, aber nur ein lebendiger Mann im Haus konnte die Öffnungsanlage in Betrieb setzen.

Der Gefängniswärter stand unter Anstrengung auf und wankte zur Tastatur.

»Ich knall' dich ab!« brüllte der ehemalige Rauschgiftschmuggler. »Öffne, verdammt!«

Zögernd drückte der Mann auf den Knopf.

Die hohen Eisentore des Zuchthauses von Glendive begannen auseinanderzurollen. Wed, Jordan, Gonzales, Shakow rannten über den Hof und quetschten sich ins Freie, kaum daß der Spalt weit genug war, daß ein Mann hindurchschlüpfen konnte. Callighan ging als letzter.

Sie rannten querfeldein den Hügel hinunter zur Straße, die nach Glendive führte. Zwei verbargen sich im Gebüsch, während Callighan und Shakow sich auf die Straße stellten. Sie nahmen Jordan, dessen Uniform voller Blut war, wie einen Schwerverletzten in die Mitte und winkten.

Der Fahrer des ersten Wagens sah im Scheinwerferlicht die drei uniformierten Gestalten und trat auf die Bremse. Er kurbelte die Scheibe herunter, Callighan trat an den Wagen und salutierte.

»Was ist denn los?« fragte der Mann am Steuer.

»Die Zuchthäusler meutern«, antwortete Callighan. »Sie haben einen meiner Kameraden angeschossen. Er muß schnellstens zum Arzt. Würden Sie uns helfen, Sir?«

»Oh«, sagte der Mann, öffnete den Schlag und stieg aus.

Als der Mann auf der Straße stand, schoß Callighan. Sie zogen den Toten in den Straßengraben, nahmen die knapp hundertfünfzig Dollar an sich, die er bei sich trug, enterten den Wagen und verschwanden mit heulendem Motor in der

Nacht. Von dem Augenblick an, da Callighan und Wed die beiden Wärter in ihrer Zelle überfallen hatten, waren genau dreizehn Minuten vergangen.

An alle FBI- und Polizeistationen. Um acht Uhr sechs brachen aus dem Zuchthaus von Glendive fünf Schwerverbrecher aus. Sie töteten einen Beamten des Gefängnispersonals und verletzten drei weitere schwer. Außerdem töteten sie auf der Straße einen Mann, dessen Wagen sie raubten.

Die Ausbrecher sind:
Nat Shakow, dreißig Jahre wegen Raubüberfalles,
Ragio Gonzales, dreißig Jahre wegen Raubüberfalles und Körperverletzung,
Ivry Jordan, zum Tode verurteilt wegen Mordes,
Thomas Wed, fünfundzwanzig Jahre wegen schweren Einbruches,
Slug Callighan, zwanzig Jahre wegen Rauschgiftschmuggels und verdächtig eines Mordes.
Achtung, wir geben die Personenbeschreibung.
Nat Shakow, einunddreißig Jahre, mittelgroß . . .

Die Personenbeschreibungen waren außerordentlich genau. Sie nahmen die meisten Seiten des Fernschreibens ein. Dann folgten die Schlußsätze:

Drei der Ausbrecher tragen die Uniformen von Gefängniswärtern, zwei noch die Anstaltskleidung. Vorsicht, die Männer sind bewaffnet und machen von der Waffe rücksichtslosen Gebrauch. Sie besitzen zur Zeit einen schwarzen Ford. Es muß damit gerechnet werden, daß die Gesuchten weitere Verbrechen begehen, um sich in den Besitz von Geld und Kleidung zu setzen. Mit ihrem Auftauchen in jeder Gegend der Staaten muß gerechnet werden. Wir bitten um Unterstützung.

Ich fand dieses Fernschreiben auf meinem Schreibtisch, als ich am Morgen ins Büro kam. Solche Mitteilungen wurden während der Nacht vervielfältigt, damit jeder Beamte sich informieren konnte. Ich hatte es eben durchgelesen, als das Telefon schrillte. Mr. High, mein Chef, war am Apparat und bat mich, zu ihm zu kommen. Ich fand Phil schon in seinem Büro.

»Guten Morgen, Jerry«, sagte Mr. High, »haben Sie das Fernschreiben aus Glendive schon gelesen?«

»War eben damit fertig, als Sie anriefen. Scheinen wilde Burschen zu sein, die sich dort den Weg aus dem Zuchthaus freigeschossen haben.«

»Ich habe vor zwei Minuten ein Gespräch mit Randolph Bust beendet. Er ist der Leiter der FBI-Außenstelle in Glendive. Sie scheinen dort oben ziemlich aus dem Häuschen zu sein. Vor allen Dingen fürchten sie, daß die Burschen nach Kanada türmen. Einer von ihnen hat früher Schmuggelgeschäfte über die kanadische Grenze gemacht und kennt sie wahrscheinlich genau. Bust hat alles, was an Cops und G-men verfügbar war, zur Sicherung der Grenze eingesetzt. Er ist knapp mit Leuten und hat niemanden, der die eigentliche Verfolgung aufnehmen kann. Er fragte mich, ob ich nicht ein paar Leute für ihn abzweigen kann, am liebsten zehn oder mehr — aber ich kann ihm nur zwei Mann schicken. Ich dachte an Phil und Sie, Jerry.«

Ich sah meinen Freund an. Auch er lächelte säuerlich.

»Ich weiß«, sagte Mr. High, »es ist eine reine Fahndungsaktion und sicherlich nicht nach Ihrem Geschmack, aber ich möchte Bust gern helfen.«

»Okay, Chef«, antwortete ich, »wenn Phil nichts dagegen hat, können wir mit dem nächsten Flugzeug abdampfen. Ich denke, es kann nicht lange dauern. Ausbrecher, hinter denen die gesamte Polizei der Staaten her ist und deren Fingerabdrücke, Gesichter und Kleidung bekannt sind, können sich nicht lange halten.«

Ich bin ein hoffnungsloser Optimist.

Wir erwischten ein Mittagsflugzeug, hatten etwas Aufenthalt beim Umsteigen, flogen die Nacht durch und trafen am Mittag des anderen Tages in Glendive ein.

Wir fuhren zum Büro des FBI, aber Bust war im Zuchthaus. Wir nahmen ein Taxi und ließen uns hinfahren.

Wir fanden den örtlichen FBI-Leiter im Gespräch mit dem Zuchthausdirektor. Bust sah schlecht aus. Sicherlich hatte er in letzter Zeit nicht sehr viel geschlafen.

Er freute sich, als er uns sah.

»Ich kann jede Hand brauchen, Cotton«, sagte er nach der ersten Begrüßung. »Ich bin sicher, Callighan versucht alles, um nach Kanada zu gelangen.«

Die Lebensgeschichte der fünf Ausbrecher hatte ich mir während des Fluges zu Gemüte geführt, und ich wußte, welche Beziehungen Callighan zu Kanada einstmals unterhalten hatte.

»Ich habe die Grenze sichern lassen, daß es einer Katze schwerfallen würde, sie zu überschreiten«, fuhr Bust fort, »aber ich fürchte, sie haben sich gleich in der Ausbruchsnacht auf die Socken gemacht und sind schon drüben.«

»Würden Sie nach Kanada gehen, Randolph?« fragte ich nachdenklich.

»An Callinghans Stelle sicherlich. Bestimmt hat er drüben alte Freunde, die ihm helfen.«

»Callighan vielleicht«, antwortete ich, »aber Jordan zieht es bestimmt mächtig nach New York, und Gonzales friert schon, wenn er das Wort Kanada nur hört.«

»Callighan hat sich zum Kopf der Bande gemacht«, antwortete Bust auf meinen Einwand. »Wir wissen es von den Wärtern, die mit einigen Kratzern davongekommen sind. Es sieht so aus, als hätte Callighan den ganzen Ausbruchsplan ausgeheckt.«

Er erzählte in allen Einzelheiten den Ablauf des Ausbruches, und als er damit fertig war, rieb ich mir nachdenklich den Schädel.

»Hören sie, Bust«, sagte ich, »dieser Callighan scheint ein

verdammt intelligenter Junge zu sein. Ich glaube nicht, daß er nach Kanada gehen wird. Er denkt natürlich, daß seine Verfolger annehmen, daß er die nächste Grenze benutzt. Gerade darum tut er es nicht. Wir arbeiten mit der kanadischen Polizei sehr gut zusammen, jedenfalls viel besser als mit den Behörden von Mexiko und allen anderen Staaten im Süden. Ich würde an Callighans Stelle quer durch den amerikanischen Kontinent reisen und versuchen, dort unten über die Grenze zu gelangen. Wie schnell er dorthin kommt, hängt allerdings davon ab, wieviel Dollar er sich beschaffen kann. Das brauchen sie als erstes: Geld, Kleider und Essen.«

Bust sah mich aus seinen müden, rotgeränderten Augen an.

»Hört sich logisch an, Cotton, aber ich muß trotzdem zuerst die Grenze sichern lassen, denn drüben sind sie außerhalb unserer Gewalt, und ich kann nur die Kanadier bitten, sich der Sache anzunehmen. Wenn die fünf noch im Lande sind, werden wir bald von ihnen hören. Sie müssen sich Kleider und Geld stehlen, und ich hoffe nur, daß dabei nicht wieder Blut fließt.«

Ich öffnete den Mund zu einer Entgegnung, aber Phil kam mir zuvor.

»Nehmen Sie es mir nicht übel, Randolph«, sagte er, »aber ich fürchte, Sie unterschätzen Callighan immer noch. Von der Tat, mit der er sich und seinen Leuten die notwendigste Erstausstattung verschafft, werden Sie erst hören, wenn es längst zu spät ist. Dieses Verbrechen wird er irgendwo in einer sehr einsamen Gegend begehen, so daß er hoffen kann, daß mindestens vierundzwanzig Stunden vergehen, bevor es entdeckt wird.«

Es dauerte ein paar Sekunden, bis Bust begriff. Er wurde sehr blaß.

»Um Himmels willen«, sagte er leise, »dann gibt es wieder Tote.«

»Es ist noch alles zu verhindern«, mischte ich mich wieder ein. »Ich glaube nicht, daß sie es lange gewagt haben, den gestohlenen Wagen zu benutzen. Sie kennen die Gegend besser als wir, Randolph. In welcher Gegend, hundert Meilen im Umkreis ungefähr, könnten die fünf geeignete Bedingungen für einen unbemerkten Raubüberfall finden? Ich denke an einsam liegende Farmhäuser oder ähnliches.«

Der Zuchthausdirektor stand sofort auf und holte eine Karte.

Wir breiteten sie über dem Tisch aus und beugten uns darüber.

»Die Mountains«, sagte Bust sofort. »Von Glendive aus sind es zwar fast zweihundert Meilen bis zu den Ausläufern, aber der Tank des Wagens war voll. Sie können es in einer Nacht geschafft haben, und in den Tälern der Mountains wohnt manchmal nur eine Farmerfamilie auf fünfzig Quadratmeilen.«

»Vielleicht ist es richtig, wenn Sie die Rundfunk- und Fernsehstationen bitten, eine Warnung besonders an die Bevölkerung der Mountains zu richten«, sagte Phil.

»Gut, ich werde es veranlassen.«

»Informieren Sie außerdem die örtlichen Behörden.«

Bust nickte nur und verabschiedete sich rasch von uns, um unserem Rat zu folgen.

»Und wir?« fragte Phil, als wir uns auch von dem Zuchthausdirektor verabschiedet hatten.

»Ich habe wenig Lust, mich als Wachtposten in den Wald zu stellen«, antwortete ich. »Vielleicht sind die Mountains der richtige Tip. Ich wollte sie immer schon einmal sehen, seitdem ich über sie in den Indianerbüchern meiner Kindheit las. Fahren wir hin.«

»Einfach so der Nase nach?«

»Jawohl, einfach der Nase nach.«

Wir mieteten uns einen Wagen für unbestimmte Zeit und luden ein, was uns an Proviant notwendig dünkte. In der beginnenden Dämmerung fuhren wir Richtung Westen.

Wir sahen nicht viel von den Bergen und Schroffen der Rocky Mountains, die sich nach längerer Fahrt vor uns aufzutürmen begannen. An der Arbeit der Maschine und an den Windungen der Straße merkte ich, daß wir immer höher ins Gebirge hinauffuhren. Wir erreichten lange nach Mitternacht einen kleinen Marktflecken, und es gelang uns sogar, den Wirt des einzigen Hotels am Platze wach zu bekommen.

Er gab uns zwei Zimmer. Außer einem Vertreter für Seife waren wir die einzigen Gäste seines Hauses.

Am anderen Morgen ließen wir uns mit Bust verbinden.

»Gut, daß Sie anrufen«, sagte er. »In Gladstone soll ein schwarzer Ford mit fünf Männern gesehen worden sein. Wollen Sie hinfahren und es nachprüfen?«

Es stellte sich heraus, daß Gladstone ungefähr fünfzig Meilen von dem Ort entfernt war, an dem wir uns befanden. Wir fuhren hin. Wir hatten eine sehr genaue Beschreibung des Ford, den die Burschen gestohlen hatten, und wir nahmen den Mann, der ihn gesehen haben wollte, ins Gebet. Es dauerte nicht lange, und wir waren uns darüber im klaren, daß er Gespenster gesehen hatte. Wir riefen Bust an und berichteten es ihm.

»Ja, danke«, sagte er, »aber inzwischen wurden fünf Männer in Harrydai Valley gesehen. Würden Sie dorthin fahren?«

Harrydai Valley lag vierzig Meilen weiter in die Mountains hinein. Wir fuhren hin. Der Fall war noch eindeutiger.

Der Mann, der die Ausbrecher gesehen haben wollte, wackelte schnell, als wir ihn ins Verhör nahmen, und gestand schließlich, daß er die ganze Geschichte nur erfunden hatte, um sich wichtig zu machen.

Wir informierten Bust.

»Ich dachte es mir«, sagte er. »So leicht macht uns das Schicksal es nicht. Es ist eine neue Meldung aus Cushing eingegangen. Würden Sie dorthin fahren?«

»Verdammt, bin ich ein Arzt für Hysteriker?« fluchte ich, aber wir fuhren doch nach Cushing. Es war immer die gleiche Geschichte, wenn Warnungen der Polizei an die Öffentlichkeit gegeben werden. Immer gibt es Voreilige, Wichtigtuer und Hysteriker, die uns mit ihren angeblichen und oft einfach erfundenen Beobachtungen auf die Nerven fallen. Und uns bleibt nicht anderes übrig, als all diesen Meldungen nachzugehen, denn unter den hundert falschen Informationen könnte ja auch die eine richtige sein.

Cushing lag wieder in Richtung auf Glendive zu, ziemlich nahe bei dem Ort, in dem wir übernachtet hatten.

Wir fanden den Mann, der die Meldung gemacht hatte, beim Sheriff. Ich wußte schon, als ich ihn sah, daß alles Unsinn sein würde, was er zu berichten hatte. Es war einer dieser kleinen, zappeligen Wichtigtuer, die sich in der Öffentlichkeit aufspielen, weil sie daheim von ihrer Frau geknechtet werden. Erst erzählte er seine Geschichte flüssig, aber nach einem halben Dutzend Fragen unsererseits fing er an zu stottern, und nach einem weiteren Dutzend warfen wir ihn hinaus.

»Schade, Sheriff«, sagte ich, »aber Cushing wird auch nicht dadurch berühmt werden, daß hier die fünf berüchtigten Ausbrecher gefaßt wurden.«

Er holte eine Flasche Whisky aus seinem Schrank und goß uns die Gläser voll.

»Tut mir leid, daß ich Sie herkommen ließ«, sagte er. »Ich dachte mir zwar, daß er Unsinn quatschte, aber bei der Wichtigkeit der Angelegenheit wollte ich es nicht auf meine eigene Entscheidung ankommen lassen.«

Wir fühlten uns durch seinen durchaus prächtigen Whisky entschädigt. Nach dem zweiten Glas wollten wir uns von ihm verabschieden, als ein Mann in sein Büro gestolpert kam. Er brachte einen würzigen Duft von frischer Luft mit, und er sah aus, wie ein Rocky-Mountains-Mann auszusehen hat. Er trug einen Schlapphut. Ein graues Bartgefilz verdeckte den größten Teil seines verwitterten Gesichtes. An den Füßen trug er grobe Stiefel, und seine Kleidung bestand aus derbem, wetterfestem Stoff.

»'n Abend, Sheriff«, grüßte er und sah uns aus seinen kleinen, sehr blauen Augen an.

»Guten Abend, Christoph«, antwortete der Sheriff. »Was Wichtiges?« Er wandte sich an uns. »Das ist Christoph Bordon oben aus dem Cush-Tal. Cush ist der Fluß, nach dem unsere Stadt ihren Namen hat. Christoph sitzt oben an der Quelle. Er hat eine prima Farm da oben.«

Der alte Bordon hatte kurz seinen Hut gelüftet. Jetzt wandte er sich wieder an den Sheriff.

»Ich kam herunter, weil ich mit Stanway über ein Maultier reden will, das er zu verkaufen hat. Wir machten das in der Kneipe ab, und wie ich fast mit ihm einig bin, höre ich, wie sich ein paar Männer darüber unterhalten, daß sich in unserer Gegend einige Ausgebrochene aus Glendive herumtreiben sollen, die ein paar Morde auf dem Gewissen haben, und ich dachte mir, ich komme lieber, Sheriff, und sage es Ihnen, obwohl es sicherlich Quatsch ist.«

Der Sheriff sah Bordon an, stand auf und holte ein viertes Glas. Auch wir wurden sehr aufmerksam.

Bordon trank seinen Whisky erst einmal behaglich leer. Er wischte sich den Bart und fuhr fort: »Sie wissen, Sheriff, mein nächster Nachbar im Tal ist Harvey Williams. Was bei uns so Nachbar heißt. Drei Meilen talabwärts. Schön, heute mittag, so gegen zwei Uhr, sehe ich Harweys Lastwagen die Talstraße hinaufkriechen. Ich war gerade dabei, die Stangen für die Bohnen zu richten, und ich freue mich schon, weil ich denke, ich kriege Besuch. Das ist ja selbstverständlich bei uns, daß der Nachbar wenigstens für drei Worte vor der Tür hält, wenn er vorbeikommt. Außerdem hatte ich mit Williams noch einen Termin zu vereinbaren, an dem wir gemeinsam zum Holzschlagen gehen wollten. Harvey ist sehr gewissenhaft und hat es bestimmt nicht vergessen. Sie können sich denken, Sheriff, wie ich verwundert war, als ich sehe, wie Williams' Laster ohne Stopp an meiner Gartentür vorbeifährt. Ich bin sofort aus meinen Bohnen heraus, aber da war der Wagen schon zu weit fort, als daß das Rufen noch Zweck gehabt hätte. Außerdem dachte ich, Williams sei mir vielleicht böse. Nun, dachte ich mir, gehst du heute nachmittag, wenn du nach Cushing hinuntergehst, bei seiner Frau vorbei und fragst, was der alte Harvey hat, aber Williams' Haus war verrammelt und verriegelt, und weder von ihm noch von seiner Frau und seinen beiden Töchtern war eine Spur zu sehen. Ich bin dann heruntergekommen und habe mir keine Gedanken mehr darüber gemacht. Vielleicht sind sie über den Kamm nach Pledeero gefahren. Ich glaube, sie haben dort Verwandte. Aber als ich die Geschichte von den Fünfen hörte, dachte ich mir, es sei doch besser, ich erzähle Ihnen das. Könnte ja auch sein, die fünf sind bei ihm aufgetaucht und haben ihn gezwungen, sie wegzufahren. Seine Frau und seine Kinder haben sie vielleicht als Geiseln mitgenommen.«

Ich sprang auf. »Das würde genau zu Slug Callighan passen! Sheriff, können Sie bei den Verwandten in Pledeero anfragen, ob die Williams bei ihnen angekommen sind?«

Der Sheriff kurbelte schon an seinem altmodischen Telefonkasten.

»Wie heißen die Leute?« fragte er Bordon, aber der Farmer wußte es nicht.

Er telefonierte mit seinem Amtskollegen in Pledeero, und sie fanden schnell heraus, um welche Leute es sich bei den Verwandten von Williams handelte.

Der Sheriff von Pledeero ging selbst zu ihnen hin, und wir warteten unterdessen am Apparat. Es dauerte drei Minuten.

»No«, sagte er, »Williams sind nicht hier bei ihren Verwandten gewesen. Die Verwandten wunderten sich auch darüber, denn Harvey ist mit seinem Wagen im Ort gesehen worden, aber er ist offenbar nur durchgefahren.«

Das war eine präzise Auskunft. Natürlich konnte sich alles noch in Wohlgefallen auflösen, aber ich hatte das sichere Gefühl, daß diese Spur die richtige war. Ich ließ mir eine Verbindung mit Glendive geben, und ich bekam Bust an den Apparat.

»Hallo, Randolph«, sagte ich, »es sieht so aus, als hätten sie eine Familie auf einer Farm bei Cushing überfallen und wären mit dem Lastwagen der Leute geflohen. Der Wagen ist in Pledeero gesehen worden. Lassen Sie alle Straßen sperren, so gut es geht, aber geben Sie strengste Anweisung, daß nicht geschossen werden darf. Sie führen mindestens ein Mitglied der Familie als Geisel mit. Die Sperren sollen nur versuchen, den Wagen zu stoppen, aber sie sollen den Weg sofort freigeben, wenn es zu einer Schießerei kommt.«

»Verstanden«, antwortete Bust. »Was werden Sie tun, Jerry?«

»Wir nehmen die Verfolgung auf. Sie hören von uns, wenn wir irgend etwas festgestellt haben. Bis später!«

Der Sheriff hatte inzwischen eine gute Karte der Gegend auf dem Tisch ausgebreitet.

»Hier ist Pledeero«, erklärte er uns. »Wenn Sie diese Straße hier nehmen, gelangen Sie immer tiefer ins Gebirge, und dort ist dann Schluß mit dem Autofahren, und sie kämen höchstens mit Maultieren weiter. Diese Straße geht nach Norden zur kanadischen Grenze, und diese hier nach Süden ist zwar miserabel, aber sie wird hinter Yoshbeer besser.«

»Ich glaube, daß sie nach Süden fahren werden. Callighan wird sich denken, daß die kanadische Grenze schwer gesichert ist.«

Das war Phils Meinung.

»Kann man den Weg mit einem gewöhnlichen Wagen benutzen?« fragte ich.

»Besser, Sie nehmen einen Jeep«, antwortete der Sheriff. »Ich stelle Ihnen meinen Dienstwagen zur Verfügung.«

Es war ein Jeep, wie er im Kriege benutzt worden ist, nur daß man einen Holzaufbau aufmontiert hatte. Der Sheriff nahm selbst das Steuer, weil er die Gegend am besten kannte. Den alten Bordon luden wir ebenfalls ein, denn er war zu Fuß die zehn Meilen in das Tal hinuntergestiegen.

Wir erreichten die Williams-Farm nach einer halben

Stunde, denn die Straße stieg steil an, und der Jeep kam selten aus dem zweiten Gang heraus.

Der Sheriff hatte Bedenken, aber Phil und ich, wir suchten uns aus der Werkzeugkiste die Kurbel für den Radwechsel und brachen einen der Fensterläden auf. Mit dem Griff meines Revolvers zerschlug ich die Scheibe, griff durch und entriegelte das Fenster. Ich gestehe Ihnen, ich stieg mit einiger Beklemmung in das Haus der Williams ein. Der Sheriff hatte mir seine Taschenlampe geliehen. Ich ließ den Schein durch das Zimmer gleiten, und ich war darauf gefaßt, auf Tote zu stoßen. Eine Familie von vier Personen war für die Gangster eine Belastung, und ich hätte mich nicht gewundert, wenn Callighan an zwei Geiseln genug gehabt und sich die anderen durch ein paar Kugeln vom Halse geschafft hätte.

Zum Glück fand ich keine Toten, nicht in diesem Zimmer und nicht in den anderen Räumen. Aber ich fand sehr deutliche Spuren, daß irgendwelche Leute hier sehr übel gehaust hatten. Im Schlafzimmer der Eltern waren die Betten zerwühlt, der Kleiderschrank stand auf, und ein Teil der Kleider war im Zimmer verstreut. In der Küche standen die Reste von Mahlzeiten herum, aber sonst war es ruhig im Haus, und nirgends fand ich die Spur einer Gewalttat. Es war still, nur in den Ställen blökte das Vieh.

Ich kletterte durch das Fenster hinaus zu den wartenden Freunden. »Wenigstens kein Blut, aber hiergewesen sind sie sicherlich. Ich glaube, sie haben die Williams gezwungen, sie vierundzwanzig Stunden zu beherbergen, werden sich abwechselnd ausgeschlafen haben und sind dann aufgebrochen, als es ihnen zu riskant erschien, länger zu bleiben. — Wir wollen weiter, Sheriff.«

Die Straße stieg immer noch steil an, und der Sheriff holte aus dem Jeep heraus, was darin steckte. Er hatte das Steuer, um sich festzuhalten, aber Phil und ich wurden im Fond durcheinandergeschüttelt wie Erbsen in einer Schachtel.

Nach der Paßhöhe ging es dann abwärts. Wir erreichten Pledeero um Mitternacht und holten den Sheriff aus dem

Bett. Er mußte den Mann herbeischaffen, der Williams' Wagen gesehen hatte. Nach Aussagen des Mannes konnten wir mit einiger Sicherheit annehmen, daß die Ausbrecher tatsächlich nach Süden geflohen waren.

Die Straße wurde jetzt besser, wie es der Sheriff von Cushin versprochen hatte. Da er die Gegend auch nicht mehr besonders gut kannte, übernahm ich das Steuer, und ich trat dem Jeep auf den Kopf. Wir fegten über die Landstraße, daß die Bäume an den Seiten wie Schemen vorbeihuschten.

»Hören Sie, Mr. Cotton«, sagte der Sheriff, der jetzt im Fond saß und sich krampfhaft irgendwo festzuhalten versuchte, »wenn Sie bei der Geschwindigkeit vor einen Baum krachen, werden Sie kaum noch in einen Kampf mit den Ausbrechern eingreifen können.«

Phil neben mir schob mir eine angezündete Zigarette in den Mund.

»Keine Sorge, Sheriff«, antwortete er, »wenn er nicht zufällig G-man geworden wäre, hätte er es sicher zum Rennfahrer gebracht.«

Der Wagen war mit einer Polizeisirene ausgerüstet, und wir schalteten sie jetzt ein, wenn wir das rote Stopplicht einer Sperre sahen. Bei der vierten oder fünften Sperre aber wurde so aufgeregt gewinkt, daß ich stoppte.

Ein Mann stürzte an den Wagen und fragte: »Sind Sie die G-men, die hinter den Ausbrechern her sind? Das Hauptquartier in Glendive hat uns darüber informiert. Wir haben festgestellt, daß in den frühen Abendstunden ein Lastwagen hier getankt hat, auf den die Beschreibung paßt.«

Wir dankten, tankten ebenfalls in aller Eile und brausten weiter. Es war ganz klar, daß wir immer näher an die fünf herankommen mußten, denn der Lastwagen fuhr nicht die Hälfte der Geschwindigkeit, die ich aus dem Jeep herausholte.

Noch einmal, sechs Sperren weiter — inzwischen dämmerte bereits der Morgen herauf —, wurden wir wieder durch heftiges Winken angehalten.

»Wir haben vor dreiviertel Stunden versucht, einen Lastwagen zu stoppen, aber er beachtete das Signal nicht. Wir haben sofort mit Legville telefoniert, wo sich die nächste Sperre befindet. Sie werden die Straße verbarrikadieren.«

So lautete die Nachricht, die wir erhielten. Die Männer drängten sich aufgeregt um unseren Wagen.

Jetzt hätte ich gern meinen Jaguar bei mir gehabt. Der Jeep gab nicht mehr genug her. Ich stemmte meinen Fuß gegen den Gashebel und nahm ihn in den Kurven kaum ein wenig hoch. Die Sirene ließen wir eingeschaltet.

Wir fuhren eine gute halbe Stunde mit einer Geschwindigkeit, die immer über siebzig Meilen lag. Es war inzwischen hell geworden, eine trübe, graue Helligkeit, in der es leise zu regnen anfing. Dann sah ich nach einer sanften Kurve zwei rote Schlußlichter, ein rotes Polizeistopplicht und eine Reihe von quergeschobenen Wagen, vor denen ein Lastwagen stand.

Ich nahm das Gas weg, und dann hörte ich auch schon die erste Kugel pfeifen. Ich bekam sie gewissermaßen als Warnschuß vor den Bug. Ich riß den Jeep herum, daß unser Sheriff im Fond wahrscheinlich ein Stoßgebet sprach, schlängelte ihn zwischen zwei Bäumen durch und jagte ihn auf einen Acker. Er blieb natürlich stecken, aber ich gab Zwischengas, daß der Motor wie ein angeschossener Panther aufjaulte. Ich haute den Geländegang hinein. Es krachte scheußlich, aber das Getriebe hielt, und unter dem Druck und Zug des Vierradantriebs quälte sich das kleine Fahrzeug durch den Acker parallel zur Straße an der Sperre vorbei.

Wir sprangen aus dem Wagen und rannten auf die Straße zu. Dabei wurde vom gestoppten Lastwagen aus noch einmal auf uns geschossen, aber es ging gut.

Wir trafen hinter der Sperre den Sheriff von Legville, einen großen schweren Mann. Er hatte acht Leute von der Bürgerwehr bei sich, die alle gut bewaffnet waren.

»Er tauchte vor fünf Minuten auf«, sagte er und zeigte mit dem Daumen zum Lastwagen hin. »Sie hatten einen ziemlichen Zahn drauf, aber sie sahen die Sperre rechtzeitig und stoppten. Wie Glendive befohlen hat, haben meine Leute nicht gefeuert. Die Kugeln vorhin, die auf Sie gezielt worden sind, waren die ersten Schüsse. Ich habe einen Mann in die Stadt geschickt, um Verstärkung heranzuholen. Ich denke, sie werden es aufgeben. Schlimmstenfalls hungern wir sie einfach aus.«

»Das kann lange dauern, Sheriff«, sagte ich, trat hinter die Sperrwagen und blickte über die Kühlerhaube zum Lastwagen hin. Ich war nicht so optimistisch wie der Sheriff von Legville, der sich schon darauf freute, seinen Ort und wahrscheinlich auch sich selbst lobend in der Zeitung erwähnt zu lesen.

Der geraubte Laster stand ungefähr einhundert Yard vor der Sperre. Ich sah niemanden im Führerhaus, aber beide Türen standen offen. Wahrscheinlich hatten sich die Gangster auf den Boden gelegt, die anderen und die Williams mochten unter der Plane des Aufbaues hocken.

»Schicken Sie einen Mann auf die Straße«, sagte ich dem Sheriff. »Der Mann soll die Verstärkung, die aus den anderen Orten kommt, außer Schußweite zu einer Sperre dirigieren. Außer Schußweite, hören Sie, denn ich will keine Schießerei, die die Leute auf dem Wagen gefährdet.«

Der Sheriff gab einen Befehl, und ein Mann machte sich auf die Strümpfe. Er ging in einem weiten Bogen über das Feld, so daß er vom Laster aus nicht beschossen werden konnte.

Phil war neben mich getreten und sah zu den Ausbrechern hin.

»Was willst du tun, Jerry?« fragte er.

»Zunächst einmal nichts«, antwortete ich. »Ich möchte abwarten, wie sich die Dinge in dem Lastwagen entwickeln. Die Ausbrecher werden sich miteinander beraten. Du kennst ihre Lebensläufe. Ich bin sicher, Gonzales, Shakow und eventuell auch Wed würden sich vielleicht ergeben, aber Callighan und Jordan werden das niemals tun. Bei dem, was sie auf dem Kerbholz haben, könnten sie froh sein, wenn sie auf den Stuhl kommen, bevor die Leute sie lynchen.«

Es vergingen zehn Minuten, ohne daß irgend etwas geschah. Ein- oder zweimal glaubte ich, eine Bewegung an dem Lastwagen zu bemerken, aber es war nichts von Bedeutung.

Unterdessen waren zwei Wagen eingetroffen, die von dem Mann, den wir auf die Straße geschickt hatten, zu einer Sperre im Rücken der Gangster dirigiert wurden.

Die Seitenplane des Lasters bewegte sich, und ein achtzehnjähriges Mädchen sprang herunter. Offenbar war sie gestoßen worden, denn sie fiel hin. Unmittelbar nach ihr sprang ein Mann vom Wagen. Er preßte den Rücken gegen die Seitenwand, riß das Mädchen hoch und hielt sie als Schutzschild vor seinen Körper. Ich sah sein Gesicht. Ich kannte es von den Fotografien. Es war Slug Callighan.

»Hallo«, hörte ich ihn rufen, »wo ist euer Boß? Ich habe mit ihm zu reden.«

Bei Licht betrachtet, war ich eigentlich nicht der Boß, aber es war vielleicht besser, wenn wir dieses Geschäft übernahmen, anstatt es dem braven Sheriff von Legville zu überlassen, der in seinem Leben wahrscheinlich nie mehr als einen Viehdieb gesehen hatte.

Ich richtete mich hinter der Kühlerhaube hoch und rief: »Nimm mich dafür, Callighan. Hast du Vorschläge?«

»Komm her!« schrie er. »Ich habe keine Lust, so zu brüllen.«

Ich verständigte mich mit Phil durch einen Blick. Er bestätigte meine Meinung. Es lag den Ausbrechern so wenig an einer unnötigen Schießerei wie uns.

Ich schob mich zwischen den Wagen durch und ging auf Callighan zu. Er drehte sich sofort ein wenig, daß das Mädchen ihn deckte, und richtete seinen Revolver auf mich. Das Mädchen hatte dichtes blondes Haar und sah groß und kräftig aus, aber es schien vor Aufregung völlig erledigt zu sein und hielt die Augen geschlossen.

»Wer bist du?« fragte Callighan, als ich auf zehn Schritt

heran war. »Bleib stehen! Näher brauche ich dich nicht für einen guten Schuß.«

»Vorstellen ist in solchen Fällen eigentlich nicht üblich«, antwortete ich gleichgültig, »aber schön, ich bin ein G-man aus New York.«

Er lachte, und dieses Lachen löste in mir so etwas wie einen Schüttelfrost aus. Ich gab die Hoffnung auf, daß einer seiner Kumpane sich gegen Callighan erheben würde.

»Haben Sie euch schon aus New York geholt, um mich zu fassen?« sagte er.

»Du bist eitel wie alle Verbrecher, Callighan«, antwortete ich.

Er war einen Augenblick verblüfft, stieß aber nur ein leises Knurren aus.

»Räumt uns den Weg frei«, befahl er, »und laßt uns durch! Ihr wißt doch, was passiert, wenn ihr uns hier ausheben wollt. Wir haben vier Leute bei uns. Wir werden sie als Kugelfang benutzen, wenn ihr das Feuer eröffnet.«

»Nimm Vernunft an, Callighan«, sagte ich eindringlich. »Wenn den Leuten, die ihr entführt habt, etwas passiert, entgeht keiner von euch dem elektrischen Stuhl.«

Er lachte wieder.

»G-man, wenn ihr mich jemals lebendig erwischt, setzt ihr mich ohnedies darauf. Ich kann es dir ruhig sagen, denn du kriegst mich doch nicht. Ich habe den alten Idioten umgebracht, weil ich sein Geld haben wollte. Ich habe einen Wärter erstochen, und ich knallte den Mann ab, dessen Auto wir brauchten. Das langt dreimal für den Stuhl, und mir ist es völlig gleichgültig, ob eure Richter mich einmal oder siebenmal zum Tode verurteilen, denn der Henker kann mich doch nur einmal darauf setzen. Laß die Straße räumen!« sagte er noch einmal.

»Ich muß mit meinen Leuten reden«, antwortete ich, drehte mich um und ging zur Sperre zurück.

Der Sheriff und die Leute umdrängten mich, aber ich sprach nur mit Phil.

»Du weißt, was er will«, sagte ich. »Er droht mit dem Tod der Williams, wenn wir schießen.«

»Schießen wir nicht«, antwortete Phil. »Warten wir ab, wie sich die Dinge entwickeln. Vielleicht verlieren sie die Nerven.«

»Verdammt, er sah nicht so aus, als würde er in absehbarer Zeit die Nerven verlieren.«

Von Legville herauf näherte sich eine Autogruppe. Es war Bust mit seinen Leuten. Er stieg aus, kaum daß sein Wagen gestoppt hatte, und kam auf uns zu.

»Wie steht's?« fragte er als Begrüßung.

»Nicht sehr gut«, sagte ich und berichtete von meiner Unterredung.

Wir ließen unterdessen den Gangster nicht aus den Augen. Er stand immer noch mit dem Rücken gegen die Wagenseite und hielt mit einer Hand das Mädchen. Er hatte sich eine Zigarette angesteckt und rauchte gleichmütig.

Ich war mit meinem Bericht zu Ende, und Bust sagte: »Hören Sie, Cotton, ich habe einen Lautsprecherwagen mitgebracht. Wir könnten versuchen, die Bande zu trennen. Wenn ich den anderen Straffreiheit verspreche, fangen sie vielleicht mit Callighan Krach an.«

Ich zuckte mit den Schultern.

»Versuchen Sie's, Randolph. Ich denke, sie werden nicht gleich mit Revolverschüssen auf die Williams reagieren.«

Bust ging zum Wagen. Eine Minute später dröhnte der Lautsprecher. Randolph zog die Sache sehr feierlich auf. Er sprach die Gangster der Reihe nach mit ihren Namen an und ließ nur Callighan aus.

»Thomas Wed, Ivry Jordan, Ragio Gonzales, Nat Shakow. Hier spricht Randolph Bust, der Chef des FBI-Distriktes Glendive. Schöne Sache, die ihr euch da geleistet habt, und die Patsche, in der ihr nun steckt, scheint auf den ersten Blick beachtlich. Klar, daß wir euch zusammenschießen können, aber wir möchten es nicht, weil ihr die Farmerfamilie bei euch habt, die bisher weder euch noch sonst wem ein Haar gekrümmt hat.«

464

Bei dieser Stelle der Rede sah ich, wie Callighan das Mädchen um die Hüfte faßte und durch die Plane auf den Wagen hob. Eine Sekunde lang war er ungedeckt, und mir zuckte die Hand, aber ich riskierte es doch nicht. Wenn ich vorbeischoß, ging das Theater los, und selbst, wenn ich ihn traf, wußte ich nicht, wie Jordan oder Wed reagierten und wie sie mit den Williams umsprangen. Jetzt war auch Callighan wieder unter der Plane verschwunden.

Unterdessen tönte Busts Rede weiter: »Du hast, wenn man es richtig betrachtet, nicht viel verbrochen, Wed. Und Jordan, warum bist du ausgerückt? Deine Sache steht nicht schlecht, seit der Anwalt dabei ist, die Wiederaufnahme durchzuboxen. Du hättest dir den Ausbruch sparen können. Und ihr beide, Shakow und Gonzales, warum gefährdet ihr eure Bewährung? Es gibt nur einen unter euch, dem das Wasser bis zum Halse steht. Slug Callighan. Warum laßt ihr euch von ihm in eine solche Geschichte hineinreißen? Er hat euch nur eingeredet, eure Lage wäre so hoffnungslos wie seine. Dreht ihm die Knarre aus der Hand, nehmt ihn in die Mitte und kommt 'rüber zu uns.«

So ernst es war, ich konnte ein kleines Grinsen nicht verkneifen. Für einen Polizeibeamten waren das ganz hübsche Sirenentöne, die Randolph da von sich gab. Es hörte sich ganz gut an, und es war nicht einmal sehr falsch.

Fünf Minuten lang geschah nichts. Bust kam aus dem Lautsprecherwagen und stellte sich zu uns.

»Ob es wirkt?« fragte er. Phil und ich wußten die Antwort, aber wir sagten nichts. Schließlich war Bust nur im Recht, wenn er alles versuchte, die Sache ins reine zu bringen.

Es gab eine Antwort besonderer Art. Die Plane des Lastwagens rauschte auf, und ein Mann flog auf die Straße. Er knallte heftig auf den Rücken, blieb liegen und wälzte sich stöhnend hin und her. Ich erkannte, daß es Shakow war. Gleich darauf sprang Callighan vom Wagen. Er hatte wieder eine Waffe in der Hand, aber er verzichtete diesmal auf das

Williamsmädel als Deckung. Er gönnte dem stöhnenden Shakow keinen Blick, sondern rief zu uns herüber: »Na, los, versucht mal, auf mich zu schießen. Im selben Augenblick macht Jordan auf dem Laster die Williams fertig. Noch einmal: Gebt die Straße frei!«

Ich sah, wie Bust sich auf die Lippe biß. Wortlos schob ich mich zwischen den Sperrwagen durch und ging auf Callighan zu.

»Warst du das, der die schöne Rede gehalten hat?« fragte Callighan, als ich auf zehn Schritt heran war und er mir mit einer Handbewegung befahl, stehenzubleiben.

»No«, antwortete ich knapp.

»Du siehst, wie wir mit Leuten umgehen, die darauf hereinfallen«, sagte er und zeigte auf Shakow, der sich auf die Knie aufrichtete. »Gonzales würde vielleicht auch noch kneifen, aber weder Wed und schon gar nicht Jordan bekommt ihr mit dem Gequatsche herum. Laß die Straße räumen, G-man!«

»Wir denken nicht daran. Unseretwegen können wir noch vierzehn Tage hier stehen. Einmal wirst du es leid werden. Einmal mußt du schlafen, und dann schlagen sie dir eins über den Schädel und schleifen dich an den Beinen zu uns herüber.«

Er lachte. »Wahrscheinlich hast du recht, G-man«, antwortete er, »aber ich werde es nicht soweit kommen lassen. In zehn Minuten ist die Straße frei, oder ich werfe euch den ersten toten Williams vor die Füße. Ihr könnt sogar wählen, mit wem ich anfangen soll, mit dem Alten oder mit den Weibern.«

Es war nicht schwer, seinem Gesicht anzusehen, daß er seine Worte in die Tat umsetzen würde. Es war ein ganz gleichgültiges Gesicht, nicht zornig, nicht wütend, nicht verzweifelt. Er erklärte seine furchtbare Absicht so gleichgültig, wie ein Pokerspieler eine Handvoll Asse auf den Tisch legt. In der Tat, Callighan besaß die vier Asse, und wir hatten ein kümmerliches Gemisch von Buben, Königen, Lastwagen,

466

Polizisten und Gewehren dagegen — aber die vier Asse stachen.

»Okay, Callighan«, sagte ich, »wir werden dir bewilligen, was du forderst. Wir können es nicht riskieren, das Leben anständiger Leute aufs Spiel zu setzen, um solche Teufel wie dich zu fangen. Aber eines Tages, Slug Callighan, werde ich dich fassen. Du magst nach Mexiko gehen oder nach Venezuela oder an den Südpol. Ich werde eines Tages vor dir stehen, Callighan, und an diesem Tage wirst du kein Mädchen finden, das du zwischen dich und meinen Revolver schieben kannst.«

Er zog die Mundwinkel herunter und sagte langsam: »Danke für die Warnung, G-man. Ich habe nicht wenig Lust, dir eine Kugel zu verpassen. Meine Forderungen setze ich auch dann noch durch, wenn ich dich umgelegt habe.«

»Versuch's«, antwortete ich sehr leise und stellte die Beine breit. Ich sah ihm genau in die Augen. Unsere Blicke lagen ineinander, aber dann war er es, der zur Seite sah.

»Geh zu deinen Leuten und sage, sie sollen die Sperre abbauen«, sagte er in ganz sachlichem und geschäftlichem Ton. »Alle Sperren. Ich will keine mehr auf meinem Wege sehen. Natürlich werdet ihr eine Menge Tricks versuchen, um mir auf den Fersen zu bleiben, aber ich rate euch gut, tut es so, daß ich es nicht merke. Stelle ich fest, daß ihr mich verfolgt, werfe ich euch einen toten Williams vor die Reifen des Wagens. Hast du verstanden, G-man?«

Ich nickte nur, drehte mich um und ging zu unseren Leuten zurück. Callighan war der Sieger. Was immer wir versuchten, es war alles unsinnig. Solange er die Farmerfamilie in seiner Hand hielt, konnten wir ihm nicht ans Fell.

Bust sah mich erwartungsvoll an.

»Lassen Sie die Sperre abräumen! Geben Sie durch Funkspruch durch, daß alle Sperren abgeräumt werden. Beschreiben Sie den Laster! Es soll gemeldet werden, wo er auftaucht, aber niemand darf ihm folgen, nicht einmal, um die Nummer festzustellen.«

»Das ist unmöglich, Cotton«, antwortete er. »Wir können sie nicht einfach laufenlassen. Sie werden die Williams früher oder später mit Sicherheit umbringen.«

Ich trat nahe an ihn heran.

»Wollen Sie die Verantwortung übernehmen, Randolph, daß es jetzt, hier, in der nächsten Minute geschieht?«

Er war sehr blaß, drehte sich um und ging zum Streifenwagen, um die nötigen Befehle durchzugeben.

Ich setzte mich selber an das Steuer des einen Lasters, der die Sperre bildete, und rangierte ihn zur Seite. Phil tat das gleiche wortlos mit dem anderen.

Drüben beim Lastwagen der Gangster wurde der Motor angelassen. Ich sah ein Gesicht hinter dem Steuer, das Thomas Wed zu gehören schien. Nat Shakow war inzwischen wieder auf den Wagen geklettert. Ich wunderte mich, daß Callighan ihn nicht einfach zurückließ, aber nun hatte er eine Bande zusammen, und ein Bursche wie Nat taugte nötigenfalls immer noch zum Koffertragen.

Ich stieg aus und rief den Leuten zu, sie sollten sich eine Deckung suchen, wenn der Gangsterwagen vorbeifuhr. Ich traute es Callighan glatt zu, daß er einem unserer Leute sozusagen aus Spaß im Vorbeifahren eins verpaßte. Wir verkrochen uns hinter die Bäume und die Sperrwagen. Das Auto der Gangster kam langsam angerollt, ging auf Touren und rauschte dann vorbei. Am Steuer saß Wed. Dann sah ich durch einen Spalt in der Plane noch einmal Slug Callighans Gesicht.

Es war eine Niederlage. Es war eine der glattesten Niederlagen, die die Polizei je hatte einstecken müssen.

Ich fuhr mit Bust in seinem Wagen nach Legville und verlangte vom Büro des Sheriffs aus ein Gespräch mit unserem Hauptquartier in New York. Als es kam, verlangte ich den Chef, Mr. High, und als ich ihn an der Strippe hatte, setzte ich ihm auseinander, was hier geschehen war.

»Bitte, Jerry?« antwortete er. »Ihr Vorschlag?«

»Telefonieren Sie mit Washington, Chef. Erwirken Sie mir die Erlaubnis, daß ich, nur ich, die fünf verfolge. Callighan macht Ernst und tötet die Williams, wenn er merkt, daß ihm irgendeiner auf den Fersen sitzt.«

»Also auch, wenn er merkt, daß Sie es sind, der ihm folgt?« fragte der Chef drüben im fernen New York.

»Wahrscheinlich«, antwortete ich. »Aber einer muß es ja machen. Ich werde alles tun, um die Williams herauszuholen. Wenn eine ganze Meute den Fall aufgreift, wird es nur schwieriger.«

»Gut«, sagte Mr. High, »ich telefoniere mit Washington, aber Sie brauchen die Antwort nicht abzuwarten. Sie erhalten die Sondervollmacht von mir. Mit der Zentrale regele ich das.«

»Danke, Chef«, sagte ich.

Phil tippte mir auf die Schulter. Ich blickte mich um.

»Ich hätte den Chef gern in einer Urlaubsangelegenheit gesprochen«, bat er mit unschuldiger Miene.

»Phil möchte Sie sprechen, Mr. High!« rief ich in die Muschel und gab den Hörer weiter.

»Hallo, Mr. High«, hörte ich Phil sagen, »würden Sie die Güte haben, die Sondergenehmigung auch auf mich auszudehnen? — Danke, okay. Good bye, Chef.«

Er hängte ein, drehte sich um und grinste mich an.

»Entschuldige, daß ich ihn nicht gleich gefragt habe«, sagte ich, »aber ich wollte dir die Verantwortung nicht mit aufhängen, wenn unseretwegen Unschuldige umgebracht werden.«

Er schnitt ein wütendes Gesicht und antwortete damit, daß er mir seine Faust mittelprächtig in die Rippen rammte. Es langte, um mir die Luftzufuhr vorübergehend abzuschneiden.

Busts letzte Maßnahme klappte vorzüglich. Er hatte uns einen Wagen gegeben, der eine Funksprechanlage hatte, und wir hörten die Meldungen aller Dienststellen und aller

Posten, die den Lastwagen gesehen hatten. Phil saß neben mir und hielt eine Karte auf den Knien.

»Lastwagen gesichtet«, meldete Grobery, die nächste Stadt nach Legville.

»Lastwagen gesichtet«, folgte die Nachricht von Auberry.

»Lastwagen gesichtet . . .«

Wir zockelten gemächlich auf der Straße hinter den Gangstern her. Es war nicht nötig, sie in Sichtweite zu haben. Überall hatten wir Augen, die für uns sahen.

Im großen und ganzen hielten sich die fünf in südlicher Richtung. Phil nahm die Meldungen entgegen und nannte mir den nächsten Ort, den der Laster erreicht hatte.

»Glaube nicht, daß es so leicht bleiben wird«, sagte ich zwischen zwei Meldungen. »Callighan ist ein ganz ausgekochter Junge, und er weiß, daß wir viele Hilfsmaßnahmen haben, um die Verbindung zu halten. Er hat nur zwei Möglichkeiten. Erstens kann er versuchen, den Wagen zu wechseln, und zweitens kann er in eine größere Stadt fahren und versuchen, dort unterzutauchen. Selbstverständlich kann er auch die Farmersfamilie töten und sich quer in die Büsche schlagen, aber das wird er nicht tun, denn die Williams sind für ihn so gut wie eine kugelsichere Weste. Das Untertauchen in einer größeren Stadt ist ebenfalls schwierig, denn eine Gruppe von neun Leuten ist eine ganze Menge Menschen, und er muß wissen, daß wir die Beschreibung aller längst an sämtliche Polizisten in Amerika gegeben haben. Bleibt also der Wagenwechsel, und den kann er nur kurz vor einer Stelle vornehmen, an der sich viele Straßen kreuzen, damit sich die Spur verliert. Ist so eine Stelle auf der Karte?«

»Bei Tedstone, aber das sind noch über zweihundert Meilen.«

»Schaffen sie heute nicht mehr, aber sie werden sich so dicht wie möglich heranarbeiten, und sie werden den Wechsel nachts vornehmen. Wahrscheinlich werden sie nicht einen Wagen auf der Straße anhalten, sondern sie werden versuchen, einen zu stehlen. Wenn sie ein Auto auf der

Straße anhalten, müssen sie den Mann töten. Wir finden ihn und haben im Handumdrehen eine genaue Beschreibung des Wagens. Beim Stehlen können sie das Glück haben, daß die Beschreibung erst fünf oder sechs Stunden später in unseren Händen ist, für sie ausreichend, um uns abzuschütteln.«

Wir fuhren den ganzen Tag durch. Von einem Ort erhielten wir die Meldung, daß Callighan frech an einer Tankstelle gehalten hatte, um Benzin zu kaufen, das er ehrlich bezahlte. Er war viel zu gerissen, um wegen ein paar Cent das große Geschrei eines Tankstellenbesitzers zu riskieren.

Es fing an zu dämmern, bald war es ganz dunkel. Die letzte Meldung, die wir bekamen, besagte immer noch, daß der Laster der Ausbrecher fuhr. Ich wurde ein wenig unruhig. Phil fuhr sich ein paarmal durch die Haare.

»Es sieht aus, als wollten sie doch bis Tedstone durchfahren«, murmelte er.

Wir erhielten noch eine Meldung, dann kam eine halbe Stunde lang nichts.

Phil studierte angestrengt die Karte auf seinen Knien.

»Stopp mal, Jerry«, sagte er. Ich fuhr rechts heran.

»Wir sind noch vierzig Meilen vor Tedstone«, erklärte er, »aber nur drei Meilen von Stabbersud, dem letzten Ort vor Tedstone. Bei den zehn Minuten Vorsprung, die wir ihnen gelassen haben, müßte die Sichtmeldung von Stabbersud längst dasein.«

»Ruf sie!« sagte ich.

Er schaltete auf Ruf und fragte, wo die Meldung aus Stabbersud bliebe. Bei den -zig Zwischenstationen, über die der Ruf ging (denn das Funksprechsystem ist in den Mountains natürlich nicht so ausgebaut wie in einer großen Stadt, und Bust hatte viele Streifenwagen als Weitergabestationen einsetzen müssen), dauerte es eine Weile, bis die Antwort erfolgte.

»Stabbersud meldet: Gesuchter Lastwagen bisher nicht gesichtet.«

Wir sahen uns an.

»Entweder ist er den Polizisten in Stabbersud durch die Lappen gegangen«, sagte Phil, »oder sie haben aus irgendwelchen Gründen auf dem Straßenstück zwischen hier und dem Ort gestoppt. Vielleicht haben sie 'ne Panne.«

»Ich glaube, sie würden es ziemlich übel auffassen, wenn wir ihnen dabei helfen wollten.«

»Wir müssen sie unter allen Umständen früher sehen, als sie uns«, sagte Phil.

»In Ordnung, versuchen wir es.«

Ich schaltete das Licht aus, fuhr an und ging in den zweiten Gang. Mit knapp fünfzehn Meilen in der Stunde tasteten wir uns vorwärts.

Ich kann Ihnen sagen, das war vielleicht eine Fahrerei. Nicht, daß es mir besonders schwergefallen wäre, den Wagen ohne Licht auf der Straße zu halten, aber wir spähten beide in das Dunkel hinein, daß uns fast die Augen aus dem Kopfe traten. Phil nahm seine Waffe aus der Halfter und drehte das Seitenfenster herunter.

Ich sage Ihnen, drei Meilen können eine Strecke sein, lang wie ein Marathonlauf. Dann tauchten die ersten Lichter von Stabbersud auf, und wir stellten fest, daß wir umsonst geschwitzt hatten. Nicht einmal die Schraube eines Lastwagens hatten wir auf den drei Meilen gesehen.

Wir fuhren eiligst zum Sheriff. Er war nicht da, aber ein Mann in seinem Büro sagte uns, wo er zu finden sei. Er stand selbst hinter einem Baum am Ortseingang und beobachtete die Straße. »Nein«, versicherte er auf unsere Frage, »Ihr Lastwagen ist immer noch nicht hier vorbeigekommen.«

Wir fragten ihn, ob einer seiner Leute den Karren vielleicht übersehen haben könnte. Er war ein wenig empört und schwor tausend Eide, daß das ganz unmöglich sei. Wir mußten uns überzeugen, daß er recht hatte. Es gab keine Möglichkeit, den kleinen Ort zu umfahren, und er hatte sowohl am Ortseingang wie am -ausgang je vier Mann in gewissen Abständen stehen. Die fünf waren zunächst einmal wie vom Erdboden verschwunden.

Der Sheriff besaß in seinem Büro eine Generalstabskarte. Wir fuhren hin und beschäftigten uns damit. Er hatte bereits eine feste Meinung, schlug auf den Tisch und versicherte: »Ich sage Ihnen, sie stecken in den Wäldern vor Stabbersud. Sie übernachten dort. Sie können sich doch denken, daß sie ziemlich groggy sein müssen. Die Wälder sind ein bevorzugtes Jagdrevier der reichen Leute. Es gibt ziemlich viele Jagdhütten, und sie sind nicht einmal schlecht eingerichtet. Ihr Callighan weiß das so gut wie ich. Er war oft genug zur Jagd, als er noch ein geachteter Mann war. Ich habe selbst zweimal mit ihm auf Rehe gejagt. Hören Sie meinen Rat, nehmen Sie meine Leute und lassen Sie uns die Wälder durchkämmen.«

»Abgelehnt, Sheriff«, antwortete ich. »Ihre Leute machen zuviel Lärm. Es bleibt nur eins, daß Phil und ich allein in den Wäldern suchen. Geben Sie uns Ihre prachtvolle Karte, zeichnen Sie die Stellen ein, wo die Hütten stehen, und pumpen Sie uns außerdem einen Kompaß. Und noch eins, Sheriff. Heute nacht wird hier in der Gegend noch ein Auto geklaut.«

Es war ein Vergnügen ganz eigener Art, die stockdunklen Waldwege entlangzulaufen. Wir hatten Taschenlampen, aber wir wagten sie nur anzuknipsen, um einen kurzen Blick auf die Karte und den Kompaß zu werfen. Der Sheriff hatte sehr genaue Eintragungen gemacht, aber es handelte sich um vierzehn Hütten, die zu kontrollieren waren und die verstreut in einem Radius von drei bis vier Meilen lagen. Dabei konnte es immer noch passieren, daß sie sich irgendwo verkrochen hatten.

Wir besaßen einen einzigen Hinweis, der uns das Suchen erleichterte. Der Laster war von der Straße verschwunden, und also mußte der Waldweg, in den er eingefahren war, so breit sein, daß ein Lastwagen ihn passieren konnte. Wenn wir das berücksichtigten, blieben nur acht Hütten übrig.

Wir hatten uns an die vierte Hütte herangeschlichen. Es war nichts. Phil schauderte mit den Schultern in der kühlen Nachtluft. Ich ließ die Taschenlampe aufblitzen und konsultierte die Karte.

»Come on«, sagte ich, »diesen Weg.«

»Ich wünschte, ich könnte wenigstens rauchen«, flüsterte Phil.

»Ich werde vierzehn Tage lang schlafen, wenn wir die Williams herausgehauen haben, egal, was die fünf während dieser Zeit tun.« Wir schlichen weiter, rissen uns Schrammen an Zweigen und Ästen und zuckten bei jedem Geräusch zusammen, das wir mit den Füßen verursachten.

Nach einer Viertelstunde wurde der Weg sandig, und wir konnten unbesorgter ausschreiten.

»Wann kommt endlich die verdammte Hütte?« fragte Phil.

»Kann nicht mehr lange dauern.«

Zehn Minuten später merkten wir, wie die Bäume rings um uns zurückwichen.

»Das muß es sein«, flüsterte ich. »Jetzt besonders vorsichtig.«

Ich wollte weitergehen, als Phil meinen Arm packte. Er brachte seinen Mund ganz nahe an mein Ohr und sprach fast lautlos: »Ist das nicht Licht?«

Es war fast nichts, nur ein winziger Schimmer. Es konnte ein Stern sein, der durch die Bäume glimmte, aber es hatte nicht die Form eines Sternes. Es war länglicher.

»Nur einer«, hauchte ich Phil zu, bückte mich, tastete den Boden ab und trat so Schritt um Schritt vorwärts.

Nach den ersten zweihundert Schritten war es klar, daß das Licht aus einem Haus kam. Es mußte aus dem Spalt einer Tür oder eines Fensterladens schimmern.

Ich ging zurück.

»Es ist in Ordnung«, flüsterte ich Phil zu. »Wenn es nicht ein paar harmlose Sonntagsjäger sind, haben wir eine ganze Menge Glück gehabt. Komm mit!«

Wir gingen, oder richtiger gesagt, wir krochen hin.

Von dem Lastwagen war keine Spur zu sehen, aber das Licht schimmerte jetzt an mehreren Stellen aus dem Fensterladen. Wir krochen erst einmal um das Haus herum. Es hatte nach vorne heraus nur ein Fenster und die Tür, und hier war alles dunkel. Nach hinten heraus gab es das eine Fenster, durch das Licht drang.

Ich preßte mein Auge an den Spalt. Ich sah nur den winzigen Ausschnitt eines Raumes, der von einer Petroleumlampe mehr schlecht als hell erleuchtet war. Immerhin genügte es, denn ich sah die Köpfe von einem Mann und der Williams-Tochter, die Callighan als Schutzschild benutzt hatte. Der Mann mußte ihr Vater sein.

Ganz sachte legte ich die Hände an den Laden und zog daran. Er gab ein wenig nach, ließ sich jedoch nicht öffnen.

Gewöhnlich sind die Fenster solcher Hütten mit einem Fallriegel verschlossen. Ich holte aus der Tasche den flachen Autoschlüssel unseres Wagens und führte ihn in den Spalt zwischen den beiden Ladenhälften. Ich bewegte ihn von unten nach oben, und als ich Widerstand fühlte, hielt ich erst einmal inne. Ich arbeitete im Zeitlupentempo. Ganz langsam drückte ich den Schlüssel weiter hoch. Der Fallriegel durfte nicht zurückfallen, sobald ich ihn aus dem Verschluß gehoben hatte. Ich führte den Schlüssel mit der linken Hand und zog mit der rechten sanft an dem Laden. Er gab nach; als der Riegel aus dem Verschluß rutschte, quietschte er ein wenig. Ich stoppte sofort. Sehr sanft ließ ich den Schlüssel ein wenig nach unten gleiten, so daß der Riegel ihm folgte und ohne Lärm in die Ruhelage glitt. Dann zog ich den Laden ein wenig weiter auf.

Es war immer nur noch ein Spalt, durch den ich den Raum sehen konnte, aber jetzt hatte ich einen ganz guten Überblick, und ich konnte mich orientieren.

Der Raum, in den ich blickte, mochte dem Hüttenbesitzer als Aufenthaltszimmer dienen, denn er war relativ gut eingerichtet, wenn auch nur mit deftigen Holzmöbeln. Auf einem Stuhl saß Thomas Wed mit offenen Augen und hielt sehr ruhig den Revolver in seiner Hand auf einen Mann, eine Frau und zwei Mädchen gerichtet, die mitten im Zimmer saßen. Die Gangster hatten sie einfach mit dem Rücken gegeneinandergesetzt und mit einem Seil umwickelt. Dem Mann war der Kopf auf die Brust gesunken, und die Mädchen schienen zu schlafen, so gut es in der unbequemen Haltung eben gehen mochte. Die Frau aber hatte die Augen geöffnet und weinte lautlos vor sich hin.

Ich stieß Phil, der zu meinen Füßen hockte, an. Er richtete sich auf und legte sein Ohr gegen meinen Mund.

»Wed allein«, hauchte ich, »und die Williams. Ich erledige ihn jetzt, gehe hinein und hole die Williams. Du nimmst sie in Empfang und haust ab, Richtung Stabbersud. Ich decke den Rückzug.«

Ich fühlte, wie er nickte. Ich griff in die Brusttasche, holte den Revolver heraus, erweiterte den Spalt noch ein wenig, schob den Lauf der Waffe durch und legte auf Wed an.

Es gibt Dinge, die man einfach nicht tun kann. Ich habe noch nie einen Mann von hinten erschossen. Ich bekam es auch jetzt nicht fertig. Es ist mehr als nur der äußerliche Unterschied zwischen uns G-men und den Gangstern. Wir schonen ein Leben, solange es nur geht. Wir sind ja keine Richter, und schon gar nicht sind wir Henker.

Normalerweise brauche ich mir über so etwas keine Gedanken zu machen, denn das steckt in mir einfach drin, so gut wie in Phil und jedem anderen meiner Kollegen, aber hier machte ich mir Gedanken. Wenn ich Wed verfehlte, mochte der Teufel wissen, was passierte, vor allem, was mit den Williams passierte. Ich richtete den Lauf auf seinen Kopf, aber dann zielte ich doch auf seine Hand. Man kann eben aus seiner Haut nicht heraus.

Es war so ziemlich der scheußlichste Schuß, den ich in meinem Leben anzubringen hatte, aber ich verstehe was vom Schießen. Ich nahm absichtlich seine Hand und nicht seine Schulter. Ein Mann, der in die Schulter getroffen wird, kann unter Umständen seine Waffe halten, obwohl das selten ist. Ein Mann, dem man die Hand zerschießt, verliert die Waffe.

Ich holte noch einmal tief Luft und zog durch.

Es passierte alles gleichzeitig, der Knall, das Zerklirren der Fensterscheiben, Weds dummes Gesicht, als sein Revolver

plötzlich durch die Gegend flog, und das erschreckte Hochfahren der Gefangenen.

Wed hatte noch nicht geschrien, als ich schon die Läden
aufriß und mich mit meinem vollen Gewicht gegen das niedrige Fenster warf. Ich prasselte mit dem ganzen Rahmen in
den Raum, landete zwischen den Glas- und Holzsplittern
und nahm mir nicht einmal die Zeit, Wed, der immer noch
völlig fassungslos auf seine Hand starrte, die jetzt rot wurde,
eins über den Kopf zu ziehen. Ich trat gegen einen schweren
Tisch, so daß er gegen die Tür im Hintergrund flog, die dieses Zimmer von den anderen trennte, und war schon bei den
Williams. Ich zerrte an dem Seil, mit dem sie aneinanderge-
bunden waren, aber es ließ sich nicht lösen. Ich grub mit
einer Hand in meinen Taschen nach dem Taschenmesser,
fand es, riß es heraus. Unterdessen warf sich jemand gegen
die Verbindungstür. Der Tisch flog zurück, und die Tür ging
halb auf. Ich schoß auf gut Glück. Die Kugel knallte
irgendwo ins Holz, aber es genügte, daß der Mann, der her-
einwollte, seinen Schädel zurückzog.

Ich zerfetzte den Strick.

»Los, raus!« brüllte ich und zerrte die Frau hoch, während
ich ein zweites Mal in Richtung der Tür feuerte.

»Aus dem Fenster!« schrie ich. »Zur Hölle, beeilt euch!«

Der Mann kapierte endlich. Er faßte die beiden Mädchen
und trieb sie zum Fenster. Er warf sie fast hinaus. Ich schob
die Frau hinterher. Williams selbst stürzte sich mit einer Art
Kopfsprung ins Freie. Ich feuerte zum drittenmal in das Dunkel hinter der halboffenen Tür.

Wed war unterdessen aus seiner Lethargie erwacht. Er
bückte sich langsam nach seiner Waffe und wollte sie mit der
linken Hand greifen. Ich stand schon am Fenster, spurtete
noch einmal in den Raum zurück. Er war in der Beuge, und
ich rammte ihm das Knie unter das Kinn. Der Stoß warf ihn
hoch, bevor die Finger den Revolver berührten. Er hatte
gerade die passende Haltung, und ich schlug ihm ein so
fürchterliches Ding, daß er einfach umfiel.

Draußen peitschten vier Schüsse. Das war Phil. Irgend etwas antwortete. Es hörte sich nach Jagdgewehr an. Klar, daß die Burschen ums Haus rannten, als ich sie nicht durch die Tür ließ. Ich setzte zum Fenster zurück, wollte raus. Ein Gesicht und ein Revolver tauchten auf. Ich erkannte es nicht einmal. Er schoß, und ich schoß, und wir fehlten beide, er, weil er zurückzuckte, als er mich sah, und ich, weil ich zu hastig war. Ich stutzte eine Sekunde. Wenn sie jetzt draußen waren, konnte es übel für mich werden. Ich drehte mich in der Hüfte und zerknallte die Petroleumlampe, die immer noch brannte. Im nächsten Augenblick hechtete ich aus dem Fenster, landete auf dem weichen Waldboden, rollte über die Schulter ab und sprang auf. Die Finsternis war ziemlich perfekt. Viel konnte eigentlich nicht mehr passieren, wenn Phil es mit den Williams schaffte. Ich erinnerte mich dunkel des Weges, den wir gekommen waren, und tastete mich in die Richtung. Ich hätte jetzt abhauen können, aber ich wollte nicht, daß sie die Verfolgung aufnahmen, denn ich wußte nicht, wieviel die Frau und die Mädchen nach den Strapazen, die sie schon hinter sich hatten, noch leisten konnten.

Ich begann ein regelrechtes Feuergefecht mit den fünf. Ich ballerte zwei Schüsse in die Nacht und verkrümelte mich seitwärts. Sie sahen das Mündungsfeuer und schossen zurück. Einer mußte in der Nähe des Fensters sein, aus dem ich gesprungen war. Ich sandte ihm eine Kugel. Ich hörte das Holz splittern. Sie feuerten wild zurück. Mir konnte es nur recht sein. Allzuviel Munition konnten sie nicht haben, selbst wenn sie bei Williams einiges gefunden hatten, der sicher, wie alle einsamen Farmer, Waffen besaß.

Beim nächsten Schuß knackte mein Hahn leer. Ich lud die Trommel nach und dachte an einen Rückzug. Phil mußte inzwischen einen leidlichen Vorsprung gewonnen haben.

Ich tastete mich weiter an den Bäumen entlang, um die Schneise zu finden, die wir gekommen waren. Sie hörten meine Schritte, bedachten die ungefähre Richtung, in der ich mich befand, mit Kugeln. Ich würdigte sie keiner Antwort mehr.

Ich hatte blendend gute Laune. Am liebsten hätte ich mir eins gepfiffen. Was immer sie jetzt noch unternahmen, sie mußten versuchen, ohne die Williams weiterzukommen. Wahrhaftig, sie würden es nicht weit bringen. Im allgemeinen erledige ich meine Fälle gern allein, aber für Callighan und seine Trabanten würde ich ein Polizeiaufgebot auf die Beine bringen, daß ihnen allein beim Anblick so viel blauer Uniformen die Revolver aus den Händen fielen. Und ich hatte die Absicht, dabeizustehen und zuzugucken. Keine Hand mehr würde ich in der Callighan-Affäre rühren, sobald ich die Williams in Sicherheit wußte. Der Rest war Routine.

Ich fand die Schneise, während ich diese fröhlichen Gedanken hegte, setzte mich ein wenig in Trab und grinste mir eins. Ich lief vielleicht hundert Schritte, stockte und lauschte. Kein Zweifel, das war ein Wagen, der herankam, sogar recht schnell herankam.

Ich pfiff leise durch die Zähne.

Darum hat es so gut geklappt. Callighan war unterwegs gewesen, wahrscheinlich um ein Auto zu stehlen, und jetzt kehrte er zurück.

Ich drückte mich in den Wald.

In diesem Augenblick kam einer der Idioten, die mich verfolgten, auf die Idee, eine Taschenlampe anzumachen. Er erwischte mich auch richtig mit dem Strahl. Ich fuhr herum und schoß. Ich traf ihn zwar nicht, aber er erschrak so, daß er die Lampe fallen ließ. Sie brannte weiter und sandte ihren Schein in die Luft. Noch nicht eine Sekunde später bog der Wagen um die Ecke und erfaßte mich sofort mit seinen Scheinwerfern. Ich zielte ein wenig sorgfältiger und zerpustete sie. Ich hörte, wie der Fahrer mit einem Tritt auf die Bremse den Motor abwürgte. Ich bekam mindestens vier Kugeln vom Wagen her, und sie pfiffen verteufelt nahe an mir vorbei. Ich begriff. Ich stand als Schattenriß vor der Handlampe, die in meinem Rücken brannte.

Mit einem Satz brach ich seitlich in den Wald ein. Ich

glaube, ich hatte Glück, und erwischte so etwas wie einen schmalen Seitenpfad. Ich schickte dem Auto vor mir und den Verfolgern hinter mir noch je eine Kugel und machte mich auf die Strümpfe.

Vielleicht würden sie versuchen, mich zu stellen, aber ich konnte mir den Rest meiner Kugeln dafür aufheben, wenn mir einer zu nahe geriet.

Ich schlängelte mich den winzigen Weg entlang, hielt an und lauschte. Ich hörte es an dem Krachen der Zweige. Sie folgten mir. Ich fiel in Trab, rannte zehn Schritte — und dann passierte eine scheußliche Schweinerei.

Ich trat ins Leere, fiel vornüber, schlug mit dem Kopf irgendwo an, landete eine ganze Etage tiefer in irgendwelchem Mist, der abscheulich roch, aber das merkte ich schon nicht mehr. Ich war vorübergehend groggy.

Es kann nicht lange gedauert haben. Ich kam zu mir und stand auf. Oh, ich war durchaus nicht bei Verstand, denn ich hatte keine Ahnung, wo ich mich befand. Ich spürte nur etwas Grelles, das mir in die Augen stach, und wie Meeresrauschen hörte ich das Schreien von Stimmen. Plötzlich plumpste es. Vor mir stand wie vom Himmel gefallen ein Mann. Ich sah sein Gesicht, aber ich erkannte es nicht. Der Mann hob den Arm, und selbst meinem benommenen Schädel dämmerte es, daß er es nicht tat, um mich zu streicheln. Während seine Hand niedersauste, wußte ich plötzlich: »Das ist Ivry Jordan.« Dann gab es einen krachenden Kurzschluß mit absoluter Dunkelheit.

Auch ein G-man feiert manchmal Feste. Hören Sie, ich habe schon Whisky getrunken, daß es mir am anderen Morgen den Schädel wie mit Atomgewalt auseinanderzujagen schien. Trotzdem, das war alles ein geradezu liebliches Gefühl im Vergleich zu dem Brummschädel, mit dem ich jetzt erwachte. An die fünfundzwanzig Stampfwerke schienen hinter meiner Stirn zu arbeiten. Später kam ich dahinter, daß es die Federstöße eines Wagens waren, der mit hoher Geschwindigkeit über eine nicht gerade ausgezeichnete Straße gejagt wurde. Als ich eine Hand bewegen wollte, um an meinen Kopf zu fassen, konnte ich sie nicht bewegen, und dann stellte ich fest, daß ich wie ein Postpaket umwickelt war.

Ach so, mir dämmerte es langsam, und ich wäre noch schneller hinter die Vorgänge gekommen, wenn mein Hinterkopf nicht bei jedem Schlagloch auf den Blechboden des Wagens geknallt wäre. Ich lag auf dem Boden eines Kombiwagens. Ich konnte die Schattenrisse einiger Personen erkennen, die in meiner Nähe hockten. Es waren zwei, und vorn in dem nicht abgeteilten Führerhaus saßen noch einmal drei, die ich gut gegen das Licht des Scheinwerfers auf der Straße erkannte. Die fünf waren also noch vollzählig zusammen, und nun wußte ich wieder alles.

Ich war in dieses verdammte Loch gefallen, gerade in dem Augenblick, in dem ich schon wie ein perfekter Sieger aussah. Ich dachte, welcher Idiot dieses Loch wohl so heimtückisch in den Wald gegraben hatte, und für drei Minuten hatte ich nur den einen Wunsch, den Burschen zu finden und ihn märchenhaft zu verprügeln. (Übrigens war es der Besitzer der Blockhütte, in der wir die Williams aufgestöbert hatten. Er benutzte das Loch als Abfallgrube, und es stand auch ein schönes Warnschild dort, leider unbeleuchtet. Wer trieb sich schließlich schon in der Dunkelheit auf solchen Waldpfaden herum.)

Dann fragte ich mich, ob Callighan und seine Bande Phil und die Williams auch erwischt hatten, und kam zu dem Schluß, daß ihnen das wahrscheinlich nicht gelungen war, sonst hätte ich mindestens einen oder zwei von den Williams neben mir gesehen, ähnlich wie ich, fertig zum Versand gepackt.

Selbst mein benommenes Gehirn war noch in der Lage, festzustellen, daß ich alles andere als rosige Aussichten hatte. Ich war an die Stelle der Williams getreten, und ohne

Zweifel hatte mir Callighan nur deswegen nicht gleich an Ort und Stelle den Rest gegeben, weil er in mir ein neues Druckmittel in der Hand zu haben glaubte.

Ich kicherte sogar ein bißchen in mich hinein. Ich glaube, du irrst dich, Slug Callighan. Ein G-man ist keine Farmersfamilie. Er trägt ein gewisses Berufsrisiko, und dazu gehört auch, daß er sich ein wenig Blei einfängt, wenn er sich mit Gangstern anlegt. Ob ich tot oder lebendig war, an der nächsten Kreuzung würden die Kollegen und die Cops stehen und den Herrschaften in dem gestohlenen Auto einigen Zunder verpassen. Phil hatte das sicherlich längst organisiert, nun, da die Williams in Sicherheit waren.

Ich probierte erst ein wenig an meiner Fesselung herum. Nein, da war nichts zu machen. Sie hatten mich gründlich verschnürt. Ich schloß die Augen. Wenn es so stand, war es vielleicht am besten, etwas zu schlafen. Vielleicht glauben Sie es nicht, aber es gelang mir sogar. Kann sein, daß es auch nur eine neue Ohnmacht war.

Als ich das nächstemal in diese für mich augenblicklich so unerfreuliche Welt zurückkehrte, war es hell. Meinem Kopf ging es besser, und ich hatte das Gefühl, als wäre er schon wieder drei bis vier Nummern kleiner geworden.

Am Steuer saß Callighan, neben ihm hockten Jordan und Gonzales. Vor mir sah ich Shakow, der mit dem Kopf wackelte, weil er schlief, und Wed, der mich böse ansah. Er hatte einen schönen blauen Bluterguß unter dem Kinn, wo ihn mein Knie getroffen hatte. Als er mich wach sah, stieß er mit dem Fuß nach mir und knurrte allerlei, was wahrscheinlich keine Zärtlichkeit war.

Vom Steuer her sagte Callighan: »Laß das, Tom!« Er hatte Weds unfreundliches Verhalten im Rückspiegel gesehen.

»Wenn er fällig ist, mache ich es«, brummte Wed. Callighan gab keine Antwort.

»Sei nicht so rachedurstig wegen zweier Boxhiebe«, sagte ich.

Er stieß mich wieder und schrie: »Und das?« Er hob den

Arm und schwenkte seine Hand, die er notdürftig mit einem Taschentuch umwickelt hatte, das bereits ganz von Blut durchtränkt war.

Wir fuhren noch eine halbe Stunde. Dann lenkte Callighan den Wagen rechts heran, stieg aus, vertrat sich die Beine, kam um das Auto herum und öffnete die hintere Tür. Er setzte sich neben mich und begann zu rauchen.

»Ganz gut, wie du die Williams herausgeholt hast«, sagte er nach den ersten zwei Zügen, »aber dafür haben wir dich, und im Endeffekt kommt es auf das gleiche heraus. Mir kann es nur recht sein. Sogar ich erledige lieber einen G-man als eine ganze Familie.«

Er sagte das völlig ohne Haß und ohne Erregung. Leben oder Tod eines oder auch vieler Menschen bedeuteten ihm nichts. Sie waren für ihn nur Mittel zu seinem Ziel.

»Und was versprichst du dir davon, daß du mich mitschleppst?«

Er lachte leicht.

»Viel, G-man. Wenn ihr uns schon Hunderte von Meilen ungeschoren fahren laßt, weil wir eine Farmerfamilie in der Hand haben, so werden deine Kollegen geradezu Spalier bilden, wenn wir dich ihnen präsentieren können.«

»Ich glaube, du irrst, Callighan«, antwortete ich. »Ich bin in das Risiko meines Berufes hineingestolpert und muß die Folgen tragen.«

»Mag sein«, sagte er leichthin, »aber ich finde es seltsam, daß jetzt«, er sah auf die Armbanduhr, die er den Williams abgenommen haben mochte, »um neun Uhr, noch kein Streifenwagen und kein Cop an unserem Wege aufgetaucht ist. Um vier Uhr habt ihr die Williams herausgeholt, und dein Freund müßte unsere Verfolgung längst organisiert haben.«

Er hatte recht, und wahrscheinlich war es so, wie ich bereits befürchtet hatte. Phil wagte es nicht, die Gangster anzugreifen, solange ich mich in ihrer Mitte befand.

»Wie es auch sei«, sagte ich, »du wirst noch Schwierigkeiten genug haben. Vor allen Dingen, schätze ich, daß du ziemlich pleite bist.«

»Stimmt«, antwortete er. »Die Williams besaßen nur ein paar Dollar im Hause, aber dafür halte ich die Leute hier zusammen. Denkst du nicht auch, daß es leichter für mich wäre, mich allein durchzuschlagen oder höchstens mit einem Jungen, der etwas taugt, wie Jordan. Aber für die Beschaffung von Geld brauche ich sie alle, auch solche Flaschen wie Gonzales und Shakow. Wenn wir ein paar tausend Dollar in der Hand haben, teilen wir, und sie können sich trollen.«

»Das heißt, du knallst sie ab«, sagte ich und grinste ihn an.

Unvermittelt und hart schlug er mich ins Gesicht.

»Ich lasse mir meine Leute von dir nicht aufhetzen, G-man«, knurrte er. »Werde bloß nicht frech, weil ich mich mit dir unterhalte.«

Ich biß mir auf die Lippen. Ob ich mal eine andere Tour versuchte? Schaden konnte es nicht.

»Sag mal, Callighan«, begann ich, »was glaubst du, wieviel einem G-man sein Leben wert ist?«

Er sah mich aus seinen hellen Augen aufmerksam an.

»Was meinst du?«

»Ich bin noch nicht sehr alt«, antwortete ich. »Ich glaube, ich würde eine ganze Menge tun, um mit heiler Haut aus dieser Sache herauszukommen.«

Er lachte auf. »Du willst uns helfen, G-man? Ich bin nicht so idiotisch, dir auch nur eine Silbe zu glauben.«

Er schnippte seinen Zigarettenstummel weg und sprang vom Wagen. Wed zog die Tür hinter ihm zu, und die Tour ging weiter. Sie fuhren den ganzen Tag. Wenn sie tanken mußten, deckten sie mich mit einer Plane zu. Wed setzte sich dann neben meinen Kopf.

»Eine Bewegung, G-man, oder einen Laut, und du vergißt das Atmen.«

Einige Stunden lang wartete ich darauf, daß etwas passieren würde. Die Kollegen mußten die Bande doch endlich stoppen. Als bis in den hohen Mittag hinein nichts geschehen war, gelangte ich langsam zu der Überzeugung, daß Callighan wahrscheinlich mit mir keinen allzu schlechten Tausch gemacht hatte.

Als es dunkel wurde, fuhr Callighan dreist und gottesfürchtig in eine Stadt ein. Jordan mußt in einigen Läden Speise und Trank besorgen, während sie mich wieder unter der Plane vergruben. Hinter der Stadt steuerten sie den Wagen in ein Wäldchen und stoppten.

»Wirf den G-man raus!« befahl Callighan, und Wed rollte mich mit Wonne und nicht sonderlich zärtlich auf den Boden. Die fünf gruppierten sich malerisch um mich herum, begannen zu essen und ließen auch die Whiskyflasche kreisen, aber Callighan achtete darauf, daß keiner zuviel trank.

Es war dunkel. Ich sah nur hin und wieder ein Gesicht, wenn sich einer eine Zigarette anzündete, aber ich hörte sie schmatzen und glucksen. Bis auf die Zigaretten gönnte ich ihnen, was sie vertilgten.

Meine Gedanken kreisten inzwischen nur um einen Punkt. Ich mußte endlich aus dieser verfluchten Umwicklung heraus. Dann würde sich alles andere finden.

Mit Essen schienen sie fertig zu sein, denn um mich glühten fünf Zigarettenpünktchen. Wed hatte sich auf Tuchfühlung neben mich gesetzt. Er schien zu fürchten, ich könnte mich, selbst bandagiert wie ein Wickelkind, noch davonmachen.

»Was werden wir weiter tun, Slug?« fragte eine Stimme in der Dunkelheit. Sie hatte einen unterwürfigen Tonfall und gehörte Gonzales.

»Geld besorgen!« sagte Callighan.

»Wie?« fragte jemand. Das war Jordan.

Ich mußte es noch einmal versuchen.

»Wenn ihr mit euch reden laßt, ich könnte es euch beschaffen«, sagte ich.

»Ach, halt den Mund, G-man«, sagte Callighan. »Du willst uns nur 'reinlegen.«

»Wie willst du es machen, Slug?« fragte Shakow.

»Ich denke, wir räumen ein paar Farmen aus, die am Wege liegen.«

Ich lachte dazwischen. »Und findet bei jedem fünfundzwanzig Dollar und dreißig Cent.«

»Ich glaube, wir müssen dich erst verprügeln, damit du ruhig bist, G-man.«

»Ich halte das Maul doch nicht«, sagte ich, »denn ich habe ein heftiges Interesse daran, daß ihr auf geschickte Art zu eurem Geld kommt.«

»Du willst deinen Kopf retten«, sagte Callighan. »Kann's mir denken.«

»Genau das, und wenn ihr euch auf so dilettantische Art ans Geldverdienen macht, dann ist mein Kopf verloren. Ihr denkt, ihr könnt einfach irgendwo vorfahren, die Kanonen ziehen und kassieren. Aber dann ist irgendeiner von euren Farmern auf Draht, fängt an zu schießen. Ihr schießt zurück, er telefoniert, die Polizei braust heran, schießt auch, und im Handumdrehen sitzt ihr in der Klemme, und die letzte Heldentat, die ihr vollbringen könnt, besteht darin, daß ihr mich umpustet.«

Callinghan würdigte mich keiner Antwort, aber Jordan fragte: »Und was schlägst du vor?«

»Einen Fischzug, aber einen, der sich lohnt und gut vorbereitet ist.«

»Für die Vorbereitung braucht man Wochen«, mischte sich Callighan wieder ein. »Wir haben keine Zeit.«

»Aber Zeit genug, um euch mit läppischen Farmern zu je fünfundzwanzig Dollar abzugeben«, höhnte ich.

»Der G-man hat nicht unrecht«, wandte sich Jordan an Callighan. »Denn wir brauchen mindestens fünftausend, tausend für jeden, wenn wir einigermaßen zurechtkommen wollen, und bei den Williams haben wir fast nichts gefunden. Allein schon, wenn wir uns den nächsten Wagen nicht klauen müßten, würden wir unsere Spur gut verwischen können.«

»Ich sagte doch, wir haben keine Zeit«, antwortete der

Boß ungeduldig. »Wo willst du innerhalb von zwei oder drei Tagen eine Gelegenheit auskundschaften, bei der vierstellige Summen zu kapern sind.«

»Wo sind wir hier?« fragte ich dazwischen.

Einen Augenblick schwiegen sie alle, dann antwortete Slug: »Nicht mehr weit vom großen Salzsee.«

Ich hatte mir das ungefähr gedacht, denn wenn sie immer südliche Richtung eingehalten hatten, mußten sie dorthin kommen.

»Okay, ich weiß einen Tip für euch in Salt Lake City.«

»Wed, hau dem G-man eine rein«, befahl Callighan. »Ich bin es leid, von ihm auf den Arm genommen zu werden.«

Der Bursche folgte dem Befehl mit Vergnügen, und er benutzte seine gesunde Hand dazu mit solcher Heftigkeit, daß er riskierte, sie sich auch noch zu verletzen. Ich aber dachte nicht daran, meinen Mund zu halten.

»Zur Hölle!« schrie ich. »Laßt den Unsinn! Glaubt endlich, daß ich genauso gern lebe wie ihr. Ich denke, ihr kennt den Namen ›Salz-Jonny‹?«

Shakow kannte ihn, und dann erinnerte sich auch Gonzales.

»Das war ein Gangführer, der hier in der Mormonenstadt eine Bande gründete.«

»Und wißt ihr auch, wie er endete?«

»Er geriet mit einer Konkurrenzbande aneinander, verlor dreiviertel seiner Leute, und zum Schluß faßte ihn der Richter.«

»Ach, Unsinn«, sagte ich, »die Konkurrenzbande bestand aus G-men, die man aus allen Teilen des Landes zusammengezogen hatte, denn die ortsansässigen Beamten kannte ›Salz-Jonny‹ zum größten Teil. Sie verübten eine ganze Reihe von Gangsterheldenstückchen. Sie raubten hauptsächlich Poststellen aus, und nicht einmal die Ausgeraubten wußten, daß das, was sie hergeben mußten, in die Asservatenkammer der Polizei kam. ›Salz-Jonny‹ fiel prompt darauf herein, legte sich mit der angeblichen Bande an, und so konnten wir seinen Verein zersprengen und hatten Beweise gegen ihn selbst. Und ich war damals in Salt Lake City dabei.«

»Schön«, sagte Callighan, »aber was hat das mit uns zu tun?«

»Ich erinnere mich an eine Postnebenstelle einer kleinen Straße, die einen so schönen Hintereingang über einen Hof hatte. Wir haben sie damals ausgeraubt, und wir machten zwölftausend Dollar dabei. Ich wüßte nicht, warum man sie jetzt nicht noch einmal ausrauben könnte.«

Eine Minute lang schwiegen sie alle nachdenklich. Nicht einmal Callighan wußte ganz genau, ob ich ihnen etwas vorlog oder ob ich tatsächlich eine solche Chance in Salt Lake City wußte. Übrigens log ich nicht, wenigstens nicht völlig. Die Gründung der ›G-men-Bande‹ hatte damals tatsächlich stattgefunden, nur war ich nicht dabeigewesen, sondern ich hatte in den Berichten davon gelesen, die alle FBI-Hauptquartiere von Sondereinsätzen erhielten. Die meisten Angaben daraus waren mir noch in der Erinnerung, und ich wußte auch, in welcher Straße die Poststelle lag.

Da folgte schon Jordans Frage: »In welcher Straße liegt die Post?«

»No«, antwortete ich, »das sage ich euch erst, wenn ich wenigstens eine gewisse Garantie für meine heile Haut habe.«

Ich fühlte, wie Wed neben mir eine Bewegung machte, als wolle er mir mein Wissen herausprügeln, aber Callighan sagte: »Ich hatte ohnedies die Absicht, nach Salt Lake City zu fahren, bevor wir etwas Neues unternehmen. Wir haben eine gute Chance, in der Stadt unsere Spuren zu verwischen, und solange wir den G-man haben, können wir einiges riskieren.«

Wir erreichten die Stadtgrenze von Salt Lake City am Nachmittag des nächsten Tages, ohne daß auch nur der Uniformknopf eines Polizisten vor den Gangstern aufgetaucht wäre. Kurz vor der Stadt stoppte Callighan kurz ab. Wed schnitt mir meine Umwicklung ab, während Jordan mit gezogener Pistole neben mir stand. Dann mußte ich mich zwischen den Boß und Jordan ins Führerhaus setzen, wo der New Yorker mir den Pistolenlauf in die Seite drückte. Außerdem stellte sich Wed hinter uns und richtete den Pistolenlauf auf meinen Rücken.

Callighan schien die Mormonenstadt nicht schlechter zu kennen als ich. Er lenkte in eine Straße, in der viele kleine Hotels lagen, eines am anderen.

Callighan schickte Gonzales und Shakow unter der Führung und Überwachung von Wed in ein anderes Hotel, als er für sich, Jordan und mich bestimmte, denn er wollte den Verdacht vermeiden, wenn sie gleich in der richtigen Kopfzahl ankamen.

Sie vereinbarten die Namen, unter denen sie sich eintrugen. Sie ließen den Wagen einige Häuserecken abseits stehen, nahmen mich in die Mitte und suchten sich ihr Hotel aus. Noch während Callighan mit dem Portier über die Zimmer verhandelte, schätzte ich meine Chancen ab, wenn ich jetzt ausbrach. Aber Ivry Jordan verstand das Geschäft der unauffälligen Überwachung ausgezeichnet. Er stand in dem richtigen Abstand, hielt die Hand lässig in der Tasche und ließ mich nicht für einen Sekundenbruchteil aus den Augen.

Da die Gangster die Kleidung trugen, die sie den Williams geraubt hatten, fielen sie nicht weiter auf. Der Portier hielt sie für Farmer oder Landarbeiter aus der Umgebung und gab ihnen das Einzel- und das Doppelzimmer, das sie wünschten, denn sie hatten sogar einen ebenfalls den Williams gehörenden Koffer bei sich, in dem sich Seife und Handtücher und Rasierapparat befanden.

»Bring dich in Schuß, G-man«, befahl Callighan, der mit auf das für Jordan und mich bestimmte Doppelzimmer kam. »Du siehst am schlimmsten von uns allen aus.«

Während Jordan auf dem Bett lag und mit der Pistole spielte, wusch und rasierte ich mich. Callighan saß neben ihm. Sie hielten eine Besprechung miteinander, bei der das Geld und die Art des Weiterkommens eine Rolle spielten.

»So, G-man«, sagte Callighan, als ich mir das Hemd wieder über den Kopf zog, »nun zeige uns mal deine sagenhafte Poststelle.«

Wie gute Freunde schlenderten der Führer der Ausbrecher und ich durch den Abendverkehr der Stadt, aber zwei Schritt hinter uns ging Jordan, die Hand in der Tasche, die Augen auf meinen Rücken. Als wir auf die Straße traten, stand vor dem Hoteleingang ein Zeitungsjunge, der von Zeit zu Zeit schrie: »Die Abendpost! Die Abendpost!« Zwischendurch pfiff er die Bruchstücke eines Schlagers: ›Come let me explain!‹ Ein ziemlich altmodisches Ding, aber ich hatte es als Schallplatte zu Hause. Ich wußte, daß Phil die Spur gehalten hatte, und ich grinste ein wenig. Callighan mußte sich anstrengen, wenn er noch aus der Falle herauskommen wollte. Wenn es mir gelang, mit Phil in Verbindung zu treten, konnten sie ihr blaues Wunder erleben.

Dem Himmel sei Dank für das gute Gedächtnis, das ich mitbekommen habe. Ich erinnerte mich, daß die Poststelle in der Lockseve Street lag und daß der zweite Zugang vom Fairplay Lane aus zu erreichen war. Ich war zweimal in Salt Lake City gewesen, und ich fand mich einigermaßen zurecht, wenn auch vielleicht nicht sicher genug für jemanden, der monatelang in dieser Stadt den Gangster gespielt haben wollte. Jedenfalls den beiden echten Gangstern an meiner Seite fiel es nicht auf.

»Das ist die Poststelle«, sagte ich, als wir die Lockseve Street erreicht hatten, und deutete auf das unscheinbare Gebäude.

»Und wo ist der zweite Eingang?« fragte Jordan.

Ich sah ihm nur in die Augen und lächelte.

»Ich gehe mal hinein«, sagte Callighan. »Paß gut auf, Ivry!«

Er verschwand, und wir warteten eine ganze Weile auf ihn.

Er kam zurück und berichtete: »Mag sein, daß der Bursche nicht lügt. Hinter den Schaltern geht eine Tür in andere Räume. Zuviel Betrieb scheint auch nicht zu sein, und wenn man auf möglichst lautlose Weise die zweite Tür benutzen kann, steht man direkt hinter den Schaltern. Fragt sich nur, welches die beste Zeit ist, damit sich nicht zu viele Leute in der Post befinden.«

»Die beste Zeit ist fünf Minuten vor Feierabend«, mischte ich mich ein, »denn dann ist das meiste Geld von den Einzahlungen in der Kasse.«

Sie sahen mich an.

»Gut, und von wo erreicht man den zweiten Eingang?« fragte Slug.

»Mir ist ein noch viel besserer Trick eingefallen«, antwortete ich träumerisch. »Ich nehme an, ihr habt in meiner Brieftasche auch meinen FBI-Ausweis gefunden?«

Sie nickten.

»Damit kommen wir ohne einen Schuß bis zum Kassenschrank«, sagte ich, »aber nur, wenn ich ihn benutze, denn sonst fällt die falsche Fotografie sofort auf.« Ich entwickelte meinen Plan mit Eifer. »Drei von uns gehen vorne durch den Haupteingang. Ich verlange den Chef zu sprechen und sage, daß es sich um Nachforschungen in der alten Sache handelt. Sobald wir hinter dem Schalter sind, müssen die drei anderen durch den Hintereingang erschien. Wir sind dann sechs Mann, die ohne Lärm bis an die Leute herangekommen sind. Ich glaube, es gibt nur fünf Angestellte in dieser Post, wenn ich mich recht erinnere, noch nicht einmal einen für jeden, und keiner wird die Zeit haben, den Fuß auf die Alarmanlage zu setzen.«

»Wir werden noch darüber sprechen«, entschied Callighan. »Vielleicht machen wir es.«

Wir gingen zum Hotel zurück. Der Zeitungsjunge schrie immer noch seine Abendpost aus und pfiff zwischendurch: »Come let me explain.«

Ich glaube, in den nächsten vierundzwanzig Stunden fanden lange Besprechungen zwischen den Kumpanen statt.

Vielleicht auch schliefen sie sich gründlich aus. Mich jedenfalls verpackten sie zur Nacht immer wieder, so daß Jordan unbesorgt im Bett nebenan schnarchen konnte. Von Zeit zu Zeit hörte ich den Zeitungsjungen pfeifen. Ich wußte, Phil wartete auf ein Zeichen von mir, was er unternehmen könnte, ohne mich zu gefährden.

Sie hatten mir natürlich alles abgenommen, als sie mich erwischten, aber ein Drehbleistift war ihnen entgangen, weil sich der Halter gelöst hatte und der Bleistift in die Innentasche meines Jacketts gerutscht war. Da sie mich jedesmal neu verschnürten, wenn sie mich nicht brauchten, konnte ich ihn nicht erreichen, aber dann fingen sie an, es leid zu werden, und als sie mir am Mittag des nächsten Tages die Fesselung abnahmen, weil ich etwas essen sollte, banden sie mich nicht neu. Ich praktizierte die Serviette, in die das mir gnädigst gereichte Brötchen eingewickelt war, in meine Tasche.

Am Abend fanden sich alle fünf in dem Doppelzimmer ein. Sie setzten sich rund um einen Tisch, und es sah aus wie eine Konferenz ehrsamer Geschäftsleute. Callighan eröffnete die Sitzung.

»Hör zu, G-man«, begann er, »wir haben uns entschlossen, die Sache durchzuziehen, die du vorschlägst. Also rück damit heraus, auf welche Weise der zweite Eingang zu gewinnen ist.«

»Und die Garantie für mich?«

Er lachte. »Du kannst nicht erwarten, daß wir dir eine Kanone in die Hand drücken, aber du selbst bist ein guter Versicherungsschein, wenn der Überfall klappt. Ein G-man, der ein solches Ding mitdreht, ist als FBI-Beamter erledigt. Und welches Interesse sollten wir daran haben, einen Mann zu töten, auf den das Kittchen so gut wartet wie auf uns, wenn er gefaßt wird.«

Es klang ganz logisch, und wahrscheinlich meinte er es sogar ehrlich, solange ich ihnen nicht unbequem wurde.

Ich biß mir auf die Lippe. Ich setzte eine Menge auf eine Karte, und wenn die Karte nicht stach, dann blieb mir nur übrig, den Warnschrei auszustoßen, sobald wir die Bank betraten, und dafür meine Ladung Kugeln in den Rücken zu empfangen. Aber nun hatte ich einmal angefangen zu bluffen, und nun mußte ich den Bluff durchstehen.

Ich nahm die Serviette aus meiner Tasche, fischte den Bleistift heraus und begann zu zeichnen. Dabei erklärte ich: »Das ist die Lockseve Street. Hier ist das Postgebäude, und dieser Platz heißt Fairplay Lane. An dieser Stelle ungefähr befindet sich eine Lebensmittelgroßhandlung, auf derem Lager ein großer Betrieb zu herrschen pflegt. Links neben dem Lager führt ein Kellergang zu dem Innenhof der Post. Gegenüber liegen dann drei Türen. Öffnet man die mittlere, befindet man sich genau im Schalterraum. Das ist alles, und es ist so einfach, daß es Kinder machen könnten.«

Ich ließ die Zeichnung herumgehen. Sie besahen sie sich, und dann landete sie wie selbstverständlich wieder bei mir. Ich zerriß sie viermal.

»He, warum zerreißt du sie?« fragte Shakow.

Ich lachte höhnisch.

»Kein Wunder, daß sie dich so schnell schnappten. Jeder Anfänger weiß, daß man so etwas nicht herumliegen läßt.« Und ich steckte die Schnitzel in die Tasche.

»Morgen sehen wir uns den Eingang von dem Fairplay Lane noch mal an«, sagte Callighan. »Morgen mittag besorgst du uns einen Wagen, Ivry, und du übernimmst dann auch die Führung der Gruppe, die von der Seite in die Post eindringt. Wed kommt mit mir und dem G-man, um dem Burschen nötigenfalls eins zu verpassen, wenn er falschspielt. Wie lange braucht man für den Weg von Fairplay Lane?«

»Drei Minuten«, antwortete ich.

»Gut! Du, Ivry, startest mit Gonzales und Shakow genau zehn Minuten vor sechs Uhr. Wir betreten ebenfalls genau um zehn vor sechs den Raum, und der G-man wird uns mit seinem Ausweis ebenfalls hinter die Schalter bringen. Das mag auch drei Minuten dauern. Sind wir ein wenig früher da, schadet es nichts. Den Wagen fahren wir vorher vor den Haupteingang. Um Punkt sechs können wir bereits auf den Gashebel treten.«

Ich hatte eine Hand in die Tasche gesteckt und knetete die Schnitzel zu einer Kugel zusammen. Bevor sie gingen, vergaßen sie nicht, mich für die Nacht zurechtzumachen. Sie fesselten mich wieder.

Ich verbrachte eine schlaflose Nacht. In Hemd und Hose lag ich mit gebundenen Händen, Armen, Beinen auf dem Bett und dachte nach. Drüben in meiner Jacke steckte das Papierkügelchen aus den Schnitzeln. Ich hatte, als ich die Zeichnung anfertigte, die Namen der Straßen dazugeschrieben, wie man es macht, wenn man eine Skizze von einer Gegend entwirft. Ich wußte, Phil würde sofort verstehen, wenn das Blatt in seine Hände geriet. Es gab auch keinen Zweifel daran, daß der Zeitungsjunge, der so unentwegt vor unserem Hotel ›Come let me explain‹ pfiff, von Phil dorthin gestellt worden war. Aber es blieb das Problem, wie ich ihm meine Papierkugel zuschustern konnte, ohne aufzufallen. Das Fenster des Zimmers ging zwar zur Straße hinaus, aber es war ganz unmöglich, sich aus dem Bett zu wälzen, ohne Jordan neben mir zu wecken. Ich entwarf einen Schlachtplan für den nächsten Morgen, und ich hoffte inbrünstig, daß er sich ausführen ließ.

Vor dem Frühstück wurde ich entfesselt. Ich zog meine Jacke an und fühlte die Papierkugel darin. Wie gestern beschlossen, gingen Callighan und Jordan mit mir in die Stadt, um den Eingang zur Post von dem Fairplay Lane aus zu prüfen. Der Zeitungsjunge stand vor dem Hotel und schrie eine Morgenzeitung aus.

Ich stoppte meinen Schritt.

»Warum lest ihr eigentlich nicht in den Zeitungen nach, wie weit sie hinter euch her sind?« fragte ich.

»Quatsch! Komm!« antwortete Callighan.

»Mich interessiert's, was sie Mitleidiges über den armen G-man in eurer Gesellschaft schreiben«, sagte ich, und ehe er es verhindern konnte, war ich mit drei Schritten bei dem Boy. Jordan konnte die Bewegung nicht so schnell mitmachen, und er stand so seitlich von mir. Die Papierkugel hatte ich in der Hand, die ich ausstreckte, um die Zeitung entgegenzunehmen, die der Junge mir dienststeifrig reichte.

Ich kann Ihnen versichern, mir lief der kalte Schweiß den Nacken herunter, als ich ihm mit der gleichen Bewegung die Papierkugel in die Hand drückte. Ich sah seine erstaunt sich weitenden Augen und blickte ihn durchdringend an. Er war ein heller Junge.

»Fünf Cent, Mister«, sagte er. Es klang noch ein wenig unsicher, aber er zog die Hand zurück und steckte sie in die Hosentasche.

Das Ganze hatte zwei Sekunden gedauert. Callighan kam mit zwei großen Schritten heran, riß mir die Zeitung aus der Hand, warf sie dem Jungen zu und packte mich am Ärmel.

»Laß den Blödsinn«, zischte er.

Ich konnte wieder lächeln.

»Du scheinst aber eine Menge Angst vor mir zu haben«, sagte ich.

Er blickte mich von der Seite an.

»Wenn wir das Postgeld in der Tasche haben, habe ich keine Angst mehr vor dir, G-man«, antwortete er und lächelte dünn.

Mein Gedächtnis hatte mich nicht im Stich gelassen. Die Verhältnisse von der Fairplay-Lane-Seite aus waren genauso, wie ich sie den Gangstern geschildert hatte.

Callighan mochte ein dreimal vorsichtiger Teufel sein, aber jetzt blieb ihm eigentlich nicht mehr viel Grund zum Mißtrauen, und er selbst mochte etwas Ähnliches empfinden, denn er äußerte auf dem Rückweg zu mir: »Bis heute dachte ich, die FBI-Beamten seien das Unbestechlichste, was es in den Staaten gibt.«

»Es kommt darauf an, womit du sie zu bestechen versuchst«, antwortete ich. »Mit Geld wirst du es nicht schaffen, aber vielleicht mit der Chance, ihr Leben zu retten.«

Als wir zum Hotel zurückkamen, war der Zeitungsjunge verschwunden.

Das war einer der längsten Nachmittage, die ich je erlebt habe. Jordan ging kurz nach Tisch fort. Er kehrte gegen vier Uhr zurück und berichtete, daß er einen fünfsitzigen Mercury besorgt habe, der auf einem Parkplatz in der Nähe stünde. Inzwischen hatten sich auch Shakow, Gonzales und Wed eingefunden.

Callighan erteilte letzte Verhaltensmaßregeln. Sie besaßen fünf Revolver. Drei, die sie den Wärtern abgenommen hatten, und einen, der von Williams stammte. Mit den beiden Jagdgewehren des Farmers konnten sie in diesem Falle nichts anfangen. Außerdem natürlich meinen Revolver. Mit Munition waren sie knapp. Insgesamt hatten sie kaum zwanzig Schuß.

Eine Waffe erhielt natürlich Wed mit dem ausdrücklichen Befehl, keine andere Richtung als meinen Rücken einzuhalten. Jordan und Gonzales bekamen je eine, während Callighan selbst sich den Revolver des Farmers zuteilte, für den die meiste Munition vorhanden war. Dann verglichen Callighan und Jordan die Uhren, und Punkt fünf Uhr dreißig fuhren sie ab. An der Ecke der Lockseve Street stiegen Jordan, Gonzales und Shakow aus. Wir fuhren weiter und parkten genau vor dem Posteingang.

»Fünfzehn Minuten vor«, sagte Callighan nach einem Blick auf die Williamssche Armbanduhr, die er am Handgelenk trug. »Gehen wir drei Schritte die Straße hinunter.«

Ich sah mich unauffällig um. Nicht einmal ein Verkehrsschutzmann war zu sehen, aber auf der anderen Seite stand ein Taxi, dessen Chauffeur zu schlafen schien. Wir gingen mitten zwischen den Passanten, von denen einer plötzlich auf die Idee kam, ein wenig vor sich hinzupfeifen, nur ein paar Töne, aber mir genügte es. Er pfiff: ›Come let me explain.‹

Wir gingen bis zur nächsten Ecke. Callighan sah noch einmal auf seine Uhr.

»Los!« befahl er hart.

Wir betraten das Postgebäude. Die Schalterhalle war nur klein und jetzt, neun Minuten vor Feierabend, bereits leer. Einer von den vier Beamten begegnete uns auf unserem kurzen Weg von der Tür zu den Schaltern. Er war im Begriff, der Postverwaltung ein paar Minuten zu stehlen, und wollte die Tür schließen. Als wir eintraten, kehrte er um.

Ich steuerte den ersten Schalter an der Tür an, zog meinen Ausweis aus der Tasche und zeigte ihn dem Mann dahinter durch das Sprechfenster.

»FBI«, sagte ich. »Wir wünschen den Chef zu sprechen.«

Er dienerte ein bißchen und versicherte: »Jawohl, sofort.«

Mir wurde reichlich warm unter dem Hut. Es war höchste Zeit, daß Phil auftauchte und die Sache richtig machte. Der Teufel sollte ihn holen, wenn er aus Rücksicht auf mich länger zögerte.

Ein anderes Gesicht tauchte hinter dem Schalterfenster auf, ein älterer Mann mit einer Nickelbrille.

Ich wiederholte mein Sprüchlein, daß wir ihn sprechen müßten.

»In welcher Angelegenheit?« fragte er.

Mir war jede Sekunde recht, die es länger dauerte.

»Es handelt sich um den Überfall«, antwortete ich. »Wir haben in dieser Angelegenheit noch einige Fragen zu stellen.«

»Ja, bitte«, sagte er, aber da mischte sich Callighan ein.

»Das geht nicht durch den Schalter. Öffnen Sie bitte die Tür.«

Wie schön, wenn der Postvorstand sich jetzt auf irgendeine Dienstvorschrift berufen hätte, aber er dachte angesichts des FBI-Ausweises nicht daran. Er trippelte zur Tür, die neben dem dritten Schalterfenster lag, und wir gingen auf die andere Seite der Trennwand, wieder in der alten Reihenfolge: Callighan voran. Ich in der Mitte, dann Wed mit der Hand in der Tasche.

Na ja, dachte ich während der paar Schritte, es hat doch nicht geklappt, trotz allem ›Come-let-me-explain‹-Gepfeife. Jetzt gibt's nur noch eins. Schrei, Jerry, alter Junge, versuche Wed eine reinzuhauen, bevor er am Abzug ziehen kann, und im übrigen: Good bye, alter Freund. Eigentlich war das Leben ganz schön, aber wenn es nicht anders geht, müssen wir uns fügen.

Wir standen an der Tür. Innen wurde von dem armen Postvorstand der Schlüssel gedreht, ich verlagerte das Körpergewicht und öffnete den Mund, da peitschte eine Stimme hell und scharf durch den Raum, Phils Stimme: »Hände hoch! Wed, Callighan, Hände hoch!«

Es war die Fairneß, die uns nun einmal im Blut sitzt, die Phil diesen Versuch unternehmen ließ. Natürlich war es sinnlos. Er erreichte nur eines, daß Wed sich für den Sekundenbruchteil zu ihm herumschnellte, aber gleich fiel ihm seine eigentliche Aufgabe wieder ein, und er schwang zurück. Diese Bewegung fiel mit Phils letztem Wort zusammen und Phil schoß. Der Gangster krümmte zwar noch den Finger am Abzug, aber die eine Kugel, die er löste, ging ins Blaue, denn ich hatte mich längst mit aller Kraft gegen Callighan geworfen.

Meine Bewegung kam einen Sekundenbruchteil zu spät, denn Callighan warf sich ebenfalls gegen die Tür. Der Postvorstand mußte in diesem Augenblick die letzte Schlüsseldrehung getan haben, denn die Tür sprang nach innen auf, Callighan rannte den Mann über den Haufen, fiel selbst. Ich verfehlte Callighan, schlidderte auf dem Bauch über den Boden des Schalterraumes, sprang auf. Callighan lag noch. Er zerrte eben seine Waffe aus der Tasche. Ich ergriff den ersten besten Gegenstand und warf ihn nach ihm. Er wurde ganz gut getroffen und aus der Hocke nach hinten gerissen, aber die Pistole brachte er doch heraus. Ich schleuderte den nächsten Tisch um, riß ihn Callighan entgegen. Gleichzeitig brüllte ich den schreienden Postleuten zu: »Köpfe weg! Werft euch hin!«

Callighan jagte seinen ersten Schuß in den Tisch. Ich bekam einen zweiten Stuhl zu packen, hob ihn hoch, aber jetzt war es soweit. Etwas wie eine glühende Nadel jagte durch meinen linken Arm. Eine Faust schlug gegen meine linke Schulter und warf mich zurück, als wäre ich ein gewichtsloses Etwas. Ich ging zu Boden, wollte wieder hoch. Der linke Arm knickte unter mir weg, als ich mich aufstützte. Ich benutzte den rechten. da fuhr mir etwas wie ein kochender Südwind um den Schädel. Ich fiel nach hinten und konnte dem Rest der Ereignisse keine Bedeutung mehr abgewinnen.

Tja, ich kann Ihnen den Fortgang nicht mehr erzählen, denn ich spielte nur noch eine Statistenrolle, aber Phil hat später berichtet, und von ihm weiß ich, wie sich die Sache von seiner Seite aus abspielte.

Wir trennten uns, als er die Williams aus dem Wald brachte, und sobald er sie in Sicherheit wußte, jagte er mit allem, was er an Polizei auflesen konnte, zurück zum Jagdhaus. Keine Spur mehr von den Ausbrechern, keine Spur mehr von mir. Kurz darauf wurde der Lastwagen gefunden, und nun wußten sie, daß die Brüder über ein anderes Fahrzeug verfügten. Es dauerte bis zum Mittag, bis sie den Mann gefunden hatten, dem Jordan den Wagen stahl. Sie organisierten die Verfolgung in gleicher Weise, wie wir das getan hatten, und Phil setzte sich allein auf die Spur. Es gelang ihm, die Fährte bis Salt Lake City zu halten. Da er nicht wußte, wie gefährdet ich war, konnte er nichts unternehmen. Er kaufte sich den Zeitungsjungen, um mich wissen zu lassen, daß er in der Nähe sei.

Als der Zeitungsjunge ihm das Papierknäuel brachte, setzten sie die Fetzen in größer Eile zusammen. Nicht nur Phil, sondern auch die Kollegen von Salt Lake City, die er inzwischen informiert hatte, erkannten, was die Zeichnung bedeutete. Von Stund an ließen sie die Postfiliale nicht mehr aus den Augen.

Als wir ankamen, lag Phil in dem Taxi, dessen schläfriger Chauffeur mir aufgefallen war, auf dem Boden des Fonds. Sobald wir die Postnebenstelle betraten, raste er hinterher. Er hatte bis zum letzten Augenblick gehofft, mich herauszuhauen, aber als er die Situation in der Halle überschaute, wußte er, daß er handeln mußte.

Er rief die Gangster an und schoß Wed nieder, als dieser sich nicht ergeben wollte. Unterdessen stürzten Callighan und ich in den Raum hinter den Schaltern.

Phil jagte hinterher, aber als er ankam, hatte ich meine Ladung schon weg und lag flach. Eine Kugel aus Phils Revolver hinderte Callighan daran, mir den Rest zu geben, wozu er offenbar entschlossen war, aber Phil schoß zu hastig, um Callighan zu treffen. Immerhin erinnerte der Schuß den Ausbrecher daran, daß lebendige G-men für ihn gefährlicher waren als offensichtlich erledigte. Er schickte die mir zugedachten Kugeln in Phils Richtung, und Phil mußte die Nase einziehen.

Bei diesem Stand der Dinge erschienen neue Akteure auf dem Plan. Phil hatte aus lauter Angst um mich unsere Leute reichlich weit entfernt postiert, so daß sie jetzt erst die Schalterhalle stürmten. Von der anderen Seite tauchte durch die Tür, die von dem Fairplay Lane zu erreichen war, nur noch Jordan auf. Er verstärkte Callighans Feuerkraft, und im ganzen gesehen war ihre Position hinter der Deckung der Schalterfenster nicht ungünstig. Unsere Leute konnten nicht durch die Halle hindurch. Einzig Phil war nahe genug heran.

Jordan hatte tatsächlich die Nerven, die vom Vorsteher geöffnete Tür ins Schloß zu schlagen und abzuschließen. Damit war auch Phil zunächst ausgeschaltet. Sie stopften sich einiges von dem Geld in die Tasche, das herumlag, denn ich hatte den Tisch umgeworfen, auf dem die Scheine zum

Einpacken bereitlagen, und dann traten sie den Rückzug in Richtung Fairplay Lane an. Zurück blieben vier Postbeamte, die irgendwo unter den Tischen lagen, und ich, ein G-man mit ausgebreiteten Armen und einigen Löchern in der Figur.

Normalerweise wären Callighan und Jordan nicht entkommen, denn natürlich hatte Phil auch den Ausgang zum Fairplay Lane sichern lassen. Sobald die Gangstergruppe die Toreinfahrt betreten hatte, waren zwei Streifenwagen vorgefahren, um den Ausgang zu sperren. Damit waren sie eigentlich in der Falle, nur beging der Lieutenant, der die Cops befehligte, den Fehler, seine Männer hinter diesen Fahrzeugen zurückzuhalten, anstatt sie im Hof zu verteilen. Nur ein Polizist warnte die Angestellten der Lebensmittelgroßhandlung, daß es gleich vielleicht mulmig werden könnte. Daraufhin zogen sich die Leute in ihre Büros zurück und sahen neugierig durch die Fenster.

Zu unserem Pech und zu Callighans Glück war kurz vor sechs Uhr noch ein schwerer Lastwagen auf den Hof gefahren, der abgeladen werden sollte.

Als Callighan und Jordan auf dem Hof auftauchten, rief der Lieutenant der Cops sie an, und da sie die Arme nicht hoben, gab er das Feuer auf sie frei. Immerhin gaben Kisten und Sackstapel den Ausbrechern reichlich Deckung. Wer die Idee hatte, konnte nicht festgestellt werden, jedenfalls enterten sie den Lastwagen. Der Schlüssel steckte. Plötzlich brummte der schwere Motor auf, und ehe unsere Leute richtig begriffen, was passierte, rollte der Wagen auf die Ausfahrt zu.

Den Cops blieben vier Sekunden, um auf den Laster zu schießen. Sie zerknallten die Windschutzscheibe, aber dann blieb ihnen nur eine halbe Sekunde, um zur Seite zu springen. Für den schweren Wagen waren die beiden Streifenfahrzeuge ein Kinderspiel. Er hielt mit aller Fahrt, die er auf dem kurzen Hof gewinnen konnte, darauf zu, schob sie auseinander und warf den einen davon sogar um. Der Lastwagen gewann die freie Straße. Die Cops feuerten sofort hinterher, aber die nächste Ecke war nicht weit. Callighan oder Jordan, wer immer am Steuer sitzen mochte, riß die schwere Karre wild in die Kurve. Die Cops rannten hinterher, aber sie konnten kaum noch einen Schuß anbringen, denn der Wagen war sofort in die nächste Querstraße eingebogen.

Unglücklicherweise waren beide Funksprechgeräte in den Streifenwagen zerstört worden. Bevor der Police Lieutenant den nächsten Telefonhörer in der Hand hielt, waren drei kostbare Minuten vergangen.

Ich kann es ebensogut vorwegnehmen. Wir faßten Slug Callighan und Ivry Jordan nicht. Sie brummten mit ihrem schweren Laster auf den nächsten Parkplatz und enterten den erstbesten Wagen.

Ich kam runde vierundzwanzig Stunden nach dem Beginn der Ereignisse wieder zu Verstand. Ich lag in einem Zimmer, das mir völlig unbekannt war, aber da die gesamte Einrichtung außerordentlich hygienisch wirkte, schloß ich messerscharf, daß ich in einem Krankenhaus lag. Meine Schädeldecke brannte, meine ganze linke Seite tat weh, und außerdem hatte ich einen widerlich süßlichen Geschmack auf der Zunge.

Ich tastete nach der Klingel. Eine nette Schwester erschien und sah mich freundlich an.

»Hören Sie, Schwester, ich habe einen Freund, der Phil Decker heißt. Ich gäbe etwas dafür, wenn ich ihn sprechen könnte.«

»Sie sollten lieber noch schlafen«, antwortete sie streng.

»Schwester, wenn Phil Decker eine gute Nachricht für mich hat, werde ich anschließend achtundvierzig Stunden schlafen. Das verspreche ich Ihnen. Aber jetzt tun Sie mir den Gefallen und schaffen Sie ihn her.«

»Ich werde den Arzt fragen«, entgegnete sie und zog die Tür hinter sich zu.

Ich mußte wohl wieder eingeduselt sein, denn als ich beim

502

nächstenmal die Augen öffnete, saß Phil an meinem Bett und grinste mich an.

»Alter Junge«, brummte er, »alter Junge, du solltest nach Nevada zum Spielen fahren. Wenn du dabei die Hälfte von dem Glück beweist, das du in der Post gehabt hast, kommst du als Millionär zurück.«

»Habt ihr sie?« fragte ich.

»Drei Kugeln dachte dir Callighan zu«, antwortete er. »Eine bekamst du in den Oberarm, eine in die Schulter, und die dritte rasierte dir einen Streifen aus der Kopfhaut. Du wirst dir das Haar lang wachsen lassen müssen, wenn du den Schönheitsfehler verdecken willst. Die Ärzte haben dir die Kugel aus der Schulter gleich herausgepflückt. Der Oberarmtreffer war ein glatter Durchschuß, und deine Knochen sind nicht einmal angekratzt. So viel Glück!«

Er schüttelte den Kopf. Phil hatte selbst ein paarmal Pech gehabt, und es hatte ihn jedesmal ziemlich schwer erwischt.

»Habt ihr sie?« fragte ich.

Er bequemte sich, mir die Story zu erzählen, die ich oben berichtet habe.

»Wed liegt gleich nebenan«, schloß er. »Er hat vier Brustschüsse, und es ist fraglich, ob er durchkommt. Shakow und Gonzales fischten wir zwischen Kisten und Säcken heraus. Sie hatten sich gleich dort verkrochen, als der erste Schuß fiel, und sie zitterten noch, als wir sie fanden. Jordan und Callighan freilich sind vorläufig über alle Berge.«

»Wie lange muß ich hier liegen?« fragte ich.

»Sechs Wochen, sagte mir der Arzt.«

»Ich pfeife euch etwas. Ich habe Callighan einmal gesagt, ich würde ihn fassen, und ich werde ihn fassen.«

Phil winkte ab. »Reg dich nicht auf, Jerry. Sie haben keine Chance. Ihr Steckbrief ist so genau, daß er fast die Zahl der Haare auf ihrem Kopf enthält. Alle Flugplätze, Häfen, Zollstellen, alle Grenzeinheiten und alle Polizisten der Staaten kennen ihre Gesichter besser als die der eigenen Verwandten.

Sie werden gefaßt. Niemand schafft es unter diesen Umständen, außer Landes zu gehen.«

»Callighan schafft es, verlaß dich darauf. Haben sie Geld erbeutet?«

»Nach der Aufstellung der Post fehlen dreitausendvierhundert Dollar.«

»Nicht viel, aber ausreichend, um überall hinfahren zu können.«

Der Doktor kam ins Zimmer. Ich begann sofort eine Verhandlung mit ihm, und wir einigten uns auf vierzehn Tage, wenn ich dann fähig wäre, ihm fünfundzwanzig Kniebeugen vorzumachen, ohne umzufallen.

Ich produzierte die Kniebeugen nach zehn Tagen, und sie machten mich für die Rückreise nach New York zurecht, wohin Phil bereits am Tage nach seinem Besuch abgeflogen war.

Ich kriegte einen beachtlichen Schreck, als ich mich zum erstenmal ohne Kopfverband im Spiegel erblickte. Die Ärzte hatten keine Rücksicht auf meine Schönheit genommen. Kalt lächelnd hatten sie mir die Haare abgeschoren, als sie mir die Kopfschramme verpflasterten.

»Wie soll ich in diesem Zustand einen Ausbrecher jagen«, sagte ich dem Doc und zeigte auf meinen Kopf. »Ich werde ja selbst überall als ausgebrochener Zuchthäusler festgenommen.«

»Sie sollen ihn auch nicht jagen«, brummte er. »Sie sollen im Bett bleiben.«

Um meine Schulterwunde trug ich einen strammen Verband und um den Oberarm einen Wickel. Dann fuhren sie mich mit einem Krankenwagen zum Flugplatz und luden mich in die Kiste nach New York. Offenbar wirkte ich außerordentlich leidend, denn die hübsche Stewardeß vernachlässigte alle Passagiere meinetwegen und kredenzte mir alle Augenblicke eine andere Erfrischung.

Ich kam unangemeldet in New York an, nachdem ich die Nacht des Fluges nicht einmal schlecht geschlafen hatte. Ich fuhr mit einem Taxi zum Hauptquartier. Phil war gerade beim Chef, und so hatte ich die beiden Leute zusammen, die ich brauchte.

Mr. High, der Chef, lachte, als ich eintrat.

»Phil hat eine Wette verloren, Jerry. Ich sagte, daß Sie vor Ablauf der vierzehn Tage hiersein würden, aber er meinte, es hätte Sie diesmal zu schwer erwischt.«

»Worum ging es denn bei der Wette?« erkundigte ich mich und angelte mir einen Stuhl.

»Um einen Einsatz in der Goldsache, für den das Schatzamt noch einige tüchtige Leute sucht. Wenn Phil gewann, sollten Sie den Fall zusammen bekommen. Es sieht so aus, als spränge eine Reise nach Mexiko dabei heraus. Leider hat Phil verloren.«

»Mich interessiert im Augenblick nur ein Fall. Wie steht es mit Callighan und Jordan?«

»Noch nichts!«

»Können Sie die Grenze bereits überschritten haben?«

»Theoretisch ja, praktisch nein. Natürlich sind die Behörden von Mexiko und Kanada benachrichtigt. Selbst auf der anderen Seite ist ihr Steckbrief bekannt.«

Ich versank in Nachdenken. Dabei steckte ich mir automatisch eine Zigarette an, obwohl der Arzt geraten hatte, ich sollte das für einige Zeit besser noch lassen.

»Ich denke, daß Callighan und Jordan sich noch in einer großen Stadt aufhalten«, sagte ich nach einigen Minuten. »Nichts ist besser für ein Versteck als eine große Stadt. Jordan hat Beziehungen in New York. Glauben Sie, daß er herkommt?«

Mr. High schüttelte den Kopf.

»Nein, denn Jordans Bandenboß hat sich zwar herausgewunden, als wir ihn endlich festsetzen konnten, aber er muß sehr aufpassen, wenn er nicht neu auffallen will. Jordan selbst wäre für ihn eine ungeheure Belastung, von der er sich schnellstens befreien müßte, am besten wahrscheinlich durch einen kleinen Wink an uns. Wenn Jordan in New York wäre, hätten seine eigenen ehemaligen Freunde ihn längst verpfiffen. Ein Gangster, gegen den so ausgezeichnete Beweise vorliegen, ist immer unerwünscht.«

»Wer leitet jetzt die Fahndung?«

»Niemand, beziehungsweise die einzelnen Hauptquartiere für ihren Distrikt.«

»Können Sie die Maßnahmen zentralisieren, Chef?«

»Gewiß, ein Telefongespräch mit Washington und ein Rundtelegramm genügten.«

»Tun Sie es, Chef, und geben Sie mir die Sondervollmacht.«

Er sah mich zweifelnd an. »Sind Sie wirklich einsatzfähig, Jerry?«

»Ich bin es, Mr. High. Zur Hölle mit allen großen Worten, aber ich finde, ich habe eine ganz spezielle Rechnung mit Slug Callighan, und ich möchte sie gern bar und persönlich begleichen.«

Er nahm wortlos den Hörer ab. »Die Zentrale in Washington«, verlangte er.

»Ich werde die Sondervollmacht auch für Phil erwirken«, antwortete er. »Ich finde, Sie brauchen einen gesunden linken Arm.« Zehn Minuten später hatte Edgar Hoover, der oberste Boß aller FBI-Beamten der Staaten, seine Einwilligung gegeben, daß die G-men Phil Decker und Jerry Cotton die zentrale Lenkung der Fahndung nach den aus dem Zuchthaus von Glendive ausgebrochenen Mördern Ivry Jordan und Slug Callighan übernahmen.

Wir begannen damit, daß wir ein Rundtelegramm an alle Polizeidienststellen jagten und um Meldung eines jeden Verbrechens, vom Autodiebstahl angefangen, ersuchten, das seit dem Tage der Schlacht in Salt Lake City begangen worden war.

Wir installierten uns in meinem Büro und harrten der Fernschreiben, die da kommen würden.

Und sie kamen! Erst in Tropfen, dann in Paketen, dann in Körben. Es war unwahrscheinlich, was in noch nicht vierzehn Tagen alles an Gesetzesübertretungen begangen wurde, und wir fragten uns, wie wir uns durch diesen Wust von Papieren je durcharbeiten sollten.

Es stellte sich dann doch als nicht zu schlimm heraus. Wir schalteten die Berichte von allen Vergehen aus, die Jordan und Callighan entsprechend dem Datum selbst mittels eines Flugzeuges von Salt Lake City aus nicht begangen haben konnten. Das schaffte uns fast die Hälfte der Fernschreiben vom Hals. Dann sortierten wir alles andere aus, was nicht in Frage kam: Lebensmitteldiebstähle, Einbrüche, bei denen Waren geraubt worden waren, Eifersuchtstragödien, und danach blieb ein schon überschaubarer Rest. Es folgten alle Vergehen und Verbrechen, die nach der Art, ihrer Anlage und mit hundertprozentiger Wahrscheinlichkeit von mehr als zwei Mann verübt worden waren. Übrig blieben noch dreißig Fälle, außerdem natürlich die Autodiebstähle, die nach Zeit und Ort von den beiden begangen worden sein konnten.

Wir beschäftigten uns zunächst mit den Autos, fertigten liebevoll eine beachtlich lange Liste an und jagten sie per Rundtelegramm an alle Dienststellen mit der Bitte, sich um diese Wagen in erster Linie zu kümmern und jedes gefundene Fahrzeug zu melden. Dann drückten wir eine Abschrift der Liste einem jungen Beamten in die Hand, setzten ihn an ein Telefon und gaben ihm den Auftrag, jeden Wagen, der als gefunden oder wiederbeschafft gemeldet wurde, zu streichen. Wir aber beschäftigten uns mit den dreißig Verbrechen, die den Rest der vielen Fernschreiben darstellten.

Es war einiges darunter, für das Jordan und Callighan in Frage kamen. Unter anderem zwei Überfälle auf Geldbriefträger, die Beraubung eines Transportautos und fünf Morde, denen allen offenbar ebenfalls Raubabsichten zugrunde lagen.

Wir sortierten noch einmal. Natürlich legten wir keines dieser Verbrechen mehr ganz zu den Akten, aber wir stellten alle Taten zurück, die den Eindruck erweckten, als seien sie von langer Hand geplant worden. Drei der fünf Raubmorde legte ich ebenfalls dazu. Bei dem vierten Fall zögerte ich.

Da war vor vier Tagen ein Arzt in seiner Praxis erschossen worden, sogar in New York und nicht einmal weit vom Hauptquartier entfernt. Man hatte ihn spät in der Nacht angerufen und seinen Beistand verlangt. Er würde von einem Wagen abgeholt werden, sagte der Anrufer, entsprechend der Aussage der Haushälterin. Der Wagen war auch gekommen. Den Arzt fand am anderen Morgen die Sprechstundenhilfe, und zwar — und das war das überraschende daran — in seinen Praxisräumen, die nicht bei seiner Wohnung lagen.

Mir kam der Name dieses Arztes bekannt vor. Er hieß Dr. Alfred Wyman, und von dem hatte ich schon einmal gehört oder über ihn etwas gelesen.

Ich zeigte die Meldung Phil.

»Kennst du den Mann?«

Er überflog den Bericht.

»Paßt doch gar nicht. Offenbar ist nicht einmal etwas geraubt worden.«

»Mir kommt der Name bekannt vor.«

»Mir auch, aber Wyman ist schließlich nicht besonders selten. Ruf doch bei der Mordkommission des Distriktes an.«

Ich rief im Präsidium an, fragte in der Zentrale, wer den Fall Wyman bearbeitete, und wurde mit Lieutenant Leborn verbunden.

»Hier ist Cotton vom FBI«, sagte ich, als er sich meldete. »Sie haben einen Mord an einem Dr. Alfred Wyman in Ihrem Bezirk gehabt. Kann ich Näheres darüber wissen?«

»Interessiert sich der FBI dafür?« fragte er zurück.

»Nein, dienstlich noch nicht. Ich möchte sozusagen private Informationen.«

»Ist eine interessante Geschichte, Cotton«, antwortete der Lieutenant. »Wenn es Ihnen nichts ausmacht, kommen Sie her. Würde für ein Telefongespräch etwas zu lang werden.«

Ich sah auf die Armbanduhr. Es war gegen sechs des Tages

nach der Unterredung mit Mr. High. Wir hatten nur wenig in der Nacht geschlafen, um mit dem Fernschreibwust fertig zu werden, und ich war herzlich müde. Trotzdem sagte ich zu und versprach Leborn, in einer halben Stunde bei ihm zu sein.

»Laß sein«, forderte ich Phil auf, der noch die Berichte studierte. »Ich schlage vor, wir machen Schluß für heute, fahren bei den Cops vorbei, hören uns an, was der Lieutenant uns zu erzählen hat, und schlafen uns dann gründlich aus.«

Eine halbe Stunde später saßen wir Leborn in seinem Dienstzimmer gegenüber. Es befand sich noch ein Mann in dem Raum, den uns der Lieutenant als Dr. Seeth, den Polizeiarzt seines Distriktes, vorstellte.

Ich bot eine Zigarettenrunde an.

»Hören Sie«, sagte ich, während ich das Päckchen herumreichte, »war dieser Dr. Wyman eigentlich eine bekannte Persönlichkeit? Mir scheint der Name vertraut.«

»Kann man wohl sagen«, antwortete Dr. Seeth. »Vor einiger Zeit befaßten sich sogar die Zeitungen mit ihm. Wyman hat Beachtliches auf dem Gebiet der Gesichtschirurgie geleistet. Allerdings, das Zeitungstheater war keine Würdigung seiner Verdienste, sondern ein Krach, den mein armer Kollege durch einen offenen Brief an seine Kollegen entfesselte.«

Ich hielt die Zigarette in der Hand und vergaß, sie anzuzünden.

»Gesichtschirurgie?« fragte ich. »Andere Nase, andere Ohren, anderes Aussehen, nicht wahr? Und Wyman war in solchen Sachen ein bekannter Mann?«

Dr. Seeth lächelte etwas traurig. »Nein, eigentlich nicht, denn die Welt hatte ihn vergessen. Er war vierundsiebzig, als er starb. Nach dem ersten Weltkrieg hat er mit der Gesichtschirurgie begonnen. Er behandelte Soldaten, die durch Schußverletzungen entstellt waren. Nach dem zweiten Weltkrieg ging der Verschönerungsrummel mit dem Chirurgenmesser erst richtig los, und eines Tages kam Dr. Wyman auf die vielleicht nicht ganz glückliche Idee, in einem offenen

Brief in einer Zeitung die Kollegen zu verdammen, die sich dazu hergaben. Die Kollegen natürlich wetterten zurück, die Zeitungen griffen das mit Wonne auf, es gab Leserzuschriften und Kommentare. Ein paar Wochen lang war diese Polemik in jeder besseren Zeitung von Alaska bis Mexiko zu finden. Dann schlief natürlich alles wieder ein.«

»Ja, ich werde es auch gelesen haben«, sagte ich. »Daher erinnerte ich mich an den Namen.«

Dr. Seeth war mit seinem Bericht offenbar fertig, und ich sah Leborn an.

»Wir wurden von der Sprechstundenhilfe alarmiert, die die Türen zur Praxis offen fand. Dr. Wyman lag neben seinem kleinen Schreibtisch im Behandlungsraum. Kopfschuß. Die Praxis liegt in einem großen Bürohaus, in dem gewissermaßen Tag und Nacht Betrieb ist. Es gibt zwar einen Portier, aber er hat nichts Besonderes bemerkt, denn es gehen auch zu später Stunde Leute ein und aus. Daß der Schuß nicht gehört wurde, ist nicht verwunderlich. Behandlungsräume von Ärzten haben gewöhnlich gepolsterte Doppeltüren. Das Behandlungszimmer war weitgehend auf den Kopf gestellt, so daß wir zuerst einen Raubmord vermuteten, aber ... das erzählt Ihnen besser wieder Dr. Seeth.«

»Es ist nicht daran zu zweifeln, daß Dr. Wyman kurz vor seinem Tode eine Operation durchgeführt hat. Soweit ich unterrichtet bin, beschäftigte sich der alte Arzt nicht mehr mit der Gesichtschirurgie, sondern übte eine allgemeine Praxis aus. Es ist auch schwer zu sagen, welcher Art die Operation war, die er vor seinem Tode vornahm, obwohl ich gewisse Anhaltspunkte zu haben glaube, die auf eine sogenannte Gesichtsplastik hindeuten. Jedenfalls haben sich seine Mörder bemüht, die Spuren zu verwischen. Wir fanden keinen Operationskittel, keine Schürze, keine benutzten Gummihandschuhe, aber sie haben nicht an die Instrumente gedacht, die im Sterilisator lagen. Wie es seine Gewohnheit war, muß Dr. Wyman nach der Operation alle benutzten Instrumente in den Sterilisator gelegt haben. Für einen Arzt war es eine Kleinigkeit, zu erkennen, daß es Instrumente einer Operation waren. Da wir durch Befragen seiner Patienten festgestellt haben, daß er am Tage keinen Eingriff irgendeiner Art durchgeführt hat, müssen die Instrumente in der Nacht vor seinem Tod benutzt worden sein.«

»Und dann ist noch etwas«, nahm Leborn das Wort. »Dr. Wyman hat vor seinem Tod noch Gelegenheit gehabt, zu schreiben. Ich weiß nicht, wie es sich im einzelnen abgespielt hat, aber ich stelle es mir so vor, daß seine Mörder ihn nach der Operation zwangen, die Schürze und den Kittel auszuziehen. Wahrscheinlich haben sie ihn in dem Glauben gehalten, sie würden ihn ungeschoren lassen. Dr. Wyman ist zu seinem Schreibtisch gegangen und schrieb, als ihn die Kugel traf. Der oder die Mörder haben uns zwar das Blatt nicht hinterlassen, das er beschrieb. Sie rissen es von dem Rezeptblock ab, aber sie dachten nicht daran, daß die Schrift sich genügend durchgedrückt hatte, um uns noch dieses Bild zu liefern.«

Er nahm ein Blatt aus dem Aktenordner, der vor ihm lag. Es war eine Ultraviolettfotografie, die Fotografie des Blattes eines Blockes Rezeptformulare. Die Schriftzeichen waren deutlich zu erkennen. Der Text lautete:

Ihr werdet ihn trotzdem . . .

»Viel besagt das natürlich nicht«, schloß Leborn und legte das Blatt in seine Mappe zurück.

Ich zerdrückte meinen Zigarettenrest im Aschenbecher.

»Vielleicht doch — Dr. Seeth, halten Sie es für möglich, daß Wyman eine Gesichtsoperation an einem Gangster vornahm?«

Der Polizeiarzt machte eine entschiedene Handbewegung.

»Ich habe den alten Dr. Wyman persönlich gekannt, Mr. Cotton«, erklärte er. »Er war ein Starrkopf, und er hatte vor nichts Angst. Er hätte sich unter allen Umständen geweigert.«

Ich fingerte eine neue Zigarette aus der Tasche.

»Stellen Sie sich vor, Doc«, sagte ich eindringlich. »Zwei

511

Ganoven stehen vor Ihnen, die Kanonen in der Hand, und verlangen von Ihnen, Sie sollen ihre Visage so verändern, daß der Steckbrief der Polizei nicht mehr stimmt. Würden Sie sich dann weigern, da Sie wissen, Sie werden sonst sterben?«

Bevor der Arzt antworten konnte, rief der Lieutenant dazwischen: »Das ist Unsinn, Cotton. Jeder Mann in einer solchen Situation weiß, daß man ihn niederschießen wird, auch wenn er die Operation ausgeführt hat, denn er wird die Polizei anrufen, kaum daß die Gangster aus der Tür sind.«

»Richtig«, sagte ich, »und auch Dr. Wyman wußte das, aber er führte die Operation dennoch aus, aber wahrscheinlich anders, als die Verbrecher sich vorstellten, und darum bedeutet der Text auf dem Rezeptformular: Ihr werdet ihn trotzdem erkennen. Und wahrscheinlich wollte der alte Doktor sogar schreiben: Ihr werdet ihn trotzdem an ... erkennen! Nur, woran sein Patient zu erkennen sein wird, das werden wir nicht erfahren, bevor wir ihn gefaßt haben.«

»Wissen Sie, wer es war?« fragte der Lieutenant.

»Ich glaube es zu wissen«, sagte ich und stand auf. »Jedenfalls war es eine verdammt interessante Geschichte. Ich danke Ihnen, Leborn, auch Ihnen, Dr. Seeth. Eine Frage noch. Wie lange dauert es, bis die Spuren einer Gesichtsoperation verheilt sind?«

»Vier Wochen vielleicht.«

»Muß der Patient das Bett hüten?«

»Er muß nicht, aber wenn es eine große Operation war, muß er einen Vollverband im Gesicht tragen. Sie verstehen, so einen völlig umwickelten Kopf.«

»Gab es irgendein Anzeichen dafür, daß Wyman zwei Leute operierte?«

Seeth zögerte einen Augenblick. »Eigentlich nicht, obwohl ich es nicht mit Bestimmtheit sagen möchte.«

»Noch einmal, vielen Dank. Good bye.«

Auf der Straße blickte Phil mich fragend an.

»Callighan?«

Ich nahm seinen Arm.

»Ich lasse mich hängen, Phil, wenn er es nicht war. Siehst du nicht, wie es zu Callighan paßt, so etwas Außergewöhnliches zu tun? Er weiß, er hat praktisch keine Chance, aus den Staaten herauszukommen. Jeder Cop, jeder Zollbeamte, ja fast jeder Bürger kennt sein Gesicht. Was tut er? Er läßt es so verändern, daß er ganz offiziell mit einem Flugzeug oder einem Schiff oder der Bahn die Grenze passieren kann. Die Papiere? Eine Kleinigkeit, sie auf irgendeinen Namen in der Unterwelt zu besorgen. Und solange er sich in den Staaten aufhält, ist sein Kopfverband eine feine Sache. Er wohnt in einer kleinen Pension. Eines Abends kommt er mit umwickeltem Kopf heim, erzählt etwas von einem Autounfall und ist sicher, daß ihn vorläufig niemand erkennt.«

»Und Jordan? Wenn die beiden Ausbrecher wirklich die Mörder des Arztes sind, hat Jordan dann sein Gesicht nicht auch verändern lassen?«

»Ich glaube nicht. Jordan ist der typische Bandenverbrecher, der ewige Gehilfe, der für einen Boß raubt, stiehlt, mordet, aber er hat keine Phantasie, keine eigenen Ideen. Wahrscheinlich hat er gelacht, als Callighan seinen Plan auseinandersetzte, aber er tat, was Callighan befahl, denn er war sein Boß. Nur sein eigenes Gesicht hielt er nicht hin. Wahrscheinlich hat auch Callighan ihn nicht einmal dazu aufgefordert. Ihm genügte, daß Jordan den Finger am Abzug hielt, während er sich dem Arzt auslieferte. Vermutlich war es sogar Jordan, der den Doktor tötete.«

Phil blieb stehen. »Wenn es sich so verhält, wie du sagst, dann muß Callighan eine weitere Konsequenz ziehen. Von dem Augenblick an, da er sein Gesicht verändern ließ, darf er mit Jordan nicht mehr zusammenkommen, denn Jordans Steckbrief gilt noch, und wenn er sich nicht von ihm trennt, ist alles sinnlos. Das ist doch logisch, nicht wahr?«

»Völlig! Seit dem Tage von Dr. Wymans Tod haben sich also die beiden getrennt.«

»Oder Jordan ist tot.«

»Du meinst, Callighan hätte sich auf seine Art von ihm befreit? Ich glaube es nicht. Einmal hätte die Leiche schon gefunden sein müssen, und zum anderen dürfte selbst Callighan die Ausführung schwergefallen sein. Jordan ist gefährlich wie eine Katze und schießt noch zurück, wenn er schon keinen Atem mehr bekommt. Außerdem wird Callighan nach einer Äthernarkose nicht gerade im Vollbesitz seiner Kräfte gewesen sein. Nein, die Trennung der beiden letzten Ausbrecher von Glendive hat eine andere Folge. Ivry Jordan ist ohne Boß. Er wird sich einen neuen Boß suchen, und ein neuer Boß ist für ihn zunächst einmal sein alter Boß.«

»Aber Mr. High meinte doch, daß Jordans alter Bandenboß ihn längst verpfiffen hätte, wenn er bei ihm aufgetaucht wäre«, warf Phil ein.

»Stimmt wahrscheinlich auch, nur dachten wir daran, daß Jordan sich unmittelbar nach seiner Ankunft mit seinem ehemaligen Boß in Verbindung gesetzt hätte. Das wäre vor rund zehn Tagen gewesen. Der Mord an Dr. Wyman geschah aber erst vor vier Tagen, und so lange hat Callighan seinen Kumpan sicherlich davon abgehalten, mit dem alten Bandenboß in Verbindung zu treten. Rechne noch zwei Tage dazu, die Jordan es sich vielleicht überlegt hat, und zwei weitere Tage, die der Boß es sich überlegt hat, ob Jordan ihn nicht auf irgendeine Weise durch das, was er weiß, ans Messer liefern kann, so ist es nicht erstaunlich, daß Mr. Highs Voraussage noch nicht eingetroffen ist.«

»Danach müßte also sozusagen stündlich der Tip einlaufen, wo wir Jordan finden können.«

»Eigentlich ja, aber wir werden nicht darauf warten. Morgen werden wir eine Unterhaltung mit Jordans ehemaligem Boß führen.«

Ivry Jordans Boß hieß Pete Castello. Er war groß, schwer, schwarz und furchtsam. Er hatte eine Zeitlang die Buchmacher kontrolliert, ohne besondere Schwierigkeiten zu haben. Seine Leibgarde, zu der auch Jordan gehörte, führte ein träges, nur von gelegentlicher Aktivität unterbrochenes Leben. Im Grunde genommen war Castello kein großer Gangsterboß, wenn er im Laufe der Jahre sicherlich auch ein oder zwei Milliönchen auf die Seite brachte.

Als er festgesetzt wurde, sah es zunächst nicht gut für ihn aus, denn der Staatsanwalt konnte einige Zeugen präsentieren, die bereit waren, gegen ihn auszusagen. Aber Pete hatte vorgesorgt. Er hatte ein gut gespicktes Bankkonto, und er nahm sich einige der gerissensten Anwälte, die sich sofort auf die Zeugen des Staatsanwaltes stürzten. Die Hälfte der Leute konnte dem Dollarbündel, mit dem die Anwälte in Petes Auftrag wirkten, nicht widerstehen, und sie widerriefen ihre Aussagen. Von dem Rest verfing sich wiederum die Hälfte im Kreuzfeuer der Anwälte in Widersprüchen, und was dann noch übrigblieb, zwei oder drei Mann, das genügte nicht, um Castello so schwer zu belasten, daß der Richter die Freistellung gegen Kaution verweigern konnte. Pete zahlte und wurde bis zum Prozeß auf freien Fuß gesetzt. Ob dieser Prozeß je stattfinden würde, blieb fraglich, denn seine Anwälte taten alles, um der Anklage auch den Rest des Materials aus den Händen zu nehmen.

Natürlich betrug sich Castello während dieser Zeit, da er sich noch gefährdet wußte, mustergültig. Er widmete sich ausschließlich seinem bescheidenen Exportgeschäft, von dem er wahrhaftig nicht die luxuriöse Wohnung bezahlen konnte, in der ich ihn zusammen mit Phil am anderen Morgen aufsuchte.

»Ich freue mich, Sie zu sehen, Gentlemen«, versicherte er in einem rasenden, stark akzentuierten Englisch, »aber hören diese Verfolgungen denn niemals auf? Es ist doch alles geklärt. Es ruht kein Verdacht mehr auf mir. Wirklich, wenn Sie kommen würden, irgend etwas bei mir zu bestellen, ich beschaffe Ihnen alles, sei es aus Europa, aus Asien, selbst aus Grönland. Aber wenn Sie mich aufgesucht haben, um mich zu verhören, dann bedaure ich. Ich muß es ablehnen, oder ich muß einen meiner Anwälte herbitten. Hören Sie, Gentlemen, ich lehne es ab, auf Ihre Fragen zu antworten, wenn ich nicht einen Anwalt zuziehen kann.«

»An meiner Meinung, daß Sie ein Gauner sind, Castello, ändern auch Ihre Anwälte nichts«, stoppte ich ihn.

»Ich bin nicht verurteilt, nicht einmal angeklagt«, brauste er auf.

»Es handelt sich nicht um Sie und all das, was Sie auf dem Kerbholz haben. Es handelt sich um Ivry Jordan.«

Das saß ganz gut. Ich sah es seinem Gesicht an. Er nahm sich eine Zigarre, schnitt sie umständlich zurecht, um Zeit zu gewinnen, und suchte sich einen Stuhl.

»Ivry Jordan«, sagte er langsam, als müsse er sich auf den Namen besinnen. »Richtig, ich erinnere mich. Er arbeitete einmal eine Zeitlang für mich.«

»Nett, daß Sie wenigstens das nicht leugnen«, antwortete ich ironisch. »Und sicherlich wird Ihnen auch bekannt sein, daß er nach der Trennung von Ihnen in Glendive einen Polizisten tötete, verurteilt wurde und nur deswegen nicht hingerichtet werden konnte, weil der Staat New York ihn außerdem noch wegen seiner Taten in New York zu verurteilen wünschte. Inzwischen fand er dann Gelegenheit, zu türmen.«

Pete Castello schüttelte bekümmert den Kopf. »Ich hätte das nie von ihm gedacht. Er machte einen so anständigen Eindruck.«

Ich hütete mich, ihm zu sagen, daß meiner Meinung nach Jordan seine New Yorker Verbrechen alle in Castellos Auftrag verübt hatte. Er hätte sofort ein großes Gezeter erhoben und wieder nach seinen Anwälten geschrien. Es handelte sich um Ivry Jordan, der ein zweifacher Mörder war und das Zeug zu noch mehr Morden hatte; und es handelte sich um Slug Callighan, der zu noch mehr fähig war, weil er klüger war als Jordan.

So hielt ich mich bei dem Eindruck, den Jordan auf Castello gemacht hatte, nicht länger auf.

»Wir haben allen Grund zu der Annahme, daß Jordan in New York einen neuen Mord begangen hat. Einen Mord, an dem Sie sicherlich keine Schuld tragen, Castello. Wir glauben außerdem, daß Jordan sich, sobald er sich in Schwierigkeiten befindet, an Sie wenden wird. Wir möchten Sie bitten, uns dann unverzüglich zu benachrichtigen.«

Er hob beschwörend die Hände. »Aber selbstverständlich, Gentlemen, wenn er auch mein Angestellter war, so werde ich mich doch nicht vor einen Mörder stellen.«

Es war geradezu grandios, wie Castello Theater spielte. Beste italienische Oper.

Ich neigte mich leicht vor und fragte: »Oder hat er sich am Ende sogar schon bei Ihnen gemeldet?«

Er öffnete den Mund, aber bevor er etwas sagen konnte, fuhr ich ihn scharf an: »Besser, Sie lügen jetzt nicht, Castello. Ich verstehe vielleicht einen Spaß, wenn es um Buchmachergeschäfte geht, aber ich verstehe keinen Spaß mehr bei Mord. Sie haben zwei Minuten, um zu antworten.«

Er senkte den Kopf und knautschte an seiner Zigarre. Zwischendurch warf er uns einen raschen unsicheren Blick zu. Ich wußte recht genau, was in seinem Kopf vorging. Natürlich war er längst entschlossen, Jordan auf irgendeine Art abzuhalftern. Er war sich nur nicht darüber klar, ob er dabei die Hilfe der Polizei in Anspruch nehmen sollte oder ob sich ein paar Burschen fanden, die das auf lautlose und sichere Art besorgen konnten. Vielleicht war es richtig, wenn ich ihm seine Chancen vorrechnete.

»Die zwei Minuten sind um«, sagte ich, »und die Tatsache, daß Sie nicht geantwortet haben, ist so gut wie ein Eingeständnis. Jordan ist lästig und gefährlich für Sie, Castello. Sie sind sich nur noch nicht über die Art im klaren, wie Sie ihn verraten sollen. Faßt ihn die Polizei, so erzählt er vielleicht etwas über seine Laufbahn als Ihr Angestellter, was Sie belasten könnte. Aber es belastet Sie noch mehr, wenn Sie einigen Burschen den Auftrag geben, ihn zu beseitigen. Abgesehen davon, daß so etwas bei Ivry Jordan nicht ganz einfach ist. Wenn Jordan irgendwo als Leiche gefunden wird, Castello, dann weiß ich, daß nur Sie dafür in Frage kommen, und dann werde ich nicht ruhen, bis ich Sie gefaßt habe; und ein Dutzend Ihrer Anwälte holt Sie nicht heraus. Verlassen Sie sich darauf. Und jetzt wollen Sie uns sicherlich nicht mehr erzählen, daß Jordan noch keinen Kontakt mit Ihnen aufgenommen hat?«

Er schüttelte den Kopf.

»Wann?« fragte ich.

»Gestern! Telefonisch. Er rief mich in meiner Firma an.«

»Was wollte er?«

»Vor allem eine sichere Unterkunft.«

»Haben Sie sie ihm beschafft?«

»Ich habe ihn vertröstet. Ich hätte ihn gewiß der Polizei gemeldet. Auch wenn Sie nicht gekommen wären. Sie müssen verstehen, es ist nicht leicht, einen ehemaligen Angestellten zu verpfeifen.« Seine Beredsamkeit schwoll wieder an, aber ich stoppte sie mit einer Handbewegung.

»Wie lautet Ihre neue Verabredung mit Jordan?«

»Er ruft heute mittag an.«

»Er nannte keine Adresse?«

»Nein, natürlich nicht.«

Ich überlegte einen Augenblick. Es war keine besonders schöne Art, auf die wir Ivry Jordan fassen würden, aber es war notwendig, daß wir diese beiden rücksichtslosen Ausbrecher, die nichts mehr zu verlieren hatten, endlich in die Hände bekamen. Ich konnte auf die Eleganz der Methode nicht mehr achten.

»Sie werden Jordan bei seinem Anruf sagen, daß Sie ein gutes Versteck für ihn gefunden haben. Sie werden ihn auffordern, am Abend in Ihre Wohnung zu kommen. Sie werden ihn hier erwarten.«

Das waren meine Anweisungen an Castello, und es war bezeichnend für Castellos Charakter, daß er nicht einmal den Versuch einer Gegenwehr unternahm.

Wir leisteten ihm bei seinem Frühstück Gesellschaft, das

ihm nicht richtig zu schmecken schien, und fuhren mit ihm in sein Büro in einem Hochhaus der Innenstadt. Wir suchten uns zwei Sessel in der Reichweite seines Telefons. Der Apparat hatte einen zweiten Hörer, und jedesmal, wenn es klingelte und Castello abhob, hörte ich mit.

Es klingelte nur zwei- oder dreimal. Das Exportgeschäft schien keinen besonderen Umfang zu haben. Pete arbeitete auch nicht viel. Er rauchte, trank sich einigen Mut an und schwitzte. Ziemlich pünktlich um zwölf Uhr läutete es. Castello meldete sich, und ich hörte eine harte helle Stimme in der Leitung. »Ich bin's.«

»Ivry?« fragte der Boß.

»Verdammt, keinen Namen«, fauchte Jordan. »Hast du etwas für mich?«

Castello sah mich über den Hörer hinweg verzweifelt an. Ich nickte energisch mit dem Kopf.

»Ja, ich — ich habe etwas für dich. Weit draußen. Sehr ungestört. Am besten, du kommst heute abend zu mir. Ich fahre dich dann selbst hin.«

Nun, da er sich zum Lügen entschlossen hatte, ging es ganz glatt.

»In die Wohnung?«

»Natürlich. Komm um neun!«

»Nein, um elf, wenn die Kinos aus sind. Es sind dann noch genügend Leute auf der Straße, um nicht aufzufallen.«

»Gut, ich erwarte dich um elf.«

Einen Augenblick Schweigen. Dann sagte Jordan drohend: »Ich rate dir, versuche keine Tricks. Ich habe eine Kanone bei mir.«

So etwas war das richtige für Castello. Er wurde zwar blaß, aber er sprudelte eine Flut von Beteuerungen in die Muschel. Ich wiederhole es Ihnen lieber nicht. Es konnte einem schlecht davon werden.

Jordan am anderen Ende ließ ihn ausreden. Er fühlte sich wahrscheinlich abhängig vom guten Willen seines ehemaligen Bosses.

»Nun gut«, sagte er schließlich. »Du öffnest mir selber die Tür, und du bist allein in der Wohnung. Hat sich die Polente bei dir nach mir erkundigt?«

Wieder traf mich Castellos fragender Blick. Ich schüttelte den Kopf, und er antwortete entsprechend.

»Es bleibt beim Zeitpunkt«, schloß Ivry das Gespräch. »Übrigens, sieh mal zu, ob du mir ein ›Kinderspielzeug‹ besorgen kannst. Ich würde mich wohler damit fühlen.«

»Kinderspielzeug« ist ein Ausdruck der Gangster, mit dem sie eine Maschinenpistole bezeichnen.

Castello versprach auch das, und als er eingehängt hatte, wischte er sich aufstöhnend den Schweiß von der Stirn.

Ich stand auf.

»Gut«, sagte ich, »wir werden in Ihrer Wohnung sein und ihn in Empfang nehmen.«

Der Boß verlor seine Maske der heuchlerischen Freundlichkeit. Er wurde reichlich gemein. Er tobte in langen Sätzen hervor, in welche Schweinerei und Gefahr wir ihn gebracht hätten. Er müsse Jordan in Empfang nehmen, und wenn das Geknalle losginge, wäre er der erste, der daran glauben müsse.

»Regen Sie sich nicht auf«, winkte ich ab. »Wir werden das organisieren. Geben Sie uns Ihre Wohnungsschlüssel. Wir fahren gleich hin, falls Jordan auf den Gedanken kommen sollte, das Haus zu beobachten. Wir suchen uns die richtigen Plätze aus. Lassen Sie Ihren Wagen stehen, und nehmen Sie ein Taxi. Der Chauffeur des Wagens, der Sie vor dem Büro erwartet, wird ein FBI-Beamter sein.«

Seine Wut verrauchte. Er hatte sich nun einmal auf das Spiel eingelassen und mußte bis zum Ende durchhalten. Er händigte uns die Schlüssel aus.

Wir fuhren beim Hauptquartier vorbei, bestellten einen Wagen für Castello und ein zweites Fahrzeug, das genau um elf Uhr zehn Minuten vor Castellos Wohnung vorfahren sollte, um Jordan nötigenfalls den Rückweg zu sperren.

In der Wohnung des Gangsterbosses klopfte ich dem Diener auf die Schulter.

»Machen Sie sich einen freien Tag, und kommen Sie nicht vor Mitternacht nach Hause.«

Er sah mich fragend an.

»Im Interesse Ihrer Gesundheit«, sagte ich und lächelte.

Wir schauten uns die Wohnung gründlich an und überlegten, wie Jordan am besten zu empfangen sei. Natürlich hofften wir, daß es ohne Schießerei abgehen würde, aber bei Ivry Jordan war das mehr als fraglich. Wir kamen zu einem Entschluß. Dann inspizierten wir Castellos Alkoholvorräte, genehmigten uns sparsam einiges und warteten auf sein Eintreffen.

Er kam um sieben Uhr abends und war schon ein wenig angesäuselt, aber sehr viel größer war sein Mut auch durch den Alkohol nicht geworden.

»Hören Sie gut zu, Castello«, sagte ich, »machen Sie alles so, wie ich es Ihnen sage. Ihr Leben hängt davon ab. Sie haben hier in der Diele eine Kleiderablage mit Vorhang. Dahinter stelle ich mich, wenn es läutet. Mein Freund geht ins Badezimmer. Jordan wird nicht gleich bei seinem Eintritt das Bedürfnis haben, sich die Hände zu waschen. Sie öffnen ihm die Tür. Am besten ziehen Sie sich ganz leger an, Schlafrock oder so etwas. Jordan wird Sie vorgehen lassen bis zur Wohnzimmertür. Sobald Sie die Hand auf der Klinke haben, rufe ich ihn an. Sie sehen dann zu, daß Sie ins Wohnzimmer verschwinden. Meinetwegen schließen Sie hinter sich ab. Verstanden?«

Er nickte nur und ging sofort, um sich den Schlafrock anzuziehen.

Wir warteten. Die Stunden vertröpfelten unendlich langsam. Castello hatte sich zu uns gesellt und griff immer wieder zur Whiskyflasche, bis ich sie ihm wortlos fortnahm.

Zehn Minuten vor elf klingelte es. Das war früher, als ich erwartet hatte. Jetzt durfte es Jordan nicht mehr gelingen, die Treppe zu gewinnen, denn unsere Leute würden dann wahrscheinlich zu spät zur Stelle sein.

»Los, öffnen Sie«, zischte ich Castello zu. Phil verschwand

lautlos im Badezimmer. Ich ging mit dem Boß zur Tür und huschte zum Vorhang der Kleiderablage. Ich zog ihn zusammen, daß gerade ein Spalt fürs Auge blieb.

Ich hörte, wie Castello den Drücker für die Haustür betätigte. Ich hörte einen Mann in großen Sprüngen die Treppe heraufeilen.

Dann sagte Castello: »'n Abend, Ivry.« Seine Stimme wackelte wie eine Balancierstange.

»Halt das Maul!« knurrte Jordan. Die Tür fiel ins Schloß.

Ich konnte beide nicht sehen. Sie befanden sich seitlich von mir, aber jetzt hörte ich Jordan sagen: »Geh vor!« Und dann erschienen beide in meinem Blickfeld, Castello voran in seinem Schlafrock. Er taumelte ein wenig und strebte hastig der Wohnzimmertür zu, die einen Spalt breit offenstand. Jordan hielt sich drei Schritt hinter ihm. Er trug einen neuen Anzug und hatte den Hut auf dem Kopf. Ich sah nur seine Rückseite, aber an der Art der Haltung seiner Arme konnte kein Zweifel sein, daß er eine Waffe in der Hand hielt.

Castello schien zu zögern, je weiter er sich der Wohnzimmertür näherte. Er wußte, daß der kritische Augenblick anbrach, wenn er die Hand auf die Klinke legte, und instinktiv zögerte er diesen Augenblick hinaus. Aber es handelte sich nur um Sekunden, die er es aufschieben konnte. Ich konnte mir vorstellen, daß ihm der Schweiß den Rücken hinabfloß.

Ich selbst war kalt wie ein gut gekühlter Mixbecher. Dies war meine Situation. Ich hielt den Revolver in der Hand, und wie immer Jordan reagieren mochte, ich würde schneller sein.

Drei Schritte, zwei Schritte, ein Schritt. Castello war an der Tür, hob die Hand und legte sie auf die Klinke.

»Hände hoch, Jordan!« sagte ich laut, ohne den Vorhang zurückzureißen. Er fuhr herum und schoß noch in der Bewegung der Richtung der Stimme nach. Die Kugel fuhr irgendwo durch den Vorhang. Der Knall seines zweiten

Schusses mischte sich mit meinem ersten. Die Kugel warf ihn zurück, und er taumelte gegen die Tür, die Castello hinter sich zugeworfen hatte. Er zog ein drittes Mal durch. Ich riß den Vorhang zur Seite. Im selben Augenblick flog die Badezimmertür auf. Phil stand im Rahmen und sagte klar und deutlich: »Gib's auf, Ivry!«

Er drehte die Hand mit der Waffe in Phils Richtung. Phil, Jordan und ich, wir schossen gleichzeitig. Er warf sich gerade in dem Augenblick zu Boden, als ich abdrückte, und die Kugel, die auf seine Schulter gezielt war, traf ihn genau in den Kopf. Er war auf der Stelle tot. Die Kugel, die er Phil zugedacht hatte, riß ein Stück Holz aus dem Türrahmen.

Wir gingen beide zu ihm hin und drehten ihn auf den Rücken. Nein, es war nichts mehr zu machen.

»Nummer vier«, sagte Phil leise. »Lebendig wäre er uns lieber gewesen. Er hätte uns sagen können, wo Slug Callighan steckt.«

»Ich glaube nicht, daß er es weiß«, antwortete ich und drückte die Klinke herunter, die zum Wohnzimmer führte.

»Los, schließ auf!« rief ich. »Es ist zu Ende.«

Castello öffnete. Er sah aus, na, ich weiß nicht, wie ich es bezeichnen soll. Er erinnerte mich an einen Gallertpudding.

Ich ging zum Telefon, rief das Hauptquartier an und sagte, sie könnten sich den Wagen mit den Beamten sparen und sollten dafür einen Leichenwagen schicken.

Als ich einhängte, stand Castello an seinem Bartisch, goß sich ein Whiskyglas voll und führte es mit zitternder Hand zum Mund. Ich hätte es ihm am liebsten aus den Fingern geschlagen.

»Okay«, sagte Phil, als alles vorbei war, der tote Ivry Jordan abgeholt worden war und wir draußen in der frischen Nachtluft standen. »Aber wie kriegen wir jetzt Slug Callighan? Lassen wir einen Steckbrief los und verhaften wir alle Leute, die einen verbundenen Kopf haben?«

»Nein«, antwortete ich, »bei Callighan riskiere ich das nicht. Ich habe von einem Fall Williams genug, und Callighan würde das gleiche bedenkenlos wiederholen. Ich glaube, ich weiß, wie wir ihn fassen. Selbst, wenn Jordan sich ergeben hätte und ohne einen Kratzer in unsere Hände gefallen wäre, auch er hätte uns Callighans Aufenthalt nicht nennen können. Ich wette, er wußte ihn nicht. Als Callighan und Jordan sich nach dem Mord an Dr. Wyman trennten, mußte Callighan damit rechnen, daß sein Kumpan gefaßt und uns seinen Aufenthaltsort nennen würde. Er wird also unmittelbar nach Jordans Fortgang die Wohnung gewechselt haben. Du kennst meine Theorie. Callighan wohnt in irgendeiner Pension bei irgendeinem harmlosen Frauenzimmer. Er wird diese harmlose Pension gegen eine noch harmlosere vertauscht haben. Er hat den Kopf verbunden. Er hat etwas von einem Autounfall erzählt. Er wird also für den Wohnungswechsel ein Taxi benutzt haben. Ich denke, New Yorker Taxichauffeure werden sich daran erinnern, einen Mann mit einem verbundenen Kopf gefahren zu haben, zumal diese Fahrt höchstens vier Tage zurückliegen kann. Fragen wir sie.«

»Über den Zentralverband?«

»Nein, jeden einzeln. Ich will, daß alles vermieden wird, was Callighan warnen könnte.«

Es begann am anderen Morgen. Einhundertfünfzig FBI-Beamte und zweihundert Kriminalisten der Staatspolizei machten sich auf die Strümpfe und besuchten nach einem festgelegten Plan jeden Taxichauffeur New Yorks. In New York gibt es siebenunddreißigtausend Taxichauffeure, rund hundert pro Beamten, die er befragen mußte, aber sie haben ihre Stände, und manchmal konnte er zehn in einer Minute erreichen. Es dauerte trotzdem rund zehn Tage, bis wir damit durch waren, und unter den siebenunddreißigtausend waren fünfzehn, die in der fraglichen Zeit einen irgendwie verbundenen Mann gefahren hatten. Wir prüften alle diese Fälle sorgfältig nach. Vierzehn davon klärten sich als harmlos auf. Es handelte sich dabei um Männer, die entweder tatsächlich Unfälle erlitten hatten oder den Verband als Folge ärztlicher Behandlung trugen. Auch eine Prügeleiverletzung befand sich darunter.

Der fünfzehnte Fall war nicht so leicht zu klären. Der Taxichauffeur hatte zwei Tage nach dem Mord einen Mann von einem Haus in der 43. Straße zur Laster Avenue im Südosten gefahren. Der Mann trug einen kleinen Koffer. Sein Kopf war völlig bandagiert bis auf die Augen und den Mund. Der Chauffeur hatte natürlich gefragt, und der Mann hatte während der Fahrt ausführlich über seinen Unfall berichtet, den er mit einem Auto gehabt haben wollte. Der Chauffeur erinnerte sich auch noch, daß der Mann von einer kleinen, rundlichen ergrauten Dame zum Wagen gebracht worden war.

Der Kollege, der den Taxichauffeur interviewt hatte, brachte ihn zu mir ins Hauptquartier, wo er seine Geschichte noch einmal erzählte. Wir fuhren zusammen in die 43. Straße, wo der Mann nach einigem Suchen das Haus wiederfand, aus dem der Gast getreten war.

Es war ein zweistöckiger Bau. Das Schild über der Klingel lautete auf Gregory L. Smith. Ich läutete.

Es öffnete eine kleine, rundliche ergraute Dame.

»Mrs. Smith?« fragte ich.

Sie nickte lächelnd.

»Sie vermieten Zimmer, Mrs. Smith?«

»Oh, gewiß«, zwitscherte sie. »Wünschen Sie eins? Ich habe zwei Räume frei. Die Hotels stören leider uns kleine Leute sehr. Und ich wohne zu weit von den Colleges fort, als daß ich Studenten aufnehmen könnte. Bitte, treten Sie näher.«

»Nein, danke«, antwortete ich. »Es handelt sich nicht um ein Zimmer. Ich suche einen Freund. Er soll bei Ihnen gewohnt haben. Man sagte mir, er hätte einen schweren Autounfall gehabt.«

»Oh, Sie meinen Mr. Liddingham. Ist er Ihr Freund? Ja, denken Sie nur. Er wohnte nur fünf Tage hier, als er diesen schrecklichen Unfall hatte. Und trotzdem mußte er gleich am nächsten Tag weiter. Ich konnte ihn nicht überreden, zu bleiben, obwohl er sichtlich noch sehr schwach war. Kennen Sie seinen anderen Freund, den schmalen blonden Mann? Also, wissen Sie, das ist ja vielleicht ein Freund. Als Mr. Liddingham abreiste, kam er noch nicht einmal und brachte ihn zum Wagen. Er ließ sich einfach nicht mehr sehen. Dabei hatte Mr. Liddingham nach seinem Unfall wahrhaftig die Hilfe eines Freundes nötig.«

Mrs. Smith hätte sicherlich noch ein Stündchen geredet, wenn ich ihr die Zeit dazu gelassen hätte. Na, die schlechte Meinung, die sie da von Ivry Jordan äußerte, tat ihm nicht mehr weh.

»Sie wissen nicht, wohin Liddingham gefahren ist, Mrs. Smith?«

»Nein, leider nicht. Er sprach nur von dringenden Geschäften, aber er versprach, wieder bei mir zu wohnen, wenn er in New York sei. Soll ich ihm etwas ausrichten, wenn er wieder da ist, Mister . . .?«

Ich schüttelte den Kopf. »Vielen Dank, Mrs. Smith«, sagte ich. »Ich sehe mich schon selbst nach ihm um.« Ich klärte sie nicht auf, wer sich bei ihr unter dem Namen Liddingham verborgen hatte. Es war unnötig, und wahrscheinlich hätte sie mir nicht einmal geglaubt.

»Und jetzt?« fragte Phil, der auf der Straße gewartet hatte, nach meinem Bericht.

»Hotels und Pensionen«, sagte ich. »Alle großen Hotels lassen wir aus, auch alle übel beleumundeten.«

Die Aktion lief fünf Tage, und alles in allem waren jetzt fast drei Wochen seit dem Tode von Dr. Wyman vergangen, und allzuviel Zeit hatten wir nicht mehr, eine Woche, hoch gerechnet. Am sechsten Tage erreichte uns der Anruf eines Beamten, der die Pensionen und kleinen Hotels in der Uptown kontrollierte.

»Kann sein, daß wir ihn haben, Cotton«, meldete er aufgeregt. »Hotel Rose, 143. Straße.«

»Wir kommen«, antwortete ich und legte auf. Ich war nicht besonders aufgeregt. Wir waren in diesen fünf Tagen so vielen falschen Fährten nachgegangen, daß ich gar nicht annahm, diese könnte richtig sein.

Das Hotel Rose entpuppte sich als ein drittklassiges Hotel garni, reichlich schmuddelig und ungepflegt. In dem engen und dunklen Flur stand der Besitzer hinter der Portierloge und sah mir mißmutig entgegen. Phil war mit dem Beamten, der uns den Fund gemeldet hatte, draußen geblieben.

Ich glaubte nicht, daß uns jemand hörte, aber Vorsicht war besser. Die Treppe führte in engen Windungen nach oben, und ich konnte nicht wissen, ob jemand am Geländer stand und lauschte.

»Haben Sie ein Zimmer?« fragte ich laut, zeigte aber gleichzeitig meinen FBI-Ausweis und deutete auf die Glastür, die hinter der Portierloge in eine Art Büro führte.

Der Wirt schien einige Erfahrung im Umgang mit der Polizei zu haben. Er sagte laut: »Können Sie kriegen«, klappte aber das Trennbrett hoch und ließ mich in das Büro vorangehen.

»Wir suchen einen Mann mit einem verbundenen Kopf«, sagte ich, als sich die Glastür hinter uns geschlossen hatte.

»Hat bei mir gewohnt«, antwortete der Wirt.

»Hat?«

»Ja, ist ausgezogen.«

»Verdammt, das hätten Sie unserem Mann, der zuerst bei Ihnen war, auch gleich sagen können.«

»Hätte ich auch getan, aber er ließ mir keine Zeit dazu. Kaum daß ich auf seine Frage, ob einer mit einem umwickelten Schädel bei mir wohnte, genickt hatte, stürzte er schon davon, um Sie zu benachrichtigen. Und Sie können nicht von mir verlangen, daß ich der Polizei nachlaufe. Habe ohnedies genug Scherereien mit Leuten von eurer Sorte.«

»Wann ist der Mann ausgezogen und wohin?«

Der Hotelbesitzer grinste. »Zufällig kann ich Ihnen wenigstens den ersten Teil der Frage beantworten. Weiß der Teufel, warum die Polizei dauernd auf die Idee verfällt, bei mir stiegen gesuchte Gangster am laufenden Band ab. Aber weil sich die Nachfragen immer wiederholen, habe ich mir eine genaue Liste meiner Gäste angelegt. Ich möchte endlich in den Ruf gelangen, ein solides Haus zu sein.«

Er schlurfte hinaus und kehrte mit einer zerfledderten Kladde zurück. Er blätterte darin herum.

»Hier ist er. Mr. George L. Smith aus Gister.«

Ich mußte lächeln. Callighan hatte den Namen seiner Pensionswirtin als neues Pseudonym benutzt.

Hinter dem Namen standen zwei Daten, der Anreise- und der Abreisetag. Smith alias Liddingham alias Callighan war an dem Tag angekommen, der mit der Aussage des Taxichauffeurs übereinstimmte, und er war an dem Tage abgereist, an dem die Nachricht von Ivry Jordans Tod in den Zeitungen gestanden hatte.

Glauben Sie mir, ich war etwas niedergeschlagen, als ich auf die Straße zurückging. Natürlich hatte ich den Wirt lang und breit befragt, auf welche Weise Smith das Hotel verlassen hatte, aber er konnte nur sagen, daß er seinen kleinen Koffer in die Hand genommen, seine Rechnung bezahlt hatte und auf die Straße getreten war.

»Also noch einmal die Taxichauffeure?« fragte Phil nach meinem Bericht.

»Sinnlos«, antwortete ich. »Callighan hat für diese Fahrt kein Taxi benutzt. Wir hätten den Mann, der ihn gefahren hat, schon bei der ersten Aktion erfassen müssen. Er verließ das Hotel am Tage nach Ivrys Tod, und unsere Aktion lief noch zehn Tage länger.«

»Autoverleiher? Verkäufer oder Altwagen?«

»Vielleicht, aber noch eher glaube ich, daß Callighan einfach einen Wagen angehalten hat und um Mitnahme bat. Er fand leicht einen Fahrer, der einen verletzten Mann mitnahm.«

Phil ließ resignierend die Arme hängen.

»Es gibt rund zwei Millionen in New York registrierte Fahrzeuge.«

»Umgerechnet die Hunderttausende von fremden Fahrzeugen, die täglich durch die Stadt rollen«, ergänzte ich die trübe Feststellung.

»Es hilft nichts, Jerry«, sagte Phil. »Wir müssen den Steckbrief nach einem Mann mit verbundenem Kopf herausgeben. Anders erwischen wir ihn nicht mehr in den paar Tagen, die uns noch zur Verfügung stehen.«

Ich fuhr mir verzweifelt durch das Haar. Wenn ich doch nur wüßte, woran wir Callighan noch erkennen konnten, wenn er seinen Verband abnahm! Wenn Dr. Wyman um alles in der Welt noch in der Lage gewesen wäre, uns Andeutungen über die Art dieses Erkennungszeichens zu hinterlassen!

Verstehen Sie mich bitte, ich hatte eine Heidenangst vor einer Großfahndung. Niemand konnte verhindern, daß der Gesuchte die Meldungen mithörte. Selbst wenn wir nur die Polizei benachrichtigten, so konnte Callighan an dem Verhalten eines ungeschickten Polizisten merken, was los war. Und dann geschah erneut das Scheußlichste, das passieren konnte. Dann wurden wieder unschuldige Menschen in diesen Kampf zwischen Polizei und Verbrecher hineingezogen, mußten wieder mit ihren Körpern den Kugelfang abgeben für einen brutalen Mörder.

Und doch war Phil im Recht. Es gab keinen anderen Ausweg mehr. Wenigstens sämtliche Polizeidienststellen mußte ich benachrichtigen, in welchem Zustand Slug Callighan zur Zeit durch die Gegend lief. Sie guckten sich immer noch die Augen aus nach einem Mann, der, nun aber mit umwickeltem Gesicht, vielleicht gerade auf Tuchfühlung an ihnen vorbeiging.

»Los«, sagte ich. »Fahren wir zum Hauptquartier. Kümmern wir uns um die Rundtelegramme.«

Wir fuhren ins Distriktbüro und entwarfen den Wortlaut des Telegramms, das an alle Dienststellen gehen sollte. Wir knobelten an jedem einzelnen Wort herum. Es war wahrhaftig nicht schwer, Slug Callighan zu beschreiben, und es war fast sicher, daß er in noch nicht vierundzwanzig Stunden aufgestöbert sein würde, aber ich fand es verteufelt schwierig, die richtigen Worte zu finden, um den Cops und Sheriffs einzuhämmern, daß sie um alles in der Welt vermeiden sollten, sich direkt mit Callighan anzulegen.

Sie wissen doch, wie das ist. Jeder Mensch auf der Welt hat seinen Ehrgeiz. Da geht so ein Cop Tag für Tag seine Streife, schreibt die Parksünder auf, verwarnt den Gastwirt, weil er seine Kneipe in der vergangenen Nacht zu lange offengehalten hat, und plötzlich sieht er vor sich einen Mann, den die Polizei der Staaten sucht, einen mehrfachen Mörder. Klar, daß er denkt, wenn ich ihn fasse, winken Belobigung, Beförderung und Gehaltserhöhung. Und er macht sich auf die Strümpfe und versucht, ihn zu fassen. Ich aber hatte in gewisser Weise eine verdammt hohe Meinung von Slug Callighan. Ich glaubte nicht, daß ein Cop, ein noch so braver Cop, imstande wäre, Callighan festzunehmen oder schneller zu handeln als er. Gerade weil der Cop ein braver Mann war, konnte er ihn nicht besiegen, denn Callighan war ein siebenfacher eiskalter Teufel.

Und selbst wenn der Cop oder der Sheriff, der den Ausbrecher mit dem umwickelten Kopf entdeckte, seinen Ehrgeiz überwand und sich still und leise zum nächsten Telefon schlich! In mir saß die Furcht, daß Slug Callighan selbst den einen aufmerksamen Blick bemerkte, der ihn von einem Uniformierten traf. Ich wußte, für ihn würde schon ein solcher Blick genügen, um sich zu sichern. Er fühlte sich so nahe am Ziel. Er würde nicht aufgeben.

Ich wünschte, ich wäre ein Dichter gewesen, während ich an dem Rundtelegramm arbeitete. Ich hätte alle großen Worte gern gebraucht, um die Empfänger des Telegramms beschwören zu können, vorsichtig, vorsichtig und noch einmal vorsichtig zu sein. Aber ich war kein Dichter, und ich konnte nur dicke Rufzeichen hinter meinen Warnungen setzen.

Okay, auch dieser Text wurde fertig. Ich las ihn noch einmal durch, faltete ihn, stand auf und sagte zu Phil: »Ich bringe es in die Fernmeldezentrale.«

Ich hatte schon die Klinke in der Hand, als das Telefon schrillte.

Phil nahm ab, meldete sich und hörte zu. Dann deckte er die Muschel mit der Hand ab und sagte: »Da ist ein Mann, Jerry, der uns wegen des Gesuchten mit dem verbundenen Kopf sprechen möchte. Er sitzt in der Zentrale.«

»Bitte ihn herauf.«

Wir hatten in den letzten vierzehn Tagen mit so vielen Leuten gesprochen, die alle etwas wissen oder beobachtet haben wollten, daß nicht der geringste Grund zu der Annahme bestand, dieser Mann könnte uns weiterhelfen. Es war geradezu sträflich, daß ich deswegen die Durchgabe des Telegramms hinauszögerte, aber mir war es so heiß beim Gedanken an das Telegramm, daß ich jeden Vorwand gern benutzte, um seine Absendung hinauszuschieben.

Der Mann erschien. Er war groß und breitschultrig und trug eine Lederweste, wie sie Fernfahrer gern tragen.

»Nehmen Sie Platz«, bot ich ihm einen Stuhl an. Er drehte seine Mütze zwischen den Fingern. Ich reichte ihm das Zigarettenpäckchen hinüber.

»Ich heiße Tonio Benster«, sagte er mit einer rauhen Stimme. »Ich bin Fahrer bei der ›Intercontinal Service Ltd.‹. Sie wissen, wir führen mit schweren Wagen Transporte quer durch die Staaten aus. Vor rund vierzehn Tagen war ich das letztemal in New York und verfrachtete eine Ladung Maschinenteile nach Chicago. Als ich heute morgen wieder hier war, hatte ich Pech mit der Maschine. Ich mußte mit dem Wagen in eine Werkstatt, und weil der Montagemeister sagte, es würde wohl lange dauern, ging ich in die Raststätte nebenan, um zu frühstücken.«

Er erzählte umständlich, aber ich ließ ihn in aller Ruhe reden.

»An meinem Tisch saßen einige Taxichauffeure, deren Wagen ebenfalls zur Reparatur in der Werkstatt waren. Sie unterhielten sich über allerlei, unter anderem auch darüber, daß die G-men hinter einem Mann mit verbundenem Kopf her sind und daß jeder Chauffeur in New York danach gefragt wurde. Ich mischte mich ein und sagte, daß ich vor vierzehn Tagen solch einen Mann gefahren hätte. Sie meinten, ich müßte das sofort melden, und darum bin ich hier.«

Er verstummte und sah uns an, als habe er damit alles gesagt, was zu sagen war.

Jetzt nahm er eine Zigarette.

»Erzählen Sie bitte genau, wie Sie den Mann trafen«, sagte ich langsam.

»Es ist nicht viel zu erzählen, Sir. Ich wollte den Highway nehmen und war schon ein gutes Stück aus der Stadt hinaus, als der Mann am Straßenrand stand und winkte. Ich sah seinen verbundenen Kopf und dachte zunächst an einen Unfall. Darum stoppte ich auch sofort. Er hatte aber einen Koffer bei sich und fragte, ob ich ihn ein Stück mitnehmen würde. Ich fragte ihn, was für einen Unfall er gehabt hätte, aber er antwortete, das läge schon einige Wochen zurück. Er erkundigte sich, wohin ich führe, aber bis Chicago wollte er nicht mit. Er erkundigte sich, ob ich nicht ein nettes kleines Nest auf der Strecke wüßte. Er hätte einige Tage Erholung nötig. Ich nannte ihm Bliews, und er sagte, ich möge ihn dort absetzen.«

Phil und ich stürzten gleichzeitig zur Karte, als der Name der Stadt fiel. Sie war gar nicht leicht zu finden, denn sie war winzig klein, kaum mehr als ein Dorf. Aber dann fanden wir sie, und ich wollte mich hängen lassen, wenn wir damit nicht gleichzeitig den Aufenthaltsort von Slug Callighan hatten.

Ich dankte dem Fahrer. Wie gesagt, er war groß und breitschultrig, und er trug eine ölverschmierte Lederjacke, aber mir erschien er wie ein rettender Bote.

Bliews also, das war der Ort, an dem sich, wenn alles stimmte, der letzte Akt der Tragödie abspielen sollte, die in Glendive begonnen hatte. Wir bestellten kein Aufgebot von G-men. Wir alarmierten keine Hundertschaft von Cops. Wir holten meinen Jaguar aus der Garage und brausten los. Es mußte leise zugehen, wenn wir Slug Callighan fassen wollten, und zwei leise Männer waren mehr wert als hundert laute.

Bliews liegt einhundertsechzig Meilen nordwestlich von New York. Meinem Jaguar machte es Spaß, einen Durchschnitt von achtzig Meilen zu halten. Wir erreichten Bliews am frühen Nachmittag.

Es gab keine denkbare Vorsichtsmaßregel, die wir außer acht ließen. Wir stoppten den Wagen am Rand des Städtchens. Städtchen war eine schmeichelhafte Bezeichnung. Dorf genügte auch. Das Nest lag friedlich zwischen sanften grünen Hügeln.

Es war der ideale Erholungsort für bescheidene Bürger.

Wir suchten den nächsten Tankstellenwärter auf und riefen von seinem Telefon aus den Sheriff an. Er war äußerst überrascht, als wir sagten, er solle sofort zur Tankstelle kommen, aber er war sehr schnell in einem Polizeiwagen da.

Wir zeigten ihm unsere Ausweise. Er war ein großer, schwerer Mann und konnte lachen.

»In Bliews ist noch niemand verhaftet worden, der mehr als ein Apfeldieb gewesen wäre«, dröhnte er. »Seit wann interessiert sich der FBI für Apfeldiebe?«

»Wir haben allen Grund zu der Annahme, daß sich in Ihrem Nest Slug Callighan aufhält«, versetzte ich, und das verschlug ihm das Lachen.

»Der Ausbrecher aus Glendive?«

»Genau der.«

»Hören Sie, Mr. G-man, ich habe natürlich auch die Rundschreiben und die Steckbriefe erhalten. Ich bin zwanzig Jahre Sheriff in Bliews, und ich garantiere Ihnen, daß ich jedes Gesicht hier kenne wie das meines eigenen Bruders. Ihr Callighan ist nicht dabei.«

»Er zeigt sein Gesicht nicht, Sheriff. Er hat es verbunden, und er täuscht einen Unfall vor.«

Der schwere Mann sprang auf, daß der Tisch ins Wackeln geriet.

»Ein verbundener Kopf? Mr. G-man, der Mann ist vor rund vierzehn Tagen hier aufgetaucht. Ich habe ihn selbst nie gesehen. Ich weiß es nur vom abendlichen Stammtisch. Der Besitzer von Gromans Hotel nimmt manchmal daran teil, und er erzählte, daß er jetzt einen Gast hat, der ein schweres Autounglück hinter sich habe und fürchterliche Schnittwunden dabei erlitten haben muß, denn er trüge den ganzen Kopf verpflastert. Er sagte noch, daß er sich wundere, daß der Kerl nie zum Arzt ginge, um sich neu verpflastern zu lassen. Sein Verband wäre schon verdammt dreckig, aber er säße nur auf seinem Zimmer herum und hätte Tag und Nacht das Radio eingeschaltet.«

Phil und ich blickten uns an.

»Gromans Hotel also«, sagte ich langsam. »Wo liegt das Haus?«

»Am Ende der Hauptstraße. Es wohnen immer viele Erholungssuchende dort. Es ist auch jetzt ausverkauft. Hören Sie, G-man, ich trommele meine Leute zusammen, wir umstellen den Laden, und dann holen wir ihn heraus. Einverstanden? Na, der alte Groman wird dumm aus der Wäsche schauen, wenn wir einen Mörder aus seinem Haus holen. Ich wette, er benennt seinen Laden um. ›Zum Ausbrecher‹ klingt doch gut.«

»Tut mir leid, Sheriff«, unterbrach ich seine Phantasien. »Daraus wird nichts. Callighan ist gefährlicher, als Sie es sich bestenfalls vorstellen können. Ich habe große Sorgen, daß er sich eine Geisel schnappt, wenn wir ihn nicht auf einen Hieb kaltstellen können. Sie sagen, es wohnen viele Leute im Hotel?«

»Drei Dutzend Personen ungefähr.«

»Man müßte sie veranlassen, das Haus zu verlassen«, sagte ich mehr zu mir selber, »aber selbst das ist zu gefährlich. Eine laute Frage, die er vielleicht mitkriegt, und schon geht es schief. Haben Sie eine Idee, wie man die Leute dazu bringen könnte, das Haus zu verlassen?«

»Heben Sie ihn um elf Uhr morgens aus. Dann sind die meisten Gäste bei ihren Spaziergängen.«

»Gut, je weniger Leute im Hotel sind, desto schwerer wird es für ihn, einen Körper zu finden, hinter dem er sich verstecken kann. Sheriff, wo können wir schlafen?«

Er nannte uns ein anderes Hotel und brachte uns hin. Den Jaguar stellte ich in eine Garage, und damit war er vom Straßenbild verschwunden.

Ich schärfte dem Sheriff noch einmal ein, um alles in der Welt zu schweigen und morgen früh um sieben Uhr pünktlich hier zu sein.

Phil und ich blieben bis zum Einbruch der Dunkelheit auf unserem Zimmer. Dann gingen wir, vorsichtig im Schatten bleibend, um uns die Umgebung von Gromans Hotel anzusehen. Wir standen lange vor dem Haus mit der bescheidenen Lichtreklame.

»Morgen . . .«

Der Sheriff erschien pünktlich um sieben Uhr. Er fand uns angezogen beim Frühstück. Wir kauten beide auf unseren Brötchen herum.

»Sheriff, rufen Sie Groman an, und sagen Sie ihm, daß wir ihn erwarten«,

»Zu seiner Konkurrenz?«

»Verdammt, darauf kommt es im Augenblick wahrhaftig nicht an. Sagen Sie ihm, er solle alles Auffällige vermeiden.«

Der große Beamte telefonierte. Wir konnten mithören, denn der Apparat stand im Frühstückszimmer.

»Hier spricht Bill«, dröhnte der Sheriff. »Groman, du mußt sofort zu Pilow kommen. Drück dich ganz lässig aus dem Haus, und unterhalte dich nicht lange mit deiner Frau darüber. Komm einfach her. Es ist sehr wichtig.«

Mr. Groman, der Besitzer des Hotels, ein kleiner beglatzter Mann, war nach einer knappen Viertelstunde da.

»Was ist denn los, Bill?« fragte er verständnislos den Sheriff. »Pilow wirft mich hinaus, wenn er mich hier sieht. Er denkt, ich will spionieren.«

»Das sind zwei G-men aus New York«, antwortete der Sheriff und zeigte auf uns. »Sie haben dir etwas zu sagen.«

»Tut mir leid, Mr. Groman«, nahm ich das Wort, »in Ihrem Hotel hält sich augenblicklich ein steckbrieflich gesuchter Mörder auf.«

Auf diese Eröffnung hin brauchte Mr. Groman erst einmal einen Stuhl, und dann, als er sich gefaßt hatte, begann er ein Gejammer, in dem er abwechselnd die Geschäftsschädigung beklagte und andererseits unsere Meinung anzweifelte.

Ich brachte ihn mit einigen kalten Sätzen zur Ruhe.

»In Ihrem Haus wohnt ein Mann mit einem Gesichtsverband?«

»Mr. Lawyer aus New York, jawohl.«

»Welches Zimmer?«

»Zwölf.«

»Wo liegt das? Beschreiben Sie es uns ganz genau!«

Ich drückte ihm einen Bleistift in die zitternde Pfote. Er zeichnete einen Grundriß seines Hauses. Zwölf lag in der ersten Etage. Man erreichte die Zimmer von einer Balustrade, zu der eine Treppe von der Empfangshalle führte. Von dieser Balustrade aus führte eine zweite Treppe zur zweiten Etage.

»Der Sheriff sagte uns, daß Ihr Haus um elf Uhr ziemlich leer ist. Stimmt das?«

»Ja, in etwa, aber Mrs. Corth auf Zimmer siebzehn schläft sehr lange, und auch die Fliws auf Zimmer einundzwanzig und zweiundzwanzig gehen vor Mittag selten aus dem Haus.«

Ich beugte mich über den Tisch und sagte eindringlich: »Mr. Groman, wir sind um genau elf Uhr in Ihrem Haus. Sorgen Sie dafür, daß sich zu diesem Zeitpunkt kein Zimmermädchen in den oberen Etagen herumtreibt. Beschäftigen Sie sie mit irgend etwas im Keller oder in der Küche. Aber der Teufel holt Sie, wenn Sie einen Laut darüber von sich geben, was um elf Uhr passiert. Noch einmal, Sie machen sich kein Bild davon, wie gefährlich der Mann in Ihrem Haus ist. Eine Kobra ist einfach nichts dagegen. Übrigens, haben Ihre Zimmer Balkone?«

»Ja, selbstverständlich, alle zum Garten hinaus.«

Ich stieß einen Pfiff aus und wandte mich an Phil.

»Ein Sprung von der ersten Etage in den Garten ist zu riskieren. Du mußt unten bleiben. Er versucht es bestimmt. Sheriff, Sie betreten das Haus drei Minuten nach mir. Er könnte stutzig werden, wenn er Sie sieht. Alles klar? Okay, Mr. Groman, Sie können gehen.«

Es war soweit. Wir mußten wieder warten, und es war ein seltsamer Zufall, daß es diesmal die elfte Stunde eines Tages war, auf die wir warteten, während wir Ivry Jordan in der elften Stunde der Nacht gefaßt hatten.

Ich war nicht so ruhig wie in Castellos Wohnung. Callighan war gefährlicher, und die gesamte Situation lag viel ungünstiger. Immer wieder blickte ich nach der Uhr, in Abständen von Viertelstunden, wie es mir schien, und immer waren es nur Minuten, die vergangen waren. Und doch, es wurde halb elf, und es wurde ein Viertel vor elf Uhr. Wir standen auf, als die Uhr der Gaststube dreimal schlug.

Es war ein schöner, sonniger Tag. Die Hauptstraße von Bliews war nicht besonders belebt. Der Sheriff wurde von den Geschäftsleuten, die vor ihren Läden standen, angerufen und gegrüßt. Wir gingen weiter. Nach hundert Yard sah Phil mich an, grinste kurz, rückte seinen Hut zurecht und schlenderte in eine Seitenstraße, von der aus er an die Rückfront von Gromans Hotel gelangen konnte.

Ich wartete, bis Phil den Gartenzaun erreicht haben mochte. Ich zündete mir eine Zigarette an und rauchte drei Züge. Es war jetzt fünf Minuten vor elf Uhr. Ich ging die letzten hundert Yard ganz langsam, und ich hielt mich eng an den Häusern der rechten Straßenseite. Dann, eine Minute vor elf, stand ich vor dem bescheidenen Eingang des Hotels. Ich trat durch die Glastür.

In der mit altmodischen Möbeln eingerichteten Halle stand Mr. Groman hinter dem Portiertisch. Ein Hausknecht lag auf den Knien und bohnerte den Boden. Er bemerkte mich nicht. Ich berührte seine Schulter. Auf einen Wink meiner Hand stand er auf, und ich bedeutete ihm mit einer Kopfbewegung, zu verschwinden. Er sah sich erstaunt nach seinem Chef um, aber Groman stand schon an der Küchentür und winkte ihm heftig zu. Groman und der Diener verschwanden in der Küche. Die Hotelhalle wirkte wie ausgestorben, wie nie bewohnt. Ich nahm meinen Revolver aus der Halfter, langsam wandte ich mich um und ging auf die Treppe zu.

Wer weiß, was in der Seele und im Gehirn eines Menschen vor sich geht, der gejagt wird? Welche Instinkte, die vielleicht seit Jahrtausenden in uns begraben liegen, geweckt werden? Und welches Ahnungsvermögen plötzlich in ihm aufsteht?

Ich stieg zwei, drei Stufen. Sie knarrten leise unter dem Gewicht meines Körpers. Ich sah die Reihe der Zimmertüren oben an der Balustrade. Ich konnte die Nummern lesen. ›12‹ stand an einer Tür, und als ich die vierte Stufe erreicht hatte, knarrte diese Tür langsam auf. Ich sah etwas Weißes, aus dem zwei Augen mich brennend anstarrten.

Im nächsten Augenblick brach die Hölle los. Der Mann in der Tür zu Nummer zwölf riß die Hand hoch. Er schoß. Ich warf mich flach auf die Treppe, zog im Fallen zweimal durch und rutschte die vier Stufen hinunter, die ich gewonnen hatte. Oben knallte die Tür ins Schloß, während meine Kugeln das Holz aus dem Rahmen fetzten. Sekundenbruchteile später — ich stand eben wieder und setzte zum Hochhetzen der Treppe an — krachte es draußen außerhalb des Hauses. Phil hatte Callighan gezeigt, daß an ein Entkommen über den Balkon nicht zu denken war.

Im nächsten Augenblick — ich mochte Dreiviertel der Treppe hinter mich gebracht haben — flog die Tür von Nummer zwölf wieder auf. Callighan stand in der Öffnung. Ich wußte instinktiv, sein einziger Gedanke war, irgendwie in ein anderes Zimmer zu gelangen, irgendwen zu finden, den er als Schutzschild zwischen sich und uns schieben konnte.

In mir schoß plötzlich etwa hoch, das ich eigentlich nur als eine wilde, heiße Freude bezeichnen kann. Ich stand hier für eine gute Sache. Ich hatte das Recht hinter mir, und das war mehr wert als der Revolver in meiner Hand.

»Ich habe es dir gesagt, Callighan!« schrie ich in das Peitschen unserer Schüsse hinein. »Du kannst niemanden zwischen dich und meinen 38er schieben.«

Ich erwischte ihn. Ich sah es an dem Schlag, der seinen Körper zurückwarf, in eine Drehung hinein, die ihn ins Zimmer taumeln ließ. Er brachte es fertig, die Tür mit dem Fuß zuzustoßen.

Ich tobte die letzten Stufen empor. Ich stand heftig atmend, an die Wand neben der Tür mit der Nummer zwölf gepreßt. Ich dachte: Aus, Callighan. Ich sagte es laut, ich rief es: »Aus, Callighan!«

Von innen antwortete ein Schuß, der durch das Holz der Tür schlug und als Querschläger durch die Halle wimmerte. Es war eine sinnlose, wilde, wütende Geste. Ich lachte.

»Callighan«, schrie ich, »es ist zu Ende! Wirf dein Schießeisen weg! Komm heraus!«

Er antwortete. Ich erkannte seine Stimme nicht wieder. Es war nicht die Tür, die sie dämpfte. Es war auch nicht der Verband. Eine tiefere Ursache hatte den Laut verändert, der aus seiner Kehle stieg. Die Stimme klang so dumpf, als dränge sie aus einem Grab heraus.

»Holt mich! Ihr bekommt mich nicht lebendig!«

»Du hast einen Mann getötet, weil er Geld besaß, Callighan!« rief ich. »Du hast einen Mann erschossen, weil er ein Auto fuhr. Du hast einen Arzt töten lassen, der dein Gesicht veränderte, Callighan, aber auch das hat dir nichts genutzt. Dr. Wyman wußte, daß er sterben würde. Er hat nicht getan, was du wünschtest. Nimm doch den Verband ab! Nimm ihn ab, die vier Wochen sind fast um! Es kommt auf ein paar Tage nicht an. Nimm ihn ab, und du wirst sehen, was Dr. Wyman mit deinem Gesicht anstellte. Selbst wenn es dir gelingen sollte, mich zu töten, selbst wenn du meinen Freund draußen im Garten abschießen würdest, Callighan, du entkommst nicht. Dafür hat ein alter Arzt gesorgt.« Ich weiß nicht, warum ich das rief. Es platzte so aus mir heraus. Vielleicht, weil es das letzte Geheimnis in diesem Fall war, ein Geheimnis, das ich selbst nicht kannte.

Es blieb still hinter der Tür. Dann hörte ich einen Laut, einen seltsamen, völlig unerwarteten Laut. Er klang wie ein Schluchzen.

Ich bückte mich. Ich drückt die Klinge nieder, stieß die Tür auf, schnellte zurück. Nichts geschah, kein Schuß fiel. Sehr vorsichtig schob ich den Kopf vor, immer den Revolver schußbereit. Ich hatte den Blick ins Zimmer frei, in ein gewöhnliches, bescheiden eingerichtetes Hotelzimmer.

Slug Callighan stand vor dem Waschtisch. Er drehte mir den Rücken zu. Er trug keine Jacke. Der linke Ärmel seines weißen Hemdes färbte sich rot. Sein Kopf war frei. Der Wickel seines weißen Verbandes lag in einem Knäuel am Boden. Er stand und starrte in den Spiegel des Waschtisches.

»Slug Callighan«, sagte ich, »nimm die Hände hoch!«

Langsam, ganz langsam drehte er sich in der Hüfte. Er hatte den Revolver in der rechten Hand. Ich wartete, daß der Arm hochzuckte, aber er blieb schlaff hängen, während Callighan sich drehte. Dann sah ich sein Gesicht und prallte zurück. Slug Callighan mochte gehen bis an das Ende der Welt. Er konnte der irdischen Gerechtigkeit nicht mehr entgehen. Er war gezeichnet. Die Hand eines alten Arztes hatte ihm den Stempel des Mörders aufgedrückt.

Einfache, noch rötlich schimmernde Linien durchzogen Slug Callighans Gesicht, zwei Buchstaben bildend. Ein A in

540

der rechten Gesichtshälfte, ein W. in der linken. Die Initialen des Mannes, den er getötet hatte.

Ich ging langsam auf ihn zu. Er starrte mir entgegen, aber er sah mich nicht. Ich griff nach der Waffe in seiner Hand. Er überließ sie mir willenlos. Plötzlich fiel er zusammen wie Schaum.

Wir sprachen nur noch einmal über den Fall der fünf. Das war, als wir Mr. High Bericht erstatteten.

»Seltsam«, sagte er am Schluß, »ich hätte nie geglaubt, daß Sie Callighan jemals lebend fassen würden. Bei jedem anderen der fünf hätte ich es für möglich gehalten, nur bei Callighan nicht.«

»Es war wohl der Schock, Chef«, sagte ich. »Als er sah, in welcher Weise sich der tote Dr. Wyman an ihm gerächt hatte, rann ihm alle Tatkraft aus. Das Bewußtsein der Hoffnungslosigkeit überfiel ihn endlich. Zwei G-men vor seiner Tür, das war für ihn kein Grund, zu verzagen. Aber eine so furchtbare Brandmarkung brachte ihn zur Verzweiflung.«

»Wahrscheinlich haben Sie recht«, antwortete Mr. High, »aber die Sache der fünf ist erledigt.« Er lächelte Phil an. »Ich habe Ihnen den Gold-Fall verwahrt, obwohl Sie die Wette verloren hatten, Phil, aber jetzt wird es Zeit, daß Sie sich darum kümmern.«

Ich entdeckte den Goldmacher

Erschien erstmals als G-MAN JERRY COTTON Band 4 (1956), dann als Band 4 der 2. Auflage (1959) und als Band 13 der 3. (1970) und 4. Auflage (1978).

Zahlen können Sie nicht mehr mit den Goldstücken aus den Tagen unserer Großväter, aber Geld verdienen können Sie immer noch damit.

Gold ist nach wie vor die Basis der meisten Währungen dieser Welt. Theoretisch muß Ihnen eine Bank, wenn Sie ihr einen Dollarschein über den Tisch schieben, den Gegenwert in Gold auszahlen. Steht es schlecht um den Dollar, dann können Sie weniger Gold für ihren Dollar kaufen: Das Gold steigt im Wert. Glauben die meisten Leute, daß es vorläufig keinen Krieg geben wird, und haben aus diesem Grunde Vertrauen zu der Regierung, so sind sie mit dem Papier in der Brieftasche zufrieden: Der Goldpreis sinkt.

Das gilt auch für die Goldmünzen der Welt. Wie gesagt, Ihre Butter können Sie nicht mehr damit bezahlen. Der Kaufmann würde denken, Sie wollten ihn mit einer Messinggedenkmünze reinlegen. Aber wenn Ihnen bei dem Gedanken mulmig wird, daß die Dollars in Ihrer Brieftasche aus dem gleichen Material bestehen wie die Zeitung, die Sie gerade fortgeworfen haben, dann können Sie zur nächsten Bank rennen und Goldmünzen kaufen, amerikanische Eagles, englische Sovereigns, Schweizer Vrenelis, deutsche Zwanzig Mark. Es existiert also ein weltweites Geschäft mit aus dem Kurs gesetzten Münzen aus Gold, mit denen man nichts bezahlen kann. Fragen Sie mich nicht, warum das so ist. Ich kann Ihnen nur antworten: Ich bin ein G-man und kein Wirtschaftsprofessor.

Sie wissen, womit ich mich zuletzt zu beschäftigen hatte. Ich stellte Slug Callighan als letzten der fünf Ausbrecher aus dem Zuchthaus von Glendive. So kurz wie zwischen dieser Sache und der nächsten war die Pause noch nie.

Keine vierundzwanzig Stunden später saßen Phil und ich Mr. High gegenüber und erfuhren die Geschichte der Goldmünze und ihre Funktion im Wirtschaftsleben.

»Schön und gut, Chef«, sagte Phil in der ersten Vortragspause, »und vielen Dank für die Belehrung, aber ich habe

Vertrauen zu den USA, und ich denke nicht daran, mein Geld in Gold anzulegen, geprägtem oder ungeprägtem.«

»Die Sache ist die«, antwortete der Chef, »daß in den letzten sechs Monaten sehr viele gefälschte Goldmünzen auf dem internationalen Markt sind, und die Leute, die in Goldmünzen spekulieren, haben es mit der Angst bekommen.«

»Warum auch nicht?« sagte ich. »Von mir aus kann jeder Börsenjobber sein Geld verlieren.«

Mr. High lächelte. »Von mir aus auch, aber dennoch ist die ganze Angelegenheit nicht so spaßhaft, wie es Ihnen scheinen mag.« Er zog die Schublade seines Schreibtisches auf, griff hinein und zeigte uns zwischen den Fingern zwei kleine gelblichrötliche Münzen, die den Kopf eines schnurrbärtigen Mannes zeigten.

»Das sind deutsche Zehnmarkstücke in Gold«, sagte er. »Ich erhielt sie über Interpol von der deutschen Kriminalpolizei. Eins davon ist falsch. Welches?«

»Wenn man eine Blüte schon mit bloßem Auge als Blüte erkennen kann, taugt sie nichts«, brummte Phil.

»Genau, und diese beiden Münzen sind weder im Aussehen noch durch das Gewicht noch durch den Klang zu unterscheiden. Ich möchte es fast als einen Zufall bezeichnen, daß man überhaupt dahinterkam, daß falsche Goldmünzen im Umlauf sind. In Frankreich hatte ein Mann einen großen Teil seines Vermögens in Gold angelegt. Als er starb, erbte seine Tochter die Münzen. Da sie als Frau mehr Wert auf Gold am Körper als auf Gold im Tresor legte, trug sie einen Teil der Münzen zu einem Juwelier, der ihr einen Schmuck daraus machen sollte. Der Juwelier schmolz die Münzen ein und war sehr erstaunt, als er in seinem Tiegel ein Gemisch aller möglichen Metalle fand, von denen nur der kleinere Teil Gold war. Von da aus nahm die Geschichte ihren Weg zur Polizei. Die Untersuchungen wurden sehr vorsichtig geführt, um keine Hysterie entstehen zu lassen. Immerhin steht fest, daß eine große Anzahl falscher Münzen in allen Ländern der Erde im Handel ist.«

Mr. High legte die beiden Goldstücke in seine Schublade zurück und fischte aus dem vor ihm liegenden Aktenstoß ein Blatt.

»Ich habe hier ein Gutachten des Professors Stilman von der Harvard-Universität. Ich erspare Ihnen Einzelheiten und lese Ihnen nur einige Schlagsätze vor:

Die Münzen bestehen aus einer Legierung, deren Gewicht genau dem Gemisch des zur Münzprägung verwendeten Goldes entspricht. Hauptbestandteile der Legierung sind Nickel und Kupfer, jedoch enthält sie auch andere, noch nicht einwandfrei analysierte Komponenten. Die Münzen aus dieser Legierung sind mit einem relativ starken echten Goldüberzug versehen, so daß verhältnismäßig dicke Goldschichten entstehen und daher die Unechtheit der Münze nicht durch einen einfachen Kratzversuch festgestellt werden kann. Der Goldüberzug muß nach einem uns nicht bekannten Verfahren aufgebracht worden sein, da dabei eine enge Verbindung zwischen dem Gold und der Trägerlegierung entsteht, die nur im Schmelzprozeß aufgelöst werden kann.

Mr. High sah uns einen Augenblick lang an und bemerkte: »Jetzt kommt der entscheidende Satz.«

Dann las er weiter:

Es muß angenommen werden, daß zur Durchführung des Verfahrens große apparative Voraussetzungen notwendig sind. Nach den Ergebnissen halten wir es für möglich, daß sich auf die gleiche Weise auch Barrengold nachahmen läßt, und selbst die Vortäuschung anderer Edelmetalle wie Platin scheint nicht ausgeschlossen.

Der Chef ließ das Blatt sinken.

»Seht ihr«, wandte er sich an uns, »das ist die Gefahr. Wenn falsches Barrengold auf den Markt kommt, wackeln die Währungen der Welt. Bisher gibt es keinen Anhaltspunkt dafür, daß Professor Stilman mit seiner Vermutung recht behält, aber allein schon das Bestehen einer Gefahr muß uns veranlassen, diese Falschmünzerwerkstatt in aller Eile aufzudecken.«

»Warum sollen die Dinger gerade in den Staaten hergestellt werden?« fragte ich. »Sind auch amerikanische Goldstücke bei den Falsifikaten?«

»Ja, einige, aber die Geschichte entwickelte sich folgendermaßen: Die Juweliersache in Frankreich passierte vor sechs Monaten. Über Interpol machten sich sämtliche europäischen Behörden auf die Suche, aber eines Tages begannen sie, uns mit Telegrammen zu bombardieren. Sie hatten sich nämlich ebenfalls Expertengutachten beschafft, und da auch in diesen Gutachten von großen technischen Anlagen die Rede war, behaupteten sie, solche Anlagen könnten in ihren kleinen Ländern nicht unentdeckt bleiben. Die Falschstücke müßten aus Übersee kommen. Sie konnten außerdem einen Mann präsentieren, der offenbar eine kleine Verteilerrolle gespielt hat. Er betreibt eine Importagentur für amerikanische Waren, und da er angab, seine Geschäfte mit einem ihm sonst unbekannten Matrosen in Englisch abgewickelt zu haben, schanzten sie uns den ganzen Fall zu.

Das war vor drei Monaten. Ich beauftragte Fred Bower mit den Nachforschungen. Seine Suche blieb lange ergebnislos, obwohl er mit allen Leuten Kontakt aufnahm, die je in der Branche gearbeitet haben. Wir verhafteten niemanden, denn es war uns ja nicht damit gedient, einen kleinen Verteiler zu erwischen, der von der Zentrale sofort durch einen anderen Mann ersetzt werden konnte.«

Er schob uns einen Stoß Papiere zu.

»Sie können darin lesen, wie Bower vorgegangen ist. Vor drei Wochen sah ich ihn zum letztenmal. Er kam an einem Abend und sagte: ›Hören Sie, Chef, es sieht so aus, als würde die ganze Angelegenheit von Brasilien aus gestartet. Wenn Sie nichts dagegen haben, fahre ich hin.‹ Ich hatte nichts dagegen, und Bower reiste als amerikanischer Tourist nach Rio ab. Ich erhielt noch ein Telegramm von ihm, mit dem er seine Ankunft meldete. Seitdem hat sich Fred nicht mehr gemeldet, und ich mache mir beträchtliche Sorgen um ihn.«

»Schön«, sagte ich und klemmte mir Bowers Berichte unter den Arm. »Dann auf nach Brasilien.«

Bowers Bericht war einer der mühseligsten, aber saubersten Arbeiten, die ich je in den Fingern gehabt habe. Der gute Fred hatte alles getan, um einen Faden zu finden, an dem er sich bis zur Herkunft der ebenso prächtigen wie falschen Goldmünzen entlangtasten konnte.

Als es mit den berufsmäßigen Falschgeldexperten nichts wurde, widmete er sich mühselig der Zunft der Graveure, denn es war ihm eingefallen, daß Leute an der Prägung beteiligt sein müßten, die etwas von der Gravierung der Charakterköpfe von Fürsten, Königen und Kaisern verstanden.

Er fand die Namen von drei Männern, die sich nicht mehr in den Staaten aufhielten, sondern, wie ihre zurückgebliebenen Familienangehörigen erklärten, gute Verträge in Brasilien erhalten hatten. Sie überwiesen regelmäßig Geld. Sie schrieben auch. Es schien ihnen gut zu gefallen. Einzig seltsam war der Zeitpunkt ihrer Anwerbung. Er lag gute zehn Monate zurück, so daß, wenn man die Entdeckung des Juweliers in Paris mit dem Auftreten der Falschstücke ungefähr gleichsetzte, man daran denken konnte, diese Männer könnten an der Herstellung beteiligt sein.

Bower mochte zunächst keinen fest umrissenen Verdacht gespürt haben, wenn er sich auch die Namen der Männer notiert hatte: Lyonel Redborn, Fedor Kaspers, Stanley Boch.

Dann gelang Fred Bower ein guter Schlag. Während der ganzen Zeit seiner Nachforschungen war er selbstverständlich als Käufer für Goldmünzen aufgetreten. Er ließ laufend durch die Banken, Edelmetallagenten und Juweliere Goldmünzen anbieten, sorgte dafür, daß er sie in die Hand bekam, und ließ sie an der Harvard-Universität untersuchen. Waren die Münzen echt, so trat er unter irgendwelchen Gründen vom Kauf zurück. Monatelang bot man ihm nur echte Stücke an. Dann lächelte ihm das Glück. Ein Edelmetallagent wollte ihm fünfzehn Stücke amerikanischer Golddollars verkaufen, die samt und sonders falsch waren. Bower kaufte, und als er das endgültige Untersuchungsergebnis vorliegen hatte, setzte er sich auf die Spur ihrer Herkunft. Der Edelmetallagent war ein alter Herr, der seit fünfzig Jahren diesem Beruf nachging und über alle Zweifel erhaben schien. Er führte genaue Bücher und konnte Bower sagen, woher er die Stücke bekommen hatte. Unser Kollege geriet an den Vorbesitzer, einen schon etwas dunkleren Händler, der ihm die Adresse des Mannes gab, von dem er gekauft hatte. Zu Bowers Erstaunen entpuppte sich dieser Mann als ein ganz kleiner biederer Händler, der ein Ladengeschäft in einem Vorort von New York betrieb. Bower setzte ihm zu und holte aus dem schwitzenden und ängstlichen Mann die Geschichte der Goldstücke heraus. Der Ladenbesitzer, der auf den schlichten Namen Myer hörte, kaufte seinen Kaffee von einem brasilianischen Importeur. Dieser Importeur hatte ihm die Münzen zu einem ungewöhnlich günstigen Preis angeboten.

Bower ging zu dem Brasilianer, stellte sich als Freund von Mr. Myer vor, äußerte, daß er auch Gold kaufen möchte, und bat um ein Angebot. Der Brasilianer vertröstete ihn, sagte, er würde sich um die Beschaffung bemühen, hielt unseren Kollegen aber immer wieder hin. Schließlich, als Bower nicht nachgab, verkaufte er ihm zehn Stücke.

Bower raste damit zur Harvard-Universität und erlebte eine bittere Enttäuschung. Die Stücke waren echt.

Fred ließ die Maske fallen, stellte den Brasilianer und fragte nach der Herkunft der Stücke, die er übernommen hatte. Es stellte sich heraus, daß der Brasilianer diese Münzen über seine Bank beschafft hatte, ein völlig legaler Handel also. Als unser Kollege auf die Münzen zu sprechen kam, die

Mr. Myer übernommen hatte, druckste der Kaffeeimporteur herum und bequemte sich dann schließlich zu dem Geständnis, er habe sie von dem Steuermann eines brasilianischen Schiffes, das für ihn Kaffee nach New York transportiert hatte. Fred erinnerte sich der drei nach Brasilien gegangenen Graveure und fand, es sei Zeit, daß auch er nach Süden führe.

Das war die Story, wie sie aus den Berichten Bowers hervorging. Bliebe noch nachzutragen, daß der Überwachungsdienst meldete, der Brasilianer sei wenige Tage nach Freds letztem Besuch zum Kaffeekaufen nach Brasilien gefahren und bisher nicht zurückgekehrt. Mit einem Wort, es sah so aus, als sei er getürmt.

Am anderen Mittag waren wir bereits in Rio und fuhren in einem Taxi zum Hotel Americano, einem Palast in Weiß, der nahe am Strand steht. Von außen blitzt er, daß es einem in die Augen sticht, aber innen ist alles gedämpfte Kühle. Natürlich ist der Besitzer so wenig ein Amerikaner wie der Präsident von Brasilien selbst, aber er hat richtig darauf spekuliert, daß es die Amerikaner zu einem Hotel zieht, das im Namen schon den gewohnten Komfort verspricht, und da ein ganz bestimmtes Verhältnis zwischen dem amerikanischen Dollar und der brasilianischen Währung besteht, lohnt sich die Spekulation des klugen Mannes.

Phil kam aus seinem Zimmer zu mir herüber, als ich noch beim Auspacken war.

»Und jetzt?« fragte er.

Ich lachte. »Dies ist Rio de Janeiro, von dem man sagt, es sei die schönste Stadt des gesamten amerikanischen Kontinents. In dieser Stadt gibt es einen Strand, der sich Copacabana nennt, von dem man sagt, es sei der schönste Strand sowohl an der atlantischen wie der pazifischen Küste. Ich schlage vor, wir gehen baden.«

Wissen Sie, ich will Ihnen den Mund nicht wäßrig machen. Die Steuerzahler der Vereinigten Staaten mögen es mir verzeihen, daß ich für ihr Geld erst einmal baden ging, bevor ich mich in die Verfolgung finsterer Verbrecher stürzte, aber dieser Strand ist so zauberhaft, daß es geradezu eine Heldentat war, daß wir uns überhaupt wieder davon losrissen.

Ich gestehe, es war später Nachmittag, als wir ins Hotel zurückkehrten. Wir fühlten uns so frisch nach den vielen Kopfsprüngen in den Ozean, daß wir jetzt gern mit einem Kopfsprung in unsere Affäre getaucht wären.

Leider war das nicht so einfach. Bower war vor drei Wochen auch im Hotel Americano abgestiegen, aber wir hielten es nicht für richtig, uns beim Portier nach seinem Verbleiben zu erkundigen. Wir wußten ja noch nichts. Der Hersteller der falschen Münzen konnte seine Verbindungsleute auch in diesem Hotel sitzen haben, und wenn Bower aufgefallen war, würde eine einzige Frage nach ihm unsere Autoverkäufertarnung gefährden.

Ja, wir waren als Autoverkäufer hier, nicht als G-men. Schließlich konnte es kein Fehler sein, ein bißchen unverdächtig auszusehen.

Und als wir am Abend immer noch nicht in bester Arbeitslaune waren, sagte ich zu Phil: »Gehen wir doch in eine Bar. Wir können doch nicht nach New York zurück, ohne eine Bar in Rio gesehen zu haben.«

Wir erkundigten uns beim Portier. Er nannte uns eine Bar oben auf dem Zuckerhut, und wir fuhren hin.

Na, die Bar hielt, was der Portier versprochen hatte. In Rio soll es ja die schönsten Mädchen aller Welt geben, und sie schienen alle in dieser Bar versammelt zu sein.

Phil und ich hockten uns an die Bar, tranken einiges und sahen zu. An dem Rummel teilzunehmen, war für uns sinnlos. Dazu langten unsere Spesen nicht.

Später schwang sich auf einen freien Hocker ein fetter Mann, der einen weißen Smoking trug. Er hatte das typisch kreuzbrave Gesicht eines Farmers aus dem Mittelwesten, und er war schon ein wenig angesäuselt. Er sprach uns an, als er den ersten englischen Laut von uns hörte. Ich lag mit meiner

Vermutung richtig. Er war ein kleiner Geschäftsmann, verbrachte hier die großen Ferien seines Lebens und schwamm in lauter Seligkeit.

»Hören Sie«, sagte er, »dies ist ein Land, in dem es sich zu leben lohnt. Ich sage Ihnen, ich verkaufe meinen Laden in Bewores und siedle mich hier an.«

Er hieß George Cramer. Die Kapelle spielte eine Rumba. Mr. Cramer summte ihn mit und zwitscherte dabei seinen Whisky. Er war fast so weit, daß er den Mut aufbringen würde, eines der Juwelengirls zum Tanz aufzufordern.

»Glaube nicht, daß Ihr Laden in Bewores beim Verkauf Geld genug abwirft, um diesen Lebensstil lange durchzuhalten«, sagte ich.

»Ha«, lachte er, »Sie haben recht, Mister, Sie haben absolut recht, aber George Cramer hat ein Köpfchen. Geschäfte können Sie machen in diesem Land, Geschäfte, süß wie Zucker.«

Natürlich sprach aus ihm der Alkohol, den er sich einverleibt hatte. Er war der Typ, der hemmungslos angab, wenn er aus seinem Milieu herauskam. In spätestens vierzehn Tagen würde er in Bewores wieder brav Mehl abwiegen.

Er merkte wohl, daß wir nicht sonderlich viel von ihm hielten, und das ärgerte ihn. Er zupfte mich am Ärmel.

»Glauben mir nicht, was? Aber ich werde es Ihnen beweisen, ich, George Cramer.«

Er griff in die Seitentasche seines Smokings und brachte ein zusammengeknülltes Stück Seidenpapier zum Vorschein. Mit einiger Mühe fingerte er es auseinander, breitete es auf seiner flachen Hand aus und hielt es mir unter die Nase.

Ich unterdrückte mühsam einen Pfiff. In Mr. Cramers schlichter Bürgerhand lagen vier Goldstücke, zwei englische Souvereigns, zwei französische Zwanzigfrancstücke.

»Wissen Sie, was die wert sind?« fragte er. »Runde zehn Dollar je Stück, und wissen Sie, zu welchem Kurs ich sie gekauft habe? Sieben Dollar. Drei Dollar Reinerlös. Achttausend Dollar bringt mein Laden in Bewores. Dafür kaufe ich über elfhundert Goldstücke, die ich nach den Staaten bringe, wo ich elftausend Dollar dafür erhalte. Für die elftausend Dollar kriege ich...« Er rechnete krampfhaft, aber er war nicht klar genug im Kopf, um es herauszubekommen.

Sie können sich denken, wie wach ich geworden war, als ich die Münzen in seiner Hand sah. Selbstverständlich konnte ich nicht wissen, ob es Münzen von der Sorte waren, wie wir sie suchten, aber der niedrige Preis sprach dafür. Ich mußte unbedingt erfahren, woher Cramer die Stücke hatte.

»In der Tat«, sagte ich, »das ist ein Geschäft, sogar ein verdammt gutes Geschäft. Mr. Cramer, Sie scheinen eine vorzügliche Nase zu haben.«

Er glänzte wie ein Sonnenaufgang.

»Habe ich, und das wissen alle meine Freunde. Schon damals, als die Bohnen teuer wurden, sagte ich...« Es folgte eine lange und äußerst uninteressante Geschichte über die Geschicklichkeit, mit der George Cramer kurz vor einer Preiserhöhung sich mit billigen Bohnenkonserven eingedeckt hatte, aber ich hörte ihm zu, als erzählte er die interessanteste Story der Welt. Über einen weiten Umweg kam Mr. Cramer auf das Gold in seiner Hand zurück. »Denken Sie nicht, ich ließe mich anschmieren, und man könnte mir poliertes Messing in die Hand drücken. Ein Juwelier untersuchte die Stücke, bevor ich einen Cent herausrückte, und ich bestimmte den Juwelier.«

»Beteiligen Sie uns an dem Geschäft«, sagte ich. »Ich habe eine Menge Dollar flüssig, und ich steige groß ein. Sie erhalten eine gute Provision, von der Sie gleich selbst Münzen kaufen können. Damit Sie sehen, wie ernst ich es meine, nehme ich Ihnen die Stücke in Ihrer Hand gleich für vierzig Dollar ab.«

Ich glaube, das war Mr. Cramers, des kleinen Ladenbesitzers aus Bewores, USA, größte Stunde. Er fühlte sich inmitten einer großen Finanztransaktion internationalen Formats. Wir zahlten, und dann tauschten wir unsere Adressen. George Cramer wohnte in einem Touristenhotel. Er war mit einer Reisegesellschaft nach Brasilien gekommen. Er versprach, uns morgen zu dem Mann zu bringen, der Goldstücke zu sieben Dollar liefern konnte.

Wir schickten die Stücke noch am selben Abend an das amerikanische Konsulat in Rio mit dem Stichwort ›Dollar‹. Wir wußten, daß Mr. High eine Benachrichtigung sämtlicher diplomatischen Vertretungen der Staaten in Brasilien veranlaßt hatte, Sendungen mit dem Stichwort ›Dollar‹ sofort an das FBI-Hauptquartier New York als unkontrollierte Kurierpost weiterzuleiten. So würden die Münzen in spätestens achtundvierzig Stunden in den Händen von Professor Stilman zur Untersuchung sein.

Am anderen Morgen trafen wir auf einen nicht so gut gelaunten George Cramer.

Wahrscheinlich brummte ihm noch der Kopf.

»Nett, Sie zu sehen«, er lächelte süßsauer. »Richtig, wir wollten uns ja heute um die Goldstücke kümmern, aber eigentlich hatte ich etwas anderes vor.«

»Wann reisen Sie in die Staaten zurück?« fragte ich.

»Übermorgen, und ich muß noch eine Menge besichtigen. Wirklich, ich habe heute wenig Zeit für die Beschaffung von Goldstücken.«

Ich ahnte schon, wie der Hase lief. Natürlich hatte Cramer nicht die geringste Absicht, seine prahlerischen Worte der vergangenen Nacht in die Tat umzusetzen, und die Münzen mochte er von einem Burschen an irgendeiner Ecke gekauft haben, und jetzt war es ihm peinlich, daß er nicht sagen konnte, wie es geschehen war. Ich entschloß mich, mit meinem Landsmann nicht viel Federlesens zu machen.

»Setzen Sie sich, Mr. Cramer«, forderte ich ihn freundlich auf, wechselte den Ton und fügte hinzu: »Damit Sie nicht umfallen.« Er sank in den hingeschobenen Sessel und blickte uns mißtrauisch an.

»Wir sind Beamte des FBI«, fuhr ich fort, und Mr. Cramer

wurde sehr blaß. Er öffnete den Mund, aber ich hob die Hand. »Wir sind hinter den Verkäufern der Goldstücke her. Von wem haben Sie die Münzen gekauft?«

Cramer dachte nicht an Widerstand. »Von einem Brasilianer. Er trug einen weißen Anzug und sah aus . . . Ja, wie eben die Burschen hier aussehen. Dunkle Haut, schwarze Haare, ein schwarzes Schnurrbärtchen.«

»Wo war das?«

»Im Stadtzentrum. Auf der großen Einkaufsstraße. Er sprach mich an. Er konnte gut Englisch.«

»Sie würden ihn wiedererkennen?«

»Natürlich. Er ging doch mit mir zu dem Juwelier. Es schien ein ganz legales Geschäft. Er sagte, er brauche Geld. Die Münzen wären Familienbesitz. Der Juwelier bot sogar acht Dollar, aber der Brasilianer sagte, er wäre ein Ehrenmann. Er habe sie mir für sieben angeboten, und dabei bliebe es.«

Ich sah Phil grinsen. Cramers Bewunderung für die Ehrenhaftigkeit brasilianischer Goldverkäufer entlockte ihm ein Lächeln.

»Mr. Cramer«, sagte ich im Dienstton. »Sie werden mit meinem Kollegen die Gegend abpatrouillieren, in der Sie die Münzen gekauft haben. Sollte Ihnen der Mann begegnen, machen Sie meinen Kollegen unauffällig darauf aufmerksam. Wir müssen uns vorbehalten, daß Sie Ihre Abreise von Rio eventuell hinausschieben.«

Er begann zu jammern: »Aber meine Frau, mein Geschäft! Ich kann doch nicht . . .«

»Vielleicht frühstücken Sie erst«, meinte Phil. »Es ist anstrengend, bei der Sonne auf der Straße herumzulaufen.«

Ich wollte mich inzwischen um die Graveure kümmern.

In Bowers Aufzeichnungen hatten wir alle Adressen gefunden, die wir brauchten. Ich beschloß, mit Lyonel Redborn anzufangen. Durch eine Agentur in New York war der Mann an eine große Druckerei in Rio vermittelt worden. Wir besaßen eine Abschrift des Arbeitsvertrags. Das Geld erhielt seine Familie durch die Post, und der Absender auf seinen Briefen lautete: ›Calle Dom Pedro 16.‹

Ich ging zunächst zur Druckerei. Es war ein großes Unternehmen. Ich fand rasch einen Mann, der Englisch sprach. Er brachte mich zum Personalchef und dolmetschte.

Zunächst konnte man sich an Lyonel Redborn nicht erinnern, aber dann fiel es ihnen ein.

Daraufhin klärte sich die Geschichte sehr rasch. Die ganze Angelegenheit hat durchaus ihre Richtigkeit. Redborn war von der Druckerei engagiert worden, hatte einen ordentlichen Arbeitsvertrag erhalten und hatte ungefähr vierzehn Tage in dem Unternehmen gearbeitet. Dann war er eines Morgens nicht erschienen.

»Wir kümmerten uns um ihn«, erklärte der Personalchef. »Er wohnte damals noch in einem Hotel, da wir keine Wohnung für ihn finden konnten. Der Portier sagte, er habe sein Gepäck holen und ausrichten lassen, er reise ab. Seine Rechnung sei bezahlt worden. Wir meldeten den Vorfall der Polizei, erhielten aber drei Tage später einen Brief von ihm, in dem er schrieb, die Arbeit gefiele ihm nicht, und er würde nach Amerika zurückgehen. Wir gaben der Polizei von diesem Brief Kenntnis, und sie stellte daraufhin ihre Nachforschungen ein.«

»War der Brief in den Staaten aufgegeben?«

»Darauf kann ich mich beim besten Willen nicht besinnen, aber ich glaube nicht.« Der Personalchef lächelte und ließ mir durch den Dolmetscher mitteilen, es sei nichts Außergewöhnliches, daß Landsleute von mir dem Zauber des Landes erlägen und Weib und Kind in den Vereinigten Staaten schon mal vergäßen.

»Mag sein«, antwortete ich, »aber Lyonel Redborn sendet regelmäßig Geld an seine Familie und schreibt Briefe, aus denen hervorgeht, daß er immer noch bei Ihnen beschäftigt ist.«

Der Brasilianer zuckte mit den Schultern.

»Ich versichere Ihnen, er hat bei uns nur eine vierzehntägige Gastrolle gegeben.«

»Seine Adresse lautet Calle Dom Pedro.«

Der Personalchef und der Dolmetscher sahen sich an.

»Ich glaube nicht«, sagte der Dolmetscher, »daß ein Amerikaner Quartier in der Calle Dom Pedro bezieht. Nicht einmal ein Brasilianer, der etwas auf sich hält, wohnt dort!«

Ich dankte für die Auskunft.

Der nächste Name auf meinem Zettel war der von Fedor Kaspers.

Die Vorgeschichte seines Engagements für Rio lag ähnlich, nur daß in diesem Fall die Verhandlungen persönlich zwischen dem Abgesandten der Brasilianischen Staatsdruckerei und dem Graveur geführt worden waren. Ich ließ mich zur Staatsdruckerei fahren.

Nach einer Stunde Unterhaltung mit verschiedenen Leuten stand eins fest: In der Staatsdruckerei war noch nie ein US-Bürger beschäftigt gewesen, und niemand dort kannte den Namen Kaspers. Seine Adresse in Rio lautete Bragueros 38, und ich erntete bei den Herren der Staatsdruckerei beim Nennen dieser Anschrift das gleiche Augenbrauenhochziehen wie bei dem Personalchef und seinem Dolmetscher. Calle Dom Pedro und Bragueiros waren zwei Straßen im selben Viertel, das ein anständiger Mensch möglichst nicht betrat.

Ich halte mich zwar auch für einen anständigen Menschen, aber außerdem bin ich ein G-man, der berufsmäßig vor dunklen Straßen keine Hemmungen haben darf. Ich suchte mir einen Taxichauffeur, der ein leidliches Englisch sprach, und nannte ihm die Adressen, zu denen ich gefahren zu werden wünschte.

»Bedaure, Sir«, antwortete er. »Dort fahre ich nicht hin.«

»Doppelte Taxe«, sagte ich, und da fuhr er.

Jede Großstadt hat ihre Slums. In New York sind die Straßen dunkel von den Schatten der hohen düsteren Mietskasernen, in London verdunkelt sie der Rauch der nahen Fabriken. In Rio sind selbst die Slumstraßen in helles Licht getaucht. Dafür sind sie nicht einmal gepflastert. Was an

Häusern links und rechts aufgebaut war, das verdiente bestenfalls den Namen Hütte. Von Wellblech über Lehm bis zum Ziegelstein fand man jedes Baumaterial, und bei den Menschen, die überall im Schatten der Häuser lagen, standen, hockten, war jede Hautfarbe von Schwarz über Rot bis zum gelblichen Weiß vertreten. Auch der Kleidung fehlte es nicht an Phantasie. Gemeinsam waren nur die großen Strohhüte, die praktisch alle Männer trugen.

Die Calle Dom Pedro fand mein Chauffeur noch. Er beugte sich aus dem Fenster und brüllte einigen Kerlen seine Frage nach Nummer 16 zu. Ein Arm hob sich gelangweilt. Ein Finger zeigte träge auf eine Wellblechhütte. Wir stoppten davor.

Sofort wurde unser Wagen von einem Schwarm Lausejungen umringt, deren schmutzige Hände trotz allen Geschimpfes des Chauffeurs Hunderte von Spuren auf dem Lack hinterließen.

»Los, gehen wir rein«, sagte ich.

Der Taxifahrer schüttelte den Kopf. »Unmöglich, Sir. Wenn ich den Wagen nur zwei Minuten aus den Augen lasse, haben sie mir sämtliche Räder abmontiert.«

Ich sah das ein.

»Geh hinein und hole irgendwen heraus! Ich warte hier.«

Er nickte, stieg aus, bahnte sich mühsam seinen Weg durch die kreischenden Gassenjungen und verschwand hinter der windschiefen Tür der Wellblechhütte.

Es dauerte eine Weile, bis er wieder erschien. Er trieb einen kleinen verhutzelten Mann vor sich her.

»Das ist der Besitzer der Hütte«, erklärte der Fahrer. »Er sagt, er wohnt allein hier.«

»Frage ihn, ob ein Weißer bei ihm gewohnt hat, ein Amerikaner, der Lyonel Redborn heißt!«

Sie palaverten miteinander, aber ich sah es schon am Kopfschütteln des Alten, daß er nichts von einem weißen Mann wissen wollte. Ich ließ meinen Chauffeur fragen, ob der Alte Briefe erhielt, die er an irgendwen weitergab, und zur besseren Erklärung zog ich ein Kuvert aus der Tasche und zeigte es. Er schüttelte wieder den Kopf, und doch, er zögerte, bevor er verneinte, und es war dem Ausdruck seiner Augen anzusehen, daß er jetzt fürchtete, in Schwierigkeiten zu geraten. Mit einem Wort, er log.

Ich überlegte, wieviel Sinn es hatte, ihn zur Wahrheit zu zwingen, aber wir standen noch am Anfang unserer Nachforschungen, und ich konnte nicht übersehen, wieviel ich vielleicht verdarb, wenn ich jetzt zu starkes Interesse bekundete.

»Steig ein!« befahl ich dem Chauffeur. »Wir fahren zu Bragueiros 38.«

Es war ein paar Straßenecken weiter, nur handelte es sich hier bei dem Hausbesitzer um einen jüngeren Mann, der Kaskaden von Sätzen auf uns niederprasseln ließ, die, nach der Lautstärke zu urteilen, aus Beschimpfungen zu bestehen schienen.

»Was sagt er?« fragte ich den Chauffeur.

In diesem Augenblick löste sich aus der Gruppe der Männer ein breitschultriger Bursche von dunkelbrauner Hautfarbe und mit einer Habichtsnase, die ihm über das Kinn zu reichen schien, schob den Hut in den Nacken und baute sich vor mir auf.

»Kann Ihnen helfen, Senhor?« sagte er in einem grauenvollen Englisch. »Kenne den Mann, den Sie suchen.«

»Okay, haben Sie eine Ahnung, wo ich ihn finden kann?«

Die Habichtsnase grinste mich an. Das Grinsen bedeutete: erst Geld, dann Ware.

Ich griff in die Tasche und brachte eine Handvoll Dollarstücke zum Vorschein. Der Warnungsruf meines Chauffeurs: »Tun Sie es nicht!« kam zu spät.

Der Bursche schlug mir blitzschnell unter die Hand, daß meine Dollarstücke durch die Luft flogen. Um das zu verhindern, war ich zu überrascht.

»Wir müssen weg, sonst greifen sie uns an«, sagte der Chauffeur. »Alle, die jetzt nichts ergattern können, wollen Ihnen das Geld aus der Tasche holen.«

Er gab Gas und brauste ab. Vor dem Kühler spritzten die Slumbewohner auseinander wie ein Volk Hühner. Wilde Flüche rollten hinter uns her, und ein paar Steine knallten gegen das Blech der Karosserie.

Ich ließ mich zum Hotel fahren und rechnete mit meinem Chauffeur ab. Er verlangte, daß ich jeden Kratzer an seiner Karre mit Dollars bepflasterte, und erst als ich ihm bedeutete, er würde sich sein Gesicht verpflastern müssen, wenn er in seinen Forderungen nicht anständiger wäre, ging er herunter, und wir wurden uns einig.

Phil war nicht im Hotel. Ich ging auf mein verdunkeltes Zimmer und legte mich bequem auf die Couch. Der Zimmerkellner brachte mir etwas Eisgekühltes, und ich dachte ein wenig nach.

Klar, daß mit den beiden Graveuren Redborn und Kaspers irgend etwas faul war. Stanley Bochs Fall konnte ich nicht nachprüfen, denn sein Vertrag lautete auf Sao Paulo, aber die Sache würde wohl ähnlich liegen.

Phil kam am späten Nachmittag und warf sich schnaufend in einen Sessel.

»Ein Vergnügen eigener Art, bei dieser Hitze durch die Straßen zu schlendern«, stöhnte er. »Der Asphalt kocht.«

»Wenigstens Erfolg gehabt?«

»Ja. Mr. Cramer kann übermorgen mit seiner Reisegesellschaft abfahren. Wir haben den Burschen gefunden. Ich beobachtete ihn sogar dabei, wie er einem Amerikaner etwas anbot, wahrscheinlich wieder Münzen. Ich sprach auch mit dem Juwelier, der die Stücke untersucht hat. Er sagte, der Junge käme oft mit Kunden zu ihm. Er schien nichts dabei zu finden. Offenbar findet man solche Geschäfte ganz in Ordnung. Der Verkäufer treibt sich jeden Tag dort herum.«

Ich unterrichtete Phil von dem Ergebnis meiner Bemühungen und schlug dann vor: »Wir beobachten den Verkäufer, bis wir Nachricht aus New York haben, ob es sich wirklich um Münzen der gesuchten Art handelt. Dann schnappen wir ihn uns und versuchen herauszuquetschen, woher er sie hat.«

Ich ließ mir eine Verbindung mit Mr. Seebold vom amerikanischen Konsulat geben. Er war der Sachbearbeiter für Sonderaufträge. Im Grunde fungierte er nur als eine Art Briefträger und wußte weder unsere Namen noch die Art unseres Auftrages. Er reagierte lediglich auf vorher mit Washington vereinbarte Stichworte.

Als ich ihn an der Strippe hatte, warf ich ihm das Stichwort ›Dollar‹ an den Kopf.

»Wir erwarten eine Nachricht aus Washington, Mr. Seebold«, unterrichtete ich ihn. »Sobald sie vorliegt, geben Sie sie bitte an das Hotel Americano, Zimmer 433, weiter. Danke.«

Die Nachricht lag am anderen Nachmittag vor, als wir gerade von unseren Zimmern kamen, um in die Stadt zu gehen und uns den Verkäufer anzusehen. Der Portier überreichte uns den neutralen Umschlag, der unsere Zimmernummer trug, nichts weiter.

Innen fanden wir ein Telegramm mit dem Text:

Gesandte Münzen bestehen aus gesuchtem Material.

Wir fuhren in die Stadt. Die Straße, in der Mr. Cramer sein gutes Geschäft getätigt und in der er auch Phil den Partner dieses ausgezeichneten Kaufs gezeigt hatte, nannte sich Avenida Sao Fernando und war eine Einkaufsstraße, besonders gespickt mit Antiquitäten- und Schmuckläden und daher ein großer Anziehungspunkt für die Fremden.

Wir bummelten, besahen uns die Schaufenster und benahmen uns vorschriftsmäßig. Jedenfalls rochen wir meilenweit nach Ausländern und Touristen.

Nach einer halben Stunde berührte Phil meinen Arm.

»Drüben auf der anderen Straßenseite ist er. Der schmale Bursche in der gelben Jacke.«

Ich warf einen raschen Blick hinüber. Ungefähr so hatte ich ihn mir vorgestellt. Ein geschniegelter Tangojüngling mit olivfarbener Haut, kleinem Schnurrbärtchen, dunklen

Augen. Er war ungeheuer farbenfroh gekleidet. Zur gelben Jacke trug er ein blaues Hemd, hellen Schlips, hellgraue Hosen und einen weißen Panama auf dem Schädel.

Wir gingen langsam weiter, überquerten einige fünfzig Yard weiter oben die Straße und schlenderten dann gemächlich zurück.

»Willst du ihn ansprechen?« fragte Phil.

»Werden wir wohl müssen«, antwortete ich.

Als wir ihn wieder zu Gesicht bekamen, lehnte er an einem Laternenpfahl und zündete sich eine dieser dicken Zigarren an, die sie hier zu rauchen pflegen. Der schwarze Strunk nahm sich seltsam fremd aus in seinem schmalen Gesicht.

Ich machte eine kleine Wendung, um ihn anzusteuern. Im selben Augenblick hob er den Kopf, sein Blick traf uns. Er musterte uns sorgfältig von Kopf bis Fuß, schien uns für geeignet zu halten, löste sich von seiner Laterne und ging auf uns zu.

»Good afternoon, gentlemen«, sprach er uns höflich an und rückte an seinem Panama. »Haben Sie Interesse an einem guten Geschäft?«

Sein Englisch war ziemlich korrekt und hörte sich an, als habe er es in einem Kursus für Korrespondenten gelernt.

»Amerikaner haben immer Interesse an guten Geschäften«, sagte ich und grinste ihn an.

»Ich habe einige Goldmünzen«, begann er sofort seinen Speech. »Ererbtes Gut, noch von meinem Großvater. Leider geht es mir nicht gut. Ich bin gezwungen, sie zu verkaufen. Ich habe sie schon einem Juwelier angeboten, aber unsere Geschäftsleute sind Halsabschneider. Er wollte nur zwanzig Cruzeiros geben. Sie haben Dollars. Geben Sie mir acht Dollar, und ich bin zufrieden.«

»Zeigen Sie mal her!« forderte ich ihn auf. »Wieviel sind es?«

»Nur fünf.«

Es schien zu seinen Geschäftspraktiken zu gehören, nie

mehr als vier oder fünf Stück auf einmal anzubieten, und er handelte recht geschickt dabei, denn die Touristen können selten mehr als vierzig bis fünfzig Dollar erübrigen. Außerdem würden die meisten vor der Aufwendung einer größeren Summe immer in der Furcht, dabei betrogen zu werden, zurückschrecken.

Er drückte mir mit einer Taschenspielerbewegung ein Seidenpapier in die Hand. Ich wickelte es auseinander.

»Nicht so auffällig, Senhor«, flüsterte er unterdessen und warf scheue Blicke in die Runde.

Ich störte mich nicht daran. Ich prüfte die Stücke ungeniert, biß darauf herum, kratzte mit dem Fingernagel, ließ sie aufs Pflaster klingeln, und dann grinste ich ihn an.

»Sie haben Pech, mein Lieber. Mein Freund und ich, wir haben in New York eine Agentur für Edelsteine und Gold. Wir verstehen etwas davon. Die Dinger sind falsch.«

Er wurde ganz blaß unter seiner Olivhaut.

»Unmöglich, Senhor«, beteuerte er und legte seine Hand aufs Herz. »Ich sage Ihnen doch, sie stammen aus dem Erbe meines Vaters. Er war ein ehrenwerter Mann. Sie werden sein Andenken nicht beleidigen.«

So, jetzt ging ich in die Rolle des Wütenden über.

»Shut up, du Lump«, schnauzte ich ihn an. »Ich kenne deinen Trick. Du nimmst harmlose Touristen aus, die von dem Zeug hier nichts verstehen, aber ich werde dir dein Handwerk legen. Wir Amerikaner haben schließlich noch so etwas wie einen Gemeinschaftssinn. Du gehst jetzt mit uns zur nächsten Polizeistation.«

Phil hatte sich während des Gesprächs hinter seinen Rücken geschoben. Der Bursche war eine schmächtige Ausgabe, und wenn wir uns mit ihm befaßten, blieb nicht viel von ihm unbeschädigt.

Das wußte er, und wenn er sich weigerte, würden wir ihn am Kragen zur Polizei schleifen. Er versuchte es noch einmal mit Beteuerungen.

»Sie irren sich«, flehte er. »Bitte, gehen wir zum nächsten

Juwelier. Er wird Ihnen bestätigen, daß die Münzen echt sind.«

»Der steckt doch mit dir unter einer Decke. Los, komm!«

Ich packte ihn grob am Ärmel, zog ihn herum. Phil nahm seine andere Flanke.

Widerstandslos marschierte er zehn Schritte mit, aber dann blieb er stehen.

»Bringen Sie mich nicht zur Polizei, Senhor!« bat er. »Ich gebe zu, die Stücke sind nicht von meinem Vater, aber ich schwöre Ihnen, ich hatte keine Ahnung, daß sie falsch sind.«

Das war ungefähr die Reaktion, mit der ich gerechnet hatte. Ich bohrte ihm einen Blick in seine dunklen Augen.

»Wirklich?« fragte ich.

Er witterte Mitleid und sprudelte los: »Auf Ehre und Gewissen! Ich schwöre, bei allem, was Sie wünschen. Ich glaubte immer, die Münzen seien echt. Ich bin schon mit vielen Ihrer Landsleute zu Juwelieren gegangen, wahrhaftig zu Juwelieren, die nicht von mir bestochen sind, und immer haben sie bestätigt, daß es sich um echtes gutes Gold handelt.«

»Und das verkaufst du für acht oder gar sieben Dollar, wo sie zehn und mehr wert sind?«

»Ich dachte, sie seien gestohlen.«

Phil und ich verständigten uns mit einem Blick. Ich zog eins der Goldstücke aus der Tasche und spielte damit.

»Sie sind gut nachgemacht«, sagte ich wie nachdenklich. »Einen Dummkopf könnte man damit täuschen, obwohl ich dir die Geschichte mit den Juwelieren nicht abkaufe. Hör zu, wieviel kannst du davon beschaffen?«

Seine Untergangsstimmung schlug um. Er lachte mich an und zeigte dabei ein paar Goldplomben.

»Amerikaner haben immer Interesse an guten Geschäften«, sagte er. »Ich verstehe.«

»Nichts verstehst du«, antwortete ich und lachte dabei. »Wie heißt du?«

»Juan Pompenos, Senhor.«

»Okay, Juan, wieviel von den Dingern kannst du besorgen?«

Seine dunklen Augen wieselten an mir hinauf. Er schätzte meine Zahlungsfähigkeit ab.

»Dreißig . . .«, sagte er zögernd.

Ich lachte. »Dreißig! Das ist ein Geschäft für Kleinhändler. Dreihundert, das ist interessanter.«

Er zögerte noch. »Ich habe nur dreißig Stück im Augenblick. Wenn ich mehr beschaffen soll, dauert es einen Tag.«

»In Ordnung, rück die dreißig heraus. Sechs Dollar das Stück.«

Er fing ein großes Geschrei an, aber ich blieb bei sechs Dollar fest. Schließlich willigte er ein, aber es stellte sich heraus, daß er die dreißig in seiner Wohnung hatte.

Er versprach zurückzukommen und wollte ein Treffen in einem Café mit uns vereinbaren, aber ich winkte einem Taxi, nötigte ihn hinein und bestimmte: »Sag dem Chauffeur, wo du wohnst! Wir fahren gleich mit.«

Es schien ihm nicht zu gefallen, aber er gehorchte.

Er wohnte reichlich weit draußen. Es war ein kleines weißes Mietshaus, und er bewohnte darin eine Mansarde, die er einem der Bewohner abgemietet hatte.

Er brachte die dreißig Goldstücke aus einer Schublade zum Vorschein. Ich steckte sie ein, legte dann eine Hand an seinen feinen Schlips und zog ihn zu mir heran.

»Abrechnen werden wir morgen miteinander, wenn du die versprochenen Dreihundert bringst.«

Sein Gesicht verfärbte sich zum zweitenmal am heutigen Tag. Aber dann brach es aus ihm heraus. Er schrie, wir wollten ihn betrügen, und wir wären dreckige amerikanische Gangster und Spitzbuben. Sein Englisch verhaspelte sich in der Wut, und er tobte in seiner Muttersprache weiter.

Ich hielt ihn noch richtig und schüttelte ihn sanft so lange, bis er den Mund hielt.

»Wir denken nicht daran, dich zu betrügen, lieber Juan«, sagte ich freundlich. »Ich fürchte nur, du wirst nicht kommen, wenn wir dich bezahlen. So, ohne das Geld für die dreißig Münzen, wirst du Wort halten. Das ist alles. Wir wohnen im Hotel Americano. Wir erwarten dich morgen mittag.«

Damit ließ ich ihn stehen, und wir verließen seine Behausung. Phil sah mich auf der Straße fragend an.

»Er kommt«, sagte ich. »Dreißig Stück zu je fünf Dollar, die er dafür bezahlen muß, macht einhundertfünfzig Dollar. Das ist eine Heidensumme für den Burschen. Du hast sein Zimmer gesehen. Er lebt von der Hand in den Mund, darüber täuscht auch sein farbenprächtiger Aufzug nicht hinweg. Er wird mit den dreihundert Stücken antanzen, und dann werden wir über ihn wenigstens zunächst an einen der Großverteiler geraten können.«

Ich fand, dafür, daß wir erst ein paar Tage in Rio waren, hatte die Kontaktaufnahme schon gut geklappt. Noch wohler wäre mir gewesen, wenn ich etwas über Bowers Schicksal hätte erfahren können, aber es bestand die große Gefahr, daß Bower bei der Suche nach den Goldmünzenherstellern aufgefallen war, und daß wir nicht eher etwas über ihn erfahren konnten, bevor wir nicht die Bande stellten.

Wir saßen am nächsten Mittag im Hotel und warteten. Wir hatten unseren Platz in der Halle so gewählt, daß wir den Eingang im Auge behielten.

Es wurde zwei Uhr, ohne daß die gelbe Jacke aufgetaucht wäre. Phil warf mir einen beunruhigten Blick zu. Ich rieb mir den Nacken.

Eine Viertelstunde später blitzte es im Eingang. Der gelbe Juan stand dort und sah sich suchend nach uns um. Ich winkte ihm. Er kam hastig herbei.

Er sah nicht gut aus. Er zappelte in dem Sessel, den ich ihm anwies, wie ein Fisch auf dem Trockenen.

»Senhor, ich habe die dreihundert nicht«, hastete er. »Ich kann sie auch nicht besorgen. Bitte, bezahlen Sie die Stücke, die Sie genommen haben, und lassen Sie uns unsere Geschäftsverbindung als erledigt betrachten.«

»Schade, Juan«, antwortete ich langsam. »Ich fand die Angelegenheit auch für dich interessant, und ich glaube dir nicht recht. Du machst doch laufend diese Geschäfte. Ich wette, es sind in den letzten Monaten mehr als nur dreihundert Münzen durch deine Hände gegangen. Du müßtest also auch dreihundert auf einmal besorgen können.«

Er antwortete nicht auf die Frage.

»Ich bin mit fünf Dollar zufrieden, Senhor«, sagte er. »Soviel muß ich selbst dafür geben, glauben Sie mir.«

»Dreihundert, dann zahle ich sogar sechs, vielleicht auch sieben.«

»Es tut mir leid, Senhor. Bitte, geben Sie mir die Münzen zurück, wenn Sie nicht fünf Dollar dafür bezahlen wollen.«

»Ich bezahle sieben, aber nur für mindestens dreihundert.«

Er fuhr sich mit einer verzweifelten Bewegung durch die Haare und rief mit dem ganzen Temperament des Südländers verzweifelt: »Aber er will nicht, daß ich an Sie verkaufe!«

»Wer will das nicht?« fragte ich schnell.

Er merkte, daß er sich versprochen hatte und wollte Ausflüchte machen, aber ich nagelte ihn fest.

»Wenn du das Geschäft nicht machen kannst, dann bring uns zu deinem Großhändler. Auf eine Provision soll es uns dabei nicht ankommen.«

Er schien geradezu entsetzt zu sein und wehrte mit beiden Händen ab.

Ich erspare Ihnen den Rest der Verhandlung. Sie dauerte zwei Stunden. Dann hatten wir ihn weich.

»Senhor Lechero ist mein Händler«, gestand er. »Vas Cuanto 139.«

»In Ordnung, verhandeln wir jetzt mit Senhor Lechero direkt.«

Er fuhr hoch.

»Unmöglich, Senhor. Völlig unmöglich.«

»Warum?«

Er wand sich, aber dann war er wohl mit seiner Nervenkraft restlos am Ende. Er gestand.

»Ich habe gleich gestern, nachdem Sie fort waren, Lechero angerufen und ihm gesagt, daß zwei Americanos dreihundert Münzen von mir kaufen wollten. Er sagte, ich sei ein Idiot, und ob ich nicht wüßte, daß es verboten sei, mehr als fünf Münzen an einen einzelnen Mann abzugeben. Ich gestand ihm, daß Sie meine dreißig Münzen an sich genommen hätten, ohne zu bezahlen. Er beschimpfte mich und befahl mir, ihn heute mittag noch einmal anzurufen. Ich gehorchte und sprach mit ihm, kurz bevor ich zu Ihnen kam. Er gab mir den Befehl, sofort aus Rio zu verschwinden. Die fünfunddreißig Goldstücke, die ich noch nicht bezahlt hätte, müßte ich von meinem zukünftigen Verdienst abtragen. Einhundertfünfundsiebzig Dollar, Senhor. Eine sehr große Summe für mich, denn ich verdiene höchstens zwei, ganz selten drei Dollar am Stück, und nur Rio ist ein gutes Pflaster, denn in die anderen Städte kommen nicht so viele Ausländer. Ich dachte mir, ich könnte es wenigstens versuchen, fünf Dollar von Ihnen zu erhalten, damit ich keinen Verlust hätte. Bitte, Senhor, geben Sie mir die einhundertundfünfundsiebzig Dollar, und gehen Sie nicht zu Lechero.«

Phil und ich sahen uns an.

Phil nickte. Ich nahm zweihundert Dollar aus der Tasche.

»Nimm sie«, sagte ich, »und verschwinde, aber verschwinde nicht nur aus Rio. Verschwinde vor allen Dingen aus dem Blickfeld von Senhor Lechero. Du verstehst?«

Er verstaute hastig das Geld.

»Werden Sie doch zu ihm gehen?« fragte er, schon im Aufstehen.

»Nimm es immerhin an«, antwortete ich. »Vielleicht ist es besser für dich.«

»Danke, Senhor«, sagte er.

Wir sahen ihm nach, wie er in seiner gelben Jacke durch die Halle schwankte und dann von der Drehtür verschluckt wurde.

»Ich denke, wir warten vierundzwanzig Stunden, bis der Bursche sich in Sicherheit gebracht hat«, sagte ich zu Phil.

»Dann können wir uns mit diesem Lechero beschäftigen.«

In diesem Augenblick gellten draußen die Schreie einiger Stimmen, ein Quietschen von Bremsen, eine Reihe von Zurufen.

Wir fuhren aus unseren Sesseln in die Höhe, rannten durch die Halle, sausten durch die Drehtür.

Auf der Fahrbahn, nicht weit vom Eingang unseres Hotels, standen viele Menschen, und immer neue liefen hinzu.

Ich warf mich in die Menge und durchbrach rücksichtslos den Kreis, drängelte mich nach vorn. Dann sah ich es.

Ein Mensch lag auf dem Asphalt, das Gesicht nach unten, Juan Pompenos. Die gelbe Jacke färbte sich langsam dunkel.

Phil hatte sich neben mich gezwängt.

»Scheint eine strenge Organisation zu sein«, murmelte er. »Sieht aus, als wäre er überfallen worden.«

Um uns herum schnatterten die Menschen auf portugiesisch.

»Ich würde gern Näheres wissen«, sagte ich.

»Er ist überfahren worden«, sagte hinter uns eine Stimme. Ich drehte mich um. Der Sprecher war ein großer breitschultriger Mann mit ersten grauen Fäden im blonden Haar. Ich kannte ihn. Ich hatte ihn einigemal in der Hotelhalle und auf der Terrasse gesehen. Er mußte mit uns hinausgelaufen sein.

»Haben Sie es gesehen?« fragte ich.

»Nein«, antwortete er. »Die Leute hier sagen es.«

Er zwängte sich an uns vorbei und sprach mit einem Brasilianer, der besonders heftig gestikulierte.

Wir warteten. Unterdessen heulte mit Sirenengetöse ein Unfallwagen herbei, und auch eine Anzahl Polizisten erschienen auf der Bildfläche. Der Blonde gesellte sich dazu, während die Beamten eine erste Vernehmung der Augenzeugen durchführten. Das Ganze dauerte eine Viertelstunde. Dann kam er zu uns zurück.

»Ja«, bestätigte er, »ein Lastwagen überfuhr ihn. Einer der Zeugen will die Nummer erkannt haben. RO 5890.«

»Vielen Dank.«

»Gern geschehen«, antwortete er. »Ich dachte, es interessiert Sie.« Dabei traf uns ein aufmerksamer Blick aus seinen blauen Augen.

Ich fand, der blonde Herr begann interessant zu werden.

»Wollen Sie einen Drink mit uns nehmen?« fragte ich. »Mein Name ist Cotton. Mein Freund Phil Decker. Beide aus New York.«

»Lohmann«, antwortete er. »Aus dem Amazonasgebiet. Auf drei Monate zum Urlaub in Rio.«

Wir begaben uns in die Hotelbar, die zu diesem Zeitpunkt noch relativ leer war. Ich bestellte eisgekühlten Scotch mit Soda.

»Ziemlich schmerzlicher Verlust für Sie«, sagte dieser Senhor Lohmann nach dem ersten Schluck, als er sein Glas niederstellte. »Der Junge in der gelben Jacke schien so etwas wie ein Geschäftspartner von Ihnen zu sein.«

»Sie beobachten genau«, antwortete ich langsam.

»Ziemlich. In der sogenannten Grünen Hölle gelernt. Wer dort nicht aufpaßt, fängt sich schnell einen Schlangenbiß oder ein vergiftetes Blasrohrpfeilchen ein.«

»Sie leben immer dort?«

»Eigentlich nur am Rand«, lachte er und erzählte uns bereitwillig seine Geschichte, vorausgesetzt, er log uns nicht einfach etwas vor.

Obwohl brasilianischer Staatsangehöriger, war dieser Mr. Lohmann ein Enkel deutscher Einwanderer, die im Inneren Brasiliens zunächst Land kultiviert hatten. Später hatte sich der Großvater dem Gummi zugewandt.

»Wissen Sie, die wilde Gummisuche, wie Sie heute noch betrieben wird, war nichts für meinen Großvater und meinen Vater. Sie gingen nicht in die Amazonaswälder, um den Gummibäumen die Milch abzuzapfen, bis sie verdorrten, und sie waren zu anständig, um die Desperados in die Grüne

Hölle zu schicken und ihnen dann den Rohgummi für einen Apfel und ein Ei abzuhandeln. Sie legten sich in den Wäldern, wo das Klima schon günstig, aber die Gegend ein wenig zivilisiert war, eine Plantage an und vergrößerten sie regelmäßig. Heute können Sie mit der Bahn hinfahren. Ich habe die Plantage geerbt, als mein Vater vor fünf Jahren starb, und wenn ich zuweilen etwas tiefer in das Amazonasgebiet geguckt habe, dann nur aus Neugier oder Sportgeist, wie Sie es nennen wollen. Drei Monate im Jahr mache ich Urlaub in Rio, denn, wenn wir es uns auf unserer Farm auch bequem gemacht haben, eine Wildnis mit vierzig Meilen Entfernung zum nächsten Nachbarn bleibt es doch.«

»Fein«, lachte ich. »In gewisser Weise sind also auch wir Geschäftspartner. Wir verkaufen Autos und damit auch Gummireifen.«

Er antwortete nicht. Es war ganz offensichtlich, daß er uns unseren Beruf nicht glaubte. Er blickte ein wenig in sein Glas, hob dann den Kopf und sagte lächelnd: »Ich glaube nicht, daß der Mann in der gelben Jacke Gummi zu verkaufen hatte.«

Ich ging auf diesen herausfordernden Satz nicht ein.

»Wohnen Sie schon lange im Hotel Americano?« fragte ich.

»Meine drei Monate sind bald um. Solange wohne ich schon hier.«

»Haben Sie einen Amerikaner kennengelernt, der sich Fred Bower nannte?«

»Ja«, antwortete er schlicht. »Wir gerieten einen Abend auf der Terrasse in ein Gespräch. Er interessierte sich sehr für die Gegend am Amazonas und konnte nicht genug davon hören. Er äußerte, es sähe verdammt so aus, als müsse er demnächst dorthin.«

Ich blickte ihm scharf ins Gesicht, aber kein Zucken verriet, ob er wußte, was diese Mitteilung für uns bedeutete. Ich entschloß mich, meine Karten ein wenig aufzudecken.

»Hören Sie, Mr. Lohmann«, begann ich, »für einen Landfremden ist es schwer, sich in Brasilien zurechtzufinden. Wir sind nicht nur zum Urlaub hier. Wir haben eine bestimmte Sache abzuwickeln, und ich gestehe Ihnen, es fällt uns schwer, den richtigen Ansatzpunkt zu finden.«

»Haben Sie Angst vor Schwierigkeiten? Wahrscheinlich wird sich die Polizei wundern, amerikanische Dollar in den Taschen eines überfahrenen Mannes zu finden, aber ich glaube nicht, daß man Sie deswegen belästigt. Man hat nicht gern Scherereien mit dem amerikanischen Konsulat.«

»Sie könnten uns sicherlich helfen.«

»Vielleicht«, antwortete er langsam.

Ich wußte, was er dachte.

»Lassen Sie es lieber sein, den Amateurdetektiv spielen zu wollen«, sagte ich. »Sie haben keine nordamerikanischen Gangster nach dem Muster des letzten Hollywoodfilms vor sich.«

»Aber auch keine Autoverkäufer«, sagte er schnell.

»Ich würde Ihnen diese Frage beantworten, wenn ich wüßte, ob Sie wirklich Gummiplantagenbesitzer sind«, schlug ich zurück.

»Ich könnte Ihnen die Grundbuchauszüge vorlegen«, antwortete er, »aber ich sehe nicht ein, warum ich das tun sollte.«

Verdammt, der Junge war hart. Ich überlegte, ob ich ihn einfach laufenlassen oder ihm noch mehr sagen sollte. Ich glaubte nicht daran, daß Juan Pompenos zufällig überfahren worden war. Seine Leute hatten ihn beobachtet und hatten ihn prompt für seinen Ungehorsam bestraft. Damit wußten sie auch, daß wir uns in irgendeiner Form für sie interessierten, und es hatte schon kaum noch Sinn, allzuviel Versteck zu spielen. Ob sie uns als Interessenten an ihren falschen Münzen aus dem Weg zu räumen versuchten oder als erkannte G-men, das blieb sich schließlich gleich. Und wenn dieser Lohmann zu ihrer Organisation gehörte, dann war es gut, ihn in irgendeiner Form an uns zu binden, um über ihn weiterzukommen.

»Haben Sie eine Ahnung, wo Fred Bower geblieben ist?« nahm ich dieses Thema wieder auf.

»Wie mir der Portier sagte, kam er eines Abends nicht ins Hotel zurück. Am anderen Tag wurde seine Rechnung beglichen und sein Gepäck abgeholt. Ich glaube, das geschah durch einen Taxichauffeur. Mr. Bower hatte bestellen lassen, er habe das Hotel gewechselt.«

»Ich halte es für wahrscheinlich, daß er das Americano mit einem Sarg vertauscht hat«, sagte ich.

»Möglich«, antwortete Lohmann und verriet damit, daß er das wußte oder wenigstens vermutete.

»Wir müssen die Leute finden, die Bower aus dem Weg räumten«, erklärte ich. »Dieser Mann, der vorhin überfahren wurde, schien uns ein Weg dazu zu sein. Jetzt ist er tot. Wir müssen einen anderen Weg suchen. Das kann lange dauern. Ein Mann, der das Land kennt, die Sprache beherrscht, könnte uns helfen.«

Er zündete sich eine Zigarette an.

»Ich habe für Abenteuer etwas übrig«, sagte er, »aber ich wüßte gern, worum es dabei außer um Mr. Bower geht.«

»Jedenfalls um nichts Gesetzwidriges«, entgegnete ich.

Wahrscheinlich glaubte er uns nicht. Gleichgültig, aus welchen Gründen er zustimmte, jedenfalls tat er es.

»Was also kann ich für Sie tun?«

»Sie sagten, man hätte die Nummer des Lastwagens erkannt, der unseren Besucher getötet hat. Können Sie feststellen, wem der Lastwagen gehört? Können Sie außerdem Erkundigungen einziehen über einen Senhor Lechero, der in der Vas Cuanto 139 wohnt? Das sind die beiden Fragen, deren Beantwortung uns im Augenblick am wichtigsten scheint.«

Er stand auf. »Wollen wir heute abend zusammen essen? Ich denke, ich habe bis dahin die Antworten, die Sie wünschen.«

»Einverstanden, um acht.« Wir verabschiedeten uns voneinander. Ich führte anschließend ein langes Gespräch mit

Phil. Er hatte eine noch viel schlechtere Meinung von Mr. Lohmann als ich, aber ich setzte ihm auseinander, daß, wenn Lohmann wirklich zu den Goldfälschern gehörte, wir jedenfalls einen Mann als Ersatz für den armen Juan an der Leine hatten.

Als wir wenige Minuten vor acht die Terrasse betraten, sahen wir den blonden Brasilianer schon an einem Tisch. Er winkte uns zu. Seine blauen Augen blitzten.

»Es waren wirklich wichtige Fragen, deren Beantwortung Ihnen so dringend erschien«, sagte er. »Das erkenne ich sogar, obwohl ich den Zusammenhang nicht überblicke. Also: Der Augenzeuge des Unfalls hat sich die Nummer richtig gemerkt. Der Lastwagen gehört einer Firma Sestros & Sestros, Avenida Appumtos 65, ein Kautschukhändler. Ihr Senhor Lechero ist Angestellter der Firma, anscheinend eine Art Lagerverwalter.«

Ich pfiff durch die Zähne.

Lohmann beugte sich über den Tisch und fragte: »Sie sind amerikanische Geheimpolizisten?«

Wissen Sie, ein guter Kriminalbeamter besteht nicht nur aus Verstand, sondern auch aus Gefühl und Instinkt. Ich hatte das Gefühl, daß es jetzt am besten sei, Mr. Lohmann reinen Wein einzuschenken, und ich gab diesem Gefühl nach.

»Ja«, sagte ich.

»Und hinter was sind Sie her?«

»Jedenfalls hinter einer dicken Sache, deren Bedeutung über Brasilien hinausgeht.«

»Ihr Freund Bower verfolgte den gleichen Fall?«

»Natürlich, und es scheint, als hätte es ihn dabei erwischt.«

Eine halbe Minute lang schwiegen wir alle drei.

»Die Polizei weiß also, daß ein Wagen von Sestros & Sestros Juan Pompenos überfuhr. Was wird geschehen?«

»Nichts«, erklärte Lohmann. »Wenn die Leute von Sestros & Sestros daran interessiert sind, mit diesem Unfall nicht in

Verbindung gebracht zu werden, so werden sie Stein und Bein leugnen. Die ganze Untersuchung wird sich sehr in die Länge ziehen. Schlimmstenfalls geht irgendeiner der Fahrer für ein halbes Jahr ins Gefängnis. Vergessen Sie nicht, daß es sich nur um einen Unfall handelt.«

»Sie sagten heute mittag, Bower habe geäußert, er müsse wahrscheinlich in nächster Zeit ins Amazonasgebiet. Gab er keinen Grund dafür an?«

»Nein, aber ich kann Ihnen vielleicht trotzdem eine Erklärung liefern. Nehmen wir an, Ihr Kollege stieß wie Sie auf das Unternehmen Sestros & Sestros. Die Firma handelt mit Gummi, das heißt, sie unterhält Aufkaufstellen am Rand des Amazonasgebietes. Diese Stellen rüsten wilde Gummisucher aus, die in die Grüne Hölle eindringen, Gummibäume anzapfen und die gewonnene Milch über Feuer zu großen Rohballen rösten. Diese Art des Gummisuchens ist der letzte Job, den es in Brasilien gibt, und nur Leute, die völlig am Ende sind, nehmen ihn an. Der Desperado bleibt durchweg ein halbes Jahr oder länger im Wald. Während dieser Zeit hat er genug Gummi gesammelt, vorausgesetzt, er ist am Leben geblieben. Er packt die Ballen auf sein Maultier und treckt zur nächsten Sammelstelle. Dort ziehen sie ihm die Kosten der Ausrüstung ab, die man ihm vorgeschossen hat. Man betrügt ihn hinten und vorn, und zum Schluß bleibt ihm gerade so viel Geld, daß er sich in der nächsten Kneipe eine Woche lang besaufen kann. Spätestens nach vierzehn Tagen steht er wieder vor dem Leiter der Sammelstelle, bittet um neuen Vorschuß für Geräte, Gewehr und Munition und zieht wieder in den Urwald. Das wird er so lange treiben, bis ihn eine Schlange, ein Jaguar, ein Blasrohrpfeil erwischt, oder bis er sich die Lungen, die von dem Qualm des Gummiräucherns angegriffen werden, aus dem Leib gehustet hat. Vielleicht auch erledigt ihn das Fieber. Das interessiert die Leute, die mit dem Kautschuk ihr Geschäft machen, nicht im geringsten. Von den Sammelstellen aus gehen die Ballen zu einer Zentrale und werden von dort in größeren Transporten nach Rio verschickt zu der Firma, die das ganze Unternehmen finanziert, in unserem Fall also zu Sestros & Sestros. Ich nehme an, daß Ihr Kollege Bower der Ansicht war, daß das, was er und Sie suchen, zusammen mit den Gummiballen aus dem Urwald am Amazonas kommt.«

Ich blickte ihn an. Phil neben mir unterdrückte ein Gelächter. Der Gedanke war zu absurd, sich eine Falschmünzerei mitten im Urwald vorzustellen. Aber Lohmanns Geschichte klang logisch. Bowers Äußerung ließ keinen anderen Schluß zu, und Fred war ein heller Junge gewesen.

Ich versank in Nachdenken. Wir hatten noch zwei Möglichkeiten, um festzustellen, ob wir auf der richtigen Fährte waren. Die eine war, daß wir diesen Senhor Lechero stellten und ihm zu verstehen gaben, daß sein Name uns in Zusammenhang mit dem Gold bekannt war. Zum zweiten konnten wir mit etwas energischeren Methoden herausfinden, wer bei dem Neger und bei dem Mestizen in Rios Slums der Abholer jener Briefe war, die von den Familien Lyonel Redborn und Fedor Kaspers kamen. Nun, wir waren zu zweit, und so konnten wir beides gleichzeitig tun. Ich sprach mit Phil darüber, und wir einigten uns, daß er den Besuch bei Lechero starten würde, während ich mich um den Mestizen kümmern wollte.

»Ich lasse vom Konsulat einen Brief schreiben, in dem Kaspers unter irgendeinem Vorwand gebeten wird, beim Konsulat vorzusprechen. Ich stimme die Angelegenheit mit dem Konsulat so ab, daß der Brief mit der Nachmittagspost eintrifft, und gebe dem Mestizen genügend Zeit, seine Nachricht durchzutelefonieren. Dann gehe ich in seine Wohnung und kaufe mir den Boten, sobald er auftaucht, klar?«

Phil und Lohmann nickten. Ich stand spornstreichs auf, um mit dem Konsulat, mit Mr. Seebold, zu telefonieren.

Ich hatte meinen Plan mit Absicht in Gegenwart Lohmanns auseinandergesetzt. Es war eine letzte Prüfung für ihn. Spielte er falsch, so würde der Abholer nicht kommen, oder sie würden sogar zu mehreren erscheinen, um mich durch die Mangel zu drehen.

Nichts gegen Rios Nächte. Sie sind zauberhaft. Dunkel, gewiß, aber von einer Dunkelheit, die gleichsam transparent ist, besonders in mondlosen Nächten, wenn das zarte Licht der Sterne voll zur Wirkung kommt. Man hat dann das Gefühl, als hätte man Augen einer Katze, die im Dunkeln sehen können.

Ich ließ mich bei Einbruch der Dämmerung in die Nähe der Slums fahren. Mein Ortsgedächtnis ist leidlich in Ordnung, und ich fand mich zurecht, obwohl die Nacht rasch hereinbrach.

Das Haus des Mestizen, Bragueiros 38, stand frei. Ich schob mich in den Zwischenraum zweier elender Wellblechbaracken, die der Mestizenbude genau gegenüberlagen.

Ich stand ganz bequem und harrte der Dinge, die da kommen würden. Ich hatte meine Kleidung durchaus nicht angepaßt, hatte nur graues, unauffälliges Zeug gewählt.

Kein Mensch kümmerte sich um mich. Wahrscheinlich hielten sie den Mann, der faul an der Hauswand lehnte, und dessen Zigarette zwischen den Lippen wippte, für einen der ihren. Punkt neun Uhr fuhr ein Auto vor dem Haus Nummer 38 vor. Zwei Männer stiegen aus. Es gab sofort einen Auflauf, aber die Männer ließen sich dadurch nicht stören. Sie klopften an die Tür von 38. Im kläglichen Licht des Zimmers erkannte ich den Mestizen. Die Männer und er palaverten hin und her, dann übergaben sie dem Burschen einen Umschlag. Vor dem Einsteigen blieb einer der Männer stehen, zog ein Taschentuch und trocknete sich die Stirn. Das war das mit Seebold vereinbarte Zeichen. Ich wußte, der angeblich für Fedor Kaspers bestimmte Brief befand sich in den Händen des Mestizen.

Er stand immer noch im Türrahmen und sah dem Wagen nach. Dann knallte er die Tür zu, verließ die Hütte aber kaum drei Minuten später wieder, ging die Straße hinunter und verschwand. Wenn alles so stimmte, wie ich hoffte, telefonierte er jetzt. Die nächste halbe Stunde verging ohne besondere Ereignisse, und ich fragte mich, ob ich nicht falsch lag. Der Mestize konnte ja auch Anweisung gegeben haben, die Briefe an eine Deckadresse weiterzuschicken.

Plötzlich war er wieder da.

Er steuerte seine Wohnung an, schloß mit einem Riesenschlüssel auf und trat ein.

Ich löste mich von meiner Hauswand, überquerte die Straße und klopfte an.

Er mußte sich noch ganz in der Nähe der Tür befinden, denn er riß sie sofort auf. Den großen Sombrero trug er noch auf dem Schädel.

»Que?« fragte er, erkannte mich und öffnete den Mund zu einer Schimpfkanonade.

Mit einer Handbewegung meiner Linken lud ich ihn ein, einen Blick auf meine Rechte zu werfen. Er tat das, sah den Lauf des Revolvers blinken und klappte den Mund zu.

Ich winkte ein wenig, und er ging gehorsam rückwärts. Ich betrat sein Haus.

Die ganze Hütte bestand aus einem Raum, vollgepfropft mit einem Wust von Krempel und einem fensterlosen Gelaß, in dem der Mestize schlief.

Er hatte sich inzwischen zu einem Schrank zurückgezogen und richtete einen Satz auf Brasilianisch an mich.

Ich grinste und schüttelte den Kopf. Er kratzte alles zusammen, was er je an Englisch gehört hatte, und fragte: »You want?«

»Den Mann abfangen, den du angerufen hast.«

Das ging bei weitem über seine Englischkenntnisse hinaus.

»Wo Brief?« fragte ich.

Hallo, das verstand er. Er griff in seine schmutzige Jackentasche, gab mir den Brief des Konsulats geradezu freudig. Anscheinend hoffte er, mich auf diese Weise rasch loszuwerden, und es muß eine bittere Enttäuschung für ihn gewesen sein, daß ich mich vorsichtig auf einen seiner wackligen Stühle setzte und offenbar gedachte, seine Gastfreundschaft noch länger zu genießen.

Die nächsten drei Stunden müssen stark an seinen Nerven gerissen haben. Ich hatte volles Verständnis für ihn. Ein scheußliches Gefühl, wenn ein Mann mit einem Revolver in der Hand im Zimmer sitzt, noch dazu ein Mann, mit dem man nicht reden kann.

Eine halbe Stunde nach Mitternacht wurde an die Tür geklopft. Ich sah meinen unfreiwilligen Gastgeber scharf an, legte einen Finger auf den Mund, steckte den Revolver weg und ging zur Tür. Ich drehte den Schlüssel, drückte die Klinke nieder und öffnete.

Der Mann trug eine lose Leinenjacke und -hose, keinen Hut und nur ein Paar Sandalen an den Füßen. Sein langes blauschwarzes Haar reichte ihm bis in den Nacken. In der Stirn war es zu einem Pony frisiert. Seine Augen zeigten den Mongolenschnitt der Indianer.

Sein Gesicht zeigte keine Bewegung bei meinem Anblick. Er streckte seine Hand aus. Ich lud ihn ein, hereinzukommen.

Er schüttelte den Kopf und hielt die Hand ausgestreckt.

Ich wiederholte meine Einladungsbewegung. Langsam ließ er die Hand sinken, blicke mich aufmerksam an, drehte sich um und wollte gehen.

Tja, da half nun nichts. Ich griff zu, packte den Kragen seiner Leinenjacke und riß ihn rückwärts.

Es war, als hätte ich eine Schlange angefaßt, aber ich konnte ihn doch ins Haus befördern, und ich konnte auch noch die Tür ins Schloß werfen, bevor er mir an die Haut gehen konnte.

Er war viel kleiner als ich, aber er hatte Muskeln aus Stahl und Draht. Er faßte mich um die Hüfte, wollte mich aus dem Stand heben und zu Boden schleudern. Sein Kinn lag so frei vor mir wie ein Punchingball, und ich tupfte ihn darauf. Er fiel um, sah mich aus unsäglich erstaunten Augen an, als könne er nicht verstehen, wieso er auf dem Boden lag, stand auf und griff erneut an. Ich konnte ihn treffen, bevor er mich noch berührt hatte. Er kam ein drittes Mal. Ich traf ihn härter. Er blieb auf dem Rücken liegen und rührte sich nicht mehr.

Der Mestize hatte dem ganzen Zauber zugesehen, ohne auch nur den Versuch einer Beteiligung zu machen. Ich bedeutete ihm, daß ich einen Strick brauchte, um den Besucher zu binden. Er kramte bereitwillig in seinem Krempel und reichte mir eine lange Wäscheleine, genügend für beide.

Ich fesselte den noch bewußtlosen Indianer und knebelte ihn. Der Mestize sah interessiert zu.

Erst als ich nach Beendigung meiner Arbeit freundlich lächelnd auf ihn zuging, kapierte er, daß ihm das gleiche blühen würde, begann zu zittern und gab lange flehende Sätze von sich. Ich machte es kurz. Er fiel so bereitwillig um, als sei es eine Erlösung für ihn. Ich verpackte ihn nicht schlechter als den Indianer. Dann löschte ich das Licht, schloß die Hütte von außen ab, ging erst langsam und dann im Trab der Stadt zu.

Die Taxichauffeure in Rio können fast alle ein wenig Englisch. Der erste, den ich traf, war keine Ausnahme.

»Fünfzig Dollar«, erklärte ich, »wenn Sie nichts sehen, nichts hören und alles vergessen haben, sobald wir uns trennen.«

»Senhor«, antwortete er feierlich, »ich bin blind, taub und stumm.«

Als er hörte, daß er in die Slums fahren sollte, versuchte er, noch zehn Dollar mehr herauszuquetschen, und ich versprach sie ihm.

Wir fuhren vor Bragueiros 38 vor. Ich schloß auf, ging hinein, lud mir den nicht schweren Indianer auf die Schulter und packte ihn in den Fond. Das ging so schnell, daß die Einwohner der Straße, die sich auch jetzt noch herumtrieben, nicht einmal Zeit fanden, sich um das Taxi zu sammeln. Ehe sie recht begriffen hatten, was geschah, fuhren wir schon wieder. Den Mestizen überließ ich der Hilfe seiner Nachbarn.

Ich glaube, meinem Chauffeur war trotz der sechzig Dollar nicht wohl in der Haut.

»Senhor«, stammelte er, während wir dem Zentrum zubrausten, »ich verdiene gern Geld, aber — ist der Mann tot?«

»Keine Sorge. Es ist alles in Ordnung. Fahren Sie zum Hotel Americano, parken Sie dort, aber ein wenig im Schatten.«

Er tat, was ich ihm befahl. Schräg gegenüber dem Hoteleingang hielt er unter einem Baum. Ich gab ihm den vereinbarten Preis, zog lächelnd den Zündschlüssel ab und ging ins Hotel.

»Senhor Lohmann? Senhor Decker?« fragte ich den Portier.

»Auf der Terrasse!«

Die Terrasse war so gut wie leer. Lohmann und Phil saßen an einem Balustradentisch, tranken und zogen sorgenvolle Gesichter. Phil sprang auf, als er mich sah.

»Jerry, wir haben...«

»Moment«, unterbrach ich. »Ich habe einen Gast in dem Taxi, einen merkwürdigen Gast. Ich brauche einen Platz, an dem wir uns ungestört mit ihm unterhalten können, aber ich möchte ihn nicht gern quer durch das Hotel in mein Zimmer tragen.«

»Mein Privatwagen?« fragte Lohmann.

»Wo ist der?«

»In der Hotelgarage.«

»Holen Sie ihn und fahren Sie ihn neben das Taxi, das vor dem Hotel unter der Palme steht. Phil, komm mit.«

Es ging ganz reibungslos. Wie ein gelernter Kidnapper fuhr Lohmann drei Minuten später langsam an dem Taxi vorbei. Die Fondtüren flogen auf, und Phil und ich wuchteten den Indianer hinüber und sprangen hinterher. Lohmann drückte den Gashebel hinunter, und der zurückbleibende

Taxichauffeur dankte wahrscheinlich dem Himmel, daß er unbeschädigt aus der Sache hervorgegangen war, dazu um sechzig Dollar reicher.

»Wohin fahren Sie?« fragte ich Lohmann.

»Ich kenne eine einsame Stelle am Strand.«

Der Wagen verließ die Asphaltstraße, kurvte ein wenig zwischen den Kakteen umher und hielt dann zwischen irgendwelchem Grün. Lohmann schaltete das Fondlicht ein und drehte sich neugierig nach unserem Gast um.

»Ach, ein Alaciente-Indianer!« rief er erstaunt.

»Er ist der Mann, der den Brief für Kaspers holen wollte.«

»Ein Alaciente in Rio! Das ist fast eine Sensation.«

»Ist es ein besonderer Stamm, dem er angehört?«

Lohmann hielt uns einen kleinen Vortrag über südamerikanische Indianer.

Die Alacientes waren ein Stamm, der besonders vor der Berührung mit Weißen zurückscheute. In kleine Völker und Dorfgemeinschaften aufgespalten, die sich oft genug untereinander bekämpften, hausten sie in der Nähe des Rio Alacies, eines Nebenflusses des Amazonas. Mit ihnen Kontakt zu suchen, war gefährlich und gelang auf die Dauer nie.

Während uns Lohmann das erzählte, lag der Alaciente in seiner Fesselung auf dem Polster, ließ seine Augen von einem zum anderen gehen und rührte sich nicht.

»Können Sie mit ihm reden?« fragte ich, wechselte den Platz, richtete den Indianer auf, löste den Knebel, der ihm den Mund verschloß, und zerschnitt mit meinem Taschenmesser seine Fesselung.

Lohmann richtete einen portugiesischen Satz an ihn. Der Indianer sah ihn lange an, öffnete dann den Mund und antwortete mit einer erstaunlich tiefen Stimme.

Lohmanns Gesicht drückte Verwunderung aus.

»Was sagt er?« drängte Phil.

»Er sagt, der Jaguar würde uns alle töten!«

»Das ist eine Raubkatze, die sich in euren Wäldern herumtreibt, nicht wahr?«

»Ja, ungefähr so etwas wie ein Leopard in Afrika.«

»Fragen Sie ihn, wie er heißt und woher er kommt!«

Es begann ein fast endloses Frage- und Antwortspiel, das bis in die Morgendämmerung hinein dauerte. Ohne Lohmann hätten wir wahrscheinlich kein Wort aus der Rothaut herausgebracht. Am Ende wußten wir etwa, was mit ihm los war. Offenbar war er mit einem Gummitransport vom Rio Alacies nach Rio gelangt. Er schien in einer Art Lagerhalle zu hausen, aber wir konnten nicht erfahren, wo sich diese Lagerhalle befand. Er holte die Briefe ab, wenn es ihm gesagt wurde, und gab sie an irgendwen weiter, wahrscheinlich an einen Stammesgefährten, der von Zeit zu Zeit mit den Gummitransporten aus dem Urwald erschien. Immer wieder tauchte in seinen Antworten die Bezeichnung ›Jaguar‹ auf. Der ›Jaguar‹, oder auch der ›große Jaguar‹ habe ihn geschickt, sagte er. Der Jaguar habe ihm befohlen, einem weißen Mann zu gehorchen. Der Jaguar werde ihn beschützen und uns durch einen großen Zauber vernichten. Lohmann übersetzte, so gut er konnte, aber der Indianer sprach selbst nur ein gebrochenes Portugiesisch, und vieles, was er sagte, blieb für uns unerklärlich. Es wurzelte so tief in der Vorstellungswelt des Urwaldes, daß wir es nicht in unsere Begriffe zu übertragen vermochten.

Das erste Licht kroch über dem Meer hoch, als wir abbrachen.

»Sind Sie jetzt klüger?« fragte Lohmann mit leichtem Spott.

»Ich denke. Hören Sie, Lohmann, ich sage Ihnen den Rest unserer Aufgabe. Wir suchen einen Mann, der es vorzüglich versteht, falsche Goldmünzen herzustellen. Dieses Gerede von dem großen Jaguar des Indianers, die Tatsache, daß mein Kollege Bower in den Urwald wollte, ferner der Umstand, daß ein gewisser Lechero, der in Verbindung mit dem ermordeten Goldmünzenverkäufer Pompenos stand, bei der Gummifirma Sestros & Sestros beschäftigt ist, die nach der Art ihres Geschäfts ständige Transporte zwischen dem Urwald und Rio durchführt, das alles bringt mich zu der Überzeugung, daß der Jaguar ein Mann ist, der sich durch irgendwelche Tricks die Indianer unterworfen hat und nun seine falschen Goldmünzen dort fabriziert.«

Lohmann brach in schallendes Gelächter aus. Er konnte sich überhaupt nicht wieder beruhigen.

»Nehmen Sie es mir nicht übel, Mr. Cotton«, sagte er schließlich, während er sich die Lachtränen abwischte, »aber der Gedanke ist völlig hirnverbrannt. Ein Mann soll mitten in der grünen Hölle des Amazonas sitzen und falsche Goldmünzen prägen? Das ist einfach nicht durchführbar. Bedenken Sie die Maschinen, die er benötigt, den Strom, das Rohmaterial. Allein die Gebäude sind einfach nicht zu erstellen. Es gibt praktisch keinen Stein im ganzen Amazonasgebiet.«

»Sie lachen zu früh«, meldete sich Phil. »Erinnern Sie sich bitte an eine Kleinigkeit während unserer heutigen Unterredung mit diesem Lechero.«

»Ach richtig, Lechero«, sagte ich. »Über meinen eigenen Erlebnissen habe ich ganz vergessen, euch nach eurem Gespräch mit dem Burschen zu fragen.«

Phil berichtete. Sie hatten diesen Lechero am Nachmittag aufgesucht. Er zwang sich zur äußersten Höflichkeit. Er leugnete auch nicht, Juan Pompenos zu kennen, aber er leugnete Stein und Bein, Goldmünzen besorgen zu können.

»Ich würde den Senhores sehr gern behilflich sein«, versicherte er mit der Freundlichkeit eines Tigers, »aber ich bin nicht dazu in der Lage. Bedenken Sie, ein einfacher Lagerverwalter wie ich! Wie soll ein solcher Mann zu Goldstücken kommen?«

»Vielleicht aus dem Urwald, Mr. Lechero!« hatte Phil auf diese Phrase geantwortet. »Haben Sie nicht bemerkt, wie er bei diesem Satz zusammenzuckte, und daß es fast eine halbe Minute dauerte, bis er sich zu der Antwort aufraffte: ›Aus dem Urwald kommt nur Kautschuk, das grüne Gold, Senhores. Echtes Gold findet man dort nicht!‹«

Phil richtete diese Frage an Lohmann, und Lohmann rieb sich nachdenklich das Kinn.

»Jetzt, da Sie es erwähnen, erinnere ich mich«, gab er zu.

»Wie«, fragte ich, »kann man zum Rio Alacies gelangen?«

Er sah mich ernst an. »Das ist keine Spazierreise.«

»Ich habe nicht erwartet, daß ein direkter Linienverkehr besteht.«

Er überlegte kurz. »Meine Farm liegt am Rio Ologo. Das ist ungefähr hundert Meilen unterhalb der Mündung des Rio Alacies in den Amazonas. Bis Romlavon können wir mit der Bahn fahren. Wenn ich rechtzeitig ein Telegramm schicke, steht dort ein Jeep für uns bereit. Vierundzwanzig Stunden mit dem Jeep bringen uns zu meiner Farm, und dort könnten wir uns entschließen, wie wir weiter wollen. Wahrscheinlich am besten mit dem Motorboot zur Mündung des Alacies in den Amazonas, und dann weiter den Alacies hinauf. Es fragt sich nur, ob wir das Motorboot bis zu unserem Ziel benutzen können. Wahrscheinlich müssen wir früher in ein Kanu umsteigen.«

»Stopp«, unterbrach ich mit einer Handbewegung. »Sie sprechen immer von wir.«

»Ich dachte, ich könnte Sie begleiten«, sagte er leichthin. »Außerdem glaube ich, es wäre gut für Sie, wenn jemand dabei ist, der etwas vom Amazonas versteht. Ich wiederhole, Mr. Cotton: Das ist kein Spaß.«

»Abgemacht, und zunächst vielen Dank. Wir brauchen sicherlich eine Ausrüstung. Bekommt man so etwas in Rio?«

Lohmann winkte ab. »Sie finden alles, was Sie für einen Urwaldtrip brauchen, auf meiner Farm. Bis dorthin kommen Sie auch in Anzug und Hut. Wir schlafen ein paar Stunden, geben eine Telegramm an den Verwalter meiner Farm auf und reisen mit einem Zug, der, glaube ich, am Nachmittag fährt. Was machen wir mit dem Alaciente?«

»Den nehme ich mit ins Hotel, lege ihn an die Kette, und er wird uns bei dem Trip begleiten. Ich hoffe, er führt uns gleich an den richtigen Fleck.«

»Also alles klar«, sagte Lohmann und ließ den Motor anspringen.

Lohmann parkte vor dem Eingang des Hotels. Ich faßte den Indianer am Ärmel und zog ihn durch die linke Tür ins Freie. Phil stieg rechts aus. Lohmann blieb einen Augenblick länger am Steuer.

Ich hatte eben dem Alaciente aus dem Wagen geholfen und hielt seinen Arm, als die Schüsse laut und peitschend die Stille zerrissen. Na ja, für einen G-man ist das Alltagsbrot, und wir haben gelernt, in solchen Fällen zu reagieren. Ich riß den Indianer in die Knie, huschte mit ihm um die Seite des Wagens herum und duckte mich hinter den Gepäckraum. Der Indianer wollte sich aufrichten. Mit einer kurzen Bewegung an seinem Arm, den ich noch umklammert hielt, zwang ich ihn neu herunter. Dann erst fischte ich den Revolver mit der linken Hand aus der Halfter und peilte die Lage.

Phil war bei dem ersten Schuß quer über den Bürgersteig in den Hoteleingang gejagt und stand jetzt, Rücken an der Wand, in der Eingangsvertiefung und war eben dabei, die Nase zu einem Blick über die Straße vorzuschieben. Lohmann mochte sich auf den Boden des Wagens fallen gelassen haben. Ich hatte kein Glas klirren hören. Sie hatten offenbar nur auf mich und Phil gezielt.

Ich versuchte herauszufinden, wo sie sich befanden. Wahrscheinlich standen sie hinter der Seitenfront des Hotels.

Ich gab Phil ein Zeichen mit der Hand. Er verstand und verschwand im Hotel. Er würde versuchen, sie im Rücken zu fassen.

Vielleicht zwei Minuten nach dem ersten Schuß mochten vergangen sein. Schon klappten die ersten Fenster. Die Köpfe verschlafener Mitmenschen erschienen.

Ich fühlte mich ganz wohl. Das konnte für die Jungs, die uns Schwierigkeiten machen wollten, schlecht ausgehen. Wenn Phil in ihren Rücken gelangte, trieb er sie wie die Ratten aus dem Loch.

Ein lauter Ruf erschallte über die Straße. Irgendein Satz in diesem verdammten Portugiesisch, von dem ich kein Wort verstand. Doch, eins: Jaguar. Aber es konnte auch sein, daß ich mich täuschte. Neben mir zuckte der Indianer hoch. Ich drehte mich ihm schnell zu, packte fester seinen Arm. Ich sah sein Gesicht. Es war völlig verändert, verzerrt, mit weit aufgerissenen Augen. Es war das Gesicht eines Fanatikers, der sich in Ekstase befand. Mit einer wilden Bewegung riß er seinen Arm aus meiner Faust, stürzte vor, rammte mir den Kopf vor die Brust, daß ich taumelte, und rannte aus der Deckung.

Ich warf mich in einem langen Hechtsprung nach ihm, wollte seine Beine fassen, um ihn zurückzuzerren, aber ich sprang zu kurz. Ich verfehlte ihn knapp, und seine Freunde, die ihn gerufen hatten, taten alles, um mich an weiteren Aktionen zu hindern. Ich sah den Asphalt hochspritzen, bevor ich den Knall der Schüsse hörte, und er spritzte nah genug. Ich rollte mich rückwärts in meine Deckung zurück.

Fünfzig oder sechzig Schritte vor mir rannte der Alaciente. Jetzt hatte er fast die Ecke des Hotels Americano erreicht. Ich sah die kleine Bewegung, mit der er in die Kurve gehen wollte. Plötzlich blieb er stehen, als habe eine große Hand ihn gestoppt. Ich konnte sein Gesicht nicht sehen, aber seine ganze Haltung drückte unsägliches Erstaunen aus. Dann, ganz langsam und wie in einer Zeitlupe, drehte er sich in seiner Hüfte, während die Füße fest auf dem Boden blieben. Die Knie wurden weich, und dann fiel er schwer und hart nach vorn.

Der Indianer mochte kaum den Boden berührt haben, als ein schwerer schwarzer Wagen wie mit einem Satz hinter der Ecke hervorschoß, sofort mit kreischenden Rädern in eine Rechtskurve ging und heulend davonbrauste.

Ich stand auf und faßte den 38er mit beiden Händen. Ich jagte meine ganzes Magazin hinterher, aber es ist schwer, auf sechzig oder siebzig Schritt einen Wagen entscheidend zu treffen, der sich rasch entfernt. Sicherlich zerbeulte ich ihnen die Karosserie, aber ich konnte sie an der

Flucht nicht hindern. Lohmann tauchte hinter dem Steuerrad wieder auf. Er ließ den Motor anspringen und dachte, ich wollte hinterher. Ich winkte ab. Er sah mich erstaunt an und stieg aus.

»Wir erwischen sie nicht«, sagte ich. »Kommen Sie mit zu dem Alaciente. Er liegt dort.«

Wir gingen hin und drehten ihn auf den Rücken. Er hatte mehrere Kugeln in der Brust und war tot.

Von der hinteren Seite des Hotels kam Phil im Laufschritt herbei. »Leider zu spät«, sagte er und schob den 38er in die Halfter zurück.

»Haben Sie verstanden, was ihm zugerufen wurde?« fragte ich Lohmann.

»Ja. Es hieß: Komm her! Der große Jaguar wünscht es.«

»Die Wünsche des großen Jaguars scheinen oft tödlich für seine Anhänger zu sein«, sagte ich langsam.

Wir schaukelten drei Tage und drei Nächte durch Brasilien. Vom dritten Tag an wurde der Wald zur Rechten und Linken der Bahn grün und immer dichter und das Klima scheußlich warm und schwül, eine richtige Treibhausluft.

Mitten in der Nacht des dritten Tages erreichten wir Romlavon. Eine Stadt? Beileibe nicht! Ein Sammelsurium von Bretterbuden. Romlavon war Sammelplatz für Rohkautschuk, und dem Kautschuk allein verdankte es seine Existenz. Während der großen Gummikrise in den dreißiger Jahren war es schon einmal verfallen, und erst der Krieg hatte ihm wieder auf die Beine geholfen.

Wir waren die einzigen, die hier ausstiegen. Nur die Hauptstraße war gepflastert. Lohmann lieferte uns vor einer Bar ab, aus der Orchestrionmusik erschallte.

»Gehen Sie rein und trinken Sie einen«, sagte er. »Ich werde mich nach meinem Peon mit dem Jeep umsehen.«

Wir dachten, wir platzten in einen Wildwestfilm hinein, als wir die Bar betraten. Es sah genauso aus, und sie war genau von den Gestalten bevölkert, die in den Western die großen Keilereien zu veranstalten pflegen.

Natürlich erregten wir beträchtliches Aufsehen in unserer Stadtkluft, so mit Hut und Schlips, aber wir störten uns nicht daran. Wir suchten uns einen freien Tisch und bestellten irgend etwas.

Der Wirt brachte uns zwei Gläser. Er verlangte einen höheren Preis für den Fusel, als wir im Americano für echten Scotch bezahlt hatten, und als wir dann die Gläser genauer ansahen, verzichteten wir darauf, das Gebräu zu kosten.

Lohmann tauchte nach zehn Minuten wieder auf.

»Der Jeep steht draußen. Wenn Sie wollen, können wir starten. Oder wollen Sie hier übernachten?«

»Vielen Dank«, antworteten Phil und ich wie aus einem Mund. Lohmann bemerkte unser Erstaunen über die Kneipe und die Leute darin und lachte auf.

»Gummisucher«, erklärte er. »Sie verprassen, was sie in einem halben Jahr im Urwald verdient haben. Für sie ist Romlavon Zivilisation in Reinkultur. Es gibt sogar eine Tanzbar mit Mädchen, die für kein Hafenviertel einer Großstadt mehr taugen. Hier gelten sie als der Inbegriff all dessen, was das Leben lebenswert macht. Gehen wir.«

Der Jeep war eine prima Sache, sozusagen etwas Vertrautes, ein Ding aus den Vereinigten Staaten. Am Steuer hockte eine braunhäutige Gestalt mit einem Riesenhut auf dem Schädel. Wir verfrachteten uns und unser Gepäck. Es ging los.

Der Jeep war zwar aus den Staaten, aber die Straße, die er befuhr, befand sich in Brasilien, und dazu noch in einem Gebiet, das eigentlich nur Urwald war. Dazu fuhr Pedro, als gelte es, einen Rekord aufzustellen.

»Pedro findet diesen Teil der Straße noch gut!« brüllte uns Lohmann zu. »Später, wenn sie schlechter wird, wird er langsamer fahren.« Er lachte.

Als es hell wurde, sahen wir, daß wir durch eine Schneise fuhren, die quer durch den Urwald gehauen war. Links und rechts verfilzte sich ein undurchdringlicher Pflanzenwuchs zu einer grünen Wand, in die man keine zwei Schritte eindringen konnte, ohne sich rettungslos in ein Gewirr von allem nur denkbaren Grünzeug zu verfangen. Die Kronen der Bäume bildeten ein völlig geschlossenes Dach, durch das die Sonne nur in die schmale Spur der Schneise einzudringen vermochte.

»Früher war das ein Fußpfad vom Amazonas zur Bahn. Später wurde er von Maultieren benutzt«, erklärte Lohmann. »Mein Vater ließ ihn auf Wagenbreite bringen. Es kostete ihn den Ertrag zweier Gummiernten, und es macht heute noch rund zehn Prozent meiner Unkosten aus, ihn von Zuwachsungen freizuhalten. Der Urwald frißt sofort wieder auf, was der Mensch aus der Hand läßt.«

Hinter dem Jeep holperte ein großer Anhänger, auf dem sich die Benzinkanister stapelten. Von Zeit zu Zeit mußten wir tanken. Die Sonne stand jetzt hoch. Ihre Strahlen brannten auf uns herab. Der Urwald begann eine Unmenge von Gerüchen auszuströmen. Düfte mischten sich mit abscheulichem Gestank.

Lohmann gab uns Erklärungen. Er wies uns Lianen, die wunderbar klares Trinkwasser enthalten. Er zeigte uns die Unmengen von Kolibris, von Riesenfaltern, die durch die Luft schwirrten und schaukelten. Gleichmütig machte er auf eine große gelb-schwarze Schlange aufmerksam, die sich an einem Ast ringelte.

»Eine Anakonda. Sie ist nicht giftig, aber sie kann einen Menschen erdrücken.«

Es gab herrliche Orchideen auf den Bäumen, Orchideen, wie sie in New York zehn bis fünfzehn Dollar das Stück kosten. Hier galten sie als Unkraut.

Lohmann löste den Fahrer ab, der sich sofort in den Anhänger zu den Benzinkanistern verfügte, den Hut auf das Gesicht drückte und dort, offenbar wie ein Federball auf und ab hüpfend, wunderbar schlief — von uns glühend beneidet. Später nahmen auch Phil und ich abwechselnd das Steuer. Erst während der Nacht fuhr dann wieder der Peon.

Ich glaube, ich bin dann trotz aller Schaukelei schließlich eingeduselt, denn erst ein Griff Lohmanns an meine Schulter brachte mich wieder zum Bewußtsein meiner selbst.

»Wir sind da!«

Ich sah ein langes, flaches, frei stehendes Gebäude, das weiß durch die Dunkelheit schimmerte, wälzte meine steifen Glieder vom Wagen, reckte und streckte mich und stöhnte selig.

»Wollen wir essen?« fragte unser Gastgeber.

»No«, antwortete ich. »Schlafen!« Und Phil an meiner Seite nickte nachdrücklich.

Wir schliefen runde zwölf Stunden in langen kühlen Betten, unter einem Moskitonetz und nur zugedeckt mit einem Leinentuch, während ein Ventilator uns Kühlung zufächelte. Erst gegen Mittag des anderen Tages trafen wir uns mit Lohmann zu einem Frühstück, und dann fuhr er uns durch seine Plantage.

Was Lohmann, sein Vater und sein Großvater hier in den Urwald gezaubert hatten, das grenzte an ein Wunder. Schnurgerade, auf einer Fläche von Quadratmeilen, standen die Gummibäume, denen sorgfältig nach einem bestimmten Plan die Gummimilch abgezapft wurde, damit der Baum nicht ausblutete.

»Die Gummisucher im Urwald ruinieren durch brutales Anzapfen die Bäume«, sagte Lohmann. »Uns Farmern könnte es nur recht sein, denn sie müssen immer tiefer eindringen, und damit wird der Rohgummi nur teurer.«

Vorbildliche Lagerhallen nahmen die Rohballen auf, und die Räucheranlage arbeitete fast automatisch. Das Wohnhaus war bequem eingerichtet und bot allen Komfort, ohne üppig zu sein. Lohmann beschäftigte ungefähr achtzig Leute, die zum guten Teil aus Familien bestanden. Die meisten von ihnen waren Indianer oder Indianermischlinge, aber wie die meisten südamerikanischen Indianer hatten sie ihre Stammesgewohnheiten längst aufgegeben.

Am Abend saßen wir bei einem guten Drink zusammen,

der in einem tiefen Erdschacht gekühlt worden war, die einzige Möglichkeit, ein Getränk kalt zu bekommen, wenn es kein Eis gab.

»Ich habe das Motorboot für morgen früh bereitstellen lassen«, sagte unser Gastgeber. »Die für Sie bestimmten Sachen hat Pedro auf Ihre Zimmer gebracht. Ob Sie mit Gewehren umgehen können, brauche ich nicht zu fragen. Wir nehmen acht meiner Leute mit und zwei Kanus als Schlepp. Den Amazonas hinauf ist die Sache kein Problem. Die hundert Meilen schaffen wir in vier Tagen, auch ein gutes Stück den Rio Alacies hinauf werden wir mühelos schaffen. Dann aber wird es kritisch. Fünfzehn, zwanzig, vielleicht auch noch hundert Meilen müssen wir die Kanus benutzen. Das kann zehn Tage dauern. Wenn wir Pech haben auch zwanzig. Es richtet sich ganz nach den Wasserverhältnissen und wieviel Stromschnellen wir antreffen. Als letztes besteht die Möglichkeit, daß wir vom Flußufer ins Innere müssen, um die Alacientes zu finden — wenn wir sie finden.« Er lachte leicht. »Ich glaube, Mr. Cotton und Mr. Decker, Sie haben immer noch keine rechte Vorstellung davon, worauf Sie sich da einlassen.«

Lohmanns Voraussagen stimmten genau. Wir schafften nicht mehr als rund fünfundzwanzig Meilen in vierundzwanzig Stunden. Am zweiten Tag sahen wir die Gestalt eines Mannes am Ufer, der uns mit seinem zerbeulten Hut zuwinkte. Lohmann ließ das Steuer herumlegen.

Der Mann planschte durch das flache Ufergewässer auf uns zu, als wir nahe genug heran waren. Das Wasser reichte ihm bis zum Gürtel, bevor er sich zu uns ins Boot schwingen konnte. Sein Gesicht zeigte die übliche Urwaldfarbe, und sein Bart war verfilzt wie die Füllung einer alten Matratze. Es stellte sich heraus, daß er ein Schotte war, irgendwo im Hochland geboren, viel herum- und dann heruntergekommen, jetzt ein Gummisucher wie tausend andere.

»Dachte, Sie hätten vielleicht einen Schluck an Bord«, sagte er zur Begrüßung. Lohmann schenkte ihm eine Flasche. Er labte sich gründlich und fühlte sich dann zu einem Gespräch aufgelegt.

»Wohin wollen Sie?« fragte er.

»Zum Rio Alacies.«

Er stieß einen Pfiff aus.

»Wollen Sie sich den großen Jaguar ansehen?« Es war etwas wie Spott in der Stimme.

»Hallo, was wissen Sie über den großen Jaguar?« fragte ich überrascht. »Und woher wissen Sie es?«

»Woher? Ich hatte zwei Kollegen, die ins Alacies-Gebiet zogen und nicht zurückkamen. Ich wollte auch hin. Der Gummibaum wächst dort noch reichlich. Man braucht nicht sehr zu laufen, aber ich fand ihre Reste und verzog mich schleunigst einige Meilen flußabwärts. Die Alacientes spielen verrückt. Sie sollen sich einen großen Zauberer zugelegt haben, und so scheu sie früher waren, so frech sind sie jetzt geworden.«

Wir unterhielten uns noch ein wenig mit ihm. Klarheit konnten wir nicht gewinnen. Es liefen Gerüchte durch die grüne Hölle, daß das Gebiet um den Rio Alacies zur Zeit besonders gefährlich war, das war alles.

»Schönen Dank für den Whisky«, verabschiedete sich der Tramp schließlich und sprang, die Flasche mit dem Rest im Arm, wieder über Bord. Vom Ufer aus sah er uns nach.

Am vierten Tag unserer Reise erblickten wir eine große Abzweigung. Jedenfalls sah es für uns so aus, aber es war die Mündung des Rio Alacies in den Amazonas.

»So weit wären wir«, meinte Lohmann, »aber jetzt wollen wir erst einmal auf die andere Seite gehen, um zu versuchen, ob wir von den Tanteros etwas erfahren können.«

Der junge Indianer, den Lohmann Tanto nannte, hatte die vier Tage über schweigsam vor unserem Verdeck gesessen. Am Anfang der Reise trug er noch Leinenhose und Hemd, aber mit jedem Tag glitt er mehr in seinen Urzustand zurück, und jetzt war er nur noch mit einem geflochtenen Lenden-schurz bekleidet und hatte selbst die Sandalen abgelegt.

Wir überquerten den Amazonas, tuckerten noch ein Stück flußaufwärts und legten uns für die Nacht am Ufer vor Anker.

Mit dem ersten Licht des nächsten Tages brachen wir auf. In den Kanus setzen wir zum Ufer über, vertäuten sie und machten uns auf den Weg landeinwärts.

Weg? Das ist nur eine Redensart. Jeden Schritt mußten wir uns mit der Machete, dem schweren Haumesser, freischla-gen. Außer dem Indianer waren nur noch Pedro und wir drei von der Partie.

Wir wurstelten uns den ganzen Vormittag durch das grüne Dickicht. Um Mittag herum rasteten wir auf einer winzigen Lichtung. Lohmann sprach mit Tanto, der Indianer nickte und verschwand lautlos in der Vegetation. Sein Herr setzte sich zu uns und meinte sorgenvoll: »Hoffentlich erledigen sie ihn nicht, ohne ihn überhaupt anzuhören.«

Wir warteten vier Stunden. Dann rauschte es leicht im Wald, und Tanto und ein zweiter, sehr alter Indianer standen wie aus dem Boden gewachsen vor uns. Die alte Rothaut trug einen verrückten Kopfputz, Speer, Blasrohr und den Köcher mit den kleinen vergifteten Pfeilen.

Es begann ein großes Palaver zwischen Tanto, dem Alten, Lohmann und Pedro, das wir ruhig hätten verschlafen kön-nen, denn wir verstanden nicht ein Wort davon, aber wir konnten den Blick nicht von dem Wilden lösen.

Sie müssen das verstehen. Phil und ich sind New Yorker, wenn ich auch in Connecticut geboren bin. Wenn man bei uns einen Häuptling im vollen Federschmuck vor seinem bemalten Zelt sieht und die Kamera zückt, um diese auf-regende Begegnung festzuhalten, dann besteht immer die Gefahr, daß der alte Krieger rät: Nehmen Sie die Blende acht und belichten Sie eine fünfundzwanzigstel Sekunde.

Davon konnte hier keine Rede sein. Als das Palaver nach zwei Stunden zu Ende war, schenkte Lohmann dem Häuptling ein Messer und zwei Tüten Salz. Der Alte nahm die Dinge schweigend entgegen. Eine kurze Bewegung, und das Dickicht verschluckte ihn.

Lohmann kam zu uns zurück.

»Tja«, sagte er nachdenklich, »das hört sich alles sehr merkwürdig an. Um es kurz zu machen, Tantos Häuptling erzählt ungefähr folgendes: Die Alacientes haben die verbotene Stadt wieder betreten, nachdem dort ein großer Geist erschienen ist. Sie sind reich und mächtig geworden durch den Geist. Sie haben jetzt so viel Salz, wie sie wollen. Das ist im Grunde alles.«

»Und dafür brauchen Sie zwei Stunden?« brummte Phil.

»Wie immer es sei, Mr. Lohmann«, sagte ich, »wir werden Schwierigkeiten bekommen. Hören Sie, ich verstehe nichts von Ihrem Urwald und seinen Leuten, aber wenn sie in einem solchen Dickicht über uns herfallen, nutzen unsere Gewehre uns nicht mehr als Spazierstöcke. Gibt es nicht irgendwelche Tricks, mit denen wir sie im Schach halten können?«

Lohmann grinste ein wenig.

»Sie haben ja Urwaldverstand, Mr. Cotton«, lachte er. »Ich habe vorgesorgt. Sie werden sehen.«

Wir wühlten uns zum Ufer zurück und erreichten es knapp vor Einbruch der Dunkelheit.

Am anderen Morgen kurvte unser Kahn in den Lauf des Rio Alacies ein und arbeitete sich vorwärts. Der Alacies strömt viel stärker als der Amazonas. Unser Boot hatte es schwer. Außerdem schlängelte sich der Fluß in scheußlichen Windungen.

Gegen Abend vernahmen wir ein Geräusch. Ein leises, sehr fernes Donnern mischte sich in den mannigfachen Tierlärm, ein Donnern, das mit jedem Yard, den wir gewannen, lauter wurde.

Ich sah Lohmann fragend an.

»Sie werden sehen!«

Das Donnern schwoll zu einem ohrenbetäubenden Getöse

an. Als wir eine Schleife umschifft hatten, sahen wir die Ursache. Über die ganze Flußbreite donnerte der Alacies in einem mindestens vierzig Fuß hohen Wasserfall zu Tal.

»Schluß mit der Bootsfahrt!« schrie uns Lohmann ins Ohr. Das Boot wurde am Ufer verankert. Unter dem Brüllen des Wasserfalls setzte uns Lohmann auseinander, wie es weitergehen sollte.

Die Kanus waren leicht genug, daß wir sie tragen konnten. Für jedes Boot wurden vier Mann Besatzung eingeteilt. Phil, ich und zwei Mann, die Juan und Gustom hießen, sollten in das eine Boot, in das andere Tanto, Pedro, Lohmann und ein gewisser Follo. Die Boote sollten oberhalb des Wasserfalls wieder ins Wasser gesetzt werden, und dann wollten wir weitersehen. Das Motorboot mit dem Rest der Besatzung sollte unter allen Umständen auf unsere Rückkehr warten.

Nach diesen Vorschlägen wurde am nächsten Tag verfahren. Lohmanns Leute brachten unsere Boote zu Land über den Wasserfall hinweg. Wir stiegen in die zerbrechlichen Fahrzeuge und paddelten los.

Die Kräfte unserer Leute genügten, um das Boot vorwärts zu treiben, aber wir ließen uns die Handhabung der Paddel zeigen und arbeiteten mit. In wenigen Stunden hatten wir als sportbegabte Männer den Dreh heraus. Wir hielten die Boote nahe am Ufer im Rückstauwasser, denn gegen die Strömungsgewalt in der Flußmitte war wahrscheinlich kaum anzukommen.

Ich erwartete, die Paddelei würde so an die vier Tage dauern, und war erstaunt, als Lohmann, dessen Boot zwei Längen vor uns lag, am frühen Nachmittag anhalten ließ und uns Zeichen gab, längsseits zu kommen.

»Sehen Sie das?« fragte er und zeigte auf eine Stelle am Ufer.

»Sieht aus wie eine kleine Lücke in der Waldmauer.«

»Tanto hat es gesehen. Ein Indianerpfad zum Fluß. Wahrscheinlich von den Alacientes angelegt. Offenbar sind wir schon am Ziel, aber besser, wir nächtigen auf der anderen Flußseite.«

Es war eine Schinderei erster Ordnung, die Kanus über den Fluß zu bringen, ohne abgetrieben zu werden. Wir schafften es mit Ach und Krach. Lohmanns Männer hackten in Windeseile einen Platz mit den Macheten frei, klopften Boden und Bäume nach Schlangen ab und spannten die Hängematten zwischen die Stämme. Mit vom Paddeln schmerzenden Armen und Schultern hauten wir uns hinein.

Morgen also würde es losgehen. Ich weiß, daß ich lachte, als ich mich auf die Seite drehte. Es kam mir plötzlich so komisch vor. Was hat schließlich ein G-man aus New York im Urwald am Amazonas zu suchen?

Der Pfad war so breit, daß zwei Männer nebeneinander gehen konnten. Lohmann und ich hielten die Spitze. Unmittelbar hinter uns gingen Phil und Tanto. Wir marschierten zwei Stunden, drei, vier. Außer den üblichen Lauten des Urwalds rührte sich nichts.

Dann plötzlich, wie aus dem Urwald erwachsen, standen sie vor uns, sperrten den Pfad, eine ganze Rotte von nackten Indianern, die Gesichter mit wenigen weißen Strichen bemalt, die typische Topffrisur der Alacientes, in den sehnigen Händen Blasrohre oder Speere. Wir konnten nur die Gesichter der ersten drei oder vier erkennen. Dahinter reihte sich Kopf an Kopf, und wahrscheinlich, was schlimmer war, lauerten sie rings um uns im Dickicht. Wir stoppten, als wäre ein Blitz vor unsere Füße gefahren.

»Nicht schießen«, sagte Lohmann leise. »Nicht bewegen!«

Er hatte sich heute morgen eine schwere Signalpistole an den Gürtel gehängt. Sehr langsam tastete seine Hand danach, den Blick fest auf die Indianer gerichtet.

Ganz vorn stand ein Mann in den besten Jahren mit einigen wenigen Federn in den Haaren. Er starrte uns lange an, dann wandte er sich an seine Rotte und redete in gutturalen Lauten heftig auf sie ein.

»Jetzt geht's gleich los«, sagte Lohmann zwischen den Zähnen. Er hatte die Signalpistole vom Gürtel gelöst. Durch die Indianer lief eine Bewegung. Meine Hand zuckte nach dem Gewehr. Es konnte nur noch Augenblicke dauern, bis der Häuptling seine Männer genügend aufgeputscht hatte.

In diesem Augenblick drückte Lohmann ab. Zischend, eine lange Rauchfahne hinter sich herziehend, zog eine Rakete schräg über die Köpfe der Indianer weg und explodierte nur zwei oder drei Fuß über ihnen mit einem donnerähnlichen Knall. Ein Regen grüner Funken stob herunter. Lohmann hatte einen ganz normalen Feuerwerkskörper abgeschossen.

Die Indianer stießen einen einstimmigen Schrei aus. Ihre Köpfe flogen hoch.

Lohmann riß in fieberhafter Eile eine Rakete aus der Tasche seines Buschhemdes, drückte sie in den Lauf, hob die Pistole, zog ab.

Diesmal hatte er genau in die Indianer gezielt. Der Feuerwerkskörper explodierte in ihrer Mitte und sprühte rote Funken und zum Schluß noch einen kleinen hellen Blitz.

Das war genug für die Alacientes. Sie verknäulten sich zu einem großen Wirrwarr zappelnder Gestalten, die sich bei der hastigen Flucht stießen, trampelten, boxten. In ihrer Angst verloren sie ihre sonstige Geschmeidigkeit. Der Wald krachte unter ihren Schritten, die Äste brachen, die Zweige raschelten, und minutenlang tönten noch die entsetzten Schreie. Dann wurde es still. Lohmann drehte mir langsam den Kopf zu, hob den Arm und wischte sich den Schweiß von der Stirn.

»Wenn sie nicht darauf hereingefallen wären«, sagte er, »dann wären wir jetzt schon tot. Curare-Pfeilgift tötet schnell.« Auch wir konnten nicht lachen. Wir konnten uns kaum unseres Erfolges freuen. Wortlos nahmen wir unseren Marsch wieder auf, und erst nach einer ganzen Weile fragte ich Lohmann: »Glauben Sie, daß sie uns noch einmal angreifen?«

»Das kommt darauf an, wer hinter ihnen steht. Wenn der

große Jaguar es fertigbringt, ihnen die Angst wieder auszutreiben, die wir ihnen eingejagt haben, greifen sie noch einmal an. Wir müssen vor der Dunkelheit einen Platz finden, der groß genug ist, daß sie uns aus dem Dickicht nicht mit den Blasrohren erreichen können. Die Pfeile tragen nicht sehr weit.«

Wir fanden diesen Platz nach zwei weiteren Stunden Marsches. Ich glaube, wir standen alle wie erstarrt, als der Urwald rechts und links des Pfades plötzlich zurückwich und der Weg in ein weites Trümmergelände mündete. Zerborstene Gebäudereste, zerbrochene Tempelanlagen, zu merkwürdigen Gebilden geformte Steinsäulen mischten sich mit wieder aufschießendem Gestrüpp zu einem Plateau von vielleicht einer Quadratmeile Größe.

Wir sahen Lohmann fragend an. Wenn einer, so mußte er wissen, wo wir uns hier befanden.

Er spürte wohl, was wir dachten.

»Sie irren sich«, sagte er. »Ich weiß auch nicht, was das bedeuten soll. In Peru und Mexiko habe ich solche Baureste gesehen. Überbleibsel der Inkas oder der Mayas oder der Azteken, aber ich wußte nicht, daß so etwas auch in dem Dschungel des Amazonas zu finden ist.«

Er ging langsamen Schrittes auf die nächste Säule zu. Verwittert, ließ sie dennoch die Formung eines Götzenbildnisses erkennen. Er legte die Hand darauf.

»Das ist Hunderte, vielleicht Tausende von Jahren alt«, fuhr er leise fort. »Gebaut von irgendeinem versunkenen Volk, gemieden von den Wilden als verlorene Stadt. Ich glaube, Archäologen würden sich freuen, an unserer Stelle zu stehen.«

Ich zuckte mit den Schultern.

»Wissen Sie, Lohmann, allen Respekt vor der Wissenschaft, aber ich suche anderes hier. Ich denke, in diesem Trümmerfeld finden sich intakte Gebäude genug, um eine Falschmünzerei aufzuziehen. Wollen wir suchen?«

Er erwachte aus seiner Versunkenheit.

»Für heute zu spät. Sehen Sie dort drüben die Wände, von denen noch drei intakt sind? Unsere Leute können die Umgebung von Gewächsen säubern. Der Bau bietet eine leidliche Unterkunft für die Nacht, so daß wir nur eine Seite gegen die Alacientes zu verteidigen brauchen, falls sie angreifen.«

Wir machten uns gemeinsam an die Arbeit. Als die Nacht hereinbrach, lagen wir in den Hängematten. Unsere Leute hatten ein Feuer entzündet und hockten davor. Abwechselnd ging einer von uns um die Ruine Patrouille.

Es wurde eine der seltsamsten Nächte, die ich je erlebt habe. Der alte Pedro am Feuer begann leise zu erzählen. Lohmann übersetzte es für uns.

Es waren alte Sagen, von denen Pedro berichtete. Uralte, oft verworrene Geschichten, in denen es nur so wimmelte von Grausamkeiten, von Spuk und Zauberei, von bösen Geistern und großen Zauberern.

Es wurde Mitternacht. Pedro sprach immer noch. Tanto hatte jetzt die Wache übernommen und umkreiste das Gebäude. Von Zeit zu Zeit tauchte seine fast nackte Gestalt, den Speer in der Hand, vor der offenen Seite auf. Einmal blieb er stehen, starrte lange in die Nacht hinaus, ging dann auf nackten Füßen lautlos zu Lohmann und sagte leise: »Onza!«

Lohmann richtete sich in der Matte auf und griff nach seinem Gewehr.

»Was gibt's?« fragte ich.

»Er sagte, ein Jaguar. Die Eingeborenen nennen ihn Onza.«

Ich nahm meine Büchse, Phil ebenfalls. Wir folgten dem Indio vor das Gebäude.

»Da«, flüsterte er und zeigte mit dem Arm.

Ich sah es sofort. Vielleicht in fünfzehn Schritt Entfernung funkelten zwei grünliche, sehr große Katzenaugen.

»Wollen Sie ihn schießen?« fragte Lohmann. »Gut zielen. Zwischen die Augen. Der Jaguar ist gefährlich, wenn er angeschossen ist. Sonst übrigens auch!«

Ich zog die Büchse an die Schulter. Es war in der Dunkel-

heit nicht leicht, Kimme und Korn überhaupt zusammenzu-
bringen, aber dann gelang es mir vor dem grünlichen Licht
der Katzenaugen. Ich schwenkte einige Millimeter nach
rechts und rührte am Abzug. Der Schuß dröhnte schwer
durch die Stille, noch in den Schuß hinein rief Lohmann:
»Gefehlt!« Er riß seine Büchse hoch und feuerte.

Ich hatte die Büchse abgesetzt, und ich sah: noch immer
leuchteten die Jaguaraugen.

»Sie schießen auch nicht besser«, lachte ich und wollte
meine Büchse erneut ansetzen, nachdem ich repetiert hatte,
aber Lohmann legte mir die Hand auf den Arm.

»Das — ist doch — nicht möglich«, sagte er mit schwerer
Zunge.

»Was?« fragte ich ahnungslos.

Er warf sich geradezu zu mir herum.

»Mensch!« schrie er. »Glauben Sie, ein gewöhnlicher
Jaguar bleibt ruhig liegen, wenn man versucht, ihm zweimal
eins aufzubrennen?«

Ich starrte ihn offenen Mundes an. Dann lachte ich:
»Sicherlich ist es der große Jaguar!« Und ich nahm meine
Büchse hoch und rührte am Abzug.

Nichts! Die grünen Augen starrten uns unentwegt an.

Ich preßte die Lippen zusammen. Dieses merkwürdige
Vieh würde ich jetzt untersuchen. Ich lud durch und tat den
ersten Schritt. »Bleiben Sie hier!« rief Lohmann hinter mir.
Ich ging weiter, bereit, das Gewehr an die Wange zu reißen.
Die Augen wurden größer. Es schien so, als leuchteten sie
intensiver. Zehn Schritte, acht, sieben. Ich glaubte, die
Umrisse der großen Katze zu erkennen, zog den Schaft an
die Wange und krümmte den Finger.

In diesem Augenblick verschwanden die grünen Augen.
Sie verschwanden, ohne daß das leiseste Geräusch eines sich
bewegenden Körpers zu vernehmen gewesen wäre.

Ich setzte verblüfft das Gewehr ab und drehte mich um.
Kurz hinter mir stand Phil, in wenigen Schritten Abstand
Lohmann. Von Tanto war nichts mehr zu sehen.

»Haben Sie ihn abspringen sehen?« fragte ich.

Lohmann schüttelte den Kopf.

»Besorgen Sie mir eine Taschenlampe.«

Er mußte selbst zur Ruine, um sie zu holen. Weder Pedro noch sonst einer von unseren Leuten reagierten auf Rufen.

Kurz und gut, wir suchten den Boden ab, zollweise. Nichts, keine Spur.

Ich haute mich in meine Hängematte und knirschte ein bißchen mit den Zähnen. Leuchtende Jaguaraugen im Dunkel, ohne den dazugehörenden Jaguar. Klar, daß die Eingeborenen darauf hereinfielen. Ich brauchte mir sie nur anzuschauen, wie sie dort am Feuer hockten, Pedro, Juan, Gustom, Follo. Wie eine Schar verschüchterter Hühnchen. Gespenstergeschichten, das war es, worauf sie bestens reagierten.

Ich feuerte die Zigarette weg und warf mich auf die andere Seite. Bei Tageslicht würden sie, so hoffte ich, vernünftiger werden.

Im Gänsemarsch latschten wir durch das wüste Trümmerfeld. Von den Alacientes sahen wir kein Haar, aber immer wieder folgten neue, mehr oder weniger zertrümmerte Gebäudereste. Jeden einzelnen untersuchten wir gründlich. Manche hatten Treppen und führten einige Fuß in die Erde hinab, aber bestenfalls stießen wir auf mittelgroße, ausgemauerte Hohlräume, von denen aus es nicht weiterging.

Bei dieser Art der Untersuchung des Geländes brauchten wir Zeit. Von den Augen in der Nacht wurde nicht mehr gesprochen, und einzig daran, daß sich Lohmanns Leute eng bei uns hielten, merkten wir, daß die Angst noch in ihnen war.

Phil und ich krochen gegen Mittag gerade wieder aus einem Loch hervor, als Lohmann den Arm ausstreckte und sagte: »Sehen Sie dort zwischen den Bäumen, Cotton? Das scheint ein größeres Gebäude zu sein.«

Ich sagte Ihnen schon, das Trümmerfeld war schätzungsweise eine Quadratmeile groß. Ringsherum wucherte natürlich der Urwald und zog seine undurchdringlich scheinende Mauer. An der Stelle, wohin Lohmann zeigte, schimmerte es grau in der grünen Wand. Wir stiefelten darauf zu, und je mehr wir uns näherten, desto besser erkannten wir, welches Ausmaß dieses Bauwerk mitten im Urwald hatte. Zunächst einmal stießen wir auf eine vielleicht fünf Meter hohe Mauer, gefügt aus behauenen Quadratblöcken, die ohne Mörtel so genau aneinandergefugt waren, daß keine Messerklinge in die Spalten paßte. Links und rechts überwucherte der Wald dieses Gebilde, und der einzige Eingang war ein mannsbreites und nicht einmal fünf Fuß hohes Tor, eigentlich nur ein Spalt in der mächtigen Mauer.

Wir standen davor und konnten uns zunächst nicht entschließen, einzudringen.

»Es müssen Menschen den Eingang benutzen«, sagte Lohmann. »Er wäre sonst von Gebüsch überwuchert.«

»Okay, benutzen wir ihn«, antwortete ich, nahm zur Vorsicht den Trommelrevolver aus der Tasche, bückte mich und zwängte mich durch den Spalt.

Hinter der Mauer öffnete sich eine freie Fläche von einigen Yard. Dahinter erhob sich eine zweite Wand, womöglich noch höher als die eben passierte, und genau unserem Spalt gegenüber lag in dieser Wand eine Öffnung, die jetzt schon breit und groß war.

Ich wartete, bis sich alles in dem Innenhof versammelt hatte, und steuerte dann das zweite Tor an. Ich kam bis auf fünf Schritte heran, als plötzlich in der Öffnung ein Tier auftauchte.

Wenn ich in Zoologie auch nicht besonders bewandert bin, soviel sah ich doch: es war ein Jaguar, ein ungewöhnlich starkes, fast schwarzes Tier.

Ich ließ den 38er fallen und riß das Gewehr von der Schulter. Noch bevor ich abdrücken konnte, ging hinter mir eine ganze Kanonade los. Lohmann und Phil schossen, und auch ich zog noch durch. Der Jaguar sah uns an, gähnte herzhaft und verschwand wie weggepustet von der Bildfläche.

Ich drehte mich um. Phil, Lohmann und ich, wir blickten uns an, sahen dann auf unsere Gewehre, als könnten sie daran schuld sein.

»Ich bin sicher, daß ich ihn traf«, sagte Phil. »Er muß meine Kugel zwischen die Augen bekommen haben.«

Ich war genauso sicher, und es erweckte ein dämliches Gefühl, einem Jaguar zu begegnen, der eine solide Stahlkugel zwischen die Augen mit einem Gähnen quittierte und dann verschwand, als sei er fortgezaubert.

Ich dachte nicht daran, mich von solchen Ereignissen hindern zu lassen, und marschierte entschlossen auf das Tor zu. Phil folgte mir, aber Lohmann wurde von Pedro in eine heftige Debatte verstrickt, die schließlich in Geschrei ausartete.

Der Anblick, der sich uns nach dem Passieren des zweiten Tores bot, war schlechthin grandios. Hinter einem kleinen Vorhof, der von Mauern und Bäumen eingeschlossen war, gab es eine sehr große Treppe, die fast unbeschädigt zu einem Gebäude mit flachem Dach führte. Treppe und Gebäude waren aus den gleichen Quadersteinen gefügt wie die Mauern, und ich war überzeugt, daß unser weitere Überraschungen harrten, wenn wir das Gebäude, das völlig unbeschädigt zu sein schien, betraten.

Zunächst einmal warteten wir auf Lohmann und die Leute. Sie erschienen der Reihe nach mit mürrischen Gesichtern. Lohmann trieb sie vor sich her.

»Sie wollen zurück«, erklärte er. »Sie halten die Gegend für verzaubert und voller Gespenster. Sie sind überzeugt, daß ein Fluch jeden trifft, der hier eindringt. Es gibt ein paar alte Sagen. Sie haben gestern davon gehört. Pedro behauptet, die Geister machten unsere Kugeln wirkungslos, und die Tatsachen sprechen für ihn. Sie geben uns nicht viele Chancen, lebendig hier herauszukommen, wenn wir nicht schleunigst den Rückzug antreten.«

»Ich habe keine Erfahrungen mit Gespenstern«, sagte ich

und grinste. »Aber ich würde gern welche machen. Untersuchen wir den Bau dort oben.«

Wissen Sie, ich nahm den Aberglauben der Eingeborenen nicht ernst. Später stellte sich heraus, daß er uns noch Schwierigkeiten genug bereiten sollte.

Wir stiegen die Stufen empor. Es waren dreiundachtzig. Dann zwängten wir uns durch die Öffnung in der Mauer des Gebäudes, die hier auch nur spaltschmal war, und standen in einem kühlen großen Raum, der sein Licht von einer Öffnung in der Decke empfing. Lohmanns Leute waren nicht zu bewegen, den Raum zu betreten. Mit Hilfe einer Taschenlampe machten wir uns an die Untersuchung. Der Fußboden war mit Platten belegt, die Wände aus gefügten Steinen. Im übrigen war der Raum kahl und leer, und wir fanden nichts Besonders, bis auf . . . Phil entdeckte den Gegenstand in der äußersten linken Ecke. Er zeigte ihn Lohmann, grinste ein wenig und fragte: »Zahlen die Alacientes mit Goldmünzen?«

Es war ein amerikanischer Golddollar, und wenn wir auch nicht feststellen konnten, ob er echt oder falsch war, einen besseren Beweis dafür, daß wir uns hier an der richtigen Stelle befanden, konnten wir uns nicht wünschen.

»Gut«, sagte Lohmann, »vielleicht werden ihre Goldmünzen wirklich hier hergestellt, aber wo? In diesem Raum doch sicherlich nicht.«

Ich rieb mir den Kopf.

»Stimmt«, gab ich zu, »aber wir müßten versuchen, uns mit den Alacientes zu unterhalten. Sie werden genauer sagen können, wo ihr großer Jaguar steckt. Ihr Dorf muß sich doch irgendwo hier in der Nähe befinden. Bemühen wir uns, es zu finden.«

Zunächst einmal legten wir eine Pause ein. Lohmann und ich machten uns am frühen Nachmittag auf den Weg. Tanto nahmen wir als Dolmetscher mit. Wir fanden das Dorf, primitive Laubhütten, kurz vor Einbruch der Dämmerung. Es lag ein gutes Stück von dem Trümmerbezirk seitab an einem Querpfad des Weges, der zum Fluß führte, aber es war leer.

Wir fanden weder Krieger noch Weiber und Kinder in den Hütten. Die Asche auf den primitiven Herdstellen erweckten ganz den Eindruck, als seien sie in großer Hast verlassen worden.

»Das ist nichts Außergewöhnliches«, erklärte Lohmann. »Viele Urwaldstämme räumen ihre Dörfer, wenn sie sich entdeckt glauben.«

Wir traten den Rückweg an und erreichten unsere Burg gerade mit dem Einbruch der Nacht.

Ich war schon eingeschlafen, als mich ein langanhaltender, entsetzlicher Schrei, der in angstvolles Heulen mehrerer Stimmen überging, weckte. Ich dachte natürlich, daß uns die Alacientes angriffen, wälzte mich aus der Hängematte und ergriff das Gewehr. Das erste, was ich sah, waren nicht wütend heranstürmende Indianer, sondern die Gestalten unserer Leute im Schein des noch flackernden Feuers.

Sie alle hatten das Gesicht dem Bau auf der Treppe zugewandt. Der Mund des alten Pedro stand offen, und der ganze Mann zitterte wie Espenlaub. Juan, Gustom und Follo, diese drei stießen das wimmernde Geschrei aus. Juan und Gustom waren auf die Knie gefallen, während Follo beide Hände gegen den Magen drückte, als hätte er Leibschmerzen. Von Tanto sah ich nur den gebeugten Rücken. Er lag auf dem Bauch und preßte das Gesicht in die Erde. In Lohmanns Antlitz sprangen die Backenknochen vor, so biß er die Zähne aufeinander. Seine Hand hielt das Gewehr, aber der Arm bebte leise. Phils Gesicht zeigte den Ausdruck höchster Aufmerksamkeit. Ganz langsam zog seine Hand den Revolver aus der Halfter.

Ich stand mit dem Rücken zur Treppe. Ich drehte mich um, und jetzt sah auch ich, was meine Kameraden so in Bann schlug. Oben, am Ende der Treppe, unmittelbar vor der Öffnung, die in das Innere des Baues führte, stand, oder besser ragte eine Gestalt. O nein, es war kein Mensch, und es war auch nicht wieder ein Panther. Vielleicht trifft es am besten, wenn ich sage, es war ein Mittelding von beiden. Irgend etwas grünlich Phosphoreszierendes wallte um es herum. Der Kopf war eindeutig der eines Jaguars, aber furchtbar entstellt und ins Große und Grobe verzerrt. Von diesem Kopf ging ein goldenes Strahlen aus, das die hinter der Gestalt liegende Mauer erhellte. Die ganze Erscheinung hatte etwas Durchsichtiges und Unwirkliches, und ich gebe gern zu, wenn ich mir als kleiner Junge bei den Erzählungen meiner Großmutter Gespenster vorstellte, dann sahen sie so aus wie das Ding dort.

In den Burschen geriet Bewegung. Sehr langsam, und ohne daß ein eigentliches Schreiten festzustellen war, stieg er die Treppe hinunter. Ungefähr auf der Mitte verharrte er noch einmal. Sehr plötzlich, mit einer ruckartigen Bewegung, hob er so etwas wie zwei Arme. Im nächsten Augenblick füllte blendendweißes Licht die Gegend, ein so helles Licht, daß ich nichts mehr sehen konnte, und gleich darauf rollte krachender Donner.

Das war zuviel für unsere Leute. Als ich die geblendeten und im Reflex geschlossenen Augen wieder aufriß, waren Juan, Pedro, Gustom und Follo verschwunden, ebenso die Erscheinung auf der Treppe. Friedlich und bescheiden flackerte unser rotes Feuer. Tanto lag immer noch auf dem Gesicht.

Ich jagte die Treppe hoch. Wenn es noch irgendeinen Zipfel von diesem Geist zu packen gab, dann wollte ich ihn fassen. Ich mochte die Hälfte geschafft haben, als ein schriller und gellender Schrei scharf durch die Nacht schnitt, ein Schrei anderer Art als der, der mich geweckt hatte: Der Todesschrei eines Menschen. Er kam von draußen, jenseits der Mauern.

Ich warf mich herum und hetzte in großen Sprüngen zurück. Ein Wunder, daß ich nicht kopfüber unten landete.

Fast gleichzeitig mit mir erschienen zwei andere Gestalten keuchend am Feuer. Sie kamen aus dem Mauertor. Es waren Pedro und Follo.

»Die Alacientes«, keuchte der Alte.

Ich verstand sofort.

»Das Feuer aus!« rief ich und stieß selbst mit dem Fuß die Äste auseinander. »Die Treppe 'rauf!« Ich sah, wie sie zögerten. »Verdammt, versteht ihr nicht, daß wir nur dort vor ihren Pfeilen sicher sind!« brüllte ich sie an.

Lohmann und Phil hatten mit wenigen Griffen unsere notwendigsten Habseligkeiten zusammengerafft, vor allen Dingen die Waffen und die Munition, und liefen schon. Jetzt entschlossen sich auch Pedro, Follo und Tanto. Zwei Minuten später hockten wir alle oben auf der breiten Steintreppe, wenige Stufen unterhalb des Gebäudes, aus dem das, na ja, Gespenst erschienen war.

Ich knöpfte mir mit Lohmanns Hilfe den alten Pedro vor und bekam schließlich trotz allen Zähneklapperns heraus, was sich ereignet hatte.

Als die Erscheinung auftauchte, waren sie alle wie gelähmt gewesen. Das grelle Licht, der donnernde Knall hatte sie in eine Panik gestürzt, und sie waren blindlings davongerast. Sobald sie die äußere Mauer hinter sich gelassen hatten, waren plötzlich im Trümmerfeld Gestalten vor ihnen aus dem Boden gewachsen: die Alacientes. Juan und Gustom wurden von Blasrohrpfeilen, Messern oder Speeren getroffen. Pedro und Follo konnten sich hinter die Mauer zurückziehen. Das war alles.

Wir saßen hier oben, die Gewehre über den Knien, und warteten darauf, daß die Indios uns angriffen, aber es geschah nichts. Unten verglimmten die auseinandergezerrten Äste.

Ich ließ mir von Lohmann die Taschenlampe geben und betrat mit Phil den Bau. Wir leuchteten die Wände ab. Es war alles unverändert.

»Es riecht so seltsam hier«, sagte Phil.

Ich schnupperte. »Stimmt. Jedenfalls anders als heute mittag, aber es ist nicht der Geruch von Pulver.«

Er lachte ein wenig. »Nein, aber ich finde, es riecht ausgesprochen modern. So nach Chemie.«

Wir gingen zu den anderen zurück. Klar, daß keiner in dieser Nacht mehr ans Schlafen dachte. Wir atmeten auf, als der Morgen langsam über den Wäldern aufstieg.

Unser erster Weg galt dem Trümmerfeld, um nach Juans und Gustoms Leichen zu sehen. Wir fanden nichts von ihnen. Einzig ein paar Blasrohrpfeile und einen Speer entdeckten wir.

Im Innenhof wünschte Lohmann eine Unterredung: »Ich rate dringend, Mr. Cotton, geben Sie es auf. Auf die Dauer können wir uns hier nicht gegen die Alacientes behaupten, und es hat schließlich keinen Sinn, daß wir uns hier abschlachten lassen. Sie finden Ihren Goldmünzenfälscher hier doch nicht, denn an einen Kontakt mit den Alacientes können Sie jetzt nicht mehr denken.«

»Seien Sie mir nicht böse«, antwortete ich mit einem kleinen Lächeln, »aber ich habe das Gefühl, der Bursche von gestern nacht ist auch Ihnen ein wenig an die Nerven gegangen.«

Er schnitt ein Gesicht. »Haben Sie vielleicht eine Erklärung für die Erscheinung und für die Jaguare, die Kugeln verdauen und einfach verschwinden?«

»O nein, aber ich werde eine Erklärung finden. Verlassen Sie sich darauf.«

Er zündete sich nervös eine Zigarette an.

»Wir haben die Körper von Juan und Gustom nicht gefunden. Erlauben Sie mir, Ihnen zu erzählen, was Alacientes gewöhnlich mit getöteten Feinden anstellen. Alle Indios verehren irgendwelche Tiere als heilig. Mal sind es Alligatoren, mal Jaguare, mal Schlangen. Diese Tiere bekommen den getöteten Feind oder auch den lebendigen, wenn er gefangengenommen wurde. Wie gefallen Ihnen diese Aussichten?«

»Amerikanische Gangster pflegen ihren Gegnern tiefgezielte Kugeln zu verpassen«, entgegnete ich. »Ich finde, im Endeffekt kommt dies auf dasselbe heraus. Aber ich habe einen Gegenvorschlag. Gehen Sie mit Ihren Leuten und alarmieren Sie meinetwegen die Behörden, aber kehren Sie mög-

lichst schnell mit genügend Leuten zurück, um uns die Alacientes vom Hals zu halten. Wir brauchen auch Werkzeug
und genügend Material, um die ganze Geschichte hier gründ-
lichst zu untersuchen. Es ist doch ganz klar, daß der große
Jaguar, der sicherlich mit unserem Fälscher identisch ist,
seine Werkstatt in dem Trümmerfeld hat.«

»Es dauert mindestens vierzehn Tage, bis ich zurück sein
kann«, antwortete Lohmann. »Ich finde nicht einmal einen
Knochen von Ihnen wieder.«

»Unsinn, so schnell stirbt es sich nicht. Machen Sie sich
auf die Strümpfe und kehren Sie rasch zurück. Sehen Sie zu,
daß Sie heute noch den Fluß und die Boote erreichen.«

Eine halbe Stunde später standen Phil und ich am Eingang
der äußeren Mauer und sahen unsere Freunde im Gänsemarsch durch das Trümmerfeld davonziehen. Als sie uns aus
dem Blickfeld entschwunden waren, drehte sich Phil mir zu
und sagte: »Jetzt sind wir unter uns. Bin gespannt, mit welchen Methoden wir nun Indios, Fälscher und Gespenster
bekämpfen wollen.«

Ich lachte. »Die Indios wollen wir uns möglichst vom Leib
halten, und Fälscher und Gespenst sind sicherlich der gleiche
Gegner.«

Bis zur Nacht war es noch lange hin. Trotz der Gefahr
blieben wir am Fuß der Treppe, um unserem Geist ein ungestörtes Erscheinen zu ermöglichen. Ein Feuer entzündeten
wir nicht. Sahen die Indios, falls sie das Eindringen in den
inneren Bezirk wagten, uns am Feuer, so boten wir prächtige
Zielscheiben.

Als es dunkel wurde, hockten wir auf der untersten Stufe,
die Gewehre über den Knien. Ich hielt zur Vorsicht auch die
Feuerwerkspistole bereit, die Lohmann uns überlassen hatte.

Wir warteten Stunde um Stunde.

Da, es wölkte wie ein grünlicher Schimmer aus dem Bau.
Einen Lidschlag später ragte die Erscheinung vor der Wand.
Es war genau wie gestern.

Ich berührte Phil am Arm und schob ihm mein Gewehr

hinüber. »Wenn er jetzt herunterkommt, gehe ich 'rauf«, flüsterte ich. Ich nahm den Revolver in die Hand und machte mich startbereit. Wie gestern stand die Erscheinung erst eine Weile. Jetzt bewegte sie sich und glitt die Treppen hinunter.

»Also«, knurrte ich, richtete mich auf und jagte hoch.

Drei Stufen auf einmal nehmend, hetzte ich die Treppe hoch, den Blick fest auf das Ding gerichtet, das mir weiter entgegenglitt, übermenschlich groß wurde. Ein Dutzend Stufen trennten uns noch. Ich sah den unwirklichen Tierkopf, die lang vorstehenden Zähne. Noch drei, noch zwei Sprünge. Jetzt war ich vor ihm, und ich warf mich ganz nach vorn, um dem Burschen herunterzureißen, was er an Maske und Stoff auf sich gehängt hatte. Meine Fäuste schossen vor. Ich packte zu – und ich griff ins Leere.

Es war, als stünde ich einen Augenblick lang im Licht. Von unten brüllte Phil: »Jerry!« Ich hörte seine Füße auf den Treppenstufen. Im selben Augenblick peitschte ein Schuß. Ich hörte die Kugel in der Nähe vorbeisingen und ließ mich hinfallen. Und trotz allem, trotz dieser wahrhaftig nicht angenehmen Situation, konnte ich ein triumphierendes Lachen nicht unterdrücken, denn diese Kugel war von oben gekommen, vom Tempelbau am Kopf der Treppe.

Das Licht, in dem ich zu stehen glaubte, erlosch, bevor Phil mich erreichte. Dann war er bei mir, keuchend, und gab mir mein Gewehr.

»Ich glaube, die Alacientes sind da«, hastete er hervor. »Ich hörte Geräusche jenseits der Mauer.«

»Weiter hoch!« sagte ich. »Gespenster sind mir immer noch lieber als Indios mit Giftpfeilen.«

Wir spurteten den letzten Rest der Treppe hoch. Ich hatte keine Hemmungen. Ich nahm die Taschenlampe in die eine, den Revolver in die andere Hand und drang in den Tempelbau ein.

Es blieb rätselhaft, woher der Schuß gekommen war, es sei denn, er wäre aus dem Wipfel eines der Bäume abgefeuert worden, die selbst das Haus noch überragten. Sonst gab es keine Erklärung, denn die breiten, sich nach oben verjüngenden Treppenstufen schlossen voll und ganz mit der Wand des Baues ab, und rechts und links stand der Urwald.

Noch einmal untersuchte ich die Wände. Ich fand nichts. Ich setzte mich draußen zu Phil.

»Wie war das eigentlich, als ich den Geist anging?« fragte ich.

»Es sah aus, als würdest du in ihn hineinrennen. Sehr plötzlich war deine Gestalt wie erhellt, dann fiel der Schuß, und dann waren Geist und Helligkeit erloschen.«

»Phil, ich bin froh, daß dieser Schuß fiel«, sagte ich. »Auch Gespenster wehren sich also mit modernen Mitteln, wenn ihr Spuk nicht verfängt.«

Phil stand auf, reckte sich und nahm sein Gewehr.

Ich schlug vor, daß wir uns gegenseitig mit der Wache ablösten.

»In Ordnung, aber ich schlafe im Bau. Es ist angenehm kühl dort, und seit wir Lohmanns abergläubische Bande los sind, können wir es uns ja leisten.«

Er klopfte mir leicht auf die Schulter, verlangte noch, daß ich ihn bestimmt in zwei Stunden wecke, und stieg die wenigen Stufen zum Tempel hoch.

Ich saß allein in der Nacht und beobachtete.

Eine halbe Stunde später begann eine höllische Katzenmusik. Es hörte sich so an, als ob sich ein Dutzend Jaguare gegenseitig Mut anheulten. Sie verstärkten ihren Lärm bis zu Orkanstärke, dann verstummten sie plötzlich.

Ich wunderte mich ein wenig, daß sich Phil von dem Lärm nicht aufstören ließ, aber wahrscheinlich war er genauso hundemüde wie ich. Wir haben uns im Laufe unserer gemeinsamen Unternehmungen seit langem angewöhnt, ruhig zu schlafen, wenn einer von uns wacht.

Ich ließ gute zwei Stunden vergehen, bevor ich aufstand, um ihn zu wecken. Es wurde ganz langsam hell, aber im Innern des Baues war es noch völlig dunkel.

»'raus, Phil!« rief ich vom Eingang her. »Ich möchte auch ein Stündchen unsere Sorgen vergessen.«

Tiefes Schweigen antwortete mir.

»Hallo, Phil!« sagte ich fast leise, und dann brüllte ich: »Phil!«

Keine Antwort.

Ich stieß die schwersten Kaliber an Flüchen aus, die mir einfielen. Manche Leute weinen, wenn es schlecht steht. Ich fluche, ohne mir etwas dabei zu denken.

Phil hatte die Taschenlampe mitgenommen, als er den Bau betrat. Ich riß ein Streichholz an. Das flackernde Licht beleuchtete nur undeutlich den quadratischen Raum. Ich betrat ihn, schritt die Wände ab, riß neue Hölzer an, als das erste erlosch. Nichts, keine Spur von Phil. Das Gebäude blieb leer.

Ich lehnte mich gegen eine Wand und preßte die Fäuste gegen die Stirn. Natürlich, irgendwo hier gab es einen vertrackten Eingang, eine verborgene Tür oder so etwas. Wir hatten das Gebäude gründlich untersucht, aber das bewies nichts. Wir hatten sie einfach nicht gefunden, und während Phil hier lag, waren die Burschen aus der Finsternis aufgetaucht und hatten ihn fortgeschleppt. Lohmanns Bemerkungen über die Art der Gefangenenbehandlung bei den Alacientes fielen mir ein.

In mir wühlte ein einziger verzweifelter Wunsch. Eine Ladung Dynamit, oder zwei Portionen Nitroglyzerin oder eine Handvoll Trinitrotuluol, oder noch besser eine Prise von Atomsprengstoff. Verdammt, ich würde den ganzen Laden hier in die Luft jagen, und mit dem Teufel müßte es zugehen, wenn ich dabei nicht ihre geheimen Eingänge und Löcher fände. Und ich würde zwischen sie fahren wie ein Racheengel, mochten sie auch ganze Armeen von Gespenstern gegen mich schicken.

Das waren leere Träumereien. Alles, was ich an Sprengstoff besaß, steckte in den paar Kugeln meines Gewehrs und meines Revolvers.

Nicht einmal über eine Hacke verfügte ich.

Es war eines der elendsten Morgen meines Lebens. Ich hockte eine ganze Weile trübsinnig auf den Treppenstufen. Es brachte mich fast um, daß ich keine Möglichkeit hatte, Phil herauszuhauen. Er befand sich in der Gewalt eines Gegners, den ich nicht sehen konnte, der sich hinter dicken Mauern verbarg, und ich hatte im Vergleich kaum mehr als einen Spieß, um eine ganze Burg einzurennen.

Ich raffte mich schließlich auf, stieg die Treppe hinab, um nachzusehen, ob noch einige von unseren Sachen unten lag. Dabei fiel mir der Kater ein, den ich gestern offenbar erwischt hatte, aber ich fand keine Spur von einem verendeten Jaguar.

Während ich noch suchte, fühlte ich plötzlich, daß ich nicht mehr allein war. Sie kennen das sicher, wenn man auf einmal spürt, daß man angesehen wird. Mein Rücken fühlte förmlich die Blicke, die auf ihn gerichtet waren.

Ich ließ die Konservendose aus der Hand gleiten, die ich gerade aufgehoben hatte, und nahm mein Gewehr vom Boden, und jetzt — jetzt sah ich meine Gegner von Angesicht zu Angesicht.

Oben, am Kopf der Treppe, standen nebeneinander zehn nackte Alacientes, Speere, Blasrohre und Pfeil und Bogen in den Händen, und blickten auf mich herunter. Der Tempel hatte sie ausgespuckt. Ich erkannte, daß es lauter junge Männer waren, und sie machten einen höchst entschlossenen Eindruck.

Lohmanns hübscher Trick fiel mir ein. Ich wechselte das Gewehr in die linke Hand, zog die Feuerwerkpistole aus dem Gürtel und wartete, was sich ereignen würde. Es ereignete sich nichts. Die Indios und ich, wir standen uns gegenüber, getrennt durch die achtzig Stufen der Treppe, und starrten uns an.

Vielleicht gab es eine Möglichkeit, mit ihnen zu verhandeln. Ich fingerte mein Taschentuch heraus und schwenkte es. Ich hatte zwar keine Ahnung, ob das bei Indianern ebenfalls als Friedenszeichen galt. Jedenfalls tat ich es und rückte ein wenig gegen sie an.

In geschlossener Reihe kamen sie mir zehn Stufen entgegen, aber als ich meinen Fuß auf die unterste Treppenstufe setzte, riß einer von ihnen den Bogen hoch, und ein erster Pfeil zischte in einiger Entfernung an mir vorbei.

Ich hob die Feuerwerkpistole. Die Rakete zischte hoch und zerplatzte, Grünfeuer spuckend, zwischen den Indios. Nach unseren Erfahrungen mußten sie jetzt türmen, aber sie duckten sich nur ein wenig, ließen drei, vier weitere Pfeile von ihren Bogen schnellen und rückten zehn weitere Stufen vor. Es war klar, daß sie entschlossen waren, es mit mir aufzunehmen. Ich drückte eine weitere Rakete in die Pistole, zielte und drückte ab. Weiße Funken regneten zwischen die Indios, aber sie dachten nicht daran, sich ins Bockshorn jagen zu lassen. Noch einmal rückten sie mir um zehn Stufen näher auf den Pelz.

Ich zog mich über den Hof langsam zurück gegen das Tor in der inneren Mauer. Die Pistole warf ich fort und nahm das Gewehr schußbereit. Ich wußte, wenn ich jetzt Ernst machte, wenn ich den ersten von ihnen umlegte, würden sie anstürmen, und für diesen Ansturm brauchte ich eine Deckung vor ihren vergifteten Pfeilen. Das Tor bot eine leidliche Deckung. Ich erreichte es, ohne daß von seiten der Alacientes ein Angriff erfolgt wäre.

Da standen wir nun wieder, die Indianer ungefähr auf der Mitte der Treppe, ich im Torbogen. Es schien, als warteten beide Parteien darauf, wer sich nun entschlösse, Ernst zu machen.

Eine Minute mochte in solcher Weise verträpfelt sein, und dann passierte das Überraschendste in dieser wahrhaftig schon mit Ereignissen gesegneten Geschichte. Eine Stimme scholl laut und deutlich über die alte Tempelanlage, eine Stimme, die von irgendwo zu kommen schien, und die doch viel lauter war, als Menschenstimmen gemeinhin zu sein pflegen. Und diese Stimme sprach ein völlig normales Englisch.

»Ich empfehle Ihnen dringend, Mr. G-man«, sagte die Stimme, »einen Blick hinter sich zu werfen.«

Ich gehorchte, wahrscheinlich vor Überraschung, aber ich glaube, es war ganz gut, daß ich gehorchte.

Sie erinnern sich sicher, daß zwischen äußerer und innerer Mauer eine Art Vorhof war und daß dem Tor nur eine Spaltöffnung in der äußeren gegenüberlag. Dieser Spalt war jetzt mit einem einfach davorgelegten Stein verschlossen, und im Zwischenhof strichen nicht weniger als sechs, wenn ich auf den ersten Blick richtig gezählt hatte, große Jaguare herum.

»Ich versichere Ihnen«, meldete sich die Stimme wieder, »diese Onzas sind keine Geister, sondern höchst reale Großkatzen mit beachtlichem Appetit. Wenn Sie nicht aufgeben, Mr. G-man, so bleibt Ihnen nur die Wahl, entweder von den Jaguaren gefressen oder von den Pfeilen der Alacientes vergiftet zu werden.«

Ich erkannte, daß ich in der Falle saß. Wenn ich mich mit den Indios herumschoß, fielen mir die Panther in den Nacken. Wenn es eine Ausbruchschance gab, dann nur mitten durch die Jaguare hindurch. Der Stein an der Öffnung der zweiten Mauer schien nur lose angelehnt zu sein, offenbar, um ein Entweichen der Tiere in das Trümmerfeld zu verhindern. Wahrscheinlich würde ich ihn umstürzen können. Ich entschloß mich.

In diesem Augenblick erspähte mich der erste Jaguar, ein großes schwarzes Tier. Er drehte mir seinen Kopf zu und sah mich aus seinen hellen, eigentlich schönen Augen an. Dann duckte er sich, verwandelte sich gewissermaßen in eine breite dunkle Schlange und schob sich aufmurrend flach auf dem Bauch näher an mich heran. Kein Zweifel, daß er den richtigen Platz suchte, um mich anzuspringen.

Ich nahm das Gewehr hoch, zielte auf seinen schweren Kopf und schoß, gerade als sein langer Schweif als Angriffszeichen senkrecht und scharf in die Höhe peitschte. Die Kugel traf genau. Sie warf ihn auf den Rücken. Seine Pranken schlugen zuckend um sich, und aus seiner Kehle brach jenes gräßliche Kreischen, daß ich schon in der vergangenen Nacht gehört hatte.

Deutlicher als durch diesen Schuß konnte ich die anderen Katzen einfach nicht auf mich aufmerksam machen. Alle fünf drehten den Kopf, und alle fünf schlichen sich Sekunden später an mich heran.

Ich bin kein Großwildjäger, aber so viel verstand ich davon, daß es keine Chance gibt, fünf gleichzeitig angreifende Großkatzen abzuschießen, bevor eine von ihnen einem Mann die Tatzen in den Körper und die Zähne in die Kehle schlagen konnte. Selbst wenn ich drei, sogar vier erledigte, war ich kein Tarzan, um dem fünften Biest dann das Kreuz im Nahkampf zu brechen.

»G-man«, sagte die überlaute Stimme, »Sie haben höchstens noch zwei Minuten.«

Fast unwillkürlich zog ich mich rückwärtsgehend aus der Toreinfahrt zurück vor den anschleichenden Katzen. Ein schneller Blick über die Schulter vergewisserte mich, daß die Alacientes noch auf der Mitte der Treppe verharrten, und daß ich ihnen meinen Rücken jetzt schutzlos preisgab. Dann tauchten drei Jaguarköpfe gleichzeitig im Torbogen auf und zwangen mich weiter zurück. Ich stolperte gegen die unterste Stufe der Treppe. Okay, jetzt wurde ich fertiggemacht. Ich hatte nur noch die Wahl, wem ich meine letzten Kugeln senden sollte, den Indianern oder den Großkatzen.

»Werfen Sie die Waffen fort, und steigen Sie die Treppe hinauf!« befahl die Stimme.

»Ich werde den Teufel tun!« brüllte ich wütend zurück. Ich sah, daß eines der Biester zum Sprung ansetzte, und ich schickte ihm eine Kugel, die ihm genau in den offenen Rachen ging. Dann schlug von hinten eine Welle nackter Leiber über mir zusammen. Ich wurde zu Boden gerissen.

Ich lag unten, aber ich wandte hier in der grünen Hölle am Amazonas, einige tausend Meilen von New York entfernt, alles an, was ich je beim FBI gelernt hatte, und ich wandte es gut an. Wahrscheinlich haben die Indios nie gelernt, was ein Haken, ein Uppercut, ein Gerader, ein Schwinger und was der Dinge mehr sind, aber sie bekamen es zu spüren. Ich brachte es ihnen so gründlich bei, daß ich langsam wieder an die Luft gelangte, und es sah ganz so aus, als würde ich mit ihnen fertig. Dann verfiel einer von den Burschen auf die unglückliche Idee, seinen Speer auf meinem Schädel zu zerschlagen, und der Schaft dieses Speers war aus einem verteufelt harten Holz, hart genug jedenfalls, um mich vorübergehend aus der Welt zu wischen.

Als ich wieder aufwachte, lag ich, an Händen und Füßen gefesselt, auf dem Steinboden des Tempelbaus. Im Kreis um mich herum standen Indios und hielten ihre Stechwerkzeuge drohend auf mich gerichtet. Es gelang mir, mich aus der Hüfte heraus aufzusetzen. Gern hätte ich mir den brummenden Schädel gerieben, aber das ging leider nicht.

Der Kreis der Indios schob sich vor mir auseinander. Eine kaum mittelgroße, sehr magere Gestalt in einem phantastischen Aufzug, einem weiten Kaftan, der in allen Farben schillerte, trat in mein Blickfeld. Ohne Zweifel war es ein Mensch, aber an der Stelle, wo im allgemeinen der Kopf zu sitzen pflegt, starrte mich die übliche greuliche Jaguarfratze an. Der Mann sah genauso aus wie das Gespenst, das zweimal auf der Treppe herumgeturnt war, nur daß er einen wirklichen Eindruck machte.

Der Bursche stellte sich nahe vor mich hin, verneigte sich leicht und sagte in fließendem Englisch: »Erfreut, Sie begrüßen zu können, Mr. G-man, aber es war unnötig, uns so viel Mühe zu machen.«

Es war dieselbe Stimme, die vor wenigen Minuten noch über den Platz gedröhnt war. Nur klang sie jetzt leise und völlig normal.

Auf einen Wink des Vermummten schnitten mir zwei Indios die Fesseln an Armen und Füßen durch und halfen mir auf die Beine. Der Zauberer ging voran, und die Alacientes, mit meiner Wenigkeit in der Mitte, folgten.

Tja, jetzt sah ich den geheimen Eingang zum Tempelbau. Acht Quader waren in einem Rahmen zusammengefaßt, der auf einer Art Schiene ruhte. Ich drehte mich um, als wir das Loch passiert hatten. Zwei Indianer schoben den Rahmen mit den Steinen in die Öffnung zurück und verkeilten ihn. Er paßte so genau, daß nicht einmal ein Lichtschimmer durchdrang.

Sie führten mich einen engen, völlig dunklen Gang hinunter.

Ich überlegte, daß er gewissermaßen in der Mauer und dann unter der Treppe durchführen mußte. Schließlich machte er eine scharfe Wendung nach links, erweiterte sich, nachdem er sich für ein kurzes Stück verengt hatte, so daß wir hintereinander und gebückt gehen mußten.

Vom Augenblick der Erweiterung an waren die Mauern nicht mehr aus gefügten Quadern, sondern aus Fels. Ich befand mich in einer natürlichen Höhle, und von dieser Stelle an brannte an der Decke und an den Wänden elektrisches Licht.

Diese Höhle mochte fünfzig Yard lang sein. Ungefähr in der Mitte zweigte je ein Gang sowohl nach rechts als auch nach links ab. Ich hörte aus dem linken Gang ein rhythmisches Stampfen, aber die elektrischen Birnen brannten zu trübe, um irgend etwas zu erkennen. An der Stirnwand der Höhle befand sich eine Holztür, vor der zwei kräftige Indios wie Schildwachen standen. Der Vermummte hielt vor dieser Tür, gab den Alacientes einen Befehl, und mir wurden wieder die Hände gefesselt. Dann öffnete der Jaguarköpfige die Tür und machte eine einladende Handbewegung, während die Schildwachenindianer und auch meine Begleitmannschaft die Gesichter in den Armen verbargen.

Ich folgte der Bewegung und trat über die Schwelle.

Ich möchte fast sagen: Bitte, glauben Sie mir! Es klingt so unwahrscheinlich, was ich jetzt zu berichten habe. Ich trat in einen Raum, der ebensogut in New York, London, Paris hätte stehen können. Er stellte eine Mischung aus Wohn- und Arbeitszimmer dar. Der Fußboden war mit Teppichen belegt. An den Wänden befanden sich Bücherregale, Schränke, Geräte. Ein Schreibtisch und ein Sessel standen im Raum.

»Sie gestatten«, sagte er, griff an seinen Kopf und nahm die Jaguarmaske ab. Ein scharfgeschnittenes Gesicht, glattes silbernes Haar, ein sarkastischer Mund und tiefliegende dunkle Augen kamen zum Vorschein.

Er musterte mich spöttisch, während er an seinem seltsamen Gewand herumknöpfte. Dann schüttelte er die Arme und stieg aus.

Er trug einen ganz normalen blauen Straßenanzug, ein weißes Hemd und eine silberne Krawatte.

»Scheußlich schwer, dieser Krempel«, sagte er und schob das Gewand mit dem Fuß zur Seite. »Aber warum setzen Sie sich nicht, Mr. G-man?«

Ich plumpste in einen Sessel, lehnte mich zurück und lachte lauthals.

Mein Gastgeber ging zu einem Schrank und kam mit einer Flasche und einem Glas zurück.

»Ich freue mich, Sie so heiter zu sehen«, bemerkte er. »Übrigens bin ich Dr. Marcel Rimbeau.«

»Franzose?« fragte ich.

»Nur dem Namen nach. Ich bin in Brasilien geboren, verlebte meine Kindheit in England und besitze die amerikanische Staatsbürgerschaft. Darf ich auch um Ihren Namen bitten, nachdem ...«, er lächelte, »... ich Ihren Beruf längst kenne.

Ich tat ihm den Gefallen und fragte nach Phil.

»Es geht ihm den Umständen entsprechend gut«, antwortete Dr. Rimbeau.

Er hielt mir das Glas an die Lippe, und ich zögerte nicht, es auszutrinken. Es enthielt guten englischen Whisky.

»Sind Sie der Mann, der die Goldmünzen herstellt?« fragte ich.

»Sehen Sie das nicht?« fragte er zurück und zeigte auf einen gelbschimmernden Barren, der auf dem Schreibtisch lag.

»Machen Sie auch Barrengold?« setzte ich meine Fragen fort.

»Neuerdings. Es hat lange gedauert, bis ich es heraus hatte. Die Herstellung von Barrengold ist wesentlich schwieriger als von Münzen, sonst hätte ich gleich mit Barren angefangen. Es bringt mehr.«

Ich lehnte mich zurück und grinste: »Dann ist es gut, daß wir Sie gefaßt haben, Doc. Mit falschem Barrengold könnten Sie fast alle Währungen der Welt erschüttern.«

»Darf ich Sie auf einen kleinen Irrtum aufmerksam machen?« fragte er höflich. »Ich habe Sie gefaßt, nicht Sie mich.«

»Ach, das hat keine Bedeutung«, sagte ich leichthin. »Einer von uns befindet sich bereits auf dem Weg, um die Behörden zu alarmieren.«

»Falls Sie die Gruppe meinen, die sich gestern auf den Weg zu den Booten gemacht hat, so muß ich Sie enttäuschen. Meine Alacientes haben die Männer getötet.«

Zugegeben, mit diesem schlichten Satz traf er mich schwer. Ich probierte an meiner Fesselung herum, aber die Indios hatten mich gut verschnürt.

»Wenn Sie wünschen, zeige ich Ihnen meinen Betrieb«, fuhr er fort, als habe er mir eben nicht mitgeteilt, daß auf seinen Befehl einige Leute von Indios bestialisch hingeschlachtet worden waren, sondern als habe es sich um das Ergebnis einer Golfpartie gehandelt.

»Kann ich meinen Freund sehen?« fragte ich.

»Selbstverständlich.« Er ging zum Schreibtisch, sagte ein paar Worte in einen Gegenstand, der wie ein Mikrofon aussah, und kam zurück. »Einen anderen Bekannten werden Sie zu einem späteren Zeitpunkt sehen«, erklärte er. »Im Augenblick ist er nicht abkömmlich. Er arbeitet für mich.«

Es wurde dreimal gegen die Tür geklopft. Rimbeau öffnete. Phil, die Hände wie ich gebunden, stand auf der Schwelle, lachte mich an und trat ein.

»Schade, daß sie dich auch erwischt haben, Jerry«, sagte er. »Nun wird es schwierig werden, diesen Verrückten«, er deutete mit dem Kopf zu Rimbeau, »dorthin zu bringen, wohin er gehört.«

»Schweigen Sie!« brüllte der Doktor auf. »Schweigen Sie, oder ich lasse Sie vor die Jaguare werfen!« Es war erstaunlich, wie seine sonst so sanfte Stimme in eine geradezu tollwütige Tonart umschlug. Ich sah ihn aufmerksam an. War er wirklich verrückt?

Rimbeau ging mit langen Schritten im Zimmer auf und ab.

»Sie sind nicht berechtigt, mich für verrückt zu halten«, sagte er heftig. »Ich bin ein guter Chemiker, ein ausgezeichneter Erfinder. Daß man mich seinerzeit vor zehn Jahren in New Orleans in eine Anstalt sperrte, war nur auf eine Intrige meiner neidischen Kollegen zurückzuführen. Man hat es ja auch eingesehen, und ich bin schließlich freigekommen, und es ist nur logisch, daß ich mich meiner Fähigkeiten bediene, um zu dem Reichtum zu gelangen, um den ich betrogen wurde.«

»Hören Sie, Doktor«, unterbrach ich seinen Monolog. »Wie haben Sie es fertig gebracht, mitten im Urwald diesen Laden aufzuziehen? Ich finde es bewundernswert. Sie haben sogar elektrisches Licht.«

Er lächelte voll Stolz, voll irrsinnigem Stolz.

»Es war sehr schwer«, sagte er in seinem gewöhnlichen Tonfall, aber jetzt war seine Stimme getränkt von Eitelkeit. »Ich kam vor vier Jahren hierher, eigentlich, um mich hier in ein Eremitendasein zu verkriechen. Die Alacientes unterwarf ich mir mit ein paar Tricks.« Er lachte. »Sie haben ja so etwas Ähnliches, wenn auch mit primitiveren Mitteln, versucht. Sie wissen, die Raketen. Ich fand die verbotene Stadt, und ich entdeckte auch ihren unterirdischen Teil. Bei den Alacientes hatte sich seit Jahrhunderten die Sage des verschollenen Volkes gehalten, jene Sage vom großen Jaguar, der hier einmal geherrscht hat. Ich wurde selbst der große Jaguar, und ich wurde gleichzeitig der oberste Priester dieser Gottheit, denn, Sie verstehen, der große Jaguar selbst erscheint nur von Zeit zu Zeit.

Sie werden sehen, daß ein kräftiger unterirdischer Strom einen Teil der Höhlenstadt durchzieht. Ich kam auf den Gedanken, ihn zur Gewinnung von Elektrizität auszunutzen. Ich suchte mir einen Geldgeber, und ich fand ihn in jenen Senhores Sestros & Sestros, zwei Brüdern, die einen Gummihandel betreiben und daher engen Kontakt mit dem Urwald haben. Sie konnten den Transport und den Vertrieb der hübschen runden Gegenstände übernehmen, die ich hier herstellte, wenn wir erst einmal produzieren konnten. Selbstverständlich dauerte es sehr lange, bis wir eingerichtet waren. Bedenken Sie, welche Maschinen und Aggregate wir herschaffen mußten. Natürlich taten wir das nicht von Brasilien aus. Wir kauften in und über Peru und schafften alles teils auf dem Amazonas, teils zu Lande in das Alacies-Gebiet. Wir bauten einen großen Dynamo ein, der von der Wasserkraft des unterirdischen Flusses betrieben wird. Das war das Wichtigste. Ich errichtete meine Schmelzöfen und meine Veredlungsbäder. Als wir nicht gleich Barren gießen konnten, beschafften wir auch noch eine Prägemaschine. Das dauerte fast drei Jahre. Sie wissen selbst, daß vor rund einem halben Jahr die ersten Goldmünzen auftauchten, aber jetzt läuft unsere Anlage, und ich produziere mehr, als die Senhores Sestros absetzen können.«

»Nett von Ihnen, uns das zu erzählen«, sagte ich. »Warum tun Sie das so bereitwillig?«

»Oh, es spielt keine Rolle«, antwortete er mit einem geradezu strahlenden Lächeln. »Sie werden es nicht weitersagen können, denn Sie werden hierbleiben.«

Phil und ich blickten uns an. Er würde uns töten, das war klar. Rimbeau hob sein Gewand vom Boden auf und schlüpfte hinein.

»Ich zeige Ihnen jetzt meinen Betrieb«, erklärte er. »Entschuldigen Sie die Maskierung, aber die Alacientes sind es seit langer Zeit nicht mehr gewohnt, mein wirkliches Gesicht zu sehen. Es könnte meinem Ansehen schaden, wenn sie meinen Europäerkopf über den Kleidern des Priesters des großen Jaguars erblicken.«

Er stülpte sich die Maske über, ging zur Tür und öffnete sie. Wir betraten die Haupthöhle. Er führte uns zu dem linken Gang. Unterwegs plauderte er wie ein Betriebsinhaber, der Gästen sein Unternehmen zeigt.

»Ich habe meine Herrschaft über die Indios systematisch ausgedehnt«, erklärte er. »Erst arbeitete ich mit billigen Taschenspielerkunststückchen, aber nach und nach beschaffte ich mir die entsprechenden Anlagen, um ihnen die Gestalt des großen Jaguars vorzaubern zu können, so gut wie seine gewaltige Stimme. Sie haben es ja selbst gehört, Mr. Cotton. Es ist natürlich eine Lautsprecheranlage. Außerdem verfüge ich über die Möglichkeiten, Gestalten erscheinen und verschwinden zu lassen, nebst Blitz und Donner und allem anderen. Ich kann es Ihnen zeigen. Es ist eine Filmprojektionsanlage besonderer Konstruktion, mit der ich Bilder gegen irgendeinen Hintergrund werfen kann, der durchaus nicht so eben wie eine Leinwand zu sein braucht. Ich habe diesen Trick benutzt, als ich Ihnen zweimal den großen Jaguar und einmal einen wirklichen Jaguar erscheinen ließ. Für den Jaguar am Eingang benutzte ich eine Spiegelreflektion von einem meiner echten Panther. Ich halte ein halbes Dutzend davon für rituelle Zwecke. Sie haben mir leider zwei davon abgeschossen, Mr. Cotton. Dieser Spiegelreflektor am Eingang der äußersten Mauer befindet sich immer dort, um vorwitzige Eingeborene abzuschrecken. Den gewöhnlichen Alacientes ist es nämlich verboten, die Anlagen innerhalb der Mauern zu betreten. Die Indios, die Sie hier finden, ungefähr zwanzig, sind ausgesuchte Männer zum Dienst am großen Jaguar. Aus ihnen rekrutieren sich die Leute, die ich von Zeit zu Zeit nach Rio zu Senhor Sestros schicken muß.«

»Und wie haben Sie das mit den glühenden Katzenaugen gemacht?«

»Ganz einfach. Es sind kleine grüne glühende Scheiben, nichts anderes. Sie sind mit dem gleichen chemischen Material bestrichen wie die Leuchtziffern Ihrer Armbanduhr. Der Gang auf der anderen Seite der Haupthöhle führt in vielen Windungen unter den beiden Höfen durch in das Trümmerfeld hinaus. Von Natur aus, teils auch von mir angelegt, gibt es eine ganze Anzahl von höchstens armdicken Durchbrüchen nach oben. Sie sind vorzüglich durch überdeckte und von unten bewegbare Steine getarnt. Ich benutze sie im allgemeinen, um durch sie mit Hilfe eines Scherenfernrohrs die Gegend zu überwachen. In Ihrem Fall machte ich mir den Spaß, Ihnen den Spuk der glühenden Katzenaugen vorzuführen.«

Er blieb vor einer Höhle stehen, die mit einem Gitter abgeschlossen war. Eine Anzahl Jaguare schlich träge darin herum.

»Das sind die Tiere, mit denen Sie vorhin gekämpft haben, Mr. Cotton. Wir haben sie in ihre Käfige zurückgetrieben.«

»Hören Sie, warum haben Sie eigentlich den ganzen Zauber mit uns veranstaltet?« fragte ich. »Sie hätten uns doch leicht aus dem Hinterhalt töten können.«

Er zuckte mit den Achseln. Der dicke Jaguarkopf auf seinen Schultern wackelte grotesk.

»Es war ein Experiment. Ich wollte sehen, ob Weiße von Geistererscheinungen ebensogut in Angst und Schrecken versetzt werden wie Eingeborene.«

Ich lachte. »Das haben Sie im Ernst geglaubt?«

»Nein, ich wollte es erproben. Außerdem machte es mir natürlich Spaß, Ihnen meine Macht zu zeigen. Wie immer Sie darauf reagiert hätten, in meine Hände wären Sie doch gefallen, sobald ich es ernsthaft wünschte.«

Der Gang endete vor einer verschlossenen Tür. Rimbeau öffnete mit einem Schlüssel. Wir standen in einer Höhle, aber wir hätten glauben können, in einem modernen Fabrikationsraum zu stehen, wenn nicht der gewölbte Fels über unserem Kopf gewesen wäre. Acht Leute, soviel ich auf den ersten Blick zählte, arbeiteten an einer Anzahl Becken. Ich sah Schalttafeln und Hebel an den Wänden.

»Die Galvanisierungs- und Schmelzanlage«, erklärte Rimbeau. Nur einer von den Männern, die hier arbeiten, war ein Weißer, und wir erkannten ihn zuerst nicht, denn er trug einen vollen blonden Bart, aber dann traf uns sein Blick, und wir erkannten uns gleichzeitig.

»Hallo, Bower!« sagte ich.

»Hallo, Cotton«, antwortete er schüchtern und trat auf uns zu.

Wir schüttelten uns die Hände, aber bevor wir fragen konnten, sagte Rimbeau: »Sie werden später Gelegenheit haben, mit Mr. Bower zu reden. Gehen wir weiter.«

Unser Kollege ging an seinen Platz zurück. Rimbeau durchschritt den Raum, wir folgten, und hinter uns gingen die fünf Alacientes, die sich uns gleich am Anfang des Weges angeschlossen hatten.

Am Ende der Höhle befand sich wieder ein Durchbruch, der von einer starken Holztür verschlossen war. Als der Doktor diese Tür öffnete, drang das Stampfen, das ich schon am Anfang vernommen hatte, laut und nah an mein Ohr.

Mitten in dieser kleinen Höhle stand eine relativ große Maschine, die Prägeapparatur. Drei Männer bedienten sie, weiße Männer, und ich brauchte nicht erst zu fragen, um zu wissen, daß es sich um die drei vermißten Graveure Redborn, Kaspers und Boch handelte. Sie sahen uns neugierig entgegen, aber sie gaben keinen Laut von sich.

Links in dem Raum waren eine Anzahl kleinerer Kisten aufgestapelt.

»Fertigware«, erklärte unser Führer mit einer Handbewegung.

In der Tat, diese Kisten waren bis an den Rand gefüllt mit

Goldmünzen, mit Münzen, an denen nicht mehr Gold war als ein dünner Überzug.

Rimbeau verhielt den Schritt vor einem niedrigen Gang, aus dem ein kühler Luftzug wehte.

»Hier geht es zu dem unterirdischen Fluß, an dem unsere Dynamomaschine steht, die uns den Strom liefert. Sie sehen das Kabel. Der Fluß mündet in den Rio Alacies, aber es wäre zwecklos für einen von Ihnen, hineinzuspringen, in der Hoffnung, er würde Sie in die Freiheit tragen. Er verläuft über zwei Meilen in einem so engen Tunnel, daß kein Raum zum Atmen bleibt. Sie würden nur als Leiche die Freiheit erreichen.«

Wir gingen zurück.

»Die Schlaf- und Eßräume befinden sich dort in einem Seitengang«, erklärte er an einer Abzweigung. »Sie werden auch dort untergebracht, aber kommen Sie jetzt bitte noch einmal mit in mein Zimmer.«

Es passierte das gleiche wie beim ersten Eintritt. Die Alacientes blieben zurück und verbargen ihr Gesicht, und Rimbeau stieg aus seinem Kostüm, sobald sich die Tür geschlossen hatte.

»Meine einzige ernsthafte Schwierigkeit«, erklärte er ohne Umschweife, »besteht darin, einigermaßen tüchtige Arbeitskräfte zu finden. Die Alacientes eignen sich nicht für einen Deut zu den einfachsten technischen Arbeiten, außer primitiver Transportiererei. Die Senhores Sestros haben mir eine Anzahl Leute verschafft, aber es sind nicht gerade die besten Kräfte. Außer den drei Graveuren ist Ihr Kollege Bower mein bester Mann, und ich hoffe, Sie werden es ihm bald gleichtun. Es gibt noch viele Dinge, die ich einrichten könnte, wenn ich nur genügend Hilfskräfte mit entsprechend technischem Verständnis habe.«

»Wir sollen für Sie arbeiten?« fragte Phil.

»Genau das.«

»Und der Lohn?« fragte ich voller Spott.

»Sie dürfen am Leben bleiben. Es gibt kein höheres Entgelt!«

»Vielen Dank«, antwortete ich grimmig. »Am Leben zu bleiben, um als Sklave unterirdisch für Sie zu arbeiten, das ist ein kläglicher Zustand. Ich ziehe einen anständigen Tod vor.«

»Sie können sich über dieses Thema mit Ihrem Kollegen Bower unterhalten«, sagte Rimbeau lächelnd. »Ich gebe Ihnen gern vierundzwanzig Stunden Bedenkzeit.«

»Selbst wenn wir zustimmen, werden Sie nicht lange Freude an uns haben«, sagte Phil. »Der amerikanische FBI läßt nicht einfach zwei seiner Leute verschwinden, ohne alles in Bewegung zu setzen, um herauszufinden, wohin sie verschwunden sind. Bower, ein G-man, verschwand, und wir zwei, Jerry und ich, suchten ihn. Wir zwei verschwanden, okay, es werden vier G-men kommen, uns zu suchen, und sollten Sie auch die noch kassieren, so werden acht erscheinen. Einmal, und zwar sehr bald, werden Sie aufgestöbert.«

»Ich glaube nicht«, antwortete Rimbeau. »Ich habe vorgesorgt. Vielleicht wird eines Tages der Eingang im Tempel entdeckt. Ich habe für diesen Fall Vorbereitungen getroffen. Ich kann den engen Durchgang zur eigentlichen unterirdischen Stadt zusammenstürzen lassen. Wir haben dann noch zwei Ausgänge innerhalb des Trümmerfeldes. Und sollte es auch von dort keinen Ausweg mehr geben, so kann ich mit vorbereiteten Sprengladungen das Höhlensystem zusammenstürzen lassen. Ich werde mein Königreich, in dem ich absoluter herrsche als je ein Fürst, nicht aufgeben.«

Er sprach ganz ruhig, aber in seinen Augen hatte sich ein fanatisches Glühen entzündet. Wie klug der Mann immer sein mochte, so verrückt war er auch.

»Außerdem werde ich mich beim nächsten Besuch völlig ruhig verhalten«, fuhr er fort. »Die Abfertigung der nächsten Touristen werde ich den Alacientes überlassen. Daß sie vor einer Rakete nicht wieder davonlaufen, dafür sorge ich.«

Er trat an das Mikrofon des Schreibtisches und sprach ein paar Sätze hinein.

»Gehen Sie jetzt«, befahl er. »Die Alacientes werden Sie in

Empfang nehmen und zu den Räumen bringen, in denen Sie schlafen können. Morgen werde ich Sie fragen, ob Sie arbeiten oder sterben wollen.«

Stimmen und der Lärm von Tritten weckten mich Stunden später. Ich richtete mich auf und rieb mir die Augen. Jetzt war alles im Raum versammelt, was außer Rimbeau hier unten eine weiße Haut hatte. Die anderen Sklaven des großen Jaguar, soweit sie durch Sestros & Sestros besorgt worden waren, schliefen im Nebengelaß.

Wir machten uns untereinander bekannt. Lyonel Redborn war ein großer hagerer Mann, Kaspers war klein und untersetzt, Boch stark und breitschultrig, aber in ihren Mienen stand der gleiche Ausdruck von Hoffnungslosigkeit und Resignation, und es schien mir so, als sei auch Fred Bower davon schon angesteckt.

»Guten Abend«, sagte ich und gähnte. »Ich nehme an, daß es Abend ist, obwohl man das hier ja nicht feststellen kann. Mein Name ist Cotton vom FBI, genau wie diese beiden Gentlemen hier. Ich nehme nicht an, daß einer von Ihnen freiwillig hier ist.«

Die drei Graveure schüttelten den Kopf.

»Also müssen wir sehen, wie wir wieder hier herauskommen«, schloß ich. »Das ist doch logisch, nicht wahr?«

Redborn stieß ein Schnauben aus.

»Logisch schon, Mister, aber leider nicht möglich. Der Fluß bietet keine Möglichkeit. Der Ausgang durch den Tempel und die beiden Ausgänge zum Trümmerfeld, die wir nicht einmal kennen, sind nur durch die Haupthöhle zu erreichen, in der sich ständig mindestens zehn Alacientes aufhalten, die uns sofort töten. Ich habe es erlebt. Einer von den Brasilianern, die hier sind, bekam den Koller und lief Amok. Sie pusteten ihm ihre vergifteten Blasrohrpfeile in den Leib. Er starb nach drei Minuten, vom Krampf verkrümmt wie ein Fiedelbogen.«

»Ihr seid verrückt«, nahm Phil das Wort. »Mag sein, daß es den einen oder anderen von uns erwischt, wenn wir einen Ausbruch versuchen, aber ist selbst das nicht besser, als ein Leben lang hier als Sklave zu vegetieren mit der Aussicht, doch noch erledigt zu werden, wenn es Rimbeau gerade in den Sinn kommt? Schließlich sind wir über ein Dutzend Leute mit den Brasilianern.«

»Mit denen können Sie nicht rechnen«, sagte Boch mit seiner rauhen Stimme. »Sie sind unvernünftig. Sie stecken sich die Taschen mit Goldstücken voll und leben in der phantastischen Hoffnung, einmal hier herauszukommen und dann reiche Leute zu sein. Dabei ist das Zählwerk an der Prägemaschine längst außer Betrieb, und Rimbeau lacht darüber, wenn sie glauben, ihm Gold zu stehlen. Nein, Mr. G-man, die Leute dort«, er deutete mit dem Kopf zur Wand, »reagieren vielleicht einmal mit einem Koller, aber für eine geschlossene Aktion sind sie nicht zu gebrauchen. Wahrscheinlich würde sich einer von ihnen finden, unsere Absichten an Rimbeau zu verraten in der Hoffnung, damit Vorteile einzuhandeln.«

Ich rieb mir die Stirn. »Es ist schade, daß die Alacientes die Leute geschnappt haben, die auf dem Weg zum Fluß waren, um Verstärkung zu holen. Sonst könnten wir damit rechnen, daß in ungefähr vierzehn Tagen Freunde über unserem Kopf herumtrampeln. Ein Ausbruchversuch hätte dann Sinn.«

»Sie sind nicht alle gefaßt worden«, sagte Redborn. »Ich verstehe das Gegurgel der Indios. Habe es aus Langeweile gelernt. Was soll man anders hier tun? Sie redeten das übliche Zeug von dem großen Opferfest für den großen Jaguar, und sie bedauerten, daß kein weißer Mann dabei sei. Demnach müßte der Weiße entkommen sein.«

Ich pfiff durch die Zähne. »Das wäre schön. Allein schon für Lohmanns Haut. Gut, wir werden in vierzehn Tagen auszubrechen versuchen, einerlei ob wir oben dann Freunde antreffen oder nicht.«

»Wir sterben alle dabei«, murmelte Boch.

»O nein, wir werden versuchen, uns der Person Rimbeaus zu bemächtigen. Ich glaube, wenn wir ihn als Schutzschild vor uns halten, wird er sich wohl entschließen, den Alacientes zu befehlen, den Weg freizugeben.«

»Es ist nicht möglich, ihn zu fassen«, sagte Bower. »Wann immer er in seiner Tiermaske die Werkstätten betritt, befinden sich ein halbes Dutzend Indios mit Blasrohren in seinem Rücken. Eine falsche Bewegung, und sie setzen die Dinger an den Mund. Das ist es ja«, stieß er hervor. »Mit einem Mann, der einen Revolver trägt, ein Gewehr, eine Maschinenpistole, kann man fertig werden, aber diese verfluchten vergifteten Blasrohrpfeile schließen jedes Handeln aus. Eine Kugel kann in die Schulter gehen, in den Arm, in die Beine. Man ist noch nicht erledigt, wenn man sie sich einfängt, aber ein winziger Kratzer der Pfeile, und man stirbt in drei Minuten. Auf die kurze Entfernung treffen die Indios mit den Dingern sicherer als unsereins mit einem Revolver.«

Bower hatte recht, aber es mußte eine Möglichkeit geben.

»Rimbeaus Zimmer wird nie von einem Indianer betreten. Er hat ihnen eingebleut, daß es ein Heiligtum sei. Ich kann mich in vierzehn Tagen unter irgendeinem Vorwand in das Zimmer holen lassen und ihn dort überfallen.«

»Jedem werden die Hände gefesselt, sobald er das Zimmer betritt«, erklärte Boch. »Das haben Sie doch gesehen, und das wird nie versäumt.«

Ich blickte Phil an. Er erriet meine Gedanken.

»Wenn man Glück hat«, sagte er leise, »und die Indianer nicht dazwischenkommen, mag es gehen.«

»Gut«, schloß ich. »Betrachten wir die Angelegenheit vorläufig als erledigt. Morgen wird Mr. Rimbeau uns über unsere Arbeitswilligkeit befragen, und wir wollen sehen, wie er reagiert, wenn wir uns weigern.«

»Lassen Sie das sein«, sagte Bower. »Ich habe mich auch geweigert. Er hat eine scheußliche Art, sich die Leute gefügig zu machen. Mich hat er in einen Jaguarkäfig sperren lassen und gedroht, das Zwischengitter hochzuziehen. Es kann passieren, und es soll schon geschehen sein, daß er dann doch die Katzen über Sie herfallen läßt, wenn Sie im letzten Augenblick ja schreien. Einfach, weil es ihm Spaß macht. Vergessen Sie nicht, daß er nicht normal ist. Er ist ein kluger Verrückter, der oft vernünftig handelt. Zwischendurch bekommt er dann einen Koller, und kein Mensch kann voraussagen, was ihm zu tun einfällt.«

Phil lachte. Es klang ein wenig dünn.

»Gut, Jerry, verzichten wir darauf, durch unsere Weigerung Mr. Rimbeau zu Überraschungen zu verleiten. Arbeiten wir lieber vierzehn Tage für ihn, und bereiten wir ihm dann eine Überraschung.«

Bower und die drei Graveure gingen am nächsten Morgen zur Arbeit, nachdem Indios sie geweckt und Mate-Tee zum Frühstück serviert hatten. Es ging genau wie in einem Gefängnis zu. Einer von den Indianern schien die Rolle des Küchenbullen zu spielen, während andere das Bewachungspersonal darstellten. Phil und mir wurden wieder die Hände verschnürt und vor die Tür zu Rimbeaus Zimmer gebracht. Wir öffneten sie, während die Indianer ihre Gesichter bedeckten.

Der Doktor saß im Straßenanzug am Tisch.

»Haben Sie sich entschlossen?« fragte er an Stelle einer Begrüßung.

»Was bleibt uns übrig«, sagte ich achselzuckend.

Er sah überrascht auf. Er hatte wohl eine Weigerung erwartet.

»Ah, Sie sind vernünftig«, sagte er gedehnt. Es schien ihm leid zu tun, daß wir vernünftig waren. Vielleicht hätte er gern ausprobiert, wie weit wir seinen Droh- und Druckmitteln standhielten. Vielleicht auch wollte er einfach sehen, wieviel Prankenhiebe und Bisse ein Mann vertrug, bevor er starb. Er stand wortlos auf, kletterte in sein Kostüm, trieb uns mit einer Armbewegung hinaus und ging uns dann voran. Sechs Alacientes schlossen sich sofort unserem Zug an.

Wir wurden in die Höhle gebracht, in der Bower arbeitete.

Rimbeau erklärte uns unter seiner Maske hervor, was wir zu tun hatten. Es drehte sich im wesentlichen darum, in einem der Glühöfen eine Mischung verschiedener Metalle herzustellen, deren Schmelzpunkt genau eingehalten werden mußte. Zehn Grad Temperatur zuviel, und infolge Verdampfung stimmte der Sud nicht mehr, und die daraus gegossenen Barren waren Mist.

»Eine Arbeit, die ich den Brasilianern nicht anvertrauen kann. Von zehn Schmelzen verderben sie mir sieben. Bower kann es, aber er kann nicht alle fünf Öfen gleichzeitig bedienen. Er wird Sie anlernen.«

Damit war unsere heutige Begegnung mit dem großen Jaguar beendet. Er verließ uns, gefolgt von seiner Leibgarde.

Bower zeigte uns, wie wir die Tiegelöfen zu beschicken und zu beaufsichtigen hatten. Es war nicht so einfach. Wir hatten es am Abend noch nicht sicher heraus.

Tja, ich kann es nicht leugnen. Ich, ein G-man, und Phil, ebenfalls ein G-man, wir gossen zwölf Tage lang falsche Goldbarren. Genaugenommen stellten wir nur den Kern her. In den galvanischen Bädern erhielten sie den ersten Goldüberzug, und dann kamen sie noch in eine andere Apparatur, die ihnen eine dickere Schicht verpaßte. Die Graveure prägten und ätzten sie dann mit den üblichen Gewichts- und Gehaltsbezeichnungen.

Einmal am Tag kam Rimbeau in seinem Aufzug und mit Gefolge durch die Werkstätten, sprach selten mit uns, prüfte unsere Produkte und ging wieder. Einmal in diesen zwölf Tagen begann er furchtbar zu toben, obwohl kein ersichtlicher Grund vorhanden war. Die Männer erstarrten und standen mit angehaltenem Atem, die Alacientes senkten den Kopf, beobachteten uns aber genau. Immerhin, das Unwet-

ter ging vorüber, ohne daß es für einen von uns Unannehm-
lichkeiten gebracht hätte.

Wenn wir am Abend auf unseren Pritschen hockten, kreisten unsere Gespräche immer wieder um die Möglichkeit
eines Ausbruchs.

Die Graveure nahmen kaum noch daran teil. Ihre Energie
hatte sich in den Monaten ihrer Gefangenschaft aufge-
braucht. Sie hatten sich ein Schachspiel geschnitzt und spielten endlose Partien.

»Wenn ich je hier herauskommen sollte, kann ich um die
Weltmeisterschaft antreten«, scherzte Kaspers bitter jeden
Abend, bevor sie die Figuren aufstellten.

Bowers Lebensgeister waren durch unsere Anwesenheit
wieder aufgepulvert worden. Er beteiligte sich leidenschaft-
lich an unseren Plänen und drängte danach, eine Rolle zu
übernehmen.

Die vierzehn Tage, die ich mir als Frist gesetzt hatte, gingen langsam vorbei, und eines Abends sagte ich zu Phil:
»Morgen!«

Glauben Sie nicht, daß ich einen festumrissenen Plan
hatte.

Es ging lediglich darum, Rimbeau zu überwältigen. Darauf mußten die Alacientes auf irgendeine Weise ausgeschaltet werden, und dann würden wir weitersehen.

Wie an jedem Tag, so standen wir auch heute an unseren
Schmelzöfen. Rimbeau pflegte gegen Mittag zu kommen.
Man hatte uns unsere Armbanduhren gelassen, und wir ach-
teten sorgfältig darauf, daß sie nicht stehenblieben.

Als ich sah, wie er und seine Leibgarde unsere Werkstatt
betraten, steckte ich das Thermometer in meinen Schmelz-
ofen. Ich hatte das Ding mit Absicht überhitzt und fluchte
laut. Rimbeau wurde aufmerksam und kam heran.

»Was ist los?« fragte er knapp. Seine Stimme drang dumpf
unter seiner Jaguarmaske hervor.

»Die Schmelze ist schon wieder zu heiß geworden«,
erklärte ich. »Warum bauen Sie keine Thermostaten in die

Dinger ein, die die Temperatur automatisch regeln und die Heizröhren ausschalten, sobald die richtige Hitze erreicht ist?«

»Gute Idee«, antwortete er. »Ich werde Sestros beauftragen, solche Apparate zu beschaffen.«

»Ich kann es Ihnen konstruieren«, antwortete ich. »Ich verstehe etwas davon. Ich habe mal einen Kursus für Elektrotechnik mitgemacht, bevor ich zum FBI kam.«

»Sie wollen mir helfen?« fragte er erstaunt.

Ich grinste. »Warum nicht? Vielleicht setzen Sie mich zum Alleinerben ein, wenn ich tüchtig bin.«

Ich fühlte förmlich, wie er mir unter seiner Maske her einen mißtrauischen Blick zuwarf. Er wußte nicht genau, ob ich im Ernst sprach oder ihn auf den Arm nahm.

Er drehte sich zu seinen Indios um und gab einem von ihnen einen Befehl. Mir wurden die Hände wie üblich auf den Rücken gebunden. Rimbeau drehte sich um, ohne in die Prägerei zu gehen. Ich mußte mit. Ich sah Phils Gesicht. Er bewegte lautlos die Lippen.

Ich wußte, was er dachte, hieß viel Glück.

Wie immer spielte sich vor der Tür zu den Privatgemächern die übliche Zeremonie ab, und wie immer befreite sich Rimbeau von seiner Narrenkappe und dem Medizinmannkostüm, sobald wir allein waren. Er trug den gleichen blauen Anzug mit weißem Hemd und silbernem Schlips darunter, und er sah aus, als säße er in seinem Büro und empfing mich zum Zweck einer geschäftlichen Besprechung. Ungefähr stimmte das ja auch.

»Also, was brauchen Sie, um einen solchen Thermostaten zu konstruieren?« fragte er.

»Am besten, ich zeichne es Ihnen auf, wie das Ding aussehen soll«, sagte ich harmlos und bewegte meine Arme, um anzudeuten, er möge mir die Fessel lösen.

Er sah mir genau in die Augen. Ein kühles und höhnisches Lächeln glitt über sein Gesicht.

»O nein, Mr. Cotton«, sagte er. »Sie werden nie allein und

ungefesselt vor mir stehen, es sei denn, ein halbes Dutzend Alacientes befänden sich in Ihrem Rücken. Also, was ist mit dem Thermostaten? Oder war das Ganze nur ein Bluff?«

Er hatte sich hinter den Schreibtisch gesetzt. Ich mußte ihn dazu bringen, aufzustehen und auf mich zuzukommen.

»Ja, es war ein Bluff«, antwortete ich. »Eines Tages, wenn Sie wieder in die Werkstatt kommen, werde ich eine Schöpfkelle in das flüssige Metall tauchen, werde Ihnen Ihre Maske abreißen und Ihnen Ihren eigenen Sud ins Gesicht schütten. Das schaffe ich, bevor ich an einem der Blasrohrpfeile Ihrer Leibgarde sterbe.«

Er schoß aus dem Sessel hinter dem Schreibtisch hoch und starrte mich mit einem versteinerten Gesicht an. Dann verzog sich sein Gesicht zu einer Fratze höhnischer Brutalität.

»Vielen Dank für die Warnung«, zischte er zwischen den Zähnen. »Ich habe mich von Anfang an gewundert, daß Sie so wenig Widerstand zeigten. Ich verstehe, Sie suchen nach einer Gelegenheit. Sie werden diese Gelegenheit nie mehr haben, nie mehr!«

Er kam hinter seinem Schreibtisch hervor und stürzte an mir vorbei auf sein Priestergewand.

Damit hatte ich gerechnet. Ich hatte mich so gestellt, daß ich mich in der Nähe der Fetzen befand, und als er mich passierte, warf ich mich mit aller Wucht auf ihn.

Mit freien Händen wäre Rimbeau ein kleiner Fisch für mich gewesen, aber meine Arme waren nach hinten gefesselt.

Es gelang mir, ihn umzureißen. Wir fielen übereinander auf den Boden. Ich bemühte mich, ihn unter mich zu bekommen. Es gelang mir nur halb. Ich schlug mit meinem Kopf zu, und ich traf seine Nase, daß er einen ersten Schmerzenslaut ausstieß. Er gehörte nicht zu der Sorte Leute, die zu kämpfen verstehen, aber er faßte einfach nach meinen Armen und zerrte mich von sich herunter, soviel ich auch mit den Beinen zappelte.

Er schnellte hoch und schlug mir zwei-, dreimal ins

Gesicht. Als er sich schon auf die Knie aufgerichtet hatte, trat ich ihn vor die Brust, und er fiel wieder um. Ich schnellte hoch, spannte mich und warf mich, Kopf voran, auf ihn. Ich traf ihn recht gut auf die Brust. Er keuchte, aber er besann sich auf das, was er vielleicht vor Jahrzehnten einmal erlernt haben mochte. Er deckte mich mit Hieben ein, und wenn er auch nicht genug von diesem Geschäft verstand, um mich auszuknocken, so prügelte er sich doch selbst frei.

Wir kamen mehr oder weniger gleichzeitig auf die Beine. Er lief fort und brachte den Schreibtisch zwischen sich und mich. Er hielt die Arme auf die Platte gestützt und atmete schwer. Ich stand ihm auf der rechten Schreibtischseite gegenüber, die Arme immer noch auf dem Rücken gefesselt, und lauerte darauf, nach welcher Seite er einen Ausbruch versuchen würde.

»Na, Mr. Rimbeau«, stieß ich zwischen den Zähnen hervor, »jetzt nutzen Ihnen Ihre Alacientes nichts mehr. Sie haben es Ihnen ja selbst eingebleut, daß sie diesen Raum nicht betreten dürfen. Vielen Dank dafür, Mr. Rimbeau. Jetzt wundern sich die Indios darüber, welcher Krach aus dem Raum des großen Jaguar dringt, aber sie werden nicht wagen, hereinzukommen.«

Rimbeaus Augen flackerten. Ich sah, wie seine Hand nach dem Mikrofon auf seinem Schreibtisch tastete. Ich warf mich gegen den Tisch, riß ihn um mit allem, was darauf stand.

Rimbeau war zurückgewichen.

»Ich werde dich töten, G-man«, keuchte er. »Ich werde mir eine ganze besondere Art deines Todes einfallen lassen.«

Seine Hand griff einen der falschen Goldbarren, die auf einem niedrigen Schrank lagen, und schleuderte ihn nach mir. Ich sprang zur Seite.

Rimbeau schien etwas einzufallen. Er versuchte, an mir vorbei zur anderen Seite des Raumes zu gelangen, an der ebenfalls mehrere Schränke standen. Vielleicht befanden sich dort Waffen irgendeiner Art. Ich durfte ihn nicht hinlassen. Ich griff ihn an. Ich rannte ihn über den Haufen, und wieder wälzten wir uns auf der Erde herum. Bei aller körperlichen Überlegenheit meinerseits war er mit seinen freien Händen abscheulich im Vorteil. Immer wieder versuchte ich, ihn entweder mit den Füßen oder dem Kopf entscheidend zu treffen, aber es gelang mir nicht, und ich bekam mehr dabei ab als er.

Wieder befreite er sich von mir und sprang auf die Füße. Während ich mich aufrichtete, rannte er schon quer durch den Raum und riß die Türen eines schweren Schrankes auf. Ich sah die matten Läufe von Gewehren schimmern, und ich sah Rimbeaus Hand nach einem davon greifen. Ich stürzte vor, fiel ihm in den Rücken, und wir krachten in den Schrank. Er schlug schwer mit der Stirn an, und zum erstenmal fühlte ich, wie ein leichtes Zucken der Ermattung durch seinen Körper lief, aber noch gab er nicht auf. Während ich mich gegen ihn preßte, fuhren seine Hände im Schrank herum und packten ein Jagdmesser. Er drehte sich halb unter meinem Gewicht.

Ich setzte alles auf eine Karte. Ich stieß mich von ihm ab, kam von ihm los auf die Beine, war einen Sekundenbruchteil früher bereit als er, und als er sich aus dem Schrank hochrappelte, trat ich hart zu. Ich traf sein Handgelenk genau. Das Messer flog im hohen Bogen davon. Er wandte sich um, um nach einer neuen Waffe aus dem Schrank zu greifen. Für eine Sekunde bot er mit den Rücken. Ich zögerte einen Herzschlag lang, aber der Gedanke an Fairneß war Wahnsinn in diesem Augenblick. Ich trat zu. Er brüllte auf, griff unwillkürlich an sein Kreuz und warf sich herum. In diesem Augenblick nahm ich ihn an wie ein Stier mit gesenktem Kopf. Als ich bei ihm war, rammte ich ihm meinen Schädel genau unter das Kinn.

Wieder krachten wir, ich über ihm, in den Schrank, aber jetzt schlug er nicht mehr zurück, versuchte nicht, sich zu befreien. Ich fühlte, daß sein Körper unter mir schlaff wurde. Ich hatte es geschafft.

Ich sammelte mich aus dem Schrank zusammen. Ich hatte nicht viel Zeit. Seine Ohnmacht konnte nur Sekunden dauern. Ich torkelte zu der Stelle, auf die das Jagdmesser geflogen war, fiel auf die Knie und hob es mit den Zähnen auf. Ich legte es auf die niedrige Anrichte mit den Goldbarren, drehte mich, faßte es mit meinen gefesselten Händen und rammte es in das Holz.

Drei, vier reibende Bewegungen, die Bastschnüre rissen. Ich war frei. Rechtzeitig genug. Rimbeau torkelte eben aus dem Schrank hoch. Er wankte wie ein Betrunkener, aber er nahm eins der Gewehre. Ich stand hinter ihm, als er sich mit der Waffe umdrehte. Ich nahm sie ihm einfach mit der linken Hand fort und setzte ihm mit der Rechten einen Haken auf den Punkt, der ihn wie einen Sack umfallen ließ. Ich schleppte ihn in die Mitte des Zimmers, suchte mir einiges an Kordeln zusammen, und knebelte ihn. Er hielt die Augen geschlossen und war ohnmächtig.

Ich stieß einen tiefen Seufzer aus. Das war der erste und wichtigste Teil der Arbeit. Der nächste ergab sich gewissermaßen von selbst. Da lag Rimbeaus Gewand, da die Maske. In Windeseile zog ich das Zeug an und inspizierte den Waffenschrank. Ich fand nur drei Revolver, die ich mir in den Hosenbund stopfte. Außerdem band ich mir zwei Gewehre links und rechts an die Seite, wenn mir das Gehen dadurch auch schwer wurde. Die Taschen stopfte ich voll Munition. Dann stülpte ich mir die Jaguarmaske über den Schädel. Ich nahm einen Revolver in die Hand und verbarg ihn vorsichtig in dem weiten Ärmel. Zweimal noch holte ich tief Atem, dann öffnete ich die Tür und trat in die Höhle hinaus.

Die Alacientes standen in einer Gruppe zusammen. Ich sah einen Ausdruck von Ratlosigkeit in ihren Gesichtern, Ratlosigkeit, gemischt mit Furcht. Sie hatten den Lärm des Kampfes gehört, aber sie hatten nicht gewagt, das Verbot zu übertreten. Sicherlich schien ihnen auch die Gestalt ihres Priesters verändert, aber ich ließ ihnen keine Zeit zu einem wirklichen Verdacht. Ich betrat einfach den Gang zu den

Werkstätten, und nach einem kleinen Zögern schlossen sich die üblichen fünf Mann der Leibgarde mir an.

Ich ging in den Schmelzraum. Phil und Bower sahen hoch, als wir eintraten. Sie standen eng beieinander und mußten miteinander gesprochen haben. Für einen Augenblick traten Schrecken und Hoffnungslosigkeit in ihre Züge, als sie die bekannte Erscheinung sahen, aber dann bemerkte Phil die Veränderung der Figur, und seine Augen leuchteten auf.

Die Alacientes standen hinter mir. Ich drehte mich um und ging auf den ersten zu. Ich nahm ihm sein Blasrohr einfach aus der Hand. Er ließ es willenlos geschehen. Auch der zweite und dritte wehrte sich nicht. Die beiden letzten wichen zurück. Mißtrauen glomm in ihren Augen hoch. Ich machte kurzen Prozeß. Zwei rasche Schläge ließen sie zurücktaumeln. Im selben Augenblick stürzten sich Phil und Bower auf sie und rissen ihnen ihre heimtückischen Mordinstrumente aus den Händen.

Die Brasilianer, die in der Werkstatt arbeiteten, hatten verständnislos dem Vorgang zugesehen. Erst als ich mir die Maske vom Kopf riß, verstanden sie, warfen die Arme hoch, schrien und brüllten, lachten und jubelten.

»Los, wir müssen die Graveure holen!« befahl ich. Den Schlüssel fand ich in einer Tasche des Kaftans. Ich schloß auf. Redborn, Kaspers, Boch kamen uns entgegen, aber an uns vorbei drängten sich die Brasilianer in den Prägeraum und begannen, sich die Taschen aus den Kisten mit Goldmünzen zu füllen.

»Laßt den Unsinn!« schrie ich sie an, aber sie hörten nicht, und erst als ich den Revolver zog, gelang es mir, sie hinauszutreiben. Ihre Taschen bauschten sich wie die Backentaschen eines Pavians.

Ich verteilte die Waffen. Die Revolver erhielten Phil und Bower, die Gewehre Redborn und Boch.

»So«, sagte ich, »ich setze mir diesen albernen Kopf jetzt wieder auf und gehe mit den Alacientes, die sich noch in der

Haupthöhle befinden, ins Freie. Ihr kommt fünf Minuten später. Im Freien werden wir leicht mit ihnen fertig.«

Alle nickten. Ich stülpte mir das Ding wieder über den Schädel. In derselben Sekunde begann eine Stimme durch die ganze unterirdische Stadt zu dröhnen, eine Stimme, die in gutturalen Lauten sprach. Ich riß mir die Maske wieder ab.

»Was ist los?« fragte ich. Alle lauschten wir.

»Die Lautsprecheranlage«, sagte Redborn. »Die Lautsprecheranlage, die die Indios für die gewaltige Stimme des großen Jaguar halten.«

»Verdammt, ich habe sie umgerissen, aber das Mikrofon schien ganz geblieben zu sein. Rimbeau muß erwacht sein und benutzt es. Was sagt er?«

»Tötet alle Gefangenen«, übersetzte Redborn. »Tötet auch den Zauberer des großen Jaguar. Er ist ein Verräter. Laßt niemand entkommen. Tötet! Tötet! Tötet!«

»Vorwärts!« schrie ich. »Wir müssen durch, bevor sie es richtig kapiert haben.«

Wir rannten los, aber es war schnell zu erkennen, daß wir zu spät kamen. Schon auf der halben Höhe des Ganges liefen uns die Indios entgegen. Wir sahen sie zum Glück auf einige Entfernung in der Höhe der Jaguarkäfige. Ich feuerte. Es blieb mir nichts anderes übrig. Einer fiel, und unter den Kugeln Bowers und Phils fielen zwei weitere.

Sie sandten uns einen Schauer von Blasrohrpfeilen, aber die Entfernung war zu groß.

»Hinterher!« befahl ich. »Wir müssen sie überrennen!«

Wir rannten den Gang entlang. Immer noch dröhnte von allen Ecken die Stimme, die die Indianer aufforderte, uns zu töten. Wir erreichten die Mündung des Ganges in die Haupthöhle. Von den Indios war nichts zu sehen. Ich wollte weiter. Im selben Augenblick wehte ein leiser Luftzug an mir vorbei, ein leichtes Zischen. Hinter mir schrie einer der Brasilianer auf und schlug in sein Gesicht, als habe eine Mücke ihn gestochen, aber es war ein Blasrohrpfeil, der ihn geritzt hatte. Die Alacientes hatten sich im Eingang des gegenüberliegenden Ganges, der zu dem Trümmerfeld führte, verborgen. Wir drängten zurück. Wir konnten so die Haupthöhle nicht durchqueren. Sie maß nur fünfzig Yard im Durchmesser, eine Entfernung, die die Blasrohrpfeile schafften.

Wir lagen auf dem Boden. Die Mündungen der beiden Gänge befanden sich praktisch einander gegenüber. Hier hockten wir, dort die Alacientes.

»Was nun?« fragte Phil.

»Wir können die Indianer mit Gewehrfeuer in die Deckungen zwingen. Unter diesem Feuerschutz können die meisten von uns den Bau hier verlassen.«

»Und die letzten?« fragte Phil.

»Sehen Sie!« schrie Boch.

Wir konnten einen gewissen Teil der Haupthöhle einsehen. Ein grünliches Licht war dort aufgewallt. In ihm erschien eine riesige Gestalt mit dem scheußlichen Kopf des Jaguars, die gleiche Erscheinung, die wir oben am Tempel gesehen hatten.

»Rimbeau muß sich befreit haben«, sagte Bower. »Er macht den Indios seinen Hokuspokus vor. Der große Jaguar erscheint den Alacientes. Sie müssen begreifen, was das für sie bedeutet.«

Die ganze Zeit hatte die Stimme über und um uns nicht aufgehört, ihre Mordbefehle zu heulen. Jetzt wechselte sie plötzlich ins Englische über, und was sie sagte, war purer Hohn.

»Nicht so einfach, von hier zu fliehen, Cotton? Sie werden alle hier sterben. Keiner entkommt! Dem großen Jaguar gehorchen die Alacientes noch besser als dem Zauberer. Seine Macht ist groß, seine Stimme ist gewaltig. Alle werdet ihr sterben!«

Und er lachte ein höllisches Gelächter.

Ich packte Phils Arm.

»Der Strom«, keuchte ich, »der elektrische Strom. Wenn wir das Hauptkabel vom Fluß her zerstören, dann ist Schluß mit seinem Kinospuk und dem Lautsprechergeheul. Für die Indios wird das sein, als sei ihr großer Jaguar untergegangen. Redborn, geben Sie mir Ihr Gewehr.«

Im Dauerlauf rannte ich zurück. Phil keuchte hinter mir. Wir erreichten die Schmelzwerkstatt, die Prägerei und standen vor dem dicken schwarzglänzenden Kabel, das aus dem engen Durchgang kam.

Ich feuerte die Gewehrkugeln darauf ab, sorgfältig bemüht, immer die gleiche Stelle zu treffen. Die Isolierung flog in Fetzen. Hin und wieder zuckte ein Funken hoch. Wir sahen den blanken Draht schimmern. Das Gewehr war leer. Wir zogen beide die Revolver und leerte die Trommeln.

Die Lautsprecherstimme, die Stimme Rimbeaus, die eine Zeitlang wieder den Alaciente-Dialekt gesprochen hatte, fiel erneut ins Englische.

»Die Jaguare werden sich freuen«, höhnte sie. »Sie haben lange nichts Lebendiges gehabt. Sie lieben warmes Blut, sie . . .«

Peng! Knallend schossen blaue Zungen aus dem Kabel, ein zischendes Schmoren war zu hören, und der Gestank von verbranntem Gummi stieg hoch. Gleichzeitig wurde es stockdunkel, und die Lautsprecheranlage erstarb.

Ich griff nach Phil. »Zurück!«

Wir tasteten uns durch die absolute Schwärze. Wir besaßen weder eine Lampe noch Streichhölzer. Wir stießen uns an allem Möglichen, aber wir ertasteten uns den Weg. Noch einmal kamen wir an den Käfigen der Jaguare vorbei, die aufgeregt brüllten, dann stolperten wir über irgendwen. Es waren unsere Leute.

»Die Erscheinung des großen Jaguar verschwand schlagartig«, hörte ich Bowers Stimme.

»Dann los!« befahl ich. »Auf die Indianer wird nur gefeuert, wenn sie noch kämpfen. Wir brauchen ihnen nicht unnötig unseren Standort zu verraten.«

Ich betrat als erster die Haupthöhle. Meine Schritte dröhnten im Widerhall. Gleich darauf hörte ich das feine Zischen eines Blasrohrpfeils. Ich hatte den Revolver nachgeladen, und ich begann zu feuern. Phil, Bower und Boch taten es mir nach. Einmal schrie noch jemand auf. Ich konnte nicht erkennen, ob es ein Indio war oder einer von uns.

Ich fand den Durchgang, die schmale Stelle, an der man sich bücken mußte.

»Wir haben es geschafft!« rief ich. An mir vorbei zwängten sich Gestalten, hasteten die Schräge empor. Vielleicht waren es die Brasilianer, vielleicht auch die Graveure. Die Männer waren nicht mehr zu halten. Phil, Bower und ich, wir waren noch auf der halben Strecke, als plötzlich oben ein breiter Lichtstrahl einfiel. Die ersten von uns hatten die Verstrebung der Mauertür weggerissen. Wir waren frei.

Wir waren mitten in dem Trümmerfeld, als wir sahen, wie sich eine Gruppe von Menschen vom Waldrand löste. Wir dachten an die Indios, aber die Männer waren bekleidet.

»Ich glaube, es ist Lohmann!« sagte Phil.

Hundert Schritte weiter wußten wir es. »Mr. Cotton! Mr. Decker!« brüllte Lohmanns Stimme zu uns herüber, und fünf Minuten später lagen wir uns in den Armen.

»Es war eine scheußliche Schinderei«, sagte Lohmann. »Auf dem Hinweg verlor ich noch Pedro, und als wir jetzt wieder mit einer größeren Gruppe von meinen Leuten in das Gebiet eindringen wollten, leisteten uns die Alacientes einen hartnäckigen Widerstand. Ich habe alles bei mir, Werkzeug, Sprengstoff, Lampen. Wir können den ganzen Bezirk durchwühlen! Und Sie? Was haben Sie durchlebt? Ehrlich, ich glaubte nicht, Sie noch einmal zu sehen.«

Ich öffnete den Mund zu einer Antwort, als die Erde, auf der wir standen, ganz leise zu beben anfing.

»Hallo, was ist das?« rief Lohmann.

Im selben Augenblick brachen einzelne Ruinengebäude krachend auseinander.

»Da!« schrie Phil. »Der Tempelbau!«

Wir sahen, wie riesige Steinstücke hoch in die Luft flogen. Die äußere Mauer barst auseinander. Für zwei Sekunden erblickten wir die innere Mauer. Dann hob sich das Ganze, wie von einer riesigen Hand geschleudert, in die Höhe, und stürzte gleich darauf krachend und donnernd in sich zusammen.

»Was — ist — das?« stammelte Lohmann. »Ein Erdbeben?«

»Wenn Sie so wollen«, antwortete ich leise. »Der große Jaguar hat sein unterirdisches Reich gesprengt.«

Übrigens brach ungefähr ein Jahr später nach dem Bekanntwerden der Geschichte eine neue Expedition ins Gebiet des Rio Alacies auf, aber es war eine friedliche Expedition. Sie bestand ausschließlich aus Altertumsforschern, die sich für die Trümmer der verschollenen Stadt interessierten. Ein einziger Polizist war dabei. Er hatte den Auftrag, das Falschgold sicherzustellen, falls man etwas davon fand.

Ich griff ›Nummer Eins‹

Erschien erstmals als G-MAN JERRY COTTON Band 5 (1956), dann als Band 5 der 2. Auflage (1959) und als Band 14 der 3. (1970) und 4. Auflage (1978).

Ich brachte mir ein hübsches Andenken von jener Sache in Brasilien, als ich den verrückten Goldmacher aus der grünen Hölle am Amazonas angelte, mit nach New York.

Ich merkte es erst, als wir auf dem La-Guardia-Flugplatz landeten. Da lief mir das erste kleine Schauerchen über den Rücken. Zwei Tage später lag ich im Hospital und fieberte, daß das Quecksilber oben aus dem Thermometer herauszuspritzen drohte. Ich hatte mir irgendein obskures südamerikanisches Fieber geholt.

Für die Ärzte des Tropenhospitals war ich ein gefundenes Fressen. Sie trieben wissenschaftliche Studien an mir, und mir wurde ziemlich elend dabei. Schließlich, als sie neunzig Prozent ihrer Medikamente ausprobiert hatten, fing es an, besserzugehen, und ich konnte mich wenigstens zeitweise wieder auf den eigenen Namen besinnen.

Nach vier Wochen besah ich mich im Spiegel. Schön bin ich nie gewesen, aber das hohläugige Skelett, das mir da entgegengrinste, konnte das abgebrühteste Zirkuspferd scheu machen. Immerhin, von Tag zu Tag verwandelte sich das Skelett ein wenig mehr in den alten Jerry Cotton, so daß meine Freunde und Kollegen nicht mehr nach der Tafel über dem Bett zu schauen brauchten, um zu wissen, ob sie auch den richtigen Mann besuchten.

Ich bin nicht das, was man einen geduldigen Patienten nennt. Jeden Tag fragte ich Arzt und Schwester, wann sie mich endlich aus ihrem Affenstall zu entlassen gedächten, und an einem schönen Sonntagmorgen war ich es leid. Ich schmiß der Schwester das Tränklein vor die Füße, das sie mir einflößen wollte, holte mir meine Hose aus dem Schrank, ging beim Arzt vorbei und lud ihn zu einem Drink ein, wann immer er Zeit hätte, pfiff mir ein Taxi herbei und fuhr zum Hauptquartier.

»Hallo, Jerry«, sagte Mr. High, der Chef, als ich in sein Büro stürmte. »Sind Sie als arbeitsfähig entlassen?«

Ich ließ mich in einen Sessel fallen. Um ehrlich zu sein, ich hatte es nötig. Die Fahrt hatte mich angestrengt. Ich fühlte mich so merkwürdig weich in den Knien, als hätte ich mir einen schweren rechten Haken eingehandelt.

»Weiß nicht, ob der Doc mich dafür hält«, brummte ich, »aber wenn man nicht einmal Schluß macht, behalten sie einen Mann so lange da, bis er gestorben ist.«

»Wie fühlen Sie sich?« fragte Mr. High.

»Miserabel«, antwortete ich ehrlich, »aber ins Krankenhaus gehe ich doch nicht zurück.«

»Ich werde Ihnen Erholungsurlaub erwirken«, sagte der Chef.

»Und Phil?« fragte ich.

»Phil sucht einen Mann, der eine Schwäche für Juwelen zu haben scheint. Jedenfalls stiehlt er sie.«

»Ohne Phil macht mir ein Urlaub keinen Spaß«, maulte ich. »Lassen Sie mich arbeiten, Chef.«

»Ein Leichtgewichtler kann Sie umpusten, Jerry, und ich wette, Ihre Hand zittert, wenn Sie Ihren 38er länger als zehn Sekunden halten.«

»Irgend etwas Leichtes, Chef, 'ne Überwachung oder so etwas.«

Mr. High rieb sich das Kinn.

»Ich hätte da etwas für Sie«, murmelte er. »In zehn Tagen wird ›Nummer 1‹ entlassen.«

Ich pfiff durch die Zähne. »Und das soll leichte Arbeit sein, Chef?« fragte ich verbindlich und grinste.

»Ich hoffe es, wenigstens zunächst.«

›Nummer 1‹ kannte jeder Mann, der je mit dem FBI zu tun hatte. Sie wissen sicherlich, daß wir eine Art Wunschliste unterhalten, und der Mann, der sie anführt, wird ›Nummer 1‹ genannt, oder in den offiziellen Verlautbarungen etwas hochtrabender: ›Staatsfeind Nummer 1.‹ Wenn wir ihn dann gefaßt haben und die Richter haben ihn auf den Stuhl geschickt, verschwindet sein Name aus der Liste, und ein anderer nimmt den Ehrenplatz ein. Die Bezeichnung bleibt, nur der Täter wechselt. Und doch gab es einen Gangster, der ›Nummer 1‹ genannt wurde, obwohl er längst nicht mehr den Kopf der Liste zierte, und jeder wußte, von wem die Rede war, wenn man von ›Nummer 1‹ schlechthin sprach. ›Nummer 1‹ war Harry Brian.

Nie wurde Harry gefaßt, echt gefaßt, obwohl ein Dutzend Morde auf sein Konto gingen, die Bankeinbrüche und Diebstähle nicht gerechnet. Es gab kein dunkles Geschäft in New York, in dem er nicht die Finger stecken hatte, angefangen von der Hehlerei bis zum Racket, vom Rauschgift bis zur Spielhölle. Harry Brian war der Kopf eines ganzen Verbrechertrusts gewesen, einer Aktiengesellschaft für Diebstahl, Einbruch, Mord und alles, was das Gesetz verboten hat. Er befehligte Dutzende von Filialen, kommandierte über drei Direktoren, fünf Abteilungsleiter und über eine Garde entschlossener Totschläger. Er unterhielt einen ganzen Stab von Rechtsanwälten, die für ihn die Lücken im Gesetz suchen mußten, durch die er immer wieder schlüpfte.

Jeder wußte, daß Harry Brian ein Gangsterkönig war, aber niemand konnte es ihm beweisen. Es gab keinen Zeugen gegen Harry und keinen Indizienbeweis. Fünfzehn G-men hatten ihn gejagt, drei hatten sich die Nerven ruiniert, und ein paar waren gestorben, als sie ihm allzu nahe kamen. Harry Brian war jahrelang ›Nummer 1‹. Dann verbündete sich der FBI mit der Steuerfahndung, und jetzt hatten sie ihn, nicht wegen Mordes, nicht einmal wegen Rauschgiftschmuggels oder Einbruchdiebstahls. Nein, nur wegen Steuerhinterziehung wurde er gefaßt. Vielleicht haben Sie einmal gelesen, daß man es mit Al Capone vor rund dreißig Jahren nicht anders gemacht hat.

Ein Bürger der Vereinigten Staaten kann sich dagegen wehren, wenn die Polizei ohne ausreichenden Verdachtsgrund sein Haus durchsuchen will, aber er kann sich nicht wehren, wenn die Steuerfahndung seine Bücher kontrolliert.

Die Steuerfahnder, kleine, krummrückige bebrillte Männer, setzten sich in Brians protzigem Büro in einem Hochhaus in Manhattan hinter die Schreibtische und gingen den Geschäften, die Harry angeblich mit der Brian Ltd. ehrlich machte, auf den Grund. Sie wiesen ihm nach, daß sein Lebensstil und seine Ausgaben in keinem Verhältnis zu seinen öffentlich deklarierten Einnahmen standen, und sie klagten ihn der Verdunkelung und der Bilanzverschleierung an. Solche Dinge können bei uns mit Gefängnis bestraft werden, und die Richter zögerten keinen Augenblick, Harry trotz der drei Anwälte, die ihn verteidigten, zu einer Strafe von vier Jahren Gefängnis zu verdonnern.

Harrys Verbrecherimperium zerfiel nämlich in dem Augenblick, in dem sich das Gefängnistor hinter ihm schloß. Seine Gangster-AG zerplatzte zu Dutzenden von Einzelunternehmen. Die Filialleiter und die Abteilungschefs machten sich selbständig, und jetzt, ohne Brians Gehirn und ohne die geballte Gewalt von Brians Garde und die Summe seines Kapitals, das massiv zu Bestechungen eingesetzt wurde, waren die einzelnen Gruppen für uns leichter greifbar. Der FBI veranstaltete ein großes Aufräumen unter den Leuten, die Brians Erbe anzutreten glaubten. Wenn es auch nicht gelang, seine Nachfolger restlos matt zu setzen, wie es nie gelingen wird, das Verbrechen an sich mit Stumpf und Stiel auszurotten, so gelang es doch, dafür zu sorgen, daß wesentlich weniger gegen das Gesetz verstoßen wurde als zu der Zeit, da Harry Brian seine Organisation befehligte.

Nur eins gelang nie. Jedesmal, wenn einer von Harrys ehemaligen Unterführern aufflog, hoffte man auf Beweise gegen Brian selbst, um aus den vier Jahren Gefängnis eine lebenslängliche Zuchthauszeit machen zu können. Diese Beweise wurden nie erbracht, und so blieb Harry Brian ›Nummer 1‹, obwohl er nicht mehr auf der Liste stand. Und in zehn Tagen würde ›Nummer 1‹ entlassen werden.

»Was wird er tun?« fragte ich Mr. High.

»Schwer zu sagen?« antwortete er. »Finanziell gesehen ist Brian fertig, wenn er auch nach unseren Begriffen noch ein reicher Mann ist. Die Brian Ltd. flog noch während der Gerichtsverhandlung auf. Seine Garde zerstreute sich in alle Winde, und einige davon faßten wir, und sie bekamen das, was ihnen gebührte, sei es dreißig Jahre oder den Stuhl. Von seinen Direktoren ist einer friedlich gestorben, und einer ist nach Südamerika gegangen. Seine Abteilungsleiter brachten wir zu einem guten Teil hinter Gitter. Von seinen Anwälten verloren zwei wegen Mithilfe und Ungesetzlichkeit ihre Bestallungsurkunden, aber noch sind ein paar Leute da, die sich an Harry Brians Erbe satt gefressen haben. Und ich weiß nicht, wie ›Nummer 1‹ sich seine Begegnung mit diesen Leuten nach seiner Entlassung vorstellt.«

»Sie meinen, er könnte versuchen, wieder die Gewalt an sich zu reißen?«

»Das wäre das eine. Andererseits hat er von seinem Standpunkt aus gesehen auch Grund, ihnen wegen Verrats an den Kragen zu gehen, und ich fürchte, er wird es so auffassen. Mit einem Wort, ich bin der Meinung, daß ab Brians Entlassung mit der Möglichkeit gerechnet werden muß, daß Morde passieren, Morde an Leuten, die irgendwann einmal seine Untergebenen waren. Das muß verhindert werden, und es darf ihm nicht gelingen, wieder eine Gang auf die Beine zu stellen.«

»Hören Sie, Chef, mir scheint, dazu brauchen Sie aber einen Mann, der topfit ist.«

»Später vielleicht, Jerry, aber zunächst nicht. Wenn ›Nummer 1‹ das Gefängnis verläßt, brauchen wir kein Geheimnis daraus zu machen, was wir alles von ihm erwarten. Im Gegenteil, ich wünsche, daß ihm recht deutlich erklärt wird, daß wir auf ihn vorbereitet sind. Sie werden es ihm sagen, Jerry. Er soll wissen, daß wir ihn überwachen, und ich hoffe, er wird sich dann überlegen, ob er wirklich so ohne weiteres da anknüpfen kann, wo er vor vier Jahren aufhörte.«

Ich stand auf.

»Danke für den Job, Chef«, sagte ich. »Ich werde mir die Akten aus dem Archiv holen. Ich denke, sie enthalten Lesestoff genug für zehn Tage.«

Das war keine Übertreibung. Was der FBI im Laufe seines

Kampfes gegen Harry Brian über ›Nummer 1‹ zusammengetragen hatte, füllte eine kleine Bibliothek.

Es kam der Morgen, an dem ich mit meinem Jaguar vor dem Tor des Staatsgefängnisses auf die Entlassung von Harry Brian wartete. Punkt neun öffnete sich das schmale Tor in der großen Mauer. Ein schlanker Mann, in einem irgendwie altmodisch wirkenden Anzug, den Hut tief ins Gesicht gezogen, trat heraus. Er grüßte den Pfortenwärter mit einem Wink der Hand, einem Wink, der auf seltsame Weise höhnisch wirkte.

Ich hatte schon vorher gemerkt, daß einige Dutzend Yard weiter die Straße herunter eine schwarze Limousine parkte. Als Brian an den Bordstein getreten war, fuhr die Limousine, ein Mercury, langsam an und stoppte neben ihm.

Bis auf den Mann am Steuer befand sich niemand in dem Wagen. Brian stieg ein, und ich konnte sehen, wie sie sich die Hände schüttelten. Der Fahrer zeigte mit dem Daumen auf mein Auto, und der entlassene Sträfling warf einen kurzen Blick auf meinen wahrhaftig auffällig rotlackierten Jaguar. Er zuckte mit den Schultern, nickte seinem Abholer zu, und sie fuhren ab. Ich drehte den Jaguar und gondelte hinter ihnen her. Sie hielten ein mittleres Tempo und gaben sich keine Mühe, mich abzuhängen oder mir auf sonst eine Art zu entwischen.

Die Fahrt ging zur nördlichen Stadtgrenze, und als sie in die sogenannte Pine Street einbogen, wußte ich, wohin sie fuhren. Zu seinen Glanzzeiten hatte Brian hier eine Villa besessen, die ihm eigentlich nur zur Veranstaltung von Gesellschaften diente. Natürlich wäre sie ihm im Rahmen seiner Steuerschulden gepfändet worden, wenn er sie nicht rechtzeitig auf den Namen einer Freundin hätte eintragen lassen.

Ich beschloß, ihm zwei Stunden Zeit zu einem Bad zu lassen, fuhr in den nächsten Drugstore, trank ein paar Milchmixgetränke und ging dann zur Villa zurück.

Der Vorgarten war nur klein. Ich drückte auf den Klingelknopf der Haustür und wartete geduldig.

Ein breitschultriger Bursche mit einem schweren Schädel, der fast ohne Hals auf den Schultern saß, öffnete und blickte mich aus seinen kleinen Augen schlecht gelaunt an. Es war der Mann, der Brian abgeholt hatte. Jetzt, aus der Nähe, erkannte ich ihn wieder. Es war einer von den Leuten, die einst die Garde von ›Nummer 1‹ gebildet hatten.

»Hallo!« sagte ich. »Pete O'Neigh, wenn ich nicht irre.«

»Hallo!« antwortete er. »Und du bist 'n Schnüffler, oder ich will einen Besen fressen.«

»Brian zu sprechen?«

»Kommt darauf an, ob der dich sprechen will.«

Er knallte mir die Tür vor der Nase zu. Drei Minuten später war er wieder da.

»Komm rein!« brummte er.

Er ging mir durch die Halle voraus.

Nein, Harry Brian hatte die zwei Stunden, die ich ihm ließ, nicht dazu benutzt, um zu baden. Er saß in einem Ledersessel noch in den Kleidern, in denen er das Gefängnis verlassen hatte, und rauchte.

»Morgen, Brian«, sagte ich.

»Morgen«, antwortete er, stand auf und ging zum Fenster.

Er zog den Vorhang zurück, warf einen Blick hinaus, wandte dann mir wieder sein Gesicht zu und lächelte.

»New Yorks G-men fahren also in der Tat so teure Autos wie einen Jaguar? Wir haben Ihren Wagen schon vor dem Gefängnis gesehen, aber ich hielt sie für einen Reporter, weil Ihr Wagen so teuer und so auffällig ist.«

»Keine Sorge, Brian«, lachte ich. »Der FBI zahlt nicht so gut oder stellt gar seinen Leuten solche Autos zur Verfügung. Der Jaguar ist ein privates Hobby.«

»Zur unauffälligen Beschattung ist er aber nicht geeignet«, sagte er. Seine Stimmte klang gut, und er sprach nicht laut.

»Wir legen keinen Wert darauf, daß Sie unsere Beschattung nicht spüren«, antwortete ich.

Er kam vom Fenster zurück, ließ sich in seinen Sessel fallen, machte eine einladende Handbewegung und sprach: »Setzen wir uns.«

Sehr höflich bot er Zigaretten und Feuer an und entschuldigte sich, daß er keinen Drink im Haus hätte. Er wäre ja eben erst heimgekehrt, wie ich wüßte.

»Aus dem gleichen Grund verstehe ich eigentlich Ihr Interesse an mir nicht, G-man. Ich will nicht hoffen, daß Sie annehmen, ich hätte in den zwei Stunden, die ich mich in der Freiheit befinde, schon ein Verbrechen begangen.«

»Um ehrlich zu sein, Brian«, entgegnete ich, »ich bin der Überzeugung, daß Sie in den zwei Stunden, die Sie hier sitzen, nicht nur über eins, sondern über ein halbes Dutzend Verbrechen nachgedacht haben.«

Er zog fragend und ironisch zugleich die linke Braue hoch. Ich beugte mich vor.

»Ich will Ihnen sagen, Brian, was wir vom FBI über Sie und über das, was Sie in naher Zukunft tun werden, denken. Bevor die Steuer Sie schnappte, hatten Sie sich eine Firma aufgebaut, die Ihnen nach unserer Schätzung eine halbe Million Dollar im Jahr abwarf. Als der Richter Sie schuldig sprach, ging das alles zu Bruch, und die zwei Dutzend kleinerer Ganoven, die Sie zusammengeschweißt hatten, stürzten sich auf Ihr Fell. Sie mögen ein paar zehntausend Dollar in der Reserve haben. Für Sie ist das nichts im Vergleich zu Ihrem früheren Einkommen. Außerdem haben ein paar von Ihren Leuten nicht gerade Fairplay gespielt, als Sie stolperten. Sie könnten auf den Gedanken kommen, es ihnen heimzuzahlen.«

Seine ironischen Falten glätteten sich.

»Sie müssen zugeben, G-man, daß es ein verdammt klägliches Gefühl ist, machtlos im Kittchen zu sitzen und zusehen zu müssen, wie man im Stich gelassen wird und andere schäbige Burschen, die man aus dem Dreck geholt hat, sich an dem mästen, was man leider nicht in Sicherheit bringen konnte. Ich hätte es ihnen verziehen, G-man, wenn sie wenigstens an den Tag gedacht hätten, da ich aus der Staatspension entlassen wurde. Aber Sie haben selbst gesehen, wer mich vor dem Gefängnistor erwartete. Einzig und allein Pete, und Pete war zu meinen Glanzzeiten kaum mehr als mein Lakai, der meine Schuhe putzte.«

»Brian, Sie haben ein langes Sündenregister bei uns, und wir sind nicht damit zufrieden, daß Sie vier Jahre im Kittchen saßen. Wir haben eine andere Vorstellung von der Strafe, die Ihnen gebührt, denn unserer Meinung nach haben Sie einige Leute von uns auf dem Gewissen. Ich gebe zu, wir haben nicht mehr viel Hoffnung, Ihnen diese alten Fälle beweisen zu können, aber noch mehr als an der Aufklärung der alten Dinge sind wir daran interessiert, daß Sie keinen neuen Zauber veranstalten. Brian, Sie stehen auf keiner Liste mehr, aber wir nennen Sie immer noch ›Nummer 1‹.«

»Vielen Dank«, antwortete Harry Brian.

»Was werden Sie tun?« erkundigte ich mich.

»So fragen gewöhnlich die Herren von der Fürsorge für entlassene Sträflinge.« Er grinste leicht. »Ich weiß noch nicht genau, G-man. Sie sehen ja selbst, wie es hier aussieht. Sie hatten ganz recht mit Ihrer Vermutung. Ich bin ziemlich pleite.«

»Für einen ehrlichen Gemüsehandel langt Ihr Kapital immer noch.«

Er lachte. »Ich glaube nicht, daß mir ein solches Geschäft liegt. Aber ich will Sie beruhigen. Ich werde mich zunächst gründlich erholen. Pensionen auf Staatskosten fördern nicht gerade das Wohlbefinden.«

Ich stand auf. »Fein, Brian, alles Gute dazu. Und stören Sie sich nicht daran, wenn Sie den roten Jaguar demnächst häufiger Ihren Weg kreuzen sehen. Allerdings, auch wenn Sie ihn nicht sehen, dürfen Sie nicht annehmen, daß ich oder einer meiner Kollegen nicht in der Nähe ist.«

»Danke«, antwortete er und erhob sich wie ein höflicher Gastgeber, »vielleicht ergibt es sich, daß wir einmal einen Drink zusammen nehmen.«

Ich ging zur Tür, drehte mich noch einmal um und sagte: »Sie sind ein freier Mann, Brian, und ich kann Ihnen nicht vorschreiben, wohin Sie gehen sollen, aber ich kann Ihnen sagen, daß wir Ihre Überwachung sofort verschärfen, wenn Sie sich in die Nähe von vier Leuten begeben. Ich nenne Ihnen die Namen: Mad Matterson, Denis Reive, Upton Ginger, Carlo Carruzzi. Werden Sie sie behalten können?«

»Gerade das sind die Namen, die ich unter gar keinen Umständen vergesse«, antwortete er.

Pete O'Neigh brachte mich bis zur Haustür.

»So, Schnüffler«, brummte er, »und jetzt habe ich auch noch etwas zu sagen. Wenn ich dich noch einmal in der Nähe sehe, probiere ich aus, wieviel Prügel du verträgst, ohne zu schreien.«

»Pete«, tadelte ich ihn, »wie kannst du so unhöflich sprechen? Nimm dir ein Beispiel an Harry. Der wahrt immer die Formen.«

Ich fuhr meinen Wagen zwei Ecken weiter, stellte ihn ab, steckte eine Zigarette an und ging ein wenig spazieren. Das ist die Tätigkeit, bei der ich am besten nachdenken kann.

Die vier Namen, die ich ›Nummer 1‹ genannt hatte, gehörten den Leuten, die von seiner Gang übriggeblieben waren und unseres Wissens noch im einschlägigen Geschäft arbeiteten.

Matterson und Reive waren Direktoren bei Brian gewesen. Als er fiel, taten sie sich zusammen und brachten Brians Buchmachergeschäfte in ihre Hände. Später verkrachten sie sich und arbeiteten in derselben Branche gegeneinander. Sie verbrauchten eine Menge ihrer Energie für diesen Kampf. Infolgedessen war das Wettgeschäft im Staat New York rückläufig, aber gewisse Reste der Organisation bestanden noch, und wenn ›Nummer 1‹ sie unter sich vereinigen konnte, würde der Umsatz stark anschwellen.

Upton Ginger und Carlo Carruzzi waren unter Brian Abteilungsleiter gewesen. Carruzzi kam über ein gewisses

Format nicht hinaus, aber er war ein Hitzkopf und ein brutaler Bursche.

Wenn einer in etwa an das Format von ›Nummer 1‹ heranreichte, so war es Upton Ginger. Ginger war Rauschgiftspezialist gewesen, aber er arbeitete nach Brians Sturz nicht auf diesem Sektor weiter. Er verlegte sich auf die Hehlerei, und wir wußten mit ziemlicher Sicherheit, daß er der große Hehler New Yorks war. Die kontinentweite Schmugglerorganisation, die er unter Brian für die Beschaffung und den Absatz von Rauschgift aufgezogen hatte, stellte er auf den Ankauf und den Absatz gestohlenen und geraubten Gutes um. Er schmiß alle unsicheren Elemente hinaus, und er sorgte auf eine ebenso einfache wie wirkungsvolle Weise dafür, daß er bisher nicht gefaßt werden konnte.

Vielleicht war es gut, wenn ich Ginger mal besuchte.

Upton hatte aus dem Fehler von ›Nummer 1‹ gelernt. Er unterhielt ein nicht unbeträchtliches Ex- und Importunternehmen unter dem Namen Intercontinal, und er sorgte sehr genau dafür, daß er nicht mehr Geld ausgab, als er nach den Geschäften seines legalen Betriebes ausgeben konnte. Natürlich war es klar, daß er seine Käufe zum guten Teil mit den Verdiensten finanzierte, die ihm die Hehlerei einbrachte, aber die Steuerburschen brachten kein Material gegen ihn zusammen, das zu einer Verurteilung ausgereicht hätte.

Das Büro der Intercontinal befand sich im vierzehnten Stock eines Hochhauses in Manhattan.

Ginger sah nicht annähernd so gut aus wie Brian, obwohl er nicht älter war. Er hatte bereits eine Glatze, ein verknittertes Gesicht und war dürr wie ein Gerippe, aber man brauchte nur seine sehr hellen, fast gelben Augen zu sehen, um zu wissen, daß er außerordentlich bösartig werden konnte.

»Machen Sie schnell, G-man«, sagte er ohne jede Höflichkeit. »Ich habe in fünf Minuten eine Besprechung, und ich denke nicht daran, wegen eurer albernen Verdächtigungen meine Geschäfte zu gefährden.«

»Harry Brian wurde heute aus dem Gefängnis entlassen«, sagte ich knapp.

Er stieß einen Krächzer aus.

»Glauben Sie, das wüßte ich nicht? Wenn Sie hier sind, um mir diese Neuigkeit zu versetzen, können Sie gleich wieder gehen.«

Ich zog mir statt dessen einen Stuhl heran. »Ich sprach mit ihm«, erklärte ich, »und ich hatte den Eindruck, er war ein wenig ungehalten darüber, daß Sie ihm keinen Blumenstrauß schickten.«

»Ich habe keinen Grund dazu«, sagte er scharf. »Er hat mich schlecht genug bezahlt, als ich für ihn arbeitete.«

Ich klopfte mir eine Zigarette zurecht.

»Wissen Sie, Ginger«, sagte ich gemächlich, »ich habe mich eigentlich gewundert, daß Sie ihn nicht gleich vor dem Gefängnistor empfangen haben. Aber nicht mit Blumen, sondern mit einer Kugel.«

»Lassen Sie doch die Albernheiten, G-man«, fauchte er. »Solche Dinge gehören nicht zu meinen Geschäften.«

Ich lachte. »Haben Sie keine Angst, daß Harry Brian Teilhaber bei Ihnen werden möchte?«

»Ich kann keinen Teilhaber gebrauchen, und ich werde keinen Teilhaber aufnehmen.«

»Wissen Sie«, sagte ich und stieß den Rauch meiner Zigarette aus, »der Beruf eines G-man ist ein komischer Beruf. Vor einer knappen Stunde habe ich Harry Brian erklärte, daß ich etwas dagegen hätte, wenn er Sie und noch ein paar andere zwingen würde, seine Macht wieder anzuerkennen, eben die Macht, die nun einmal ein lebendiger Mann über einen toten Mann hat. Jetzt erkläre ich Ihnen, daß ich genausoviel dagegen habe, daß Sie versuchen, Brian mit gleichen Mitteln zu zwingen, seine eventuellen Bemühungen aufzugeben oder sie gar nicht erst zu starten.«

Er schwieg ein paar Sekunden lang und antwortete dann überraschend leise: »Ich werde nicht aufgeben, was ich mir mit Mühe aufgebaut habe.«

Ich grinste ein wenig.

»Was Sie aufbauen nennen, nennt Harry Brian stehlen, und der FBI nennt es schlicht und einfach bei Ihnen beiden Verbrechen.«

Ich stand auf.

»Wiedersehen, Ginger, hoffentlich kommen Sie noch pünktlich genug zu Ihrer Besprechung.«

Es gab einen Namen, den ich ›Nummer 1‹ nicht genannt hatte, und ich hatte es absichtlich nicht getan. Ich machte mir eine keine Hoffnung, er würde den Mann, der diesen Namen trug, nicht finden, oder er würde vielleicht sogar nichts über die Karriere wissen, die dieser Mann nach seinem Ausscheiden aus Brians Diensten gemacht hatte.

John Patt war einer von Brians Leibgardisten gewesen, einer von der Schlägergarde, die er unterhielt, allerdings nicht der Anführer. Nach Brians Verhaftung sammelte er fünf von seinen Kollegen um sich und machte sich zu ihrem Boß. Patt war stark wie ein Bär und schoß wie ein Kunstschütze. Er verzichtete darauf, irgendwelche Dinge aus eigener Initiative zu starten. Patts Bande war an einer großen Anzahl von Verbrechen beteiligt, die überall in den Staaten geschahen. Sie beteiligten sich an Bankeinbrüchen, Überfällen und mordeten auf Bestellung. Patt selbst zog sich von der aktiven Teilnahme zurück, als die Sache lief. Er führte die Verhandlungen und sorgte dafür, daß seine Leute Disziplin wahrten, wenn er sie in harte und oft verzweifelte Verbrechen schickte. John Patt war längst ein Mann geworden, der den Tod verkaufte, den Tod für andere und für seine eigenen Leute.

Wenn unsere Informationen stimmten, dann hatte Patt sein Hauptquartier in Chicago aufgeschlagen, und ich hoffte sehr, daß er dort bleiben möge. Wenn es Brian gelang, Patt wieder für sich zu heuern, dann verfügte er über eine schlagkräftige Truppe, und Mattersons, Reives, Gingers und Carruzzis Leben war keinen Pfifferling mehr wert, zumal sie der Patt-Bande nichts Gleichwertiges entgegenzusetzen hatten.

Ich fuhr ins Hauptquartier.

»Wie steht's, Jerry?« fragte Mr. High.

Ich erzählte dem Chef von meiner Arbeit.

Als ich fertig war, fragte er mich: »Haben Sie Vorschläge?«

»Überwachen Sie die Telefone von Matterson, Reive und Ginger. Bei Carruzzi ist es zwecklos. Er hockt dauernd in Kneipen und telefoniert von dort aus. Außerdem werde ich eine Anfrage an die Kollegen in Chicago richten, wo sich John Patt aufhält und was er zur Zeit treibt. Ja, und sobald Brians Villa in der Pine Street einen Anschluß hat, wollen wir auch ihn überwachen.«

Mr. High notierte meine Wünsche.

Es stellte sich schon am Abend heraus, daß die Überwachung der Telefone keine schlechte Idee war. Ich befand mich in meiner Wohnung, als ich vom FBI angerufen wurde. Sie hätten ein paar interessante Sachen für mich.

Wir trafen uns in Mr. Highs Büro, der Chef, ein Techniker und ich.

»Machen Sie es sich bequem, Jerry«, sagte Mr. High. »Es sind zwei interessante Gespräche.« Er nickte dem Techniker zu, und der Mann legte das erste Magnetophonband ein.

»Gespräch zwischen Upton Ginger und Mad Matterson. Anrufer: Upton Ginger.«

»»Hallo, Mad«, hörte ich Gingers scharfe Stimme. »Hier ist Up. Kann ich ungestört mit dir reden?«

»Augenblick«, antwortete Matterson, dessen Stimme wie ein schmalziger Tenor klang. Man hörte leise, wie er zu jemand sagte: »Scheren Sie sich raus!« Dann: »Ja, Ginger. Ungewöhnliche Ehre, dein Anruf.«

»Hat seinen Grund, Harry ist frei.«

Einen Augenblick Pause.

»Ja, ich weiß«, sagte Matterson leiser.

Ginger sprach Stakkato.

»Ein G-man war bei mir. Wenn ich der Kerl richtig verstanden habe, dann ist Brian scharf auf uns, auf uns alle.

Besser, wir einigen uns, damit wir ihm gemeinsam entgegentreten können.«

»Ist Reive mit von der Partie?«

»Natürlich.«

»Dann spiele ich nicht mit.«

»Es wird dir nichts anderes übrigbleiben, Idiot. Du kennst doch Harry. Wenn wir ihm Zeit lassen, sich jeden einzeln vorzuknöpfen, rettet sich keiner von uns.«

»Was willst du gegen ihn unternehmen?«

»Darüber spricht man nicht per Telefon. Kennst du die Snackbar in der sechsundvierzigsten Straße? Komm hin! Reive und ich werden dort sein.«

Matterson zeterte lang und breit, daß Reive die Gelegenheit benutzen würde, ihm eins auszuwischen, aber Ginger zerstreute die Bedenken. Sie verabredeten sich für acht Uhr abends. Ich sah nach der Uhr. Es war noch vor acht, aber Mr. High, der die Bewegung gesehen hatte, schüttelte den Kopf.

»Zwecklos, Jerry. Belauschen können Sie sie dort nicht, und sie werden aufhören zu reden, wenn Sie oder andere fremde Gesichter auftauchen.«

»Gespräch zwischen Upton Ginger und Denis Reive«, meldete der Techniker, während er das zweite Tonband einspannte. »Anrufer Ginger.«

Das Gespräch verlief ungefähr so, wie die Unterhaltung mit Matterson, und endete auch damit, daß Reive sein Erscheinen um acht Uhr zusagte.

»Sie verbünden sich«, erklärte Mr. High, nachdem das Tonband abgerollt war. »›Nummer 1‹ wird es schwer haben.«

Ich sah Harry Brian am nächsten Morgen, als ich meinen Wagen gegen zehn Uhr vor seinem Haus parkte. Er kam heraus und begrüßte mich mit einem geradezu freundschaftlichen Händedruck.

»Sie glauben nicht, wie gut es sich in der Freiheit schläft, G-man«, sagte er lachend. »Würden Sie die Freundlichkeit haben, mich zum nächsten Taxistand zu fahren?«

Okay, ich spielte den Chauffeur für den Gangsterboß. Bevor er am Stand in ein Taxi stieg, rief er mir zu: »Falls Sie mich bei der Verfolgung verlieren sollten, so treffen wir uns am besten in der neunzehnten Straße. Ich fahre zu Mad Matterson.«

Sprach es, schlug die Tür zu und gab dem Chauffeur ein Zeichen zum Anfahren.

Mir blieb ein wenig die Spucke weg, aber dann gondelte ich hinterher.

Er hatte nicht gelogen. Er fuhr wirklich in die neunzehnte Straße. Unsere beiden Wagen hielten hintereinander, und wir stiegen fast gleichzeitig aus.

»Tut mir leid, daß ich Ihrem Rat nicht folgen kann, G-man«, sagte Brian, »aber ich muß Mad sprechen. Am besten gehen Sie mit hinauf. Wenn Matterson einen G-man sieht, kommt er nicht auf die Idee, mir eins zu verpassen, und ich, na, ich kann ihn auch schlecht abschießen, wenn Sie vor der Tür stehen. Auf diese Weise sind Sie Ihre Sorgen los.«

Gemeinsam gingen wir die Treppe zu Mattersons Wohnung in der zweiten Etage hoch. Brian klingelte, und als eine Art Hausdiener öffnete, befahl er: »Holen Sie Matterson an die Tür. Ich möchte ihn selbst begrüßen.«

Zwei Minuten später standen wir Mad Matterson gegenüber, einem untersetzten dicken Burschen mit ein paar öligen schwarzen Haaren quer über die Glatze.

Er taumelte geradezu, als er Brian erblickte, und sah so aus, als wollte er um Hilfe schreien.

Die ›Nummer 1‹ nickte ihm ganz freundlich zu.

»Fein, dich zu sehen, Mad. Das hier ist ein G-man. Ich habe ihn absichtlich mitgebracht, damit du weißt, daß ich nichts gegen dich im Schilde führe. Aber jetzt müssen wir uns über Geschäfte unterhalten.« Er wandte sich mir zu. »Sie gestatten, G-man.« Er schob sich durch die offene Korridor-tür und knallte sie mir vor der Nase zu.

Ich setzte mich auf die oberste Treppenstufe und schüttelte den Kopf. Dieser Brian hatte eine Art, einen G-man als Lakai zu behandeln, die geradezu imponierend war.

Wie? Sie verstehen nicht, warum ich mir seine Art gefallen ließ? Sollte ich aufspringen, die Tür eintreten und zu ihm sagen: »Hören Sie mal, das können Sie mit mir nicht machen!« Warum? Er konnte ruhig glauben, ich wäre ein trotteliger Bursche, und wenn ihm die Erleuchtung, daß ich es nicht war, fünf Sekunden zu spät aufging, so konnte mir das nur recht sein.

Ich wartete geduldig eine halbe Stunde, dann ging die Tür auf, und Brian kam wieder heraus.

»Entschuldigen Sie, daß es so lange gedauert hat«, sagte er.

»Macht nichts, aber ich möchte mich vergewissern, ob Matterson noch lebt.«

»Bitte«, sagte er.

Ich fand Matterson im Wohnzimmer. Er lag in einem Sessel, und er lebte durchaus noch. Brian hatte auch seine Fäuste nicht an ihm ausprobiert, und doch rann dem Dicken der Schweiß von der Glatze, und er wirkte ausgepumpt wie ein Boxer im letzten Kampfdrittel.

»Sie haben ihm arg zugesetzt«, sagte ich draußen zu Brian, während wir die Treppe hinunterstiegen.

»Ach, das ist nur sein schlechtes Gewissen«, winkte er ab.

»Ich vermute, Sie werden jetzt Denis Reive, Upton Ginger und Carlo Carruzzi ebenfalls mit Ihrem Besuch beehren.«

»Genau das«, sagte Brian. Bei Reive und Ginger verliefen die Gespräche wie bei Matterson.

In keinem Fall wohnte ich den Unterredungen bei. Es wäre sinnlos gewesen, das erzwingen zu wollen. Brian hätte dann vom Wetter geredet oder sich nach Reives Dackelzucht erkundigt.

Als er aus Gingers Privatbüro kam, zeigte sein Gesicht

einen nachdenklichen Ausdruck, aber er fing sich sofort wieder.

»Hören Sie, G-man, ich werde jetzt noch zu Carruzzi fahren. Wollen Sie mitkommen?«

»Nach drei Besuchen kann ich ja auch den vierten noch mitnehmen.«

Brian war genau informiert, wo Carruzzi zu finden war. Er ließ das Taxi, das wir zusammen benutzten, vor einer Pinte in der achtundvierzigsten Straße halten. Den Jaguar hatte ich auf einem Parkplatz abgestellt. Es war so die übliche Vorortkneipe mit Billardsaal und Hinterzimmer.

In dem Hinterzimmer war eine ganze Meute versammelt, nicht viel weniger als zwanzig Mann. Die meisten trugen bunte Sportpullover, Lederjacken und Be-Bop-Haarschnitt, und kaum einer von dieser Bande Jugendlicher mochte über Zwanzig sein, bis auf drei Männer, die sich, die Hüte im Genick, am Billardtisch vergnügten. Unser Eintreten erregte kein besonderes Aufsehen.

»Hallo, Carlo«, sagte Brian laut durch den Lärm.

Ein Mann, der eben zu einem Billardstoß ansetzte, hielt inne, richtete sich auf und musterte ›Nummer 1‹ aus engen Augen.

»Ach«, stieß er gedehnt aus«.

Carruzzi war breit in den Schultern. Er trug einen grellgestreiften Anzug, ein blaues Hemd und einen hellen Schlips. Seine Haut war braun, und sein schwarzes Haar wucherte ihm bis in die niedrige Stirn.

»Wie geht's, Carlo?« fuhr ›Nummer 1‹ fort und lächelte.

Carruzzi wandte den Kopf. »Mal Ruhe!« brüllte er.

Die Kartenspieler ließen ihre Blätter sinken, der Jazzhämmerer am Piano hörte auf, die Jiu-Boys unterbrachen ihre Rangelei. Es wurde auf einmal sehr still im Raum.

»Ich hätte dich gern gesprochen, Carlo«, sagte Brian.

»Warum?«

»Das ist nicht der richtige Ort, um es zu erklären.«

»Wer ist der Bursche neben dir?«

»Ein G-man!«

Carruzzi brach in lautes Gelächter aus.

»Hört mal her, Jungs!« rief er, immer noch unter Gelächter, seiner Bande zu. »Der Mann da, das ist Harry Brian. Früher mal war er eine Kanone und vorübergehend sogar mein Boß, ein Boß übrigens, der seine Leute verdammt schlecht bezahlte. Jetzt schleppt er einen Schnüffler mit sich, aus Angst, wir könnten ihm ein Härchen krümmen.«

Die Horde stimmte bereitwillig in sein Gelächter ein.

»Irrtum, Carlo«, sagte Brian ruhig. »Der G-man ist nur dabei, um zu verhindern, daß ich mich an dir vergreife.«

Das Lachen brach ab. Einen Augenblick war es still im Raum.

Dann fragte ein langer blonder Schlaks: »Sollen wir sie durch die Mangel drehen, Carlo?«

»Schnauze!« knurrte Carruzzi, stellte sein Billardqueue weg und kam um den Tisch herum.

»Ich will dir mal was sagen, Brian«, knurrte er. »Ich weiß genau, was du von mir willst. Ich soll wieder für dich arbeiten, neunzig Prozent des Risikos tragen und nur zehn Prozent des Verdienstes kassieren. Du willst wieder der Boß sein, aber damit ist Schluß. Hier bin ich der Boß, und ich werde es bleiben. Troll dich, Brian, oder, by Jove, ich werde es dir handgreiflich beibringen lassen, auf wen die Jungs hier hören.«

»Du bist noch ganz so leichtsinnig und hitzköpfig wie früher«, antwortete ›Nummer 1‹ kalt. »Deine Kinderverwahranstalt genügt vielleicht zum Erschrecken von Gemüsehändlern, aber nicht für mich.«

Ich sah, wie es in Carruzzis Augen auffunkelte, und ich fand es an der Zeit, mich einzumischen.

»Schluß«, sagte ich. »Kommen Sie mit, Brian. Und Sie Carruzzi, spielen am besten wieder Billard.«

»Schnauze, G-man«, sagte er.

»Na schön«, antwortete ich und nahm den Revolver aus der Halfter. »Reden wir auf andere Weise weiter. Raus mit

Ihnen, Brian. Und ihr anderen alle bleibt schön hier, bis wir abgefahren sind.« Ein entsicherter Revolver in einer G-man-Faust wirkt eigentlich immer. Sie ließen uns ungeschoren ins Freie.

Draußen lachte Brian. »Mit Ihrer Kanone haben Sie Carlo aber bei seinen Leuten um einen guten Teil seines Renommees gebracht.«

»Sie haben bei Ihrem vom FBI gedeckten Rückzug auch nicht gerade an Achtung gewonnen«, versetzte ich.

Wir gingen nebeneinander die vierundachtzigste Straße hinunter. Vielleicht war in diesem Augenblick bei Brian etwas zu erreichen.

»Es wird Zeit, daß Carruzzi hinter die Gardinen kommt. Er wird ziemlich frech.« Ich sagte das in leichtem Plauderton, aber ›Nummer 1‹ verstand sofort.

»Sie wollen von mir Material gegen ihn, G-man? Vielleicht liefere ich es Ihnen eines Tages, aber noch ist es zu früh.

Am Abend desselben Tages saß ich wieder in Mr. Highs Büro und hörte mir eine Reihe von Tonbändern an, auf denen wir Gespräche der überwachten Nummern aufgenommen hatten.

Bei zwei Aufnahmen verständigten sich Ginger, Matterson und Reive untereinander über Brians Besuche. Es ging aus diesen Gesprächen ziemlich deutlich hervor, was ›Nummer 1‹ von seinen ehemaligen Angestellten gefordert hatte: die Zusammenlegung der Geschäfte unter seiner Oberleitung. Reive und Matterson hatten sich gewunden, Ginger hatte ihn einfach und scharf hinausgeworfen. Und das Endresultat dieser Gespräche bestand in Upton Gingers Satz: »Ich werde unseren Mann anrufen, wie wir es besprochen haben.«

Das dritte Band war die Aufnahme eines Gesprächs, das Upton Ginger mit einer Nummer in Chicago geführt hatte.

Sein Wortlaut war folgender: »Hier spricht Upton Ginger, John, bist du am Apparat?«

668

»Ach, Up. Lange nicht mit dir gesprochen. Was gibt's?«

»Einen Job für dich.«

»Wo?«

»New York.«

»Hm, Up, mich zieht es wenig nach dem alten York. Fühle mich hier in Chicago ganz wohl. Und ich habe wenig Lust zu einer Zusammenarbeit mit dir. Du hast mir zuviel vom alten Harry gelernt.«

»Quatsch, John. Wir bieten dir 'ne ganze Menge. Mehr, als du sonst bekommst.«

»Wer ist wir?«

»Matterson, Reive und ich.«

»Ach, die ganze alte Bande. Wieviel?«

»Fünfzig!« Hier stieß der Gesprächsteilnehmer einen langen Pfiff aus.

»Und gegen wen?« fragte er dann.

»Komm nach New York. Wir reden darüber. Ich zahle die Spesen, auch wenn wir nicht einig werden sollten.«

»Okay, in zwei Tagen.«

»Nein, sofort. Nimm das nächste Flugzeug.«

»Hast du es aber eilig!«

»Ja, sehr. Kommst du?«

»In Ordnung. Ich rufe dich an, sobald ich in New York bin.«

Ich wandte mich an den Techniker.

»Wann wurde das Gespräch geführt?«

»Zwölf Uhr fünfzehn.«

»Dann ist er spätestens morgen früh hier«, sagte ich zu Mr. High.

»Wer ist dieser John?«

»John Patt natürlich. Die drei Freunde heuern ihn gegen ›Nummer 1‹ an.«

Der Chef nickte. »Klar. Hier ist übrigens der Bericht vom FBI Chicago über Patt, den Sie angefordert haben. Er unterhält zur Zeit eine Bande von sechs Mann. Glauben Sie, daß er gegen ›Nummer 1‹ gehen wird?«

»Das weiß ich nicht mit Sicherheit. Brian scheint in der Unterwelt viel von seinem Nimbus verloren zu haben. Und für fünfzigtausend Dollar steigt Patt auch in eine risikoreiche Sache ein, zumal ja doch seine Leute den Hauptteil der Gefahr tragen müssen.«

Ich rieb mir den Schädel.

»Jetzt wird die Sache gefährlich, Chef. Patt wird Ginger anrufen, sobald er in New York ist. Wahrscheinlich nennt er eine Adresse. Benachrichtigen Sie mich dann bitte.«

Ich erhielt diese Nachricht am anderen Mittag. Patt hatte vom Flugplatz New York aus Ginger angerufen. Ginger hatte ihn in sein Büro bestellt. Er war in einem kleinen Hotel in Harlem abgestiegen.

Ich fuhr sofort hin, hörte aber vom Portier, daß Mr. Patt inzwischen schon angerufen hatte, sein Gepäck würde wieder abgeholt. Ich warf mich wieder hinter das Steuer und brauste zu Gingers Büro, aber die Sekretärin versicherte, Mr. Ginger sei mit einem anderen Herrn fortgegangen, und als ich kurzerhand in Uptons Privatkontor eindrang, mußte ich mich überzeugen, daß sie die Wahrheit sprach.

Mein nächster Weg führte mich zu einem Kollegen von der Stadtpolizei, den ich von früherer Zusammenarbeit kannte, einen Lieutenant Sumer.

»Fein, Sie mal wiederzusehen, Cotton«, begrüßte er mich.

»Mir ist ein Mann aus Chicago abhanden gekommen, bevor ich ihn richtig erwischte. Er heißt John Patt. Ich lasse Ihnen sein Bild vom Archiv herüberschicken, Sumer. Spitzen Sie Ihre Leute auf ihn an. Ich muß wissen, wo er sich aufhält. Es dürfte nicht schwer sein, ihn zu finden, denn er hat sechs andere Leute aus Chicago bei sich oder läßt sie in wenigen Tagen nachkommen. Wollen Sie mich anrufen, Sumer, sobald Sie seinen Aufenthaltsort kennen?«

»Selbstverständlich, Cotton«, erklärte er. »Helfe Ihnen gern.«

Der versprochene Anruf erreichte mich rund sechsunddreißig Stunden später.

»Haben Ihn, Cotton«, sagte Sumer. »Er ist mit seinen Leuten in ein leerstehendes Haus gezogen, das er gemietet hat. Die Adresse lautet: siebenundzwanzigste Straße, Nummer einhundertvierundachtzig.«

Ich sauste sofort los. Nummer einhundertvierundachtzig war eins der typischen Einfamilienholzhäuser, wie sie bei uns fertig geliefert und aufgestellt werden. Es war gerade die richtige Zeit, und ich traf John Patt und seine Leute bei einem Frühstück, das einer von ihnen mit einer Schürze um den Bauch und in Hemdsärmeln zubereitet hatte.

»Hier ist ein G-man«, verkündete derjenige, der mich eingelassen hatte, denn nur durch Vorzeigen meines Ausweises konnte ich den Eintritt erzwingen.

Patt saß im Kreis seiner Getreuen im Wohnzimmer und schaufelte Ei mit Schinken in sich hinein. Er zählte rund fünfundvierzig Jahre, aber sein erdgraues kantiges Gesicht wirkte auf irgendeine Weise zeitlos. Seine Augen waren klein und sehr blau. Erstaunlich war der Gegensatz zwischen seiner massigen Figur und seinen schmalen und schlanken Fingern, die Finger eines Kunstschützen, der mit der Pistole mit der Geschwindigkeit eines Taschenspielers umzugehen verstand.

»Willst du mir das Frühstück verderben, Schnüffler?« knurrte Patt zur Begrüßung.

Ich zog mir einen Stuhl heran.

»Reden wir klar miteinander, John. Warum bist du aus Chicago hergekommen?«

»Weil mir die Luft nicht gefiel!«

Ich ging auf die Späße nicht ein.

»Patt, ich weiß genau, aus welchem Grund du hier bist. Man hat dir eine Menge Geld geboten, wenn du Harry Brian, deinen ehemaligen Chef, aus dem Weg räumst. Du siehst, unsere Informationen stimmen genau. Wie wissen, womit wir zu rechnen haben, und ich versichere dir, wir werden es die schwermachen, deinen Auftrag auszuführen. Du hast bisher Glück gehabt, und wir konnten dich nicht fassen, aber diesmal ist Schluß. Wenn Brians Leiche gefunden wird, wissen wir genau, wo wir den Täter suchen müssen.«

Er schaufelte weiter in seinem Frühstück, aber ich ließ mich dadurch nicht täuschen. Er war beeindruckt. Ich hieb weiter in die Kerbe.

»Es ist sonst nicht meine Art, Leuten von deiner Sorte einen guten Rat zu geben, aber heute gebe ich dir einen guten Rat. Laß die Finger aus dem Geschäft und nimm samt deinen Ganoven die nächste Maschine nach Chicago zurück. Du kennst Brian. Er ist immer noch gefährlich, und du hast es nicht nur mit Brian zu tun, sondern auch mit uns.«

Er schwieg.

»Wirst du abreisen?« fragte ich.

Er schwieg weiter. Ich stand auf.

»Ich gebe dir zwölf Stunden Bedenkzeit. Heute abend um neun Uhr frage ich dich, ob du die Flugkarten besorgst hast.«

»Und wenn nicht?« knurrte er.

»Das wirst du sehen«, antwortete ich und verließ das Zimmer. Mein letzter Satz war eine leere Drohung. Ich hatte nichts gegen ihn in der Hand. Natürlich konnte ich ihn und seine Leute überwachen lassen, aber ich zweifelte daran, ob das genügte, seine und Gingers Pläne zu durchkreuzen.

Ich verbrachte einen unruhigen Tag. Ich versuchte, Brian in seiner Wohnung zu erreichen, aber er war nicht anwesend. Niemand reagierte auf mein Klingeln und Klopfen.

Abends um neun Uhr holte ich den Jaguar wieder aus dem Stall und fuhr hinaus zu dem Haus in der siebenundzwanzigsten Straße.

Während ich meinen Wagen am rechten Straßenrand parkte, registrierte mein Ohr ein Geräusch, ein dumpfes ›Plopp‹. Ich schenkte ihm keine Aufmerksamkeit und dachte an einen Stein, der gegen das Blech geschlagen sein mochte.

Ich schlug die Tür des Wagens zu, schlenderte durch den

kleinen verwahrlosten Vorgarten und drückte auf den Klingelknopf von Nummer einhundertvierundachtzig.

Es rührte sich nichts im Haus, obwohl die Fenster erleuchtet waren. Einmal glaubte ich, ein Gesicht hinter der zurückgeschlagenen Gardine gesehen zu haben, aber ich konnte mich auch täuschen. Ich klingelte ein zweites Mal, und als auch ein drittes Läuten erfolglos blieb, drückte ich wütend auf den Knopf und probierte die Widerstandskraft der Klinke. Ich hatte plötzlich das Gefühl, es müsse etwas geschehen sein, obwohl ich nicht zu sagen gewußt hätte, worum es sich dabei hätte handeln können.

Ich gab mir selbst noch zwei Minuten, dann würde ich die Tür eintreten. Fünfzehn Sekunden vorher wurde der Schlüssel im Schloß gedreht, und derselbe Mann, der mir am Morgen geöffnet hatte, stand vor mir.

»Warum öffnet ihr nicht?« fauchte ich ihn an, aber er antwortete nicht und wich langsam vor mir zurück ins Zimmer. Warum war der Junge so käsig im Gesicht?

Ich ging hinter ihm her. Er drehte sich zur Seite weg, sobald er das Wohnzimmer erreicht hatte, und ich befand mich der ganzen Patt-Bande gegenüber. Und vor mir stand ein Mann, den ich hier wahrhaftig nicht erwartet hatte. Mit seinem üblichen ironischen Lächeln begrüßte mich Harry Brian, die ›Nummer 1‹.

»'n Abend, G-man.«

Wie gesagt, Harry lächelte, aber die anderen sechs Männer standen da wie Schuljungs, die eine Fensterscheibe zerschmissen haben. Sie ließen den Kopf hängen, traten unruhig von einem Fuß auf den anderen und knackten mit den Knöcheln der Finger. Auf dem Tisch standen die Überreste einer Mahlzeit. Ganz unwillkürlich zählte ich die Teller. Es waren sieben. Und jetzt erst kam mir zum Bewußtsein, daß hier ein Mann fehlte: John Patt selbst! Und ich wurde sehr wach.

»'n Abend, Brian«, antwortete ich langsam. »Haben Sie mit Patt verhandelt?«

»Nein«, entgegnete er und ließ mich nicht aus den Augen. »Ich wollte mit ihm sprechen, aber er ist nicht da.« Er grinste flüchtig. »Wahrscheinlich spricht er mit der Konkurrenz.«

»Ich brauchte ihn dringend«, sagte ich und ging langsam auf ihn zu. »Vielleicht ist er in den Schlafzimmern. Ich werde nachsehen, wenn sie nichts dagegen haben.«

»Dagegen habe ich etwas, G-man«, antwortete ›Nummer 1‹, und gleichzeitig mit dem letzten Wort holte er aus und schlug zu.

Ich hatte die Hand zur Brust hochgerissen, aber ich war wohl doch noch nicht ganz in Ordnung. Jedenfalls reagierte ich nicht schnell genug, und Brians Schlag traf mich ziemlich genau und schleuderte mich gegen die Wand.

Ich war eine halbe Sekunde lang benommen, und in dieser halben Sekunde wandte sich Brian zu Patts Leuten um und schrie sie an: »Los, dreht ihn durch! Glaubt ihr, ich mache die Dreckarbeit? Habt ihr immer noch nicht kapiert, wer hier befiehlt?«

Ich sah nicht ganz deutlich, aber ich glaubte ein Schieß-eisen in seiner Hand zu erkennen. Ich rappelte mich hoch, aber jetzt waren die sechs Jünglinge da, und ich bezog mehr, als ich austeilen konnte. Sie blieben mir zu dicht auf der Haut, als daß ich an meinen Revolver gekonnt hätte, und zwei Minuten später wälzten wir uns allesamt auf dem Boden.

Ich hörte das Lachen von ›Nummer 1‹ durch das Klat-schen der Schläge und das Keuchen der Männer. Ich hörte auch seine Stimme. »Bringt ihn bloß nicht um! Ich will keine ernsthaften Scherereien. Seine Leute wissen, wohin er gegan-gen ist, und sie nehmen euch hoch, wenn ihr ihn tötet.«

Wer endlich auf den guten Gedanken kam, mir eins über den Schädel zu ziehen, weiß ich nicht. Jedenfalls ging bei mir plötzlich das Licht aus, und die Schlacht fand ihr Ende. Länger als fünf Minuten hatte sie ohnedies nicht gedauert. Wie gesagt, ich war doch noch nicht ganz fit.

Meinen Verstand fand ich wieder in einem dunklen Raum.

Ich war nicht gebunden. Ich richtete mich auf und tastete mich die Mauern entlang. Ich stolperte über eine Kartoffelkiste und faßte in ein Obstregal und begriff. Sie hatten mich im Keller des Hauses eingesperrt.

Die Tür war aus soliden Eichenbohlen. Ich warf mich ein halbes dutzendmal mit der Schulter dagegen, aber das bekam meiner Schulter schlechter als der Tür. Ein geeigneter Gegenstand zum Aufbrechen fand sich auch nicht. Die Latten des Obstregals brachen beim ersten Versuch.

Ich hämmerte mit den Fäusten und trommelte mit den Absätzen.

Schließlich hörte ich jemanden die Treppe herunterkommen.

»Brian läßt dir sagen, du sollst aufhören zu lärmen«, meldete sich die Stimme eines der Gangster. Dann trollte er sich wieder. Schön, was hatte das Krachmachen schließlich für einen Sinn? Hören würde mich doch niemand auf der Straße, und außerdem tat mein eigener Radau meinem brummenden Schädel weh. Ich hockte mich auf die Kartoffelkiste. An den Leuchtziffern meiner Armbanduhr, die die Schlägerei erstaunlicherweise überstanden hatte, sah ich, daß ich ungefähr zwanzig Minuten hier unten war.

Es dauerte etwas über zwei Stunden, bis ich wieder Schritte auf der Treppe hörte. Dann rasselten die Riegel zurück, und an der Decke meines Loches flammte eine kahle Glühbirne auf.

»Brian sagt, du könntest heraufkommen«, meldete der Mann, der mir aufschloß.

Ich ging an ihm vorbei, und als ich neben ihm war, schwang ich in den Hüften herum und knallte ihm rechts und links zwei eindeutige Sachen. Er fiel sofort um.

»Das war für deine Beteiligung an meiner Verarbeitung«, sagte ich, klopfte mir die Hände ab und stieg die Kellertreppe hoch.

Im Wohnzimmer fand ich alles unverändert. Die fünf Mitglieder der Patt-Bande hockten um den Tisch herum, und

Brian lächelte mir entgegen. Was bei unserer Schlägerei zu Bruch gegangen war, hatten sie fortgeräumt.

»Wer hitzig ist, kriegt schon mal eins auf das Dach, G-man«, sagte ›Nummer 1‹. »Ich hoffe, es war Ihnen eine Lehre.«

»Wo ist Patt?« knurrte ich zurück.

Er zuckte mit den Schultern. »Keiner von uns weiß, wo Patt ist!«

»Brian, ich bin der Überzeugung, Sie haben das erste Ding seit ihrer Entlassung gedreht.«

Er stellte sich dumm.

»Meinen Sie unsere Prügelei mit Ihnen? Ach, G-man, was ist das denn schon? Ich hoffe, Sie werden uns deswegen nicht verhaften lassen. Beiden Parteien sind eben ein wenig die Temperamente durchgegangen. Kein Richter nimmt das tragisch.«

»Wir werden sehen, Brian. Ich möchte das Haus nach John Patt durchsuchen.«

Er lächelte, und jetzt bedeutete dieses Lächeln nackten Hohn.

»Aber bitte«, sagte er mit einer einladenden Handbewegung.

Ich verzichtete darauf, der Einladung zu folgen, drehte mich um und ging zur Tür.

»G-man!« rief er mir nach, und ich blieb stehen. »Ihre Kanone. Ich möchte nicht der Aneignung von Staatseigentum beschuldigt werden.«

Er warf mir meinen Revolver zu, und ich fing ihn auf.

Mein Jaguar stand unangetastet vor der Tür. Ich brauste zu Mr. Highs Privatwohnung, fand ihn dort nicht und hörte, daß er noch im Hauptquartier sei.

»Hallo!« rief er, als er mich sah, denn die Spuren der Ereignisse trug ich deutlich genug im Gesicht. »Brauchen Sie einen Arzt?«

»No, ist nicht der Rede wert, aber hören Sie, Chef, was passiert ist.«

Ich erzählte die Geschichte.

»Das bedeutet . . .«, sagte Mr. High am Schluß.

Ich ergänzte: ». . . daß ›Nummer 1‹ wieder eine Bande von sechs Burschen zusammen hat, die zu allem zu gebrauchen sind.«

»Und Patt?«

»Ihn werden wir wohl in einiger Zeit irgendwo finden.«

Mr. High stand auf. »Hören Sie, Jerry, ich bin dafür, daß wir den ganzen Verein zunächst einmal hochnehmen.«

»Was soll dabei herauskommen?«

»Nichts, außer daß wir vierundzwanzig Stunden Zeit haben, uns in Ruhe unsere nächsten Maßnahmen zu überlegen. ›Nummer 1‹ ist ein Mann schneller Entschlüsse. Wer garantiert uns dafür, daß er nicht noch heute nacht auf Matterson, Reive oder Ginger losgeht? Der Angriff auf Sie gibt uns genug Handhabe, um eine polizeiliche Haft zu rechtfertigen. Der Richter wird allerdings einen Haftbefehl für längere Zeit nicht unterschreiben.«

»Na schön. Vielleicht haben wir auch Glück und können den einen oder anderen wegen verbotenen Waffenbesitzes belangen.«

»Ich denke, ein Wagen und ein kleiner Lastwagen zum Einsammeln genügen«, sagte der Chef und gab die Befehle per Telefon durch.

Knappe zehn Minuten später stand ich wieder vor der Nummer einhundertvierundachtzig in der siebenundzwanzigsten Straße, nur daß ich diesmal vier Kollegen neben mir hatte, jeder sozusagen in feldmarschmäßiger Ausrüstung.

Wir bumsten stilgerecht gegen die Tür und riefen: »Aufmachen, Polizei!«

Drinnen gab es einiges Hinundhergerenne, aber dann entschlossen sie sich, zu öffnen.

Patts sechs Leute waren vollzählig versammelt.

»Was wollen Sie schon wieder, G-man?« fragte einer von ihnen, ein großer blonder Bursche, in einem krampfhaften Versuch, frech zu werden.

»Wo ist Brian?« fragte ich zurück.

»Weiß ich nicht. Nach Hause gefahren, nehme ich an.«

Sie gaben die übliche Vorstellung renitenter verhafteter Verbrecher, aber keiner leistete ernsthaften Widerstand.

»Was jetzt?« fragte ein Kollege.

»Wir durchsuchen das Haus.«

Die Durchsuchung lohnte sich, denn wir fanden ein kleines Waffenarsenal an den unmöglichsten Stellen, vom Eisschrank angefangen bis zum Kopfkissen. Drei Pistolen fanden wir im hinteren Garten. Die Jungs hatten sie einfach aus dem Fenster geworfen, als wir vorn klopften.

Ich rieb mir die Hände. »Behandelt die Dinger schön sorgfältig«, bat ich die Kollegen. »Ich hoffe, wir finden viele Fingerabdrücke an ihnen, die wir noch dringend brauchen, denn die Herren werden ihr Eigentumsrecht an den Kanonen leugnen.«

Als Gangster und Waffen verladen waren, bat ich die Kollegen, zum Hauptquartier zurückzufahren, und ich und nur ein Kollege fuhren zur Pine Street, um Brian zu holen.

Sein Haus lag im Dunkel. Aus keinem Fenster fiel Licht. Ich bearbeitete die Klingel.

Endlich wurde in zwei Fenstern Licht. Etwas später brüllte Pete O'Neigh wütend hinter der Tür: »Zum Teufel, wer ist da?«

»Aufmachen, Polizei!«

Er zitierte eine halbe Seite aus dem Lexikon Kraftausdrücke für jede Gelegenheit und versicherte zwischendurch, er dächte nicht daran, zu öffnen, tat es aber doch.

»Ich brauche Brian«, sagte ich, als wir ihm gegenüberstanden.

Er hatte die Hose über einen grellblauen Schlafanzug gestreift, die Hosenträger baumelten hinter ihm, und seine Füße steckten in ausgelatschten Filzpantoffeln.

Er beantwortete meine Frage mit neuen Flüchen, aber vom Kopf der Treppe zur ersten Etage herab, rief Brian: »Kommen Sie herein, G-man! Pete, mach endlich Licht!«

Der Kronleuchter flammte auf. ›Nummer 1‹ stieg langsam die Treppe hinunter, die Hände in den Taschen des Schlafrocks.

»So spät noch, G-man?« fragte er in seiner spöttischen Art. »Was gibt es?«

»Ich verhafte sie, Brian!«

Er zog die Augenbrauen hoch.

»Oh! Warum?«

»Wegen Angriffs auf einen Beamten im Dienst!«

Jetzt lachte er laut. »Sie nehmen wirklich diese Lappalie zum Vorwand? Ich hätte Ihnen mehr zugetraut, G-man. Na schön, Sie gestatten, daß ich mich anziehe.«

»Bitte«, antwortete ich. »Ich möchte ihre Wohnung durchsuchen.«

»Haben Sie einen Befehl?«

»Nein.«

Er lachte wieder. »Suchen Sie trotzdem, meinetwegen!« Während Brian sich ankleidete, durchsuchten wir die Räume. Wir gaben uns nicht besonders viel Mühe. Wenn irgendeine Chance bestanden hätte, Interessantes zu finden, hätte er sich geweigert, uns die Durchsuchung zu gestatten.

Wir waren damit fertig, als er angekleidet aus seinem Schlafzimmer kam.

»Wird Pete auch verhaftet?« erkundigte er sich.

»Gegen ihn liegt nichts vor.«

»Gut, dann kann er meinen Anwalt benachrichtigen. Sonst hätte ich Sie bitten müssen, es zu tun.«

Die Verhöre ergaben nichts. Die Kerle machten den Mund nicht auf.

Als ›Nummer 1‹ an die Reihe kam, graute schon der Morgen. Brian wurde gemeinsam mit dem Anwalt, einem gewissen Mr. Loying, hereingeführt.

»Warum gingen Sie zu Patt?« war die entscheidende Frage, die Mr. High ihm stellte.

›Nummer 1‹ entgegnete lächelnd: »Ich hatte gehört, daß er

in der Stadt sei, und ich wollte ihn besuchen. Schließlich war er mal so etwas wie mein Angestellter.«

»Ein Angestellter, der in Ihrem Auftrag Verbrechen aller Art beging«, sagte der Chef.

Aus dem Hintergrund kreischte Anwalt Loying: »Ich protestiere gegen solche Behauptungen, die durch nichts erwiesen sind.«

Mr. High winkte ab.

»Warum haben Sie den FBI-Agenten Cotton daran gehindert, sich im Haus nach Patt umzusehen?«

Das war der springende Punkt der ganzen Sache, und die sechs Männer, die wir vor ihm vernommen hatten, sagten einhellig aus, sie hätten sich durch mich herausgefordert gefühlt. Brian hieb in die gleiche Kerbe. Es war sinnlos, ihm das Gegenteil beweisen zu wollen. Er würde stur bei dieser Behauptung bleiben, und die Aussagen standen sieben zu eins.

Ich gab dem Chef ein Zeichen, er möge das Verhör abbrechen.

Ich stand auf und ging zu Brian hin.

»Ganz schön, wie Sie die Sache gedeichselt haben, Brian, aber Sie haben Patts Leute noch nicht lange genug unter ihrer Fuchtel. Sicherlich haben Sie ihnen zu allem anderen, als was sie gegebenenfalls auszusagen hätten, auch nahegelegt, ihre Waffen aus der Reichweite der Polizei zu bringen. Leider haben sie nicht gehorcht. Wir haben die Schießeisen und nicht einer von den Jungs kann eine Genehmigung vorweisen.«

Einen Augenblick lang wurde der Blick Brians unsicher. Dann sagte er vorsichtig: »Ich glaube nicht, daß die Männer bewaffnet waren.«

Wortlos schob ihm Mr. High die Gutachten der Fingerabdruckstelle über den Tisch. Unsere Experten hatten in der Zwischenzeit festgestellt, wem welche Kanone gehörte, und an diesen Fakten war nicht mehr zu rütteln.

›Nummer 1‹ preßte die Lippen zusammen.

»Diese Idio...«, knurrte er, riß den Kopf herum und schrie den Anwalt an: »Loying, beantragen Sie beim Untersuchungsgericht, daß diese Schwachköpfe gegen Kaution freigelassen werden!«

Ich lächelte zufrieden.

»Kleine Panne, Brian, aber wenigstens eine Panne.«

»Kann ich jetzt gehen?« fragte er.

Der Chef nickte.

Ich schlief bis zum Nachmittag und fuhr dann ins FBI-Gebäude.

Die Anweisung des Untersuchungsgerichts, Harry Brian spätestens nach Ablauf der polizeilichen Festhaltefrist von vierundzwanzig Stunden auf freien Fuß zu setzen, lag bereits vor. Zwei Stunden später erhielten wir auch die Mitteilung, daß dem Antrag des Anwalts Loying entsprochen worden war, die nachstehend aufgeführten sechs Häftlinge gegen Kaution freizulassen. Einen Lichtblick bot dieser Entscheid. Das Gericht hatte die Kaution in Anbetracht der Tatsache, daß die Jungs alle vorbestraft waren, ungewöhnlich hoch, auf achttausend Dollar pro Kopf, festgesetzt.

»Das kostet Brian achtundvierzigtausend Dollar, Chef«, freute ich mich. »Ich kenne mich in seinen Finanzen nicht aus, aber ich glaube, daß das so ziemlich alles ist, über das er noch verfügt. Damit gerät er in Druck. Er kann nicht warten, sondern er muß schnellstens sehen, an Geld zu kommen, und Sie wissen, unter irgendeinem Zwang handeln zu müssen, ist für einen Gangster eine gefährliche Sache.«

»Ich glaube, daß wir mit ›Nummer 1‹ noch einiges erleben werden«, sagte Mr. High. Er blickte nach der Uhr. »Ich habe Phil herbestellt. Er war seinem Juwelendieb so nahe auf den Fersen, daß der Bursche gestern nacht mit einem direkten Flugzeug nach London gestartet ist. Wir haben Scotland Yard sofort benachrichtigt, und Phil sitzt jetzt im Telegrafenraum und wartet auf die Meldung aus London, daß sein Mann am Flughafen kassiert worden ist.«

Eine halbe Stunde später kam Phil, lachend und vergnügt wie immer.

»Hallo, Chef!« grüßte er. »Hallo, Jerry! Sie haben ihn, Chef. Vor zehn Minuten telegrafierte London.« Er wandte sich mir zu.

»Höre, dir haben sie schon wieder dein Äußeres aufpoliert?« Er musterte mich kritisch. »Ja, man sieht es noch. Warum gibst du dich dauernd mit Rauhbeinen ab? Mache es wie ich. Mein Juwelendieb hatte Finger wie eine feine Dame, und wenn er überhaupt je auf die Idee gekommen wäre, mich zu schlagen, hätte ich mich höchstens geschmeichelt gefühlt.«

Ich erzählte meine Geschichte und sagte auch, daß wohl feststünde, daß Brian veranlaßt hätte, Patt umzulegen. »Wahrscheinlich sogar war er es selbst. In Patts New Yorker Wohnung in der siebenundzwanzigsten Straße, vor den sechs Killern, denen Brian imponieren wollte.«

Ich zündete mir eine neue Zigarette an.

Sie wissen, warum ›Nummer 1‹ nie gefaßt werden konnte: Weil es keine Zeugen gegen ihn gab.

Patt aber wurde von Brian in Gegenwart von sechs Männern getötet, und die Aussage eines einzigen dieser Männer würde genügen, um Harry Brian auf den elektrischen Stuhl zu bringen.

»Glauben Sie, Sie können einen von ihnen bewegen, gegen ›Nummer 1‹ auszusagen?« fragte Mr. High.

»No«, gab ich zu. »Solange er Macht hat, nicht, aber sobald sich die Leute selbst auf seine Befehle in Sachen eingelassen haben, die ihnen dreißig Jahre, wenn nicht sogar den Stuhl einbringen können, sobald er seine ganze Brutalität und Rücksichtslosigkeit auch an Patts ehemaligen Männern gezeigt hat, dann wird einer von ihnen, werden auch mehrere bereit sein, vor dem Richter Harry Brian des Mordes zu beschuldigen.«

Mr. High rieb sich die Oberlippe. »Sie wissen, was das bedeutet, Jerry. Nicht weniger, als daß wir Brian eine Serie von Verbrechen begehen lassen müssen, bevor wir ihn fassen können.«

»Nein, Chef. Harry Brian wird versuchen, Verbrechen zu begehen. Wir aber müssen versuchen, seine Pläne fehlschlagen zu lassen, damit er aus der Klemme nicht herauskommt.«

Die Besprechung dauerte noch lange, und sie artete zum Schluß in so etwas Ähnliches wie die Beratung eines Generalstabs aus. Doch als wir am Abend endgültig auseinandergingen, wußten wir, was gegen Harry Brian unternommen werden mußte.

In derselben Nacht, genau vierundzwanzig Stunden nach der Festnahme, wurden ›Nummer 1‹ und die sechs Patt-Leute entlassen, nachdem der Rechtsanwalt Loying achtundvierzigtausend Dollar auf den Tisch der Gerichtskasse geblättert hatte.

Der nächste Morgen brachte die Meldung, die ich nach dem Gang der Ereignisse erwarten mußte. Ein Toter war gefunden worden, genau dort, wo die meisten Vermißten New Yorks noch einmal ans Licht kommen, im Hafen. Die Hafenpolizei hatte die Leiche zunächst in der Garage ihres Dienstgebäudes untergebracht. Der Tote lag auf einer Bahre und war mit einer Zeltbahn zugedeckt. Unter ihm tropfte das Wasser mit einem monotonen Geräusch auf den Betonboden.

Ich zog die Decke vom Gesicht. Es war John Patt, und man brauchte kein Arzt zu sein, um zu erkennen, woran er gestorben war.

Die Kugel hatte ihm die Stirn zerschlagen.

Nach einem kurzen Blick bedeckte ich ihn wieder mit der Zeltbahn.

»Lassen Sie ihn ins Schauhaus bringen. Ich werde dem Gerichtsarzt Bescheid sagen. Ich brauche die Kugel, die ihn umgebracht hat, falls sie sich noch in seinem Körper befindet.«

Der Lieutenant der Hafenpolizei, der uns begleitete, nahm die Anordnungen mit einem Kopfnicken zur Kenntnis.

Als wir das Hauptquartier betraten, wurden wir zum Chef befohlen.

»Neue und interessante Telefongespräche«, meldete Mr. High. »Brian verliert nicht viel Zeit, um seine Macht neu zu installieren. Hören Sie zu. Es ist je ein Gespräch mit Matterson, Reive und Ginger.«

Er bediente selbst das Tonbandgerät.

»Hier spricht Matterson«, begann die fette Stimme des Buchmacher-Racketeers, und die höhnische und schneidende Stimme von ›Nummer 1‹ antwortete.

»Morgen, Mad. Ich habe dir einige Neuigkeiten zu erzählen. Upton Ginger hat euch John Patt als den richtigen Mann gegen mich empfohlen. Ich habe mich mit Patt geeinigt. Er ist abgereist und hat mir seine Leute hiergelassen. Wie gefällt dir das, Mad?«

Zwei Sekunden lang war nur Mattersons schweres Keuchen zu hören, dann stotterte er: »Das ... glaube ... ich ... dir nicht, Harry!«

»Okay, wann soll ich dich mit Patts Leuten besuchen, damit du siehst, welches gute Einvernehmen zwischen ihnen und mir besteht?«

Wieder Schweigen und nur das Keuchen. Matterson mochte genau wissen, was ein gemeinsamer Besuch von ›Nummer 1‹ und seiner Garde bedeutete: gespaltene Lippen, wacklig gewordene Zähne, ein zerschlagenes Gesicht. Vielleicht auch Schlimmeres, den Tod.

»Was ... willst du, Harry?« brachte er schließlich hervor.

»Das weißt du. Herstellung des alten Zustandes. Vielleicht vergesse ich dann alles andere.

»Harry, ich habe dich damals nicht verraten«, begann Matterson eine Litanei von Beteuerungen, aber Brian schnitt ab.

»Willst du in der alten Form mit mir zusammenarbeiten oder nicht?«

»Aber wir müssen doch über die Einzelheiten reden«, jammerte sein ehemaliger Direktor.

»Gewiß müssen wir das«, antwortete ›Nummer 1‹ kühl. »Heute abend in deiner Wohnung. Neun Uhr. Ich werde Ginger und Reive bestellen, daß sie ebenfalls hinkommen. Schluß!«

Der Hörer klickte in die Gabel. Die Leitung war tot.

Mr. High stand auf. »Tonband zwei. Gespräch zwischen Brian und Reive.«

Diese Unterhaltung verlief nicht viel anders. Reive hatte ein wenig mehr Rückgrat als Matterson. Wo Mad gekeucht hatte, schrie Reive wütend, aber das Endresultat war das gleiche. Er wurde kleinlaut und versprach, pünktlich in der Wohnung seines Konkurrenten zu sein. Er versuchte eine Bedingung zu stellen.

»Du kommst allein, Harry!«

»Ich komme, mit wem ich will«, antwortete ›Nummer 1‹. »Versteh endlich, daß du nichts mehr zu befehlen hast!«

Ich zündete mir eine Zigarette an.

»Das interessanteste Gespräch haben Sie sich für den Schluß aufgespart, Chef?« fragte ich. Mr. High nickte lächelnd.

»›Nummer 1‹ und Upton Ginger.«

Es begann wie die vorhergehenden Telefonate, aber Ginger eröffnete den Angriff, sobald er wußte, wer am Telefon war.

»Ich bin informiert, Harry!« schrie er. »Du hast Patt erledigt, und seine Leute sind zu dir übergegangen. Ich hörte, daß sie dich eingesperrt haben, und ich dachte, es würde deswegen sein. Verdammt, warum haben sie dich auf freien Fuß gesetzt?«

»Reg dich ab, Up«, antwortete Brian, und man konnte förmlich hören, wie er grinste. »Solche Sachen laufen nun manchmal schief. Du verschriebst dir 'nen Haufen Leute, um mich lahmzulegen, und nun wirst du mit genau diesen Leuten erhebliche Schwierigkeiten haben.«

Ginger entgegnete mit einem Gemurmel, das nicht zu verstehen war, aber Schmeicheleien waren es sicherlich nicht.

»Wir haben uns über die Bedingungen schon unterhalten, unter denen wir uns wieder vertragen können«, fuhr ›Nummer 1‹ fort. »Ich denke, du bist jetzt mit ihnen einverstanden.«

»Nein, Brian.« Gingers Stimme war getränkt von Haß. »Eher schicke ich meine Geschäftsbücher dem FBI. Und noch bist du nicht so mächtig, wie du glaubst. Du hast zahlen müssen, um deine Totschläger wieder freizubekommen. Ich weiß, wieviel du hast zahlen müssen. Du bist pleite. Keine drei Wochen, und du kannst den Jungs nicht mehr genug Geld für Whisky und Tabak geben. Ich wette, dann laufen sie dir weg, und dann will ich sehen, wie du mit mir fertig wirst.«

»Du Narr«, entgegnete ›Nummer 1‹ kalt. »Du wirst das Ende der drei Wochen nicht erleben.«

Es knackte. Er hatte eingehängt. Sekunden später erst hängte auch Upton Ginger ein.

»Und jetzt?« fragte Mr. High.

Am Abend, kurz vor neun Uhr, stand ich in der neunzehnten Straße vor dem Haus, in dem Mad Matterson wohnte. Vor wenigen Minuten war ein Wagen vorgefahren, aus dem Denis Reive geklettert war. Er kam ohne Begleitung zu seinem Konkurrenten. Die gemeinsame Angst vor Harry Brian vertrieb den beiden die Gedanken an die gegenseitige Konkurrenz.

Ich hatte dafür gesorgt, daß Reive mich nicht sah, aber als er in der Haustür verschwunden war, nahm ich meinen Platz wieder ein.

Als Punkt neun Uhr ein schwarzer Ford Fairplay anrollte und am Straßenrand stoppte, rührte ich mich nicht vom Fleck. Türen flogen auf. Heraus kamen ›Nummer 1‹, Pete O'Neigh und zwei der Patt-Leute.

Brian stutzte, als er mich sah, kam aber dann auf mich zu.

»Hallo, G-man«, sagte er.

»Hallo, Brian«, grüßte ich und grinste. »Dachte mir doch, daß Sie einen Besuch bei alten Kumpanen machen. Schöner Wagen. Schon bezahlt oder auf Pump gekauft?«

Er kniff die Lider zusammen. »Geht Sie eigentlich wenig an.«

Ich zuckte mit den Schultern. »Stimmt leider.«

»Warum stehen Sie hier?« fragte er.

Ich antwortete ihm: »Es geht Sie nichts an, aber ich will es Ihnen trotzdem sagen. Wir ahnten, daß Sie Unterredungen mit Ihren ehemaligen Untergebenen führen würden, und weil wir nicht sicher sind, ob Sie diese Unterredungen auch in dem von Anstand und Sitte gebotenen guten Ton halten, haben wir überall, wo Sie hinkommen könnten, einen von uns hingestellt. Wenn Sie jetzt zu Matterson hinaufgehen, und man findet dort einen toten oder auch nur beschädigten Matterson vor, wissen wir gleich, wer es gewesen ist. Sehen Sie, Brian, so ist das. Erst haben Sie mich mitgenommen, damit Ihnen nichts passiert, und jetzt stelle ich mich freiwillig hierher, damit den Leuten, die Sie besuchen, nichts passiert.«

Er trat einen Schritt näher.

»Ich glaube, Sie haben eine zweite Abreibung nötig, G-man«, sagte er, durch die Zähne zischend.

Ich senkte ein wenig den Kopf.

»Versuchen Sie es, Brian«, antwortete ich ebenso leise, »aber ich fürchte, ein zweites Mal klappt es nicht.«

Er zögerte einen Augenblick, dann lachte er kurz und verächtlich, aber etwas künstlich auf, wandte den Kopf und herrschte seine Trabanten an: »Los gehen wir!«

Ich trat zur Seite und gab ihnen höflich den Weg frei.

Sie blieben nicht ganz zwei Stunden oben, und dann kam zuerst Reive herunter. Obwohl ich direkt am Eingang an der Mauer lehnte, schien er mich nicht zu bemerken. Im Licht der Straßenlaterne sah er ein wenig grünlich aus. ›Nummer 1‹ mußte ihm beträchtlich zugesetzt haben.

Inzwischen war der Kollege aufgetaucht, der mich in der Bewachung von Mattersons Wohnung ablösen sollte, sobald ich ihm ein Zeichen gab. Er stand drüben auf der anderen Straßenseite neben seinem Wagen und rauchte eine Zigarette.

Zehn Minuten nach Reive betraten Brian und seine Gefolgschaft die Straße.

›Nummer 1‹ war aufgeräumt und gut gelaunt.

»Na, G-man«, spöttelte er, »ich hoffe, die Zeit ist Ihnen nicht zu lang geworden.«

»Doch, ziemlich lang«, antwortete ich. »Aber sie soll mich nicht reuen, wenn der nächste Akt so abläuft, wie ich es mir gedacht habe.«

Gleichzeitig mit dem letzten Wort hatte ich meinen Revolver in der Hand und richtete den Lauf auf Brian.

»Wegen dringenden Verdachts gesetzwidriger Handlung nehme ich eine Leibesvisitation an Ihnen vor, Harry Brian! Ihr anderen, drei Schritte zurück! Dort drüben auf der anderen Straßenseite steht auch noch ein G-man, und er schießt, wenn ihr eine falsche Bewegung macht.«

Sie gehorchten völlig überrascht, aber ›Nummer 1‹ stand vor mir, dachte nicht daran, die Hände hochzunehmen und starrte mich verständnislos an.

»Was soll der Quatsch, G-man?« fragte er.

Ich lächelte. »Haben Sie nicht verstanden? Ich verdächtige Sie, Beweise einer gesetzwidrigen Handlung bei sich zu führen, und überprüfe Sie daraufhin.«

»Das können Sie nicht«, wütete er. »Das verstößt gegen gesetzliche Bestimmungen.«

»Sie sind nicht richtig informiert, Brian. Es ist völlig legal, und jetzt nehmen Sie die Arme hoch, damit ich Ihre Klamotten abtasten kann.«

»Ich schlage Sie nieder, wenn Sie Hand an mich legen!« brüllte er.

»Brian, wenn Sie sich noch eine Sekunde weigern, erteile ich Ihnen eine Lektion, die sich gewaschen hat«, antwortete ich ruhig.

Er merkte, daß ich Ernst machen würde, und trotz seiner Wut war er viel zu klug, um sich einen unnötigen Niederschlag, der doch nichts an seiner Situation geändert hätte, einzuhandeln. Zögernd hob er die Arme.

»Ich werde Ihnen das heimzahlen. Ich werde mich beschweren, und Sie bekommen Ihren Abschied!«

»So spricht ein Autofahrer, der sich zu Unrecht vom Cop aufgeschrieben fühlt«, sagte ich, während ich ihn abtastete. Er trug keine Pistole bei sich, aber es war nicht ein Schießeisen, was ich bei ihm suchte, denn ich rechnete nicht damit, daß ›Nummer 1‹ dumm genug war, die Waffe bei sich zu tragen, mit der er John Patt getötet hatte. Wahrscheinlich hatte er sie zusammen mit dem Toten in den Hafen geworfen. Ich suchte anderes, und ich fand es in seiner rechten Rocktasche, ein dickes Paket Banknoten.

Ich zog die Scheine ans Licht und wog sie in der Hand.

»Donnerwetter«, staunte ich, »wieviel ist es? Zehntausend? Fünfzehntausend?«

Er knirschte mit den Zähnen. »Lassen Sie Ihre dreckigen Finger von meinem Geld.«

Ich sah ihm gerade in die Augen. »Ich beschlagnahme dieses Geld, weil der Verdacht besteht, daß die Summe aus einem gesetzwidrigen Geschäft stammt«, sagte ich dienstlich.

Jetzt ging beinahe seine Fassung zum Teufel.

»Sie können doch nicht einfach einem Mann, gegen den nichts vorliegt, das Geld aus der Tasche nehmen!« schrie er. »Das ist glatter Diebstahl!«

»O nein«, antwortete ich freundlich. »Ich bin eben der Meinung, daß es nicht gesetzlich erworbenes Geld ist, und beschlagnahme es. Natürlich erhalten Sie eine Quittung, und wenn Sie der Meinung sind, ich handele nicht korrekt, können Sie sich selbstverständlich beschweren, und man wird Ihnen die Summe zurückerstatten. Schicken Sie morgen

Ihren famosen Anwalt, diesen Mr. Loying, und wenn er nachweist, daß diese Dollars aus einem legalen Geschäft stammen, haben Sie sie in frühestens vier Wochen wieder. Sie wissen, der Behördenweg ist manchmal lang.«

Ich hatte mir ein Quittungsformular des FBI, auf dem wir sonst unsere empfangenen Spesen quittieren, eingesteckt, zog es heraus, stopfte das Geld ein und begann zu schreiben.

»Wieviel ist es, Brian?« fragte ich. »Sie sparen mir die Mühe des Zählens.«

»Zweitausend Dollar!« stieß er hervor.

»Sehen Sie, wieviel Vertrauen ich zu Ihnen habe«, sagte ich, während ich schrieb. »Ich zähle nicht einmal nach. Übrigens können Sie jetzt die Hände herunternehmen.«

Ich reichte ihm die Quittung. Er riß sie mir aus der Hand.

»Wiedersehen, Brian«, sagte ich lächelnd. »Und gute Heimfahrt.«

Er hatte sich gefaßt und trug die Niederlage mit Haltung.

»Wiedersehen, G-man«, antwortete er, »und hoffentlich bald.«

»Gern, wenn Sie Ihren Spaß daran haben. Und noch eine Information: Vor diesem Haus wird die ganze Nacht ein G-man stehen, ebenso wie vor dem Haus von Reive und Ginger. Diese G-men haben den strengsten Befehl, über den Schlaf der betreffenden Herren zu wachen, und sie würden es nicht dulden, wenn Sie die Behüteten noch heute nacht stören wollten, vielleicht um sich einen Ersatz für die eben beschlagnahmte Summe zu holen.«

»Dank für den Hinweis«, antwortete er ruhig, winkte seiner Bande, stieg ein und fuhr ab.

Der Kollege kam herüber.

»Zufrieden?« fragte er.

»Sehr. Übernimm den Posten. Bis zum Morgengrauen darf kein Mensch mehr zu Matterson. Brian muß daran gehindert werden, diese Schlappe schnell wiedergutzumachen.«

Mein Jaguar stand in der nächsten Querstraße. Ich fuhr zur Wohnung von Upton Ginger.

Um jeder nur möglichen Panne vorzubeugen, hatte hier Phil zusammen mit einem Kollegen die Überwachung übernommen.

»Na?« fragte er, als ich anfuhr.

»Das ist großartig gelaufen«, freute ich mich. »Er hatte zweitausend Dollar bei sich, die er Reive und Matterson herausgepreßt haben muß und die sich jetzt in meiner Tasche befinden. Natürlich können wir nicht verhindern, daß er sich morgen oder übermorgen von den beiden neues Geld beschafft. Er wird es sich per Post oder durch die Bank überweisen lassen. Wichtiger ist, daß ich ihn vor seinen Leuten blamiert habe. Zwei der Patt-Männer waren dabei, und sie haben gesehen, daß ihr neuer Boß nicht so allgewaltig ist, wie sie zuerst angenommen haben mögen. Außerdem hätte Brian seinen neuen Leuten sicherlich gern drei- oder vierhundert Dollar Vorschuß gezahlt, um sie arbeitswilliger zu machen. Ich wünschte, er hätte ihnen das versprochen und kann jetzt sein Versprechen nicht einlösen, wenn es auch nur für vierundzwanzig Stunden ist. Noch ein halbes Dutzend Schwierigkeiten dieser oder schlimmerer Art für ›Nummer 1‹, und wir haben seine Leute so weit, daß sie gegen ihn aussagen. Was gibt es hier?«

»Nichts Besonderes. Vor drei Stunden kamen zwei Leute zu ihm, aber sie gehörten nicht zu Brians Garde, und so ließ ich sie passieren. Sie sind bei ihm oben.«

»Gut, gehen wir hinauf. Ich muß mit Ginger reden. Er ist derjenige, der am meisten gefährdet ist, und wenn es uns gelingt, Brians Geschäfte mit Reive und Matterson noch ein- oder zweimal zu durchkreuzen, wird er sich kurz entschlossen und brutal auf Ginger stürzen, nicht nur, um seine Rache zu vollenden, sondern auch um ein für allemal aus seinen finanziellen Schwierigkeiten heraus zu sein.«

Wir klingelten beim Hausmeister im Parterre, zeigten, als er öffnete, unsere Ausweise und stiegen zur ersten Etage empor, wo Ginger eine üppige Stadtwohnung unterhielt.

Wir wußten, daß er außerdem eine Wohnung am Stadtrand besaß.

Es dauerte eine Weile, bis jemand auf unser Klingeln öffnete, und dann war es Ginger selbst. Er war noch völlig bekleidet, und er hatte es sich nicht einmal bequem gemacht, obwohl es langsam auf Mitternacht zuging.

»Was wollen Sie so spät, G-man?« fragte er scharf.

»Mit Ihnen reden, und wenn Sie vernünftig sind, so machen Sie keine Schwierigkeiten und lassen uns herein.«

Er gab zögernd den Weg frei.

Im Wohnzimmer, dessen Einrichtung man ansah, wieviel Geld Upton Ginger verdiente, saßen zwei schwere Kerle in den Sesseln, drehten die Whiskygläser in den Händen und fühlten sich offensichtlich nicht wohl.

Ich sah mir die Burschen genau an. Einen von ihnen kannte ich, wenn ich mich auch an seinen Namen nicht erinnerte.

»Wie viele Vorstrafen hast du?« fragte ich.

Er drehte sich unbehaglich zu Ginger. »Ist das 'n Bulle?« brummte er.

Ginger nickte verdrossen.

Der Mann bequemte sich zu einer Antwort. »Na ja, ein paarmal habe ich schon gesessen.«

»Daher kenne ich dein Gesicht. Es ist mir irgendwo in unserer Kartei begegnet.« Ich sah den mageren Ginger an und schüttelte den Kopf. »Das ist doch Quatsch, Upton. Glauben Sie wirklich, solche Leute könnten Sie Brian auf den Hals schicken? Sie sind für ›Nummer 1‹ nicht mehr als eine Mücke, die ihn stechen will. Er klatscht sie mit einer Hand zusammen. Lassen Sie sich den Vorschuß wiedergeben, und schicken Sie sie nach Hause.«

Er biß wütend auf seine Unterlippe. Er wußte, daß wir recht hatten und daß Leute so geringen Schlages gegen Harry Brian nicht ausrichten würden.

»Trollt euch!« pfiff er sie schließlich an. »Ich lasse euch rufen, wenn ich euch brauche.«

Die beiden tranken ihre Gläser leer, sagten artig gute Nacht und verkrümelten sich.

Phil und ich nahmen ihre Plätze ein.

»Wir können uns lange Vorreden sparen, Ginger«, begann ich. »Sie wissen so gut wie ich, daß Harry Brian hinter Ihnen her ist, und daß er bereits stärker ist als Sie, denn er hat Patts Leute für sich gewonnen.«

Ginger wunderte sich nicht mal, woher ich das wußte. Er hatte zu viele Sorgen.

»Bis auf das Geld!« antwortete er.

»Richtig, bis auf das Geld. Ich weiß nicht, ob Sie sich schon mit Ihren ehemaligen Verbündeten Matterson und Reive unterhalten haben. Sie sind umgefallen, und sie zahlten Brian heute nacht den ersten Vorschuß auf künftige Zusammenarbeit.«

»Diese Feiglinge«, wütete Upton.

»Ich konnte ihm die Scheine noch einmal aus der Tasche ziehen, und er ist für höchstens vierundzwanzig Stunden so pleite wie zuvor. Jedenfalls wird er sich mit aller Energie auf Sie stürzen, und wenn Sie vernünftig sind, dann lassen Sie Ihre Versuche, selbst mit ihm fertig zu werden.«

»Wollen Sie mich schützen?« fragte er mit einem Unterton von Hohn.

»Genau, und es wird uns auch gelingen, wenn Sie von sich aus mitmachen. Wir unterhalten einen Bewachungsdienst vor Ihrem Haus, und unsere Leute werden Sie zu Ihrem Büro begleiten.«

Er begann an seinen Fingerknöcheln zu kauen.

»Ich weiß, was Sie denken, Ginger«, fuhr ich fort. »Es wird Ihnen schwerfallen, Ihre dunklen Geschäfte im alten Umfang aufrechtzuerhalten, wenn ständig G-men um Sie herum sind und Sie auf allen Wegen begleiten, aber Sie werden das in Kauf nehmen müssen, falls Sie es nicht vorziehen, sich von Brian eine Kugel verpassen zu lassen. Übrigens, um Mißverständnissen vorzubeugen, erkläre ich Ihnen gleich, falls unsere Leute bei der Überwachung Belastendes gegen Sie feststellen sollten, werden wir nicht zögern, das Material gegen Sie auszunutzen. Im Gefängnis sind Sie ja auch am sichersten, und ich bin überhaupt der Meinung, daß Sie schon lange hineingehören.«

Ich ließ ihn eine Minute lang überlegen. Dann nickte er und sagte: »Ich bin einverstanden. Schicken Sie mir Ihre Leute!«

Phil und ich standen auf.

»Klug von Ihnen, Ginger«, sagte ich. »Einer steht schon heute nacht unten. Die Ablösung meldet sich morgen früh bei Ihnen im Büro.«

Als wir auf der Straße standen und langsam zum Jaguar gingen, sagte Phil: »Ich weiß nicht, aber es ist ein komisches Gefühl, den Überwachungsdienst für einen Gangster zu organisieren, der den elektrischen Stuhl kaum weniger verdient hat als ›Nummer 1‹.«

Ich ließ den Motor anspringen.

»Wahrscheinlich fahren wir ganz gut dabei. Unsere Leute hindern Ginger daran, seine Hehlergeschäfte in vollem Umfang durchzuführen, und du weißt, wie es bei solchen großen illegalen Organisationen ist. Sobald der Mann, der sie zusammenhält, ausgeschaltet wird, fallen sie auseinander. Verhaftet man den Mann, so geht das sehr schnell. Hindert man den Mann an der Arbeit, so verläuft der Prozeß langsamer. Die Organisation zerbröckelt. Wir werden durch Gingers Überwachung den Hehlerring auf kalte Art los, und Brian verliert damit das gemachte Bett, in das er sich zu legen wünscht.«

Ganz früh am anderen Morgen wurden mir die Tonbänder von zwei Telefongesprächen vorgelegt, die ›Nummer 1‹ mit Reive und Matterson geführt hatte. Der Inhalt war der gleiche: Geld!

Nach ziemlich massiven Drohungen Brians versprach der jammernde Matterson, fünftausend Dollar zu schicken.

Mehr hätte er nicht flüssig, während aus Reive nur zweitausend Dollar herauszuholen waren, obwohl ›Nummer 1‹ sich gewaltig ins Zeug legte und ihm furchtbare Dinge versprach. Wir wußten ja, daß die Geschäfte der beiden Buchmacher nicht besonders liefen, seitdem sie sich gegenseitig in die Haare geraten waren.

Kurz darauf wurde uns gemeldet, daß Anwalt Loying bereits in der Halle warte, um sich bei unserem Chef über die eigenmächtige Aneignung von Geldern durch FBI-Beamte zu beschweren. Mr. High war informiert. Er würde diesen Rechtsberater für Gangster auf den Instanzenweg verweisen.

Phil und ich machten uns über einen Plan zur Überwachung von Ginger her, teilten die Leute ein und gaben Anweisungen heraus, in welchen Fällen wir oder das Hauptquartier zu benachrichtigen waren.

»Es wäre mir lieb, wenn du heute nacht bereits an der Überwachung teilnehmen würdest«, bat ich den Freund. »›Nummer 1‹ liebt schnelle und überraschende Schläge. Es wäre nicht verwunderlich, wenn er sich Gingers Namen schon für diese Nacht notiert hätte.«

Wir aßen zusammen in der Kantine.

»Ich werde gleich in die vierundachtzigste Straße hinausfahren«, erklärte ich Phil. »Wir wissen nichts über die Lage zwischen Brian und Carruzzi. Erwarte nicht, daß ›Nummer 1‹ den Italiener von der Liste streicht. Es bleibt uns gar nichts anderes übrig, wir müssen uns mit Carruzzi genauso in Verbindung setzen wie mit Ginger, obwohl ich nicht glaube, daß er gefährdet ist, solange Brian noch nicht fest im Sattel sitzt, denn Carruzzi ist die undankbarste und die am wenigsten lohnende Aufgabe.«

Während Phil zum Büro von Ginger fuhr, nahm ich mir ein Taxi und ließ mich in die vierundachtzigste Straße zu jener Kneipe fahren, in der die Begegnung zwischen ›Nummer 1‹ und Carlo Carruzzi stattgefunden hatte.

Die Halbwüchsigen erkannten mich natürlich wieder. Erst wurden sie stumm, dann steckten sie die Köpfe zusammen und begannen, mich anzupöbeln. Ihr Jazzspezialist klemmte sich hinter das Piano und hämmerte einen Ragtime, nach dessen Melodie sie einen für die Polizei nicht gerade schmeichelhaften Text brüllten, der mit dem Refrain endete: »Schnüffler, raus!«

Ich ließ sie singen, und als sie fertig waren, klatschte ich begeistert in die Hände. Es verblüffte die Jungs dermaßen, daß sie zehn Minuten lang keinen neuen Trick erfanden. Aber sie waren in der Masse, und sie konnten es nicht lassen, sich zu produzieren, und einer wollte dem anderen seinen Heldenmut beweisen. Sie führten laute böse Redensarten, und sie vergriffen sich gewaltig im Ton dabei. Ich stamme aus Connecticut. Das ist eine ehrliche und saubere Gegend, und was diese Pflanzen von sich gaben, das war mir zu dreckig. Es konnte ihnen nicht schaden, wenn sie eine Lektion erhielten, und ich vertrieb mir auf diese Weise nutzbringend die Zeit, bis Carruzzi auftauchte. Einer der lautesten Schreier saß nicht weit von mir. Ich stand auf und ging auf ihn zu.

»Du solltest deinen Mund halten«, sagte ich ruhig. »Dein Geschwätz geht mir auf die Nerven.«

Der Junge mochte vielleicht achtzehn Jahre alt sein. Er wurde blaß, als ich mich vor ihm aufbaute. Sicherlich wäre er ganz gern aufgestanden und hätte sich entschuldigt, aber seine Kumpane sahen zu, und so durfte er keine Schwäche zeigen.

»Ich rede hier, was ich will«, antwortete er patzig.

Ich knallte ihm eine bildschöne Ohrfeige. Es wurde sehr still im Saal. Einige seiner Kumpane sprangen auf. Der Geohrfeigte hielt sich instinktiv seine Wange.

»Mit 'ner Kanone unter der Achsel ist es leicht, jemanden zu schlagen, der kein Schießeisen besitzt.«

Ich brach in Gelächter aus.

»Du glaubt doch nicht im Ernst, daß ich gegen euch Kinder mit einer Kanone angehe?«

In diesem Augenblick löste sich aus der Masse der anderen

ein stämmiger Bursche in einem Rollkragenpullover, der kaum kleiner sein mochte als ich. Ich sah auf den ersten Blick, daß er der Schläger der Bande war.

»Ist das 'n Wort, G-man?« fragte er und sah mich aus engen hitzigen Augen an.

»Klar, das ist ein Wort«, bejahte ich vergnügt.

»Gut, machen wir einen Gang, wenn du kein Feigling bist. Zieh dir die Jacke aus.«

»Das ist unnötig. Fang nur an.«

Er ging in Boxstellung. Ich wich ein wenig zurück, behielt ihn im Auge, aber verließ mich nicht darauf, daß die anderen fair bleiben würden. Mancher von diesen Jungs, sicher nur die wenigsten, waren von der Straße und von Leuten wie Carruzzi bis in den Grund hinein verdorben. Es konnte gut sein, daß einer von ihnen auf die Idee kam, mir in den Rücken zu fallen.

Ihr Matador nahm mein Zurückweichen für ein Zeichen von Angst. Er griff stürmisch an. Ich blockte ab, was er mir zudachte. Der Junge war für sein Alter ungewöhnlich stark, aber er verstand wenig genug vom Handwerk. Als er sich die passende Blöße gab, schlug ich zu.

O nein, ich setzte ihm nicht die geballte Faust aufs Kinn. Ich haute ihm eine knallende Ohrfeige herunter, daß mir selbst die Handfläche zu brennen begann. Er war so verblüfft, daß er für einen Augenblick die Arme sinken ließ.

»Hallo, mach weiter!« rief ich, aber noch während dieser Worte schlug ich ihm links und rechts noch zwei Ohrfeigen. Er begriff dunkel, daß ich ihn blamieren wollte, daß ich ihm beweisen wollte, daß er trotz all seines Rowdy- und Räuberhauptmanntums nichts anderes war als ein dummer Junge, und er erkannte dumpf, daß das schlimmer für ihn war als ein ehrlicher Niederschlag.

Er stürmte mit der Wut eines Stiers an. Ich ging vor ihm weg, blockte ab, wich aus, und jedesmal, wenn er nicht aufpaßte, knallten meine Ohrfeigen auf seine beiden Wangen, die langsam anzuschwellen begannen.

Er keuchte schwer. Tränen traten in seine Augen, und er schrie: »Stell dich, G-man!«

»Tue ich das nicht?« fragte ich. Klatsch, Knall, er kassierte zwei weitere Ohrfeigen, und plötzlich wurde ihm klar, daß er hier nichts mehr zu gewinnen hatte. Er schluchzte auf wie ein Kind, barg das Gesicht zwischen den Händen, warf sich herum und rannte zur Tür.

Er prallte im Türrahmen mit Carruzzi und den zwei Erwachsenen zusammen, die zur Bande gehörten. Der Boß stieß ihn wütend zur Seite, daß der Junge von den Beinen kam und über die Erde kugelte.

»Was ist hier los?« schrie Carlo.

»Ich gab deinem Kindergarten eine kostenlose Stunde Unterricht«, antwortete ich und klopfte ein wenig an meinem Zeug herum.

»Raus hier, G-man!« brüllte Carruzzi. »Raus, wenn du keinen Ärger haben willst.«

Carlo war nun einmal einer von der Sorte, die gleich überschäumen. Ich lächelte.

»Ich gehe, wann ich will, Carlo. Das weißt du doch. Laß das Geschrei!«

Ich setzte mich an den Tisch, schob ihm mit dem Fuß einladend einen Stuhl zurecht und begann ohne Umschweife.

»Brian war schon einmal bei dir, und ich fürchte, er wird bald wieder auftauchen.«

»Wenn du nicht mit deiner Kanone dazwischengeraten wärst, läge er jetzt schon im Krankenhaus!« schrie Carruzzi und setzte sich.

Ich ging auf diesen Vorwurf nicht ein.

»Wenn du ihn das nächstemal siehst, wirst du ihn nicht ins Krankenhaus schicken«, sagte ich. »Du kennst John Patt, nicht wahr? Gut, Patts Leute hören jetzt auf Brians Kommando.«

Für einen Augenblick erschien ein Schimmer von Nachdenklichkeit auf Carruzzis Gesicht, aber er liebte das Gefühl der absoluten Herrschaft viel zu sehr, um eine Schwäche einzugestehen.

»Er soll nur kommen«, heulte er. Er wandte den Kopf dorthin, wo die Halbwüchsigen zusammengerückt waren. »Was, Jungs, wir zeigen es jedem, der sich mit uns angelegt!«

»Ja, Boß!« riefen sie im Chor.

Mir stieg die Galle ins Blut.

»Verdammt, Carruzzi«, sagte ich heftig, »laß wenigstens diese dummen Jungen aus dem Spiel. Ich verspreche dir, wenn einem von diesen halben Kindern bei deinem Zusammenstoß mit Brian — und verlaß dich darauf, dieser Zusammenstoß kommt, und er geht nicht gut für dich aus —, wenn also einem von den armen Irren, die du mit deinem Geprotze vom großartigen Gangsterleben verführt hast, ein Haar gekrümmt wird, dann nehme ich dich vor, Carlo.«

In seinen schwarzen Augen glomm es auf.

»Ich finde, wir haben jetzt genug miteinander geredet, G-man«, knurrte er.

Ich stand auf. »Nimm Vernunft an«, warnte ich noch einmal dringend. »Du und deine Horde, ihr seid ›Nummer 1‹ nicht gewachsen!«

Sie behelligten mich nicht, als ich das Hinterzimmer verließ. Ein paar von den Halbwüchsigen pfiffen mir gellend nach, das war alles.

Ich ging vielleicht zwanzig Schritte und sah mich nach einem Taxi um. Dabei erblickte ich auf der anderen Straßenseite zwei Männer, die eben aus einem Wagen stiegen. Ich erkannte, daß es Patt-Leute waren, und drückte mich in den nächsten Hausflur. Im selben Augenblick rollte ein zweiter Wagen langsam an mir vorbei. Ich erkannte zwei der Gesichter von den drei Leuten, die darin saßen. Es waren wieder Patt-Männer.

Es sah wahrhaftig so aus, als wollte ›Nummer 1‹ jetzt schon seinem ehemaligen Abteilungsleiter an den Kragen. Ich mußte Carruzzi warnen. Es blieb mir nichts anderes übrig.

Die vierundachtzigste Straße war eine der typischen Bronx-Straßen, nicht breit und nicht schmal, hohe Häuser links und rechts, ein paar Geschäfte.

Um diese Stunde waren nicht einmal wenige Leute unterwegs. Auch ein paar Fahrzeuge rollten auf dem Asphalt.

Ich verließ eilig meine Türnische und ging rasch zu der Kneipe zurück. Der Wagen, aus dem die Patt-Leute ausgestiegen waren, rollte langsam wieder an, fuhr zehn Schritte und blieb dann wieder stehen. Das andere Fahrzeug war verschwunden, aber ich erblickte es wieder, als ich den Eingang der Kneipe erreichte. Es hatte gedreht, so daß es links von dem Haus stand, in dem sich Carruzzi befand. Ich begriff den Schlachtplan.

Sie wollten ihn in die Zange nehmen, sobald er herauskam. Ob er sich nach rechts oder nach links wandte, jedesmal mußte er an einem Wagen mit Gegnern vorbei.

Raschen Schrittes durchquerte ich den Vorraum und eilte ins Hinterzimmer. Carruzzi stand finsteren Gesichts am Billardtisch. Er fuchtelte mit dem Queue und brüllte: »Was willst du schon wieder, G-man?«

»Brian und seine Leute sind schon da.«

Er wurde sehr ruhig. »Wie viele?« fragte er sachlich.

»Sechs mindestens, falls nicht Pete O'Neigh und Brian selbst dabei sind. Hör zu, Carruzzi. Du bleibst jetzt hier und rührst dich nicht vom Fleck! Ich gehe hinaus und mache den Herren klar, daß es nicht geht, unter den Augen eines G-man alte Differenzen auszutragen. Sobald sie weg sind, kannst du herauskommen.«

Ich hatte nicht leise gesprochen, und jeder der Halbwüchsigen, die mit offenen Mündern lauschten, hatte verstanden. Das war es wohl, was Carruzzi nach einer Sekunde des Zögerns in seinen alten Herrscherwahn zurückfallen ließ. Er konnte es nicht ertragen, vor den Augen seiner Anhänger einen Rückzug anzutreten.

»Zuhören, Jungs«, rief er sie über meinen Kopf hinweg an. »Das sind ein paar alte Bekannte von mir, die sich hier breitmachen wollen. Der G-man schlägt einen Rückzug vor, wie das so die Art der feigen Schnüffler ist, aber ich denke, wir wollen ihnen zeigen, wer in der vierundachtzigsten Straße zu sagen hat.«

»Machen wir, Boß!« schrie der Chor. Sie waren Jungs, unausgegorene und nicht gerade von der besten Gesellschaft, aber sie verwechselten die Begriffe und hielten einen Gangsterkrieg für so etwas Ähnliches wie eine Schulhofkeilerei.

Im Handumdrehen entstand ein Tumult. Alle drängten sie zum Ausgang.

»Zurück!« schrie ich. »Seid ihr denn von allen guten Geistern verlassen?«

Ich warf drei oder vier der Jungs zur Seite und wollte an Carruzzi heran, der schon im Vorderzimmer war. Irgendeiner der Bengel wagte es, nach mir zu schlagen. Ich schlug zurück, und er überkugelte sich. Der letzte drängte eben aus dem Hinterzimmer. Ich erwischte ihn noch am Kragen und knallte ihm eine, daß er zappelte.

Ich stürmte eben ins Vorderzimmer, als der erste Schuß fiel, auf den sofort ein Schrei antwortete. Wir haben später rekonstruiert, wie sich die Geschichte abspielte.

Carruzzi hatte bei einem schnellen, aber vorsichtigen Blick um die Türnische den linken Wagen erspäht und richtig als feindliches Fahrzeug erkannt. Er schickte einen Trupp von fünf Mann los mit der Weisung: »Hingehen, harmlos vorbeischlendern, und wenn ihr auf der richtigen Höhe seid, Türen aufreißen und drauf!« Das war die Methode, mit der sie Taxichauffeure überfielen, die den Schutzbeitrag nicht zahlen wollten. Aber in diesem Wagen saßen keine Taxichauffeure. Sobald die Burschen Hand an die Türklinke legten, knallten die Patt-Leute los. Einer der Halbwüchsigen fiel schreiend um, ein zweiter fing sich einen Streifschuß ein, und sie hatten nur das eine Glück bei der Sache, daß sie, als sie ihren Kumpan umfallen sahen, eine ganz einfache, kindliche Angst packte. Sie rannten blindlings fort, und die Patt-Leute schossen nicht hinter ihnen her, weil Carruzzi inzwischen das Feuer auf sie eröffnet hatte. Er stand in relativ guter Deckung in der Türnische und zerballerte ihnen die Windschutzscheibe und zwang sie, den Kopf wegzunehmen.

Wie gesagt, so haben wir später den Ablauf der ersten zwei Minuten rekonstruiert. Für mich sah es so aus, daß ich nur den Rücken von vielleicht fünfzehn Jungen erblickte, die sich vor der Tür ballten.

Ich warf mich zwischen sie, zerrte sie nach rechts und links auseinander, schleuderte sie wütend zur Seite, indem ich sie einfach am Kragen fortriß. Noch vier, zwei, einer, und ich stand auf der eigentlichen Bühne dieser Szene und konnte die Aktion übersehen.

Carruzzi stand mit der Nase eng an die Wand der Nische gepreßt und feuerte. Der eine seiner beiden erwachsenen Gefolgsleute kniete und schoß in die gleiche Richtung, der andere war nicht zu erblicken. Vermutlich hatte er sich auf dem Weg vom Hinterzimmer zur Tür irgendwohin verdrückt, weil ihm die Sache zu gefährlich erschien.

Die vierundachtzigste Straße, soweit ich sie überblicken konnte, war wie leergefegt. Ich riß den Revolver aus der Halfter.

»Aufhören, Carruzzi!« brüllte ich durch das Knallen, und als er nicht zu hören schien, hob ich den Arm, um ihn niederzuschlagen.

Genau in dieser Sekunde pfiff und zwitscherte es in unsere Deckung hinein. Neben mir spritzte der Mörtel aus der Mauer. Durch Carruzzis Körper ging ein Ruck. Er wurde ganz steif, und dann kippte er seitlich wie ein umgeschlagener Baum auf das Pflaster. Hinter mir schrie jemand. Carruzzis Kumpan ließ plötzlich seine Waffe fallen, warf sich auf den Bauch, drehte sich um und kroch nach hinten, wobei er mich beinahe umriß.

Es dauerte ein paar Lidschläge, bis ich begriff, was los war.

Die beiden Patt-Leute, die ich aus dem Auto hatte steigen sehen, standen drüben, genau uns gegenüber in einer Toreinfahrt und schickten uns heiße Grüße. Gegen sie bot die Türnische der Kneipe keine Deckung, und in aller Ruhe hatten sie den Hauptteil ihrer Aufgabe erfüllt. Carruzzi lag flach.

Ich bot ihnen eine prächtige Zielscheibe, aber ich war viel zu sehr auf Touren, um daran zu denken. Ich konnte sie so gut sehen wie sie mich, und es war ein wenig Glück dabei, daß ich nicht auf den ersten Hieb erwischt worden war.

Inzwischen mochten noch zwei oder drei Schüsse gefallen sein, bevor ich zum erstenmal zurückschoß, aber ich zielte besser. Ich sah einen fallen und sah, wie der zweite sich unsicher nach einer Deckung umblickte. Ich bekam auch noch den Ruck mit, der durch seinen Körper ging, als er sich eine meiner Kugeln einfing. Dann schob sich der zweite Wagen vor die Toreinfahrt. Wahrhaftig, es war viel Dusel dabei, daß ich den Lauf der Maschinenpistole aus dem linken Seitenfenster rechtzeitig sah. Ich rettete mich rückwärts durch die Kneipentür und um die Ecke, und ich tat es keinen Augenblick zu spät, denn gewissermaßen hinter meinen Absätzen begann die Tür zu zersplittern. Die Maschinenpistolenkugeln rissen lange Fetzen aus dem Holz.

Was sich in der Kneipe befunden hatte, lag auf dem Boden, manche völlig frei und ohne jede Deckung durch eine Tischplatte oder ähnliches.

»In Deckung mit euch!« rief ich. »Vielleicht kommen sie herein!«

Ich selbst sprang über die Theke und trat dabei auf den Wirt, der dahinter lag.

»Hast du die Polizei angerufen?« fragte ich.

»Nein . . . Sir«, stammelte er.

»Idiot!« knurrte ich. Das Telefon stand auf der Theke. Ich nahm den Hörer ab und wählte das Hauptquartier. Die Tür ließ ich dabei keine Sekunde aus den Augen und den Revolver nicht aus der Hand.

Die Maschinenpistole hatte aufgehört zu feuern, und noch bevor ich die letzte Zahl gedreht hatte, hörte ich draußen zwei Automotoren aufheulen. Sie fuhren ab, und ich gestehe, daß ich froh war, denn ich wußte wahrhaftig nicht, was ich hätte tun sollen, wenn sie mit ihrer MPi hereingekommen wären.

»Cotton«, sagte ich, als die Zentrale sich meldete. »Schickt ein paar Leute in die vierundachtzigste Straße. Es ist einiges los. Schickt einen Krankenwagen und einen Arzt.«

Ich warf den Hörer in die Gabel, jumpte wieder über die Theke und öffnete vorsichtig die Tür. Ich wagte mich in die Nische vor und spähte nach links und rechts. Von den beiden Wagen war nichts mehr zu sehen. Unmittelbar vor meinen Füßen lag Carruzzi und rührte sich nicht. Zwanzig Schritte weiter die Straße hinauf lag der Junge, den es gleich am Anfang erwischt hatte, und bewegte sich ebenfalls nicht mehr.

Ich drehte Carruzzi auf den Rücken. Er war tot.

Ich lief zu dem Jungen hin. Er hatte die Augen geschlossen, aber seine Brust hob und senkte sich. Ich riß sein Hemd auf und sah, daß er einen reichlich tiefsitzenden Schulterschuß abgekriegt hatte.

Eine Menge Leute erschienen jetzt auf der Straße und drängten sich um mich. Auch ein paar von den Kameraden des Angeschossenen standen mit ratlosen und verlegenen Gesichtern herum.

»Los, besorgt Verbandzeug, ihr Trottel!« fauchte ich sie an. »Jetzt seht ihr, wie so etwas endet!«

Einige rannten fort. Einer, der blieb, sagte mit leiser Stimme: »Joe hat es in der Kneipe auch erwischt.«

Endlich heulten die Sirenen heran, und unsere Leute erschienen auf dem Schauplatz. Sie kamen gleich in großer Besetzung und hatten auch einiges an Cops mitgebracht. Phil war bei ihnen. Er war gerade von seinem Inspektionsgang zurückgekehrt, als ich anrief. Der angeschossene Junge und auch der andere, der einen Oberarmschuß erhalten hatte, als die beiden Leute aus der Toreinfahrt heraus den Kneipengang unter Feuer nahmen, kamen in ärztliche Hände und wurden in den Krankenwagen gepackt. Die Cops säuberten das Schlachtfeld von Neugierigen. Ich unterrichtete Phil kurz. Wir gingen hinüber zur Toreinfahrt.

»Du hast sie beide erwischt«, sagte Phil und zeigte auf zwei Blutflecke, von denen aus Tropfspuren bis zum Bürgersteig liefen. »Sie haben sie zum Wagen getragen.«

»Jedenfalls zwei Leute, über die ›Nummer 1‹ zur Zeit nicht verfügen kann.«

Der Ordnung halber gab ich durch Funkspruch eine Beschreibung der Wagen durch, aber ich hatte nicht die gerinste Hoffnung, daß sie noch mit den Insassen geschnappt werden konnten.

Die Cops hatten dafür gesorgt, daß ihnen keiner der Jugendlichen aus Carruzzis Bande durch die Lappen gegangen war. Sie hatten sie in der Kneipe zusammengetrieben, und dort standen sie mit unruhigen Gesichtern herum.

Wir gingen hinein, und ich sah sie der Reihe nach an.

»Ich hoffe, es war euch eine verdammte Lehre«, sagte ich. »Ihr habt gesehen, wie so etwas ausgeht. Carruzzi ist tot, und bei dem einen von euren Kameraden steht es noch nicht fest, ob er durchkommt. Ich bin 'ne ganze Menge Jahre im Beruf, und ich habe einige Leute so enden sehen wie Carruzzi, Leute, die schlauer und vorsichtiger waren als er, und ich habe auch eine Menge Leute auf dem Pflaster liegen sehen, die sich wie ihr zu Handlangerdiensten mißbrauchen ließen. Früher oder später endet jeder, der diesen Weg geht, auf eine der drei Weisen: mit einer Nummer auf dem Anzug hinter Gittern oder als Krüppel mit zerschossenen oder zerschlagenen Knochen. Wenn euch das erstrebenswert erscheint, dann macht weiter so und sucht euch einen neuen Führer, nachdem es Carlo Carruzzi erwischt hat.«

Ich ließ sie stehen.

»So«, sagte ich, »und jetzt wollten wir sehen, was ›Nummer 1‹ dazu sagt.«

Phil faßte leicht meinen Arm.

»Vielleicht gestattest du deinem alten Freund, dich darauf aufmerksam zu machen, daß du auch eins abgekriegt hast.«

Er bog meinen Kopf zur Seite, daß ich meine linke Schulter sah. Tatsächlich, mein Anzug zeigte einen langen Riß über dem Schlüsselbein. Ich hatte nichts gemerkt in der Erregung. Jetzt erst fühlte ich das Brennen.

Phil half mir aus Anzug und Hemd, und wir riefen den Arzt. Es war nichts von Bedeutung, nur eine Schramme eines Streifschusses. Der Arzt wusch die Wunde aus, verpflasterte sie, und ich zog mich wieder an. Zwanzig Minuten später erreichten wir die Villa in der Pine Street, hielten und stiegen aus. Phil läutete. Nichts rührte sich.

»Das war ja zu erwarten«, sagte ich.

»Wollen wir eindringen?« fragte er.

Ich sah einen großen schwarzen Fairlane die Straße herunterkommen.

»Nicht nötig. Ich glaube, das ist er. Aber paß auf, falls es ihm einfällt, anders als mit Worten mit uns zu sprechen.«

Wir nahmen die Waffen in die Hand. Der Fairlane rollte an den Bürgersteig. ›Nummer 1‹ und Pete O'Neigh stiegen aus. Vielleicht täuschte ich mich, aber ich fand, Harry Brian war bleich, und in seinem Gesicht stand ein Zug, den ich bisher noch nicht darin gesehen hatte, etwas wie Schrecken und Ratlosigkeit.

Immerhin brachte er es noch fertig, mit gespieltem Erstaunen auf die Kanonen in unseren Händen zu blicken und ironisch zu fragen: »Wozu dieser Aufwand? Selbst wenn ich verhaftet werden soll, genügt ein höfliches Wort!«

Ich schob den Revolver in die Halfter zurück.

»Schon von der Schießerei in der vierundachtzigsten Straße gehört, Brian?« fragte ich.

»Nein«, antwortete er mit hochgezogenen Augenbrauen. »Was war los?«

»Carruzzi ist tot. Soweit haben Ihre Leute ihre Aufgabe wenigstens erfüllt, wenn es sich auch nicht so abgespielt hat, wie Sie es sich sicherlich vorgestellt haben.«

Ich schob ihn zur Seite, öffnete den Schlag des Wagens und untersuchte Fond, Polster und Boden genau, aber es waren keine Blutspuren zu finden. Sie mußten ein anderes, wahrscheinlich gestohlenes Fahrzeug zum Wechseln benutzt haben. Brian mochte mit seinem Auto irgendwo in der Nähe gehalten haben, um die Anordnungen zu geben.

»Was gefunden, G-man?« fragte er höhnisch, als ich aus dem Wagen wieder auftauchte.

»Nein, denn Sie sind ein kluger Junge, Brian, aber sehr viel ist mit Ihnen auch nicht mehr los. Wo sind die Patt-Leute?«

Er zuckte mit den Schultern. »Kann ich Ihnen leider nicht sagen, G-man. Ich habe nichts mit ihnen zu tun.«

»Aber vorgestern waren Sie doch gut Freund mit ihnen.«

Er schob sich eine Zigarette in den Mund. »Sie sind selbst daran schuld, daß wir nicht mehr gut Freund miteinander sind«, sagte er, während er das Streichholz ausblies. »Unsere Freundschaft war auf Geld gegründet. Sie, G-man, nahmen es mir ab. Ich konnte die Patt-Leute nicht bezahlen. Noch gestern nacht gaben sie ihre Arbeit für mich auf und hauten ab.«

Er log nicht einmal ungeschickt.

»Unnötig, zu sagen, daß ich Ihnen kein Wort glaube, Brian.«

»Beweisen Sie das Gegenteil«, höhnte er.

Ich ging ganz dicht an ihn heran.

»Das werde ich, Brian, und Sie werden sich dann verdammt wundern. Ich, ein G-man, habe mit eigenen Augen gesehen, daß Patt-Leute eine Straßenschlacht entfesselten, daß sie zwei Leute verwundeten und einen dritten Mann töteten. Ich werde vor dem Gericht als Zeuge auftreten, als ein Zeuge, der nicht einzuschüchtern ist. In einer Stunde habe ich sechs Haftbefehle gegen die Patt-Leute in Händen, Befehle, die nicht nur auf eine vierundzwanzigstündige Polizeihaft lauten. Morgen früh stehen die sechs in den Fahndungsblättern. Jeder Cop kann sie verhaften, wenn sie sich blicken lassen. Ich hoffe, Sie verstehen, was das für Sie bedeutet, Brian. Sie sind Ihre Totschlägergarde los. Sie stehen genau wieder da, wo sie am Tag Ihrer Entlassung aus dem Gefängnis standen, nur um runde fünfzigtausend Dollar ärmer, die Sie als Kaution für die Patts bezahlen mußten, für Leute, die jetzt für Sie nicht einmal mehr das Schwarze unter dem Fingernagel wert sind, denn wir verhaften sie, wenn nur eine Nasenspitze von ihnen auf der Straße sichtbar wird. Wahrhaftig, ich wünsche Ihnen eine angenehme Nachtruhe bei diesem Gedanken.«

Bei Licht besehen, war Harry Brians Situation miserabel. Er besaß weniger Geld als zuvor. Zwar war es ihm gelungen, sich an Carruzzi zu rächen, und das mochte seine rachsüchtige Seele befriedigen. Sachlich gesehen jedoch, hatte ihn die Schlacht in der vierundachtzigsten Straße in ein Dilemma gestürzt.

Statt einer sechsköpfigen Bande von skrupellosen Männern, mit denen er jeden Konkurrenten einschüchtern konnte, hatte er zwei verwundete und vier steckbrieflich gesuchte Ganoven auf dem Hals, von denen darüber hinaus jeder einzelne ihn durch seine Zeugenaussage auf den elektrischen Stuhl bringen konnte, wenn die Polizei ihn faßte. Gewiß, er konnte ihnen die paar tausend Dollar in den Rachen werfen, die er Matterson und Reive abgenommen hatte, aber er mußte sie in New York versteckt halten. Tage, Wochen, vielleicht Monate, und das würde den Burschen verdammt an die Nerven gehen. Es war nicht anzunehmen, daß sie einem Boß gegenüber, der sie in eine solche Situation manövriert hatte, besonders sanftmütig sein würden. Schnappten wir sie oder nur einen von ihnen, so mußte Harry Brian damit rechnen, daß er sich aus dem großen Boß ›Nummer 1‹ durch die Zeugenaussage des Mannes in einen ganz gewöhnlichen gehetzten Mörder verwandeln würde. Das einzige Plus seines Kontos war die gelungene Einschüchterung Mattersons und Reives, denn an Ginger konnte er vorläufig nicht heran. Wir mußten versuchen, das Buchmachergeschäft zu stören, so daß er hier mit ernsthaften Gewinnen nicht rechnen konnte.

Wir trafen uns am Abend in Mr. Highs Wohnung, und wir kochten eine feine Sache für den Fall aus, daß es uns nicht gelingen würde, die Patt-Leute in Kürze zu fassen.

Gegen die legale Buchmacherei konnten wir gesetzlich nicht vorgehen, aber von den legalen Buchmachern waren nur wenige Matterson und Reive tributpflichtig gewesen, besonders seitdem beide sich entzweit und gegenseitig bekämpft hatten. Anders stand es mit den kleinen illegalen Wettannehmern, die ihre Zehndollargeschäfte in Kneipen, Kantinen, Umkleideräumen und Betrieben machten. Die ganze Stimmung im Kreis dieser Leute kam unseren Absichten entgegen. Mit sicherer Witterung hatten auch sie spitzgekriegt, daß die großen Bosse Matterson und Reive ein gut Teil ihrer Kräfte im gegenseitigen Konkurrenzkampf vergeudeten. Die Tributzahlungen waren nur unwillig und zögernd erfolgt. Jetzt, bevor Brian Zeit finden konnte, den Buchmachern zu beweisen, daß ein anderer Wind im Geschäft wehte, mischten wir uns hinein.

Sehr viele FBI-Beamte und Polizisten der Stadtpolizei in Zivil richteten ihr Augenmerk auf die Wetter. Zunächst einmal verhafteten wir einen ganzen Haufen von ihnen. In Schnellverfahren wurden sie zu vierzehn Tagen bis vier Wochen Gefängnis verurteilt und fielen damit als zahlungskräftige Kunden für ›Nummer 1‹ vorübergehend aus. Aber das war nur die einfachste und primitivste Maßnahme, um Harry Brian das Geschäft zu beschneiden und ihn am Besitz von Dollars zu hindern, die er wiederum in die Anwerbung einer Leibgarde investieren konnte. Die Kanäle zwischen der Polizei und der Unterwelt sind vielschichtig und zahlreich. Das ist genauso wie bei zwei Boxern, die demnächst gegeneinander kämpfen sollen, wo der eine immer weiß, was im Trainingscamp des anderen vorgeht.

Unsere Leute und unsere Vertrauensmänner erschienen in den kleinen Vorortkneipen der Bronx, in Harlem und Brooklyn, in Kneipen, in denen die wettlustigen Arbeiter nach der Schicht ihren Drink zu nehmen pflegen und in denen sich naturgemäß auch die Buchmacher herumtrieben. Sie palaverten mit den Leuten, und sie ließen ein paar abfällige Bemerkungen über die Bosse fallen. Sie erzählten, daß man munkelte, sie steckten selbst in Schwierigkeiten, und der FBI würde die Burschen bald hochnehmen. Sie erwähnten beiläufig, daß, wenn sie Buchmacher wären, sie keine zehn Prozent mehr zahlten, denn sie wären ganz sicher, daß weder Matterson noch Reive die Macht mehr hätten, ihren erpreßten Anteil am Geschäft einzutreiben. Von der Unterwerfung dieser beiden unter Harry Brian war noch nichts bekannt.

Solche Nachrichten verbreiten sich wie ein Lauffeuer. Kein Wunder, denn niemand gibt zehn Prozent von einem ohnedies mühsamen Geschäft gern ab. Binnen einer Woche war es so weit, daß kaum noch ein Buchmacher daran dachte, am Wochenende die fällige Überweisung auf die Konten der beiden Bosse vorzunehmen, eine Sünde, die in früheren Zeiten zum mindesten mit einer anständigen Tracht Prügel durch zwei stämmige Burschen geahndet worden wäre.

Wir konnten uns Brians wütendes Gesicht vorstellen, als er am Montag morgen von Matterson und Reibe die Bankauszüge der Konten vorgelegt bekam und die kläglichen Wochenendeinnahmen sah. Matterson und Reive hatten jeder noch zwei Mann, die den Posten der Leibwache bei ihnen wahrnahmen. Das war alles, was ihnen von rund einem Dutzend Leute geblieben war, und es handelte sich dabei, nach den Maßstäben der Unterwelt gemessen, nicht gerade um erstklassige Leute. Ihnen eine Kanone in die Hand zu drücken, war vollkommen sinnlos. Wahrscheinlich hätten sie sie wie ein heißes Eisen fallen lassen. Zur Not brachten sie es fertig, jemanden zu verhauen, aber damit waren ihre Fähigkeiten schon restlos erschöpft.

Brian zögerte nicht, die Männer paarweise loszuschicken. Er gab ihnen Listen der Buchmacher mit, die nicht gezahlt hatten, und diese Listen waren außerordentlich lang.

Die Männer machten sich auf den Weg. Sie schufteten vom frühen Morgen bis zum späten Abend, und sie erwischten auch ein paar der Wettannehmer. Mattersons Gruppe quetschte ein paar Dollar aus den Leuten, die Angst hatten. Sie verprügelten einige andere, die daraufhin schworen, den Beitrag morgen abzuschicken, aber am Abend gerieten sie in eine Kneipe, in der zufällig einige Wettannehmer bei einer Runde Poker saßen. Unglücklicherweise war einer davon ziemlich stämmig. Ein Wort gab das andere, und zum Schluß fielen die Buchmacher über die Boß-Gehilfen her. An die zehn Leute, die bei den Buchmachern jedes Wochenende ihre Wetten zu plazieren pflegten, mischten sich ein, und es endete damit, daß die Matterson-Männer auf die Straße flogen, nachdem man ihnen die Taschen restlos geleert hatte. Den Reive-Leuten erging es noch schlechter. Auf ihrer Liste stand unter anderem auch ein legaler Wettannehmer, der kurzerhand die Polizei anrief, als sie mit ihren Forderungen antanzten. Aber ihr Pech war noch nicht zu Ende. Sie suchten einen Buchmacher in einem Lokal, in dem sich zu ihrem Unglück gerade zwei Leute von uns aufhielten. Als sie den Buchmacher in die Toilette drängten, schlichen unsere Leute vorsichtig hinterher, warteten, bis der erste Schlag gefallen war, und verhafteten sie dann wegen räuberischer Erpressung, Körperverletzung und einiger anderer Schandtaten. Am Abend dann konnte Brian feststellen, daß von diesem Versuch, das Buchmachergeschäft auf Vordermann zu bringen, nichts übriggeblieben war als zwei ausgeplünderte Ganoven in zerfetzten Anzügen.

Wie gesagt, diese Unterhöhlung des Buchmachergeschäfts nahm uns ungefähr eine Woche in Anspruch, und es wurde ein voller Erfolg. Leider war die Suche nach den Patt-Leuten nicht so erfolgreich. Wir fanden keine Nasenspitze von ihnen. Außerdem stellten wir fest, daß Pete O'Neigh vom Erdboden verschwunden war. Wir vermuteten, daß er für ›Nummer 1‹ den Verbindungsmann zu den gesuchten Gangstern spielte, da Brian damit rechnete, daß wir ihn beobachteten, um dem Versteck seiner Leute auf die Spur zu kommen. Ich begann mich zu fragen, ob es ihm gelungen sein mochte, die Patt-Leute aus New York hinauszubringen, aber selbst wenn das der Fall gewesen sein sollte, so fanden wir sie früher oder später an jedem Ort in den Staaten. Einzig die Herausschmuggelung der Männer aus den USA, vielleicht nach Südamerika, hätte ihn von der Gefahr befreien können, die ihm drohte, wenn wir nur einen von ihnen faßten. Nach unserer Rechnung jedoch besaß Brian nicht genügend Geld, um die Patts mit einer Summe, die ihnen den Mund verschloß, ins Ausland abzuschieben, abgesehen von den sonstigen Schwierigkeiten.

»Eher wird er etwas anderes tun«, sagte Phil, als wir darüber sprachen. »Sobald er dazu Gelegenheit findet, knallt er sie ab.«

Ich pfiff durch die Zähne. »Sechs Männer von der Sorte der Patt-Leute zu erledigen, das ist selbst für ›Nummer 1‹ ein schweres Geschäft. Ich glaube, daß Brian außerdem keine besonders gute Nummer mehr bei ihnen hat, und sie werden verdammt vorsichtig sein, wenn er in ihre Nähe kommt.«

»Vergiß nicht«, erwiderte Phil, »er heißt nicht umsonst ›Nummer 1‹. Er ist kalt, skrupellos, schlau und brutal. Und er hat die Nerven, auf seine Chance zu warten. Das Ganze ist eine Frage, wer zuerst am Drücker ist. Wir, indem wir wenigstens einen der Patt-Männer verhaften, oder Brian mit seiner Gelegenheit, sie für immer stumm zu machen.«

Am Morgen des zwölften Tages nach der Schlacht in der vierundachtigsten Straße erhielten wir einen Anruf eines Polizeireviers aus der Gegend des La-Guardia-Flugplatzes.

Einem Mann, der seinen Hund dort auf einem Stück Brachland spazierenführte, war aufgefallen, daß der Hund sich so merkwürdig an einer Stelle benahm, die etwas eingesunken war. Er schnüffelte, jaulte und versuchte mit den Pfoten, die Erde aufzuwühlen. Der Mann lief nach Hause, holte einen Spaten und begann zu graben. Er bekam einen gewaltigen Schreck, als er nach nur wenigen Spatenstichen die Füße eines Mannes freilegte. Er rannte zum nächsten Telefon und rief das Revier an. Die Beamten sausten in der üblichen Besetzung herbei und buddelten einen Toten aus, der einen ziemlich genauen Herzschuß und eine Kugel in der Schulter hatte. Dem Reviervorsteher kam das Gesicht des Toten bekannt vor. Er blätterte in den Fahndungsbogen und rief uns an.

Phil und ich fuhren sofort im Jaguar hin. Ein Blick genügte, um jeden Zweifel zu beseitigen. Er war einer von den Patt-Leuten, ein recht junges Bürschchen, das zu seinen Lebzeiten auf den Namen Stinner gehört hatte. Er wurde in die Anatomie transportiert. Vier Stunden später hielten wir das Ergebnis der Obduktion in den Händen.

Die Kugel in der Schulter stammte aus meinem Revolver, aber die Kugel in der Herzgegend, die ihn getötet hatte, war von einem anderen Kaliber. Nach dem Zustand der Leiche urteilten die Ärzte, daß Stinner seit ungefähr zehn Tagen tot sein mußte. Phil und ich wußten beide, was wir dachten, aber Phil sprach es aus.

»Jetzt haben wir nur noch fünf potentielle Zeugen gegen ›Nummer 1‹! Ich kann mir vorstellen, wie er es gemacht hat. Wahrscheinlich noch in derselben Nacht hat er Stinner abgeholt unter dem Vorwand, ihn zu einem Arzt zu schaffen. Statt dessen erschoß er ihn, vergrub ihn in dem Brachland, alles vermutlich unter Mithilfe von Pete O'Neigh, der ihm ja ohnedies blindlings ergeben ist. Wir müssen sehr aufpassen, daß er es mit den restlichen fünf nicht genauso macht.«

Dieser Tag erschien überhaupt einer von jenen Tagen zu sein, an dem die Nackenschläge sich häuften. Wir hatten bis zu einer späten Stunde mit Mr. High beraten, welche Maßnahmen wir noch treffen konnten, um die Fahndung zu intensivieren. Viel war dabei nicht herausgekommen, aber der Chef legte uns Berichte der Kollegen vor, die wechselseitig mit der Überwachung Upton Gingers beauftragt worden waren.

Ich hatte mich selbst um Ginger nicht mehr gekümmert, solange wir in der Buchmachergeschichte steckten. Seine Bewachung war in der vereinbarten Form durchgeführt worden. Tagsüber saß ein FBI-Beamter in seinem Büro, nachts schlief einer in seinem Wohnzimmer, während ein zweiter in einem Wagen vor dem Haus saß. Sie sehen, wir hatten Manschetten vor ›Nummer 1‹ und taten alles, um Upton Ginger am Leben zu halten.

Nach den Berichten der Kollegen, die bei Ginger den Tagdienst versahen, bekam die Überwachung Upton nicht gut. Sein Laden schien einzuschlafen. Unsere Leute machten die Beobachtung, daß Briefe harmlosen Inhalts nicht beantwortet wurden, und sie vermuteten wahrscheinlich mit Recht, daß die Texte, wenn man sie entschlüsselte, durchaus nicht mehr harmlos blieben. Ginger wagte es nicht, unter den Augen der Polizei solche Manipulationen vorzunehmen. Seine Stenotypistinnen saßen herum und polierten ihre Nägel. Nach acht Tagen erlitt er einen Wutanfall und warf sie samt und sonders hinaus. Natürlich wurde ihm auch aus Diebstählen, Überfällen, Einbrüchen innerhalb der USA keine Ware mehr angeboten. Ganoven merken sehr schnell, wenn irgendwo etwas faul ist, und mit nichts ist ein Verbrecher so vorsichtig wie in der Auswahl seines Hehlers, denn er hat keine Lust, nachdem der Diebstahl, Einbruch, Überfall geklappt hat, nun geschnappt zu werden, weil der Hehler ungeschickt war.

Der letzte Bericht, den Mr. High uns vorlegte, stammte von vorgestern. In der knappen FBI-Sprache hieß es dort:

Dienstantritt acht Uhr dreißig. Mit Gingers Wagen von der Wohnung zum Büro. Obwohl sich keine Angestellten mehr im Büro befinden, hält Ginger an der Gewohnheit fest, um neun Uhr dort zu sein. Die noch eingegangene Post wurde von ihm nicht geöffnet. Zwei Telefonanrufe

*nahm er nicht an. — Er las die Morgenzeitung, knüllte sie
aber nach wenigen Minuten zusammen. Daraufhin wanderte er über zwei Stunden ruhelos im Zimmer auf und ab,
wobei er Unverständliches murmelte.*

*Plötzlich fing er ein Gespräch mit mir an, worin er
fragte, ob wir Harry Brian noch nicht gefaßt hätten. Ich
gab keine Antwort. Er bekam einen Wutanfall,
beschimpfte Brian und drohte immer wieder, er würde ihn
umbringen. Nur noch vierzehn Tage, und er wäre restlos
ruiniert, die Arbeit von vier Jahren zum Teufel. Mitten
während des Tobens verlangte er von mir, ich solle die
Überwachung abbrechen. Ich verwies ihn an das Hauptquartier, und er ließ dieses Thema fallen. — Die nächsten
drei Stunden hockte er in einem Sessel und brütete dumpf
vor sich hin.*

In diesem Stil ging der Bericht weiter. Gingers Tagesablauf
bestand in einem ständigen Wechsel von Wutanfällen und
Apathie.

»Es scheint, als brächten ihn die Bedrohung durch ›Nummer 1‹, die Überwachung durch uns als Folge der Bedrohung
und der Ruin seines Hehlergeschäfts als Folge der Überwachung langsam um den Verstand«, sagte Mr. High, als wir
die Berichte zu Ende gelesen hatten.

»Wünschen Sie, daß etwas geändert wird?« fragte ich.

Der Chef überlegte eine Minute lang.

»Es besteht dazu kein Grund«, entschied er. »Ginger
aus den Augen zu lassen, dürfen wir gerade jetzt nicht riskieren. Bei der Klemme, in der er sitzt, stürzt sich ›Nummer 1‹ sofort auf ihn, sobald er nur eine Chance wit-
tert.«

Um zwölf war ich in meiner Wohnung, eine halbe Stunde
später lag ich im Bett und war eingeschlafen. Das schrille
Läuten des Telefons auf dem Nachttisch weckte mich ein
Viertel nach drei.

»Cotton«, meldete ich mich.

»Hier ist Whooler«, meldete sich eine aufgeregte Stimme. »Jerry, ich bin niedergeschlagen worden.«

Ich war noch schlaftrunken, und eine Sekunde lang wußte ich nicht, wer Whooler war. Dann fiel es mir ein, und ich war mit einem Schlag hellwach.

Whooler war einer der Burschen, die zur Überwachung Gingers eingesetzt worden waren.

»Wer hat dich niedergeschlagen?« schrie ich.

»Ich glaube, es war Ginger selbst«, antwortete er. »Verdammt, ich bin gerade erst vor ein paar Minuten zu mir gekommen. Mein Schädel dröhnt. Ich lag schon auf der Couch in seinem Wohnzimmer, als er noch einmal aus dem Schlafraum hereinkam. ›Wünschen Sie noch etwas?‹ fragte ich. Er schlug mir irgend etwas mit Macht auf den Schädel. Verdammt, Jerry, ich habe doch nicht damit gerechnet, daß er mich niederschlägt. Wir sollten doch dafür sorgen, daß er nicht von anderen erledigt wird.«

»Und unser Mann im Wagen vor dem Haus?«

»Das ist Brenst. Ich habe ihn heraufgerufen. Er hat nicht gesehen, daß jemand das Haus verlassen hat.«

Ich war schon aus dem Bett und griff mit einer Hand nach meiner Hose.

»Gib Alarm?« schrie ich. »Er soll von allen Streifenwagen gesucht werden. Wie lange ist es her?«

»'ne Viertelstunde mindestens. So lange habe ich bewußtlos gelegen.«

Fluchend hieb ich den Hörer in die Gabel und stürzte mich in meine Klamotten, nahm mir keine Zeit, die Halfter anzulegen, sondern stopfte den Revolver in die Tasche und brauste zur Tür. Ich hielt die Klinke schon in der Hand, als das Telefon noch einmal läutete. Einen Sekundenbruchteil überlegte ich, ob ich überhaupt noch einmal zurücklaufen sollte, aber es konnten neue Nachrichten über Gingers Verschwinden sein.

Ich rannte ins Schlafzimmer zurück, riß den Hörer von der Gabel und fragte: »Ja?«

»Spreche ich mit Mr. Cotton?« erkundigte sich eine kühle, ausdruckslose Stimme.

»Natürlich! Was ist los? Wer spricht da?«

Ich fiel fast um, als ich die Antwort hörte: »Hier ist Brian. Harry Brian.«

»Brian?«

»Oh, entschuldigen Sie die Störung zur nachtschlafenen Zeit. Natürlich hätte ich die Polizei benachrichtigen sollen, aber ich dachte, es würde Sie besonders berühren, und schließlich sind Sie ja auch so etwas wie Polizei.« Seine Stimme war so völlig ohne jedes Gefühl, als spräche er vom Wetter.

Mir lief es kalt über den Rücken.

»Wovon wollen Sie die Polizei benachrichtigen?« fragte ich langsam.

»Es ist scheußlich, Mr. Cotton«, antwortete ›Nummer 1‹, »und ich bin noch ganz erledigt, aber es sieht so aus, als hätte ich Upton Ginger getötet.«

Ich nahm den Hörer vom Ohr und sah ihn an, als trüge er die Schuld an der Nachricht, die ich eben erhielt.

»Nett, daß Sie mir das mitteilen!« schrie ich dann in die Muschel. »Nun sind Sie ja am Ziel. Aber ich garantiere Ihnen, ich fasse Sie, und dann werden wir auch diesen Mord bei der Aufrechnung Ihres Kontos berücksichtigen.«

Er lachte ein wenig.

»Ich weiß, G-man«, sagte er ruhig, »daß Sie mir alle möglichen Absichten und Schandtaten andichten wollen. In Ihrer Phantasie scheine ich so etwas wie ein blutgieriger Tiger zu sein.«

»Verdammt, das sind Sie!« schrie ich dazwischen, aber er fuhr ungerührt fort.

»Es steht nicht in meiner Macht, Ihre Meinung über mich zu bessern, aber was Upton Ginger angeht, so war es reine Notwehr. Er brach in meine Wohnung ein, er fuchtelte mit einer Pistole herum, und er schrie eine Menge böser Sachen. Sie können es mir nicht übelnehmen, daß ich ihn niederschlug. Kommen Sie her, und überzeugen Sie sich selbst!«

Ich sah den Telefonhörer ein zweites Mal vorwurfsvoll an, aber es blieb alles so, wie ich es verstanden hatte. In der Leitung knackte es. Harry Brian hatte aufgelegt.

Ich rief das Hauptquartier an, informierte es über den neuesten Stand der Dinge und ließ die Suchaktion der Streifenwagen abblasen. Sie war überflüssig. Wir wußten, wo Upton Ginger sich befand.

Dann holte ich den Jaguar aus der Garage und fuhr zur Pine Street. Ich war der erste am Tatort. Brians Villa war hell erleuchtet, und er öffnete sofort, als ich klingelte.

Er trug einen Schlafrock, und seine Füße steckten in Pantoffeln. »'n Abend, G-man«, sagte er ruhig.

»Wo ist er?« fragte ich.

»Im Arbeitszimmer.«

Er führte mich in den Raum, in dem unsere erste Begegnung nach seiner Entlassung stattgefunden hatte. Auch hier brannte Licht, und auf dem Schreibtisch lag, das Gesicht zur Erde, Upton Ginger. Seine rechte Hand umklammerte noch eine Pistole, aber er war tot. Sein Schädel war an zwei Stellen eingedrückt, und das Instrument, mit dem er zu Boden geschlagen und getötet worden war, lag daneben, ein schweres, marmornes Tintenfaß.

Ohne daß ich ihn aufforderte, berichtete ›Nummer 1‹. »Ich öffnete, als er läutete. Ich dachte, es wäre Pete, der irgend etwas vergessen hätte. Er brach sofort in meine Wohnung ein, hielt das Schießeisen in der Hand und bedrohte mich mit wilden Reden. Ich wäre erledigt gewesen, wenn er sofort geschossen hätte, aber er redete und redete, beschimpfte mich und sagte immer wieder, daß nun mein letztes Stündlein geschlagen habe. Unter uns gesagt, G-man, ich glaube, es war ihm eine solche Genugtuung, mich endlich vor dem Lauf seiner Pistole zu sehen, daß er diese Augenblicke voll und ganz auskosten wollte. War er eigentlich nicht mehr ganz richtig im Kopf?«

Er wartete meine Antwort auf diese Frage nicht ab, sonders sprach weiter.

»Ich wich langsam vor ihm zurück, und er kam hinterher. Sie müssen wissen, nur in der Halle brannte Licht. Ich erreichte die Tür zum Arbeitsraum, tastete nach der Klinke und rettete mich mit einem schnellen Sprung ins Dunkle. Er feuerte, als ich zurücksprang. Sie können zwei Einschläge am Türrahmen sehen. Ich wurde nicht getroffen, und er sprang mir sofort nach. Ich ergriff den ersten besten Gegenstand, der mir unter die Finger geriet, sprang zur Seite, als er ins Zimmer stürmte. Er schoß noch zweimal, als er in den Arbeitsraum eindrang. Einer der Schüsse steckt dort drüben im Mauerwerk, der andere zertrümmerte die Scheibe des Fensters. Ich sprang ihn von der Seite her an und schlug zwei- oder dreimal zu. Er sackte zusammen, und als ich mich über ihn beugte, rührte er sich nicht mehr. Daraufhin knipste ich das Licht an und rief Sie an. Das ist alles, G-man.«

Eine außerordentlich feine Geschichte, die ›Nummer 1‹ mir da erzählte, und das Schlimmste an ihr war, daß sie mit achtundneunzigprozentiger Wahrscheinlichkeit den Tatsachen entsprach. Draußen heulten Sirenen heran. Unsere Leute waren da.

»Ich muß Sie vorläufig in Haft nehmen, Brian«, sagte ich.

Er neigte zustimmend den Kopf. »Das verstehe ich. Gestatten Sie, daß ich mich umziehe.« Und während er sich umdrehte, fing ich ein ganz kleines höhnisches und triumphierendes Lächeln auf.

An Schlaf war selbstverständlich in dieser Nacht nicht mehr zu denken. Unsere Ärzte, Chemiker und Physiker machten sich in ihren Laboratorien an die Arbeit. Um elf Uhr morgens hatten wir die Ergebnisse der Untersuchungen vorliegen. Wir, das waren Mr. High, Phil und ich, die im Chefbüro zusammensaßen.

Es bestand kein Zweifel daran, saß ›Nummer 1‹ in einem echten Fall von Notwehr gehandelt hatte, obwohl wir ganz sicher waren, daß es ein vorbedachter Fall von Notwehr war. Nach unserer Überzeugung hatte Brian gesehen, wer an seiner Tür läutete, bevor er öffnete, und obwohl er Ginger mit der Pistole in der Hand erkannte, hatte er geöffnet. Er war nur zu bereit, die günstige Situation auszunutzen. Er ließ sich gern von Ginger angreifen, mit Wonne ging er das Risiko ein, um dafür seinerseits eine makellose Gelegenheit einzuhandeln, Upton Ginger auf gewissermaßen legale Art aus dem Weg zu räumen.

Die Überlegungen freilich konnten wir ›Nummer 1‹ nicht beweisen, und daß die tatsächlichen Vorgänge sich so abgespielt hatten, wie er sie schilderte, daran gab es keinen Zweifel. Die Kugeln im Türrahmen und in der Mauer waren untersucht worden. Sie stammten aus Gingers Pistole, aus der genau die vier Schuß fehlten, von denen Brian sprach. Die Waffe in Gingers Hand war von niemand anders berührt worden, auch nicht mit einem Tuch, das einen Teil der vorhandenen Fingerabdrücke hätte verwischen können. Wenn man dazu noch bedachte, in welcher Weise sich Ginger, wahrscheinlich in einer Kurzschlußhandlung, unserer Überwachung entzogen hatte, dann bestand auch nicht mehr der Rest eines Zweifels, daß er losgezogen war, um sich ein für allemal von Harry Brian zu befreien. Für Brian selbst bedeutete das einen glatten Freispruch, wenn wir trotzdem versuchen wollten, einen Mordanklage zu konstruieren.

Wir versuchten es nicht.

»Es hat keinen Zweck«, sagte Mr. High am Ende unserer Besprechung. »Die Staatsanwaltschaft nimmt unsere Unterlagen wegen der Aussichtslosigkeit der Klage nicht einmal an. Wir müssen ihn laufenlassen.«

Er schaltete die Sprechanlage ein.

»Bringen Sie Harry Brian herauf.«

Wir warteten schweigend die fünf Minuten, bis ›Nummer 1‹, begleitet von einem Beamten, ins Zimmer geführt wurde.

Mr. High winkte dem Aufseher, sich zu entfernen. Er bot Brian einen Stuhl an.

Er sah ihn nur an und sagte: »Sie sind frei. Harry Brian. Aufgrund der Tatortuntersuchung halten wir es für erwiesen, daß Ihre Angaben stimmen und daß Sie Upton Ginger in Notwehr getötet haben. Sie können gehen, aber...«, er stand auf, »ich möchte Ihnen vorher noch etwas sagen, Brian. Der FBI hält Sie für einen der größten Verbrecher, der je auf dem Boden der Vereinigten Staaten herumgelaufen ist. Noch genauer gesagt, der FBI weiß, daß Sie ein Verbrecher sind, an dessen Händen das Blut von mehr als einem Menschen klebt, die Tränen und das Leid der Tausende nicht gerechnet, die Sie durch Ihre Machenschaften ins Unglück gestürzt haben, sei es durch Rauschgift, durch Brennen minderwertigen Alkohols, durch Glücksspiel und was Sie sich sonst noch ausdachten, um ein reicher Mann zu werden. Und jetzt verspreche ich Ihnen, Harry Brian: Der FBI wird nicht nachlassen, bis Sie sich dort befinden, wo sie hingehören, vor dem Richter — und dann auf dem Stuhl. Gehen Sie jetzt, Brian.«

Ich sah, wie ›Nummer 1‹ den Mund zu einer Antwort öffnete, ich ich sagte rasch und leise, wobei ich angelegentlich meine Fingernägel beschaute: »Wenn Sie glauben, jetzt ein paar zynische Sätze zur Antwort geben zu müssen, Brian, dann gebe ich Ihnen eins auf den Mund.«

Er wandte mir den Kopf zu, starrte mich zwei Sekunden lang an, klappte dann den Mund zu, drehte sich auf dem Absatz um und ging.

»Und nun?« fragte Mr. High.

»Die Patt-Leute«, antwortete ich. »Unter allen Umständen die Patt-Leute.«

Das war leichter gesagt als getan. Ich war nach wie vor der Überzeugung, daß die Patts irgendwo in New York steckten, obwohl wir natürlich die Fahndung längst auf alle Staaten ausgedehnt und selbst die Internationale Polizei eingeschaltet hatten. Wir taten zwei Dinge: Wir mobilisierten die Vertrauensmänner der Staatspolizei, und wir klemmten Beobachter an die Fußsohlen von Harry Brian. Sie hielten ihn scharf im Auge, aber es war nicht viel, was dabei herauskam. Weder traf er mit Pete O'Neigh zusammen noch gar mit den Leuten seiner ehemaligen Totschlägergarde selbst. Er telefonierte viel, aber immer von öffentlichen Fernsprechstellen aus, so daß wir die Gespräche nicht abhören konnten. Er traf auch an verschiedenen Orten mit Leuten zusammen, die wir zwar nicht näher kannten, von denen aber vermutet wurde, daß sie irgendwie in den Hehlerring von Upton Ginger eingebaut gewesen waren. ›Nummer 1‹ sorgte dafür, daß diese Organisation nicht durch Gingers Tod ganz auseinanderfiel. Er bemühte sich, das Gerüst zu erhalten, um den Ring aufbauen zu können, sobald er sich wieder freier bewegen konnte. Er machte sogar in der nächsten Woche zwei Blitzflugreisen, eine nach San Francisco und eine nach Chicago. Er wurde auf Schritt und Tritt beobachtet. Er palaverte in beiden Städten mit ehemaligen Ginger-Leuten, deren Adressen wir uns sehr genau für später merkten, aber er schien nicht die geringsten Sorgen zu haben, wir könnten inzwischen in New York die restlichen fünf Patt-Leute ausheben und ihn, wenn er zurückkam, am Flughafen mit einer handfesten Anklage wegen Mordes festnehmen.

»Ich sage dir, die Patts liegen längst unter der Erde«, sagte Phil niedergeschlagen, als wir die Berichte der Überwachungskollegen aus Frisco und Chicago lasen und uns über Brians sorglose Geschäftsbesprechungen wunderten.

Ich gab die Hoffnung noch nicht auf. New York ist zwar riesengroß, aber irgendwo mußten sie stecken, und wir mußten sie finden.

Zunächst aber überraschte uns ›Nummer 1‹ durch eine Aktion besonderen Stils. Mr. High erhielt einen Anruf aus Washington von der Zentralstelle des FBI, mit einer Anfrage, was gegen Harry Brian verläge. Nun lag zwar gegen ›Num-

722

mer 1‹ eine Menge vor, aber nicht sehr viel davon, eigentlich gar nichts, was so handgreiflich zu belegen war, daß die Bürokraten in Washington es glaubten. Es stellte sich daraufhin heraus, daß der US-Bürger Harry Brian eine geharnischte Beschwerde an die Zentrale in Washington losgelassen hatte, in der er bitterlich darüber klagte, daß man ihn, einen harmlosen Bürger, ständig durch FBI-Beamte überwachen ließ.

Washington schickte uns eine Abschrift der Beschwerde. Ich kann Ihnen sagen, das war vielleicht ein lustiges Brieflein, und ich vermutete stark in dem Anwalt Loying den Verfasser. Mr. Brian gab zwar zu, daß er wegen Steuervergehens vier Jahre gesessen hätte, aber Steuerhinterziehung sei ja schließlich kein kriminelles Delikt im eigentlichen Sinn. Wohin sollte es übrigens mit der Wiedereingewöhnung von Vorbestraften ins bürgerliche Leben kommen, wenn solche Leute wie er, die die beste Absicht hätten, anständig zu bleiben, ständig von der Polizei bewacht würden. Eine abgesessene Strafe wäre eine abgesessene Strafe — und damit basta, aber kein Grund, ihn weiter zu verdächtigen.

Wir hielten uns die Seiten vor Lachen bei der Lektüre. Mr. High lachte herzlich mit, aber er warnte uns auch.

»Das mag für euch spaßhaft sein«, sagte er, »aber nicht für mich. Wenn ich Brian weiter überwachen lasse und er erwischt einen von unseren Leuten dabei, schreibt er eine neue Beschwerde nach Washington und gibt eine Beschreibung seines Überwachers, dann bekomme ich eine Riesenzigarre und kann sehen, wie ich mich wieder herauswinde.«

»Wollen Sie also die Überwachung einstellen, Chef?« fragte ich.

Er schüttelte den Kopf. »Natürlich nicht, aber wir müssen auch damit noch vorsichtiger sein.«

Drei weitere lange Tage und Nächte geschah nichts. In der vierten Nacht, eine Stunde vor Mitternacht, bekam ich einen

Anruf. Ich saß noch bequem bei einem Glas Whisky und las, als es klingelte. Ich dachte, es sei Phil, aber es war das Hauptquartier.

»Ich glaube, es ist am besten, wenn du dich darum kümmerst«, sagte der Kollege vom Dienst, »denn es scheint mit ›Nummer 1‹ zu tun zu haben. Crew ist niedergeschlagen worden. Er hatte die Überwachung von Brian für heute nacht.«

Zehn Minuten später war ich im Hauptquartier. Mein Kollege Crew saß im Sanitätsraum und kühlte sich eine Mordsbeule am Hinterkopf.

»Ich stand in der Pine Street, Brians Villa gegenüber, als ein Mann vorbeiging. Er stutzte, als er mich sah, und kam auf mich zu. Ich dachte, er sei betrunken, denn er wankte stark und roch meilenweit nach Schnaps. Er wollte Feuer, und ich sagte ihm, er möge sich trollen, ich hätte kein Feuer. Er drehte auch ab, schwang aber sofort wieder zurück und schlug mit einer kurzen Eisenstange nach mir, die er unter der Jacke verborgen haben mußte. Er traf meinen rechten Oberarm, lähmte ihn für Augenblicke, und bevor ich dennoch nach dem Revolver greifen konnte, hatte er mir das Ding über den Schädel gezogen. Ich hatte natürlich einen Kurzschluß im Gehirn.«

»War es Brian selbst?«

»Nein, er war kleiner und untersetzter. Brian war übrigens schon vor mehr als einer Stunde in sein Haus gegangen.«

»Dann war es Pete O'Neigh«, stellte ich fest. »Er schlug dich nieder, damit ›Nummer 1‹ für heute nacht freie Bahn hat.«

Ich wandte mich an den Beamten, dem das Nachrichtenwesen unterstand.

»Los, benachrichtige die Streifenwagen. Sie sollen nach einem schwarzen Fairlane Ausschau halten mit der Nummer C sechstausendsiebenhundertneunundvierzig.« Das war die Nummer von Brians Wagen. »Die Nummer braucht nicht mehr zu stimmen. Jeder schwarze Fairlane ist interessant. Sie sollen möglichst unauffällig folgen und feststellen, wohin der Wagen fährt.«

Ich selbst ließ mir einen Wagen mit Funksprecheinrichtung geben und fuhr zur Pine Street. Ich läutete und klopfte gegen die Tür der Villa. Nichts rührte sich, und das war schließlich auch zu erwarten. Welchen Sinn sollte auch der Niederschlag von Crew haben, wenn ›Nummer 1‹ weiterhin sanft in seinem Bett schlief?

Ich setzte mich an die Funksprechanlage und schaltete mich in den Verkehr zwischen den Streifenfahrzeugen und der Zentrale ein. Du lieber Himmel, war das ein Salat. Die Direktion und die Aktionäre der Fairlane-Gesellschaft mögen mir verzeihen, aber ich wünschte in dieser Nacht inständig, ihr Wagen wäre nicht so gefragt. In New York schien es nur Fairlane zu geben, überdies nur solche mit schwarzem Lack.

Ununterbrochen rasselten die Meldungen der Streifen.

»Schwarzer Fairlane, Nummer S fünftausendachthundertvierundneunzig, gesichtet. Sollen wir folgen?«

»Folgen!« bestimmte die Zentrale.

»Schwarzer Fairlane mit der Nummer C dreitausendneunhundertsiebenundsechzig.«

»Folgen!«

Innerhalb einer knappen Stunde gab es in New York keinen Streifenwagen mehr, der nicht hinter einem schwarzen Fairlane herschlich. Dabei passierten die niedlichsten Dinge. Steifenwagen dreiundneunzig zum Beispiel sichtete, während er dem schwarzen Fairlane eintausendneunhundertsiebenundsiebzig folgte, einen schwarzen Fairlane B fünftausendfünfhundertachtundfünfzig, und die Besatzung stieß einen verzweifelten Hilferuf aus: »Welche sollen wir folgen?« Auf diese Frage wußte auch die Zentrale keine Antwort. Wagen zwölf begleitete einen Fairlane zu einer einsamen Stelle unter hohen Kastanienbäumen. Dort stoppte der verfolgte Wagen und löschte die Lichter.

»Was tun?« fragte die Besatzung.

»Nachsehen!« entgegnete die Zentrale.

Zwei Minuten später kam das Ergebnis durch den Äther: »Liebespaar.«

Fairlane wurden verfolgt, die sich irgendwo auf Parkplätzen häuslich niederließen, während ihre Besitzer eine Bar aufsuchten, Fairlane, in denen müde Vertreter mit Musterkoffern nach Hause fuhren, Fairlane, die ihr Fahrer in die Garage eines braven Bürgerhauses steuerte.

Die Fairlane-Aktion dieser Nacht war ein ganzer Berg leerer Arbeit und doch schien sie nicht völlig sinnlos. Vier oder fünf Streifenwagen hatten die Fährte von Fahrzeugen aufgenommen, die sich ausgesprochen merkwürdig benahmen. Einer war darunter, der wie ein Irrer kreuz und quer durch New York raste, offenbar um seine Verfolger abzuschütteln, ein zweiter stand irgendwo im Außenbezirk und gab mit seinen Scheinwerfern Lichtsignale, ein dritter trieb sich in der Nähe eines Waldstücks im Westen der Stadtgrenze herum.

Das Spielchen dauerte bis gegen zwei Uhr nachts. Dauernd wechselten die Fäden, die schwarze Fairlane mit den Streifenwagen verbanden. Hier wurde die Verfolgung eines offensichtlich harmlosen Fahrzeugs aufgegeben, dort die eines anderen aufgenommen. Ich blieb in der Welle, um mich nötigenfalls einzuschalten, wenn ein wirklich interessanter, der einzig interessante Wagen auftauchte.

Kurz nach zwei Uhr flimmerten zwei Scheinwerfer durch die sonst praktisch unbelebte Pine Street. Der Wagen rollte langsam heran, hielt auf der anderen Straßenseite, und ein Mann stieg aus, dessen Gestalt mir bekannt vorkam.

Ich sprang aus meinem Fahrzeug, sah schärfer hin und ging auf ihn zu.

Tja, daran gab es keinen Zweifel. Der Mann, der mir da im offenen Staubmantel, unter dem er einen Smoking trug, entgegenschlenderte, war Harry Brian, ›Nummer 1‹.

In seiner bekannten Art zog er die Augenbrauen bei meinem Anblick hoch.

»Guten Abend, G-man«, sagte er. »Schon wieder was los?«

Ich sah an ihm vorbei auf den Wagen, aus dem er gestiegen war.

Es war ein knallrotes Mercury-Kabriolett.

»Wo ist Ihr Fairlane?« fragte ich.

»Steht in der Garage. Der Motor ist nicht ganz in Ordnung.«

»Ach, und so haben Sie sich jetzt einen Mercury gekauft?«

»Gekauft? Nein, nur geliehen. Von einem Autoverleih. Wollen Sie die Adresse? Übrigens, überwachen Sie mich, G-man?«

»Nein, ich stehe nur aus Zufall hier.«

Er gähnte. »Das ist gut so. Ich müßte mich sonst erneut beschweren.«

Ich grinste. »Nett, von Ihnen, daß Sie sich nur beschweren, statt die Überwachungsposten niederzuschlagen.«

»Ist jemand niedergeschlagen worden?« erkundigte er sich ziemlich uninteressiert. »Sie werden es mir nicht übelnehmen, daß ich eine gewissen Befriedigung darüber empfinde. Glauben Sie mir, es ist nicht schön, dauernd jemand auf seinen Fersen zu wissen.«

»Ich glaube es Ihnen, Brian«, antwortete ich. »Und darf ich fragen, wo Sie gewesen sind?«

Er gähnte wieder. »Ach, ich war in ein paar Lokalen. Wollte mal auf andere Gedanken kommen.«

»Und welche Lokale waren das?«

»Kann ich nicht sagen. Irgendwelche Buden am Broadway und in seiner Nähe. Ich nahm, was mir vor den Kühler kam.« Plötzlich fragte er scharf: »Ist wieder ein Mord passiert, den Sie mir in die Schuhe schieben wollen, oder warum soll ich Ihnen ein Alibi liefern?«

»Nein, es ist kein Mord passiert«, gab ich zu. »Ein G-man holte sich eine Beule. Das ist alles.«

»Na, also«, sagte er unwillig. »Wenn Sie nichts dagegen haben, würde ich jetzt gern zu Bett gehen. Ich bin müde.«

»Ich habe nichts dagegen«, antwortete ich und gab den Weg frei.

»Gute Nacht, G-man«, grüßte er und stiefelte an mir vorbei zum Haus. Ich ging zum Wagen zurück, schaltete mich in den Funksprechverkehr ein und gab durch: »An alle! Suche nach schwarzem Fairlane einstellen. Ende.«

Ich fuhr an und trollte mich nach Hause. Ich trat den Gashebel gewaltig nieder und zischte durch die Straßen, denn ich hatte eine beachtliche Wut im Leib.

In dieser Nacht hatte uns Brian ganz schön an der Nase herumgeführt, das war nicht zu leugnen. Selbstverständlich war sein Gerede von den Bars Quatsch und faustdicke Lüge. Er war zu dem Versteck der Patt-Leute gefahren, und hatte es durch den Niederschlag Crews und durch das Wechseln der Wagen verstanden, hinzukommen, ohne daß wir ihm folgen konnten.

Das war eine Tatsache und nun nicht mehr zu ändern. Wichtiger war, warum er direkten Kontakt mit den Patts aufgenommen hatte. Es mußte sich um etwas handeln, das Pete O'Neigh nicht für ihn erledigen konnte, und es blieben bei schärferem Nachdenken eigentlich nur zwei Möglichkeiten: Entweder fuhr er hin, um alle oder wenigstens einen der Patt-Männer zu erledigen, oder aber er wollte sie noch einmal für irgendein dickes Ding einsetzen. Und um sie dazu zu bringen, bedurfte es seiner persönlichen Überredungskunst. Vielleicht auch der Gewalt seiner Faust.

Mr. High, Phil und ich hielten am Tag nach dieser Fairlane-Nacht einen großen Kriegsrat ab.

Der Chef verwarf zunächst den Gedanken, die Überwachung Brians in der alten Form zu erneuern.

»Eine Überwachung, von der der Überwachte weiß, ist wertlos. Alles, was wir tun können, ist, ihn zu zwingen, vorsichtiger zu sein, und Vorsicht braucht ›Nummer 1‹ nicht erst beigebracht zu werden. Davon hat er genug. Ich riskiere außerdem, daß unser nächster Mann, wenn Brian sich von ihm befreien will, nicht nur eine Beule, sondern eine Kugel abbekommt. Wir müssen einen Weg finden, die Patt-Leute aufzuspüren.«

»Radio«, schlug Phil vor.

Der Chef zögerte.

»Damit warnen wir auch Brian, und außerdem wissen wir nicht, ob die Patts uns hören.«

»Ich bin sicher«, mischte ich mich ein. »Sie müssen jetzt fast einen Monat in ihrem Versteck hausen, ohne sich auf die Straße trauen zu können. Sie haben bestimmt Pete O'Neigh beziehungsweise Brian selbst bedrängt, für ihre Zerstreuung zu sorgen, und Zerstreuung, das bedeutet für solche Leute Whisky, Radio und vielleicht Fernsehen. Sollte die Bude, in der sie sich befinden, keinen Strom haben, tut es ein Koffergerät. Das alles selbstverständlich vorausgesetzt, daß sie sich noch in New York beziehungsweise überhaupt noch am Leben befinden.«

Der Chef überlegte noch.

»Ich fürchte, es ist sinnlos. Wir haben ihnen nichts zu bieten. Ich kann ihnen schließlich nicht über das Radio Straffreiheit versprechen. Und wenn wir eine Warnung vor Brian durchgeben, so werden sie sie in den Wind schlagen, denn noch betrachten sie uns, den FBI, mehr als ihren Feind als ›Nummer 1‹. Ich fürchte, wir müssen die Radioidee vorläufig fallenlassen, Phil.«

Mag sein, daß Phils Radioidee nicht gerade glänzend war, aber eine bessere fiel uns auch nicht ein, und als wir uns zu Mittag trennten, waren wir etwas niedergeschlagen. Brian war auf dem besten Weg, zumindest den nächsten Zug in unserem Spiel zu gewinnen. Ich ging am Nachmittag zu Lieutenant Sumer von der Stadtpolizei. Wir verbrachten den ganzen Nachmittag damit, die Akten sämtlicher Vorbestraften durchzusehen, um aus der Unmenge dieser kleinen Diebe, Einbrecher und Automarder diejenigen herauszusuchen, die nach Sumers Ansicht dafür zu haben wären, gegen eine Belohnung vorübergehend mit, statt gegen die Polizei zu arbeiten. Die Liste solcher Namen wurde lang, und als wir damit fertig waren, war es zu spät, um noch etwas in der Angelegenheit zu unternehmen. Wir planten, jeden dieser Leute Mann für Mann aufzusuchen und ihn für eine Beteiligung an der Suche nach den Patts zu keilen. Die Unterwelt hat so viele unerklärliche Nachrichtenkanäle, die wieder nur ein Unterweltler anzuzapfen vermag, daß wir hoffen durften, vielleicht auf diesem Weg weiterzukommen.

Phil und ich aßen noch zusammen. Dann brachte mich Phil zu meiner Wohnung. Wir verabschiedeten uns rasch, und Phil nahm den Jaguar mit zu seiner Wohnung. Er wollte mich am anderen Morgen wieder abholen.

Ich glaube, ich habe Ihnen den Zusammenhang mit einer früheren Geschichte schon einmal erzählt, wo und wie ich wohne. Es ist ein Apartmenthaus mit vielen größeren und kleineren Wohnungen, und wenn Sie mich mal besuchen wollen und nicht wissen, in welcher Etage ich wohne, müssen Sie zehn Minuten lang das Namensschild studieren, um den richtigen Klingelknopf aus den achtzig Namen herauszufinden. Merkwürdigerweise kennen sich die Leute in einem solchen Apartmenthaus viel weniger untereinander als die Bewohner eines Vierfamilienbaues.

Sobald ich die Wohnung betrat, zog ich die Jacke aus. Normalerweise ist es meine Gewohnheit, auch die Halfter mit dem Revolver abzulegen. Heute tat ich es ausnahmsweise nicht.

Ich schüttelte mir an der kleinen Hausbar einen Vollwertigen ein, blätterte in der wenigen Post, die mir meine Putzfrau hingelegt hatte, schob sie aber wieder zusammen, weil sie nur aus Reklame bestand.

Ich überlegte gerade, daß es am besten sei, sich ins Bett zu hauen, als es furchtbar krachte.

Ich wußte durchaus nicht, welche Ursache der Krach hatte, und ich dachte: Nun ist dem Nachbarn nebenan der Geschirrschrank umgefallen! Dann krachte es zum zweitenmal, und nun ging mir endlich ein Licht auf. Es krachte bei mir, an meiner Tür, an der Eingangstür zu meiner Wohnung.

Hätte ich dem ersten Impuls nachgegeben und wäre in den Korridor gerannt, um nachzusehen, was los sei — hätte ich die Geschichte höchstens bis zu diesem Punkt berichten können, und Phil hätte den Rest schreiben und die ergreifend schöne und doch so schlichte Feier anläßlich der Bestattung des G-man Jerry Cotton schildern müssen.

Es war ein guter Gedanke von mir, daß an meiner Korridortür, die mit solchen Schlägen traktiert wurde, doch nichts mehr zu retten sei und daß ich viel besser daran täte, mich nach einem geeigneten Schutz für mich selbst umzuschauen. Ich besitze einen schönen, dick gepolsterten Sessel, einen richtigen Großvaterstuhl mit mächtiger Lehne, und ihm strebte ich zu. Ich erreichte ihn, aber ich kam nicht mehr hinter ihn, da tauchte der erste der unwillkommenen Gäste schon in der offenen Tür zwischen Korridor und Wohnraum auf.

Ich schoß, noch bevor ich sein Gesicht erkannt hatte. Ich schoß zu schnell, um zu treffen, dazu noch halb in der Bewegung des Niederhockens hinter den Sessel. Eine meiner Kugeln ratschte einen langen Holzsplitter aus dem Türrahmen, die andere ging irgendwo in die Decke, aber die beiden Schüsse hatten meinen Besucher so irritiert, daß auch er nicht traf. Er mußte den Hahn durchziehen, während er sich nach rechts ins Zimmer warf, um Deckung hinter der Couch zu finden, und es war sehr angenehm für mich, daß seine Serie wild durch die Gegend fuhr, denn mein uneingeladener Gast war nicht nur mit einer Pistole bewaffnet, er hatte gleich eine MPi mitgebracht.

Noch während seine Serie bellte, sah ich ein, daß mein Sessel keinen ausreichenden Schutz gegen die Maschinenpistole bot. Ich rutschte, den Sessel mitzerrend, auf dem Teppich entlang zum Schreibtisch, stemmte die Hände dagegen, warf ihn um und glitt dahinter.

Von der Tür zum Korridor her knallte es. Zwei Revolverschüsse, die sich nach dem Bellen der Maschinenpistole fast niedlich anhörten. Ich spritzte hoch, machte zweimal den

Zeigefinger krumm und tauchte wieder hinunter. Ich sah, wie das Gesicht im Türrahmen zurückzuckte. Gleichzeitig setzte die Maschinenpistole wieder ein und zerhämmerte meine Schreibtischplatte.

Vom ersten Krachen gegen meine Tür bis zu diesem Augenblick mochten zehn Sekunden vergangen sein, mehr nicht. Die MPi brach wieder ab, und ich riskierte einen ganz vorsichtigen Blick um die Kante des Schreibtisches herum.

Der Mann, der ins Zimmer eingedrungen war, hatte die Couch von der Wand gerissen und lag jetzt dahinter. Wie viele Leute sich im Korridor befanden, wußte ich nicht. Eingegriffen hatte bisher nur einer.

Dann hörte ich zum erstenmal die Stimmen meiner Besucher.

»Wir müssen weg, Joe! In zwei Minuten kommen wir nicht mehr durch.«

»Ich will dieses G-man-Schwein kriegen!« schrie Joe hinter der Couch. »Ich will wieder frei herumlaufen können.«

Und er zog wieder durch und verdarb mir immer mehr die Platte des Schreibtisches.

»Ich haue ab!« brüllte der Mann im Korridor durch das Gehämmer der automatischen Waffe.

Obwohl die Kugeln gegen meinen Schreibtisch hämmerten wie Regentropfen gegen eine Fensterscheibe, wagte ich, noch einmal die Nase an der Seite vorzustecken. Ich tat es, um vielleicht den Mann im Korridor zu erwischen, wenn er zur Flurtür lief, aber ich sah statt dessen, daß Joe seinen Platz hinter der Couch verlassen hatte und, die Maschinenpistole an der Hüfte, den Finger geradezu krampfhaft gegen den Abzug gedrückt, unter dem Schutz seiner eigenen Kugeln auf meine Deckung losrannte.

Mein Zimmer ist ziemlich groß, an die vierzig Quadratyard, und Joe brauchte ein paar Sekunden, um von der Couch bis zum umgestürzten Schreibtisch zu gelangen.

Es war eine der Sekunden, in denen alles gleichzeitig zu geschehen scheint. Ich sah Joes Gesicht, und ich erkannte es, obwohl es schrecklich verzerrt war zu einer Maske der Anspannung und des Zorns, in die doch auch schon die Spuren der Angst und des Entsetzens geprägt waren. Joe war ein Patt-Mann. In fast derselben Sekunde und während ich mich auf den Rücken rollte und den Revolver hob, sah er auch mich. Noch während ich abdrückte und meine drei Schüsse hintereinander den Lauf verließen, bemerkte ich den Anfang einer kleine Schwenkung, die der Lauf der Maschinenpistole, geführt von Joes Hand, machen wollte, um sich auf mich zu richten.

Doch Bruchteile von Augenblicken später verlor die Hand, die die Waffe regierte, ihre Kraft. Der Lauf brachte die Schwenkung nicht zu Ende. Er senkte sich nach unten. Dann polterte die Maschinenpistole zu Boden, und über ihr brach der Mann zusammen, der sie bedient hatte. Mir war keine Wahl geblieben. Ich hatte auf seinen Kopf gezielt — und ich hatte getroffen.

Ich sprang auf, über den Schreibtisch hinweg, raus in den Korridor und durch die weit offenstehende Tür ins Treppenhaus. Von unten gellten entsetzte Schreie. Türen knallten, Schritte trappelten. Die Mitbewohner, die der Lärm ins Treppenhaus getrieben hatte, flüchteten vor dem zweiten Gangster, der sich zu retten versuchte.

Ich fegte wie ein Tornado die Treppe hinunter. Ich sah nichts mehr von ihm, denn er hatte ein paar Sekunden, die paar Sekunden, in denen sein Kumpan Joe hatte sterben müssen, Vorsprung. Mit fliegenden Lungen erreichte ich die Straße, stoppte, sah nach links und rechts. Nichts.

Mein Apartmenthaus ist ein Eckbau. Die linke Ecke war näher. Um sie mußte er getürmt sein.

Ich rannte wieder los. Ich war besessen von dem Gedanken, ihn zu fassen, ihn lebendig zu fassen. Er war ein Patt-Mann. Er war dabeigewesen, als Brian John Patt erschoß. Er war ein Zeuge gegen ›Nummer 1‹.

Ich erreichte die Ecke, umkurvte sie, stolperte über irgend etwas, was weich war, rannte vom eigenen Schwung getrieben noch ein paar Schritte, hielt dann und ging langsam zurück.

Ich bückte mich, faßte den Mann, über den ich gestolpert war, an den Schultern und drehte ihn herum. Seine Brust war zerfetzt, und jetzt erst wurde mir bewußt, daß ich vorhin an der Korridortür, als die Maschinenpistole in meinem Zimmer längst verstummt war, noch einmal das wütende Bellen einer MPi vernommen hatte, das sich wie ein Echo anhörte. Ich kannte den Mann, der hier auf der Straße lag. Er hieß Paul Sullivan, und er war ein Mitglied der Patt-Bande.

In einer unwillkürlichen Bewegung sah ich nach meiner Armbanduhr. Der Minutenzeiger war seit den ersten Beilhieben gegen meine Tür nur um einen schmalen schwarzen Strich weitergerückt.

Ich wohne nicht in Bronx. In meiner Gegend gibt es viele Leute, die beim ersten Knall den Notruf wählen. Ich hatte eben meine Haustür wieder erreicht, als zwei Streifenwagen heulend heranfegten. Die Cops sprangen heraus.

Ich unterrichtete sie mit zwei Worten. Sie setzten sich sofort hinter ihre Funksprechgeräte und veranlaßten das Notwendigste. Ich ging in meine Wohnung zurück, vermied das Wohnzimmer, und ging in den Schlafraum. Dort stand ein zweiter Telefonapparat. Ich wählte Mr. Highs Privatnummer.

»Bitte, kommen Sie sofort ins Hauptquartier, Chef«, bat ich, als er sich meldete. »›Nummer 1‹ setzt meiner Meinung nach zum Endspurt an, und wenn wir uns nicht sehr beeilen, fangen wir ihn vor dem Ziel nicht mehr ab.«

»Ich komme«, antwortete der Chef nur kurz. Er fragte nichts, denn er weiß, daß ich keinen Großalarm gebe, wenn er nicht notwendig ist.

Ich wählte Phils Nummer, gab ihm den gleichen Wunsch durch, zog mir die Jacke an und ließ mich von den Cops ins Hauptquartier fahren.

Mr. High war schon da. Phil kam fünf Minuten später,

nicht ganz korrekt angezogen und mit ungekämmten Haaren. Er hatte schon im Bett gelegen.

»Zwei Patt-Leute haben eben versucht, mich in meiner Wohnung zu erledigen«, sagte ich kurz. »Einen von ihnen mußte ich erschießen, der andere wurde von einem Unbekannten auf der Straße vor dem Haus erschossen. Wer der Unbekannte war, daran gibt es wohl keinen Zweifel. Von den sechs Mitgliedern der Patt-Bande sind drei übriggeblieben. Einer davon ist verwundet. ›Nummer 1‹ ist soviel wert wie die drei zusammen, und Pete O'Neigh steht auf seiner Seite. Wir haben keine Wahl mehr. Wir müssen uns mit den Patts gegen Brian verbünden. Wir müssen sie warnen. Es steht fest, ›Nummer 1‹ wird nicht mehr lange warten, um den Rest der Zeugen aus dem Weg zu räumen.«

»Radio?« fragte Mr. High.

»Ja.«

»Gut!« sagte der Chef.

In drei Minuten hatten wir den Text entworfen. Fünf Minuten dauerte es, bis der Chef telefonisch den zuständigen Mann der größten New Yorker Rundfunkstation aus dem Bett geworfen hatte. Nach zwei weiteren Minuten ging unsere Durchsage zum erstenmal durch den Äther, um danach in Abständen von fünf Minuten durchgegeben zu werden. Noch einmal zehn Minuten später waren auch die beiden anderen Sender in New York informiert und gaben unseren Ruf durch.

Der Text lautete:

An Patts ehemalige Leute. Euer angeblicher Freund erschoß heute Joe und Paul. Er tötete vor vier Wochen Freddy (der Gangster, den wir in der Nähe des La-Guardia-Flugplatzes gefunden hatten), *den er angeblich zum Arzt bringen wollte. Wir warnen euch. Ihr seid ihm als Zeugen zu gefährlich. Ich werdet euch gegen ihn allein nicht schützen können. Wir suchen euch in erster Linie als Kronzeugen. Seid vorsichtig, denn er wird alles tun, um*

sich von euch zu befreien. Ruft FB dreiundvierzig zwei-
hundertsiebenundsechzig. (Die Nummer des Hauptquartiers).

Wir hatten das Radio eingeschaltet, als der Ruf zum
erstenmal durchgegeben wurde.

»Glaubst du, sie werden sich melden?« fragte Phil.

Ich hob die Schultern. »Ich hoffe, es macht sie so unruhig,
daß sie irgend etwas unternehmen, vielleicht einen Anruf
zur Erkundung bei uns. Von jeder Fernsprechzelle aus können sie das gefahrlos starten.«

Mr. High hatte der Zentrale Anweisung gegeben, die
Hauptleitung direkt auf seinen Apparat durchzuschalten, so
daß ein eventueller Anruf uns unmittelbar erreichen würde.
Außerdem waren zwei Leute von uns zu Brians Wohnung
unterwegs, um ihn auf jeden Fall abzufangen, wenn er dort
auftauchen sollte.

»Ich verstehe nicht«, sagte Phil, während wir so im Chefzimmer saßen und am liebsten vor Ungeduld an unseren
Nägeln gekaut hätten, »warum ›Nummer 1‹ auf die Idee
kam, dich erledigen lassen zu wollen.«

»Findest du nicht, daß es, von seinem Standpunkt aus
gesehen, eine gute Idee war? Ich bin der einzige Mann, der
die Patt-Leute der Teilnahme an der Schlacht in der vierundachtzigsten Straße beschuldigen und ihre Schuld bezeugen
kann. Natürlich kommen auch die Jungs von Carruzzis
Bande in Frage, aber es ist eine Kleinigkeit für ihn, sie mit
Drohungen und ein wenig Gewalt zum Schweigen zu veranlassen. Nur mich — das weiß er — kriegt er mit solchen
Methoden nicht klein. Mir müßten sie den Mund mit Blei
zulöten. Brian verstand, das den Patt-Leuten klarzumachen,
und sie entschlossen sich, es noch einmal zu versuchen.
Wären sie mit fünf Männern angerückt, so hätte ich ihren
Ansturm sicherlich nicht überlebt, aber dazu war nun
›Nummer 1‹ wieder zu vorsichtig. Für ihn persönlich konnte
bei der Aktion nichts schiefgehen. Schafften Lattow und

Sullivan mich, so war die Bande vor der Gefahr einer Verhaftung sicher. Schafften sie es nicht, so würde er — so rechnete Brian — Gelegenheit finden, sich von zwei lästigen Mitwissern seines Mordes an John Patt zu befreien. Seine zweite Rechnung ging auf, und ich mußte ihm leider noch die Hälfte der Arbeit abnehmen.«

»Warum drangen sie mit Gewalt in Ihre Wohnung?« fragte Mr. High. »Bei einem Überfall auf der Straße wären die Erfolgsaussichten besser gewesen.«

»Sie konnten auf eine solche Gelegenheit nicht warten, denn Lattow und Sullivan mußten darauf gefaßt sein, verhaftet zu werden, sobald ein Cop einen zufälligen Blick auf sie warf.«

Phil drückte seine Zigarette aus.

»Und jetzt?« fragte er langsam.

»Jetzt steht ›Nummer 1‹ vor der Alternative, die restlichen drei der Patt-Bande so rasch wie möglich aus dem Weg zu räumen, denn nach dem mißlungenen Überfall auf mich vermutet er, daß wir ihn zunächst einmal auf jeden Fall verhaften, ganz gleich, ob wir ihm etwas nachweisen können oder nicht. Und jetzt besteht die Gefahr, daß die übriggebliebenen Patts nicht mehr ruhig bleiben, wenn Lattow und Sullivan von ihrem Trip nicht zurückkehren.«

»›Nummer 1‹ fährt also deiner Meinung nach sofort zu dem Versteck und erledigt die drei? Dann kommen wir auf jeden Fall zu spät, selbst wenn unser Radioruf Erfolg haben sollte.«

»Ich hoffe, es liegt ein wenig anders, ›Nummer 1‹ konnte nicht wissen, wie die Sache in meiner Wohnung ausging. Ich glaube daher nicht, daß die unmittelbar folgende Beiseiteschaffung der Patts einkalkuliert war. Er wird also zunächst Pete O'Neigh suchen müssen, um einen Plan mit ihm zu verabreden. Vielleicht sieht dieser Plan eine Aktion in den frühen Morgenstunden, vielleicht auch eine Einzelerledigung vor, indem sie etwas ausknobeln, die letzten Patt-Leute zu trennen. Das sind die Vermutungen, deretwegen ich noch nicht alle Hoffnungen aufgegeben habe.«

Immer wieder, während wir uns unterhielten, war die Musik im Radio von der Stimme des Sprechers abgelöst worden. Immer wieder tönte es leidenschaftslos aus dem Lautsprecher:

»Achtung, wir bringen eine wichtige Durchsage des FBI an Patts ehemalige Leute. Euer angeblicher Freund erschoß heute Joe und Paul. Er tötete vor vier Wochen Freddy, den er angeblich zum Arzt bringen wollte. Wir warnen euch. Ihr seid für ihn als Zeugen gefährlich. Ihr werdet euch gegen ihn allein nicht schützen können. Wir suchen euch in erster Linie als Kronzeugen. Ruft FB dreiundvierzig zweihundertsieben- undsechzig.«

Nach dem dritten oder vierten Durchruf rasselte das Tele- fon.

Wir sprangen alle auf und starrten das Telefon an, wäh- rend Mr. High langsam den Hörer abhob.

Es war blinder Alarm. Unsere Leute, die wir zu Brians Wohnung geschickt hatten, riefen an und teilten mit, daß die Bude leer und verlassen sei.

Von diesem Augenblick an stand der Apparat nicht mehr still. Ununterbrochen klingelten alle möglichen Leute an, in erster Linie Reporter und Zeitungsredaktionen, und wollten wissen, was es mit der Durchsage auf sich habe. Mr. High mußte schließlich den Apparat auf die Zentrale zurückstel- len lassen und gab strikte Anweisung, alles abzuweisen, was nicht die Patt-Leute selber beträfe.

Wir saßen Viertelstunden, halbe Stunden, ganze Stun- den. Ich gestehe, ein Gefühl lähmender Niedergeschlagen- heit bemächtigte sich allmählich und schleichend unserer Gemüter. In uns kroch die Gewißheit hoch, daß ›Nummer 1‹ längst am Ziel war und daß die Ohren, für die der Durchruf bestimmt war, längst nicht mehr zu hören ver- mochten. Alle Möglichkeiten, die gegen ein Gelingen unse- rer Aktion sprachen, fielen uns schwer auf die Seele. Es fing an bei dem Gedanken, daß die Patts vielleicht überhaupt kein Radio besaßen oder schnarchend in den Betten lagen, über die Tatsache, daß der Aktivste von ihnen, Lattow, tot war, und die anderen, obwohl sie unseren Ruf hörten, sich zu nichts entschließen konnten, bis zu der Möglichkeit, daß sie uns vielleicht gern angerufen hätten, aber ›Nummer 1‹ schon um ihr Haus schlich und sie nicht mehr herauskonnten.

Es wurde Mitternacht, ein Uhr, zwei Uhr. Monoton, in fünf Minuten Abständen, hallte unsere Durchsage aus dem Lautsprecher, aber das Telefon rasselte nicht mehr, seitdem die Zentrale die Anrufe abfing.

Dann, einige Minuten nach zwei Uhr, rasselte es doch. Mr. High nahm ab. Er meldete sich mit unserer Nummer: »FB dreiundvierzig zweihundertsiebenundsechzig.«

Wenn man etwas lange erwartet hat, hofft man nicht mehr darauf, es könnte doch noch eintreten. Phil und ich nahmen das Klingeln ohne Interesse zur Kenntnis und rechneten mit der Durchgabe irgendeiner Kollegenmeldung.

Dann sah ich, wie Mr. Highs Hand den Knopf der Lautsprecheranlage herunterdrückte, durch die ein Telefongespräch von jeder im Raum anwesenden Person mitgehört werden konnte, und ich hörte eine heisere und unruhige Stimme fragen: ». . . für ein Quatsch, den ihr per Radio verzapft?«

Erstaunlich, daß dem Chef vor Erregung nicht die Stimme überschlug. Sie klang so ruhig wie immer.

»Spreche ich mit einem Patt-Mann?«

»Vielleicht.«

Phil stand auf und verschwand schleunigst aus dem Raum.

»Wir erzählen euch keinen Unsinn«, sagte Mr. High. »Es verhält sich genauso, wie es in der Durchsage lautet. Brian erschoß Stinner, Lattow und Sullivan, und er hat die Absicht, auch euch drei zu erledigen. Ihr seid als Zeugen wegen seines Mordes an Patt für ihn gefährlich.«

»Das wissen wir«, brummte der Anrufer. »Damit haben wir ihn ja unter Druck gesetzt.«

»Brian läßt sich nicht unter Druck setzen. Er hat euch systematisch geschwächt und wird den Rest mit einem Schlag erledigen. Vergeßt nicht! Zusammen mit Pete O'Neigh ist er so stark wie ihr mit eurem Verwundeten.«

»Verdammt«, knurrte es im Lautsprecher. »Hätten wir Pete doch nicht fortgehen lassen!«

»Wann ging O'Neigh fort?« fragte unser Chef rasch.

»Vor einer halben Stunde. Wir haben euer Gesäusel im Radio schon lange gehört, aber Pete sagte, es sei ein schäbiger Polizeitrick. Dann rief Brian an, verlangte Pete und sprach kurz mit ihm. Wir wollten Aufklärung, aber er sagte nur, es hätte eine Schießerei mit euch gegeben, und der Wagen wäre lädiert, Joe und Paul aber wären in Ordnung, und er führe alle drei abholen. In einer Viertelstunde wären sie wieder hier. Als sie nach einer halben Stunde noch nicht zurückkamen, dachte ich, es könnte nichts schaden, wenn ich mich mal bei euch erkundige, aber ich glaube doch, ihr habt es nur darauf angelegt, uns in die Falle zu locken.«

»Ich wollte, ich könnte Ihnen die Bilder von Stinners, Lattows und Sullivans Leiche zeigen«, antwortete Mr. High. »Wir haben Freddy Stinner aus einem Feld beim La-Guardia-Flugplatz ausgegraben, und Sie glauben wohl nicht, daß wir selbst ihn dort verscharrt haben.«

»Verdammt«, brummte der Anrufer nachdenklich. »Brian ließ uns sagen, Freddy läge wohlbehalten in der Wohnung eines ihm bekannten Arztes, und es ginge ihm von Tag zu Tag besser.«

»Hören Sie«, sagte Mr. High hastig. »Ich denke, es ist am besten, Sie sagen uns, wo wir Sie abholen können. Ein paar Jahre hinter schwedischen Gardinen sind immer noch besser als das Ende unter Brians Kugeln, und sicherlich werden Sie Genugtuung darüber empfinden, daß er durch Ihre Zeugenaussage seine Strafe auch für die Morde an Ihren Freunden erhält. Wo halten Sie sich auf?«

Einen Augenblick zögerte der Patt-Mann am anderen Ende der Strippe. Dann antwortete er: »Nein, das sage ich Ihnen lieber nicht. Sicher ist Ihr ganzes Gequatsche ein schäbiger Trick. Das wäre das erstemal während meines Lebens, daß ein Schnüffler es gut mit mir meint. Ich werde mit Brian reden. Wir werden schon fertig mit ihm.«

»Hoffentlich sind Sie gut genug bewaffnet.«

Wieder einen Augenblick Pause.

»Zum Teufel, daß Joe und Paul die Maschinenpistolen mitgenommen haben! Wenn er sie wirklich abgetan hat, dann...«

»...dann besitzt Brian sie jetzt, und Sie haben ihm bestenfalls ein paar Pistolen entgegenzusetzen.« Nun lag die Maschinenpistole zwar in meinem Wohnzimmer, aber da Sullivans Brust bewies, daß auch ›Nummer 1‹ über ein solches Ding verfügte, kam es auf die Einzelheiten nicht an.

Im Lautsprecher war ein neues Geräusch, ein schweres Brummen. Man erkennt das Geräusch eines Automoters nicht sofort, wenn es durch ein Telefon gehört wird, aber der Anrufer klärte uns freundlich auf.

»Ach, ich glaube, sie kommen. Nun werden wir ja sehen. Vielleicht rufe ich Sie später noch einmal an, Mr. G-man.« Der Patt-Mann sprach wieder mit einem Unterton von Hohn.

»Hören Sie«, sagte Mr. High hastig. »Ich beschwöre Sie, lassen Sie ihn nicht herein. Seien Sie vorsichtig. Wenn Lattow und Sullivan noch bei ihm sind, können Sie ihn meinetwegen umarmen, aber halten Sie ihn sich vom Leib, wenn er Ihre beiden Freunde nicht vorweisen kann.«

»Ach, Blödsinn...«, antwortete der Mann, und dann passierte es. Überlaut hackte und bellte es durch den Lautsprecher, auch eine Fensterscheibe klirrte. Dann ein häßliches kreischendes Geräusch — und Stille.

Mr. High und ich starrten uns an.

»Der Anruf kam von der Nummer CR neunzig nullachtundvierzig«, sagte Phil laut und deutlich, der längst wieder, von uns unbemerkt, ins Zimmer getreten war.

Mr. High drückte die Gabel nieder, ließ sie wieder hochschnellen und sagte scharf: »Auskunft Fernsprechvermittlung!«

Fünf Sekunden dauerte es, fünf endlose Sekunden, die wie fünf Jahre waren, bis eine Frauenstimme flötete.

»Auskunft Fernsprechvermittlung.«

»Adresse des Fernsprechteilnehmers CR neunzig nullachtundvierzig! Dringend für FBI.«

»Wir suchen ja bereits danach«, antwortete das Fräulein etwas indigniert. »Einen Augenblick bitte noch.«

Noch einmal zehn endlose Sekunden, dann meldete eine andere Frauenstimme: »Die Wohnung der Teilnehmers CR neunzig nullachtundvierzig ist einhundertdreiunddreißigste Straße Nummer zwei fünfhundertvierundfünfzig.«

Sie haben sicherlich schon mal in einem Roman gelesen, daß sich ein Satz wie ein Feuer unauslöslich in das Gedächtnis von irgendwem eingebrannt hat. Bei mir waren es zwei Nummern: einhundertdreiunddreißig und zwei fünfhundertvierundsechzig.

Der Chef hatte noch nicht eingehängt, als ich schon wie ein startender Hundert-Yard-Läufer loslegte, raus aus dem Zimmer, die Treppe hinunter in den Hof. — Halt, vor dem Hofausgang stoppte ich noch mal, flitzte seitlich in den Bereitschaftsraum und riß eine Maschinenpistole aus der Aufhängung.

Beim Zurückrennen prallte ich mit Phil zusammen, und dann brausten wir gemeinsam weiter. Phil war mit meinem Jaguar ins Hauptquartier gekommen. Wir sprangen von links und rechts hinein. Schlüssel herum, Gang hinein, Gas geben, das war sozusagen eins. Noch bevor wir durch die Toreinfahrt donnerten, war ich schon im dritten Gang und der Jaguar auf vierzig Meilen. Ich legte ihn so in die Kurven, daß die Hinterräder auszubrechen drohten. Phil schaltete die Sirene und das Rotlicht ein.

Es war gerade nicht das erstemal, daß ich mit der Geschwindigkeit eines mittleren Rennwagens durch New Yorks Straßen zischte. Es war so, daß sich mein rechter Fuß gewissermaßen selbständig gemacht hatte und einfach nicht vom Gaspedal herunterwollte. Die Straßen waren natürlich leer, aber es trieben sich doch einige Fahrzeuge herum, die überholt werden mußten. Obwohl der Jaguar auf der Straße liegt wie ein Brett, wollte er hinten drei- oder viermal ausbrechen, wenn ich es zu arg trieb, aber ich hielt ihn eisern an der Kandare.

Die Wolkenkratzer Manhattans verschwanden wie ein Husch links und rechts von uns. Wir flogen über die Hudson-Brücke, heulten durch Brooklyn und sahen links von uns die Lichter des La-Guardia-Flugplatzes aufblitzen.

Einhundertdreiunddreißigste Straße! Ich wußte, sie fängt hinter dem Hudson an und zieht sich dann endlos bis weit in die Außenbezirke, dorthin, wo New York zu Ende ist. — Zwei fünfhundertvierundsechzig! Die Nummer deutete darauf hin, daß es ganz am Ende der Straße sein mußte.

»Die einhundertdreiunddreißigste Straße!« brüllte Phil durch das Donnern des Motors und das Pfeifen des Fahrtwindes. Wir hatten sie erreicht, und ich trat so durch, daß keine Stecknadel zwischen Gashebel und Wagenboden Platz gefunden hätte. Erst säumten links und rechts Häuser die Straße, dann nur noch Felder, dann wieder Häuser, aber jetzt handelte es sich um kleine Einfamilienbauten, und dann kam wüstes, offenbar noch nicht ganz erschlossenes Industriegelände.

»Nummer zweitausend!« schrie Phil, der eine Taschenlampe hatte, mit ihr herumfummelte und es irgendwie fertigbrachte, trotz der Geschwindigkeit die Hausnummer zu lesen.

Ich riß den Fuß hoch. Der Jaguar rollte vom Schwung mit fast unverminderter Geschwindigkeit dahin.

Links war freies Feld, über das von Ferne die Signallichter des Flugplatzes blitzten, rechts halbes Mauerwerk mit Firmenschildern, ein Eisenlager mit einem Kran, ein Baustofflager, dessen Tor, soweit man es im ungewissen Mondlicht erkennen konnte, offenstand schief in den Angeln hing.

»Stopp!« brüllte Phil. »Hier ist es!«

Ich riß das Steuer herum, um die Toreinfahrt zu gewinnen, aber es war einen Sekundenbruchteil zu spät, zumal mir die Beschleunigungskraft des ausgeschalteten Motors fehlte.

Die Schnauze des Jaguar schoß noch am linken Mauerpfosten vorbei, aber die linke Seite schrammte mit häßlichem Geräusch, während ich schon in die Bremse stieg, daran entlang. Der linke hintere Kotflügel zerbeulte knallend, dann stand der Wagen quer, und im selben Augenblick bellten zwei Schüsse, und die Kugeln schlugen laut und hart gegen die Karosserie.

Phil sprang nach rechts aus dem Wagen, während ich mit einem Handgriff die Scheinwerfer löschte und ihm nachsprang.

Wie gesagt, das Mondlicht war spärlich, aber so viel ließ sich erkennen, daß der Hof voller Gerümpel lag und am äußeren Ende ein kleiner Holzbau stand.

Phil und ich fanden uns hinter einem Stapel von Moniereisen wieder zusammen.

»Weißt du, woher das Feuer kam?« fragte ich.

»Keine Ahnung«, antwortete er. »Wir werden sehen.« Er zog durch und schoß, ohne zu zielen, in Richtung des Hauses.

Die Antwort erfolgte prompt.

»Rechts vom Haus«, stellte ich fest. »Hinter dem Bauholzstapel.« Ich richtete mich ein wenig auf.

»Schluß, Brian!« rief ich. »Wir haben dich. In fünf Minuten ist eine Kompanie von G-men hier. Du kannst es getrost schon aufgeben.« Die Antwort war eine Kugel, die gegen eine der Monierstangen schlug und sie mit einem singenden Ton zum Vibrieren brachte.

»Na schön«, rief ich. »Dann eben mit Gewalt!«

Und jetzt hörte ich vom Haus her eine andere Stimme: »Es

ist nicht Brian. Es ist Pete O'Neigh! Brian jagt Tommy! Pete versucht, mich zu erledigen.«

Wieder das Bellen eines Pistolenschusses, diesmal offenbar auf das Haus abgefeuert, denn wir hörten die Kugel nicht.

Ich ließ mich dadurch nicht stören.

»Wer bist du?« brüllte ich.

»Sam Barrender. Ich bin verwundet! Tommy türmte aus dem Seitenfenster, als Brian eindrang und Cast Murrow erschoß, während er mit euch telefonierte.«

Ich frohlockte. Einer von den Patt-Leuten lebte jedenfalls noch, und niemand, weder Pete O'Neigh noch ›Nummer 1‹ selbst, würde es mehr gelingen, ihn stumm zu machen.

»Bleib in Deckung, Barrender!« rief ich. »Wir holen dich heraus! Wohin rannte Tommy?«

»Ich weiß nicht!«

Phil packte meinen Arm.

»Hörst du?« flüsterte er.

Ich hatte gehört. Es war ein fast verwehtes Geräusch, und es klang wie Pistolenschüsse von weither, und wir hätten nicht sagen können, woher dieses kaum echolaute Geräusch kam, wenn nicht gleich darauf das leichte Hämmern einer Maschinenpistole gefolgt wäre.

»Das kommt aus der Richtung des Flugplatzes!« stellte ich fest. »Das muß Brian selbst sein! Vielleicht kann ich ihn fassen! Mit Pete wirst du fertig. Riskiere nichts!«

Ein Griff an Phils Oberarm, ein kurzes Schütteln, das für einen langen Händedruck galt, und gebückt huschte ich hinter den Moniereisen weg zum Jaguar zurück.

Ich sagte Ihnen schon, daß links von der einhundertdreiunddreißigsten Seite weite Felder lagen, die das Vorgelände von dem Flugplatz bildeten. Nach dem Geräusch der Schüsse zu urteilen, mußte sich irgendwo in diesen unbebauten Grasflächen, die aus Sicherheitsgründen für den Flugverkehr kahl gelassen wurden, der Kampf zwischen ›Nummer 1‹ und dem dritten Patt-Mann abspielen.

Ich brauchte Licht, wenn ich den Hauch einer Chance haben wollte, beide in den Feldern zu finden.

Ich enterte den festgefahrenen Jaguar, warf den Rückwärtsgang ein, startete und nahm den Fuß von der Kupplung, während ich das Steuer scharf einschlug.

Schrammend löste sich der hintere Kotflügel von dem Mauerpfosten. Ich kurbelte am Steuer, während Pete O'Neigh versuchte, mich wegzuputzen, aber Phil zwang ihn durch ein paar gut sitzende Sachen, die Nase einzuziehen.

Der Wagen kam frei. Ich jagte ihn rückwärts, bremste, warf den ersten Gang hinein, drehte ihn herum und schaltete den Scheinwerfer an.

So weit der Scheinwerfer reichte, schienen die Felder aus einer festen und relativ ebenen Grasfläche zu bestehen. Kein Graben befand sich zwischen Straße und Feld. Ich fuhr an. So eben, wie es aussah, war die Grasfläche doch nicht. Der Jaguar holperte wie ein alter Traktor. Ich störte mich nicht daran und brachte ihn bis in den dritten Gang. Er ging vom Holpern zum Springen über. Ich klammerte mich gewissermaßen mit den Zähnen am Steuerrad fest und schaltete den Suchscheinwerfer ein, der geschwenkt werden konnte. Zum Glück war die Beleuchtungseinrichtung beim Anschrammen an die Mauer heil geblieben.

Sie müssen sich das richtig vorstellen, wie ich so über das Feld tanzte, eine Hand am Steuerrad, die andere am Suchlicht, den Fuß auf dem Gashebel.

Ich schwang den Suchscheinwerfer im Halbkreis. Der Boden wurde weicher. Einmal drehten die Räder leer. Ich ließ das Steuerrad los und schaltete blitzschnell in den zweiten Gang. Der Jaguar sprang weiter.

Drei oder vier Minuten vielleicht fuhr ich über diesen Boden, der wahrhaftig nicht fürs Autofahren gedacht war. Dann sah ich etwas, richtiger, glaubte etwas zu sehen, halblinks und schräg vor mir den Schatten einer Gestalt, die sekundenlang vom Suchlicht aus der Dunkelheit gerissen wurde.

Zurück mit dem Scheinwerfer. Ja, dreihundert Yard voraus lief ein Mann.

Ich ließ den Suchscheinwerfer fahren, kurbelte am Steuerrad. Im selben Augenblick schlug der Wagen mit den Vorderrädern in eine wassergefüllte Querrinne, daß das Blech eines Kotflügels knallend zerknitterte und das Wasser in den Fond spritzte. Ich glaube, in diesem Augenblick vollbrachte ich die beste Leistung, die ich je als Autofahrer zustande gebracht habe. Noch bevor auch die Hinterräder in die Rinne rutschten, riß ich den Gang heraus, ließ den Motor im Zwischengas aufheulten und haute den ersten Gang hinein.

In der kleinen Übersetzung schaffte es der Motor. Er hob den Jaguar aus der Rinne wieder heraus. Noch eine Drehung am Steuerrad, und jetzt rissen die Hauptscheinwerfer den Mann zum drittenmal aus der Dunkelheit.

Ungewollt entfuhr mir ein Schrei. Es war Brian, der dort lief. Brian, die große ›Nummer 1‹, die dort vor mir fortrannte, genau wie ich es ihm prophezeit hatte, nicht mehr der große allmächtige Boß, sondern ein kläglicher, gehetzter Mörder. Ich wechselte nicht den Gang, ich sprang nicht aus dem Wagen. Ich fuhr weiter, und ich kam ihm näher und näher. Er blieb im Scheinwerferlicht wie ein flüchtender Hase, der den Verstand verloren hat. Noch zweihundert, hundertfünfzig, hundert Yard. Da blieb er stehen, schwang herum riß das Ding hoch, das er in der Hand trug. Ich sah, es war eine Maschinenpistole. Ich warf mich seitlich flach auf den Sitz, aber ich ließ den Fuß nicht vom Gas. Ich tastete nach meiner MPi, die neben mir gelegen hatte. Sie war heruntergefallen, und ich fuhr auf dem Boden mit den Händen entlang, aber ich blieb mit dem Fuß auf dem Gas. Über mir zerklirrte die Windschutzscheibe, und die Splitter rieselten auf mich herab, noch bevor ich die Schüsse hörte, aber ich nahm den Fuß nicht vom Gas. Meine Finger fühlten den Lauf der MPi, tasteten sich entlang bis zum Kolben, meine Hände schlossen sich um die Waffe.

»Jetzt!« sagte ich.

In diesem Augenblick gellte ein entsetzter Schrei. Etwas stieß gegen den Kühler meines Wagens. Ich hörte den dumpfen Laut eines Falles, richtete mich hoch und trat auf die Bremse. Der Jaguar stand auf der Stelle.

Ich sprang heraus, die Waffe in den Händen. Nur ein Scheinwerfer brannte noch, aber sein Licht genügte. ›Nummer 1‹ lag unter meinem Wagen, nur Rücken und Kopf sahen hervor.

Nein, ich habe Harry Brian nicht überfahren. Er lebte, und alles, was er abbekommen hatte, war eine kleine Gehirnerschütterung, die ihn ohnmächtig werden ließ. Er muß bis zum letzten Augenblick, die Maschinenpistole erhoben und feuernd, vor dem anrollenden Jaguar gestanden haben. Dann warf er sich herum, um fortzurennen, und in seiner Verwirrung tat er nicht den naheliegenden Sprung zur Seite, sondern lief geradeaus. Klar, daß der Wagen ihn nach wenigen Schritten überrollte. Der Kühler warf ihn um, so daß er zwischen die Räder zu liegen kam, und bevor der Wagen über ihn rollte und das tiefliegende Getriebe ihn vielleicht ernsthaft verletzt hätte, hatte ich auf die Bremse getreten. Die geringe Geschwindigkeit von zwanzig Meilen, die der Jaguar im ersten Gang höchstens läuft, und der weiche Boden hatten das Auto auf der Stelle zum Stehen gebracht.

Ich zog Brian unter dem Wagen hervor, schleppte ihn zum Beifahrersitz und ließ den Motor wieder anspringen. Vorsichtig tastete ich mich zur Straße zurück. Auf halbem Weg kamen mir Cops entgegen. In der Aufregung der Jagd hatte ich nicht bemerkt, daß auf der einhundertdreiunddreißigsten Straße inzwischen ein rundes Dutzend Polizeiwagen sirenenheulend aufgefahren war.

Als ich meinen armen, geschundenen Jaguar endlich auf dem Straßenpflaster zum Stehen brachte, traten Mr. High und Phil an meinen Wagen.

»Tot?« fragte der Chef beim ersten Blick auf den bewegungslosen Brian.

Ich schüttelte den Kopf. »Nein. Und hier?«

»Alles in Ordnung«, antwortete Phil. »Pete O'Neigh warf seine Kanone weg, als die Sirenen heulten. Sam Barrender von der Patt-Bande ist nur leicht verletzt, und Cast Murrow, den Mann, den ›Nummer 1‹ niederschoß, als er mit uns telefonierte, hat es zwar schwer erwischt, aber vielleicht bekommen wir ihn durch.«

Die Cops suchten das Feld nach dem dritten Mann ab, und sie fanden ihn, aber hier hatte ›Nummer 1‹ zum letztenmal ganze Arbeit geleistet. Der dritte Patt-Mann, Tommy Bliatti mit Namen, war tot.

Von Sam Barrender erfuhren wir noch in derselben Nacht, was sich seit jenem Augenblick ereignet hatte, als Harry Brian in der siebenundzwanzigsten Straße im Haus Nummer einhundertvierundachtzig auftauchte, das Upton Ginger für John Patt gemietet hatte. Es war genauso gewesen, wie wir es uns vorgestellt hatten. ›Nummer 1‹ wollte Patt auf seine Seite ziehen, aber Patt fragte kühl nach Geld. Er hatte Ginger inzwischen auf hunderttausend Dollar hochgedrückt, und Brian konnte eine solche Summe nicht zahlen. Nach einem kurzen Wortwechsel hatte er Patt mit einer Schalldämpferpistole angesichts der sechs Mann erschossen, und keiner von den sechs wagte, sich gegen ihn zu empören. Als ich zwei Minuten nach dem Schuß erschien, hörten sie bereits auf Brians Kommando und setzten mich so lange matt, bis die Leiche fortgeschafft war. Dann lief das erste Geldholen bei Matterson schief, und die Patt-Leute murrten. ›Nummer 1‹ stopfte ihnen die paar Dollar ins Maul, die er noch besaß, und hetzte sie gegen Carruzzi. Dabei wurden Barrender und Stinner von mir angeschossen, Stinner ziemlich schwer. ›Nummer 1‹ führte sie zu diesem Grundstück, das er zwei Tage vorher von der Baufirma durch den Anwalt Loying gekauft hatte, um ein uns unbekanntes Quartier und eventuelles Lager für spätere Geschäfte zu haben.

Brian verstand es, den Patts klarzumachen, was sie erwartete, wenn sie sich auf die Straße trauten. Natürlich knurrten die Gangster gewaltig, aber so sehr sie Brian in der Hand hatten, so schien er ihnen doch der einzige Mann zu sein, der sie aus der Klemme wieder herausholen konnte. Er brachte zunächst einmal den schwerverwundeten Stinner angeblich zum Arzt. Außerdem verteilte er die siebentausend Dollar, die er von Matterson und Reive aufgrund seines zweiten Erpressungsversuchs bekommen hatte, unter die Gangster. Pete O'Neigh hielt sich bei den Patt-Leuten auf und versorgte sie mit allen, was sie wünschten. ›Nummer 1‹ kam selbst nicht mehr hin. Da die Telefonleitung der Baufirma noch bestand, hielt er auf diesem Weg mit Pete Kontakt. Nur in jener Nacht, in der er uns durch die Lappen gegangen war, erschien er persönlich und brachte die Patts dazu, daß sie ihre Aktion gegen mich unternahmen. Er redete ihnen ein, daß sie sich von allen Gefahren befreit fühlen könnten, sobald ich unter der Erde lag, und da sie nicht gerade mit Geistesgaben gesegnet waren, ließen sie sich darauf ein. Ein Nebengedanke von ›Nummer 1‹ war dabei, daß er auf diese Weise die einzige Maschinenpistole, die die Patt-Bande besaß, ihnen aus den Fingern drehen konnte, denn zu diesem Zeitpunkt war das Verhältnis zwischen ihnen schon sehr gespannt. Lattow und Sullivan, die beiden gefährlichsten, übernahmen den neuen Job, den Brian ihnen bot, und sie mußten es teuer bezahlen.

In jener Nacht blieben die drei Zurückgebliebenen, Barrender, Bliatti und Murrow, auf und warteten auf die Rückkehr der Kumpane. Sie besaßen ein Kofferradio, und sie hörten unsere Durchsage. Natürlich fuhren sie hoch, aber Pete O'Neigh, der bei ihnen war, erklärte alles für einen Polizeitrick und schaltete das Radio aus. Dann rief er Brian an, der fast drei Stunden mit seinem Wagen in der Stadt herumgefahren war, um zunächst einmal herauszufinden, ob er von uns in einem Großeinsatz gesucht wurde. Er hatte ursprünglich nicht die Absicht, die drei übriggebliebenen Patt-Gangster sofort ihren Kollegen nachzuschicken, sondern wollte feststellen, ob er von uns immer noch nicht ernsthaft belangt werden konnte. Dann hörte er, allerdings recht spät, unsere Durchsage im Autoradio, und jetzt fühlte er sich zum Handeln gezwungen.

Er rief Pete an und verlangte von ihm, er sollte die Patts überrumpeln, aber so etwas traute sich Pete nicht zu. Daraufhin befahl er ihm, zu sehen, daß er aus dem Bau herauskam. Das gelang Pete.

Sobald O'Neigh fort war, stellte Murrow das Radio wieder an, denn die Durchsage hatte den Gangstern keine Ruhe gelassen. Sie hörten den Ruf noch einigemal, schließlich entschlossen sie sich, der Polizei auf den Zahn zu fühlen. Murrow rief an. Er war nicht intelligent genug, um zu wissen, daß man während eines Gesprächs den Standort des Anrufers feststellen kann. Noch während er telefonierte, kamen ›Nummer 1‹ und Pete O'Neigh zurück. Brian sah Murrows Schattenriß mit dem Hörer am Ohr hinter dem erleuchteten Fenster, und er begriff die Gefahr sofort. Er jagte die erste Serie durch die Fensterscheiben hindurch und verwundete Murrow schwer, aber er warnte dadurch auch gleichzeitig die beiden anderen. Barrender schoß zurück und verhinderte, daß ›Nummer 1‹ das Holzhaus stürmen konnte. Tommy Bliatti türmte in einem Anfall von Panik durch das Seitenfenster, und nun sah Brian sich gezwungen, Bliatti zu verfolgen, denn er war sich völlig darüber im klaren, daß der Gangster jetzt zur ersten besten Polizeistation rennen würde. Bliatti gewann einen kleinen Vorsprung und jagte blindlings in Richtung auf die Lichter des Flugplatzes zu — in der Hoffnung, dort Menschen zu finden, die ihm helfen könnten. Brian stellte und tötete ihn.

Noch bevor der Morgen graute, lag eine von Sam Barrender unterschriebene Zeugenaussage vor uns, die Harry Brian des Mordes an John Patt bezichtigte. Da die Ärzte inzwischen festgestellt hatten, daß Gast Murrow durchkommen würde, konnten wir eine zweite Aussage haben, sobald er dazu in der Lage war. Es war ein wenig merkwürdig, daß wir diese Aussagen, jetzt, da wir sie besaßen, eigentlich nicht mehr brauchten, denn die Kugeln in der Brust Tommy Bliattis und die Maschinenpistole in der Hand von ›Nummer 1‹ auf dem Feld beim Flugplatz waren durch einen einfachen Indizienbeweis so hieb- und stichfest zu verknüpfen, daß dieser eine Fall den Geschworenen genügt hätte, Harry Brian zur Höchststrafe zu verurteilen.

Ich wohnte einem einzigen Verhör bei, dem ›Nummer 1‹ unterzogen wurde, sobald er vernehmungsfähig war. Er saß vor dem Tisch Mr. Highs, und sein Gesicht war so bewegungslos wie ein Maske.

»Ich weiß«, sagte er kalt, als Mr. High ihm die Zeugenaussage von Barrender über den Tisch schob. Er las sie nicht. »Ich werde alle Leute belasten«, fuhr er mit eisiger Stimme fort. »Holen Sie einen Stenografen.«

Vier Stunden lang packte er aus. Er sprach so ungerührt, als diktiere er Geschäftsbriefe. Er verpfiff Matterson und Reive, und er erzählte uns alles über alle Leute, die je für ihn gearbeitet hatten. Es waren Leute darunter, die sich längst zur Ruhe gesetzt hatten. ›Nummer 1‹ riß sie alle mit in seinen Sturz.

Als er zu Ende war, drückte er seine Zigarette aus und sah Mr. High fragend an. Mr. High nickte. Der Wärter trat hinzu, Brian erhob sich, und der Wärter schloß die Handschellen um seine Gelenke und führte ihn hinaus.

An der Tür blieb ›Nummer 1‹ noch einmal stehen. Sein ausdrucksloser, wie erloschen wirkender Blick richtete sich auf mich.

»Ihnen hätte ich's gern noch besorgt. G-man«, sagte er. »Schade, aber hoffentlich erledigt es ein anderer für mich.«

Zwei Wochen später hatte Mr. High Phil und mich anläßlich seines Geburtstags zum Abendessen eingeladen. Zu dieser

Zeit lief die Gerichtsverhandlung gegen ›Nummer 1‹, und der Chef kam darauf zu sprechen.

»Reden wir von etwas anderem«, winkte ich ab. »Mir hat der Fall nur Unkosten verursacht. Dreihundertvierundachtzig Dollar und siebenunddreißig Cent beträgt die Instandsetzungsrechnung für meinen Wagen.«

Mr. High lächelte. »Reichen Sie sie ein, Jerry«, antwortete er. »Ich glaube, es ist zu verantworten, wenn der FBI diese Rechnung zahlt. Es fällt unter die gleichen Bestimmungen, nach denen der Staat die Kosten für das Kunststopfen von Kugellöchern in Beamtenanzügen übernimmt.«

Ich stürmte das graue Haus

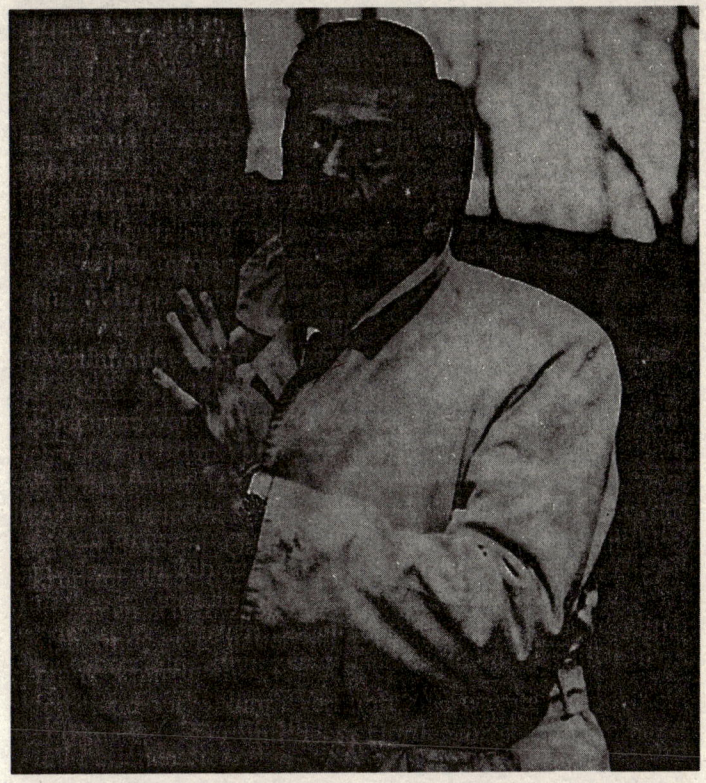

Erschien erstmals als G-MAN JERRY COTTON Band 6 (1956), dann als Band 6 der 2. Auflage und als Band 15 der 3. (1970) und 4. Auflage (1978).

H allo«, sagte die Stimme am anderen Ende der Leitung, eine dünne, nervöse Stimme, »spreche ich mit dem Chef des FBI?«

Ich befand mich im Zimmer von Mr. High. Ich war hineingegangen, um einen Bericht zurückzubringen, und ich hatte abgehoben, als das Telefon klingelte. Mr. High war, soviel ich wußte, zu einer Sitzung der Stadtverwaltung New York. Er hatte eine Menge solchen bürokratischen Krempels zu erledigen.

»No«, antwortete ich, »Sie sprechen mit dem FBI-Beamten Cotton.«

»Warum hat man mich nicht mit dem Chef verbunden?« nörgelte die Stimme weinerlich. »Ich habe ausdrücklich den Chef verlangt.«

»Sie sind mit dem Zimmer des Chefs verbunden worden«, sagte ich, »aber Mr. High ist im Augenblick abwesend.«

»Sind Sie sein Stellvertreter?«

»Nein, eigentlich nicht.«

»Wann ist Mr. High zu erreichen?« fragte der Anrufer. Ich hörte, daß die Stimme flatterte.

»Nicht vor sieben Uhr am Abend.«

Es waren nur noch Atemzüge zu hören — kurze erregte Atemstöße.

»Hallo, sind Sie noch da?« fragte ich.

Der Anrufer antwortete nicht, wenigstens nicht direkt. Ich hörte nur, wie er murmelte: »Das ist zu spät, viel zu spät.«

Es war der Stimme anzuhören, daß der Mann irgendwie in der Klemme saß. Ich sagte sehr vorsichtig: »Vielleicht kann ich Ihnen helfen, Sir. Bitte, worum handelt handelt es sich?«

»Nein, nein«, antwortete er heftig. »Sie sind nur ein Beamter. Sie müssen den Dienstweg einhalten. Sie werden Alarm schlagen.«

»Langsam, langsam«, stoppte ich ihn. »So schnell schlägt niemand Alarm. Und niemand ist bei uns solch ein Bürokrat, daß er unbedingt auf dem Dienstweg besteht.«

Wissen Sie, wir beim FBI gehen bei solchen Anrufen nicht gleich in Startstellung. Es kommt immer wieder vor, daß wir von Leuten, von sehr aufgeregten Leuten angerufen werden, die von uns die sofortige Festnahme ihres Nachbarn verlangen, weil er ihnen schon zweimal die Milch vor der Tür gestohlen haben soll.

Der Mann am anderen Ende der Leitung atmete immer noch heftig.

»Gut«, stieß er schließlich hervor, »ich werde es Ihnen sagen. Ich werde erpreßt.«

»Von wem?« fragte ich.

»Ich weiß nicht. Nein, das weiß ich nicht.«

»Gut, kommen Sie her und geben Sie Ihre Angaben zu Protokoll. Wir werden den Burschen schon fassen.«

»Nein«, sagte er schrill, »ich kann nicht zu Ihnen kommen. Ich würde Ihr Gebäude nie lebend erreichen. Er würde mich unterwegs töten, sobald er feststellt, wohin ich mich begebe.«

»Okay, dann kommen wir zu Ihnen. Wie heißen Sie, und wie lautet Ihre Adresse?«

»Nein«, flüsterte er hastig, »das geht auch nicht. Ich würde getötet werden, sobald Sie mich verlassen haben.«

Mir ging langsam die Geduld aus. Sicherlich handelte es sich um einen hoffnungslosen Hysteriker, der da am anderen Ende der Strippe zappelte.

»Nennen Sie mir wenigstens Ihren Namen.«

»Nein!« Das klang wie ein Schrei.

»Hören Sie«, sagte ich so ruhig, wie ich konnte, »wie sollen wir Ihnen helfen, wenn Sie uns weder Ihren Namen noch Ihre Adresse noch die näheren Umstände nennen wollen? Auf diese Art hat es keinen Zweck, weiterzureden.«

Ich dachte, er würde einhängen, aber das Geräusch seiner Atemzüge blieb in der Leitung.

»Gut, ich werde Ihnen die Umstände schildern. Ich werde seit langer Zeit, seit einem Jahr, erpreßt ...«

»Warum sind Sie nicht früher zu uns gekommen?« unterbrach ich.

»Es — es hat seine Gründe. Ich zahlte, aber jetzt verlangt er von mir zehntausend Dollar, bis heute abend neun Uhr. Ich habe sie nicht. Ich kann sie nicht aufbringen. Mein Geschäft ist ruiniert. Es muß etwas geschehen. Darum wende ich mich an Sie, aber ich möchte im Dunkeln bleiben. Sie verstehen? Er hatte einen Grund, mich zu erpressen. Wenn sie es genau wissen wollen, ich habe mich strafbar gemacht. Es ist lange her, so gut wie vergessen. Ich habe Familie. Es wäre ein Zusammenbruch, den ich nicht überleben würde, wenn ich vor Gericht müßte. Aber wenn ich weiterhin zahle, so bedeutet das ebenfalls meinen Ruin. Bitte helfen Sie mir.«

Ich hatte ihn ruhig aussprechen lassen. Ich fühlte, es war etwas hinter dieser verworrenen Geschichte, die er mir erzählte.

»Wir werden Ihnen helfen«, antwortete ich sachlich. »Aber dazu ist es wirklich notwendig, daß wir einander sprechen. Wann kann ich Sie sehen?«

»Ich — ich möchte nicht mit Ihnen zusammentreffen.«

Ich überlegte einen Augenblick.

»Also gut«, sagte ich dann, »ich gebe Ihnen mein Ehrenwort, daß ich nicht nach Ihrem Namen frage, aber Sie müssen wirklich einsehen, daß der FBI unmöglich die Verfolgung eines Verbrechens aufnehmen kann, über das er nichts weiß.«

»Sie werden mich auch nicht zwingen?« fragte er. »Sicherlich sind Sie bewaffnet?«

»Ich verspreche Ihnen, daß Sie nach der Unterredung hingehen können, wohin Sie wollen. Es wird Ihnen niemand folgen.«

Er holte tief Luft.

»Kennen Sie den Soberlin Place?«

»Natürlich.«

»Dort befindet sich ein Nachtbriefkasten, in den ich schon mal meine Post warf. Bitte, seien Sie nach Einbruch der Dunkelheit dort, zwischen acht Uhr und halb neun. Ich werde kommen. Glauben Sie nicht auch, daß ich ruhig dorthin gehen kann? Schließlich kann es mir niemand übelnehmen, wenn ich meine Post fortbringe.«

»Wer soll es Ihnen übelnehmen?«

»Nun — er selbstverständlich.«

»Nein ich glaube nicht, daß es Verdacht erregt, wenn Sie dorthin gehen.«

Ich hörte ihn tief seufzen.

»Bis heute abend also«, sagte er. »Und vielen Dank vorläufig.«

Ich wartete, bis er eingehängt hatte. Dann legte auch ich den Hörer auf.

Ich ging hinüber in unser Office, in dem Phil saß.

»Das war ein verrücktes Telefongespräch«, sagte ich und erzählte es ihm.

»Soberlin Place«, wiederholte er, als ich unseren Treffpunkt nannte. »Das ist ein kleiner Platz in Green Village, sozusagen altes New York. In der Mitte ist ein Kinderspielplatz, der abends natürlich verwaist ist. Riecht nach Falle, Jerry!«

»Ich wüßte nicht, wer mir augenblicklich eine Falle stellen sollte. Die Leute, die das Bedürfnis haben könnten, sich an mir zu rächen, sitzen alle. Warum übrigens überlegen? Wir werden sehen.«

Fünf Minuten vor acht stieg ich aus dem Taxi, das mich vom Hauptquartier zum Soberlin Place gebracht hatte. Ich hatte auf meinen eigenen Wagen verzichtet. Der Anrufer sollte nicht beim Anblick eines wartenden Autos das Gefühl haben, es könnten noch mehr Polizisten darin auf ihn lauern.

Das Wetter war unfreundlich. Es regnete dünn, aber unaufhörlich. Ich schlug den Kragen des Trenchcoats hoch und rückte den Hut zurecht.

Der Platz war klein, hundert Yard im Quadrat vielleicht.

Der Soberlin Place war eine der wenigen ruhigen Ecken von New York.

Ich fand den Nachtbriefkasten neben der Lücke in der Ligusterhecke, die den Eingang zum Spielplatz bildete, und ich postierte mich dort. Ich war ein wenig gespannt auf den Mann, der so viel auf dem Kerbholz haben sollte, daß er sich ein Jahr lang dafür erpressen ließ, und im Unterbewußtsein wurde ich das Gefühl nicht los, daß ich einfach auf den Arm genommen worden war.

Die Zeiger meiner Armbanduhr krochen langsam auf halb neun, und noch war nichts passiert. Hin und wieder ein vorbeifahrender Wagen, drei oder vier Leute, die in irgendeines der Häuser gingen, ein Liebespaar, das Arm in Arm vorbeischlenderte. Ich begann zu überlegen, ob ich tatsächlich hochgenommen worden war oder ob der Anrufer vor seiner Absicht zurückschreckte.

Ich zündete eine neue Zigarette an, und als ich das Streichholz fortwarf, sah ich im ungewissen Licht der beiden kläglichen Straßenlaternen einen Mann auf mich zusteuern.

Er kam aus dem äußeren linken Winkel des Platzes, wo die 74. Straße einmündete, ging schräg über den Fahrdamm, betrat den Bürgersteig der Platzmitte und streifte dann eng an der Ligusterhecke entlang auf den Briefkasten zu.

Ich erkannte gleich, daß es mein Mann sein mußte. Ich sah es an der unruhigen Art, in der er sich umschaute, an seinem hastigen und doch stolpernden Gang, an dem tief in die Stirn gezogenen Hut.

Zwanzig Schritte trennten uns noch. Ich stieß mich von dem Briefkasten ab, an den ich mich bisher gelehnt hatte, um ihm entgegenzugehen, als seine Gestalt plötzlich in grelles, schneidendes Licht getaucht wurde.

Er verharrte jäh und warf den Kopf hoch. Ich sah sein weißes Gesicht mit den weit aufgerissenen Augen, und gleichzeitig erkannte ich, woher das Licht kam. In einer Toreinfahrt auf der anderen Straßenseite stand ein Wagen, dessen

Scheinwerfer aufflammten. In derselben Sekunde sprang der Motor an. Ich verstand.

»Weg!« schrie ich. »In die Hecke! Springen Sie!« Ich riß an meinem Trenchcoat, daß die Knöpfe sprangen, während ich meine Warnung schrie.

Es nutzte nichts. Der Mann stand wie angewurzelt. Zwei einzelne Schüsse peitschten über den Soberlin Place — Gewehrschüsse. Ich sah den Körper des Mannes hochzukken, aber ich sah ihn nicht mehr fallen, denn die Scheinwerfer erloschen so plötzlich, wie sie aufgeflammt waren. Der Wagenmotor heulte auf, die Reifen quietschten, als das Auto aus der Toreinfahrt schoß, quietschten noch einmal, als es um die Ecke der 74. Straße gerissen wurde. Das war der Augenblick, in dem ich das schwere Fahrzeug durch den Schein der einsamen Ecklaterne huschen sah, und ich feuerte drei Schüsse aus meinem Revolver hinterher — Schüsse, die freilich nur noch symbolische Bedeutung hatten. Es war alles so schnell gegangen, daß ich nicht einmal sagen konnte, von welcher Marke das Mordauto gewesen war.

Ich ging die wenigen Schritte zu der Stelle, wo ich den Mann zuletzt gesehen hatte. Ja, dort lag er. Er war auf das Gesicht gefallen.

Ich faßte seine Arme und drehte ihn auf den Rücken. Er war tot. Eine der beiden Kugeln hatte ihren Weg genau in seine Stirn gefunden.

Die Schüsse hatten die Bewohner der Häuser am Soberlin Place aufgestört. In einigen Fenstern war Licht aufgeflammt, und einige Leute blickten auf die Straße.

»Hallo!« rief ich einem Mann in einem Paterrefenster des gegenüberliegenden Hauses zu. »Rufen Sie das FBI-Hauptquartier an!«

»Ist etwas passiert?« fragte er mit der üblichen Neugier des Bürgers zurück.

»Ja, ein Mord«, antwortete ich kurz.

Daraufhin beeilte er sich, ans Telefon zu kommen.

Es dauerte genau sieben Minuten, bis die Mordkommission eintraf. Während dieser Zeit stand ich neben dem Toten, rauchte und hatte so meine Gedanken.

Als die Männer aus ihren Fahrzeugen sprangen, die Scheinwerfer aufstellten, der Arzt sich über die Leiche beugte, trat Less Baker, der diese Nacht Bereitschaftsdienst hatte, auf mich zu und fragte: »Hast du ihn gefunden, Jerry?«

»No, ich hatte eine Verabredung mit ihm. Sie erschossen ihn vor meinen Augen.«

»Einer aus einer Gangsterbande, der pfeifen wollte?«

Ich warf meine Zigarette fort. »Ich weiß nicht«, sagte ich. »Ich weiß nicht einmal seinen Namen. Habt ihr Phil benachrichtigt?«

Less grinste flüchtig. »Werden doch deinen Zwilling nicht vergessen. Muß jeden Augenblick eintreffen. Da ist er schon.«

Phil, der schon nach Hause gegangen war, kam in meinem Jaguar an. Ich winkte ihm wortlos, und wir gingen zum Arzt, der nach der Tätigkeit des Fotografen bei dem Toten kniete.

»Muß ein großes Kaliber gewesen sein«, sagte er, ohne aufzublicken.

»Ein Gewehr, dem Knall nach zu urteilen«, erwiderte ich. »Hat er eine zweite Verwundung, Doc? Es fielen zwei Schüsse «

»Ja, hier«, antwortete er und reichte mir den Hut des Ermordeten, der einen Einschuß und einen Ausschuß aufwies. »Sein Mörder hat von Anfang an auf den Kopf gezielt. Muß ein Kunstschütze gewesen sein. Es ist ein ziemliches Kunststück, bei der Dunkelheit einen Mann so genau zu treffen.«

Ich maß mit den Augen die Entfernung zur Toreinfahrt.

»Sie hatten ihn im Scheinwerferlicht eines Autos«, sagte ich, »aber Sie haben dennoch recht, Doc. Der Täter war von seiner Zielsicherheit überzeugt. Ein gewöhnlicher Gangster hätte die Maschinenpistole gewählt, oder er hätte es im Vorbeifahren mit dem Revolver versucht.«

Unser Arzt richtete sich auf.

»Mehr habe ich hier nicht zu tun. Die Kugel bekommen Sie nach der Obduktion, Cotton. Sie bearbeiten doch den Fall, nicht wahr?«

»Ich werde ihn wohl übernehmen«, antwortete ich, kniete neben dem Erschossenen nieder und tastete seine Kleidung ab.

Ich fand eine Wester-Pistole in seiner Manteltasche, ein 6,35-Kaliber, in unseren Augen nicht viel mehr als eine Spielzeugwaffe, während die rechte Manteltasche nur einen Schlüsselbund enthielt. Die beiden inneren Jackentaschen bargen ein Portefeuille und ein Notizbuch, die Seitentaschen etwas Kleingeld.

In seiner rechten Hand hatte der Mann einige Briefe getragen. Sie lagen jetzt verstreut, insgesamt fünf Stück. Ich sammelte sie auf. Sie waren feucht und schmutzig von der regennassen Erde. Ich trat an den Scheinwerfer eines unserer Wagen, der die Szene beleuchtete. Die Anschriften waren unterschiedlich, aber der Absender war vorgedruckt und lautete:

Joel Ruster, Börsenagent, Crosper Road 37, Tel. LP 437 899, Wahrnehmung von Börsen- und Wertpapierhandel jeder Art. Internationale Verbindungen.

Die Nummer 37 der Crosper Road entpuppte sich als ein Bürohaus, nicht einer dieser Riesenkästen, in denen sich Hunderte von Firmen befinden, sondern ein Haus, wie sie zu Dutzenden in den Hauptgeschäftsstraßen der New Yorker Vorstädte stehen. Es hatte sieben Stockwerke. Unten war ein Pelzlager, die zweite Etage nahm ein Tuchversandgeschäft ein, dann kamen ein paar Anwälte, ein Ingenieurbüro und noch einige Firmen. Nach dem Wegweiser an der Wand lag Joel Rusters Büro im fünften Stock.

Wir läuteten dem Portier. Es dauerte einige Zeit, bis er aus seiner Souterrainwohnung heraufschlurfte. Er öffnete eine vergitterte Klappe in der schweren Holztür.

»Wir möchten das Büro von Mr. Ruster sehen«, verlangte ich und reichte ihm meinen FBI-Ausweis durch das Gitter. Er studierte ihn gründlich, wurde dann sehr diensteifrig, führte uns zum Aufzug und fuhr uns in den fünften Stock.

»Die zweite Tür links«, erklärte er. »Kommen Sie mit!«

Die Tür bestand zur Hälfte aus Glas, auf der sich die gleiche Aufschrift befand wie auf den Briefumschlägen. Ich probierte die bei dem Toten gefundenen Schlüssel aus. Schon der zweite paßte.

»Der Lichtschalter befindet sich rechts«, sagte der Portier.

Es war ein kleiner Raum, in dem nur eine Schreibmaschine, ein runder Tisch und zwei Besucherstühle standen. Auf einem niedrigen Aktenregal mit einigen Schnellheftern befand sich ein Telefon. Links führte eine Tür zu einem zweiten Raum.

»Mr. Rusters Privatbüro?« fragte ich den Portier. Er nickte.

Auch dieser Raum war nicht in irgendeiner Weise auffällig eingerichtet. Ein bescheidener Schreibtisch, ein Rundtisch mit zwei Stahlrohrsesseln, mehrere Aktenregale, ein Bücherschrank, ein kleiner Tresor, ein zweites Telefon.

Ich bot dem Portier einen der Sessel und eine Zigarette an. Fünf Minuten später wußte ich alles über Joel Ruster, seine Lebensgewohnheiten, seine Familie.

Er betrieb sein Agenturgeschäft seit fünfzehn Jahren, hatte klein angefangen. Heute mochte er fünfzig- oder sechzigtausend Dollar pro Jahr verdienen. Er hatte eine einzige Bürokraft, ein ältliches Fräulein, das seit über zehn Jahren bei ihm war. Er war seit acht Jahren verheiratet, und obwohl die Ehe kinderlos blieb, schien es nach Ansicht des Portiers eine sehr gute Ehe zu sein. Ruster galt als solide. Seitdem er sich zu einem mittleren Einkommen hochgekrabbelt hatte, bewohnte er eine hübsche Wohnung in der 72. Straße.

Ich untersuchte das Telefon im Hauptbüro, während der

Hausmeister mir neugierig zusah. Die Leitung führte zu einer Sammelbüchse und ging von da aus in einer Sammelleitung, die unter dem Wandputz lag, vermutlich zu dem Hauptverteiler in den Kellerräumen und von da aus zum Straßenkabel.

»Suchen Sie etwas am Telefon?« fragte der Portier.

Ich nickte.

»Heute ist daran gearbeitet worden«, sagte er. »Aber im Vorzimmer.«

»Heute?«

»Ja, um fünf Uhr. Ein Mann von der Telegrafengesellschaft kam, als Mr. Rusters Bürohilfe gerade fortgegangen war. Ich ließ ihn mit dem Hauptschlüssel ein und stand dabei, während er an der Leitung arbeitete. Es ging ganz schnell und dauerte kaum zehn Minuten.«

»Können Sie mir zeigen, was er tat?«

Der Mann kratzte sich den Kopf.

»Ich verstehe ja nicht viel davon«, brummte er. »Ich glaube, er entfernte ein kleines Stückchen Draht zwischen der Leitung zum zweiten Apparat und der Anschlußbuchse.« Ich ließ mir die Stelle zeigen, an der der angebliche Mechaniker gearbeitet hatte. Zentimeterweise prüfte ich die Leitung. Eine Daumenbreite, bevor sie in den Anschlußkasten mündete, fand ich eine kleine blanke Stelle. Etwas Mörtelstaub auf dem Fußboden verriet mir, daß der Deckel der Anschlußdose ab- und wieder angeschraubt worden war.

Ich stand auf. Ich bin kein Schwachstromingenieur. Ich fand mich in dem Gewirr von Drähten nicht zurecht, aber ohne Zweifel hatte sich hier eine Vorrichtung befunden, mit deren Hilfe Rusters Gespräche überwacht werden konnten, und diese Vorrichtung war entfernt worden, weil sie die Möglichkeit zur Entdeckung des Abhörers bot.

»Der Mechaniker hat übrigens auch noch im Keller gearbeitet«, sagte der Portier. »Wollen Sie das auch sehen?«

Ich schüttelte den Kopf. »Beschreiben Sie mir lieber, wie er aussah.«

Er lieferte eine nicht mal schlechte Beschreibung.

»Und nun noch den Namen und die Adresse von Rusters Bürohilfe, falls Sie sie wissen.«

Er wußte sie. Miss Littlefield, 112. Straße 93.

Das wurde eins der peinlichsten Verhöre, die ich je durchgeführt habe. Es ist nicht jedermanns Sache, ein etwas älteres Fräulein eine halbe Stunde vor Mitternacht aus dem Bett zu läuten. Meine Sache jedenfalls war es nicht, aber ich tat es, weil ich es tun mußte.

Vor ungefähr einem Jahr war schon einmal etwas an der Telefonleitung gemacht worden, und zwar während der Arbeitszeit, allerdings war, wenn sich das Fräulein recht erinnerte, Mr. Ruster nicht anwesend. Ich ließ sie den Mechaniker beschreiben. Natürlich war die Beschreibung ungenauer als die des Portiers, aber in den wesentlichen Zügen stimmte sie damit überein. Es handelte sich bei dem Mechaniker um einen schmalen, fast zierlichen Mann mit gelblicher Gesichtsfarbe und schwarzem Haar.

Ich holte Phil am nächsten Morgen aus dem Office und ging mit ihm zu Mr. High. Wir waren während der Nacht noch ein paarmal zusammengetroffen, und morgens um sieben Uhr hatte ich schon die Berichte der Einsatzkommission gelesen, die Less Baker leitete. Alle Ergebnisse, die die verschiedenen Einsatzgruppen des FBI in den zwölf Stunden seit der Tat erzielt hatten, standen mir zur Verfügung.

»Morgen, Jerry«, sagte Mr. High, als wir sein Zimmer betraten.

»Ich weiß schon durch Phil Bescheid. Verrückte Sache, die Ihnen da passiert ist. Setzen Sie sich.«

Ich faßte in wenigen Sätzen zusammen. Joel Ruster, ein Börsenagent mit scheinbar makellosem Vorleben, war nach seinen eigenen telefonischen Angaben seit einem Jahr erpreßt worden. Er gestand selbst, daß diesem Erpressungsversuch ein Verbrechen zugrunde lag, das er vor sehr vielen

Jahren begangen hatte und das nie entdeckt worden war. Er sollte bis zu einem bestimmten Termin zehntausend Dollar zahlen, die er nicht mehr besaß. In seiner Verzweiflung wandte er sich an den FBI und wollte erreichen, daß die Erpresser verfolgt wurden, ohne daß er seine Identität bekanntgab. Er verabredete eine Zusammenkunft mit einem FBI-Beamten, in diesem Falle mit mir. Bei dieser Zusammenkunft wurde er aus einem Auto heraus, das auf sein Erscheinen wartete, erschossen. Es bestand kein Zweifel, daß die Mörder mit den Erpressern identisch waren.

An Einzelheiten waren festgestellt worden: Der Mörder war ein sehr sicherer Schütze, der Ruster durch eine Kugel aus dem Gewehr tötete. Er hatte dadurch Kenntnis von dieser Zusammenkunft erhalten, daß er seit einem Jahr Rusters Telefongespräche durch eine technische Vorrichtung mithörte, die noch vor Rusters Tod von einem Mann, dessen Beschreibung vorlag, entfernt worden war.

Wir schwiegen alle eine Minute lang nach meinem Bericht, dann sagte Mr. High: »Eigentlich ist das ein Fall für die City Police, Jerry. Für den FBI sind nur ...«

»Augenblick, Chef«, unterbrach ich. »Abgesehen davon, daß der Mann vor meinen Augen erschossen wurde und daß es mich aus diesem Grunde juckt, seinen Mörder zu fassen, handelt es sich hier nicht um einen Einzelfall. Wir haben Rusters Notizbuch gefunden. Im Laufe eines halben Jahres sind dort drei Eintragungen an bestimmten Tagen, Zahlen ohne jeden Kommentar, zweimal fünftausend und einmal siebentausend Dollar, gemacht worden. Rechnen Sie die zuletzt geforderten zehntausend hinzu, so haben Sie siebenundzwanzigtausend Dollar, wahrhaftig keine Summe, um die es sich lohnt, eine komplizierte telefonische Geschichte anzubringen. Außerdem käme kein einzelner Erpresser auf die Idee, seine Opfer in solcher Form zu überwachen. Der Täter im Fall Ruster ist eine Organisation, und eine Organisation wird nicht gegründet, um einen einzelnen Mann zu erpressen, von dem bestenfalls sechzigtausend Dollar im

Jahr zu holen sind. Dieser Mord am Soberlin Place ist nur die Spitze des Eisberges, nur das eine Zehntel, das aus dem Wasser schaut. Neun Zehntel schwimmen noch unter der Oberfläche, und ich denke, es ist eine würdige Aufgabe für den FBI, das gesamte Gefüge aufzudecken.«

Mr. High lächelte. »Sie haben mich nicht aussprechen lassen, Jerry. Ich denke genauso.«

»Danke, Chef«, sagte ich. »Ich war heute morgen bei der Scott-Telefongesellschaft und habe ihren tüchtigsten Ingenieur für uns losgeeist. Ich hoffe, der Mann kriecht bereits in der Crosper Road 37 herum und bemüht sich, herauszufinden, zu welcher Leitung die Verbindung von Rusters Telefonanschluß führte. Für heute mittag habe ich den Portier des Bürohauses und Rusters Sekretärin hergebeten. Wir setzen sie in den Projektionsraum und führen ihnen vor, was an vom Wege geratenen Technikern in der Kartei ist. Mag sein, daß sie eine Woche lang jeden Tag ein paar Stunden dort sitzen müssen, bevor wir zu einem Ergebnis kommen. Es gibt noch einen Weg. Joel Ruster hat vor vielen Jahren ein Verbrechen begangen. Er muß Mitwisser gehabt haben, denn sonst hätte sein Erpresser und Mörder nie davon erfahren können. Wenn wir Rusters Verbrechen aufklären können, kommen wir zu seinem Mitwisser, und vom Mitwisser kommen wir zum Erpresser. Der Täter hat befürchtet, daß wir diesen Weg gehen, und darum tötete er sein Opfer lieber, als daß er zuließ, Ruster würde uns eine alte Tat gestehen.«

»In Ordnung«, sagte Mr. High. »Phil und Jerry, ich übertrage Ihnen die Aufklärung des Mordfalles Ruster mit allem, was daran hängen mag.«

Der Ingenieur von der Scott-Telefongesellschaft kam am frühen Nachmittag. Er setzte sich in den Stuhl gegenüber meinem Schreibtisch und begann ohne Umschweife, uns mit technischen Fachausdrücken zuzudecken. Er tobte sich in Quer- und Parallelschaltungen aus, in Interferenz- und

Kriechströmen, in Mehrschicht- und Gegenfußkabel. Ich gestehe, ich verstand nicht die Bohne, obwohl er vier Blätter mit Schaltskizzen vollschmierte. Als er zum fünften Blatt griff, stoppte ich ihn.

»Mr. Moolt«, so hieß er, »können Sie uns sagen, zu welcher Leitung die Verbindung von Rusters Apparat führte?«

»Nein«, antwortete er, »das kann ich Ihnen nicht sagen. Wäre diese Verbindung lediglich im Anschlußkasten des Büros hergestellt, so kämen nur die Anschlüsse der Hausbewohner in Frage. Da jedoch offensichtlich im Keller auch eine Querverbindung zum Straßenkabel geschaffen worden ist, so kommen nicht nur alle Leitungen innerhalb dieses Hauptkabels in Betracht, sondern Sie müssen auch alle Kreuzungsleitungen berücksichtigen. Da diese Leitungen wiederum andere kreuzen, können Sie praktisch jeden New Yorker Telefonanschluß als Abhörer verdächtigen.«

»Das erscheint mir aber sehr weit hergeholt. So etwas würde doch eine genaue Kenntnis des New Yorker Fernsprechnetzes voraussetzen.«

Mr. Moolt hob zweifelnd die Schultern. Er schnitt ein Gesicht, das ausdrückte, er würde sich die Einrichtung einer solchen Abhöranlage jedenfalls zutrauen.

»Die Kabelschächte sind leicht erreichbar«, sagte er, »aber vielleicht hat sich Ihr Mann die Sache wirklich einfacher gemacht. Er braucht nur eine der toten Leitungen anzuzapfen.«

»Tote Leitungen?«

»Ja, das sind die Reserveleitungen in jedem Kabel für eventuelle spätere Fernsprechteilnehmer. Man schaltet ein solches Kabel auf eine bestimmte Nummer parallel, zum Beispiel auf die Nummer eines eigenen zweiten Apparates, der sonst nie benutzt wird, und kann nun, wenn man diese Nummer wählt und gleichzeitig durch Abheben den Stromkreis schließt, die gewünschten Gespräche mithören. Würde die Nummer mal von anderer Seite angerufen, und der Besitzer meldet sich nicht, so kann der Anrufer auch die gewissermaßen gestohlenen Gespräche nicht hören.«

»Ich glaube zu verstehen«, sagte ich. »Jedenfalls glauben Sie nicht, daß man durch technische Methoden dem Abhörer auf die Spur kommen kann?«

»Es würde Monate dauern, um alle Möglichkeiten durchzuprüfen, Mr. Cotton, und ich weiß nicht, ob Ihnen damit geholfen ist. Ich würde Ihnen Hunderte von Namen liefern, aber ich könnte nichts beweisen, denn die entsprechenden Vorrichtungen sind ja entfernt worden.«

Ich sah ein, daß dieser Weg wahrscheinlich in eine Sackgasse mündete.

Ich dankte Mr. Moolt und bat ihn, seine Rechnung an die Staatskasse zu senden.

»Schade«, sagte ich, als er draußen war, »ich hatte mir mehr davon versprochen.«

»Miss Littlefield und der Portier haben heute drei Stunden Verbrecherbilder beschaut, ohne den gelbhäutigen Mechaniker darunter zu finden«, bemerkte Phil.

»Welche von den New Yorker Gangstern sind eigentlich für ihre Schießkunst berühmt?« fragte ich. »Man müßte das einmal feststellen.«

»Oh, sie können es alle ganz gut«, antwortete Phil und faßte nachdenklich an seine linke Schulter, an der er einmal erwischt worden war, obwohl das wahrhaftig nicht die einzige beschädigte Stelle seines Körpers war.

»Wenn sie alle so gut schössen wie der Mann vom Soberlin Place, lebten wir beide nicht mehr«, lachte ich.

Das Telefon läutete.

»Ein Notar Frederic Bonders möchte dich sprechen«, sagte der Kollege in der Zentrale. »Er sagt, es handele sich um die Ruster-Affäre!«

»Schick ihn herauf.«

Ein paar Minuten später saß uns ein alter Herr mit vollem weißen Haar gegenüber, sehr sorgfältig gekleidet und von dem korrekten Benehmen eines alten Adligen.

»Ich las in den Abendausgaben, daß mein Klient, Mr. Joel Ruster, in der vergangenen Nacht erschossen wurde«, begann er, nachdem wir unsere Namen ausgetauscht hatten. »Ich halte mich für verpflichtet, Ihnen mitzuteilen, daß in derselben Nacht in meinem Büro ein Einbruch versucht wurde. Ich habe das selbstverständlich dem örtlichen Polizeirevier gemeldet, aber vielleicht besteht ein Zusammenhang zwischen den beiden Verbrechen. Aus diesem Grunde informiere ich Sie.«

»Wurde Bestimmtes gestohlen?« fragte ich rasch.

»Es wurde nichts gestohlen«, antwortete er gemessen. »Die Täter versuchten offensichtlich, meinen Panzerschrank zu öffnen, aber er widerstand ihren Bemühungen. Daraufhin brachten sie eine Sprengladung an. Der Schrank wurde zerstört, und der im Anschluß an die Explosion ausbrechende Brand vernichtete einen großen Teil des Inhalts.«

»Befanden sich Papiere darunter, die auf Joel Ruster Bezug hatten?«

Rechtsanwalt Bonders legte die Fingerspitzen zusammen.

»Mr. Ruster war nicht gerade mein bedeutendster Klient, aber er wurde selbstverständlich genauso korrekt und sorgfältig behandelt wie jeder andere. Vor einem halben Jahr brachte er mir einen großen Umschlag und erklärte, daß sich darin sein Testament befände. Ich erinnere mich, daß ich scherzte, ich hätte mein Testament noch nicht gemacht, obwohl ich zwanzig Jahre älter sei als er. Ich hielt diese Maßnahme bei einem Mann seines Alters für verfrüht.

Er antwortete etwa, daß ein gewaltsamer Tod nicht nach dem Alter frage, und als ich ihn daraufhin befremdet anblickte, erklärte er, er dächte an einen Verkehrsunfall oder ähnliches. Er bat mich dringend, dafür zu sorgen, daß die Papiere vor seinem Tod unter gar keinen Umständen in unberufene Hände fielen. — Ich möchte sagen, Mr. Ruster war bei jenem Besuch etwas melancholisch gestimmt. Das ist im allgemeinen so bei Herrschaften, die ihre Testamente deponieren. Sie verstehen, der Gedanke an den Tod bringt das mit sich, aber Mr. Ruster äußerte einen Satz, der mir im Gedächtnis geblieben ist. Er sagte ungefähr: ›Die entscheidendsten Dinge eines Lebens begegnen uns oft an den prosaischsten Orten. Bei mir ist es eine Tankstelle, von der ich mein Leben lang nicht loskomme.‹«

»Sie sagten, daß ein großer Teil des Panzerschrankinhaltes durch den Brand vernichtet wurde?« fragte Phil. »Ein großer Teil — nicht alles?«

»Darüber kann ich nichts Genaues sagen. Ich erwarte noch die Freigabe meines Büros durch die untersuchende Polizeidienststelle. Danach müssen wir Ordnung machen, und dann könnte ich Ihre Frage vielleicht beantworten.«

»Wie heißt der zuständige Beamte?«

»Lieutenant Miller vom 26. Revier.«

Ich ließ mir die Verbindung geben. Als ich den Lieutenant an der Strippe hatte, sagte ich: »Hallo, Miller, hier ist Cotton vom FBI. Sie haben da einen Einbruch mit anschließender Explosion bei dem Notar Bonders. Es scheint, als bestünden Zusammenhänge mit einer Sache, hinter der wir her sind. Sind Sie mit Ihren Untersuchungen fertig? Können wir das Büro betreten?«

»Wenn's sein muß«, antwortete er, »aber viel werden Sie nicht finden. Es hat ziemlich gründlich gebrannt.«

»Danke, Lieutenant«, verabschiedete ich mich, stand auf und fischte mir meinen Hut vom Haken.

»Bitte begleiten Sie uns in Ihr Büro«, bat ich den Anwalt.

Sie wissen alle mehr oder weniger, wie es in einem Raum aussieht, in dem es geknallt und außerdem gebrannt hat. Na ja, so sah es bei Bonders aus. Der Panzerschrank stand an der Stirnwand und gähnte uns mit seinem mit Stahl- und Betonsplittern gespickten Maul an. Überall wirbelten Papierfetzen, vermengt mit reichlich Asche, und es gab nichts, was nicht wenigstens angeschmort war. Die Feuerwehr hatte mit einer Wasserplansche ein übriges getan, um die Unordnung vollkommen und besonders unbehaglich zu machen.

»Mr. Bonders«, wandte ich mich mit leichter Ungeduld an ihn, »bitte haben Sie die Güte, uns zu unterstützen. Wir suchen die von Ruster bei Ihnen niedergelegten Dokumente. Wie sahen sie aus? Stecken sie in einem Umschlag? Welche Farbe hatte der Umschlag?« Ich machte eine einladende Bewegung zum Panzerschrank. »Vielleicht sehen Sie selbst nach.«

Er trat mit vorsichtigen Schritten näher und stocherte mit seinem zusammengelegten Regenschirm in den ganz oder halb verkohlten Papieren herum.

»Das«, sagte er schließlich, »könnte es sein. Reichen Sie es mir bitte.«

Wir förderten einen Umschlag zutage, beziehungsweise das, was davon übriggeblieben war. Bonders trug es vorsichtig zum leidlich unbeschädigten Schreibtisch, zupfte es auseinander, wobei er seine Handschuhe nicht auszog.

Wir sahen ihm gespannt über die Schulter, aber er klärte schließlich: »Nein, das ist es nicht.«

Wir suchten weiter. Noch dreimal irrte sich der Anwalt, aber dann entdeckte er einen gelblichen Umschlag im Großformat und triumphierte.

»Das ist es. Sehen Sie die Schrift an dieser angekohlten Ecke. LP 437 899. Rusters Telefonnummer.«

Mir kribbelte es ein wenig zwischen den Schulterblättern. Ausgerechnet an der Telefonnummer erkannte wir Joel Rusters Testament, an der Nummer jenes Telefons, das ihm zum Verhängnis geworden war.

Was wir aus dem Umschlag ans Licht holten, waren nur Fetzen. Wir brachten zwei volle Stunden damit zu, diese Fetzen so zusammenzusetzen, daß der Text einen Sinn ergab. Es gelang uns nicht restlos. Im wesentlichen erhielten wir zwei Abschnitte, von denen der erste uns wenig Neues sagte, denn er lautete:

... Verbrechen. Ich gestehe es, damit die Behörden die Spur der Tat aufnehmen und auf diesem Weg meinen

Erpresser finden, der meinen Fehltritt in übler Weise aus-
nutzte. Es war am...

Der zweite zusammenhängende Text hatte den Wortlaut:

...nenne meine Mittäter, denn auch unter ihnen, gerade
unter ihnen kann sich der Erpresser befinden. Ihre Namen
sind: John Landy und...

Der Rest war ohne jeden Zusammenhang. Wir packten
alles sorgfältig ein. Vielleicht konnten unsere Experten mehr
herausknobeln.

Notar Bonders empfing unseren herzlichsten Dank. Phil
und ich hatten beide das Gefühl, daß uns die Korrektheit des
alten Herrn ein gutes Stück weitergebracht hatte. Wir brachten ihn in seine Privatwohnung, und als wir wieder unter
uns waren, sahen wir uns an und sagten beide wie aus einem
Munde: »Und nun zu John Landy!«

Es ist nicht leicht, in den Vereinigten Staaten einen Mann
zu finden, dessen Adresse man nicht kennt. Wir haben kein
System der polizeilichen An- und Abmeldung. Jeder kann
gehen und kommen, wie er will. Das gehört zu den Freihei-
ten unseres Landes, und die Musterungskommissionen, auch
die Steuerbehörden haben es oft nicht leicht, die Leute zu
finden, die zu den Fahnen gehen oder endlich ihre Steuerschulden bezahlen sollen. Aus diesem Grund besitzt das
Finanzamt der Stadt New York die beste Einwohnerkartei
aller Behörden, und man kann hoffen, den Gesuchten zu finden, vorausgesetzt, er ist einkommensteuerpflichtig. Die
zweitbeste Chance bietet einfach das Telefonbuch, immer
vorausgesetzt, der Gesuchte besitzt einen Anschluß.

Wir teilten uns den Job. Phil nahm die Telefonbücher, ich
die Finanzämter mit Zweigstellen.

Was glauben Sie, wie viele Landys es in New York gibt
und wie viele davon John heißen? Mehr jedenfalls, als Sie

denken. Wir brachten ein gewisses System in die Suche und stimmten unsere Nachforschungen aufeinander ab.

Mir ist erst viel später aufgegangen, daß wir nach einem ganz bestimmten John Landy suchten, nach einem Mann nämlich, dessen Lebensumstände denen von Joel Ruster ähnelte. Wir kamen überhaupt nicht auf die Idee, es könnte sich um einen Berufsverbrecher handeln. Wir hatten die Vorstellung, daß er ein Unternehmen gleicher Art und Größenordnung betrieb wie Ruster, ungefähr um dieselbe Zeit angefangen hatte und der gleiche Typ Mensch war. Diese Vorstellung war durch nichts begründet, aber sie steckte nun einmal in uns, und nur ihr verdanken wir es, daß wir John Landy am vierten Tag unserer Suche fanden.

Wir trafen uns am Abend dieses vierten Tages im Hauptquartier, nachdem Phil tagsüber ein von der Postdirektion beschafftes Telefonbuch des 16. Bezirks durchstudiert und ich die Kartei der für die ungefähr gleiche Gegend zuständigen Finanzbehörde durchstöbert hatten.

»Ich habe achtunddreißig, die in Frage kommen«, sagte Phil.

»Bei mir sind es nur neunzehn, aber einer ist darunter, der mir besonders interessant erscheint. Er begann seinen Job vor fünfzehn Jahren, genau wie Ruster. Er verdient ein bißchen mehr, aber er ist kein Großkapitalist. Büro und Lager befinden sich in einem Bürohaus in der 63. Straße.«

»Meinst du John Landy, Tuchgroßhandlung?« fragte Phil und reichte mir seine Liste. »Ich habe seinen Namen angekreuzt. Es kam auch mir so passend vor.«

»Gut«, sagte ich. »Fangen wir also morgen mit ihm an.«

Das Bürohaus in der 63. Straße sah dem Haus in der Crosper Road geradezu lächerlich ähnlich. Ein schwarzes Firmenschild verriet, daß Mr. John Landy seinen Tuchhandel unter dem Dach im siebten Stock betrieb.

Landy hatte nicht nur zwei Zimmer, sondern die ganze rechte Seite gemietet.

Ich ließ mich anmelden, und der Vorsicht halber sagte ich, ich wäre an einem größeren Posten Tuche interessiert. Drei Minuten später saß ich John Landy gegenüber.

Nein, sosehr, wie ich es mir unbewußt vorgestellt hatten sahen sich der Mann und Joel Ruster nicht ähnlich. Landy war kleiner, gut beleibt und fast kahl. Und dennoch hing auch über ihm eine Atmosphäre, die bedrückend schien. Seinem Aussehen nach war er ein kleiner jovialer Geschäftsmann, und da ich als aussichtsreicher Kunde zu ihm kam, hätte er mich freudig, womöglich mit einer Zigarre und einem Glas Sherry, begrüßen müssen, aber er wirkte schlaff und uninteressiert. Seine dicken Wangen hingen kummervoll herab, und unter seinen kleinen Augen lagen tiefe bläuliche Schatten.

»Womit kann ich dienen, Sir?« fragte er. Es klang mechanisch wie etwas Eingelerntes.

Ich warf meinen ursprünglichen Plan um.

»Lassen wir das Theater«, sagte ich knapp. »Ich interessiere mich nicht für Tuche. Mein Name ist Cotton vom FBI.«

Ich reichte ihm meinen Ausweis über den Schreibtisch, aber er nahm ihn nicht.

Er schien in seinem Stuhl noch kleiner zu werden, ließ den Kopf sinken und murmelte: »Sie kommen wegen Ruster. Ich dachte mir, daß Sie kommen würden. Sie — oder er.«

Er leistete überhaupt keinen Widerstand. Er versuchte nicht zu leugnen. Er tat nicht einmal erstaunt. Ich fühlte etwas wie Mitleid mit ihm.

»Sie haben gemeinsam mit Ruster gegen das Gesetz verstoßen«, sagte ich möglichst freundlich, »aber das ist es nicht, was uns in erster Linie interessiert. Werden Sie auch erpreßt?«

Er hob die Schultern und ließ sie wieder fallen.

»Natürlich«, murmelte er. »Ich zahlte vorgestern zwanzigtausend Dollar, die höchste Summe, die er je verlangte.«

Ich stand auf.

»Es ist notwendig, daß Sie mit mir gehen, Mr. Landy.«

Er nickte stumm, stemmte sich dann aus seinem Sessel hoch, blickte mich an und fragte: »Bin ich verhaftet?«

Ich lächelte. »Noch nicht. Vorläufig bitten wir Sie zu einer Unterredung.«

Er schlurfte zu einem eingebauten Schrank in der Wand, zog einen leichten Mantel an und setzte sich einen steifen Hut auf. Er tat alles mit langsamen, gleichsam eingeschlafenen Bewegungen.

»Vielleicht gehen wir durch diese Tür, die direkt auf den Flur mündet«, bat er mit dem Blick eines traurigen Hundes. »Meine Angestellten brauchen nicht zu merken, daß ich — abgeführt werde.«

Ich tat ihm den Gefallen und wollte mich auf dem Gang nach links wenden, zum Fahrstuhl.

Aber Landy bat mich: »Benutzen wir die Treppe. Der Liftführer könnte ebenfalls merken, was mit mir los ist.«

Sieben Etagen sind eine ganze Menge Stufen, aber es ging ja abwärts, und mir hätten sie auch aufwärts nichts ausgemacht, nur Mr. Landy tappte verteufelt langsam. Er hielt sich am Geländer fest, keuchte und schwankte, und ich fürchtete, er würde mir am Ende noch in Ohnmacht fallen.

»Reißen Sie sich zusammen«, sagte ich. »Es wird nicht so schlimm werden.«

Ich weiß nicht, ob er mich überhaupt verstand, jedenfalls schaffte er es bis ins Erdgeschoß.

Das Bürohaus hatte einen großen Eingang, eine Art Vorhalle, die in der Mitte durch die Tür, die wir benutzten, begrenzt war. An der linken Wand verlief der Fahrstuhlschacht. Rechts befand sich eine gläserne Portiersloge, etwas vorgebaut, und dahinter eine einfache Holztür mit der Aufschrift: ›Zum Keller. Betreten für Unbefugte verboten.‹ Wir standen auf der dritt- oder viertletzten Treppenstufe, als sich diese Tür öffnete und ein Mann in einem blauen Overall und mit einer Werkzeugtasche in der Hand herauskam. Ich konnte ihn nicht genau sehen. Die Rahmen der gläsernen Portiersloge verdeckten ihn. Er wandte sich dem Ausgang zu, kam dabei hinter der Loge hervor, zeigte mir aber den Rücken.

Am meisten fiel mir auf, daß er rasch ging. Es war ein noch ganz unbestimmter Verdacht, der mich ihn anrufen ließ.

»Halt!« rief ich, nicht einmal laut.

Er warf für einen Augenblick seinen Kopf herum, und ich konnte sein Gesicht sehen: schwarzes Haar, dunkle Augen, gelbliche Hautfarbe, kleines dunkles Schnurrbärtchen. Dann rannte er.

»Stehenbleiben!« schrie ich, warf mich die vier Stufen hinunter und brüllte zu Landy zurück. »Verkriechen Sie sich irgendwo! Gehen Sie nicht auf die Straße!«

Der Mann im Monteuranzug hatte einen Vorsprung von mindestens zwanzig Schritt, und er war geschmeidig und schnell. Die Doppeltür des Eingangs stand weit auf, und als er hindurchflitzte, versuchte er, mir seine Tasche zwischen die Beine zu schleudern, aber sie schlitterte schräg an mir vorbei über den Fußboden.

Zwei Sekunden nach ihm erreichte ich das Portal, da rannte er schon über die Straße.

Ich riß den Revolver aus der Halfter, rief noch einmal: »Bleib stehen!« und jagte ihm eine Kugel so dicht über den Schädel, daß er den Luftzug spüren mußte.

Er lief aus Leibeskräften. Die 63. Straße ist breit. Er mochte sich ungefähr auf der Mitte der Fahrbahn befinden, und ich hob eben den Revolver, um ihn ein zweites Mal zu warnen, als ein Schuß scharf und knallend peitschte, bevor ich den Abzug berührte. Der Mann wirbelte herum. Ich glaubte einen Augenblick lang an einen Trick, eine besondere Art von Fluchtmanöver, ähnlich dem geschlagenen Haken eines Hasen, aber es war nichts dergleichen. Es war der Schlag einer Kugel, der ihn um seine Achse gedreht hatte. Der Drehung folgte ein schwerer Fall, ein langsames Rollen auf den Rücken, ein Ausbreiten der Arme.

Woher war dieser Schuß gekommen? Wer hatte ihn abgefeuert? Die 63. Straße war um diese Zeit noch nicht sehr belebt. Natürlich rollten Autos über die Fahrbahn, ein paar Leute gingen auf den Trottoirs, und bisher war alles so schnell gegangen, daß noch keiner der Wagen gestoppt hatte, und eben erst stießen zwei Frauen unter den Passanten den ersten Schrei aus.

Mein Blick flog das gegenüberliegende Haus hoch, ein großer Bau, noch etwas höher als das Bürohaus, aus dem ich kam. Vielleicht war es eine Augentäuschung, aber ich glaubte für die Dauer von zwei Lidschlägen, den Kopf eines Mannes hinter der Fensteröffnung in der vierten Etage zurückzucken zu sehen, und dieses Fenster war das einzige in der Reihe, das offenstand. Ich spurtete los, hetzte mit zwei Sätzen über den Bürgersteig, tobte über die Fahrbahn.

Ich mochte auf der Höhe des Niedergeschossenen sein, als ein Auto laut hupend heranschoß. Ich sah nur einen schwarzen Schatten aus den Augenwinkeln. Mein Körper reagierte ohne Zutun meines Gehirns, und es muß so etwas wie ein Panthersprung gewesen sein, den ich da produzierte. Nein, ich kam nicht ganz vom Kühler weg, aber wenigstens so, daß der heranschießende Wagen mich nicht voll packte. Der linke Kotflügel erwischte mich, wahrscheinlich noch, bevor ich wieder die Erde berührte, und aus dem Panthersprung wurde ein Salto, kombiniert mit einer halben Rolle.

Ich landete am Bordstein, knallte schwer dagegen, schlitterte ein Stück daran entlang, aber ich verlor nicht den Verstand. Ich behielt die Augen offen und den Revolver in der Hand.

Der Wagen, dieser verdammte Mordwagen, war nahe genug, und ich feuerte ihm den ganzen Rest meines Magazins in die Rückseite. Seine Stopplichter leuchteten auf. Er stand vielleicht fünfzig Yard entfernt, während jetzt überall die Bremsen quietschten.

Ich sprang auf. Ja, es ging. Vielleicht tat irgend etwas weh, vielleicht sogar 'ne ganze Menge, jedenfalls spürte ich es in diesem Augenblick nicht. Ich war neben dem Wagen, bevor er noch hielt, und ich fuchtelte dem Mann am Steuer mit dem Revolver vor dem Gesicht herum.

»Aussteigen!« knurrte ich.

»Ich bin untröstlich, Sir«, sagte er. »Ich hoffe, Sie sind . . .«

»'raus!« schrie ich und riß den Schlag auf. Er starrte ein wenig unsicher auf mich und bewegte die Beine. Mir ging's zu langsam. Ich packte seine Anzugaufschläge und riß ihn von seinem Sitz.

Ich tastete seine Taschen ab. Unterdessen waren zwei oder drei Männer herbeigekommen.

»Halten Sie den Burschen fest«, wandte ich mich an sie. »Ich bin FBI-Beamter. Alarmieren Sie die Polizei, aber sorgen Sie besonders dafür, daß er nicht wegläuft.«

Ich wandte mich um und lief auf das Haus zu, aus dem nach meiner Meinung der Schuß gefallen war, aber ich sah noch, wie sich die Männer auf den Burschen stürzten und ihm die Arme verdrehten. Ich raste die Treppe bis zur vierten Etage hoch. Einige Leute kamen mir entgegen. Klar, es war inzwischen lebendig geworden auf der 63. Straße.

Das Haus war so gebaut, daß ein langer Flur an allen Räumen vorbeiführte. Eigentlich hätte es langwierig sein müssen, das Zimmer zu finden und doch war es ganz leicht, denn so, wie von außen gesehen nur ein Fenster offenstand, so war es hier eine einzige Tür.

Ich betrat den Raum, ein einfaches Zimmer mit völlig unauffälligen Möbeln, ein bezogenes Bett, das noch die Abdrücke eines Körpers zeigte, der darauf gelegen hatte, kein Kleidungsstück, keine Zahnbürste auf der Glasplatte des Waschtisches, keine Pantoffeln – nichts bis auf die zerdrückte Decke, die verriet, daß hier jemand gewohnt hatte. Halt, noch etwas – ein feiner beißender Geruch, die letzten Reste des Gestanks von verbranntem Pulver, die freilich nur jemandem auffallen konnten, der selbst reichlich damit umging.

Ich trat an das offene Fenster. Es gab kaum noch einen Zweifel, daß der Schuß, der den Gelbhäutigen aufs Pflaster warf, in diesem Raum gefallen war. Schräg unter mir konnte ich ihn liegen sehen, einen engen Kreis Neugieriger und doch Zurückschaudernder um sich.

Zwei Cops waren inzwischen aufgetaucht. Sie drängten die Neugierigen zurück. Selbst von hier oben konnte ich sehen, daß der Mann dort auf dem Pflaster tot war. Seine Stirn leuchtete rot. Er hatte die gleiche Wunde empfangen wie Joel Ruster.

Ich ging wieder hinunter. Als ich auf die Straße trat, waren zwei Streifenwagen eingetroffen.

»Cotton vom FBI«, sagte ich zu dem Streifenführer. »Der Schuß fiel aus dem Zimmer dieses Hauses, dessen Fenster offensteht. Veranlassen Sie Durchgabe an das FBI-Hauptquartier. Unsere Kommission soll die Tatortuntersuchung durchführen.«

»Jawohl, Sir«, antwortete der Sergeant, kroch in seinen Wagen und gab über Funk die Meldung weiter.

Ich brach mir einen Weg durch die Menschen um den Toten, deren Kreis unter dem Druck der Cops weiter geworden war. Ich untersuchte die Kleidung des Mannes flüchtig. Er hatte nichts bei sich außer einer Brieftasche, die ich an mich nahm.

Drüben stand noch immer der Mann, der mich zu überfahren versucht hatte. Die Zivilisten hielten ihn in der Mache.

Einer davon schien ein Taxichauffeur zu sein. Er hatte dem Burschen den Arm so verdreht, daß er gebückt stehen mußte.

Ich ging hin.

»Lassen Sie ihn los!« befahl ich dem Taxichauffeur. Der Mann richtete sich auf. Er war sehr weiß im Gesicht und knirschte mit den Zähnen.

»Hören Sie«, fauchte er mich an, »das wird Sie teuer zu stehen kommen. Ich bin James Gradness.«

»Sie sind ein Mann, der mich zu überfahren versuchte«, antwortete ich, »und ich behandle Sie entsprechend.« Ich wandte den Kopf nach den Cops. »Sergeant!« rief ich.

Er kam im Trab. »Bitte, Sir?«

»Legen Sie dem Burschen Handschellen an. Ich nehme ihn mit.«

»Ich protestiere!« schrie der Mann, der sich Gradness nannte. »Sie können mich nicht wie einen Verbrecher behandeln, weil ich einen Verkehrsunfall verursachte, an dem ich noch nicht einmal die Schuld trage. Er rannte wie ein Verrückter über die Straße. Ich konnte einfach nicht mehr rechtzeitig bremsen.«

Ich achtete nicht auf sein Geschrei und ging in das Bürohaus zurück, um John Landy zu holen. Er befand sich nicht mehr in der Vorhalle, und ich dachte schon, er hätte die Gelegenheit benutzt, um mir zu entwischen, aber dann entdeckte ich ihn in der Portiersloge. Er hatte sich unter einem Tisch verkrochen.

»Kommen Sie heraus, Landy! Es ist vorbei!«

Seine Glieder flatterten.

»Das habe ich immer befürchtet«, flüsterte er mit bebenden Lippen. »Seit Ruster ermordet wurde, habe ich befürchtet, daß sie es auch mir besorgen würden.«

»Es galt nicht Ihnen«, sagte ich.

Aber er schüttelte nur den Kopf und beharrte: »Doch, nur mir. Sie lauern mir schon lange auf.«

Aus irgendeinem Gefühl heraus versprach ich mir etwas davon, wenn Landy und der Mann aus dem Auto jetzt zusammentrafen, und ich beobachtete beide scharf, aber es ereignete sich nichts. Sie beachteten einander gar nicht. Landy hielt apathisch den Kopf gesenkt. Der Wagenfahrer hatte sein Schimpfen eingestellt und knurrte nur bei meinem Anblick: »Sie werden sich noch wundern, G-man.«

Ich zündete mir eine Zigarette an, die erste, seitdem es ge-

knallt hatte, und wartete auf unseren Einsatztrupp. Er traf
ein, bevor ich die Zigarette aufgeraucht hatte, und zufällig
führte ihn wieder Less Baker, der diese Woche den Tagdienst
versah.

»Wenn's Ärger gibt, steckst nicht selten du dahinter,
Jerry«, sagte er.

»Nicht öfter als jeder andere auch«, winkte ich ab.

Er begutachtete mich.

»Der Anzug ist hinüber«, stellte ich fest.

»Hast du nicht ein paar Knochen gebrochen?«

»Ich merke nichts.«

»Vielleicht merkst du es später«, antwortete er lächelnd.
»Es würde mich bei dir nicht wundern.«

»Keine Zeit für Scherze, Less«, wehrte ich ab. »Der Junge
dort auf dem Pflaster ist von jenem Fenster aus erschossen
worden. Ich glaube, er ist der Mann, der die Abhöranlage im
Falle Ruster abbaute, und ich vermute, er hat in diesem Haus
ähnliches getan. Wir begegneten uns, als er aus dem Keller
kam. Sieh nach, was er dort angerichtet hat. In der Vorhalle
liegt noch seine Werkzeugtasche. Sie erschossen ihn, als sie
einsahen, daß er mir nicht mehr entkommen konnte. Versuch in dem gegenüberliegenden Haus etwas über den Mann
zu erfahren, der in dem Zimmer wohnte, über seinen Fluchtweg und so weiter, und sieh zu, daß ich bald alle Unterlagen
habe. Mach's gut, Less.«

»... versichern wir Ihnen, daß Ihre Aufträge prompt und
bestens erledigt werden, damit uns Ihre werte Kundschaft
erhalten bleibt«, antwortete er mit einer leichten Verbeugung.

Ich untersuchte den Wagen, mit dem ich aus der Welt
befördert werden sollte. Meine Schüsse hatten keine edleren
Teile verletzt. Der Motor sprang an, als ich startete.

»Steigen Sie ein!« befahl ich meinen beiden Gefangenen.
Ein Cop verstaute sie im Fond des schweren Lincoln. Er
wollte zur Bewachung mitfahren, aber ich winkte ab und
steuerte zum Hauptquartier.

»Mr. High da?« fragte ich den Kollegen in der Zentrale.

»No, kommt aber in einer halben Stunde wieder.«

»Okay, dann fahre ich nach Hause und ziehe ein anderes Hemd an. Ich habe zwei Burschen im Auto. Laß sie herausholen und unterbringen — aber getrennte Zellen.«

Als ich eine Stunde später zurück war, rief mich der Mann aus der Zentrale an.

»Mr. High ist seit zehn Minuten zurück. Phil kam noch etwas früher. Der Chef hat einen von den beiden Leuten ins Büro bringen lassen!«

»Nanu«, wunderte ich mich. Es war sonst nicht Mr. Highs Art, uns in irgendeiner Weise bei Untersuchungen, die wir führten, vorzugreifen.

Ich ging zum Chefbüro, klopfte an und trat ein. Der Chef saß hinter seinem Schreibtisch. Vor ihm saß der Bursche, der mich über den Haufen hatte fahren wollen, und seitlich in einem Sessel hockte Phil. Das Ganze sah wahrhaftig eher nach einer freundlichen Unterhaltung als nach einem Verhör aus. Dieser James Gradness, oder wie er sich sonst, zum Henker, nennen mochte, rauchte 'ne Zigarette und hatte sogar ein Whiskyglas vor sich auf dem Tisch stehen.

»Hallo, Jerry«, sagte der Chef und lächelte. »Entschuldigen Sie, daß ich Mr. Gradness ohne Ihre Genehmigung hochholen ließ, aber es schien mir in diesem Falle ratsam. Sie kennen sich ja.«

»No«, antwortete ich. »Ich weiß nur, daß er mich überfahren wollte.«

»Setzen Sie sich, Jerry«, forderte mich Mr. High auf, während mich dieser verdammte Gradness, wie ich fand, spöttisch musterte. Eigentlich sah ich ihn mir zum erstenmal richtig an. Er hatte ein langes, irgendwie englisch wirkendes Gesicht, schwarzes, an den Schläfen graues Haar, einen vollen graumelierten Schnurrbart und war, bis auf sein weißes Hemd und eine blaue Krawatte, in dezentes Dunkelgrau gekleidet.

Ich lehnte Mr. Highs Sesselangebot mit Rücksicht auf

meine strapazierte Sitzfläche ab. Schon die Fahrt im Wagen hierher hatte mir Qualen genug bereitet. Ich suchte mir einen bequemen Platz an der Wand.

»Ich fürchte, hier haben einige Zufälle böse zusammengespielt«, sagte der Chef. »Mr. Gradness behauptet, er sei auf dem Weg zu seiner Bank gewesen, habe Sie zu spät gesehen und hätte nicht mehr rechtzeitig bremsen können.«

»Er stoppte erst, als ich ihm einiges aufbrannte«, sagte ich.

»Sie irren sich, Mr. Cotton«, nahm Gradness selber das Wort. »Ich hielt, als ich Sie angefahren hatte. Ihre Schüsse zwangen mich nicht dazu. Sie haben mich selbst in meinem Wagen hergefahren. Er wurde also durch Ihre Kugeln nicht ernsthaft beschädigt.«

»Sie haben erst gestoppt, als die Schüsse fielen«, beharrte ich. »Ich weiß genau, daß die Stopplichter an Ihrem Fahrzeug erst aufflammten, als ich mindestens zweimal durchgezogen hatte.«

Er lächelte höflich. Er machte jetzt einen ganz anderen Eindruck als vorhin auf der 63. Straße. Er war ruhig und von tadellosen Manieren.

»Verzeihen Sie mir, wenn ich der Meinung bin, daß Ihnen solche Wahrnehmungen in Anbetracht des Sturzes, zu dem ich die unfreiwillige Ursache war, kaum mit Sicherheit möglich gewesen sein dürften. Abgesehen davon aber ist es durchaus denkbar, daß die Bremsleuchten nicht brannten, als Sie den ersten Blick auf den Wagen warfen. Ich fuhr ziemlich rasch, und Sie wissen als Fahrer selbst, daß man bei hohen Geschwindigkeiten einen Wagen schneller zum Stehen bringt, wenn man zweimal scharf durchtritt, als bei einmaligem anhaltendem Bremsen. Mag sein, daß Sie durch das Erlöschen der Lichter zwischen den beiden Bremsbewegungen den Eindruck hatten, ich wollte den Wagen nicht stoppen.«

»Besteht eigentlich irgendein Grund, ihm seine Geschichte zu glauben?« fragte ich Mr. High.

Der Chef nickte.

»Mr. Gradness hat einen guten Namen bei allen Behörden, ganz besonders bei Behörden, die mit der Bekämpfung von Verbrechen zu tun haben. Er ist Vorsitzender der Vereinigung zur Hilfe für Vorbestrafte, einer wohltätigen Organisation, die es als ihre Aufgabe betrachtet, bestraften Gesetzesbrechern wieder auf den richtigen Weg zu helfen. Ich glaube, daß Mr. Gradness und sein Klub eine Menge dazu beigetragen haben, daß viele Leute nicht in die Versuchung gerieten, rückfällig zu werden. Und da Mr. Gradness sich eines nicht unbeträchtlichen Vermögens erfreut, beschränkt sich seine Hilfe nicht nur auf Worte. Wirklich, Jerry, es ist nach der ganzen Art von Mr. Gradness' Vorleben unmöglich, daß er in diese Sache verwickelt sein soll, und der Untersuchungsrichter würde mich für verrückt halten, wenn ich ihn um die Gegenzeichnung eines Haftbefehls für James Gradness bitten wollte.«

»Hören Sie, Chef«, sagte ich, »ich kenne Mr. Gradness nicht. Während ich mit Landy die Treppe hinunterging, kam der Telefonfachmann aus dem Keller. Er lief weg, und ich hätte ihn erwischt, aber er wurde aus dem gegenüberliegenden Haus mit einem erstaunlich sicheren Schuß erledigt. Ich hätte den Schützen fangen können, wenn nicht der verdammte Wagen im rechten Augenblick aufgekreuzt wäre, und am Steuer dieses Wagens saß Gradness. Genügt das nicht?«

»Nein, Jerry, es genügt auch sachlich gesehen nicht. Die ganze Geschichte spielte sich rasend schnell ab. Noch keiner der Wagen hatte gestoppt, als Sie auf die Straße stürzten. Sie wurden von einem Fahrzeug erwischt, an dessen Steuer ebensogut der Präsident der Vereinigten Staaten hätte sitzen können. Kein Autofahrer ist verpflichtet, ständig mit dem Auftauchen eines FBI-Mannes zu rechnen, der plötzlich über die Straße schießt.«

Ja, der Chef hatte recht, aber mir gefiel es doch nicht. Vielleicht war es nur Enttäuschung darüber, daß ich schon zu sicher geglaubt hatte, ein Mitglied der Bande in der Hand zu haben. Ich gab es noch nicht auf.

»Wo kamen Sie her?« fragte ich Gradness.

»Die Bainbridge Avenue herunter, wenn ich mich recht erinnere, dann die 24. Straße, und hier bog ich in die 63. Straße ein.«

»Fuhren Sie überall schnell?«

»Wie es der Verkehr zuließ, aber durchschnittlich vierzig Meilen.«

Ich blickte ihn scharf an. »Mr. Gradness, ich werde versuchen, Zeugen zu finden, die aussagen, daß Sie nicht von der 24. Straße in die 63. Straße eingebogen sind, sondern daß Ihr Wagen in der 63. Straße geparkt hat, bis sich die Szene vor dem Bürohaus abspielte.«

»Das steht Ihnen frei, aber ich fürchte, Sie werden solche Zeugen nicht auftreiben können. Es tut mir leid, daß Sie eine so schlechte Meinung von mir haben, Mr. Cotton. Glauben Sie mir, niemand bedauert mehr als ich, daß Ihnen Ihre Verbrecherjagd verdorben wurde und daß ausgerechnet ich der Pechvogel sein mußte. Ich lege Wert darauf, daß Sie sich ein richtiges Bild von mir machen. In einigen Tagen gebe ich einen kleinen Empfang für Leute, die sich für Fragen der Gefangenenhilfe interessieren. Wahrscheinlich kommen auch der Oberbürgermeister und der Gouverneur. Ich werde Mr. High, Ihnen und Ihrem Kollegen Mr. Decker eine Einladung schicken, und ich freue mich, wenn Sie kommen werden. Ich glaube, wenn Sie gesehen haben, welche Leute meinem Haus die Ehre geben, werden Sie mich nicht mehr verdächtigen, mit Verbrechern unter einer Decke zu stecken.«

»Ihr Umgang besagt gar nichts«, knurrte ich.

Gradness lachte auf. »Darf ich mich jetzt verabschieden?« Diese Frage war an Mr. High gerichtet.

Er drückte dem Chef die Hand. Phil und mir nickte er zu.

An einem Maimonat vor fünfzehn Jahren stand John Landy, damals noch ein relativ schlanker Mann Mitte der Dreißig, mittellos auf der Straße. Er war ein kleiner Angestellter in einem Tuchladen und wurde hinausgeworfen, weil der sich abzeichnende Krieg das Tuchgeschäft fast zum Erliegen brachte. Das schlimmste für John war, daß er in diesem Jahr eigentlich hatte heiraten wollen. Jetzt, ohne Job, traute er sich nicht. Er meldete sich freiwillig zur Armee, aber hatte ein paar Körperfehler, einen kleinen Herzknacks oder so etwas, und die Armee nahm ihn nicht. Er fand keinen neuen Start, und sein gespartes Geld hatte er vier Monate vor seinem Rausschmiß einem Mann gegeben, der ihm dafür einen Pelzmantel für seine Braut ungewöhnlich billig besorgen wollte, aber seitdem spurlos verschwunden war. Landy sackte ab. Er verkehrte in Kneipen, in die er früher nie gegangen wäre, und in einer dieser Kneipen lernte er Joel Ruster kennen.

Ruster war es ähnlich gegangen wie Landy. Er war Bürogehilfe bei einem Börsenmakler, aber er hatte Ehrgeiz und wollte aus dem kleinen Angestelltenverhältnis heraus. Eines Tages beteiligte er sich auf eigene Rechnung an einer todsicher scheinenden Spekulation, aber die Sache platzte. Ruster hatte die ihm anvertrauten Gelder dafür verwendet. Mit Mühe und Not konnte er den Schaden durch seine Ersparnisse wiedergutmachen, aber sein Chef erfuhr davon und warf ihn hinaus.

Die Ähnlichkeit ihrer Schicksale und die Situation trieben die beiden Gescheiterten zusammen. Sie trafen sich öfter. Eines Tages gesellte sich ein dritter Mann zu ihnen, ein Mann, der nicht von ihrer Art war, ein großer, breitschultriger Mann.

Landy konnte seinen Namen nicht nennen. Er wurde allgemein ›Brandy‹ gerufen, weil er seinen Whisky stets mit diesem großartigen Wort bestellte.

Brandy sagte den beiden Büromenschen, daß sie Idioten seien. Er setzte ihnen auseinander, daß sie nichts weiter brauchten als ein wenig Anfangskapital, um selbständig zu starten, und wenn dieses Anfangskapital nicht auf ehrliche Weise erarbeitet werden könnte, dann müßte es eben anders beschafft werden. Im Laufe vieler Abende warb Brandy Landy und Ruster für einen Überfall auf eine Tankstelle, die am Highway an der östlichen Ausfallstraße lag. Er hatte ausgekundschaftet, daß zwischen neun und zehn Uhr abends dort kaum Verkehr herrschte, daß aber die Tageskasse erst gegen elf Uhr abgeholt wurde. Er besorgte die Strumpfmasken, drei Pistolen, und er stahl am Abend vorher einen Wagen.

Er teilte den Überfall so ein, daß Landy und Ruster die gefährliche Arbeit tun mußten. Sie fuhren bei der Tankstelle vor. Landy und Ruster sprangen, die Waffen in der Hand, heraus, während Brandy am Steuer blieb. Ohne Zweifel wäre er rücksichtslos getürmt, wenn irgend etwas schiefgegangen wäre, aber der Zufall half den blutigen Anfängern. Normalerweise wäre die Station mit vier Leuten besetzt gewesen, jedoch fehlten an diesem Abend zwei wegen Krankheit, und die beiden anderen hoben sofort die Arme beim Anblick der Pistolen. Ruster raffte die Kasse an sich, und Landy zerschnitt, wie Brandy es ihnen eingetrichtert hatte, die Telefonleitung. Fünf Minuten später brausten sie in dem gestohlenen Wagen ab.

Sie fuhren in ein Versteck, verließen den Wagen und machten sich zu Fuß auf den Weg zur Untergrundbahnstation. Brandy versuchte zweimal, die Kasse an sich zu bringen, aber Ruster setzte sich zur Wehr, und Landy stand ihm bei. Es war so weit, daß sich die drei mit den Waffen in der Hand gegenüberstanden, und es sah so aus, als sollte jeden Augenblick eine Schießerei zwischen ihnen ausbrechen.

Schließlich einigte man sich. Man zählte und teilte. Die Beute war größer als erwartet, weit über dreißigtausend Dollar, mehr als zehntausend für jeden.

Sie trennten sich. Landy und Ruster, diesen Zufallsgangstern, ging wohl jetzt, nach dem Überfall, erst richtig auf, was sie angestellt hatten. Sie konnten sich nicht mehr in die Augen sehen. Zwanzig Minuten nach dem Überfall wandten sich sich den Rücken zu, und sie sahen sich von diesem Augenblick an nie wieder. Wochenlang wartete Landy darauf, daß er verhaftet werden würde, und Ruster mochte nicht anders empfunden haben.

Dann begann der Alpdruck zu weichen. Vorsichtig begann er mit den erbeuteten Dollars zu arbeiten, und sowenig Glück er mit seinem ehrlich erworbenen Geld gehabt hatte, soviel Glück schien an diesen geraubten Scheinen zu kleben. Seine Unternehmungen glückten, sein Vermögen vermehrte sich, seine Geschäfte wurden größer. Er gründete einen Tuchgroßhandel, erwischte einige Stoffposten, die er im Zuge der Textilverknappung sehr günstig verkaufen konnte. Er heiratete seine Braut, und allmählich vergaß er, daß der Grundstock seiner Wohlhabenheit aus einem nie aufgeklärten Tankstellenraub stammte.

Wirklich, er war nahe daran, es zu vergessen, bis die Vergangenheit vor einem guten Jahr wie mit einem betäubenden Keulenschlag auf ihn niedersauste.

Er erhielt einen Brief, einen gewöhnlichen Brief auf billigem Automatenpapier ohne Absender und ohne Anrede, geschrieben mit einer Schreibmaschine und ohne Unterschrift.

Der Brief schilderte jede Einzelheit des Überfalls vor fünfzehn Jahren. Er nannte die Modelle der benutzen Waffen, und beschrieb die Art der Strumpfmasken. Und zum Schluß verlangte der unbekannte Schreiber Geld, andernfalls würde er eine Mitteilung an die Polizei senden.

Landy sah alles zusammenbrechen, was er aufgebaut hatte. Er zahlte, und von diesem Augenblick an war es mit seiner Ruhe vorbei. Immer wieder, in Abständen von ungefähr drei Monaten, kam ein Brief mit neuen Forderungen. Die Briefe wurden kürzer, die Drohungen härter. »Es kann sein, daß, wenn Sie nicht zahlen, wir nicht die Polizei benachrichtigen, sondern eine besondere Art der Bestrafung

für Sie wählen«, lautete es einmal, und Landy wußte, daß
damit der Tod gemeint war.

Der kleine dicke Mann war restlos erschöpft, als er endlich
mit dieser Story fertig war, aber wir konnten ihn nicht in
Ruhe lassen.

»Auf welche Weise mußten Sie das Geld überreichen?«
fragte Mr. High.

»Immer an einer bestimmten Stelle um zwei Uhr nachts.
Ich hatte am Straßenrand zu stehen, einen Umschlag mit
dem Geld und dem mir geschrieben Brief in der Hand. Dann
fuhr ein geschlossener Wagen vor. Wenn er nahe genug
heran war, wurde ich durch den Schein einer starken
Taschenlampe geblendet, eine Hand entriß mir das Kuvert,
und der Wagen fuhr davon. Ich mußte immer so stehen, daß
das Auto um die nächste Straßenecke biegen konnte, bevor
sich meine Augen von der Blendung erholt hatten. Ich
konnte nicht einmal erkennen, von welcher Marke das Fahrzeug war.«

»Sind Sie nie auf die Idee gekommen, daß Ihr ehemaliger
Kumpan Brandy hinter dieser Erpressung stecken mußte?
Nur er wußte doch so genau über die Einzelheiten Bescheid.«

Landy nickte. »Ich dachte sofort daran, und einmal habe
ich versucht, mit ihm zu sprechen. Als der Wagen anrollte,
zog ich die Hand mit dem Umschlag zurück und sagte in den
Schein der Lampe hinein: ›Das ist meine letzte Zahlung,
Brandy. Vergiß nicht, daß, wenn du mich anzeigst, du mit
hineinrutschst.‹«

»Wie reagierten sie?«

»Überhaupt nicht. Eine Stimme schrie: ›Her mit dem
Kuvert!‹ Ich übergab es. Beim nächstenmal erhielt ich dann
das Schreiben, in dem sie mir mitteilten, sie würden mich bei
einer Weigerung töten.«

Mr. High blickte mich an, ob ich noch Fragen zu stellen
hätte. Ich schüttelte den Kopf.

»Mr. Landy«, sagte er, »Sie werden einsehen, daß es für Sie besser ist, wenn wir Sie hierbehalten. Wir könnten draußen für Ihre Sicherheit keine Garantie übernehmen. Sind Sie einverstanden?«

Er nickte stumm.

»Haben Sie Wünsche? Sie sind vorläufig Untersuchungsgefangener und können jeden persönlichen Wunsch äußern.«

»Bitte benachrichtigen Sie meine Frau«, antwortete er leise, »aber schonen Sie sie.«

»Das ist selbstverständlich«, antwortete Mr. High. »Ich lasse Sie jetzt in Ihre Zelle zurückbringen.«

Er gab dem Beamten an der Tür ein Zeichen. Landy wurde abgeführt. »Jetzt müssen wir wohl nach jenem Brandy suchen«, sagte der Chef, sobald sich die Tür hinter unserem Gefangenen geschlossen hatte.

Phil tat den Mund auf. »Das scheint ein Junge von einer anderen Sorte zu sein als Landy und Ruster, einer von denen, die das Verbrechen zum Beruf machen.«

»Sieht so aus. Wir werden John Landy in den Projektionsraum setzen. Vielleicht findet sich dieser Brandy in unserer Sammlung, wenn Miss Littlefield und der Portier den Gelbhäutigen nicht entdeckt haben.«

»Hoppla«, rief ich, »ich war nahe daran, etwas zu vergessen.«

Ich nahm die Brieftasche heraus, die ich dem Toten abgenommen hatte, und blätterte sie auseinander. Vierhundertsiebzig Dollar waren darin, ein Familienbild mit Großmutter, Großvater und einer ganzen Generation bis zum Wickelkind. Dann noch ein italienischer Paß, der auf den Namen Antonio Loccatelli ausgestellt war. Das Bild zeigte den Gelbhäutigen.

Mr. High blätterte den Paß durch.

»Kein Stempel von der Einwanderungsbehörde, nur ein längst abgelaufenes Besuchsvisum, des amerikanischen Konsulats in Neapel, ein illegaler Einwanderer also. Damit wird es sehr schwierig, herauszubekommen, zu wem er in Beziehung stand.«

»Brandy zu finden und die Verbindungen des Toten innerhalb New Yorks aufzudecken, sind die nächsten Aufgaben für Phil und mich«, präzisierte ich. »Beauftragen Sie bitte jemand anderen mit den Feststellungen über die Fahrtroute von Gradness' Wagen!«

»Bedeler kann es tun«, entschied Mr. High.

Less Baker kam herein, ließ sich in einen Sessel fallen und zündete sich eine Zigarette an.

»Deine Vermutungen liegen in der richtigen Richtung, Jerry«, begann er ohne Umschweife. »Der Junge, den sie auf der Straße erschossen, war in dem Bürohaus, um die Leitungen zu zerstören. Die Zeit drängte, und er konnte sich nicht die Mühe nehmen, die Mithörvorrichtung so abzubauen, daß alle Spuren verwischt wurden. Er entfernte das entscheidende Teil. Wir fanden es in seiner Aktentasche. Den Rest hieb er mit einem kleinen Handbeil, das er ebenfalls bei sich führte, zu einem unentwirrbaren Klumpen von Draht und Kabeln zusammen. Lediglich die kleine Verbindung im Büro Landys blieb intakt, aber damit ist nichts zu beweisen. Zweitens: Der Mann, der aus dem Zimmer heraus dem Mechaniker ein für allemal den Mund schloß, ist sicherlich derselbe Schütze, der auch Ruster tötete. Allein seine Treffsicherheit beweist das. Die Zimmer in der vierten Etage sind alle Apartmenträume, die an Einzelpersonen vermietet werden. In dem fraglichen Zimmer wohnte bis vor kurzem ein harmloser Vertreter, aber dem Besitzer wurde eine so hohe Miete geboten, daß er den alten Mieter an die Luft setzte. Der neue Mieter nannte sich George Deck. Ich habe festgestellt, daß dieser Mr. Deck am Tage nach Rusters Tod mit seinem Mietwunsch und seinem hohen Angebot an den Hausbesitzer herantrat. Zwei Tage später bezog er den Raum. Seine Gewohnheiten waren seltsam. Er hielt sich nur tagsüber dort auf und ging abends nach Einbruch der Dunkelheit fort. Er bestand darauf, daß ein Telefon in seinem Zimmer installiert wurde, und bezahlte die Kosten. Als er einzog, führte er nichts bei sich als einen Gegenstand in einer Wachstuchhülle. Die Größe dieses Gegenstandes stimmt nach den Beschreibungen des Hauswirts mit der eines Gewehrs überein.

Sein Fluchtweg führte über eine Feuerleiter von dem Fenster einer unbenutzten Rumpelkammer an der Rückfront des Hauses nach unten, von dort über den Innenhof durch den Keller des gegenüberliegenden Baues zu der 65. Straße auf der anderen Seite des Blocks. Ob er dort einen Wagen stehen hatte oder zu Fuß weiterflüchtete, war nicht festzustellen. Seine Waffe scheint er mitgenommen zu haben. Die Wachstuchhülle war wahrscheinlich so geformt, daß der Gegenstand darin nicht als Gewehr zu erkennen war. Der Bursche muß sich mit äußerster Vorsicht in dem Zimmer bewegt haben. Er scheint nie seine Handschuhe ausgezogen zu haben. Natürlich fanden wir Fingerabdrücke, aber sie waren so verwischt, daß ich bereit bin, tausend zu eins zu wetten, daß sie von dem Vorbewohner stammen. Wir haben durch den Vermieter eine leidliche Beschreibung von ihm. Ein großer, schwerer Kerl mit einem finsteren Gesicht, einer kurzgeschnittenen, schwarzen graumelierten Haarbürste und einen verzerrten Mund. Ich habe den Hausbesitzer für morgen bestellt, um sich unsere Sammlung anzusehen.«

Less überlegte einen Augenblick.

»Das wäre es wohl im wesentlichen. In der Tasche des Erschossenen befanden sich Werkzeuge, wie sie Elektriker brauchen, Isolierzangen, Hammer, Klemmen und so weiter. Außerdem das schon erwähnte kurze Beil.«

Ich wandte mich Mr. High zu.

»Daß eine ganze Organisation dahintersteckt, Chef, daran dürfte wohl kein Zweifel mehr sein. Von dem Augenblick an, da sie Ruster erschossen, fürchteten sie, daß wir seine Verbindung zu Landy entdecken könnten. Den nächstliegenden Hinweis räumten sie aus, indem sie den Panzerschrank sprengten, in dem Rusters Testament und, wie sie ganz richtig vermuteten, Hinweise auf das alte Verbrechen lagen. Gleichzeitig aber konzentrierten sie die Bewachung auf Landy. Nötigenfalls sollte auch er getötet werden. Zunächst aber wollten sie die Milchkuh noch nicht schlachten. Sie quetschten ihn noch einmal aus. Ihr Scharfschütze allerdings bewachte das Haus, um im richtigen Augenblick die Fährte auch an dieser Stelle durch einen gutgezielten Schuß zu unterbrechen. Als er mich in das Haus treten sah, wußte er, daß der Augenblick gekommen war. Er alarmierte den Mechaniker, um die Spuren der Telefonleitung zu zerstören. Zum Unglück für die Bande stießen er und ich zusammen, und der Mann im Zimmer reagierte schnell, indem er seinen Gefährten erschoß. Logischerweise hätte er eigentlich mich umlegen müssen, aber er befürchtete wohl, daß sich mehrere Polizisten in der Nähe befanden. Er tat das Sichere, ohne Rücksicht darauf, daß es sich um einen Genossen handelte.«

»Ich hoffe, die Brutalität wird ihnen nichts nutzen«, sagte Mr. High. »Wir haben die Beschreibung jenes Brandy, der ohne Zweifel in einem Zusammenhang mit der Erpressung an Ruster und Landy steht, und die Beschreibung des Mordschützen. Einen von beiden werden wir finden.«

John Landy hatte in seiner Erzählung den Namen jener Kneipe genannt, in der er damals Joel Ruster und später Brandy kennengelernt hatte. Der Laden hieß Big Dollar, lag in einer finsteren Ecke in Harlem. Ich fuhr am nächsten Morgen hin. Zu dieser frühen Stunde war das Lokal noch leer. Ein dicker Wirt stand hinter der Theke und polierte die Gläser. Ich schwang mich auf einen der Hocker und bestellte einen Brandy. Ich bekam einen Whisky.

»Das erinnert mich an meinen alten Freund«, sagte ich. »Er meinte auch Whisky, wenn er Brandy sagte.«

Der Wirt polierte schweigend weiter.

»Haben Sie den Laden schon lange?«

»Nächstes Jahr ist das fünfundzwanzigste!«

»Vielleicht ist Ihr Gedächtnis gut genug, um mir etwas über Leute zu erzählen, die vor fünfzehn Jahren hier verkehrten.«

Er warf mir einen raschen Blick zu.

»Polizei?« fragte er.

»FBI«, antwortete ich.

»Mein Gedächtnis ist miserabel.«

Ich trank aus. »Es gibt Methoden, es aufzubessern«, sagte ich, während ich das Glas niederstellte. »Noch 'nen Brandy.«

Er goß ein.

»Brandy war übrigens der Spitzname von einem Burschen, der sich früher viel hier herumtrieb«, fuhr ich fort. »Wie hieß er richtig?«

»Weiß ich nicht. Meine Gäste stellen sich nicht vor.«

»Jedenfalls erinnern Sie sich an ihn?«

Er brummte nur. Es konnte ebensogut ja wie nein bedeuten.

»Er war ein ziemliches Kaliber«, setzte ich mein halbes Selbstgespräch fort. »Vorausgesetzt, es stimmt alles, was über ihn erzählt wird.«

»Was für ein Kaliber er war, müßtet ihr von der Polizei wahrhaftig besser wissen, als ich«, sagte der Wirt.

»Warum?«

Er stieß ein schnaubendes Lachen aus. »Ihr habt ihn doch kurz vor Kriegsausbruch gefaßt, und er war bis lange nach dem Krieg verschwunden. Ich glaube nicht, daß ihr ihn zum General der Armee gemacht habt, weil ihr den Krieg nicht ohne ihn gewinnen konntet.«

»Was hatte er auf dem Kerbholz?«

Er zuckte mit den mächtigen Schultern. »Sehen Sie doch in Ihren Akten nach«, knurrte er. »Da steht's genauer drin, als ich es weiß. Wird wohl etwas mit dem Revolver gewesen sein. Mit seiner Schießkunst tat er sich ja immer dicke.«

Ich horchte auf. »Konnte er so gut schießen?«

»Irgendwann mal war er Kunstschütze, wenn ich es richtig behalten habe. Jedenfalls gab er hier schon mal 'ne Privatvorstellung, wenn er ein wenig angesäuselt war. Mehr als eine Luftbüchse ließ ich nicht zu. Viel Schaden konnte er damit nicht anrichten.«

Durch diese Auskunft zeichnete sich die Möglichkeit ab, daß Brandy und der Mordschütze dieselbe Person waren.

»Sahen Sie ihn nach dem Krieg noch einmal?«

Der Wirt legte das Poliertuch weg. Er musterte mich mißtrauisch. Von dieser Frage ab schien ihm die Unterhaltung gefährlich. Dinge zu erzählen, die ich ohnedies früher oder später in den Kriminalarchiven gefunden hätte, schien ihm nicht riskant.

»Es gibt Methoden, um das Gedächtnis aufzufrischen«, wiederholte ich leichthin. »Bei Kneipenwirten ist zum Beispiel ein Konzessionsentzug eine solche Methode.«

Er verstand. »Ja, ich sah ihn einmal vor vier oder fünf Jahren«, antwortete er. »Er kam frisch aus dem Kittchen.«

»Wohin ging er?«

Er nahm das Tuch wieder auf und wienerte mit aller Kraft an dem Bierhahn herum.

»Wohin ging er?« fragte ich noch einmal — einen halben Ton lauter.

»Am besten fragen Sie Lybold Jones danach«, brummte er.

»Danke«, sagte ich und stieg vom Hocker und warf einen Schein auf den Tisch. »Wenn Sie mal Schwierigkeiten mit Ihrer Konzession haben sollten, wenden Sie sich ruhig an mich.«

Jones' Adresse zu beschaffen war keine Schwierigkeit. Dennoch suchte ich ihn nicht sofort auf, sondern ging zum Archiv der Staatspolizei.

Sie haben dort eine prachtvolle Organisation. Zwar wußte ich den Namen meines Mannes nicht, aber ich kannte das Jahr, in dem er verurteilt worden war, und die ungefähre Höhe seiner Strafe.

Ich brachte meine Wünsche vor. Sie ließen einen Stapel ihrer Karteikarten durch die Sortiermaschine laufen, und dann überreichte man mir das aussortierte Paket, das alle Straffälle aus dem Jahre 1942 mit Strafen bis zu zehn Jahren Gefängnis enthielt. Natürlich waren das nur die Karten. Die Akten mußte ich mir nach den Nummern aus den Regalen suchen, aber auch die Karten enthielten Stichwortangaben über die Art des Verbrechens und das Aussehen des Täters. Ich führte mir die Karten zunächst gemächlich zu Gemüte und legte zur Seite, was mir des näheren Ansehens wert erschien. Eine Unterlage war darunter − auf sie stieß ich allerdings erst nach zweistündigem Studium −, die mir besonders auffiel. Der Verurteilte hieß George Left, und das klang jenem George Deck, unter dem sich der Mordschütze ein Zimmer gemietet hatte, verteufelt ähnlich. Er war 1942 wegen mehrerer Tankstellenüberfälle zu neun Jahren verurteilt worden, und die Beraubung von Tankstellen war wiederum eine Spezialität von Brandy.

»Kann ich die Akte haben?« bat ich den Archivbeamten, der mich betreute. Drei Minuten später lag sie vor mir auf dem Suchtisch. Ich schlug sie auf. Das erste Blatt zeigte die Bilder: ein breitschultriger Bursche mit kurzgeschnittenem Haar, ohne Zweifel Brandy und zugleich, nach der Beschreibung des Hausbesitzers, George Deck. Sie waren beide ein und dieselbe Person.

Inzwischen war es hoher Mittag geworden. Ich bedankte mich beim Archivangestellten, gab die Unterlagen zurück, und jetzt fuhr ich zu Lybold Jones.

Sein Haus lag draußen in Greenborg Village, ein Bau, der ein wenig an ein altes Schloß erinnerte. Jones verfügte sicherlich über dreißig oder vierzig Zimmer. Der Park rundherum war zwar klein, aber gepflegt, als gehöre er einem englischen Lord.

Es war gar nicht einfach, bis zu Lybold selbst zu gelangen. Ein Bursche in einer Dienerlivree wollte mich an der Tür abwimmeln, und als ich massiv wurde, holte er nicht Jones, sondern einen bebrillten Herrn, der sich als Jones' Sekretär vorstellte.

»Sind Sie angemeldet?« fragte der Bursche, der meilenweit nach Urkundenfälscher roch.

Ich kann es nicht leiden, wenn Gangster die vornehmen Leute spielen wollen.

»Wenn du nicht schleunigst dafür sorgst, daß ich Lybold zu sehen bekomme«, fauchte ich ihn an, »mache ich dich persönlich zu einer Visitenkarte und schicke dich als Anmeldung.«

Er rückte irritiert an seiner Sehmaschine und verschwand die Treppe hinauf. Im Hintergrund tauchte der Diener wieder auf. Bei ihm war ein zweiter Mann, dem man den ehemaligen Preisboxer zehn Meilen gegen den Wind ansehen konnte. Sie drückten sich dort herum und beobachteten mich mißtrauisch.

Der komische Sekretär flatterte die Treppe wieder herab.

»Mr. Jones läßt bitten«, stotterte er.

Er lotste mich die Treppe hinauf in ein Arbeitszimmer. Jones wartete dort hinter einem mächtigen Diplomatenschreibtisch auf mich. Er trug einen Schlafrock, so einen Seidenfetzen, mit weißem Taschentuch in der Brusttasche. Offenbar hatte ich ihn im Mittagsschläfchen gestört. Er war klein, aber sehnig, und sein Gesicht mit dem vollen grauen Haar erinnerte an die Visage eines Fuchses. Seine Stimme war hell und ein wenig gellend.

»Sie sind G-man?« bellte er. »Ihren Ausweis, bitte!«

Dazu war er berechtigt, und ich reichte ihn ihm über den Tisch. Er studierte ihn und wurde eine Oktave höflicher.

»Was führt Sie zu mir? Bitte nehmen Sie Platz! Einen Drink?«

Ich nickte. »Warum nicht?«

Er gab seinem Sekretär einen Wink. Der Bursche stürzte mit einem Tablett und Gläsern herbei. Jones wartete, bis ich mich bedient hatte.

»Also?« fragte er.

»Sie steckten vor zwei Jahren in einer Geschichte, die erst nach Bestechung und dann nach Erpressung aussah.«

Er machte eine abwehrende Handbewegung. »Wärmen Sie bloß das alte Gemüse nicht wieder auf, G-man. Das bekommt meiner Galle nicht.«

»Tut mir leid für Ihre Eingeweide«, antwortete ich, »aber ich werde es aufwärmen müssen, Jones. Ich habe die Sache damals nicht bearbeitet, aber ich bearbeite augenblicklich einen Fall von Erpressung, bei dem es schon zwei Tote gegeben hat, ein Opfer und einen Gehilfen der Gangster. Der Verein arbeitet mit allen Schikanen, wie zum Beispiel Abhörtelefonen, und er arbeitet auch mit jeder Rücksichtslosigkeit. Ich finde, Jones, Ihrer Vergangenheit und Ihrem Talent nach sind Sie der richtige Mann, eine solche Organisation aufzufinden. Es liegt in der Richtung Ihrer Begabung.«

Er grinste spöttisch, machte eine leichte Verbeugung.

»Vielen Dank für das Kompliment. Mögen Sie übrigens eine Zigarette?« Er bot mir über den Tisch weg sein Etui an. Ich nahm eine. Es waren Morris-Zigaretten, die gleiche Marke, die Phil in der Toreinfahrt gefunden hatte, aus der heraus Ruster erschossen wurde.

»Rauchen Sie diese Marke immer?« fragte ich.

Er wurde sofort mißtrauisch. »Warum?« fragte er sehr wach.

Ich zuckte leichthin mit den Achseln. »Es war nur so eine Frage.«

»Nein«, antwortete er, »ich rauche alle Sorten durcheinander.«

Er steckte die Zigarette in eine Filterspitze, bevor er sie anzündete.

Er blies den Rauch über den Tisch und sagte, wieder ganz Herr der Situation: »Was haben Sie mir noch zu erzählen, G-man, außer weiteren Komplimenten über meine hohen Fähigkeiten in der Organisation von Verbrechercliquen?«

»Nehmen Sie meine Meinung nicht zu leicht, Jones. Ich

kann die Komplimente, wie Sie es nennen, durch einen Beweis untermauern. Für Sie arbeitet ein Mann namens George Left?«

Er zog die Brauen hoch. »Nie gehört, den Namen.«

»Sie können leugnen, Jones, aber ich werde Brandy finden, und dann sind Sie dran.«

Er lachte. Ich fand, daß es dünn klang.

»Ach, Sie meinen Brandy. Richtig, er hieß mit bürgerlichem Namen George Left. Wir nannten ihn nur bei seinem Spitznamen. Darum wußte ich nicht sofort, wen Sie meinten, G-man.«

»Arbeitet Brandy also für Sie?«

»Er hat für mich gearbeitet. Bis vor zwei Jahren. Danach hatte ich keine Verwendung mehr für ihn.«

»Sie trennten sich von ihm?«

»Er von mir. Er verschwand eines Tages einfach, allerdings, nachdem ich ihn bereits informiert hatte, ich würde sein Gehalt nicht mehr lange zahlen können.«

»Warum wollten Sie ihn los sein?«

Er lächelte wieder höhnisch.

»Sie werden die Räuberpistolen kennen, G-man, die über mich erzählt werden. Es paßt doch gut in den Rahmen dieser Story, daß ich mir George Left als Leibwache hielt. Wissen Sie nicht, daß er ein ausgezeichneter Schütze war? Ein Mann wie Brandy war ein wunderbares Druckmittel. Na ja, nachdem gewissermaßen das Licht der Öffentlichkeit auf mich gefallen war, konnte ich mit Methoden, die Brandy anzuwenden gewohnt war, nicht mehr arbeiten. Darum entließ ich ihn. Einfach wegen Arbeitsmangel.« Er lachte laut. »Das ist die Version, die am besten in Ihren Polizeischädel paßt. Nehmen Sie ruhig an, es sei so gewesen. Wenn ich Ihnen anderes erzähle, glauben Sie es doch nicht.«

»Ich glaube Ihnen vor allen Dingen nicht, daß Sie Ihre gesamte verbrecherische Tätigkeit an den Nagel gehängt haben. Je länger ich mir Ihre Lügen anhöre, desto mehr komme ich zu der Überzeugung, daß Sie nahe genug mit der Sache verbunden sind, um Sie im Auge zu behalten.«

»Tun Sie später, was Sie wollen, G-man«, sagte er jetzt kurz, »aber wenn Sie mir keinen Haussuchungsbefehl vorweisen können, verlange ich, daß Sie verduften.« Er wandte sich an seinen Sekretär. »Drew, rufen Sie Robby herein!«

Der Preisboxer schien abrufbereit vor der Tür gewartet haben haben, denn er betrat sofort den Raum, sobald der Sekretär die Tür geöffnet hatte. »Das ist Robby, G-man«, erklärte Jones, »der Sie an die Luft setzen wird, wenn Sie nicht freiwillig gehen.«

»Danke, ich gehe schon«, antwortete ich, trank mein Glas aus, stand auf und ging zur Tür. Der Preisboxer stellte mir ein Bein und wollte treten.

»Hallo, Robby«, sagte ich und knallte ihm zwei glasharte Sachen gegen das Kinn.

Anschließend ging ich die Treppe hinunter und verließ das Haus. Ich fuhr langsam zum Hauptquartier. Ich hatte das Gefühl, hier unvermutet auf eine Fährte gestoßen zu sein, die noch frische Witterung hatte. Lybold Jones war der Mann, der das Zeug zur Organisation einer Erpressergang hatte. Er verfügte über die entsprechenden Mittel. Er kannte Brandy alias George Left, er rauchte Morris-Zigaretten, und er rauchte sie aus einer Spitze, was die Kürze der Reste erklärte, die Phil in der Toreinfahrt gefunden hatte. In unserem Hauptquartier rieb sich Phil bei meinem Anblick die Hände.

»Ich warte schon lang auf dich, Jerry!« rief er. »Wir sind einen erheblichen Schritt weiter. Wir haben John Landy den ganzen Vormittag in den Projektionsraum gesetzt, und schließlich identifizierte er Brandy als einen gewissen George Left. Und der Hausbesitzer aus der 63. Straße fand seinen Mieter ebenfalls in unserer Lichtbildersammlung wieder. Es ist . . .«

». . . ebenfalls George Left«, sagte ich.

Phils Gesicht wurde ganz lang. »Woher weißt du das

schon? Sag mir, wer mir die Überraschung vermasselt hat. Ich prügele ihn durch.«

»Niemand«, sagte ich. »Ich bin nur auf einem anderen Weg zu dem gleichen Ergebnis gelangt. Darüber sprechen wir noch. Was ist mit dem erschossenen Loccatelli?«

»Noch kein Ergebnis.«

»Und Bedeler, der die Fahrtroute von Gradness nachprüfen sollte?«

»Hat bisher keine Leute gefunden, die den Lincoln vorher in der 63. Straße stehen gesehen haben.«

»Okay, konzentrieren wir uns auf Brandy. Wenn wir ihn fassen, haben wir das wichtigste Glied der Bande, vielleicht sogar den Kopf.«

Die Suche nach George Left, genannt Brandy, wurde mit allen Fahndungsmöglichkeiten des gesamten Polizeiapparates der Vereinigten Staaten aufgenommen. Ich kann es Ihnen gleich verraten, ohne Einzelheiten zu berichten. Sie lief eine Woche lang ohne jeden Erfolg, außer einer Anzahl von Fehlmeldungen.

Über Interpol setzten wir uns mit der italienischen Kriminalpolizei in Verbindung. Was wir über Antonio Loccatelli erfuhren, war dürftig genug. Die italienischen Behörden kannten ihn als einen nicht vorbestraften Fernsprechmechaniker, der versucht hatte, in die Staaten auszuwandern, wegen einer Lungenkrankheit jedoch zurückgewiesen worden war. Daraufhin beschaffte er sich ein Besuchervisum, blieb bei uns und tauchte unter. Mit allen Mitteln versuchten wir, den Weg Loccatellis rückwärts aufzudecken, angefangen von der Stunde, da er auf dem Pflaster der 63. Straße gestorben war, bis zu dem Augenblick, da er Amerikas Boden betreten hatte. Mr. High setzte Sarcassani darauf an, einen unserer Leute italienischer Abkunft, denn es stand so gut wie fest, daß Loccatelli zunächst bei seinen italienischen Landsleuten in New York Unterschlupf gefunden hatte. Sarcassani machte sich auf die Socken, aber wir wußten, daß es Wochen dauern konnte, bis er Resultate brachte.

Sie verstehen, daß es uns in den Fingern kribbelte. Jeden Tag fanden Lagebesprechungen beim Chef statt. Alle Meldungen wurden überprüft, und oft genug setzten Phil und ich uns auf die Spuren, die dann ins Leere führten.

Am neunten Tag seit Beginn der Fahndungsaktion sagte Mr. High am Anfang unserer morgendlichen Sitzung: »Sarcassani hat sich für heute zum Vortrag gemeldet. Er scheint etwas gefunden zu haben. Übrigens habe ich für Sie beide heute abend eine Einladung.« Er hielt eine Karte hoch, die aus feinstem Büttenpapier war. »Mr. Gradness erinnert an das Versprechen, das wir ihm anläßlich seiner Verhaftung gaben, und erwartet uns heute abend zu einer Gesellschaft.«

Ich hatte über den letzten Ereignissen diesen unglücklichen Autofahrer fast vergessen.

»Müssen wir dahin, Chef?« fragte ich unlustig.

Mr. High hob die Schultern. »Ich gehe hin. Ich kann Sie natürlich leicht mit dringenden Dienstgeschäften entschuldigen.«

Ich merkte, er hätte es gern gesehen, wenn wir mitgingen. Mr. High hat als Chef des FBI eine Menge Rücksichten auf die führenden Männer der Stadt und des Staates New York zu nehmen. Freilich, wenn es ernst wurde, pfiff er unter Umständen darauf, andererseits war er zu klug, sie unnötig vor den Kopf zu stoßen.

Dieser James Gradness schien auf irgendeine Weise erheblichen Einfluß zu haben. Schön, taten wir also dem Chef den Gefallen und gingen mit zu der Gesellschaft.

»Smoking notwendig?« fragte ich.

Der Chef lächelte. »Ich denke schon.«

Ich stieß einen ergebenen Seufzer aus. Ich hasse es buchstäblich, mich in enge Lackschuhe zu zwängen, einen feierlichen Anzug anzuziehen und den vornehmen Mann zu markieren. Ich bin nämlich keiner, und ich habe das Gefühl, wenn ich mich auf dem Parkett bewege, merken mir alle

Leute an, daß ich aus einem Dorf in Connecticut stamme.

»Also gut«, entschied Mr. High, »wir fahren also zusammen hin. Holt mich um acht Uhr abends in meiner Wohnung ab.«

Kurz nach diesem Beschluß tauchte Sarcassani auf.

»Hallo«, begrüßte ich ihn, »hoffentlich bringst du etwas Licht in die Dunkelheit.«

»Ja, ich habe ein wenig gefunden«, antwortete er mit seinem noch immer etwas italienischen Akzent. »Loccatelli kam vor mehr als zwei Jahren in New York an, und er fand ein Zimmer bei einer italienischen Familie. Ich habe diese Familie jetzt entdeckt, arme Leute, aber ehrlich und brav. Stammen auch aus Neapel. Hatten Mitleid mit dem Jungen und nahmen ihn auf, als sein Visum abgelaufen und sein Geld zu Ende war. Ohne Aufenthaltsbescheinigung wagte er nicht zu arbeiten. Tat nur hin und wieder Gelegenheitsarbeit bei den Italienern im Viertel, eine Karre schieben, eine schadhafte Lichtleitung reparieren und andere Dinge. Eines Tages dann kam er nach Hause und sagte, er hätte einen Job bei einem reichen Herrn, der ihm auch zu einem Aufenthaltsvisum verhelfen würde. Der Familienvater sah ihn einmal im Auto, die Familienmutter kannte den Mann noch genauer, denn er war zweimal in dem Zimmer gewesen, in dem Loccatelli hauste. Ich legte das Bild von George Left vor, das ich bei mir hatte. Die Frau erkannte ihn und sagte, daß es der Mann sei, der in Antonios Zimmer gewesen wäre, aber der Mann behauptete steif und fest, es wäre nicht derjenige, mit dem er Loccatelli gemeinsam im Wagen gesehen hätte.«

»Das war vor über zwei Jahren, sagst du?« vergewisserte ich mich.

Sarcassani nickte.

Ich wandte mich an Mr. High.

»Abgesehen davon, daß ich der Meinung bin, daß Lybold Jones lügt, wenn er behauptet, Brandy Left arbeite nicht mehr für ihn, so hat er doch zugegeben, daß er vor zwei Jahren noch sein Angestellter war. Sicherlich engagierte Left den Italiener nicht auf eigene Rechnung, sondern für Jones. Sarcassani, beschaffe dir ein Bild von Lybold Jones und zeige es ihm. Ich wette hundert zu eins, daß er ihn erkennt.«

»Okay, mache ich«, antwortete unser Kollege, »aber ich kann es erst nach fünf Uhr tun. So lange arbeitet der Alte in einer Fabrik, oder hast du es eilig, Jerry? Soll ich ihn aus seinen Laden holen lassen?«

Ich blickte Mr. High an. Er winkte ab. »Ich denke, es ist am Abend früh genug.«

»In Ordnung, Sarcassani, aber wenn meine Vermutung stimmt, dann ruf mich bitte noch an. Wenn du mich unter meiner Nummer nicht erreichst, so bin ich bei James Gradness zu einer Gesellschaft.«

Wie verabredet, holten wir Mr. High um acht Uhr von seiner Wohnung ab. Phil hockte sich auf den Notsitz des Jaguar, während der Chef neben mir Platz nahm. Sarcassani hatte bis zu meinem Fortgehen von zu Hause noch nicht angerufen. Wir waren alle drei im Smoking.

»Sie werden sich wundern, was Gradness für ein Haus besitzt«, sagte Mr. High unterwegs.

Wahrhaftig, er hatte recht. Lybold Jones' Villa hatte mich schon beeindruckt, aber Gradness wohnten noch eine ganze Nummer feiner.

Als unser Jaguar die Treppe erreicht hatte, riß ein Lakai den Schlag auf. Ein zweiter stand bereit, um den Wagen sofort zum Parkplatz hinter dem Haus zu fahren.

Die Halle der Villa strahlte vor Licht. An die hundertfünfzig Leute mochten schon versammelt sein. Soweit es sich um Frauen handelte, glitzerten sie vor Schmuck. Die Männer waren alle in Schwarz.

Als guter Hausherr stand James Gradness am Eingang und begrüßte die Gäste. Als er uns sah, lachte er. »Nett, daß Sie gekommen sind«, sagte er und drückte uns der Reihe nach die Hand. »Ich werde mich Ihnen später besonders widmen. Jetzt muß ich allerdings noch einige Leute begrüßen. Die meisten sind zum Glück schon da. Mr. High, dort drüben steht der Chef der Staatspolizei, wenn Sie fachsimpeln wollen, aber sonst empfehle ich Ihnen, sich an die Cocktails zu halten.«

Er wandte sich ab und beugte sich über die Hand einer Dame, die zusammen mit ihrem Mann und einem erwachsenen Sohn die nächsten Ankömmlinge waren.

»Halten wir uns an die Cocktails, Chef«, sagte ich. »Ich brauche 'ne Seelenstärkung. Der Anblick von reichen Leuten schlägt mir immer aufs Gemüt.«

Mr. High wurde vom Polizeipräsidenten entdeckt und angesteuert. Wir mußten unsere Diener machen, verkrümelten uns aber dann. Etwas verloren standen wir an der Wand herum. Wir kannten hier niemanden, also hielten wir Ausschau nach einem Lakai mit noch gefülltem Tablett, und ich kann Ihnen sagen, es war nicht schwer, einen zu finden.

Während ich mich mit einem Stück kalten Bratens beschäftigte, trat James Gradness auf mich zu.

»Na, Mr. Cotton«, fragte er, »ist Ihre Meinung über mich besser geworden?«

Ich hob die Schultern und ließ sie wieder fallen.

»Ihre Drinks sind gut«, antwortete ich, »und das ist immer ein gewaltiger Pluspunkt für einen Mann.«

Ein Diener tauchte an seiner Seite auf und flüsterte ihm etwas ins Ohr. Er zog die Augenbrauen hoch und wandte sich wieder an mich.

»Ein Telefongespräch für Sie, Mr. Cotton«, sagte er. Ich gab dem Diener meinen Teller, schluckte den letzten Bissen hinunter, stieß Phil an und sagte: »Danke. Wo kann ich sprechen?«

»Am besten in meinem Arbeitszimmer. Bitte bemühen Sie sich in die erste Etage. Ich zeige Ihnen den Weg.«

Er ging uns voran die Treppe hinauf, öffnete die erste Tür rechts auf der umlaufenden Galerie.

By Jove, das war ein Arbeitszimmer. Es schien so groß zu sein wie das Speisezimmer im Parterre. Der Schreibtisch war aus edelstem Mahagoni. Zwei weiße Telefone standen darauf. Gradness hob einen Hörer und reichte ihn mir.

»Bitte sehr«, sagte er höflich und verließ diskret den Raum.

Ich meldete mich. Sarcassani hing am anderen Ende der Strippe.

»Es hat so lange gedauert, Jerry, weil mein Alter ein paar Überstunden in seiner Fabrik machte. Ich legte ihm Jones' Bild vor. Deine Vermutung stimmt. Er kannte ihn.«

»Erkannte er ihn sofort, zögerte er, oder war er seine Sache nicht sicher?«

»Nein, nein, er erkannte ihn auf Anhieb. Er sagte noch, er habe sich den reichen Herrn so genau angesehen, weil er wußte, wie schwer es ist, eine nachträgliche Einwanderungserlaubnis für jemanden zu beschaffen, der illegal im Land weilt, und wollte damals wissen, wie so ein mächtiger Mann wohl aussah.«

»Danke, Sarcassani, wir werden uns Jones vornehmen.«

»Willst du ihn verhaften?«

»Ich glaube nicht, daß Mr. High es erlaubt. Ein Zeuge ist zuwenig bei einem Mann von Jones' Format. Ich brauche mehr Beweise gegen ihn, und ich werde mir sie holen, wo ich sie finde.«

»Wo?« fragte Sarcassani.

»Bei ihm natürlich. In seinem Haus.«

Ich hängte ein.

»Lybold Jones also?« fragte Phil.

»Jedenfalls mit einer größeren Wahrscheinlichkeit als jeder andere. Ich muß mit Mr. High sprechen.«

Es klopfte an die Tür. Gradness steckte den Kopf herein.

»Sind Sie fertig, Mr. Cotton?«

»Ja, vielen Dank.«

»Wichtiges? Oh, Verzeihung, sicherlich Dienstgeheimnis.«

»Nicht so schlimm?«

»Zigarette?« fragte er. Er war an den Schreibtisch getreten, drückte auf einen verborgenen Knopf. Ein Aschenbecher, der am linken Rand des Tisches stand, verschwand nach unten, und an seiner Stelle tauchte ein gefüllter und geöffneter Zigarettenkasten auf.

»Hallo!« rief Phil verwundert.

Gradness lächelte. »Eine kleine technische Spielerei. Ich habe eine Schwäche für so etwas. Bitte, bedienen Sie sich.«

Ich nahm mir eine Zigarette. Unwillkürlich blickte ich nach der Marke. Nein, es war keine Morris.

Gradness ließ mit einem Knopfdruck den Behälter wieder verschwinden und den Aschenbecher auftauchen.

»Feuer?« fragte er. »Bitte hier!« Wieder ein Knopfdruck. Die Spitze der Schreibtischlampe klappte um. Ein Feuerzeug war eingebaut, das bereits brannte. »Und nun einen Drink, nicht wahr?« fragte er. »Bitte, blicken Sie dort auf die Wand.«

Wir sagen in die Richtung. An der Stelle befand sich ein großes schmales Bild, das ungewöhnlich tief hing. Es stellte einen Seemann dar, der eine Flasche in der Hand trug und ein seliges Gesicht schnitt.

Plötzlich begann er sich zu bewegen. Er wanderte mitten durch den Raum auf uns zu, verhielt vor dem Rand des Teppichs und klappte zur Seite. Dahinter befand sich ein Bartischchen mit Gläsern und Flaschen.

Die Wirkung des marschierenden Seemanns war so überraschend, daß Phil und ich in schallendes Gelächter ausbrachen. Ich ging hin und sah mir die Sache an. Es war ganz einfach. In der Wandnische, in der das Tischchen, verborgen von dem Bild, stand, befand sich ein kleiner Elektromotor, der ein Scherengestänge betätigte, wodurch Tisch und Bild in den Raum hinausgeschoben wurden.

»Hübsche Spielerei«, sagte ich zu Gradness, während ich mich bediente. »Fast noch netter als eine elektrische Eisenbahn.«

Er ließ Tisch und Bild wieder in die Wand zurückwandern.

»Haben Sie noch mehr solche Späße?« fragte Phil.

»Einige«, antwortete er, »aber sie befinden sich in den unteren Räumen, und die anwesenden Damen könnten erschrecken, wenn ich sie Ihnen vorführen würde.«

Ich dankte für Drink und Telefongespräch. Wir begaben uns wieder nach unten, um den Chef zu suchen. Wir fanden ihn im Gespräch mit einer Gruppe von Leuten, und wir gaben ihm ein Zeichen. Sobald er konnte, kam er zu uns herüber.

»Sarcassani hat angerufen. Lybold Jones ist der Mann, der auch Loccatelli kannte«, berichtete ich. »Ich finde, es ist an der Zeit, gegen ihn vorzugehen.«

»Einen Haftbefehl kann ich nicht durchsetzen«, antwortete Mr. High sofort.

»Haussuchungsorder?« fragte ich.

»Ich will es versuchen. Ich werde mit dem Untersuchungsrichter telefonieren.« Er sah sich nach Gradness um, entdeckte ihn und bat ihn mit einer Geste herbei. »Ich muß telefonieren, Mr. Gradness«, erklärte er.

Der Hausherr warf mir einen Blick zu. »Doch wichtig, nicht wahr? Am besten führe ich Sie wieder ins Arbeitszimmer.«

Oben ließ er Mr. High vorgehen. Der Chef ging sofort zum Schreibtisch und griff nach dem Hörer des einen Apparates.

»Nein, bitte diesen hier«, sagte Gradness, nahm Mr. High den Hörer aus der Hand und gab ihm den anderen. »Das ist nur ein Haustelefon.«

Er ging um seinen Schreibtisch herum, und ich hatte den Eindruck, daß er irgend etwas ganz Bestimmtes tat, aber er lächelte mir zu und verließ den Raum.

Mr. High bemühte sich um eine Verbindung mit dem Untersuchungsrichter. Es dauerte eine Weile, bis er ihn erwischte, und dann merkte ich nach den ersten Sätzen, daß der Richter Schwierigkeiten zu machen schien.

Der Chef mühte sich ab. Ich gab die Hoffnung schon auf. Ob mit oder ohne Haussuchungsbefehl, ich würde noch heute nacht die Beweise aus Jones' Villa holen.

Halb spielerisch griff ich nach dem Hörer des zweiten Apparates, den Mr. High zuerst in die Hand genommen hatte. Ich führte ihn ans Ohr. Die Leitung war tot. Es war kein Summzeichen darin. Na ja, ein Haustelefon konnte schließlich auch ohne Freizeichen telefonieren. Ich verstand nicht genug davon, um das beurteilen zu können.

Der Chef beendete sein Gespräch mit ein paar höflichen Wendungen.

»Nichts zu machen«, wandte er sich an uns. »Er verlangt Vorlage des Beweismaterials und will sich morgen entscheiden.«

»Schon gut, Chef«, brummte ich. »Wahrscheinlich wird er uns morgen den Rat geben, doch zunächst einmal George Left zu fassen. Lassen wir es.«

Gradness nahm uns vor der Tür in Empfang und begleitete uns wieder die Treppe hinunter. Die Gesellschaft nahm ihren Fortgang. Offen gestanden, ich hatte es satt, und war froh, als die ersten Gäste kurz vor Mitternacht aufbrachen. Langsam begann sich der Laden zu leeren. James Gradness stand wieder an der Tür und machte seine Abschiedsverbeugungen.

Mr. High, Phil und ich schickten uns auch an zu gehen.

»Ich hoffe, die Einladung hat ihren Zweck erfüllt, Sie von meiner Harmlosigkeit zu überzeugen«, sagte Gradness bei der Verabschiedung.

»Völlig«, antwortete ich. Es war eine glatte Lüge.

Wir setzten Mr. High vor seiner Wohnung ab und fuhren weiter. Wir waren durchaus mäßiger Laune.

»Verdammt, daß der Richter nicht an die Sache heran will«, knurrte Phil.

Ich stoppte in der Nähe einer öffentlichen Telefonzelle. Jones' Nummer kannte ich, und ich wählte sie.

Es dauerte lange, bis sich jemand meldete, und dann klang

die Stimme verschlafen. Wenn ich sie noch richtig im Ohr hatte, so gehörte sie dem Sekretär Drew.

»Mr. Jones zu sprechen?« fragte ich.

»Nein, er ist außer Haus.«

»Wann ist er zu erreichen?«

»Morgen früh. Wer spricht dort?«

Ich gab darauf keine Antwort. »Können Sie mir nicht sagen, wann er zurückkommt? Ich brauche ihn dringend.«

»Er ist ausgegangen, und zwar mit Bekannten. Es wird spät werden. Wer ist denn dort?«

Ich legte auf. Pfeifend kehrte ich zu Phil zurück.

»Du hast etwas vor?« fragte er mißtrauisch.

»Gewiß«, antwortete ich, während ich mich hinter das Steuer setzte. »Da der Richter uns einen offiziellen Besuch bei Lybold Jones nicht erlaubt, werde ich ihm einen inoffiziellen abstatten, und zwar heute nacht.«

»Du willst dir das Beweismaterial gewaltsam holen?« erkundigte sich Phil. »In Ordnung, ich bin dabei.«

»No, Phil, du bist nicht dabei. Ich fahre dich jetzt nach Hause, und du legst dich in dein Bett. Nur aus alter Freundschaft sage ich dir überhaupt, daß ich Jones' Villa heute nacht einen Besuch abstatte. Es trifft sich günstig. Er treibt sich mit irgendwelchen Leuten in Bars herum.«

»Das ist nicht fair, Jerry«, beklagte sich Phil. »Im allgemeinen arbeiten wir zusammen, nicht wahr?«

»Heute geht's trotzdem nicht anders, Kleiner. Wenn ich in Jones' Bude auf wahrhaftig nicht legale Weise eindringe, dann ist das mein Privatspaß, und wenn's schiefgeht, so kann es immer noch heißen, daß ein G-man seine Befugnisse überschritten hat. Wenn wir es gemeinsam tun, dann kauft uns kein Mensch die Story ab, wir wären auf eigene Initiative eingedrungen, sondern es gilt als Handlung des FBI, und Mr. High kommt in beträchtliche Schwierigkeiten. Jones ist genau der Mann, der es versteht, so etwas durch die Presse ziehen zu lassen. Ich sehe schon jetzt die Überschrift: ›Verfassungswidrige Maßnahmen des FBI.‹«

Wir waren vor Phils Wohnung angelangt. Selbstverständlich gefiel ihm mein Vorschlag nicht, aber er mußte sich fügen.

»Wann höre ich wieder von dir?« fragte er, als er ausstieg.

»Nicht vor fünf Uhr«, antwortete ich. »Ich werde die Zeit ausnutzen, und wenn Jones sich am Broadway vergnügt, wird es immer spät. Dafür ist er bekannt.«

»Hals- und Beinbruch also, Jerry«, sagte Phil.

In schnellem Tempo fuhr ich nach Hause, zog mich um und suchte mir zusammen, was ich brauchte: Taschenlampe, ein Bund Spezialdietriche, ein handfestes Messer und natürlich den Revolver. Eine Viertelstunde nach ein Uhr parkte ich den Jaguar zwei Querstraßen von Lybolds Villa entfernt.

Es war kein Problem, in den Park zu gelangen. Das Haus war dunkel. Ich wählte ein Fenster an der Seitenfront aus. Ruhig und mit möglichst wenige Geräusch brach ich unter Zuhilfenahme des Messers den Kitt aus dem Rahmen. Es dauerte eine halbe Stunde, bis ich die Scheibe herausnehmen konnte. Ein Griff durch die Öffnung, löste den Fensterverschluß, ein kleiner Klimmzug, und ich befand mich im Innern des Hauses.

Ich hatte ein paar dicken Wollsocken mitgenommen und zog sie über die Schuhe, um das Geräusch meiner Schritte zu dämpfen. Ich ließ die Taschenlampe aufblitzen. Ich war in die Küche eingedrungen.

Die Tür war nicht verschlossen. Auf meine Wollsocken gelangte ich leicht in die Halle. Dort stand ich erst einmal und überlegte.

Wenn Jones belastendes Material im Hause hatte, dann konnte es sich nur im Arbeitsraum befinden, jenem Zimmer also, in dem er mich empfangen hatte.

Ich fand es leicht wieder. Hier war allerdings die Tür verschlossen. Ich mußte ein wenig mit den Dietrichen spielen, aber ich bekam sie auf, schlüpfte hinein, schloß aber hinter mir nicht wieder ab. Ich vergewisserte mich, daß die Vorhänge zugezogen waren, und schaltete nun hemmungslos die Taschenlampe ein.

Ich beschäftigte mich zuerst mit dem Schreibtisch. Schnell, aber sorgfältig studierte ich die Papiere. Ich suchte Hinweise, die mir Sicherheit verschaffen konnten, eine Liste zum Beispiel, auf der auch die Namen Joel Ruster und John Landy standen oder ähnliches.

Im Schreibtisch befand sich nichts dergleichen. Ich wandte mich den Bücherschränken an den Wänden zu. Ich probierte daran herum, ob sie vielleicht einen Tresor verdeckten, aber ich suchte eine halbe Stunde, ohne etwas zu finden.

Dann, Punkt halb drei, passierte der Knall. Ich hörte einen Wagen auf dem Kies der Zufahrtstraße. Ich sauste zum Fenster und warf einen Blick durch den Vorhangspalt. Jones kam anderthalb Stunden früher zurück, als ich erwartet hatte. Höchste Zeit für mich, wenn ich noch aus dem Haus verschwinden wollte. Ich flitzte zur Tür und öffnete sie. Es war schon zu spät.

In der Halle und auf dem Treppengang brannte Licht. Der Sekretär kam von oben herunter. Er mußte die Ankunft seines Herrn noch früher bemerkt haben als ich. Mit Ach und Krach konnte ich die Tür noch lautlos ins Schloß drücken, bevor er daran vorbeiging.

Wieder zum Fenster zurück. Ich zog die Vorhänge weg, öffnete und blickte hinaus. Unten stieg Jones eben aus dem Wagen.

Für einen Sprung aus dem Fenster war es zu hoch. Es blieb mir die Chance, daß er kurzerhand schlafen ging, ohne noch einmal das Arbeitszimmer zu betreten. Kam er dennoch herein, dann konnte ich ihn mit der Taschenlampe blenden, ihn zwingen, die Hände hochzunehmen, das Licht in der Halle auszuschalten, um auf diese Weise ungesehen das Haus zu verlassen. Ich schloß lautlos das Fenster, schob die Vorhänge wieder zurecht und stellte mich mitten in den Raum, in der Linken die Lampe, den Daumen am Knipser, in der Rechten zu aller Vorsicht den Revolver.

Ich hörte, wie die Männer die Treppe heraufkamen. Jones sagte eben: »Ach, auch am Broadway ist nichts mehr los.« Jetzt befanden sie sich auf der Galerie, und jetzt mußten sie unmittelbar vor der Tür stehen. »Billy in der Hucky Bar wird mit seinen Drinks auch immer teurer. Das Geschäft macht fast so viel Spesen, daß es nicht mehr lohnt.« Sicher hatte Lybold Jones ein wenig getrunken, daß er so redselig war.

Ich hielt die Luft an. Im nächsten Augenblick mußte er sich entscheiden, ob er vorbeiging oder hereinkam. Ich hörte ein Schlüsselbund klappern, hörte, wie der Schlüssel ins Loch gesteckt wurde und wie die Klinke hinuntergedrückt wurde.

Er wollte also herein. Noch blieb mir eine Chance, und ich legte den Daumen mit etwas mehr Druck auf den Knopf der Taschenlampe.

Draußen sagte Jones: »Nanu! Die Tür ist unverschlossen. Waren Sie darin, Drew?«

»Ich habe doch gar keinen Schlüssel, Mr. Jones«, antwortete der Sekretär gekränkt.

»Ich weiß genau, daß ich abgeschlossen habe. Dann müßte ja . . .«

Die Tür bewegte sich, aber nur einen Spalt. Ich hätte mich ohrfeigen können. Ich hatte nicht mehr daran gedacht, daß das offene Schloß ihm auffallen könnte.

»Robby, hol eine Taschenlampe«, befahl Jones.

Ich stieß die angehaltene Luft aus. Es war passiert und nicht mehr zu ändern. Ich gab es auf. Ich suchte mir einen Stuhl, setzte mich und vermied kein Geräusch dabei.

»Es ist jemand im Raum!« schrie Lybold draußen aufgeregt. »Gib mir den Revolver, Robby! Drew, rufen Sie die Polizei an! Wozu zahle ich Steuern? Sie können auch mal etwas für mich anstatt gegen mich tun.«

»Unnötig, die Polizei zu rufen!« rief ich laut. »Sie ist schon hier.«

In der Aufregung erkannte Jones meine Stimme nicht.

»Komm heraus, mein Junge!«

»Kommen Sie herein!« antwortete ich.

»Ist das nicht der G-man von neulich?« hörte ich Robby brummen.

»Richtig geraten, Preisboxer«, sagte ich.

Ein Arm tastete sich durch den Türspalt, eine Hand fand den Lichtschalter, drehte ihn. Der Kronleuchter flammte auf. Sekunden später wurde die Tür ganz aufgestoßen. Jones' Kopf lugte vorsichtig um die Ecke.

»Tatsächlich, der G-man«, wunderte er sich, aber dann faßte er sich und trat ein, hinter ihm Robby, der einen Revolver in der Hand trug.

Jones war im Abendanzug. Er blieb ein paar Schritte vor mir stehen und wippte auf den Absätzen.

»Sind das eure neuesten Methoden?« fragte er.

Er entdeckte den erbrochenen Schreibtisch. Sein Gesicht verzerrte sich für einen Augenblick vor Wut.

»Das hätten Sie nicht tun sollen, G-man«, fauchte er. »Ich werde Sie als das behandeln, was Sie sind — nämlich als einen gewöhnlichen Einbrecher. Wissen Sie, was man mit Einbrechern tut?«

»Man schießt auf sie, Jones«, entgegnete ich ruhig, »aber das hätten Sie sich früher überlegen sollen. Wie Sie vielleicht bemerken, besitze ich eine Kanone, und ich könnte in die Versuchung kommen, zurückzuschießen.«

Er wurde ein wenig weiß im Gesicht.

»Wollen wir es versuchen, wer es besser kann?« fragte ich und lächelte ihn an.

Er wechselte das Thema.

»Was suchen Sie bei mir, G-man?«

»Beweise dafür, daß Sie der Chef jener Erpresserbande sind, von der ich Ihnen schon neulich erzählte.«

»Fallen Sie mir nicht auf die Nerven, zum Henker, ich bin es nicht.«

Es war irgend etwas in seiner Stimme und in der Art, wie er diesen Satz sagte, daß ich sekundenlang das Gefühl hatte, er spräche die Wahrheit, aber es dauerte wirklich nur den Bruchteil eines Augenblicks.

»Geben Sie sich keine Mühe, Lybold. Wir haben festgestellt, daß auch der zweite uns bekannte Mann der Bande, ein italienischer Elektrotechniker, der erschossen wurde, für Sie gearbeitet hat.«

»Hören Sie, G-man«, antwortete er, »es haben viele Leute für mich gearbeitet, aber vor zwei Jahren war mehr oder weniger Schluß damit. Mir ist es gleichgültig, was Sie von mir denken, aber ich habe nicht viel Lust, mich laufend von Ihnen verdächtigen zu lassen. Vielleicht habe ich in Ihren Augen einiges auf dem Kerbholz«, er grinste, »aber mit der Sache, die Sie mir andichten wollen, habe ich nichts zu tun. Warum halten Sie sich immer an mich? Es gibt wahrhaftig Leute genug, die auch keine reine Weste haben, obwohl sie so gut einen Smoking zu tragen verstehen wie ich.«

Es war dieser ganze belanglose Satz, der mir die Gestalt James Gradness' vor die Augen rief, vielleicht nur, weil ich ihn zuletzt im Smoking gesehen hatte. Ich dachte ungefähr, daß Jones ganz gut recht haben konnte, und mir fielen ein paar Dinge ein, die ich heute abend in seinem Haus gesehen hatte, die mir ohne Bedeutung erschienen waren und die plötzlich Gewicht erhielten.

Ich stand auf. Die Sache hier bei Jones war nun ohnedies verfahren. Was immer ich jetzt noch sagen konnte, es blieb überflüssiges Gerede.

»Na gut, Lybold«, sagte ich, »machen wir Schluß. Ich bin müde. Kann ich nach Hause gehen, oder wollen Sie ein großes Theater mit dem Einbruch eines G-man in Ihr Haus veranstalten? In diesem Falle warte ich, bis die Polizei hier eintrifft, und lasse meine Personalien feststellen.«

Er sah mich mit einem glitzernden Blick an.

»Gäbe 'ne hübsche Presseschlagzeile, nicht wahr?« Er grinste. Er blickte seinen Sekretär an, dann seinen Leibgardisten. »Soll ich es tun, Jungs?« erkundigte er sich. Die beiden Trabanten nickten nachdrücklich.

»Ihr seid Idioten!« fuhr er sie an. »Wegen eines Spaßes soll ich mir den ganzen FBI zum Feind machen? Langt euer bißchen Gehirn nicht dazu, sich auszudenken, was die Kollegen von dem Burschen mit mir anstellen, wenn ich ihn in einen Skandal reiße, he? Sie ersinnen tausend Schikanen und machen uns das Leben sauer.«

Er drehte sich mit einem Ruck mir zu.

»Hauen Sie ab, G-man! Hauen Sie schnell ab, damit ich Ihre Visage nicht länger zu sehen brauche.«

Ich stand auf.

»Schicken Sie mir die Rechnung über den erbrochenen Schreibtisch«, sagte ich im Vorbeigehen. »Und in der Küche muß ein Fenster neu eingekittet werden.«

Glauben Sie nur nicht, daß die Ruhe, mit der ich das Haus verließ, echt war. Ich fühlte mich so bodenlos blamiert, daß ich mich am liebsten selbst verprügelt hätte. Eine Type wie Jones hatte mich erwischt und dazu noch mit leeren Händen, und von Rechts wegen hätte ich noch danke sagen müssen, wie ein kleiner Taschendieb, den der Bestohlene gnädigst laufenläßt.

Ich trödelte durch die Nacht zu meinem Wagen zurück. Ich zündete eine Zigarette an und feuerte sie nach drei Zügen wieder fort. Dann stand ich lange vor meinem Auto und konnte mich nicht entschließen einzusteigen.

Ich kann Ihnen heute nicht mehr genau sagen, was mir eigentlich in der Viertelstunde durch den Kopf ging. Es waren nicht ganz deutliche Gedanken, und sie bewirkten, daß das Bild Lybold Jones' immer mehr verblaßte, und das Bild James Gradness' immer stärker hervortrat.

Mir fiel jener Vortrag ein, den uns am Tag nach Joel Rusters Tod jener Ingenieur Moolt von der Scott-Telefongesellschaft gehalten und von dem wir sowenig kapiert hatten. War da nicht die Rede von einer Kreisschaltung gewesen, von einem zweiten Apparat, mittels dessen, wenn man eine bestimmte Nummer wählte, man einen Stromkreis schließen konnte, so daß alle auf diese Leitung geschalteten Gespräche mitgehört werden konnten? Hatte Gradness nicht zwei Telefone auf seinem Schreibtisch stehen?

Es war absolut blödsinnig. Manche Direktoren haben ein halbes Dutzend Apparate auf ihrem Tisch, aber das fiel mir in dieser Nacht nicht ein.

Und die kleinen Tricks, die er uns vorgeführt hatte? Alle hatten sie irgend etwas mit Elektrotechnik zu tun. Übrigens hatte Gradness auch etwas zu hastig eingegriffen, als High den falschen Hörer abhob, nicht wahr?

Ich habe mich nie gescheut, zuzugeben, wenn ich einen Fehler gemacht habe, aber diesmal habe ich Hemmungen, es zu gestehen.

Daß ich wieder ein Auge auf Gradness warf, nachdem es mit Jones nichts geworden war, das war nicht schlimm, aber daß ich mich hinter das Steuer klemmte und anstatt zu Phil zu fahren und die Sache mit ihm in Ruhe durchzusprechen, zu Gradness fuhr, das war absolut hirnverbrannt und mit nichts zu entschuldigen. Es blieb der größte Leichtsinn meines Lebens, und es blieb um ein Haar auch mein letzter. Schön, nehmen Sie an, Jerry Cotton benahm sich wie ein Idiot, und Sie liegen völlig richtig. Jedenfalls benahm er sich so, und mir bleibt nichts übrig, als es zu schildern.

Es war inzwischen gut drei Uhr nachts. Ich fuhr schnurstracks durch das schlafende New York, hinaus nach Osten, und ich parkte meinen Wagen wieder zwei Querstraßen von einem Haus entfernt, in dem ich schon einmal gewesen war, diesmal handelte es sich um das Haus von James Gradness.

Sie wissen, der Kasten stand allein in einem Park von beachtlicher Größe. Ich schlich an der Mauer entlang. Sie war zu hoch, um sie zu übersteigen. Dann gelangte ich an das Tor, durch das wir vor sieben Stunden gefahren waren. Es war jetzt verschlossen, aber die Übersteigung bedeutete kein Problem.

Sobald ich drüben war, ließ ich mich hinunterfallen, landete im Kies, drückte mich in den Schatten der Bäume und schlich auf das Haus zu.

Auf halbem Wege hörte ich ein undeutliches Knurren. Drei Yard vor mir sah ich etwas wie undeutlich phosphoreszierende Punkte, und plötzlich sprang etwas schwer und doch weich gegen mich an. Zähne schlugen sich in meinen instinktiv erhobenen Arm, und im Handumdrehen lag ich unter dem Schweren, Weichen auf dem Boden.

Nein, es war kein Tiger oder so etwas. Es war ein Hund, ein Mordsbiest von einer Doggentöle, das sich ohne ein Bellen auf mich gestürzt hatte und nun an meinem Arm frühstückte. Ich schlug dem Biest zweimal die geballte Faust mit aller Wucht auf den Schädel. Ich fühlte, wie seine Kiefer auseinanderklappten, und hörte es fallen.

Ich stand auf, schüttelte den Kopf und war nahe daran, umzukehren, als ich von einem zweiten Vieh angefallen wurde. Ich bemerkte es rechtzeitig, und es flog unter meinem Fußtritt zur Seite, sprang mich aber sofort erneut an. Jetzt hatte ich Pech. Der Hund verfehlte zwar mein Fleisch, aber er packte mein linkes Hosenbein, zerrte daran und warf mich um.

Ich schlug nach ihm, und zwar mit der Taschenlampe, aber er wich mit geschickten Sätzen aus und schleifte mich an meiner Hose über den Kies. Wie sein Kollege knurrte er nur und gab keinen einzigen Beller von sich.

Ich war's leid. Ein G-man, dem wie einem Hausierer von den Hofhunden die Hose ausgezogen wird, das ging gegen die Standesehre. Ich würde jetzt diesem Biest eins aufbrennen, türmen und warten, bis meine Sterne günstiger standen. Ich angelte nach dem Revolver. In diesem Augenblick gab der Stoffetzen in den Zähnen endlich nach. Der Köter flog von seinem eigenen Zug zur Seite. Ich sprang auf die Beine, schaltete rücksichtslos die Taschenlampe ein, um die Dogge zu erschießen, wenn sie erneut angriff.

Es wurde hell. Nein, nicht nur der Strahl meiner Lampe fraß sich ins Dunkel. Es wurde richtig hell. Die gesamte

Neonbeleuchtung des Parkweges flammte auf. Das Licht in sämtlichen Fenstern des Hauses ging an, sogar die Leuchter am Treppenaufgang. Die zweite Dogge stand ein paar Schritte vor mir, ließ eben das eroberte Stück meiner Hose aus den Zähnen und machte Anstalten, mich erneut anzufallen. Ihre Kollegin stand etwas weiter auch wieder auf ihren Beinen, taumelte ein wenig und schüttelten den Kopf wie ein groggy gewesener Mensch.

Ein gellender Pfiff ertönte. Die Hunde warfen die schweren Köpfe hoch, knurrten mich noch einmal an und verschwanden mit einigen Sätzen im Gebüsch.

Ich wollte weg, 'rüber übers Tor und raus aus der zweiten Blamage dieser Nacht, aber ich kam nicht dazu.

Sehr laut sagte eine Stimme — Gradness' Stimme: »Wollen Sie mich noch so spät besuchen, Mr. Cotton? Bitte genieren Sie sich nicht.«

Ich strebte weiter auf das Tor zu.

»Berühren Sie es lieber nicht«, fuhr die Stimme fort. »Sie können daran klebenbleiben. Es ist jetzt elektrisch geladen.«

Ich blieb stehen und sah mich um.

»Falls Sie danach suchen, wo meine Stimme herkommt, so verrate ich Ihnen gern, daß der Lautsprecher sich in der zweiten Kastanie vor dem Haus befindet, aber nun kommen Sie bitte, sonst schmilzt das Eis im Whisky.«

Was blieb mir übrig? Ich drehte mich auf dem Absatz um und ging auf das Haus zu. Als ich den Fuß auf die erste Stufe der Freitreppe setzte, gingen die Parkbeleuchtung und sämtliche Lichter in den Fenstern aus, nur die Leuchten an der Treppe brannten noch.

Ich stieg die Stufen hoch. Die Treppenleuchten erloschen, eine einsame Lampe über der Tür flammte auf. Lautlos öffneten sich die beiden Flügel der schweren Eichentür.

Ich ging weiter, den Revolver in der Hand. In der Garderobe, die als Vorraum zur Halle diente, brannte Licht. Sobald ich sie betreten hatte, schloß sich die Tür. Ich fuhr herum. Kein Mensch war zu sehen. Mit einem leichten Schnappen fielen die Flügel ins Schloß.

Ich grinste. Gradness' elektrische Zauberkunststückchen kannte ich nun schon gut genug, um mich noch darüber zu verwundern.

Die Garderobenbeleuchtung ging aus, die Beleuchtung der Halle flammte auf. Ich kapierte, daß ich nun dort hineingehen sollte, und tat es.

Der große Raum wirkte so leer, als sei er noch nie bewohnt gewesen. Die Schiebetür zu dem Speiseraum stand auf, aber es war dunkel darin, so daß ich nicht mehr sehen konnte, ob von dem kalten Büfett noch etwas übergeblieben war.

Wieder wechselten den Lichter. In der Halle wurde es dunkel, aber die Treppe zur ersten Etage lag im Licht.

Mr. Gradness wünschte mich also offensichtlich in seinem Arbeitsraum zu sprechen, und ich zögerte nicht, der Einladung zu folgen. Soviel mir bekannt war, waren die Todesstrahlen noch nicht erfunden, und solange das nicht der Fall war, bestand kein Grund zur Angst.

Sobald ich die Galerie der ersten Etage erreicht hatte, wollte ich die Klinke des Arbeitszimmers niederdrücken, aber sämtliche Lichter erloschen, und nur hinten am anderen Ende des Ganges leuchtete eine einsame Lampe über einer weißen Tür, die den Korridor dort abschloß. Ich wandte mich dorthin, ging an einer ganzen Reihe von Türen vorbei und klopfte dann an.

»Herein«, sagte Mr. Gradness' Stimme. Ich öffnete und trat ein. Es war ein merkwürdiger Raum. Er hatte keine Fenster. Gradness saß an der der Tür gegenüberliegenden Wand in einem Sessel und musterte mich spöttisch. Er trug einen Schlafrock. Bis auf einen Stuhl, der sich nicht weit von der Tür befand, und Gradness' Sessel gab es kein einziges Einrichtungsstück in dem Zimmer, den Kronleuchter abgerechnet.

»Setzen Sie sich, Mr. Cotton!« befahl Gradness. Er wartete, bis ich auf dem Stuhl Platz genommen hatte, fuhr dann fort: »Ich habe Sie heute nacht nicht erwartet. Soviel ich wußte, wollten Sie einem gewissen Lybold Jones einen Besuch abstatten. Also doch noch Verdacht gegen mich. Schade!«

»Sie haben mein Telefongespräch belauscht?«

»Ich war so frei«, antwortete er. »Man muß schließlich wissen, wie die Sache liegt. Ich freue mich sehr, daß Sie Mr. Jones so nachdrücklich verdächtigten. Anscheinend fanden Sie in seinem Haus nicht, was Sie suchten.«

»Woher wissen Sie, daß ich in Jones' Villa war?«

»Raten Sie mal! Ich habe mir erlaubt, einen meiner Leute dort in der Nähe aufzustellen, um ganz sicher zu sein, daß Ihr Telefongespräch nicht nur dazu diente, mir Sand in die Augen zu streuen. Aus diesem Grund bin ich überzeugt, daß weder Ihr Chef, der von mir sehr geachtete Mr. High, noch Ihr blonder Freund Phil weiß, daß Sie anschließend zu mir gefahren sind. Mr. Jones wird es schwer haben, Ihren Leuten klarzumachen, daß nicht er es war, der Sie aus dem Weg räumte. Ich fürchte, sie werden ihm nicht glauben.«

Ich legte mit dem Daumen den Sicherungsflügel des Revolvers herum.

»Aus Ihren ganzen Gerede entnehme ich, daß meine Nase mich nicht getrogen hat und daß der erste Eindruck richtig war. Sie sind der Mann, den wir suchen.«

Er lächelte. »Nachdem ich Ihnen einiges über meine Methoden erzählt habe, hat es wohl wenig Zweck, noch länger zu leugnen. Allerdings werden Sie von meinem Geständnis keinen Gebrauch machen können. Ich werde Sie töten, G-man, aber noch nicht heute. Ich möchte erst sicher sein, daß Lybold Jones tatsächlich von Ihren Leuten verdächtigt wird.«

Ich stand auf. »Na schön«, knurrte ich. »Wir wollen es mal probieren. Nehmen Sie die Hände hoch, Gradness. Ich verhafte Sie wegen zweifachen Mordes.«

Er lachte auf. »Wenn Sie wüßten, wie lächerlich Sie aussehen!« rief er.

In mir kochte die Wut hoch, wahrscheinlich deshalb, weil ich fühlte, daß er nicht ganz unrecht hatte.

»Wenn Sie bis drei nicht ihre Pfoten in die Höhe heben, jage ich Ihnen die erste Kugel durch den rechten Arm«, fauchte ich. »Ein — zwei — drei!«

Er grinste nur. Ich feuerte, aber ich zielte über seinen Kopf hinweg. Gradness war plötzlich verschwunden. Statt seiner zerklirrten Spiegelscheiben. Ich begriff. Darum war mir seine Gestalt so merkwürdig erschienen. Hinter den herausgefallenen Spiegelscherben war die nackte Mauer sichtbar. Aber dann mußte er doch... Ich warf mich herum. Nein, hinter mir saß er auch nicht.

Offenbar wurde ich beobachtet, denn Gradness' Stimme sprach weiter, auch nachdem sein Spiegelbild verschwunden war.

»Geben Sie sich keine Mühe, das System erraten zu wollen«, sagte er. »Ich habe selbst ein halbes Jahre daran geknobelt. Ich befinde mich in keiner Weise in Ihrer Nähe. Schade, daß Sie meine Spiegel zerschossen haben. Sie ahnen nicht, wie teuer völlig plan geschliffene Spiegel dieser Größe sind. Ich glaube, es ist besser, wenn ich Ihnen die Pistole abnehmen, damit Sie nicht weitere Dummheiten damit anstellen.«

Ich spannte mich. Der Henker mochte wissen, mit welchem Trick er jetzt aufwartete. Am Ende ließ er noch Geister erscheinen, die mich k. o. schlugen. Es war durchaus drin.

Es passierte nichts Geheimnisvolles, sondern etwas höchst Reales. Ein Schuß peitschte. Ich fühlte einen Schlag gegen meine rechte Hand. Meine Hand war leer. Ich hörte den Revolver auf den Boden fallen.

»Sie wissen ja, daß ich über Kunstschützen verfüge«, sagte Gradness höhnisch. Im selben Augenblick ging das Licht aus. Es war zwecklos, nach meiner Waffe zu suchen. Wahrscheinlich war sie doch nicht mehr intakt.

Ich steckte mir eine Zigarette an. Diese Sache konnte heiter werden. Ich stand einem Gegner gegenüber, der über alle Mittel verfügte, und ich besaß nicht mehr als meine beiden Arme, von denen der eine auch noch durch einen Hundebiß angeknackst war. Schön, wir wollten sehen, was Mr. Gradness weiterhin für eine Show zu veranstalteten gedachte.

Die Tür hinter mir öffnete sich. Der Korridor war beleuchtet. »Kommen Sie jetzt bitte in mein Arbeitszimmer«, sagte Gradness. »Ich warte dort auf Sie.«

Ich steckte die Hände in die Taschen und schlenderte hinaus, ging langsam den Korridor entlang. Das Haus schien immer noch wie ausgestorben, aber ich wußte, daß ich hier keinen Schritt ungesehen tun konnte.

Ich legte die Hand auf die Klinke der Tür zum Arbeitszimmer, aber auch diese Tür öffnete sich ohne mein Zutun. Wieder stand ich Gradness gegenüber. Er saß hinter seinem Schreibtisch und war genauso angezogen wie vorhin.

»Setzten Sie sich dort, G-man«, sagte er und wies auf einen Sessel dem Schreibtisch gegenüber, aber mindestens zehn Schritte entfernt.

Das Zimmer war verändert. Sämtliche Teppiche, die heute abend noch den Fußboden bedeckt hatten, fehlten.

Ich setzte mich. Auf einem Tischchen neben dem mir zugewiesenen Sessel stand tatsächlich ein Whiskysoda mit Eis.

Ich nahm einen kräftigen Schluck.

»Sind sie es jetzt richtig, oder sind Sie wieder nur ein Abbild Ihrer selbst?« fragte ich, während ich das Glas zurückstellte.

»Jetzt bin ich es selbst«, antwortete er grinsend.

»Der Trick mit dem Spiegel war der hübscheste, den Sie bisher gezeigt haben«, sagte ich gemütlich. »Sie hätten besser Illusionist statt Erpresser werden sollen.«

»Man verdient so mehr«, entgegnete er.

»Aber man riskiert seinen Kopf«, schlug ich zurück.

»Sie verdienen noch weniger und haben Ihren Kopf schon verloren!«

»Woher haben Sie eigentlich Ihre technischen Fähigkeiten?«

»Ich habe überhaupt keine Fähigkeiten in der Richtung. Ich habe nur die Phantasie und die Ideen. Einer meiner besten Leute wurde erschossen. Durch Sie gewissermaßen. Ich hätte lieber gesehen, Brandy hätte Sie getötet, aber er fürchtete sich offenbar instinktiv davor, auf einen G-man zu schießen. Er wird noch Gelegenheit haben, sich diese Furcht durch Übung abzugewöhnen.«

Ich lehnte mich zurück.

»Ich glaube, ich übersehe jetzt einigermaßen klar, auf welche Weise Sie Ihr verdammtes Geschäft aufziehen«, sagte ich. »Sie sind Vorsitzender einer Vereinigung, die sich die Hilfe für entlassene Strafgefangenen zum Ziel gesetzt hat. In dieser Eigenschaft können Sie zwanglos mit Ganoven jeder Sorte verkehren, und Sie holen aus den ehemaligen Gefangenen das Wissen über unaufgeklärte Taten heraus, die sie mit irgendwelchen anderen Männern begangen haben. Soweit sich diese unentdeckten Verbrecher in guten oder leidlichen Verhältnissen befinden, erpressen Sie sie. Sie haben sich im Laufe der Zeit einen Überwachungsapparat geschaffen, der es Ihrem Opfer nicht einmal mehr erlaubt, ein Telefongespräch unbelauscht zu führen. Ruster und Landy waren nicht die einzigen. Ich wette, Sie lassen Dutzende von Leuten bluten.«

»Ich kann Ihnen die ganze Zahl sagen«, antwortete er, und jetzt leuchtete Triumph in seinen Augen. »Es sind einhundertzwölf Männer und Frauen, und ich kassiere von ihnen mehr als hunderttausend Dollar jeden Monat. Ich bin nicht so dumm, sie so zu erpressen, daß sie pleite gehen. Ruster war ein Hysteriker, der mich durch seine Hysterie ernsthaft in Gefahr brachte. Die anderen, so hoffe ich, haben sich bereits daran gewöhnt, daß sie an mich zahlen müssen. Ich bin für sie kaum eine andere Erscheinung als ein geheimes Finanzamt.«

»Und wie lange treiben Sie es schon?«

»Fünf Jahre, G-man. Ich habe das Geschäft langsam aufgebaut. Auch die Überwachung wurde erst nach und nach organisiert. Sie ist selbst jetzt noch nicht überall einwandfrei, aber ich bekomme das auch noch hin. Loccatelli arbeitete an einem Verfahren, einen Mann nötigenfalls durch einen Stromstoß zu töten, während er telefonierte. Sie glauben nicht, welche Möglichkeiten es auf diesem Gebiet gibt. Man kann das so automatisieren, daß der Stromstoß ausgelöst wird, sobald der Mann nur die Nummer des FBI wählt, und Sie würden am anderen Ende der Strippe nicht mehr hören als das Schweigen des Toten. Leider starb Loccatelli zu früh. Es wird lange dauern, bis ich einen zweiten Burschen von seiner Begabung finde.«

Er war der perfekte Satan. Ich empfand das voll erst in diesem Augenblick.

»Wir werden Sie daran hindern, Ihre teuflischen Pläne auszuführen«, stieß ich zwischen den Zähnen hervor.

»Wer?« höhnte er.

»Ich, zum Beispiel«, knurrte ich und schnellte aus dem Sessel hoch. Zehn Yard waren es bis zum Schreibtisch, nicht mehr als drei Sprünge, wenn man richtig in Fahrt ist. Ich war in Fahrt, aber beim zweiten Sprung ging ein furchtbarer Schlag durch meinen Körper, als fielen tausend Boxerfäuste auf einmal auf mich nieder, nein, nicht auf mich nieder, sondern stießen aus meinem Körper von innen nach außen und trafen dabei doch jeden Muskel, den ich habe.

Es ging einfach unsagbar schnell. Ich lag auf der Erde und zappelte. Meine Beine und Arme zuckten, mein Kopf schlug hin und her. Dann ebbten die krampfhaften Erschütterungen, gegen die ich absolut wehrlos war, ab. Mein Körper beruhigte sich, aber ich fühlte mich völlig zerschlagen. Mühselig stellte ich mich auf die Beine. Ich schwankte.

Gradness saß unbewegt hinter seinem Schreibtisch. Das Lächeln lag wie eine Kerbe um seinen Mund.

»Du glaubst doch nicht, daß ich durch einen einfachen Boxhieb zu besiegen bin«, höhnte er. »Der Fußboden sieht zwar aus, als bestünde er aus Parketthholz, aber ein paar Stücke davon sind Eisen, elektrisch geladenes Eisen, eine kleine Barriere, die ich mir zu meiner Sicherheit aufgebaut habe. Du verstehst, es ist besser, einige Sicherheiten einzurichten, wenn man der Chef von Leuten ist, die ihren ersten Mord bereits hinter sich gebracht haben, und es hilft wunderbar gegen Tobsüchtige.«

Er zog eine Schublade seines Schreibtisches auf und nahm ein Paar schwere schwarze Gummihandschuhe heraus. Er streifte sie über seine Hände, griff hinter sich und stand auf.

»Wir werden dich in eine kleine Ohnmacht versetzen«, sagte er, während er langsam auf mich zukam. »Ich hasse Prügeleien. Die Methoden sind überholt. Schon die Steinzeitmenschen haben ihre Meinungsverschiedenheiten mit den Fäusten ausgetragen. Ich finde, man ist es seiner Zeit schuldig, eleganter vorzugehen.« Er trug etwas in den Händen, das wie ein gewöhnlicher Stock aussah, nur war die Spitze aus Eisen, und der Schaft war mit Gummi überzogen. Oben an der Krücke mündete ein Kabel in das Instrument.

»Keine Angst, G-man«, flüsterte er, während er näher schlich. »Es tut nicht weh, und die Bewußtlosigkeit ist vollkommen.

Er hob den Stock, streckte den Arm aus, die eiserne Spitze richteten sich auf mich. Ich wich langsam zurück. Wirre Gedanken zuckten mir durchs Gehirn. Ich dachte, daß man ihn fassen, ihm mit einem geschickten Griff den Oberarm auskugeln müßte, aber während ich das dachte, stand ich schon mit dem Rücken gegen die Wand gepreßt.

»Hast du Angst, G-man?« fragte er grinsend. »Viel Angst?«

Ich riß mich zusammen, sammelte alle Kraft in meinen noch weichen Knien und sprang ihn an.

Die eiserne Spitze berührte mich irgendwo. Ich spürte nicht, welche Stelle es war. Mein Körper krümmte sich, als wäre er knochenlos. Dann wurde es dunkel.

Als ich erwachte, lag ich auf einer Holzpritsche in einem fensterlosen Raum von vielleicht zwanzig Quadratyard. Erhellt wurde er durch eine nackte Glühbirne an der ungewöhnlich niedrigen Decke. Seine Einrichtung bestand aus einem Tisch und einem Hocker, sonst nichts.

Bis auf ein ziehendes Gefühl in den Gelenken fühlte ich mich soweit ganz wohl. Ich hatte keine Ahnung, wie lange ich in der Ohnmacht gelegen hatte und ob diese Ohnmacht später in einen normalen Schlaf übergegangen war. Die Zeiger meiner Armbanduhr zeigten auf eine Viertelstunde vor zwölf. Blieb also nur fraglich, ob es Mittag oder schon Mitternacht war. Ich war ungefesselt, und als ich meine Taschen durchsuchte, stellte ich fest, daß man mir nichts abgenommen hatte. Ich besaß noch die Taschenlampe und das Messer, vor allen Dingen aber eine fast volle Schachtel Zigaretten und Streichhölzer.

Ich steckte mir erst einmal eine Zigarette an und rauchte sie gemächlich zu Ende, und dabei versuchte ich, mir darüber klarzuwerden, ob es noch eine Chance für mich gab oder nicht. Daß Gradness mich nicht auf Anhieb gekillt hatte, lag einmal wohl daran, daß er erst einmal abwarten wollte, was der FBI nach meinem Verschwinden unternahm, zum anderen machte es ihm wahrscheinlich einigen Spaß, mich auf die Folter zu spannen.

Ich kramte aus meinem Gedächtnis alles aus, was ich über Elektrizität und ihre Anwendungsmöglichkeiten einmal gelernt hatte. Es war nicht sehr viel, und ich wußte eigentlich nur, daß man ziemlich gegen alle elektrischen Tricks gefeit ist, wenn man sich von oben bis unten in Gummi kleidet. Wo sollte ich eine Gummiausrüstung herbekommen?

Ich untersuchte die Tür. Sie bestand aus Eisen, mit einem winzigen vergitterten Fensterchen in der Mitte, aber ich bekam wenigstens keinen Schlag, wenn ich sie berührte. Ich stellte mich auf die Zehenspitzen und spähte hinaus. Ich konnte einen kleinen Ausschnitt eines Ganges sehen, der sehr nach Keller aussah. Es war ja logisch, daß sie ihre Zellen im Keller unterbrachten.

Ich legte mich auf das karge Bett zurück und versuchte zu schlafen. Es war das beste Mittel, um Kräfte zu sammeln, und meine Kräfte würde ich wahrscheinlich noch brauchen, wenn auch ein Herkules gegen einen Strom von ein paar tausend Volt machtlos ist.

Noch bevor ich einschlief, wurde ich angesprochen. Eine Stimme, nicht Gradness' Stimme, befahl: »Steh auf, G-man. Stelle dich gegen die Wand und nimm die Arme hoch!«

Oh, ich gehorchte. Ich wollte sehen, welchen Fortgang die Ereignisse nahmen. Als ich die Arme erhob, stieß ich mit den Fingerspitzen gegen die Glühbirne der Decke, verbrannte mir sie ein bißchen und richtete mich dann so ein, daß ich nicht daran rührte.

An der Tür knallten außen zwei Riegel zurück. Sie flog auf, und ich sah mich einem Mann gegenüber, der ein Gewehr auf mich richtete. Es war ein großer, schwerer Kerl mit kurzgeschorener schwarzer Bürste, in der graue Fäden schimmerten.

»Ah, Mr. Brandy persönlich«, sagte ich. »Erfreut, Ihre Bekanntschaft zu machen. Und mit einer ehrlichen alten Kugelspritze in der Hand? Ich dachte, so etwas wäre in diesem Haus als unmodern verpönt.«

»Jeder verläßt sich auf das, womit er am besten umgehen kann«, antwortete er finster. »Im übrigen halt das Maul, G-man!«

Er trat ein wenig zur Seite. Hinter ihm erschien ein schmaler buckliger Bursche mit dem Gesicht eines Taschendiebes und schob einen Teewagen herein. Er gab dem Ding einen Stoß, daß es bis zu mir rollte.

»Iß, G-man!« knurrte Brandy Left.

»Darf ich dazu die Arme herunternehmen?« fragte ich höflich. Er würdigte mich keiner Antwort. Ich setzte mich auf meine Pritsche und machte mich über das Steak mit Bratkartoffeln her. Es schmeckte ausgezeichnet. Nicht einmal den Salat hatten sie vergessen.

Gradness' Gehilfen sahen mir schweigend zu. Left ließ den Finger nicht vom Drücker.

Als ich fertig war, lehnte ich mich bequem zurück und fragte: »War es die Henkersmahlzeit, Brandy? Wenn ja, dann möchte ich noch etwas zu trinken. Das steht jedem Todeskandidaten zu.«

»Steh auf!« grollte er. Ich mußte mich wieder mit erhobenen Armen an die Wand stellen. Dabei geriet ich noch einmal an die Glühbirne und zuckte zurück.

»Verdammt!« knurrte ich. Der Bucklige lachte meckernd und schadenfroh.

Obwohl ich mich scheinbar ausschließlich mit dem Essen beschäftigt hatte, hatte ich Brandy doch genau beobachtet. Er ließ keinen Finger vom Drücker, und er hatte zweimal bewiesen, daß er auch auf größere Entfernungen als die paar Yard, die uns im Zimmer trennten, genau traf. Nein, Brandys Kugel konnte ich nicht entgehen, wenn ich ihm nicht irgendwie seine Schußsicherheit nehmen konnte.

Ich mußte das Tischchen wieder mit einem Fußtritt zu ihnen rollen lassen. Sie zogen sich zurück. Die Tür schlug zu. Ich war wieder allein.

Ich warf mich auf die Pritsche, rauchte und dachte nach. Wenn es mir gelang, die beiden zu überrumpeln, hatte ich Lefts Gewehr und eine Chance, eine winzige zwar nur, aber da ich früher oder später doch umgebracht werden würde, so konnte es auch ruhig früher sein.

Mein Blick schweifte durch das Zimmer und blieb an der verdammten Glühbirne hängen, an die ich zweimal gestoßen war.

Ich begann leise zu pfeifen. Wenn ich mich beim nächsten Besuch wieder mit erhobenen Armen an die Wand stellen mußte, dann konnte ich mit einem schnellen Zugriff die Glühbirne zerdrücken. Die Beleuchtung auf dem Kellergang war kläglich, jedenfalls kläglich genug, um mein Gefängnis nicht ausreichend zu erhellen. Vielleicht gelang es, und ich war an Left heran, bevor er sich auf die veränderten Beleuchtungsverhältnisse eingestellt hatte. Jedenfalls würde ich es versuchen, und zwar schon, wenn sie das Abendessen brachten, vorausgesetzt, sie hielten nicht eine Mahlzeit am Tag für ausreichend.

Der zweite Besuch folgte früher, als ich erwartet hatte.

Wieder befahl Left vom Gang her:

»Aufstehen! An die Wand! Arme über den Kopf!«

Ich atmete tief ein. Jetzt ging es also los. In zwei Minuten war ich in dem Besitz eines Gewehres oder tot. Ich stellte mich so, daß die Birne nur fünf Zentimeter von meiner rechten Hand entfernt war.

Die Eisentür flog auf, aber Left kam nicht herein. Statt dessen kommandierte er: »'rauskommen, aber Arme oben lassen!«

Ich gehorchte. Er war zur Seite getreten und stand in dem Gang, mehr als zehn Schritte von mir entfernt, zuviel, um ihn mit nur der geringsten Aussicht auf Erfolg angreifen zu können.

»Geh den Gang entlang!« befahl er.

Ich gehorchte, und obwohl es durchaus nicht sicher war, ob ich nicht in der nächsten Sekunde eine Kugel in den Rücken erhielt, achtete ich sehr darauf, was sich links und rechts befand. Es waren lauter Türen wie die eines Gefängnisses, an jeder Seite drei. Nur eine davon stand auf, und ich konnte in den Raum hineinsehen. Ich erblickte eine große Schalttafel, an der ein Mann mit einem Schraubenzieher hantierte. Alle diese Türen schien man nur von außen durch zwei Riegel verschließen zu können.

Am Ende des nicht langen Ganges stand ich vor einer schweren Holztür mit Klinke.

»Aufmachen!« sagte Left. Ich drückte die Klinke hinunter und sah mich einer eisernen Treppe gegenüber.

Brandy stupste mir den Gewehrlauf in den Rücken als

Aufforderung, hochzusteigen. Ich zählte die Stufen. Es waren siebzehn. Die Treppe endete vor einer weißlackierten Tür, die ich ebenfalls öffnen mußte. Wir betraten ein Zimmer, das ebenso fensterlos war wie das, in dem Gradness mir vor einem Dutzend Stunden seinen Spiegelzauber vorgeführt hatte.

Ich mußte mich auf einen Stuhl setzen, und als ich mich umdrehte, erblickte ich eine Gestalt mit einem Bildschirm. Es sah aus wie ein im Bau befindlicher Fernsehapparat, denn die Drähte, Spulen und Röhren waren nicht verdeckt.

Left ging rückwärts zu dem Ding hin. Das Gewehr hielt er dabei ständig auf mich gerichtet. Er drehte an einem Knopf, und ich hörte Gradness' Stimme.

»Es tut mir unendlich leid«, sagte er gerade. Left trat zur Seite und gab den Blick auf den Bildschirm frei. Ich sah Gradness und Phil, und ich erkannte klar, daß diese Szene im Arbeitszimmer des Erpressers spielte.

Dieser Gradness hatte eine ganze Portion Ahnung von Methoden, mit denen man einen Mann psychologisch fertigmachen kann. Ich mußte die Lippen aufeinanderpressen, um nicht einen Schrei auszustoßen.

Ich war daran, zu schreien: Zieh den Revolver, Phil! Knall ihn über den Haufen!

Na ja, ich wurde mit meinen eigenen Nerven fertig. Es war sonnenklar, daß Gradness mich niemals hierher hätte bringen lassen, wenn eine Verbindungsmöglichkeit zu Phil bestünde.

Ich schielte zu Left hinüber. Ich hätte ihn gern angefallen, solange Phil im Haus war, aber es war unter diesen Umständen völlig sinnlos. Ich bot ihm ein so sicheres Ziel wie ein Kaninchen im Stall.

Ich hörte Phil sagen, und ich konnte die Bewegung seiner Lippen dabei sehen: »Die Umstände zwingen mich, mit offenen Karten zu spielen, Mr. Gradness. Lybold Jones gibt zwar zu, daß Cotton in seine Wohnung eindrang, aber er behauptet, er hätte ihn ungeschoren fortgehen lassen. Wir würden ihm nicht glauben, aber zwei seiner Leute bestätigen diese Aussage.«

»Ich kenne zwar Mr. Jones nicht«, antwortete Gradness höflich, »und es liegt mir fern, ihn zu verdächtigen, aber dürfte er nicht Einfluß genug haben, um seine Leute zu solchen Aussagen zu veranlassen?«

»Natürlich«, sagte Phil ungeduldig, »aber wir haben nicht das Gefühl, daß es sich so verhält. Uns erschienen die Aussagen nicht abgesprochen, sondern den Tatsachen entsprechend. Sie wissen, Mr. Gradness, daß mein Freund Sie wegen der Sache in der 63. Straße im Verdacht hatte, und ich bin nicht sicher, ob er diesen Verdacht wirklich aufgegeben hat. Kurz und gut, ich halte es für möglich, daß er nach seinem mißglückten Besuch bei Jones auf den Gedanken kam, Ihnen einen Besuch abzustatten.«

Ich mußte lächeln. Phils Ahnungen waren goldrichtig, und er schien mich gut zu kennen.

Gradness spielte die beleidigte Unschuld. Er zog die Brauen hoch und gab seinem Gesicht den Ausdruck höchsten Erstaunens. »Verstehe ich Sie richtig, Mr. Decker?« hörte ich ihn säuseln. »Sie glauben, Mr. Cotton könnte bei mir eingebrochen haben, ich könnte ihn dabei erwischt haben? Sind Sie wahrhaftig der Meinung, ich würde das den Behörden verschweigen, wenn es der Fall wäre?«

Der arme Phil wand sich.

»Verstehen Sie mich bitte, Mr. Gradness. Selbstverständlich habe ich nicht die Absicht, Ihnen irgend etwas unterschieben zu wollen. Aber da mein Kollege nun einmal verschwunden ist, müssen wir jede Möglichkeit in Betracht ziehen.«

»Er war nicht bei mir«, antwortete Gradness hoheitsvoll. »Jedenfalls habe ich nichts davon bemerkt.«

»Kann ich vielleicht mit Ihren Leuten sprechen?« bat Phil. »Es könnte doch sein, daß er bei seinem Einbruch mit einem von ihnen zusammengestoßen ist. Der Mann könnte ihn getötet oder verletzt haben, hat dann den FBI-Ausweis gefunden und fürchtet sich nun, seine Tat zu gestehen.«

»Sie haben keine richterliche Anweisung zu diesen Maßnahmen?« fragte Gradness lauernd.

»Nein . . .«, antwortete Phil zögernd.

James Gradness erhob sich. »Dennoch, Mr. Decker, ich bin bereit, Ihnen Gelegenheit zu einer Hausdurchsuchung und zur Vernehmung meiner Angestellten zu geben. Ich hoffe, das überzeugt Sie endlich davon, daß ich mit all diesen Dingen nichts zu tun habe. Sollte Ihre Behörde mich allerdings danach noch einmal in irgendeiner Form belästigen, so sähe ich mich gezwungen, mich an der richtigen Stelle zu beschweren.«

Auch Phil erhob sich. Er stand da wie ein kleiner Angestellter, dem sein Chef gnädigst die erbetene Gehaltserhöhung gewährt hat.

»Vielen Dank, Mr. Gradness«, sagte er.

Sie verschwanden zusammen aus dem Blickfeld. Der Bildschirm wurde leer.

Ich reckte mich. »Vielen Dank für die Show«, sagte ich zu Left. »Ich nehme nicht an, daß ich in diesem Raum für meinen Freund auffindbar bin. Kann ich in meine Zelle zurück?«

»Bleib sitzen, bis der Chef kommt«, brummte er ungnädig.

Ich war artig wie ein guterzogener Schuljunge. Es dauerte zwei Stunden, bis James Gradness erschien. Er trat durch eine Tür ins Zimmer, von der ich vorher nicht die Spur gesehen hatte, eine Tapetentür, die so geschickt angelegt war, daß wahrscheinlich nur bei genauem Hinsehen die Spalten zu erkennen waren.

»Hallo, G-man«, sagte er, wandte sich dann an Left. »Na, Brandy, hat er beim Anblick seines Freundes getobt?«

Left schüttelte seinen schweren Schädel. Gradness war erstaunt.

»Nicht? Ich hätte geschworen, daß er schreien würde.«

»Es hätte doch keinen Zweck gehabt«, sagte ich. »Sie

haben mich hier schon so hingesetzt, daß Phil mein Rufen nicht gehört hätte.«

»Sehr richtig, G-man«, ging er auf das Thema ein. »Diese Tür, durch die ich kam, führt in einem schmalen Gang zwischen zwei Zimmern, und der endet in der Speisekammer. Dort ist der Zugang durch ein mit Konserven vollgestelltes Regal verdeckt. Ihr Freund warf bei seiner Haussuche nicht einmal einen Blick darauf.«

»Wahrscheinlich hatte er keinen Hunger«, lächelte ich.

Gradness musterte mich kalt.

»Ihre Nerven sind wirklich ausgezeichnet. Vielleicht würde ich Ihnen vorschlagen, für mich zu arbeiten, aber ich weiß genau, daß Sie in moralischer Hinsicht ein Brett vor dem Kopf haben. Leute, die für ein paar Dollar ihr Leben riskieren, nur weil sie damit der Gerechtigkeit zu dienen glauben, sind in meinen Augen nicht normal.«

Ich lachte laut und herzhaft. »Halten Sie sich vielleicht für normal, Gradness? Ihr ganzer Firlefanz, mit dem Sie sich umgeben, beweist doch, daß sie völlig verrückt sind.«

Zum erstenmal sah ich, wie er die Überlegenheit, die er sonst zur Schau trug, verlor. Sein Gesicht verwandelte sich in eine Fratze, und ich wartete, daß er sich auf mich stürzen oder Left den Befehl dazu geben würde, mich umzulegen.

Er bezwang sich noch einmal. Er drehte sich auf dem Absatz um.

»Bring ihn wieder hinunter!« befahl er Brandy über die Schulter. Dann verließ er durch die Tapetentür den Raum.

Left brachte mich auf demselben Weg in meine Zelle zurück. Jetzt waren alle Türen geschlossen. Auch der Mann an der Schaltanlage war nicht mehr zu sehen.

Ich mußte mein Gefängnis selbst aufriegeln.

»Bekomme ich heute abend nichts zu essen?« fragte ich.

»Warte es ab!« brummte Left und schlug die Tür hinter mir zu.

Ich rauchte. Es war übrigens die letzte Zigarette, die ich besaß. Noch einmal dachte ich alle Möglichkeiten durch, die mir blieben. Mit Hilfe von außen durfte ich nicht rechnen. Es lagen keine Verdachtsgründe gegen Gradness vor, die den FBI ermächtigt hätten, sein gesamtes Haus auseinanderzureißen, bis sie mich oder wenigstens meine Leiche in den Grundmauern fanden. Mir blieb nur der Angriff auf Brandy. Wie ein Boxer, der sich einem vielfach stärkeren Gegner gegenüber befindet, konnte ich nur versuchen, den einen richtigen Schlag anzubringen oder auf die Bretter zu gehen, nur daß es bei mir mit einem einfachen Knockout nicht getan war. Ich würde, wenn es mißlang, für alle Zeiten auf den Brettern bleiben.

Eine halbe Stunde nach dem letzten Zug kamen sie. Es war genauso wie am Mittag. Er erhielt ich den Befehl, dann knallten die Riegel zurück, und Left trat ein. Er musterte mich.

Ich stand in der vorgeschriebenen Haltung, die Arme erhoben, die rechte Hand fünf Zoll von der Glühbirne.

Left trat zur Seite, um den Buckligen hereinzulassen. In dieser Sekunde fuhr meine Hand vor, zerdrückte das heiße Glas, und ich schnellte mich lang nach vorn über den Fußboden. Brandys Schuß dröhnte im engen Raum wie ein Gewitterschlag. Es knallte genau im selben Bruchteil einer Sekunde, in der ich gegen Lefts Beine prallte. Meine vorgeworfenen Arme umklammerten ihn, aber schon der Aufprall genügte. Er fiel nach vorn und stürzte halb über mich.

Ich war unter ihm weg, bevor er noch den Boden berührte. Es war nicht ganz dunkel im Raum. Die Gangbeleuchtung erhellte ihn spärlich, und in diesem schwachen Licht unmittelbar in der Tür stand der Bucklige. Noch im Liegen griff ich nach ihm, bekam eines seiner Hosenbeine zu fassen und riß ihn zu mir herunter. Er versuchte, sich an dem Teetisch zu halten, und riß ihn mit um. Das Geschirr klirrte über den Boden.

Ich schnellte wie eine angreifende Schlange über den Boden, schlug zu, wo Lefts Kopf undeutlich zu erkennen war. Er warf sich aufstöhnend auf den Rücken. Er hielt das Gewehr noch in der Hand.

Ich war vor ihm auf den Beinen und griff zu. Er verlor die Waffe. Ich hörte, wie sie gegen die Wand klirrte, aber das vernahm ich schon im Herumwerfen. Der Bucklige war auf die Beine gekommen. Er stand genau passend. Ich schlug zweimal blitzschnell zu. Er war nur ein Federgewicht.

Im selben Augenblick fiel Lefts Faust schwer auf meinen Schädel. Ich kriegte Fahrt und sauste dem Kleinen nach, aber ich war noch fit genug, um mich herumzuwerfen. Mit dem Rücken fing ich den Anprall auf. Brandy nahm mich an wie ein gereizter Bulle. Ich fing ihn mit den Füßen ab und schleuderte ihn zurück. Dann sprang ich auf. Jetzt standen wir beide, und jetzt ging es erst richtig los. Ich weiß nicht, ob ich Ihnen klarmachen kann, was alles in den Hieben steckte, mit denen ich George Left eindeckte. Sie waren nicht einfach ein Erzeugnis der Muskelkraft. Ich glaube, es waren vielmehr Wut und Empörung, die ihnen die Wucht verlieh. Mit elektrischen Mätzchen, mit Tricks, eben mit dem, was James Gradness die elegante Methode nannte, hatten sie mich überrumpelt. Ich war betäubt worden wie ein Ochse, bevor er geschlachtet wird, und ich hatte mich nicht dagegen wehren können.

Hier, in dem kläglich beleuchteten Kellergang, war von Elektrizität nicht die Rede, wenigstens im Augenblick nicht.

Wieviel Brandy kassierte, kann ich heute nicht mehr sagen. Er hielt überraschend lange mit, aber dafür war es dann um so plötzlicher zu Ende. Seine Arme sackten herunter.

Es war aus. Es hatte insgesamt gesehen nicht sehr lange gedauert, und natürlich war es nicht leise hergegangen, obwohl niemand geschrien hatte.

Ich sprang über den geschlagenen Left hinweg in meine Zelle zurück. Die Taschenlampe, die sie mir leichtsinnig gelassen hatten, befand sich unter dem Kopfkissen der Pritsche. Ich wühlte sie hervor, schaltete sie ein und leuchtete durch den Raum. Dort lag das Gewehr. Ich hob es auf. Es war eine Magazinwaffe, siebenschüssig, also noch sechs Schuß für mich.

Ich nahm sie an mich, dann stieg ich über die beiden Geschlagenen hinweg, um mir den Weg in die Freiheit zu erkämpfen, einen Weg, von dem ich im wahrsten Sinne nicht wußte, ob ich dabei irgendwo in einer Hochspannungsleitung hängenblieb.

Ich war schon an der Tür, die zu der eisernen Treppe führte, als mir einfiel, was ich vor ein paar Stunden beobachtet hatte: den Mann an der Schalttafel.

Wenn diese Schalttafel nun die Zentrale bedeutete? Wenn man an dieser Stelle mit ein paar Hebelgriffen den ganzen Schutzmechanismus des Hauses lahmlegen konnte?

Ich überlegte nicht lange und ging noch einmal zurück. Wie alle Türen hier unten, so war auch diese nur von außen verriegelt. Ich schob die Riegel zurück und öffnete sie.

Ein paar rote Birnen glühten mich an. Ich ließ die Taschenlampe aufblitzen. Ihr Schein zitterte über schwere Schalthebel in den verschiedendsten Stellungen, über Drehregler, Sicherungen, Amperemeter. Ich verstand von dem ganzen Krempel fast gar nichts. Meine Blicke wurden nur von einem besonders mächtigen Hebel angezogen, der sich genau in der Mitte der Tafel befand. Es war einfach die primitive Vorstellung, daß der Hauptschalter auch der größte Hebel sein müßte, die mich veranlaßte, ihn aus seiner Stellung zu bewegen. Mit einem hörbaren Klacken rutschte er aus den Sicherungsklemmen, als ich kräftig an ihm zog. Gleichzeitig erloschen die roten Lampen an der Tafel, und auf dem Flur wurde es dunkel. Ich hatte genau den richtigen Griff getan.

Mit drei Sätzen war ich an der Tür. Die Riegel flogen zurück. Die eiserne Treppe dröhnte unter meinen Schritten. Die Tür in den Raum, in den Left mich vor ein paar Stunden gebracht hatte, flog unter meinem Körpergewicht auf. Jetzt die Tapetentür. Der Taschenlampenstrahl tastete über die Wand. Da war sie. Ich warf mich dagegen. Sie rührte sich nicht.

Wenn das Biest nur elektrisch betrieben werden konnte, dann hatte ich mir mit meinem Schaltergriff selbst den Fluchtweg abgeschnitten. Aber Gradness mußte doch damit rechnen, daß Störungen passiert. Die Türen mußten auch ohne Strom zu öffnen sein.

Ich war drauf und dran, in den Keller zurückzurennen, als ich ferne Schritte hörte. Zwei Sekunden später beschäftigte sich irgendwer von der anderen Seite mit der Tür. Ich konnte gerade noch zurückspringen, bevor sie aufging. Ich hielt mich nicht lange mit dem Mann auf. Ich schlug ihm mittelsanft mit dem Kolben auf den Kopf, und er fiel ohne einen Laut um. Ein kurzes Leuchten in sein Gesicht überzeugte mich, daß es nur einer der Knechte, nicht Gradness selbst war. Wahrscheinlich hatten sie die Störung bemerkt, und der Mann erschien, um nachzusehen.

Ich lief durch den schmalen Gang. Der Nachseher hatte auch die Regaltarnung zur Speisekammer offengelassen, und die Speisekammertür selbst hatte eine normale Klinke und reagierte auf einen gewöhnlichen Händedruck.

Ich fand mich auf einem Flur im Parterre wieder. Hier brannte volles Licht. Wahrscheinlich verfügten sie über zwei Stromkreise, einen für die ehrliche Beleuchtung und einen zweiten für ihre Späße.

Ich lief den Flur entlang. Er mündete in die Halle. Ich verhielt eine Sekunde, holte noch einmal Luft und setzte zum letzten Sprint an.

Sie wissen, die Halle war mächtig groß. Ich gelangte ungefähr bis zur Mitte, als ein Schuß bellte und die Kugel mir um die Ohren pfiff. Ich warf mich im Laufen hin, schlitterte ein Stück auf dem Bauch übers Parkett, während zwei, drei weitere Schüsse knallten, riß einen schweren Gobelinsessel um, der gerade passend stand, und legte ihn mir als Deckung zurecht.

Eine neue Kugel fetzte dem Sessel ein Stück vom Bein weg. Ich zuckte hoch. Der Mann, der schoß, stand auf dem letzten Absatz der Treppe. Er trug Gradness' Lakaienkluft, und die Kanone in seiner Hand paßte schlecht zum Aufzug eines herrschaftlichen Dieners.

Seiner nächsten Kugel kam ich zuvor. Er schnitt ein erstauntes Gesicht, ließ seinen Revolver fallen und kippte die Treppe hinunter.

Leider war es damit nicht abgetan. Jetzt bekam ich's von einer anderen Seite. Offenbar sogar zwei nahmen mich vom Speisezimmer her unter Feuer. Zum Glück lag ich weit genug in der Halle, daß mein Sessel auch gegen sie noch einigermaßen Deckung bot, aber diese Deckung war nicht vollkommen genug, so daß ein glücklicher Schuß mich hätte außer Gefecht setzen können.

Durch das Bellen der Schüsse hörte ich Gradness kreischen: »Er darf nicht entkommen! Ich bringe euch alle um, wenn er euch entwischt.«

Ich wagte es, nach ihm auszulugen, aber er war nicht zu sehen. Ich hätte ihm gern eine Kugel geopfert, und wenn es meine letzte gewesen wäre, aber er hielt sich auf der Galerie der ersten Etage außer Sichtweite.

So ging's nicht weiter. Auf diese Weise schafften sie mich früher oder später. Wer konnte wissen, über wie viele Hilfskräfte Gradness noch verfügte. Mit ein paar Kugeln konnte ich dagegen nichts ausrichten.

Den Sesselrand benutzte ich als Stütze. Es gehörten Nerven dazu, in aller Ruhe zu zielen, während immer wieder Kugeln in die Polsterung ploppten. Ich riß mich zusammen.

Meine erste Kugel stäubte rechts von der Haltekordel eines großen Kronleuchters den Kalk von der Decke. Ich korrigierte. Der zweite Schuß traf. Der Kronleuchter geriet ganz leise ins Schwingen. Infolgedessen verfehlte die dritte Kugel wieder ihr Ziel, aber die vierte saß wieder. Das Halteseil summte. Mit leisem Knall sprang ein Teil der Kordel. Ich feuerte den fünften Schuß ganz schnell hinterher. Sekundenbruchteile später krachte der Kronleuchter mit ohrenbetäubendem Krachen und Klirren auf das Parkett.

Ich schleuderte mein ohnehin nutzlos gewordenes Gewehr in Richtung des Speisesaals und rannte durch die Finsternis gegen den Ausgang. Wenn diese Tür jetzt... Ich prallte dagegen. Meine Hände rissen an der Klinke. Nein, sie war nicht verschlossen. Die kühle Nachtluft schlug mir ins Gesicht. Ich hetzte die Treppe hinunter, fiel bei den letzten Stufen, zerschrammte mir mein Gesicht im Kies, sprang wieder auf und raste den Parkweg entlang.

Ich mochte die Hälfte hinter mich gebracht haben, als meine Verfolger die Tür erreicht hatten. Sie schossen hinter mir her, und plötzlich zuckten auch vor mir die winzigen blauen Flämmchen des Mündungsfeuers eines Revolvers auf.

Aus also?

Vom Haus her schrie jemand auf, und dann brüllte Phils Stimme: »Hierher, Jerry, hierher!« Zwei Sekunden später prallten wir gegeneinander. »Jerry!« schrie Phil. »Mensch, Jerry! Bist du okay? Hier ist 'ne zweite Kanone, und los, jetzt sind wir dran!« Er feuerte noch zweimal in Richtung des Hauses.

Ich packte seine Schulter. »'raus!« sagte ich. »Ganz schnell 'raus. Wenn sie einen Hebel umlegen, sitzen wir wie die Ratten in der Falle und werden elektrisch gebraten.«

Wir stürmten weiter, erreichten das schmiedeeiserne Tor, warfen uns dagegen wie Ertrinkende gegen eine Bootswand und enterten hoch.

Ich erreichte den Rand und ließ mich fallen. Phil war noch ein Stück zurück.

»Spring!« schrie ich. »Um alles in der Welt, spring!« Er landete neben mir im Straßenstaub.

»Und jetzt?« fragte er.

»Alarm!« sagte ich. »Großalarm! Einen Einsatz, wie ihn New York noch nicht gesehen hat!«

Wir stellten uns auf die Füße.

»Dein Jaguar steht um die Ecke«, sagte Phil. »Wir haben ihn ja in der Nähe von Jones' Wohnung gefunden.«

»Dann hat Gradness ihn dorthin gefahren«, sagte ich, während wir schon liefen.

»Stop!« sagte Phil. »Ich höre eine Sirene!«

Er hatte recht. Ein Streifenwagen näherte sich mit Rotlicht. Ich sprang auf die Fahrbahn und schwenkte die Arme. Der Wagen bremste scharf, und die Cops stürzten heraus.

»Wir wurden alarmiert, weil hier angeblich geschossen worden sein soll«, sagte der Streifenführer.

»FBI«, antwortete ich. »Ich brauche Ihre Funksprechanlage!« Ich warf mich in den Fond und nahm den Hörer ab. »Achtung!« sagte ich. »Hier FBI-Agent Cotton an alle Streifenfahrzeuge. Sofortiger Einsatz aller verfügbaren Wagen. Ich nenne Einsatzgebiet.« Ich gab durch, wie viele Wagen wohin zu fahren hatten, um das gesamte Grundstück sofort zu umstellen.

Phil hatte sich unterdessen mit einem der Cops in den Jaguar geschwungen und fuhr Runden um den ganzen Grundstückskomplex, um wenigstens auf diese Weise eine notdürftige Sicherung aufzubauen.

»Achtung!« sagte ich. »Kein Angriff auf das Haus ohne Befehl, aber freies Feuer auf jeden, der versucht, das Grundstück zu verlassen. Achtung! Alarmieren Sie das FBI-Hauptquartier, Einsatz sämtlicher Agenten! Ende!«

Ich legte den Hörer auf. Der Fahrer des Streifenwagens hatte sich umgedreht und starrte mich mit offenem Mund an.

»Haben Sie eine Zigarette für mich?« fragte ich.

Es dauerte fünf Minuten, bis die erste Sirene aufheulte, und dann riß das Heulen eine volle Stunde lang nicht ab. Ungefähr im ersten Drittel dieser Stunde kam Mr. High mit Less Baker und einem ersten Schub unserer Leute.

Er legte mir die Hand auf die Schulter und sah mir in die

Augen. »Na, Jerry? Dickes Ding, das Sie sich da geleistet haben. Ich bin froh, daß es gut ausgegangen ist.«

»Entschuldigen Sie, Chef«, brummte ich. »Vielleicht werde ich jetzt aus dem FBI hinausgeworfen, aber daß er«, ich deutete mit dem Daumen auf die Mauer um Gradness' Haus, »daß er es ist, das wissen wir nun.«

»Tja«, Mr. High nickte, »daran besteht nun wirklich kein Zweifel mehr. Ihre Nase ist besser als die meine.«

Wie gesagt, es dauerte über eine Stunde, bis die letzte Sirene erstarb. An die fünfzig Streifenwagen, dazu sieben Sonderfahrzeuge, standen rund um die Mauer herum. Ihre Scheinwerfer rissen jeden Quadratyard davon aus der Dunkelheit. Einhundertdreißig Cops standen mit Gewehren und Maschinenpistolen bereit. Die vierzig Mann starke G-man-Gruppe hielt das Stück vor und in der Nähe des Tores besetzt. Der Chef selbst übernahm das Kommando. Führer der Cops war ein erfahrener Captain, ein gewisser Glen Nobank.

Er kam eine Stunde vor Mitternacht zu Mr. High, salutierte und meldete: »Die Umzingelung ist perfekt, Sir. Belästigungen durch Neugierige sind nicht zu befürchten. Ich habe alle Zufahrtsstraßen zum Gebäude sperren lassen. Befehlen Sie den Angriff?«

Mr. High blickte mich an. Wir hatten bisher keine Gelegenheit gefunden, über die Einzelheiten meiner Erlebnisse in Gradness' Haus zu sprechen.

»Kein Angriff vor Morgengrauen«, antwortete ich auf die unausgesprochene Meinung. »Wenn wir ihn ausräuchern wollen, so gibt das die härteste Schlacht, die Sie je mitgemacht haben.«

Captain Nobank ruckte ein wenig mit dem Oberkörper.

»Verzeihung, Mr. Cotton, aber fast zweihundert G-men und Cops gegen eine Handvoll von Gangstern, wenn ich richtig informiert bin. Woher soll da die Härte kommen?«

»Von den Sicherungen, die Gradness um und in seiner Bude eingebaut hat. Ich rate Ihnen nicht, Captain, dieses

Eisentor dort zu berühren. Sie werden daran klebenbleiben.«

Er sah mich ungläubig an. Ich wandte mich an Mr. High.

»Gradness hat technische Phantasie, und er fand Leute, die seine Phantasie zu Tatsachen ausbauten. Ich fürchte, es gibt keinen Eingang zu seiner Höhle, den er nicht unter Starkstrom setzen kann. Wir werden mit äußerster Vorsicht vorgehen müssen. Darum bin ich dafür, bis zum Morgen zu warten.«

»Wollen wir ihn nicht zur Übergabe auffordern?«

Ich zuckte mit den Schultern.

»Versuchen können Sie es immerhin, Chef.«

Mr. High und Phil gingen zum Lautsprecherwagen, der in einiger Entfernung stand.

»Hallo, James Gradness!« tönte die Stimme des Chefs durch die Nacht. »Hallo, James Gradness! Hier spricht High vom FBI, New York. Ich glaube nicht, daß Sie eine Chance haben, aus der Falle zu entkommen. Ergeben Sie sich!«

Es dauerte eine halbe Minute, dann antwortete ein anderer Lautsprecher: »Okay, Mr. High. Ich sehe ein, ich habe verspielt. Ich bin bereit. Holen Sie mich!«

Ich war inzwischen zum Lautsprecherwagen getreten.

»Was denken Sie darüber?« fragte der Chef.

»Falle!« knurrte ich kurz.

»Da«, rief Phil und streckte den Arm aus, »das Tor öffnet sich!« Tatsächlich knarrte das schmiedeeiserne Tor langsam auseinander, aber weder war jemand zu sehen, noch näherte sich jemand über den von unseren Scheinwerfern grell beleuchteten Parkweg.

»Ich würde immer noch nicht hineingehen, Chef«, sagte ich, aber Mr. High lächelte.

»Werden wir nun wohl tun müssen. Ich habe ihm die Kapitulation vorgeschlagen.«

Er kletterte aus dem Wagen, rief fünf unserer Leute zu sich und ging auf das Tor zu. Ich wollte mich anschließen. »Sie bleiben draußen, Jerry!« befahl er. »Wenn es schiefgeht, übernehmen Sie das Kommando!«

Ich blieb mit Phil und dem Cop-Führer in der Nähe des Tores, aber außerhalb der Mauer, und sah dem Chef nach, wie er an der Spitze seiner fünf Männer auf das Haus zuging.

Sie mochten den halben Weg zurückgelegt haben, als vom Haus her die ersten Schüsse krachten. Gleichzeitig bewegten sich die Torflügel, diesmal sehr rasch, und schmetternd fiel das Tor ins Schloß.

»Scheinwerfer aus!« schrie ich. Unsere beiden Scheinwerfer, die durch die Gitter des Tores hindurch den Parkweg erleuchteten, erloschen.

»Drei Mann mit Maschinenpistolen hochliegendes Feuer gegen das Haus!« brüllte ich den nächsten Befehl.

Sofort orgelten die Kugelspritzen los. Hinten am Haus zerklirrten die ersten Fensterscheiben.

Ich pumpte die Lungen voll Luft. Aus Leibeskräften rief ich: »Mr. High, weichen Sie nicht ins Gebüsch aus. Es könnten Hochspannungsdrähte dort liegen. Ziehen Sie sich langsam auf dem Kiesweg zum Tor zurück!«

»Verstanden, Jerry!« hörte ich seine Stimme.

Das Feuer vom Haus her hatte aufgehört. Ohne das Licht unserer Scheinwerfer waren unsere Leute im Park als Ziel nicht zu erkennen.

Ich winkte noch drei Cops mit Maschinenpistolen herbei.

»Paßt auf, wenn die Wegbeleuchtung eingeschaltet wird. Sofort Feuer auf die Neonröhren!«

Meine Anordnung kam keine Sekunde zu spät. Der Parkweg wurde plötzlich taghell.

»Feuer!« schrie ich. Die Cops berührten die Abzüge. Eine Neonröhre nach der anderen zerbarst knallend. Vom Haus her versuchten sie unsere Leute zu treffen, die jetzt nur noch zwei Dutzend Schritt vom Tor entfernt waren.

Mit dem Zerbersten des letzten Leuchtkörpers war diese Gefahr behoben.

Mr. High und ich standen uns gegenüber, nur das Eisengerank des Tores zwischen uns.

»Ich glaube nicht, daß Sie es riskieren können, hinüberzusteigen«, sagte ich. »Andererseits können Sie nicht bis zum Morgengrauen drinnen bleiben. George Left schießt zu gut.«

Plötzlich war Gradness' Stimme wieder in der Luft. »Haha«, lachte er, »haha, da stehen Sie nun. Ja, ich sehe Sie genau, trotz der Dunkelheit! Versuchen Sie doch, das Tor zu öffnen! Übersteigen Sie es! Das ist doch ganz einfach.«

»Glaubst du wirklich, er sieht sie?« fragte Phil.

»Ja, es gibt irgendeinen Trick. Ich las einmal in einer Beschreibung der Nachtluftkämpfe darüber. Infrarotlicht nennt man das, wenn ich mich recht erinnere. Ein Glück, daß er offenbar nicht so weit ist, daß er auch in der Dunkelheit zu schießen vermag.«

»Sind Sie dessen so sicher, Jerry?« erkundigte sich Mr. High. »Vielleicht bedarf es nur gewisser Vorbereitungen. Wundern Sie sich nicht, wenn wir hier plötzlich tot umfallen.«

Ich pfiff drei meiner Kollegen herbei, suchte mir einen der schweren Bereitschaftswagen aus und ließ mir die Reservereifen von vier Streifenwagen bringen. In aller Eile lösten wir sie von den Felgen. Mit den Nylonabschleppseilen befestigten wir die Reifen vor dem Kühler und der Stoßstange.

»Ich glaube, so geht es«, stellte ich fest. »Sagt Mr. High Bescheid, daß er und die Männer ein paar Schritte zurücktreten.«

Ich schwang mich hinter das Steuer des leichten Lastwagens, startete und steuerte ihn ohne Licht auf das Tor zu. Phil dirigierte mich.

»So — stop!« rief er. »Jetzt stehst du richtig!«

Ich gab Gas und kuppelte. Mit der Höchstgeschwindigkeit des zweiten Ganges krachte der LKW vor das Tor. Die Gummireifen um den Kühler fingen den Stoß ab, vor allen Dingen aber vermieden sie es, daß das Metall des Fahrzeuges mit dem höchstwahrscheinlich stromgeladenen Eisen des Tores in Berührung kam.

Der erste Stoß genügte nicht, um das Schloß zu sprengen. Ich setzte zurück, nahm einen größeren Anlauf, brachte den

Wagen auf solche Geschwindigkeit, daß ich in den dritten Gang gehen konnte, und brummte zum zweitenmal gegen die Mitte der beiden Torflügel, diesmal mit Erfolg. Die Flügel sprangen auseinander. Ich stieg sofort in die Bremse. Wenn die Torflügel zurückschwangen und gegen die Seitenwände oder die Kühlerhaube schlugen, war es aus mit mir.

Es ging gut. Zwar rutschte der Wagen über die Hälfte in den Parkweg hinein, und als ich mich vergewisserte, sah ich links und rechts das Gitterfiligran nur wenige Zoll entfernt.

Ich versuchte, den Motor in Gang zu bekommen, aber er streikte. Aber das war kein ernsthaftes Problem. Ich löste die Kupplung und Bremse, hinten faßten ein Dutzend Mann an und zogen die Karre rückwärts. Mein Problem blieb es, dabei das Fahrzeug an den toddrohenden Torflügeln vorbeizulenken. Na ja, ich schaffte es.

Auf diese Weise holten wir Mr. High und die fünf Leute aus dem Park wieder heraus. Zwei der Männer waren verwundet, einer davon hatte einen Streifschuß am Kopf, und ich war überzeugt, daß George Left der Schütze dieser Kugel gewesen war.

»Wir unternehmen bis zur Helligkeit nichts mehr«, entschied Mr. High. Noch einmal ließen wir die beiden Scheinwerfer aufflammen, aber jetzt ließ es sich Gradness nicht gefallen. Zwei Schüsse aus einem Gewehr zerpusteten uns die Leuchter. Das war kein Beinbruch. Auch so konnte niemand auf die Straße gelangen, und die Scheinwerfer rings um die Mauer waren für die Kugeln unerreichbar.

Ich suchte mir das Polster eines Streifenwagens aus und machte mich darauf lang.

Phil setzte sich auf den Beifahrersitz.

»Müde, Jerry?« fragte er. »Hätte eigentlich gern gewußt, was du bei ihm erlebt hast.«

»Später, Phil, aber wieso standest du bereit, als ich aus der Villa ausbrach? Du hattest dich doch überzeugen können, daß Gradness mich nicht gefangenhielt?«

Er lachte. »Überzeugen? Nein, überzeugen hat er mich

nicht können. Lybold Jones hatten wir verhaftet und sein Haus vom Keller bis zum Dachboden durchwühlt. Wenn er dich also auf dem Gewissen hatte, so konnte ich ohnedies nicht hoffen, mehr als deine Leiche irgendwo zu finden, aber James Gradness zeigte mir ja nur, was er mir zeigen wollte. So bestand bei ihm noch eine kleine Chance, dich lebend zu finden, und darum entschloß ich mich, sein Grundstück zu überwachen. Ich hatte keine bestimmte Absicht. Ich wollte nur aufpassen, einen Hinweis finden. Dann ging die Knallerei los, und alles war klar.«

»Keine Hunde gesehen, als du in den Park eindrangst?«

»Nein.«

»Hm, muß er sie also irgendwo in einem Käfig haben. Mir hetzte er zu seinen elektrischen Scherzen noch zwei schwere Doggen auf den Hals.«

Ich drehte mich auf die andere Seite.

»Hör mal, Phil«, brummte ich, »darauf, daß du mich nicht aufgegeben hast, trinken wir eine Flasche alten Whisky zusammen, und ich lege eine zweite Flasche gleicher Qualität zu, wenn du mich jetzt schlafen läßt.«

»Okay, Jerry.« Er lachte und kletterte aus dem Wagen.

Verstehen Sie, das ist so unsere Art, ein Dankeschön zu sagen.

Um sechs Uhr morgens wurde ich wach, gähnte, reckte mich und rollte mich von meinem Polster ins Freie.

Die Cops standen auf ihren Posten, als hätten sie sie vor fünf Minuten bezogen. Mr. High, Phil, Less Baker und der Cop-Chef Nobank standen hinter dem Lastwagen, den ich zur Sprengung des Tores benutzt hatte. Ich trat zu ihnen.

Hinten am Ende des Parkweges lag Gradness' Haus wie ausgestorben. An diesem trüben und regnerischen Morgen sah es grau aus, von einer grauen Farbe, die den Eindruck des Trost- und Hoffnungslosen vermittelte.

»Sie scheinen einen guten Schlaf zu haben, Jerry«,

begrüßte mich der Chef. »Er überschüttete uns während der Nacht durch seinen Lautsprecher mit Schmähungen, Drohungen und Flüchen. Sie haben nichts davon gehört, nicht wahr?«

»Nein, aber wenn ihm unser Warten auf die Nerven geht, so ist es gut.«

»Wollen wir also endlich anfangen?« fragte Captain Nobank.

Ich sah mich um. »Okay, aber vorher möchte ich wissen, ob sich ein Gummianzug beschaffen läßt. Sie verstehen, eine vollständige Gummikluft mit Stiefeln, Handschuhen und möglichst einem Kopfschutz.«

»Feuerwehr!« schlug Phil vor.

»Vielleicht haben sie so etwas. Setz dich bitte mit ihnen in Verbindung.«

Er ging zu einem Funkstreifenwagen, kam nach fünf Minuten wieder und nickte.

»Sie haben so etwas. Sie bringen sofort zwei Stück davon, auch isolierte Zangen und anderes.«

Es dauerte gar nicht lange, bis ein Wagen der Feuerwehr unter wildem Geklingel heranbrauste, und noch zehn Minuten später hatten Phil und ich uns in zwei Wesen verwandelt, die wie eine Mischung von Weltraumpiloten und Unterwasserkämpfern aussahen. Less Baker war es unterdessen gelungen, den Ingenieur Moolt von der Scott-Telefongesellschaft aufzutreiben. Er kam, als wir gerade in unsere Gummifräcke geschlüpft waren.

»Passen Sie auf, Moolt«, informierte ich ihn. »Sie sind hier technischer Berater. Wahrscheinlich können Sie die Arbeiten, die wir vornehmen, besser und schneller ausführen, aber Sie sind Zivilist, und ich kann es nicht riskieren, daß Sie sich eine Kugel einfangen, während Sie ein Kabel durchschneiden. Der ganze Laden hier steht unter Strom, und Sie sollen uns sagen, wie dieser Strom am besten auszuschalten ist. Unterstehen Sie sich dabei nicht, die Nase aus der Deckung zu nehmen.«

»Verstanden«, antwortete er. »Womit wollen Sie anfangen?«

»Mit dem Tor dort. Ich vermute, daß es geladen ist!« Er ließ sich eine eiserne Kugel aus dem Werkzeugkasten eines Wagens bringen, gab sie mir und sagte: »Berühren Sie das Tor damit. Mit den Gummihandschuhen können sie es riskieren.«

Ich tat es seitlich aus dem Schutz der Mauer heraus. Sobald Eisen an Eisen kam, sprühten die Funken.

Moolt pfiff laut. »Menge Volt, die er da durchjagt. Suchen Sie nach dem Verbindungskabel.«

»Augenblick«, mischte sich Mr. High ein. »Vorher wollen wir noch einmal versuchen, ihm Vernunft beizubringen.«

Wieder dröhnte unser Lautsprecher über den Park. Der Chef gab sich Mühe, Gradness von der Nutzlosigkeit seines Widerstandes zu überzeugen. Der letzte Satz lautete: »Wir geben Ihnen eine Frist von zehn Minuten, um das Haus zu verlassen.«

Die Antwort war ein einzelner Schuß, der gegen die Karosserie des Lastwagens knallte.

»Einerlei«, entschied Mr. High. »Wir warten die zehn Minuten ab!«

Wir warteten. Nichts geschah. Stumm und ohne Bewegung lag das graue Haus mit den teilweise zerschossenen Fensterscheiben. Der Chef warf einen Blick auf die Armbanduhr.

»Schluß«, sagte er hart. »Baker, fahren Sie einen Wagen quer vor den Eingang und geben Sie fünf Mann Feuerschutz für Jerry und Phil!«

Baker machte das sehr geschickt. Er ließ einen Streifenwagen so genau quer vor das Tor stellen, daß unsere fünf Leute aus guter Deckung heraus jedes Fenster des Hauses unter Feuer nehmen konnten.

Phil und ich nahmen uns je einen der Torflügel vor. Ich entdeckte ein fingerdickes Kabel, das aus der Mauer heraus in einer Kerbe des Beschlages zum Tor führte.

»Hier ist ein Kabel!« rief ich Moolt zu.

»Kneifen Sie es mit der Isolierzange durch!« sagte er.

Als die Metallbacken der mit Gummi isolierten Zange durch das Kabel auf das Metall trafen, sprühten grüne und blaue Funken.

»Hallo, das war es!« rief Moolt. »Mr. Decker, haben Sie auf Ihrer Seite auch so ein Kabel?«

»Schon erledigt«, antwortete Phil.

In diesem Augenblick wurde vom Haus her zum erstenmal auf uns geschossen. Eine Handbreit von mir entfernt stäubte der Mörtel aus der Mauer, während die Kugel als Querschläger durch die Luft zwitscherte. Die Kollegen hinter dem Streifenwagen antwortete sofort als allen Rohren. Sie stellten das Feuer erst ein, als kein zweiter Schuß vom Haus erfolgte.

Mit der Eisenkurbel probierten wir, ob das Tor tatsächlich stromlos war. Das schien in Ordnung zu sein. Es zuckten keine Funken mehr.

Wir beschlossen, mit drei Fahrzeugen über den Parkweg bis zum Fuß der Treppe durchzubrechen, aber vorher untersuchten wir Gummigeschützten den Rand der Mauer ab. Wir fanden einen starken Kupferdraht, der ebenfalls elektrisch geladen war. Wir entfernten diesen Draht an mehreren Stellen der Mauer, obwohl Moolt schon die Zertrennung genügt hätte, um den Stromkreis zu unterbrechen. Die freigemachten Stellen wurden von Cops mit Maschinenpistolen besetzt. Sie fuhren ihre Wagen so nahe heran, daß sie auf den Dächern stehen und so die Mauer überblicken konnten.

Dann war es soweit. Phil und ich suchten uns zwei Wagen aus, nahmen die Fahrersitze ein und luden uns den Fond mit Kollegen voll.

Wir starteten den Motor, legten den Gang ein, und auf Mr. Highs Zeichen hin brausten wir an. Gleichzeitig wurde das graue Haus von den Cops auf der Mauer unter Feuer genommen.

Wir hatten mehr als die Hälfte des Weges hinter uns gebracht, als Gradness und seine Leute trotz des Deckungsfeuers auf uns zu schießen begannen. Jetzt machten sie ernst und setzten auch Maschinenpistolen ein.

Ich steuerte meinen Wagen fast im Liegen. Die G-men im Fond lagen ohnedies auf dem Bauch. Über meinem Kopf zerklirrte die Windschutzscheibe und prasselte mir auf den Schädel. Die Kugeln klackerten gegen die Karosserie wie Erbsen.

Da war die Freitreppe. Ich kurbelte am Steuer, drehten den Wagen, so daß er quer vor der Treppe stand, stieg in die Bremsen, packte die Maschinenpistole, öffnete den linken Schlag und ließ mich auf den Kies der Auffahrt fallen. Unmittelbar hinter mir purzelten die Kollegen aus dem Fond. Phil brachte seinen Wagen nicht rechtzeitig zum Stehen und knallte auf mein Fahrzeug auf, aber es gab nur Blechschaden. Less Baker, der den dritten Wagen steuerte, stoppte kurz hinter Phil.

Die drei Fahrzeuge boten uns insgesamt zwölf G-men gute Deckung gegen das Haus. Der Feuerzauber dauerte zwar an, und sie zerbliesen uns jetzt sämtliche Seitenfenster. Solange unsere Haut dabei unbeschädigt blieb, störte es uns nicht.

Phil kroch zu mir heran, kurz darauf auch Less Baker.

»Wie lange sollen wir hierbleiben, Jerry?« fragte er. »Für ein Picknick ist es mir zu ungemütlich, und außerdem habe ich den Frühstückskorb vergessen.«

»Paß auf!« antwortete ich. »Für den Sturm auf das Haus kommen nur Phil und ich in Frage. Die Tür ist ebenso mit Hochspannung geladen wie das Tor. Sieh zu, daß du sie von den Fenstern verscheuchst.«

»Werde ich versuchen.«

Unter der Deckung der Fahrzeuge sprach er mit jedem einzelnen Mann von uns und teilte ihnen die Fenster zu, die sie unter Feuer halten sollten. Wir waren ja jetzt ziemlich nahe am Haus, und keiner der Schützen konnte es riskieren, weiterzuschießen, wenn er aus der geringen Entfernung von uns beschossen wurde.

Zunächst zerrten wir Phil und Bakers Wagen ein wenig

auseinander, so daß sich uns ein Durchschlupf bot. Wir kauerten nieder. Die Maschinenpistolen mußten wir zurücklassen. Sie behinderten uns im Laufen, und da jeder von uns ohnedies einen der schweren Isolieranzüge trug, begnügten wir uns als Waffe mit dem vertrauten Revolver.

»Fertig?« fragte Less.

»Fertig!« sagte ich.

»Feuer, Jungs!« schrie er und richtete sich selbst auf.

Zehn G-men tauchten hinter den Wagen auf, zehn Maschinenpistolen ballerten los. Von den Mauerumrandungen der Fenster spritzte der Mörtel, wimmerten die Querschläger, zersplitterten die letzten Reste der Fensterscheiben, aber von diesen Einzelheiten bekam ich nicht viel mit. Ich rannte schon. Nur einen Schritt hinter mir keuchte Phil.

Ich hetzte die Treppe hoch. Die Gummistiefel hingen mir an den Füßen wie Bleigewichte, wenigstens kam es mir so vor, und die Treppe schien lang zu sein wie eine Jakobsleiter.

Phil stolperte mir ins Kreuz. Die flache Türnische gab uns einen in etwa ausreichenden Schutz vor Kugeln in die Seite. Ich probierte die Klinke. Die Tür rührte sich nicht. Ich nahm den Revolver, trat einen Schritt zurück und zerballerte das Schloß. Es klappte nicht ganz. Gemeinsam wuchteten wir eine der schweren Zangen in den Spalt und versuchten, die Flügel der Tür auseinanderzubiegen.

Obwohl das Ding aus Eichenholz zu bestehen schien, sprühten immer wieder Funken, wenn wir bestimmte Stellen berührten. Er mußte Metallbeschläge mit in das Holz eingelassen haben.

Mit einem letzten Ruck schafften wir es. Die Flügel knackten auseinander.

Ich stieß eine Reservetrommel in den Rahmen des Revolvers.

»Jetzt!« Ich nickte Phil zu. Zwei Fußtritte, und die Flügel gingen auseinander.

Scharf peitschten durch das Getöse der Maschinenpistole ein Gewehrschuß. Einen von uns hätte es erwischt, wenn wir uns nicht sofort nach den Tritten in die Seitenvertiefungen der Mauer gedrückt hätten, in denen ein Männerkörper, wenn er sich eng anpreßte, gerade Platz fand.

»Das ist Left!« schrie Phil. Ich nickte.

Vorsichtig ließ ich mich in die Knie sacken und steckte die Nasenspitze vor. Die Tür von der Vordergarderobe zur Halle stand auf. Mitten in der Halle lag ein schwerer Schrank umgestürzt, und über seinen Rand schimmerte ein Stück Stirn eines Mannes.

Ich zuckte zurück, keine Sekunde zu spät. Brandys Kugel riß ein winziges Stück Mörtel aus dem Mauerrand, genau an der Stelle, an der sich mein Kopf befunden hatte.

Ich gab Phil ein Zeichen. Er verstand.

Noch einmal schob ich meinen Kopf vor. Prompt pfiff die Kugel, aber während ich zurückzuckte, schob sich Phil vor und feuerte zweimal, dann preßte auch er sich wieder in die Deckung.

Er grinste mich an. »Ganz gut, Jerry!« schrie er. »Beide Bonbons rissen Splitter aus dem Schrank in der Nähe seines Schädels. Erschreckt hat er sich zumindest.«

»Noch einmal!« rief ich zurück.

Wieder das Spielchen. Wieder eine Kugel von Left und zwei von Phil als Antwort, aber jetzt zuckte ich nur pro forma in meine Deckung zurück. Ich rechnete, daß Brandy sofort nach seinem Schuß in die Deckung untertauchte und daß ich so zwei oder drei Sekunden gewann, um vorzustürzen.

Ich setzte in zwei, drei Sprüngen bis in die Garderobe, warf mich dort nach links auf die Erde. In dieser Stellung war ich durch die vorgezogene Trennwand zwischen Garderobe und Halle sicher geschützt.

Ich kroch auf dem Bauch bis an den Rand dieser Wand, schob sehr vorsichtig den Revolver nach vorn und dann so viel vom Kopf, daß ich sehen konnte.

Es war einer der Augenblicke, in dem das Leben des Gegners völlig in meine Hand gegeben war. Brandy hatte nicht bemerkt, daß ich ihm inzwischen ein Stück näher gerückt war. Ich konnte seine Haare, seine Stirn und seine Augen sehen, und rechts neben ihm schimmerte bläulichmatt der Lauf eines Gewehres, aber er hielt den Blick beharrlich auf die Außentür gerichtet und wartete, daß dort noch einmal ein Stück von mir auftauchte.

Ich rief ihn an.

»Gib auf, Brandy!«

Sein Kopf ruckte zu mir hin. Er riß die Augen auf, schien zwei Herzschläge lang erschreckt, aber dann warf er sich hoch, daß sein ganzer Oberkörper hinter dem Schrank auftauchte. Der bläuliche Stahllauf wirbelte durch die Luft, und mir blieb keine andere Wahl. Mein Revolver krachte zuerst. Brandy George Left wurde von der Gewalt der Kugel zurückgestoßen. Sein Gewehr entlud sich noch, aber die Kugel fuhr wirkungslos durch die Luft. Seine Gestalt verschwand hinter dem Schrank.

Ich spähte vorsichtig in den Raum. Niemand sonst war in der Halle, aber die Tür zum Speiseraum stand offen.

Ich winkte Phil. Er kam.

»Wollen wir weiter?«

»Selbstverständlich!«

Wir spurteten bis zu dem Schrank, der Lefts nutzlose Deckung gewesen war. Ja, da lag er. Es war wohl Zufall, daß meine Kugel das gleiche Ziel gefunden hatte, das er sich bei seinen Opfern wählte: mitten in die Stirn.

»Speisesaal!« rief ich Phil zu. Wieder durchquerten wir die fast deckungslose Halle.

An zwei Fenstern des Speisesaals kniete je ein Mann mit Maschinenpistole. Wir richteten unsere Läufe auf sie.

»Hände hoch!« brüllte ich sie an.

Phil setzte aus tiefer Brust hinzu: »Schluß! Aus! Ende! Zum Henker noch mal!«

Sie fuhren zusammen.

Sie waren nicht aus dem harten Holz wie Left. Sie ließen die Waffen fallen, als bestünden sie aus glühendem Eisen, und langsam krochen ihre Arme über ihren Kopf in die Höhe.

Phil ging zu ihnen hin, tastete sie ab und trieb sie in die Ecke, wo sie sich mit dem Gesicht zur Wand stellen mußten. Ich wandte mich in die Halle zurück. In diesem Augenblick erschienen zwei Gestalten aus dem Rauchzimmer. Mein Finger krümmte sich, aber die beiden Burschen hielten die Arme über dem Kopf. Sie hatten aufgegeben.

Es war stiller geworden. Im gleichen Maße, wie das Feuer aus dem grauen Haus nachließ, schwächten auch unsere Leute ihre Kanonade ab. Sekundenlang war völlige Stille, bellte kein Revolver, ratterte keine MPi, peitschte kein Gewehrschuß.

Dann knallte noch ein einzelner Pistolenschuß. Er fiel von oben, von der Galerie. Der Schütze zielte schlecht. Anscheinend galt die Kugel mir, aber sie fuhr mehr als zwei Schritt vor mir in den Fußboden.

Ich warf mich herum, sah den letzten Rockzipfel eines laufenden Mannes. Es war Gradness. Er riß die Tür seines Arbeitszimmers auf, verschwand darin. Die Tür fiel ins Schloß.

Ich setzte an, um die Treppe hinaufzustürmen, aber Phil packte meinen Arm.

»Es müssen noch ein paar oben sein. Laß erst unsere Leute heran.«

Er ging zum Ausgang, um die Männer hereinzurufen. Unterdessen kamen noch vier Mann aus der ersten Etage mit erhobenen Armen die Treppe herunter. Zwei von ihnen waren verwundet. Die Bande gab auf. Die Ratten verließen Gradness' sinkendes Schiff.

Unsere Leute wimmelten in die Bude, und Mr. High, Nobank und eine Anzahl Cops fuhren in einem Wagen bis vor die Treppe und gingen dann ins Innere. Moolt war auch darunter.

»Erledigt?« fragte der Chef.

»Bis auf Gradness selbst. Wenn ich richtig gesehen habe, hat er sich in seinem Arbeitszimmer verschanzt.«

»Holen wir ihn!«

»Okay, aber es ist besser, wenn Phil und ich hochgehen. Er kann noch eine Menge Hochspannungsfallen gelegt haben.«

Es war eine große Gruppe, die die Treppe hinaufging. Voran Phil und ich. Für Gradness mußten sich unsere Schritte in den Gummistiefeln anhören wie die des heranstampfenden Schicksals persönlich. Uns folgten Mr. High, Nobank, Baker, Moolt und einige Unterführer der Cops.

Da war die weiße Tür des Arbeitszimmers vor uns. Ich rüttelte an der Klinke. Als ich den Revolverlauf an das Metall hielt, sprühten die Funken. Ich warf einen liebevollen Blick auf meine Gummihandschuhe. Phil hob die schwere Zange und sah mich fragend an.

Ich nahm einem der Cops die Maschinenpistole aus der Hand, richtete den Lauf und zog durch. Die Holzsplitter sprühten. Ein kräftiger Fußtritt half nach. Weit sprangen die beiden Flügel der Tür auf, und wir sahen uns James Gradness gegenüber.

Er stand hinter seinem Schreibtisch. Sein nasses Gesicht mit den irren Augen und dem in die Stirn hängenden, klebenden Haar verzerrte ein wahnwitziges Lächeln. Er hielt keine Waffe in der Hand, sondern seine bebenden Finger schlossen sich um ein kleines schwarzes Kästchen, das vor ihm auf dem Schreibtisch stand.

Ich ging langsam auf ihn zu. Mr. High und die anderen warteten an der Tür.

Er sah mir mit dem irrsinnigen Lächeln entgegen.

Als ich auf vier Schritte heran war und ungefähr auf der Stelle stand, an der ich mir den elektrischen Schlag geholt hatte, erwachte sein Gesicht aus der Erstarrung, und er kreischte: »Halt! Keinen Schritt weiter. Sonst . . .«

Ich blieb stehen.

»Was sonst?« fragte ich leise. »Sie sehen doch, daß Sie verspielt haben, Gradness! Machen Sie endlich Schluß!«

»Schluß machen?« flüsterte er. »O nein, o nein! James Gradness ist noch lange nicht am Ende, und wenn er am Ende ist, dann gehen alle mit.« Er schrie plötzlich. »Alle, die hier im Raum sind. Alle, die sich in meinem Haus befinden! Alle! Alle! Alle!«

»Mach Schluß!« brüllte ich ihn an. »Heb die Arme hoch, oder ich schicke dir die erste Kugel!«

Er kicherte. Er war übergeschnappt, ganz ohne Zweifel.

»Erschießen willst du mich, G-man? Haha, erschieß mich doch, aber siehst du den kleinen Hebel an diesem Kasten? Er bewegt sich ganz leicht. Noch wenn ich sterbe, kann ich ihn niederdrücken, und dann fliegen dieses Haus und alle, alle in die Luft.«

Ich wollte losbrechen, aber von der Tür her sagte Mr. High scharf: »Jerry, kommen Sie zurück!«

Ich ging rückwärts. Auf Gradness' Gesicht erschien wieder das Lächeln. Jetzt hatte es einen triumphierenden Ausdruck. Ich erreichte die Gruppe, die an der Tür stand.

»Das ist kein Scherz«, flüsterte mir Moolt über die Schulter zu. »Was er in den Händen hat, ist ein Batteriesender. Drückt er die Taste, so wird ein bestimmtes Morsezeichen ausgelöst. Auf dieses Morsezeichen spricht ein Empfänger vor der Sprengladung an, so daß ein Stromkreis geschlossen wird. Er kann wirklich mit dem Hebeldruck sich und uns in die Luft jagen.«

»Und das funktioniert mit Batteriestrom? Ist also unabhängig von der Stromversorgung des Hauses?«

»Der Sender bestimmt, die Empfänger vielleicht nicht. Zu der Zündung werden hohe Voltzahlen benötigt, die aus einer Batterie schlecht rauszuholen sind.«

»Kommen Sie mit, Moolt!« sagte ich leise und drückte mich zwischen Nobank und Baker hinaus, gerade in dem Augenblick, in dem Mr. High zu sprechen anfing.

»Ich rate Ihnen dringend, James Gradness, sich zu ergeben . . .«, sagte er. Mehr hörte ich nicht. Ich lief schon die Treppe hinunter, Moolt hinter mir her.

Den gleichen Weg, auf dem ich vor zwölf Stunden ausgebrochen war, versuchte ich jetzt zurückzufinden. Da war die Tür der Speisekammer, da war das Regal, das den geheimen Eingang verdeckte.

»Suchen Sie mit, Moolt«, bat ich. »Es muß eine Möglichkeit geben, dieses Regal zur Seite zu schieben.« Mir fiel etwas ein. »Nein, warten Sie!«

Ich raste in die Halle, dann aus dem Haus. Die Cops waren eben dabei, die Gefangenen abzutransportieren. Ich fischte mir den Burschen, den ich niedergeschlagen hatte. Er war leicht zu erkennen. Er trug einen Verband um den Kopf.

Am Arm zerrte ich ihn im Eiltempo zur Speisekammer.

»Zeig uns, wie das Ding zu bewegen ist.« Er gehorchte. Es war kindlich einfach. Er nahm eine Büchse Erbsen vom dritten Regalboden. Darunter befand sich ein Knopf, auf den er drückte, und schon drehte sich das Regal zur Seite. Außerdem gab es eine Klinke, die von einem Flaschenkorb verborgen war.

Der Bursche öffnete uns auch die Tür am Ende des Ganges und die Tür zu der eisernen Treppe. Wir polterten die dröhnenden Stufen hinab. Ich riß die Riegel vor dem Schaltraum zurück. Wieder glühten mich die roten Birnen an.

»Das ist der Hauptschaltraum, Moolt«, sagte ich.

»Ich sehe«, brummte er, ging hinein, legte mit sicherem Griff den Haupthebel herum und lachte: »So, jetzt ist der Laden stromlos.«

»Auch die Sender der Sprengladung?«

Er zuckte mit den Achseln. »Wenn sie an dieses Netz angeschlossen sind, ja, aber ich sagte nicht, daß sie nicht mit Batterien betrieben werden können. Es ist nur schwierig.«

»Kommen Sie!« rief ich. Wir rannten den Weg zurück und erreichten die Halle gerade, als Mr. High und die anderen die Treppe herunterkamen.

»Es ist nicht zu reden mit ihm, Jerry. Er ergibt sich nicht. Wir werden ihn aushungern müssen.«

»Und wenn er Ernst macht und den Laden in die Luft sprengt?«

Der Chef hob die Schultern.

»Erspart er dem Henker Arbeit.«

»Und wir erfahren nie, wen er alles erpreßt hat. Wir finden nie die Unterlagen, die viele alte unaufgeklärte Verbrechen klären könnten. Mr. High, Moolt und ich haben eben den Stromkreis abgeschaltet. Es kann sein, daß seine Sprengladung nicht funktioniert.«

Der Chef sah auf. »Okay, dann holen wir ihn.«

Ich faßte seinen Arm. »Es kann ... sein, Mr. High«, sagte ich mit Betonung. »Es ist nicht sicher. Nur einer holt ihn. Ich.«

Er sah mir genau in die Augen.

»In Ordnung, Jerry«, sagte er sehr langsam. »Wenn sein Trick nicht funktioniert, ist er als Gegner nicht viel wert. Wenn ... nicht, dann ...« Er brach ab und rief laut und hart: »Alle verlassen das Haus und ziehen sie bis an die Mauer zurück. Beeilt euch!«

Ich wartete am Fuß der Treppe, bis der letzte aus der Tür gegangen war. Der letzte war Phil. Er warf mir noch einmal einen Blick zu und lächelte aufmunternd. Es mißlang ihm ein wenig. Ich gab noch fünf Minuten zu als Zeit, in der sich jeder aus der Gefahrenzone gebracht haben konnte, dann wandte ich mich um und ging langsam die Treppe hinauf.

Die Tür zum Arbeitszimmer stand weit auf. James Gradness stand an dem zerschossenen Fenster und beobachtete den Rückzug der Polizei. Das Kästchen hielt er in den Händen.

Er murmelte etwas. Ich verstand nur Fetzen.

»Da gehen sie! Haha! Sie kneifen!«

»Ich bin noch da, Gradness«, sagte ich ruhig. Er riß seinen Kopf zu mir herum.

Ich löste mich von der Tür und ging langsam auf ihn zu.

»Stehenbleiben, G-man!« schrie er. »Ich drücke die Taste!«
Und er hob den Kasten wie eine Waffe.

Ich ging weiter, langsam, den Blick fest auf ihn gerichtet.
Ihm brach der Schweiß so heftig aus den Poren, daß sein
Gesicht schlagartig naß wurde.

»Ich drücke, ich drücke!« kreischte er und wich vor mir bis
an die Vorhänge zurück.

Ich ging weiter. Fünf Schritte trennten uns noch. Er öffnete
weit den Mund. Ich sah seine Lippen beben, und plötzlich
kniff er die Augen zu und drückte den Hebel hinunter.

Ich blieb stehen, als er das tat. Ich wartete, aber es ereignete sich nichts. Ich spürte, daß etwas warm über mein Kinn
sickerte. Ich hatte mich in die Lippen gebissen.

James Gradness öffnete die Augen. Er sah das Kästchen
an, als verstünde er nicht. Jetzt stand ich vor ihm. Mit einer
ganz schlichten Bewegung nahm ich ihm den Kasten fort. Er
ließ es geschehen, starrte mich an. Ein gurgelnder Laut drang
aus seiner Kehle, und er warf sich nach vorn, um noch einmal, diesmal mit den Mitteln, die jeder besitzt, mit Armen
und Fäusten, zu versuchen, mit mir fertig zu werden.

Mein erster Schlag warf ihn zu Boden, bevor seine Hände
mich berührten. Er verstand eben nichts von uneleganten
Methoden, und er beherrschte sie nicht. Ich ging ans Fenster.

An der Mauer standen Mr. High und Phil und die anderen. Ich winkte ihnen.

Als wir Gradness' Behausung gründlich durchsuchten, fanden wir Aufzeichnungen und Beweise über mehr als einhun-
dertzwanzig nicht aufgeklärte Verbrechen der letzten dreißig
Jahre. Viele Vergehen waren längst verjährt, und dennoch
hatten die Täter an Gradness gezahlt, einfach aus Angst vor
einem Skandal. Aber wir fanden auch die Unterlagen über
einige sehr scheußliche Sachen, und es wurden Männer
bestraft, die sich längst in Sicherheit gewähnt hatten. Als es
zur Verhandlung gegen Gradness kam, dachten wir, die

Richter würden ihn wegen Unzurechnungsfähigkeit nicht verurteilen. Aber die Ärzte sprachen ihn voll verantwortlich, und so mußte er auf den elektrischen Stuhl. Er starb durch die gleiche Kraft, deren er sich zum Schaden anderer so häufig bedient hatte.

ENDE

Klaus Göbel

Jerry Cotton —
Romane zwischen Realität und Utopie

40 Jahre Jerry Cotton — das sind fast 120 000 Seiten Kriminalliteratur in dem typischen Spaltendruck des Heftromans. Rechnet man die vorliegenden Zweit-, Dritt- und Viertauflagen hinzu, so ergibt sich die Zahl von etwa 300 000 Druckseiten mit Texten um die FBI-Helden Jerry Cotton und Phil Decker, wobei die Taschenbuchreihe nicht mitgerechnet wurde. Diese Größe wäre mit der zigtausendfachen Auflagenhöhe in den Sprachen vieler Länder sowie dem Verteilerfaktor (das ist die Zahl der Leser, die ein Heftexemplar nacheinander lesen) zu multiplizieren, um die Zahl der gelesenen Seiten zu erhalten, die den weltweiten Leseprozeß von Jerry-Cotton-Heften seit 40 Jahren bestimmen. Die so errechnete Zahl würde sich jeder Form von Vorstellung entziehen und ergäbe ein bombastisches, aber sinnleeres Bild wie aus der Retorte von PR-Strategen. Auch andere Zahlenspiele — z. B.: Wie hoch wäre die Säule, wenn man die Hefte aller erschienenen Auflagen übereinanderlegte — ergeben als Resultat vielleicht Staunen, aber damit gerade das nicht, was sachlich und nüchtern notwendig ist, nämlich Einsicht.

Einsicht würde den Blick freigeben auf das, was in den nun fast 2 000 Heften der weltgrößten Kriminalreihe wirklich zur Sprache kommt, was ihr unterhaltungsliterarisches Konzept ist, welche Informationen und Botschaften in ihnen und durch sie angeboten werden und wie wir, die große Zahl der Leser, mit ihnen umgehen, d. h., was die Hefte uns bedeuten.

Einsicht gewinnen wollen, heißt sichten, beobachten, feststellen, Fragen stellen und einige Antworten gewinnen — angesichts der literarisch-publizistischen Seltenheit eines *Lesestoffs*, der nun 40 Jahre lang konstant in schnellebig-wechselhaften Zeiten Woche für Woche seine Leser erreicht.

Weder Bewunderung noch der Haß jener selbsternannten Kulturkritiker, die in der Gattung Heftroman den Niedergang der abendländischen Lesekultur oder die wöchentliche Indoktrination der Lesesklaven durch Manipulationsstrategien der Bewußtseinsindustrie vermuten, führen hier weiter. Hieraus folgt die erste Feststellung: Der Leser kauft seinen Jerry-Cotton-Roman nicht in der Bewunderung jener großen Tradition der Reihe, sondern weil er ganz konkret in dem erworbenen Heft eine spannende Kriminallektüre erwartet. Er entscheidet sich auch frei und selbstbewußt für den Kauf angesichts eines mannigfachen Konkurrenzangebotes von internationaler Kriminalliteratur im Buchhandel und z. T. auch an den Kiosken. Die Vorstellung seiner Abhängigkeit, gar als Sucht, ist ideologiebedingt und für die Realität des literarischen Marktes und des Leserverhaltens absurd.

Erfolgreich und verläßlich auf der Suche nach Einsichten im oben beschriebenen Sinne sind die immer wieder neu aufgenommenen Versuche der Literatursoziologie und der Demoskopie. Zur Jerry-Cotton-Reihe liegen zwei umfassende Untersuchungen im Abstand von ca. 20 Jahren vor. Über Leser und Leseverhalten lassen sich daraus zahlreiche, z. T. überraschende Erkenntnisse ziehen, die für das Feld der Trivialliteraturforschung von Bedeutung sind.

Uns interessieren hier nur die wichtigsten: Der literatursoziologische Befund über die Jerry-Cotton-Leser (Schichtzugehörigkeit, Beruf, Alter, Geschlecht usw.) ist im wesentlichen im Abstand von zwei Jahrzehnten unverändert geblieben. Wir wissen, daß die Leserschaft aus allen Schichten und Berufen stammt (etwa repräsentativ entsprechend der soziologischen Differenzierung der bundesrepublikanischen Gesellschaft — West), daß alle Altersschichten — mit unterschiedlichen Anteilen — in der Leserschaft vertreten sind und daß Frauen wie Männer Jerry-Cotton-Hefte lesen.

So ist es erstaunlich und durchaus außergewöhnlich, daß in einem immer deutlicher zielgruppenorientierten Markt der Unterhaltungsliteratur die Cotton-Reihe über den Gruppierungen steht und alle — geradezu repräsentativ — anspricht und — was das Interesse der weiblichen Leser betrifft — schon längst nicht mehr als Typus des *Männerromans* angesehen werden kann.

Vollends außergewöhnlich ist, daß die 16jährigen Schüler und Lehrlinge über die Gruppe der 30—40jährigen bis zu den 60jährigen und den Senioren (immer männlich wie weiblich mit jeweils unterschiedlichen Anteilen) gemeinsam die Gruppe der Stammleser bilden. Fast alle anderen Lesestoffe der Unterhaltungsliteratur und der illustrierten Publikumszeitschriften sind in der Tendenz altersdifferenziert und nach spezifischen Lebenssituationen und Bedürfnissen konzipiert.

Doch trotz aller Erkenntnisse der soziologischen Forschung bleiben ihre Antworten auf das Warum von 40 Jahren ungebrochener Lesefreude an Jerry-Cotton-Romanen merkwürdig unbefriedigend. Weitergehende Einsichten sind nötig.

Einen anderen wissenschaftlichen Zugang stellt die Wirkungsforschung vor. In ihrem Umkreis stehen auch die pädagogisch-didaktischen Fragestellungen, die seit etwa 1965 regelmäßig formuliert wurden. Auch dieses ist für Unterhaltungsliteratur ungewöhnlich: Die Jerry-Cotton-Reihe wird seit über 30 Jahren von Pädagogik und Literaturdidaktik begleitet, kommentiert, kritisiert, d. h. auf ihre Erziehungseinflüsse auf Jugendliche hin reflektiert. So liegt z. B. ein kompletter Cotton-Roman mit Arbeitsmaterialien in der Bibliothek der Klett-Lesehefte für Schüler der Sekundarstufe I vor. Bei einem Absatz von mehr als 100 000 Exemplaren läßt sich darstellen, wie viele Schulklassen sich im Deutschunterricht mit Jerry Cotton und seiner Romanheftexistenz beschäftigt haben. Hinzu kommen Lesebücher mit Cotton-Romanausschnitten und Materialien für entsprechende Unterrichtseinheiten. Die jeweiligen Zielsetzungen sind dabei sehr unterschiedlich. Sie reichen von der Diffamierung und Schmutz-und-Schund-Parolen der 60er Jahre über die ideologie- und gesellschaftskritischen Ansätze der 70er Jahre bis in die kreativ-produktionsorientierte Dimension des Literaturunterrichts unserer Tage. Immer in diesen sehr unterschiedlichen Phasen stand das Jerry-Cotton-Romanheft auf dem Prüfstand schulisch-literarischer Wertung. Selten war das Urteil von Toleranz geprägt, sondern eben jenes Gewaltpotential, das man in den Heften als erzieherisch verderblich herausstellte, bestimmte oft als Aggression gerade auch die Sprache der Untersuchungen und ihre Zielsetzungen.

Die Frage der Wirkung von Literatur auf ihre Leser hat bis heute nur wenige Antworten erfahren, so sehr sich auch Grundlagen- und Rezeptionsforschung darum bemühten. Daß der Automatismus der Nachahmungs-Theorie falsch ist, wissen wir. Welche vielfältigen Umstände zusammenkommen müssen, damit der Leser Botschaften von Lesestoffen für sein eigenes Verhalten oder gar für eigene entsprechende Handlungen akzeptiert, versucht die Lerntheorie herauszufinden. Die Hoffnung auf verläßliche Ergebnisse ist groß angesichts der aktuellen Diskussion um die Gewalt im Fernsehen und dem erschreckenden Gewaltpotential in der Gesellschaft. Aber — um auf die Cotton-Romanheftreihe zurückzukommen — welch große Unterschiede bestehen wirkungsrelevant zwischen der Unmittelbarkeit der Bildkommunikation von Film und Fernsehen und der mittelbaren, auf Lesefähigkeit, Imagination und Vorstellungskraft angewiesenen Rezeption geschriebener/gelesener Texte!

Was die Gewaltdiskussion bezüglich der Cotton-Reihe angeht, sind die Argumente — wohl aus mangelnder Textkenntnis — häufig falsch gesetzt. Ein Kriminalroman als Roman der verbrecherischen Tat, der Ermittlung, der Verbrechensverfolgung (bei Cotton: der gesetzlichen Gegenwehr) und der Bestrafung hat in aller Regel mit Gewalt zu tun. Dabei ist bei der Cotton-Konzeption nicht nur an die physische Gewalt von Aktion und Reaktion zu denken, sondern umfassender in dem Sinne, daß dem Gesetz, unter dem eine Gesellschaft lebt, Gewalt angetan wird und wie die Gesellschaft sich dagegen wehrt mit den Organen ihrer Verfassung. Staatliche Abwehr von Gefahren auch mit Hilfe von Gewalt geschieht in der Regel durch die unumstößliche Verbindlichkeit der drei Säulen Gesetzgebung, Rechtsprechung, exekutive Rechtspraxis in demokratischen Verfassungen. Die Anwendung physischer Gewalt im Namen des Staates geschieht nur da, wo im Sinne einer wehrhaften Demokratie der Staat selber in Gefahr gerät.

Genau in diesem Sinne agieren Jerry Cotton, Phil Decker und ihre Kollegen vom FBI Field District New York nach Maßgabe der Roman-Gesamtkonzeption. Ihr Chef, Mr. John D. High, hat nicht nur die Funktion eines väterlich besorgten District-Leiters, sondern er steht sinnbildlich für die Einhaltung der Verfassung der Vereinigten Staaten in der literarischen Fiktion der Romanheftreihe. Wie ein roter Faden ziehen sich durch die fast 2000 Kriminalhefte auch Geschichten um Verfehlungen und Rechtsbrüche von Polizisten und FBI-Agenten, die in der Verantwortung von Mr. High besonders streng aufgeklärt und von Gerichten bestraft werden. Auch die Helden der Serie, Jerry Cotton und Phil Decker, werden in einer Reihe von Romanen vom Dienst suspendiert, bis die Rechtmäßigkeit ihres Handelns geklärt ist.

Die Gesamtheit der Romane bisher läßt eine so differenzierte und so oft wiederholte Reflexion über Recht und Unrecht, Recht- und Zweckmäßigkeit des Einsatzes staatlicher Gewalt als Reaktion auf die Gewalt der Täter erkennen, daß eine naive Übernahme von Gewaltbereitschaft aus der Romanfiktion in die Realität der Leser als unwahrscheinlich gelten muß.

Das mag merkwürdig, gar wenig glaubhaft erscheinen für Kriminalromane, die doch auf Spannung und Unterhaltung setzen und nicht auf Rechtsbelehrung ihrer Leser. Dennoch stimmt die These. Sie ist zu veranschaulichen anhand der unzähligen, für den Kenner berühmten Dialoge zwischen Phil und Jerry, wo sie über die Rechtmäßigkeit ihres Tuns, über die Verhältnismäßigkeit ihrer eingesetzten (Gewalt-) Mittel reden, über ihren Beruf in Zweifel geraten und noch dort Sinn zu erkennen versuchen, wo Gedanken von Resignation die beiden Freunde bedrücken. Bis in den Bereich der Rührseligkeit gehen solche Szenen, die die Autoren bewußt immer wieder aufnehmen.

Eine idealistische, eben deshalb auch fragwürdige Komponente begleitet die Romankonzeption um Recht, Unrecht und Gewalt. Es ist das schwer zu analysierende Konzept des Happy-End. Verbrechen und Gewalt gegen die verfaßte Gesellschaft zahlen sich nicht aus. Mit Ausnahme von weniger als zehn Romanen enden alle Romane mit der zumindest teilweisen Wiederherstellung des Rechts durch Erfassen und Bestrafung der Täter und mit der Rehabilitierung der Opfer. Daß Jerry Cotton und Phil Decker jedes kriminalistische Abenteuer überleben, ist zugleich unwahrscheinlich wie natürlich erzählerisch notwendig für den Fortbestand der Reihe. Der Sieg der Gerechtigkeit am Ende der Romane aber ist nicht notwendig und, an der Realität gemessen, fragwürdig. Verantwortlich dafür ist nicht in erster Linie das vorgeblich trivialdramaturgische Happy-End aller entsprechenden Geschichten aus Traumwelten und Fluchtträumen vor der Wirklichkeit, sondern die Antwort ist differenzierter zu entfalten.

Bleibt zunächst festzuhalten, daß die Cotton-Geschichten im Sinne der Wirkungsforschung und Lerntheorie Gewalt als Mittel zur Lösung von Problemen und Konflikten nicht nur nicht propagieren, sondern durch ständig wiederkehrende Reflexionen thematisieren und die Erfolglosigkeit von Gewaltstrategien zur Durchsetzung egoistischer Interessen durch Gesetzesbrecher am Romanende herausheben.

Aneignung von Gewalt durch Lesen als Nachahmung eines erfolgreichen Modellhandelns im Sinne der Lerntheorie ist deshalb wenig wahrscheinlich. Daß in der Pädagogik mit ihrer besonderen Verpflichtung gegenüber Jugendlichen und deren Bildungs- und Sozialisationsprozessen dennoch Skepsis und Sorge vorherrschen, ist verständlich. Ebenso verständlich ist aber, daß — von fernliegenden Einzelfällen abgesehen — eine Auseinandersetzung der Bundesprüfstelle für jugendgefährdende Schriften mit der Cotton-Reihe ganz im Gegensatz zu anderen Romanheftreihen ausblieb. Kein einziges der nun fast 2000 Romanhefte steht heute in der Liste der indizierten Schriften. Der Ausgleich zwischen den Ansprüchen von spannungsgeladener Action-Literatur aus der Welt des Verbrechens und ihres polizeilichen Widerparts mit den Belangen des Jugendschutzes scheint also trotz aller Skepsis nicht nur möglich zu sein, sondern ist für die Cotton-Reihe Realität.

40 Jahre Beständigkeit einer wöchentlich in mehreren Auflagen erscheinenden Romanheftreihe kann aber mit den bisherigen Erklärungen noch immer nicht hinreichend erklärt werden. Andere Gründe müssen hinzukommen, um dem Erfolgskonzept und der Einmaligkeit des unterhaltungsliterarischen Faktums Jerry Cotton näher auf die Spur zu kommen.

Häufig wird in den Publikationen zur Cotton-Reihe bemerkt, ihr Erfolg sei in der automatenhaft normierten Romanstruktur, den vorgeschriebenen Inhalten und der roboterhaften Romanproduktion des immer Gleichen begründet. Jeder Roman sei also die Anmischung nach einer geheimen Erfolgsrezeptur durch entsprechend indoktrinierte Schreiber. Solche Behauptungen sind falsch, sie weisen aber in der völligen Umkehrung des unterstellten Sachverhalts den richtigen Weg auf der Suche nach weiteren Einsichten.

Jerry Cotton ist so alt wie der Bastei-Verlag. Seine Geschichte zeigt auch die Geschichte des Verlags. Jerry Cotton ist bis heute das *Flaggschiff* des Verlags, wenn auch nicht täglich daran erinnert wird. Jerry Cotton ist vor allem das spezifische Produkt der Verlagskonzeption BASTEI. Diese ist entwickelt und konsequent vertreten von Gustav Lübbe, dem Verleger. Im Spektrum aller Entscheidungen, die in der Redaktion zur Cotton-Reihe getroffen werden, ebenso wohl in der Vorstellung der bedeutenden Cotton-Autoren, steht die Person des Verlegers und seine Vorstellung von Unterhaltungsliteratur in jener Gesellschaft, für die sie geschrieben und publiziert wird. Bevor dieses am Beispiel Jerry Cotton weiter ausgeführt wird, zunächst noch zwei Fakten verlagsinterner Art, die für eine Charakteristik der Reihe unerläßlich sind: 40 Jahre Cotton standen in der redaktionellen Verantwortung von bislang kaum mehr als fünf Redakteuren. Und höchstens zwanzig Autorinnen und Autoren habe die Reihe durch ihre Romane in wesentlichen Zügen geprägt. Die Konzentration auf Wenige in der Verantwortung auf Dauer ist also ein weiteres Serienindiz. Die Cotton-Reihe ist in besonderem Maße das Ergebnis von persönlicher, manchmal fast familiärer Partnerschaft zwischen Verleger, Autoren und Redaktion über lange Zeit. Dabei liegt der Reiz für den Kenner der Reihe gerade in der Unterschiedlichkeit der Autoren, wie sie ihren Gegenstand, den Kriminalfall und dessen Lösung durch Jerry Cotton und Phil Decker, begreifen, zur Sprache bringen und als Romanganzes literarisch gestalten. Der grellfarbige Action-Roman steht da neben dem dunklen Psychogramm einer kranken Täterexistenz, das Soziogramm aus der brodelnden Bronx und ihren Menschen am Rande der Gesellschaft neben den Romanen mit den Verbrecherprofilen der großen Bosse des organisierten Verbrechens oder den Geschichten mit den Grautönen im undurchschaubaren Geflecht der Geheimdienste.

Gerade die unterschiedlichen Schwerpunkte sowie die unterschiedlichen Schreibweisen auf der Basis einer einheitlichen Gesamtkonzeption mit dem Szenarium der im Yorker FBI-Office arbeitenden Menschen sind also ein weiterer Grund für den Erfolg der Reihe. Die von der Kritik unterstellte Gleichförmigkeit aller Romane und die vorgebliche Unfreiheit der Autoren demaskieren sich schon beim bloßen Lesen mehrerer Romane als ideologische Unterstellung.

40 Jahre Jerry Cotton — das verweist schließlich auch darauf, daß die Reihe nur wenig jünger als die Bundesrepublik Deutschland ist. Die Geschichte der Cotton-Hefte verläuft parallel zu der des Staates, sie ist in Symptomen mit ihr verwoben. Dabei soll natürlich nicht der Versuch unternommen werden, die beiden Größen — die der Zeitgeschichte und die unauffällige Existenz einer sie im Hintergrund begleitenden Heftromanreihe — zu vermischen. Dennoch sind 2000 Hefte einer seit 40 Jahren Woche für Woche erscheinenden Reihe ein Dokument der Zeitgeschichte. Auf teils verborgene, teils offene Weise zeigt sich die Entwicklung der Bundesrepublik auch in den Romanen. Sie geben Aufschluß vor allem über die Leser, über ihre Lesestoffe, ihre Vorlieben, Ansichten, Sorgen und Hoffnungen. So ist die abschließende Betrachtung zu Jerry Cotton vor allem auf seine Leser gerichtet, ohne deren Interesse und Treue die Reihe ja nicht existieren würde, schon gar nicht über 40 Jahre.

Die Gründerjahre der Bundesrepublik sind maßgeblich mitbestimmt durch die Selbstgewißheit der Bürger, in einem freien, demokratischen Land zu leben. Diese ist aber zugleich irritiert angesichts der noch unmittelbar nachwirkenden Erinnerung an das faschistische Deutschland und unter dem gegenwärtigen Eindruck des Kalten Krieges. Dazu kommt eine zunächst immer größer werdende Begeisterung für die Vereinigten Staaten von Amerika, die dritte in der deutschen Geschichte. Viele Gründe sind dafür maßgebend, aber wieder ist es vor allem die Vorstellung von Freiheit, Demokratie und Wohlergehen, die zum Vorbild wird in einem geteilten Land, das in seiner geographischen Lage die Bedrohung durch die weltpolitischen Fronten tagtäglich unmittelbar erfährt.

In dieser Zeit entsteht des Konzept von Jerry Cotton, die literarische Fiktion eines Landes, das Mut und Kraft hat, das als gut Erkannte seiner Verfassung, den Schutz der Menschen vor Gefahren von innen und außen, Freiheit und Selbstbestimmung konsequent mit den Mitteln des Gesetzes und der Exekutive zu gewährleisten. Die literarischen Bilder dafür heißen *New York*, *Bundespolizei/FBI* und im Gegenpart das Verbrechen als jene Instanz, die mit Zerstörung und Chaos droht. Die literarische Gattung des Konzepts mit solchen Leitmetaphern ist folgerichtig der Kriminalroman. Seine Intention ist Spannung und Unterhaltung durch Lesefreude. Aber zugrunde liegt eine politisch-weltanschaulich ethische Dimension aus dem Denken der 50er Jahre in Deutschland: ein gutes, demokratisches Land zu wollen, zu fördern und gegen seine Feinde zu schützen, gepaart mit dem Optimismus, daß dieses beim Einsatz aller Kräfte auch gelingt.

Um eine solche Botschaft zu verbreiten, bedarf es nicht nur der wissenschaftlichen Abhandlungen und der politischen Programme, sondern dieses ist ebenso Aufgabe der Unterhaltungsliteratur in ihren vielfältigen Facetten. Das politische Mandat der Unterhaltungsliteratur mag überraschen, und sicher kommt es in der Fülle der Publikationen nur mehr oder minder zum Tragen, für die Cotton-Reihe gilt es deutlich von den Gründerjahren des Verlags bis zum heutigen Tag. Vieles in den Cotton-Romanen bleibt unverständlich, wenn man die zugrunde liegende Weltanschauung und ihre Botschaft nicht begreift. In 2000 Romanen geht es bei aller Besonderheit der einzelnen Geschichte und des *Falls* immer wieder um die drei literarischen Leitmetaphern.

New York ist bei allem Realismus der ortsgenauen Schilderung die literarische Fiktion eines Gemeinwesens, für das es sich trotz aller Anfechtungen zu kämpfen lohnt. Entsprechend handeln Jerry Cotton und Phil Decker immer in dem mutmachenden Bewußtsein, etwas Gutes für ihre Stadt, für ihr Land zu tun. Das hat nichts Nationalistisches an sich, denn die Weltstadt New York ist das Zuhause vieler Völkergruppen, die freilich eines gemeinsam haben, freie, selbstbestimmte Mitbürger zu sein oder werden zu wollen. Hunderte von Cotton-Romanen spielen in Harlem, Little Italy, Chinatown usw., und Cotton/Decker kämpfen gegen Unterdrückung, Mißachtung und Ausbeutung von Minderheiten in der multikulturellen Gesellschaft der ständig gefährdeten Stadt.

FBI in der Romankonzeption ist am deutlichsten als Sinnbild der literarischen Fiktion erkennbar. Die idealistische Beschreibung hat nie der Realität und dem Ansehen der Bundespolizei in der amerikanischen Bevölkerung entsprochen. FBI, insbesondere der New Yorker District, ist der utopische Entwurf einer Schutz- und Ordnungsinstanz, die als von der Wirklichkeit nie erreichbare Idee besteht. Ihr wesentliches Kennzeichen ist Menschlichkeit und Vertrauen. John D. High, dessen ganze Familie durch verbrecherische Gewalt umgekommen ist, steht als Leiter des FBI-Field-Office New York für diesen Grundgedanken von Humanität und Fürsorge. Das Verhältnis der FBI-Agenten und Mitarbeiter ist entsprechend bestimmt durch freundschaftliche Kollegialität und hohes Verantwortungsbewußsein auch untereinander. Myrna aus der Telefonzentrale, Helen im Vorzimmer von Mr. High, der alte Neville im Archiv, die Docs Sörensen und Reiser, Peiker, der Zeichner, der Hubschrauberpilot Ben

Harper, usw. stehen gleichberechtigt neben den agierenden FBI-Agenten, zu denen schon früh in der Geschichte der Serie auch Frauen zählten (Peggy Martin, später Roby O'Hara und schließlich June Clark). Nicht zu vergessen auch die Mannschaft des FBI-Schiffes *Talkowsky*, das seinen Namen in Erinnerung an einen im Einsatz getöteten Kommandanten trägt. Sie alle sind vereint in einem Kollegialsystem unter der väterlich bestimmten Leitung von John D. High, verpflichtet den Gesetzen der USA und eingeschworen auf die Verfassung.

So entsteht in modernem Gewand ein uraltes literarisches Bild neu: die Ritterschaft von der Tafelrunde um den König Artus. Sicher kann man da märchenhafte Züge entdecken und dann der Realitätsferne mit Ironie begegnen, erstaunlich aber bleibt — auch ohne den Verweis auf die Tafelrunde —, daß ausgerechnet eine vordergründig realistische, actionorientierte Krimireihe eine solche politisch demokratische Utopie konzeptionell enthält. Die Gründerzeit der Bundesrepublik als Geburtsstunde der Cotton-Reihe drängt sich dabei wieder auf. Daß Kollegialität und gemeinsames Wollen zum Besseren damals sehr schnell in Konkurrenzdenken, Anonymität von Belegschaften und Egoismus unter Profitperspektiven mündeten, hat keinen Einlaß in die Serienkonzeption vom FBI gefunden, wenngleich die Cotton-Autoren der gegenwärtig neuen Generation sich verständlicherweise schwerer damit tun.

Der dritte Grundpfeiler der Serienkonzeption neben *New York* und *FBI* ist das *Verbrechen* als bildliche Fixierung all dessen, was das Gemeinwesen bedroht. Es ist das flexibelste in der Cotton-Statik. Hier wären all die Täter zu nennen, die in den nun fast 2000 Romanen Angst, Zerstörung und Terror entfachten und am Ende — bei wenigen Ausnahmen, s. o. — doch kapitulieren mußten und als armselige Gestalten in die Gefängnisse eingeliefert wurden oder ihr Vergehen mit dem Tode durch konkurrierende Täter bezahlten. — Wieder ein Signal von gesellschaftlicher Utopie oder doch eher das naive Happy-End-Rezept der Trivialliteratur? Die Antwort mag dem Leser überlassen sein.

Konstant über alle Veröffentlichungszeiten der Romane erscheinen die Einzeltäter, die Bankräuber, Tresorknacker, Kidnapper, Erpresser, Triebtäter, usw. Zeitgeschichte zeigt sich aber dennoch. Spionageromane, insbesondere über Rüstungsspionage, zunehmend Wirtschaftskriminalität und Sabotage militärischer Einrichtungen der USA sind in der Zeit des Kalten Krieges besonders häufig vorzufinden. Sie dokumentieren die Ängste der Menschen zwischen den Machtblöcken West/Ost.

In den 70er Jahren sind es oft gesellschaftliche Konflikte, die in Verbrechen münden, der Terror in den New Yorker Stadtbezirken und ihren ethnischen Gruppen, die sozial gärende Bronx, Menschenhandel, die Schwarzen im Lande in Unterdrückung und Widerstand, aber auch die Gefahren der Manipulation von Menschen durch Medizin und Psychiatrie, usw.

Es folgen in den 80er Jahren erstmals Themen über Umweltverbrechen, außerdem als Schwerpunkte Drogenkriminalität, Sektenunwesen und Okkultismus, die technische Manipulation von zentralen Computereinrichtungen, Genmanipulationen, Waffenhandel und das organisierte weltweite Verbrechen, vandalierender Handel mit Uran oder biologischen Waffen, Verbrechen im Umkreis der UNO und des Nahostkonflikts. Kurzum: die Lektüre der Romane über die Zeiten läßt u. a. auch die Nöte und Probleme sowie die Ängste der Menschen in den jeweiligen Zeiten erkennen.

Gerade auch das Unterhaltungsgenre des Kriminalromans bietet eine Möglichkeit des Bewußtmachens und Vergegenständlichens von Konflikten und zeitbestimmten Formen des Umgangs mit Problemsituationen. 40 Jahre Jerry Cotton bieten die Gelegenheit zu einer sehr viel genaueren Studie zu dieser These, als es unser Überblick leisten kann. Voraussetzung dafür wäre ein jedermann zugängliches Verlagsarchiv, in dem die 40jährige Cotton-Geschichte dokumentiert würde.

Was aber nun, abschließend, bringt Leser dazu, Romanheften des Cotton-Typs über so viele Jahre und über Generationen die Treue zu halten angesichts eines vielfältigen Konkurrenzangebots im internationalen Spektrum? Die o. g. Themen können es nicht nur sein, denn sie tauchen auch bei Cottons *Kollegen* auf dem Medienmarkt, den Kojaks, James Bonds, den deutschen TV-Kommissaren, bei Miami Vice, usw. und in den unzähligen Kriminalromanen auf.

Für den Cotton-Stammleser mag es vielmehr das menschlich Vertraute seiner Helden in der wöchentlichen Wiederkehr sein, wo er in *seinen* FBI-Agenten weder Übermenschen noch Schmuddeltypen, weder Arroganz noch destruktive Nihilisten findet, sondern literarische Figuren und Charaktere von Jedermanns-Zuschnitt im Einsatz für eine bessere Welt. Gekonnt geschriebene Spannungsliteratur, Originalität des Falles und seiner Darstellung durch den versierten Autor sind unverzichtbare Voraussetzung. Aber es liegt nahe, daß ein Verlangen nach Sinnorientierung hinzukommt – jene Vorstellung von der mit aller Kraft zu beschützenden Demokratie als dem Lebensraum potentiell freier Menschen der Völkergemeinschaft aus dem Denken der Entstehungszeit.

Im Wechsel der Zeiten und einer immer weniger geführten Wertediskussion in der Gesellschaft blieb der Gedanke in der literarischen Fiktion der Romanheftserie *Jerry Cotton* konstant und bietet gerade auch den Lesern von heute ein Angebot auf der Suche nach persönlicher, gesellschaftlicher und politischer Sinn-Wertorientierung. Ob man dem zustimmt oder sich dem aus vielfältigen Gründen entgegenstellt, ist jedem Leser und jedem Cotton-Kritiker selbst überantwortet.

Wir haben in den Metaphern *New York*, *FBI* und *Verbrechen* die literarischen Grundpfeiler jener Sinnkonstruktion zu finden versucht. Das Schlußkapitel aus dem Jerry-Cotton-Roman Nr. 1000 ›Ich kämpfe für New York‹ mag am Ende stellvertretend für die Wechselseitigkeit von Darstellungs- und Sinnebene der Romankonzeption im Ganzen stehen:

Der Laden hieß ›44‹. Die Nummer des Hauses.
Ein Haus in Greenwich Village.
Das Haus war uninteressant. Nur der Keller hatte Bedeutung.
Ein Jazz-Keller. Ein großer verräucherter Keller mit einer irren Akustik.
Wir waren eingeladen. Patricia Mitchell hatte uns die Einladung des farbigen Musikers Jim Brown überbracht.
Jim gab sein erstes großes Jazzkonzert...
Pfeifen, Begeisterungsjohlen, Händeklatschen, als Jim Brown und seine Musiker die Bühne, die mitten im Raum errichtet war, betraten.
Der Keller war vollgepackt wie eine Sardinenbüchse. Alle, die Jazz liebten, kamen in diesen Keller. Aus ›44‹ waren einige der größten Jazzmusiker der USA hervorgegangen.
Ranglos mischten sich an den Tischen bärtige Pulloverträger mit Männern in teuren Anzügen, Frauen, die ihre Kleider auf der Fifth Avenue kauften, saßen neben Kunststudentinnen, die eigene verwegene Entwürfe trugen. Alte grauhaarige Bluesmusiker aus dem Süden wurden in ›44‹ als Fachleute hochgeschätzt, und junge Chinesen aus Chinatown kamen in den Keller, um eine Musik begreifen zu lernen, die ihre Eltern ihnen zu hören verboten hatten.
Jimmy Brown schlug Akkorde auf dem Klavier an, machte seine Finger weich in einer Kadenz.
»Wir nennen diese Musik ›New York‹«, sagte er. »Ich hoffe, unsere Musik wird Ihnen helfen, unsere Stadt zu begreifen und sie zu lieben.«

Sie spielten lange. Und — zum Teufel — in ihrer Musik war alles drin, was New York ausmacht.

Ich kann Ihnen Jimmy Browns Musik nicht mit Worten erklären. Sie müssen sie schon selber hören.

Aber immer, wenn ich seine Musik höre, dann weiß ich, daß es eine verdammt gute Sache ist, für New York zu kämpfen. Denn diese Stadt wird — allen finsteren Prophezeiungen zum Trotz — nicht untergehen. Niemals.

(Professor Dr. Klaus Göbel lehrt Medien- und Literaturdidaktik am Germanischen Seminar der Rheinischen Friedrich-Wilhelms-Universität Bonn.)

TRUE CRIME

Die einzigartige Taschenbuchreihe
mit aufregenden wahren Kriminalfällen aus aller Welt

Joe McGinniss
Die Unschuld des
Mörders
Wie ein Donnerschlag
bricht das Unheil über
eine amerikanische Familie
herein. Eine schwangere
Mutter und ihre beiden
Kinder werden in ihrem
Haus erstochen und
erschlagen. Nur einer
kommt mit Stichwunden
und einem Schock davon:
Jeffrey MacDonald, der
Familienvater, der selbst
die Polizei ruft.

Auch wenn viele Indizien
gegen ihn sprechen – die
Nachbarn, die Verwandten,
der Gerichtspsychologe
sind sich einig: Dr. Jeffrey
Mac Donald –, Arzt und
Angehöriger der Green
Berets, kommt als Täter
nicht in Frage. Er ist immer
ein treusorgender Familienvater gewesen, tatkräftig,
hilfsbereit und charmant
dazu. Wie kein zweiter hat
er den amerikanischen
Traum gelebt. Warum sollte
er selbst diesen Traum mit
Blut besudelt haben?
Kein Verbrechen in den
letzten Jahren hat Amerika
mehr bewegt als dieses.
Kein Buch hat die ameri-
kanische Bestsellerliste
länger angeführt als
dieses.

Joan Barthel
Tod in Kalifornien
Stellen Sie sich vor, Sie
sind einunddreißig Jahre
alt, blond und atembe-
raubend hübsch. Sie sind
die Verlobte eines erfolgreichen amerikanischen

Werbeagenten, bei dem die Schauspielerprominenz ein- und ausgeht. Sie verbringen mit ihm ein Wochenende auf dem Lande. Mitten in der Nacht werden Sie durch unheimliche Geräusche wach. Ihr Verlobter ist ermordet worden. Und der Mörder bedroht Sie. Später will er Ihr Liebhaber werden – und das Schlimmste von allem: Sie müssen sich eingestehen, daß er eine schreckliche Faszination auf Sie ausübt . . .
Ein Alptraum? Nur ein weiterer Kriminalroman? Leider nein. Es ist bittere Realität, was sich da abgespielt hat unter der Sonne Kaliforniens.

Shelley Sessions
Peter Meyer
Dunkle Begierde
Zwölf Millionen Frauen, so schätzt man, wurden allein in Amerika in ihrer Kindheit und Jugend von ihren Vätern sexuell belästigt und mißbraucht. Und auch in Deutschland liegt die Dunkelziffer gerade dieses Verbrechens alarmierend hoch. Denn nur wenige Töchter wagen es, das Schweigen über ihr Leiden zu brechen.

Die wahre Geschichte der Shelley Sessions ist für all diese Fälle ebenso exemplarisch wie ungewöhnlich. Aufgeweckt und allseits beliebt, lebt das texanische Mädchen eine scheinbar sorglose Kindheit. Ihr Stiefvater, ein steinreicher Unternehmer, hat Shelley seit jeher vergöttert. Doch seine Liebe schlägt um in sexuelle Forderungen, die immer gröber werden . . .

Ken Englade
Wo alles Mitleid endet
Werden manche Menschen als Mörder geboren? Darüber werden Sie lange nachdenken, wenn Sie den

eindringlichen Bericht über die Reise dieser beiden jungen Leute ins Böse gelesen haben.

Elzabeth Haysom und Jens Soering, Sohn eines deutschen Diplomaten, sind kein gewöhnliches Pärchen. Beide sind überdurchschnittlich intelligent, beide stammen sie aus bestem Haus, beide, besonders Jens, sind gefühlsmäßig stark gehemmt.

Was kann die beiden bewogen haben, den brutalen Mord an Elizabeths Eltern eiskalt vorzubereiten und durchzuführen? Das Verlangen, an das große Geld der Eltern heranzukommen? Dunkle Triebe? Blutrausch? Drogeneinfluß?

Barry Siegel
Die Stadt, die nicht vergessen konnte

Nach ihrer Heirat hatte Lois Jurgens nur noch einen Wunsch – Kinder in die Welt zu setzen und großzuziehen. Doch dieser Traum wurde ihr nicht erfüllt. Was lag näher, als ein Kind zu adoptieren? Und da Lois Wohlstand und gesicherte Verhältnisse bieten konnte, vertrauten die Sozialarbeiter ihr den kleinen Dennis an. Vier Jahre später war dieses Kind tot: eine schlimme Bauchfellentzündung, sagt der Leichenbeschauer. Aber es finden sich auch Spuren seltsamer Verletzungen an dem Jungen.

Dennoch durfte Lois Jurgens ein zweites Kind adoptieren. Erst fünfzehn Jahre später wird das Verfahren über den mysteriösen Tod des kleinen Dennis neu eröffnet. Und es kommen schreckliche Dinge ans Licht . . . über die neurotische Frau, die um jeden Preis Mutter sein wollte, über ihren teilnahmslos-passiven Ehemann, über leichtgläubige Verwandte, die die vielen dunklen Zeichen nicht sehen wollte . . .

Joe McGinniss
Quälende Zweifel

Bonnie von Stein ist eine Frau, die nie aufgibt. Nach dem Scheitern ihrer ersten Ehe zog sie ihre Kinder allein groß – bis sie in Lieth von Stein den idealen Ehemann fand: vermögend, fürsorglich und verläßlich. Aber ein brutaler Überfall ließ dieses späte Familienglück jäh zerschellen:

Bonnie kam mit schweren Verwundungen davon, ihr Ehemann jedoch erlag seinen Verletzungen.
Wer war der Eindringling? Oder stammte der Täter aus dem Haus? Zwei Jahre lang ermittelte die Polizei. Gegen Bonnie selbst, gegen Angela, ihre scheinbar gefühlskalte Tochter, und schließlich gegen Chris, den Sohn, der sich in eine Ersatzwelt geflüchtet hat – eine Ersatzwelt aus abenteuerlichen Horrorspielen und Drogen. Als Bonnie von Stein niemandem mehr vertrauen konnte, weder der Polizei noch ihrer Familie, wandte sie sich an Joe McGinniss, Amerikas berühmtesten True-Crime-Autor *(Die Unschuld des Mörders)*. Und sie bat ihn, Licht in das Dunkel ihrer Familientragödie zu bringen.

Ann Rule
Wenn du mich wirklich liebhast
Detective Fred McLean hatte schon eine ganze Reihe von Mördern verhaftet. Aber dieses junge Mädchen, das seit mehreren Stunden in kalter Dunkelheit in ihrem eigenen Erbrochenen gelegen

hatte, war die bemitleidenswerteste mutmaßliche Täterin, der er jemals begegnet war.
McLean entrollte den rosafarbenen Streifen aus Pappkarton, den Cinnamon in ihrer rechten Hand gehalten hatte. In dem schwachen Licht konnte er die Druckbuchstaben auf dem Karton entziffern: ›Lieber Gott, bitte verzeih mir, aber ich wollte sie nicht verletzen‹.

TRUE CRIME Taschenbücher gibt es überall im Buchhandel

**Jack Olsen
Wie unter einem
stummen Zwang**
Mac Smith ist ein Mann,
der sich ganz von seinen
sexuellen Fantasien
beherrschen läßt. Seit seiner Pubertät schon träumt
er von einer Frau, die er
demütigen kann. Eines
Tages liest er in einem
Magazin, daß in den USA
jede drei Minuten eine Frau
vergewaltigt wird. Doch nur
jeder zehnte Täter sieht je
ein Gefängnis von innen.
Mac Smith, der Geborgen-
heit nie gefunden hat,
bereitet sich darauf vor,
seine Vergewaltigungs-
träume auszuleben . . .
Jack Olsen, zweimaliger
Preisträger des *Edgar-
Award*, stellt mit diesem
Buch auf beispielhafte
Art die Entwicklungs-
geschichte eines Sexual-
verbrechers dar.

**Ken Englade
Schülerliebe**
Die hübsche Pam Smart ist
eine Frau mit vielen Gesichtern. An der Seite ihres
karrierewilligen Mannes
führt sie ein geselliges
Leben, als ehrgeizige
Pädagogin arbeitet sie in
sozialen Brennpunkten.
Gleichzeitig nennt sie sich

stolz eine ›Heavy-Metal-
Braut‹ und ertränkt all ihre
Sehnsüchte und Jugend-
träume in schrillen Hard-
Rock-Klängen.
Als sie Billy Flynn, den
von ihr betreuten fünfzehn-
jährigen Schüler, mit einem
aufregenden Striptease
verführt, tobt im Hinter-
grund die rauhe Musik von
Van Halen, und über die
Mattscheibe flimmern die
erotischen ›9 1/2 Wochen‹.
Drei Monate nach dem
Erwachen diese verbote-
nen Leidenschaft, es ist der
1. Mai 1990, wird Pams
Ehemann von einer Kugel
tödlich verwundet. Aber die
Rolle der trauernden Witwe
scheint Pam Smart nicht zu
liegen.

Joyce Lukezic
Ted Schwarz
Ich will dich
sterben sehen

Vier Menschen und ein Drama, das das Leben schrieb:

Joyce Lukezic: Die naive Hausfrau aus Arizona kam vom Supermarkt zurück, als die Polizei sie festnahm und des Mordes verdächtigte. Der Geschäftspartner ihres Mannes war hinterrücks erschossen worden.

Ron Lukezic: Joyce' Ehemann war lange Zeit mit dem Ermordeten befreundet – bis es in einer Geschäftssache zum Zerwürfnis kam. Natürlich versicherte Ron seiner Ehefrau, daß er sie trotz ihrer Verhaftung weiterhin liebe und zu ihr halte – doch plötzlich war er unauffindbar.

Eden Dow: Joyce' Tochter versuchte lange Zeit, die Unschuld ihrer Mutter zu beweisen, streckte aber schließlich doch die Waffen.

Dan Ryan: Schon zu Beginn der Ermittlungen schwor der polizeiliche Untersuchungsbeamte Joyce Lukezic: »Ich will dich in der Gaskammer sterben sehen!«

Vincent Bugliosi
Wen die See verrät

Für das Ehepaar Graham soll es die Traumreise ihres Lebens werden. Mit ihrer eleganten Yacht Sea Wind segeln sie zu einer wunderschönen, einsamen Insel in der Südsee. Doch die Idylle trügt. Vor ihnen hat der Ex-Sträfling Buck mit seiner Freundin Jennifer auf Palmyra Island festgemacht. Mißtrauisch beobachten die Grahams das zügellose Treiben des seltsamen Pärchens, dessen Vorräte so schnell zur Neige gehen, daß es mit seinen gefährlichen Hunden zu wildern beginnt. Dann sind die

TRUE CRIME · Der wahre Kriminalfall

Vincent Bugliosi

Wen die See verrät

Rätselhaftes Drama auf einer paradiesischen Insel – eine wahre Geschichte um Habgier und Leidenschaft

BASTEI LÜBBE

Grahams eines Tages spurlos verschwunden, und Buck und Jennifer verlassen Hals über Kopf die Insel. Doch erst sieben Jahre später findet man zufällig den Schädel eines Menschen auf Palmyra Island. Buck und Jennifer werden festgenommen. Die Anklage lautet: Mord.

Robert J. Dvorchak
Lisa Holewa
Wer ist Jeffrey Dahmer?

Mit seiner Verurteilung im Februar 1992 ging einer der schaurigsten Prozesse der amerikanischen Rechtsgeschichte zu Ende: Jeffrey Dahmer hatte die Ermordung und grausame Zerstückling von siebzehn jungen Männern gestanden. Bei seiner Verhaftung waren im Kühlschrank seines Apartments mehrere Schädel entdeckt worden. Jeffrey Dahmer ist verurteilt, aber der Fall hinterläßt viele Fragen: Wer ist dieser Mann, der auf die meisten seiner Opfer harmlos, ja nett wirkte? Was trieb Dahmer zu seinen unfaßbaren Taten an? Warum hat die Polizei ihn – trotz zahlreicher Verdachtsmomente – nicht schon lange vorher gestoppt?

Robert J Dvorchak und Lisa Holewa, zwei der angesehensten Reporter Amerikas, durchleuchteten den Fall Dahmer, seine psychologischen Verästelungen und politischen Folgen.

Joe Mc Ginniss
Blindes Vertrauen

Rob Marschall lebte wie ein König auf dem Boulevard der Träume. Mit fünfundvierzig Jahren hatte er so viel erreicht, daß die Einwohner von Tom River, einer beschaulichen Stadt in New Jersey, sich nur noch fragten, was man diesem Mann mehr neiden müsse: seinen Reichtum,

seinen erlesenen gesell-
schaftlichen Umgang oder
seine attraktive Frau, mit
der er drei Kinder hatte,
die zu den schönsten Hoffnungen berechtigten.
Aber in einer turbulenten
Septembernacht nahm das
Leben dieses Mannes eine
ungeheuerliche Wende.
Nach dem schrecklichen
Tod seiner Frau sieht sich
Rob Marschall um sein
Lebensglück gebracht.
Sind es absurde Verdäch-
tigungen, die ihn ins Strau-
cheln bringen, oder ist es
nur die Maske des schönen
Scheins, die Aura des
gesellschaftlichen Erfolgs,
die er verloren hat? Nie-
mand braucht dringender
eine schlüssige Antwort
auf diese Frage als seine
drei Kinder, die sich aus
allen Träumen gerissen
sehen.

Eileen Franklin
William Wright
Die Sünden des Vaters
›Ich sah die Silhouette meines Vaters, die Sonne
stand hinter ihm. Er hatte
die Hände hoch über sei-
nem Kopf erhoben und
hielt einen großen Stein
fest.‹ Mit diesen Worten
klagt die achtundzwanzig-
jährige Eileen Franklin ihren
Vater an: Er soll Eileens
beste Freundin umge-
bracht haben. Allerdings
liegt dieses Verbrechen
schon über zwanzig Jahre
zurück. Kann Eileen Franklin, die in San Francisco
lebte und später in die
Schweiz umsiedelte, nach
so langer Zeit noch ihrer
Erinnerung trauen? Warum,
so fragt sich nicht nur die
Polizei, hat sie die schreckliche Tat ihres Vaters so
lange verdrängt? Fragen,
die um so schwerer wie-
gen, als Eileen Franklin, die
selbst zwei Kinder hat, bald
immer schrecklichere Ein-
zelheiten aus den Tiefen
ihres Unterbewußtseins
zutage fördert.

Der wahre Kriminalfall

Eileen Franklin
William Wright

TRUE CRIME

Die Sünden
des Vaters
Eine Tochter, eine verdrängte
Erinnerung, ein Mord

BASTEI
LÜBBE

Beverly Lowry
Zum Tode verurteilt,
zum Leben verdammt
Was treibt die sensible
Schriftstellerin Beverly
Lowry dazu, Karla Faye
Tucker in der Todeszelle
zu besuchen? Denn das
Mädchen mit dem Engels-
gesicht sitzt dort wegen
eines unvorstellbar grau-
samen Verbrechens: ein
Doppelmord wegen einer
alten Aversion – mit einer
Spitzhacke . . . Wie kann es
sein, daß Beverly Lowry auf
eine so vollkommen geläu-
terte junge Frau trifft, daß
jeder, der sie erlebt, fassungslos vor zwei so ver-
schiedenen Persönlichkei-
ten in ein und demselben
Menschen steht?
Beverly Lowry schrieb die
aufwühlende Geschichte
einer Begegnung zweier
Leben, die sich kreuzen
und einander in so positiver
Weise beeinflussen, wie
die schlimmen Umstände
es niemals hätten erwarten
lassen. Eine Geschichte,
die man nicht lesen kann,
ohne zutiefst mitzuleiden,
die aber zugleich unge-
heure Hoffnung vermittelt.

TRUE CRIME
Taschenbücher
gibt es überall
im Buchhandel

Der wahre Kriminalfall

Dena Kleiman

Warum habt ihr alle geschwiegen?

Die aufrüttelnde Geschichte
von Inzest und Vergeltung

TRUE CRIME

BASTEI
LÜBBE

Dena Kleiman
Warum habt ihr alle
geschwiegen?
Die kleine Stadt ist
geschockt: Brutal wird
James Pierson vor dem
eigenen Haus erschossen,
ein braver, unauffälliger
Familienvater, den alle
mochten.
Dann kommt die Wahrheit
ans Licht, und die ganze
Stadt ist erschüttert – es
war Vatermord. Die sech-
zehnjährige Cheryl Pierson
hatte einen Schulfreund
angeworben, um dafür zu
sorgen, daß ihr Vater sie nie
mehr belästigen konnte.
Denn James Pierson hatte
seine Tochter mißbraucht,
seit sie elf Jahre alt war . . .

Ohne Partei zu ergreifen, zeichnet die preisgekrönte New-York-Times-Reporterin Dena Kleiman ein behutsames Bild des Opfers, das zur Täterin wurde. Sie zeigt zugleich plastisch, welche Atmosphäre erst möglich macht, daß solche Tragödien geschehen. Denn wie in vielen ähnlichen Fällen gab es früh Indizien für das Undenkbare, das dort geschah. Doch da es um eines der letzten Tabuthemen unserer Gesellschaft ging, haben alle geschwiegen.

Kris Radish
Lauf um dein Leben, Laurie

In dem kleinen Vorort von Milwaukee kennt sie jeder; schließlich ist Laurie Bembenek eine attraktive Frau, feministisch engagiert, und dies um so mehr, als sie ganz offensichtlich nur aus einem Grund die Polizei verlassen mußte: Polizeiarbeit ist Männersache, meinten ihre Vorgesetzten. Jetzt wird Laurie des Mordes angeklagt. In einer Aufwallung von Eifersucht soll sie die Ex-Frau ihres Mannes ermordet haben. Die Beweise sind obskur, die Richter voreingenommen, die Anwälte der früheren

Polizistin dilettantisch bis in die Haarspitzen. In Windeseile spricht sich das tragische Schicksal der Laurie Bembenek herum, und als die Verurteilte aus dem Gefängnis ausbricht, leidet ganz Amerika mit ihr. Wann wird diese Frau endlich ein gerechtes Verfahren bekommen? Wann endlich wird der wahre Mörder ermittelt?

Mike Echols
Ich weiß nur, mein Name ist Steven

Als der siebenjährige Steven Stayner auf dem Schulweg von ›Reverend‹ Parnell ins Auto gelockt wird, beginnt für ihn eine unglaubliche, sieben Jahre währende Gefangenschaft voller Qualen, Mißbrauch und Gehirnwäsche. Denn der als Sittentäter vorbestrafte Parnell nimmt ihm seinen Namen, seinen Seelenfrieden, seine Kindheit. Nur eines kann er ihm nicht rauben: einen letzten Rest Erinnerung an glücklichere Tage.
Als Parnell erneut einen kleinen Jungen entführt, kommen dem nun vierzehnjährigen Steven Bruchstücke dieser Erinnerung zurück, und er findet

die Kraft, mit dem kleinen
Timmy seinem Peiniger zu
entfliehen. Nun gilt es, mit
der liebevollen Hilfe seiner
Familie das Unvorstellbare
zu verarbeiten und den
Weg zurück in ein normales
Leben zu suchen.

Donald Frankos
Ich, der Mörder
›Der Leser sollte gewarnt
sein: Frankos erzählt normalerweise in der Sprache
des intelligenten, belese-
nen Zeitgenossen, der er
tatsächlich auch ist. Dann
aber wieder, wenn er ein
Verbrechen beschreibt
oder ein besonders
schreckliches Gefängnis-
Erlebnis . . . verwandelt er
sich im Handumdrehen
vom freundlichen Nach-
barn von nebenan in den
Mann, der gemordet hat,
sehr oft gemordet hat, und
dem es Spaß macht, sich
daran zu erinnern.‹
(Aus der Einleitung)
Die sensationellsten
Bekenntnisse, die je ein
Insider des organisierten
Verbrechens gemacht hat.
Dabei sind es nicht einmal
die exklusiven Enthüllun-
gen (Wie verschwand
Gewerkschaftsboß Hoffa
wirklich? Wer ermordete
den Paten Joey Gallo?), die

dieses Buch so schockie-
rend und faszinierend
zugleich machen. Es ist die
Haltung des Killers, der
vermeint, sein eigenes
Heldenepos zu erzählen,
und darum kein Blatt vor
den Mund nimmt. Ein ein-
zigartiger Einblick in die
Psyche eines der gefähr-
lichsten professionellen
Mörder aller Zeiten.

Peter Conradi
Der Todesengel von
Rostow
Andrej Tschikatilo hat drei-
undfünfzig Menschen
getötet, vorwiegend Land-
streicher, Prostituierte,
vernachlässigte oder ver-
waiste Kinder. Es waren

die Gestrandeten einer vorgeblich klassenlosen Gesellschaft, die Tschikatilo gequält, gefoltert, ja, verstümmelt hat. Im November 1990 konnte die Miliz ihn endlich fassen, den Mann ohne Gewissen. Drei Monate lang wurde er in einer psychiatrischen Klinik untersucht. Das Ergebnis: Er ist ansonsten ziemlich normal. Konnte er gerade deswegen so lange unerkannt morden? Dieses Buch entwirft ein psychologisch ungeheuer exaktes und facettenreiches Porträt des Massenmörders. Peter Conradi erzählt von Tschikatilos trauriger Jugend in Stalins Sowjetunion, seiner Zeit als Russischlehrer, seinen ersten Konflikten mit dem Gesetz, seinem gestörten Sexualleben, das wohl letztlich seine Untaten motivierte. Und er erzählt von einer gigantischen Fahndung, die durch die Ideologie behindert wurde, daß es in der UdSSR das ›westlich-dekadente‹ Phänomen des Serienmörders nicht gebe.

Susan Bakos
Dr. Englemans Morde
Dr. Glennon Engleman war der angesehene Zahnarzt in der Nachbarschaft. Seine Patienten liebten ihn, und die weniger Wohlhabenden behandelte er auch schon mal kostenlos. Aber hinter Dr. Englemans bürgerlicher Fassade verbarg sich ein Mensch, der heißblütig liebte und kaltblütig mordete. Er manipulierte die Menschen in seiner Umgebung, seine Ehefrauen, seine Geliebten, seine Patienten. Auch nach seinem siebten Mord fand die Polizei keine Beweise. Erst als sich seine letzte Ehefrau aus Angst davor, bald das nächste Opfer zu sein, zur Aussage durchringt, beginnt das Ende eines von Habgier geprägten Mannes. Susan Crain Bakos hat ein spannendes, ergreifendes Buch geschrieben, in dem sie auch vor intimen Details nicht zurückweicht, die das Verständnis vermitteln, warum der Mediziner so viele Opfer in seinen Bann ziehen konnte.

BASTEI
LÜBBE
TASCHENBÜCHER

Joan Barthel
Die Ehre des Verräters
Noch ein Mafia-Buch?
Nein, dieses Buch verspricht Ihnen nicht zum hundertsten Mal die vermeintlich allerneuesten Einsichten über das organisierte Verbrechen. Denn Joan Barthel, die angesehene amerikanische Journalistin und Autorin *(Tod in Kalifornien)*, hat eine wahre Geschichte zu erzählen, die uns alle betrifft. Es ist die Geschichte eines Mannes, der zwischen alle Stühle geriet, weil er es jedem recht machen wollte; eines Mannes, der die Frauen nicht nur liebte, sondern auch verstand und achtete, und der dennoch die Gefühle seiner Ehefrau und später auch seiner Geliebten tief verletzte. Es ist die Geschichte von Chris Anastos aus New York, der nichts sein wollte als ein guter Cop und der zum Handlanger der Mafia wurde.

Christine McGuire
Carla J. Norton
Die Leibeigene
An einem wunderbaren Morgen beschließt die fröhliche Colleen Stan, per Anhalter zum Geburtstag ihrer Freundin zu fahren. Es wird ein Trip in die Hölle. Denn erst sieben Jahre später taucht sie wieder auf – verwirrt, voller Narben, bis zur Unkenntlichkeit abgemagert. Hinter ihr liegt ein unvorstellbares Martyrium: Cameron und Janice Hooker haben sie zur Sklavin gemacht, zur Leibeigenen, die ihnen die bizarrsten sexuellen Wünsche erfüllen und bis zur Erschöpfung für sie arbeiten mußte. Und sie haben ihr ihren Willen genommen. Christine McGuire, die Staatsanwältin in diesem ungeheuerlichen Fall, schildert mit der renommierten Journalistin Carla J. Norton einfühlsam, wie der-

gleichen möglich war. Doch auch sie können eines nicht begreifbar machen: Wie konnte ein biederes Paar ein junges Mädchen so zerbrechen, daß es am Ende sogar glaubt, seine Peiniger zu lieben?

Lawrence Taylor
Wenn dir niemand mehr glaubt

Am 22. November 1988 ersticht Lou Ann ihren Ex-Mann und stellt sich der Polizei. Erst einige Tage nach der Verhaftung gibt sie ihr Motiv preis: Ihr Mann habe sie zu vergewaltigen gedroht, und sie habe sich nicht anders helfen können als mit dem Messer. Niemand glaubt der fünfundfünfzigjährigen Frau. Warum sollte ihr Ex-Mann sie sexuell belästigen, hat er doch seit kurzem eine ungleich jüngere, äußerst attraktive Lebensgefährtin?

Nur einer nimmt Lou Anns Notwehrbehauptung ernst: Michael Dowd, ein Rechtsanwalt, der schon zahlreichen Frauen in scheinbar aussichtslosen Fällen geholfen hat und den sie überall den ›Frauenanwalt‹ nennen.

Carlton Stowers
Eine Demütigung zuviel

Drei Teenager, wie man sie in Texas häufig antrifft: fröhlich, unternehmungslustig und bisweilen etwas vorlaut. Sie strahlen Lebensfreude aus, auch wenn sie zuweilen Probleme mit ihren geschiedenen Eltern oder mit der Disziplin auf der Methodistenschule haben. Wer kann ihnen ernsthaft Böses wünschen? Das fragen sich die Angehörigen der drei Teenager, als sie die Schreckensnachricht erfahren: Jill, Kenneth und Raylene sind in einem Wald brutal ermordet worden.

Erst als Sergeant Truman Simons acht Wochen nach der Tat den Fall übernimmt, kommt Bewegung in die Ermittlung. Nach und nach enthüllt er die Geschichte dieses Verbrechens, eine Geschichte, in der psychisches Versagen und haarsträubende Zufälle eine Mischung eingehen, »wie sie sich Stephen King nicht eindrücklicher ausgedacht haben könnte.«
(The Houston Post)

TRUE CRIME
Taschenbücher
gibt es überall
im Buchhandel

Kai Meyer
Der Kreuzworträtsel-
Mörder
Am 15. Januar 1981
geschieht in Halle ein Verbrechen, das die ganze
DDR in Aufregung versetzt.
Aus einem Jugendtreff verschwindet ein kleiner
Junge. Trotz einer großan-
gelegten Suche entdeckt
die Polizei nicht die kleinste
Spur. Bis zwei Wochen später an einem Bahndamm
ein Koffer gefunden wird.
Darin liegt die Leiche des
Jungen – und als einziger
Anhaltspunkt ein ausgefüll-
tes Kreuzworträtsel. Mit
diesem Beweismittel
macht sich die Polizei an
die Arbeit und durchkämmt
in einer einzigartigen

Aktion die ganze Stadt.
Noch heute erregt die Tat
des Kreuzworträtsel-Mör-
ders ganz Halle. Kai Meyer,
Journalist beim *Mitteldeut-
schen Express,* zeichnet
diesen Fall akribisch nach.
Sein Buch ist die Chronik
einer aufregenden Suche
und das einfühlsame Por-
trät eines ungewöhnlichen
Mörders.

Ann Rule
Blick in den Abgrund
Sie selbst hatte als Kind
wahre Elternliebe nie kennengelernt – zu selbst-
süchtig und skrupellos war
vor allem ihr Vater. Als junge
Frau, die mit neunzehn Jahren ihr erstes und mit dreiundzwanzig Jahren ihr drittes Kind zur Welt brachte,
wollte Diane Downs alles
besser machen.
Sommer 1982. Diane,
inzwischen geschieden,
lernt Lew Lewiston kennen
und verliebt sich unsterb-
lich in diesen lebenslusti-
gen hübschen Mann.
Knapp ein Jahr später, im
Mai 1983, geschieht das
Unfaßbare: Diane bringt
ihre drei Kinder ins Krankenhaus – Cherryl (7) stirbt,
Christie (8) und Danny (4)
haben lebensgefährliche
Verletzungen. Ein Anhalter,

beteuert Diane, habe sie und ihre Kleinen überfallen. Je länger die erfolglose Suche nach dem Phantom des Mörders währt, desto größer werden die Schatten des Zweifels, die auf Dianes Unschuld fallen.

Robert Lindsey
Denn Liebe ist stark wie der Tod

Für Monika Zumsteg, eine deutschstämmige junge Frau aus Kalifornien, verwandelt sich das Leben in einen Märchentraum. Der etwas verschlossene, aber attraktive Motorrad-Narr namens Michael Vestey, der um ihre Hand angehalten hat, ist Sohn einer der reichsten Familien auf der britischen Insel. Was die hübsche Kalifornierin nicht weiß: Michael ist auch das schwarze Schaf seines altehrwürdigen Familienclans.

Kaum hat Monika ihrer eigenen vielversprechenden Karriere entsagt und ist ihrem Mann auf die britische Insel gefolgt, lernt sie die düsteren, wilden Seiten ihres Angebeteten kennen. Immer häufiger bricht Michael in krankhaft anmutende Wutanfälle aus. Monika gibt nicht auf, will ihren Mann verstehen lernen. Aber wie kann ich, fragt sie sich bald, einem Mann helfen, der nicht zugeben will, daß er Hilfe dringend braucht?

Die überstürzt geschlossene Ehe wird zum Labyrinth der wilden Alpträume, zu einem Spiel von Haß und Liebe, Sucht und Verzweiflung – ein Spiel, das eigentlich nur tödlich enden kann . . .

Robert Lindsey

Der wahre Kriminalfall

TRUE CRIME

Denn Liebe ist stark wie der Tod

Die Geschichte einer jungen Frau in der tödlichen Ehefalle

BASTEI LÜBBE